Bonne fête
Yan-Éric
xxx
Pierre + Hélène
2003

LA COMPAGNIE

DU MÊME AUTEUR

Romans

La Boucle (Presses de la Cité, 1973. 10/18, 1983)
Coup de barre (Presses de la Cité, 1974. 10/18, 1988)
Le Cercle Octobre (Presses de la Cité, 1975. 10/18, 1985)
Mère Russie (Éditions Plon, 1978. 10/18, 1985)
Le Transfuge (Presses de la Cité, 1980. 10/18, 1988)
L'Amateur (Presses de la Cité, 1981. 10/18, 1988)
Les Sœurs (Presses de la Cité, 1985)
Les Larmes des choses (Éditions Julliard, 1989)
Un espion d'hier et de demain (Éditions Julliard, 1991)
Ombres rouges (Éditions Denoël, 1992. Folio, 1999)
Le Sphinx de Sibérie (Éditions Denoël, 1994. Folio, 1996)
Les Enfants d'Abraham (Éditions Denoël, 1996. Folio, 2000)
Le Fil rouge (Éditions Denoël, 1998. Folio, 2001)

Document

Conversations avec Shimon Peres (Éditions Denoël, 1997. Folio, 1998)

ROBERT LITTELL

LA COMPAGNIE

LE GRAND ROMAN DE LA CIA

Traduit de l'américain
par Natalie Zimmermann

BUCHET/CHASTEL

OUVRAGE PUBLIÉ SOUS LA DIRECTION
DE CYNTHIA LIEBOW

Il s'agit d'une œuvre de fiction qui s'appuie sur des événements historiques dont les acteurs réels ont été utilisés fictivement. Certains personnages, conversations et événements relèvent de la plus pure invention.

Titre original : THE COMPANY : A NOVEL OF THE CIA
The Overlook Press, Peter Mayer Publishers, Inc.
Woodstock & New York, 2002
© 2002 by Robert Littell

Et pour la traduction française :
© Buchet/Chastel, un département de Meta-Éditions, 2003
18, rue de Condé, 75006 Paris
ISBN 2-283-01919-2

Jonathan, Jesse et Vanessa,
qui éclairent le chemin.

NOTE DE L'AUTEUR

Depuis leur création, en 1917, les services de renseignements soviétiques ont changé plusieurs fois de nom. Baptisée au départ Tcheka, cette institution se mua en GPU, puis en OGPU, en NKVD, et en NKGB, pour devenir enfin, au mois de mars 1954, le KGB. Afin d'éviter au lecteur de se noyer dans cette bouillie d'initiales, j'ai employé la dénomination KGB, même dans les époques de l'histoire qui se situent avant mars 1954. De la même façon, avant mars 1973, le service des actions clandestines de la CIA était connu sous l'appellation direction des plans (*Directorate of Plans*), dirigée par le directeur adjoint aux Plans, *Deputy Director for Plans* ou DD-P. Après mars 1973, ce service devient la direction des opérations, dirigée par le directeur adjoint aux opérations, *Deputy Director for Operations* ou DD-O. Cette fois encore, pour éviter la confusion, j'ai utilisé la dénomination DD-O tout au long de ce livre [1].

1. La plupart des dictionnaires et ouvrages sur les services de renseignements conservant l'usage des initiales anglo-saxonnes, nous nous sommes conformé à cette tradition *(N.d.T.)*

Le Calabrais

Ce doit être, se dit-elle, pensive, la forêt où les choses n'ont pas de nom[1].

---

1. Toutes les citations de Lewis Carroll extraites d'«Alice au Pays des Merveilles» et de «De l'autre côté du miroir» sont traduites par M. Henri Parisot, 1979, Flammarion *(N.d.T.)*.

Rome, jeudi 28 septembre 1978

Loin au-dessus de la ville, un filet de nuages dérivait si rapidement devant la lune d'automne qu'on eût dit un film en accéléré. Dans une avenue déserte, devant un mur interminable, un minitaxi Fiat jaune sale coupa phares et moteur et continua d'avancer jusqu'au trottoir de Porta Angelica. Une silhouette mince, revêtue de la longue soutane à capuche d'un moine dominicain, émergea alors de la banquette arrière. L'homme avait grandi à la pointe de la botte italienne, et l'organisation nébuleuse qui avait de temps à autre recours à ses services le connaissait sous le surnom du Calabrais. À l'adolescence, le Calabrais, beau jeune homme au visage angélique de castrat de la Renaissance, avait suivi durant plusieurs années une formation d'équilibriste dans une école du cirque, mais avait dû renoncer à cette carrière lorsqu'il était tombé de la corde raide et s'était brisé la cheville. Maintenant, malgré une claudication perceptible, il se déplaçait toujours avec l'élégance féline d'un funambule. Des collines surplombant le Tibre, une cloche d'église récemment branchée sur une horloge électrique sonna la demi-heure avec une minute d'avance. Le Calabrais consulta l'écran lumineux de sa montre et parcourut les cinquante mètres de colonnades jusqu'aux lourdes portes de bois. Puis il enfila une paire de gants chirurgicaux en latex et gratta à l'entrée des fournisseurs. Aussitôt, un lourd verrou fut tiré, et la petite porte bleue insérée dans la grande s'entrouvrit juste assez pour qu'il pût se glisser à l'intérieur. Un homme pâle, d'âge moyen, habillé en civil mais présentant la raideur d'un officier de l'armée, leva cinq doigts et désigna du menton la seule fenêtre du poste de garde d'où filtrait de la lumière. Le Calabrais hocha la tête. Le militaire passa devant et les deux hommes remontèrent le sentier, se baissant lorsqu'ils arrivèrent au niveau de la fenêtre éclairée. Le Calabrais regarda par-dessus le rebord ; à l'intérieur de la salle des rapports, deux jeunes soldats en uniforme jouaient aux cartes pendant que trois autres sommeillaient dans des fauteuils. Des armes automatiques et des chargeurs de munitions étaient posés sur une table, à côté d'un petit réfrigérateur.

Le Calabrais suivit l'officier en civil de l'autre côté de l'*Istituto per le opere di religione*, jusqu'à une porte de service située derrière l'immense palazzo. Le militaire sortit un grand passe de la poche de sa veste et l'introduisit dans la serrure. La porte s'ouvrit avec un déclic. Il laissa tomber un autre passe dans la paume du Calabrais. «Pour la porte du palier», chuchota-t-il. Il parlait italien en traînant un peu sur les voyelles, comme quelqu'un qui viendrait des cantons alpins de la Suisse, en bordure des Dolomites. «Impossible d'obtenir la clé de l'appartement sans attirer l'attention.

– Aucune importance, assura le Calabrais. Je crochèterai la serrure. Qu'en est-il du lait? Et des alarmes?

– Le lait a été distribué. Vous n'allez pas tarder à savoir s'il a été consommé. Quant aux alarmes, j'ai débranché les trois portes sur le tableau de contrôle de la salle des officiers.»

Alors que le Calabrais s'apprêtait à pousser la porte, le militaire lui toucha le bras. «Vous avez douze minutes avant la prochaine ronde.

– J'ai le pouvoir de ralentir ou d'accélérer le temps, assura le Calabrais en regardant la lune. Si on fait attention, douze minutes peuvent durer une éternité.» Là-dessus, il disparut dans l'édifice.

Il connaissait le plan du palazzo aussi bien que les lignes de sa main. Relevant sa soutane, il gravit l'étroit escalier de service quatre à quatre jusqu'au troisième étage, ouvrit la porte avec le passe et s'introduisit dans le couloir faiblement éclairé. Un long tapis violacé, élimé et râpé au milieu, courait de l'extrémité du couloir à une petite table qui faisait face au vieil ascenseur et à l'escalier central à côté. Sans faire le moindre bruit, le Calabrais remonta le couloir jusqu'à la table sur laquelle s'était affalée une religieuse replète, sœur des Servantes de Jésus crucifié, la tête posée directement sous le rond blafard de la lampe de bureau métallisée, presque comme si elle se séchait les cheveux. Un gobelet quasi vide ne contenant plus qu'un fond de lait drogué se trouvait près du téléphone à l'ancienne, haut perché sur son support.

Le Calabrais sortit d'une des grandes poches de sa soutane un gobelet identique contenant quelques gouttes de lait non contaminé, et l'échangea contre le verre de la religieuse. Puis il reprit le couloir en sens inverse et compta les portes. À la troisième, il inséra un bout de fil de fer rigide terminé par un crochet dans le trou de la serrure et, d'un mouvement expert, fit passer la première clavette en position ouverte, puis il répéta l'opération avec les suivantes. Lorsque la dernière clavette fut en place, la serrure s'ouvrit avec un déclic. Le Calabrais poussait la porte et prêta l'oreille un instant. N'entendant rien, il traversa le vestibule et pénétra dans un vaste salon rectangulaire doté d'une cheminée de marbre à chaque extrémité et de meubles ornés répartis dans la pièce. Les persiennes des quatre fenêtres avaient été tirées. Une simple lampe de table équipée d'une ampoule de faible voltage servait, comme annoncé dans le dossier, de veilleuse.

Chaussé de souliers à semelles de crêpe, le Calabrais franchit silencieusement la pièce puis un couloir pour arriver devant la porte de la chambre. Là, il tourna la poignée de porcelaine, poussa précautionneusement la porte et tendit à nouveau l'oreille. Une atmosphère de renfermé étouffante, l'odeur déplaisante d'une chambre de vieillard, jaillit de la pièce. De toute évidence, la personne qui l'occupait ne dormait pas la fenêtre ouverte. Le Calabrais alluma une petite torche et inspecta les lieux. Contrairement au salon, l'ameublement de la chambre était ascétique : un solide lit de cuivre, une table de chevet, deux chaises en bois – sur l'une d'elles, des effets soigneusement pliés, et sur l'autre des dossiers –, un lavabo équipé d'un seul robinet, une ampoule nue pendant au plafond, un simple crucifix de bois au mur, juste au-dessus de la tête de lit. Il traversa la pièce et baissa les yeux sur la silhouette endormie, le drap tiré jusqu'au menton. L'homme corpulent, aux traits rudes de paysan, n'occupait ses fonctions que depuis trente-quatre jours, à peine assez longtemps pour se repérer dans le palazzo. La drogue l'avait plongé dans un profond sommeil, lui donnant un souffle puissant et régulier qui faisait vibrer les poils de ses narines. Il y avait sur la table de chevet un gobelet contenant encore quelques gouttes de lait, et une photographie dans un cadre d'argent – elle montrait un prince de l'Église faisant le signe de croix au-dessus d'un jeune prêtre prosterné devant lui. Tracé d'une main audacieuse en travers de la partie inférieure de la photo, on pouvait lire : « Per Albino Luciani, Venizia, 1933. » L'inscription portait une signature : « Ambrogio Ratti, Pius XI ». Près du cadre se trouvaient encore une paire de lunettes de lecture, une vieille Bible remplie de signets et un exemplaire relié numéroté de *Humani Generis Unitas*, l'encyclique de Pie XI jamais envoyée, qui condamnait le racisme et l'antisémitisme, et qui, le jour de la mort du pape, en 1939, se trouvait sur son bureau, attendant sa signature.

Le Calabrais vérifia sa montre et se mit au travail. Il rinça le verre dans le lavabo, l'essuya sur le bord de sa soutane et le reposa exactement au même endroit sur la table de nuit. Puis il sortit de sa poche une fiole contenant du lait qu'il vida dans le verre afin qu'on retrouve des traces de liquide sans somnifère au fond. Coinçant la torche entre ses lèvres, le Calabrais se pencha vers l'homme drogué sur son lit, écarta le drap et retourna le corps sur le ventre. Il remonta alors la chemise de nuit en coton blanc, exposant la veine saphène, derrière le genou. Les commanditaires du Calabrais avaient mis la main sur le dossier médical d'Albino Luciani après une coloscopie de routine, l'hiver précédent; du fait de la nature variqueuse de la veine qui courait sur toute la face interne de sa jambe droite, le patient s'était vu administrer un traitement préventif contre la phlébite. Le Calabrais chercha un petit boîtier métallique au fond de sa poche et l'ouvrit sur le lit, à côté du genou. Avec des gestes rapides – après son accident de corde raide, il avait travaillé comme infirmier pendant plusieurs années – il inséra une aiguille de 0,3 millimètre sur 30 dans la seringue remplie d'extrait de ricin, planta adroitement l'aiguille dans la saphène, au niveau du genou, et injecta les quatre millilitres de liquide dans l'appareil circulatoire. D'après son employeur, le collapsus cardio-vasculaire devait intervenir en quelques minutes ; les toxines, elles, disparaîtraient en quelques heures, ne laissant aucune trace pour le cas improbable où une autopsie serait pratiquée. Le Calabrais extirpa soigneusement l'aiguille incroyablement fine de la chair puis essuya la toute petite goutte de sang avec une éponge humide et se pencha pour voir s'il pouvait détecter la marque de piqûre. Il subsistait une rougeur légère, de la taille d'un grain de sable, mais cela aussi aurait disparu au matin, lorsqu'on découvrirait le corps. Satisfait de son œuvre, il se dirigea vers la chaise où s'empilaient des dossiers et les passa rapidement en revue jusqu'à ce qu'il trouve celui portant la mention KHOLSTOMER. Il releva alors le bas de sa soutane et coinça le dossier sous sa ceinture en jetant un regard autour de lui pour vérifier qu'il n'avait rien oublié.

De retour dans le couloir, le Calabrais referma la porte de l'appartement et entendit le déclic des clavettes de la serrure. Consultant sa montre – il lui restait quatre minutes avant que les gardes n'entament leur prochaine ronde – il descendit rapidement l'escalier et remonta l'allée jusqu'à l'entrée des fournisseurs. L'officier en civil, visiblement ébranlé, le dévisageait, craignant de lui poser la question. Le Calabrais se contenta d'un sourire et lui rendit le passe. L'officier entrouvrit les lèvres et aspira une rapide goulée d'air ; la chose qui n'avait pas de nom avait été accomplie. Il ouvrit la petite porte bleue juste assez pour permettre au Calabrais de sortir et poussa le verrou derrière lui.

Le taxi attendait le long du trottoir, portière entrouverte. Le Calabrais s'installa sur la banquette arrière et entreprit de retirer lentement ses gants de latex, doigt après doigt. Le chauffeur, un jeune Corse au nez méchamment cassé, conduisit d'abord lentement le long de la rue encore déserte afin de ne pas attirer l'attention, puis accéléra et prit un grand boulevard pour foncer vers Civitavecchia, le port de Rome sur la mer Tyrrhénienne, à trente-cinq minutes de trajet. Là, dans un entrepôt situé sur les quais, à un jet de pierre du *Vladimir Ilitch*, cargo russe qui devait appareiller avec la marée du matin, le Calabrais avait rendez-vous avec son contrôleur, un homme sec à la barbe blanche hirsute et aux yeux pensifs, connu sous le nom de Starik. Il lui rendrait alors tout le matériel de l'assassinat – les gants, le crochet à serrure, le boîtier à seringue, le gobelet contenant les dernières gouttes de lait drogué, et même la fiole vide – et lui remettrait le dossier portant la mention KHOLSTOMER. Il recevrait en échange le sac contenant une rançon de roi, 1 million de dollars en billets usagés de valeurs diverses ; un salaire tout à fait convenable pour un quart d'heure de travail. Quand les premières lueurs de l'aube teinteraient le ciel à l'est, quand la sœur des Servantes de Jésus crucifié (émergeant d'un sommeil trop lourd) découvrirait Albino Luciani mort dans son lit, victime d'une crise cardiaque, le Calabrais embarquerait sur le petit bateau de pêche amarré qui l'emporterait en deux jours vers l'exil des plages de Palerme inondées de soleil.

Anatomie d'une exfiltration

Mais je n'ai nulle envie d'aller chez des fous, fit remarquer Alice.
Oh! vous ne sauriez faire autrement, dit le Chat : Ici, tout le monde est fou. Je suis fou
Vous êtes folle.
Comment savez-vous que je suis folle ? demanda Alice.
Il faut croire que vous l'êtes, répondit le Chat ; sinon vous ne seriez pas venue ici.

Berlin, dimanche 31 décembre 1950

De son perchoir, au-dessus de la cheminée, une vieille pendule à coucou bavaroise délabrée, dont la petite aiguille était toute tordue et où manquait la grande aiguille, envoyait ricocher les secondes d'un mur à l'autre de la pièce miteuse. Le Sorcier, le visage crispé par une constipation chronique, huma timidement l'air glacé qui lui piquait les narines. « Un jour, il y a bien des putains de romanciers qui vont finir par raconter ce qu'on foutait ici...

– J'adore les romans d'espionnage, intervint l'Ange Déchu en ricanant à la porte de la pièce voisine.

– Ils vont en faire un mélo, assura Jack McAuliffe. Ils feront croire qu'on jouait aux cow-boys et aux Indiens pour mettre un peu de sel dans nos vies trop ternes.

– L'espionnage – si c'est bien ce que j'ai fait pendant toutes ces années – n'a pas vraiment mis de sel dans mon existence, fit remarquer l'Ange Déchu. Ça me filerait plutôt des crampes d'estomac avant chaque opération.

– Je ne suis pas dans cette ville pourrie jusqu'à la moelle pour mettre du sel dans mon existence, assura le Sorcier, devançant la question que n'aurait pas manqué de poser un apprenti ayant un peu de cran. Je suis ici parce que ces putains de barbares sont à nos portes. » Il remonta son écharpe élimée sur ses oreilles engourdies et frappa le sol de ses bottes de cow-boy fatiguées pour faire circuler le sang dans ses orteils. « Comprends-moi bien, mon gars. Je ne dis pas ça parce que j'ai bu ni rien, mais parce que je suis le patron de la base de Berlin et qu'il faut bien que quelqu'un garde cette saloperie de rempart. » Il tira sur sa Camel ramollie et but une grande rasade de ce qu'il appelait du whisky médicinal pour laver la fumée. « Je bois ce que mes rapports de santé qualifieraient de quantités toxiques d'alcool, continua-t-il, abordant le problème que Jack n'avait pas le courage de soulever en articulant chaque syllabe comme pour explorer la faille entre sobre et bourré, parce qu'on dirait bien que ces putains de barbares ont carrément gagné cette putain de guerre. »

Harvey Torriti, alias le Sorcier, fit reculer sa chaise et s'approcha de l'unique petit oriel de la planque, deux étages au-dessus du cinéma de quartier de Berlin-Est. De sous le plancher leur parvint le hurlement lointain d'un tir de mortier, puis une série d'explosions sinistres alors que les obus tombaient sur les positions allemandes. Les putes de Torriti étaient plusieurs à avoir vu le film de guerre soviétique la semaine précédente. L'Ukrainienne qui se décolorait les cheveux en jaune de chrome assurait qu'on l'avait tourné, avec les milliers de figurants habituels, dans les studios d'Alma-Ata ; elle certifiait qu'elle reconnaissait en arrière-plan la chaîne des montagnes enneigées de l'Altaï, où elle avait fait de la luge lors de son évacuation en Asie centrale, pendant la guerre.

Reniflant pour dégager un sinus irrité, le Sorcier écarta les lames d'un store vénitien imaginaire avec deux doigts épais de sa main gantée, et regarda à travers la vitre sale. Au coucher du soleil, une brume moutarde avait dérivé de la steppe polonaise, à une cinquantaine de kilomètres à peine à l'est, drapant le secteur soviétique de Berlin d'un calme surnaturel et tapissant ses caniveaux pavés semblables à des intestins d'une espèce d'algue qui, pour reprendre l'expression pertinente de Torriti, puait le complot à plein nez. Un peu plus loin, des choucas battirent soudain l'air et croassèrent furieusement en tournoyant autour de la flèche d'une église délabrée transformée en entrepôt. (Le Sorcier, adepte de la logique de la cause à effet, guetta l'écho du coup de feu qu'il avait sûrement manqué.) Dans la rue étroite qui bordait le cinéma, une casquette d'homme de quart enfoncée sur la tête, Silwan I, connu aussi sous le nom de Doux Jésus, et qui était l'un des deux gitans roumains que Torriti employait comme gardes du corps, traînait un chien muselé dans la lumière glauque d'une lampe à vapeur de mercure. À l'exception de Doux Jésus, les rues de ce que les pros de la Compagnie appelaient « Moscou-Ouest » paraissaient désertes. « S'il y a des *Homo sapiens* qui fêtent le nouvel an ici, marmonna Torriti, le moins qu'on puisse dire, c'est qu'ils le font discrètement. »

Pour masquer la petite crise d'appréhension que lui valait sa première opération, Jack McAuliffe, alias l'Apprenti Sorcier, lâcha depuis la porte avec une nonchalance étudiée : « Ce silence me file les jetons, Harvey. En Amérique, tout le monde klaxonne au premier de l'an. »

Le second gitan, Silwan II, surnommé l'Ange Déchu par Torriti après qu'il eut détecté dans ses yeux sombres une vilaine réminiscence de choses que le Roumain cherchait désespérément à oublier, passa la tête par l'embrasure de la porte. Jeune homme dégingandé au visage grêlé, il s'était préparé à entrer dans l'Église orthodoxe roumaine et avait atterri dans l'espionnage quand les communistes avaient fermé son séminaire. « Il est interdit de klaxonner en République démocratique allemande, expliqua Silwan II avec l'accent anglais si précis de ceux qui ont appris la langue dans des manuels. Il en va de même dans notre Allemagne capitaliste.»

Devant la fenêtre, le Sorcier embua une vitre de son souffle chargé de whisky, puis la nettoya d'un avant-bras solide. Par-dessus les toits, les étages supérieurs de plusieurs tours aux fenêtres illuminées surgissaient dans le paysage obscur comme des parties émergées d'icebergs. «Ce n'est pas un problème de loi allemande, répliqua Torriti avec humeur. C'est une question de caractère allemand.» Puis il se détourna de la fenêtre avec une telle brusquerie qu'il faillit perdre l'équilibre. Il saisit alors le dossier de la chaise pour se retenir et força précautionneusement sa lourde carcasse sur le siège de bois. «Il se trouve que je suis le putain de spécialiste de la Compagnie pour ce qui est du caractère allemand, insista-t-il, la voix haut perchée quoique curieusement mélodieuse. Il se trouve que j'ai fait partie de l'équipe qui a interrogé le SS *Obersturmführer* d'Auschwitz, la nuit d'avant que ce salaud ne soit pendu pour crimes de guerre. Comment il s'appelait, déjà? Höss. Rudolf Höss. Cet enfoiré prétendait qu'il ne pouvait pas avoir tué cinq mille juifs par jour parce que les trains ne pouvaient en amener que deux mille. Trouvez une défense plus béton que ça! On fumait tous comme des cheminées de crématoire, et on voyait bien que Höss crevait d'envie de prendre une clope, alors je lui ai proposé une de mes Camel.» Torriti ravala un gloussement amer. «Et vous savez ce qu'il a fait, le petit Rudy, les gars?

– Qu'est-ce qu'il a fait, Rudy, Harvey?

– La nuit d'avant son exécution, il a refusé cette saloperie de cigarette parce qu'il y avait une pancarte : "Interdit de fumer" sur le mur. Voilà, pour moi, c'est ça le caractère allemand.

– Lénine a dit un jour que la seule façon d'obliger des Allemands à prendre une gare d'assaut, c'est de leur acheter des tickets de quai», hasarda l'Ange Déchu.

Jack se mit à rire, un tout petit peu trop vite, un tout petit peu trop fort au goût de Torriti.

Le Sorcier était vêtu d'un pantalon informe et d'un long pardessus vert froissé d'ouvrier est-allemand qui lui arrivait aux chevilles. Les extrémités d'une large cravate italienne à fleurs étaient fourrées, façon militaire, entre deux boutons de sa chemise. La sueur collait ses rares cheveux à son crâne luisant. Examinant son apprenti, à l'autre bout de la pièce, le Sorcier commença à se demander comment Jack se sortirait d'une confrontation importante ; Torriti avait eu du mal à terminer ses études dans une petite fac du Middle West américain, et avait grimpé les échelons à la force du poignet pour terminer la guerre avec l'insigne doré bidon de commandant épinglé au col élimé de sa chemise kaki délavée, ce qui lui donnait un seuil de tolérance très bas envers la faune de Harvard-Yale-Princeton – «les gosses de HYP», comme il les appelait. Cette tendance ne fit que s'accentuer durant un bref passage à la direction des recherches contre le crime organisé pour le FBI (mission qui se termina abruptement quand J. Edgar Hoover lui-même eut repéré Torriti dans un couloir avec un pantalon moulant et une cravate défaite, et le renvoya sur-le-champ). Quel bordel ! Personne à la Compagnie ne prenait la peine de consulter les mecs en première ligne quand on faisait pression sur les grandes écoles pour chercher des recrues et qu'on se retrouvait avec des types comme Jack McAuliffe, jeunot si frais émoulu de Yale qu'il en avait oublié de tirer son coup quand on l'avait envoyé débriefer les putes de Torriti, la semaine où le Sorcier avait récolté une chaude-pisse. Bon, qu'est-ce que vous voulez espérer d'un étudiant qui vient d'avoir son diplôme d'aviron ?

Étreignant sa bouteille de whisky de l'armée par le col, le Sorcier ferma un œil et plissa l'autre pour remplir laborieusement le gobelet de cuisine à ras bord. « C'est pas la même chose sans glace », marmonna-t-il en rotant tout en plaçant précautionneusement ses grosses lèvres sur le bord du verre. Il sentit l'alcool lui brûler le fond de la gorge. Pas de glace, pas de bruit de glace. Pas de bruit de glace, *Schlecht* ! Il redressa brusquement la tête et lança à Jack : « Ça nous fait quelle heure, mon gars ? »

Soucieux de faire bonne impression, Jack consulta nonchalamment la Bulova que ses parents lui avaient offerte pour son diplôme de Yale. « Il devrait être ici depuis douze, quinze minutes », répondit-il.

Le Sorcier gratta distraitement la barbe de deux jours qui envahissait son double menton. Il n'avait pas eu le temps de se raser depuis que le message hautement prioritaire avait grésillé à la base de Berlin, quarante-deux heures plus tôt. L'en-tête était bourré de codes internes indiquant qu'il provenait directement du contre-espionnage ; de Maman lui-même. Comme tous les messages du contre-espionnage, il portait la mention « CRITIC », ce qui signifiait que vous étiez censé laisser tomber tout ce que vous étiez en train de faire pour vous concentrer sur l'affaire en question. Comme certains messages du contre-espionnage – généralement ceux qui avaient trait aux transfuges –, il avait été chiffré au moyen d'un des systèmes polyalphabétiques impossibles à briser de Maman, qui utilisait deux alphabets chiffres pour obtenir de multiples substituts à chaque lettre donnée du texte original.

TOP SECRET
AVERTISSEMENT : INFORMATION SENSIBLE COMPARTIMENTÉE
Sources des renseignements et méthodes utilisées
DE : Hugh Ashmead [nom de code interne de Maman]
À : Alice Lecteur [nom de code interne du Sorcier]
SUJET : Décrocher la timbale

Le message proprement dit informait Torriti que quelqu'un, se prétendant un officier supérieur des services de renseignements soviétiques, avait envoyé des ballons d'essai qui avaient atterri dans l'une des corbeilles à courrier de Maman. (D'après l'expérience du Sorcier, tout tombait toujours dans l'une des corbeilles à courrier du bureau de Maman, mais c'était une autre histoire.) Le télégramme de Maman attribuait au transfuge potentiel le nom secret choisi au hasard de PERCE-NEIGE, précédé des deux lettres AE pour indiquer que c'était la Division de la Russie soviétique qui s'en occupait, et citait l'intégralité du 201 de la Compagnie – dossier du fichier central – concernant le Russe en question.

Vichnevski, Konstantin : né en 1898 ou 1899 à Kiev ; père ingénieur chimiste et membre du parti, mort à l'adolescence du sujet ; s'enrôle à dix-sept ans comme cadet à l'Académie militaire de Kiev ; obtient quatre ans plus tard son diplôme d'officier artilleur ; poursuit une formation spécialisée à l'École d'artillerie pour officiers d'Odessa : coopté dans le renseignement militaire au début de la Deuxième Guerre mondiale ; membre supposé du parti communiste ; marié, un fils né en 1940 ; transféré après la guerre au Comité de la Sécurité d'État (KGB) ; étudie le contre-espionnage à l'École supérieure de renseignements (formation en un an) ; après son diplôme, affecté à Brest-Litovsk pour quatre mois ; suit pendant un an les cours de l'Institut diplomatique du KGB à Moscou ; une fois sa formation terminée, est affecté pendant six mois au Centre de Moscou comme analyste dans la section répartition générale des forces américaines du département d'Information du KGB ; en poste à Stockholm de l'été 1948 à janvier 1950, où il est censé s'être spécialisé dans les questions militaires ; affectation ultérieure inconnue. Aucun antécédent d'opinions antisoviétiques. Conclusion : candidat peu probable au recrutement.

Toujours très soucieux de protéger ses sources, Maman avait pris soin de ne pas mentionner l'origine de ses informations, mais le Sorcier avait pu tirer ses propres conclusions lorsque la base de Berlin avait demandé aux Allemands – à « nos » Allemands, à savoir la Sud-Deutsche Industrie-Verwertungs GmbH de Reinhard Gehlen, qui travaillait dans l'enceinte secrète de la banlieue munichoise de Pullach – des rapports de routine sur une bonne douzaine d'officiers du KGB en poste dans l'enclave soviétique de Karlshorst, à Berlin-Est. Les hommes de Gehlen, toujours prêts à satisfaire leurs maîtres américains, avaient rapidement fourni un épais dossier sur les Russes concernés. Enfoui dans ce rapport, il y avait un détail qui ne figurait pas dans le 201 de la Compagnie : AE/PERCE-NEIGE était, semblait-il, de mère juive. Ceci avait alors conduit le Sorcier à penser que c'était l'agent du Mossad israélien de Berlin-Ouest, que tout le monde appelait le Rabbin, qui avait fait des confidences à l'oreille de Maman ; neuf fois sur dix, tout ce qui pouvait avoir ne fût-ce qu'un vague rapport avec un juif passait par les mains du Rabbin. (Les Israéliens avaient leur propre programme, bien entendu, mais l'une de leurs priorités était d'engranger le maximum de bons points auprès de

Washington pour le jour où ils auraient besoin d'encaisser des dividendes.)
D'après Maman, le transfuge potentiel du KGB voulait passer à l'Ouest avec
femme et enfant. Le Sorcier devait le rencontrer dans la planque désignée sous
le nom de MARLBOROUGH à telle date et à telle heure, pour établir le
sérieux de la proposition et s'assurer définitivement qu'il ne s'agissait pas de
ce que Maman appelait un « mauvais » – un agent envoyé par l'Est avec une
serviette pleine d'informations fausses en provenance du KGB. À ce
moment-là, le Sorcier devait « presser le citron » afin de découvrir ce que le
sujet avait à offrir en échange de l'asile politique. Puis il devait faire son
rapport à Maman et attendre de voir si Washington donnait ou non son feu
vert pour la défection.

Dans la pièce voisine, la radio de l'Ange Déchu se mit à crépiter. Survolant une explosion de parasites, une phrase code se fit entendre : *Morgenstunde hat Gold im Mund* (L'heure matinale a de l'or dans la bouche). Jack,
surpris, se redressa aussitôt. Silwan II réapparut à la porte. « Il monte », souffla-t-il. Puis il embrassa l'ongle de son pouce et se signa rapidement.

L'un des guetteurs du Sorcier, une Allemande de soixante-dix ans passés,
assise au dernier rang du cinéma, avait vu la silhouette sombre d'un homme
se glisser dans les toilettes, sur le côté de la salle, et l'avait signalé par la petite
radio à piles dissimulée dans son sac à tricot. À l'intérieur des toilettes, le
Russe devait ouvrir la porte d'un placard à balais, écarter les serpillières et
balais mécaniques et pousser le panneau secret dissimulé dans le fond pour
monter l'escalier de bois ridiculement étroit qui conduisait au dernier étage,
et donc à la planque.

Le Sorcier, soudain dessoûlé, s'ébroua comme un labrador se débarrassant
de la pluie, et secoua la tête pour s'éclaircir la vue. Il fit signe à Silwan II de
disparaître dans la pièce voisine puis se pencha vers la tranche du livre de
William F. Buckley : *God and Man at Yale,* et murmura : « Cinq, quatre, trois,
deux, un. » Silwan surgit à la porte, brandit son pouce en l'air et disparut à
nouveau, fermant à clé la porte derrière lui.

Jack sentit son pouls s'accélérer. Il s'aplatit contre le mur afin d'être dissimulé par la porte quand elle s'ouvrirait. Il tira ensuite un PPK Walther de
l'étui fixé à sa ceinture, dans le creux de ses reins, en retira d'un geste du
pouce le cran de sûreté et dissimula l'arme derrière son pardessus. Regardant
de l'autre côté de la pièce, il fut déconcerté de voir le Sorcier se balancer
d'avant en arrière en une attitude de feinte admiration.

« Oh, très malin, fit Torriti, le visage sérieux, mais ses petits yeux ronds
brillants de malice. Si tu caches ton arme comme ça, derrière toi, je veux dire,
ça élimine la possibilité de faire fuir le transfuge avant que ce saligaud ait
l'occasion de nous donner son nom, son rang et son matricule. » Torriti portait lui-même un revolver à crosse de nacre sous son aisselle en sueur, et
un Detective Special calibre 38 à canon court dans un étui scotché à sa che-

ville, mais il se faisait une règle de ne jamais dégainer à moins qu'il n'y eût une forte possibilité d'avoir à tirer. McAuliffe ne tarderait pas à apprendre à en faire autant s'il restait un peu à la base de Berlin – la vue des armes légères rendait les grands nerveux qui frayaient dans le milieu de l'espionnage plus nerveux encore ; et plus les gens étaient nerveux, plus il y avait de risques que quelqu'un soit tué, ce qui constituait pour tout le monde un dénouement bien désagréable pour n'importe quelle opération.

Le fait était que Torriti avait beau rouspéter contre les nouvelles recrues, il s'était fait une spécialité de roder les oies blanches. Il voyait le métier comme une sorte de religion – on disait du Sorcier qu'il pouvait se fondre dans une foule même quand il n'y en avait pas –, et prenait un plaisir viscéral à donner le baptême à ses disciples. Et, tout bien considéré, il trouvait McAuliffe – avec ses lunettes teintées d'aviateur, sa moustache de Cosaque négligée, ses cheveux roux flamboyants lissés en arrière et séparés par une raie au milieu, cette politesse sans faille qui masquait une propension à la violence – un cran au-dessus de la chair à canon que lui envoyait ces derniers temps Washington, et ce, malgré le handicap d'être sorti de Yale. Il y avait en lui un côté irlandais presque comique : l'héritier d'un champion du monde invaincu des poids légers à mains nues, un McAuliffe dont la devise était : « À terre, pour mieux rebondir » ; le moraliste fourvoyé, toujours riant, toujours en action, qui refusait d'arrêter l'un et l'autre sur un simple coup de gong ; le catholique égaré capable de se faire au petit déjeuner un ami pour la vie, puis de l'envoyer pourrir en enfer avant l'heure du dîner.

À la porte, Jack rengaina son Walther avec un air penaud. Le Sorcier se martela le front du bout du doigt : « Mets-toi bien dans la tête que c'est nous les gentils, mon gars.

– Putain de merde, Harvey, je sais qui sont les gentils, sinon je ne serais pas ici. »

Le plancher grinça dans le couloir, de l'autre côté de la porte. Un poing heurta le panneau de bois. Le Sorcier ferma les yeux et hocha la tête. Jack ouvrit la porte.

Un homme petit et solidement bâti, aux cheveux anthracite coupés en brosse, au visage ovale slave et dont la peau présentait la couleur et l'aspect de la cire de bougie fondue, se tenait sur le seuil. Visiblement éprouvé, il jeta un bref coup d'œil vers Jack, puis plissa ses yeux légèrement bridés pour examiner la silhouette de Bouddha apparemment perdue dans sa méditation, près de la petite table. Alors le Sorcier montra soudain signe de vie et accueillit le Russe d'un salut enjoué en lui désignant la chaise libre. Le Russe s'approcha d'abord de l'oriel et regarda dans la rue tandis qu'une de ces nouvelles automobiles est-allemandes, au moteur secoué par une toux de tuberculeux, passait lentement devant le cinéma avant de disparaître au coin de la rue. Rassuré par le calme qui régnait au-dehors, le Russe fit le tour de la pièce, passa le bout de ses doigts sur la surface du miroir craquelé et essaya la poignée de la porte de la pièce adjacente. Il s'arrêta devant la pendule à coucou. «C'est quoi qu'il est arrivé aux aiguilles ? demanda-t-il.

– La première fois que j'ai mis les pieds à Berlin, dit le Sorcier, c'était une semaine après la fin de ce que vous autres, vous appelez la Grande Guerre patriotique, et le Ring était plein de chevaux émaciés qui tiraient des charrettes. Les petits Allemands maigrichons qui les regardaient passer bouffaient des gâteaux de glands. C'étaient des soldats russes qui tiraient les chevaux. Les charrettes étaient remplies du produit des pillages – lits à baldaquin, cuvettes de toilettes, radiateurs, robinets, éviers, poêles, à peu près tout ce qui pouvait s'emporter. Je me souviens d'avoir vu des soldats sortir des canapés de la villa de Hermann Goering. Rien n'était trop grand ni trop petit. Je parierais que la grande aiguille de cette pendule est restée dans une de ces charrettes.»

Un sourire narquois étira les lèvres du Russe. «C'était moi qui conduisais une charrette, dit-il. J'étais officier de renseignements dans régiment d'infanterie qui s'est battu, pendant quatre hivers, des faubourgs de Moscou jusqu'à les décombres du Reichstag, dans le Tiergarten. Pour arriver là, nous avons traversé centaines de nos villages ravagés par les Nazis qui fuyaient. On enterrait corps mutilés de nos combattants – il y avait femmes et enfants qui avaient été exécutés avec lance-flammes. Sur douze cent soixante hommes de notre bataillon au départ, nous étions quarante-deux à arrivée à Berlin. Les aiguilles de votre pendule, monsieur l'agent central des renseignements américains, me paraissent très faible tribut pour ce que les Allemands nous ont fait pendant la guerre.»

Avant de s'asseoir, le Russe écarta la chaise de la table afin de pouvoir observer à la fois Jack et le Sorcier. Les narines de Torriti palpitèrent lorsqu'il désigna du menton la bouteille de whisky. Le Russe, qui empestait l'eau de Cologne bon marché, fit non de la tête.

«Bon, on va commencer par le commencement. On m'a annoncé un certain Vichnevski, Konstantin.

– Je suis Vichnevski.

– Le hic, c'est qu'on n'a pas trouvé de Vichnevski sur les listes du KGB de Berlin.

– C'est parce que je suis sur le registre avec le nom de Volkov. Comment est votre nom, s'il vous plaît ?»

Le Sorcier était dans son élément, maintenant, et s'amusait visiblement. «Mon nom, c'est Twideuldeume.

– Twideul-Deume comment ?

– Juste Twideuldeume.» Torriti agita un index en direction du Russe assis loin de la table. «Écoutez, mon ami, vous êtes visiblement déjà rodé au petit jeu auquel nous jouons – vous connaissez comme moi les règles de base.»

Jack s'adossa au mur, près de la porte, et regarda, fasciné, Vichnevski déboutonner son manteau et en sortir un vieil étui à cigarettes dont il tira une mince *papirossa* à bout de carton. D'une autre poche, il extirpa un briquet de l'aviation américaine. Sa main et la cigarette coincée entre ses lèvres tremblaient toutes les deux lorsqu'il pencha la tête vers la flamme. Ce rituel parut le calmer. La pièce s'emplit de l'odeur âcre de la Herzegovina Flor que les officiers russes fumaient dans les cabarets bondés le long du Kurfürstendamm. «Je vous prie, vous répondre à une seule question, demanda Vichnevski. Est-ce qu'il y a micro? Est-ce que vous enregistrez notre conversation?»

Le Sorcier sentit que beaucoup dépendrait de sa réponse. Regardant le Russe sans ciller, il décida d'improviser. «Oui. J'enregistre. Nous enregistrons.»

Vichnevski poussa un soupir de soulagement. «Bien sûr que vous enregistrez. Moi, je ferais même chose à votre place. Si vous m'aviez dit non, je me serais levé et je serais parti. Une défection, c'est une action sur la corde raide sans même protection d'un filet. Je mets ma vie entre vos mains, M. Twideul ou je ne sais pas comment est votre nom. Il faut que je puisse avoir ma confiance en vous.» Il tira sur sa cigarette et souffla la fumée par les narines. «Je tiens le rang de lieutenant-colonel dans notre KGB.»

Le Sorcier reçut l'information avec un bref signe de tête. Un silence de mort s'installa pendant que le Russe se concentrait sur sa cigarette. Torriti ne fit aucun effort pour combler le vide. Il avait déjà pratiqué cet exercice plus de fois qu'il ne pouvait s'en souvenir. Il savait qu'il était crucial pour lui d'organiser les événements, d'imposer un rythme qui irait à l'encontre des attentes du transfuge. Il était important de démontrer, de manière subtile, qui tenait les rênes de l'opération. S'il devait y avoir défection, ce serait selon les termes du Sorcier et suivant son bon plaisir.

«Je suis inscrit comme attaché culturel et je travaille avec couverture de passeport diplomatique», ajouta le Russe.

Le Sorcier tendit la main et caressa le flanc de la bouteille de whisky du dos de ses doigts gantés. «Bon, voilà la donne, lâcha-t-il enfin. Imaginez que je suis un pêcheur qui écume la plate-forme continentale prussienne avec son chalut. Dès que je prends quelque chose dans mon filet, je le sors et je l'examine. Je rejette le menu fretin à l'eau parce que j'ai pour instructions très strictes de ne m'occuper que du gros poisson. N'y voyez rien de personnel, cela va sans dire. Êtes-vous un gros poisson, camarade Vichnevski?»

Le Russe s'agita sur son siège. «Bon : je suis l'adjoint du chef de la première direction générale du KGB de la base de Berlin, à Karlshorst.»

Le Sorcier sortit un calepin d'une poche intérieure et en feuilleta les pages couvertes d'une écriture minuscule en sicilien. Il prenait régulièrement le compte-rendu oral de la sœur d'une femme de chambre qui travaillait à l'hôtel situé à un jet de pierre de Karlshorst, où séjournaient les officiers du KGB du Centre de Moscou quand ils étaient de passage à Berlin. «Le 22 décembre 1950, le KGB de Karlshorst s'est fait inspecter par un expert de la commission de contrôle du Comité central. Comment s'appelait-il ?

– Evpraksein, Fiodor Eremeïevitch. On lui a donné place dans le bureau à côté du mien.»

Le Sorcier arqua les sourcils, comme pour dire : d'accord, vous travaillez bien à Karlshorst, mais il va falloir faire beaucoup mieux que ça si vous voulez passer au rang des gros poissons. «Qu'attendez-vous de moi, exactement ?», demanda soudain Torriti.

Le transfuge s'éclaircit la gorge. «Je suis prêt à passer à l'Ouest, annonça-t-il, mais seulement si je peux emmener ma femme et mon fils avec moi.

– Pourquoi ?

– Qu'est-ce que ça change, le pourquoi ?

– Croyez-moi, ça change tout. Pourquoi ?

– Ma carrière est arrivée à impasse. Je suis... – il chercha le mot en anglais puis se rabattit sur l'allemand – *desillusioniert* avec système. Je ne parle pas du communisme, je parle du KGB. Le *rezident* a essayé séduire ma femme. Je lui ai dit ça face à face. Il a nié et il m'a accusé de vouloir faire à lui du chantage pour qu'il me donne bon rapport de fin d'année. Le Centre de Moscou croit sa version, pas la mienne. Alors, c'est mon dernier poste à l'étranger. J'ai cinquante-deux ans – on va me mettre au vert comme mouton dans pâturage perdu. Je passerai le reste de mon existence au Kazakhstan, en train de taper en trois exemplaires rapports des informateurs. Je rêvais à des choses plus importantes... C'est ma dernière chance de commencer nouvelle vie pour moi, pour ma femme et pour mon fils.

– Votre *rezident* sait-il que vous êtes à moitié juif ?»

Vichnevski sursauta. «Comment pouvez-vous savoir... – il poussa un soupir – mon *rezident* a découvert ça, c'est-à-dire que Moscou a découvert ça quand ma mère est morte, l'été dernier. Elle a laissé testament pour dire qu'elle voulait être enterrée au cimetière juif de Kiev. J'ai essayé détruire le testament avant qu'il entre dans archives mais...

– Si vous craignez d'être mis au vert – c'est parce que Moscou a découvert que vous étiez à moitié juif ou c'est à cause de votre querelle avec le *rezident* de Berlin ?»

Le Russe haussa les épaules avec lassitude. «J'ai dit à vous ce que je pense.

– Votre femme sait-elle que vous nous avez contactés ?

– Je lui dirai quand moment de partir sera venu.

– Comment pouvez-vous être sûr qu'elle voudra partir ?»

Vichnevski examina la question. «Il y a des choses qu'un mari sait sur son épouse... des choses qu'il n'a pas besoin de demander avec mots.»

Grognant sous l'effort, le Sorcier se leva et fit le tour de la table. Puis il s'adossa au plateau et baissa les yeux vers le Russe. «Si nous vous faisions

passer, vous et votre famille, disons, en Floride, nous voudrions donner une
fête en votre honneur. » Le visage de Torriti se tordit en un sourire déplaisant
tandis qu'il levait les mains, paumes en l'air. « Aux États-Unis, il est grossier
d'arriver à une fête les mains vides. Avant que je puisse convaincre les gens
pour qui je travaille de vous aider, il faudrait que vous me disiez ce que vous
prévoyez d'apporter à la fête, camarade Vichnevski. »

Le Russe jeta un coup d'œil vers la pendule, sur la cheminée, puis reporta
son attention sur Torriti. « Je suis resté en poste à Stockholm pendant deux
années et deux mois avant être muté à Berlin. Je peux vous donner noms de
nos agents à Stockholm, adresses de nos caches...

– Il est extrêmement difficile d'exfiltrer trois personnes d'Allemagne de
l'Est.

– Je peux apporter avec moi répartition générale des forces de la *rezidentura* du KGB de Karlshorst à Berlin. »

Jack vit les yeux du Sorcier se voiler d'ennui. Il prit note mentalement
d'ajouter ce tour de comédien à son répertoire. Le Russe avait dû le voir aussi,
parce qu'il lâcha : « Le KGB a pour couverture *Inspektsia po voprossam bézo-
pasnosti* – ce que vous appelez Inspection pour les questions de sécurité.
Inspektsia a réquisitionné le hôpital Saint Antonius et fait travailler là-dedans
six cent trente employés à plein temps. Le *rezident*, général Ilitchev, est censément conseiller auprès de commission de contrôle soviétique. Le *rezident*
adjoint est Ougor-Molody, Oskar – il est enregistré comme chef du service
des visas. Le général Ilitchev crée en ce moment une direction séparée des
illégaux à l'intérieur de Première Direction principale basée à Karlshorst – on
l'appelle Direction S. Elle sera chargée de former et de fournir documents
pour illégaux du KGB qui doivent travailler à l'Ouest. »

Le Russe lâcha sa cigarette par terre et l'écrasa sous son talon. « Je peux
vous dire où sont cachés les micros... quels sont les téléphones sur écoute...
les postes d'écoute. »

Le Sorcier, manifestement déçu, lança un coup d'œil vers Jack, de l'autre
côté de la pièce. Sous le plancher, des mitrailleuses de gros calibre crachaient
leurs balles : les Russes pilonnaient les chars de Guderian retranchés le long
de la ligne Oder-Neisse. « Faire passer un officier du KGB, si c'est bien ce
que vous êtes, sa femme et son fils à Berlin-Ouest, et puis les faire monter
dans un avion pour l'Occident exigera de notre part un effort considérable.
Certaines personnes devront mettre leur vie en danger. Il faudra dépenser
beaucoup d'argent. Une fois que l'officier en question sera passé à l'Ouest,
il faudra encore subvenir à ses besoins, et généreusement. Il lui faudra
une nouvelle identité, un compte en banque, un traitement mensuel, une maison dans une rue tranquille d'une ville écartée, une voiture. » Le Sorcier rangea son calepin dans sa poche. « Si c'est tout ce que vous avez, mon ami, je
crains que nous ne soyons tous les deux en train de perdre notre temps. On

dit qu'il y a sept mille espions à Berlin prêts à mettre de l'argent sur la table pour ce que nos amis allemands appellent *Spielmaterial.* Faites du porte-à-porte auprès d'eux. Peut-être que les Français, ou les Israéliens… »

Depuis son poste, contre le mur, Jack ne perdait pas un mot et comprenait qu'au jeu délectable de l'espionnage Torriti était un artiste.

Le Russe baissa la voix. « Depuis quelques mois, on a chargé moi de m'occuper des liaisons avec services de renseignements de République démocratique allemande. Ils installent bureau dans ancienne école du quartier de Pankow, à Berlin-Est, près de secteur limité où habitent les chefs du parti et du gouvernement. Le nouveau service de renseignements, qui dépend du Ministerium fuer Staatssicherheit, se cache sous l'appellation Institut fuer Wirtschaftswissenschaftliche Forschung, Institut pour la recherche économique et scientifique. Je peux vous donner la répartition des forces là-bas jusqu'au dernier trombone. Le chef s'appelle Ackermann, Anton, mais on dit que le second, qui a vingt-huit ans seulement, est formé pour devenir patron. Il s'appelle Wolf, Marcus. Vous pouvez peut-être trouver photographies de lui – il a couvert le procès des crimes de guerre de Nuremberg en 1945 pour radio berlinoise Berliner Rundfunk. »

Jack, qui baignait dans les archives de la base berlinoise depuis six semaines qu'il était en Allemagne, intervint d'une voix qu'il espérait blasée. « Rolf a passé les années de guerre à Moscou et parle parfaitement le russe. Tout le monde à Karlshorst l'appelle par son nom russe, Micha. »

Vichnevski se lança alors dans une litanie de noms, d'adresses et de dates pour tenter désespérément d'impressionner le Sorcier. « La Direction principale a commencé avec huit Allemands et quatre conseillers soviétiques, mais elle s'étend rapidement. À l'intérieur de la Direction principale, il y a petite unité indépendante qui s'appelle Abwehr, ce que vous appelez contre-espionnage. Elle a pour mission de surveiller et de infiltrer les services de sécurité ouest-allemands. Les dirigeants de Abwehr projettent de se servir de archives nazies qu'ils ont récupérées pour faire chanter des personnalités en Occident qui ont tiré trait sur leur passé nazi. Tout en haut de leur liste, il y a un Filbinger, Hans, homme politique qui, en tant que procureur nazi, a condamné à mort des soldats et des civils. Le architecte de ce programme est chef actuel de la Direction principale, Stahlmann, Richard… »

– Stahlmann, qui s'appelle en réalité Artur Illner – l'interrompit Jack à nouveau – est membre du parti communiste allemand depuis la Première Guerre mondiale. Il travaille sous couverture depuis si longtemps que même sa femme l'appelle Stahlmann. »

Content de voir que Jack assimilait si vite les règles du jeu, le Sorcier le gratifia d'un léger sourire.

La remarque de Jack avait ébranlé le Russe, qui sortit un énorme mouchoir de la poche de son pantalon et s'essuya la nuque. « Je peux vous donner… »

Vichnevski hésita. Il avait prévu de livrer ce qu'il avait au compte-gouttes, d'échanger un supplément d'informations contre un supplément de protection ; il avait projeté de garder le meilleur pour quand il serait en sûreté en Occident afin de tirer de ses hôtes de quoi s'installer confortablement. Il reprit la parole d'une voix à peine audible. « Je peux vous révéler l'identité d'un agent soviétique dans services de renseignements britanniques. Quelqu'un de haut placé dans leur MI6... »

Jack, toujours posté contre le mur, crut voir le Sorcier se figer sur place.

« Vous savez son nom ? demanda Torriti d'un ton dégagé.

– Je sais choses sur lui qui vous permettront l'identifier.

– Comme ?

– La date précise de son débriefing à Stockholm, été dernier. La date approximative de premier compte-rendu oral à Zurich, hiver précédent. Deux opérations dévoilées à cause de lui – dans la première, il s'agit de un agent, dans l'autre, de un micro. Avec ces détails, un enfant pourrait identifier lui.

– Comment se fait-il que vous déteniez ces informations ?

– J'étais en poste à Stockholm en février dernier, quand officier du KGB est arrivé de Centre de Moscou. Il était censé être journaliste sportif à la *Pravda*. Il venait pour contact top secret unique. Il s'agissait de opération coupe-circuit – lui, il a écouté rapport du ressortissant suédois qui avait débriefé la taupe britannique. L'officier du KGB était mari de la sœur de ma femme. Un soir, nous avons invité lui à dîner. Il a bu beaucoup de vodka suédoise. Il a même âge que moi et esprit de compétition ; il a voulu impressionner moi. Il s'est vanté de sa mission.

– Comment s'appelait l'agent du KGB qui est venu à Stockholm ?

– Jitkine, Markel Sergueïevitch.

– Je voudrais bien vous aider, mais il m'en faudrait un peu plus à me mettre sous la dent... »

Le Russe se rongea visiblement les sangs. « Je vous donnerai le micro qui est devenu muet. »

À gestes étudiés, le Sorcier retourna à sa place, rouvrit son calepin, décapuchonna un stylo et regarda le Russe. « Bon, parlons peu mais parlons bien. »

La note manuscrite scotchée sur la porte blindée du sacro-saint bureau du Sorcier, dans la base de Berlin, au deuxième sous-sol d'un bâtiment de briques dans une rue tranquille bordée d'arbres d'une banlieue huppée de Berlin-Dahlem, citait l'évangile selon Torriti : « Mon gars, un territoire a besoin d'être défendu à sa frontière. » Silwan II, sonné, les yeux rouges, l'étui à revolver apparaissant à l'épaule sous la veste tyrolienne brodée, se tenait vautré sur un tabouret, gardien de la porte du Sorcier et, juste en face, du frigo rempli de slivowitz de contrebande. De l'intérieur du bureau provenait le son crachotant d'un 78 tours déversant des arias de Björling ; le Sorcier, qui se décrivait souvent comme un paranoïaque avéré doté de vrais ennemis, faisait marcher le Victrola à fond pour le cas où les Russes auraient réussi à mettre des micros dans la pièce. De part et d'autre de son énorme bureau, les murs étaient tapissés de râteliers contenant les fusils et mitraillettes qu'il avait « libérés » au cours des ans. L'un des tiroirs de son bureau était rempli de pistolets, un autre de boîtes de munitions. Une bombe à la thermite toute ronde et peinte en rouge trônait sur chacun des trois grands coffres-forts pour détruire en urgence les dossiers si jamais les choses tournaient mal et que les Russes, à un tir de mortier à peine, lançaient l'assaut.

Courbé comme une parenthèse au-dessus du bloc à messages posé sur le sous-main, le Sorcier mettait la dernière touche à son rapport de la nuit pour Washington. Jack, qui revenait de vider la corbeille du Sorcier dans l'incinérateur, poussa la porte et se laissa tomber sur le canapé, juste sous un râtelier. Torriti leva les yeux et examina Jack comme s'il essayait de le remettre. Puis son regard s'éclaira. « Alors, mon gars, qu'est-ce que tu en as pensé ? lança-t-il par-dessus la musique, remuant distraitement la glace dans son whisky avec son index.

– Je ne suis pas convaincu, Harvey, répondit Jack tout aussi fort. J'ai trouvé qu'il bafouillait un peu quand vous lui avez mis la pression sur sa biographie. Quand vous lui avez demandé de décrire la rue où il habitait pendant son premier poste au KGB de Brest-Litovsk. Quand vous lui avez demandé les noms des instructeurs de l'Institut diplomatique du KGB à Moscou.

– T'as grandi où, mon gars ?

– Dans un petit coin qui s'appelle Jonestown, en Pennsylvanie. Et je suis allé au lycée dans le bled d'à côté, Lebanon.

– Et ensuite, pour la modique somme d'environ trois mille dollars par an, ce qui, soit dit en passant, est plus que ce que gagne ma secrétaire, tu as fait ce que les plèbes appellent des études supérieures à Yale. »

Jack lissa de l'index les extrémités de sa moustache de cosaque. « La plèbe représente déjà tout le bas peuple, Harvey. Vous n'avez donc pas besoin de la mettre au pluriel... » Sa voix se perdit lorsqu'il remarqua l'expression peinée tapie dans les ridules autour des yeux du Sorcier.

« Arrête de m'emmerder, mon petit gars, et décris-moi la rue de ton lycée.

– La rue de mon lycée. Oui, bien sûr. Je crois me rappeler qu'elle était bordée d'arbres sur lesquels on écrivait des vers à la mords-moi-le-nœud plutôt cochons.

– C'était quoi, comme arbres ? C'était une rue à sens unique ou pas ? Qu'est-ce qu'il y avait, au carrefour : un stop ou un feu rouge ? Est-ce que c'était une zone de stationnement interdit ? Qu'est-ce qu'il y avait, juste en face du lycée ? »

Jack examina le plafond. « Il y avait des maisons, de l'autre côté de la rue.

Non, c'était peut-être en face de mon école de Jonestown qu'il y avait des maisons en face. En face du lycée de Lebanon, il y avait un jardin public. Ou est-ce que c'était derrière ? La rue était... – Jack fit la grimace – je crois que je vois où vous voulez en venir, Harvey. »

Torriti prit une goulée de whisky. « Admettons, histoire de discuter, que Vichnevski est une opération de désinformation. Quand on l'a cuisiné sur sa légende, il nous aurait tout débité d'un trait et nous aurait donné tous les détails en faisant bien attention à ne pas avoir l'air d'inventer au fur et à mesure.

– Mais comment savoir si les Russes n'ont pas une longueur d'avance ? Comment être sûr qu'ils n'ont pas programmé leurs agents pour qu'ils bafouillent en nous servant leurs légendes ?

– Les Russes connaissent peut-être la rue comme leur poche, mais ils n'ont pas les usages du trottoir, ce qui est une expression que j'ai inventée pour dire qu'ils manquent de raffinement. Et puis mon nez ne m'a pas chatouillé. J'ai toujours le nez qui me chatouille quand je respire un coup monté.

– Vous avez donc avalé le coup du *rezident* qui fait du gringue à sa femme.

– Eh, mon gars, des deux côtés du rideau de fer le rang a ses privilèges. Quel serait l'intérêt d'être le grand patron de Karlshorst si vous ne pouvez même pas draguer la femme d'un de vos mignons, surtout quand le mignon en question est déjà un peu dans le pétrin pour avoir caché qu'il est à moitié juif ? Écoute, mon gars, la plupart des transfuges qui se présentent ici essayent de nous dire ce qu'ils croient qu'on veut entendre : qu'ils sont déçus par le communisme, que le manque de liberté les étouffe, qu'ils ont enfin compris que le vieux Joseph Staline est un tyran, ce genre de conneries.

– Alors, qu'est-ce que vous dites à Washington, Harvey ? Que votre nez ne vous a pas chatouillé ?

– Je leur dis qu'il y a soixante-dix pour cent de chances que le gus soit bien celui qu'il dit qu'il est, et que donc, ça vaut le coup de l'exfiltrer. Je dis que j'aurai toute l'infrastructure prête en quarante-huit heures. Je dis qu'il faut voir la suite du feuilleton concernant la taupe au MI6, parce que si c'est vrai, on est dans un sacré merdier ; on partage depuis toujours tout notre matos avec les cousins, ce qui voudrait dire que nos petits secrets se retrouvent, via les Angliches, sur le bureau d'un mec de Moscou. Et au cas où ça traînerait un peu les pieds à Washington, je leur rappelle que même si le transfuge était un agent double, ça vaudrait quand même le coup de le faire venir.

– Je ne vous suis pas très bien, Harvey. »

Le poing du Sorcier écrasa une sonnette sur le poste du téléphone. Son Oiseau de nuit, Mlle Sipp, une petite brune d'une trentaine d'années aux yeux somnolents qui ne clignaient que très rarement et très lentement, passa la tête dans le bureau ; elle était connue comme le loup blanc à la base de Berlin pour être tombée dans les pommes le jour où Torriti avait retiré sa chemise pour lui montrer la blessure de shrapnel qui avait décapité la femme nue tatouée sur son bras. Depuis, elle le traitait comme s'il était atteint d'une maladie sexuelle transmissible, c'est-à-dire qu'elle retenait sa respiration en sa présence et passait le moins de temps possible dans son bureau. Le Sorcier poussa le bloc à messages sur son bureau. « Bonne année 1951, Mlle Sipp. Avez-vous pris des résolutions pour cette année ?

– Je me suis promis de ne plus travailler pour vous l'année prochaine », répliqua-t-elle.

Torriti hocha joyeusement la tête ; il aimait les femmes qui avaient de la repartie. « Soyez gentille, mon chou, et portez-moi ça à la radio. Dites à Meech que je le veux chiffré sur un bloc clé et que ça parte en priorité. Je veux le texte codé dans un sac à incinérateur et l'original de retour sur mon bureau dans une demi-heure. » L'Oiseau de nuit quitta précipitamment la pièce et Torriti se versa une nouvelle rasade de whisky, s'enfonça dans le siège de cuir qu'il avait acheté pour rien au marché noir et hissa ses bottes de cow-boy pointues sur le bureau. « Mon gars, je vais maintenant te montrer comment on gère une défection. Comme tu es diplômé de Yale, je vais parler très lentement. On envisage d'abord le pire scénario et on dit que notre ami russe est un agent double qui est venu pour nous faire gober des informations bidon. Si tu veux qu'il passe pour un vrai de vrai, tu l'envoies avec femme et enfant, mais nous, on est quand même des officiers des services de renseignements américains et on nous la fait pas, d'accord ? On se laisse pas impressionner par la vitrine. Arrive un moment où il n'y a plus qu'une façon pour le transfuge de nous prouver sa bonne foi : c'est de nous apporter une certaine quantité d'informations exactes.

– Jusque-là, je suis. Une fois qu'il nous a livré ses informations exactes, et d'autant plus si elles sont importantes, on est sûrs que c'est un vrai transfuge, c'est ça ?

– Non, mon gars, c'est pas ça. Un transfuge qui donne des informations exactes peut encore être un agent double. Autrement dit, un agent double doit donner assez d'informations exactes pour nous convaincre qu'il est un vrai transfuge et nous faire avaler les conneries qu'il glissera entre les informations exactes. »

Intrigué par la complexité du jeu, Jack se redressa sur le canapé et se pencha en avant. « Ce n'est pas ce qu'on nous enseigne à Washington, Harvey. Alors, le fait qu'un transfuge nous livre des informations exactes ne fait pas nécessairement de lui un vrai transfuge ?

– Quelque chose comme ça.

– Une question, Harvey : si c'est comme ça, pourquoi s'embêter à recevoir des transfuges ?

– Parce que, pour commencer, le transfuge peut être authentique et ses informations exactes seront alors utiles. Ce n'est pas tous les jours qu'on t'apporte l'identité de la taupe du MI6 sur un plateau. Et même si le transfuge est un double, en jouant serré, on peut quand même tirer parti des vraies informations qu'il apporte et laisser tomber l'intox.

– Harvey, j'ai la tête qui tourne. »

Le Sorcier ricana. « Ouais, bon, au fond, ce qu'on fait, c'est qu'on tourne autour de la marmite jusqu'à en devenir fou à lier. À la fin, tout devient une espèce de jeu intellectuel dingue – et pour y jouer, il faut passer de l'autre côté de ce que Maman appelle la jungle des miroirs. »

Jack réfléchit un instant. « Qui est cette Maman dont vous parlez sans arrêt ? »

Mais la tête du Sorcier était déjà retombée sur sa poitrine ; le verre de whisky en équilibre sur le renflement de son ventre, il venait de s'endormir pour la première fois en deux nuits blanches consécutives.

Le rapport du Sorcier, adressé – comme tous les câbles des antennes de la Compagnie à l'étranger à destination de Washington – au DCI, soit le directeur de la CIA, fut déposé directement sur le bureau de Jim Angleton, dans une chemise métallique barrée d'un trait rouge signifiant que le contenu en était tellement sensible qu'il convenait (comme l'indiquait la note humoristique affichée sur le panneau d'information du premier étage) de le brûler avant même de le lire. L'unique exemplaire du texte décrypté avait déjà été paraphé par le directeur et transmis à Angleton, connu dans la maison sous le nom de code Maman, pour que soit entreprise une « action immédiate ». Le directeur, Walter Bedell Smith, chef d'état-major hargneux d'Eisenhower lors du débarquement de Normandie, dont les changements d'humeur oscillaient disait-on entre la colère et la fureur, avait griffonné en travers du message, d'une écriture pratiquement illisible qui ressemblait à des hiéroglyphes : « Ça me paraît valable. WBS. » Son directeur des opérations adjoint, maître espion de l'OSS pendant la Deuxième Guerre mondiale, Allen Dulles, avait ajouté : « Pour l'amour du ciel, Jim, essayons de ferrer celui-ci comme il faut. AD. »

Le rapport du Sorcier commençait par la litanie habituelle de la Compagnie :

DE :	Alice Lecteur
AU :	DCI
COPIE À :	Hugh Ashmead
SUJET :	AE/PERCE-NEIGE
Référence :	Votre 28/12/50 en rapport avec décrocher la timbale

Angleton, le magicien décharné, voûté et fumeur invétéré du contre-espionnage de la Compagnie, travaillait dans un grand bureau d'angle du bâtiment « L », l'une des espèces de carcasses provisoires en bois échouées comme des épaves au bord de la Reflecting Pool, entre les monuments à Lincoln et à Washington, depuis la Deuxième Guerre et surnommées, pour des raisons douloureusement évidentes pour ses occupants, l'Allée-aux-Cafards. De la fenêtre d'Angleton, la vue du mémorial de Lincoln aurait été superbe si quelqu'un avait pris la peine d'ouvrir les stores vénitiens. Des milliers de fiches alphabétiques de format sept sur douze bourrées de détails que Maman avait accumulés pendant ses années passées dans le secteur du contre-espionnage – la promotion de 1935 d'un lycée de Brest-Litovsk, les programmes d'avant-guerre de l'École d'artillerie d'Odessa, les numéros des plaques d'immatriculation des Zil qui transportaient les membres de l'élite soviétique à leurs bureaux du Kremlin – jonchaient le bureau, les tables et les rayonnages. S'il y avait un ordre à la folie, seul Angleton en avait la clé. Grâce à ses précieuses fiches, il put rapidement trouver les réponses aux questions du Sorcier :

1) Oui, il y a bien à Brest-Litovsk une rue Mikhaïl-Koutouzov, du nom du héros de la guerre napoléonienne ; oui, il y a bien une grande statue d'une femme aux yeux bandés liée à un poteau, qui attend son exécution, dans le petit jardin public qui se trouve en face de l'immeuble où logent les officiers du KGB local, rue Koutouzov.

2) Oui, des instructeurs du nom de Piotr Maslov, Guenadi Brykine et John-reed Arkhanguelski figuraient bien sur le registre de l'Institut diplomatique du KGB de Moscou en 1947.

3) Oui, l'adjoint du *rezident* du KGB de Karlshorst s'appelle bien Oskar Ougor-Molody.

4) Oui, sous couvert de l'appellation Institut de recherche économique et scientifique, un organisme s'est installé dans une ancienne école du quartier de Pankow, à Berlin-Est.

5) Oui, il y a bien un journaliste sportif qui écrit pour la *Pravda* sous le pseudonyme de M. Jitkine. Impossible de confirmer le nom patronymique de Sergueïevitch. On le dit marié, mais impossible de confirmer que c'est à la belle-sœur de AE/PERCE-NEIGE.

6) Non, nous n'avons pas trace de Jitkine se rendant à Stockholm en février dernier, mais sa rubrique hebdomadaire dans la *Pravda* n'est pas parue la troisième semaine de février.

7) Oui, le système d'écoute que la Division D avait introduit dans le bras d'un fauteuil acheté par l'ambassade soviétique à La Haye et installé dans le bureau de l'ambassadeur a été opérationnel jusqu'à vingt-deux heures quarante-cinq le 12 novembre 1949, et puis est devenu muet brusquement. Une visite amicale faite par la suite à l'ambassade soviétique nous a appris qu'il y avait une petite cavité sous le bras du fauteuil, et nous en avons déduit que les services de contre-espionnage soviétique étaient tombés sur le micro lors d'un nettoyage de routine du bureau et l'avaient retiré. Des transcriptions des

conversations de l'ambassadeur soviétique ayant trait aux projets du Kremlin pour forcer les Américains à retirer leurs forces d'occupation de Berlin-Ouest avaient circulé dans la sphère très restreinte du renseignement américain et britannique.

8) Le consensus est ici que AE/PERCE-NEIGE a fait suffisamment preuve de sa bonne foi pour justifier une opération d'exfiltration. Ma source lui signifie de se présenter à Marlborough avec sa femme et son fils, sans valises, quarante-huit heures après son dernier contact.

Angleton signa le message et laissa à sa secrétaire préférée le soin de le faire chiffrer au moyen d'un des codes polyalphabétiques de son service. Une fois revenu dans son bureau d'angle, il fouilla ses poches en quête de cigarettes, en coinça une entre ses lèvres délicates et, sans l'allumer, contempla le vide, le front barré par un pli soucieux. Pour Angleton, l'essence même du contre-espionnage était la pénétration : pour obtenir les secrets de l'ennemi, on infiltrait ses rangs, soit par la défection, comme celle qui s'organisait au même moment à Berlin ou, plus rarement, par un agent en place occasionnel qui faisait parvenir des informations en provenance directe des sanctuaires les plus fermés du KGB. Et le secret le plus convoité était de savoir si l'ennemi vous avait infiltré. Les Russes avaient déjà réussi à pénétrer la communauté scientifique et le gouvernement américains ; interrogée par le FBI, Elizabet Bentley, communiste américaine mal fagotée qui servait de messager à son officier traitant soviétique à Washington, avait débité les noms d'une centaine de personnes liées à des réseaux d'espionnage soviétiques aux États-Unis et au Canada, dont Hiss, Fuchs, Gold, Sobell, Greenglass, les Rosenberg. Il y avait de bonnes raisons de croire que les plans de la bombe atomique que les Russes avaient fait sauter avec succès en 1949 provenaient tout droit des laboratoires de la bombe A américaine, à Los Alamos. Le boulot d'Angleton était de disposer les chariots du contre-espionnage en un cercle protecteur autour de la Compagnie et de faire en sorte qu'aucun Russe ne puisse jamais y glisser, ne fût-ce qu'un orteil. C'est ainsi que Maman, porté par sa réputation d'as du contre-espionnage à l'*Office of Strategic Services* – agence de renseignements américaine de l'époque – pendant la Deuxième Guerre, avait fini par passer devant tout le monde pour diriger les opérations clandestines, une situation qui n'était pas du goût de tous, et en tout cas pas de celui de Torriti.

Angleton et Torriti s'étaient déjà croisés – et avaient croisé le fer – en 1944, alors que Maman, dont on considérait qu'il maîtrisait déjà, à vingt-sept ans, les subtilités du jeu du renseignement, avait été chargé de ramasser les agents fascistes oubliés par les Allemands qui remontaient la botte de l'Italie. Torriti, qui parlait couramment le dialecte sicilien et parvenait très bien à se donner l'allure d'un petit caïd de Sicile, servait de liaison avec les clans de la

Mafia qui avaient soutenu les Alliés pendant l'invasion de la Sicile et, plus tard, pendant les débarquements en Italie. Durant les mois qui avaient suivi la reddition de l'Allemagne, le Sorcier était d'avis qu'il fallait soutenir les sociaux-démocrates italiens pour contenir les communistes locaux, qui recevaient un soutien considérable de Moscou et menaçaient de faire une belle percée lors des prochaines élections. Angleton, qui était convaincu que la Troisième Guerre mondiale avait commencé le jour où la Deuxième avait pris fin, prétendait qu'en grattant un peu un social-démocrate, on découvrait un communiste qui recevait ses ordres directement du Kremlin. Le raisonnement d'Angleton avait à Washington la faveur de ceux que le Sorcier appelait « la plaie des grandes écoles » ; la Compagnie appuya de tout son poids – sous forme de dizaines de millions de dollars en liquide, de campagnes de propagande et de quelques petits numéros de chantage – les démocrates-chrétiens, qui finirent par gagner les élections.

De là où il se trouvait, Angleton considérait que le Sorcier avait assez d'expérience en matière d'opérations sur le terrain pour dresser toutes les batteries d'une défection, mais qu'il n'était plus à la hauteur dès que la situation exigeait une véritable culture géopolitique ; et qu'il était un peu trop lourdaud – et, depuis quelques mois, trop ivre – pour suivre Maman dans ce que T.S. Eliot avait appelé, dans son poème *Gerontion,* « la jungle des miroirs ». Oh, Torriti saisissait bien les premiers niveaux d'ambiguïté : à savoir que même les faux transfuges apportent avec eux des informations exactes pour prouver leur bonne foi. Mais il existait d'autres scénarios plus subtils que seule une poignée d'agents de la Compagnie, avec Angleton à l'avant-poste, pouvait appréhender. Quand on avait affaire à un transfuge porteur d'informations exactes, Maman avait pour ferme conviction qu'il fallait toujours garder à l'esprit que plus l'information exacte qu'il apportait était énorme, plus il y avait un risque que l'autre bord essaye de vous faire avaler un bobard énorme. Quand on avait compris ça, il s'ensuivait, aussi sûrement que la nuit suit le jour, qu'il fallait considérer chaque succès comme une calamité potentielle. Il y avait pourtant nombre de vétérans de l'OSS travaillant pour la Compagnie qui étaient incapables de saisir les différents niveaux d'ambiguïté impliqués dans une opération d'espionnage ; qui chuchotaient que Maman n'était qu'un parano complet. « N'écoute pas ces vieux cons, ricanait le grand pote anglais d'Angleton au cours de leurs déjeuners hebdomadaires dans un troquet de Washington, quand Maman se laissait miner par ce qu'on disait de lui. Ils ont une m-m-mentalité tournée vers l'intérieur, c-c-comme des ongles incarnés. »

Un signal sonore tira Angleton de sa rêverie. Un instant plus tard, un visage familier apparut à la porte. C'était justement celui de l'ami et mentor britannique de Maman, l'agent de liaison du MI6 à Washington. « S-s-salut à toi, Jimbo, s'écria Adrian avec ce bégaiement exubérant un peu snob qu'Angleton avait entendu pour la première fois pendant la guerre, lorsqu'ils partageaient tous les deux un placard au Rose Garden Hotel, Ryder Street, à Londres. L'hôtel délabré servait à l'époque de centre nerveux aux opérations de contre-espionnage conjointes entre l'OSS américain et les services secrets britanniques, le MI6. L'Anglais, de cinq ans l'aîné d'Angleton et, pendant la guerre, spécialiste du contre-espionnage au MI6 pour la péninsule Ibérique, s'était chargé d'initier le jeune caporal américain, tout juste sorti de Yale et véritable puceau en matière de renseignements, aux mystères du contre-espionnage. À présent, avec à son actif une longue série d'exploits de premier ordre réalisés pendant et après la guerre, Adrian était l'étoile montante au firmament des services secrets britanniques ; les bruits de bureau le désignaient d'ailleurs comme le prochain C, lettre-code qui désignait le patron du MI6.

« Quand on parle du loup... je pensais justement à toi, dit Angleton. Pose-toi là et raconte-moi quels mondes tu as conquis ce matin. »

L'Anglais retira de la chaise fournie par le gouvernement plusieurs boîtes à chaussures remplies de fiches avant de s'asseoir dessus, en face de son ami américain. Angleton trouva une allumette et alluma sa cigarette. Entre eux, sur le bureau, une vieille lampe Tiffany projetait un ovale de lumière jaune pâle sur les rames de papier qui débordaient des corbeilles à courrier. Le visage mince d'Angleton, plus ou moins flou au milieu des volutes de fumée de cigarette, paraissait étonnamment satanique, ou c'est du moins ce que trouva l'Anglais.

« Je viens juste de prendre un petit déjeuner avec ton seigneur et maître, annonça Adrian. Maigre pitance – on se serait crus revenus au C-Connaught pendant le rationnement. Il m'a fait tout un boniment sur une combine complètement branque pour infiltrer des agents émigrés en Albanie, entre t-tous les pays possibles. On dirait bien que les Amerloques comptent sur nous pour faire de Malte une base de ravitaillement et monter une Invincible Armada de petits bateaux. Tu veux un exemplaire du projet, si jamais tu dois valider l'opération ?

– Un peu, mon neveu, qu'il m'en faut un exemplaire ! »

L'Anglais tira deux enveloppes rebondies de la poche de poitrine de son blazer. « Pourquoi ne pas faire p-p-passer ces trucs au pressing pendant qu'on discute le bout de gras ? »

Angleton sonna sa secrétaire et lui indiqua du menton les enveloppes que tenait son ami. « Gloria, seriez-vous assez gentille pour me passer ça à la thermographie et lui rendre les originaux quand il sortira ? » À moitié chicano de naissance, mais devenu anglophile après son service à Londres où il s'était découvert tant d'affinités avec les Britanniques, Maman fit une trouée dans la fumée pour parler à son ami avec ce soupçon d'accent britannique qui lui venait de trois années passées dans une université anglaise. « Alors, qu'est-ce que tu penses de notre Bedell Smith ? demanda-t-il.

– Entre toi, moi et ces murs, Jimbo, je lui trouve l'œil froid et pas très franc du collier, mais le cerveau réglé au quart de tour. Il a passé en revue la v-v-vingtaine de paragraphes sur la petite affaire albanaise, a laissé tomber son papier et s'est mis à en débiter des passages entiers, avec toutes les références. Ce type donnait même les paragraphes en les citant par leur numéro. Bon sang, il a fallu que je passe toute la nuit à mémoriser ce fichu d-d-document.

– Personne ne nie qu'il est intelligent...

– Le problème, c'est que c'est un militaire. Les militaires sont convaincus que la distance la plus courte entre deux points est toujours une ligne droite, ce dont toi et moi, mon vieux, dans notre infinie sagesse, doutons fortement. En ce qui me concerne, je suis un antieuclidien des plus orthodoxes. Il n'existe tout simplement pas de distance plus courte entre deux points. Il n'y a que des méandres. Rien n'est jamais si simple ; on part d'un point A, et seul le diable sait où on va atterrir. Pour mettre les points sur les i, ton « Bidule » Smith a commencé à râler parce que les mecs des opérations lui disent un truc sur les groupes de résistance en Albanie et que ses analystes lui en disent un autre.

– Te connaissant, je parie que tu lui as remis les idées en place. »

L'Anglais fit basculer sa chaise en équilibre sur les pieds postérieurs. « En fait, je n'y ai pas manqué. Je lui ai cité notre illustre l-lord de l'Amirauté. Le vrai génie, nous a enseigné Churchill, réside dans la capacité à évaluer des informations contradictoires. Tu as vraiment du génie, Jimbo. Tu sais regarder un fouillis de données apparemment contradictoires et voir la trame qui se dessine en dessous. Et cette trame, comme en a conscience tout espion qui se respecte, est la substance même de n'importe quelle conspiration. »

Les lèvres d'Angleton s'étirèrent en un rare sourire. « Tu m'as appris tout ce que je sais », dit-il. Tous deux récitèrent en chœur la devise de E.M. Forster, qui avait été affichée au-dessus du bureau de l'Anglais pendant leur séjour à Ryder Street : « Faites le lien ! » Puis ils éclatèrent de rire comme des écoliers pris en faute.

Angleton étouffa un début de toux en aspirant l'air par les narines. « Tu m'as bien passé de la pommade, lâcha-t-il enfin, ce qui signifie que tu attends quelque chose de moi.

– Jimbo, tu lis en moi comme en un livre ouvert. » Adrian redressa sa chaise. « Ton général Smith a laissé entendre qu'il y avait une exfiltration sur le feu qui pouvait être intéressante pour moi et les miens. Quand je lui ai demandé les détails salaces, il m'a donné quartier libre pour essayer de te les s-s-soutirer. Alors vide ton sac, Jimbo. Qu'est-ce que tu nous mijotes dans ta c-c-cuisine de grand chef ? »

Angleton se mit à fouiller sur son bureau pour trouver le télégramme du Sorcier dans la petite montagne de papiers. Il le découvrit sous un autre câble de l'antenne de la CIA à Mexico ; signé par deux officiers de la Compagnie,

E. Howard Hunt et William F. Buckley Jr., ce dernier donnait les grandes lignes de ce qu'on appelait, par euphémisme, une « opération spéciale parallèle ».

« Franchement, tu es le seul Britannique à qui je peux confier ça, fit remarquer Angleton en agitant le télégramme de Torriti en l'air pour disperser la fumée de cigarette.

– Je t'en remercie, Jimbo.

– Ce qui signifie que tu dois me donner ta parole que tu n'en diras rien à Londres tant que je ne t'aurai pas donné le feu vert.

– Ce doit être sacrément important pour que tu prennes cette précaution.

– Ça l'est.

– Tu as ma parole, mon vieux. Mes lèvres resteront scellées jusqu'à ce que tu les descelles. »

Angleton fit glisser le câble vers son ami britannique, qui chaussa une paire de lunettes basiques de dispensaire et porta le rapport sous la lampe Tiffany. Au bout d'un moment, ses yeux se plissèrent. « Bon Dieu, pas étonnant que tu ne veuilles pas que j'envoie ça à Londres. À manier avec précaution, Jimbo – il y a toujours un risque que le Ruskof soit un leurre et que ses infos fassent p-p-partie d'un plan pour monter ta boutique et la mienne l'une contre l'autre. Tu te rappelles les infos que j'avais fait circuler en Espagne pour convaincre les Allemands qu'on avait une taupe haut placée chez eux? L'Abwehr a passé six mois à se mordre la queue avant d'envisager que c'était peut-être du pipeau.

– Tout ce que Torriti lui a soutiré lors de leur première rencontre a été vérifié.

– Y compris le micro devenu muet? »

Angleton hocha la tête derrière le nuage de fumée. « J'ai déjà affecté une équipe pour remonter le fil rouge du micro planqué dans le fauteuil de l'ambassadeur soviétique à La Haye – le produit a eu une circulation limitée, mais a circulé quand même. On peut compter les personnes qui savent d'où il vient sur les doigts des deux mains. »

L'Anglais d'Angleton, vieux routier de la défection, était dans son élément. « Il va falloir marcher sur des œufs, Jimbo. S'il y a vraiment une taupe au MI6, elle va quitter le navire à l'instant où elle sentira venir les ennuis. Le KGB aura un plan de secours prévu p-p-pour ce genre de choses. Le truc sera de garder la défection secrète aussi longtemps que possible. »

Angleton tira une autre cigarette de son paquet et l'alluma sur le bout incandescent de son mégot. « Torriti va faire passer le Russe et sa famille à Berlin-Ouest et leur faire prendre un avion pour les USA à Tempelhof, dit-il. Je vais mettre des gens dans l'avion pour qu'on puisse commencer à étudier les infos avant que la défection se sache. Avec un peu de chance, on va pouvoir trouver l'identité de la taupe avant que le KGB de Karlshorst se rende compte que l'adjoint du chef de la Première Direction principale s'est fait la malle. Alors, la balle sera dans le camp du MI6 – il faudra alors que vous agissiez vite de votre côté.

– Donne-moi un nom, insista l'Anglais. Et on fera passer un mauvais quart d'heure à ce fils de pute.»

Torriti avait arrêté de boire pour l'exfiltration, ce qui n'était certainement pas une bonne idée dans la mesure où le manque d'alcool le mettait plus à cran encore que d'habitude. Il arpentait la petite pièce de la planque au-dessus du cinéma comme un lion en cage, tournant en rond de façon si métronomique que Jack en eut bientôt le vertige. Posté devant l'oriel, l'Ange Déchu ne quittait pas du regard Doux Jésus, qui faisait faire des ovales interminables à son petit chien de salon muselé dans la rue en contrebas. Régulièrement, il retirait sa casquette de garde et grattait la partie chauve au sommet de son crâne, ce qui signifiait qu'il n'avait pas vu trace du transfuge russe, ni de sa femme ou de son fils de onze ans. La radio de Silwan II, posée par terre, contre un mur, son antenne accrochée en travers de la pièce comme une corde à linge, s'anima, et l'on entendit la voix de la sentinelle postée au fond du cinéma chuchoter : «*Der Film est fertig*... dans huit minutes. Où est quelqu'un ?»

«Et en plus, j'ai le nez qui me chatouille comme un malade, grogna le Sorcier en s'immobilisant brusquement devant la pendule sur la cheminée. Il se passe quelque chose. D'après mon expérience, les Russes arrivent en retard aux rendez-vous et en avance aux défections.» Le tic-tac de l'imperturbable coucou marquant les secondes fut soudain plus que Torriti ne put en supporter. Il prit son revolver à crosse de nacre dans son baudrier, le saisit par son long canon pour en frapper la pendule d'un coup de crosse, décapitant le coucou et fracassant le mécanisme. «Au moins, on va pouvoir s'entendre penser», annonça-t-il, devançant la question que Jack aurait posée s'il en avait trouvé le courage.

Ils s'étaient rendus dans le secteur soviétique de Berlin-Est par la voie habituelle, Torriti et Jack couchés sur le ventre dans le faux plafond ménagé sous le toit d'un petit camion Studebaker qui avait franchi un point de contrôle peu fréquenté pour l'une de ses livraisons régulières de sacs d'engrais à base d'os broyés; Doux Jésus et l'Ange Déchu, habillés en ouvriers est-allemands, s'étaient mêlés au flot de gens qui rentraient par la station Friedrichstrasse d'une journée passée à creuser des tranchées pour le tout-à-l'égout dans la partie occidentale de la ville. Doux Jésus l'avait échappé belle quand l'un des *Volkspolizei* est-allemands très chic qui patrouillaient derrière les barrières lui avait demandé son permis de travail, puis l'avait feuilleté pour s'assurer qu'il portait bien tous les tampons nécessaires. Doux Jésus, qui avait à un moment travaillé comme cuistot pour une unité de SS en Roumanie pendant la guerre, et qui parlait couramment allemand, avait marmonné les bonnes réponses aux questions incisives du *Volkspolizei*, qui l'avait alors laissé passer.

Toutes les batteries de l'exfiltration étaient en place. Le transfuge Vichnevski et sa femme quitteraient Berlin-Est à bord du camion d'engrais qui les attendrait dans une ruelle obscure non loin du cinéma; il arrivait souvent au chauffeur, ressortissant polonais connu pour avoir une femme allemande à Berlin-Ouest et une maîtresse russe dans le secteur oriental de la ville, de rentrer de ses livraisons d'engrais bien après minuit, suscitant les plaisanteries grivoises des gardes-frontières allemands. Un agent du Service de documentation extérieure et de contre-espionnage français (le SDECE), porteur d'un passeport diplomatique l'identifiant comme un assistant de l'attaché culturel, devait passer à proximité du cinéma à minuit en rentrant d'un dîner à l'ambassade soviétique. Les diplomates alliés refusaient de reconnaître l'autorité de la police est-allemande et ne s'arrêtaient donc jamais pour se prêter aux contrôles des passeports. La Citroën de l'agent, avec ses plaques d'immatriculation de l'ambassade et son petit drapeau français flottant sur l'un de ses pare-chocs en goutte d'eau, propulserait le Sorcier et Jack de l'autre côté des postes-frontières, à Berlin-Ouest. Les deux Roumains se terreraient à Berlin-Est jusqu'au matin, où ils se mêleraient à la foule des ouvriers qui travaillaient à l'Ouest dans la journée. Ce qui ne laissait plus que le fils de onze ans de Vichnevski. Le Sorcier s'était arrangé pour que l'enfant passe la frontière avec un égyptologue hollandais venu en Allemagne de l'Est avec sa femme pour dater certains objets d'un musée de Berlin-Est. Le couple hollandais rentrerait à Berlin-Ouest avec un faux passeport familial sur lequel figurait la photo un peu floue du garçon censé avoir cinq ans de moins et un visa pour le père hollandais, son épouse et leur fils de dix ans tamponné jusqu'à la moindre de ses pages chiffonnées. Le Sorcier avait déjà rodé cette procédure une demi-douzaine de fois; le *Volkspolizei* est-allemand en charge du point de contrôle avait toujours fait signe à la famille de passer avec un regard de pure forme sur la photo du passeport. Une fois passé la frontière, les trois Russes seraient conduits vitesse grand V à l'aéroport berlinois de Tempelhof où on leur ferait prendre un avion de transport de l'US Air Force jusqu'au centre d'accueil des transfuges de Francfort, en Allemagne fédérale, d'où on les conduirait à la base aérienne d'Andrews, dans le Maryland.

Mais l'exfiltration ne serait un succès que si Vichnevski et sa famille parvenaient à semer les veilleurs – il y avait au KGB de Karlshorst des gens qui n'étaient là que pour surveiller les faits et gestes des autres membres du KGB – et à gagner la planque au-dessus du cinéma. Torriti reprit sa ronde, s'arrêtant à chaque tour pour regarder dans la rue par-dessus l'épaule de l'Ange Déchu.

Une nouvelle explosion de parasites s'échappa de la radio, par terre. «Film *ist zu Ende*. Tous doivent partir. *Gute nacht* à vous. S'il vous plaît, souvenez-vous pour l'amour de Dieu de déposer le *Geld* sur mon compte.»

Dans la rue, en bas, des silhouettes emmitouflées dans de longs pardessus s'éloignèrent du cinéma. Doux Jésus, qui piétinait sous une lampe à vapeur de mercure, leva les yeux vers l'oriel faiblement éclairé sous l'avant-toit du cinéma et haussa les épaules en un mouvement circonspect. Jack baissa l'antenne et entreprit de la ranger dans le boîtier de la radio. « Combien de temps comptez-vous encore attendre, Harvey ? » demanda-t-il.

Transpirant à cause du manque d'alcool, le Sorcier se tourna vers Jack. « On attend jusqu'à ce que je décide d'arrêter », décréta-t-il.

L'Irlandais qui était en Jack refusa de céder. « Il était censé être ici avant la fin du film. » Puis il ajouta d'une voix plus calme : « S'il ne s'est pas encore montré, il y a peu de chance qu'il le fasse maintenant. S'il n'a pas été découvert, nous pourrons peut-être remettre l'exfiltration à une date ultérieure. »

L'Ange Déchu intervint avec inquiétude : « Si le Russe a été découvert, la planque n'est peut-être plus sûre. Ce qui nous mettrait dans la merde jusqu'au cou, chef. »

Torriti plissa le visage au point de ne plus avoir que deux fentes à la place des yeux. Il savait qu'ils avaient raison : non seulement les Russes ne viendraient plus, mais il devenait imprudent de traîner. « D'accord, on lui donne encore cinq minutes et on rentre », dit-il.

Le temps passait avec une lenteur abominable, ou c'est du moins l'impression qu'avait Jack tandis qu'il gardait les yeux fixés sur la grande aiguille de sa Bulova. À la fenêtre, Silwan II surveillait la rue tout en faisant rouler sa tête d'un côté puis de l'autre, fredonnant à mi-voix un vieux chant liturgique roumain. Soudain, il appuya le front contre la vitre et se pressa la main sur le ventre. « Sainte Marie, mère de Dieu, fit-il d'une voix rauque. Doux Jésus a pris le chien dans ses bras.

– Merde alors », s'écria Jack, qui connaissait le sens du signal.

Se figeant à mi-course, Le Sorcier pensa qu'il avait affreusement besoin d'une gorgée de whisky médicinal pour se remettre les idées en place. « À toute vie, il faut un peu de pluie », grogna-t-il.

L'Ange Déchu appela : « Oh, oui, les voilà – un, deux, oh, merde, sept, attendez, huit voitures de la *Volkspolizei* ont tourné dans la rue. Doux Jésus disparaît au coin, là-bas.

– Temps pour nous de disparaître aussi », annonça Torriti. Il prit son pardessus froissé sur le dossier d'une chaise, Jack fourra la radio dans son étui et tous les trois, Jack ouvrant la marche et le Sorcier soufflant derrière, franchirent la porte et gravirent l'étroit escalier. C'était le chemin qu'ils devaient prendre avec les transfuges russes. De deux étages plus bas leur parvint le vacarme des crosses de fusil martelant la grosse porte à double battant du cinéma, puis des cris étouffés en allemand tandis que la *Volkspolizei*, accompagnée par une poignée d'agents du KGB, envahissait le bâtiment.

En haut de l'escalier, Jack déverrouilla la porte d'acier et la poussa avec son épaule. Une bouffée d'air hivernal lui heurta le visage, lui faisant monter les larmes aux yeux. Au-dessus d'eux, une demi-lune projetait des ombres sur le toit. Au-dessous, dans les toilettes du cinéma, de grosses bottes défonçaient la fausse cloison au fond du placard à balais et commençaient à monter les marches. Une fois Jack et Torriti sur le toit, l'Ange Déchu ferma la porte et fit glisser silencieusement les deux verrous. Le Sorcier, essoufflé par l'effort, parvint à commenter : « Ça va ralentir un peu ces fils de pute. » Puis tous trois franchirent en diagonale les bardeaux glissants. Silwan II aida le Sorcier à escalader un muret, les conduisit sur le toit voisin jusqu'à une rangée de cheminées en briques puis enjamba un mur et descendit l'échelle de bois qu'il avait placée là quand le Sorcier avait tout organisé pour l'exfiltration. Lorsque son tour vint, Jack commença à descendre les degrés de l'échelle, puis sauta directement sur le toit. Le Sorcier, lui, chercha précautionneusement chacun des barreaux du bout du pied avant de descendre.

Tous trois s'accroupirent un moment, écoutant le vent glacé siffler par-dessus les toits. Chargé d'adrénaline et le sang lui battant aux oreilles, Jack se demanda s'il avait peur ; il fut assez satisfait de découvrir que non. De quelque part au-dessous d'eux leur parvinrent des exclamations en allemand, puis une porte donnant sur le toit s'ouvrit brusquement et deux silhouettes argentées apparurent. Les rayons de deux lampes torches balayèrent les cheminées et éclairèrent l'échelle de bois. L'une des silhouettes marmonna quelque chose en russe. L'Ange Déchu sortit d'une poche un vieux Beretta de calibre 9 qu'il avait pris autrefois sur le cadavre d'un fasciste italien dont il venait de trancher la gorge, près de Patras, en Grèce. Arme légère et discrète parfaite pour les combats en intérieur, le Beretta était équipé d'un silencieux massif au bout du canon. Torriti gratta la nuque de Silwan II et, collant les lèvres contre son oreille, lui glissa : « Seulement celui en uniforme. »

Étreignant son poignet droit dans sa main gauche, l'Ange Déchu visa la plus haute des deux silhouettes et tira sur la détente recourbée. Jack perçut un bref soupir, comme un pneu qui se dégonfle. L'une des deux torches roula sur le toit. La silhouette qui l'avait tenue parut se fondre dans l'ombre du sol. Le souffle court, l'autre homme leva les deux mains, celle qui tenait la torche, et celle qui tenait une arme, bien au-dessus de sa tête. « Je sais que c'est vous, Torriti, appela-t-il d'une voix rauque. Pas tirer. Je suis KGB. »

Jack se sentait bouillir. « Nom de Dieu, descends-moi ce salaud ! »

Le Sorcier baissa l'arme de Silwan II. « On peut abattre les Allemands, mais avec le KGB, c'est une autre histoire. On ne leur tire pas dessus. Ils ne nous tirent pas dessus. » À l'adresse du Russe, il lança : « Lâchez votre arme ! »

Le Russe, silhouette trapue portant un pardessus civil et un feutre, devait savoir ce qui allait venir, car il se retourna et posa doucement sa torche et son arme sur le toit. Puis il se redressa, retira son feutre et attendit.

Avançant sur la pointe des pieds, l'Ange Déchu traversa le toit, s'approcha du Russe par-derrière et abattit vivement la crosse du Beretta sur son crâne, au-dessus de l'oreille – assez fort pour lui donner des migraines pour le restant de ses jours, mais pas assez pour le tuer. Puis le Roumain rattrapa adroitement le Russe sous les aisselles et le coucha sur le toit.

Un instant plus tard, ils dévalaient tous les trois l'escalier mal éclairé de l'immeuble, fonçaient dans un couloir qui empestait l'urine et sortaient par une porte de service dans une ruelle pleine de poubelles empilées les unes sur les autres. Le camion à engrais était dissimulé derrière les poubelles. Sans un mot, l'Ange Déchu disparut dans l'obscurité. Torriti et Jack grimpèrent sous le faux plafond du véhicule et tirèrent l'échelle derrière eux. Le moteur démarra doucement et le camion, roulant en feux de position, sortit de la ruelle et traversa les petites rues silencieuses de Berlin-Est vers un poste-frontière de Pankow et le secteur français de la ville divisée au-delà.

Même les anciens de la base berlinoise n'avaient jamais vu le Sorcier si remonté. « Je n'y crois pas, bordel ! cracha-t-il, ses cris enroués résonnant dans les couloirs souterrains. Le type du KGB sur le toit connaissait même mon *nom* ! » Torriti versa une rasade de whisky dans un verre, se l'envoya dans le fond du gosier et s'en gargarisa avant de l'avaler. La brûlure de l'alcool le calma. « Bon, dit-il à son Oiseau de nuit, racontez-moi tout ça très lentement. »

Mlle Sipp, assise sur le canapé, croisa les jambes et se mit à citer par le menu le descriptif brut des opérations fixé sur son carton à messages. Elle dut hausser la voix pour se faire entendre par-dessus le 78 tours de Tito Gobbi interprétant Scarpia. Le fait que Torriti ne parut même pas remarquer la frontière érotique où le haut des bas se fixait à la jarretelle indiquait bien l'état de nerfs dans lequel il se trouvait.

« Élément numéro un », commença Mlle Sipp, la voix vibrante de musicalité réprimée. (En fait, elle s'était engagée comme Oiseau de nuit de Torriti pour se payer des leçons de chant à l'Opéra de Berlin, leçons qui s'étaient interrompues quand son professeur lui avait dit qu'elle avait presque autant de talent que son coq.) « Les services d'écoute de la base de Berlin ont remarqué une augmentation du volume de transmissions entre Moscou et Karlshorst, et vice versa, quatre-vingt-cinq minutes avant l'heure où le transfuge et sa famille devaient se présenter à la planque.

– Les salauds recevaient leurs instructions de tonton Joseph, grogna le Sorcier.

– Élément numéro deux : la sœur de la femme de chambre qui travaille à l'hôtel près de Karlshorst a appelé son contact à Berlin-Ouest, qui nous a prévenus que les Russes s'agitaient comme des poules qui avaient perdu leurs petits, et donc qu'il se passait quelque chose.

– C'était à quelle heure ? voulut savoir Jack, adossé à un mur.

– L'heure H moins soixante minutes, à peu près.

– Ces salopards savaient qu'il allait y avoir une défection, devina le Sorcier, plus pour lui-même que pour les huit personnes qui s'étaient rassemblées dans son bureau pour une autopsie des faits pareille à une veillée mortuaire. Mais ils n'ont eu cette information qu'au dernier moment.

– Vichnevski a peut-être craqué, suggéra Jack. Il transpirait peut-être tellement que ça a attiré l'attention sur lui. »

Le Sorcier écarta la possibilité du revers de la main. « Mon gars, c'était un dur à cuire. Il n'était pas venu jusque-là pour faire tout foirer au dernier moment.

– Peut-être qu'il en a parlé à sa femme et que c'est elle qui a craqué. »

Torriti plissa le front de concentration. Puis il secoua la tête une fois. « Il avait tout prévu. Tu te rappelles quand il m'a demandé si j'avais un micro en marche ? Il me testait. Il avait déjà dû tester sa femme avant de l'impliquer dans une défection. S'il l'avait crue susceptible de craquer, il aurait filé sans elle. Quant au gosse, tout ce qu'il avait besoin de savoir, c'est qu'ils allaient à la dernière séance de cinéma.

– On peut voir ça autrement, insista Jack. La femme peut avoir ou non couché avec le *rezident* – quoi qu'il en soit, elle avait probablement peur de lui, sans parler de sa honte d'avoir créé autant de problèmes à son mari après la confrontation qu'il a eue avec le *rezident*. Ce qui aurait pu lui donner assez de motifs pour partir avec Vichnevski.

– Tu as les oreilles qui fument, mon gars », commenta Torriti, mais on voyait bien qu'il était content de son Apprenti. Le Sorcier ferma les yeux et leva le nez en direction de Mlle Sipp. Celle-ci reporta aussitôt son attention sur le descriptif en équilibre sur ses genoux.

« Mon Dieu, où en étais-je ? Ah, oui. Élément numéro trois : le Rabbin a fait son rapport du centre culturel judéo-allemand pour dire que les troupes est-allemandes de Hauptverwaltung Aufklärung se sont rassemblées à côté de véhicules garés dans la cour derrière l'école du secteur de Pankov. Cela se passait trente-cinq minutes avant l'heure H.

– Le minutage semble suggérer que ce sont les Russes qui ont été avertis et non pas les Allemands. »

Toutes les têtes se tournèrent vers celui qui avait parlé, E. Winstrom Ebbitt II, relativement nouveau venu à la base de Berlin. Procureur new-yorkais grand et large d'épaules, qui était entré en action avec l'OSS pendant les derniers mois de la guerre, Ebby, comme l'appelaient ses amis, avait récemment repris du service avec la Compagnie et avait été affecté à Berlin pour placer des agents émigrés dans les « zones interdites » d'Europe de l'Est et d'Union soviétique. Il avait passé toute la nuit dans le réduit radio de la base, à attendre que deux de ses « troufions », qui avaient été parachutés en Pologne, donnent de leurs nouvelles. Curieux d'en savoir plus sur la défection avortée, il était passé au bureau du Sorcier quand il avait appris qu'il y aurait une veillée funèbre matinale. « J'imagine que les Russes ont probablement mis *leurs* Allemands au courant au dernier moment, ajouta Ebby, parce qu'ils ne leur font pas plus confiance que nous ne faisons confiance aux *nôtres.* »

Le Sorcier jeta un regard malveillant au jeune homme aux cheveux longs et ondulés et aux larges bretelles fantaisie qui était assis sur l'un des coffres-forts et jouait avec la boîte de thermite rouge. « Élémentaire, mon cher Watson, fit Torriti d'un ton moqueur. Faites attention que ce machin ne vous pète pas dans les mains. Au fait, vous avez eu des nouvelles des agneaux que vous avez envoyés à l'abattoir ?

– Malheureusement, non, Harvey. Ils ont manqué la fenêtre horaire. Il y en a une autre dans la nuit de demain.

– Comme je l'ai toujours dit, ce sont ces putains de barbares qui sont en train de gagner cette putain de guerre. » Torriti reporta son attention vers Mlle Sipp.

« Élément numéro quatre : cette nuit, l'officier de service de Gehlen à Pullach nous a appelés sur la ligne rouge pour nous dire qu'un de leurs agents en zone soviétique, particulièrement doué pour l'espionnage oculaire, avait repéré des fourgons remplis de *Volkspolizei* qui dressaient des barrages sur les voies d'accès de la base aérienne soviétique d'Eberswalde. Quelques minutes plus tard – soit au moment où le transfuge était censé rappliquer à la planque, monsieur Torriti – l'agent a repéré un convoi de limousines Tatra qui débouchait sur la piste par une entrée peu utilisée dans la chaîne de clôture. Une ambulance militaire brune était prise en sandwich au milieu du convoi. Des dizaines de civils – des gros bras du KGB à en juger par la coupe de leurs pantalons, d'après la sentinelle – sont sortis des Tatra. Deux brancards, avec des corps attachés dessus, ont été sortis de l'ambulance et montés par une rampe dans l'avion qui attendait en bout de piste, moteur rugissant. » Mlle Sipp leva la tête et commenta avec un sourire lumineux : « On peut donc en déduire que Vichnevski et sa femme étaient encore en vie à ce moment-là. Enfin – son sourire s'altéra et la voix lui manqua – on ne les aurait pas attachés à des brancards s'ils étaient décédés, si ?

– Ça ne nous dit pas ce qu'est devenu le gosse, remarqua Jack.

– Si vous me laissez finir, fit l'Oiseau de nuit avec humeur, je vous donnerai le gosse aussi. » Elle se retourna vers le Sorcier, et croisa à nouveau les jambes ; cette fois, le mouvement éveilla une lueur d'intérêt dans le regard impatient de son patron. « Un garçon – la sentinelle a estimé qu'il avait entre dix et quinze ans, mais a ajouté que c'était difficile à dire à cause de tous les vêtements que portait l'enfant – a été tiré d'une des Tatra, et encadré par deux costauds qui le portaient chacun sous un bras, est monté lui aussi dans l'avion. Le garçon sanglotait et appelait "papa" en russe, ce qui a laissé l'officier de service de Gehlen penser que les deux personnes attachées aux brancards devaient être russes. »

Admiratif, le Sorcier abattit sa paume sur son bureau. « Ce putain de Gehlen mérite bien le fric qu'on lui file. Vous vous rendez compte : il avait une sentinelle assez près pour *entendre* le môme appeler son père. Il doit avoir l'un des mecs des troupes d'assaut de la Hauptverwaltung Aufklärung à son service. Pourquoi nos sentinelles, qu'on paye la peau du cul, n'ont-elles pas cette qualité-là ?

– Gehlen est censé avoir introduit un de ses agents, Fremde Heere Ost, dans l'entourage proche de Staline pendant la guerre, fit remarquer l'archiviste de la base berlinoise, Rosemarie Kitchen, ancienne bibliothécaire à Yale.

– Oui, et à quoi ça l'a avancé finalement ? plaisanta Ebby, provoquant un rire étouffé dans l'assistance.

– Je ne vois foutrement pas ce qu'il y a de drôle », explosa Torriti. Il foudroyait Ebby du regard. « Ces putains de Russes ont été rancardés – les enculés du KGB savaient quand, où et qui. Vichnevski a eu rendez-vous avec une balle tirée dans sa nuque à bout portant, et ça me dérange, d'accord ? Ça me dérange de savoir qu'il comptait sur moi pour le sortir de là et que je ne l'ai pas fait. Ça me dérange de savoir que moi aussi j'ai failli y rester, avec Jack et les deux Silwan. Et tout ça veut dire qu'on a été donnés par une putain de taupe ! Comment se fait-il que tous les agents qu'on envoie en Tchécoslovaquie ou en Roumanie terminent devant un peloton d'exécution ? Comment se fait-il que les émigrés qu'on fait passer en Pologne ne nous envoient pas de message radio pour nous dire qu'ils passent de bonnes vacances. P.-S. : bises à tonton Harvey ? Comment se fait-il que ces salopards du KGB sachent ce qu'on fait avant même qu'on le sache nous-mêmes ? »

Torriti souffla par les narines. Pour les personnes entassées dans la pièce, ce fut comme un coup de clairon les sommant d'agir. « Bon, voilà ce qu'on va faire. Pour commencer, je veux les noms de tous ceux qui, de ce putain de Bedell Smith jusqu'au moindre larbin, savaient, à Washington comme à la base de Berlin, qu'on allait faire sortir un transfuge qui prétendait pouvoir identifier une taupe soviétique au MI6. Je veux les noms des secrétaires qui ont tapé ces putains de messages, je veux les noms des employés au chiffre qui les ont codés et décryptés, je veux les noms des femmes de ménage qui ont brûlé ces saloperies de rubans de machine à écrire. »

Mlle Sipp, qui prenait des notes en sténo sur les pages doubles du registre de nuit, leva la tête, les yeux larmoyants de fatigue. « Quel ordre de priorité dois-je mettre sur tout cela, monsieur Torriti ? Il est sept heures de moins à Washington. Ils dorment à poings fermés, là-bas.

– Dites que c'est *urgent*, coupa le Sorcier. Et réveillez-moi tout ça. »

Occupant la table 41, assis en face d'un grand miroir fixé au mur du fond afin de pouvoir surveiller les autres clients de La Niçoise, son troquet préféré de Wisconsin Avenue, dans Upper Georgetown, Maman siffla son bourbon

Harper et, attirant l'attention du garçon, signala qu'il était prêt à passer aux Martinis doubles. Adrian, jamais en retard quand il s'agissait d'arroser un repas, trinqua avec lui dès que les premiers verres furent posés sur la table. « S-s-sacrée époque, dit-il à l'envoyé de Londres, jeune ministre qui venait de faire casquer la Compagnie pour faire de Malte une base d'opérations albanaise. On montait tous sur le toit du Rose Garden, whisky en m-m-main, pour regarder les engins allemands arriver. Bon sang, si une bombe était tombée Ryder Street, ça aurait emporté la moitié de nos agents.

– De loin, les V1 faisaient un bruit de machine à coudre, se rappela Angleton. Il y avait un moment de silence absolu juste avant qu'ils ne tombent, et puis il y avait l'explosion. Quand ça tombait assez près, on sentait l'immeuble trembler.

– C'est le silence que je détestais le plus, fit Adrian avec émotion. Aujourd'hui encore, je ne supporte pas le silence complet. C'est sûrement pour ça que je parle autant.

– Tout ça était fini quand je suis arrivé, commenta le visiteur de marque de Londres. Une sacrée guerre, pas vrai?» Il écarta une manchette très amidonnée pour consulter une montre extrêmement coûteuse qui indiquait les phases de la lune. Puis il se pencha vers Adrian et demanda : «Ne devrions-nous pas commander?»

Adrian dédaigna la question. «Le mieux, c-c-c'était la nuit, continua-t-il. Tu te rappelles comme on fouillait l'obscurité avec nos projecteurs pour traquer les bombardiers huns? Quand ils en dégotaient un, on aurait dit une espèce de mite géante punaisée au rayon de lumière.

– Dites donc, ce ne serait pas votre M. Hoover qui vient d'entrer? Qui est le type avec lui?»

Adrian regarda par-dessus la monture de ses lunettes de la santé publique. «Aucune idée.»

Angleton examina le nouveau venu dans le miroir. «C'est le sénateur Kefauver», dit-il. Il leva trois doigts pour réclamer une nouvelle tournée. «J'avais une garçonnière à Craven Hill, près de Paddington, rappela-t-il à Adrian. Mais je n'y allais pas souvent. Je passais presque toutes mes nuits sur un divan, dans notre trou à rats.

– Il avait déjà du mal à lever le nez de son boulot, indiqua Adrian à l'envoyé de Londres. On n'arrivait pas à le mettre dehors. Vous pouviez passer à son bureau à n'importe quelle heure du jour ou de la nuit, il était plongé dans ses putains de fiches, occupé à résoudre une énigme.

– Vous savez ce qu'on dit de qui travaille tout le temps», commenta l'envoyé de Londres, pensant à l'adage : À toujours travailler les enfants s'abrutissent.

Adrian pencha la tête. «Franchement, je n'en ai pas la moindre idée, dit-il. Qu'est-ce qu'on dit?

– En fait, je ne le sais pas trop moi-même. Quelque chose du genre que les mômes s'abrutissent. Un truc comme ça.

– Quels mômes ? demanda Maman, le front barré d'un pli perplexe.

– J'ai dit les mômes ? fit l'envoyé avec un petit sourire gêné. Oh, seigneur, je suppose que pour petits ou grands, c'est la même chose ! »

« Bon Dieu, Jimbo, j'ai cru que j'allais me dilater la rate quand tu lui as demandé de quels mômes il parlait », commenta Adrian, après qu'ils eurent abrégé le supplice de l'envoyé, qui avait usé sa manche à force de consulter sa montre, et l'eurent laissé partir à un important rendez-vous de seize heures dans les bas-fonds embrumés.

Ils goûtaient au calvados que le sommelier avait commandé exprès pour Angleton. Au bout d'un moment, Maman s'excusa et fila téléphoner à sa secrétaire depuis la boutique du tailleur voisin ; il ne voulait pas risquer d'utiliser l'un des téléphones du restaurant de crainte qu'ils ne soient écoutés par les Russes. En revenant à sa table, il fut intercepté par M. Andrieux, chef d'antenne à Washington du SDECE français. Celui-ci se leva d'un bond et vint pomper la main de Maman tout en lui glissant des secrets à l'oreille. Il fallut plusieurs minutes à Angleton pour libérer ses pauvres doigts et regagner la table 41. Il se glissa sur son siège et, levant son verre pour être resservi, il murmura à Adrian : « Les Français me traitent comme un caïd depuis qu'ils m'ont épinglé une Légion d'honneur sur la poitrine.

– Les grenouilles sont une race à part, critiqua Adrian en portant le dos de sa main à sa bouche pour étouffer une éructation. J'ai entendu dire qu'un de leurs gros bonnets avait étudié une opération qu'on se proposait de monter contre les communistes français… il a lâché que ça marcherait probablement en pratique, mais qu'il doutait que ça fonctionne en théorie. Désolé pour mon petit ministre, Jimbo. On dit qu'il est très fort dans sa partie. À part ça, je ne sais pas très bien ce que c'est, sa partie. Enfin, il faut bien que quelqu'un lui donne à bouffer. On peut parler boutique, maintenant qu'il est parti. Des nouvelles de Berlin ? »

Maman étudia son ami de l'autre côté de la table. « Ça ne va pas te plaire.

– Essaye toujours

– *Amicitia nostra dissoluta est.* (Notre amitié est dissoute.) Je vois clair dans votre jeu, à toi et tes amis du KGB. »

L'Anglais, qui savait reconnaître une plaisanterie quand il en entendait une, ricana de plaisir en identifiant la citation. « Le télégramme de Néron à Sénèque quand il a décidé que le temps était venu pour son tuteur de se faire hara-kiri. Seigneur, Jimbo, je suis juste étonné d'avoir pu vous aveugler si longtemps. Sérieusement, qu'est-il arrivé à votre ami russe qui voulait passer à l'Ouest à Berlin ?

– Le Sorcier m'a réveillé la nuit dernière avec un câble estampillé *urgent* – et ça n'a pas arrêté depuis. Vichnevski ne s'est pas présenté. Mais le KGB, oui. Les choses ont tourné au vinaigre. Torriti est resté sur place plus long-temps qu'il n'aurait dû, et il a fallu qu'il tue un Allemand et qu'il cogne un Russe à la tête pour s'en sortir. Vichnevski et sa femme, sans doute drogués, ont été ramenés à Moscou pour affronter la musique. Le gosse aussi.

   – Bon Dieu, que s'est-il passé ?

   – À toi de me le dire.

   – Et l'info de Vichnevski ? La taupe du MI6 ? »

Pour toute réponse, Maman fit courir l'un de ses doigts tachés de nicotine sur le bord de son verre, faisant naître un gémissement mélancolique.

Au bout d'un moment, Adrian remarqua pensivement : « C'est vraiment pas de bol. Je crois que je vais passer l'in-f-fo de Vichnevski à C – il n'y a pas de quoi faire tout un repas, mais ça le mettra en appétit. Dis-moi si je me trompe, Jimbo. Les Russes ont débriefé quelqu'un du MI6 à Stockholm l'été dernier, et à Zurich l'hiver d'avant. Deux opérations qui ont foiré peuvent le désigner : l'une qui impliquait un agent, l'autre un micro à La Haye…

   – Je ne t'ai pas descellé les lèvres, rappela Angleton à son ami.

   – Il va m'étriper s'il apprend que je savais et que je ne lui en ai rien dit.

   – Il ne l'apprendra pas par moi.

   – Qu'y a-t-il à gagner à attendre ?

   – Si Vichnevski ne nous a pas raconté de bobards, s'il y a bien une taupe au MI6, ce pourrait être n'importe qui, y compris C lui-même.

   – J'aurais pensé que C était au-dessus de la mêlée, commenta l'Anglais avec un haussement d'épaules. J'espère seulement que tu sais ce que tu fais. »

Un garçon apporta un plateau d'argent avec l'addition pliée dessus. Adrian tendit la main, mais Angleton fut plus rapide. « C'est la reine qui a payé la dernière, rappela-t-il. Celle-là est pour moi. »

Le compagnon d'Angleton, Harold Adrian Russell Philby – Kim pour ses collègues du MI6, Adrian pour une poignée de vieux potes de Ryder Street comme Angleton – eut un léger sourire. « D'abord Malte. Et maintenant, le déjeuner. On dirait que notre destin est de vivre des largesses yankees. »

Jack McAuliffe avait emmené Ebby s'encanailler dans un cabaret chic, *Die Pfeffermühle* (Le Moulin à Poivre), tout près du Kurfürstendamm, artère prin-cipale de Berlin-Ouest crépitant de néons. La boîte était pleine de diplomates, d'espions et d'hommes d'affaires représentant les quatre puissances qui occu-paient Berlin. Sur la petite scène, un travesti vêtu de ce que les Allemands appellent *Fahne*, une tenue tapageuse, débitait des histoires courtes puis s'es-claffait si fort que son ventre se soulevait. « Pour l'amour de Dieu, ne riez pas aux blagues antisoviétiques, avertit le fantaisiste en agitant l'index en direc-tion d'un interlocuteur imaginaire. Ça vous vaudrait trois ans de prison. » Montant alors la voix d'une demi-octave, il fit la réponse de l'ami. « Ça vaudrait mieux que trois ans dans une de ces nouvelles tours résidentielles de Friedrichsmain.» À une table d'angle, des Britanniques huppés éclatèrent de rire à la plaisanterie que venait de faire l'un d'eux. Le comédien crut que le rire lui était destiné et leur adressa une petite révérence.

À une petite table près des toilettes, Jack écarta de l'index la mousse de sa chope, rejeta la tête en arrière et, pomme d'Adam saillante, vida sa bière d'un long trait. Puis, s'essuyant la bouche d'un revers de la main, il reposa soigneusement la chope vide près des deux autres qu'il avait déjà vidées. «Nom de Dieu, Ebby, ne sois pas si vache avec lui! dit-il à son ami. Le Sorcier est comme un chien sauvage sur lequel tu tomberais en plein champ. Il faut rester sans bouger et le laisser te renifler le pantalon et les chaussures avant qu'il commence à t'accepter.

– C'est le fait qu'il boive que j'ai du mal à avaler, répliqua Ebby. Je ne vois pas comment on peut laisser la direction de la base de Berlin à un alcoolo.

– L'alcool lui sert à endormir la douleur. Il souffre, Ebby. Il se trouvait à Bucarest à la fin de la guerre. Il servait sous les ordres du Wiz quand Wisner dirigeait l'antenne de l'OSS là-bas. Il a vu les wagons à bestiaux soviétiques emmener les Roumains qui avaient été du côté des Allemands vers les camps sibériens. Il a entendu les cris des prisonniers, et il a aidé à enterrer ceux qui préféraient se tuer plutôt que de monter dans les trains. Ça l'a marqué à vie. Il prend la lutte contre le communisme comme une croisade personnelle – ce sont les forces du bien contre les forces du mal. Là, c'est le mal qui vient de prendre la main, et ça le tue.

– Alors, il boit.

– Oui, il boit. Mais ça ne l'empêche pas de rester extrêmement compétent. L'alcool alimente son génie. Si jamais le KGB me coinçait sur un toit de Berlin-Est, c'est Harvey que je voudrais avoir à côté de moi.»

Ils échangèrent un regard entendu; Ebby avait appris par des bruits de couloir leur aventure sur le toit, après la défection avortée.

À l'autre bout de la salle, complètement ivre, un attaché russe d'une cinquantaine d'années, portant un blazer à revers énormes, se leva en chancelant et se mit à gueuler, en russe, une chanson populaire intitulée *Les Nuits moscovites*. Au bar, deux officiers de l'armée américaine, tout juste diplômés de Yale, se levèrent de leur tabouret et entonnèrent les paroles originales de Kipling qui étaient devenues l'hymne de Yale.

Finis, pour nous, l'Espoir, l'Honneur;
l'Amour, la Vérité, ça cesse...

Jack bondit sur ses pieds et chanta avec eux.

C'est barreau à barreau qu'nous descendons l'échell'...

Ebby, qui avait commencé ses études à Yale avant de faire son droit à Columbia, se leva et se joignit à eux.

La m'sur' de notr' tourment, c'est cell' de notre jeunesse –,
Nous avons su trop jeun's le mal originel !

Une demi-douzaine de civils américains occupant une grande table dans un coin, se retournèrent pour écouter. Plusieurs d'entre eux reprirent le chant en chœur.

Tout' notre hont' c'est repentance
Du crime qui causa notr' sentence –,
Nous tirons vanité de n'avoir plus d'orgueil.

Alors qu'ils approchaient de la fin de la chanson, d'autres clients du cabaret vinrent grossir les rangs des chanteurs. Le travesti, furieux, quitta la scène.

Le péché d'Ruben, ce fut l'nôtre,
jusqu'à c'qu'au sol lointain on s'vautre
pour mourir, – et personn' ne Leur parl' de ce deuil.

Tous les Américains présents dans l'établissement avaient fini par se lever et agitaient leur chope au-dessus de leur tête en hurlant le refrain. Les diplomates russes et des divers pays de l'Est regardaient la scène avec un effarement amusé.

TROUPIER D'FAMILLE RIBOULDINGANTS,
DAMNÉS D'ICI LA FIN DES TEMPS –,
AH, DIEU AIT PITIÉ D'NOUS VRAIMENT,
BÊ ! OUAIS ! BÊ ![1]

« Ici, tout le monde est fou, Ebby, dut hurler Jack pour se faire entendre par-dessus les applaudissements frénétiques. Je suis fou. Tu es fou. La question est : mais qu'est-ce que j'ai bien pu faire pour me retrouver dans cette maison de dingues ?
– D'après ce que tu m'as raconté au Cloud Club, répliqua Ebby en hurlant, ta grosse erreur a été de dire oui quand l'entraîneur vous a proposé, à toi et à ton partenaire d'aviron, de prendre un dernier verre chez Mory. »

---

1. Traduction de Jules Castin *(N.d.T.)*.

PREMIÈRE PARTIE

Armer le fusil

Un instant plus tard, elle s'y enfonçait à son tour, sans du tout s'inquiéter de savoir comment elle en pourrait ressortir.

Photo : un vieux cliché de sept sur douze, en noir et blanc qui a viré au sépia. Écrite à la main en travers de la marge blanche découpée, il y a une inscription passée : Jack, Leo et Stella après la Course, mais avant la Chute. *Il y a une date, mais elle est estompée et illisible. Sur la photo, deux hommes d'une vingtaine d'années à peine, brandissant de longues rames enroulées dans les chemises qu'ils viennent d'arracher à l'équipe de Harvard, posent devant un fin canot de course. Se tenant légèrement à l'écart, une jeune femme mince, vêtue d'une jupe lui arrivant aux genoux et d'un chandail universitaire d'homme, est prise en train d'écarter ses cheveux de ses grands yeux inquiets avec les doigts ouverts de sa main gauche. Les deux garçons sont habillés à l'identique de chaussures de bateau, d'un short et d'un maillot sans manches, chacun portant un grand Y sur la poitrine. Le plus grand des deux garçons, qui arbore une moustache de cosaque, tient une bouteille de champagne ouverte par le goulot. Il a la tête inclinée vers la chemise qui flotte comme un drapeau ennemi accroché à la pelle de son aviron, mais des yeux, il dévore la fille.*

1

New London, Connecticut, dimanche 4 juin 1950

Se disputant la première place entre les bouées, les deux embarcations de huit rameurs avec barreur filaient sur la surface pareille à un miroir de la Thames. De molles bouffées d'air porteuses du parfum salin de la mer et des cris stridents des étudiants amassés sur la rive leur parvenaient par tribord. Ramant pour Yale, Jack McAuliffe ramena son aviron à plat un brin trop tôt, se ressaisit et entendit le barreur, Leo Kritzky, jurer dans sa barbe. Aux quatre cinquièmes du parcours, Leo poussa le rythme au sprint. Derrière Jack, plusieurs rameurs commencèrent à ponctuer chaque coup d'aviron d'un grognement rauque. Faisant coulisser son siège jusqu'à ce que ses genoux touchent ses aisselles, Jack entama son attaque et sentit l'eau gonfler sous sa rame. Une vive douleur l'étreignit à la côte qui s'était soudée, puis brisée et soudée à nouveau. Chassant en clignant des yeux les élancements de sa cage thoracique, Jack tira sur le manche de sa rame, mouillé de sang à cause d'une ampoule éclatée. Des rais de lumière se réfléchissant sur l'eau l'aveuglèrent un instant. Quand il put voir à nouveau, il aperçut l'embarcation de Harvard comme un reflet inversé de la leur, ses avirons pénétrant l'eau, ramenant à plat et se redressant avec une synchronisation impeccable. Le barreur dut estimer que le canot de Harvard était devant parce qu'il fit passer le rythme des coups de rame à quarante-huit par minute. En équilibre sur le bord effilé de la quille, roulant et déroulant ses membres en un long mouvement fluide, Jack s'abandonna à la cadence de la douleur. Quand le canot de Yale fendit la ligne d'arrivée juste devant l'embarcation écarlate, il s'écroula sur sa rame et essaya de se rappeler quel éclair de folie l'avait poussé à s'enrôler dans l'équipage.

« L'aviron, clama Skip Waltz par-dessus le vacarme de la gare de chemin de fer, est un superbe entraînement à la vraie vie au sens où vous prenez quelque chose qui est au départ très simple et que vous le perfectionnez.

– À votre avis, monsieur Waltz, quel est le moment le plus délicat d'une course ?» interrogea le reporter du journal étudiant de Yale.

Waltz retroussa les lèvres. «Je dirais que c'est à chaque nouveau coup de rame, parce qu'en fait, vous allez dans une direction, et le canot va dans la direction opposée. Je dis toujours à mes garçons que l'aviron est une métaphore de la vie. Si vous n'êtes pas parfaitement en équilibre sur la quille, le bateau va osciller et la course vous filera entre les doigts.» L'entraîneur jeta un coup d'œil sur la pendule de la gare et ajouta : «Je crois que c'est terminé, les enfants», avant de rejoindre son équipage sur le quai. Les garçons prenaient leurs sacs molletonnés sur un chariot à bagages. Waltz chercha une pièce dans la poche de son pantalon et la donna au porteur noir, qui toucha le bord de sa casquette rouge en guise de remerciement. «Ça tente quelqu'un de prendre une chope chez Mory ? proposa Waltz.

– Ça vous embête si je remets ça à une autre fois, chef ? demanda l'un des rameurs. J'ai un oral de philo à sept heures pile demain matin, et je n'ai toujours pas lu la *Critique de la raison pure* de Kant.»

L'un après l'autre, les rameurs se défilèrent et rentrèrent à l'université, leur sac molletonné accroché à l'épaule. Seuls Jack, Leo et la petite amie de Leo, Stella, répondirent à l'invitation de l'entraîneur. Waltz alla chercher sa Frazer Vagabond au parking du bout de la rue et revint devant l'entrée de la gare. Leo et Jack fourrèrent leurs sacs dans le coffre, et tous trois s'entassèrent dans la voiture.

Quand ils arrivèrent chez Mory, l'endroit était presque désert. Deux serveurs et une poignée d'étudiants portant tous veste et cravate applaudirent la victoire sur l'ennemi juré, Harvard. «Des Green Cups pour nous quatre», lança l'entraîneur alors qu'ils prenaient place autour d'une petite table, sur des chaises en bois à haut dossier. Pendant un moment, ils parlèrent poids des canots, forme des pelles et extension idéale des coulisses sur lesquelles se déplacent les rameurs à chaque coup d'aviron.

«C'est vrai que ce sont des rameurs de Yale qui ont inventé la coulisse ? demanda Jack.

– Et comment ! répondit l'entraîneur. C'était dans les années 1880. Avant ça, les rameurs devaient graisser leur pantalon et glisser sur les fesses le long d'une planche posée au fond du bateau.»

Lorsque les green cups arrivèrent, l'entraîneur Waltz leva son verre et salua ses deux équipiers. Penchant la tête, il leur demanda négligemment s'ils parlaient une langue étrangère. Il s'avéra que Jack parlait couramment l'allemand et se débrouillait en espagnol ; Leo, jeune homme ardent et emporté, qui avait grandi dans une famille d'immigrants russes juifs anticommunistes et qui bénéficiait d'une bourse complète pour un cursus d'histoire et langues slaves, parlait russe et yiddish comme un autochtone, et italien comme un touriste. L'entraîneur acquiesça d'un signe de tête, puis leur demanda s'ils trouvaient le temps de suivre la situation internationale. Comme ils lui répondirent que oui, il orienta la conversation sur le coup d'État communiste de 1948 en Tchécoslovaquie et la récente condamnation à perpétuité du cardinal Mindszenty en Hongrie rouge. Les deux jeunes gens tombèrent d'accord pour dire que si les Américains et les Britanniques ne traçaient pas une frontière à défendre en Europe, les Russes envahiraient l'Allemagne et la France pour gagner la Manche. Waltz les interrogea alors sur ce qu'ils pensaient des tentatives russes pour chasser les Alliés hors de Berlin.

Jack soutint avec passion le pont aérien de Truman qui avait forcé Staline à renoncer au blocus. « Si Berlin prouve quoi que ce soit, ajouta-t-il, c'est que Staline ne comprend qu'une chose, la force. »

Leo estimait que le devoir de l'Amérique était de se battre plutôt que d'abandonner Berlin aux rouges. « La guerre froide va finir par se transformer en guerre tout court, dit-il en se penchant par-dessus la table. L'Amérique a baissé les bras trop tôt après la reddition des Allemands et des Japonais, et ça a été une grosse erreur. Bon Dieu, il faudrait réarmer vite fait. On devrait arrêter d'observer cette guerre froide pour commencer à la faire. Il faut qu'on cesse de faire patte de velours pendant qu'eux font de tous les pays satellites des États esclaves et sabotent les élections libres en France et en Italie.

– Je suis curieux de savoir ce que vous pensez de cette affaire McCarthy, tous les deux, s'enquit l'entraîneur.

– Bon, répliqua Jack, peut-être que McCarthy exagère un peu quand il dit que le gouvernement est infesté de cocos qui ont leur carte du parti. Mais, comme on dit, il n'y a pas de fumée sans feu.

– Mon sentiment, intervint Leo, c'est qu'il faudrait mettre un peu de carburant dans cette nouvelle agence de renseignements que Truman nous a concoctée. Il faut qu'on les espionne comme eux, ils nous espionnent.

– C'est tout à fait ça », soutint Jack avec cœur.

Stella, assistante sociale à New Haven, de sept ans plus âgée que Leo, secoua la tête avec dégoût. « Je ne suis pas d'accord avec un seul mot de ce que vous venez de débiter, les garçons. Il y a une chanson au hit-parade... Ça s'appelle : *Enjoy yourself, it's later than you think* (Amuse-toi, il est plus tard que tu ne penses). Tout est dans ce titre : il faut qu'on prenne du bon temps *parce qu'il* est plus tard qu'on ne pense. » Voyant que tous la regardaient, elle rougit. « Eh, j'ai le droit d'avoir mon opinion !

– Monsieur Waltz parle sérieusement, Stella, lui dit Leo.

– Et moi aussi, je parle sérieusement. On ferait mieux de s'amuser avant que la guerre n'éclate, parce qu'une fois que ce sera fait, on ne pourra plus... ceux qui seront encore en vie n'auront plus qu'à s'enterrer comme des vers dans des abris souterrains. »

En rentrant à l'appartement proche du campus que Leo et Jack partageaient (quand ils n'étaient pas fourrés dans l'abri à bateaux de Yale, sur la Housatonic) avec un étudiant russe en échange universitaire qui s'appelait Evgueni Alexandrovitch Tsipine, Leo essaya de discuter avec Stella, mais elle ne voulut rien entendre. « Je ne vois pas l'intérêt de redéclencher toutes les hostilités juste pour pouvoir rester dans un bled paumé comme Berlin. »

Leo fut exaspéré. « Ton pacifisme à la noix fait exactement le jeu de Staline. »

Stella glissa son bras sous celui de Jack, frottant au passage son sein contre le coude du jeune homme. « Leo est fâché contre moi, Jacky, fit-elle avec une moue moqueuse. Mais tu me comprends, toi, au moins.

– On peut même pousser la compréhension plus loin, si tu veux, répliqua Jack avec un sourire lubrique.

– J'espère que tu ne cherches pas à me doubler, avertit Leo.

– Je croyais que l'équipage partageait tout », dit Jack.

Leo s'arrêta net. « Qu'est-ce que tu attends de moi, Jack ? Que je te prête Stella pour la nuit ?

– Ça y est, commenta Jack avec bonne humeur. Il faut encore que tu prennes la mouche.

– Mais quand est-ce que tu vas te rentrer ça dans la tête ? fit Stella à Jack. À force de la prendre, il va finir par la gober, sa mouche. » Elle se tourna vers Leo. « Soyons clairs, dit-elle avec le plus grand sérieux. Je ne t'appartiens pas, Leo. Tu as une franchise, rien de plus. Ce qui signifie que personne n'emprunte Stella, à moins qu'elle n'y soit disposée. »

Tous trois se remirent en marche. Jack secouait la tête. « Nom de Dieu ! Leo, mon vieux, mon pote, ce qu'on est bêtes... je crois qu'on se fait complètement embobiner.

– Stella n'essaye pas de nous embobiner...

– Je ne parle pas de Stella. Je parle de Waltz. Depuis quand un entraîneur parle-t-il politique avec ses rameurs ? Tu te rappelles ce qu'il nous a demandé juste avant qu'on parte à Roach Ranch ? Si on trouvait le patriotisme démodé ? Si on pensait que quelqu'un pouvait changer quelque chose dans un monde menacé par la guerre atomique ? Et souviens-toi de ce qu'il a dit en partant – sur le fait que Evgueni étant fils de diplomate russe, mieux valait ne pas parler de cette conversation devant lui.

– Pour l'amour du ciel, Evgueni n'est pas *communiste*, assura Stella.

– Je ne dis pas qu'il est communiste, merde alors, protesta Jack. Quoique, si on y pense, son père le soit probablement, pour être là où il est. » Il se tourna vers Leo. « Comment avons-nous pu ne pas le voir ? L'entraîneur est un chasseur de têtes. Et les têtes, c'est nous. »

Leo le gratifia d'un de ses célèbres sourires mauvais. « Et pour qui tu crois qu'il recrute ? La Compagnie nautique de New Haven ?

– Ce doit être quelque chose en rapport avec le gouvernement. Et je te parierais que ça ne dépend pas des Eaux et Forêts. » La moustache cosaque de Jack frémit de satisfaction. « Merde alors, répéta-t-il. Skull and Bones ne nous a pas recrutés, mais j'ai l'impression qu'une organisation bien plus mystérieuse qu'une des sociétés secrètes de Yale s'apprête à le faire.

– Comment une organisation pourrait-elle être plus secrète que Skull and Bones ? » s'enquit Stella, mais ses deux compagnons étaient à présent trop absorbés pour lui répondre.

Ils gravirent en file indienne l'étroit escalier mal éclairé d'un immeuble minable de Dwight Street, poussèrent la porte d'un petit appartement au cinquième étage, posèrent leurs sacs dans un coin et trouvèrent leur colocataire russe avachi sur la table de la cuisine, la tête posée sur *The American Revolution* de Trevelyan. Quand Jack le secoua par l'épaule, Evgueni bâilla, s'étira et dit : « Je rêvais que vous étiez le premier bateau de la classique Harvard-Yale à arriver troisième.

– Leo nous a fait faire un sprint aux quatre cinquièmes de la course, raconta Jack. Et Yale a gagné d'un poil. Les deux rameurs qui sont morts d'épuisement ont été jetés dans la rivière avec les honneurs. »

Stella mit de l'eau à chauffer et Jack passa un 78 tours de Cole Porter. La « troïka » comme aimaient à se surnommer les trois occupants de l'appartement, poussa le rameur mécanique dans un coin et s'installa par terre dans le salon minuscule pour, comme d'habitude, refaire le monde jusque tard dans la nuit. Evgueni, jeune homme blond et trapu, dont les yeux clairs semblaient changer de couleur selon son humeur, se spécialisait en Histoire américaine et était devenu incollable sur la révolution dite guerre de l'Indépendance ; il s'était plongé dans le *General Washington's Spies* de Pennypacker et *The American Revolution* de Trevelyan et était allé jusqu'à suivre les pas de Washington, parcourant à pied pendant les vacances d'hiver le chemin emprunté par l'armée continentale entre Valley Forge et Trenton, en traversant le Delaware gelé. « J'ai compris la grande différence entre la révolution américaine et la révolution bolchevique, disait-il à présent. Il manquait à la version américaine une vision centrale unificatrice.

– Les Américains étaient contre la tyrannie et les impôts sans représentation, rappela Jack à son ami russe. Ils étaient pour les droits de l'individu, et en particulier pour le droit d'émettre une opinion minoritaire sans être opprimé par la majorité. Ce sont des visions unificatrices. »

Evgueni eut un petit sourire dégoûté. « Le : "Tous les hommes ont été créés égaux" de Jefferson n'incluait pas les Noirs qui travaillaient dans son usine de clous de Monticello. Même l'armée continentale censément idéale de George Washington, était conduite selon des principes élitistes – quand on était appelé, on pouvait payer quelqu'un pour qu'il prenne votre place, ou envoyer un esclave noir. »

Stella mit de la poudre de café instantané dans les tasses, les remplit d'eau bouillante et les distribua. « La vision centrale de l'Amérique a été de propager le mode de vie américain d'un bout à l'autre de notre radieux continent, commenta-t-elle, et on a appelé ça la Destinée manifeste [1].

– Le mode de vie américain n'a pas mal réussi aux cent cinquante millions de personnes qui vivent ici, répliqua Jack, surtout quand on regarde comment vivote le reste du monde.

– Eh, protesta Stella, je travaille avec des familles noires ici, à New Haven, qui n'ont pas de quoi faire un repas décent par jour. Tu les comptes dans tes cent cinquante millions de satisfaits ? »

Evgueni sortit une petite flasque de cognac de cuisine et en arrosa son café avant de passer le flacon aux autres. « Ce qui motivait Jefferson et Washington, comme ce qui motive les Américains aujourd'hui, c'est une sorte d'impérialisme sentimental, énonça-t-il en remuant son café avec la gomme fixée au bout de son crayon. La révolution de la côte est s'est répandue d'un bout à l'autre de votre radieux continent en passant sur le corps de deux millions d'Indiens. Vous, les Américains, vous ne cessez de prétendre que vous voulez sauver le monde pour la démocratie, mais la vérité, c'est que vous voulez sauver le monde pour la United Fruit Company. »

Leo se rembrunit. « Et toi, comment voudrais-tu refaire le monde, Evgueni ? »

Jack se releva pour mettre un nouveau disque. « Oui, parle-nous de la vision unificatrice de Staline.

– Je ne tiens pas ma "vision centrale" de Staline. Pas même de Marx. Elle me vient de Léon Tolstoï. Il a passé la plus grande partie de sa vie à chercher une théorie unificatrice, la clé qui pourrait ouvrir toutes les portes, l'explication universelle qui pourrait s'appliquer à nos passions, à l'économie, à la pauvreté et à la politique. Ce que je suis vraiment, c'est tolstoïste. »

Leo intervint : « L'explication universelle – la force qui conditionne tous les choix humains – s'avère, d'après Marx, purement économique. »

Stella gratifia Jack d'un coup de coude dans les côtes. « Je croyais que c'était le sexe qui était derrière tous nos choix », railla-t-elle.

Jack agita un doigt accusateur devant le visage de la jeune femme. « Toi, tu as encore lu Freud.

– L'erreur de Freud a été de tirer des généralités de cas particuliers, reprit Evgueni en se penchant en avant, pris par son propre discours. Et le cas particulier, en l'occurrence, c'était lui-même. N'oubliez pas que la majorité des rêves qu'il a analysés étaient les siens. Tolstoï, lui, est allé au-delà de sa propre expérience – il a entrevu une force, un destin, une organisation qui présidait à toute l'histoire ; "quelque chose d'incompréhensible, mais qui est certainement la seule chose qui compte", comme il le fait dire à son prince André. »

---

1. Manifest Destiny : doctrine du XIXᵉ siècle selon laquelle les États-Unis avaient le droit et le devoir de s'étendre sur tout le continent nord-américain. *(N.d.T.)*.

Leo versa ce qui restait de leur cognac de cuisine dans sa tasse. « L'expérience humaine est trop complexe et trop intangible pour être réduite à une seule loi ou à une seule vérité.

– Toute vision qui mène à des camps de concentration est résolument mauvaise », fit Jack sur un ton catégorique.

Stella leva la main comme si elle était en classe. « Qu'en est-il des camps de concentration américains ? Ils sont plus difficiles à identifier parce qu'ils n'ont ni murs ni barbelés autour. On appelle ça les ghettos noirs et les réserves indiennes.

– Stella a raison, bien sûr..., commença Evgueni.

– Et le rideau de fer ? protesta Jack. Et les nations esclaves qui sont emprisonnées derrière ? Un Noir peut sortir du ghetto quand il veut, merde alors ! On ne peut pas en dire autant d'un Polonais ou d'un Hongrois.

– Des soldats noirs se sont battus pendant la Deuxième Guerre mondiale dans des unités à part, commandées par des officiers blancs, coupa Evgueni. Votre M. Truman a enfin imposé l'intégration dans l'armée l'année dernière, soit quatre-vingt-quatre ans après la fin de votre guerre de Sécession.

– Quand on discute avec vous deux, c'est un peu comme si on se cognait la tête contre les murs », fit Jack avec lassitude.

Evgueni se leva et prit sur un rayonnage, derrière une pile de livres, une autre bouteille de cognac bon marché qu'il fit circuler. Les membres de la troïka versèrent tous un trait d'alcool dans le reste de café au fond de leurs tasses. Puis Evgueni leva sa tasse et lança en russe la devise : « *Za ouspiekh nachévo beznadiojnovo diéla !*

– *Za ouspiekh nachévo beznadiojnovo diéla !* répétèrent Jack et Leo.

– Tu me l'as déjà dit, mais j'oublie toujours, intervint Stella. Qu'est-ce que ça veut dire, déjà ? »

Leo lui donna la traduction : « Au succès de notre tâche désespérée ! »

Stella étouffa un bâillement. « Pour le moment, ma tâche la plus désespérée est de garder les yeux ouverts. Moi, je vais me pieuter. Tu viens, Leo, mon chou ?

– Tu viens, Leo, mon chou ? » roucoula Jack en imitant Stella.

Leo jeta un regard noir en direction de Jack, mais suivit Stella et disparut dans la chambre au bout du couloir.

Au petit matin, alors que les premières lueurs gris cendre commençaient à zébrer le Harkness Quadrangle, Leo s'éveilla et découvrit que Stella n'était plus dans le lit étroit. Traversant, encore ensommeillé, l'appartement silencieux, il perçut le grattement d'un saphir tournant indéfiniment sur la plage de fin d'un disque, dans le salon. Evgueni dormait profondément sur le vieux divan, sous la fenêtre au store déchiré, un bras tombant vers le lino et le bout de ses doigts coincé dans le chef-d'œuvre de Trevelyan sur la révolution américaine pour ne pas perdre sa page. Leo souleva doucement le saphir du tourne-disque et éteignit la veilleuse d'Evgueni. Alors que ses yeux s'accoutumaient à l'obscurité, il remarqua la lueur qui passait sous la porte de la chambre de Jack donnant sur le salon. S'attendant à trouver Jack en plein travail, il saisit la poignée et la tourna doucement pour entrouvrir la porte.

À l'intérieur, une bougie projetait en crachotant des ombres vacillantes sur le papier peint qui se décollait. L'une des ombres était celle de Stella. Elle portait une des chemises d'aviron sans manches aux couleurs de Yale de Leo et était affalée sur le lit, le dos contre le mur et ses longues jambes nues tendues et largement écartées. Une autre ombre était projetée par Jack. Il se tenait agenouillé par terre entre les cuisses argentées de Stella, la tête penchée en avant. Examinant la scène obscure, l'esprit embrumé de Leo décida qu'il était tombé sur Jack se prosternant devant un autel.

Leo discerna le visage de Stella dans la pénombre. Elle le regardait droit dans les yeux, un léger sourire de complicité étirant ses lèvres entrouvertes.

Travaillant dans un bureau inoccupé que son vieux cabinet juridique mettait à sa disposition dès qu'il venait à Manhattan, Frank Wisner termina son entretien avec E. (pour Elliott) Winstrom Ebbitt II et le raccompagna aux ascenseurs. «Je suis très heureux que Bill Donovan ait fait en sorte que nos chemins se croisent, dit-il avec son accent traînant du Mississippi, étirant ses voyelles comme des élastiques pour les faire claquer sur les consonnes. Le Wiz (ou l'As), comme on surnommait affectueusement Wisner à la Compagnie, était le chef adjoint, juste après Allen Dulles, de ce que certains journalistes avaient appelé le service des pièges à cons de la toute jeune Central Intelligence Agency. Ancien de l'OSS à la beauté plutôt rude, il gratifia son visiteur d'un de ses sourires édentés légendaires. «Bienvenue à bord, Ebby», déclara-t-il en lui tendant une poigne virile.

Ebby la prit en hochant la tête. «J'ai été très flatté qu'on me demande d'intégrer une équipe aussi prestigieuse.»

Ebby pénétra dans l'ascenseur et le Wiz lui assena une claque dans le dos. «Nous verrons jusqu'à quel point vous vous sentirez flatté quand vous m'entendrez gueuler dès qu'une opération ne se termine pas comme je l'avais escompté. Le Cloud Club, demain, seize heures trente.»

Ebby sortit de l'ascenseur deux étages plus bas pour prendre une serviette pleine de notes juridiques sur son bureau. Puis il poussa la double porte en verre épais qui arborait en lettres dorées les inscriptions : «Donovan, Leisure, Newton, Lumbard & Irvine» et «Avoués». À l'exception des deux femmes de ménage noires qui passaient l'aspirateur sur les moquettes, les bureaux étaient déserts. Alors qu'il retournait aux ascenseurs, Ebby s'arrêta pour rédiger une note à sa secrétaire de sa petite écriture bien nette. «Vous seriez gentille d'annuler mon rendez-vous de seize heures et de me garder mon après-midi libre. Essayez de m'obtenir un quart d'heure avec M. Donovan n'importe quand dans la matinée. Aussi, s'il vous plaît, passez les dossiers en attente au Thermofax et laissez les copies sur le bureau de Ken Brill. Dites-lui que cela me rendrait vraiment service s'il pouvait prendre connaissance de tout cela rapidement, au plus tard pour lundi. » Puis il griffonna « E.E. » au bas de la page qu'il coinça avec un presse-papiers, sur le buvard en sous-main.

Quelques instants plus tard, les portes tournantes du numéro deux de Wall Street projetèrent Ebby dans la chaleur de cette fin d'après-midi. Desserrant sa cravate, il héla un taxi, donna au chauffeur une adresse sur Park Avenue et la Quatre-vingt-huitième Rue et lui dit de prendre tout son temps. Il n'était pas pressé d'affronter l'orage qui ne manquerait pas d'éclater.

Eleonora (prononcé à l'italienne depuis que la jeune Eleonor avait passé, dans le cadre de ses études à l'université de Radcliffe, un semestre à étudier les bijoux étrusques à la villa Giulia de Rome) était en train de se vernir les ongles pour le dîner quand Ebby, agitant un verre d'eau et d'absinthe avec un petit fouet d'argent, pénétra dans la chambre. « Chéri, où étais-tu passé ? s'exclama-t-elle avec un froncement de sourcils. Les Wilson nous ont invités pour huit heures, ce qui signifie qu'il faut qu'on soit à leur porte à huit heures trente au plus tard. J'ai entendu dire qu'il y aurait M. Harriman…

– Manny va bien ?

– Quand Mlle Utterback est allée le chercher, la maîtresse lui a dit que Manny avait pris peur au moment où les sirènes d'attaque aérienne se sont mises à hurler et que tous les enfants ont dû s'abriter sous les tables. Ces alertes atomiques me font peur à moi aussi. Tu as passé une bonne journée ?

– Frank Wisner m'a invité bavarder avec lui chez Carter Ledyard cet après-midi. »

Vaguement intéressée, Eleonora leva les yeux de ses ongles. « Vraiment ? »

Ebby remarqua que le moindre cheveu de la tête superbe de sa femme était en place, ce qui signifiait qu'elle était passée chez le coiffeur après son déjeuner avec ses copines de Radcliffe à l'Automat, sur Broadway. Il se demanda, et ce n'était pas la première fois, où était passée la jeune fille ardente qui l'attendait, enroulée dans une bannière immense sur laquelle on pouvait lire : « Bienvenue à la maison – Bravo », quand le bananier le ramenant de la guerre l'avait déposé sur un quai de Manhattan. Elle était à l'époque si impatiente qu'il la prît dans ses bras, même s'ils ne s'étaient pas vus depuis quatre ans ; de se mettre au lit avec lui, même si elle était vierge ; d'aller à l'autel au bras de son père et d'accepter de l'aimer, de l'honorer et de lui obéir, même si elle lui avait bien fait comprendre, dès le premier jour, que la partie sur l'obéissance était une simple formalité. Pendant leurs premières années de mariage, c'était son argent à elle – un héritage et un salaire d'experte en joaillerie à temps partiel chez Bergdorf – qui lui avait permis de terminer son droit à Columbia. Puis, lorsqu'il avait obtenu son diplôme et une place chez « Wild »

Bill Donovan, son ancien patron à l'OSS qui avait repris son métier d'avoué à New York, Eleonora avait plus ou moins décidé de prendre sa retraite pour commencer à vivre comme elle comptait bien s'y habituer.

De l'autre côté de la chambre, Eleonora porta une main à la lumière pour examiner ses ongles. Ebby décida qu'il ne servirait à rien de tourner autour du pot. « Le Wiz m'a proposé un travail. J'ai accepté.

– Frank Wisner est donc revenu travailler chez Carter Ledyard ? Je suppose que cette affaire à Washington n'a pas marché pour lui. J'espère que vous avez parlé salaire ? Te connaissant, mon chéri, je sais que ce n'est jamais toi qui mettrais un sujet aussi sale que l'argent sur le tapis. T'a-t-il parlé d'un éventuel partenariat ? Il faut que tu sois malin – M. Donovan pourrait te proposer de devenir son associé pour ne pas te perdre. D'un autre côté, papa ne serait pas mécontent que tu entres chez Carter Ledyard. M. Wisner et lui se connaissent depuis Yale – ils faisaient tous les deux partie de Skull and Bones. Il pourrait glisser un mot pour toi... »

Ebby empila deux oreillers et s'étendit sur le couvre-lit crème. « Frank Wisner n'est pas retourné chez Carter Ledyard.

– Chéri, tu pourrais retirer tes chaussures. »

Il dénoua ses lacets et se déchaussa. « Le Wiz travaille toujours pour le gouvernement.

– Je croyais que tu m'avais dit l'avoir vu chez Carter Ledyard. »

Ebby reprit depuis le début. « Frank dispose ici d'un bureau quand il est de passage en ville. Il m'a demandé de monter et m'a proposé un poste. Je vais bosser avec lui à Washington. Tu seras contente de savoir que j'ai mis le sujet si sale de l'argent sur le tapis. Je commencerais à un niveau 12 dans la fonction publique, ce qui donne six mille quatre cents dollars par an. »

Eleonora referma son flacon de vernis à ongles avec beaucoup d'application. « Chéri, si c'est une blague stupide... » Elle se mit à agiter les doigts en l'air pour faire sécher son vernis, mais s'arrêta net en voyant le regard de son époux. « Tu es sérieux, Eb, c'est bien ça ? Pour l'amour du ciel, tu ne veux quand même pas t'impliquer dans cette ridicule agence de renseignements dont parlait la dernière fois M. Donovan en prenant son brandy.

– J'ai bien peur que oui. »

Eleonora dénoua la ceinture de son peignoir de soie et le laissa glisser de ses épaules délicates ; il tomba en tas sur le sol, et y resterait jusqu'à ce que la bonne cubaine range la chambre, le lendemain matin. Ebby remarqua que sa femme portait une de ces combinaisons dernier cri qui faisaient aussi soutien-gorge et redressaient ses petits seins en pointe. « Je croyais que tu avais grandi, Eb », disait-elle en enfilant une robe Fogarty noire à taille pincée et jupe à fanfreluches. Certaine qu'elle pourrait le convaincre sans problème de renoncer à cette idée ridicule, elle recula vers lui afin qu'il remonte sa fermeture à glissière.

« C'est justement ça, répliqua Ebby en se redressant pour se battre avec la fermeture à glissière. J'ai grandi. J'en ai jusque-là des fusions d'entreprises, des cours de la Bourse et des fonds en fidéicommis pour petits-enfants gâtés. Frank Wisner dit que le pays est en danger, et il n'est pas le seul à le penser. M. Luce a appelé ce siècle le siècle américain, mais on en est à la moitié et ça commence à ressembler de plus en plus au siècle soviétique. Le président tchécoslovaque, M. Masaryk, a été défenestré, et c'en a été fini du dernier pays libre d'Europe de l'Est. Ensuite nous avons perdu la Chine au profit des rouges. Si on ne se magne pas un peu, la France et l'Italie vont virer communistes et c'est toute notre position en Europe qui sera menacée. » Il abandonna la fermeture à glissière et effleura du dos de la main la nuque de sa femme. « Beaucoup d'anciens de l'OSS reprennent du service, Eleonora. Le Wiz a été très convaincant – il a dit que les gens ayant mon expérience des opérations clandestines ne se trouvaient pas à tous les coins de rue. Je ne pouvais pas lui refuser ça. Tu comprends ? »

Eleonora échappa à ses doigts malhabiles et traversa la pièce, les pieds chaussés de bas, pour s'examiner dans le miroir en pied. « J'ai épousé un avoué très doué qui avait un brillant avenir…

– C'est moi que tu aimes ou mes diplômes de droit ? »

Elle le regarda dans le miroir. « Pour être parfaitement honnête, chéri, les deux. Je t'aime dans le contexte de ta profession. Papa est avoué, mes deux oncles sont avoués, mon frère termine son droit à Harvard dans un an et entrera alors dans le cabinet de papa. Comment veux-tu que je leur explique que mon mari a décidé d'envoyer balader une place à trente-sept mille dollars par an dans l'un des cabinets les plus huppés de Wall Street pour un petit job à six mille dollars par an – à faire quoi ? Tu as déjà fait ta guerre, Eb. Laisse celle-ci à d'autres. Combien de fois faudra-t-il que tu joues au héros dans cette vie ? »

Sa jupe volant autour de ses chevilles délicates, Eleonora se retourna vers son mari. « Écoute, calmons-nous tous les deux et allons passer une bonne soirée chez les Wilson. Ensuite, la nuit te portera conseil, Eb, et tout te paraîtra plus clair à la lumière du matin.

– J'ai accepté l'offre de Frank, insista Ebby. Je n'ai pas l'intention de revenir là-dessus. »

Les beaux yeux d'Eleonora se firent durs. « Quoi que tu fasses, tu n'égaleras jamais ton père, à moins de passer devant un peloton d'exécution.

– Mon père n'a rien à voir là-dedans. »

Elle chercha ses chaussures du regard. « Tu ne t'attends quand même pas à ce que je fasse vivre Immanuel dans un pavillon de banlieue minable de Washington pour que tu puisses bosser pour six mille dollars l'an à espionner des communistes qui espionnent des Américains qui espionnent des communistes. »

Ebby fit sèchement : « C'est six mille quatre cents dollars, et ça ne comprend pas les deux cents dollars supplémentaires pour mes deux années passées à l'OSS.»

Eleonora prit un timbre plus rauque pour annoncer : «Si tu renonces à ta carrière prometteuse, sache que tu renonceras aussi à ta femme et à ton fils. Je ne suis pas vraiment du genre à te suivre "où que tu ailles".

– Non, j'imagine que non», commenta Ebby d'une voix que la mélancolie de ce qui aurait pu être rendait creuse.

D'un mouvement adroit que, pour autant qu'Ebby pouvait s'en rendre compte, seule la femme maîtrisait, Eleonora tira ses bras en arrière et referma elle-même la fermeture Éclair au niveau des omoplates. «Tu ferais mieux de t'habiller un peu si tu ne veux pas être en retard chez les Wilson», coupa-t-elle. Puis elle repéra ses talons aiguilles sous une chaise. Elle glissa ses pieds dedans et sortit à pas lourds de la chambre.

L'ascenseur Otis qui, rapidement et sans heurts, amena Ebby au soixante-sixième étage du Chrysler building, était saturé de fumée de cigares et des dernières nouvelles. «Ce n'est pas une rumeur, fit avec excitation une femme plus très jeune. J'ai entendu ça sur la radio du taxi : les Coréens du Nord viennent d'envahir la Corée du Sud. C'est notre pire cauchemar qui se réalise – ils sont des milliers à franchir le trente-huitième parallèle ce matin.

– Moscou est visiblement derrière tout ça, intervint un homme. Staline veut voir ce qu'on a dans le ventre.

– Vous pensez que M. Truman se battra ? demanda une jeune femme dont la voilette noire dissimulait le haut du visage.

– Il n'a pas lâché pied sur Berlin, fit observer un autre passager.

– Mais Berlin se trouve au cœur de l'Europe, remarqua un vieux monsieur. La Corée du Sud est une banlieue japonaise. N'importe quel imbécile devrait voir que c'est la mauvaise guerre au mauvais endroit.

– J'ai entendu dire que le Président avait mobilisé la septième flotte.

– Mon fiancé est aviateur de réserve dans la Marine, dit la jeune femme. Je viens de l'avoir au téléphone. Il est affreusement inquiet à l'idée qu'on le rappelle.»

Le groom, un vieux Noir portant un uniforme brun impeccable à ornements dorés, arrêta l'ascenseur avec douceur et écarta la lourde grille dorée de sa main gantée. «La quatre-vingt-deuxième aéroportée vient d'être mise en alerte, annonça-t-il. Je le sais parce que j'ai un neveu qui est radio à la quatre-vingt-deuxième.» Puis, sans perdre un temps, il ajouta : «Le Chrysler Cloud Club, dernier étage.»

Ebby, qui avait une demi-heure d'avance, se fraya un chemin à travers la foule qui s'agglutinait avec excitation autour du bar et commanda un scotch avec des glaçons. Il écoutait les craquements de la glace en repensant à la conversation acerbe qu'il avait eue au petit déjeuner avec Eleonora quand il sentit qu'on le tirait par le coude. Il regarda par-dessus son épaule. « Berkshire! s'exclama-t-il, appelant Bill Colby par son nom de guerre à l'OSS. Je croyais que tu étais aux relations du travail, à Washington. Ne me dis pas que le Wiz t'a piégé aussi. »

Colby hocha la tête. « J'étais au NLRB [1] quand ce vieux charmeur est venu m'envoûter. Tu as entendu la nouvelle?

– Difficile d'y échapper. Les gens qui généralement la ferment dans l'ascenseur tenaient carrément un séminaire pour savoir si Truman va conduire le pays à la guerre. »

Emportant leur verre avec eux, les deux hommes se dirigèrent vers l'une des hautes fenêtres qui offraient une vue époustouflante sur les rues rectilignes de Manhattan et les deux bras d'eau qui encadraient l'île. Ebby fit mine d'écarter de la main le brouillard qui obscurcissait leur ligne de vision. « L'Hudson est par là, quelque part. Par temps clair, on peut voir tous ces espaces verts qui s'étirent jusqu'à l'horizon, au-delà des falaises. Avec Eleonora, nous allions souvent pique-niquer là-bas quand nous ne pouvions pas nous payer le restaurant.

– Comment va Eleonora? Comment va Immanuel?

– Ils vont bien tous les deux. » Ebby fit tinter son verre contre celui de Colby. « Ça fait du bien de te revoir, Bill. Quelles nouvelles de la capitale? »

Colby jeta un coup d'œil autour de lui pour s'assurer qu'on ne pouvait pas les entendre. « On repart en guerre, Eb. C'est ce que le Wiz m'a dit, et il est bien placé pour le savoir. » Les yeux clairs derrière les lunettes de l'armée que portait Colby étaient, comme toujours, imperturbables. Le demi-sourire qui apparut sur son visage évoquait l'expression d'un joueur de poker qui ne voulait pas révéler ses cartes, ou son absence de cartes. « Si on laisse passer ça aux communistes, ils nous testeront ailleurs. Et cet ailleurs pourrait bien être les champs de pétrole iraniens ou la Manche britannique. »

Ebby connaissait bien ce regard imperturbable et ce sourire de joueur de poker. Colby, lui et un autre jeune Américain du nom de Stewart Alsop avaient appris le morse auprès du même instructeur dans un manoir anglais avant d'être parachutés en France dans le cadre des équipes à trois hommes de Jedburgh (le nom provenait de la ville écossaise toute proche du camp d'entraînement secret de l'OSS). Longtemps après son retour aux États-Unis, après son mariage, Ebby se réveillait parfois aux premières heures du jour, convaincu d'entendre le ronronnement étouffé du *Liberator* qui virait vers l'Angleterre et le claquement du parachute qui se déployait et accrochait l'air tandis qu'il descendait vers les triangles de feu que le maquis avait allumés

---

1. Agence gouvernementale indépendante créée en 1935 pour faciliter les relations entre employés et employeurs *(N.d.T.)*.

dans un champ. Ebby et Colby, affectés à des équipes Jedburgh différentes, s'étaient croisés à plusieurs reprises alors qu'ils écumaient la campagne française, faisant sauter des ponts pour protéger le flanc droit exposé de Patton dont les chars remontaient le nord de l'Yonne en direction du Rhin. La mission Jedburgh d'Ebby s'était terminée avec lui, avançant au pas dans les rues bondées et exubérantes de Paris tout juste libéré à bord d'une Cadillac noire et rutilante qui avait appartenu au président du Conseil de Vichy, Pierre Laval. Après la reddition allemande, Ebby avait essayé de convaincre l'OSS de l'envoyer sur le front du Pacifique, mais avait abouti dans un centre de débriefing que les Américains avaient installé dans une fabrique de vin champagnisé allemand près de Wiesbaden, pour tenter de reconstituer la répartition des forces soviétiques grâce aux renseignements fournis par des transfuges russes. Il serait peut-être resté dans l'OSS d'après-guerre s'il y avait eu un OSS d'après-guerre. Après la capitulation japonaise, Truman avait en effet estimé que l'Amérique n'avait plus besoin d'une agence de renseignements et l'avait tout simplement démantelée. Le couperet présidentiel avait alors renvoyé les analystes de l'OSS au Département d'État (où on les avait accueillis comme des puces sur le tapis), les cow-boys au ministère de la Guerre, et Ebby, alors marié à son amour d'avant-guerre, à ses études de droit à Columbia. Et sur qui était-il tombé là-bas, sinon sur son vieux pote des Jedburgh, Berkshire, qui faisait partie de la promotion précédente mais parlait déjà vaguement d'abandonner le droit alors que la guerre froide s'intensifiait et que Truman s'apercevait, en 1947, que l'Amérique aurait peut-être tout de même l'usage d'une agence centrale de renseignements.

« Le bruit court que Truman a passé un savon à ceux de la CIA, reprit Colby. Il leur reproche de ne pas avoir prévu assez tôt l'attaque nord-coréenne. Il a raison, bien sûr. Mais avec le budget ridicule que leur octroie le Congrès, ils auraient de la chance de pouvoir prédire autre chose que les changements d'humeur de Truman. Les têtes vont tomber, tu peux y compter. Au Congrès, on raconte que l'Amiral – il faisait référence au directeur des renseignements généraux (DCI) du moment, le contre-amiral Roscoe Hillenkoetter – va devoir chercher du boulot avant la fin de l'année. Le Wiz pense que c'est le chef d'état-major d'Eisenhower en Normandie, Bedell Smith, qui pourrait bien décrocher le poste. » Colby jeta un coup d'œil vers la pendule murale, trinqua de nouveau avec Ebby, et ils vidèrent tous deux leur verre. « On ferait mieux d'y aller, dit-il. Quand le Wiz dit seize heures trente, ce n'est pas seize heures trente et une. »

Près des ascenseurs, une petite pancarte indiquait aux visiteurs qui participaient au symposium de gestion S.M. Craw une suite privée au bout du couloir. À l'intérieur d'un vestibule, deux jeunes gens taciturnes portant costume trois pièces vérifièrent les papiers de Colby puis examinèrent le permis de conduire d'Ebby et sa vieille carte d'identité de l'OSS (qu'il avait récupérée dans la boîte à chaussures contenant ses médailles et citations de guerre ainsi que son ordre de démobilisation). Barrant des noms sur une liste, ils introduisirent Ebby et Colby dans la salle dont la porte annonçait « Symposium S.M. Craw ».

Plusieurs dizaines d'hommes et une seule femme se pressaient autour d'un bar de fortune. La seule autre femme en vue, vêtue d'un pantalon et d'un gilet d'homme sur une chemise à dentelle, était occupée à verser du punch dans des verres qu'elle posait sur la table. Ebby en prit un et se tourna pour bavarder avec un jeune homme doté d'une moustache à la cosaque. « Je m'appelle Elliott Ebbitt, se présenta-t-il. Mais mes amis m'appellent Ebby.

– Je suis John McAuliffe, répliqua le jeune homme, personnage remarquable d'un bon mètre quatre-vingts portant un coûteux costume trois pièces en lin coupé sur mesure chez Bernard Witherill de New York. Mes amis me gratifient de tout un tas de noms derrière mon dos et m'appellent Jack par-devant. » Il désigna d'un mouvement de tête un jeune homme mince au visage émacié qui portait un costume de confection tout froissé de chez R.H. Macy. « Et voici mon ancien ami Leo Kritzky. »

Ebby saisit la balle au bond : « Pourquoi ancien ?

– Son ancienne petite amie s'est glissée une nuit dans mon lit, répondit Jack avec une franchise désarmante. Il s'imagine que j'aurais dû l'envoyer paître et je ne cesse de lui rappeler que c'est une fille superbe pas vraiment farouche et que je suis un *Homo erectus* tout ce qu'il y a de plus normal.

– Je lui en ai voulu, mais plus maintenant, commenta sèchement Leo. J'ai décidé de laisser les jolies filles aux types dépourvus d'imagination. » Il tendit la main à Ebby. « Enchanté. »

Pendant une seconde, Ebby pensa que Jack le faisait marcher, mais la lueur sombre dans le regard de Leo et les plis qui barraient son grand front le convainquirent du contraire. Ne se sentant jamais très à l'aise lorsqu'on abordait la vie privée des gens, il s'empressa de changer de sujet. « D'où est-ce que vous venez, les gars, et comment avez-vous atterri ici ? »

Leo répondit : « On termine tous les deux nos études à Yale à la fin du mois.

– Et on a atterri ici parce qu'on a accepté que notre entraîneur d'aviron nous paye un verre chez Mory, compléta Jack avec un rire. En fait, il s'est avéré qu'il recrutait pour la... » Jack ne savait pas trop si l'on pouvait ou non prononcer *Central Intelligence Agency* tout haut, alors il se contenta d'agiter la main en direction de l'assemblée.

Leo demanda : « Et vous, Elliott ?

– Je suis passé de Yale à l'OSS un an avant la fin de la guerre. Je suppose qu'on pourrait dire que je rempile.

– Vous avez combattu ? voulut savoir Jack.

– Un peu.

– Où ça ?

– En France, surtout. Quand j'ai franchi le Rhin, Hitler s'était déjà tiré une
balle dans la tête et les Allemands avaient abandonné la partie. »

La jeune femme qui avait servi les punchs frappa un verre avec une cuiller,
et les deux douzaines de jeunes gens présents – que Jack appelait « la troupe
des chemises Arrow à col amidonné » – se dirigèrent vers les sièges pliants
disposés en rangs devant la baie vitrée panoramique qui donnait sur l'Empire
State Building et le centre de Manhattan. Elle s'approcha du lutrin de verre
et tapota le micro du bout allongé de son ongle pour vérifier qu'il marchait.
« Je suis Mildred Owen-Brack », commença-t-elle. Visiblement habituée à
avoir affaire à des hommes qui n'avaient pas l'habitude d'avoir affaire à des
femmes, elle poursuivit : « Je vais vous aider à parcourir les formulaires standard d'obligation au secret que les plus rapides d'entre vous auront déjà repérés sur vos sièges ; les moins vifs s'apercevront qu'ils sont assis dessus. » De
petits rires nerveux accueillirent la boutade d'Owen-Brack. « En entrant dans
cette pièce, vous êtes entrés dans ce que les sociologues appellent une culture
fermée. Ce formulaire vous engage à soumettre au préalable à la CIA tout ce
que vous pourriez écrire ayant trait à la CIA dans un but de publication pendant que vous en êtes membres et après. Cela inclut les articles, les ouvrages
documentaires ou de fiction, les scénarios, les poèmes épiques, les livrets
d'opéra, les vers de cartes de vœux, et cetera. Cela va sans dire, mais je le
dirai quand même : seuls ceux qui signeront ce formulaire pourront rester dans
cette salle. Des questions ? »

Owen-Brack examina les visages devant elle. La seule recrue féminine
parmi toute cette gent masculine, une jeune femme brune particulièrement
ravissante portant une jupe aux genoux et une veste près du corps leva une
main soigneusement manucurée. « Je suis Millicent Pearlstein, de Cincinnati. » Elle s'éclaircit la voix avec gêne en s'apercevant qu'elle n'avait aucune
raison de dire d'où elle venait. « Bon. Vous avez certainement conscience que
votre accord porte une atteinte manifeste au droit à la liberté de parole du premier amendement, et aurait donc une bonne chance d'être rejeté par n'importe
quel tribunal. »

Owen-Brack eut un doux sourire. « De toute évidence, vous êtes juriste,
mais vous m'avez mal comprise, expliqua-t-elle avec une politesse exagérée.
C'est pour votre propre sécurité que nous vous demandons de signer ce document. En tant qu'organisation secrète, nous protégeons nos secrets de l'employé occasionnel qui pourrait être tenté de décrire la teneur de sa mission par
écrit. Si d'aventure quelqu'un s'y essayait, il – ou elle – nous prendrait certainement à rebrousse-poil et nous n'aurions plus qu'à envisager sérieusement de
mettre fin au contrevenant en même temps qu'au contrat qui nous liait. Nous
essayons donc de rendre la chose la moins tentante possible d'un point de vue
légal. Heureusement, la question brûlante de savoir si la nécessité absolue qu'a

la Compagnie de protéger ses secrets doit supplanter ou non le droit à la liberté de parole du premier amendement ne sera jamais réellement posée. »

Ebby s'inclina vers Colby, qui était assis à l'extérieur, dans la même rangée que lui. « Qui est cette mangeuse d'hommes ?

– C'est la *consigliera* de la Compagnie, chuchota-t-il. Le Wiz dit que ce n'est pas quelqu'un à qui on a envie de voler dans les plumes. »

Owen-Brack entreprit de lire à voix haute les deux paragraphes du contrat. Puis elle ramassa les formulaires signés, les fourra dans une chemise et prit un siège au fond de la salle.

Frank Wisner se plaça derrière le lutrin. « Bienvenue à la Vinaigrerie, commença-t-il de sa voix traînante, reprenant le sobriquet interne de la Compagnie. Je m'appelle Frank Wisner. Je suis l'adjoint d'Allen Dulles, qui est le directeur adjoint chargé des opérations – DD tiret O dans le jargon de la compagnie. Le DD-O représente à la fois l'homme qui dirige le service clandestin et la direction des opérations elle-même. » Le Wiz s'humecta les lèvres avec un verre de punch. « La Doctrine Truman de 1947 engageait l'Amérique à aider les peuples à se libérer partout dans le monde dans la lutte contre le totalitarisme. Pour ce faire, le principal instrument de la politique étrangère américaine est l'agence centrale de renseignements. Et l'on peut dire que le DD-O est le fer de lance de la CIA. Jusque-là, notre histoire est commune. Nous avons perdu la Tchécoslovaquie au profit des communistes, mais, après la guerre, nous avons sauvé la France du marasme économique ; nous avons sauvé l'Italie d'une victoire communiste quasi certaine aux élections et du putsch façon tchèque qui aurait sûrement suivi ; nous avons sauvé la Grèce d'une insurrection manipulée par les Soviétiques. Mais ne vous y trompez pas, la civilisation occidentale est attaquée, et seule une très fine ligne de patriotes en défend les remparts. Nous avons cruellement besoin de renforcer cette ligne de patriotes, et c'est pourquoi je vous ai priés de venir aujourd'hui. Nous cherchons des hommes et des femmes motivés et imaginatifs – le Wiz gratifia Millicent Pearlstein d'un salut galant – prêts à poursuivre leurs objectifs par tous les moyens et qui n'ont pas peur de prendre des risques… qui, comme Alice au Pays des Merveilles, peuvent s'enfoncer dans l'inconnu sans s'inquiéter de la manière dont ils vont pouvoir ressortir. La conclusion sera qu'il n'y a pas de manuel du parfait petit espion. Vous devrez inventer le métier au fur et à mesure. Je vais vous donner un exemple. Il y a dix jours, un de nos officiers qui essayait de recruter une femme depuis cinq mois découvre soudain qu'elle consulte religieusement son horoscope dans son quotidien régional. Le matin où il doit faire sa proposition, il s'arrange donc pour faire passer dans la colonne "Capricorne" qu'une proposition financière faite le jour même allait changer la vie des natifs et résoudre tous leurs problèmes d'argent – une chance à saisir absolument. La femme en question a écouté la proposition, a apposé sa signature sur la ligne pointillée et nous fait maintenant ses rapports depuis une ambassade très sensible dans un pays communiste.»

Au fond de la salle, l'ange gardien de Wisner se mit à tapoter sa montre. Au lutrin, Wisner hocha imperceptiblement la tête. «Vous avez sans doute tous lu bon nombre de romans d'espionnage. Si vous vous imaginez que la CIA se rapproche de près ou de loin de ces fictions, vous allez voir que vous vous êtes complètement trompés. Le monde réel de l'espionnage est beaucoup moins attrayant et infiniment plus dangereux que ce que suggèrent ces romans. Si vous allez au bout de notre programme de formation, vous passerez toute votre vie professionnelle à faire des choses dont vous ne pourrez parler à personne en dehors du bureau, et ce personne inclut épouses et petites amies. Nous cherchons des gens qui se plaisent à vivre dans l'ombre et susceptibles de mener à bien des opérations inventives pour lesquelles le gouvernement américain pourra décliner toute responsabilité, que les choses tournent bien *ou* mal. Ce que vous accomplirez ne fera jamais les gros titres des journaux – ni n'apparaîtra jamais à aucune page –, à moins que vous n'ayez foiré votre mission. Vous agirez sur le terrain miné de la guerre froide, et ça n'aura rien d'un jeu. Si vous avez le moindre problème avec ça, je vous conseille d'aller chercher du boulot ailleurs.»

Wisner consulta sa montre. «Voilà pour le sermon du Cloud Club. Owen-Brack passera avec vous aux choses sérieuses de la rencontre d'aujourd'hui – où et quand vous devez nous retrouver, ce que vous devrez apporter, quand vous commencerez à toucher votre salaire, ce que vous devrez répondre aux gens quand on vous interrogera sur ce que vous faites. Elle vous donnera aussi un substitut, c'est-à-dire une adresse postale et un numéro de téléphone où une secrétaire indiquera que vous êtes absent de votre bureau et proposera de prendre un message. Dans les mois qui viennent, vous risquez d'être pas mal absents de votre travail.»

Les nouvelles recrues se mirent à rire. Près du lutrin, Wisner échangea une conversation murmurée avec Owen-Brack, à la suite de quoi il quitta la pièce sur les talons de son ange gardien. Owen-Brack se pencha vers le micro et déclara : «Je commencerai en vous disant que la Compagnie vous a repérés – et a pris la peine de payer une enquête de sécurité sur chacun de vous – parce que nous avons besoin d'éléments dégourdis, qui soient capables de cambrioler un coffre-fort comme de se tenir en société. Il y a des chances pour que vous ne remplissiez que la seconde partie de ces exigences. Nous avons l'intention de vous enseigner la première, ainsi que la pratique du métier d'espion, dès que vous prendrez votre service. Notez que vous êtes tous de Sears, Roebuck, en stage de gestion S.M. Craw. La première phase de votre formation – qui comprendra effectivement des cours de gestion pour le cas où vous auriez un jour à donner le change – aura lieu aux bureaux Craw derrière le

Hilton, Route 95 à Springfield, en Virginie, à sept heures trente le premier lundi de juillet.»

S'interrompant régulièrement pour distribuer des imprimés, Owen-Brack poursuivit son monologue pendant encore une vingtaine de minutes. «Ça y est à peu près, conclut-elle avant d'adresser à son auditoire un sourire candide. Avec un peu de chance, je ne vous reverrai plus jamais.»

Jack s'attarda dans la salle après le départ des autres. Owen-Brack rassemblait ses papiers. «Vous avez oublié quelque chose? s'enquit-elle.

– Je m'appelle McAuliffe. John J. McAuliffe. Jack pour les intimes. Je me suis juste dit que c'était une honte d'être monté jusqu'au Cloud Club et de n'avoir même pas profité de la vue. Et la meilleure façon d'admirer la vue, c'est avec une coupe de champagne à la main...»

Owen-Brack inclina la tête pour mieux jauger son interlocuteur. Elle enregistra le costume trois pièces en lin, les bottes de cow-boy, les lunettes teintées, les cheveux foncés lissés en arrière et séparés par une raie au milieu. «À quoi correspond le J? demanda-t-elle.

– À rien. Je le mentionne seulement quand je veux impressionner quelqu'un. Mon père l'a mis sur mon certificat de naissance parce qu'il trouvait que ça donnait l'air important d'avoir une initiale entre le nom et le prénom.

– Il se trouve que je faisais partie de la commission qui a examiné les 201 – les dossiers personnels – des recrues potentielles. Je me souviens du vôtre, John J. McAuliffe. Pendant votre semestre de premier cycle à l'étranger, vous avez travaillé en interne à l'ambassade américaine de Moscou...

– Mon père connaissait quelqu'un au Département d'État... il a tiré des ficelles, expliqua Jack.

– L'ambassadeur vous a renvoyé aux États-Unis quand on a découvert que vous vous serviez de la valise diplomatique pour faire entrer des homards de Finlande par Helsinki.

– Vos enquêtes ont l'air assez approfondies. J'avais peur d'être éliminé si jamais ça se savait.

– Je suppose qu'il n'y a pas de mal à vous le dire, mais votre dossier universitaire est plutôt médiocre. C'est *grâce* à cet incident que vous avez été pris. La Compagnie cherche des gens qui ne craignent pas d'enfreindre les règles.

– Cela étant, et cette coupe de champagne? fit Jack, passant au charme. Selon moi, les hommes et les femmes sont complices dans le grand jeu de la séduction. Vous vous penchez en avant, le col de votre chemisier s'entrouvre – c'est un mouvement que vous avez répété devant le miroir –, un sein se dessine, un mamelon... vous m'auriez trouvé anormal de ne pas le remarquer.»

Owen-Brack serra les lèvres. «Vous, les beaux mecs, vous vous plantez tout le temps, et vous continuez à vous planter jusqu'à ce que vous deveniez moins beaux. Ce n'est pas votre beauté qui nous séduit, mais le timbre de votre voix, ce que vous dites ; nous sommes séduites par votre tête et pas par vos mains. » Elle jeta un coup d'œil impatient sur la montre minuscule à son poignet. « Écoutez, il faut que vous sachiez qu'Owen est mon nom de jeune fille, expliqua-t-elle. Brack est mon nom de femme mariée.

– Bon Dieu, personne n'est parfait ! Je ne vous reprocherai pas d'être mariée. »

Owen-Brack ne trouva pas Jack drôle du tout. « Mon mari travaillait pour la Compagnie – il a été tué dans un accrochage frontalier à propos duquel vous n'avez jamais rien lu dans le *New York Times*. Arrêtez-moi si je me trompe, mais la vue du soixante-sixième étage, la coupe à la main... ce n'est pas vraiment ce que vous avez en tête. Vous me demandez si je serais prête à coucher avec vous. La réponse est : Oui, j'imagine que ça pourrait me plaire. Si mon mari était encore en vie, je serais assez tentée de le tromper. Merde, il m'a assez trompée, lui. Mais maintenant qu'il est mort, ça change toutes les données de la situation. Je n'ai pas besoin d'un coup pour la nuit, j'ai besoin d'une histoire d'amour. Et cela vous élimine d'emblée, vous n'êtes visiblement pas le genre à avoir des histoires d'amour. Au revoir, John J. McAuliffe. Et bonne chance. Vous en aurez besoin. »

« Les espions, disait l'instructeur, la voix réduite à des hoquets étouffés à cause de ses cordes vocales abîmées qui fatiguaient rapidement, sont des êtres humains parfaitement normaux qui deviennent obsédés de manière névrotique par les petits détails. » Robert Andrews, comme il figurait au tableau S.M. Craw, dans le hall d'entrée, avait su captiver l'attention des stagiaires en gestion dès l'instant où il avait pénétré d'un pas traînant dans la salle, huit semaines auparavant. On ne connaissait que les grandes lignes de son illustre carrière à l'OSS. Il avait été parachuté en Allemagne en 1944 pour prendre contact avec ceux de l'Abwehr qui projetaient d'assassiner Hitler, et ce qui restait de lui après plusieurs mois d'interrogatoire par la Gestapo fut miraculeusement libéré de Buchenwald par les troupes de Patton à la fin de la guerre. Entre les deux événements, on avait marqué le côté droit de son visage d'une série de petites cicatrices rondes et l'on avait littéralement arraché son bras gauche de son épaule sur une sorte de chevalet de torture médiéval. La manche vide de son veston, soigneusement épinglée en arrière, battait à présent doucement contre sa cage thoracique alors qu'il faisait les cent pas devant les stagiaires. « Les espions, poursuivit-il, classent les détails qui pourront un jour leur sauver la vie. Du genre quel côté d'une rue sera plongé dans l'ombre à la levée de la lune. Du genre dans quelles conditions atmosphériques un coup de feu sonne comme un raté de moteur. »

Distrait par la plainte d'une sirène de police qui, du dehors, atteignit son oreille valide, M. Andrews s'approcha de la fenêtre et contempla la circulation de la Route 95 à travers son reflet. Le bruit parut le transporter en d'autres temps et autres lieux, et il dut faire un effort visible pour sortir de sa rêverie inquiète. « Nous avons essayé de vous faire entrer dans le crâne ce que les gens qui nous emploient se plaisent à appeler les bases du métier, déclara-t-il en se retournant vers ses étudiants. Les boîtes aux lettres, les agents coupe-circuit, les techniques d'écriture à l'encre sympathique, l'utilisation d'appareils photos miniatures à microfilms, comment mener quelqu'un, planter des micros – vous êtes tous rodés maintenant à ce genre de choses. Nous avons essayé de vous enseigner les pratiques du KGB – comment ils envoient de beaux jeunes gens pour séduire les secrétaires qui ont accès aux secrets, comment leurs officiers traitants préfèrent retrouver leurs agents dans des lieux publics plutôt que dans des planques, comment les espions est-allemands opérant à l'Ouest se servent de numéros de série de billets de dix dollars américains pour faire passer des numéros de téléphones dans les retransmissions des numéros gagnants de la loterie sur les stations de radio locales. Mais la vérité est que ces prétendues bases ne vous mèneront pas bien loin. Pour aller au-delà, il va vous falloir vous réinventer à chaque nouvelle mission ; vous allez devoir devenir la personne que l'ennemi ne vous soupçonnera jamais d'être, ce qui implique de faire des choses que l'ennemi ne soupçonnera jamais un agent de renseignements de faire. Je connais un agent qui, pour suivre quelqu'un, a décidé de boiter – il s'était dit que personne ne soupçonnerait un boiteux de travailler pour un organisme de renseignements. Je préciserai que l'agent en question s'est fait arrêter quand le type de l'Abwehr qu'il filait s'est aperçu qu'il boitait un jour de la jambe gauche, le lendemain de la droite. Cet agent, c'était moi. Ce qui me donne toute qualification pour vous donner ma dernière recommandation. » M. Andrews se tourna alors vers son reflet dans la vitre.

« Pour l'amour de Dieu, dit le reflet, ne commettez pas d'erreurs. »

On avait réservé quelques heures à la fin de la formation pour rencontrer les représentants des divers départements de la Compagnie qui étaient venus de l'Allée-aux-Cafards, au bord de la Reflecting Pool, faire leur marché pour leurs divisions. Comme de coutume, le chef adjoint de la division maîtresse de la Russie soviétique, Felix Etz, eut le droit de se servir en premier. Personne ne fut étonné de voir qu'il choisit d'abord Millicent Pearlstein, la juriste de Cincinnati qui avait obtenu une licence de langue et littérature russes de l'université de Chicago avant de faire son droit. Elle avait brillé dans les épreuves de Sceaux et Rabats ainsi que dans celles de Serrures et Crochetage, et avait également très bien réussi en Rudiments du Recrutement, en Procédés avancés de Chiffrement et en Théorie et Pratique du Communisme. Jack s'était moyennement sorti des épreuves théoriques, mais avait excellé dans les exercices de terrain ; lors d'une sortie éducative à Norfolk, il s'était servi d'une fausse licence d'opérateur de l'État de Virginie-Occidentale et d'une lettre bidon portant la signature imitée du chef du matériel de l'Amirauté pour monter sur le *John R. Pierce* puis se faire introduire dans le Central d'Information de Combat du cuirassé pour en ressortir avec des manuels top secret d'utilisation des radars de surface et antiaériens. Son attitude pleine d'allant ajoutée à sa connaissance de l'allemand et de l'espagnol tapèrent dans l'œil d'Etz, qui lui offrit une place de choix. Ebby, avec son expérience des opérations à l'OSS et ses excellentes notes au programme de remise à niveau, arriva lui aussi en tête de liste. Quand ce fut au tour de Leo d'être interrogé, il arriva à convaincre Etz de le prendre dans la division de la Russie soviétique. Ce ne fut pas tant sa connaissance du russe et du yiddish, ou ses notes excellentes qui impressionnèrent Etz que sa motivation ; Leo avait hérité l'anticommunisme ardent et lucide de ses parents, qui avaient fui la Russie juste avant la mainmise des Bolcheviks, après la révolution de 1917.

Le soir venu, les stagiaires se rendirent dans un restaurant italien du centre de Springfield pour fêter la fin de leur formation de douze semaines épuisantes au centre Craw. « On dirait bien que je vais partir en Allemagne, disait Ebby aux autres depuis le bout de la longue table de banquet. » Il remplit à demi le verre à vin de Millicent, puis le sien, de chianti. « Dites, vous n'allez pas me croire quand je vais vous dire pourquoi ils m'ont repéré.

– Le fait que tu sois si à l'aise en allemand ne doit pas y être étranger, intervint Jack.

– Tous les germanophones ne terminent pas en Allemagne, fit remarquer Ebby. C'est autre chose. Mon grand-père est mort quand j'avais seize ans, et ma grand-mère, qui était un peu excentrique, a décidé de célébrer son veuvage en m'emmenant faire un grand tour d'Europe qui comprenait une nuit dans une maison close parisienne et une semaine dans l'Albanie du roi Zog. Nous avons quitté le pays de justesse au moment de l'invasion des troupes mussoliniennes – ma grand-mère s'est servie de pièces d'or cousues dans sa gaine pour nous obtenir deux places sur un cargo en partance pour Marseille. Un petit génie de la Compagnie a repéré l'Albanie sur la liste de "Pays visités" de mon dossier personnel, et a décidé que ça faisait de moi un élément tout désigné pour les opérations en Albanie, dirigées à partir de l'Allemagne. »

À l'autre bout de la salle, un habitué glissa une pièce dans le juke-box et se mit à danser le *crab walk* avec une adolescente en crinoline.

« Moi, je vais me retrouver sur le campus de Washington, confia Leo. M. Etz m'a dit que Bill Colby aurait sûrement l'utilisation de quelqu'un parlant couramment le russe dans son équipe.

– On va m'envoyer dans une école de langues de l'armée pour parfaire mon italien, dit aux autres Millicent, après quoi j'irai à Rome faire les yeux doux aux diplomates communistes. » Millicent regarda de l'autre côté de la table. « Et toi, Jack ?

– C'est la division de la Russie soviétique pour moi aussi, les gars. Ils vont m'expédier dans une base secrète des marines pendant trois semaines pour me former en armement et démolition. Après, j'ai le choix entre commencer à Madrid, ou travailler à Berlin pour quelqu'un qu'on appelle le Sorcier, ce qui ferait sans doute de moi l'Apprenti Sorcier. J'ai opté pour Berlin parce qu'il paraît que les Allemandes sucent bien.

– Oh, Jack, il faut toujours que tu ramènes tout au cul, se plaignit Millicent.

– Il essaye seulement de te mettre en boule, assura Ebby.

– Je n'essaye pas du tout de la mettre en boule, insista Jack. Je voudrais juste qu'elle puisse voir l'état des miennes.

– C'est mal parti, grogna-t-elle.

– "Fou, mauvais et dangereux à connaître" – c'est ce que qu'on a mis sous la photo du registre de dernière année de Yale, raconta Leo aux autres. C'était entre guillemets parce que la citation originale s'appliquait à lord Byron, de qui, au fond, Jack se croit la réincarnation. Ce n'est pas vrai, Jack ? »

Légèrement ivre, Jack rejeta la tête en arrière et se mit à déclamer quelques vers de Byron. « *Quand le délire de l'amour hante l'esprit embrasé, la bienséance bancale traîne loin derrière.*

– Voilà un beau nom de code pour toi, Jack : Bienséance bancale », plaisanta Millicent.

À onze heures, la plupart des stagiaires étaient partis pour ne pas rater la dernière séance de *Sunset Boulevard* qui passait dans un cinéma voisin. Ebby, Jack, Leo et Millicent étaient restés pour finir le chianti et discuter de leurs affectations respectives. Comme ce devait être leur dernier repas dans ce restaurant, le patron leur offrit une tournée de grappa. Alors qu'ils se succédaient à la caisse, avant de sortir, il leur dit : « Vous êtes le troisième groupe de stagiaires à passer par ici depuis Noël. Qu'est-ce que vous faites, exactement, à la gestion Craw ?

– Eh bien, on *gère* ! répondit Millicent avec un sourire.

– Nous ne travaillons pas pour S.M. Craw, intervint Leo, reprenant la couverture prévue. Nous sommes de chez Sears, Roebuck. C'est Sears qui nous a envoyés faire ce stage de gestion Craw.

– Un peu de gestion, c'est peut-être bien ce qu'il faudrait à ce restaurant, commenta le patron. Et où est-ce que vous allez gérer quand vous aurez quitté Springfield ?

– Un peu partout, lui répondit Millicent. Certains d'entre nous sont affectés au siège de Chicago, d'autres iront dans des succursales dans tout le pays.

– Eh bien, bonne chance, les jeunes !

– *Auguri* », dit Millicent avec un sourire.

Un crachin nocturne avait transformé le caniveau en un miroir luisant. Le miaulement d'une chatte en chaleur résonna dans la ruelle étroite au moment où le petit groupe reprit le chemin du Hilton. Ebby s'arrêta sous un réverbère

pour relire la lettre de son avocat lui annonçant que son divorce avait été prononcé. Puis il la replia et rattrapa les autres, qui se disputaient à propos de la
décision que Truman avait prise quelques jours plus tôt de confier les chemins de fer à l'armée pour éviter une grève générale. «Ce Harry Truman,
disait Jack, c'est un vrai dur.

— C'est surtout un sacré briseur de grève, commenta Millicent.

— Un président digne de ce nom ne peut pas céder devant des grévistes pendant que le pays se bat en Corée», déclara Ebby.

Pris par leur conversation, les quatre jeunes gens ne remarquèrent pas la
camionnette de livraison de journaux garée devant la borne des pompiers,
juste devant eux. À peine l'eurent-ils dépassée que les portes arrière s'ouvrirent brusquement et que quatre hommes armés de pistolets se dispersèrent sur
le trottoir derrière eux. D'autres silhouettes sombres surgirent d'une allée et
leur coupèrent la route. Leo parvint à émettre un : «Qu'est-ce que c'est que
ce bord…» surpris avant qu'on ne lui recouvre la tête d'un sac de toile. On
lui tira alors les mains derrière le dos pour les lier avec du fil électrique. Leo
entendit un poing vider l'air d'une cage thoracique, puis Jack émettre un
hoquet étouffé. Des mains puissantes poussèrent les quatre recrues dans la
camionnette et les jetèrent sans ménagement sur les piles de journaux éparpillés sur le plancher. Les portes claquèrent, le moteur vrombit, et la camionnette s'écarta vivement du trottoir, projetant les prisonniers contre l'une des
parois. Leo voulut demander aux autres s'ils allaient bien, mais il se tut en
sentant un objet métallique appuyer contre son oreille. Il entendit le «erreur
sur les pers…» coléreux de Jack, interrompu par un nouveau hoquet.

La camionnette vira brusquement à gauche, puis à gauche encore avant de
foncer, le moteur emballé, sur une longue ligne droite. Il y eut plusieurs arrêts,
probablement causés par des feux rouges, et d'autres changements de direction. Au début, Leo voulut essayer de les mémoriser dans l'espoir de pouvoir
reconstituer le trajet, mais il s'embrouilla bien vite et se perdit complètement.
Après ce qui lui parut une quarantaine ou une cinquantaine de minutes, mais
pouvait tout aussi bien être le double, la camionnette s'immobilisa. La plainte
creuse de ce que Leo supposa être des cornes de brume lui parvint à travers
le sac de toile. Il perçut le claquement sec d'un briquet et dut refouler la vague
de panique qui lui monta comme de la bile à la gorge – leurs ravisseurs
allaient-ils mettre le feu aux journaux de la camionnette pour les brûler vifs ?
Ce ne fut que lorsqu'il huma une odeur de fumée de cigarette qu'il put dominer sa terreur. Il se dit qu'il s'agissait certainement d'un exercice, d'un faux
kidnapping – c'était sûrement cela ; le reste était impensable – organisé par
la division de la Russie soviétique pour tester le courage de leurs nouvelles
recrues. Mais le doute s'insinuait dans son cerveau. Le commentaire de
M. Andrews sur l'obsession des petits détails lui revint en mémoire. Il
s'aperçut soudain qu'il était à l'affût de la moindre information. Pourquoi ses

ravisseurs se montraient-ils si silencieux ? Était-ce parce qu'ils ne parlaient pas anglais, ou qu'ils le parlaient avec un accent ? Ou parce qu'ils le parlaient *sans* accent, ce qui pouvait être le cas s'il s'agissait d'agents de la CIA ? Mais s'ils étaient aux mains d'agents de la CIA, comment se faisait-il que l'odeur de tabac qui lui venait aux narines lui rappelât le grossier Herzegovina Flor que son père avait fumé jusqu'au jour où il s'était tué ? Soupesant les possibilités dans l'espoir que l'une d'elles le mènerait à une probabilité, les pensées de Leo se mirent à dériver – il ne lui apparut qu'ensuite qu'il avait dû s'assoupir – et il se retrouva en train de parcourir un album d'images passées : le cercueil de son père qu'on mettait en terre dans un cimetière juif venteux de Long Island ; la pluie qui martelait les parapluies noirs ; le moteur de voiture qui avait pétaradé comme un coup de fusil ; les pigeons paniqués qui s'étaient envolés des branches desséchées d'arbres morts ; la litanie de la voix du frère de son père qui déchiffrait péniblement un passage traduit du *kaddish* ; la plainte angoissée de sa mère répétant inlassablement : « Qu'allons-nous devenir ? Qu'allons-nous devenir ? »

Leo se réveilla en sursaut quand les portes arrière s'ouvrirent brusquement et qu'un frais vent marin s'engouffra dans la camionnette. Des mains puissantes les tirèrent, lui et les autres, de leur lit de journaux et leur firent traverser une passerelle de planches pour les faire descendre dans la cabine d'un petit bateau. Là, ils furent contraints de s'allonger sur un pont de bois qui empestait le poisson et furent recouverts d'une grosse bâche maculée de graisse de moteur. Le pont vibra sous eux tandis que l'embarcation, la proue fendant les vagues, mettait le cap vers le large. Le moteur ronronna avec monotonie pendant un bon quart d'heure puis se mit au ralenti juste avant que la coque du bateau ne heurte à plusieurs reprises quelque chose de dur. Alors que le bateau tanguait sous ses pieds, Leo sentit qu'on le tirait sur un ponton de bois, puis qu'on lui faisait gravir un escalier long et étroit et qu'on le faisait monter sur le pont d'un navire avant de descendre à nouveau deux volées de marches. Il trébucha en passant une écoutille et crut entendre l'un de ses ravisseurs étouffer un juron en polonais. Alors que Leo s'enfonçait dans les entrailles du navire, l'air confiné qui parvint à ses narines sous le sac de toile sentait la *farine*. D'une poussée, quelqu'un lui fit franchir une autre écoutille et pénétrer dans un compartiment étouffant. Il sentit des mains rudes lui ôter ses souliers puis le déshabiller, ne lui laissant que ses sous-vêtements. On coupa le fil électrique qui lui entrait douloureusement dans la chair et on le ligota sur une chaise, les poignets derrière le dossier, en enroulant plusieurs fois la corde autour de sa poitrine et du dossier de la chaise. Puis on lui retira le sac de la tête.

Clignant des yeux pour se protéger de la lumière des projecteurs, Leo regarda autour de lui. Les autres, eux aussi en chaussettes et en sous-vêtements, détournaient la tête de la lumière aveuglante. Millicent, en culotte et en soutien-gorge de dentelle, lui parut pâle et désorientée. Trois marins en bleus tachés et pull à col roulé retiraient portefeuilles et papiers des poches des vêtements qu'ils jetaient ensuite en tas dans un coin. Un homme émacié en costume mal coupé les examinait depuis la porte avec des yeux si proéminents dans un crâne si étroit qu'il semblait déformé. Une esquisse de sourire apparut sur ses lèvres minces. « Bonjour à vous, commença-t-il avec ce qui sonna aux oreilles de Leo comme un accent d'Europe de l'Est – peut-être letton, peut-être polonais. Alors je dis à moi-même : le plus vite vous parlez à moi de les choses dont je veux connaissance, le plus vite cet épisode malheureux est mis derrière nous. S'il vous plaît, vous parlez maintenant entre vous. Moi, j'ai beaucoup faim. Après un moment, je reviens et nous parlons ensemble pour décider si vous sortez de cette aventure peut-être vivant ou peut-être mort. Qui sait ? »

Le civil disparut alors par l'écoutille, suivi par les marins. Puis la porte claqua avec un bruit métallique. Les verrous tournèrent dans la cloison.

« Oh, mon Dieu, souffla Millicent la voix tremblante, la salive coulant à la commissure de ses lèvres gonflées à force d'être mordues. Ce n'est pas possible. »

Ebby désigna la cloison du menton. « Ils doivent avoir mis des micros, chuchota-t-il. Ils vont écouter tout ce qu'on dira. »

Jack était absolument persuadé qu'il s'agissait d'un nouvel exercice de la Compagnie, mais il préféra jouer le jeu dans l'espoir de faire bonne impression sur les agents de la CIA qui dirigeaient l'opération. « Pourquoi des gangsters s'en prendraient-ils à des stagiaires de chez Craw ? » questionna-t-il, s'en tenant à la couverture qu'ils avaient élaborée durant leur première semaine de cours.

Ebby lui emboîta le pas. « Il doit y avoir erreur sur les personnes. Il n'y a pas d'autre explication.

– Ou peut-être que quelqu'un en veut à Craw, hasarda Jack.

– Ou à Sears, Roebuck, à ce moment-là », intervint Leo.

Millicent semblait perdue dans un monde à part. « C'est un exercice d'entraînement », dit-elle, comme pour elle-même. Plissant les yeux à cause des projecteurs, elle prit soudain conscience qu'elle était presque nue et se mit à geindre doucement. « Je peux bien l'admettre. Je suis complètement terrorisée. »

Leo se força à respirer profondément par le nez pour se calmer et essaya de discerner le fil logique enfoui quelque part dans la confusion de ses pensées. Il ne subsista au bout du compte que deux possibilités. La plus vraisemblable était qu'il s'agissait d'un exercice d'entraînement particulièrement réaliste ; un rite de passage destiné à ceux qui s'étaient engagés à travailler pour la division reine de la Russie soviétique. La seconde possibilité – à savoir qu'ils avaient été tous les quatre enlevés par des agents soviétiques qui voulaient obtenir des informations sur le recrutement et la formation de la CIA – lui parut complètement ridicule. Mais Leo ne prenait-il pas ses désirs pour des réalités en rejetant cette possibilité ? Si c'était en fait la bonne ? Si les Russes avaient découvert que la société de gestion Craw n'était qu'une façade et qu'ils cherchaient vraiment des recrues de la Compagnie ? Et si le hasard avait jeté les quatre retardataires du restaurant italien dans leur filet ?

Leo s'efforça de se rappeler ce qu'on leur avait appris pendant le séminaire sur les techniques d'interrogatoire. Quelques bribes lui revinrent. Tous ceux qui posaient les questions cherchaient à convaincre leurs prisonniers qu'ils en savaient davantage que ce qu'ils savaient vraiment ; que les informations que vous leur apportiez ne faisaient que confirmer ce qu'ils savaient déjà. Vous étiez censés vous en tenir à votre couverture, même confrontés à la preuve que vos interrogateurs étaient parfaitement au courant de vos activités au sein de la CIA. M. Andrews s'était présenté sans être annoncé à la dernière séance de ce séminaire ; Leo revoyait le sourire infiniment triste qui avait étiré les lèvres de son instructeur, mais il avait beau réfléchir, il ne parvenait pas à se rappeler un seul mot de ce que M. Andrews leur avait dit.

Après ce qui lui parut une éternité, Leo perçut un grincement. Il remarqua alors que les verrous tournaient dans la cloison. La porte s'ouvrit sur ses gonds bien huilés. L'homme émacié, ses yeux dissimulés derrière des lunettes de soleil ovales, pénétra dans la salle. Il s'était changé et portait maintenant une combinaison de parachutisme blanche avec des taches orange délavées. L'un des marins le suivait avec un seau en bois à moitié rempli d'eau. Le marin se posta dans un coin et, à l'aide d'une louche en bois, versa un peu d'eau saumâtre dans la gorge de chacun des prisonniers assoiffés. L'homme émacié tira une chaise, la retourna afin de placer le dossier face aux prisonniers et l'enfourcha. Il sortit une cigarette d'un boîtier en acier et en tapota l'extrémité avant de l'allumer à la flamme d'un briquet ; Leo sentit une nouvelle bouffée de tabac russe. L'homme émacié tira un instant sur sa cigarette, apparemment plongé dans ses pensées. «Appelez-moi Oskar, annonça-t-il abruptement. Reconnaissez-le, ajouta-t-il, vous espérez que c'est un exercice d'entraînement de la CIA, mais vous n'êtes pas certains.» Un ricanement sarcastique jaillit du fond de sa gorge. «C'est moi qui ai la tâche de vous apprendre nouvelle désagréable : vous vous trouvez sur cargo letton *Liepaja* ancré dans votre baie de Chesapeake en attendant permis de prendre la mer avec cargaison de farine pour Riga. Le navire a déjà été fouillé par votre police maritime. Généralement, ils nous font attendre pendant des heures pour embêter nous, mais nous jouons cartes et nous écoutons musique de nègres sur le bateau et nous interrogeons quelquefois les agents de la CIA qui sont tombés entre nos mains.» Il sortit un petit calepin à spirale d'une de ses poches, mouilla son pouce sur sa langue et entreprit de le feuilleter. «Alors, fit-il lorsqu'il eut trouvé ce qu'il cherchait. Lequel de entre vous est Ebbitt ?»

Ebby se racla la gorge. «Je suis Ebbitt.» Sa voix sonnait étonnamment rauque.

«Je vois que vous avez un jugement de divorce prononcé dans la ville Las Vegas.» Oskar leva les yeux. «Vous avez carte plastifiée qui vous présente comme employé chez Sears, Roebuck, et seconde carte qui vous permet de suivre stage de gestion S.M. Craw à Springfield, Virginie.

– C'est exact.

– Quel est précisément votre travail à Sears, Roebuck?

– Je suis juriste. Je rédige les contrats.

– Alors je vous pose une question, M. Ebbitt. Pourquoi un employé de Sears, Roebuck dirait à ses amis : "Ils doivent avoir mis des micros. Ils vont écouter tout ce qu'on dira"?»

Ebby releva le menton et plissa les yeux vers les projecteurs, comme s'il prenait un bain de soleil. «Je lis trop de romans d'espionnage.

– Mes collègues et moi-même, nous savons que la société de gestion S.M. Craw est une école d'espions dirigée par votre agence centrale de renseignements. Nous savons que tous les quatre, vous avez été enrôlés par la curieusement nommée Division de la Russie soviétique de la CIA –, curieusement parce que la Russie est seulement une sur quinze républiques de l'Union des républiques socialistes soviétiques. Avant de pouvoir apprendre des secrets, votre fameuse agence d'espionnage ferait mieux d'étudier un atlas Rand McNally.»

Leo demanda : «Qu'attendez-vous de nous?»

Oskar le prit au mot. «Pour commencer, je veux que vous renonciez à votre légende de travailler pour Sears, Roebuck. Pour continuer, je veux que vous renonciez à cette fiction que S.M. Craw enseigne les techniques gestion. Quand vous aurez amorcé la pompe avec ces aveux, beaucoup d'autres choses jailliront du robinet – le nom de vos instructeurs, ce qu'ils vous ont instruit, les noms et descriptions de vos camarades de classe, les détails des systèmes de cryptographie que vous avez appris dans votre école d'espions, les noms et descriptions des agents qui vous ont recrutés ou que vous avez rencontrés pendant formation.»

Oskar ne fut en fait que le premier de toute une série d'interrogateurs qui se relayèrent sans relâche auprès des quatre jeunes gens. La lumière crue des projecteurs brûlait les yeux des prisonniers, qui perdirent rapidement la notion du temps. À un moment, Millicent supplia qu'on lui permette d'aller aux toilettes. Un gros type, portant un monocle coincé sur un œil, écarta brusquement son soutien-gorge et lui pinça un mamelon avec un rire gras avant de faire signe à l'un des marins de la détacher et de la conduire à des W.-C. répugnants donnant dans le couloir ; l'expérience se révéla particulièrement humiliante pour Millicent car le marin laissa la porte grande ouverte pour la surveiller. Si l'un des quatre prisonniers piquait du nez pendant l'interrogatoire, un marin s'empressait de le réveiller d'un coup de pied dans les chevilles. Partant des notes griffonnées dans leurs calepins, les interrogateurs cuisinèrent leurs prisonniers sur les couvertures qui avaient été élaborées en restant le plus près possible de ce qui s'était effectivement déroulé pendant leur première semaine à Craw.

« Vous prétendez que vous avez travaillé pour le cabinet juridique Donovan, Leisure, Newton, Lumbard et Irvine, dit à un moment Oskar à Ebby.

– Mais combien de fois allez-vous revenir sur les mêmes choses ? Je travaillais pour Donovan, Leisure, Newton, Lumbard et Irvine, pas pour une agence du gouvernement, bordel de merde ! »

Le bout incandescent de la cigarette qu'Oskar tenait entre le pouce et le majeur menaçait de brûler l'un et l'autre. Il la jeta au loin dès qu'il sentit la chaleur sur sa peau. « Votre M. Donovan est-il le même William Donovan qui était le chef de l'Office américain des services stratégiques pendant la Grande Guerre patriotique ?

– Lui-même, fit Ebby avec lassitude.

– Ce M. Donovan est aussi le William Donovan qui a poussé votre président Truman à édifier une agence centrale de renseignements après la guerre.

– Je lis les mêmes journaux que vous, répliqua Ebby.

– Comme vous êtes un ancien membre de l'OSS de M. Donovan, il aurait été logique qu'il vous recommande auprès des gens qui dirigent cette nouvelle agence centrale de renseignements.

– Il ne m'aurait pas recommandé sans me demander au préalable si je voulais retravailler pour le gouvernement. Et puis ce serait stupide d'abandonner une place à trente-sept mille dollars par an dans un cabinet prestigieux pour un poste à six mille quatre cents dollars dans une agence de renseignements, non ? Ça n'aurait pas de sens. »

Ebby prit conscience de son erreur à l'instant où il prononça les chiffres. Il sut quelle allait être la question suivante d'Oskar avant même que celui-ci ne la pose.

« Alors, s'il vous plaît, comment savez-vous qu'un agent de l'agence centrale de renseignements gagne six mille dollars par an ? »

Ebby haussa les épaules avec irritation. « J'ai dû le lire dans un journal.

– Et le chiffre précis de six mille quatre cents dollars vous est resté dans votre mémoire ?

– J'imagine que oui.

– Pourquoi abandonner trente-sept mille dollars par an pour travailler chez Sears, Roebuck ?

– Parce que M. Donovan ne semblait pas envisager de me prendre comme associé. Parce que les responsables de Sears avaient été contents des contrats que j'avais établis pour eux quand je travaillais chez Donovan. Parce que ça leur coûtait les yeux de la tête de faire faire leur travail juridique à l'extérieur et qu'ils se sont dit qu'ils seraient gagnants même s'ils me payaient plus que ce que me donnait M. Donovan.

– Pour qui travaillez-vous chez Sears ? »

Ebby donna quelques noms qu'Oskar nota dans son calepin. Ce dernier s'apprêtait à poser une autre question quand un marin entra et vint lui glisser quelque chose à l'oreille. Oskar annonça : « Alors, votre police maritime nous a enfin donné autorisation de circuler. » Le plancher se mit à vibrer sous les pieds des prisonniers, très légèrement au début, puis avec une pulsation plus distincte. « Espérons qu'aucun d'entre vous ne souffre de mal de mer », commenta Oskar. Puis il passa au russe et aboya un ordre à l'un des marins. Leo comprit qu'il demandait des seaux au cas où ils se mettraient à vomir, mais il garda des yeux vides d'expression.

Affalée sur sa chaise, Millicent résistait mieux que les autres ne s'y étaient attendus ; elle semblait tirer ses forces de la ténacité avec laquelle ils s'accrochaient à leur légende. Celui qui l'interrogeait ne cessait de revenir sur les cours de gestion Craw ; il lui décrivit même le cours donné par un instructeur manchot appelé Andrews sur les bases pratiques de l'espionnage, mais Millicent se contenta de secouer la tête. Elle ne pouvait pas parler pour les autres, mais elle pouvait certifier qu'elle-même n'avait reçu que des cours touchant aux diverses techniques de gestion. Oui, elle se rappelait vaguement avoir vu un homme manchot dans la salle où on distribuait le courrier, mais elle n'avait jamais eu cours avec lui. Non, il n'y avait jamais eu de sortie éducative à Norfolk pour essayer de dérober des secrets à la base militaire. Mais pourquoi donc quelqu'un qui étudiait la gestion voudrait-il voler des secrets militaires ? Qu'est-ce qu'il pourrait en faire après les avoir volés ?

Puis il y eut soudain du remue-ménage dans le couloir. La porte était entrouverte et l'on voyait des hommes en uniforme passer d'un pas lourd. Les deux interrogateurs qui se trouvaient dans la pièce à ce moment-là échangèrent un regard surpris. Oskar fit un signe de tête. Ils sortirent tous les deux et échangèrent une conversation en russe avec un homme corpulent portant sur la manche le galon d'or d'un officier de marine. Leo crut entendre « machine de cryptage » et « sac plombé », et il fut certain d'avoir entendu « par-dessus bord si les Américains essayent de nous intercepter ».

« Qu'est-ce qu'ils disent ? » grogna Jack. Il commençait à douter qu'il s'agît bien d'un exercice de la Compagnie.

« Ils parlent de mettre leur machine de cryptage dans un sac plombé et de la jeter à la mer si jamais les Américains interceptaient le navire, chuchota Leo.

– Bon Dieu, commenta Ebby. Le dernier ordre reçu par l'ambassade japonaise de Washington le 6 décembre 1941 a été de détruire les chiffres et les machines de cryptage.

– Merde, les Russes entrent en guerre alors », fit Jack.

Millicent laissa son menton retomber et se mit à trembler.

Oskar, toujours dans le couloir, parla distinctement des «quatre Américains», mais le reste de sa phrase se perdit dans le hurlement d'une sirène. L'officier de marine le coupa sèchement d'un «*niet, niet*». L'officier monta le ton, et Leo l'entendit dire : «C'est moi qui décide... le *Liepaja* est sous mes... dans une demi-... l'aube... par radio... ciment et les jeter par-dessus...»

Ebby et Jack se tournèrent vers Leo pour qu'il traduise. Ils comprirent, à la lueur affolée qui animait son regard, que les nouvelles étaient calamiteuses. «Ils parlent de ciment, murmura Leo. Ils parlent de nous jeter à la mer si nous ne parlons pas.

– Ça fait partie de l'exercice, décréta Ebby, oubliant les micros dans la cloison. Ils veulent nous terroriser.»

Le visage gris de cendre, le sourcil en bataille, Oskar revint seul dans la pièce. «Nouvelles très déplorables, annonça-t-il. Il y a eu une confrontation à Berlin. Des coups de feu ont été tirés. Des soldats des deux côtés ont été tués. Notre Politburo a donné à votre président Truman un ultimatum : vous avez douze heures pour retirer vos troupes de Berlin, ou nous nous considérerons en état de guerre.»

Une demi-douzaine de marins firent irruption dans la pièce. Certains portaient des sacs de ciment, d'autres des bidons à peinture de cent litres vides. Un autre marin apporta un tuyau dont il alla brancher une extrémité sur le robinet des toilettes. Oskar secoua la tête avec désespoir. «S'il vous plaît, croyez-moi... jamais je n'ai voulu arriver à cela», assura-t-il d'une voix blanche. Il ôta ses lunettes de soleil; ses yeux globuleux étaient humides d'émotion. «Tous ceux que nous avons enlevés jusque-là, nous avons fait peur à eux, mais nous les avons laissés partir à la fin.»

Les larmes coulèrent sur les joues de Millicent, qui fut saisie d'un tremblement incontrôlable malgré la chaleur étouffante de la pièce. Ebby s'arrêta de respirer pendant un long moment, puis fut pris de panique lorsque, durant un instant terrifiant, il se trouva *incapable* de reprendre son souffle. Leo chercha désespérément ce qu'il pourrait dire à Oskar – il se rappelait M. Andrews leur enseignant qu'on devait devenir la personne que l'ennemi ne vous soupçonnera jamais d'être. Que pouvait-il devenir? Il eut soudain une idée folle – il allait dire qu'il était un agent soviétique qui avait pour mission d'infiltrer la CIA. Oskar allait-il gober ça? Prendrait-il même le temps de vérifier l'information auprès de ses supérieurs à Moscou?

L'eau commença à couler du tuyau, et les marins ouvrirent les sacs en papier pour verser le ciment dans les bidons à peinture. «Je vous demande, dit Oskar, je vous supplie de me donner quelque chose pour sauver votre vie. Si vous êtes recrues de la CIA, je peux annuler les ordres, je peux insister pour qu'on emmène vous en Lettonie où nos experts vous interrogeront.» Faisant rouler sa tête d'un côté puis de l'autre d'un air malheureux, Oskar implora : « Aidez-moi, et je ferai tout ce qui est en le pouvoir de moi pour vous sauver. »

Millicent laissa échapper : « D'accord... »

Oskar frappa l'air d'un doigt, et l'un des marins défit la corde qui la liait à la chaise. Prise de tremblements convulsifs, la jeune femme tomba à genoux. Entrecoupés de sanglots les mots jaillirent du fond de sa gorge. « Oui, oui, c'est vrai... tous les quatre... j'ai été recrutée à la fac de droit... parce que j'étais jolie, parce que je parle italien... pour suivre les cours de Craw... » Elle s'étrangla sur les mots puis aspira une grande goulée d'air et se mit à débiter des noms, dates et lieux. Quand Oskar voulut l'interrompre, elle pressa les mains contre ses oreilles et continua, répétant mot pour mot le discours d'encouragement que leur avait adressé le Wiz au Cloud Club, décrivant la menace d'Owen-Brack de liquider quiconque livrerait les secrets de la Compagnie. Elle racla les tréfonds de sa mémoire et décrivit en détail les cours suivis à Craw. « L'homme qui enseignait les bases de l'espionnage, c'est un grand héros de la Vinaigrerie...

– De la Vinaigrerie ? »

Une humeur liquide coulait des narines de Millicent sur sa lèvre supérieure. Elle l'essuya d'un revers de la main. « Plus, plus... je peux vous en dire plus. Il fallait que je les attire, argent, flatterie, que je les baise, serrures et crochetage, il s'appelle Andrews, mais, oh, mon Dieu ! je n'arrive pas à me rappeler si c'est son nom ou son prénom. » Oskar essaya encore une fois de l'arrêter, mais elle le supplia : « Plus, encore plus, pour l'amour de Dieu, je vous en prie... »

Puis elle leva les yeux et vit, à travers ses larmes, M. Andrews qui se tenait dans l'embrasure de la porte, la manche de son veston soigneusement repliée en arrière, les yeux fuyant sous le poids de la honte. Elle se tut, déglutit avec peine et hurla : « Salaud... salaud... CONNARD ! » puis plongea en avant pour se frapper le front contre le plancher jusqu'à ce que Oskar et un marin l'immobilisent. Elle se tortilla encore, ne cessant de murmurer quelque chose qui ressemblait à : « Tartine de beurre, tartine de beurre. »

Observant M. Andrews qui détournait les yeux du corps presque nu de Millicent, Leo se rappela soudain ce qu'il avait dit, le dernier jour du séminaire, sur les techniques de l'interrogatoire ; il réentendait la voix de M. Andrews : « Croyez-moi, je vous parle par expérience quand je vous dis qu'on peut briser n'importe qui en moins de *six heures*. N'importe qui. Sans exception. » Une expression infiniment triste s'était gravée sur les vilaines cicatrices qui marquaient le visage de M. Andrews. « Curieusement, ce n'est pas la douleur qui vous brise – on s'y habitue tellement, on s'habitue tellement à sa propre voix qui hurle comme celle d'un animal, qu'on est incapable de se souvenir de l'absence de douleur. Non, ce n'est pas la douleur mais la peur qui vous brise. Et il y a une centaine de façons d'instiller la peur. Mais il n'y a qu'une seule façon d'éviter à coup sûr d'être brisé. Pour l'amour de Dieu, observez le onzième commandement des services de renseignements – ne vous faites jamais, jamais prendre.»

Il n'y eut pas d'autopsie, en tout cas, pas officiellement. La nouvelle de l'enlèvement factice s'était répandue, comme prévu ; la Compagnie voulait qu'il soit clair que, dans le grand jeu de l'espionnage, tous les coups étaient permis. Ceux qui avaient suivi la même formation arrêtaient nos trois héros dans les couloirs pour leur demander si ce qu'on disait était vrai, et quand ils répondaient que oui, cela s'était plus ou moins passé comme ça, les autres secouaient la tête avec incrédulité. Leo découvrit que Millicent Pearlstein avait été emmenée en ambulance banalisée dans une clinique de la Compagnie, quelque part sur le plateau de Piémont, en Virginie ; il n'était, semblait-il, pas question de la garder à bord, non pas parce qu'elle avait craqué, mais à cause de la faille que cela avait suscitée, parce qu'une ligne de faille ne se ressoudait jamais complètement et que la Compagnie se devait d'écarter les êtres fragilisés. Un après-midi, M. Andrews prit Leo à part et lui dit qu'il avait mauvaise conscience à propos de Millicent, mais que c'était sans doute mieux comme ça. Au moins n'avait-elle pas été écartée après avoir coûté la vie à un agent sur le terrain ; dès qu'elle serait sur pied, on lui verserait une petite indemnité et on l'orienterait vers une autre agence de sécurité gouvernementale plus civilisée – le Département d'État et le ministère de la Défense commanditaient eux aussi des opérations de collecte de renseignements.

À la fin de la semaine, les recrues commencèrent à faire leurs bagages – on leur accordait quinze jours de vacances avant de se présenter à leur lieu d'affectation. Par le plus grand des hasards, une nouvelle fournée de recrues arrivait au Hilton. Jack et Leo reconnurent deux étudiants de Yale.

«Nom de Dieu, vous avez l'air vidés, commenta l'un d'eux.

– Alors, c'était dur ? voulut savoir l'autre.

– Un jeu d'enfant, répondit Jack. Ça se fait les doigts dans le nez.

– C'est du billard», renchérit Leo.

Ils essayèrent tous les deux de sourire. Mais ni l'un ni l'autre ne parvint à retrouver les muscles qui commandaient ce genre de choses.

2

Moscou, mardi 5 septembre 1950

Les Moscovites ne se rappelaient rien de pareil au cours de ce siècle. Des courants de chaleur s'étaient hissés depuis le désert du Karakoum, au Turkménistan, asphyxiant la capitale tentaculaire et cuisant l'asphalte des rues au point de le rendre mou sous les semelles des chaussures d'été. Les températures oppressantes avaient poussé des milliers de Moscovites en sous-vêtements à chercher un peu de fraîcheur dans les eaux polluées de la Moskova. En fin d'après-midi, Evgueni trouva refuge au bar de l'hôtel Métropole, près de la place Rouge, où il était venu prendre un verre avec la superbe étudiante autrichienne en échange universitaire qu'il avait draguée sur le vol le ramenant des États-Unis. Ce n'était pas la première fois qu'il prenait un vif plaisir à se faire passer pour un Américain ; il voyait cela comme un sport d'intérieur. L'Autrichienne, socialiste bon teint venue faire une overdose de marxisme à l'université Lomonossov, délirait sur les comptes-rendus quotidiens des victoires nord-coréennes et des défaites américaines, et il fallut un bon moment pour que Evgueni puisse enfin orienter la conversation de la politique au sexe. Il s'avéra rapidement que la fille voulait bien, mais qu'elle ne pouvait pas – elle refusait de l'inviter à son dortoir de crainte qu'une informatrice du KGB ne surprenne leurs ébats et ne finisse par la faire expulser de Russie pour comportement antisocialiste. Et aucune parole lénifiante («Dans *Das Kapital*, volume deux, dit à un moment Evgueni, improvisant avec le plus grand sérieux, Marx dit clairement que la chasteté est un vice bourgeois qui ne survivra pas à la lutte des classes») ne put la convaincre du contraire. Evgueni finit par abandonner et, prenant soudain conscience de l'heure, essaya de héler un taxi devant le Bolchoï. Voyant que c'était sans espoir, il plongea dans le métro et prit une rame pour passer de l'autre côté de la rivière, jusqu'au quai Maxime-Gorki, où il gravit au pas de course les cent cinquante mètres de côte qui le séparaient encore du nouvel ensemble résidentiel de neuf étages où avait atterri son père après sa retraite du secrétariat des Nations unies. À l'entrée fortifiée du complexe résidentiel, trois immeubles de standing dominant la Moskova, un milicien sortit de sa guérite pour demander sèchement à Evgueni son passeport intérieur. Les immeubles résidentiels des monts Lénine étaient réservés aux plus hauts dignitaires du parti, aux diplomates les plus importants et aux grands éditeurs, et étaient gardés vingt-quatre heures sur vingt-quatre, ce qui ne faisait que renforcer l'aura des membres de la nomenklatura assez heureux pour se voir attribuer un appartement dans l'un des bâtiments. Le locataire le plus prestigieux – comme le père d'Evgueni s'en était vanté au téléphone – n'était autre que Nikita Sergueïevitch Khrouchtchev, le paysan ukrainien replet qui s'était fait remarquer dans les années trente en supervisant la construction du métro de Moscou et était maintenant l'un des «chatons» du Politburo de Staline; Khrouchtchev occupait ce que les Russes appelaient (même en caractères cyrilliques) le «*bel étage*» et disposait d'un ascenseur privé qui ne desservait que son appartement. Le milicien examina la photo figurant sur le passeport puis leva les yeux et la compara attentivement au visage d'Evgueni. Il parcourut ensuite du doigt la liste figurant sur son bloc jusqu'à ce qu'il arrive à Evgueni Alexandrovitch Tsipine. «On vous attend», annonça-t-il de cette voix sans timbre et suffisante propre à tous les policiers du monde, en lui montrant le bâtiment. Il y avait un autre milicien dans le hall, et un troisième pour faire fonctionner l'ascenseur. Ce dernier fit monter le visiteur au huitième étage et attendit, la porte de l'ascenseur ouverte, qu'Alexandre Timofeïevitch Tsipine eût répondu au coup de sonnette d'Evgueni et fait signe qu'il reconnaissait son invité. Le père d'Evgueni qui, onze mois après la mort de sa femme, portait toujours le brassard noir du deuil sur la manche de sa veste, attira son fils aîné dans l'appartement climatisé et l'étreignit maladroitement, lui plantant un baiser rugueux sur chaque joue.

Il était difficile de déterminer lequel du fils ou du père fut le plus gêné par cette manifestation d'affection.

«Je m'excuse de ne pas t'avoir vu plus tôt, bredouilla le vieux Tsipine. J'avais des conférences, des rapports à terminer.

– Comme d'habitude. Comment vont tes rhumatismes?

– Ça va, ça vient, c'est selon le temps. Depuis quand te laisses-tu pousser le bouc?

– Depuis la dernière fois que je t'ai vu, à l'enterrement de ma mère.»

Tsipine évita le regard de son fils. «Désolé de ne pas avoir pu t'héberger. Où as-tu atterri?

– J'ai un ami qui a une chambre dans un appartement communautaire. Il me laisse dormir sur un divan.»

Par la double porte du vaste séjour, Evgueni aperçut l'immense baie vitrée et sa vue à couper le souffle sur la rivière et Moscou qui s'étendait au-delà.

« *Otchen khorocho*, dit-il. L'Union soviétique traite ses anciens grands diplomates comme des tsars.

– Grinka est là, annonça le vieux Tsipine en passant son bras sous celui de
son fils pour le conduire dans le séjour. Il a pris le train de nuit de Leningrad
dès qu'il a su que tu venais. J'ai aussi invité un ami, et cet ami a amené un
de ses amis avec lui.» Il gratifia son fils d'un sourire mystérieux. «Je suis
certain que tu trouveras mon ami intéressant.» Puis il baissa la voix et se
pencha vers l'oreille de son fils. «Si on t'interroge sur l'Amérique, je compte
sur toi pour en souligner les défauts.»

Evgueni repéra son petit frère par la double porte et traversa la pièce pour
le serrer dans ses bras. La fidèle servante des Tsipine, une Ouzbek entre deux
âges, maigre et dotée de délicats traits d'oiseau, servait des *zakouski* aux deux
invités installés près de la fenêtre. Un soupir de joie pure s'échappa de ses
lèvres quand elle vit Evgueni. Elle l'appela en ouzbek puis, lui baissant la
tête, l'embrassa sur le front et les épaules.

«Bonjour à toi, Nioura, dit Evgueni.

– Grâce à Dieu, tu es rentré vivant d'Amérique! s'exclama-t-elle. On dit
que les villes là-bas sont la proie de gangs armés.

– Nos journalistes ont tendance à ne voir que le pire», lui dit-il avec un
sourire. Puis il se pencha et l'embrassa sur les deux joues, la faisant rougir et
baisser la tête.

«Nioura a pratiquement élevé Evgueni pendant les années de guerre, quand
sa mère et moi étions en poste en Turquie, expliqua Tsipine à ses invités.

– J'ai passé plusieurs jours à Istanbul en mission secrète, avant le début de
la guerre, fit remarquer le plus vieux des deux. J'ai le souvenir d'une ville
très chaotique.»

Evgueni remarqua que l'inconnu parlait russe avec un accent qui lui parut
allemand. «Je rêvais de pouvoir vivre à Istanbul avec mes parents, dit-il, mais,
à l'époque, la Turquie était le centre d'intrigues internationales – il y avait
des enlèvements, des meurtres même –, et j'ai été obligé de rester à Alma-Ata
avec Nioura et Grinka, par mesure de sécurité.»

Tsipine fit les présentations : «Evgueni, je te présente Martin Dietrich.
Camarade Dietrich, voici mon fils aîné qui vient de rentrer de son université
américaine. Et là, c'est Pavel Semionovitch Jilov, Pacha pour faire plus court,
un grand ami à moi depuis plus d'années que je ne puis m'en souvenir. Pacha
est appelé par la plupart des camarades...

– Peut-être aurez-vous la chance d'en devenir un, fit Dietrich à l'adresse
d'Evgueni avec une raideur étudiée.

– ... Starik.»

Evgueni serra la main des deux hommes puis passa un bras autour des
épaules de son petit frère tout en étudiant les invités de son père. Martin Dietrich était plutôt petit, massif, la petite cinquantaine, une mine fatiguée, des

yeux tristes et las et des cicatrices chirurgicales sur les joues, là où la peau avait été greffée sur les os du visage. Pacha Semionovitch Jilov était un grand type mince comme un roseau, qui donnait l'impression de venir d'un autre siècle et d'être mal à son aise dans celui-ci. Approchant de la quarantaine, il avait une barbe hirsute et grisonnante de pope et des yeux bleus maussades qui se fixaient sur vous avec une intensité troublante. Ses ongles étaient longs et épais, coupés au carré, comme ceux des paysans. Il était vêtu d'un pantalon ample et d'une grossière chemise blanche dont le grand col ouvert laissait entrevoir une chaîne d'argent finement ciselée. Une veste paysanne de couleur sombre lui arrivait presque aux genoux. Il ouvrait, debout, des noyaux d'abricot grillés de Samarkand à l'aide de ses solides ongles de pouce, et en envoyait d'une pichenette l'amande dans sa bouche. Une demi-douzaine de petites rosettes de soie étaient épinglées au revers de sa veste. Evgueni, qui avait appris ces décorations durant son passage obligé au Komsomol, en reconnut plusieurs : Héros de l'Union soviétique, ordre du Drapeau rouge, ordre d'Alexandre Nevski, ordre de l'Étoile rouge. Esquissant un signe de tête en direction des décorations, Evgueni déclara avec à peine une pointe de moquerie : « Vous êtes de toute évidence un grand héros de guerre. Peut-être un jour me raconterez-vous l'histoire qui se cache derrière chacune de ces médailles. »

Starik, tirant sur une cigarette bulgare à embout creux, examina le fils de son hôte. « Contrairement aux apparences, je ne vis pas dans le passé, dit-il tout net.

– Cela vous singularise déjà par rapport à la plupart des Russes », commenta Evgueni. Il se servit un canapé au caviar. « Starik – le vieillard –, c'est aussi comme ça que les camarades appelaient Lénine, non ? Comment se fait-il qu'on vous ait surnommé ainsi ? »

Le père d'Evgueni répondit pour lui : « Dans le cas de Lénine, c'est parce qu'il était beaucoup plus vieux que ceux qui l'accompagnaient à l'époque de la révolution. Dans le cas de Pacha, c'est parce qu'il parlait comme Tolstoï bien avant de se laisser pousser la barbe. »

Evgueni, qui s'était laissé gagner par l'insouciance américaine, demanda avec un sourire insolent : « Et de quoi parlez-vous quand vous parlez comme Tolstoï ? »

Son père essaya de détourner la conversation : « Ton vol s'est bien passé pour ton retour d'Amérique, Evgueni ? »

Starik écarta la diversion d'un geste. « Il n'y a pas de mal, Alexandre Timofeïevitch. Je préfère les jeunes curieux à ceux qui, à vingt et un ans, savent déjà tout ce qu'il y a à savoir. »

Il adressa pour la première fois à Evgueni un petit sourire circonspect ; Evgueni ne s'y trompa pas, ç'était bien l'expression énigmatique de quelqu'un qui considérait la vie comme une partie d'échecs compliquée. Encore un membre de la nomenklatura communiste qui montait sur la tête de ses collègues pour avancer !

Starik cracha une amande pourrie sur le tapis persan. « Ce dont je parle, dit-il à Evgueni en articulant avec soin, est un secret d'État. »

Plus tard, pendant le dîner, Starik amena la conversation sur l'Amérique, et demanda à Evgueni ses impressions. Pensait-il que les tensions raciales pouvaient conduire à un soulèvement des Noirs ? Le prolétariat blanc exploité soutiendrait-il une telle révolte ? Evgueni répondit qu'il n'avait pas vraiment été en Amérique. Il était allé à Yale, un ghetto peuplé par les membres des classes privilégiées qui pouvaient se payer les cours, ou par les quelques boursiers qui n'aspiraient qu'à rejoindre la classe privilégiée. « Quant au soulèvement des Noirs, ajouta-t-il, l'homme marchera sur la Lune avant que ça se produise. Ceux qui vous disent le contraire ne savent tout simplement pas de quoi ils parlent.

– Je l'ai lu dans la *Pravda* », répliqua Starik en observant le fils de son hôte pour voir si cela le désarçonnait.

Evgueni eut soudain l'impression de passer un examen oral. « Les journalistes de la *Pravda* vous disent ce qu'ils pensent que vous devriez entendre, dit-il. Si nous voulons rivaliser efficacement avec l'immense puissance de l'Amérique capitaliste, nous devons d'abord comprendre ce qui la fait avancer.

– Et vous comprenez ce qui la fait avancer ?

– Je commence à comprendre assez bien l'Amérique pour savoir qu'il n'y a aucune chance que les Noirs se révoltent.

– Et que prévoyez-vous de faire de toute cette connaissance que vous avez de l'Amérique ? s'enquit Starik.

– Je n'y ai pas encore réfléchi. »

Grinka demanda à son père s'il avait lu l'article sur le journaliste de TASS à Washington qui avait été drogué et photographié au lit avec une adolescente complètement nue, à la suite de quoi la CIA américaine avait essayé de le faire chanter pour le forcer à devenir un espion à sa solde. Evgueni commenta que, vraisemblablement, le journaliste était d'abord un agent du KGB. Son père, qui les resservait de vin blanc hongrois bien frais, remarqua que les Américains accusaient régulièrement les journalistes et les diplomates soviétiques d'être des espions du KGB.

Evgueni toisa son père. « Et alors, ils n'en sont pas ? » questionna-t-il avec une lueur rieuse dans le regard.

Starik leva son verre à hauteur de ses yeux et examina Evgueni par-dessus le bord en faisant tourner le pied entre ses doigts. « Soyons francs : il arrive qu'ils en soient, convint-il sur un ton égal. Mais, pour survivre, le socialisme doit bien se défendre.

– Et ne leur jouons-nous pas les mêmes tours qu'ils nous jouent ?» insista Evgueni.

Martin Dietrich parut en fin de compte doté d'un certain sens de l'humour. «Je l'espère de tout mon cœur, assura-t-il. Vu les dangers qu'ils courent, les espions sont sous-payés et méritent bien quelques compensations en nature de temps en temps.

– Je conçois que le métier d'espion puisse parfois paraître amusant pour l'extérieur», concéda Starik, les yeux rivés sur Evgueni, de l'autre côté de la table. Puis, se tournant vers son hôte, il raconta l'histoire d'un attaché militaire français qui avait été séduit par une jeune femme travaillant au ministère des Affaires intérieures. «Un soir, il est allé lui rendre visite dans la chambre qu'elle partageait avec une autre fille. En moins de temps qu'il n'en faut pour le dire, il s'est retrouvé au lit avec les deux filles déshabillées. Évidemment, elles travaillaient toutes les deux pour le KGB. Toute la scène a été filmée à travers un miroir sans tain. Quand on a discrètement présenté des photos à l'attaché pour le faire chanter, il a éclaté de rire et a demandé à en avoir des copies qu'il puisse envoyer à sa femme à Paris pour lui prouver que sa virilité n'avait en rien faibli depuis deux ans qu'il était à Moscou.»

Evgueni ouvrit de grands yeux. Comment l'ami de son père pouvait-il avoir connaissance d'une telle histoire? Pacha Semionovitch Jilov était-il, d'une façon ou d'une autre, lié au KGB? Evgueni jeta un coup d'œil en direction de son père – il s'était toujours douté que celui-ci entretenait des relations avec le KGB. Après tout, on attendait des diplomates en poste à l'étranger qu'ils gardent les yeux et les oreilles grands ouverts pour faire leur rapport à leur officier traitant. *Leur officier traitant!* Se pouvait-il que Starik fût l'officier traitant de son père? Tsipine père avait présenté Starik comme étant son grand ami. Si Starik était son officier traitant, cela signifiait que son père avait joué au sein du service de renseignements russe un rôle plus actif qu'Evgueni ne l'avait imaginé; Jilov n'avait pas l'air de quelqu'un qui se contentait de recevoir les comptes-rendus oraux des diplomates qui rentraient en URSS.

Une autre énigme intriguait encore Evgueni : qui était l'Allemand silencieux qui se faisait appeler Martin Dietrich et donnait l'impression d'avoir eu le visage brûlé – ou modifié – par la chirurgie plastique? Et quel service avait-il rendu à la mère patrie pour avoir la poche de poitrine décorée d'un ruban indiquant qu'il était lui aussi un héros de l'Union soviétique?

De retour au salon, Nioura avait disposé une bouteille de cognac Napoléon et des verres ballons que Tsipine remplit à moitié avant que Grinka ne les distribue. Jilov et Tsipine étaient engagés en pleine discussion pour savoir ce qui avait bien pu arrêter l'armée allemande apparemment invincible lorsqu'elle avait attaqué l'Union soviétique. Grinka, en deuxième année d'histoire et de théorie marxiste à l'université de Leningrad, répondit : «La même chose que ce qui a arrêté Napoléon : les baïonnettes russes et l'hiver russe.

– Nous avions une arme secrète à la fois contre la Grande Armée napo-léonienne et contre la Wehrmacht de Hitler, expliqua Alexandre à son fils cadet. C'est la *raspoutitsa* – la fonte des neiges au printemps et les torrents de pluie en automne – qui transforme la Steppe en un marécage impraticable. Je me souviens que la *raspoutitsa* a été particulièrement épouvantable en mars 1941, et a empêché les Allemands d'attaquer pendant plusieurs semaines cruciales. Elle a été à nouveau très rude en octobre 1941, et les gelées d'hi-ver qui durcissent suffisamment le sol pour permettre aux chars d'avancer ont été très tardives ; la Wehrmacht s'est donc retrouvée complètement enlisée en vue des flèches de Moscou quand l'hiver a véritablement frappé.

– Alexandre a raison – nous avions bien une arme secrète. Mais ce n'était ni nos baïonnettes ni la *raspoutitsa*, assura Jilov. C'étaient nos espions qui nous indiquaient quelles avancées allemandes étaient des leurres et lesquelles étaient sérieuses ; de quels stocks de carburant leurs chars disposaient, nous permettant de calculer combien de temps ils pourraient avancer ; ce sont eux qui nous ont appris que la Wehrmacht, escomptant que l'armée Rouge ne pourrait résister longtemps à l'assaut germanique, n'avait pas apporté d'anti-gel, ce qui rendrait leurs chars inutilisables dès que les grands froids séviraient. »

Evgueni sentit la chaleur du cognac se répandre dans sa poitrine. « Je n'ai jamais pu comprendre comment la mère patrie avait pu perdre vingt millions d'hommes dans la Grande Guerre patriotique – dans de telles souffrances que cela défie toute description –, et que ceux qui ont participé au bain de sang puissent en parler avec nostalgie.

– Vous rappelez-vous ces récits de sultans ottomans régnant sur un empire qui s'étendait du Danube à l'océan Indien ? demanda Starik. Ils reposaient sur des coussins dans les pavillons des jardins luxuriants d'Istanbul et por-taient au pouce une bague d'archer pour leur rappeler les batailles dont ils n'avaient plus qu'un vague souvenir. » Sa grosse tête se tourna lentement vers Evgueni. « D'une certaine façon, tous ceux d'entre nous qui ont combattu dans la Grande Guerre patriotique portent une bague d'archer au pouce ou une décoration au revers du veston. Lorsque nos souvenirs s'effaceront, tout ce qui nous restera de cette époque héroïque sera nos bagues et nos médailles. »

Plus tard dans la soirée, en attendant que l'ascenseur arrive, Starik s'entre-tint à mi-voix avec son hôte. La porte de l'ascenseur s'ouvrit, et Jilov se retourna vers Evgueni, lui tendant tout naturellement une petite carte de visite. « Je vous invite à venir prendre le thé avec moi, murmura-t-il. Peut-être vous raconterai-je l'histoire qui se cache derrière l'une de mes médailles, en fin de compte. »

Si le dîner avait été un test, Evgueni comprit qu'il l'avait réussi. Il se sentait presque malgré lui attiré par cette espèce de paysan négligé qui – à en juger par son attitude, à en juger aussi par la déférence avec laquelle son père l'avait traité – se situait dans la hiérarchie bien au-dessus d'un ancien sous-secrétaire général des Nations unies. Et, à sa grande surprise, il s'entendit répondre : «Je considérerais cela comme un privilège.

– Demain à seize heures trente.» Starik ne demandait pas, il informait. «Dites à votre père où vous serez, et je vous enverrai une voiture. La carte de visite vous servira de *laissez-passer* – Starik utilisa le terme français – pour les miliciens qui gardent la grille.

– La grille de quoi?» demanda Evgueni, mais Starik avait déjà disparu dans l'ascenseur.

Evgueni retournait la carte entre ses doigts quand Grinka la lui prit des mains. «Il est *guénéral polkovnik* – colonel général du KGB, fit le jeune homme avec un sifflement. Qu'est-ce que tu crois qu'il te veut?

– Peut-être voudrait-il me voir suivre les traces de notre père, répondit Evgueni à son frère.

– Devenir diplomate!

– C'est bien ce que tu étais, père? questionna Evgueni avec un sourire insolent.

– Je n'ai fait que servir mon pays», répondit Tsipine père avec irritation. Puis il tourna brusquement les talons et quitta la pièce.

Evgueni raccompagna son frère à la gare de Leningrad puis traversa la place Komsomolskaïa jusqu'au kiosque au toit de tuiles rouges bien reconnaissable, et attendit à l'ombre. Au moment où la pendule de la gare indiqua quatre heures, une Zil noire aux chromes étincelants et vitres teintées s'arrêta devant lui. Les vitres fermées indiquaient que la voiture était climatisée. Un homme au visage rond portant des lunettes de soleil et un bonnet kazakh baissa la vitre avant.

«Vous venez de…? commença Evgueni.

– Ne soyez pas stupide, l'interrompit l'homme avec impatience. Montez.» Evgueni prit place à l'arrière. La Zil s'engagea sur la ceinture et quitta la ville à vive allure vers le sud-ouest, par la route de Kalouga. Evgueni frappa des jointures contre l'épaisse vitre intérieure qui le séparait des deux hommes installés à l'avant. Celui qui portait le bonnet kazakh regarda par-dessus son épaule.

«Dans combien de temps arriverons-nous là où nous devons arriver?» demanda Evgueni à travers la vitre. L'homme leva trois fois de suite cinq doigts écartés avant de reprendre sa position initiale.

Evgueni s'enfonça dans le cuir frais de la banquette et passa le temps à regarder les gens dans la rue. Il se rappelait la joie qu'il avait éprouvée, enfant, lorsque son père les emmenait, lui et Grinka, en excursion dans la Volga familiale. La voiture de son père était alors conduite par un milicien en uniforme du ministère des Affaires étrangères, un homme très brun, aux yeux bridés et au visage en forme de pêche, qui appelait les deux enfants « Petits Messieurs » quand il leur ouvrait la portière. Dissimulé derrière les rideaux de la voiture, le petit Evgueni s'imaginait que Grinka et lui étaient des héros de la Mère Russie décorés par le Grand Timonier, le camarade Staline, en personne ; de temps en temps, les deux enfants adressaient des saluts majestueux aux paysans qu'ils croisaient sur la route de Peredielkino, où son père avait acheté une datcha ministérielle. À présent, dans la Zil, le chauffeur semblait crispé sur l'avertisseur, et les piétons s'écartaient précipitamment de son chemin. L'auto ralentissait, mais ne s'arrêtait jamais aux feux rouges. Dès qu'ils repéraient la Zil, les miliciens, qui transpiraient dans leur tunique boutonnée jusqu'au col, bloquaient toute la circulation en levant leur bâton et empêchaient les essaims de piétons de traverser le boulevard. La voiture filait et les gens scrutaient les vitres teintées, essayant de voir quel membre du Politburo ou du Comité central se trouvait à l'intérieur.

Au bout d'un moment, la Zil prit une voie étroite à l'entrée de laquelle une pancarte indiquait : « Centre d'Études – entrée interdite ». Ils roulèrent pendant trois ou quatre minutes à travers une forêt de bouleaux blancs dont l'écorce tombait du tronc comme des vestiges de papier cadeau. Evgueni entrevit à travers les arbres une petite église abandonnée à la porte et aux fenêtres béantes, qui pointaient son dôme unique en forme d'oignon dans la vague de chaleur en provenance d'Asie centrale. La limousine tourna dans une allée de fin gravillon blanc et s'arrêta devant un petit bâtiment de brique. Une haute clôture grillagée surmontée de rouleaux de barbelés s'étirait à perte de vue de chaque côté. Deux huskies sibériens brun et blanc tournaient en rond, chacun au bout d'une longue corde attachée à un arbre. Un militaire s'approcha de la vitre arrière. Un soldat à la PPD-34 coincée sous le bras, le chargeur en boucle inséré dans son logement, montait la garde derrière une pile de sacs de sable. Evgueni baissa juste assez la vitre pour glisser la carte de visite de Starik au militaire. Une bouffée d'air brûlant emplit l'arrière de la voiture. Le militaire examina la carte, la rendit à Evgueni et fit signe au chauffeur d'avancer. Une demeure prérévolutionnaire sur trois niveaux se dressait au bout de l'allée. Sur le côté de la maison, deux fillettes pieds nus et en petite robe à smocks s'amusaient à hurler de peur en se balançant comme des folles sur une bascule. Non loin de là, un cheval brun pommelé de blanc, les rênes pendant sur l'encolure, broutait l'herbe. Un jeune homme en costume ajusté, alerté par les gardes, attendait devant la porte ouverte, les bras croisés sur la poitrine avec un air important, les épaules voûtées sous la chaleur. « Vous êtes prié de me suivre », annonça-t-il quand Evgueni eut monté les marches du perron. Il précéda le visiteur le long d'un couloir de marbre puis dans un escalier incurvé recouvert d'un tapis rouge râpé, frappa deux coups à une porte du premier étage, l'ouvrit en grand et s'effaça pour laisser passer Evgueni.

Pacha Semionovitch Jilov, qui se rafraîchissait devant un climatiseur Westinghouse inséré dans une fenêtre de l'antichambre, lisait à voix haute un livre à deux petites filles recroquevillées sur un sofa, les genoux écartés de façon éhontée, leurs membres grêles tout de travers. Starik interrompit sa lecture dès qu'il aperçut Evgueni. « Oh, s'il te plaît, tonton, continue », supplia l'une des fillettes. L'autre prit son pouce d'un air grognon. Ignorant les petites, Starik traversa la pièce et serra la main de son visiteur entre les siennes. La porte se referma avec un déclic derrière Evgueni.

« Avez-vous une idée de l'endroit où vous vous trouvez ? demanda Starik en prenant Evgueni par le coude pour le conduire dans un vaste salon.

– Non, pas la moindre, admit Evgueni.

– Je peux vous dire que vous êtes dans le district sud-ouest, près du village de Tcheriomouski. La propriété, qui atteignait à l'origine plusieurs dizaines de milliers d'hectares, appartenait à la famille Apatov mais a été confisquée par la Tcheka au début des années 1920 et sert depuis de retraite secrète. » Du menton, il fit signe à Evgueni de le suivre à travers une salle de billard puis dans une salle à manger où l'on avait disposé un couvert de porcelaine fine et de verre de Bohême sur une grande table ovale. « La maison est actuellement divisée en trois appartements – l'un est occupé par Viktor Abakoumov, qui dirige notre organisation SMERCH. Le second est mis à la disposition du ministre de la Sécurité intérieure, le camarade Beria. Il s'en sert comme refuge quand il veut échapper à la folie de Moscou. » Starik prit une bouteille d'eau minérale Narzan et deux verres contenant chacun une rondelle de citron, puis poursuivit son chemin dans une vaste bibliothèque lambrissée remplie de centaines d'ouvrages à reliure de cuir et de quelques dizaines de petites icônes à étui d'or et d'argent. Le seul pan de mur qui n'était pas couvert de rayonnages présentait un portrait en pied taille réelle de L.N. Tolstoï. Le nom du peintre – I.E. Répine – et la date, 1887, apparaissaient dans le coin inférieur droit. Tolstoï, en chemise de paysan grossière et longue barbe blanche, était représenté assis, un livre ouvert dans la main gauche. Evgueni remarqua que le grand homme, comme Starik, avait les ongles épais, assez longs et coupés au carré.

Une grande table de bois sur laquelle trônait une pile bien nette de dossiers occupait le centre de la pièce. Starik posa l'eau minérale et les verres sur la table avant de se laisser tomber dans un fauteuil. Il indiqua à Evgueni le siège en face du sien. « Le camarade Beria assure que l'air et le calme de la campagne soulagent ses ulcères – bien plus efficacement que les bouillottes qu'il ne cesse de se coller sur le ventre. Comment savoir s'il n'a pas raison ? » Starik alluma une de ses cigarettes bulgares. « Vous fumez ? »

Evgueni fit non de la tête.

Un homme au crâne rasé, vêtu d'une veste noire et d'un pantalon noir, apparut avec un plateau. Il posa une soucoupe de sucre en morceaux et une autre contenant des tranches de pommes sur la table, remplit deux verres de thé fumant d'un Thermos qu'il posa aussi sur la table. Lorsqu'il eut disparu, ayant refermé la porte derrière lui, Starik coinça un morceau de sucre entre ses dents et entreprit d'aspirer bruyamment le thé à travers. Evgueni vit sa pomme d'Adam se soulever sur son cou décharné. Au bout d'un moment, Starik demanda : « Les Américains pensent-ils qu'il va y avoir la guerre ?

– Certains oui, d'autres non. En tout cas, ils y sont dans l'ensemble opposés. Les Américains sont un peuple de colons qui se sont ramollis en achetant à crédit tout ce qui leur chante puis en payant des traites jusqu'à la fin de leurs jours. »

Starik ouvrit le dossier qui se trouvait sur le dessus de la pile et commença à le feuilleter tout en buvant son thé. « Je ne suis pas d'accord avec votre analyse. Le Pentagone américain pense qu'il y aura une guerre – ses spécialistes ont même prédit qu'elle éclaterait le 1ᵉʳ juillet 1952. Une grande majorité de députés américains croit aux prévisions du Pentagone. À sa création, en 1947, la CIA était traitée en parent pauvre en matière de budget ; elle dispose maintenant de fonds illimités et recrute des agents à un rythme effréné. Et leur phase de formation n'a rien de *ramolli*. La Division de l'Union soviétique, qui est notre *glavnyi protivnik* – comment dirait-on cela en américain ?

– *Principal adversary.* »

Starik répéta la formulation anglaise. « Le principal adversaire – puis il repassa aussitôt au russe – fait enlever de façon très réaliste ses propres agents par des membres russes de son personnel qui se font passer pour des agents du KGB et menacent les recrues de mort s'ils n'avouent pas travailler pour la CIA. Ce test est si bien fait qu'il permet d'établir lesquels parmi ces nouveaux agents pourront supporter ce genre d'épreuve psychologique et continuer. » Starik leva les yeux de son dossier. « Je suis impressionné par les questions que vous ne posez pas.

– Si je vous demandais comment vous avez eu connaissance de ce genre de choses, vous ne me répondriez pas, alors pourquoi poser la question ? »

Starik prit encore quelques gorgées de thé. « Je propose que nous discutions comme si nous nous connaissions depuis aussi longtemps que je connais votre père. » Evgueni acquiesça d'un signe de tête et Starik reprit : « Vous êtes issu d'une famille distinguée qui a une longue histoire au service des renseignements soviétiques. Dans les années vingt, à l'époque de la guerre civile, le père de votre père était un tchékiste qui s'est battu aux côtés de Félix Edmundovitch Dzerjinski quand celui-ci a créé la commission extraordinaire panrusse pour combattre la contre-révolution et le sabotage. Le frère de votre

père est chef de département à la Deuxième Direction principale du KGB...
ah, je vois que vous n'étiez pas au courant !

— On m'avait dit qu'il travaillait pour... mais peu importe ce qu'on m'a dit.

— Et votre père...

— Mon père ?

— Il a travaillé pour la Première Direction principale pendant des années tout en occupant des postes diplomatiques, le plus récent étant celui de sous-secrétaire général auprès du secrétariat des Nation unies. J'ai été son officier traitant pendant ces douze dernières années, aussi puis-je attester personnellement de sa formidable contribution à notre cause. On m'a dit que vous aviez une vision plutôt cynique de cette cause. Au fond, qu'est-ce que le communisme ? Une idée folle qui veut qu'il y ait un côté de nous que nous n'avons pas encore exploré. La tragédie de ce que nous appelons le marxisme-léninisme provient de ce que l'espoir de Lénine comme les attentes de Zinoviev de voir la révolution allemande aboutir à une Allemagne soviétique ont été déçus. Le premier pays à tenter l'expérience n'a donc pas été l'Allemagne des riches prolétaires, mais la Russie des paysans pauvres. Les capitalistes n'en peuvent plus de nous lancer à la figure que nous sommes un pays arriéré, mais regardez d'où nous venons. Je soutiens qu'on pourrait diviser nos communistes en deux groupes : les tsars qui défendent la Mère Russie et le *vlast* des soviets, et les rêveurs qui mettent en avant la générosité et le génie de l'esprit humain.

— Ma mère parlait souvent du génie et de la générosité de l'esprit humain.

— Je n'ai rien contre l'expansion du pouvoir soviétique, mais, tout au fond de moi, j'appartiens, comme votre mère, à la seconde catégorie. Connaissez-vous un peu Léon Tolstoï, Evgueni ? Quelque part dans une de ses lettres, il dit... — Starik rejeta la tête en arrière, ferma les yeux et récita d'une voix mélodieuse — "Les changements qui interviennent dans notre vie doivent trouver leur origine non dans la résolution mentale d'essayer une autre vie, mais plutôt dans l'impossibilité de vivre autrement que suivant les exigences de notre conscience." » Lorsqu'il rouvrit les yeux, une ferveur brûlante les animait. « Notre système politique, dans la mesure où il trouve son origine dans la résolution mentale d'essayer une nouvelle forme de vie, est vicié dès le départ. (Je vous parle franchement, et si vous répétiez ce que je vous confie, je pourrais être poursuivi pour trahison.) Ce vice a conduit à des aberrations. Mais quel système politique n'a pas ses aberrations ? Au siècle dernier, les Américains ramassaient les couvertures des soldats atteints de la petite vérole pour les distribuer aux Indiens. Les sudistes exploitaient leurs esclaves noirs et lynchaient ceux qui se rebellaient contre une telle exploitation. Les catholiques français lestaient les chevilles des protestants français pour les jeter à l'eau. L'Inquisition espagnole brûlait les Hébreux et les musulmans convertis au catholicisme sur le bûcher parce qu'elle doutait de la sincérité de leur conversion. Les croisés catholiques menant la guerre sainte contre l'Islam enfermèrent les juifs dans les temples de Jérusalem pour les brûler vifs. Tout cela pour dire que notre système communiste, comme bien d'autres systèmes politiques avant lui, survivra aux aberrations de nos tsars.» Starik remplit à nouveau son verre au Thermos. «Combien de temps avez-vous passé en Amérique ?

– Mon père a commencé à travailler pour les Nations unies juste après la guerre. Ce qui signifie que j'ai passé, voyons voir, près de cinq ans et demi aux États-Unis – trois ans et demi au lycée Erasmus de Brooklyn, puis mes deux années à Yale, grâce aux ficelles que mon père a convaincu le secrétaire général Lie de tirer.»

Starik sortit un dossier du milieu de la pile et le tint de sorte que Evgueni puisse en lire l'intitulé. Son nom «Evgueni Alexandrovitch Tsipine» figurait sur la couverture, avec la mention : «Très secret. Aucune redistribution.» Il ouvrit le dossier et en sortit une feuille couverte de notes manuscrites. «Ce n'est pas votre père qui a obtenu du secrétaire général Lie qu'il tire les ficelles. C'est moi, en opérant par l'intermédiaire du ministre des Affaires étrangères Molotov, qui ai tiré les ficelles. Vous ne vous en souvenez visiblement pas, mais nous nous sommes déjà rencontrés, Evgueni. C'était il y a six ans, dans la datcha de votre père, à Peredielkino. Vous n'aviez pas tout à fait quinze ans à l'époque et vous suiviez les cours de l'École spéciale numéro 19 de Moscou. Vous étiez curieux, brillant et doué pour les langues ; vous parliez déjà assez bien l'américain pour vous entretenir avec votre mère dans cette langue – c'était, si je me rappelle bien, un langage secret entre vous pour que votre frère ne comprenne pas ce que vous disiez.»

Le souvenir fit sourire Evgueni. Sa conversation avec Starik lui laissait entrevoir ce qu'on devait éprouver en se confessant à un prêtre : ce besoin de lui confier des choses qu'on ne disait pas, normalement, à un étranger. «Pour des raisons évidentes, on n'en parlait jamais, mais ma mère était issue d'une famille d'aristocrates dont on retrouve la trace au temps de Pierre le Grand – et, comme Pierre, elle avait toujours les yeux tournés vers l'Occident. Elle aimait les langues étrangères – elle parlait pour sa part le français et l'anglais. Dans sa jeunesse, elle avait étudié la peinture à La Grande Chaumière, à Paris, et ça l'avait marquée à vie. Je soupçonne que son mariage s'est révélé une grande déception pour ma mère, même si elle a été enchantée que mon père soit envoyé à l'étranger.

– Ce jour-là, il y a six ans, à Peredielkino, votre père venait juste d'apprendre sa nomination aux Nations unies. Votre mère a tout fait pour le persuader de vous emmener avec eux en Amérique, votre frère et vous – il y était d'abord opposé, mais votre mère a fait appel à moi et j'ai aidé à le convaincre. Votre frère s'est retrouvé à l'école du consulat soviétique de New York.

Comme vous étiez l'aîné de Grinka, votre mère rêvait de vous faire inscrire dans un lycée américain, mais les apparatchiks du ministère refusaient de passer outre les règles en vigueur contre ce genre de pratiques. Une fois encore, votre mère a eu recours à moi. Je suis passé par-dessus tous ces fonctionnaires et me suis adressé directement à Molotov. Je lui ai expliqué que nous avions désespérément besoin de personnes ayant fait leurs études aux États-Unis, de personnes connaissant intimement la langue et la culture américaines. Je me souviens que Molotov m'a demandé si vous pourriez survivre à une éducation américaine et devenir un bon citoyen soviétique. Je lui ai donné ma parole que ce serait le cas.

– Comment pouviez-vous en être aussi sûr ?

– Je ne l'étais nullement, mais j'étais prêt à prendre le risque pour votre mère. Elle et moi étions cousins éloignés, vous comprenez, mais il y avait plus entre nous qu'un vague lien familial. Avec les années, nous sommes devenus... amis. C'était l'amitié de ce que nous appellerons, faute d'une meilleure expression, des âmes sœurs. Nous n'avions pas toujours la même vision des choses, et surtout pas du marxisme ; mais, sur d'autres questions, nous avions une connivence de cœur. Et puis... il y avait quelque chose en vous... un désir tapi au fond de vos pupilles. Vous *vouliez* croire – en une cause, en une mission, en quelqu'un. » Les yeux de Starik s'étrécirent. « Vous ressembliez à votre mère par bien des aspects. Vous aviez tous les deux un petit côté superstitieux. » Un souvenir le fit soudain rire. « Vous crachiez toujours par-dessus votre épaule pour vous porter bonheur. Votre mère s'asseyait toujours sur sa valise avant de partir en voyage – c'est une coutume qui sort tout droit de Dostoïevski. Elle ne se retournait jamais après avoir franchi le seuil de sa maison, ou, si elle s'était retournée, elle revenait sur ses pas et se regardait dans le miroir avant de ressortir.

– C'est le genre de choses que je fais encore. » Evgueni réfléchit un instant. « Au lycée Erasmus, nous n'étions pas du tout certains que j'obtiendrais la permission de postuler pour Yale, puis pas certains du tout, une fois qu'on a eu accepté ma candidature, que mon père puisse trouver l'argent pour me payer de telles études.

– C'est *moi* qui ai fait en sorte que vous obteniez la permission de postuler pour Yale. C'est *moi* qui me suis arrangé pour que le livre de votre père : *Du point de vue soviétique*, soit publié par diverses maisons d'édition orientées à gauche dans des pays d'Europe et du tiers-monde, après quoi je me suis assuré que le livre rapportait suffisamment pour qu'il puisse payer vos études. »

Evgueni commenta d'une voix étouffée : « Ce que vous me dites me coupe le souffle. »

Starik se leva d'un bond, fit le tour de la table et toisa son jeune visiteur. Sa veste paysanne s'entrouvrit, laissant Evgueni apercevoir la crosse usée d'un gros pistolet de marine passé dans sa ceinture. Cette vision fit battre plus vite le cœur du jeune homme.

« Me suis-je trompé sur toi, Evgueni ? demanda Starik, abandonnant le "vy" (le vous), pour passer au "ty" plus intime. Ai-je surestimé ton courage et ta conscience ? Ta maîtrise de la langue américaine, ta connaissance de l'Amérique, ta capacité à te faire passer pour américain, te donnent la possibilité d'apporter une contribution unique. Tu ne sais que ce que tu as lu dans les livres. Je t'apprendrai ce qui ne s'y trouve pas. Veux-tu suivre les traces de ton grand-père et de ton père ? Veux-tu rejoindre les rangs de nos tchékistes et œuvrer avec les rêveurs qui cherchent à promouvoir le génie et la générosité de l'esprit humain ?

– Oui, s'écria Evgueni. De tout mon cœur ! » Puis il répéta, poussé par un besoin qu'il n'avait jamais éprouvé auparavant : « Oui, oui, je vous suivrai où vous me conduirez. »

Starik, personnage austère qui s'offrait rarement le luxe d'exprimer ses émotions, se baissa et serra les mains d'Evgueni entre les siennes. Ses lèvres s'étirèrent en un sourire inhabituel. « Il y a beaucoup de rites de passage pour entrer dans mon monde, mais le plus important est, de loin, de te montrer à quel point je te fais confiance – en te confiant la vie de nos agents, des secrets d'État, ma propre survie. Je vais maintenant te raconter l'histoire qui se cache derrière ma médaille de l'ordre du Drapeau rouge. Ce récit est un secret d'État de diffusion extrêmement restreinte, si restreinte que même ton père n'en a pas connaissance. Une fois que tu l'auras entendu, il n'y aura plus moyen de faire marche arrière.

– Confiez-moi ce secret.

– Il concerne l'Allemand Martin Dietrich, commença-t-il dans un murmure rauque. C'était un espion soviétique pendant la Grande Guerre patriotique. Son vrai nom – Starik planta son regard dans celui d'Evgueni – était Martin Bormann. Oui, le Martin Bormann qui secondait Hitler. C'était un agent soviétique depuis la fin des années vingt ; en 1929, nous l'avons poussé à épouser la fille d'un nazi proche de Hitler, ce qui lui donnait accès au cercle le plus intime du Führer. Quand la guerre a commencé, Bormann nous a tenus au courant de la stratégie de Hitler. Il nous indiquait quelles avancées allemandes étaient des leurres, il nous disait de quels stocks de carburant leurs chars disposaient, il nous a appris que la Wehrmacht n'avait pas apporté d'antigel pour ses chars en 1941. Depuis la grande défaite allemande de Stalingrad, Bormann nous a servis à pousser Hitler, en dépit des objections de ses généraux, à prendre des décisions irrationnelles – le refus du Führer de permettre à von Paulus de sortir du piège de Stalingrad a abouti à la perte de huit cent cinquante mille soldats fascistes. Et, pendant tout ce temps, j'étais l'officier traitant de Martin.

– Mais n'a-t-on pas dit que Bormann avait péri dans la dernière bataille de Berlin ?

– Quelques semaines avant la fin de la guerre, les officiers du contre-espionnage allemand sont tombés sur des messages qu'ils ont pu déchiffrer et qui laissaient entendre que Martin était peut-être un espion soviétique. Ils s'en sont ouverts à Goebbels, mais Goebbels n'a pas réussi à trouver le courage d'en parler à Hitler, qui avait déjà complètement perdu la raison à ce moment-là. Aux dernières heures de la dernière bataille, Martin a traversé le Tiergarten pour se rendre à la gare de Lehrter. Il a été pendant quelque temps retenu par un feu croisé entre les unités de reconnaissance de la 8ᵉ garde de Tchouikov et une unité SS terrée près de la gare, mais, pendant la nuit du 1ᵉʳ mai au 2 mai, il a fini par franchir la ligne. J'avais prévu de retrouver Martin à la gare. Nos premières lignes avaient reçu l'instruction de guetter un officier allemand vêtu d'un long manteau de cuir par-dessus un uniforme de camouflage. J'ai pu le mettre en sûreté.

– Pourquoi n'avoir jamais divulgué cette histoire ?

– Martin avait emporté avec lui des microfilms contenant les dossiers allemands sur les services d'espionnage occidentaux. Nous avons estimé qu'il serait plus avantageux pour nous de laisser croire au reste du monde que Bormann était resté loyal envers Hitler jusqu'au bout, puis qu'il avait été tué en essayant de fuir Berlin. Nous avons modifié son apparence grâce à la chirurgie esthétique. Il est à la retraite, enfin, mais il a été pendant des années un officier supérieur de nos services de renseignements. »

Starik lâcha la main d'Evgueni et retourna s'asseoir. « Maintenant, reprit-il d'une voix triomphante, nous allons faire les premiers pas d'un long voyage. »

Au cours des semaines qui suivirent, Evgueni Alexandrovitch Tsipine disparut de l'autre côté du miroir, dans un monde clandestin peuplé de personnages excentriques qui avaient développé des dons bizarres. Le voyage fut exaltant ; c'était, d'aussi loin que remontaient ses souvenirs, la première fois que l'attention dont il faisait l'objet ne lui paraissait pas liée au fait qu'il était le fils de son père. On lui donna comme nom de code Grigori ; lui-même se choisit comme nom de famille Ozoline, que Starik reconnut aussitôt comme étant le nom du chef de gare d'Astapovo, ce coin perdu où Tolstoï, qui avait fui sa femme, rendit son dernier soupir. («Et quelles ont été ses dernières paroles ? demanda Starik, qui avait été un grand spécialiste de Tolstoï dans sa jeunesse, à son protégé. – La vérité... elle m'importe beaucoup, répliqua Evgueni. – Bravo ! s'écria Starik. Bravo !») Sans tambour ni trompette, Grigori Ozoline entra au parti communiste d'Union soviétique avec la carte numéro 01783753, et se retrouva assigné à une petite planque du ministère de l'Intérieur, rue Granovski, bâtiment 3, deuxième entrée, appartement 71, équipée d'un réfrigérateur (une rareté en Union soviétique) rempli de *koumis* pasteurisé, propriété de la servante tadjik moustachue. Six jours par semaine, une camionnette de livraison de pain passait prendre Evgueni dans la ruelle derrière l'immeuble et le conduisait à toute allure à une entrée souterraine de la *Chkola Ossobogo Naznatchiénia* (École d'affectation spéciale) de la Première Direction principale, au cœur de la forêt de Balachikha, à une bonne vingtaine de kilomètres de la ceinture de Moscou. Là, Evgueni, mis à l'écart pour des raisons de sécurité de la masse des filles et garçons qui suivaient les cours dans la partie principale des installations, apprenait de manière intensive la sélection et la mise en œuvre des *taïniki* (boîtes aux lettres mortes pour les services occidentaux), l'utilisation des encres sympathiques, les techniques d'émission et de réception radio, la cryptographie en général et l'utilisation de blocs de chiffres clés en particulier, la photographie, la théorie marxiste et l'histoire glorieuse de la Tcheka de Félix Dzerjinski jusqu'à aujourd'hui. Le programme de ce dernier cours consistait principalement en maximes qu'il s'agissait de mémoriser et de ressortir à la demande.

« Quelle était la devise de la Tcheka en 1934 ? questionna lors d'une séance l'instructeur, opportuniste zélé dont le crâne rasé brillait sous le néon de la salle de classe.

– Un espion sous la main en vaut deux dans la nature ? »

L'opportuniste pinça les lèvres et émit un claquement de langue avant de sermonner son élève. « Il va falloir que le camarade Ozoline prenne tout ceci plus sérieusement s'il veut passer au niveau supérieur. » Et il donna la réponse attendue, obligeant Evgueni à répéter chaque expression après lui

« Dans notre travail, l'audace, l'intrépidité et la hardiesse…

– Dans notre travail, l'audace, l'intrépidité et la hardiesse…

– … doivent s'associer…

– … doivent s'associer…

– … à la prudence.

– … à la prudence.

– … Autrement dit, à la dialectique.

– … Autrement dit, à la dialectique. »

« Je ne vois vraiment pas ce que la dialectique a à faire avec le fait d'être un bon espion, grogna Evgueni quand Starik surgit, comme d'habitude à midi, pour partager des sandwiches et du kvas envoyés par la cantine.

– Si, c'est le cœur du problème, expliqua patiemment Starik. Nous ne pouvons pas tout t'apprendre. Mais nous pouvons t'apprendre *comment* penser. L'agent efficace est invariablement celui qui maîtrise la méthodologie marxiste. C'est-à-dire qu'il possède à la perfection l'art de la pensée conventionnelle, puis qu'il remet systématiquement en question la réflexion conventionnelle pour mettre au point d'autres solutions qui prendront le… – les yeux pétillants, l'officier traitant d'Evgueni retrouva le terme anglais – *principal adversary* au dépourvu. Le mot qui résume le mieux ce procédé, c'est la dialectique. Tu l'as déjà rencontrée lorsque tu as étudié Hegel et Marx. Tu mets au point une thèse, tu lui opposes une antithèse et puis tu résous la contradiction avec une synthèse. On me dit que tu assimiles très vite la partie pratique du programme. Il va falloir faire un effort sur la partie théorique.»

Les jours pairs du mois, un Ossète musculeux doté d'un pied bot et de bras incroyablement puissants emmenait Evgueni dans une pièce sans fenêtre dont les murs étaient tapissés de matelas et le sol recouvert de tapis de combat, pour lui apprendre sept manières différentes de tuer à mains nues ; la précision absolue des gestes de l'Ossète convainquirent le jeune homme que son maître avait dû longuement pratiquer la matière qu'il se contentait à présent d'enseigner. Les jours impairs, Evgueni était conduit dans une salle de tir insonorisée située en deuxième sous-sol, où on lui montrait comment démonter, nettoyer et utiliser toute une variété d'armes légères de fabrication américaine. Ceci maîtrisé, il fut emmené en exercice dans un laboratoire spécial du KGB situé à la lisière d'un village non loin de Moscou, où on lui permit d'essayer l'une des armes exotiques mises au point sur place : un étui à cigarettes dissimulant un pistolet silencieux qui tirait des balles en platine spécial grosses comme une tête d'épingle ; des entailles pratiquées dans ces balles contenaient un poison extrait du ricin, qui (c'est du moins ce qu'assura à Evgueni un petit homme myope en blouse blanche) conduisait invariablement à un collapsus cardio-vasculaire.

Le soir, on raccompagnait Evgueni à son appartement, où il mangeait le repas chaud que lui avait préparé la servante tadjik. Après dîner, il était censé travailler encore plusieurs heures chez lui pour se tenir au courant de ce qui se passait aux États-Unis, tout particulièrement en sport, en lisant les magazines *Time*, *Life* et, *Newsweek*. On lui demandait aussi d'étudier toute une série de conférences intitulées «Caractéristiques de la transmission des renseignements et de la manipulation des agents aux USA» rédigées par un certain lieutenant-colonel I. Ie. Prikhodko, agent de renseignements qui avait travaillé à New York sous couverture diplomatique. Prenant un bon cognac pour se donner du courage, Evgueni s'installait dans un fauteuil confortable, une lampe orientée par-dessus son épaule, et épluchait le recueil de Prikhodko. Un chapitre, de toute évidence destiné aux néophytes, commençait ainsi : «New York est divisé en cinq secteurs, ou *boroughs*. À cause de son isolement du reste de la ville – de Manhattan ou de Brooklyn, on ne peut atteindre l'île qu'en ferry-boat – Richmond est le moins commode des cinq districts pour organiser des contacts avec des agents. Les quatre autres secteurs de New York – qui ont pour nom Manhattan, le Bronx, Brooklyn et le Queens – sont largement utilisés par nos agents de renseignements. Les grands magasins, avec leurs dizaines d'entrées et de sorties, dont certaines sont directement reliées à des stations de métro, sont des lieux de rencontres idéaux. Prospect

Park, dans le district de Brooklyn, ou les cimetières du Queens sont également d'excellents lieux de contacts avec des agents. En organisant de telles rencontres, ne jamais spécifier de point précis (par exemple le coin sud-ouest de la Quatorzième Rue et de la Septième Avenue) mais un itinéraire, de préférence une petite rue dans laquelle marcher à une heure déterminée à l'avance. Ceci permet aux officiers de renseignements soviétiques d'observer un agent afin de déterminer s'il est ou non surveillé avant d'établir le contact.»

«J'ai épluché plusieurs des conférences de Prikhodko, hier soir», annonça un matin Evgueni à Starik. Ils se trouvaient dans une Volga flambant neuve sortie du garage de la Première Direction principale, et s'éloignaient de Moscou en direction de Peredielkino pour un pique-nique dominical à la datcha du père d'Evgueni. Comme Starik n'avait jamais appris à conduire, c'était Evgueni qui tenait le volant. «Je les trouve franchement primitives.

– Elles sont destinées à des agents qui n'ont jamais mis les pieds en Amérique, sans parler d'avoir fait des études à Yale, expliqua Starik. Mais elles contiennent tout de même certaines choses qui pourront t'être utiles. Les rencontres avec les agents, par exemple. On sait que la CIA préfère les lieux sécurisés parce qu'ils permettent de contrôler plus facilement les accès et ses sorties, et de filmer ou d'enregistrer les rencontres. Nous préférons en revanche agir en terrain découvert, où l'on a davantage la possibilité de s'assurer qu'on n'a pas été suivi.»

L'auto-radio fit entendre la voix sonore d'un journaliste annonçant depuis la capitale nord-coréenne de Pyongyang que l'agresseur américain, qui avait débarqué la veille à Inchon, était refoulé par les Nord-Coréens.

«Que pensez-vous du débarquement américain? demanda Evgueni à son officier traitant.

– J'ai eu accès à des informations très secrètes, il est absolument impossible de rejeter les Américains à la mer. Mais ce stratagème de débordement du général américain McArthur me paraît un jeu dangereux. En fait, les Américains menacent d'isoler les troupes nord-coréennes au sud, ce qui obligerait les Coréens du Nord à se retirer rapidement s'ils ne veulent pas être encerclés. La question stratégique est de savoir si les Américains s'arrêteront au trente-huitième parallèle ou s'ils poursuivront les armées communistes au nord, jusqu'au fleuve Yalu, dans le but de réunifier la Corée sous le régime fantoche de Séoul.

– Si les Américains continuent jusqu'au Yalu, que vont faire les Chinois?

– Ils se sentiront certainement obligés d'attaquer de l'autre côté du fleuve, auquel cas ils domineront les divisions américaines, ne serait-ce qu'en nombre. Si les Américains voient la défaite se profiler, ils pourraient bien lancer des bombes atomiques contre la Chine, auquel cas nous serions contraints d'intervenir.

– Autrement dit, nous sommes peut-être à la veille d'une guerre mondiale.

– J'espère que non ; j'espère que les Américains auront le bon sens de s'arrêter avant d'atteindre le Yalu, ou, si tel n'était pas le cas, qu'ils pourront contrer l'attaque inévitable de la Chine sans avoir recours à l'arme atomique. Une attaque chinoise portée de l'autre côté du Yalu, mais qui n'arriverait pas à vaincre les Américains, bénéficierait aux relations sino-soviétiques, qui montrent en ce moment des signes de fatigue. »

Evgueni se rendait bien compte que l'analyse que faisait Starik de la situation n'était pas de celles que l'on pouvait lire dans la *Pravda*. « Comment un revers chinois pourrait-il profiter aux relations sino-soviétiques ?

– Pour la simple raison que cela prouverait aux dirigeants chinois qu'ils restent vulnérables devant les armes occidentales et ont donc tout intérêt à rester sous la protection du bouclier nucléaire soviétique. »

Evgueni fit traverser à la Volga le village de Peredielkino, qui consistait principalement en une large route non goudronnée, un édifice du parti avec une étoile rouge au-dessus de la porte et une statue de Staline devant une coopérative agricole et une école. À la première pancarte après le village, il tourna et se rangea près d'une file de voitures déjà garées à l'ombre des arbres. Une douzaine de chauffeurs somnolaient à l'arrière des véhicules ou sur des journaux étalés par terre. Evgueni ouvrit la marche sur l'étroit sentier herbeux qui menait à la datcha de son père. Ils perçurent en approchant des accords de musique et des rires qui filtraient à travers les arbres. Quatre civils impassibles portant feutre et costume sombre se tenaient au portail de bois ; ils s'écartèrent pour laisser passer Evgueni dès qu'ils eurent repéré Starik derrière lui. Une vingtaine d'hommes et de femmes faisaient cercle sur la pelouse autour d'un jeune homme qui jouait sur un concertina minuscule. Des bouteilles de cognac arménien et d'une vieille vodka *Starka* difficile à trouver étaient disposées sur une longue table recouverte d'une nappe blanche. Des servantes ayant revêtu un long tablier blanc sur leur longue jupe paysanne distribuaient des assiettes de salade de pommes de terre et de poulet froid. Tout en mâchonnant un pilon, Evgueni déambula derrière la datcha et trouva son père, torse nu, assis sur un tabouret à traire, à l'intérieur de la cabane à outils. Un vieil homme aux traits tirés pressait le goulot d'une bouteille remplie d'abeilles contre le dos de Tsipine. « Les paysans disent que les piqûres d'abeilles soulagent les rhumatismes, dit Tsipine à son fils, cillant en sentant les dards s'enfoncer dans sa chair. Où étais-tu passé, Evgueni ? Dans quel trou t'es-tu fourré ?

– Ton ami Pacha Semionovitch m'a confié du travail. Il s'agit de traduire en russe des articles de la presse américaine et des comptes-rendus du Congrès, répondit Evgueni, s'en tenant à la version que Starik avait élaborée.

– Si seulement tu avais un meilleur dossier au parti, commenta son père avec un soupir, on t'aurait donné quelque chose de plus important à faire. » Une nouvelle piqûre lui arracha un petit cri. « Assez, assez, Dimitri, ordonna-t-il au paysan. Je crois que je commence à préférer les rhumatismes. »

Le vieil homme referma le flacon puis sortit en touchant le bord de son chapeau. Evgueni appliqua un baume sur les marques rouges qui piquetaient le cou et les épaules osseuses de son père afin d'apaiser la douleur des piqûres. « Même avec un bon dossier, je n'irais pas très loin dans ton monde, fit remarquer Evgueni. Il faut être schizophrène pour mener deux existences de front. »

Son père regarda par-dessus son épaule. « Pourquoi dis-tu que c'est *mon* monde ? »

Evgueni contempla son père avec de grands yeux innocents. « J'ai toujours supposé…

– Tu ferais bien d'arrêter de faire des suppositions, surtout quand cela concerne les liens avec nos tchékistes. »

En fin d'après-midi, les heures passées à boire commençaient à faire des ravages parmi les invités étendus sur des ottomanes ou assoupis sur les transats danois éparpillés dans le jardin. Starik avait disparu avec Tsipine à l'intérieur de la datcha. Assis sur l'herbe, le dos appuyé contre un arbre et profitant du soleil qui filtrait à travers le feuillage au-dessus de lui, Evgueni remarqua une jeune femme, pieds nus, qui s'entretenait avec un homme d'un certain âge au visage vaguement familier. À un moment, l'homme passa le bras autour de la taille de la jeune femme, et tous deux s'éloignèrent dans les bois. Evgueni remarqua que deux des quatre hommes taciturnes, postés à l'entrée, se mirent à les suivre à distance respectueuse. Pendant quelque temps, Evgueni put entrevoir fugitivement la fille et son compagnon déambuler parmi les arbres, plongés en grande conversation. Il termina son cognac et ferma les yeux dans l'intention de se reposer un instant. Il se réveilla en sursaut quand il sentit qu'on faisait écran entre lui et le soleil. Une voix musicale s'exprimant dans un anglais très précis déclara : « Comme je déteste l'été. »

Evgueni chassa un essaim d'insectes et se retrouva les yeux fixés sur des chevilles nues et bien faites. Il les salua respectueusement. « Comment quelqu'un ayant toute sa raison pourrait-il détester l'été ? rétorqua-t-il en anglais.

– Parce qu'il est trop court. Parce que notre hiver arctique va nous tomber dessus avant que notre peau n'ait eu son content de soleil estival. Excusez-moi si je vous ai éveillé.

– Un Américain dirait *réveillé*, pas *éveillé*. » Evgueni battit des paupières pour chasser les brumes du sommeil et découvrir son interlocutrice. La jeune femme semblait avoir autour de vingt-cinq ans et paraissait grande pour une représentante du beau sexe, pas besoin d'un mètre quatre-vingts, pieds nus. Deux sandales à semelle plate, grandes comme des battoirs, se balançaient au bout d'un index, et un petit sac de toile pendait à une épaule. Elle avait un nez légèrement dévié sinon présentable, un espace entre les dents de devant, de fines ridules de soucis autour des yeux et de la bouche. Ses cheveux, bruns et raides, étaient coupés court et ramenés sagement derrière ses oreilles.

« Je suis historienne, mais à côté, pour le plaisir, je traduis des livres de

langue anglaise qui m'intéressent, annonça la fille. J'ai lu les romans de
E. Hemingway et de F. Fitzgerald – je suis d'ailleurs en train de traduire un
roman intitulé *Pour qui sonne le glas*. L'auriez-vous lu par hasard ? On m'a
dit que vous avez fait des études universitaires dans l'État du Connecticut. Je
suis contente de pouvoir parler anglais avec quelqu'un qui a effectivement
séjourné en Amérique.»

Evgueni tapota l'herbe à côté de lui. La jeune femme sourit timidement,
s'assit en tailleur par terre et tendit la main. «Je suis Azalia Isanova. Certains
m'appellent Aza.»

Evgueni prit sa main. «Alors, je vous appellerai Aza. Vous êtes ici avec
un mari ? demanda-t-il en pensant au monsieur âgé avec qui elle parlait plus
tôt. Ou un amant ?»

Elle eut un rire léger. «Je partage l'appartement de la fille de Beria.»

Evgueni poussa un sifflement. «Voilà, maintenant je sais où j'ai déjà vu
l'homme avec qui vous étiez : dans les journaux !» Il décida de l'impressionner. «Vous saviez que le camarade Beria souffre d'ulcère ? Et qu'il se
met des bouillottes sur le ventre pour essayer d'enrayer la douleur ?»

Elle inclina la tête de côté. «Qui êtes-vous ?

– Je m'appelle… Grigori. Grigori Ozoline.»

Le visage de la jeune femme s'assombrit. «Non, ce n'est pas vrai. Vous
être Evgueni Alexandrovitch, le fils aîné d'Alexandre Timoféïevitch Tsipine.
C'est Lavrenti Pavlovitch lui-même qui me l'a dit. Pourquoi inventer un nom ?

– Pour le plaisir de vous voir vous rembrunir en me démasquant.

– Connaissez-vous bien l'œuvre de Fitzgerald et celle d'Hemingway ? J'ai
été, stylistiquement parlant, frappée par les divergences entre la structure
brève et déclarative des phrases d'Hemingway et le réseau nettement plus
complexe de phrases interconnectées propre au style de Fitzgerald. Êtes-vous
d'accord avec cette distinction ?

– Absolument.

– Comment se fait-il que deux écrivains américains vivant à la même
époque et, à certains moments, au même endroit – je fais bien entendu référence à Paris – puissent écrire si différemment ?

– Chacun son truc, j'imagine.

– Pardon ?

– C'est une expression…

– Chacun son truc ? Ah, je vois où vous voulez en venir. Truc fait référence à des tours de magie. Chacun fait un tour de magie bien à lui. Cela vous
dérange si je le note ?» Elle sortit un stylo et un calepin de son sac de toile
et copia soigneusement l'expression.

Une Zil noire avec chauffeur s'arrêta devant le portail de bois. Une seconde
voiture remplie d'hommes en costume sombre s'arrêta juste derrière. Sur le
perron de la datcha, Lavrenti Pavlovitch serra la main de Tsipine, puis de

Starik, et fit signe à sa fille, qui était plongée dans une conversation avec trois autres femmes. La fille de Beria appela alors : « Aza, viens vite. Papa rentre à Moscou. »

Aza se releva d'un bond et frotta l'herbe de sa jupe. Evgueni lui demanda sur un ton pressant : « Pourrai-je vous revoir ? » Puis il ajouta aussitôt : « Pour parler plus avant d'Hemingway et de Fitzgerald. »

Elle baissa les yeux vers lui, le front barré d'un pli de réflexion. Puis elle répondit : « Oui, c'est possible. » Elle griffonna un numéro sur son calepin, arracha la page et la laissa tomber sur Evgueni. « Vous pouvez me téléphoner.

– Je n'y manquerai pas », répondit-il avec une ardeur non dissimulée.

Le lendemain matin, les cours pratiques cédèrent, pour Evgueni, la place au processus long et fastidieux de création (avec l'aide de deux sœurs jumelles identiques qui ne se ressemblaient pas du tout) de deux légendes distinctes qu'il pourrait assumer à sa convenance. C'était un travail laborieux parce que chaque détail devait être compartimenté dans le cerveau d'Evgueni de sorte qu'il ne confonde jamais les deux identités. « Il est vital, lui dit la sœur qui s'appelait Agrippina en posant un gros dossier à feuilles volantes sur la table, de ne pas mémoriser une légende, mais de la devenir.

– Il faut se dépouiller de sa véritable identité, expliqua l'autre sœur, Serafima, en posant elle aussi un gros livre devant elle, comme un serpent se dépouille de sa vieille peau. Il faut s'installer dans une légende comme dans une nouvelle peau. Si vous deviez entendre quelqu'un vous appeler par votre ancien nom, la pensée qui vous viendra sera peut-être : Qui cela peut-il bien être ? Sûrement pas moi ! Avec du temps et une préparation longue et difficile, vous parviendrez à mettre une distance mentale entre celui qu'on connaît sous le nom d'Evgueni Alexandrovitch Tsipine et vos nouvelles identités.

– Pourquoi deux légendes ? demanda Evgueni.

– L'une d'elles sera la version la plus généralement utilisée. L'autre servira de recours au cas où la première légende poserait problème et qu'il vous faudrait disparaître sous une nouvelle identité », expliqua Agrippina. Elle lui adressa un sourire maternel et fit signe à Serafima de commencer.

« Merci, très chère. Bon, nous allons, pour élaborer chaque légende, partir du berceau et arriver au jeune homme qui aura à peu près votre âge actuel, ou qui en sera du moins assez près pour ne pas éveiller les soupçons. Pour vous aider à faire la distinction entre chacune de ces identités, puis entre ces deux identités et votre identité de départ, il vous sera utile de mettre au point des manières différentes de marcher et de parler pour chaque personnage...

– Il vous sera utile de vous coiffer différemment, de ranger votre portefeuille dans une poche différente, de porter des vêtements qui reflètent des goûts différents, ajouta sa sœur.

– Vous pouvez même, proposa Serafima en rougissant légèrement, faire l'amour différemment. »

Se servant de leurs dossiers à feuilles volantes, les deux sœurs – toutes deux chercheuses confirmées à la direction S de Starik, le département de la Première Direction principale qui s'occupait des agents illégaux opérant sous couverture à l'étranger – commencèrent à esquisser les contours de ce qu'elles appelaient « Légende A » et « Légende B ». « A » avait passé son enfance à New Haven, qu'Evgueni connaissait bien ; « B » avait grandi à Brooklyn, dans le quartier de Crown Heights qu'Evgueni – avec l'aide de plans, de diapositives et de comptes rendus personnels publiés dans la presse américaine – n'allait pas tarder à connaître intimement. Dans les deux cas, les jumelles avaient choisi des adresses d'immeubles détruits depuis, afin qu'il soit pratiquement impossible pour le FBI américain de vérifier qui y avait vécu. Les bases de ces deux légendes seraient des certificats de naissance effectivement enregistrés à New Haven et à New York au nom de deux jeunes gens de type européen qui, à l'insu des autorités américaines, avaient été perdus en mer pendant la guerre, quand les Alliés organisaient des convois vers Mourmansk. Deux cartes de Sécurité sociale usagées constituaient la deuxième pierre des deux édifices. Serafima était une spécialiste du système de Sécurité sociale américain ; elle expliqua que les trois premières unités du numéro indiquaient l'État où la carte avait été enregistrée, et les deux unités du milieu, la date de cet enregistrement. Les cartes fournies à Evgueni seraient effectivement enregistrées par l'administration américaine. Comme il prendrait l'identité d'hommes de deux ou trois ans plus âgés que lui, il y aurait des cartes d'électeur en plus des papiers d'identité habituels – permis de conduire, cartes de bibliothèque, vieilles cartes d'auberge de jeunesse avec photos, ce genre de choses. Les légendes seraient consolidées par des dossiers scolaires existant dans un lycée de New Haven et au lycée Erasmus de Brooklyn (bien connu d'Evgueni), et par une liste d'emplois vraisemblable mais invérifiable. Un suivi médical et dentaire irait avec chaque légende – l'un et l'autre impliquant des médecins morts, ce qui rendrait toute vérification impossible. Et chaque légende s'accompagnerait d'un passeport en cours de validité avec des pages déjà tamponnées.

« Vous avez visiblement pensé à tout, commenta Evgueni.

– Espérons-le, pour votre propre bien, répliqua Agrippina. Mais je dois attirer votre attention sur deux petits problèmes.

– D'après vos antécédents dentaires, poursuivit Serafima, la plupart de vos caries ont été soignées par des dentistes américains aux États-Unis. Mais vous avez deux plombages soviétiques, un premier datant d'avant que vous n'alliez rejoindre pour la première fois vos parents à New York, après la guerre, un second effectué pendant des vacances d'été à Moscou. Il faudra refaire faire ces deux plombages par des dentistes du Centre rodés aux techniques de la dentisterie américaine et qui disposent de matériel américain.

– Et le deuxième problème ? »

Starik surgit soudain à la porte avec des sandwiches et une bouteille de kvas. « Rien ne presse », dit-il, visiblement ennuyé que les sœurs aient déjà abordé cette question. « Nous lui parlerons du second problème plus tard. »

Evgueni téléphona à Aza dès qu'il eut une soirée de libre, et tous deux se retrouvèrent (après qu'Evgueni eut mis en pratique son nouveau savoir en semant l'homme qui le filait depuis le trottoir d'en face) au parc Gorki. Ils déambulèrent le long d'un sentier qui suivait la Moskova, s'entretenant d'abord de littérature américaine, puis attaquant de biais des questions plus personnelles. Non, lui dit-elle, elle était orpheline ; sa mère, auteur de pièces radiophoniques, et son père, comédien du théâtre yiddish, avaient tous deux disparu à la fin des années quarante. Non, elle ne pouvait être plus précise parce que les autorités qui lui avaient annoncé leur mort n'avaient pas été plus précises. Elle s'était liée d'amitié avec la fille de Beria, Natacha, lors d'un camp d'été en Oural. Elles s'étaient ensuite écrit pendant des années. Il avait donc semblé assez naturel, lorsque sa demande d'inscription à l'université Lomonossov en histoire et en langues étrangères avait, contre tout attente, été acceptée, d'emménager avec son amie. Oui, elle avait rencontré le père de Natacha en de nombreuses occasions ; c'était un homme chaleureux et amical qui adorait sa fille et paraissait, sinon, préoccupé par des affaires importantes. Il n'avait pas moins de trois téléphones sur son bureau, dont un rouge, qui sonnaient parfois jour et nuit. Lasse de cet interrogatoire, Aza tira de la poche de son chemisier des feuilles dactylographiées contenant plusieurs poèmes de jeunesse d'Anna Akhmatova ainsi que le brouillon d'une traduction de ces poèmes d'amour en anglais. Elle cueillit distraitement des baies sauvages à même les buissons et les mangea tandis qu'Evgueni lisait les poèmes à voix haute, d'abord en russe puis en anglais :

> Quel brouet de sorcière sucré fut concocté
> En cette morne journée de janvier ?
> Quelle secrète passion nous fit perdre la raison
> Toute la nuit jusqu'à l'aube – comment savoir ?

« Je sais ce que c'est que son brouet de sorcière, insista Evgueni. C'est le désir. »

Aza tourna ses yeux empreints de gravité vers le jeune homme. « Le désir attise les passions masculines, c'est ce qu'on me dit, mais les femmes connaissent des attirances plus subtiles, suscitées par…

– Suscitées par ?

– … l'incertitude qu'on perçoit dans le regard d'un homme, l'hésitation qu'on sent sous sa main, et surtout le doute qu'on perçoit dans sa voix, qui sont après tout les reflets de sa véritable personnalité. » Elle ajouta, très sérieusement : « Je suis contente de ta voix, Evgueni.

– Je suis content que tu sois contente », rétorqua-t-il avec sincérité.

Le dimanche suivant, Evgueni utilisa un numéro de téléphone destiné aux membres haut placés du ministère des Affaires extérieures pour réserver de précieux billets pour le théâtre d'art de Moscou, et il emmena Aza voir la grande Tarassova dans le rôle d'Anna Karenine. Il prit la main d'Aza dès que la première phrase prononcée par le narrateur résonna dans le théâtre : « Les familles heureuses se ressemblent toutes ; les familles malheureuses sont malheureuses chacune à leur façon [1]. » Il l'invita ensuite à dîner dans un petit restaurant proche de la place Troubnaïa. Quand on leur apporta l'addition, elle insista pour payer sa part, par souci d'égalité communiste. Evgueni lui dit qu'aux États-Unis, cela passerait plutôt pour du féminisme militant. Elle s'empressa de noter l'expression sur son calepin. Après dîner, ils descendirent bras dessus bras dessous le boulevard Tsvietnoï vers le centre de Moscou. « Tu connais le texte de Tchekhov intitulé *Sur la Place Troubnaïa* ? demanda-t-elle. Il y décrit le vieux marché aux oiseaux, qui se trouvait tout près d'ici. Mes grands-parents vivaient dans une pièce, juste au-dessus de ce marché quand ils se sont mariés. Je vais te poser une question, Evgueni Alexandrovitch : toute chose est-elle, comme le marché aux oiseaux, un phénomène éphémère ? »

Les pensées d'Evgueni se précipitèrent ; il comprenait qu'elle voulait savoir si les sentiments qu'elle avait pour lui – et qu'il paraissait avoir pour elle – connaîtraient le même destin que le marché aux oiseaux de la place Troubnaïa. « Je ne puis dire encore ce qui dure en ce monde, et ce qui ne dure pas.

– Ta réponse a le mérite d'être honnête et je t'en remercie. »

Sans réfléchir, il fonça vers la bande centrale du boulevard pour acheter à Aza un bouquet d'œillets blancs à l'une des vieilles paysannes en veste de toile bleue qui vendaient là leurs fleurs. Plus tard, devant la porte de son immeuble, allée Nijni-Kizlovski, Aza plongea le nez dans les œillets pour en respirer le parfum. Puis elle jeta les bras autour du cou d'Evgueni, l'embrassa avec passion sur les lèvres et disparut derrière la porte de l'immeuble avant que le jeune homme eût pu prononcer un mot.

Il l'appela le lendemain matin avant de partir à son rendez-vous avec les jumelles. « C'est moi, annonça-t-il.

– Je reconnais le doute dans ta voix, répondit-elle. Je reconnais même la sonnerie du téléphone.

– Aza, à chaque fois que je te vois, c'est un peu de moi que je laisse avec toi.

1. Traduction de Henry Mongault, Gallimard *(N.d.T.).*

– Oh, j'espère que ce n'est pas vrai, souffla-t-elle. Ou il ne restera plus rien de toi si tu me vois trop souvent. » Elle se tut un instant ; il entendait sa respiration dans le combiné. Puis elle finit par dire d'une voix ferme : « Dimanche prochain, Natacha part en Crimée avec son père. Je te ferai monter ici avec moi. Nous verrons ensemble si ton désir et mes attirances s'accordent harmonieusement au lit. » Elle ajouta autre chose qui se perdit dans un crépitement de parasites. Puis la ligne fut coupée.

Peu à peu, Evgueni devint les légendes que les deux sœurs avaient élaborées – se coiffant les cheveux dans les yeux ; s'exprimant par rafales de phrases qu'il ne prenait souvent même pas la peine de terminer ; parcourant la pièce à grands pas assurés tout en parlant ; égrenant les détails de sa vie du berceau au présent. Starik, qui assistait à ces séances, les interrompait parfois d'une question. « Où se trouvait exactement le drugstore où vous avez travaillé ?

– Kingston Avenue, tout à côté d'Eastern Parkway. Je vendais des bandes dessinées : *Guy l'Éclair*, *Superman*, *Batman*, et je préparais des crèmes aux œufs que je vendais aux gosses pour un nickel. »

Les jumelles étaient très satisfaites de leur élève. « Je crois bien qu'il ne nous reste plus rien à faire qu'à détruire ces dossiers, commenta Agrippina.

– Nous devons encore aborder le second problème », intervint Serafima.

Elles se tournèrent vers Starik, qui consentit d'un signe de tête. Les deux sœurs échangèrent un regard embarrassé. « C'est à toi de lui dire, dit Serafima à sa sœur. C'est toi qui as soulevé la question. »

Agrippina s'éclaircit la gorge. « Vos deux légendes sont construites sur des jeunes gens nés aux États-Unis d'Amérique, ce qui implique que, comme l'immense majorité des Américains mâles, ils doivent être circoncis. Nous avons examiné votre dossier de naissance à… » Là, elle nomma une petite clinique du Kremlin exclusivement réservée aux dignitaires du parti. « Il n'y est fait aucune mention de circoncision. Vous m'excuserez de vous poser une question aussi personnelle, mais sommes-nous dans le vrai quand nous supposons que vous n'êtes pas circoncis ? »

Evgueni fit la grimace. « Je vois où vous voulez en venir. »

Starik intervint : « Nous avons déjà perdu un agent qui se faisait passer pour un homme d'affaires canadien. La police montée royale du Canada a mis la main sur le dossier médical de l'homme d'affaires et a découvert qu'il aurait dû être circoncis. Notre agent ne l'était pas. » Il tira une feuille de papier de la poche de sa chemise et lut : « L'intervention, qui aura lieu dans une petite clinique du Centre, dans la banlieue de Moscou, est prévue pour demain matin, neuf heures. » Les sœurs se levèrent. Starik fit signe à Evgueni de rester. Les femmes firent leurs adieux à leur élève et quittèrent la pièce.

« Il reste encore une question à régler, dit Starik. Je te parle de la fille,

Azalia Isanova. Tu as semé l'homme qui te filait depuis le trottoir d'en face, mais pas celui qui te précédait. Tu dois encore perfectionner ton travail de rue. Et ta discrétion aussi. Ta ligne est sur écoute. Nous savons que tu as couché avec la fille…

– On peut lui faire confiance…, coupa Evgueni. Elle partage l'appartement de la fille du camarade Beria. »

Starik, le visage congestionné, les yeux exorbités, l'interrompit à son tour. « Mais tu ne vois donc pas qu'elle est trop *vieille* pour toi ? ! »

Evgueni n'en revenait pas. « Elle a deux ans de plus que moi, c'est vrai, mais ce n'est rien. La question de l'âge n'a pas… »

Starik, qui soufflait à présent, l'interrompit : « Il y a autre chose. Elle s'appelle Lebowitz. Son patronyme vient de Isaïe. C'est une *youde* ! »

Le mot frappa Evgueni comme une gifle. « Mais le camarade Beria devait le savoir quand il l'a prise…

– Bien sûr que Beria le sait. Ils sont nombreux dans les hautes sphères de l'appareil à prendre soin d'avoir un ou deux juifs dans leur entourage pour contrer la propagande occidentale autour de l'antisémitisme. Molotov est allé trop loin – il en a même épousé une. Staline a décidé que c'était une situation inadmissible – le ministre des Affaires étrangères marié à une juive –, alors il a expédié la femme dans un camp. » Les doigts osseux de Starik saisirent le poignet d'Evgueni. « Pour quelqu'un dans ta position, toute liaison poserait déjà un sérieux problème. Mais une liaison avec une *youde* sort carrément du cadre des possibilités.

– Mais j'ai quand même mon mot à dire… »

Pour Starik, il n'y avait pas de milieu. « Vous n'avez strictement rien à dire », rétorqua-t-il en repassant au vous qu'il se mit à cracher à chaque phrase. « *Vous* devez choisir entre une fille et une brillante carrière… *vous* devez choisir entre elle et moi. » Il se leva brusquement et laissa tomber une carte avec l'adresse de la clinique sur la table devant Evgueni. « Si vous ne vous présentez pas pour votre opération, nos chemins ne se croiseront plus jamais. »

Cette nuit-là, Evgueni monta sur le toit de son immeuble et contempla pendant des heures la lueur rougeoyante qui nimbait le Kremlin. Il savait qu'il était sur la corde raide et qu'il pouvait à tout instant basculer d'un côté ou de l'autre. Si on lui avait demandé de renoncer à Aza à cause de sa mission, il aurait compris ; mais devoir renoncer à elle pour la simple raison qu'elle était juive était difficile à avaler. Malgré tous ses beaux discours sur le génie et la générosité de l'esprit humain, Starik – le Tolstoï d'Evgueni – n'était qu'un antisémite enragé. Evgueni entendait le mot *youde* résonner dans son crâne. Puis il s'aperçut que ce n'était plus la voix de Starik qui le prononçait mais une voix plus grêle, que l'âge, le pessimisme et la panique faisaient trembloter, une voix surgie du fond de la gorge de quelqu'un qui craignait de vieillir, qui espérait la mort mais redoutait de mourir. Le mot *youde* qui résonnait à l'oreille d'Evgueni sortait de la bouche du grand Tolstoï lui-même ; grattez le grand idéaliste de l'esprit et vous trouverez en dessous un antisémite qui croyait – c'est du moins ce que Tolstoï avait lui-même assuré – que la faille du christianisme, la grande tragédie de l'humanité, provenait de l'incompatibilité raciale entre le Christ, qui n'était pas juif, et Paul, qui l'était.

Evgueni se mit à rire doucement. Puis son rire s'amplifia et il ouvrit la bouche pour hurler dans la nuit : « *Za ouspiekh nachévo beznadiojnovo diéla !* (Au succès de notre entreprise désespérée !) »

La circoncision, effectuée sous anesthésie locale, fut terminée en quelques minutes. On donna à Evgueni des pilules pour calmer la douleur et une pommade antiseptique pour prévenir une éventuelle infection. Il se retrancha dans son appartement et s'immergea dans les cours de Prikhodko, dressant des listes de quartiers, de parcs, et de grands magasins dans diverses villes américaines de la côte est qui pourraient être utiles pour rencontrer des agents. Le téléphone sonna sept fois le samedi, quatre fois le dimanche et deux fois le lundi. Une ou deux fois, la bonne décrocha, puis, entendant une voix féminine à l'autre bout du fil, jura en tadjik et raccrocha brutalement. Au bout de quelques jours, la sensation de brûlure à l'extrémité du pénis d'Evgueni s'estompa, pour ne plus être qu'une vague douleur qui finit par disparaître tout à fait. Un matin, un motocycliste apporta à Evgueni une enveloppe scellée. Elle contenait une autre enveloppe scellée à l'intérieur de laquelle se trouvait un passeport au nom de Grigori Ozoline et un billet d'avion pour Oslo. Là-bas, Ozoline disparaîtrait de la surface de la terre, et un jeune Américain, nommé Eugene Dodgson, qui aurait parcouru la Scandinavie sac au dos, payerait son passage sur un cargo norvégien à destination de Halifax, au Canada, plateforme de départ des illégaux soviétiques pour leurs missions aux États-Unis.

Le soir avant le départ d'Evgueni, Starik se présenta avec un sourire crispé, une boîte de harengs d'importation et une bouteille de vodka polonaise. Ils abordèrent tous les sujets jusque tard dans la nuit ; tous les sujets, sauf celui de la fille. Après le départ de Starik, Evgueni se surprit à regarder le téléphone en espérant à moitié qu'il allait sonner ; en espérant à moitié entendre une voix musicale dire à l'autre bout du fil : « Comme je déteste l'été. »

Quand, juste avant six heures du matin, la sonnerie finit par retentir, Evgueni sauta de son lit et resta les yeux fixés sur le combiné. Alors que les sons discordants du téléphone continuaient de retentir dans tout l'appartement, ses yeux tombèrent sur la valise qui attendait près de la porte. Il sentait une force magnétique l'attirer vers sa quête sur le continent américain. Acceptant alors son destin avec un sourire contraint, il s'assit sur la valise pour se préparer à un long, très long voyage.

3

Francfort, mercredi 7 février 1951

Les plafonniers s'obscurcirent et les deux colonels attachés aux chefs d'état-major des armées apparurent sous les projecteurs. D'innombrables rangées de médailles brillaient sur les poches de poitrine de leur uniforme amidonné. D'après les bruits de couloir de la Compagnie, ils avaient passé tout le vol depuis Washington à astiquer leurs souliers, qui luisaient maintenant comme des miroirs. «Messieurs», commença le colonel à la moustache en brosse.

«On dirait qu'il nous accorde le bénéfice du doute», marmonna Frank Wisner, en manches de chemise roulées, avec son inimitable accent traînant du Sud, ce qui fit rire sous cape tous les officiers à portée, dont Ebby.

Ils s'étaient rassemblés dans l'auditorium en pente de l'antenne de Francfort, au premier étage de l'énorme et sinistrement moderne complexe I.G. Farben, dans la banlieue francfortaise de Höchst, pour entendre les envoyés du Pentagone jouer les oiseaux de mauvais augure. Pour Wisner, adjoint d'Allen Dulles au département des sales tours qui passait en coup de vent par l'Allemagne au cours de sa tournée d'inspection éclair des antennes de la CIA en Europe, cette conférence n'était que l'illustration de la «putain de compétition» que se livraient les états-majors et la Compagnie autour des priorités de la guerre froide. Les colonels qui étaient déjà passés par Francfort s'étaient jusqu'à présent rongé les sangs à examiner la répartition des forces soviétiques comme s'il s'agissait des entrailles d'un bélier tout juste égorgé, comptant et recomptant les divisions blindées susceptibles de pulvériser en moins de six heures le *cordon sanitaire* tendu par les Alliés comme un fil à linge en travers de l'Europe. Dans la grande tradition de la mentalité militaire, ils n'avaient pas hésité à faire le saut délicat entre *capacités* et *intentions*; tels les oracles de Delphes prédisant la fin du monde, ils avaient même identifié le jour J (dans une note de service classifiée top secret à distribution strictement limitée, le pis qu'ils pouvaient redouter étant qu'une telle information tombât aux mains des Russes). La Troisième Guerre mondiale éclaterait le mardi 1er juillet 1952.

Ils revenaient à présent avec tous les détails de l'assaut soviétique. Martelant une grande carte de l'Europe du bout d'une baguette, le colonel moustachu égrena les noms et effectifs des divisions soviétiques en Allemagne de l'Est et en Pologne, puis déclara que le Kremlin avait posté là trois fois plus de troupes que nécessaire aux besoins d'une force d'occupation. Un adjudant-chef sec, les cheveux coupés en brosse, qui marchait comme s'il avait un bâton dans le cul, changea de carte, et le colonel montra à son auditoire la route que l'offensive éclair bicéphale des blindés soviétiques allait suivre sur la plaine du Nord ; le colonel ajouta même que dans un exercice de simulation stratégique du Pentagone, les Soviétiques avaient atteint la Manche en quelques semaines à peine. Une troisième carte fut encore punaisée au tableau. Celle-ci montrait les bases aériennes soviétiques en Pologne, en Allemagne de l'Est et dans la région de la Bohême occidentale de la Tchécoslovaquie, susceptibles de fournir un soutien aérien rapproché aux forces d'assaut. Demandant d'un signe qu'on éclaire la salle, le colonel s'approcha du bord de l'estrade et chercha du regard Wisner, qui se tenait vautré au troisième rang, à côté du général Lucian Truscott IV, chef d'antenne de la Compagnie en Allemagne. « Ce que veulent les états-majors, annonça le colonel, la mâchoire relevée d'un cran, le regard dur comme l'acier, c'est que vous implantiez un agent dans chacune de ces bases avant le 1er juillet 1952, afin de les saboter dès que l'affaire éclatera et que la fête commencera. »

Wisner se tira le lobe de l'oreille. « Eh bien, Lucian, on devrait quand même être foutus de se débrouiller ! », répliqua-t-il. Rien dans sa voix ni dans son expression ne permettait de déceler qu'il pouvait ne pas être sérieux. « Combien de bases avez-vous dit qu'il y avait, colonel ? »

Le colonel avait le nombre sur le bout de la langue. « Deux mille, à plus ou moins cinq cents près. Certaines disposent de pistes goudronnées, d'autres de pistes en terre battue. » Il sourit à son collègue ; il était à présent certain de rentrer à Washington avec des nouvelles optimistes.

Wisner hocha pensivement la tête. « Deux mille, certaines goudronnées, d'autres pas », répéta-t-il. Puis il se tourna sur son siège pour parler avec son adjoint, Dick Helms, assis juste derrière lui. « Faut que tu m'aides, Dick : comment un agent au sol fait-il pour saboter une piste d'avion ? »

Helms garda un visage inexpressif. « J'en sais foutre rien, Frank. »

Wisner contempla ses troupes. « Quelqu'un ici a-t-il une idée de comment on fait pour détruire une piste d'envol ? » Comme personne ne répondait, Wisner se retourna vers le colonel. « Vous allez peut-être nous éclairer, colonel. Comment faites-*vous* pour saboter une piste ? »

Les deux colonels échangèrent un regard. « Il faudra que nous vous recontactions avec une réponse », fit l'un d'eux.

Quand les colonels eurent clos leur séance et effectué une retraite tactique, Wisner s'assit sur le dossier du siège de devant et discuta avec ses hommes. «Je serais sacrément surpris qu'on entende à nouveau parler d'eux, fit-il avec un rire qui partait du ventre. Un bombardement intensif peut mettre un terrain d'aviation hors service pendant deux heures, trois maximum. Alors je ne vois pas trop ce qu'un seul agent au sol pourrait faire. Bon, pour passer à des choses plus sérieuses que d'implanter deux mille agents sur deux mille terrains d'aviations... »

Il y eut de gros rires dans tout l'auditorium.

«Là-bas, dans les bureaux bien protégés du district de Columbia, le Pentagone s'acharne à déterminer comment déjouer une attaque soviétique des plus improbables en Europe étant donné notre supériorité en matière d'armes atomiques et nos capacités de livraison, sans parler du fait que certaines divisions des armées satellites attaqueraient plus volontiers les Russes que les Américains si jamais la guerre éclatait. Les civils de Washington, sous l'égide de notre spécialiste de toujours pour ce qui est des affaires soviétiques, George Kennan, ne cessent de parler d'endiguer les Russes, sans que jamais personne ne se demande pourquoi les Russes voudraient annexer une dizaine de satellites supplémentaires à leur empire déjà fragile. En fait, ne vous y trompez pas, l'empire soviétique est un château de cartes. Si l'on sait souffler au bon moment et au bon endroit, le château s'écroulera. Je ne suis pas à la tête des services spéciaux pour saboter des terrains d'aviation ou endiguer le communisme. Notre mission est de *refouler* le communisme et de libérer les nations captives d'Europe de l'Est. Est-ce que je me fais bien comprendre, messieurs ? Notre mission est de détruire le communisme, et non des pistes d'aviation en terre battue.»

Ebby s'était beaucoup impliqué dans la campagne de refoulement de Wisner depuis le jour où il avait débarqué en Allemagne, en novembre précédent. Son premier poste, à la base de Berlin, s'était terminé abruptement quand ses critiques acerbes de l'«alcoolo pathologique» qui dirigeait une base de la Compagnie étaient parvenues aux oreilles du Sorcier, lequel avait aussitôt câblé l'un de ses célèbres «c'est lui ou moi» au DD-O. Se pliant à l'inévitable, Ebby s'était proposé pour un transfert à l'antenne de Francfort, où il se retrouva officier traitant adjoint au sein des groupes d'opérations internes de la division SE (Europe de l'Est soviétique), à se faire les dents sur une nouvelle campagne pleine de risques : le parachutage d'agents dans les Carpates russes.

Ce fut le premier de ces parachutages qui faillit briser le cœur d'Ebby – et amena un incident qui fut à deux doigts d'abréger sa carrière dans la Compagnie.

Il défaisait sa valise dans une chambre à l'étage d'une maison privée de l'«enceinte», quartier résidentiel tout entier réquisitionné par l'armée à un bon kilomètre et demi de l'ensemble I.G. Farben, quand son supérieur immédiat, un ancien officier de l'OSS, aux boucles grisonnantes, qui parlait russe et avait pour nom Anthony Spink, était venu le chercher. Il avait expliqué en conduisant à toute allure une Ford de l'antenne vers l'ouest de Francfort, qu'ils allaient rencontrer un agent dont le nom de code était SUMMERSAULT, un Ukrainien spécialement entraîné dans une base militaire secrète pour l'infiltration en zones interdites derrière le rideau de fer. Louvoyant entre les camions, Spink parla à Ebby de l'agent en question : c'était un jeune homme de vingt-trois ans, originaire de Lutsk, ville du centre-ouest ukrainien passée au côté des Allemands sous la direction du général Vlassov, qui avait retourné sa veste pendant la guerre. Vlassov ainsi que des centaines de ses officiers avaient été pendus par les Russes après la Libération. SUMMERSAULT, dont le vrai nom était Aliocha Koulakov, avait été l'un des rares à avoir la chance de fuir à l'ouest avec les Allemands qui battaient en retraite, et avait atterri dans un camp de personnes déplacées grouillant de réfugiés d'Union soviétique et des pays satellites. Il y avait été repéré par un agent recruteur de la Compagnie puis interrogé par Spink. SUMMERSAULT avait assuré qu'il y avait encore des milliers de nationalistes ukrainiens armés qui combattaient les Russes dans les Carpates, allégation appuyée par un câble intercepté et décrypté émanant du chef communiste de l'Ukraine, un certain Nikita Khrouchtchev, apparatchik obscur, à destination de Moscou : « Derrière chaque buisson, derrière chaque arbre, à chaque virage, les représentants du gouvernement risquent une attaque terroriste. » La Compagnie décida de donner à SUMMERSAULT une formation radio et des rudiments de chiffres, puis de le lâcher dans les Carpates pour qu'il établisse une liaison entre la CIA et les mouvements de résistance.

Sur le papier, l'opération semblait prometteuse.

Spink conduisit la Ford sur une route de terre qui sinuait à travers des champs infinis semés de blé d'hiver jusqu'à une ferme laitière isolée. La voiture s'arrêta devant une grange en pierre et ils virent un jeune homme blond au visage d'enfant tirer de l'eau du puits. Il accueillit Spink avec un grand sourire et une claque dans le dos. « Quand vous m'envoyez chez moi, dans mes Carpates ?

– Très bientôt, maintenant », promit Spink.

Puis Spink expliqua à SUMMERSAULT qu'il était venu lui présenter Ebby (il donna, pour des raisons de sécurité, un pseudonyme), qui allait travailler avec lui pour lui construire une légende et fabriquer les documents officiels soviétiques qui allaient avec. « J'ai un cadeau d'anniversaire pour toi, fils », ajouta-t-il. Tandis qu'Aliocha dansait avec excitation derrière lui, Spink ouvrit le coffre de la Ford, et lui donna un appareil photo Minox ayant l'apparence d'un briquet et une radio ondes courtes à piles, pas plus grosse qu'un livre avec touche morse intégrée et antenne externe qui pouvait s'accrocher entre deux arbres ; l'émetteur, surplus de l'armée allemande, avait un rayon d'action de huit cents kilomètres.

Une fois Spink reparti pour Francfort, Ebby et SUMMERSAULT se tournèrent autour avec circonspection. Avant d'élaborer une légende valable, Ebby interrogea Aliocha sur son passé ; quand on créait une légende, le mieux était de rester le plus près possible de la réalité. Le jeune Ukrainien parut d'abord hésiter à parler de lui, et Ebby dut lui soutirer des détails : son enfance à Lutsk, sur les bords du Styr, auprès d'un père très impliqué dans le milieu clandestin des nationalistes ukrainiens ; une adolescence pleine de terreur et de souffrance quand son père et lui s'étaient retrouvés à se battre contre les Russes (« parce qu'ils sont russes, pas parce qu'ils sont communistes »), avec l'armée de libération de Vlassov. Lorsque Aliocha en vint à relater l'exécution de son père par les Russes, ses yeux s'emplirent de larmes et il eut du mal à finir ses phrases. Les yeux d'Ebby s'embuèrent aussi, et il lui parla à son tour de la mort de *son* père, officier légendaire de l'OSS parachuté en Bulgarie à la fin de la guerre pour arracher ce pays aux puissances de l'Axe. Winstrom Ebbitt avait été trahi par un soi-disant partisan et torturé par les Allemands jusqu'à ce qu'il acceptât d'envoyer un message radio comportant de fausses informations ; mais il avait intégré au message un signal convenu indiquant qu'il était manipulé par les services ennemis. Au bout d'un moment, les Allemands s'aperçurent que l'OSS n'avait pas mordu à l'hameçon. Le jour où l'armée Rouge franchit le Danube et pénétra en Bulgarie, les Allemands chargèrent Ebbitt sur une civière – parce qu'on lui avait brisé les deux chevilles –, l'emmenèrent sur un stade aux abords de Sofia, l'attachèrent à un poteau de but et le firent tuer à coups de baïonnettes par un peloton d'exécution à court de munitions. L'un de ses bourreaux, lors d'un procès pour crimes de guerre qui eut lieu après la fin des hostilités, se rappela un détail curieux : l'officier de l'OSS américain était mort le sourire aux lèvres.

Le partage de ce récit brisa la glace entre les deux jeunes gens, et, pendant près de deux semaines, ils devinrent des compagnons inséparables. Pendant des séances qui se poursuivaient jusqu'aux premières lueurs de l'aube, lors de longues marches à travers les champs où le blé d'hiver leur arrivait à la poitrine, Aliocha confia les détails de sa vie à celui qu'il appelait désormais « mon frère américain ». Se servant des grandes lignes de la biographie de l'Ukrainien et remplissant les trous avec des histoires plausibles (Aliocha devait présenter de quoi couvrir ses années passées dans l'armée de Vlassov et, après la guerre, dans les camps occidentaux pour réfugiés de l'Est), Ebby avait laborieusement construit un personnage qui pouvait donner le change aux plus avertis des enquêteurs du KGB, à moins d'un examen particulièrement approfondi. Lorsqu'il vit qu'Aliocha commençait à ronger son frein, il l'emmena passer une nuit à Francfort comprenant une visite au bordel local (payée avec une paire de bas nylon en provenance de la coopérative de l'antenne), et un dîner dans un restaurant du marché noir où l'on pouvait avoir un repas et une bouteille de vin contre quelques paquets de cigarettes américaines.

De retour à la ferme, Aliocha peaufina son « écriture » morse, mémorisa les silhouettes des avions soviétiques à partir de cartes pédagogiques, et se plongea dans de gros ouvrages de documentation pour se mettre au courant de la vie actuelle en Union soviétique – le prix du ticket de trolleybus, d'une miche de pain noir, les dernières règles en vigueur pour changer de travail ou se rendre d'une ville à une autre, les dernières expressions argotiques en vogue. Pendant ce temps, Ebby entamait la dernière phase de sa création : fabriquer les documents qui devaient soutenir la légende. C'est ainsi qu'il entra en contact avec l'« Org », nébuleuse organisation de renseignements ouest-allemande dirigée par Reinhard Gehlen.

Au cours d'un déjeuner au Casino, l'un des mess à un dollar la journée de l'énorme complexe I.G. Farben, Tony Spink en raconta davantage à Ebby sur l'homme dont le nom de code officiel à la Compagnie était : Drôle de Coco. Il semblait bien que le général Gehlen avait commandé la *Fremde Heere Ost*, organe allemand de renseignements centré sur l'Union soviétique pendant la guerre. Quand il avait senti le vent tourner, Gehlen avait microfilmé ses archives (comprenant des portraits inestimables de personnalités politiques et militaires soviétiques), détruit les originaux et enterré cinquante-deux caisses de dossiers près d'un chalet dans les Alpes bavaroises. « Ces dossiers microfilmés étaient l'assurance vie de Gehlen, expliqua Spink. Il a tâté le terrain du côté des services de renseignements occidentaux et a proposé de livrer ses archives aux Américains.

– Contre quoi ? »

L'un des serveurs du Casino, recruté dans un camp de réfugiés, débarrassa les assiettes sales et vida soigneusement les mégots du cendrier dans une enveloppe qu'il glissa dans la poche de sa veste blanche. Spink s'assura que le garçon était hors de portée avant de répondre.

« Gehlen voulait reconstituer une unité de renseignements ouest-allemande dont il serait le Führer, et il attendait de la CIA qu'elle la finance. Ça a posé pas mal de cas de conscience. Remettre un général allemand en selle – un général qui était de surcroît resté fidèle au Führer jusqu'à la toute fin – en gênait plus d'un. Évidemment, on voulait ses dossiers et ses actifs, mais le problème, c'est que Gehlen venait avec. C'était à prendre ou à laisser. Bref, pour résumer, la guerre froide commençait à chauffer, et les microfilms de Gehlen contenaient une vraie mine d'informations sur l'ennemi. Gehlen avait en outre tout un réseau d'agents dormants le long de la voie ferrée entre Vologda et Moscou, il assurait être en contact avec des survivants de l'armée de Vlassov éparpillés sur les monts Oriol, il pouvait identifier les unités ukrainiennes antisoviétiques autour de Kiev et de Lvov et il avait même des agents dans la partie de l'Allemagne occupée par l'armée soviétique.» Spink haussa les épaules avec philosophie. «Sans Gehlen et ses microfilms, on serait franchement dans la merde pour tout ce qui touche aux Ruskofs.» Il sortit deux cigarettes d'un paquet et les laissa en pourboire sur la table. «Je sais que ton père a morflé, Ebby. Alors je vais te donner un conseil que tu ne m'as pas demandé : serre les dents et fais ton boulot.»

Le lendemain après-midi, Ebby prit une voiture dans le garage de la Compagnie et fit les trois cents kilomètres qui le séparaient de Pullach, à quelque treize kilomètres de Munich. Il arriva à la nuit tombée et trouva Heilmannstrasse, bordée d'un côté par un mur de béton de trois mètres de haut; là, il tourna et suivit une route étroite qui longeait une haie épaisse doublée d'une clôture électrifiée jusqu'à un petit corps de garde occupé par des sentinelles en uniforme vert de garde-chasse bavarois. Une ampoule nue éclairait une pancarte en quatre langues «SUD-DEUTSCHE INDUSTRIE-VERWERTUNGS GmbH (éteignez vos phares et allumez votre plafonnier)». Ce ne fut que lorsque Ebby se fut plié à cette exigence que l'un des gardes s'approcha de la voiture. Ebby baissa juste assez la vitre pour lui donner son passeport américain et sa carte d'identité de la Compagnie. Le garde emporta le tout à l'intérieur du poste, composa un numéro de téléphone et lut le contenu des documents à quelqu'un à l'autre bout du fil. Quelques instants plus tard, une jeep arriva en rugissant près du portail, et un homme maigre au crâne dégarni et à l'allure indubitable d'un ancien militaire, franchit un tourniquet et vint prendre place sur le siège passager de la voiture d'Ebby. «Je suis le Doktor Uppmann, du département des archives, annonça-t-il, sans même tendre la main. Vous pouvez rallumer vos phares.

– Et mes papiers d'identité? s'enquit Ebby.

– On vous les rendra quand vous partirez. Jusque-là, je vous accompagnerai.»

Le portail de la clôture électrifiée s'ouvrit, et Ebby suivit les indications de Herr Uppmann dans l'enceinte. «C'est la première fois que vous venez ici, oui? commenta Uppmann.

– Oui», répondit Ebby. Il ressentait des picotements à la base de la nuque.

«Nous sommes impatients d'être utiles à nos amis américains, soyez-en assuré», dit son guide en lui montrant une voie éclairée sur la droite.

Ebby prit la direction indiquée. «Y a-t-il quelqu'un qui gobe la pancarte de société d'exploitation industrielle de l'Allemagne du Sud qui se trouve à l'entrée?» demanda-t-il.

L'Allemand eut un mince sourire. «Doktor Schneider – fausse identité de Gehlen – a une théorie : Si vous voulez garder un gros secret, faites-en un secret ennuyeux et sans importance plutôt que d'essayer de convaincre les gens qu'il n'y a pas de secret du tout. Vous seriez étonné de savoir combien d'Allemands pensent que nous dérobons des secrets industriels aux Américains et aux Français.»

Se conformant aux indications qui lui faisait par gestes son guide, Ebby se gara devant un long bâtiment de plain-pied. Doktor Uppmann sortit un trousseau d'une demi-douzaine de clés. Avec la première, il déconnecta le système d'alarme. Puis il ouvrit avec une autre les deux serrures de la lourde porte métallique. Ebby le suivit dans un couloir éclairé. « Vous êtes installé ici depuis combien de temps ? questionna-t-il en montrant l'enceinte.

– Nous avons emménagé ici peu après la fin des hostilités. À part quelques caves qui ont été ajoutées, l'ensemble existait à peu près tel quel. Il a été construit au départ pour des officiers SS et leurs familles, et, par chance, a échappé à vos bombardements. » Uppmann s'introduisit dans un bureau éclairé et verrouilla la porte derrière eux. Regardant autour de lui, Ebby nota le mobilier solide et les murs gris incrustés d'insectes écrasés. Il remarqua une affiche américaine fixée à la porte. On y lisait : « Vue de loin, une explosion atomique est un des plus beaux spectacles qu'il soit donné de voir. »

« C'est vraiment ce que vous pensez ? » demanda Ebby à son guide.

Doktor Uppmann parut troublé. « Ce n'est qu'une plaisanterie.

– J'ai entendu dire qu'il ne fallait jamais prendre une plaisanterie allemande à la légère, marmonna Ebby.

– Pardon ?

– Non, rien. »

Uppmann s'accroupit devant un grand coffre-fort et joua avec le cadran jusqu'à ce que la porte s'ouvre avec un déclic. Puis il prit une enveloppe en papier kraft sur une étagère du coffre et referma la porte, faisant à nouveau tourner le cadran pour s'assurer qu'elle était bien fermée. Alors il se redressa et vida le contenu de l'enveloppe sur une table. « Tout cela a été fabriqué par l'Abwehr au cours des derniers mois de la grande lutte contre le bolchevisme, indiqua Uppmann à son visiteur. Ce sont des faux de première catégorie, supérieurs même, par certains côtés, aux faux que nous fabriquions plus tôt dans la guerre. Beaucoup d'agents que nous avions lâchés derrière les lignes soviétiques ont été exécutés parce que nous avions commis l'erreur d'utiliser nos propres agrafes en acier inoxydable au lieu d'agrafes russes, qui rouillent très rapidement. Vous, les Américains, vous avez une expression que nous apprécions beaucoup en Allemagne : on apprend à tout âge. Regardez donc les tampons de près – ce sont de vrais petits chefs-d'œuvre. Seul un Russe spécialisé dans les papiers officiels pourrait faire la différence. » Il fit glisser un par un les documents vers l'autre bout de la table. « Un passeport intérieur pour la République ukrainienne, un carnet de travail, un livret militaire, des titres d'officier, un carnet de coupons alimentaires ukrainiens. Quand vous remplirez ces documents, il vous faudra avoir à l'esprit certaines particularités russes. Si le passeport intérieur, le livret militaire et les titres d'officier sont généralement remplis par des secrétaires plus ou moins rodés aux travaux d'écriture, le carnet de travail sera signé par des directeurs d'usine, qui, s'ils sont sortis du rang, peuvent très bien être illettrés et tracer laborieusement leurs initiales au lieu de fournir une signature lisible. Il y a aussi la question de l'utilisation des encres, en Russie. Mais je suis sûr que ces détails n'auront pas de secrets pour vos spécialistes à Francfort, Herr Ebbitt.»

Herr Doktor Uppmann conduisit ensuite Ebby à un salon au bout du couloir. Tout en lui désignant un fauteuil, il prit une bouteille de cognac français trois étoiles et deux petits verres dans un meuble peint de style bavarois. Il les remplit à ras bord et en tendit un à Ebby. «*Prosit*, fit-il avec un sourire tout en trinquant précautionneusement. À la prochaine guerre – et cette fois, on les aura ensemble.»

Tremblant de fureur, Ebby se leva et posa le verre sans y avoir touché. «Il faut que je vous dise, Herr Doktor...» Il respira à fond pour tenter de recouvrer son calme.

Uppmann pencha la tête. «Vous voulez me dire quoi, Herr Ebbitt? Que votre père a été tué pendant la guerre? Je vois que vous êtes surpris de me voir aussi au courant de votre pedigree. Nous procédons tout à fait systématiquement à un contrôle de tous les visiteurs qui viennent ici. Mon père aussi est une victime de la guerre : il a été fait prisonnier à Stalingrad et n'a pas survécu à la longue marche dans la neige jusqu'au camp d'internement. Mon jeune frère, Ludwig, a traversé un champ de mines, et est rentré du front avec les deux jambes amputées au-dessus du genou. Ma mère s'occupe de lui dans notre propriété familiale, dans la Forêt-Noire.»

Ebby murmura : «Étiez-vous au courant?

– Si j'étais au courant de quoi?

– Étiez-vous au courant pour la solution finale?»

L'Allemand posa un doigt sur l'arête de son nez. «Bien sûr que non.

– Comment pouviez-vous ne *pas* savoir?» insista Ebby. Une petite fille nommée Anne Frank cachée dans une cave d'Amsterdam a écrit dans son journal qu'on emmenait les juifs par charrettes entières. Comment pouviez-vous ne pas être au courant, si elle l'était?

– Je n'étais pas impliqué dans la question juive. Je faisais à l'époque la même chose que ce que je fais maintenant : je combattais les bolcheviks. Je travaillais pour l'équipe de renseignements du général Gehlen – trois ans et demi sur le front russe. Mille deux cent soixante-dix-sept jours, *trente mille six cents heures de purgatoire!* Le *bolchevisme* est l'ennemi commun, Herr Ebbitt. Si nous avions eu le bon sens de nous associer plus tôt, votre père et le mien seraient encore en vie, et les bolcheviks n'auraient pas englouti les nations d'Europe de l'Est ainsi qu'une bonne part de notre Grande Allemagne...

– C'est *vous* qui avez englouti les nations d'Europe de l'Est avant les bolcheviks – la Pologne, les Sudètes, la Yougoslavie.»

Uppmann se rebiffa : « Nous avons créé un tampon entre l'Occident chrétien et les athées bolcheviks. » Il se retourna pour regarder par la fenêtre les rues éclairées de l'enceinte. « Hitler, murmura-t-il, sa voix creuse dérivant pardessus son épaule, a trahi l'Allemagne. Il a confondu les priorités – l'élimination des juifs lui importait plus que l'éliminaton des bolcheviks. » Uppmann se retourna brusquement pour faire face à son visiteur, et reprit avec une émotion contenue : « Vous avez commis l'erreur de nous juger sans savoir ce qui s'était vraiment produit, Herr Ebbitt. Ma classe – la classe militaire allemande – méprisait le petit caporal, mais nous étions d'accord sur les objectifs. Après le *Diktat* de Versailles, nous n'étions plus, nous, les Allemands, qu'une *Volk ohne Raum* – une nation sans espace pour se développer. Pour vous parler franchement, les patriotes allemands ont été séduits par la dénonciation qu'avait faite Hitler de l'odieux traité de Versailles, nous avons été attirés par sa promesse de *Lebenstraum* pour le IIIe Reich, nous avons partagé son antibolchevisme farouche. Notre erreur a été de ne voir la chancellerie de Hitler que comme une phase passagère de la vie politique allemande particulièrement chaotique. Savez-vous ce qu'a dit Herr Hindenburg après sa première rencontre avec Hitler ? Je vais vous le dire. *"L'Allemagne ne pourra jamais être dirigée par un caporal bohémien !"* Voilà ce qu'il a dit. » Uppmann rejeta la tête en arrière et vida d'un coup le petit verre de cognac. Puis il se resservit. « J'ai vu personnellement Hitler à la fin, dans le bunker – Herr Gehlen m'avait envoyé porter une évaluation de l'offensive russe contre Berlin. Vous n'imaginez pas – une silhouette voûtée au visage bouffi, avec un œil enflammé, vautrée dans un fauteuil. Ses mains tremblaient. Il essayait sans succès de dissimuler les soubresauts de son bras gauche. Quand il s'est rendu dans la salle des cartes, il avait la jambe gauche qui traînait. Celle que nous appelions l'Ange de la Mort, la Braun, était là aussi : pâle, jolie, ayant peur de mourir et peur de ne pas mourir. Et qu'avait Hitler à offrir au peuple allemand à cette heure tragique ? Il a donné l'ordre, que j'ai moi-même entendu, d'enregistrer des bruits de tanks roulant sur les routes, d'en tirer des disques et de les distribuer aux chefs des premières lignes pour qu'ils les passent avec des haut-parleurs à l'intention des Russes. Nous en étions réduits à devoir arrêter les Russes avec des *gramophones*, Herr Ebbitt. Ceci ne se reproduira jamais, je vous le répète, *jamais*. »

Ebby se plaqua la main sur la bouche pour s'empêcher de parler. Herr Doktor Uppmann prit son geste pour un signe de compassion suscité par ce qu'il venait d'entendre. « Vous commencez peut-être à voir les choses différemment. »

– *Non !* » Ebby combla l'espace qui le séparait de l'Allemand. « Ça me donne envie de vomir. Vous n'avez pas mené une guerre, Doktor Uppmann, vous avez commis des holocaustes. Vos solutions aux problèmes de l'Allemagne ont été des solutions finales. »

Uppmann parut adresser sa réponse à la photo de Gehlen accrochée au mur.

« Les juifs ont gagné la guerre et puis ont réécrit l'histoire de la guerre. Ce nombre de six millions... ils l'ont sorti d'un chapeau et les vainqueurs l'ont gobé pour diaboliser l'Allemagne.

– Tout ce qui reste de votre Reich de mille ans, Herr Doktor Uppmann, c'est le souvenir des crimes que vous avez commis – et ce souvenir, lui, perdurera mille ans. Ça me rend malade de penser que je suis du même bord que vous – de me trouver dans la même pièce que vous. Si vous voulez bien me raccompagner jusqu'à la sortie... »

L'Allemand se raidit. Un muscle palpita sur son cou. « Plus vite vous serez parti, Herr Ebbitt, plus vite nous pourrons reprendre la lutte contre le bolchevisme. » Il vida la fin de son cognac et fracassa le verre vide contre un mur. Puis, écrasant les fragments de verre sous ses pieds, il quitta la pièce.

La plainte officielle ne tarda pas à remonter la hiérarchie germanique pour dévaler la hiérarchie américaine. Convoqué pour expliquer ce qui s'était passé, Ebby comparut devant une commission d'enquête de trois hommes. Le Wiz fit le voyage de Vienne pour assister à l'audition. Ebby ne fit aucun effort pour édulcorer ce que les officiers de l'antenne de Francfort appelaient « l'Affaire ». Il semblait bien que Ebby avait en fait crevé l'abcès. Des officiers de la Compagnie apprirent l'histoire par le téléphone arabe à travers toute l'Allemagne et lui passèrent des notes dont Ebby tira un acte d'accusation qu'il lut devant la commission d'enquête. « Lorsque le général Gehlen reçut l'autorisation d'occuper à nouveau des fonctions dans un service de renseignements, commença-t-il, il s'était engagé par écrit à n'employer ni anciens officiers de la Gestapo, ni criminels de guerre. Il s'est pourtant entouré d'anciens nazis qui figurent tous sur ses listes de personnel sous une fausse identité.

– Je suppose que vous êtes prêt à livrer des noms ? coupa l'officier de la CIA qui présidait la commission.

– Je peux donner des noms, oui. Il y a les *Obersturmführers* SS Franz Goering et Hans Sommer. Ce dernier nom devrait vous rappeler quelque chose – Sommer a eu des problèmes avec ses supérieurs de la Gestapo pour avoir fait incendier, en 1941, sept synagogues parisiennes. Il y a le *Sturmbannführer* SS Fritz Schmidt, qui a été impliqué dans l'exécution d'esclaves ouvriers au camp de Friedrich Ott, près de Kiel, en 1944. Il y a Franz Alfred Six, le *Brigadeführer* SS de la section VII du RSHA de Himmler, condamné à Nuremberg à vingt ans d'emprisonnement pour avoir ordonné l'exécution de centaines de juifs quand il était à la tête d'un Jajdkommando en juillet et août 1941 ; il a été libéré au bout de quatre ans et aussitôt engagé par l'Org Gehlen. Il y a le *Standartenführer* Emil Augsburg, qui dirigeait une section du département d'Adolf Eichmann traitant du prétendu problème juif. Lorsque je me suis présenté à la centrale de Pullach, mon guide se faisait appeler

Doktor Uppmann. Son vrai nom est Gustav Pohl. Il était officier d'état-major dans les renseignements sur les forces armées soviétiques de Gehlen mais avait aussi un autre chapeau : il était chargé de liaisons du ministère des Affaires étrangères allemand avec les SS pendant l'invasion de la Russie. D'après les preuves présentées à Nuremberg, Pohl a participé à la création des escadrons de la mort des Einsatzgruppen SS qui assassinaient les juifs, femmes et enfants inclus, aussi bien que les commissaires du peuple, devant les tombes que les condamnés avaient été forcés de creuser eux-mêmes. »

D'un côté de la salle, Frank Wisner paraissait somnoler sur une chaise en bois renversée contre le mur. «Je vous avais prévenu, Ebby, lança-t-il, les yeux toujours clos. Vous ne pouvez pas le nier. Je vous ai averti que je gueulais quand les choses ne marchent pas comme elles devraient marcher.» Le Wiz redressa sa chaise et traversa la salle à grandes enjambées. «Je vais gueuler, Ebby. Laisse-moi vous apprendre un peu les choses de la vie – vous savez qui était l'officier de l'OSS qui a négocié avec Gehlen pour mettre la main sur ses putains de microfilms? C'était moi, Ebby. J'ai négocié avec lui. J'ai ravalé ma fierté, j'ai ravalé ma bile et tous les scrupules que tous ces mous du genou n'arrêtaient pas de présenter, et j'ai fait un marché avec le diable pour mieux combattre un autre démon. Vous croyez vraiment que nous ne savons pas que Gehlen emploie d'anciens nazis? Arrêtez, Ebby, c'est nous qui finançons Pullach. Nom de Dieu, vous avez un petit gars qui est sur le point de sauter d'un avion en pleine Russie communiste, et vous faites la fine bouche pour obtenir les papiers qui peuvent éviter à votre gars le peloton d'exécution? Eh bien moi, je serais prêt à ramper dans de la merde de chien et à baiser le gros cul de Hermann Göring, s'il pouvait me donner de quoi sauver la vie de mon gars! Dans quel trou d'autruche avez-vous fourré la tête, Ebby? À la base de Berlin, vous avez déjà fait tout un foin parce que Harvey Torriti – qui se trouve être l'un des officiers les plus compétents sur le terrain – a besoin de sa ration journalière de tord-boyaux. Et voilà qu'à l'antenne de Francfort, vous faites tout un foin à propos de la compagnie que fréquente la Compagnie. Votre père ne vous a jamais appris que l'ennemi de votre ennemi est votre ami? Et pendant qu'on en est à parler de votre père, laissez-moi vous dire autre chose. Avant d'être parachuté en Bulgarie, votre père se trouvait à Madrid et passait des marchés avec les fascistes espagnols pour mettre la main sur des cargaisons de matières premières d'origine allemande. Le père était d'une autre trempe que le fils, ça, c'est sûr, bordel de merde. Bon, qu'est-ce que vous décidez? Vous vous coupez en quatre pour votre gars ou vous continuez à nous faire chier avec les anciens nazis qui traînent ici et là?»

Dans un grand bureau d'angle du bâtiment L qui jouxtait la Reflecting Pool, James Angleton feuilleta les rapports de terrain quotidiens insérés entre les plaques métalliques du classeur top secret.

« Il se p-p-asse quelque chose que j'ai besoin de signaler à la maison, Jimbo ? » demanda son ami Adrian, l'agent de liaison du MI6 à Washington. Angleton sortit une feuille du classeur et la fit glisser sur le buvard. Remuant son whisky à l'eau avec l'un des abaisse-langue en bois qu'il avait piqué chez un médecin, Kim Philby se pencha au-dessus du rapport et le renifla. « Ça sent le très secret-défense », commenta-t-il avec un ricanement. Il le parcourut rapidement, puis le relut, plus lentement. Un sifflement jaillit d'entre ses incisives. « Tu veux mon avis ? Il y a des mois déjà qu'on aurait dû recourir à ce genre d'entourloupes. S'il existe vraiment un mouvement de résistance ukrainien dans les Carpates, nous s-s-serions de vrais crétins de ne pas nous associer avec eux.

– Rends-moi service, Adrian, garde ça pour toi jusqu'à ce que nous soyons sûrs que notre homme est en sécurité, demanda Angleton.

– Les désirs de l'ayatollah Angleton sont des ordres », répliqua Philby en s'inclinant obséquieusement devant son ami. Ils se mirent à rire tous les deux puis trinquèrent avant de se rasseoir pour terminer leurs verres.

SUMMERSAULT dut crier pour se faire entendre par-dessus le vacarme des moteurs du C-47. « Je vous remercie, je remercie le président Truman ; je remercie l'Amérique de me renvoyer chez moi. Si mon père peut me voir maintenant, c'est sûr qu'il se retourne dans sa tombe : son fils, Aliocha, qui rentre au pays dans un avion pour lui tout seul. »

Ebby avait conduit SUMMERSAULT à l'aérodrome secret de la zone américaine à la tombée du jour pour rencontrer les deux pilotes, des aviateurs tchèques qui avaient piloté des Spitfire pendant la bataille d'Angleterre. Le C 47 avait été « déparasité » – c'est-à-dire débarrassé de toute marque distinctive –, et équipé de réservoirs supplémentaires sous ses ailes pour faire l'allée et retour des Carpates ukrainiennes. Un sergent de l'Air Force avait lui-même plié puis rangé le parachute principal et le parachute de secours dans leurs sacs respectifs et avait montré au jeune Ukrainien comment ajuster les courroies sur ses omoplates. « L'avion va descendre à six cents pieds pour te larguer, expliqua-t-il à Aliocha, qui avait visionné des parachutages mais n'en avait jamais effectué lui-même. Quand la lumière jaune s'allume, tu te places devant la porte ouverte. Quand la lumière verte s'allume, tu sautes. Rappelle-toi de compter jusqu'à cinq avant de tirer sur le cordon. Compte lentement. Un un centième. Deux un centième. Comme ça, d'accord ?

– O.K. », avait répondu Aliocha en imitant l'accent new-yorkais du sergent.

Ebby avait aidé SUMMERSAULT à trimbaler son barda jusqu'à l'avion – son lourd parachute, une petite valise (contenant des vêtements russes usagés, la radio à ondes courtes et quelques dizaines de montres-bracelets allemandes qui pourraient servir à acheter les gens), une boîte contenant des sandwiches et de la bière pour son repas. Maintenant, dans le rugissement des moteurs, Ebby retira soigneusement la capsule de poison d'une boîte d'allumettes et l'introduisit dans l'ouverture minuscule ménagée dans le tissu, juste sous le col de SUMMERSAULT. Il serra alors son petit gars dans ses bras et lui cria dans l'oreille : « Bonne chance à toi, Aliocha. » Il aurait aimé en dire plus s'il avait été plus sûr de sa voix.

SUMMERSAULT lui sourit. « Bonne chance à nous deux, et toute la poisse possible à Joseph Staline ! »

Quelques instants plus tard, l'avion s'élevait dans le ciel nocturne puis, virant tout en prenant de l'altitude, disparut vers l'est. Ebby prit une bicyclette de la base pour se rendre à la baraque de tôle qui servait de centre de vol. Si tout se passait comme prévu, le C-47 reviendrait en ronronnant pour atterrir dans environ six heures. Les pilotes tchèques avaient reçu l'ordre strict de maintenir le silence radio ; l'espoir était que les Russes prendraient ce vol pour l'une des missions de surveillance aérienne qui coupaient régulièrement les « zones interdites » en un grand arc-en-ciel. Un officier de permanence apporta à Ebby un plateau avec du pâté de jambon en conserve réchauffé et de la purée de pommes de terre déshydratée, et lui proposa l'usage d'un lit de camp dans une arrière-salle. Ebby resta allongé dans l'obscurité, incapable de s'endormir à cause des pensées qui se bousculaient dans sa tête. Spink et lui avaient-ils négligé quelque chose ? Les étiquettes sur les vêtements d'Aliocha – elles étaient toutes russes. Les semelles de ses chaussures – russes aussi. Les montres-bracelets – quiconque ayant servi dans une unité russe en Allemagne (le livret militaire d'Aliocha portait la fausse signature d'un officier mort) pourrait justifier la possession d'un paquet de montres volées. La radio, les blocs de chiffres clés et le Minox – tout serait enterré dès que SUMMERSAULT aurait annoncé qu'il avait bien atterri. Mais, s'il se brisait la cheville en touchant terre ? S'il s'assommait et que des paysans le livrent à la milice ? La légende que Ebby avait élaborée – selon laquelle Aliocha avait travaillé pendant deux ans et demi sur le chantier de construction d'un barrage dans le nord de l'Ukraine – résisterait-elle à un examen attentif ? Les doutes l'assaillaient les uns après les autres, en une longue file où tous semblaient se battre pour prendre la tête.

Environ une heure avant l'aube, Ebby, bravant l'air glacé à l'extérieur de la baraque, crut entendre un ronronnement lointain de moteurs. Il enfourcha le vélo et pédala à travers champs jusqu'à l'immense hangar, arrivant juste au moment où les feux de position s'allumaient alors que le C-47 touchait le bout de la piste. L'avion s'avança jusqu'au hangar. Lorsqu'il repéra Ebby, l'un des pilotes tchèques fit coulisser la vitre de son cockpit et brandit le pouce. Euphorique, Ebby fendit l'air de la paume. Il ne restait plus qu'à collecter le premier message chiffré annonçant que l'atterrissage s'était bien passé.

De retour à Francfort, plus tard, ce même matin, Ebby somnolait sur le lit de camp d'un bureau quand Tony Spink vint le secouer. Ebby se redressa. « Il est bien arrivé ? demanda-t-il.

– Oui. Le gosse a dit qu'il avait bien atterri, sans rien de cassé. Il a dit qu'il allait enterrer la radio et partir dans les montagnes pour trouver ses amis. Il a dit qu'il était content d'être rentré. Il a dit qu'il reprendrait contact dans quelques jours. Il a dit... il a dit : "Je vous aime, les gars."»

Ebby scruta le visage de Spink. « Qu'est-ce qui ne va pas, Tony ? C'était bien l'écriture d'Aliocha ?

– C'était bien son écriture. L'instructeur qui lui a appris le morse assure que c'est bien Aliocha qui a envoyé le message. Mais le gosse a inséré un signal de danger dans son message : il a signé Aliocha au lieu de SUMMERSAULT. »

Ebby voulut y croire encore. « Il a peut-être oublié...

– Impossible, Ebby. Il s'est fait avoir. On va faire comme si on ne se doutait de rien pendant aussi longtemps qu'ils voudront se servir de lui. Mais le gosse est un mort en sursis. »

4

Berlin, vendredi 23 février 1951

Le repaire de Jack aux heures avancées de la nuit, *Die Pfeffermühle*, grouillait de ce que la police de Vichy, dans le film *Casablanca* avec Humphrey Bogart, aurait appelé les « suspects habituels ». Freddie Leigh-Asker, chef d'antenne du MI6, se faufila vers le bar pour remplir son verre. « Deux doubles, sans glace », gueula-t-il au barman débordé. « Tu connais la dernière ? » demanda-t-il à Jack, qui faisait durer un double scotch *avec* glace avant d'entamer son parcours du combattant vers la petite salle de danse pour sa séance bihebdomadaire avec l'agent connu sous le nom d'ARC-EN-CIEL. C'était le troisième double que Jack s'enfilait depuis l'après-midi ; il commençait à comprendre ce qui poussait le Sorcier à noyer son angoisse dans l'alcool. Le souffle chaud de Freddie lui dégela le tympan. « Nos psychopathes de la guéguerre en ont trouvé une bien bonne : ils veulent qu'on bombarde la Russie avec des millions de préservatifs extralarges. »

Sur la petite scène, un orchestre de jazz composé exclusivement de filles en lederhosen serrés reprenait à pleine voix le numéro 3 du Top Ten américain, *Kisses Sweeter than Wine*. « Je ne suis pas sûr de bien te suivre, lança Jack par-dessus ce qui, en d'autres circonstances, aurait pu passer pour de la musique.

– Les préservatifs seront estampillés "medium" en *anglais* ! expliqua Freddie. Eh, vieux, faut que je te fasse un dessin ? Ça va démoraliser toutes les nanas de Russie qui n'en sont pas encore à l'âge de la ménopause. Elles ne pourront plus jamais regarder leurs mecs sans se demander ce qu'elles ratent. C'est au poil comme plan, non ? »

Freddie chercha des Marks dans la poche intérieure de son blazer et les jeta sur le comptoir, puis il prit les deux verres et s'éloigna dans un brouillard de fumée de cigarettes. Jack fut soulagé d'en être débarrassé. Il savait que le Sorcier ne pouvait pas sentir Leigh-Asker ; Torriti prétendait se méfier des gens qui avaient un trait d'union dans leur nom, mais son Oiseau de nuit, Mlle Sipp, proposait une meilleure explication.

« Ce n'est pas la question de ce petit trait ridicule, oh non, avait-elle confié à Jack, un soir, très tard. Ce pauvre Freddie Leigh-Asker a fait ce que les Anglais appellent une bonne guerre – il a été parachuté en pleine fournaise et n'a même pas eu les cheveux roussis. Il est absolument persuadé que s'il ne lui est rien arrivé jusqu'à présent, il mourra de vieillesse dans son lit. On dit de lui qu'il ne sait même pas ce que signifie le mot "peur". M. Torriti préfère travailler avec des gens qui ont peur – il estime qu'ils ont une meilleure chance d'être toujours un peu en avance sur la partie adverse. Il vous aime bien, Jack, parce qu'il trouve que derrière votre bravade – derrière votre devise, "À terre, pour mieux rebondir" –, il y a une saine angoisse. »

Un homme mince et musclé d'environ vingt-cinq ans, aux cheveux coupés en brosse, grimpa sur le tabouret voisin de celui de Jack et leva un doigt pour attirer l'attention du barman. « Une bière pression », lança-t-il. Puis il aperçut le visage de Jack dans le miroir derrière le bar. « McAuliffe ! s'écria-t-il. Jacko McAuliffe ! »

Jack leva les yeux vers le miroir. Il reconnut le jeune homme assis à côté de lui et agita un doigt vers son reflet, s'efforçant de retrouver le nom qui allait avec ce visage familier. Le jeune homme l'aida : « Le championnat d'Europe ? Munich ? 48 ? Je ramais dans le quatre de couple barré ? Toi et moi, on est tombés raides dingues de jumelles australiennes qui manifestaient pour la paix, mais on a rompu au lever du soleil. »

Jack se frappa soudain la tête. « Borissov ! » s'exclama-t-il, et il jeta un coup d'œil de côté, sincèrement ravi de tomber sur un vieux pote de sa tournée des bars à Munich. « Vanka Borissov ? Merde alors ! Qu'est-ce que tu fous ici ? »

Le barman décapita le faux col de la bière du dos de l'index avant de poser la chope devant Borissov. Les deux jeunes gens trinquèrent. « Je travaille pour la commission soviétique d'import-export, répondit le Russe. On négocie des marchés commerciaux avec la République démocratique allemande. Et toi, Jacko ?

– J'ai dégoté un boulot sympa au bureau d'information du Département d'État. C'est moi qui concocte les dépêches distribuées aux agences de presse. Je raconte comment *nos* Allemands prospèrent sous le capitalisme et combien *vos* Allemands morflent sous le communisme.

– La dernière fois que je t'ai vu, tu avais des ampoules qui saignaient sous la corne. »

Jack montra au Russe ses paumes couvertes de cals épais. « Quand on a battu Harvard, au printemps dernier, j'ai tiré tellement fort que j'ai cru que j'allais me péter encore la côte que je m'étais fêlée à Munich. Ça, ça fait mal.

– Et ton barreur, qu'est-ce qu'il est devenu ? Léon quelque chose ? »

Un petit signal bourdonna dans le crâne de Jack. « Leo Kritzky. Je n'ai plus de nouvelles de lui », répondit-il, un sourire plaqué sur la figure. Il se demanda si le Russe faisait vraiment dans l'import-export. « On s'est disputés à cause d'une fille.

– Tu as toujours eu un penchant pour les dames », commenta joyeusement le Russe.

Les deux hommes parlèrent un moment d'aviron. Les Russes avaient apparemment mis au point de nouvelles coulisses qui fonctionnaient avec des roulements à billes autolubrifiants. Borissov avait été l'un des premiers à les tester lors de courses d'essai sur la Moskova ; le mécanisme en était si fluide, assura-t-il à Jack, qu'il permettait au rameur de réduire considérablement l'effort corporel pour se concentrer sur le travail des rames. Le résultat était, d'après Borissov, un à deux coups de rames gagnés tous les cent mètres. Sans cesser de sourire, le Russe tourna les yeux vers Jack. « Je ne suis jamais allé aux États-Unis, fit-il avec nonchalance. Dis-moi un truc, Jacko – c'est quoi, beaucoup d'argent en Amérique ? »

Le signal s'intensifia dans la tête de Jack. Il répondit d'une voix neutre que ça dépendait de beaucoup de choses – si on vivait en ville ou à la campagne, si on conduisait une Studebaker ou une Cadillac, ou si on portait des costumes de confection ou des costumes trois pièces faits sur mesure.

« Donne-moi une idée approximative, insista Borissov. Vingt-cinq mille dollars ? Cinquante ? Cent mille ? »

Jack se dit que la question était peut-être innocente, en fin de compte – tout le monde en Europe voulait savoir comment vivent les Américains. Il répondit donc que vingt-cinq mille dollars, ça représentait déjà une sacrée somme, que cinquante mille, c'était une vraie fortune. Borissov se répéta cela un instant. Quand il se retourna vers Jack, le sourire avait disparu de son visage. « Dis-moi autre chose, Jacko : combien gagnes-tu par an à concocter les dépêches distribuées aux agences de presse ?

– Dans les six mille dollars. »

Le Russe réfléchit en faisant saillir sa lèvre inférieure. « Qu'est-ce que tu ferais si quelqu'un venait te voir – ici et maintenant – pour te proposer cent cinquante mille dollars en liquide ? »

Le signal était tellement fort à présent à l'intérieur du crâne de Jack qu'il noyait presque la conversation. Il s'entendit demander : « Contre quoi ?

– Contre des renseignements sur un certain Harvey Torriti.

– Qu'est-ce qui te fait penser que je connais ce Torriti ? »

Borissov vida sa chope et s'essuya soigneusement les lèvres sur le revers de son poignet. « Si cent cinquante mille ne suffisent pas, donne ton chiffre. »

Jack se demanda comment Vanka avait été enrôlé par le KGB ; probablement de la même façon que lui-même avait été engagé par la CIA – un agent recruteur, un entretien, quelques mois de formation intensive et hop ! ça y était, on se retrouvait à poser des appâts dans les eaux troubles de *Die Pfeffermühle*.

« Toi maintenant, tu vas me dire quelque chose, répliqua Jack. C'est quoi, beaucoup d'argent en Union soviétique ? » Mal à l'aise, Vanka se tortilla sur son tabouret. Un Russe qui disposerait de cinq mille dollars des États-Unis d'Amérique déposés sur un compte numéroté en Suisse serait-il considéré comme riche ? Non ? Et avec vingt-cinq mille ? Toujours pas ? Bon, si quelqu'un t'approchait – ici et maintenant – et écrivait sur un bout de papier le numéro d'un compte suisse secret sur lequel ont été déposés cent cinquante mille dollars américains à ton nom.

Le Russe laissa échapper un petit rire crispé. « Contre quoi ?

— Contre des renseignements sur Karlshorst – des données sur les imports-exports, le nom des Russes qui s'occupent des importations et des exportations. »

Borissov se laissa glisser de son tabouret. « Ça a été un plaisir de te revoir, Jacko. Bonne chance, avec ton bureau d'information du Département d'État.

– Oui, c'était sympa de tomber sur toi, Vanka. Bonne chance avec ta commission d'import-export. Et, reste en contact. »

Tapi dans l'ombre d'une encoignure de porte, Hardenbergstrasse, Jack avait l'œil rivé sur l'entrée des artistes de la vilaine petite salle de danse. Il venait de passer une heure et demie à écumer les tentacules labyrinthiques du S-Bahn, sautant dans les rames et les abandonnant juste avant la fermeture des portes, attendant que tout le monde ait quitté le quai avant de revenir sur ses pas pour sortir à la station Zoo, puis marchant en sens inverse de la circulation dans un entrelacs de petites rues jusqu'à ce qu'il soit absolument sûr de n'être pas suivi. Il se dit que M. Andrews serait fier de lui. À vingt heures, les rues s'emplirent de monde, chacun baissant la tête pour résister au froid et se dépêchant de rentrer chez soi, beaucoup portant des sacs de charbon pris au passage au centre de distribution allié, sur le Tiergarten ; quelque chose dans leur manière de marcher suggérait à Jack qu'ils ne mouraient pas particulièrement d'envie d'aller là où ils allaient. À vingt et une heures dix, les premières élèves commencèrent à sortir du bâtiment, des adolescentes maigrichonnes qui s'éloignèrent avec cette démarche balancée caractéristique des danseuses de ballet, de gros nuages de buée s'échappant de leur bouche alors qu'elles riaient avec excitation. Jack attendit encore dix minutes pour traverser la rue et pénétrer dans l'étroit couloir qui sentait la sueur et le talc. Le gardien, un vieux Poméranien nommé Aristide, était installé sur un siège dépenaillé dans sa cabine vitrée, l'oreille collée à une petite radio ; von Karajan, qui avait joué pour le Führer et avait un jour fait en sorte que le public soit installé suivant la forme d'un swastika, dirigeait la *Cinquième* de Beethoven en direct de Vienne. Aristide, les yeux abrités par une visière, ne leva pas une fois le regard alors que Jack glissait deux paquets de cigarettes américaines sous le guichet. Les marches de bois craquant sous son poids, il monta l'escalier au fond du couloir jusqu'à la salle de répétition située au dernier étage, et tendit l'oreille. Ne percevant aucun bruit dans le bâtiment, il ouvrit la porte.

Comme elle le faisait toujours après ses cours du mardi et du vendredi, ARC-EN-CIEL s'était attardée après le départ de ses élèves pour travailler sa barre. Pieds nus, en collants mauves et ample sweater usé, elle se pencha en avant et plia le corps en deux pour poser les paumes à plat sur le sol ; puis elle se redressa, arqua le dos et tendit sans effort une longue jambe bien droit le long de la barre avant de se pencher au-dessus, sans cesser de s'examiner dans le miroir. Ses cheveux sombres, qui semblaient avoir capturé les tout derniers rayons du couchant, étaient tirés en arrière et tressés avec des brins de laine en une longue natte qui plongeait jusqu'au petit creux au bas de son dos – à l'endroit même où Jack portait son Walther PPK. C'était la cinquième fois que Jack la voyait, mais il avait toujours le souffle coupé par la pure beauté physique de ce corps en mouvement. À une époque de sa vie, elle avait eu le nez cassé et mal remis, mais ce qui aurait défiguré une autre femme l'embellissait encore en lui donnant un côté énigmatique.

« Que voyez-vous quand vous vous regardez dans le miroir ? » demanda Jack depuis la porte.

Surprise, elle attrapa une serviette sur la barre et la jeta autour de son cou puis, ses pieds nus touchant à peine le sol – ou c'est du moins ce qu'il parut à Jack – elle traversa la salle. Elle sécha ses longs doigts délicats sur la serviette et lui tendit cérémonieusement la main. Il la serra. Elle le conduisit vers une pile de vêtements soigneusement pliés sur l'une des chaises en bois qui longeaient un mur. « Ce que je vois, ce sont mes défauts. Le miroir ne reflète que les défauts.

– Quelque chose me dit que vous êtes trop dure envers vous-même. »

Elle sourit pour marquer son désaccord. « Quand j'avais dix-huit ans, j'aspirais à devenir une grande danseuse, oui ? J'en ai vingt-huit, et je n'aspire plus qu'à danser. »

Le Sorcier avait acheté ARC-EN-CIEL à un indépendant polonais, personnage soigné en costume noir de croque-mort qui plaquait contre son crâne les mèches de cheveux qui lui restaient avec un onguent censé stimuler les follicules. Comme des dizaines d'autres qui travaillaient dans le monde souterrain de Berlin, il gagnait confortablement sa vie en vendant des bribes d'information, voire les sources occasionnelles qui avaient soi-disant accès à des secrets. Avertissant Jack de se méfier d'une opération leurre du KGB, Torriti – qui ne s'était toujours pas remis de la défection avortée de Vichnevski – avait confié ARC-EN-CIEL à son Apprenti avec instruction de la baiser s'il en avait la possibilité et d'enregistrer ce qu'elle pourrait lui glisser à l'oreille. Tout excité à l'idée de manipuler son premier agent à part entière, Jack avait organisé un rendez-vous.

ARC-EN-CIEL se trouva être une danseuse classique est-allemande qui venait deux fois par semaine à Berlin-Ouest pour donner des cours de danse dans une petite salle écartée. Lors de leur première rencontre, Jack avait commencé à l'interroger en allemand, mais elle l'avait coupé tout de suite, lui disant qu'elle préférait que leurs entretiens se déroulent en anglais afin de perfectionner sa grammaire et son vocabulaire ; elle avait avoué que son rêve était de voir un jour Margot Fonteyn danser au Royal Ballet de Londres. ARC-EN-CIEL n'avait donné d'autre nom que Lili, et avait prévenu Jack que s'il essayait de la suivre lorsqu'elle rentrerait dans la zone est de la ville, elle couperait tout contact. Elle avait tourné le dos à Jack pour tirer de son soutien-gorge un petit carré de soie couvert d'une écriture minuscule ; il avait senti la chaleur de sa poitrine encore imprimée dans le tissu. Il avait offert de lui payer l'information qu'elle lui livrait, mais elle avait refusé tout net. « J'ai la haine des communistes, oui ? avait-elle déclaré, ses yeux violacés se fixant sans ciller sur les siens. Ma mère était communiste espagnole – elle a été tuée en combattant le fasciste Franco. C'est grâce à ce détail que les autorités est-allemandes me font confiance, avait-elle expliqué lors de ce premier contact. Je déteste les soldats russes à cause de ce qu'ils m'ont fait quand ils ont pris Berlin. Je déteste les communistes à cause de ce qu'ils font à mon Allemagne. Nous vivons dans un pays où l'on ne vous accorde un téléphone que si l'on a besoin de vous appeler ; où, quand on pense quelque chose, on en dit une autre et on en fait une troisième. Quelqu'un doit agir contre ça, non ? »

Lili avait assuré servir de courrier pour un personnage important de la hiérarchie est-allemande qu'elle appelait Herr Professor, mais refusait d'identifier plus précisément. De retour à la base de Berlin, Jack avait fait en sorte que le carré de soie fût photographié et traduit. Lorsqu'il avait montré la « prise » du Herr Professor de Lili (nom de code TIREUR) au Sorcier, Torriti avait ouvert une bouteille de champagne pour fêter leur accès au filon mère. Lili leur avait en effet fourni un synopsis des minutes d'une réunion ministérielle est-allemande, des copies de plusieurs messages échangés entre le gouvernement est-allemand et les chefs militaires soviétiques locaux (l'antenne de Berlin avait déjà obtenu des versions chiffrées de ces mêmes messages, ce qui signifiait que les Américains pouvaient faire le travail inverse et briser les codes utilisés) et une liste partielle des officiers du KGB travaillant à Karlshorst. Durant les six derniers mois, Torriti avait dirigé un agent est-allemand, nom de code MELODIE, qui travaillait au bureau soviétique chargé des expéditions de marchandises entre Moscou et Berlin. Avec les registres d'expédition, MELODIE (interrogé personnellement par Torriti quand il avait pu se rendre au bordel du Sorcier, au-dessus d'un night-club du Grunewaldstrasse, à Berlin-Schoneberg) avait pu identifier par leur vrai nom pas mal d'officiers et autres membres du personnel postés à Karlshorst. En comparant ces noms avec ceux fournis par Lili, on avait pu obtenir la confirmation que le Herr Professor de Lili existait vraiment.

« Alors, mon gars qui est cette gosse ? avait demandé Torriti lorsque Jack était revenu de son deuxième rendez-vous avec un autre carré de soie couvert d'une écriture minuscule. Et surtout, qui peut bien être son putain de pote Professor ?

– Elle dit que si j'essaye de le savoir, la source se tarira, avait rappelé Jack. À la façon dont elle en parle, j'ai l'impression qu'il s'agit d'une sorte de scientifique. Quand je lui ai demandé en quoi les communistes se fourvoyaient en Allemagne de l'Est, elle a répondu en citant son professeur citant Albert Einstein – quelque chose comme quoi notre époque serait caractérisée par une perfection des moyens et une confusion des objectifs. Et puis elle parle de lui avec beaucoup de révérence, un peu comme quand on parle de quelqu'un de nettement plus âgé. J'ai l'impression que ce pourrait être son père, ou son oncle. En tout cas, ce doit être quelqu'un proche du sommet.

– Ou plus vraisemblablement son amant, avait marmonné Torriti. Le plus souvent on peut mettre sexe et espionnage dans le même panier. » Le Sorcier avait laissé tomber une bouteille de whisky vide dans la corbeille métallique gouvernementale remplie de mégots, et avait pris une autre bouteille dans le coffre-fort ouvert derrière lui. Il s'était servi un whisky bien tassé, y avait ajouté un doigt d'eau plate, avait remué le tout avec son index, qu'il avait léché soigneusement avant d'engloutir d'un seul trait la moitié du verre. « Écoute, mon gars, il y a un vieux proverbe russe qui dit qu'on doit laver l'ours sans lui mouiller les poils. C'est ce que je veux que tu fasses avec ARC-EN-CIEL. »

Pour laver l'ours sans lui mouiller les poils, Jack dut organiser une fastidieuse opération de surveillance conçue pour pister ARC-EN-CIEL dans Berlin-Est et découvrir où elle habitait et qui elle était. Lorsqu'ils auraient découvert son identité, il ne leur faudrait plus longtemps pour savoir qui était le TIREUR. Si le Professeur se révélait être un communiste haut placé ayant accès à des secrets est-allemands ou soviétiques, il faudrait réfléchir sérieusement à une façon plus créative de l'utiliser ; il pourrait être contraint (sous menace d'être livré, ou de donner sa messagère) de se prêter à des opérations de désinformation là où le mal serait le plus grand ; ou d'orienter des discussions politiques dans un sens qui serait le plus favorable aux intérêts occidentaux. S'il était réellement membre de l'élite dirigeante de la zone soviétique, on pourrait faire en sorte de discréditer ou d'éliminer les quelques personnes au-dessus de lui dans la hiérarchie afin que le TIREUR se retrouve carrément aux commandes.

Le Sorcier avait accordé à Jack les services des deux Silwan, l'Ange Déchu et Doux Jésus, et d'une douzaine de guetteurs. À chaque fois que Jack rencontrait ARC-EN-CIEL, l'un des Silwan reprenait position là où la filature de

Lili avait été abandonnée la fois précédente. Jamais un guetteur ne la suivait plus de cent mètres d'affilée. Armés de talkies-walkies, les membres de l'équipe de surveillance se postaient devant la jeune femme, se mêlaient aux dizaines de milliers d'Est-Berlinois qui rentraient chez eux après leur journée de travail à Berlin-Ouest, et la gardaient en vue pendant quelques minutes avant de l'abandonner au guetteur suivant. À épuisement du stock de guetteurs, on arrêtait l'opération pour la nuit. Et chaque fois que Jack voyait ARC-EN-CIEL, le rayon de l'opération s'étendait un peu plus.

Le premier soir de l'opération, soit à la troisième rencontre entre Jack et ARC-EN-CIEL, l'Ange Déchu avait vu Lili acheter des bas de soie véritable dans une des boutiques de luxe du Kurfürstendamm, puis l'avait pistée jusqu'à la coquille vide de l'église de l'empereur Guillaume, tout en haut de la grande artère à six voies de Berlin-Ouest ; Doux Jésus, traînant toujours son petit chien muselé en laisse, avait suivi la jeune femme du regard jusqu'à ce qu'elle disparaisse dans la foule de Potsdamer Platz, où convergeaient les quatre secteurs alliés. On l'avait ensuite vue pénétrer dans le secteur est, près de l'énorme panneau électrique qui rappelait celui de Times Square et projetait les nouvelles vers la partie de la ville sous contrôle communiste. Le deuxième soir de l'opération, l'un des Silwan la prit en filature devant la Handelorganization, grand magasin d'État géant situé du côté soviétique de Potsdamer Platz, puis se fit relayer par le second guetteur alors qu'elle dépassait le Reichstag en ruine et le monticule herbeux surmontant le bunker souterrain où s'étaient suicidés Hitler et Eva Braun. Deux policiers en uniforme de la Bereitschaftspolizisten communiste l'arrêtèrent près du monticule pour vérifier son carnet d'identité. Lançant des coups d'œil inquiets derrière elle pour s'assurer qu'elle n'était pas suivie, Lili prit une petite rue bordée d'immeubles à trois étages éventrés par la guerre. Les quelques appartements où vivaient encore des Allemands avaient les fenêtres condamnées et des tuyaux de poêle qui sortaient des murs. Le guetteur s'éloigna, et un autre, alerté par radio, prit la suite lorsqu'elle émergea avenue Unter den Linden. Il la perdit quelques instants plus tard, quand une formation de Freie Deutsche Jugund, des scouts communistes portant chemisette bleue, foulard bleu et short, même en hiver, s'interposèrent ; tambour battant, les scouts marchaient vers le centre de l'avenue Unter den Linden avec de grands portraits de Staline et du dirigeant est-allemand Otto Grotewohl, et une bannière où l'on pouvait lire : « En avant avec Staline. »

Le soir du sixième rendez-vous de Jack avec ARC-EN-CIEL, au dernier étage de la vilaine petite salle de danse, Lili livra son habituel petit carré de soie encore tiède couvert d'écriture, et tendit la main. « Vous ne m'avez jamais dit votre nom, fit-elle remarquer.

– On m'appelle Jack, répliqua-t-il en saisissant sa main dans la sienne.

– Ça sonne très américain à mes oreilles. Jack et le haricot magique, Jackpot...

– C'est moi, fit Jack avec un petit rire. Avec moi, on est sûr de toucher le gros lot.» Il lui tenait toujours la main. Elle baissa les yeux avec un sourire sans joie et la dégagea doucement. «Écoutez, fit rapidement Jack. Il se trouve que j'ai deux billets pour un ballet de Bartók qui se donne à l'Opéra municipal, dans le secteur britannique – Melissa Hayden danse dans une pièce qui a pour titre *Le Mandarin merveilleux.*» Il sortit les billets de la poche de son pardessus et lui en donna un. «Le rideau se lève demain à six heures – ça commence tôt pour que les Allemands de l'Est puissent être rentrés chez eux avant minuit.» Elle commença par secouer la tête. «Eh, protesta Jack, ça n'engage à rien – on regarde le ballet, après, je vous paye une bière et ensuite vous pouvez rentrer comme une araignée dans son trou.» Comme elle ne prenait toujours pas le billet, il le laissa tomber dans son sac à main.

«Je suis tentée, admit-elle. J'ai entendu dire que Melissa Hayden n'est pas limitée par les lois de la gravité. Je ne sais pas...»

Le lendemain soir, les guetteurs, répartis stratégiquement dans les rues autour de l'université Humboldt, au bout de la Unter den Linden, repérèrent ARC-EN-CIEL qui arrivait de la direction du théâtre Gorki, derrière l'université. Alors qu'il faisait la queue avec une foule de Berlinois relativement bien habillés qui attendaient que les portes de l'Opéra s'ouvrent, Jack reçut un mot, qui disait : «Nous y sommes presque – on devrait conclure ce soir.»

Lorsque le rideau se leva, le siège à côté de Jack était toujours vide. Jack lançait régulièrement des coups d'œil vers la porte, derrière lui. Il crut voir une silhouette pénétrer à l'intérieur, dans l'obscurité. Un instant après, Lili, ravissante avec son chapeau de feutre pareil à un casque et son manteau de fourrure usé dont la poussière saupoudrait ses souliers à talons plats, prit place sur le siège voisin. Elle fit glisser le manteau de ses épaules et sourit brièvement à Jack, puis elle prit de vieux lorgnons d'opéra et s'en servit pour regarder la scène. Ses lèvres s'entrouvrirent et sa poitrine se souleva en un ravissement silencieux. Lorsque la danseuse étoile vint enfin saluer devant le rideau, des larmes apparurent au coin des yeux de Lili, qui applaudit à tout rompre.

Jack la conduisit dans la foule du couloir puis dans le large escalier vers un bar tout en longueur, au rez-de-chaussée. «J'aimerais beaucoup prendre une *Berliner Weisse mit Schuss*, une bière légère avec du sirop de framboise», lui dit-elle. Elle prit un petit porte-monnaie dans la poche de son manteau de fourrure. Jack sourit et répliqua : «Je vous en prie.» Elle lui rendit son sourire et rangea le petit porte-monnaie. Après que Jack eut commandé, elle se pencha vers lui et il sentit le poids infiniment léger de son torse contre son bras. « À l'Est, des framboises en hiver valent plus cher que de l'or », murmura-t-elle.

Ils portèrent leur bière à une table libre. Lili souleva sa longue jupe et s'assit ; Jack entrevit des bas de coton gris et des chevilles minces. Lili s'étonna : « Étant donné votre profession, je suis stupéfaite que vous vous intéressiez au ballet. » Elle pencha la tête. « Peut-être me donnerez-vous des détails biographiques sur vous, oui ? »

Jack rit. « Oui, bien sûr. » Il frappa sa chope contre celle de Lili et but un peu de bière. « Je vais commencer par le commencement. J'ai grandi dans une petite ville de Pennsylvanie – vous n'en avez jamais entendu parler –, du nom de Jonestown. Mes parents y avaient une maison avec une véranda tout autour à la lisière de la ville, devant les champs de maïs. Quand j'étais gosse, je croyais que les champs de maïs étaient infinis, ou du moins qu'il y en avait jusqu'au bout de la terre plate. Par bon vent, on entendait les cloches du couvent qui se trouvait au-delà du maïs, derrière une colline. Mon père s'est constitué une petite fortune en fabriquant des sous-vêtements pour l'armée dans sa modeste usine, pas loin de la maison. J'ai appris à conduire à quatorze ans sur sa Pierce Arrow de 1937. Mon père avait des selles de cheval dans la grange, à côté de la maison, et des poulets dans le poulailler juste derrière. Ma mère jouait de l'orgue à l'église catholique de Lebanon, à côté de Jonestown. Deux fois par an, on partait en vacances à New York. On séjournait dans un hôtel, le Waldorf-Astoria, sur Park Avenue. Chaque fois qu'on y allait, mon père s'éclipsait avec des potes de lycée et revenait complètement ivre au milieu de la nuit. Ma mère m'emmenait au ballet – je me rappelle avoir vu *Le Fils prodigue* de Prokofiev, et son *Roméo et Juliette* au Metropolitan Opera.

– Et comment êtes-vous devenu ce que vous êtes ? Comment avez-vous... »

Il prit une nouvelle gorgée de bière. « Il y a des Américains qui comprennent que nous sommes engagés dans une lutte à la vie à la mort avec les communistes. Quand ce sera terminé, un seul camp survivra. J'ai été invité par ces Américains à rejoindre le combat. » Il tendit la main et toucha des jointures le col de fourrure de son manteau. « Et vous, Lili, parlez-moi de vous. Comment vous appelez-vous ? »

Elle fut aussitôt sur ses gardes. « Mon père m'appelait toujours Lili quand j'étais petite, parce que ma mère passait sans cesse la chanson *Lili Marlene* sur le gramophone. Sinon, il n'y a pas grand-chose à dire... j'ai survécu aux nazis, j'ai survécu à vos bombardiers américains, j'ai survécu aux soldats russes qui ont déferlé sur l'Allemagne comme des sauvages. » Elle remonta le col de son manteau de fourrure autour de son cou mince. « Grâce à ces vieux écureuils, j'ai même survécu au terrible hiver 47.

– À quel âge avez-vous commencé à danser ?

– Il n'y a jamais eu d'époque où je n'ai pas dansé. J'ai découvert tout enfant une façon d'utiliser mon corps pour échapper à mon corps, j'ai découvert les lieux secrets où la gravité n'existe pas, j'ai découvert un langage secret qui n'était pas verbal. Les adultes autour de moi disaient que je serais danseuse de ballet, mais il m'a fallu attendre des années avant de comprendre de quoi ils parlaient.»

Très doucement, Jack laissa échapper : «Nom de Dieu, Lili, qu'est-ce que vous êtes belle!»

Elle ferma les yeux avec lassitude et les garda clos un moment. «Je ne suis pas belle, mais je ne suis pas laide non plus.»

Rassemblant son courage, Jack lui demanda si elle vivait seule ou avec un homme.

«Pourquoi cette question? fit-elle avec emportement. Je vous l'ai déjà dit, et je vous le redis, si vous essayez de découvrir qui je suis, ou qui est le Professeur, vous ne me reverrez plus jamais.

– Je vous demandais cela parce que j'espérais contre tout espoir que vous viviez seule, ce qui impliquerait qu'il pourrait y avoir de la place pour moi dans votre existence.

– Mon existence est déjà trop pleine de vide pour qu'il y ait de la place pour vous, Jackpot, avec qui l'on est sûr de toucher le gros lot.» Elle but sa bière parfumée à la framboise et se passa la langue sur ses lèvres, qui avaient pris la couleur framboise. «Puisque vous vivez et travaillez dans un univers de secrets, je vais ajouter un secret à votre collection : le moment que je chéris le plus est quand je me réveille d'un sommeil médicamenteux et que je ne sais pas où je suis ni qui je suis ; je dérive pendant quelques secondes délicieuses dans un vide sans gravité. À ces moments-là, je danse comme je n'ai jamais pu le faire dans ma vie terrestre. Je danse *presque* comme Melissa Hayden a dansé devant nous ce soir.»

En rentrant chez elle, après le ballet, ARC-EN-CIEL fut prise en filature par l'Ange Déchu au moment où elle tournait dans une petite rue derrière le théâtre Gorki, parmi des terrains vagues où des enfants jouaient aux rois de la montagne sur les décombres que les bulldozers avaient rassemblés en tas. Des dizaines de chats sauvages miaulaient furieusement en écumant les bâtiments éventrés en quête de souris émaciées. Au milieu de cette désolation, un seul bâtiment demeurait intact. Légèrement en retrait, il se dressait dans un petit parc dont on avait coupé les arbres pour se chauffer. De gigantesques poutrelles d'acier étayaient les murs latéraux qui jouxtaient autrefois d'autres édifices. L'Ange Déchu se dissimula dans l'ombre d'un kiosque désert pour regarder Lili prendre une clé dans son sac. Elle jeta un coup d'œil derrière elle, puis, voyant que la rue était déserte, ouvrit la grosse porte d'entrée et pénétra dans le vestibule.

L'immeuble était plongé dans l'obscurité, à l'exception d'une grande baie vitrée, au premier étage. L'Ange Déchu ouvrit d'un mouvement sec un petit télescope qu'il régla sur la fenêtre. Un vieil homme écartait un voilage du revers de la main gauche pour regarder dans la rue. Il avait les cheveux d'un blanc de neige et portait une chemise au col amidonné à l'ancienne, une cravate et une veste de costume à revers arrondis. Il dut entendre la porte s'ouvrir derrière lui parce qu'il se retourna et ouvrit grands les bras. À travers les voilages, Lili apparut, s'avançant vers lui.

Le lendemain après-midi, Jack fit irruption dans le bureau du Sorcier. «… c'était vrai le TIREUR… scientifique… nettement plus vieux qu'ARC-EN-CIEL», s'écria-t-il avec excitation en élevant la voix pour se faire entendre par-dessus les crachotements de l'enregistrement en 78 tours de Caruso chantant une aria des *Pêcheurs de perles* de Bizet.

«Du calme, mon gars. Je ne comprends rien à ton charabia.»

Jack retint son souffle. «J'ai suivi votre conseil et j'ai porté l'adresse à votre ami du Mossad – le Rabbin a feuilleté de gros classeurs et m'a donné deux noms pour aller avec l'adresse. Le vrai nom d'ARC-EN-CIEL est Helga Agnes Mittag de la Fuente. Mittag, c'était son père allemand ; de la Fuente était l'épouse espagnole de Mittag et la mère d'ARC-EN-CIEL. Le Rabbin a même confirmé qu'il y avait eu une journaliste espagnole du nom d'Agnes de la Fuente qui avait été arrêtée pour espionnage au profit des républicains pendant la guerre civile espagnole et était passée devant un peloton d'exécution.

– Et le TIREUR ?

– Le Professeur s'appelle Ernst Ludwig Löffler. Il enseigne la physique théorique à l'Institut de physique de l'université Humboldt. Avant-guerre, quand on parlait encore de l'université Friedrich-Wilhelm de Berlin, Löffler y était avec Max Planck et Albert Einstein.»

Torriti se carra dans son fauteuil et remua son whisky à l'eau avec son index. «Un putain de spécialiste de physique théorique ! Attends que le Wiz apprenne ça.

– Ça, ce n'est que la cerise sur le gâteau, Harvey. Il y a autre chose. Juste après guerre, le parti socialiste de Grotewohl a laissé entrer plusieurs petits partis dans le front national, pour servir de vitrine – il pouvait ainsi assurer que l'Allemagne de l'Est était une vraie démocratie. L'un de ces petits partis est le parti libéral démocratique. Le TIREUR en est le chef adjoint, et il est aussi adjoint du Premier ministre de la République démocratique allemande !

– Eurêka ! s'exclama Torriti. Fais-moi plaisir, mon gars, mets un mouchard dans le mur du TIREUR.

– Pourquoi voulez-vous le mettre sur écoute ? Il vous envoie tout ce qu'il peut trouver.

– La motivation, mon petit gars. Je veux savoir *pourquoi* il nous envoie ça.

– Un mouchard.

– C'est ça. »

5

Berlin, mardi 6 mars 1951

Le visage crispé de dégoût, le Sorcier versa dans son whisky à l'eau le bicarbonate de soude que son Oiseau de nuit lui avait rapporté d'une pharmacie ouverte toute la nuit. Il remua le mélange avec son petit doigt jusqu'à ce que la poudre blanche fût dissoute.

« Cul sec, monsieur Torriti, conseilla Mlle Sipp. Ça ne vous tuera pas. Dites-vous juste que c'est un dernier pour la route. »

Harvey Torriti pinça ses narines entre le pouce et l'index et vida la mixture d'un long trait renfrogné. Il frissonna en s'essuyant la bouche sur la manche froissée de sa chemise. Crampes d'estomac, constipation, perte d'appétit, brûlures permanentes au niveau du plexus solaire, gueules de bois se relayant sans discontinuer, même quand il descendit sa consommation à une bouteille et demie par jour... voilà de quoi souffrait le Sorcier depuis l'exfiltration avortée du Russe Vichnevski. La Slivowitz du frigo n'avait plus aucun goût, la fumée de cigarette lui brûlait le fond de la gorge ; la nuit, il se réveillait brutalement avant de sombrer dans un sommeil où il transpirait à grosses gouttes et repoussait des images de gros calibre crachant son métal brûlant dans une nuque épaisse. Le petit Russe, dont le visage était un masque slave d'Asie centrale, le vétéran qui portait intérieurement les séquelles des quatre hivers terribles qu'il avait fallu à l'armée Rouge pour aller de Moscou à Berlin, avait remis sa vie entre les mains moites du Sorcier. Et la vie de sa femme. Et celle de son fils. Torriti avait préparé toutes ses batteries pour la défection, et s'était retrouvé avec que dalle. Dans les jours qui avaient suivi, il s'était creusé la cervelle sur le côté berlinois de l'opération pour voir s'il avait pu y avoir un maillon faible à ce niveau ; il avait épluché les dossiers personnels de tous ceux qui avaient approché l'opération de près ou de loin : Jack McAuliffe, Doux Jésus et l'Ange Déchu, l'Oiseau de nuit, le chargé au chiffre qui avait traité les messages entre la base de Berlin et Angleton.

Si Vichnevski avait écopé à cause d'une fuite, elle ne venait pas de Berlin.

Le Sorcier avait envoyé un message tout en finesse à Maman pour lui suggérer de jeter un sérieux coup d'œil de son côté de l'opération. La réponse aigre d'Angleton se trouvait sur son bureau le lendemain matin. En deux paragraphes acerbes, Angleton informait Torriti que : 1) il n'était pas clairement défini que l'exfiltration avait échoué à cause d'une fuite ; Vichnevski pouvait avoir été trahi par sa femme, son fils ou un ami qui aurait été dans le secret ; Vichnevski pouvait aussi très bien s'être trahi tout seul en disant ou faisant quelque chose qui avait pu éveiller les soupçons ; 2) s'il y avait eu fuite, elle ne venait pas de la boutique de Maman, parfaitement saine, mais ne pouvait provenir que du côté berlinois de l'opération. Point. Fin de la discussion.

En clair : Allez vous faire foutre.

Plusieurs jours après la débâcle, le Sorcier – qui entrait en titubant dans son bureau après une nouvelle nuit blanche – était tombé sur la preuve tangible que quelqu'un avait effectivement trahi Vichnevski. Torriti parcourait les interceptés d'une de ses opérations les plus productives : un micro électronique de la plus haute technologie, pas plus gros qu'une larme, inséré dans le mur du centre de communication de la *rezidentura* de Karlshorst. Le KGB communiquait avec le Centre de Moscou en utilisant des blocs de chiffres clés qui, étant donné la distribution limitée des clés de chiffrement et le fait qu'elles ne servaient qu'une fois avant d'être détruites, étaient impossibles à briser. Il arrivait que, pour aller plus vite, deux agents de communication du KGB s'occupent du chiffrage – l'un d'eux lisait le texte en clair et l'autre chiffrait au fur et à mesure. La nuit de l'exfiltration avortée de Vichnevski, le micro minuscule du Sorcier avait surpris deux agents du KGB en train de chiffrer un message classé «urgence immédiate» au Centre de Moscou. Traduit du russe, cela donnait : «Réf. : Votre Urgence immédiate zéro zéro un du 2 janvier 1951 Stop Alerte préalable du Centre de Moscou a empêché défection du lieutenant-colonel Volkov-Vichnevski de sa femme et de son fils Stop antenne de Berlin félicite tous les participants Stop Volkov-Vichnevski sa femme et son fils immédiatement embarqués sur vol militaire à base aérienne d'Eberswalde Stop heure d'arrivée estimée à Moscou zéro six quarante-cinq.»

La référence à une «alerte préalable» dans le message de félicitations de Karlshorst à Moscou confirmait bien que le KGB avait été prévenu d'une défection imminente. La question à soixante-quatre mille dollars était : prévenu par qui ?

Les paroles de Vichnevski résonnaient dans la tête du Sorcier. «Je peux vous révéler l'identité d'un agent soviétique dans services de renseignements britanniques, avait-il dit. Quelqu'un de haut placé dans leur MI6...»

Torriti vérifia la distribution des messages chiffrés qui avaient été échangés entre Angleton à Washington et l'antenne de Berlin, mais il ne put trouver aucune preuve que quiconque au MI6 – ou même aucun Britannique en l'occurrence – eût été mis dans le secret. Il était inconcevable que les Russes aient pu percer les codes polyalphabétiques indéchiffrables d'Angleton. Se pouvait-il... était-il possible que l'agent soviétique haut placé au MI6 ait eu vent de la défection par une voie détournée ?

Trouver la solution de l'énigme – venger le Russe qui lui avait fait confiance et en avait perdu la vie – devint l'obsession du Sorcier. Son esprit filant devant et son corps endolori se traînant derrière, il entreprit la tâche longue et fastidieuse de remonter le fil rouge de la défection avortée.

Il commença par l'agent du Mossad israélien à Berlin-Ouest, qui avait saisi une « vibration » (c'est comme cela qu'il appelait une éventualité de défection) à Berlin-Est et avait aussitôt alerté Angleton, qui (en plus du portefeuille du contre-espionnage) finançait le compte israélien de la Compagnie à partir de sa poche-revolver. Connu des agents locaux sous le nom de Rabbin à cause de sa longue barbe pareille à de la laine d'acier et de ses rouflaquettes, il avait une quarantaine d'années et portait de grosses lunettes en culs de bouteille qui grossissaient tellement ses yeux déjà globuleux que son visage en paraissait difforme. Il s'habillait d'une manière que les agents prenaient pour un uniforme du Mossad car personne ne l'avait jamais vu autrement : un costume noir très ample orné des franges rituelles qui pendouillaient à l'ourlet de la veste, une chemise blanche sans cravate boutonnée jusqu'à une pomme d'Adam majestueuse, un feutre noir (porté aussi à l'intérieur parce qu'il craignait les courants d'air) et des baskets. « Tu as devant toi un homme désespéré, avait confié le Rabbin à Torriti une fois que celui-ci eut réussi à insérer sa corpulence dans l'un des fauteuils en bois bancals qui longeaient le mur du saint des saints confiné d'Ezra Ben Ezra, dans la zone française de Berlin.

– Essaye le bicarbonate de soude », conseilla le Sorcier. Il savait par expérience qu'il allait y avoir un échange prolongé de politesses avant de pouvoir aborder les questions sérieuses.

« Ma souffrance est davantage mentale que physique. Elle est liée au procès des Rosenberg qui a commencé à New York, ce matin. Si le juge était un goy, ils en prendraient pour vingt ans et sortiraient au bout de dix. Retiens ce que je te dis, Harvey, souviens-toi que tu l'auras entendu ici d'abord : les malheureux protagonistes, Julius et Ethel, vont être condamnés à la chaise électrique parce que le juge est un juif du nom de Kaufman qui déteste les juifs.

– Ils ont volé les plans de la bombe atomique, Ezra.

– Ils ont passé de vagues croquis aux Russes...

– Il y a des gens qui pensent que les Coréens du Nord n'auraient jamais envahi le Sud si les Russes n'avaient pas été derrière eux avec la bombe A.

– *Genug shoyn*, Harvey ! Assez déjà ! La Corée du Nord a envahi le Sud parce que la *Chine* communiste, avec ses six cents millions d'âmes, la soutenait, et pas une malheureuse bombe A russe qui pourrait bien exploser dans la soute pendant que l'avion vrombit sur la piste. »

Le Rabbin se tut brusquement lorsqu'un jeune homme aux sourcils rasés apporta un plateau avec deux tasses de tisane fumante. Sans un mot, il dégagea un espace sur le bureau chaotique du Rabbin, posa le plateau et disparut.

Torriti fit un signe de la tête. « Il est nouveau.

– Hamlet – qui, crois-le ou pas, s'appelle vraiment comme ça – est d'origine géorgienne et est devenu mon *Shabbas goy* par vocation. Il y a des choses que je ne peux pas faire parce que, quand on est dans ma position, c'est-à-dire quand on représente l'État d'Israël, même si c'est de manière secrète, on se doit d'observer certaines règles, comme celle du shabbat. Alors Hamlet allume les lumières, répond au téléphone et tue des gens pour moi le samedi. »

Le Sorcier soupçonna le Rabbin de dire la vérité sous couvert de plaisanterie. « Je ne te savais pas si religieux, Ezra.

– Je suis les préceptes du Mossad : œil pour œil, dent pour dent, main pour main, pied pour pied, brûlure pour brûlure, blessure pour blessure, hématome pour hématome.

– Mais tu crois vraiment en Dieu ? Tu crois en la vie après la mort et à toutes ces foutaises ?

– Sûrement pas.

– En quel sens es-tu juif alors ?

– Au sens où s'il m'arrive de l'oublier, le monde est là pour me le rappeler tous les dix ou quinze ans, comme il le rappelle en ce moment aux Rosenberg. Lis le *New York Times* et pleure. Deux ringards stupides mais idéalistes passent trois croquis aux Russes et tout à coup, Harvey, *tout à coup*, le monde entier ne parle plus que de la conspiration juive internationale. Il y a bien une conspiration juive internationale, grâce à Dieu, elle existe. C'est une conspiration qui est là pour sauver les juifs de Staline – il veut expédier tous ceux qu'il n'a pas déjà tués en Sibérie pour y créer un État juif. Un État juif dans la toundra sibérienne ! Nous avons déjà un État juif sur la terre que Dieu a donnée à Abraham. Il s'appelle Israël. » Enchaînant sans une pause, le Rabbin demanda : « Qu'est-ce qui me vaut le plaisir, Harvey ?

– C'est toi qui as eu vent de la défection de Vichnevski et qui en as parlé à Angleton, n'est-ce pas ?

– *"Datta. Dayadhvam. Damyata.* Autant de fragments avec lesquels je consolide mes ruines." Je cite l'Évangile selon ce grand poète et petit antisémite qu'était Thomas Stearns Eliot. La Compagnie a une dette envers moi.

– L'exfiltration a mal tourné. Il y a eu fuite, Ezra. »

Le Rabbin aspira ses joues. « Tu crois ?

– Je le sais. Une possibilité qu'un de tes *Shabbas goys* bosse au noir pour ceux d'en face ?

– Tous ceux qui sont ici ont traversé l'enfer, Harvey. Hamlet n'a plus un seul ongle à la main droite. Ils ont tous été arrachés par des tenailles du KGB quand il a refusé de donner les noms de certains antistaliniens de Géorgie. S'il y avait un défaut à ma cuirasse, je ne serais pas ici pour t'assurer qu'il n'y a pas de défaut à ma cuirasse. Je dirige une boutique petite mais efficace. J'échange ou je vends des informations. Je piste les ingénieurs des missiles nazis qui se cachent en Égypte ou en Syrie. Je falsifie des passeports et je les introduis dans les zones interdites, et puis je fais sortir des juifs pour les faire entrer clandestinement en Israël. S'il y a eu fuite, si Vichnevski n'a pas craché le morceau par inadvertance en demandant la permission d'emmener femme et enfant passer une nuit en ville, ça s'est produit entre Maman et toi.

– J'ai tout examiné à la loupe, Ezra, et je n'ai pas trouvé un seul maillon faible. »

Le Rabbin haussa ses épaules osseuses.

Le Sorcier prit la tasse de tisane, la renifla, fit la grimace et la reposa sur le bureau. « Le soir où j'ai interrogé Vichnevski, il m'a dit qu'il y avait une taupe soviétique au Six britannique. »

Le Rabbin dressa l'oreille. « Au MI6 ! Il y a de quoi déclencher un vrai tremblement de terre.

– Les Anglais n'ont pas été mis au courant de l'affaire Vichnevski, ce qui fait que c'est moi qui paye les pots cassés. Il y a quatre-vingts agences de renseignements, avec tout un tas de ramifications et de couvertures, qui travaillent à partir de Berlin. Où est-ce que je peux trouver le bout de laine qui permettrait de détricoter tout le pull-over, Ezra ? J'ai pensé demander aux Français de me donner une liste des opérations du SDECE qui ont foiré depuis un an ou deux. »

Le Rabbin leva les mains pour examiner ses ongles, récemment manucurés. Au bout d'un moment, il déclara : « Oublie Berlin. Oublie les Français ; ils sont tellement traumatisés d'avoir perdu la guerre qu'ils ne veulent même plus donner l'heure aux vainqueurs. » Ben Ezra tira un crayon de papier de la poche intérieure de sa veste et un petit taille-crayon métallique d'une autre poche. Il tailla alors soigneusement le crayon, puis nota un numéro de téléphone sur un calepin ouvert sur son bureau. Il en arracha la page, la plia et la donna à Torriti. Le Rabbin déchira ensuite la page suivante et la jeta dans un conteneur de sécurité. « Si j'étais toi, je commencerais par Londres, conseilla-t-il. Va voir Elihu Epstein, c'est une encyclopédie vivante. Elihu pourra peut-être t'assister dans ton enquête, comme disent nos amis anglais.

– Comment je lui rafraîchis la mémoire ?

– Amorce la pompe en lui racontant quelque chose qu'il ne sait pas. Puis fais-le parler d'un général russe nommé Krivitski. Ensuite, il faut continuer à le faire parler. Si quelqu'un sait dans quel placard le cadavre est caché, ce sera Elihu. »

S'abandonnant au relatif espace des cabines téléphoniques publiques britanniques, le Sorcier enfonça quelques pièces dans la fente et composa le numéro sur liste rouge que le Rabbin lui avait remis.

Une voix revêche demanda à l'autre bout du fil : « Et puis quoi encore ? » Torriti pressa le bouton pour parler. « M. Epstein, s'il vous plaît.

– Qui dois-je annoncer ?

– Chant du Cygne. »

Suintant la dérision, la voix répondit . « Attendez un instant, je vous prie, monsieur Cygne. » Il y eut de la friture sur la ligne tandis qu'on transférait l'appel. Puis le hennissement reconnaissable entre tous du vieil ami de Torriti du temps de l'OSS se fit entendre. « Harvey, vieille branche. Je croyais que tu binais les plates-bandes de la Compagnie à Teutonville. Qu'est-ce qui t'amène dans mon petit coin de campagne anglaise ?

– Il faut qu'on parle.

– Vraiment ? Où ? Quand ?

– La colline aux cerfs-volants, au-dessus du kiosque à musique de Hampstead Heath. Il y a des bancs qui donnent sur le centre de Londres. Je serai sur l'un d'eux, en train d'admirer la pollution planer comme un nuage au-dessus de la ville. Midi, ça te va ?

– Midi, c'est au poil. »

Sur la pente en contrebas, un très grand type en costume à fines rayures tirait sur le fil d'un cerf-volant en forme de dragon chinois qui plongeait, tournoyait et s'élevait dans les airs avec une agilité d'acrobate. Une Asiatique se tenait tout près, une main posée sur le dossier d'un banc, occupée à essayer de se débarrasser d'une crotte de chien accrochée à sa semelle dans une flaque d'eau de pluie. Quelque part dans Highgate, une église sonna l'heure. Un homme plutôt petit et voûté, les dents noircies par les caries, gravit la côte et vint s'asseoir, la respiration sifflante, sur le banc auprès du Sorcier.

« Tu attends quelqu'un ? demanda-t-il en ôtant son chapeau rond pour le poser à côté de lui, sur le banc.

– En fait, oui, répondit le Sorcier. Ça faisait un bout de temps, Elihu.

– C'est la litote du siècle. Content de voir que tu bouges encore, Harv. »

Elihu Epstein et Harvey Torriti avaient logé pendant plusieurs mois dans la même maison à Palerme, en Sicile, pendant la guerre. Elihu était alors officier d'une des plus impitoyables unités britanniques, le commando 3, qui se servait de l'ancienne base de sous-marins allemands dans la baie d'Augusta pour lancer ses raids sur la botte italienne. Le Sorcier, qui œuvrait alors sous le nom de code CHANT DU CYGNE, dirigeait une opération de l'OSS pour dresser la liste des caïds de la Mafia de l'île fidèles aux Alliés. Utilisant ses

propres sources au sein de la Mafia, Torriti avait pu livrer à Elihu la répartition des forces allemandes dans les villes côtières de l'Italie. Elihu avait
reconnu que le Sorcier avait ainsi sauvé la vie de dizaines de membres du
commando 3, et n'avait jamais oublié cette dette.

« Qu'est-ce qui t'amène à Londres ? demanda Elihu.

– La guerre froide. »

Elihu laissa échapper un de ses célèbres hennissements, un son qui lui
venait d'avoir les sinus perpétuellement encombrés. « Je me suis rangé à l'opinion de votre général W. Tecumseh Sherman quand il dit que la guerre est un
enfer et la gloire, des foutaises. » Elihu, qui était adjoint de Roger Hollis,
patron de la section du MI5 qui enquêtait sur l'espionnage soviétique en
Angleterre, examina son vieux copain de guerre. « Tu as grossi, mais tu as
l'air en forme, non ?

– Ça va. Et toi ?

– J'ai tâté de cette maladie de la haute qu'on appelle la goutte. J'ai des problèmes avec un charlatan qui se prétend dentiste de la Santé publique – il
considère que des dents pourries sont un signe de dégénérescence morale et
me conseille de me faire circoncire le cœur. Oh, je voudrais que ce soit vrai,
Harv. J'ai toujours voulu m'essayer à la dégénérescence morale. Et pour clore
le tout, j'ai un bourdonnement dans l'oreille gauche qui refuse de partir à
moins d'écouter un bourdonnement plus fort. J'ai ça depuis qu'un très grand
champ de mines m'a explosé à la gueule, pendant la guerre, justement.

– Tu as un micro, Elihu ?

– Je crois bien que oui, Harv. C'est à cause de ma retraite. Ça ne me gêne
pas de te retrouver loin de la cohue pour un petit délire à deux, mais je ne
veux pas que ça me retombe dessus après. Tu vois ce que je veux dire ? Il y
a un vieil aphorisme yiddish : *Me ken nit tantzen auf tsvai chassenes mit ain
mol* – on ne peut pas danser à deux mariages en même temps. Notre administration tordue prend ça très au sérieux. Un écart et on se retrouve mis au
vert sans les livres sterling qui permettent d'avoir de l'herbe fraîche. Je me
tiens à carreau encore vingt-neuf mois et ce sera la bulle.

– Où est-ce que tu vas aller ? Qu'est-ce que tu vas faire ?

– À ta première question : j'ai eu la chance de me dégoter une petite maison de gardien sur une propriété du Hampshire. Ce n'est pas grand-chose,
mais chaque maison est toujours la maison des rêves de quelqu'un. Je me
plongerai dans les relations mornes et pesantes de la vie campagnarde, où les
secrets sont là pour être répandus comme de la confiture sur une tartine au
moulin de la rumeur. Les fermiers du coin toucheront le bord de leur chapeau
et m'appelleront Monsieur. Je serai tellement vague sur le métier dont je suis
retraité qu'ils penseront que je veux qu'ils pensent que j'étais un espion, et
en déduiront donc que je n'en étais pas un. À ta seconde question : je me suis
inscrit au club de chasse local. Quand le temps le permettra, j'irai faire un

carton sur tout ce qui vole à tire-d'aile. Avec un peu de chance, je pourrai mettre de temps en temps quelque chose dans la marmite. Et puis, entre deux coups de fusil, je vais sortir mon hétérosexualité latente du placard, Harv. Et je vais m'occuper de moi, sans compter, au lieu de servir la Couronne. Avec un peu de chance, je pourrai donner raison à mon dentiste. »

Un adolescent maigrichon lança un bâton en criant : « Va chercher, Mozart ! » Un chien de berger baveux regarda le bâton atterrir, puis tourna paresseusement ses yeux inexpressifs vers son jeune maître, qui courut chercher le bâton lui-même pour réessayer.

« Les vieux chiens ont du mal à apprendre de nouveaux tours, fit remarquer le Sorcier.

– C'est le cœur du problème », concéda sombrement Elihu.

Torriti éprouvait terriblement le besoin de prendre sa ration alcoolisée de mi-journée. Il se gratta une narine et cracha le morceau : « J'ai des raisons de croire qu'il y a une taupe soviétique dans votre Six.

– Au MI6 ? Seigneur Dieu ! »

Dressant un compte rendu aussi elliptique que possible, le Sorcier fit part à Elihu de la défection avortée : un lieutenant-colonel du KGB avait voulu passer à Berlin-Ouest ; pour prouver sa bonne foi et convaincre les Américains de l'accueillir, il avait dit au Sorcier qu'il lui livrerait des infos conduisant à une taupe soviétique du MI6 ; la nuit de l'exfiltration, le Russe avait été attaché à un brancard et fourré dans un avion soviétique. Non, le Russe ne s'était pas livré lui-même ; le Sorcier avait un message intercepté – Elihu comprendrait certainement qu'il ne se montre pas plus précis – indiquant que le Russe avait été trahi.

Elihu, vieux briscard en matière de défections, posa les bonnes questions, et Torriti essaya de faire comme s'il y répondait. Non, les Anglais ne figuraient pas sur la liste de distribution des messages codés concernant la défection ; non, même les Anglais de Berlin qui gardaient l'oreille collée au sol ne pouvaient pas avoir été au courant ; non, la défection avortée ne ressemblait pas à une opération de désinformation du KGB destinée à semer la zizanie entre les cousins britanniques et américains.

« En supposant que ton Russe ait été trahi, fit pensivement Elihu, comment peux-tu être absolument certain que le méchant de l'histoire ne se trouve pas du côté américain ?

– La Compagnie fait passer des tas de tests à ses agents, Elihu. Vous, les Anglais, vous veillez juste à ce qu'ils portent la cravate de la bonne école.

– Votre détecteur de mensonges est à peu près aussi précis que le test du riz chinois. Tu te souviens de ça ? Quand le mandarin soupçonnait quelqu'un de dire des bobards, il lui faisait remplir la bouche de riz. Si le riz restait sec, c'est que le type mentait. Oh, seigneur, tu crois vraiment que c'était un Anglais ? Achille a un jour laissé échapper qu'il s'était senti comme un aigle frappé par une flèche empennée avec ses propres plumes.» Elihu rougit d'un air honteux. «J'ai lu ce qui reste des poètes antiques à Oxford, quand j'étais encore vierge. C'est pour cela qu'ils m'ont recruté dans leur MI5...

– Parce que tu étais vierge?

– Parce que je savais lire le grec ancien.

– Il y a quelque chose qui m'échappe.

– Tu ne comprends pas? Harv, l'ancien professeur d'Oxford qui dirigeait le MI5 à l'époque, pensait que quiconque pouvait se débrouiller dans une langue morte devait être capable d'enterrer les ennemis de la maison de Windsor.» Elihu secoua la tête avec désespoir. «Un Britannique? Merde! On pourrait s'en sortir si la taupe soviétique était américaine. Mais si tu avais raison... Oh, je n'ose même pas penser aux conséquences. Un Anglais? Un fossé béant va s'ouvrir entre votre CIA et nous.

– Attention de ne pas tomber! rétorqua Torriti en prenant un air affolé.

– Oui, on a intérêt à faire gaffe. Votre très brillant M. Angleton va nous consigner à Coventry. Il ne répondra même plus au téléphone.

– Il y a une autre raison pour laquelle je pense que la fuite vient de chez vous, Elihu.

– Je n'en doute pas, marmonna Elihu, comme pour lui-même. Mais la question est : est-ce que je veux vraiment savoir?»

Le Sorcier s'inclina vers l'Anglais jusqu'à ce que leurs épaules se touchent. *Amorce la pompe en lui racontant quelque chose qu'il ne sait pas*, avait conseillé le Rabbin. «Écoute, Elihu. Vos techniciens du MI5 ont fait une découverte incroyable. Chaque récepteur radio est équipé d'un oscillateur qui convertit le rythme du signal sur lequel il est réglé en fréquence plus facile à filtrer. Vos techniciens ont découvert que cet oscillateur produit des ondes sonores qui peuvent être détectées à deux cents mètres ; vous disposez même de matériel capable de lire la fréquence sur laquelle l'oscillateur est réglé. Ce qui signifie que vous pouvez envoyer un camion de blanchisserie tourner dans un quartier donné, il se dirigera automatiquement vers le *récepteur* d'un agent soviétique réglé sur l'une des fréquences d'émission du Centre de Moscou.»

Elihu blêmit. «C'est l'un des secrets les mieux gardés de ma boutique. Nous n'avons jamais partagé ça avec nos cousins américains. Comment as-tu fait pour découvrir ça?

– Je suis au courant parce que les Russes le sont. Rends-moi service, Elihu, éteins ton micro.»

Elihu hésita, puis mit la main dans la poche de son pardessus et en retira un paquet de Pall Mall. Il en ouvrit le couvercle et appuya sur l'une des cigarettes. Torriti entendit un déclic reconnaissable. «Je crains de devoir le regretter un jour», commenta l'Anglais avec un soupir.

Le Sorcier reprit : «Il y a un câble téléphonique secret qui relie le Centre de Moscou à l'antenne de Karlshorst, dans le secteur soviétique de Berlin. Le

KGB se sert de son fameux câble vé-tché – ce qui est une abréviation du terme russe pour "haute fréquence" (*vyssokaïa tchastota*). Les techniciens russes ont inventé un système de sécurité à toute épreuve : ils ont rempli les fils à l'intérieur du câble d'air pressurisé. N'importe quel mouchard placé sur la ligne ferait baisser le courant qui passe à l'intérieur, et cette baisse de courant se lit à un mètre, ce qui indique aux Russes la présence d'un micro. Nos techniciens ont donc inventé un système très sûr pour se brancher sur les fils sans perte d'air pressurisé ni baisse de courant.

– Vous lisez les transmissions soviétiques de et vers Karlshorst !

– Nous lisons toutes les transmissions. Et nous en déchiffrons une partie. Nous avons par exemple réussi à déchiffrer un message du Centre de Moscou qui avertissait de toute urgence Karlshorst que ses agents répartis dans les zones occidentales d'Allemagne pouvaient être localisés grâce à un nouveau procédé britannique qui s'orientait automatiquement vers l'oscillateur réglé sur l'une des fréquences d'émission de Karlshorst.

– J'ai la tête qui tourne, Harv. Si ce que tu dis est vrai…

– … les Russes ont une taupe à l'intérieur du système de renseignements britannique, termina Torriti à sa place. J'ai besoin de ton aide, Elihu.

– Mais je ne vois pas vraiment…

– Le nom de Walter Krivitsky t'évoque-t-il quelque chose ? »

Le front d'Elihu se plissa. « Ah, oui ! Krivitsky était le mec de l'armée Rouge qui dirigeait le renseignement militaire soviétique en Europe occidentale pendant les années trente à partir de leur *rezidentura* hollandaise. Passé à l'Ouest en 1936, ou en 1937 peut-être ? A fini par se tuer aux États-Unis quelques années plus tard, alors que les Américains nous avaient donné notre chance avec lui avant de l'attirer de l'autre côté de l'Atlantique avec leurs voitures rapides, leurs filles rapides et leur restauration rapide. Tout ça s'est passé avant mon époque, bien sûr, mais j'ai lu le rapport. Krivitsky nous a livré une info émoustillante concernant un jeune journaliste anglais qui avait pour nom de code PARSIFAL. L'Anglais avait été recruté quelque part par son ex-femme, qui était une rouge enragée, et puis avait été envoyé en Espagne pendant la bagarre par son officier traitant soviétique, une véritable légende qu'on ne connaît que par son surnom, Starik.

– Est-ce que tu as pu savoir la fin de l'info ?

– J'ai bien peur que non. Il y a eu en effet trois ou quatre douzaines de jeunes Anglais de Fleet Street qui ont couvert la guerre d'Espagne à un moment ou à un autre.

– Tes prédécesseurs ont-ils partagé l'info de Krivitsky avec les Américains ?

– Certainement pas. On a parlé de revenir à la charge avec Krivitsky, mais c'est à ce moment-là, je crois, qu'il s'est fait descendre – une balle dans la tête, si ma mémoire est bonne – dans une chambre d'hôtel de Washington, en 1941. Son info est morte avec lui. Comment aurait-on pu être sûrs que

Krivitsky n'inventait pas des infos qui pouvaient accroître son importance à nos yeux ? Pourquoi donner à nos cousins américains des raisons de ne pas nous faire confiance ? C'était la ligne du parti, à l'époque. »

Le Sorcier gratta un peu de cérumen de son oreille et l'examina au bout de son ongle comme s'il espérait y découvrir pourquoi son bon whisky de l'armée n'avait soudain plus aucun goût. « Krivitsky n'inventait pas son scénario, Elihu. J'ai bossé avec Jim Angleton en Italie après la guerre, lui rappela-t-il. On ne s'est pas très bien entendus, mais c'est une autre histoire. On avait alors un accord de principe avec les juifs de Palestine – ils cherchaient désespérément à faire passer des armes, des munitions et des hommes de l'autre côté du blocus britannique. On ne se mettait pas en travers de leur chemin, en échange de quoi ils nous laissaient interroger les réfugiés juifs qui fuyaient l'Europe de l'Est. Un de ces juifs de Palestine était un type d'origine viennoise qui s'appelait Kollek. Teddy Kollek. Il nous a dit qu'il se trouvait à Vienne au début des années trente. Je me rappelle que Kollek a décrit un mariage – ça m'est resté en tête parce que le marié était le gourou du MI6 qui a tout appris à Angleton, Ryder Street, pendant la guerre, celui qui l'a initié à toutes les références du contre-espionnage. »

Elihu rejeta la tête en arrière et bêla comme une chèvre. « Kim Philby ! Oh, mon Dieu, je sens déjà ma retraite me filer entre les doigts !

– Tu le connais personnellement, Elihu ?

– Seigneur, oui. Ça fait des lustres qu'on s'échange des infos sur les bolcheviks, un peu comme les gosses s'échangent des cartes de rugby. Je parle avec Kim au téléphone deux ou trois fois par semaine – je suis plus ou moins devenu le messager entre mon chef, Roger Hollis, et lui.

– Le mariage décrit par Kollek a eu lieu à Vienne en 1934. Philby, alors tout jeune diplômé de Cambridge, venu à Vienne pour soutenir les émeutes socialistes contre le gouvernement en place, s'est apparemment fait mettre le grappin dessus par une espèce de coco qui s'appelait Litzi Friedman. Kollek connaissait vaguement la mariée et le marié, ce qui explique qu'il ait été au courant de la noce. Le mariage n'a pas duré et personne n'y a attaché d'importance. Philby n'avait alors que vingt-deux ans et tout le monde s'est dit qu'il avait épousé la première fille qui lui a fait une pipe. Il a fini par rentrer en Angleterre et a postulé pour une mission où il couvrait la guerre côté franquiste pour le *Times* de Londres. »

Elihu appuya le gras des doigts de sa main droite sur son poignet gauche, pour vérifier l'emballement de son pouls. « Bon Dieu, Harv, tu saisis la portée de ce que tu avances... que le patron de notre Section ix, le mec qui, jusqu'à tout récemment, dirigeait nos opérations de contre-espionnage contre les Russes, est en fait une taupe soviétique ! » Les paupières d'Elihu tombèrent, et il parut soudain entrer en deuil. « Il n'est pas possible que tu parles sérieusement.

– Je n'ai jamais été plus sérieux.

– Il va me falloir du temps pour digérer un truc pareil. Disons vingt-neuf mois.

– C'est justement le temps qui nous manque, Elihu. Les barbares sont à nos portes et nous menacent tout autant qu'ils nous menaçaient quand ils ont franchi le Rhin gelé et mis à sac ce qui passait pour l'Europe civilisée.

– Ça aussi, c'était avant mon époque, marmonna Elihu.

– Le rideau de fer est notre Rhin, Elihu.

– C'est ce qu'on dit. C'est ce qu'on dit.»

Elihu s'appuya contre le dossier du banc, ferma les yeux et tourna son visage vers le soleil. «"Portez-le au soleil – avec douceur ses rayons l'ont éveillé une fois", murmura-t-il. Je suis un grand admirateur de feu Wilfred Owen», expliqua-t-il. Puis il se tut et resta un moment immobile et silencieux. Deux hommes, que Torriti classa comme étant un couple homosexuel, remontèrent le sentier jusqu'en haut de la colline puis passèrent de l'autre côté en chuchotant avec force, comme font les gens qui se disputent en public. Elihu finit par rouvrir les yeux; il avait pris une décision. «Ce que je vais te dire pourrait me valoir un sacré savon. Mais au point où on en est... Des années avant que Kim Philby ne gère les opérations de contre-espionnage antisoviétiques, il occupait un petit poste à la Section V, qui gérait les opérations contre l'Allemagne sur son vieux territoire de prédilection au *Times*, la péninsule Ibérique. Le MI6 disposait, et dispose toujours, d'un fichier central très secret avec des ouvrages de référence contenant les dossiers des agents britanniques dans le monde entier. Ces ouvrages de référence sont classés par régions géographiques. Philby a consulté de nombreuses fois le volume touchant à l'Espagne, ce qui correspondait à son rayon d'expertise. Un jour, il n'y a pas très longtemps, je suis descendu au fichier central pour consulter le livre sur l'Union soviétique, qui correspond à mon rayon d'expertise. Pendant que l'employé allait me le chercher, j'ai jeté un coup d'œil sur le registre – j'étais curieux de voir qui avait exploré ce siphon avant moi. J'ai été étonné de voir que Philby avait signé le registre du volume sur l'Union soviétique bien avant de devenir patron de la Division soviétique. Il était censé pourchasser les Allemands en Espagne, pas lire les dossiers des agents britanniques en Russie.

– Qui, à part moi, est au courant de cette histoire d'ouvrage de référence, Elihu?

– Je n'en ai parlé qu'à une seule autre personne sur terre, répondit Elihu.

– Laisse-moi deviner: Ezra Ben Ezra, mieux connu sous le pseudonyme du Rabbin.»

Elihu parut sincèrement surpris. «Comment le sais-tu?

– Le Rabbin m'a dit un jour qu'il existait une conspiration juive internationale, et je l'ai cru.» Torriti fut secoué par un rire silencieux. «Je

comprends maintenant pourquoi Ben Ezra m'a envoyé à toi. Dis-moi un truc :
Pourquoi ne pas avoir parlé de tes soupçons à Roger Hollis ?»
Cette suggestion affola Elihu. «Parce que je ne suis pas encore complètement fou. Et à quoi ça mènerait, Harv ? Un transfuge du KGB qui essaye
d'exciter un peu son monde assure qu'il peut désigner une taupe soviétique
au MI6 ; un mariage en Autriche ; un général russe qui a fait allusion à un
journaliste britannique en Espagne ; des registres de consultation du fichier
central faciles à justifier – Philby aurait pu se préparer à la guerre froide avant
que le reste du monde ne sente la chute de la température. Ça fait peu de
preuves pour accuser le prochain grand chef du MI6 d'être un espion soviétique ! Bon sang, je préfère ne pas penser au pauvre type qui va mettre les
pieds dans le plat. Sans même parler d'avoir à faire une croix sur sa retraite,
il va se faire *massacrer*, Harv. Oh, mon Dieu, on donnera ses entrailles en
pâture aux chiens et on laissera sa carcasse pourrir dans un coin !
– La vérité pure et simple a quand même un poids, Elihu.»
Celui-ci prit son chapeau melon sur le banc et le posa sur sa tête quasi
chauve. «Oscar Wilde a dit que la vérité était rarement pure et jamais simple,
et j'ai tendance à voir les choses comme lui.» Il contempla Londres dans le
lointain embrumé. «Je suis né et j'ai grandi dans le Hampshire, dans un village nommé Palestine… et j'ai eu un mal de chien à convaincre les mandarins de ne pas m'envoyer au Moyen-Orient parce qu'ils s'imaginaient tous
que j'avais des affinités avec ce lieu misérable.» Elihu retroussa les lèvres et
secoua la tête. «Oui. Bon. Ce que tu pourrais faire, c'est injecter un peu de
baryum ici et là. On a déjà fait ça pendant la guerre.
– Du baryum ! Je n'y avais pas pensé.
– Oui, effectivement. C'est assez délicat à manipuler. Et puis fais attention, tu ne peux pas balancer de la camelote, ou la taupe russe s'apercevra
tout de suite que c'est de la camelote, et ne prendra pas la peine de transmettre. Il faut que ce soit de l'info de première. Ça demande des nerfs, c'est
sûr, de livrer des secrets pour en obtenir un.» Elihu se releva, prit un bout de
papier dans son gousset et le tendit au Sorcier. «Les jours de semaine, je dîne
au *Lion and Last*, à Kentish Town. Voilà le numéro de téléphone. Sois sympa,
ne me rappelle pas au bureau. Ah, oui, et si jamais on te pose la question,
cette rencontre n'a jamais eu lieu. Je peux compter sur toi, Harv ?»
Perdu dans l'entrelacs de ses injections de baryum, Torriti hocha la tête
d'un air absent. «Ce n'est pas moi qui dirai le contraire, Elihu.
– Merci bien.
– Merci à toi.»

6

Washington, DC, vendredi 30 mars 1951

Quinze jeunes chefs de section pleins d'ardeur se pressèrent dans le bureau de Bill Colby pour leur petite réunion bihebdomadaire autour d'un café-beignets sur les réseaux *stay-behind* mis en œuvre dans toute la Scandinavie. «L'infrastructure en Norvège est installée à quatre-vingt-dix pour cent, fit une jeune femme aux cheveux blonds décolorés et aux ongles vernis. Au cours des quelques semaines à venir, nous pensons dissimuler des équipements radio dans une douzaine de sites préétablis, ce qui donnera aux chefs de nos cellules clandestines la possibilité de communiquer avec leur gouvernement exilé et avec l'OTAN quand les Russes auront envahi leur pays.

– *Si* les Russes envahissent leur pays, Margaret. *Si*», corrigea Colby avec un petit ricanement. Puis il se tourna vers les autres, qui s'étaient répandus sur les radiateurs et les fichiers métalliques verts à quatre tiroirs fournis par l'administration, ou qui, comme Leo Kritzky, se tenaient appuyés contre l'une des cloisons piquetées qui séparaient le bureau de Colby du dédale de petits box alentour. «Permettez-moi d'intervenir ici pour souligner deux points critiques, dit Colby. Tout d'abord, même là où les gouvernements locaux coopèrent avec nous pour installer des cellules *stay-behind*, ce qui est le cas dans la plupart des pays scandinaves, nous tenons à créer nos propres installations indépendantes. La raison en est simple. Personne ne peut être certain qu'un gouvernement ne finira pas, sous la pression, par accepter l'occupation soviétique ; personne ne peut être certain que des éléments de ces gouvernements ne collaboreront pas avec l'occupant et ne trahiront pas notre réseau *stay-behind*. Deuxièmement, je n'insisterai jamais assez sur les questions de sécurité. S'il y avait une fuite concernant l'existence de ces réseaux *stay-behind*, et *si* jamais les Russes envahissaient le pays, ils pourraient anéantir toutes les cellules. Enfin, peut-être plus important encore, si jamais le public avait vent de l'existence d'un réseau *stay-behind*, cela risquerait de lui saper le moral puisque ça impliquerait que la CIA ne croit pas beaucoup aux chances de l'OTAN d'arrêter une invasion soviétique massive.

– Mais nous n'y croyons pas beaucoup, protesta Margaret.

– C'est vrai, concéda Colby. Mais on n'a pas besoin de le crier sur les toits.» Colby, en bretelles et manches de chemise, fit pivoter sa chaise vers Kritzky. «Où en êtes-vous de vos points d'étranglement, Leo?»

La mission qui avait été confiée à Leo lorsqu'il avait rejoint la boutique de Colby à la Reflecting Pool avait été d'identifier les points d'étranglement géographiques vulnérables – ponts clés, lignes de chemin de fer, ateliers de réparation de locomotives, écluses, gares routières – dans toute la Scandinavie, de leur assigner des cellules individuelles *stay-behind* et d'y engranger assez d'explosifs pour pouvoir faire sauter ces points d'étranglement en cas de guerre. «*Si* les choses se gâtaient, disait Leo, mon équipe estime qu'avec ce que nous avons déjà au sol, nous pourrions immobiliser la moitié des trafics ferroviaires et fluviaux de toute la Scandinavie.

– La moitié, c'est dix pour cent de mieux que ce que j'attendais, et c'est la moitié de ce qu'il nous faudrait, commenta Colby de derrière son bureau. Continuez, Leo.» Puis il s'adressa à tout le monde. «Il n'est pas facile de se préparer à la guerre alors que la paix semble régner. La tendance est alors à croire qu'on a tout le temps devant soi. Ce n'est pas le cas. Le général MacArthur essaye de convaincre les états-majors de le laisser bombarder des objectifs en Chine. La décision finale appartient bien sûr à Truman. Mais il n'est pas besoin d'avoir beaucoup d'imagination pour voir dans la guerre de Corée la future Troisième Guerre mondiale si l'on envoie nos avions bombarder la Chine au nord du Yalu. Nous sommes dans les temps pour ce qui concerne nos réseaux *stay-behind*, mais ne vous relâchez pas. C'est bon, mesdames et messieurs, ce sera tout pour aujourd'hui.»

«Tu veux que je mette du baume sur les marques de fouet qu'il y a sur ton dos, Leo?» demanda sa camarade de «cellule» quand Leo eut regagné le cagibi qui lui servait de bureau. Maud était une femme d'une quarantaine d'années, plutôt trapue, qui fumait à la chaîne de petits cigares Schimelpenick. Quatre gros classeurs métalliques et les tiroirs de son bureau débordaient de documents «libérés» de l'Abwehr en 1945. On en apportait de nouvelles piles presque quotidiennement. Maud, historienne de formation qui avait été chercheur auprès de l'OSS pendant la guerre, examinait les documents, en quête de signes révélateurs d'opérations soviétiques dans les régions qui avaient subi l'occupation allemande. Elle espérait découvrir si certains des fameux réseaux d'espions soviétiques avaient eu des agents en France ou en Angleterre pendant la guerre – agents qui restaient peut-être encore fidèles au Kremlin et espionnaient pour la Russie.

Leo s'installa derrière son vieux bureau en bois et contempla longuement le plafond, taché par les infiltrations de pluie et de neige. «Quoi qu'on donne à Colby, il veut plus, grogna-t-il.

– Ce qui explique qu'il soit le chef et pas toi, fit remarquer sèchement Maud.

– Ceci explique cela, concéda Leo.

– Il y a du courrier pour toi», annonça Maud en lançant une enveloppe fermée sur le bureau de Leo avant d'allumer un Schimelpenick et de se replonger dans ses documents de l'Abwehr.

Leo ouvrit l'enveloppe et en extirpa une lettre sur papier bible. Elle était de Jack et commençait par : «Leo, vieille branche,

«Merci pour ton mot, qui est arrivé par la valise diplomatique d'hier. Je me dépêche pour que ceci puisse partir par la valise de ce soir, alors excuse mon écriture, si on peut appeler ça ainsi. Ton travail à Washington a l'air ennuyeux, mais important. Pour ce qui est de Colby, on dit en Allemagne qu'il est promis aux plus hautes fonctions, alors tu as intérêt à t'accrocher aux branches. Je ne peux pas te dire grand-chose sur la base de Berlin parce que (comme on dit dans le métier) tu n'as pas besoin de savoir. Ici, c'est un peu la panique. Tu vois plein de gens qui courent comme des poulets sans tête. Tu te rappelles l'espèce de juriste qu'on a rencontré au Cloud Club – "Ebby" Ebbitt ? Il s'est fait virer pour avoir dit tout haut ce que beaucoup (pas moi) pensent tout bas, à savoir que le patron de la base de Berlin boit trop. Ebby a été expédié à l'antenne de Francfort, et je n'ai pas eu de nouvelles depuis. Le Sorcier, lui ne décolère pas à cause d'une défection qui a mal tourné ; il est sûr que ceux d'en face ont été prévenus. La question est : par qui ? Pour ce qui est de ton serviteur – je m'occupe de mon premier agent en tant qu'officier traitant. Coup de chance, elle est d'une beauté à couper le souffle. D'immenses yeux tristes et des jambes tout simplement interminables. Mon patron voudrait que je la séduise pour obtenir des confidences sur l'oreiller. Je suis plus que prêt à faire ce sacrifice pour mon pays, mais je n'arrive pas à trouver la moindre ouverture avec elle. Ce qui est assez nouveau pour moi. On ne peut pas gagner sur tous les fronts. Écris-moi. J'espère qu'on se verra quand j'aurai une perme au pays.»

Il y avait un *post-scriptum* griffonné au dos de la lettre. «L'autre soir, je suis tombé sur un vieux camarade (tu vas voir, c'est le terme) dans un bar berlinois. Tu te souviens de Vanka Borissov ? C'était le malabar qui ramait pour les Russes aux championnats d'Europe de Munich, en 48. Toi, moi et Vanka, on avait passé la nuit à faire la tournée des bars et on avait dragué des sœurs australiennes, des militantes pacifistes qui nous avaient dit avec des larmes dans la voix que notre amitié était belle parce qu'elle sabotait la guerre froide ! Toi, tu es rentré à l'hôtel et les sœurs nous ont baisés à tour de rôle, pour contribuer à la paix dans le monde. J'avais une côte cassée, alors les filles ont dû tout faire. Imagine un grand mouvement pour la paix qui serait constitué de sublimes nymphettes baisant pour arrêter la guerre froide ! Vanka, qui a un peu grossi, savait que je travaille pour la Vinaigrerie, ce qui en fait un membre du KGB. J'ai cherché dans le bar, mais je n'ai pas vu trace d'une Australienne !»

Leo croisa les mains derrière la nuque et s'appuya dessus. Il regrettait presque de n'avoir pas été affecté dans un endroit comme Berlin. Washington semblait bien tranquille en comparaison. C'était pourtant ici qu'était l'œil du cyclone – on lui avait fait comprendre que c'était ici qu'il serait le plus utile. Son regard tomba sur l'exemplaire encadré du mémorandum 68 du Conseil national de sécurité, rédigé par Paul Nitze, et qui appelait à une croisade nationale contre le communisme. Leo se demanda si les chevaliers qui avaient entamé le long chemin vers la Terre sainte neuf siècles plus tôt avaient été encouragés par des mémorandums papaux équivalents. Son regard dériva vers le calendrier administratif punaisé au mur. Comme tous les vendredis, le 30 mars était entouré en rouge pour lui rappeler que c'était jour de paye ; il était aussi entouré en bleu pour lui rappeler de conduire son chien chez le vétérinaire quand il rentrerait du travail.

Son vieux chien arthritique boitillant près de lui, Leo franchit la porte de la salle d'attente de la clinique vétérinaire du Maryland et prit un siège. Le chien, un berger allemand pas tout à fait pure race, se laissa tomber lourdement sur le linoléum. Leo se baissa pour lui caresser la tête.

«Qu'est-ce qu'il a ?»

Il leva les yeux vers l'autre bout de la salle. Une jeune femme, légèrement enveloppée, plutôt petite et aux cheveux bouclés coupés court qui retombaient en frange sur un front haut, l'observait. Elle avait les paupières gonflées et rougies d'avoir pleuré. Elle portait un col roulé noir, une salopette orange délavée et des tennis. Un chat siamois crème et noir maculé de sang séché gisait en travers de ses genoux.

«Il commence à mener une vie de chien, ce qui est nouveau pour lui, répondit Leo d'un ton morose. J'ai décidé d'abréger ses souffrances.

– Oh, a fait la jeune femme, vous devez être très triste. Vous l'avez depuis combien de temps ?»

Leo baissa les yeux vers le chien. «J'ai parfois l'impression de l'avoir toujours eu.»

La jeune femme passa distraitement les doigts dans la fourrure du chat. «Je comprends ce que vous voulez dire.»

Il y eut un silence gêné. Leo fit un geste vers le chat posé sur ses genoux. «Comment s'appelle-t-il ?

– Elle s'appelle Née sous une Bonne Étoile. Mais ses amis la surnomment Bonne Étoile. Je suis sa meilleure amie.

– Qu'est-il arrivé à Née sous une Bonne Étoile ?»

Les mots se bousculèrent; la jeune femme semblait désireuse de raconter son histoire, comme si le fait de dire les choses pouvait atténuer la douleur. «Bonne Étoile a grandi dans la ferme de mon père, dans le Maryland. Quand j'ai commencé à travailler à Washington et emménagé à Georgetown, l'année dernière, je l'ai amenée avec moi. Grosse erreur. Elle a détesté être enfermée – elle passait des heures devant la vitre, à regarder dehors. L'été, elle sortait carrément sur le rebord de la fenêtre pour regarder les oiseaux voler, et je savais qu'elle aurait voulu voler aussi. Je dors la fenêtre ouverte, même en hiver – j'aurais juré que je l'avais fermée en partant travailler ce matin, mais j'ai dû oublier.» La jeune femme dut s'interrompre un instant. Enfin, la voix rauque, elle reprit : «Bonne Étoile a oublié qu'elle était un chat et a décidé de voler comme un oiseau, mais elle ne savait pas comment faire, bien sûr. On entend toujours des histoires de chats qui sautent du dernier étage et retombent sur leurs pattes, sans une égratignure. Elle a sauté du quatrième étage et a atterri sur le dos. Elle a l'air paralysée. Je vais leur demander de la piquer… »

Le vétérinaire reçut Leo d'abord. Lorsqu'il revint dans la salle d'attente, dix minutes plus tard, portant le cadavre encore chaud de son chien dans une grande poche de supermarché en papier, la jeune femme n'était plus là. Il s'assit et l'attendit. Elle finit par revenir, porteuse elle aussi d'une poche en papier. Les larmes coulaient sur ses joues. Leo se leva.

Elle regarda le sac qu'elle tenait. «Bonne Étoile est encore chaude», murmura-t-elle.

Leo fit oui de la tête. «Vous avez une voiture ?» demanda-t-il soudain. Elle répondit que oui.

«Qu'est-ce que vous allez faire de Née sous une Bonne Étoile ?

– Je voulais aller jusqu'à la ferme de mon père…

– Écoutez, que diriez-vous de vous arrêter à la grande quincaillerie du centre commercial pour acheter une pelle, et puis d'aller à la campagne pour trouver une chouette colline avec une belle vue et de les enterrer ensemble ?» Leo, embarrassé, dansait d'un pied sur l'autre. «C'est peut-être un peu dingue. Enfin, je veux dire, vous ne me connaissez pas…

– Vous êtes de quel signe ?

– Je suis né le jour du grand krach boursier ; le 29 octobre 1929. Mon père disait pour rire que c'était ma naissance qui avait provoqué la crise. Je ne voyais vraiment pas comment ma naissance aurait pu affecter la Bourse, mais, jusqu'à bien neuf ou dix ans, je l'ai cru.

– Le 29 octobre. Ça fait de vous un Scorpion. Moi, je suis Gémeaux.» La jeune femme regarda Leo à travers ses larmes. «Je trouve que c'est une très bonne idée de les enterrer ensemble», décida-t-elle. Puis elle coinça son sac en papier sous son bras gauche et s'avança en tendant la main. «Je suis Adelle Swett.»

Leo la serra maladroitement. « Et moi c'est Leo. Leo Kritzky.
– Je suis heureuse de faire votre connaissance, Leo Kritzky. »
Il hocha la tête. « Moi de même. »
Elle sourit à travers ses larmes parce qu'il n'avait pas lâché sa main. Le sourire se prolongea dans ses yeux habituellement graves bien après qu'il se fut évanoui de ses lèvres. Leo lui sourit aussi.

Leo et Adelle connurent ce que les journaux appellent, dès qu'il s'agit de stars de cinéma, une histoire d'amour étourdissante. Après qu'ils eurent enterré chien et chat sur une colline du Maryland, il l'emmena dans un petit restaurant qu'il connaissait, au bord de la route, près d'Annapolis. Le dîner – sauté de praires et de crevettes toutes fraîches de la côte du Maryland – fut servi sur une table qui avait pour nappe la première page du *Baltimore Sun*, dont le gros titre annonçait la condamnation pour espionnage des époux Rosenberg. Leo gravit en courant l'étroit escalier menant au bar enfumé et en revint avec deux chopes de bière pression géantes. Pendant un moment, Adelle et lui se tournèrent autour avec circonspection, parlant du procès Rosenberg, parlant des livres qu'ils avaient lus récemment : *Tant qu'il y aura des hommes*, de James Jones (qu'il avait aimé), *La Harpe d'herbe*, de Truman Capote (qu'elle avait aimé), *L'Attrape-Cœur* de J.D. Salinger (qu'ils avaient aimé tous les deux parce qu'ils partageaient le mépris du héros pour tout ce qui était bidon). Après cette première sortie, ils prirent sans s'en apercevoir l'habitude de s'appeler presque tous les jours. Adelle avait décroché une licence de sciences politiques à la faculté Johns Hopkins de Baltimore, et avait trouvé une place d'assistante parlementaire auprès du jeune sénateur texan Lyndon Johnson, considéré alors comme un élément prometteur dans le milieu démocrate. Johnson passait tous les jours des heures au téléphone, à façonner la rumeur politique de Washington, aussi Adelle avait-elle toujours plein de bruits de couloir tout frais à rapporter. Leo prétendait pour sa part être jeune chercheur au Département d'État, mais se montra si vague quant à l'objet de ses recherches lorsque Adèle lui demanda des précisions, que la jeune femme, au fait des coutumes de Washington, fut aussitôt convaincue qu'il travaillait pour les services secrets.

Deux semaines après l'avoir rencontrée, Leo emmena Adelle voir un tout nouveau film intitulé *La Reine africaine*, avec Hepburn et Bogart, puis l'invita ensuite à dîner dans un grill en Virginie. Au-dessus d'un steak d'aloyau épais et cuit à point, Adelle lui demanda avec le plus grand formalisme si ses intentions étaient honorables. Il la pria de définir ce qu'elle entendait par là. Elle rougit mais ne détourna pas une fois le regard pour lui dire qu'elle était vierge et ne prévoyait de coucher qu'avec le garçon qu'elle épouserait. Leo la demanda aussitôt en mariage. Adelle promit d'y réfléchir sérieusement.

Lorsque le dessert arriva, elle fit courir ses doigts sur le poignet de Leo, de l'autre côté de la table. Puis elle lui dit qu'elle avait beaucoup réfléchi et avait décidé d'accepter.

« Alors tu devrais m'inviter chez toi, maintenant », déclara-t-elle.

Leo laissa entendre qu'il avait un peu peur. Elle lui demanda s'il était vierge, et quand il lui eut répondu que non, qu'il avait déjà vécu avec une fille plus âgée que lui, elle lui demanda quel était le problème. Leo répondit qu'il était amoureux d'elle et qu'il ne voulait surtout pas que ça se passe mal au lit. Elle leva son verre de vin et trinqua avec lui. « Ça ne peut pas mal se passer », murmura-t-elle.

Et ça ne se passa pas mal du tout.

Il restait encore un échelon à franchir : son père, qui n'était autre que Philip Swett, brasseur d'affaires autodidacte de Saint Paul qui s'était installé à Chicago et avait bâti une fortune sur le marché à terme de la bourse des marchandises. Plus récemment, il était devenu un soutien musclé du parti démocrate, copain de Harry Truman, avec qui il petit-déjeunait deux fois par semaine, allant même jusqu'à accompagner le Président dans ses promenades matinales revigorantes. Afin de bien montrer au jeune homme qui courtisait Adelle qu'il n'était pas de niveau, Swett invita un samedi soir Leo à l'un de ses célèbres dîners à Georgetown. Les invités comprenaient les frères Alsop, les Bohlen (tout juste rentrés de Moscou), les Nitze, Phil et Kay Graham, Randolph Churchill et Malcolm Muggeridge (venu de Londres pour le week-end), ainsi que plusieurs personnalités que Leo reconnut pour les avoir croisées dans les couloirs de la Compagnie – le Wiz était là avec sa femme, ainsi que le DD-O, Allen Dulles, en qui la plupart des pontes de Washington voyaient l'un des tout prochains directeurs de la CIA. Leo se retrouva donc en position de nette infériorité, à une tablée d'Adelle, qui ne cessait de couler des regards furtifs dans sa direction pour voir comment il s'en sortait. Dulles, assis à côté d'elle, gratifiait les invités d'une histoire après l'autre. Phil Graham lui demanda si ses relations avec Truman s'étaient améliorées.

« Pas vraiment, répondit Dulles. Il ne m'a jamais pardonné de m'être rangé au côté de Dewey en 48. Il aime bien me faire enrager dès qu'il le peut. Je remplaçais Bedell Smith à la réunion habituelle des services de renseignements, cette semaine. Au moment où je partais, Truman m'a appelé pour me dire qu'il voulait que la CIA lui fournisse une carte murale pour le bureau Ovale, avec des punaises indiquant tous les lieux où opéraient nos agents secrets dans le monde. J'ai commencé à protester qu'on ne pouvait pas faire une chose pareille parce que tous ceux qui avaient accès au bureau Ovale n'avaient pas forcément les autorisations spéciales indispensables. » Dulles sourit à sa propre histoire. « À ce moment-là, Truman a éclaté de rire et j'ai compris qu'il se fichait de moi. »

Après dîner, les invités se retirèrent dans un salon luxueux, repoussèrent les meubles et se mirent à danser sur des disques de grands orchestres de jazz. Leo s'efforçait de capter l'attention d'Adelle quand Swett les appela tous les deux d'un mouvement de l'index.

« Venez dans mon bureau », ordonna-t-il à Leo. Il fit signe à Adelle de les suivre.

Craignant le pire, Leo monta sans enthousiasme l'escalier moquetté et pénétra dans une pièce lambrissée où brûlait un feu de bois. Adelle entra derrière eux et ferma la porte. Swett ouvrit une boîte à cigares et indiqua à Leo un fauteuil de cuir en lui proposant un havane à l'aspect terriblement phallique.

« Je ne fume pas », indiqua Leo avec l'impression qu'il avouait une impardonnable faiblesse de caractère. Adelle s'assit sur le bras de son fauteuil. Ensemble, ils affrontèrent son père.

« Bon sang, vous ne savez pas ce que vous perdez », commenta Swett. À moitié assis sur le bord de la table, il trancha d'un coup de ciseaux d'argent le bout d'un cigare, frotta une allumette contre l'ongle de son pouce et porta la flamme à l'extrémité du cigare. De gros nuages de fumée brunâtre jaillirent de sa bouche. Les phrases rocailleuses de Swett semblaient sortir de la fumée. « J'ai pour principe d'attraper le taureau par les cornes. Adelle me dit que vous vous voyez beaucoup tous les deux. »

Leo hocha prudemment la tête.

« Qu'est-ce que vous faites ? Dans la vie, je veux dire.

– Papa, tu vas trop au cinéma.

– Je travaille pour le gouvernement », répondit Leo.

Swett ricana. « Par ici, quand un type sort quelque chose d'aussi flou que de dire qu'il travaille pour le gouvernement, c'est qu'il est de la Vinaigrerie. Vous bossez avec Allen Dulles et le Wiz aux opérations ? »

Leo ne broncha pas. « Je travaille pour le Département d'État, M. Swett. » Il indiqua un bureau, un supérieur, une spécialité. Sa proposition de fournir un numéro de téléphone fut écartée d'un revers de main.

Swett tétait son cigare. « Vous gagnez combien, mon garçon ?

– Papa, tu m'avais promis de ne pas jouer au tyran.

– Là d'où je viens, on a le droit de demander au type qui courtise votre fille quelles sont ses perspectives d'avenir. » Il se concentra sur Leo. « Combien ? »

Léo sentit que la manière dont il répondrait comptait davantage que la réponse elle-même. Adelle était impulsive, mais il doutait qu'elle épouserait quelqu'un contre la volonté de son père. Il lui fallait faire le malin ; prendre le taureau par les cornes, comme l'avait dit Swett. « Et vous, combien gagnez-vous par an, monsieur ? »

Adelle retint son souffle. Son père aspira plusieurs bouffées de cigare de façon saccadée et examina Leo à travers la fumée. « En gros, un virgule quatre millions, à dix ou vingt mille dollars près. *Après* impôts.

– Je gagne six mille quatre cents dollars par an, monsieur. *Avant* impôts. »

Un silence pesant s'installa. «Bon Dieu, je ne suis pas du genre à tourner autour du pot, mon garçon. Ce n'est pas l'argent qui m'inquiète. Quand je me suis marié, je gagnais quarante dollars par semaine. Mais voilà ma position : je suis résolument contre les mariages mixtes. Attention, je n'ai rien contre les juifs, mais j'estime qu'ils devraient se marier entre eux et que les Anglo-Saxons protestants blancs devraient épouser des Anglo-Saxonnes protestantes blanches.

– Quand on y réfléchit, tous les mariages sont mixtes, rétorqua Leo. Un homme, une femme.»

Adelle lui posa une main sur l'épaule. «C'est sûr, papa. Regardez-vous, toi et maman. Il n'y a pas plus mixte, comme couple.

– Monsieur, reprit Leo en se penchant en avant. Je suis amoureux de votre fille. Je ne savais pas que nous étions en train de vous demander la permission de nous marier.» Il tendit la main et entrelaça ses doigts dans ceux d'Adelle. «En fait, nous vous en informons. Nous préférerions tous les deux avoir votre bénédiction, moi tout autant qu'Adelle. Mais si nous ne l'avons pas – il resserra son étreinte sur la main de la jeune femme – nous nous en passerons.»

Swett considéra Leo avec un respect grandissant. «Je vous reconnais une chose, jeune homme : vous avez meilleur goût que ma petite fille.

– Oh, papa! s'écria Adelle. Je savais qu'il allait te plaire.» Puis elle traversa la pièce pour plonger dans les bras de son père.

Le mariage fut prononcé par une juge de paix à Annapolis, pour le premier anniversaire du jeune couple, soit un mois tout juste après leur rencontre dans la salle d'attente de la clinique vétérinaire. Adelle s'était contorsionnée pour entrer dans l'un des costumes de dentelle de sa petite sœur pour l'occasion. La petite sœur en question, Sydney, était demoiselle d'honneur. Bill Colby fut le témoin de Leo et c'est le patron d'Adelle, Lyndon Johnson, qui conduisit la mariée à l'autel lorsque Philip Swett, envoyé par Truman en mission de conciliation politique au Texas, ne put être rentré à temps pour la cérémonie. La mère d'Adelle fondit en larmes quand la juge de paix déclara le couple mari et femme jusqu'à ce que la mort les sépare. Colby ouvrit une bouteille de champagne de l'État de New York. Au moment où Leo embrassait sa belle-mère avant de partir, elle glissa une enveloppe dans la poche de sa veste flambant neuve. Elle contenait un chèque de cinq mille dollars et un mot qui disait : «Vivez heureux et ayez beaucoup d'enfants ou je vous casse le cou.» C'était signé «P. Swett».

Le couple passa une nuit de lune de miel dans une auberge dotée d'une vue somptueuse sur la baie de Chesapeake au soleil levant. Le lendemain matin, Leo retourna travailler; il y avait en Norvège des points d'étranglement qui attendaient d'être classés selon leur vulnérabilité et affectés à des cellules *stay-behind*. Lyndon Johnson avait, lui, donné trois jours de congé à Adelle. Elle en profita pour faire à bord de sa Plymouth deux portes la navette entre son appartement de Georgetown et le dernier étage que Leo avait loué à Bradley Lane, derrière le Chevy Chase Club, dans le Maryland. La dernière chose qu'elle déménagea fut le cadeau de mariage de son patron, le sénateur. Il s'agissait d'un petit chaton au museau tout rond. Adelle le baptisa immédiatement Cornichon au Vinaigre.

Très vite, les jeunes mariés trouvèrent leur rythme. Le matin, Leo partait au campus avec Dick Helms, un collègue de la Compagnie qui habitait en bas de Bradley Lane. Helms, autre parachuté de l'OSS qui travaillait aux opérations spéciales sous les ordres du Wiz, prenait toujours un chemin détourné pour arriver à la Reflecting Pool, traversant Connecticut Avenue et remontant la route de Brookville pour masquer sa destination. Ils profitaient du trajet pour parler boutique. Leo tenait Helms au courant de l'opération *stay-behind* de Colby, Helms lui parlait d'un chef d'antenne en Iran qui « sonnait le gong » – avertissant qu'un extrémiste arabe du nom de Mohammed Mossadegh risquait de devenir Premier ministre dans les semaines à venir ; Mossadegh, chef du Front national extrémiste, menaçait de nationaliser l'industrie pétrolière britannique en Iran. Si cela arrivait, assura Helms, la Compagnie devrait explorer des façons de lui couper l'herbe sous le pied.

Un soir par quinzaine environ, Leo faisait le service du petit jour, arrivant à la Reflecting Pool à quatre heures du matin, avec le représentant des services spéciaux qui fournissait les informations du jour au Président. Pendant trois heures, lui et les autres triaient alors les câbles de la nuit en provenance des bases outre-mer et sélectionnaient les articles qui devaient être portés à l'attention de M. Truman. Le Livre, comme on l'appelait – un document d'information de huit à dix pages en format lettre disposé sur des colonnes de journaux et estampillé « confidentiel, à destination exclusive du Président » – était apporté chaque matin à la Maison-Blanche par un membre important du comité d'information quotidienne, à temps pour que M. Truman puisse en prendre connaissance au-dessus de son bol de flocons d'avoine.

Un dimanche matin, peu après le mariage de Leo, le responsable chargé d'apporter le Livre reçut un appel urgentissime de sa femme. Les contractions avaient commencé et elle se précipitait à l'hôpital. Le responsable en question demanda à Leo de porter le Livre à sa place et fila assister à la naissance de son premier enfant. Leo dut présenter ses papiers d'identification de la Compagnie au portail sud de la Maison-Blanche. Un agent du service secret l'introduisit par l'entrée de la Première famille des États-Unis, sous le portique sud, puis le conduisit par ascenseur privé aux appartements du Président, au premier étage. Leo reconnut la seule personne visible aux photos qu'il avait vues dans *Life* ; c'était la fille de M. Truman, Margaret, qui rentrait tout juste d'un concert qu'elle venait de donner à New York. Bien entendu, elle porterait avec plaisir le Livre au Président, assura-t-elle. Leo prit place pour attendre sur un canapé, dans le corridor. Bientôt, la porte de ce qui s'avéra la salle à manger privée du Président s'entrouvrit, et un petit homme portant un blazer croisé et un nœud papillon fringant lui fit signe d'entrer. Assez interloqué de se retrouver en présence du Président lui-même, Leo suivit Truman dans la pièce. Il fut surpris d'y trouver Philip Swett, assis en face de Margaret Truman à la table du petit déjeuner.

«Alors, vous travaillez quand même pour la Vinaigrerie, gronda Swett, le front plissé par l'amusement.

– Vous vous connaissez? s'étonna M. Truman, un indubitable accent du Middle West teintant sa voix nasillarde.

– C'est le garçon qui a séduit et épousé ma fille, ce qui en fait, j'imagine, mon beau-fils, expliqua Swett au Président. La première fois que nous nous sommes parlé, il a eu le culot de me demander combien je gagnais dans l'année.»

M. Truman dévisagea Leo. «J'aime les hommes culottés.» Il y avait une lueur malicieuse dans l'œil du Président. «Et qu'a répondu Phil?

– Je crains de ne pas m'en souvenir, monsieur.

– Excellent, commenta M. Truman. J'admire aussi la discrétion.»

Le Président prit un stylo plume, le décapuchonna et souligna un article sur le livre d'information. «Quand vous rentrerez, dites à Wisner que je veux tout savoir sur ce Mossadegh.» Truman notait quelques questions cryptiques dans la marge tout en parlant. «Je veux savoir d'où il vient. Ce que peuvent bien chercher ces fondamentalistes islamistes au bout du compte? De quel genre de soutien il bénéficie dans son pays? Quel genre de plan de secours avez-vous sous la main si jamais il prend le pouvoir et nationalise la British Petroleum?»

Le Président referma le Livre et le rendit à Leo. «Adelle est une fille bien, commenta M. Truman. Je la connais personnellement. Vous avez de la chance, jeune homme.»

Toujours à table, Swett fit observer sur un ton non dénué de bonhomie : «Ça, c'est la seule chose dont on peut ne pas douter.»

7

Washington, jeudi 5 avril 1951

Dans le petit studio mansardé au-dessus du magasin de vins et spiritueux de Kahn, sur M Street, du côté Washington de Key Bridge, Eugene Dodgson, le jeune Américain qui venait de rentrer de sa randonnée en Scandinavie, fixa un bout de son antenne ondes courtes à une canalisation d'eau. Puis il déroula le fil dans la pièce et attacha l'autre extrémité à une vis qui se trouvait au dos de ce qui ressemblait à une radio de cuisine Motorola ordinaire. Approchant un tabouret de bois, il alluma la radio et pressa simultanément le premier et le troisième bouton – l'un contrôlant censément le volume, l'autre permettant de changer de station – pour transformer la Motorola en un récepteur ondes courtes perfectionné. Eugene vérifia l'Elgin à son poignet puis régla l'affichage de sa radio sur la fréquence de Moscou, vingt-trois heures, et attendit, courbé sur l'appareil, un crayon à la main, guettant si la station allait émettre son code personnel pendant l'émission culturelle de jeu en langue anglaise. L'animatrice posa sa question. «Dans quel livre très célèbre trouve-t-on cette citation : "Et la morale de tout cela est : plus il y a du mien, moins il y a du vôtre"?» L'étudiant en lettres à l'université de Moscou réfléchit un moment, puis répondit : «*Alice au Pays des Merveilles*, de Lewis Carroll!» Le cœur d'Eugene se mit à cogner dans sa poitrine. Le jeune homme se sentit soudain connecté à la mère patrie; il avait l'impression d'être à l'extrémité d'un long cordon ombilical qui franchissait grâce à la Motorola les mers et les continents pour lui rappeler qu'il n'était pas seul. Il nota les numéros gagnants de la loterie qui furent rappelés deux fois en fin d'émission. Un sentiment d'exaltation le parcourut – il bondit de son tabouret et dut s'adosser à un mur qui sentait la peinture fraîche, soufflant comme s'il venait de courir un cent mètres. Il tenait dans sa main le premier message de Starik! Il rit tout haut et secoua la tête avec déférence – tous ces codes, toutes ces fréquences étaient donc vraiment efficaces! – en réglant la radio sur la fréquence d'une station musicale locale en vogue, puis roula soigneusement l'antenne avant de la dissimuler dans la cavité du plancher, à l'intérieur du placard. Il sortit alors le billet de dix dollars « porte-bonheur » (sur lequel on avait écrit, à l'encre, « À Eugene, pour ses huit ans, de la part de son papa ») de son portefeuille, et déduisit le numéro de série qui figurait dessus du numéro de loterie annoncé par la radio de Moscou.

Il obtint ainsi le numéro de téléphone à dix chiffres de son coupe-circuit à Washington entre lui et le *rezident*. Sur le coup de minuit, lorsqu'il composerait le numéro dans une cabine téléphonique, son coupe-circuit, une femme s'exprimant avec un accent d'Europe de l'Est prononcé, lui donnerait le numéro de téléphone personnel de l'agent soviétique qu'il était venu contacter et piloter en Amérique : la taupe de haut niveau qui avait pour nom de code PARSIFAL.

La traversée de l'Atlantique – onze jours de Kristiansand à Halifax sur un cargo à chevaucher la houle monstrueuse de l'Atlantique Nord – n'avait rien eu de remarquable, ou c'est du moins ce qu'avait affirmé le capitaine barbu du navire la seule fois où son jeune passager avait pu dîner au carré des officiers. La nappe avait été mouillée pour empêcher la vaisselle de glisser à chaque mouvement de la coque rouillée du bateau ; l'assiette d'Eugene Dodgson n'avait pas bougé, mais un creux plus important que les autres avait fait dévaler le bœuf bouilli et les pâtes qu'elle contenait sur ses genoux, au grand amusement des officiers. Lorsque Eugene eut enfin descendu la passerelle d'un pas chancelant pour atteindre Halifax, il lui fallut attendre plusieurs heures que le ciment cesse de tanguer sous les semelles de ses chaussures de randonnée.

Harnaché de son sac à dos, Eugène s'était fait prendre en stop par des poids lourds de Halifax à Caribou. Le Maine en quatre jours. À la frontière, un douanier canadien avait passé la tête dans la cabine pour lui demander d'où il était.

« Brooklyn, avait répondu Eugene avec un grand sourire.

– Vous pensez que les Giants vont l'emporter, cette année ? avait demandé le Canadien pour tester le niveau d'anglais d'Eugene autant que ses origines avouées.

– Vous plaisantez ! s'était exclamé Eugene. Vous avez vu l'alignement des Dodgers – Jackie Robinson et Pee Wee Reese couvrent le champ intérieur les doigts dans le nez, Roy Campanella ne peut pas passer à côté du MVP[1] cette année, Don Newcombe a une balle rapide d'enfer, et si Carl Furillo continue comme ça, il va pulvériser les 0,330 de moyenne à la batte. Brooklyn est assuré de gagner les demi-finales, et même de remporter le championnat. »

1. MVP : Most Valuable Player, meilleur joueur de base-ball de l'année. Notons que R. Campanella n'aura pas le MVP cette année-là et que les Dodgers, alors de Brooklyn, perdront leur grand match *(N. d. T.).*

De Caribou, Eugene avait pris un car Greyhound jusqu'à Boston, puis un autre jusqu'à New York. Là, il était descendu au Saint George Hotel, à Brooklyn Heights. D'une cabine téléphonique voisine, il avait appelé le numéro que Starik lui avait fait mémoriser avant de quitter Moscou. La voix peu amène de quelqu'un qui parlait anglais avec un accent lui répondit.

« Pourrais-je parler à M. Goodpaster ? demanda Eugene.

– Quel numéro demandez-vous ? »

Eugene lut celui de la cabine d'où il appelait.

« Vous avez fait une erreur. » On raccrocha.

Sept minutes plus tard, soit le temps qu'il fallait à son interlocuteur pour aller jusqu'à une cabine, le téléphone sonna dans celle d'Eugene. Il décrocha et dit : « Pour manger avec le diable, prenez une longue cuiller.

– J'attends votre coup de fil depuis trois jours, se plaignit l'homme. Qu'est-ce qui vous a retardé comme ça ?

– La traversée a pris onze jours au lieu de neuf, et il m'a fallu encore une journée pour descendre ici en stop.

– Vous connaissez le jardin botanique de Brooklyn ?

– Absolument.

– Je serai assis sur le quatrième banc en partant de l'entrée qui donne sur Eastern Parkway à dix heures, demain matin. Je donnerai à manger aux pigeons. J'aurai un Leica autour du cou et il y aura un paquet enveloppé de papier cadeau rouge et or posé sur le banc, à côté de moi.

– Demain, dix heures », confirma Eugene avant de couper la communication.

Eugene reconnut aussitôt l'homme maigre et chauve au visage d'aigle, un Leica pendant au bout d'une courroie passée autour du cou, à la photographie que Starik lui avait montrée ; le colonel Rudolf Ivanovitch Abel était arrivé aux États-Unis l'année précédente et menait la vie d'un illégal sous couverture quelque part à Brooklyn. Le colonel, qui émiettait des tranches de pain pour les pigeons rassemblés à ses pieds, ne leva pas les yeux quand Eugene se laissa tomber sur le banc, à côté de lui. Le paquet cadeau – qui contenait la Motorola, une antenne et une lampe torche en état de marche malgré la pile évidée abritant une visionneuse micropoint ; le passeport, le permis de conduire et autres documents destinés à étayer la légende B au cas où Eugene devrait changer d'identité au plus vite un dollar en argent évidé renfermant un microfilm apparemment transparent mais où figuraient en fait tous les codes d'identification d'Eugene ; un bloc de chiffres clés ; et des numéros de téléphone à New York et à Washington à ne composer qu'en cas d'urgence, ainsi qu'une enveloppe contenant vingt mille dollars en petites coupures – se trouvait entre eux, sur le banc.

Eugene entreprit de répéter la phrase code. « Pour manger avec le diable... » mais Abel leva les yeux et l'interrompit.

« Je vous reconnais à la photo de votre passeport. » Un sourire lointain apparut sur son visage mangé de barbe. « Je suis Rudolf Abel, annonça-t-il.

– Starik vous salue avec toute l'affection d'un camarade, dit Eugene.

– Personne d'autre que les pigeons ne peut nous entendre. Ce que je peux détester ces petites saloperies ! Faites-moi plaisir, parlez russe. »

Eugene répéta le message en russe. L'officier de renseignements soviétique était impatient d'avoir des nouvelles du pays. Quel était le temps à Moscou quand Eugene était parti ? Y avait-il davantage de voitures dans les rues aujourd'hui ? Quels étaient les derniers films qu'Eugene avait vus ? Quels livres avait-il lus ? Y avait-il de la vérité dans la propagande américaine qui affirmait qu'il y avait pénurie de certains produits dans les magasins d'État ? Qu'il y avait des émeutes pour avoir du pain à Krasnoïarsk ? Qu'il y avait eu des poètes et des comédiens juifs arrêtés à cause d'une conspiration contre le camarade Staline ?

Vingt minutes plus tard, Eugene se levait et lui tendait la main. Le colonel Abel semblait peu désireux de le voir partir. « Le pire, c'est la solitude, dit-il à Eugene. Ça et la perspective que la mère patrie attaque l'Amérique et me tue avec une de ses bombes A. »

Eugene passa dix jours au Saint George Hotel, à écumer Crown Heights pour se familiariser avec le quartier, à boire des milkshakes dans les confiseries où il était censé avoir traîné, à examiner la laverie automatique et le restaurant chinois qu'il était censé avoir fréquentés. Par un après-midi bruineux, il prit le train F jusqu'à Coney Island et fit un tour dans la grande roue, une autre fois, il prit l'IRT pour Manhattan et se balada dans Times Square. Il acheta deux valises dans un magasin discount de Broadway et les remplit de vêtements usagés – un veston, un pantalon, une paire de mocassins, quatre chemises, une cravate, un blouson de cuir et un imperméable – qu'il acheta au magasin d'occasion Gentleman's Resale, sur Madison Avenue. Le 1er avril, le dernier agent de Starik en Amérique fit ses valises et s'assit sur l'une d'elles pour que le voyage qui l'attendait se passe bien. Puis il régla en liquide sa note au Saint George Hotel, prit le métro jusqu'à la gare Grand Central et monta dans le train de Washington, vers sa nouvelle vie d'illégal soviétique.

Arrivé à la Union Station, Eugene se rendit en taxi du côté Washington de Key Bridge et arriva au magasin de spiritueux à l'instant où Max Kahn fermait pour la nuit.

Petit et trapu, âgé d'une cinquantaine d'années à peine et doté d'une crinière de cheveux blancs indisciplinés, Kahn parut surpris d'entendre quelqu'un frapper à la porte vitrée. Il leva sa main ouverte en lançant : « Désolé, mais c'est déjà… », puis son expression se mua en pur bonheur quand il aperçut les deux valises. Il traversa la boutique pour venir déverrouiller la porte et serra Eugene dans ses bras. « Je vous espérais bien plus tôt, fit-il en un chuchotement rauque. Venez, camarade. Le studio au-dessus est à votre disposition – je l'ai repeint la semaine dernière afin qu'il soit prêt pour votre arrivée. » Il s'empara d'une des valises d'Eugene et le précéda dans l'étroit escalier au fond du magasin.

Lorsqu'il parlait de lui-même, ce qui n'était pas fréquent, Kahn se plaisait à dire que sa vie avait été transformée le soir où il s'était joint à un groupe de discussion d'intellectuels juifs sur Upper Broadway, au début des années vingt. Inscrit à l'époque sous le nom de famille de son père, Cohen, il avait suivi des cours du soir de comptabilité à l'université de Columbia. La critique marxiste du système capitaliste lui avait ouvert les yeux sur un monde qu'il n'avait fait que deviner confusément jusqu'alors. Son diplôme de Columbia en poche, il avait pris sa carte du parti communiste américain et avait rejoint l'équipe du journal du parti, le *Daily Worker*, où il vendait des abonnements et faisait de la composition jusqu'à ce jour de juin 1941 où les Allemands attaquèrent l'URSS. À ce moment-là, il avait disparu de la circulation : agissant sur ordre d'un diplomate soviétique, il avait cessé toutes ses activités au parti, coupé tous ses contacts avec le parti, changé son nom en Kahn et déménagé à Washington. Grâce à des fonds fournis par son officier traitant, il avait racheté une franchise de vente d'alcool existante et l'avait rebaptisée : Kahn, Vins et Spiritueux. « Plusieurs d'entre nous ont été choisis pour travailler dans la clandestinité, raconta-t-il à Eugene autour d'un dîner de spaghettis et de bière, le soir où le jeune homme s'était présenté au magasin. Nous n'avions pas de carte du parti, mais nous nous soumettions à la discipline du parti – nous étions de bons soldats et nous obéissions aux ordres. On me donnait une direction et je fonçais, sans poser de questions, me battre pour la patrie du monde socialiste. Je me bats encore pour la bonne cause », ajouta-t-il fièrement.

Kahn savait seulement qu'il abriterait un jeune camarade du PC de New York qui avait maille à partir avec le FBI. Le visiteur suivrait des cours du soir à l'université de Georgetown ; le jour, il pourrait livrer des caisses d'alcool dans la vieille Studebaker cabossée de Kahn en échange de l'usage du studio, au-dessus du magasin.

« Pourriez-vous me donner une idée de la durée de son séjour ? avait demandé Kahn à son officier traitant lorsqu'ils s'étaient retrouvés dans les toilettes pour hommes de la Smithsonian Institution de Washington.

– Il restera dans le studio jusqu'à ce qu'on lui dise de le quitter, avait répondu le Russe, le plus naturellement du monde.

– Je comprends », avait répondu Kahn. Et c'était vrai.

« Je sais que vous êtes soumis à la discipline du parti, disait à présent Kahn en versant soigneusement ce qui restait de bière dans la chope d'Eugene. Et je sais qu'il y a des choses dont vous ne pouvez pas parler. » Il baissa la voix.

« Cette histoire avec les époux Rosenberg, ça me rend malade. » Comme Eugene ne bronchait pas, il reprit : « Vous n'avez pas entendu les informations ? Ils ont été condamnés à mort aujourd'hui. *À la chaise électrique*, bon sang ! J'ai connu les Rosenberg à la fin des années trente. Je les croisais souvent à des réunions du parti avant de quitter mon ancienne vie. Je peux vous assurer qu'Ethel est parfaitement innocente. C'est Julius, le marxiste. Je suis tombé sur lui un jour, à la bibliothèque municipale de New York, juste après la guerre. Il m'a dit qu'il était entré dans la clandestinité en 43. Il était contrôlé par un officier traitant russe du consulat soviétique de New York. J'ai entendu dire plus tard par le bouche à oreille qu'on se servait de Julius comme d'un bureau central pour les messages. Il était comme nous tous – un simple soldat dans l'armée de libération de l'Amérique. Il recevait des enveloppes et les transmettait, bien sûr, mais je doute qu'il ait su ce qu'elles contenaient. Ethel cuisinait, faisait le ménage, s'occupait des enfants et reprisait les chaussettes pendant que les hommes parlaient politique. Je serais même étonné qu'elle ait compris ne serait-ce que la moitié de ce qu'elle entendait. *Condamnés à mort !* À la chaise électrique. Mais où va le monde ?

– Vous pensez qu'ils vont vraiment exécuter la sentence ? » demanda Eugene.

Kahn passa la main sous son col amidonné pour se gratter le dos entre les omoplates. « L'hystérie antisoviétique qui règne dans ce pays est devenue incontrôlable. Les Rosenberg servent de boucs émissaires pour la guerre de Corée. Il faut bien accuser quelqu'un. Les raisons politiques font que le Président va peut-être se trouver dans l'impossibilité de les épargner. » Kahn se leva pour prendre congé. « Nous devons tous être vigilants. Bernice vous apportera les journaux demain matin.

– Qui est Bernice ? »

Le visage de Kahn s'éclaira lorsque ce dernier répéta la question comme pour en souligner l'absurdité. « Qui est Bernice ? Bernice est Bernice. Bernice est presque ma fille adoptive et elle est avec nous – Bernice est une camarade authentique, une vraie combattante prolétaire. En plus de tout le reste, Bernice ouvre le magasin et c'est moi qui fais la fermeture. Bonne nuit, Eugene.

– Bonne nuit, Max. »

Eugene entendit encore Max Kahn rire sous cape et répéter « Qui est Bernice ? » en descendant l'escalier.

Eugene se rasait devant le miroir craquelé au-dessus du lavabo de la salle de bains grande comme un placard, le lendemain matin, quand il entendit quelqu'un bouger des cartons dans le magasin d'alcools, sous le plancher. Peu après, il y eut des pas étouffés dans l'escalier du fond, et un doux martèlement contre la porte.

« Il y a quelqu'un ? » fit une voix de femme.

Eugene entrouvrit la porte en finissant d'essuyer les dernières traces de crème à raser sur son visage.

«Salut», fit une jeune femme. Elle tenait la première page du *Washington Star* de sorte qu'il put voir la photo d'Ethel et de Julius Rosenberg.

«Vous devez être Bernice.

– Bien vu.»

Bernice se révéla être une belle brune de type sémite au nez en bec d'aigle, aux sourcils broussailleux et aux yeux enfoncés qui flamboyaient d'agressivité chaque fois qu'elle se lançait dans l'un des sujets qui l'obsédaient. «La majesté de ces montagnes pourpres, mon cul!» s'écriait-elle en serrant ses petits poings et en courbant ses épaules osseuses tel un boxeur abaissant le profil pour combattre. «La merveilleuse Amérique a été construite sur deux crimes jamais mentionnés dans les conversations comme il faut : le crime perpétré contre les Indiens, qui ont été chassés de leurs terres et pratiquement exterminés; et le crime contre les Noirs, kidnappés en Afrique et vendus aux enchères aux plus offrants.»

Il ne fallut pas longtemps à Eugene pour découvrir que la rébellion de Bernice contre le système capitaliste avait des implications sexuelles. Elle ne portait ni maquillage ni sous-vêtements et assurait en riant qu'elle voyait le fait de se mettre à poil comme une honnête activité prolétaire puisqu'elle lui permettait de se dépouiller, ne fût-ce que pour un instant, des attributs et de l'image dont le capitalisme l'avait affublée. Elle se décrivait comme une marxiste féministe qui suivait les traces d'Alexandra Kollontaï, la bolchevique russe qui avait abandonné mari et enfants pour servir Lénine et la révolution. Bernice était elle aussi prête à renoncer à la moralité bourgeoise pour offrir son corps à la révolution – pourvu que quelqu'un lui en fasse la demande.

Bernice n'était pas une imbécile. Eugene insista tant sur ses origines et son enfance passée à Brooklyn qu'elle commença à douter qu'il fût vraiment américain; plusieurs fois, elle crut déceler de petites fautes de grammaire ou de prononciation qui lui rappelèrent la façon dont son grand-père, un émigré juif de Vilnius, s'exprimait après des années passées aux États-Unis. Elle se sentait attirée par ce qu'elle croyait déceler de la personnalité secrète du jeune homme. Elle le pensa soumis à la discipline du parti et supposa qu'il était en mission, ce qui faisait de lui un combattant dans la lutte du parti contre le maccarthysme sanguinaire qui s'était emparé de l'Amérique.

«Oh, je t'ai percé à jour, Eugene», lui dit-elle alors qu'il garait le break dans la ruelle derrière le magasin après une tournée de livraisons pour entrer par la porte de service. Elle portait un pantalon de torero à fleurs et un petit haut en jersey blanc qui laissait paraître les aréoles sombres de sa poitrine quasi inexistante. Elle suça un moment son pouce, puis ajouta : «Tu es un communiste canadien, l'un des organisateurs des grèves de l'année dernière, quand les dockers ont essayé d'empêcher les aides du plan Marshall de quitter les ports canadiens. Et tu fuis ces types affreux de la police montée, c'est ça ?

– Motus et bouche cousue ?

– Je mourrais plutôt que d'en parler à quelqu'un. Même à Max.

– Le parti sait qu'il peut compter sur toi.

– Oh, oui, bien sûr », insista-t-elle. Elle traversa le magasin et l'embrassa goulûment sur la bouche. De la main gauche, elle glissa avec agilité ses doigts minces entre les boutons de sa braguette. Reprenant sa respiration, elle annonça : « Ce soir, je vais te ramener chez moi et on prendra un peu de peyotl pour baiser comme des fous jusqu'à l'aube. »

Eugene, qui avait repoussé une juive en Russie et se retrouvait dans les bras d'une autre en Amérique, se garda de la contredire.

Eugene découvrit le X tracé à la craie bleue sur le côté d'une énorme poubelle métallique dans le parking situé derrière le magasin de vins et spiritueux de Kahn le lendemain matin. Après le cours, ce soir-là (sur le roman américain depuis Melville) il se rendit dans la salle de lecture de la bibliothèque universitaire de Georgetown, prit trois livres sur Melville dans les rayonnages et trouva une place libre à une table en coin. Il sortit une édition de poche de *Billy Budd* de sa sacoche en toile et entreprit d'en souligner certains passages, se référant de temps à autre aux ouvrages qu'il avait ouverts sur la table. Régulièrement, des étudiants de la salle de lecture se levaient pour prendre ou remettre en place des livres dans les rayonnages. Lorsque la pendule au-dessus de la porte indiqua vingt et une heures, une grande femme mince aux cheveux couleur de rouille rassemblés en un chignon lâche sur la nuque se leva silencieusement, à une autre table, et emporta une pile de livres vers les rayonnages. Elle revint quelques minutes plus tard sans les livres, enfila un manteau de drap et partit vers la sortie.

Eugene attendit juste avant la sonnerie annonçant la fermeture de vingt-deux heures trente pour bouger. Il ne restait plus alors dans la salle de lecture que les deux bibliothécaires et un vieil handicapé qui marchait avec des béquilles. L'une des bibliothécaires saisit le regard d'Eugene et pointa le nez en direction de la pendule murale. Il acquiesça d'un signe de tête, ferma *Billy Budd* et le rangea dans sa sacoche. Les ouvrages de référence coincés sous le bras, la sacoche pendant à l'épaule, il retourna vers les rayonnages pour remettre les livres qu'il avait empruntés. Posé sur l'étagère, au milieu de la section Melville, il y avait un gros ouvrage sur le tricot. Vérifiant que personne ne le regardait, Eugene glissa le livre de tricot dans sa sacoche, récupéra son blouson de cuir sur le dossier de sa chaise et se dirigea vers la porte. La bibliothécaire jeta un coup d'œil par-dessus des lunettes de lecture, reconnut l'étudiant qui suivait des cours du soir et lui sourit. Eugene ouvrit sa sacoche et la lui présenta afin qu'elle puisse vérifier qu'il n'emportait aucun ouvrage de référence.

La bibliothécaire remarqua le livre de tricot. «Vous devez être le seul étudiant aux cours du soir à étudier Melville *et* le tricot», commenta-t-elle en riant.

Eugene parvint à prendre un air embarrassé. «C'est à ma copine…

– Dommage. Le monde irait mieux si les hommes se mettaient au tricot.»

Max avait prêté à Eugene le break du magasin pour la soirée. Au lieu de retourner au studio, le jeune homme roula pendant une demi-heure en Virginie et s'arrêta dans une station-service ouverte toute la nuit. Pendant que le pompiste faisait le plein, il se rendit à la réception et introduisit des pièces dans les fentes du téléphone mural. La société des téléphones Bell venait d'instaurer le système des appels directs longue distance. Eugene composa le numéro de Washington que Starik lui avait transmis par la voix de la radio à ondes courtes.

Une voix ensommeillée lui répondit. «Allô?

– Je vous appelle au sujet de votre annonce dans le *Washington Post*, fit Eugene. Combien de kilomètres la Ford que vous vendez a-t-elle au compteur?»

À l'autre bout du fil, s'exprimant avec les inflexions pincées de la bourgeoisie anglaise, l'homme répondit : «J'ai bien p-peur que vous ne vous soyez trompé de quidam. Je ne vends pas de Ford. Ni d'autre automobile d'ailleurs.

– Mince, j'ai fait un faux numéro.

– J'accepte les excuses que vous ne m'avez pas présentées», fit l'Anglais d'un ton sec avant de couper la communication.

Une commande de quatre bouteilles de whisky pur malt Lagavulin arriva par téléphone le lendemain, en milieu de matinée. Le commanditaire demanda qu'on lui livre les bouteilles avant midi. Était-ce dans la mesure des possibilités? Ça peut se faire, répondit Bernice, qui nota l'adresse avec le bout de crayon qu'elle gardait coincé sur l'oreille.

Conduisant le break du magasin dans la circulation dense de Washington en fin de matinée, Eugene prit Canal Road puis remonta Arizona Avenue jusqu'au croisement de Nebraska Avenue, tranquille rue bordée d'arbres et de grandes maisons en retrait des deux côtés. Une fois dans Nebraska, il se retrouva coincé pendant plusieurs minutes derrière une benne à ordures. Une équipe de Noirs en combinaison blanche allait chercher les poubelles métalliques près des portes de service et les apportaient sur le trottoir, où une seconde équipe en vidait le contenu dans la benne. Eugene vérifia l'adresse sur le bon de commande de Bernice, et s'arrêta sur le coup de onze heures devant le numéro 4100, maison de brique à un étage agrémentée d'une grande baie vitrée. Le client qui avait commandé le Lagavulin devait guetter son arrivée depuis l'étroite fenêtre du vestibule car la porte d'entrée s'ouvrit au moment où Eugene allait sonner.

« Elle est épatante, cette voiture que vous avez là. Entrez, je vous en p-p-prie. »

L'Anglais qui se tenait dans l'encadrement de la porte avait de longs cheveux ondulés et portait un blazer bleu assez ample à boutons doré mat et un foulard en guise de cravate. Il avait les yeux bouffis de quelqu'un qui boit beaucoup. Invitant Eugene dans le vestibule, il nota sans préambule : « Vous êtes censé avoir une c-c-carte de visite. »

Eugene sortit la moitié d'un carton arraché à un paquet de Jell-O (il l'avait trouvé dans l'ouvrage sur le tricot récupéré la veille à la bibliothèque). L'Anglais sortit l'autre moitié de sa poche. Les deux moitiés s'emboîtaient parfaitement. L'Anglais tendit la main. « Terriblement heureux », marmonna-t-il. Un tic nerveux qui ressemblait à un sourire passa sur son visage massif. « À vrai dire, je ne m'attendais pas à ce que Starik m'envoie quelqu'un d'aussi jeune que vous. Je suis P-P-PARSIFAL... Mais vous le savez déjà. »

Eugene décela l'odeur du bourbon dans l'haleine de l'Anglais. « Je travaille sous le nom d'Eugene.

– Vous êtes américain, c'est cela ? Je pensais que Starik allait m'envoyer un Russe cette fois-ci.

– Je parle anglais comme un Américain, mais je suis russe », l'informa Eugene. Et il récita sa devise en un russe impeccable : « *Za ouspiekh nachévo beznadiojnovo diéla !* »

L'Anglais se dérida considérablement. « Moi-même, je ne parle pas russe. Mais c'est une langue que j'aime entendre. Je préfère nettement avoir affaire aux Russes de Starik qu'à l'un de ces cocos américains excités. » Il sortit de sa poche quatre pellicules Minox à développer et les tendit à Eugene. « Un petit cadeau de 1er avril pour Starik – transmettez-le-lui le plus rapidement possible. J'ai pris quelques clichés extra de documents terriblement secrets qui annoncent quelles villes soviétiques seront d'abord visées par les bombes A américaines si jamais la guerre éclatait. Vous n'avez pas quelques petites gâteries, pour moi, en échange ? »

Eugene posa les bouteilles de Lagavulin par terre et sortit les autres objets qui se trouvaient dans le livre de tricot évidé : une douzaine de pellicules de cinquante poses pour appareil Minox miniaturisé, de nouveaux blocs de chiffres clés imprimés en lettres minuscules sur l'intérieur du rabat de pochettes d'allumettes ordinaires, une nouvelle visionneuse micropoint déguisée en objectif grand angle pour un appareil de 35 mm, et une lettre personnelle de Starik, chiffrée suivant le dernier des anciens blocs clés de l'Anglais et roulée à l'intérieur d'un écrou évidé.

« Merci infiniment, dit l'Anglais. Comptez-vous entrer en rapport avec le *rezident* bientôt ?

– C'est possible.

– Je pense qu'il v-v-vaudrait mieux que vous le fassiez sans trop tarder.

Dites-lui que nous avons un problème à l'horizon. Angleton vient d'apprendre qu'il y a une taupe soviétique au Foreign Office, nom de code HOMER, depuis des lustres.» Le bégaiement de l'Anglais s'estompait à mesure qu'il avançait dans son récit. «Il m'a dit hier que ses décrypteurs avaient découvert un détail supplémentaire dans de vieux messages interceptés : quand HOMER était en poste à Washington, il rencontrait votre prédécesseur, son coupe-circuit, deux fois par semaine à New York. Il ne faudra pas longtemps à Angleton pour comprendre que cela correspond aux allées et venues de Don Maclean – il se rendait deux fois par semaine à New York pour aller voir sa femme, Melinda, qui était enceinte et habitait là-bas avec sa mère américaine. Maclean dirige le département américain du Foreign Office à Londres, maintenant. Il faut l'avertir que les Américains commencent à chauffer. Il faut monter une exfiltration, pour être prêt au cas où. Vous vous souviendrez de tout cela?»

Starik avait mis Eugene au courant pour Angleton, HOMER et Maclean. «Où Burgess traîne-t-il ses basques en ce moment?» demanda-t-il. Il faisait référence au vieux copain que Philby avait depuis Trinity College, l'agent soviétique de longue date, Guy Burgess, qui avait au départ recruté Philby au MI6 pendant la guerre.

«Je lui sers de *Bed and Breakfast*, mais, en l'occurrence, au lieu du lit et du couvert, je lui fournis plutôt le lit et un verre depuis qu'il est en poste à l'ambassade britannique de Washington. Pourquoi demandez-vous cela?

– Burgess est un vieux pote de Maclean, non?

– Oui, effectivement.

– Starik a dit qu'en cas d'urgence, vous seriez peut-être désireux d'envoyer Burgess prévenir Maclean.»

Philby comprit aussitôt l'avantage de cette solution. «Quelle idée de génie ! Quoi de plus naturel qu'une petite virée au pub entre eux deux? Si les choses tournaient au vinaigre, j'imagine que Guy pourrait quitter ses petites tapettes de Washington assez longtemps pour rentrer au bercail avertir Maclean.

– Couvrez vos traces – si Maclean met les voiles, quelqu'un pourrait très bien remonter de Maclean à Burgess, et de Burgess à vous.»

L'Anglais haussa les épaules, résigné. «Guy saura toujours bluffer pour se sortir d'un mauvais pas, supposa-t-il. Quant à moi, j'ai une ligne de défense toute trouvée : la dernière chose à faire, si j'espionnais vraiment pour le compte des Russes, serait de fournir le lit et un verre à un autre espion russe.»

Eugene ne put que sourire devant le sang-froid de l'Anglais. «Il faut me payer pour le whisky», dit-il en lui tendant la facture.

Kim Philby compta les billets dans un porte-monnaie de femme. «J-j-je vous en prie, gardez la monnaie», suggéra-t-il, son bégaiement lui revenant en même temps que le regard sombre et voilé d'un funambule essayant d'anticiper le moindre faux pas sur une corde raide tendue dans sa tête.

8

Heidelberg, lundi 9 avril 1951

De la ruelle, le *Propyläen*, auberge baptisée d'après le journal fondé par Goethe, semblait sombre et désert. À un jet de pierre de l'université de Heidelberg austère et patinée par le temps, le restaurant proposait habituellement aux étudiants un menu à base de pommes de terre et de choux, subventionné par la ville. Mais là, ses volets métalliques étaient clos, l'ampoule nue fixée au-dessus de son enseigne restait éteinte, et on avait collé sur la porte une affichette manuscrite en allemand, anglais et français, qui indiquait : « Exceptionnellement pas ouvert aujourd'hui. » Ebby avait loué la salle pour un banquet d'adieux à son unité de commando albanais, et c'est lui qui fournissait l'alcool et les conserves de viande en provenance de la coopérative militaire de la Compagnie à Francfort. Dans une arrière-salle éclairée à la lueur vacillante des bougies et chauffée par un petit poêle à charbon, il présidait la longue table, remplissait les verres de cognac et distribuait des cigarettes à bout filtre. Les visages minces et rasés de frais des sept jeunes Albanais, de même que ceux des deux traductrices, de chaque côté de la table, luisaient de transpiration et de fierté.

À l'autre bout de la table, Adil Azizi, le chef du commando, beau jeune homme à la peau douce et aux longs cheveux blonds, pelait une orange avec une baïonnette aiguisée comme un rasoir. Son voisin de table, qui portait un pull noir à col roulé, fit un commentaire accueilli par des rires. La traductrice assise à côté d'Ebby expliqua : « Mehmet conseille à Adil de ne pas émousser sa lame sur de la peau d'orange, mais de la garder pour de la peau de communiste. »

Près de la porte, une pendule à l'ancienne sonna minuit. L'une des bougies, entièrement consumée, grésilla et s'éteignit. Kapo, qui était à vingt-quatre ans le plus âgé du commando et le seul qui parlât ne fût-ce qu'un mauvais anglais, se leva et brandit son verre en direction d'Ebby. L'autre traductrice répéta ses paroles en albanais pour le bénéfice de ses compagnons. « Je peux assurer

vous, M. Trabzon, que nous pas allons décevoir ni vous, ni sponsors américains, ni peuple à nous bien sûr », promit-il. Mehmet lui indiqua quelque chose
en albanais, et Kapo secoua la tête d'un côté puis de l'autre, ce qui signifie
« oui » dans les Balkans. « Je peux vous parler encore que mon père – membre
du régime politique avant la guerre, qui a été jugé, condamné et enfermé dans
une cage comme animal sauvage avant d'être jeté dans mer du pont de un
navire. Tous ici ont pareilles histoires à raconter. »

Adil chuchota quelque chose en albanais. Kapo dit aussitôt : « Adil dit que
demi-frère de lui, Hsynitk, a été jugé pour avoir écouté musique américaine
sur radio, et exécuté dans le parking du stade de Tirana une demi-heure plus
tard. Notre ennemi juré est donc Enver Hoxha, sans aucun doute. »

Kapo sortit de la poche de sa veste en cuir, sur le dossier de sa chaise, un
petit paquet enveloppé avec de la ficelle et du papier journal. Il le leva. Tout
le monde sourit. « Nous tous et moi, nous voulons vous donner cadeau pour
que vous vous souvenez nous, que vous vous souvenez de le temps que nous
passer ensemble dans grande ville allemande de Heidelberg. »

Le paquet passa de main en main pour arriver à Ebby. Celui-ci était rouge
de confusion. « Je ne sais pas quoi dire…

– Alors vous rien dire, M. Trabzon, et seulement ouvrir », lança Kapo. Les
autres rirent avec excitation.

Ebby arracha la ficelle et déroula le papier. Son visage s'éclaira quand il
découvrit le cadeau. C'était un revolver Webley Mark VI britannique avec
une date – 1915 – gravée dans le bois poli de la crosse. L'arme paraissait en
bon état. « Je suis très heureux d'avoir cette arme superbe », fit doucement
Ebby. Il pressa le revolver contre son cœur. « Je vous remercie. »

Au bout de la table, Adil dit quelque chose en albanais. La traductrice
annonça : « Adil dit que le prochain cadeau qu'ils vous apporteront sera le
scalp d'Enver Hoxha. » Tout le monde autour de la table hocha gravement la
tête. Adil but son cognac cul sec. Les autres l'imitèrent puis reposèrent leur
verre à l'unisson. Personne ne souriait.

Ebby se leva. La traductrice fit de même. Quand elle traduisait les paroles
d'Adil, elle reproduisait inconsciemment ses gestes et même certaines de ses
expressions faciales. « Cela a été un honneur pour moi de travailler avec
vous », commença Ebby. Il s'interrompait entre chaque phrase. « Beaucoup
va dépendre de cette opération de commando. Nous sommes certains que la
mort de Hoxha entraînera un soulèvement des éléments démocratiques en
Albanie. Au nord, les forces anticommunistes de Balli Kombëtar peuvent
envoyer des milliers de partisans armés au combat. Une révolte en Albanie
pourrait déclencher d'autres soulèvements dans les Balkans et dans les autres
pays de l'Europe de l'Est et même – pourquoi pas ? – en Ukraine, dans les
pays baltes et dans les républiques d'Asie centrale. L'Union soviétique est
comme un ensemble de dominos : il suffit de renverser le premier pour qu'ils

s'écroulent tous, les uns après les autres.» Ebby examina les visages graves autour de la table. «C'est à vous que reviennent l'honneur et le risque de renverser ce premier domino.» Il sourit et ajouta : «Sans aucun doute.» Les jeunes Albanais éclatèrent de rire. Lorsqu'ils se furent calmés, Ebby ajouta sur un ton solennel : «Bon voyage, et bonne chance à tous.»

9

Berlin, jeudi 12 avril 1951

Se balançant sur un cheval de bois qu'un des membres de la base de Berlin avait acheté au marché noir et rangé dans le couloir, l'Ange Déchu s'excitait en lisant *Denis la Menace*, la nouvelle bande dessinée qui passait depuis peu dans les pages du *Die Neue Zeitung*, journal américain écrit en allemand. Appuyés contre le frigo rempli de Slivowitz, juste en face de la porte entrouverte du bureau du Sorcier, Mlle Sipp et Jack étaient plongés dans la première page du journal, que Silwan II leur avait passée ; il y avait le compte habituel de *Volkespolizei* passés à l'Ouest au cours des dernières vingt-quatre heures (nombre qui faisait l'objet d'une loterie interne au bureau), et un gros titre sur la décision de Truman de démettre Douglas MacArthur de son commandement en Corée après que le général eut réclamé publiquement une attaque aérienne sur des villes chinoises. Absorbés comme ils l'étaient par leurs pages de journal respectives, l'Ange Déchu, l'Apprenti Sorcier et l'Oiseau de nuit de Torriti ne prêtaient guère attention au vacarme qui émanait du bureau du Sorcier, clairement audible par-dessus la version orchestrale de *Norma* de Bellini.

« Même les Français trouvent des informations plus intéressantes que vous », se plaignait le chef d'antenne de la Compagnie en Allemagne, le général Lucian Truscott IV, d'une voix puissante et rocailleuse.

On put entendre le Sorcier répondre par des vers égrillards : « Les Français sont de drôles de lièvres – ils parlent avec les mains et vous baisent à pleines lèvres.

– La semaine dernière, ils ont obtenu des infos sur la répartition des forces soviétiques en Pologne.

– Leurs chiffres sont bizarres.

– Au moins, ils ont des chiffres.

– Nous avons nos coups d'éclat.

– Donnez-m'en un récent.

– J'ai mis la main sur un échantillon de la merde de Walter Ulbrecht – on l'a envoyé à Washington pour analyses.

– Oh, bon Dieu, bientôt vous allez me dire que vous croyez à ces rumeurs sur les allergies d'Ulbrecht à l'ambroisie ! »

Dans le couloir, l'Ange Déchu leva les yeux de *Denis la Menace* et croisa le regard de Mlle Sipp. Elle souleva les épaules et fit la moue. Depuis qu'il avait pris les commandes, le général Truscott, type un peu rude qui pouvait devenir grossier après trois ou quatre whiskies, avait mis de l'ordre dans les règles de la Compagnie en Allemagne : nombre d'opérations spéciales plus ou moins fantaisistes (comme l'idée de bombarder la Russie avec des capotes extralarges estampillées « medium ») avaient été définitivement reléguées aux oubliettes, tandis que les éléments les plus amateurs du service étaient envoyés au diable vauvert. Mais en dépit de ses coups de gueule occasionnels, Truscott – soldat bourru de la vieille école, qui avait un jour vidé un pichet d'eau sur la tête d'un officier de la CIA, pour « lui rafraîchir les idées » – semblait avoir un profond respect pour le Sorcier. Torriti n'avait pas que les excréments d'Ulbrecht à son actif, et le général le savait.

« 'Core une chose, hurlait le général par-dessus la musique, la mauvaise humeur lui faisant avaler la moitié de ses mots. Les gens de l'Air Force en ont ras le bol d'avoir à déterminer les cibles des bombardements d'après les vieux dossiers allemands de l'Abwehr qui datent de la Deuxième Guerre. Vous ne pourriez pas leur fournir des informations plus récentes, Torriti ? »

Mlle Sipp crut entendre une nouvelle bouteille vide s'écraser dans la corbeille de son patron. Jack avait dû l'entendre lui aussi, parce qu'il demanda : « Combien, aujourd'hui ?

– Quand on aime, on compte pas, fit remarquer l'Oiseau de nuit avec un sourire embarrassé.

– Je croyais que vous le détestiez, intervint Silwan II, toujours perché sur son cheval.

– Je le déteste, mais il ne me déplaît pas.

– Ah », fit-il en hochant la tête comme s'il comprenait, ce qui n'était pas le cas. Il se replongea dans le monde plus sensé de *Denis la Menace*.

« C'est pas de ma faute si ces putains de nuages ne se lèvent jamais au-dessus de l'Europe de l'Est, disait le Sorcier.

– C'est justement *à cause* de ces putains de nuages qu'il nous faut plus d'agents au sol, bordel de merde. »

La porte de Torriti s'ouvrit en grand, et les deux hommes, tenant chacun un verre à moitié plein de whisky, sortirent dans le couloir. Truscott mettait Torriti au courant du dernier scénario catastrophe en date des spécialistes du kriegspiel au Pentagone : les Russes allaient bloquer le couloir ombilical de 150 kilomètres entre les secteurs occidentaux de Berlin et l'Allemagne de l'Ouest ; des unités américaines, britanniques et françaises prises dans les

400 000 hommes des troupes alliées postées en Allemagne de l'Ouest commenceraient à descendre l'*Autobahn* pour tester l'ardeur soviétique ; les commandants russes des secteurs concernés paniqueraient et feraient sauter un pont à l'avant et un autre derrière les troupes ; mis en alerte, l'Ouest enverrait une division blindée pour secourir ses unités isolées ; quelqu'un, quelque part, disjoncterait et appuierait sur la détente de son arme ; la détonation ferait le tour du monde.

Torriti ferma un œil très rouge pour apaiser sa paupière endolorie. « Ces salopards ne m'auront pas vivant, général », assura-t-il en touchant de l'ongle l'épingle imprégnée de poison qu'il gardait piquée au revers taché de whisky de son veston informe.

La main sur la poignée de la grosse porte pare-feu qui donnait sur l'escalier, Truscott se retourna brusquement. « Alors, il paraît que vous remontez un fil rouge ?

— Qui vous a dit ça ?

— J'ai toujours l'oreille collée au sol. »

Le Sorcier fut soudain pris de hoquet. « Le fait est... que j'ai eu une exfiltration qui s'est... mal passée.

— Une cuillerée de sucre, ça marche à tous les coups », suggéra le général.

Torriti parut troublé. « Pour une exfiltration ?

— Pour le hoquet, bon Dieu. »

Mlle Sipp leva les yeux de son journal. « Essayez un verre d'eau avec une cuiller dedans, lança-t-elle.

— Ça marcherait peut-être avec la cuiller dans... un verre de Slivowitz », répliqua Torriti en montrant le frigo. Puis il se retourna vers Truscott. « Les Russes ont été... rancardés. Même si c'est la dernière chose... que je fais, je vais trouver... d'où vient la fuite.

— Comment ?

— En leur servant du... baryum.

— Des appâts au baryum ? répéta Jack à Mlle Sipp. Qu'est-ce que c'est ?

— Rien que vous puissiez trouver dans les petits bistrots du Kurfürstendamm, fit-elle avec une mimique entendue.

— En leur servant quoi ? demanda Truscott.

— Du baryum. En fait... je vais fourguer une information à un seul interlocuteur à la fois. Ça sera en quelque sorte radioactif – je pourrai suivre... son cheminement et voir qui a vu quoi, et quand. Je vais tout classer... ORCON – distribution contrôlée par le producteur. Toutes les copies seront numérotées. Et alors on verra... on verra quelles opérations vont foirer et... déterminer qui nous trahit... trahit.

— Vous allez donc livrer quelques bijoux de famille, remarqua Truscott, peu enthousiaste.

– Cette putain de taupe va en dilapider encore bien plus si on ne fait rien pour l'arrêter.

– J'espère que vous savez ce que vous faites, marmonna le général.

– Je l'espère... aussi », concéda le Sorcier.

Le Sorcier avait commencé la tâche ardue de remonter le fil rouge en partant de la liste de distribution sur l'affaire Vichnevski. D'après ce qu'il avait pu trouver, il y avait eu du côté de Washington neuf quidams qui avaient participé à l'opération : le directeur de la CIA et son directeur adjoint, quatre personnes à la direction des opérations, l'employé au chiffre qui avait décrypté les câbles du Sorcier, le responsable de l'acheminement des communications qui contrôlait la distribution au sein de l'Allée-aux-Cafards, et, bien sûr, Jim Angleton, le manitou du contre-espionnage qui examinait tous les aspirants transfuges afin d'éliminer les « mauvais ».

Les combinaisons ne se limitaient pas aux noms qui figuraient sur la liste de distribution interne à la maison. Kim Philby, en tant que représentant du MI6 à Washington, était connu pour avoir accès au gratin de la Compagnie, jusqu'au directeur inclus, dont la porte était toujours ouverte au nonce officiel des cousins d'Angleterre. N'importe lequel d'entre eux pouvait avoir parlé à Philby, même s'il ne se trouvait pas sur la liste de distribution. Et si quelqu'un avait glissé quelque chose à l'oreille de Philby, celui-ci avait très bien pu transmettre au patron du MI6 l'information selon laquelle les Ricains allaient faire passer à l'Ouest un transfuge qui se disait capable de désigner une taupe soviétique au MI6. « C », comme on appelait le chef britannique, avait alors pu réunir un petit conseil de guerre pour aborder ce qui ne saurait se décrire que comme un cataclysme dans la guerre froide secrète des services de renseignements. Si Philby n'était pas le coupable – Torriti se rendait compte qu'il n'avait rien de plus que des présomptions contre lui –, la taupe pouvait être n'importe qui ayant eu vent de l'affaire Vichnevski par une voie détournée.

On savait aussi que Philby était un pote intime de Jim Angleton, son alter ego de l'époque où ils étaient ensemble Ryder Street. D'après ce que le Sorcier avait pu glaner (au cours de conversations téléphoniques anodines avec de vieux copains qui œuvraient dans les oubliettes de la Reflecting Pool) les deux inséparables qu'étaient Philby et Angleton se retrouvaient pratiquement tous les vendredis pour déjeuner dans un troquet de Georgetown. Angleton avait visiblement une confiance totale en Philby. Aurait-il livré la teneur d'un câble estampillé « éclair » à son pote anglais ? Le pote en question aurait-il alors transmis l'information à « C » ? Et « C » aurait-il éventé la mèche pour se préparer au pire ?

Torriti avait bien l'intention de le découvrir.

Travaillant tard dans la nuit, s'enfilant de telles quantités de whisky de l'armée que même Mlle Sipp comptait au matin les bouteilles vides dans la corbeille, Torriti prépara méticuleusement ses appâts au baryum.

Objet : le Sorcier avait récemment réussi à se procurer un buste de Staline sculpté à la main qu'il avait fait livrer dans un bureau du quartier général Pankow des services de renseignements est-allemands. Dissimulé à l'intérieur du socle du buste, il y avait un petit micro à pile, un enregistreur miniaturisé et un transmetteur qui émettait à deux heures tous les deux jours les conversations enregistrées. Le « butin » initial du micro révéla que les Allemands de l'Est avaient lancé un programme, nom de code ACTION J, visant à discréditer les Allemands de la zone alliée en envoyant des lettres de menace censées émaner de la République fédérale et adressées à des survivants de l'Holocauste. Les lettres, signées « un officier SS allemand », disaient en substance : « On n'a pas eu assez de juifs. Un jour, on finira ce qu'on a commencé. » Ébruiter ACTION J reviendrait à révéler l'existence du micro dissimulé dans la pièce où l'on avait monté l'opération.

Objet : le Rabbin avait échangé le nom de deux officiers traitants du KGB qui travaillaient sous couverture diplomatique à l'ambassade soviétique de Washington, contre les coordonnées en Syrie d'un ancien spécialiste nazi de la guerre bactériologique, que le Sorcier tenait de l'Org Gehlen (qui avait de son côté obtenu l'information d'un membre de la Moukhabarat, service de renseignements égyptien). D'après les expériences passées, si l'identité des officiers du KGB tombait entre les mains de la taupe du MI6, les Russes trouveraient des excuses (un décès familial, un fils qui se casse une jambe au ski…) pour rapatrier les deux officiers en question en Union soviétique. S'ils restaient au contraire à Washington, cela signifierait que le câble du Sorcier sur lequel figuraient les noms n'avait pas été éventé.

Objet : le Sorcier avait fait installer une écoute téléphonique dans le bureau de la plus proche collaboratrice de Walter Ulbricht : son épouse, Lotte, qui travaillait dans l'immeuble du Comité central, au croisement de Lothringerstrasse et de Prenzlauer Allee, dans le centre de Berlin-Est. L'un des appâts au baryum comprendrait une transcription d'une conversation entre Ulbricht et sa femme durant laquelle Ulbricht avait tenu des propos grossiers à l'encontre de son rival au parti socialiste unifié, Wilhelm Zaisser. S'ils entendaient parler de cet enregistrement via la taupe soviétique, les Russes ne manqueraient pas d'effectuer une vérification « de routine » dans le bureau de Lotte et découvriraient le téléphone piégé.

Objet : un agent est-allemand passé à l'Ouest avec les dizaines de milliers d'Allemands de l'Ouest qui franchissaient la frontière ouverte avait fini par décrocher un boulot chez Messerschmidt. La base de Berlin était tombée sur son nom en débriefant un petit transfuge de Karlshorst, et l'Org Gehlen avait retourné l'agent, qui livrait à présent à ses contrôleurs est-allemands des rapports techniques bourrés de désinformation. L'agent double est-allemand était débriefé par ses contrôleurs de Karlshorst lors de ses visites mensuelles à sa vieille mère qui habitait toujours Berlin-Est. L'un des appâts au baryum du Sorcier identifiant l'agent double ficherait évidemment l'opération en l'air ; l'agent en question ne reviendrait certainement pas à Berlin-Ouest après sa prochaine visite à sa mère.

Objet : le Sorcier avait lui-même recruté une femme de chambre qui travaillait à la Maison Bleue, la datcha du gouvernement est-allemand à Prerow, lieu de villégiature officiel du ministère de la Sécurité d'État sur les bords de la mer Baltique. La femme de chambre était en fait la sœur d'une prostituée du bordel ouest-allemand situé au-dessus du night-club de Berlin-Schoneberg, où Torriti se rendait dès qu'il avait un moment pour débriefer les putes. Si l'appât au baryum faisant état de bribes de conversations de gros bonnets en vacances à la Maison Bleue parvenait aux Soviétiques par l'intermédiaire de leur taupe, la femme de chambre ne manquerait pas d'être arrêtée et ses rapports s'interrompraient.

Objet : le Sorcier avait un guetteur posté dans un grenier qui prenait au téléobjectif des photos du personnel qui apparaissait aux fenêtres de la base du KGB, dans l'ancien hôpital de Karlshorst, en banlieue berlinoise. Grâce à ces clichés, la base de Berlin dressait un Who's Who des renseignements soviétiques. Un appât au baryum sur cette opération entraînerait l'arrestation du photographe et l'annulation de la rédaction de l'album par la base de Berlin.

Objet : le Sorcier avait vu un exemplaire d'un rapport de terrain préparé par E. Winstrom Ebbitt II, l'agent de la CIA qu'il avait éjecté de la base de Berlin pour avoir critiqué ouvertement les doses médicinales d'alcool qu'il s'enfilait. Ebbitt, qui travaillait à présent à l'antenne de Francfort, s'était vu récemment confier les opérations albanaises en raison de quelque obscure qualification liée à l'Albanie. Il entraînait donc un groupe d'émigrés albanais dans une base secrète près de Heidelberg. Ebbitt projetait d'envoyer dans les jours qui venaient les membres de son commando sur la base britannique située près de Mdina, à Malte, puis de les faire passer sur la côte albanaise, non loin de Durrës, par voilier de plaisance. De là, ils devaient atteindre Tirana par leurs propres moyens et assassiner Enver Hoxha, le dirigeant stalinien tant honni de la république populaire d'Albanie. L'appât au baryum de Torriti prendrait la forme d'un câble très secret-défense adressé au seul Comité de politique spéciale qui coordonnait les opérations américano-britanniques contre l'Albanie ; Kim Philby, en tant que représentant haut placé du MI6 à Washington, se trouvait être le membre britannique du Comité. Le Sorcier avertirait donc le Comité qu'Ebbitt s'était trompé de priorité. Hoxha vivait et travaillait dans un lieu baptisé « Le Bloc », ensemble parfaitement clos situé à Tirana. On disait qu'il allait de sa villa à son bureau en passant par un tunnel secret. Il aurait été, d'après Torriti, bien mieux (pour ne pas dire plus réaliste) d'attaquer la base de sous-marins que les Soviétiques étaient en train de construire dans le port albanais de Saseno, et qui, une fois terminé, leur donnerait le contrôle de l'Adriatique. Si le commando d'Ebbitt trouvait un comité d'accueil en arrivant sur la plage, cela indiquerait que le message avait été transmis aux Russes, via la taupe de Washington.

Objet : enfin, la cerise sur le gâteau, il enverrait un appât au baryum à Angleton, lui donnant des détails sur la dernière « prise » que le courrier ayant pour nom de code ARC-EN-CIEL avait transmise de sa source, le TIREUR. L'une des informations était particulièrement intrigante : le TIREUR était assez haut placé dans la hiérarchie est-allemande pour avoir été invité à entendre un petit laïus donné par rien moins que le maréchal Gueorgui Konstantinovitch Joukov en personne, lors d'un séjour récent à Berlin-Est ; au cours de son allocution, Joukov – qui avait orchestré l'attaque soviétique de Berlin en 1945 – avait laissé entendre qu'en cas de guerre, le haut commandement des troupes devrait atteindre la Manche au dixième jour des hostilités. Si les Russes entendaient parler d'une fuite à ce niveau de l'organisation politique est-allemande, la source du TIREUR ne manquerait pas de se tarir rapidement, et ARC-EN-CIEL ne viendrait sûrement plus donner son cours de danse dans le petit théâtre de Hardenbergstrasse, à Berlin-Ouest.

10

Berlin, mardi 17 avril 1951

Afin d'obtenir l'immunité diplomatique, Jack – comme tous les agents de la Compagnie à Berlin – était répertorié sur les registres comme travaillant au service étranger du consulat américain. À l'occasion du passage par Berlin du secrétaire d'État Dean Acheson, architecte de la politique américaine d'endiguement de l'expansionnisme soviétique, durant une tournée coup de poing des consulats et ambassades en première ligne, Jack reçut une des célèbres invitations de l'ambassadeur souhaitant et exigeant sa présence à un «pot» donné en l'honneur du secrétaire. Traînant avec les autres jeunes agents de la CIA, Jack écouta l'un des «elfes» de la division du service technique de la Compagnie récemment rentré de Washington décrire le nouvel ordinateur Univac Remington Rand installé à la Vinaigrerie. «Ça va révolutionner la collecte des informations, expliquait le technicien avec excitation. L'inconvénient, c'est qu'Univac n'est pas très maniable – en fait, il remplit même une très grande pièce. L'avantage, c'est qu'il peut avaler les annuaires de toutes les villes d'Amérique. On introduit un nom, les rotors vrombissent et, au bout de quatre ou cinq minutes, ça vous crache un numéro de téléphone.
– Ces putains de machines vont nous gâcher tout le boulot», lâcha quelqu'un.
Jack rit avec les autres, mais le cœur n'y était pas; il pensait à son rendez-vous de ce soir dans la salle de répétition avec ARC-EN-CIEL, sa seizième rencontre avec elle depuis que leurs chemins s'étaient croisés, deux mois auparavant. Avec le temps, les bribes de conversation qu'ils échangeaient ressemblaient de plus en plus à une sorte de sténo codée; ce qui restait non dit pesait davantage que ce qui avait été dit, et ils le savaient tous les deux. Ce soir, Jack avait l'intention de prendre son courage à deux mains et de dire ce qu'il avait en tête et dans le ventre. Il n'était pas sûr qu'elle l'écouterait jusqu'au bout; et, si elle l'écoutait jusqu'au bout, il ne savait pas si elle lui assènerait un coup au plexus solaire ou si elle se jetterait dans ses bras.

Jack s'écarta du groupe et se rendit au bar, où il prit une poignée de bretzels et un autre whisky. Puis il voulut revenir vers la grande salle en préparant mentalement ce qu'il dirait à Lili si elle lui en laissait la possibilité, et se retrouva soudain nez à nez avec l'austère secrétaire d'État.

« Bonjour. Je suis Dean Acheson. »

L'ambassadeur américain (qui était arrivé par hélicoptère de l'ambassade de Bonn), le consul général de Berlin, deux sénateurs et un essaim de politiciens haut placés du Département d'État s'agglutinèrent autour de lui.

« Bonjour monsieur. Je suis John McAuliffe.

– Qu'est-ce que vous faites ici ? »

Jack s'éclaircit la gorge. « Je travaille pour vous, monsieur le Ministre, répondit-il d'une voix faible.

– Je n'ai pas compris.

– Je travaille pour vous. À l'ambassade. »

L'ambassadeur essaya de prendre Acheson par le coude pour le conduire au buffet composé de pop-corn et de canapés, mais le secrétaire d'État n'en avait pas terminé avec Jack. « Et vous faites quoi, à l'ambassade, monsieur McAuliffe ? »

Jack chercha de l'aide autour de lui. Les deux sénateurs avaient le regard perdu dans le vide. Les politiciens se concentraient sur leurs ongles. « Je travaille à la section politique, monsieur. »

Acheson commençait à prendre un air irrité. « Mais que faites-vous précisément, à la section politique, jeune homme ? »

Jack déglutit avec peine. « Je rédige des rapports, monsieur le Ministre, qui, j'espère, se révéleront utiles… »

Soudain, cela fit tilt. Acheson ouvrit la bouche et hocha la tête. « Je crois que je vois. Eh bien, bonne chance, monsieur McAuliffe. » Puis le secrétaire d'État articula les mots : « Je suis désolé », et se détourna rapidement.

ARC-EN-CIEL en était venue à attendre avec impatience ses rendez-vous bihebdomadaires avec Jack ; vivant du côté soviétique morne de la ville, enfermée dans une relation avec un homme de vingt-sept ans son aîné, elle savourait ces brèves rencontres durant lesquelles elle se sentait désirable… et désirée. Depuis plusieurs semaines, Lili ne se retournait plus pudiquement pour attraper le petit carré de soie couvert d'une écriture minuscule qui se trouvait dans son soutien-gorge, sous son chandail. Ce soir-là, pour la première fois, Jack prit la soie encore imprégnée de la chaleur de la jeune femme et la pressa contre ses lèvres. Lili, interloquée, baissa un instant les yeux puis plongea un regard interrogateur dans celui de Jack lorsque celui-ci effleura l'un de ses petits seins du revers de la main et l'embrassa doucement à la commissure de ses lèvres minces. « Je vous en prie, oh, je vous en prie, comprenez que vous avez atteint la limite de notre intimité», supplia-t-elle, la voix réduite à un murmure rauque. «Il ne saurait y avoir de transgression. Dans un autre monde, dans une autre vie…» Elle alla chercher un sourire lointain, et Jack entrevit ce que serait son visage lorsqu'elle aurait vieilli. «Jack l'Éventreur, black jack, Jack-o'lantern…

– Nom d'un chien, où allez-vous chercher tous ces Jack ?

– Herr Professor a un merveilleux dictionnaire d'argot américain, oui ? J'ai depuis longtemps pris l'habitude d'apprendre un mot nouveau chaque jour. J'en étais à *Gueule d'amour* quand je vous ai rencontré. Je suis passée directement à *Jack*.

– Avez-vous parlé de moi à Herr Professor ?

– Il ne m'a jamais posé de question, et je n'ai jamais abordé le sujet. Ce qu'il fait – ces informations qu'il vous envoie – il le fait par idéalisme désuet. Herr Professor porte des chemises à boutons de manchettes au lieu de simples boutons, et à vieux col empesé qu'il change tous les matins ; il ne se fait visiblement pas aux dernières modes tant vestimentaires que politiques. Il collecte des informations et les écrit méticuleusement sur de la soie pour essayer de faire revenir le temps en arrière. Il s'en remet à moi pour m'occuper des détails de la livraison.

– Nous pourrions devenir amants, souffla Jack

– De façon mystérieuse nous le sommes déjà, corrigea Lili.

– J'ai envie de vous. .

– Vous avez déjà tout ce que je peux vous donner…

– Je veux plus. Je veux ce que tout homme veut. Je vous veux dans mon lit.

– Je vous le dis sans la moindre ambiguïté : cela ne se pourra jamais.

– À cause de Herr Professor ?

– Il m'a sauvé la vie à la fin de la guerre. Dans mon dictionnaire, *viol collectif* vient loin après *gueule d'amour*, mais j'ai regardé quand même. J'ai donc été violée collectivement par des soldats russes ivres. J'ai rempli les poches de mon manteau avec des briques pour me jeter dans la Spree et j'étais impatiente de sentir l'eau noire se refermer sur ma tête. Herr Professor m'en a empêchée… toute la nuit, il m'a parlé d'une autre Allemagne… de Thomas Mann, de Heinrich Böll… à l'aube, il m'a fait monter sur le toit de l'immeuble pour me montrer le lever du soleil. Il m'a convaincue que c'était le premier jour d'une nouvelle vie. Je ne prétends pas, Jack, ne rien… éprouver pour vous. Je dis seulement que ma loyauté va d'abord vers lui. Je dis aussi que cette loyauté prend la forme d'une fidélité sexuelle…»

Lili sauta dans sa jupe puis retira ses collants par en dessous. Elle les plia, les rangea dans son sac puis tendit la main vers l'interrupteur de la salle de répétition. «Je dois rentrer, oui ?»

Jack la saisit par l'épaule. «Il vous fait courir des risques.»

Lili se dégagea. «C'est injuste – nous vivons dans un monde régi par une hiérarchie. Ce n'est pas parce qu'il y a pour lui des choses plus importantes qu'il a moins besoin de moi.

– J'ai plus besoin de vous.

– Vous n'avez pas besoin de moi comme lui. Sans moi...»

Elle détourna les yeux, le visage soudain figé.

«Finissez votre phrase, merde alors... sans vous quoi?

– Sans moi, il ne restera pas en vie. Vous, si.

– Vous pouvez me redire ça lentement?

– Non.

– Vous vous devez bien de...

– Quoi que je puisse me devoir, je lui dois davantage, laissez-moi partir, maintenant, Jackpot.»

En proie à des émotions qui ne lui étaient pas familières, Jack acquiesça d'un air sombre. «Vous reviendrez, vendredi?

– Vendredi, oui. Partez devant moi, s'il vous plaît. Il ne faut pas qu'on nous voie quitter le théâtre ensemble.»

Jack lui posa la main sur la nuque et l'attira contre lui. Elle appuya un instant son front contre l'épaule de l'Américain. Puis elle recula, éteignit la lumière, ouvrit la porte et attendit en haut des marches qu'il eût descendu l'escalier.

Il se retourna une fois. Quatre étages plus haut, Lili se perdait dans l'ombre du palier. «Lili la Tigresse?» appela-t-il. Comme elle ne répondait pas, il se retourna, passa rapidement devant Aristide qui somnolait dans sa cabine vitrée, et s'échappa du théâtre.

«Fais-moi plaisir, mon gars, avait dit le Sorcier aussi naturellement que s'il avait demandé à Jack d'aller lui chercher des glaçons dans le frigo. Mets un mouchard dans le mur du TIREUR.»

Mais poser des micros dans la maison du Professeur se révéla plus facile à dire qu'à faire. Jack avait posté des indépendants allemands dans la rue derrière le théâtre Gorki. Elle était bordée de bâtiments éventrés par la guerre, de décombres et de la seule maison encore debout au milieu de ce qui avait été un jardin. Il leur fallut dix jours pour déterminer quand ARC-EN-CIEL et le TIREUR s'absentaient en même temps. Au titre d'adjoint du Premier ministre, le Herr Professor de Lili se rendait à un bureau gouvernemental le matin des jours de semaine, et donnait l'après-midi un séminaire de physique sur les particules et les plasmas à l'université Humboldt. Six matinées par semaine, Lili prenait le U-Bahn jusqu'à Alexanderplatz, où elle enseignait la danse classique dans l'une des dernières écoles privées de la zone soviétique; trois après-midi par semaine, elle s'enfermait dans une salle de travail sans fenêtre du théâtre Gorki pour suivre les cours d'une Russe handicapée qui avait dansé avant guerre avec le Kirov. Mais, même quand le TIREUR et ARC-EN-CIEL étaient tous les deux absents, il restait encore un obstacle de taille à la pose d'un micro : Herr Professor avait une gardienne qui vivait dans deux pièces sombres, au rez-de-chaussée de la maison, une vieille femme qui avait autrefois été sa nounou et qui maintenant, clouée par l'arthrite sur une chaise roulante en osier, passait la majeure partie de ses journées à regarder la rue déserte par la fenêtre.

Jack avait soumis le problème au Sorcier : comment écarter la gardienne assez longtemps pour qu'une équipe puisse pénétrer dans son appartement et poser un micro dans le plafond ?

Plongé dans le choix de ses appâts au baryum et des personnes à qui il voulait les adresser, le Sorcier avait émis un grognement. Il avait les yeux plus bouffis que d'habitude, et les paupières plus lourdes ; on aurait dit qu'il venait de se prendre une raclée dans une bagarre de rue, ce qui, en soi, défiait la logique. Jack ne pouvait même pas imaginer le Sorcier se prenant une raclée en quoi que ce soit.

« Il n'y a qu'à la tuer ? » avait suggéré le Sorcier.

Un instant durant, Jack l'avait pris au sérieux. « Mais on ne peut quand même pas la tuer comme ça, Harvey... on est les gentils, tu te souviens ?

– Tu ne sais toujours pas reconnaître une blague, mon gars ? Attire-la dehors avec un billet d'entrée gratuit pour une petite fête du parti communiste. Ce que tu veux.

– C'est une vieille dame. Et elle est en fauteuil roulant. »

Le Sorcier avait secoué la tête avec désespoir. « J'ai assez de mes problèmes, avait-il marmonné, son double menton tremblotant. Pour une fois, sers-toi de ton imagination, merde ! »

Jack avait mis presque toute la semaine à trouver une solution, et trois jours pour mettre tout en place. Un matin, peu après le départ du Herr Professor et de Lili, une ambulance est-allemande avec deux jeunes gens en blouse blanche assis de chaque côté d'un bichon muselé s'était garée le long du trottoir, devant la maison. Les hommes avaient ensuite frappé à la porte de la gardienne. Lorsqu'elle l'eut entrouverte sur la longueur de la chaîne de sûreté, ils lui avaient expliqué qu'ils étaient envoyés par le ministère de la Santé publique du parti communiste pour la conduire à un dispensaire sur Strausberger Platz, pour un examen médical gratuit. Cette mesure entrait dans un nouveau programme social du gouvernement destiné à aider les personnes âgées et handicapées. Si elle avait bien le profil – et, à en juger par le fauteuil roulant, ils pensaient que ce serait le cas –, on lui donnerait les toutes dernières pilules occidentales pour la soulager et une radio tchèque flambant neuve. La gardienne, ses petits yeux de paysanne s'étrécissant avec suspicion, avait voulu savoir combien tout cela allait coûter. Silwan II l'avait gratifiée d'un sourire angélique et lui avait assuré que tout était gratuit. La gardienne avait alors longuement réfléchi tout en se grattant la moustache. Puis elle avait retiré la chaîne de sûreté.

À peine Doux Jésus et l'Ange Déchu eurent-ils emmené la gardienne voir le médecin (engagé pour l'occasion), qu'un petit camion portant le logo du collectif d'électricité est-allemand sur ses portes s'arrêta devant la maison. Trois « plombiers » de la Compagnie en combinaison bleue, équipés d'une échelle en bois et de deux caisses de bois pleines d'outils et de matériel divers remontèrent l'allée et pénétrèrent dans la loge de la gardienne ; un quatrième plombier attendait au volant du camion. La radio du pick-up était réglée sur la fréquence de la police est-allemande. Un émetteur-récepteur radio gros comme le poing s'alluma sur le siège. « On est opérationnels, fit une voix en hongrois. Et on se met au boulot. »

L'équipe se servit d'une chignole silencieuse – le bruit de la mèche s'enfonçant dans le plafond fut étouffé par une mince vaporisation d'eau – pour le cas où le KGB aurait installé des mouchards dans l'appartement du TIREUR. Les hommes de Jack creusèrent le plafond jusqu'à un centimètre de la surface au-dessus, puis prirent une perceuse qui tournait si lentement qu'elle creusa un trou d'épingle dans le plancher sans envoyer de sciure révélatrice au-dessus. Un micro minuscule, gros comme la pointe de ces tout nouveaux stylos à bille, fut inséré dans le trou d'épingle et branché sur l'arrivée électrique du plafonnier de la gardienne. Le petit trou dans le plafond fut rebouché au plâtre à séchage rapide et repeint de la même couleur que le reste du plafond avec de la peinture à séchage rapide. Un émetteur miniaturisé fut fixé à l'intérieur du plafonnier afin qu'il demeurât invisible d'en dessous, et relié à l'électricité de la maison. L'émetteur, programmé pour être activé par le son, envoyait un signal à un émetteur plus puissant dissimulé sous le sommet du tas de décombres, sur le terrain voisin ; ce second émetteur, qui fonctionnait avec une pile sèche au mercure, renvoyait les messages vers une antenne située sur le toit d'un immeuble, dans le secteur américain de Berlin.

« Alors, mon gars, t'as trouvé quelque chose ? marmonna Torriti quand il tomba sur Jack, au magasin de l'armée de Berlin-Dahlem.

– Oui, effectivement, Harvey. J'ai envoyé tes plombiers hongrois… »

Le Sorcier leva la main pour l'interrompre. « Je ne veux pas avoir les détails, petit. Comme ça, je ne pourrai pas te trahir si jamais je suis torturé par les Russes. »

Torriti dit cela avec un tel sérieux que Jack ne put que hocher la tête sans rien dire. Puis il regarda le Sorcier s'éloigner lourdement, une bouteille de whisky coincée sous chaque bras, et commença à soupçonner que le patron de la base berlinoise le faisait marcher.

D'un autre côté, connaissant Torriti, il pouvait très bien avoir été sérieux.

11

Francfort, lundi 23 avril 1951

Une expression funèbre sur le visage, Ebby, Tony Spink et une demi-douzaine d'agents de la section Europe de l'Est soviétique se pressaient autour du gros magnétophone à bande posé sur le bureau de Spink. Le technicien qui avait enregistré le programme spécial de la radio tiranaise plus tôt cet après-midi-là déroula l'extrémité de la bande qu'il fit passer par la tête de lecture avant de la coincer sur la bobine opposée. Spink leva les yeux vers la traductrice qui s'était trouvée assise à côté d'Ebby à la soirée d'adieu pour le commando d'Albanais, dans la taverne de Heidelberg. «Prête?» demanda-t-il. Elle hocha la tête. Il appuya sur la touche Play.

Il y eut tout d'abord beaucoup de friture. «Nous avons eu du mal à capter la station, expliqua le technicien. Il a fallu qu'on réoriente l'antenne. Voilà, ça vient.»

Ebby entendit la voix haut perchée d'un homme parlant albanais. Il semblait lire une tirade. «C'est ce que nous appelons le procurateur et que vous appelez le procureur général», annonça la traductrice, petite femme entre deux âges aux cheveux courts. «Il résume l'acte d'accusation contre les terroristes. Il dit qu'ils ont débarqué sur la côte à bord de deux canots pneumatiques à moteur juste après minuit, le 20 avril. Il dit qu'une patrouille frontalière de routine est tombée sur eux alors qu'ils dégonflaient les canots pour les enterrer dans le sable.» La traductrice inclina la tête de côté lorsqu'une autre voix intervint avec une question. «Le premier juge demande au procurateur ce qu'ont fait les terroristes quand les soldats de patrouille ont voulu les appréhender. – Le procurateur dit que les terroristes ont ouvert le feu sans sommations, tuant trois patrouilleurs et en blessant deux autres. Au cours de la fusillade, quatre terroristes ont été tués et les trois autres, jugés aujourd'hui, ont été arrêtés.» La traductrice essuya du revers de l'index les larmes qui lui montaient aux yeux. Le juge demande maintenant si l'on a pu saisir des preuves aggravantes en arrêtant les terroristes.

« On dirait qu'ils lisent un putain de script », marmonna Spink avec fureur. Le procurateur énumère des preuves matérielles étiquetées aux lettres de l'alphabet. Les étiquettes vont jusqu'à la lettre V comme Victor. Les preuves A et B consistent en deux canots de fabrication américaine et sept gilets de sauvetage gonflables de l'aviation américaine. Il y a en outre cinq fusils Lee-Enfield de fabrication anglaise, deux fusils Winchester Model 74 américains équipés d'appareils de visée télescopique Enfield et de silencieux Parker-Hale de fabrication britannique, trois pistolets Browning d'origine américaine équipés de silencieux rudimentaires de fabrication artisanale, une petite mallette de cuir contenant un émetteur-récepteur radio de type A tiret Mark deux en chiffres romains avec clé morse et écouteurs, une carte d'Albanie et un plan de Tirana imprimés sur du coton et cousus dans la doublure d'une veste, sept doses de cyanure enfermées dans de petits boîtiers en cuivre fixés par des épingles de sûreté dans les revers de... Là, le juge l'interrompt pour demander si l'on a trouvé des codes de communication sur les terroristes. Le procurateur répond que les terroristes sont parvenus à détruire l'enveloppe qui contenait les codes avant qu'ils ne soient capturés. Il explique encore que les enveloppes étaient enduites d'une substance chimique qui les faisait brûler dès qu'une allumette s'en approchait. Il dit aussi...

La voix perçante du procurateur, suivie par la voix étouffée de la traductrice continua son monologue. Spink tira Ebby à l'écart. « Tu n'as rien à te reprocher, chuchota-t-il. C'est un jeu de cons et ce genre de choses arrive tout le temps. » Il assena à Ebby une tape sur l'épaule puis ils revinrent tous les deux près du magnétophone et de la traductrice.

« ... demande si les terroristes ont quelque chose à dire. »

Un grondement de colère émanant du public qui assistait au procès s'entendit sur l'enregistrement. Puis quelqu'un respira fort dans le micro. Un jeune homme commença à parler d'une voix de robot. « Il dit... » La traductrice retint son souffle. Elle porta inconsciemment la main à sa poitrine et se força à continuer. « Il dit qu'il s'appelle Adil Azizi. Il dit qu'il est le chef du commando. Il dit que ses camarades et lui ont été formés dans une base secrète près de Heidelberg, en Allemagne, par des agents de la CIA américaine. Ils avaient pour mission de débarquer sur la côte de la République démocratique albanaise, d'enterrer leurs canots pneumatiques, de traverser le pays jusqu'à la capitale de Tirana et, avec l'aide de cellules terroristes locales, d'assassiner le camarade Enver Hoxha, qui tient le poste de chef de l'État et de président du Conseil. Le premier juge demande au terroriste Azizi s'il y a des circonstances atténuantes à prendre en considération avant que la cour délibère. Adil Azizi dit qu'il n'y en a pas. Adil Azizi dit que lui et les deux autres terroristes survivants méritent le châtiment suprême pour avoir trahi leur patrie... les cris que vous entendez au fond viennent du public qui réclame la peine de mort. »

Le technicien appuya sur la touche avance rapide et garda les yeux rivés sur le compteur de la bande magnétique. Lorsque apparut le nombre qu'il avait noté sur une feuille de papier, il remit le magnéto en position lecture. « La radio a passé douze minutes de musique patriotique pendant les délibérations des juges, expliqua la traductrice. Voilà le verdict. Le premier juge ordonne aux trois terroristes de se lever. Il leur dit qu'ils sont reconnus coupables de haute trahison et de terrorisme contre la République populaire d'Albanie et son chef suprême, Enver Hoxha. Il leur annonce que la cour condamne les trois terroristes à l'exécution capitale. Ah, je ne peux pas continuer…

– Traduisez, bordel! coupa Ebby.

– Il leur dit qu'il n'y a pas d'appel possible pour les crimes capitaux. Il ordonne que la sentence soit exécutée immédiatement.

– Et quand ils disent "immédiatement", ils veulent dire "immédiatement" », intervint le technicien radio. Plusieurs agents de la CIA s'écartèrent de la table et allumèrent négligemment une cigarette. Ebby remarqua que l'un des agents avait la main qui tremblait.

« Maintenant, c'est la voix du journaliste de la radio, annonça tout doucement la traductrice. Il raconte que les trois terroristes tremblent de peur pendant qu'on leur attache les poignets derrière le dos et que des soldats les font sortir de la salle d'audience. Il raconte… » La traductrice se mordit la lèvre. « Il raconte qu'il les suit dans l'escalier et descend avec eux les deux étages jusqu'à la porte derrière le tribunal, qui donne sur le parking. Il raconte qu'il n'y a pas de voitures garées dans le parking aujourd'hui. Il raconte qu'une grande foule s'est rassemblée au bout du parking, et qu'au-dessus de lui, il y a plein de gens qui regardent aux fenêtres. Il raconte que les trois terroristes sont attachés aux anneaux de fer qui sortent du mur et auxquels on attachait autrefois les chevaux, quand le bâtiment a été construit, au siècle dernier. Il raconte qu'un homme en civil donne à chaque terroriste une gorgée d'eau-de-vie de pêche. Il raconte maintenant que le peloton d'exécution charge ses fusils et que l'un des terroristes crie pitié. »

Incapable de continuer, sanglotant dans sa manche, la traductrice s'écarta de la table en titubant.

Le magnétophone fit entendre un crépitement de tir de fusil, puis trois détonations brèves provenant d'armes de petit calibre.

« Des revolvers, commenta Spink, très professionnel. Du calibre vingt-deux, à en juger par le bruit.

– C'étaient des gosses », fit Ebby d'une voix tendue. Sa main plongea dans la poche de sa veste pour étreindre la crosse en bois du revolver Webley de collection que lui avaient offert les jeunes Albanais à Heidelberg. « Ils n'ont jamais eu le temps de libérer l'Albanie, n'est-ce pas ? »

Spink haussa les épaules avec fatalisme. « Soyons-leur à tout jamais reconnaissants de ce que, au moins, ils aient essayé. Que Dieu les bénisse pour cela.

– Dieu les bénisse », répéta Ebby, qui repensa soudain à deux vers de Byron, souvenir de ses années passées à Yale.

Que la lumière soit ! dit le Seigneur, et la lumière fut.
Que le sang coule ! dit l'homme, et il y en a une mer !

12

Francfort, mercredi 2 mai 1951

Jack avait profité d'un échange de pellicules par avion spécial pour se faire emmener à Francfort où il devait remettre entre les mains propres et replètes du général Truscott l'enveloppe ultraconfidentielle du Sorcier, après quoi il était censé en brûler lui-même le contenu dans l'incinérateur de l'antenne de Francfort et rentrer à Berlin avec le oui ou le non de Truscott. Le général, visiblement mal luné, passait un savon à quelqu'un de l'autre côté de la porte fermée pendant que Jack piétinait à l'extérieur. Les deux secrétaires, l'une tapant des lettres à partir d'un dictaphone, l'autre se passant du vernis sur les ongles, semblaient trouver cela très naturel. « Et vous avez le culot, entendait-on hurler Truscott, de rester planté là à me dire que vous avez lancé cinq cent seize ballons dans l'espace aérien russe et que vous n'avez réussi à en récupérer que quarante ? »

Une voix étouffée bredouilla une explication. Le général l'interrompit au milieu d'une phrase. « J'en ai rien à foutre que les vents dominants ne dominaient pas. Vous étiez censés envoyer des ballons de reconnaissance équipés d'appareils photo pour prendre des clichés des installations soviétiques. Et au lieu de ça, comme de bien entendu, vous fichez en l'air huit cent mille billets verts des contribuables. De mon point de vue, ça ressemble fort à de l'incompétence caractérisée. »

La porte s'ouvrit et un officier exsangue sortit du bureau du général. La colère de Truscott le poursuivit comme une furie. « Je ne veux pas de vos excuses, putain de bordel de merde, je veux des résultats ! Et si vous ne pouvez pas m'en donner, je trouverai quelqu'un d'autre pour le faire. Vous êtes là, Mlle Mitchel ? Envoyez-moi ce putain d'Apprenti Sorcier. »

La jeune femme qui se faisait les ongles fit un signe vers la porte du général. Jack roula des yeux faussement affolés. « Vous êtes sûre qu'on est bien accueilli là-dedans ? »

La secrétaire découvrit les dents en un sourire carnassier.

« Ce n'est rien, quand il aboie, dit-elle. Il faut voir quand il mord.

– Merci pour l'encouragement, commenta Jack.

– Oh, mais je vous en prie.

– Qu'est-ce que nous mijote le Sorcier pour avoir besoin de le faire remettre en main propre ? demanda Truscott en apercevant Jack dans l'encadrement de la porte.

– Je ne connais pas le contenu, monsieur. »

Il remit l'enveloppe fermée au général, qui l'ouvrit en glissant un doigt à l'intérieur avant d'en tirer une feuille simple de papier officiel jaunâtre. Puis il lissa de la paume la feuille sur son sous-main, mit ses lunettes et, le front plissé, entreprit de lire le message écrit à la main par Torriti. Jetant un coup d'œil sur la vaste pièce, Jack remarqua les photos encadrées montrant Truscott avec présidents, premiers ministres et maréchaux divers. Il crut entendre Truscott marmonner dans sa barbe en prenant des notes sur son buvard. Ça donnait quelque chose du genre : « Trente, douze, quarante-cinq. »

Truscott leva les yeux. « Voilà ce que vous allez lui dire : la réponse à son communiqué de Berlin à peine lisible est affirmative.

– Affirmative, répéta Jack.

– Et, pendant que vous y êtes, dites-lui que je considérerais comme une faveur personnelle qu'il apprenne à taper à la machine.

– Vous aimeriez qu'à l'avenir, il tape ses messages, répéta Jack.

– Et maintenant, filez », coupa Truscott. Puis il brailla par la porte ouverte : « Nom de Dieu, mademoiselle Mitchel, ils n'ont pas encore décrypté les messages de cette nuit du comité des états-majors ?

– Ils ont dit que ce serait prêt dans vingt minutes, répondit la secrétaire.

– Qu'est-ce qu'ils fabriquent, aux communications ? grogna le général. Ils prennent le café entre chaque phrase ou quoi ? »

Jack récupéra le message du Sorcier sur le bureau de Truscott puis descendit l'escalier jusqu'à la salle d'incinération, au deuxième sous-sol. Les murs et les portes venaient d'être repeints en gris cuirassé, et en avaient l'odeur. Dans le couloir, devant la porte où figurait la mention « Réservé à la CIA », la curiosité l'emporta, et Jack jeta un coup d'œil sur le mot de Torriti. Il y était écrit : « Général, j'ai décidé d'envoyer un dernier appât au baryum à mon principal suspect en disant que Torriti connaît l'identité de la taupe soviétique qui a fait capoter l'exfiltration de Vichnevski. À ce moment-là, si j'ai touché juste, mon suspect va en parler à ses officiers traitants, et les Russes vont essayer de m'enlever ou de m'assassiner. S'ils y parviennent, vous trouverez une lettre qui vous est adressée dans un petit coffre, dans le coin de mon bureau. La combinaison est : trente, puis douze en partant de trente vers la gauche, puis quarante-cinq en allant à droite. Copiez, s'il vous plaît, ces nombres sur votre sous-main. La lettre vous livrera l'identité de la taupe et vous donnera les preuves de ce que j'avance, y compris mon dernier appât au baryum. Si la tentative d'enlèvement ou d'assassinat échoue, je partirai à Washington donner moi-même le coup de grâce. D'accord ? Torriti. »

Jack remit la lettre du Sorcier dans l'enveloppe et pénétra dans la salle d'incinération. Un sergent d'état-major portant seize années de galons sur la manche de sa veste uniforme accrochée derrière la porte vérifia la carte d'identité plastifiée que lui présentait Jack, puis désigna une poubelle métallique. « Jetez ça là-dedans – je m'en occuperai.

– J'ai reçu l'ordre de la brûler moi-même, lui dit Jack.

– Comme vous voulez, mon pote. »

Jack froissa l'enveloppe, ouvrit la porte de l'incinérateur et la jeta dedans. « Il est gonflé, ce mec, dit-il en regardant l'enveloppe se consumer.

– Pardon ?

– Non, rien, je pensais tout haut. »

Ayant une heure et quart à tuer avant de prendre l'avion d'échange de pellicules qui devait le ramener à Berlin, Jack monta au quatrième étage et chercha le placard qui servait de bureau à Ebby. Trouvant la porte entrouverte, il frappa avant de la pousser et découvrit Ebby assis, les pieds appuyés sur le rebord de la fenêtre. Il contemplait sombrement les toits de Francfort tout en faisant tourner distraitement le barillet de ce qui ressemblait à un revolver ancien. Le voisin de bureau intermittent d'Ebby, un jeune officier traitant de la CIA nommé William Sloane Coffin et chargé pour le moment de s'occuper d'un projet de distribution de tracts, s'apprêtait à sortir. « Vous pourrez peut-être lui redonner le moral », glissa Coffin à Jack lorsqu'ils se croisèrent.

Ebby fit signe à Jack de prendre le siège de Bill Coffin. « Salut, qu'est-ce qui t'amène à Francfort ? »

Jack remarqua que des rides s'étaient creusées autour des yeux d'Ebby, ce qui l'assombrissait tout en le vieillissant. « Je devais apporter un truc ultraconfidentiel à ton général. » Jack tira la chaise de Coffin près du bureau de son copain. « T'as une mine de déterré, commenta-t-il. Tu veux en parler ? »

Ebby se mordilla la lèvre. « J'étais l'officier traitant d'une équipe qui partait en Albanie », finit-il par dire. Il secoua la tête avec désolation. « Mes Albanais, ils se sont fait avoir tous les sept – quatre ont été abattus sur la plage, et les trois autres ont été traînés devant un juge pour une parodie de procès, puis collés contre un mur et exécutés.

– Je suis sincèrement navré, Ebby. Écoute, je ne dis pas ça pour essayer d'atténuer ton sentiment de tristesse...

– ... d'échec, tu peux le dire, Jack.

– Ce que je veux te dire, c'est qu'on prend tous des coups », fit doucement Jack. Il pensait à l'aspirant transfuge russe Vichnevski et sa femme attachés sur des brancards. Il pensait à leur fils qu'on tirait sur la passerelle d'un avion alors qu'il sanglotait et hurlait "Papa !" Ça fait partie du métier.

« J'ai perdu les deux gars que j'ai parachutés en Pologne – on n'a plus eu de nouvelles d'eux. J'ai perdu un môme, Aliocha, qu'on a lâché dans les Carpates. Il a bien envoyé son message radio, mais avec le signal de danger. Il donne encore de ses nouvelles une à deux fois par quinzaine, mais toujours avec le signal de danger – on suppose qu'il est manipulé. Quand ils en auront marre de jouer avec la radio, ils l'exécuteront aussi. » Ebby se leva avec peine, s'approcha de la porte et la claqua avec une telle force que les tasses à café vides posées sur son bureau vibrèrent dans les soucoupes. « C'est une chose que de risquer sa vie, Jack, reprit-il en s'asseyant sur le bord de fenêtre, dos à la vitre. Mais c'en est une autre que d'envoyer de jeunes types innocents au casse-pipe. On les attire, on les forme et on s'en sert comme chair à canon. Ils comptent pour du beurre. Je ne voudrais pas faire dans le sentimentalisme, je te jure que non, mais bon Dieu, c'est fou ce que je me sens mal. J'ai vraiment l'impression de les avoir laissés tomber. »

Jack écouta Ebby jusqu'au bout – il savait que son ami n'avait pas grand monde à qui se confier, et que parler lui faisait du bien. De temps à autre, Jack avançait ce qui lui apparaissait comme un cliché réconfortant : tu n'es pas seul dans cette situation, Ebby ; si ça n'avait pas été toi, ça aurait été quelqu'un d'autre ; on ne saura si nos efforts pour refouler le communisme étaient vains ou pas que quand on parlera de cette période dans les livres d'histoire.

Jack finit par consulter sa Bulova. « Oh, merde, j'ai intérêt à courir si je ne veux pas rater mon avion. »

Ebby l'accompagna jusqu'au hall d'entrée. « Merci d'être passé, dit-il.

– Peine partagée est moins lourde, commenta Jack.

– Oui, quelque chose dans ce genre », admit Ebby. Ils se serrèrent la main.

De retour à la base de Berlin, en fin d'après-midi, Jack dévala l'escalier conduisant au bunker du Sorcier, mais fut stoppé dans son élan par l'Oiseau de nuit, qui se dressait devant la porte close de Torriti, les bras croisés sur sa poitrine imposante. De l'intérieur provenaient les accords mélodieux d'une soprano agonisant son finale de *La Traviata*. « Il broie du noir », annonça-t-elle ; à la façon dont elle disait cela, elle aurait pu parler d'une maladie incurable.

« Comment le savez-vous ? demanda Jack.

– Il boit un cocktail de jus de légumes V8 au lieu de whisky.

– Qu'est-ce qui a déclenché ça ?

– Je lui en ai apporté deux bouteilles avec le courrier de l'après-midi.

– Non, je veux dire, qu'est-ce qui l'a mis dans cet état ?

– Je ne sais pas trop. Quelque chose au sujet de baryum qui lui donnerait des crampes d'estomac. C'est vous, son Apprenti, Jack. Vous avez une idée de ce que ça veut dire ?

– Peut-être. » Il lui fit signe de le laisser passer et frappa à la porte. Torriti ne répondit pas et il frappa plus fort. Puis il ouvrit la porte et entra. Mlle Sipp n'exagérait pas : les cheveux rares du Sorcier volaient en tous sens, les pans de sa chemise sortaient de son pantalon, sa braguette n'était qu'à demi boutonnée, une de ses bottes de cow-boy se trouvait sur le bureau, et la crosse de deux armes à feu en sortait. *La Traviata* s'acheva enfin. Faisant signe à Jack de ne rien dire tant que la musique n'était pas repartie, Torriti pivota vers son Victrola et posa un autre 78 tours sur la platine. Puis, penchant la tête, les yeux plissés, il abaissa précautionneusement l'aiguille sur le sillon. Il y eut un petit crachotement irritant, puis la voix angélique de Galli-Curci s'éleva dans « Ah ! Non credea mirarti » de *La Somnambula*.

L'index tendu en point de mire, Torriti – qui évoquait une arme antiaérienne pistant une cible – fit tourner sa chaise, et Jack s'avéra être la cible recherchée. « Bon, quelle est la réponse du général ?

– Il a dit qu'elle était affirmative. Et il a dit qu'à partir de maintenant, vous devriez taper vos messages à la machine.

– Mon gars, je suis pas du genre à taper avec deux doigts. » Il remplit son verre de jus aux huit vitamines et en but la moitié d'un long trait douloureux. Puis il frissonna. « Comment peut-on tomber si bas, gémit-il. Quand mon Oiseau de nuit a évoqué les jus de légumes, j'ai cru que les V8 dont elle me parlait étaient les nouvelles bombes V2 améliorées des Allemands. Qu'est-ce qui se passe à Francfort que je devrais savoir ? »

Jack décrivit l'avoinée que Truscott avait passée à un subalterne impuissant qui s'était amusé avec des ballons au-dessus de l'URSS, mais Torriti, qui appréciait généralement les ragots sur la Compagnie, n'eut pas un sourire. Jack mentionna sa visite à Ebby. « Vous vous rappelez Elliott Ebbitt – il a passé un mois ou deux ici avant d'être muté à l'antenne de Francfort.

– Il n'a pas été *muté* à Francfort, il y a été expédié vite fait par ton serviteur pour avoir un peu trop ouvert sa gueule sur ma consommation d'alcool. Heureusement qu'il n'est plus ici... je suis sûr qu'il aurait quelque chose à redire sur les jus de légumes. Qu'est-ce qu'il fout en ce moment ?

– Il était en deuil, raconta Jack. Les types de la section Europe de l'Est, soviétique ont infiltré un groupe d'agents émigrés et les ont tous perdus. Ebby était leur officier traitant. »

Le Sorcier, qui feuilletait distraitement les cartons d'un classeur portant la mention « Baryum », leva les yeux, une lueur d'intérêt s'allumant dans ses pupilles. « Ça s'est passé quand, et où ?

– En Albanie. Il y a neuf jours. »

La bouche de Torriti se détendit lentement en un sourire stupide. « En Albanie ! Il y a neuf jours ! Et on ne me dit rien ?

– C'est une opération de Francfort, Harvey.

– Tu es sûr que les émigrés se sont fait avoir ?

– C'est ce qu'il m'a dit. Il y en a quatre qui sont morts sur les plages, et les trois autres devant un peloton d'exécution.

– Eurêka ! s'écria Torriti. Ça réduit mes recherches au Comité de politique spéciale qui coordonne les opérations contre l'Albanie. » Il sortit ses revolvers de la botte de cow-boy et en rangea un dans son étui d'épaule, l'autre allant dans l'étui fixé à sa cheville. Puis il enfila sa botte, coiffa ses cheveux du bout des doigts, remit le bas de sa chemise dans son pantalon, balança la bouteille de V8 dans le conteneur d'incinération et sortit une bouteille de whisky de l'armée du tiroir apparemment sans fond de son bureau. « Il faut fêter ça », s'exclama-t-il en versant de l'alcool dans deux verres. Il en poussa un vers Jack. « À la beauté du baryum, mon gars, déclara-t-il en levant son verre.

– Harvey, des gens sont morts ! Je ne vois pas ce qu'il y a à fêter. »

Le Sorcier consulta sa montre. « À Londres, il est deux heures plus tôt ou plus tard qu'ici ?

– Plus tôt.

– Un Anglais digne de ce nom devrait être en train de prendre son dîner dans un pub, à cette heure-ci », commenta Torriti en commençant à fouiller frénétiquement ses poches. Il en retourna plusieurs jusqu'à ce qu'il trouve ce qu'il cherchait : un bout de papier avec un numéro dessus. Il décrocha l'interphone. « Que l'Ange Déchu m'amène ma voiture devant la petite porte », ordonna-t-il à Mlle Sipp. Il vida d'un trait son whisky, fit signe à Jack de le suivre et se dirigea vers la porte.

« Eh-ho ! Qu'est-ce que c'est que cette panique, Harvey ?

– Il faut que je resserre encore ma liste. Et pour ça, j'ai besoin de donner un coup de fil.

– Mais pourquoi ne pas appeler du bureau ? La ligne est sûre.

– Les Russes croyaient aussi que leurs lignes de Karlshorst étaient sûres jusqu'à ce que je trouve comment les piéger, grogna Torriti. Il y a de quoi foutre un sacré bordel et je ne veux pas prendre le moindre risque. »

Torriti était assis au bord du lit défait, au dernier étage de la maison close de Grunewaldstrasse, à Berlin-Schoneberg, le combiné du téléphone à l'ancienne collé contre son oreille tandis qu'il martelait du doigt le support. La voix étouffée d'un chanteur montait du night-club, en bas. L'une des prostituées, une frêle adolescente vêtue d'une simple combinaison transparente sans rien en dessous, passa la tête par la porte. Elle avait les paupières fardées de mauve et ses cheveux sales teints en jaunâtre. Comme Jack lui faisait signe de s'en aller, la prostituée fit la moue. « Mais tonton Harvey se fait toujours…

– Pas ce soir, mon chou », l'interrompit Jack avant d'aller lui fermer la porte au nez pour monter la garde, planté dos à l'entrée, les yeux fixés sur l'image renversée du Sorcier qui se reflétait dans le miroir accroché au plafond, au-dessus du lit.

«Le *Lion and Last*, à Kentish Town? hurla le Sorcier dans le téléphone. Vous m'entendez? Je dois parler à un certain M. Epstein. Elihu Epstein. Il dîne dans votre pub tous les soirs de semaine. Oui, ce serait très gentil de votre part, merci. Vous pourriez vous magner un peu? J'appelle de très loin.» Le Sorcier tambourina des doigts sur la table. Puis le martèlement s'arrêta. «Elihu, tu reconnais ma voix? Je suis le mec que tu n'as pas vu à Hampstead Heath. Ha-ha-ha! Écoute-moi, Elihu – tu te souviens de qui on a parlé, la dernière fois…. le type qui s'est fait mettre le grappin dessus par la coco en Autriche. Il faut que je lui fasse passer une info mais sans qu'il sache que ça vient de moi… tu m'as dit que tu l'avais au téléphone deux ou trois fois par semaine… oui, on dit de moi que j'ai une mémoire d'éléphant… est-ce que tu pourrais glisser mon appât dans la conversation la prochaine fois que tu l'as au bout du fil?… dis-lui qu'un vieux pote de l'époque de ton commando 3, en Sicile, t'a appelé pour te demander ton avis. Il voulait savoir comment les apparatchiks du MI5 réagiraient s'il leur lâchait entre les pattes un scénario qui ferait l'effet d'une bombe atomique. Ton type de Washington te demandera si tu as une idée du contenu du scénario. Alors toi, tu te fais prier, tu lui fais jurer le secret, tu lui dis que c'est on ne peut plus officieux et tu lui racontes que ton pote – surtout, fais attention que mon nom soit bien prononcé –, que ton pote prétend pouvoir identifier la taupe soviétique qui a fait capoter l'exfiltration de Vichnevski… bien sûr que c'est du baryum, Elihu… Oui, moi aussi, j'espère que je sais ce que je fais… désolé d'avoir interrompu ton dîner… Shalom, Elihu.»

Les hommes du Sorcier étaient tous sur le pied de guerre. Les armes automatiques de Torriti avaient été descendues des râteliers et soigneusement disposées sur une table de fortune, dans le corridor; Doux Jésus et l'Ange Déchu mettaient des balles dans des chargeurs qu'ils scotchaient dos à dos afin de pouvoir recharger les armes rapidement. Jack et Mlle Sipp testèrent un tout nouveau système de talkie-walkie qui comprenait un micro miniature fixé à l'intérieur du col et une oreillette enfoncée dans le pavillon de l'oreille. «Essai : dix, neuf, huit, sept, six», chuchota Jack dans le col de sa chemise. La voix de l'Oiseau de nuit, qui semblait provenir du fond d'un puits, lui parvint toute petite mais parfaitement claire. «Extra, Jack. Je vous entends haut et clair.»

Plusieurs des dernières recrues de la base de Berlin qui tombèrent sur les préparatifs du sous-sol se demandèrent soudain si les Russes n'étaient pas sur le point d'attaquer. «Comment saura-t-on quand déclencher les bombes à la thermite des coffres, monsieur?» demanda l'un d'eux à Jack. Le Sorcier, qui faisait passer sa bouffe avec une lampée de Slivowitz de la glacière, entendit la question. «La discrétion est mère de la sûreté, gueula-t-il dans le couloir.

N'oubliez pas de vous piquer avec une aiguille empoisonnée pour qu'on ne vous prenne pas vivant.»

Le nouveau hocha silencieusement la tête.

«C'est une blague, intervint Jack.

– Ah bon!» Le tout jeune agent de la Compagnie, frais émoulu de Yale débarqué à Berlin quelques jours à peine plus tôt, s'empressa de battre en retraite de ce sous-sol de fous.

Pendant deux jours et deux nuits, Torriti et ses hommes – sommeillant sur des lits de camp et des divans, se nourrissant de sandwiches que l'Oiseau de nuit leur rapportait de la cantine, se rasant dans le lavabo malpropre des toilettes au bout du couloir – attendirent. Le Sorcier gardait la porte de son bureau entrouverte ; arias après arias résonnaient dans tout le couloir et remontaient la cage d'escalier. À chaque fois que le téléphone sonnait, Jack plongeait la tête dans le bureau de Torriti et découvrait ce dernier en train de parler dans le combiné tout en jouant avec son revolver à crosse de nacre, le faisant tournoyer autour de son index, mettant et retirant le cran de sûreté, visant un oiseau qui ornait un calendrier mural. «C'était pas ça, disait-il avec un hochement de tête une fois qu'il avait raccroché.

– Mais comment saurez-vous que c'est le bon ? questionna Jack, exaspéré.

– Mon blair me le dira, mon gars.»

Et alors, au début du troisième jour, son nez se mit à le chatouiller.

«Otto, ça fait une paye», marmonna Torriti dans le téléphone qu'il venait de décrocher. Quand Jack apparut à la porte, il lui fit de grands signes pour qu'il prenne l'écouteur. «Qu'est-ce que vous devenez?» demanda-t-il à son interlocuteur.

Jack prit l'écouteur. «… La ligne téléphonique est sûre ? fit la voix à l'autre bout du fil.

– Vous me demandez si ma ligne est sûre ? Otto, Otto, dans vos délires les plus fous, vous croyez vraiment que vous pourriez me joindre sur une ligne qui ne le serait pas ?

– J'ai peut-être quelque chose de très goûteux pour vous, mon cher Harv.

– *Ach so ?*» fit Torriti avec un éclat de rire.

Otto rit à son tour. «Vous – comment dites-vous déjà ? – vous me charriez avec votre accent allemand épouvantable.

– Oui, je vous charrie encore, c'est vrai. Alors, c'est quoi, ce truc goûteux que vous avez pour moi ?

– Un de mes hommes revient tout juste d'une mission extrêmement réussie à l'Est. Vous avez entendu parler des sept mille vaches empoisonnées dans une coopérative laitière, près de Fürstenberg, non ? C'était l'œuvre de mon agent.

– Toutes mes félicitations, siffla Torriti. Encore un coup porté à ce putain de communisme international.

– Vous faites de l'ironie, je me trompe ? Aucune importance. Vous faites la guerre à votre façon, mon cher Harv, nous faisons la guerre à la nôtre. Avant de revenir à l'Ouest, notre agent a passé la nuit avec un cousin. Ce cousin a une cousine par alliance qui travaille comme sténo au bureau du chef du Ministerium fuer Staatssicherheit, ce que vous appelez la Stasi. Anton Ackermann lui dicte son courrier. Elle doit trouver de l'argent rapidement pour envoyer son mari se faire opérer à l'Ouest. Alors elle propose des copies au Thermofax de tout le courrier d'Ackermann datant des trois derniers mois.

– Pourquoi ne pas faire l'intermédiaire, Otto ? Les intermédiaires se font un paquet de fric dans cette ville pourrie.

– Deux motivements à ça, mon cher Harv. Motivement un : elle veut énormément trop de dollars américains. Motivement deux : elle refuse tout simplement de traiter avec un Allemand. Elle ne veut parler qu'au patron de la CIA à Berlin. À Herr Torriti, Harv. Et seulement si vous venez seul.

– Comment sait-elle mon nom ?

– Ackermann connaît votre nom. Elle lit le courrier d'Ackermann.

– La dame veut combien de dollars américains, Otto ?

– Vingt-cinq mille en petites coupures très usagées. Elle propose de venir vous rencontrer ce soir dans le secteur britannique, et de vous apporter un échantillon. Si la qualité de ce qu'elle vend vous plaît, vous pourrez organiser une seconde rencontre et conclure le marché.»

Torriti leva les yeux vers Jack en se frottant du doigt le bout de son nez. «Où ? Quand ?»

Otto proposa une petite église catholique derrière Reformations Platz, à Spandau, non loin de la station de U-Bahn Spandau. «Disons vers onze heures.

– Si ça marche, je vous revaudrai ça, assura Torriti.

– Harv, Harv, c'est déjà noté dans les livres de comptes.»

Tenant le combiné entre le pouce et l'index, le Sorcier reposa le combiné sur son support comme si c'était une bombe qui risquait d'exploser. «Harv, Harv, c'est déjà noté dans les livres de comptes, bêla-t-il, imitant la voix d'Otto. Comme si je savais pas ce qu'il y a dans ses satanés bouquins.» Un sourire flasque de pure béatitude étira ses bajoues pendantes. Torriti prit une profonde inspiration, regarda la pendule et se frotta les mains d'un air réjoui. «Tout le monde sur le pont ! brailla-t-il.

– Mais qu'est-ce qu'a dit Otto pour que votre nez vous chatouille ?» voulut savoir Jack.

Le Sorcier était visiblement trop content de lui répondre. «Mon ami Otto est en fait Herr Doktor Otto Zaisser, chef en second d'une organisation appelée Kampfgruppe gegen Unmenschlichkeit – Groupe de Lutte contre l'Inhumanité – créée avec une petite aide financière de leurs amis de la Vinaigrerie, il y a deux ou trois ans. Ils sont installés dans deux vieilles maisons

délabrées au fond d'une ruelle – Torriti agita une main vague du côté du secteur américain – bourrées de caisses d'emballage. Les caisses sont pleines de
cartes rangées par ordre alphabétique. Chaque carte contient le nom de quelqu'un qui a disparu derrière le rideau de fer. Quand on a besoin d'avoir un
renseignement sur quelqu'un en particulier, Kampfgruppe peut se révéler
utile. Otto lui-même est spécialisé dans les espiègleries en tout genre. L'année dernière, il a contrefait des timbres à l'effigie de Staline avec une corde
autour du cou, et il en a collé un bon millier sur des putains de lettres à destination de l'Est. Les mois où ils n'ont pas grand-chose à foutre, Kampfgruppe
envoie ses agents faire sauter un pont de chemin de fer communiste ou empoisonner un cheptel de vaches communistes.

– Ça n'explique toujours pas pourquoi votre nez vous a chatouillé.

– Si Otto pouvait réellement mettre la main sur des exemplaires thermo-
faxés du courrier d'Anton Ackermann, il aurait fait la manche ou emprunté
les vingt-cinq mille dollars pour les acheter lui-même ; ensuite, il aurait fait
un peu le tour et aurait revendu la collection au Rabbin pour cinquante mille.
Le Rabbin nous aurait alors revendu le truc pour la somme modique de
soixante-quinze mille dollars ; mais il nous aurait proposé de nous le filer gratos si on pouvait lui dire où mettre la main sur l'Ennemi public Numéro Un,
l'ancien chef de la section juive de la Gestapo, Adolf Eichmann, réfugié en
Amérique du Sud.

– Les Thermofax existent peut-être vraiment – vous ne le saurez que quand
vous en aurez vu un. »

L'œil pétillant, le Sorcier secoua la tête. « Il se trouve que je sais que le
camarade Ackermann ne dicte pas ses lettres à une secrétaire – il a la paranoïa des micros et il a la paranoïa des fuites, alors il écrit tout lui-même à la
main et fourre ses lettres dans des enveloppes qui laissent des traces si on les
tripatouille.

– Votre ami Otto n'est donc pas votre ami ?

– En le sachant ou sans le savoir, il me tend un piège.

– Qu'est-ce que vous faites, alors, maintenant, Harvey ?

– Je fonce dedans, mon gars. »

Torriti, chaman du métier qui savait se fondre dans une foule même quand
il n'y en avait pas, se débarrassa de son attitude nonchalante de gros noyant
ses idées noires dans l'alcool de l'armée, et entra en action. Les deux Silwan
et les quatre autres choisis pour la mission furent convoqués avec Jack.
Mlle Sipp apporta un gros plan de Spandau, situé dans le secteur britannique
de Berlin, et le punaisa au mur. « Nous avons six heures devant nous, leur
dit Torriti. Tout le matériel devra être transporté hors de vue. Dès qu'il
fera sombre, vous vous glisserez un par un dans le secteur et prendrez vos
positions. Les Silwan, habillés en ecclésiastiques avec des fusils à canon scié
sous leur scapulaire, seront postés à l'intérieur de l'église ; quand j'arriverai,

je veux vous voir à genoux, en train de prier pour mon salut. Vous quatre, vous vous posterez dans les renfoncements les plus sombres que vous pourrez trouver aux quatre coins à l'extérieur de l'église. Jack, en vieux blouson de cuir et casquette pour que quiconque le remarque ne le prenne pas pour un étudiant tout juste sorti de Yale, conduira le taxi. Tu me laisseras à la porte et me récupéreras à la sortie, si je sors un jour. Tu auras un M3 et un paquet de chargeurs sur le siège à côté de toi, sous un imperméable. Chacun sera connecté aux autres par le bidule que Mlle Sipp va nous accrocher au revers avec ses doigts délicats. Des questions ? »

Doux Jésus voulait savoir s'il pouvait prendre son bichon.

« Les prêtres se trimballent rarement avec un chien en laisse, indiqua Torriti.

– Est-ce qu'on pourra avoir une prime de risque pour cette opération, demanda encore Doux Jésus.

– S'il y a des coups de feu. »

Doux Jésus insista : « Pour la prime, est-ce que les coups de feu compteront si c'est nous qui tirons et pas eux ?

– Tu gaspilles tes dons naturels dans l'espionnage, lui dit le Sorcier. Tu es fait pour être un avocat qui court après les ambulances.

– J'ai fait trois ans de droit à Bucarest avant que les communistes arrivent au pouvoir et que je me tire, lui rappela Doux Jésus.

– Au temps pour ma mémoire d'éléphant », dit Torriti à Jack. Mais rien n'aurait pu altérer sa bonne humeur.

Jack gara le taxi le long du trottoir, devant l'église catholique, au moment où les cloches commençaient à sonner onze heures. Il inclina le menton vers le col de sa chemise et souffla : « Chef Whisky – tout le monde est en place ?

– Whisky un, prêt.

– Whisky deux, prêt.

– Whisky trois et quatre, en place.

– Et à l'intérieur ? » demanda Jack.

Il y eut de la friture. « Whisky cinq et six, idem. »

Revêtu d'un vieil imperméable ample et tenant une bouteille de gin dans un sac en papier, Torriti ouvrit la portière arrière du petit taxi et sortit en vacillant sur le trottoir. Il rejeta la tête en arrière, liquida le reste de la bouteille, la jeta sur la banquette et claqua la portière d'un coup de pied. Jack se pencha et baissa la vitre du côté passager. Torriti extirpa un portefeuille de la poche de son pantalon et, le tenant tout près de ses yeux, compta quelques billets. « Vous m'attendez ! aboya-t-il en faisant un geste de sa main ouverte.

– *Um wieviel Uhr ?* demanda Jack.

– Plus tard, bordel. *Später.* » Torriti se redressa, rota et, titubant comme s'il avait du mal à garder son équilibre, se dirigea vers la double porte de l'église.

Jack abaissa sa casquette sur ses yeux, posa la main sur le M3 dissimulé sous l'imperméable, sur le siège d'à côté, et se carra sur son siège pour attendre ; de sous sa visière, il voyait parfaitement les deux rétroviseurs extérieurs et le rétroviseur central. Il suivait dans son écouteur miniaturisé l'évolution de la situation :

« Whisky deux – il est entré, dit un des Américains postés de l'autre côté de la rue.

– Whisky cinq – je le vois, fit la voix de Doux Jésus.

– Whisky six – moi aussi, je le vois », dit l'Ange Déchu.

À l'intérieur, le Sorcier s'arrêta devant le bénitier en forme de coquillage pour plonger les doigts des deux mains dedans et s'asperger le visage d'eau bénite. Alors, avec un frisson, il remonta l'allée centrale. Il y avait une douzaine de personnes éparpillées dans les rangs et qui priaient en silence. Deux hommes minces en soutane et scapulaire à capuchon se balançaient au rythme de leur prière, agenouillés de part et d'autre de l'allée centrale ; Torriti nota qu'il faudrait leur signaler que leur façon de communier avec Dieu s'apparentait davantage au style des juifs hassidiques qu'à celui des catholiques romains. Alors que le Sorcier s'approchait de l'autel, une femme emmitouflée dans un manteau d'homme en loden vert élimé, portant un foulard sur la tête et de solides chaussures de marche est-allemande aux pieds, arriva dans l'autre sens. Au moment où ils se croisèrent, la femme chuchota : « Herr Torriti ? »

Le Sorcier fit mine de répondre au téléphone. « Lui-même, dit-il. *Sprechen Sie Englisch ?*

– Je parler un petit peu de l'anglais. Où est-ce que nous pouvons aller pour discuter ? »

La prenant par le coude de son manteau, Torriti l'entraîna dans l'ombre d'une chapelle, sur le côté de l'église. Il examina les gens qui priaient sur les bancs. Seules les deux silhouettes encapuchonnées, à la dernière rangée, semblaient leur prêter attention.

« Un ami mutuel m'a dit que vous aviez quelque chose de particulièrement goûteux à vendre, commença le Sorcier.

– Je vais vous présenter *zvei* échantillons », dit la femme. Elle paraissait très mal à l'aise et pressée d'en finir au plus vite. « Vous aimer ce que vous voir, nous se retrouver plus tard et nous procéder à la transaction – mes lettres, vos vingt-cinq mille dollars américains.

– Comment pouvez-vous être sûre que je ne vais pas prendre les lettres sans vous payer ? »

La femme serra les lèvres. « Vous faire ça et vous ne plus jamais voir d'autres lettres, *ja*?» Elle réfléchit un instant, puis ajouta : «Vingt-cinq mille dollars américains *billig* pour ce que moi apporter.

– Et mon œil que c'est *pas cher*», grogna Torriti, mais il le dit avec un sourire que la femme ne put s'empêcher de lui rendre.

Elle plongea la main dans son manteau, sortit deux feuilles de papier des plis de sa grosse jupe et les tendit à Torriti. Il jeta un nouveau coup d'œil autour de lui, déplia l'une des feuilles et l'approcha de la lueur d'une bougie qui brûlait devant une statue de la Vierge Marie. Il parvint à discerner une lettre dactylographiée qui commençait par un salut très formel au camarade Ulbricht et se terminait sur la formule allemande de «amicalement vôtre». Le nom A. Ackermann était tapé au bas de la lettre, et, par-dessus, figurait sa signature manuscrite. La deuxième lettre était adressée à l'adjoint du *rezident* soviétique à Karlshorst, le camarade Oskar Ougor-Molody, qui se terminait sur les mêmes salutations amicales au-dessus de la signature d'Ackermann.

«Ça me paraît O.K.», dit le Sorcier en empochant les deux lettres. Il regarda à nouveau autour de lui et vit deux vieux messieurs quitter leur banc et descendre l'allée centrale vers le fond de l'église. Les deux Silwan avaient dû les remarquer aussi, parce qu'ils se mirent à tripoter les bâtons qu'ils avaient sous leur scapulaire, et Torriti savait que ce n'était pas une érection qu'ils caressaient. Lorsque les deux vieillards arrivèrent au dernier rang, ils se tournèrent vers l'autel, firent une génuflexion, se signèrent puis quittèrent l'église en échangeant des propos à voix basse. Torriti demanda à la femme : «Où ? Quand ?» Il chercha au plus profond de sa mémoire des restes d'allemand scolaire. « *Wo ? Wann ?*

– *Hier*, répondit-elle en montrant la Madone. Demain *nacht*. D'accord. Comprenez-vous ?

– Je comprends», assura Torriti. Puis il cligna rapidement des paupières et posa une main sur la statue, comme pour reprendre son équilibre.

La femme ne savait plus trop quoi faire, ce qui laissa le Sorcier penser que c'était une néophyte ; quelqu'un d'engagé pour une mission unique. Elle recula, puis s'avança en tendant sa main gantée. Le Sorcier la porta à ses lèvres et l'embrassa. La femme parut déconcertée. Elle gloussa nerveusement et battit en retraite entre les bancs pour disparaître par une porte latérale. Au dernier rang, Doux Jésus et l'Ange Déchu se regardèrent, hésitants.

L'écouteur minuscule bourdonna dans l'oreille du Sorcier. «Whisky trois – une femme vient juste de sortir par la porte latérale. Le sujet marche d'un pas très rapide vers Breitestrasse. Attendez... une vieille Mercedes arrive de Breitestrasse et s'arrête près d'elle... elle monte, la voiture fait demi-tour et prend de la vitesse ; elle tourne dans Breitestrasse. Bon, je l'ai perdue.

– Chef Whisky – quelle est la suite des opérations ? »

Le Sorcier grommela dans son col : « Ici Pilier de bar – s'il doit se passer quelque chose, c'est ici et maintenant. Restez prêts.»

Il passa la main sous son imperméable, tâta la crosse de nacre de son revolver pour se porter chance et traversa d'un pas quelque peu vacillant le sol dallé vers la double porte de l'église. Il ne prit pas la peine de regarder derrière lui ; il savait que les deux Silwan le couvraient. Il entendit alors dans son oreille l'un de ses guetteurs intervenir, le souffle court : « Whisky un – deux hommes viennent de déboucher de Carl Schurzstrasse. » La voix de Jack, imperturbable, se fit entendre à son tour : « Chef Whisky – on reste calmes. Je les ai dans mon rétroviseur, Harvey. Ils passent sous un lampadaire. Il y en a un qui porte un long manteau de cuir, l'autre une veste en cuir. Ils marchent très lentement en direction de l'église. »

Le Sorcier se rappela combien Jack s'était montré tendre la nuit où ils avaient attendu Vichnevski dans la planque au-dessus du cinéma. Il avait mûri durant les quatre mois qui s'étaient écoulés depuis ; Torriti avait vu juste en pensant dès le départ que Jack était un cran au-dessus de la chair à canon que lui envoyait habituellement Washington. Torriti grogna doucement dans son micro : « Whisky trois et quatre – placez-vous derrière eux, mais ne précipitez rien. Je veux que ce soit eux qui prennent l'initiative. »

Poussant la porte pour émerger dans la rue sombre, Torriti vit les hommes passer sous un nouveau lampadaire à vapeur de mercure, à une cinquantaine de mètres plus bas. La lumière fit reluire le crâne chauve de l'un d'eux. Ils durent alors repérer le Sorcier parce qu'ils s'écartèrent légèrement l'un de l'autre et pressèrent le pas. Traînant des pieds, Torriti se dirigea vers le taxi garé le long du trottoir. Il parvenait à distinguer Jack ; celui-ci paraissait assoupi sur son volant, mais son bras droit était tendu vers quelque chose qui se trouvait sur le siège à côté de lui. Whisky trois et quatre surgirent au coin de la rue, derrière les deux silhouettes qui remontaient le trottoir.

Les deux hommes n'étaient plus qu'à quelques mètres quand le Sorcier arriva devant la portière arrière du taxi. Au moment où il saisissait la poignée, l'un d'eux tira quelque chose de métallique de sa ceinture et plongea maladroitement vers lui. Se déplaçant avec la grâce et la légèreté d'un gros qui avait survécu à plus de bagarres de rue qu'il ne pouvait en compter, Torriti se jeta de côté et s'accroupit d'un même mouvement. Le superbe revolver à crosse de nacre se matérialisa dans sa main serrée et eut comme un sursaut lorsqu'il eut pressé la détente. La détonation, amplifiée par l'obscurité, résonna dans la rue pavée tandis que la balle pénétrait dans l'épaule de l'agresseur, l'envoyant à terre. Un couteau de boucher ricocha dans le caniveau, aux pieds de Jack, alors que ce dernier arrivait par-derrière le taxi, plié en deux, un M3 coincé sous le bras. Il repéra le deuxième homme, qui eut le bon sens de se figer sur place. Whisky trois et quatre, pistolet au poing, surgirent au pas de course. L'un d'eux écarta d'un coup de pied le couteau du blessé qui gémissait, assis, le dos contre le garde-boue. L'autre fouilla le chauve qui se gardait de bouger, les bras tendus au-dessus de la tête.

« C'était ça, l'attaque, Harvey ? fit Jack en secouant la tête avec incrédulité. Ça faisait amateur... »

Une petite voiture de police avec un gyrophare dessus apparut soudain au bout de la rue. Elle fonça vers le taxi et s'arrêta dans un hurlement de frein à une dizaine de mètres. Deux portières s'ouvrirent, et deux hommes portant l'uniforme bleu sombre de la Polizei ouest-allemande approchèrent. Ils avaient tous les deux des pistolets-mitrailleurs Schmeisser fourrés sous le bras et le doigt sur la détente.

« Comment ont-ils pu être au courant si vite ? s'étonna Jack.

– Ce n'est peut-être pas si amateur que ça, commenta Torriti à mi-voix.

– Vous avez des problèmes ? » lança l'un des policiers.

Jack se rengorgerait toujours d'avoir remarqué qu'ils ne s'exprimaient pas en allemand à l'instant même où le Sorcier, avec une indolence incroyable, faisait remarquer : « Ils parlent la langue de Shakespeare, mon gars. Descends-les ! »

Le M3 de Jack et le pistolet de Torriti ouvrirent le feu au moment où les deux policiers, écartant les jambes pour mieux absorber le recul de leur Schmeisser, commençaient à tirer. Les balles de Jack en abattirent un, le coup unique de Torriti eut raison de l'autre. L'agresseur chauve, les bras toujours au-dessus de sa tête, se saisit soudain le ventre et tomba à genoux, frappé par une balle de Schmeisser perdue. Des volets s'ouvrirent tout au long de la rue. « *Was ist hier Los ?* cria quelqu'un.

– *Schliesse die Fensterläden – das geht uns nichts an*, cria une femme.

– *Rufen Sie die Polizei*, hurla un homme.

– *Das ist ein Polizeiauto* », répondit une adolescente à une autre fenêtre.

« Il est temps de se tirer, ordonna le Sorcier, un sourire ravi sur le visage.

– Pourquoi avez-vous l'air si content de vous ? s'enquit Jack.

– Tu piges pas, gamin ? Ces connards ont essayé de m'enlever ! » Il se jeta sur le siège avant, à côté de Jack, au moment même où le taxi démarrait en trombe et tournait au coin de la rue sur les chapeaux de roues, s'évanouissant dans le calme fantomatique de la nuit berlinoise.

13

Berlin, vendredi 11 mai 1951

Tenant la forteresse en l'absence du Sorcier, Jack dut élever la voix pour se faire entendre par-dessus l'aria que déversait le phono. Il dressait un topo de ce qui s'était passé devant l'église à deux nouveaux qui prenaient leur service à la base de Berlin. «C'est une vieille ruse est-allemande qu'il faut que vous connaissiez», disait-il. Il poussa deux verres remplis du whisky de l'armée de Torriti de l'autre côté du bureau, leva son verre en signe de bienvenue et le vida d'un coup. «Des gros bras vous menacent, vous les affrontez ou vous battez en retraite, et alors une voiture de police, un taxi ou une ambulance arrive sur la scène. Vous leur demandez tout naturellement de l'aide et ils vous enlèvent, et c'est la dernière fois qu'on vous voit dans le secteur occidental. Tout ce qu'on sait, c'est que vous refaites surface quelque temps plus tard à une conférence de presse dans la zone soviétique, les yeux vitreux à force de drogues, pour annoncer au monde que vous avez demandé l'asile politique au paradis terrestre prolétaire de Joseph Staline.

– Je n'ai jamais rien lu de tel dans les journaux, remarqua l'un des nouveaux, les yeux écarquillés.

– Il y a trop de kidnappings pour que les journaux puissent en rendre compte, des dizaines par mois, rien qu'à Berlin. Et ça se passe presque toujours de la même façon.

– Est-ce que la réaction thermonucléaire qu'on a déclenchée à Eniwetok change quelque chose à Berlin? demanda l'autre recrue.

– Les Russes ont déjà cassé notre monopole sur la bombe atomique, répliqua Jack. Il ne leur faudra pas longtemps pour casser celui sur la bombe H. Ne vous en faites pas, la guerre froide ne va pas s'arrêter avant que vous n'ayez le temps d'en découdre.

– Vous êtes ici depuis combien de temps?» demanda la première recrue avec respect.

Jack desserra sa cravate et laissa son veston s'ouvrir en se carrant dans le fauteuil du Sorcier. Il avait récemment opté pour un holster d'épaule en plus de celui qu'il gardait au creux des reins. La crosse d'acajou d'un Beretta italien en sortait. « Six mois moins une semaine. » Il secoua la tête. « Merde, c'est fou ce que le temps file, ici, à Berlin.

– Y a-t-il ici… vous savez, des distractions ? questionna la première recrue.

– Il y a des night-clubs sur le Kurfürstendamm, mais mieux vaut faire gaffe – c'est plein de Russes et d'Allemands de l'Est. »

Mlle Sipp arriva avec les transcriptions du matin des guetteurs qui contrôlaient les micros éparpillés dans Berlin-Est à partir de la planque près de Checkpoint Charlie. « Si vous avez des questions, des problèmes, n'importe quoi, la porte est toujours ouverte », dit Jack. Les deux nouveaux n'étaient pas encore sortis qu'il se mit à feuilleter les transcriptions, cherchant celles du micro que les plombiers hongrois avaient inséré dans le plancher du Herr Professor. Il y avait de longues transcriptions décousues du TIREUR chaque matin depuis la mise en service du micro, douze jours plus tôt ; d'une valeur limitée du point de vue de la collecte de renseignements, les transcriptions qui sortaient des machines à écrire des guetteurs évoquaient vaguement des dialogues de feuilletons radiophoniques. Mais ce matin, inexplicablement, il n'y avait rien du TIREUR. Jack se redressa et parcourut à nouveau l'ensemble de la fournée.

« Comment se fait-il que le micro du TIREUR n'ait rien capté ? » gueula-t-il à l'intention de Mlle Sipp.

Elle passa la tête par la porte du Sorcier. « Ça m'a étonnée aussi, alors j'ai appelé l'un des guetteurs au bigophone – il m'a dit que ce mouchard-là était resté complètement sec.

– Revérifiez, d'accord ? »

« Toujours que dalle, indiqua Mlle Sipp, plus tard dans la matinée. Ils me disent qu'il y a deux possibilités. Premièrement : on a découvert le micro et on l'a enlevé. Deuxièmement : ARC-EN-CIEL et/ou le TIREUR sont aux mains du KGB.

– Ces fils de pute ont oublié une troisième possibilité, commenta Jack, la voix chargée d'une irritation grandissante. Le micro et/ou l'un des transmetteurs est peut-être en panne.

– Ils ont testé le matériel avant de l'installer », répliqua Mlle Sipp sans s'énerver. Lissant les plis de sa jupe avec la paume de sa main, elle fit le tour du bureau et posa le bout des doigts sur le poignet de Jack, comme l'eût fait une sœur. « Regardez les choses en face, Jack. Vous êtes sentimentalement impliqué dans votre relation avec votre courrier, et ce n'est pas une situation saine. »

Jack écarta la main. « Je n'ai jamais compris pourquoi Harvey a voulu qu'on pose un mouchard chez eux – le TIREUR lui donne déjà tout ce qu'il sait sur des carrés de soie.

– M. Torriti est quelqu'un de très méthodique, Jack. Comptez sur lui pour couvrir des angles dont les autres ne soupçonnent même pas l'existence. »

Jack arriva tôt à la salle de répétition de Hardenbergstrasse pour son rendez-vous habituel du vendredi soir avec Lili, mais il découvrit alors une affichette écrite à la main scotchée sur la cabine d'Aristide. Elle annonçait que le cours de danse de Lili était annulé jusqu'à nouvel ordre. Pour en avoir le cœur net, Jack réclama une enquête générale auprès de l'armée d'informateurs de la base berlinoise, leur demandant si quelqu'un avait entendu parler d'une arrestation importante en secteur soviétique. Les réponses qui lui revinrent le rassurèrent quelque peu : il n'y avait eu aucun signe visible d'arrestations importantes. Les officiers du KGB de Karlshorst étaient préoccupés par de nouvelles règles du Centre de Moscou qui contraignaient ceux d'entre eux qui rentraient en Russie à s'acquitter d'un droit conséquent sur les meubles, vêtements, automobiles, scooters, et vélos importés de RDA ; il avait été vaguement question de faire circuler une pétition, mais le *rezident*, le général Ilitchev, avait maté les trublions et étouffé la rébellion dans l'œuf. Loin d'être tranquillisé, Jack avait consulté les registres d'écoute radio de la base de Berlin qui faisaient état de tout ce qui entrait et sortait sur les ondes de Karlshorst. Une fois encore, rien ne semblait anormal. Il parcourut les rapports des guetteurs qui avaient surveillé les aéroports soviétiques au cours des derniers jours. Il n'y avait eu que les vols réguliers, tous prévus. Jack envoya même l'Ange Déchu vérifier à l'école de danse privée d'Alexanderplatz, où Lili donnait des cours le matin ; un mot annonçait que jusqu'à nouvel ordre, les cours de Fraülein Mittag seraient assurés par Frau Haeckler. En revenant vers la zone américaine, l'Ange Déchu était passé par la loge de la gardienne, sous l'appartement du Professor, pour voir si sa radio tchèque flambant neuve marchait bien ; pour voir aussi s'il pouvait soutirer à la vieille dame des informations sur ses voisins du dessus. La radio, annonça l'Ange Déchu à Jack, était réglée sur Radio Liberty de Munich. Le remède contre l'arthrite n'avait pas eu beaucoup d'effet. Les gens qui vivaient au-dessus étaient partis. Point.

Espérant contre tout espoir qu'il y aurait une explication innocente à la disparition d'ARC-EN-CIEL, Jack se rendit au rendez-vous du mardi soir. Le mot annonçant l'annulation des cours n'était plus sur la cabine d'Aristide. Lili réapparut aussi soudainement qu'elle avait disparu. Dissimulé dans l'ombre d'une porte, en face de l'entrée des artistes, Jack surveilla l'arrivée de la jeune femme. Personne ne semblait la suivre. Deux heures plus tard, ses élèves quittèrent le théâtre de leur démarche balancée. Jack se précipita dans l'étroit couloir qui sentait le talc et la sueur, gravit l'escalier quatre à quatre et fit irruption dans la salle de danse, trouvant Lili le dos arqué, une longue jambe étirée sur la barre.

Il la saisit par le poignet et l'arracha de la barre. « Où étiez-vous ? questionna-t-il d'une voix dure.

– S'il vous plaît, vous me faites mal...
– J'ai eu peur que vous ne soyez...
– Je n'ai pas trouvé comment vous prévenir...
– Si l'on vous avait arrêtée... »
Jack lui lâcha le poignet. Ils respirèrent tous les deux profondément. « Cessez de faire le Jacques », chuchota Lili. Elle posa le plat de sa paume sur le plexus solaire de Jack et le repoussa puis secoua la tête et, soupirant comme un enfant, se blottit dans ses bras. « Le frère du Herr Professor est mort soudainement... nous avons dû aller à Dresde pour l'enterrement. Nous y sommes restés quelques jours pour aider sa femme à mettre les choses en ordre... il y avait des comptes en banque, il y avait une police d'assurance. Oh, Jack, cela n'est pas possible. Qu'allons-nous faire ?

– Donne-moi du temps, répondit-il. Je vais trouver quelque chose.

– Qu'est-ce qui te permet d'espérer que le temps existe pour nous ? » murmura-t-elle, lui soufflant à l'oreille des mots aussi chauds et moites qu'un carré de soie.

Jack la pressa contre lui. « Passe une nuit avec moi, Lili, supplia-t-il. Rien qu'une seule.

– Non, protesta-t-elle en s'accrochant à lui. Je n'ai pas le droit... » Sa voix se perdit.

Lili remua dans le lit de bois étroit afin de tourner le dos à Jack. Se collant contre elle, il enfouit ses lèvres dans la nuque de la jeune femme et fit courir une main calleuse sur la courbe de sa hanche. La voix rauque d'avoir tant fait l'amour, elle lui parla par-dessus son épaule frêle. « Est-ce que tu as déjà remarqué que quand un train va très vite, tout ce qui est près des rails se brouille ? Mais si tu clignes des yeux rapidement, tu peux arrêter le mouvement pendant un instant, tu peux figer les images. Tu passes près de moi à la vitesse de la lumière, Jack l'Éclair. En dedans de ma tête...

– Dans ta tête...

– Dans ma tête, oui, je cligne des yeux pour arrêter le mouvement et figer les images de nous en train de copuler. »

Jack sentait la fermeté lisse des muscles de danseuse le long de sa cuisse. « Décris ce que tu vois.

– J'ai, bien sûr, déjà connu l'amour physique... Mais cela fait tellement longtemps que... »

Jack pensa à l'Ange Déchu ouvrant son petit télescope pour voir Lili tomber dans les bras d'un vieil homme aux cheveux de neige. « Commence par le commencement, fit Jack. Nous allons revivre cette nuit ensemble. »

Lili frissonna. « Je veux bien ; la dernière fois, nous nous voyons dans la salle de danse, je te dis oui pour te retrouver dans ce petit hôtel pour voyageurs dans le secteur français. Je dis au Herr Professor que je passe la nuit avec mon amie d'enfance à Potsdam; je ne suis pas tant étonnée par le mensonge lui-même que par le fait qu'il franchisse si aisément mes lèvres. Je fais comme tu me l'as dit – je marche à contresens dans des rues à sens unique pour être sûre de ne pas être suivie. Et puis, le cœur battant la chamade, je viens directement ici.»

Jack rit dans sa nuque. «Je me suis assuré aussi que tu n'étais pas suivie.

– La réceptionniste de l'hôtel me sourit d'un air entendu quand elle me tend la clé, mais je ne me sens pas gênée. C'est même le contraire – je me sens fière... fière que quelqu'un d'aussi beau que toi, Blackjack, éprouve tant de désir pour moi.

– Désir est un mot bien faible, Lili.

– J'attends dans la chambre jusqu'à ce que j'entende le bruit de tes pas, dans l'escalier. Je les ai écoutés tellement de fois, au théâtre, que je les reconnais tout de suite. J'ouvre la porte. C'est à cet instant précis que les choses s'accélèrent... se brouillent.

– Cligne des yeux. Décris-moi les instantanés.

– Les instants? Tannés?

– C'est ce qu'on fait avec un appareil photo. On fige les images. On appelle ça des instantanés.

– Je vais essayer. Je me vois, incapable de trouver les mots pour t'accueillir, levant les mains pour décrocher mes boucles d'oreilles.

– Ce geste m'a coupé le souffle Lili. Il m'a semblé que tout ce que la vie peut offrir en matière d'intimité commence par toi qui retires tes boucles d'oreilles.

– Je te vois retirer ta chemise par-dessus ta tête. Je te vois prendre une vilaine chose dans ta ceinture et la glisser sous l'oreiller. Je te regarde déboutonner ma robe. Je plie mes vêtements à mesure que tu me les enlèves et je les pose soigneusement sur une chaise, ce que tu trouves drôle – ce qui me laisse supposer que tu préférerais me voir les jeter par terre, à l'américaine. Je sens le dos de ta main caresser ma poitrine. Oh, je vois la fusion de nos corps déshabillés, je vois tes yeux grands ouverts quand ta bouche se pose contre ma bouche...

– Il faut que tes yeux aient été ouverts aussi pour que tu les voies.

– Je ne voulais rien manquer du ballet.

– Donne-moi d'autres images, Lili.

– D'autres instantanés, d'accord. J'ai des images pour toute une vie de souvenirs, Jack. Tu me portes sur ce lit, tu me surplombes dans la faible lumière qui provient du placard dont la porte est restée ouverte, tu caresses mon corps novice avec tes mains immenses et ta bouche affamée.» Lili soupire dans l'oreiller. «Tu entres lentement en moi, tu fais de moi ceci et cela, tantôt tu es devant moi, tantôt tu es derrière, tantôt je suis sur toi ou sur le côté. Tu es très doué pour ces affaires de l'amour.

– C'est la femme qui rend l'homme doué pour l'amour, commenta Jack, découvrant cette vérité en s'entendant la dire. Nous sommes bons amants avec très peu de femmes, insignifiants avec la plupart et nuls avec quelques-unes. Ce n'est pas quelque chose qui va de soi, d'être un bon amant. On ne sait jamais avant.

– Nous n'avons pas beaucoup de temps à passer ensemble, avertit Lili.

– Le peu que nous avons suffit à me persuader que tes images sont plus fortes que mes fantasmes. »

Ils somnolèrent un instant, puis s'éveillèrent lorsque leur parvinrent les premiers bruits de la circulation et les premières lueurs de l'aube. Jack voulut lui faire l'amour à nouveau, mais elle lui murmura que ça finissait par être douloureux, alors il s'arrêta aussitôt. Lili se leva et se lava dans le bidet, derrière le paravent, dans un coin de la pièce, puis s'habilla. Ils prirent un petit déjeuner – des petits pains rassis avec de la margarine, de la gelée et du chocolat chaud préparé avec du lait en poudre, dans la petite salle derrière le bureau de la réceptionniste.

Dehors, sur le trottoir, Lili se rembrunit. « Comment se dire au revoir ?

– Ne disons rien, répliqua Jack. Quand j'étais gosse, ma mère m'emmenait toujours à Atlantic City pour Thanksgiving. Je me rappelle que je me mettais sur la plage, au bord de l'océan, mes knickers remontés au-dessus des genoux, et que je regardais le ressac chasser le sable sous mes pieds nus à chaque fois que la mer se retirait. Ça me laissait étourdi, pris de vertige. Ton départ maintenant, pareil au ressac de la mer, me donne la même sensation.

– Je suis le sable sous tes pieds nus. » Lili se détourna pour regarder des hommes au visage noirci, qui déchargeaient d'un camion des sacs de charbon qu'ils transportaient dans la cave d'un immeuble. « La vie est une accumulation de petites erreurs, dit-elle soudain.

– Pourquoi parles-tu d'erreurs ? demanda Jack, ennuyé. Est-ce pour me dire que notre nuit ensemble a été une "erreur" ?

– Ce n'est pas du tout ce que j'ai voulu dire. C'est juste ma façon à moi de te raconter en une ou deux phrases l'histoire de ma vie, expliqua-t-elle. Et j'en conclus que le problème n'est pas tant l'accumulation des petites erreurs que les grosses que nous commettons en essayant de les corriger. »

Plus tard, cette nuit-là, le mouchard inséré dans le plancher du TIREUR détecta un bruit de voix, activant l'émetteur dissimulé dans le plafonnier en dessous. Au matin, une transcription arriva sur le bureau de Jack. Elle comprenait des bribes pas toujours très claires de phrases émanant de gens qui ne cessaient d'entrer et sortir de la pièce, des rumeurs d'un mariage fameux qui battait de l'aile, une déclaration hâtive de dévotion impérissable d'un vieil homme à une jeune femme, la chute d'une blague antisoviétique, un compliment sur la cuisine de quelqu'un. C'était bien dans la ligne de ce que le micro avait saisi depuis qu'il était posé : le bavardage sans importance d'un couple dans l'intimité de son appartement, sans rien de commun avec les secrets que le TIREUR collectait à l'université ou dans les bureaux du gouvernement. Après cela, il y eut un long silence, suivi par une intense conversation à voix basse entre ce qui semblait être un Allemand (de toute évidence le TIREUR) et un Polonais, parlant la seule langue qu'ils avaient en commun, à savoir l'anglais.

C'est la transcription de cette conversation qui intrigua Jack. Le texte contenait des détails d'expérimentation de guerre bactériologique sur l'île de Rügen, dans la Baltique, de production d'uranium dans la région de Joachimstal dans les montagnes du Harz, et des dernières expériences soviétiques de fission nucléaire en Asie centrale. Puis les deux hommes parlèrent d'amis communs et de ce qu'ils étaient devenus ; l'un était mort d'un cancer du côlon, un autre avait quitté son épouse pour une femme plus jeune, un autre encore était passé en France et vivait maintenant à Paris. Soudain, le Polonais dit croire que les Russes avaient un espion haut placé dans les services de renseignements britanniques. Comment pouvait-il savoir une chose pareille, questionna le vieil homme, visiblement surpris. La conversation s'interrompit lorsque des pas de femme revinrent dans la pièce. Il y eut quelques remerciements murmurés pour le cognac, le choc d'un verre contre un autre. Le mouchard saisit le bruit des pas félins de la femme qui quittait la pièce. L'Allemand répéta sa question : comment son invité pouvait-il savoir que les Soviétiques avaient un espion dans les services secrets britanniques ? Parce que, répondit le Polonais, le service de renseignements polonais, le UB, détenait un document des services britanniques classé très secret-défense. Il avait vu le document de ses propres yeux. C'était un exemplaire de la « liste de surveillance » du MI6 en Pologne. Qu'est-ce qu'une liste de surveillance, avait demandé le vieil homme. C'était une liste de ressortissants polonais que l'antenne de Varsovie du MI6 considérait comme des atouts potentiels et trouvait utile de cultiver. Le vieil Allemand suggéra que la liste avait pu être dérobée à des agents des renseignements britanniques à Varsovie. Non, non, assura le Polonais. L'exemplaire qu'il avait vu portait les initiales et les repères internes indiquant qu'on ne l'avait distribué qu'à un nombre limité d'officiers du renseignement au MI6, et qu'aucun d'entre eux ne travaillait à Varsovie.

La conversation dériva sur d'autres sujets : des nouvelles de frictions entre communistes polonais et russes, la suppression d'un magazine de Varsovie pour avoir publié un article sur le massacre de milliers d'officiers polonais dans la forêt de Katyn, près de Smolensk, en 1943, une discussion animée pour savoir si c'étaient les Allemands ou les Russes qui avaient tué les Polonais (les deux hommes optèrent pour les Russes), la promesse de rester en contact, un avertissement que les lettres risquaient fort d'être ouvertes, d'un côté comme de l'autre. Puis la voix d'ARC-EN-CIEL se fit entendre pour dire au revoir au Polonais. Un bruit de pas pesants résonna dans l'escalier, suivi par des verres qu'on débarrasse et une porte qui se ferme.

Jack leva les yeux de la transcription et passa en revue toute une série d'instantanés : il vit le TIREUR ôter son col amidonné et ses boutons de manchette, il vit ARC-EN-CIEL lever les mains pour retirer ses boucles d'oreilles, il vit le sourire sur les lèvres de la jeune femme lorsqu'elle se rappela quel effet ce geste avait eu sur lui. Il la vit revenir des toilettes dans une chemise de nuit de coton informe, il la vit ouvrir les couvertures du lit à baldaquin et se glisser entre les draps, près de l'homme à qui elle devait tant.

Chassant ces images, Jack relut les passages concernant l'espion soviétique au MI6. Si le Sorcier n'avait pas déjà été en route pour Washington, où il devait étaler ses appâts au baryum sous le nez de Maman pour démasquer la taupe soviétique, il lui aurait fait connaître ce nouvel épisode sur-le-champ. Tant pis. La substance de cette conversation ne manquerait pas d'apparaître sous l'écriture bien reconnaissable du TIREUR, sur le carré de soie tiède que Jack sortirait lui-même du soutien-gorge de Lili.

14

Arlington, dimanche 20 mai 1951

Portant un tablier de jardinier crasseux sur une vieille chemise et un pantalon de toile élimé, James Jesus Angleton balayait les allées de la serre qu'il avait fait installer au fond de son jardin, dans la banlieue d'Arlington, de l'autre côté du Potomac par rapport au district de Columbia, à la Vinaigrerie et à la Reflecting Pool. « Ce que je fais, déclara-t-il, un mégot mouillé collé à sa lèvre inférieure, une toux sèche lui démangeant le fond de la gorge et une migraine sourde tapie sous ses paupières, c'est que je cultive une orchidée hybride qui est en fait un "croisement de *Cattleya*". Le cattleya est une grosse orchidée de corsage qui présente tout un arc-en-ciel de couleurs. Si je réussis à créer un nouveau *cattleya*, je projette de le baptiser Cicely Angleton, du nom de ma femme. »

Le Sorcier desserra son nœud de cravate et suspendit son veston au dossier d'une chaise en bambou. Il se débarrassa également de son baudrier qu'il accrocha, avec son revolver à crosse de nacre, à la poignée d'une fenêtre de ventilation. « Je suis aussi calé qu'un Néandertalien, en matière de fleurs, Jim. Alors expliquez-moi : comment on fait pour croiser une orchidée ?

– Pour l'amour du ciel, ne vous asseyez pas là-dessus ! s'écria Angleton quand il vit Torriti prêt à poser son corps massif sur la chaise de bambou. Le bambou ne soutiendra pas votre poids. Excusez-moi. Excusez-moi.

– Ça va.

– Je suis désolé. » Angleton se remit à son balayage. Du coin de l'œil, il surveillait Torriti qui commençait à errer sans but dans les allées, faisant courir le bout de ses doigts sur les pots en terre, récipients divers et outils de jardinage posés sur une table de bambou. « Le croisement des orchidées est un processus très long et très fastidieux, lança Angleton, à l'autre bout de la serre, qui n'est pas sans rappeler le contre-espionnage.

– Sans blague ? »

Angleton cessa brusquement de balayer. « Non, vraiment. Pour essayer d'obtenir un hybride, il faut prélever le pollen d'une fleur pour l'inséminer dans une autre. Vous n'avez jamais lu les romans policiers de Rex Stout? Il a un détective, Nero Wolfe, qui cultive des orchidées à ses heures perdues. C'est un écrivain formidable, ce Rex Stout. Il faut que vous en lisiez.

– Je suis trop occupé à résoudre mes putains d'énigmes pour lire des conneries de romans policiers. Mais qu'est-ce qui fait que croiser des orchidées ressemble au contre-espionnage?»

Angleton s'appuya sur son manche à balai, pencha la tête et alluma une cigarette sur le bout incandescent de la précédente, qu'il lança dans un crachoir en porcelaine débordant de mégots. «Une cosse de graines peut mettre douze mois à se développer, expliqua-t-il. Et alors seulement on peut planter les graines dans ces petits pots, là. Je vous en prie, Harvey, ne les renversez pas. Il faut encore une douzaine de mois pour que la graine donne une plantule de trois à cinq centimètres. La floraison finale, s'il y a floraison, peut prendre encore cinq ans. Le contre-espionnage, c'est pareil – on fait pousser des graines dans des petits pots pendant des années, on maintient une température chaude et humide, on espère que ça fleurira un jour, mais c'est sans garantie. Il faut avoir la patience d'un saint, ce dont vous êtes totalement dépourvu, Harvey. La culture des orchidées et le contre-espionnage ne sont pas votre tasse de thé.»

Torriti prit une allée pour faire face à Angleton. «Pourquoi dites-vous ça, Jim?

– Je me souviens quand vous étiez en Italie, juste après la guerre. L'impatience vous faisait commettre bien des erreurs.» La voix rauque d'Angleton, les mots qu'il choisissait, prenaient soudain un côté coupant. «Vous vouliez à tout prix vous venger de quiconque vous donnait l'impression de se mettre en travers de votre chemin – vos amis de la Mafia, les Russes, moi.

– Et on dit que j'ai une mémoire d'éléphant!

– Vous vous rappelez Rome, Harvey? L'été 46? Vous avez perdu un agent, qu'on a retrouvé dans une décharge sans ses doigts ni sa tête. Vous l'avez identifié grâce à une vieille trace de blessure par balle que les légistes avaient prise pour une cicatrice d'appendicite. Vous étiez fou furieux et vous preniez ça personnellement, comme un crachat en pleine figure. Vous n'avez pas dormi pendant des semaines pour remonter le fil rouge de cette affaire. Vous avez ramené le nombre des suspects à huit, puis à quatre, puis à deux, puis à un. Vous avez décidé que la coupable était la maîtresse du mort. Le plus drôle, c'est que vous aviez peut-être raison. On n'a jamais pu l'interroger, ni trouver pour qui elle travaillait, ni la retourner. Elle s'est noyée dans ce que les *carabinieri* ont décrit comme étant des circonstances mystérieuses – elle s'était apparemment mise à poil pour nager à partir d'un bateau, à minuit. Le plus bizarre, c'est qu'elle n'avait pas de bateau et ne savait pas nager.

– Elle n'aurait pas pu nager puisqu'elle avait un putain de bout de ferraille accroché à sa putain de cheville », commenta Torriti. Il eut un rire d'alcoolique essoufflé. « J'étais jeune et impétueux à l'époque. Maintenant que j'ai grandi, j'utiliserais la nana. Et c'est *une fois* que je l'aurais utilisée que j'attacherais ce putain de bout de ferraille à sa putain de cheville avant de la foutre par-dessus bord. » Torriti remonta son pantalon informe, resserré en bas ; Angleton aperçut l'autre étui fixé à sa cheville. « Il existe un lien entre un agent et son officier traitant, un cordon ombilical, le genre de choses qui existe entre un père et son fils, disait Torriti. Vous êtes trop analytique pour saisir ça, Jim. Vous faites tout rentrer dans un tas de théories éblouissantes. Moi, je n'ai pas de théories. Tout ce que je sais, je l'ai appris à la dure – je me salis les mains et les genoux en bossant sur ce putain de terrain.

– Vous travaillez à la surface des choses. Je vais plus en profondeur. » Angleton se lassa de cet échange de propos acerbes. « Qu'est-ce que vous aviez à me dire qui ne pouvait pas attendre lundi matin ?

– Je suis en train de rédiger un mémo pour le directeur lui démontrant que votre copain Philby est un espion soviétique. Il l'est depuis le début des années trente. Comme vous êtes le patron du contre-espionnage à la Compagnie, j'ai pensé que ce serait plus correct de vous prévenir avant. Et puis je me suis dit qu'il valait mieux prendre des précautions pour s'assurer que Philby ne se tire pas.

– Vous allez vous ridiculiser, Harvey.

– Je tiens ce salaud par les couilles, Jim.

– Vous voulez bien m'exposer les faits.

– Pourquoi vous croyez que j'ai traversé ce putain de Potomac par un dimanche après-midi pluvieux alors que je pourrais être en train de boire dans ma chambre d'hôtel ? »

Angleton posa son balai contre une paroi de la serre et sortit un calepin de sa poche. « Ça vous dérange si je prends des notes ?

– Je m'en fous complètement. »

Angleton approcha la chaise de bambou de la table en bambou, écarta les outils de jardinage pour poser le calepin, prit le crayon dont il se servait pour tenir ses comptes rendus de jardinage et leva les yeux, une trace de sourire condescendant sur les lèvres.

Le Sorcier, tout en faisant les cent pas derrière, commença par l'adhésion de Philby à la Société socialiste de Cambridge au début des années trente, son pèlerinage dans une Vienne déchirée par les émeutes, son mariage avec une rouge enragée (l'ami israélien d'Angleton, Teddy Kollek, avait eu connaissance du mariage), tout ce qu'il avait fait, après son retour en Angleterre, pour masquer ses penchants gauchistes en se montrant à des réceptions données par l'ambassade d'Allemagne et en cultivant une réputation progermanique.

Puis il parla de sa mission d'envoyé spécial du *Times* pour couvrir la guerre d'Espagne du côté franquiste.

Angleton leva les yeux. « Adrian a été contrôlé des dizaines de fois au cours des années – rien de tout ça n'est très nouveau.»

Torriti poursuivit, évoquant l'info de Krivitsky que, d'après Elihu Epstein, les Américains n'avaient jamais partagé avec leurs cousins britanniques.

« Krivitsky a été débriefé quand il est arrivé de ce côté-ci de l'Atlantique », se rappela Angleton. Il ferma les yeux et cita l'info de mémoire : « Il y a une taupe soviétique qui travaille dans les services secrets britanniques, nom de code PARSIFAL, dirigée par un maître espion surnommé Starik. La taupe a, à une époque, couvert la guerre d'Espagne comme journaliste.» Angleton ouvrit les yeux et ricana. « Krivitsky nous disait qu'il y avait une aiguille dans une botte de foin, dans l'espoir qu'on le prenne au sérieux.

– Quelqu'un l'a pris au sérieux – il a été assassiné à Washington en 1941.

– Le rapport de police officiel fait état d'un suicide.»

Torriti effectua un tour complet sur lui-même, comme s'il voulait se remonter, puis demanda à Angleton s'il savait que Philby avait signé le registre de consultation des ouvrages de référence sur l'Union soviétique du MI6 bien avant de s'occuper du contre-espionnage soviétique.

« Non, je n'étais pas au courant, mais, connaissant Adrian, sachant à quel point il est consciencieux, j'aurais été surpris qu'il n'ait jamais consulté ces livres.

– Ce qui nous amène à Vichnevski, dit le Sorcier, le transfuge potentiel qui nous a annoncé qu'il pouvait désigner une taupe soviétique au MI6.

– Ce qui nous amène à Vichnevski, convint Angleton.

– La nuit de l'exfiltration avortée, continua Torriti, le KGB de Karlshorst a envoyé au Centre de Moscou un message ultra-urgent – il se trouvait que le Sorcier en avait le texte en clair – pour remercier Moscou de les avoir prévenus à temps de la défection du lieutenant-colonel Vichnevski, de sa femme et de son fils. Dès que Vichnevski a assuré qu'il pouvait identifier une taupe soviétique au MI6, dit Torriti, j'ai pris soin de n'inclure aucun Britannique sur la liste de distribution Vichnevski. Alors je voudrais savoir, Jim. On me dit que vous retrouvez régulièrement Philby à La Niçoise, sans parler du fait qu'il passe à votre bureau à chaque fois qu'il vient à la Vinaigrerie. Avez-vous parlé de Vichnevski à votre pote britannique ? Crachez le morceau, Jim. Lui avez-vous dit qu'on avait quelqu'un qui prétendait pouvoir identifier une taupe soviétique au MI6 ? »

Angleton reposa son crayon. On aurait dit qu'il se parlait à lui-même. « Premièrement, il n'y a pas de preuve irréfutable qu'il y ait bien une taupe soviétique au MI6…

– Vichnevski l'a assuré…

– Vichnevski n'aurait pas été le premier transfuge à essayer de se donner l'importance en prétendant avoir un lingot.

– Toutes les pièces s'emboîtent, insista Torriti.

– Toutes ces pièces relèvent de la pure présomption», rétorqua froidement Angleton; il avait repris son air condescendant. «Toutes les pièces pourraient désigner n'importe qui parmi deux ou trois douzaines de Britanniques.» Tirant sur sa cigarette, il se retourna sur la chaise de bambou pour regarder Torriti en face. «Je *connais* Adrian mieux que n'importe qui au monde, annonça-t-il avec une soudaine véhémence. Je sais ce qui le fait vibrer, je sais ce qu'il va dire, l'attitude qu'il va prendre dans une situation donnée, avant même qu'il ouvre la bouche et ne se mette à bégayer. Je confierais ma vie à Adrian. Il ne peut pas être un espion russe! Il représente tout ce que j'admire chez les Anglais.» Un nuage de fumée de cigarette obscurcit l'expression que prit le visage d'Angleton lorsqu'il confessa : « Adrian est l'homme que j'aurais voulu être. »

Torriti sortit un mouchoir froissé pour essuyer la moiteur de ses mains. «Lui confieriez-vous votre *cattleya* si jamais il fleurissait?» Ricanant à sa propre plaisanterie, il souleva la question des parachutages d'agents en Pologne et en Ukraine qui s'étaient tous terminés en désastre. En tant qu'agent de liaison du MI6, Philby avait été au courant de ces parachutages.

«Vous lâchez une bande de jeunes courageux mais complètement néophytes dans la fosse aux lions, et puis vous vous étonnez qu'ils soient dévorés vivants.»

Torriti s'éloigna et saisit un petit pot où un minuscule bourgeon commençait à surgir de terre.

«Je vous serais reconnaissant de ne pas manipuler la marchandise, lança Angleton. C'est extrêmement fragile.»

Le Sorcier reposa le pot sur son étagère et revint vers Angleton. Il sortit lui aussi son calepin, se mouilla le pouce et le feuilleta en arrière pour énoncer à Angleton sa collection d'appâts au baryum. Il en avait envoyé un différent à chacune des personnes qui aurait été en position, à Washington, de trahir l'exfiltration de Vichnevski. Tous ses messages au baryum étaient conçus pour faire croire qu'ils avaient été largement distribués alors que leur distribution était à chaque fois limitée à une seule personne ou un seul bureau. L'appât au baryum annonçant l'escapade albanaise était allé au Comité de politique spéciale interagence, dont Kim Philby était membre.

«Ce Comité comprend seize membres, fit remarquer Angleton. Sans compter les assistants et les secrétaires qui sont habilités à lire tout ce qui passe par les mains du Comité.

– Je le sais, répliqua Torriti. C'est pour ça que j'ai réduit le champ avec un dernier appât au baryum. Je l'ai fait envoyer à Philby en personne. Je lui ai fait savoir que je *connaissais* l'identité d'une taupe soviétique au MI6. Deux jours plus tard, les Russes ont essayé de m'enlever.»

Angleton secoua la tête. «Les Russes kidnappent des gens sans arrêt... ce n'est pas surprenant qu'ils essayent de mettre la main sur le chef de la base de Berlin.» Une lueur apparut soudain dans ses yeux sombres de Mexicain. Il referma son calepin d'un coup sec et se leva. «Il reste un autre appât au baryum dont vous n'avez pas parlé, Harvey. Malheureusement pour vous, il fait un trou béant dans votre réquisitoire contre Adrian. Quelle est votre meilleure source de renseignements dans la zone soviétique de Berlin? Le TIREUR, de loin. Ce n'est pas seulement un spécialiste de physique théorique qui a accès aux secrets de la recherche atomique soviétique, il est aussi adjoint du Premier ministre de la RDA, soit quelqu'un de très haut placé dans la nomenklatura – quelqu'un qui est susceptible de devenir Premier ministre. Qui opère pour le TIREUR? Un courrier dont le nom de code est ARC-EN-CIEL. Vous m'avez livré cette information dans un de vos prétendus appâts au baryum. Et je peux vous dire que j'ai partagé cette information avec Adrian. Si Adrian était votre taupe soviétique, comment se fait-il que le TIREUR et ARC-EN-CIEL soient toujours en activité?»

Le Sorcier récupéra son étui, glissa son bras gauche dans la bretelle et boucla la sangle sur sa poitrine massive. «Vous ne m'avez toujours pas dit si vous aviez donné l'épisode Vichnevski à votre copain.»

Angleton, tout en traçant un ensemble de pétales sur la buée qui recouvrait un panneau de la serre, sembla émerger d'une conversation qu'il tenait avec lui-même. «Adrian ne peut pas être une taupe soviétique... toutes ces années, toutes ces opérations. C'est inconcevable.»

15

Gettysburg, samedi 26 mai 1951

Eugene se tenait au sommet de Cemetery Hill, et contemplait le lieu de la tuerie, qui descendait en pente douce vers Seminary Ridge. « Ils sont arrivés par là », dit-il en désignant du plat de la main les bois en contrebas. La charge insensée de Pickett – apogée des États confédérés. En plein après-midi, treize mille rebelles entament la traversée de ces champs, mousquet à hauteur de ceinture, baïonnette au canon, drapeaux au vent, tambours battant, chiens aboyant, la moitié des hommes pissant dans leur froc. S'ils avaient été russes, tous ces soldats auraient crié « Au succès de notre tâche désespérée ! » L'objectif était la ligne de front de l'Union, qui s'étendait le long de ces coteaux jusqu'à Big Round Top. Les artilleurs de l'Union attendent pour tirer d'entendre les rebelles se crier des encouragements. Puis mille sept cents mousquets tirent en même temps. Une plainte monte de la gorge des soldats en marche. Des rangs de confédérés sont fauchés par la mitraille de l'Union ; les canons des Yankees deviennent si chauds que les artilleurs se brûlent les doigts à charger et tirer, charger et tirer. Quand les canons et les mousquets se taisent enfin, le champ de bataille est jonché de membres épars et gorgé de sang. Seule la moitié de ceux qui étaient partis parvient à regagner les bois. Le général Lee est censé être allé voir Pickett pour lui ordonner de rassembler ses troupes afin de faire face à la contre-attaque qui ne manquerait pas de les repousser par-delà le Potomac. Et Pickett lui aurait répondu qu'il n'avait plus de troupes à rassembler.

Philby mit une main en visière pour se protéger les yeux du soleil trop vif, et scruta les champs de Gettysburg. « Où donc un b-b-bolchevik comme vous a-t-il appris tout ça sur la guerre civile américaine ? »

Étant donné la situation, Eugene ne voulait pas révéler des informations personnelles susceptibles, si elles étaient divulguées, de permettre un jour au FBI de l'identifier. Combien d'étudiants russes avaient-ils étudié l'histoire américaine à Yale dans le cadre d'échanges culturels ? «À l'université d'État Lomonossov, à Moscou », répondit-il d'une voix neutre.

Philby ricana. «J'ai rarement entendu de mensonge plus minable. Oubliez que je vous ai posé la question.»

Un guide, qui faisait gravir la colline à un groupe de visiteurs, récitait le célèbre discours que Lincoln prononça à Gettysburg. «... sont engagés dans une grande guerre civile, pour déterminer si cette nation, ou n'importe quelle nation ainsi conçue autour de tels idéaux, peut perdurer.»

«Voilà une question sacrément pertinente, si vous voulez mon avis.» Philby, une poche d'épicerie en papier coincée sous un bras, prit Eugene par le coude et l'éloigna du groupe de touristes. Ils avancèrent sur la colline, dépassèrent des enfants qui mangeaient des petits pots de glace Dixie Cup à la petite cuiller, une famille qui pique-niquait à l'ombre d'un arbre, et trouvèrent un endroit hors de portée de voix. Eugene demanda : «Vous êtes sûr de ne pas avoir été suivi ?

– C'est pour ça que j'étais en retard, répondit Philby. J'ai tourné en rond p-p-pendant près d'une heure à faire semblant d'être paumé. Je me suis arrêté pour demander à un pompiste la direction d'Antietam, dans le Maryland, au cas où. Ce que vous avez à me dire doit être sacrément important pour me tirer de mon petit confort par un samedi après-midi, Eugene.

– Les nouvelles ne sont pas bonnes », reconnut Eugene.

Contemplant le champ de bataille, Philby attendit un moment avant de marmonner : «Je me doutais bien que ce serait le cas.»

La veille au soir, après avoir réglé la fréquence de sa Motorola sur radio Moscou, Eugene avait saisi l'un de ses codes personnels («Mais si je ne suis pas la même, *qui* donc serai-je ? Ah, c'est là le grand problème !» est effectivement tiré d'*Alice au Pays des Merveilles*») pendant l'émission de jeu culturel. Grâce à son billet de dix dollars porte-bonheur, il avait converti le numéro gagnant de la loterie en un numéro de téléphone de la région de Washington et avait appelé à minuit d'une cabine publique. Il tomba sur une femme dotée d'un fort accent polonais. «Gene, c'est vous ? Un petit paquet a été fixé derrière la poubelle du parking, annonça-t-elle, très professionnelle. Il contient une enveloppe. Mémorisez le contenu, puis brûlez les instructions et exécutez-les immédiatement.» La femme s'éclaircit la gorge. «Votre mentor, le Vieillard, voudrait que vous disiez à notre ami mutuel qu'il regrette que les choses aient tourné ainsi. Dites-lui que le Vieillard lui souhaite bon voyage et attend avec impatience de le revoir. J'aurais été heureuse de parler davantage avec vous, mais j'ai pour instruction de ne pas le faire.» Elle raccrocha.

Eugene composa le numéro de Bernice. «J'ai passé une journée formidable,

fit-elle, le souffle court. J'ai obtenu quarante-quatre signatures pour la pétition Rosenberg.

– Je ne viendrai pas, ce soir, annonça-t-il.

– Oh ?

– J'ai un imprévu. Quelque chose d'important. »

Il perçut la déception dans sa voix. « Bien sûr, je comprends. À demain,
alors.

– À demain, sans faute. »

Eugene sortit par la porte de service du magasin de spiritueux et tâta entre
la poubelle et le mur, jusqu'à ce qu'il trouve le paquet scotché au dos de la
boîte à ordures. Puis il s'enferma dans son appartement sous les combles,
déchira l'enveloppe et en tira une feuille de papier couverte de groupes codés
de quatre chiffres. Se servant d'un bloc de chiffres clés dissimulé dans le rabat
d'une pochette d'allumettes, il déchiffra le message, qui venait de Starik
lui-même. Eugene apprit son contenu en se le répétant plusieurs fois pour être
sûr de le savoir par cœur, puis brûla la lettre et la feuille de codes dans une
soucoupe avant de jeter les cendres dans les toilettes. Il prit alors deux bouteilles de whisky pur malt Lagavulin sur une étagère de la boutique, sauta dans
la voiture garée dans la ruelle, suivit Canal Road puis tourna dans Nebraska
et s'arrêta devant la maison de briques à étage avec la grande baie vitrée. Une
autre voiture était garée dans l'allée, derrière celle de Philby. Eugene laissa
tourner le moteur, remonta l'allée et sonna. Au bout d'un moment, la lumière
s'alluma dans le vestibule et la porte d'entrée s'ouvrit. Un Philby échevelé,
le plastron de sa chemise taché de vin, le dévisagea, les yeux bouffis par l'alcool et le manque de sommeil. Il parut un instant ne pas reconnaître Eugene.
Lorsqu'il le remit enfin, il parut désarçonné. « Je n'ai rien c-c-commandé,
marmonna-t-il, jetant un coup d'œil par-dessus son épaule.

– Mais si, bien sûr », insista Eugene.

« Qui est-ce, Adrian ? appela quelqu'un, à l'intérieur.

– Livraison d'alcool, Jimbo. Je n'aurais pas v-v-voulu que le flot s'assèche,
n'est-ce pas ? »

Par la porte ouverte, Eugene entrevit une silhouette maigre et voûtée qui
prenait un livre sur une étagère et le feuilletait. « Il y a une heure, un lieu et
des instructions inscrits en clair sur l'intérieur du rabat d'un des cartons,
chuchota Eugene. N'oubliez pas de le brûler. » Il tendit à Philby un reçu.
L'Anglais disparut dans la maison et revint en comptant des billets dans un
porte-monnaie de femme. « Gardez la monnaie, mon vieux », dit-il, assez fort
pour être entendu.

« Jamais vous ne devinerez qui était chez moi quand vous êtes p-p-passé
hier soir », disait à présent Philby. Ils avaient atteint la pierre commémorative

indiquant la ligne la plus avancée de la charge de Pickett, le 3 juillet 1863. «C'était l'illustre Jimbo Angleton lui-même. Monsieur contre-espionnage personnifié venu compatir à ma misère – il semblerait qu'un sous-fifre de la Compagnie, un type de Berlin complètement imbibé qui porte un nom italien, a d-d-décidé que je suis le pourri qui donne des secrets de la CIA à l'épouvantable KGB.

– C'est Angleton qui vous a dit ça?

– Jimbo et moi, on se connaît depuis la nuit des temps, expliqua Philby. Il sait que je ne peux pas être une taupe soviétique.» Il éclata de rire mais, visiblement, le cœur n'y était pas.

«Il n'y a pas de quoi rire, je le crains, fit remarquer Eugene. Vous avez apporté votre fourbi avec vous?

– C'est là, dans le sac, répondit Philby d'un ton morose.

– Vous n'avez rien laissé? Pardon, mais on m'a demandé de vous poser cette question.»

Philby secoua la tête.

Eugene prit la poche en papier remplie de tout ce qui pouvait condamner Philby si jamais les Américains mettaient la main dessus. Blocs de chiffres clés, appareils photos miniaturisés, boîtes de pellicules, visionneuse micropoint, un recueil de poèmes de William Blake contenant, roulées dans un creux de la reliure, des instructions pour des boîtes aux lettres mortes d'urgence. «Je me charge de tout ça. Je rentrerai par de petites routes et je l'enterrerai quelque part.

– Pourquoi tant de panique? Ce n'est pas parce qu'un type un peu bouffi débarque comme ça et me montre du doigt qu'il f-f-faut déclencher cette satané s-s-s-s-s» – Philby, visiblement sur les nerfs, avait du mal à sortir ses mots – «sonnette d'alarme.» Agacé, il respira profondément. «C'est limite, de vivre sur la corde raide, marmonna-t-il. Plutôt dur pour les nerfs. C'est le moment de cracher le morceau, hein? Qu'est-ce qui se passe? Burgess n'a pas pu avertir Maclean à temps? Maclean n'a pas pu filer avant l'arrivée de la flicaille?

– Maclean a quitté l'Angleterre la nuit dernière. Il est en route pour Moscou via l'Allemagne de l'Est.

– Au poil! Quel est le problème, alors?

– Burgess a craqué et a filé avec lui.

– Burgess s'est fait la malle!» Philby détourna rapidement le regard. Respirant par saccades, il se frotta les lèvres du revers de la main. «L'enfant de salaud! *Ça* alors, c'est la tuile.

– Les Britanniques découvriront l'absence de Maclean quand ils viendront l'interroger lundi matin sur l'affaire HOMER. Il ne leur faudra pas longtemps pour comprendre que Burgess a filé avec lui. Ce qui déclenchera les sirènes d'alarme à Londres et à Washington.

– Et tous ces petits yeux ronds convergeront vers votre serviteur, fit sombrement Philby.

– Burgess vous met dedans, convint Eugene. Jusqu'à ce qu'il rentre en Angleterre pour avertir Maclean, il logeait chez vous à Washington. Et en plus de tout ça, il y a une bonne demi-douzaines d'infos qui vous désignent. Vous saviez par Angleton que les Américains avaient décrypté des bribes de texte permettant d'identifier l'agent soviétique HOMER comme étant Maclean. Vous saviez que les Anglais allaient l'arrêter pour commencer à l'interroger lundi matin. Il y a ensuite l'opération des émigrés albanais qui s'est terminée en désastre. Puis il y a l'affaire de la défection de Vichnevski.» Eugene jugea avoir suffisamment étayé ses propos. «Le *rezident* estime que vous avez trente-six heures pour quitter le pays. Vous avez apporté votre passeport de secours, j'espère.

– Alors, Starik veut que je me fasse la malle?

– Il pense que vous n'avez pas le choix.» Eugene sortit un petit paquet de sa veste. «Il y a là de la teinture, une moustache, des lunettes, quatre mille huit cents dollars en coupures de dix et de vingt. J'ai un vieil imperméable pour vous dans l'estafette. Je retirerai vos plaques d'immatriculation et nous laisserons votre voiture ici – il faudra bien deux jours à la police locale pour remonter jusqu'à vous. Vous serez déjà loin. Je vais vous déposer à la gare routière de Harrisburg. L'itinéraire est écrit dans le paquet – de Harrisburg à Buffalo puis aux chutes du Niagara. Là, vous traversez la frontière canadienne. Une voiture vous attendra pour vous conduire dans une planque à Halifax. Des hommes de Starik vous mettront sur un cargo à destination de Pologne.»

Au voile qui assombrit soudain les yeux de Philby, Eugene sentit poindre les ennuis. Il posa une main sur l'épaule de l'Anglais. «Il y a vingt ans que vous êtes en première ligne. Il est temps de rentrer chez vous, maintenant.

– Chez moi!» Philby recula d'un pas. «Je suis c-c-communiste et m-m-marxiste, mais je ne serai jamais *chez moi* en Russie. Chez moi, c'est l'Angleterre.»

Eugene voulut dire quelque chose, mais Philby l'interrompit :

«Désolé, vieux, mais je ne me vois pas vivre à Moscou, si? Ce que j'ai apprécié, pendant toutes ces années, à part servir la grande cause, ça a été le grand *jeu*. Il n'y aura plus de jeu à Moscou, rien que des bureaux sans air, une routine étouffante et des bureaucrates sinistres qui sauront de quel côté je suis.»

Les instructions d'Eugene ne prévoyaient pas que Philby puisse refuser de suivre l'ordre de Starik. Il décida de le raisonner. «Ils sont très doués... ils vous offriront l'immunité si vous coopérez, ils essayeront même de faire de vous un agent triple.»

L'Anglais se hérissa. «Je n'ai jamais été un agent double – j'ai toujours servi le même maître depuis le début – alors comment pourrais-je devenir un agent triple ?

– Je n'ai pas voulu suggérer qu'ils réussiraient à... »

Philby, les yeux plissés, la mâchoire décidée, soupesait ses chances, et commençait à apprécier ce qu'il voyait. Un mince sourire illumina son visage, ce qui lui donna presque l'air en forme. Son bégaiement disparut. « Le gouvernement n'a rien de plus que des présomptions. Une bonne femme communiste il y a vingt ans, mon vieux, quel mal y a-t-il ? Une demi-douzaine d'infos pourries, des coïncidences que je peux expliquer comme des coïncidences. Et puis j'ai encore un as dans ma manche, non ?

– Un as dans votre manche ?

– Il y a cette opération importante à la base de Berlin – un personnage haut placé à Berlin-Est qui leur file de la camelote deux fois par semaine. J'en ai informé le Centre de Moscou, mais, pour une raison que j'ignore, ils n'ont pas bougé. J'entends déjà le dialogue : Vous croyez vraiment que cette opération aurait encore cours si j'étais du KGB ? – Sûrement pas ! Nom de Dieu, si on regarde tout ça de près, ils n'ont pas de *preuves tangibles*. Il faut juste que je garde la tête froide et que je donne le change jusqu'à ce que ce soit terminé.

– Ils ont eu Klaus Fuchs – ils ont réussi à lui faire avouer.

– Vous êtes relativement nouveau dans ce secteur, Eugene », dit Philby. Il s'était redressé et prenait de l'assurance à mesure qu'il parlait. « Ce que vous ne pouvez pas encore apprécier, vieux, c'est que ce sont les inquisiteurs qui sont en position d'extrême faiblesse. Sans aveux, leurs preuves relèvent uniquement de la supposition... elles sont trop vagues pour être présentées devant un tribunal. Et puis un procès les obligerait à révéler des agents et des opérations. » Se balançant sur la pointe des pieds, Philby commença à faire le tour d'Eugene, sautillant presque d'excitation à présent. « Tant que je refuserai d'avouer, ces enfants de salaud ne pourront même pas lever le petit doigt contre moi, si ? Oh, ce sera un rude coup pour ma carrière, mais je serai libre comme l'air. Le grand jeu peut continuer. »

Eugene abattit sa dernière carte. « Vous et moi, nous sommes des fantassins dans une guerre, déclara-t-il. Nous n'avons qu'une vision limitée – nous ne voyons que la partie du champ de bataille qui s'étend devant nous. Starik, lui, voit l'ensemble – toute la guerre, les manœuvres et contre-manœuvres des deux côtés dans toute leur complexité. Et Starik vous a donné un ordre. En tant que soldat, vous n'avez pas le choix. Vous devez obéir. » Il lui tendit le paquet. « Prenez-le et fuyez », dit-il.

16

Washington, DC, lundi 28 mai 1951

La réunion de midi habituelle du directeur avait été annulée, et un conseil de guerre *ad hoc* avait été rapidement convoqué dans la petite salle de conférences sans fenêtre qui se trouvait en face de son bureau. Le DCI, Bedell Smith, assis sous l'une de ses maximes préférées de Churchill encadrée («Les hommes trébuchent parfois sur la vérité, mais la plupart d'entre eux se relèvent et s'éloignent d'un pas vif, comme si de rien n'était») présidait à la table ovale. Il y avait là les barons qu'on pouvait faire venir au pied levé : le DD-O, Allen Dulles ; son chef des opérations, Frank Wisner ; l'adjoint de Wisner, Dick Helms ; le général Truscott, qui se trouvait être à Washington pour affaires au Pentagone ; Jim Angleton et (pour reprendre les paroles d'Angleton, murmurées alors qu'ils faisaient la queue dans le couloir pour prendre un café en attendant que les nettoyeurs des services techniques aient terminé de ratisser la salle, en quête de mouchards éventuels) «la star du spectacle, le seul, l'unique... Harvey Tor*riti* !»

Le général Smith, qui avait passé le week-end à examiner le mémo du Sorcier et les réfutations écrites d'Angleton, n'avait pas été particulièrement «amusé» comme il le dit lui-même avec délicatesse, en apprenant qu'il avait été la cible d'un des appâts au baryum de Torriti. «Il n'y a donc plus rien de sacré, grogna-t-il, si vous pensez que la fuite pouvait venir du bureau du DCI. »

Torriti, rasé, lustré, arborant cravate, veston et chemise fraîchement repassée, se montrait d'une discrétion, voire d'une sobriété, inhabituelle. «Je n'aurais pas pu prouver que la fuite venait de Philby si je n'avais pas testé les autres solutions», fit-il remarquer.

Dulles, tirant sur sa pipe, intervint affablement : «D'après Jim, vous n'avez rien prouvé du tout.» Il sortit ses pieds des pantoufles qu'il portait toujours au bureau à cause de sa goutte, et les posa, en chaussettes, sur une chaise vide. «Nous devons nous montrer extrêmement prudents, poursuivit-il en se massant les chevilles. Nos relations avec les cousins ne pourront survivre à ce type d'accusations que si nous sommes dans le vrai. »

Helms, bureaucrate froid et détaché qui avait plus en commun avec les patients collecteurs de renseignements qu'avec les cow-boys des services spéciaux, penchait vers le point de vue d'Angleton. « Votre raisonnement est assez intrigant, dit-il à Torriti. Mais Jim a raison, quand on gratte un peu, il ne reste plus que ce qui pourrait être une série de coïncidences.

– Dans notre métier, répliqua Torriti, les coïncidences n'existent pas. »

Le Wiz, manches de chemises roulées au-dessus des coudes, chaise en équilibre contre le mur, yeux mi-clos, lâcha que le Sorcier pouvait bien tenir quelque chose tout de même. Une coïncidence, c'était comme une cape rouge de torero : dès qu'on en repérait une, votre instinct vous disait de foncer dessus au lieu de rester planter à racler le sol d'un sabot énervé. C'est pourquoi, avait ajouté Wisner, il avait consulté divers registres après avoir lu le mémo du Sorcier. Le Wiz adressa un de ses sourires édentés sans malice à Angleton. « Le lundi 1er janvier, dit-il, lisant des notes qu'il avait prises au dos d'une enveloppe, le câble de Torriti arrive sur le bureau de Jim. Le mardi 2 janvier, les registres de sécurité indiquent que Philby est passé voir le général Smith et Jim. Le mardi 2, en fin d'après-midi, les registres d'interceptions radio indiquent un accroissement brutal du volume des transmissions radio cryptées entre l'ambassade soviétique et Moscou. » Le Wiz s'adressa directement au général Smith : « Ça me donne franchement l'impression que quelqu'un est allé là-bas tirer la sonnette d'alarme, non ? »

Torriti plaça l'index contre sa narine. On aurait presque dit qu'il demandait la permission de parler. « Quand toutes les pièces du puzzle s'emboîteront, dit-il, il faudrait être dingue pour continuer à faire confiance à Philby. Tout ce que je dis, c'est qu'il faudra le renvoyer contre remboursement en Angleterre, et puis saisir les Anglais, leur débiter ce qu'on sait et les laisser le cuisiner. Ils ont fait craquer Fuchs. Ils feront craquer Philby.

– Et on aura l'air de vrais cons si on se présente là-bas avec des accusations qu'on ne peut pas prouver, fit nonchalamment Helms.

– J'arrive pas à croire ce que j'entends, gronda Torriti, faisant effort pour ne pas exploser. On a là un type qui démarre dans la vie comme socialiste à Cambridge, qui se fait harponner par une activiste communiste à Vienne... » Il embrassa la table du regard pour voir si aucun flacon d'alcool ne s'était par miracle glissé parmi les bouteilles d'eau gazeuse. « Putain de merde, ce salopard a trahi une opération après l'autre....

– Il était au courant de certaines opérations qui n'ont pas été éventées », coupa Angleton.

Le Sorcier s'énerva. « Il a su que je connaissais l'identité de la taupe soviétique qui avait fait foirer la défection de Vichnevski, *parce que je lui ai envoyé du baryum à cet effet!* Et juste après, on m'attire dans une église et on essaye de me retirer de la circulation. Qu'est-ce qu'il faut de plus ? »

Angleton tira sur sa cigarette. « Philby savait que votre meilleure source en Allemagne de l'Est... »

Le général Smith suivit avec le pouce les paragraphes numérotés des réfutations d'Angleton. « Ah, voilà – numéro trois – vous parlez du TIREUR.

– Philby connaît l'existence du TIREUR depuis le premier jour, intervint Angleton. D'après les informations qui nous étaient transmises, le KGB aurait pu facilement retrouver l'identité du TIREUR. Quand Harvey a découvert que le TIREUR était spécialiste de physique théorique et adjoint du Premier ministre du gouvernement est-allemand, cette information a été, par mesure de routine, transmise à qui fait la liaison entre le MI6 et Washington, soit Philby. » Il se tourna vers le Sorcier. « Le TIREUR transmet toujours ses messages, n'est-ce pas, Harvey ?

– Oui, Jim, absolument. »

Angleton souriait presque, comme pour dire : j'en ai terminé.

Torriti ajouta, d'une voix très posée : « Il transmet toujours ses messages parce que c'est en fait une opération de désinformation soviétique. »

Les barons échangèrent des regards autour de la table. Truscott se carra sur son siège et examina le Sorcier à travers les fumées de pipe et de cigarette mêlées. « Je suppose que vous êtes prêt à développer.

– J'imagine », convint Torriti. Il tira deux messages froissés de la poche intérieure de son veston, les lissa du plat de la main sur la table et entreprit de lire le premier. « C'est un câble estampillé urgent et top secret que j'ai reçu samedi matin. De : "L'Apprenti Sorcier. À : Le Sorcier. Sujet : LE TIREUR. Un : Il se passe ici quelque chose de louche, Harvey." »

Le général Smith se pencha en avant. « Ça commence par "Il se passe ici quelque chose de louche, Harvey" ?

– C'est ce qui est écrit, général.

– C'est un cryptogramme ?

– Non, monsieur. C'est de l'anglais tout ce qu'il y a de plus normal. »

Le DCI hocha la tête d'un air dubitatif. « Je vois. Et, *que* se passe-t-il de louche, précisément ? »

Torriti sourit pour la première fois de la matinée. « Voilà, commença-t-il. Il y a quelque temps, agissant sur mes instructions, mon Apprenti, qui s'appelle John McAuliffe, a fait insérer un mouchard dans le plancher de l'appartement du TIREUR. McAuliffe est l'officier traitant du messager du TIREUR, nom de code ARC-EN-CIEL... »

Lors de leur rendez-vous du vendredi soir dans la salle de répétition, Jack avait plongé deux doigts dans le soutien-gorge de Lili, les pressant contre la chair douce pendant qu'il l'embrassait. Lorsque ses doigts ressortirent, ils tenaient le petit carré de soie couvert d'une écriture minuscule. Plus tard, à Berlin-Dahlem, Jack glissa la soie entre deux plaques de verre, régla la lampe de bureau et, se servant d'une loupe, parcourut lentement la dernière « prise » du TIREUR. Comme il pouvait s'y attendre, il trouva des indications de tests de guerre bactériologique sur l'île de Rügen, dans la Baltique, de production d'uranium dans la région de Joachimstal, dans les montagnes du Harz, et des dernières expériences soviétiques de fission nucléaire en Asie centrale. Ceci était suivi par une longue citation d'une lettre de Walter Ulbricht à l'ambassade soviétique pour se plaindre de commentaires qui auraient été faits par son rival au parti, Wilhelm Zaisser, au sujet de son engagement au communisme. Venait ensuite une longue liste d'unités de l'armée soviétique à qui, d'après une étude soviétique interne, on faisait tranquillement suivre à tour de rôle un programme d'entraînement conçu pour préparer les troupes de combat à la guerre bactériologique. La « prise » bihebdomadaire du TIREUR s'achevait sur les noms de fonctionnaires du gouvernement ouest-allemand et cadres moyens d'entreprises privées qui dissimulaient un passé compromettant au parti nazi et se révélaient donc vulnérables au chantage.

Épuisé par une longue journée, Jack avait éteint la lampe, de bureau et s'était frotté les yeux. Puis il s'était soudain retrouvé à réfléchir intensément en fixant l'obscurité du regard. Il se passait quelque chose de louche ! Il ralluma la lampe, composa la combinaison d'un petit coffre-fort et récupéra les dernières transcriptions des conversations enregistrées par le mouchard dans le plancher du TIREUR. Courbé au-dessus de son bureau, il compara la saisie du micro avec les dernières informations du TIREUR. Sa bouche s'ouvrit lentement. Les détails des tests de guerre bactériologique sur l'île de Rügen, de la production d'uranium dans les montagnes du Harz et des dernières expériences soviétiques de fission nucléaire en Asie centrale *avaient tous été subtilement altérés*. Le mouchard et le carré de soie donnaient deux versions différentes des mêmes informations. Plus important encore, le carré de soie ne faisait aucune allusion à la liste de veille du MI6 qui se trouvait en possession des services de renseignements polonais, UB, ni à la forte possibilité pour que ce soit un espion soviétique haut placé aux renseignements britanniques qui ait fourni cette liste.

Fallait-il en déduire ce qu'il en avait déduit ?

Jack saisit un formulaire de câble et se mit à griffonner un câble urgent, top secret, destiné au Sorcier, à Washington. Il commença : « Il se passe ici quelque chose de louche, Harvey. »

Revêtu de la combinaison bleu cobalt des électriciens d'État est-allemands, Jack s'appuya contre le kiosque situé au sud d'Alexanderplatz pour manger un sandwich à l'ersatz de gruyère en parcourant l'éditorial du journal du samedi du parti communiste, le *Neues Deutschland*. Sans cesser de surveiller l'autre extrémité d'Alexanderplatz par-dessus son journal, il se répéta la réponse du Sorcier à son câble : « Il se passe ici quelque chose de louche » de la veille. « Envoie tout ça à la figure d'ARC-EN-CIEL, avait ordonné Torriti. Aujourd'hui. Il me faut une réponse avant de plonger dans la fosse aux lions, lundi à neuf heures. »

Jack vit Lili sortir de l'école de danse privée quelques minutes après la sirène de midi. Elle laissa un moment s'écouler autour d'elle la foule de l'heure du déjeuner, levant son visage vers le soleil pour en apprécier la chaleur. Puis elle rejeta son châle de dentelle par-dessus son épaule et entreprit de descendre Mühlendammstrasse. Elle fit la queue pour acheter des betteraves au comptoir d'un camion de produits fermiers puis s'arrêta dans une pharmacie avant de reprendre son chemin. Jack fit signe à l'Ange Déchu, qui semblait sommeiller derrière le volant du petit Studebaker servant au transport d'engrais d'os broyés vers la zone soviétique. Le Roumain repéra Lili et mit le moteur en marche. Jack coupa Alexanderplatz en diagonale pour arriver à la hauteur de Lili au moment où elle attendait le changement de feux.

« *Guten Morgen*, Helga », dit-il d'une voix tendue en glissant son bras sous celui de la jeune femme. « *Wie geht es Dir ?* »

Lili tourna la tête. Une lueur de panique animale emplit ses yeux, que Jack avait toujours vus comme meurtris. Elle regarda éperdument autour d'elle, comme si elle cherchait à fuir, puis se tourna à nouveau vers lui. « Tu connais mon vrai nom ? chuchota-t-elle.

– Je connais bien plus que ça », souffla-t-il. Puis il monta la voix pour demander : « *Wie geht es Herr Löffler ?* »

Lili se dégagea de son étreinte. « Comment sais-tu ces choses ? »

Jack désigna d'un mouvement de tête brusque un café ouvrier de l'autre côté de la rue. Son attitude trahissait clairement son agitation. « Viens prendre un café et du gâteau *mit Schlagsahne*. »

Se sentant étourdie, craignant de sentir ses genoux se dérober si elle ne s'asseyait pas rapidement, Lili laissa Jack l'entraîner à travers la circulation vers le café, sorte de cantine de quartier spacieuse et haute de plafond ornée d'un vitrail Bauhaus qui avait miraculeusement survécu à la guerre. Des néons suspendus au bout de longs fils électriques éclairaient les tables de Formica. Des serveurs plus très jeunes, en pantalon noir, chemise blanche et gilet noir, arpentaient la salle en tenant très haut au-dessus de leur tête des plateaux chargés de cafés et de gâteaux en équilibre sur leur paume. Jack fit monter l'escalier à Lili, la conduisit à une table au fond de la mezzanine quasi déserte et se glissa sur une banquette perpendiculaire à la sienne, tournant le dos à un miroir terni. Il commanda au serveur deux cafés et deux gâteaux, puis tendit la main pour toucher les doigts de Lili.

Elle écarta brusquement sa main, comme si elle venait de se brûler. « Pourquoi prendre le risque de venir ici en plein jour ?

– Ce que j'avais à te dire ne pouvait pas attendre. Il va y avoir une vraie tempête ici. Je ne veux pas que tu sois dans la zone soviétique quand ça va arriver.

– Depuis quand connais-tu nos vrais noms, à Herr Professor et à moi ?

– Ce n'est pas important, répliqua Jack.

– *Qu'est-ce* qui est important ?

– C'est au sujet de ton Herr Professor, Lili – j'ai découvert la vérité par hasard. Il t'a trahie. Il travaille pour le KGB russe, c'est ce qu'on appelle un agent de désinformation. »

Lili laissa tomber son menton contre sa poitrine et se mit à respirer par la bouche. Le serveur, pensant qu'ils avaient une dispute conjugale, posa la commande entre eux. « Après la pluie vient parfois le beau temps, mais pas toujours », commenta-t-il en glissant l'addition sous une soucoupe.

Lili leva la tête et cligna rapidement des yeux, comme si elle essayait de figer une image. « Jack, je n'arrive pas à comprendre ce que tu me dis.

– Oh si, tu comprends, Lili. Je le lis sur ton visage. Je le lis dans tes yeux. Tu comprends parfaitement. La soie que j'ai tirée d'entre tes seins, vendredi soir...

– Elle était couverte d'informations. J'en ai lu quelques-unes avant de te la donner. D'accord ?

– Elle était couverte de restes d'un mauvais dîner. Elle était remplie de choses que nous savions déjà ou de choses légèrement fausses. Toutes les bonnes informations ont été supprimées. »

Elle avait maintenant l'air éberluée. « Comment pouvez-vous savoir quelles informations ont été supprimées ?

– Nous avons un micro sous le plancher de l'appartement de Löffler. Il enregistre tout ce qui se dit dans la salle à manger. Il y a six jours, il a capté une déclaration d'amour empressée, Lili. Tu n'as pas oublié ce qu'il t'a dit, n'est-ce pas ? »

Incapable de parler, Lili secoua la tête misérablement.

« Vous avez eu de la visite, ce soir-là, un homme qui parlait anglais avec un accent polonais. Tu te souviens de cette soirée, Lili ? Vous avez dîné tous les trois. Et puis toi, tu es partie faire la vaisselle et tu les as laissés discuter. Le micro a enregistré une conversation en anglais entre Herr Professor et son ami polonais. Tu es revenue avec du cognac, et puis tu es ressortie. Ce dont ils ont parlé pendant que tu n'étais pas là était incroyablement intéressant pour nous. Le problème, c'est que ça ne se trouvait pas sur le carré de soie que tu m'as remis. Le cœur de la conversation qui s'est tenue dans cette pièce ce soir-là – les *secrets*, Lili – manquait. Ce n'est pas quelque chose que Herr Professor aurait omis s'il travaillait réellement pour nous. Ce qui signifie qu'il travaille pour les communistes. Soit lui, soit celui qui le contrôle, a édulcoré le texte avant que le professeur n'écrive son rapport sur la soie. »

Lili plongea l'index dans son café puis le fit courir sur ses lèvres, comme si elle se mettait du rouge. Jack reprit : « Lili, c'est un coup dur pour les gens avec qui je travaille – mais c'est une aubaine pour nous. Pour toi et moi.

– Comment peux-tu voir cela comme une aubaine pour nous ? parvint-elle à demander.

– La dette que tu avais envers Herr Professor est annulée. Il t'a trahie. » Jack se pencha vers elle et lui toucha à nouveau les doigts. Cette fois, elle ne se déroba pas. « Passe dans le secteur américain, Lili. Viens avec moi. Tout de suite. Viens et ne regarde pas en arrière. J'ai un petit camion qui attend dans une rue latérale – on se glissera dans un compartiment secret et on franchira la frontière à un check-point discret.

– Il faut que je réfléchisse...

– Tu recommenceras tout de zéro. Je t'emmènerai à Londres voir le Royal Ballet. Tu pourras tester ton anglais en Amérique. Tu pourras t'en servir pour dire au juge de paix que tu acceptes de me prendre pour époux. »

Un sourire amer défigura le masque figé de Lili. « Mon cher Jackpot, il t'a échappé que je suis le sable sous tes pieds nus. Je t'empêche de réfléchir clairement, c'est cela ? Si seulement les choses pouvaient être aussi simples que tu le dis. Mais tu ne comprends rien. *Rien.* »

Lili se passa le bout des doigts sur les paupières et regarda Jack droit dans les yeux. « Ce n'est pas le professeur qui est un agent soviétique, dit-elle. C'est moi, l'agent soviétique. C'est moi, qui, dans un certain sens, l'ai trahi. »

Jack sentit des spasmes lui étreindre la cage thoracique, plus douloureux que ce qu'il avait jamais ressenti en faisant de l'aviron. Il lui vint à l'esprit qu'il était peut-être victime d'une crise cardiaque ; curieusement, cela lui apparut comme la solution à tous ses problèmes. Il prit une gorgée de café et se força à avaler. Puis il s'entendit dire : « Bon, dis-moi ce qui s'est passé », bien qu'il ne fût pas certain de vouloir l'entendre.

« Ce qui s'est passé ? Je ne cesse de me demander ce qui s'est passé. » Elle contempla un instant le vide. « Ernst est un Allemand patriote. Après mûre réflexion, il est arrivé à la conclusion que les communistes – les communistes russes et leurs fantoches allemands – représentaient un danger pour l'Allemagne. Il a alors décidé de travailler à la réunification des deux Allemagne en transmettant des informations à l'Ouest susceptibles de discréditer les communistes. Il a tout préparé très soigneusement – il était trop connu, à la fois à l'université et en tant qu'adjoint du Premier ministre, pour être libre de ses mouvements. Moi, en revanche, je me rendais deux fois par semaine dans le secteur américain pour donner mes cours de danse. Alors nous avons décidé ensemble – cette décision était aussi la mienne, Jack – qu'il rassemblerait des informations qu'il inscrirait sur de la soie, et que je servirais de courrier... »

Jack se pencha vers elle. « Continue », murmura-t-il.

Lili frissonna. « Le KGB a tout découvert. Aujourd'hui encore, je ne sais pas comment. Peut-être qu'ils ont eux aussi des micros cachés dans les appartements des adjoints du Premier ministre. Peut-être qu'ils ont entendu nos conversations, au lit, tard dans la nuit. Quand je me suis rendue à mon premier rendez-vous avec toi – oh, j'ai l'impression que c'était il y a une éternité, Jack –, j'ai été arrêtée à une rue de chez nous. On m'a fait rentrer de force à l'arrière d'une limousine, on m'a bandé les yeux et emmenée dans un immeuble où on m'a fait monter dans un ascenseur jusqu'à une pièce qui sentait l'insecticide. Cinq hommes… » Elle retint sa respiration. « Cinq hommes se tenaient autour de moi – un qui parlait russe, quatre qui parlaient allemand. Le Russe était visiblement le chef. Il était petit, avec de grosses chevilles et des yeux d'insecte, et j'ai eu soudain la pensée que l'insecticide avait été répandu pour l'éloigner, mais que ça n'avait pas marché. Il parlait allemand comme un Allemand. Il m'a ordonné de me déshabiller complètement. Comme j'hésitais, il a dit qu'il allait le faire lui-même si je refusais. Alors dans cette pièce, devant ces hommes que je ne connaissais pas, je me suis retrouvée nue. Ils ont trouvé le carré de soie – ils semblaient savoir qu'il serait dans mon soutien-gorge. Ils ont dit qu'Ernst serait jugé pour haute trahison et exécuté. Ils ont dit que je passerais certainement de nombreuses années en prison. Ils ont dit que je ne pourrais plus jamais danser parce qu'ils feraient en sorte que mes genoux… mes genoux…

– Lili !

– J'étais là, debout devant eux, complètement nue, tu vois. Si j'avais pu me glisser sous une table pour mourir, je l'aurais fait. Et puis le Russe m'a dit de me rhabiller. Et il a dit… il a dit qu'il y avait un moyen de nous sauver, Ernst et moi. Je devais leur donner les carrés de soie d'Ernst, qu'ils remplaceraient par d'autres carrés, réécrits, revus et corrigés, avec des ajouts et des retraits, que je livrerais à l'espion américain qui devait venir me retrouver tous les mardis et vendredis après mon cours de danse. Ils ont promis que le fait de servir la cause du communisme serait pris en considération. Il ne serait fait aucun mal à Ernst tant que je coopérerais… »

Jack sentit le cœur lui manquer – il se rappela Lili lui disant : « Sans moi, il ne pourra pas survivre. » Il avait pris sur le moment cette phrase au sens figuré, comme l'expression d'un amant qui ne supporterait pas de voir l'être cher le quitter. Jack comprenait maintenant qu'elle avait parlé au sens propre ; elle ne *pouvait* pas passer à l'Ouest parce qu'Ernst Ludwig Löffler serait aussitôt arrêté et exécuté.

« Après chaque rendez-vous, disait-elle, la voix chargée de colère, je rédigeais un rapport – il fallait que je leur dise qui j'avais vu et ce que nous avions dit. Ils connaissent ton identité, Jack.

– Leur as-tu parlé de…

– Pas un mot. Ils ne savent rien pour nous deux… »

Jack cherchait désespérément un moyen de la convaincre de passer à l'Ouest avec lui. « Le Professeur – Herr Löffler – est condamné, Lili. Il faut ouvrir les yeux. Ce jeu ne pouvait pas durer indéfiniment. Et dès qu'il aurait été terminé, ils auraient de toute façon puni le Professeur, ne serait-ce que pour décourager ceux qui auraient la mauvaise idée de vouloir suivre son exemple. Tu peux encore être sauvée. Viens avec moi maintenant – nous vivrons heureux et aurons beaucoup d'enfants.

– On ne vit pas heureux de cette façon dans la vie. C'est réservé aux contes de fées. Si je partais, mon départ le tuerait avant qu'ils ne le tuent. »

Ainsi, le « Sans moi, il ne pourra pas survivre » de Lili pouvait tout de même s'entendre dans les deux sens.

Jack savait qu'il arrivait à court d'arguments. « Emmène-le quelque part où il n'y a pas de micro et raconte-lui ce que tu m'as dit – dis-lui que le KGB se sert de lui. Dis-lui que je peux vous sortir de là tous les deux.

– Tu ne comprends pas Ernst. Il ne quittera jamais son université, son travail, ses amis, l'Allemagne où il est né et où ses parents sont enterrés. Pas même pour sauver sa vie. » Ses yeux s'embrumèrent. « Il a toujours dit que si on en arrivait là, il avait une arme de tout petit calibre. Il en plaisante même en disant que les balles en sont si petites que la seule façon de se tuer avec est de se remplir la bouche d'eau avant d'y insérer le canon pour se faire sauter la cervelle…

– Il t'aime… il voudra que tu te sauves. »

Lili hocha la tête d'un air têtu. « Je vais lui demander conseil… »

« Ce qui explique pourquoi le TIREUR n'a pas été arrêté quand Philby en a parlé à ses contrôleurs, expliquait Torriti au conseil de guerre *ad hoc*. Le KGB était déjà au courant – tout ça était en fait une opération de désinformation. »

Un silence agité régna dans la salle de conférences quand le Sorcier eut terminé son récit. On entendit la pointe du crayon de Truscott griffonner quelque chose sur un calepin jaune. Dulles plongea la flamme de son briquet Zippo dans le fourreau de sa pipe pour la ranimer. Wisner tapotait du bout des doigts son bracelet de montre en métal.

Angleton entreprit de se masser le front, qui palpitait au rythme d'une migraine épouvantable. « Il y a deux, cinq, sept manières de voir n'importe quel ensemble de faits donnés, dit-il. J'aurai besoin de temps pour tirer la signification réelle de tout ceci, pour… »

Il y eut un coup sec frappé à la porte. Le général Smith lança d'un ton bourru : « Entrez ! »

Une secrétaire passa la tête à l'intérieur. « J'ai un câble "urgent – top secret" pour vous, général. Ça vient du chef d'antenne à Londres. »

Helms prit le plateau à message et le fit passer à l'autre bout de la table, au directeur. Smith chaussa une paire de lunettes, souleva le couvercle métallique et déchiffra le texte. Puis il leva les yeux et fit signe à la secrétaire de partir. « Eh bien, messieurs, on est dans la merde jusqu'au cou, annonça-t-il. Vendredi, le Foreign Office britannique a autorisé le MI5 à commencer à interroger Maclean lundi matin à la première heure à propos de l'info HOMER. Les types du MI5 se sont présentés à l'aube, ce matin, et se sont aperçus qu'il avait filé. Et ce n'est pas tout. Guy Burgess semble bien avoir disparu avec lui. »

Pâle comme la mort, Angleton s'effondra sur son siège, hébété. Le général Truscott émit un sifflement entre ses dents de devant. « Burgess – agent soviétique ! s'exclama-t-il. L'enfoiré ! Il est de toute évidence rentré en Angleterre pour avertir Maclean qu'on avait compris l'épisode HOMER. Et puis, au dernier moment, il a craqué et il a filé avec lui. »

Wisner redressa sa chaise. « Comment Burgess a-t-il pu savoir qu'on avait décrypté l'info HOMER ?

– Burgess habitait avec Philby, à Washington », intervint Torriti d'un ton sarcastique.

Le général Smith secoua la tête, dégoûté. « Burgess a loué une Austin et s'est rendu chez Maclean, dans la banlieue de Tatsfield, dit-il en suivant du doigt le message de l'antenne de Londres. Vendredi, à vingt-trois heures quarante-cinq, Burgess et Maclean ont embarqué sur le *Falaise* pour gagner Saint-Malo. Un marin leur a demandé ce qu'ils comptaient faire de l'Austin restée à quai. "On rentre lundi", lui aurait lancé Burgess. Du côté français, le MI5 a trouvé un chauffeur de taxi qui se souvenait avoir pris à Saint-Malo deux hommes correspondant aux portraits de Maclean et de Burgess et les avoir conduits à Rennes, où ils avaient pris un train pour Paris. La piste s'arrête là.

– La piste s'arrête à Moscou », corrigea Wisner.

Le général Truscott fronça les sourcils. « Si Philby est un agent soviétique, il pourrait s'être enfui aussi. »

Torriti se tourna vers Angleton. « Je vous avais prévenu qu'il fallait prendre des putains de précautions. »

Les barons autour de la table s'appliquaient à éviter le regard d'Angleton.

« Philby n'a pas filé, fit Angleton d'une voix rauque, parce que ce n'est pas un agent soviétique. »

Truscott prit le téléphone sur une table, derrière lui, et le poussa vers Angleton. Le général Smith acquiesça d'un signe de tête. « Appelez-le, Jim », ordonna-t-il.

Angleton sortit un petit carnet d'adresses de la poche intérieure de sa veste de costume. Il alla à la lettre P et composa un numéro. Il tenait le combiné légèrement à l'écart de son oreille, et tout le monde autour de la table entendit la sonnerie retentir à l'autre bout du fil. Au bout d'une bonne douzaine de sonneries, il abandonna. « Il n'est pas chez lui », commenta-t-il. Les deux généraux, Smith et Truscott, échangèrent un regard. Angleton appela les bureaux du MI6 à Washington. Une femme répondit à la première sonnerie. Elle énonça son numéro de téléphone en mettant un point d'interrogation à la fin. « Je voudrais parler à monsieur Philby, s'il vous plaît, demanda Angleton.

– C'est de la part de qui ?

– Hugh Ashmead.

– Un instant, monsieur Ashmead. »

Autour de la table, les barons osaient à peine respirer.

Une voix joviale retentit soudain dans le combiné. « C'est toi, Jimbo ? Je suppose que tu as entendu les nouvelles pas très réjouissantes. Le téléphone n'a pas arrêté de sonner par ici. Bon sang, qui l'eût cru ? Guy Burgess, entre tous ! Ça fait une paie qu'on se connaît, lui et moi.

– Justement, ça pose problème, dit prudemment Angleton.

– Je m'en doutais, mon vieux. Ne t'en fais pas. J'ai une grosse cuirasse contre les piques et les flèches – je sais que ça n'aura rien de personnel.

– On se retrouve pour prendre un verre ? » proposa Angleton.

On entendit Philby étouffer un rire. « Tu es sûr que tu veux être vu avec moi ? Je pourrais être contagieux.

– Au Hay-Adams ? Une heure et demie, ça te va ?

– C'est toi qui décides, Jimbo. »

Préoccupé, Angleton raccrocha. Torriti remarqua : « Il faut reconnaître que ce salaud a des couilles.

– Si Philby était une taupe soviétique, hasarda Angleton, qui réfléchissait tout haut, le KGB l'aurait fait rentrer avec Burgess et Maclean. » Aux autres personnes présentes, il donna l'impression de chercher à se convaincre lui-même.

Le général Smith fit reculer sa chaise et se leva. « La conclusion, Jim, c'est que Philby est contaminé. À partir de maintenant, il est interdit de séjour dans nos murs. Je veux qu'il ait quitté l'Amérique dans les vingt-quatre heures. Laissons les cousins le passer à la moulinette pour déterminer si c'est un espion des Ruskofs ou pas. » Il regarda Angleton. « Compris ?

– Compris, mon général, fit Angleton en hochant la tête une fois.

– Quant à vous, Torriti : vous devez être l'agent le moins conventionnel de la Compagnie. Sachant ce que je sais, je ne suis pas sûr que je vous réengagerais, mais ce n'est certainement pas moi qui vous ficherai à la porte. Compris ? »

Torriti réprima un sourire. « Compris, mon général. »

Dans les lavabos des cadres, au bout du couloir du fief du DCI, le Sorcier plia les genoux et baissa la fermeture Éclair de sa braguette avant de pisser dans l'urinoir avec un grognement de soulagement. « Bon alors, qu'est-ce que ça nous dit sur la condition humaine, le fait que soulager sa vessie soit en fait l'un des grands plaisirs de la vie ? » demanda-t-il à la personne qui se trouvait devant l'urinoir voisin.

L'ami petit et voûté que Torriti avait au MI5, Elihu Epstein, ricana dans sa barbe. « Je n'ai jamais vu ça sous cet angle, reconnut-il. Mais maintenant que tu me le dis, je me rends compte que c'est effectivement l'un des moments les plus divins de la journée. » Epstein referma les boutons de sa braguette et se dirigea vers la rangée de lavabos pour se laver les mains. « Comment ça s'est passé, ce matin ? » demanda-t-il en regardant le Sorcier dans la glace.

Torriti plia à nouveau les genoux et rejoignit Epstein aux lavabos. « Tu es branché, Elihu ?

– J'en ai bien peur.

– Tu enregistres, ou tu transmets ?

– Je transmets. Ils enregistrent à l'autre bout.

– Ton micro, tu le mets où en ce moment ? »

Epstein baissa les yeux vers la discrète rosette de la Victoria Cross épinglée au revers de sa veste.

Avec un sourire de maniaque, Torriti se pencha vers Epstein et aboya dans la rosette : « Harold Adrian Philby, que ses potes appellent Kim dans les locaux rancis des services de renseignements britanniques, vient d'être déclaré *persona non grata* chez nous. Ce salopard a vingt-quatre heures pour quitter le pays, après quoi, il sera tout à vous. Vous allez avoir du mal à le persuader de vous assister dans votre enquête – vous serez peut-être même obligé de lui passer sa vieille cravate d'école autour du cou et de serrer pour lui tirer les vers du nez. »

Torriti se retourna alors vers le miroir et s'aspergea la figure. Il avait passé la majeure partie de la nuit à répéter son réquisitoire contre Philby, et commençait à présent à ressentir la tension et l'épuisement.

Epstein mit ses mains sous le séchoir et monta le ton pour se faire entendre par-dessus la soufflerie. « À propos, comment votre James Jesus Angleton a pris ça ?

– Difficilement. Je crois qu'il ne verra plus jamais le monde de la même façon.

– Hummmm. Oui. Bon. Je ne sais pas trop si on doit te remercier ou te maudire, Harvey. Les relations entre nos deux services vont aller de mauvaises à inexistantes, non ? Mais je crois quand même que c'est mieux d'avoir connu l'amour, quitte à le perdre. Qu'importe !

– Qu'importe ! », accorda Torriti. Il avait désespérément besoin d'un verre.

La foule du déjeuner faisait la queue au Hay-Adams, de l'autre côté de Lafayette Park par rapport à la Maison-Blanche, quand Angleton se laissa tomber sur le tabouret à côté de Philby, au bout du comptoir. Le barman avait posé devant l'Anglais trois Martinis doubles. Philby avait déjà vidé les deux premiers et, louchant vers l'extrémité de son nez, essayait d'empaler les olives d'une soucoupe sur un cure-dent. « Tu as repéré les costumes trois pièces, à la porte, Jimbo ? souffla-t-il. Les eunuques de J. Edgar. Ils ne m'ont pas lâché d'une semelle. Il y en a deux voitures pleines garées devant. Putain de FBI ! On dirait que je viens de faire sauter votre Fort Knox.

– Pour certains de mes confrères, c'est effectivement le cas. » Il leva un doigt pour attirer l'attention du barman, montra les cocktails devant Philby et leva deux doigts. « Ils pensent que tu as envoyé Burgess prévenir Maclean. Et ils pensent que ce n'est là que le sommet de l'iceberg. »

Philby tenta une pauvre imitation d'accent texan : « Et alors, mon pote ?

– Est-ce que c'est vrai, Adrian ? As-tu envoyé Burgess prévenir Maclean ? »

Philby tourna lentement ses yeux cerclés de rouge vers Angleton. « C'est dur, Jim. Venant de toi... » Il secoua la tête. « Les affaires humaines connaissent des hauts et des bas... Mon monde craque aux coutures, n'est-ce pas ?

– Bedell Smith a envoyé un câble cinglant à ton "C" pour lui dire qu'il ne voulait plus de toi en Amérique. Ton MI5 va te faire passer un mauvais quart d'heure, Adrian.

– Comme si je ne le savais pas. » Il prit son troisième verre et le vida presque entièrement d'un seul trait. « J'aurais filé si j'étais des leurs, confia-t-il au verre.

– Je me rappelle une nuit, Ryder Street, au milieu des bombes qui sifflaient et explosaient autour de nous. On parlait théorie, Adrian, et soudain, tu as dit qu'on pouvait théoriser à perte de vue. Tu as cité le fondateur des services secrets britanniques, au seizième siècle...

– Francis Walsingham, vieux.

– Je n'ai jamais pu me rappeler ce nom, mais je me souviens très bien de la citation que tu as faite. »

Philby parvint à sourire. « "L'espionnage sert à chercher des fenêtres dans l'âme des hommes."

– C'est ça, Adrian. Des fenêtres dans l'âme des hommes. »

Le barman posa deux Martini doubles sur le comptoir. Angleton se mit à remuer le premier avec un bretzel. « Je n'ai pas trouvé la fenêtre de ton âme, Adrian. Qui es-tu ?

– Je croyais que tu le savais.

– Je le croyais aussi. Je n'en suis plus si sûr.

– Je te le jure, Jimbo. Je n'ai jamais trahi les miens…

– Qui sont les tiens, Adrian ? »

La question laissa Philby sans voix. Au bout d'un moment, il dit avec une feinte légèreté : « C'est pas le tout mais il faut que je file, hein ? Désolé, pour le déjeuner. Les bagages à faire, la maison à fermer, un avion à prendre, ce genre de choses. » Il tomba plus ou moins de son tabouret. Se retenant au comptoir d'une main, il glissa un billet de cinq dollars sous la soucoupe à olives puis tendit la main. Angleton la serra. Philby hocha la tête, comme s'il venait de penser à quelque chose qui confirmait ce qu'il savait déjà. « Tiens bon, Jimbo.

– Sûrement. »

Angleton regarda Philby franchir en chancelant les portes battantes. Les costumes trois pièces de Hoover lui emboîtèrent le pas. Revenant à son verre, Angleton but un long trait de son cocktail et fit la grimace ; trop de vermouth, mais tant pis. Il termina son verre et se mit à réfléchir sur le nombre quasi infini d'interprétations qu'on pouvait donner de n'importe quel ensemble de faits, les ambiguïtés n'attendant que de passer pour des comportements types. Admettons, pour les besoins de la discussion, qu'Adrian était un espion russe. Pour contrôler quelqu'un de cette importance, il fallait le maître des officiers traitants en personne ; celui qu'on connaissait sous le nom de Starik. Angleton avait commencé un dossier sur Starik la première fois qu'il était tombé sur une référence le concernant, dans l'info fournie par le transfuge russe Krivitsky. Le dossier était plutôt mince, mais il était suffisant pour le persuader que le mystérieux Starik était quelqu'un de rusé et méticuleux, qui ne laissait rien au hasard et qui se vantait même d'avoir toujours un temps d'avance sur ses ennemis. Ce qui impliquait que la vraie question n'était pas de savoir ce que Philby avait déjà donné – le MI5 n'avait qu'à s'en charger –, mais qui prenait déjà sa place. Il était inconcevable que Starik puisse laisser son pipeline s'assécher, inconcevable que les opérations de pénétration soviétique puissent cesser brusquement le 28 mai 1951.

Les accusations de Torriti à l'encontre de Philby avaient au départ accablé Angleton, mais il éprouvait soudain un sursaut d'énergie ; maintenant plus que jamais, il avait une tâche à sa mesure. Attaquant son deuxième Martini, il eut l'impression de se laisser aspirer par une faille au paysage enténébré, où les subtilités proliféraient et où les variations autour d'un thème rugissaient à ses oreilles comme un chœur infernal. Le visage crispé, Angleton fit un serment silencieux : plus jamais il ne ferait confiance à un mortel comme il s'était fié à Philby. À personne. Plus jamais. Au bout du compte, n'importe qui pouvait devenir une taupe soviétique.

Ou tout le monde.

17

Berlin, samedi 2 juin 1951

Le Sorcier gratta à la porte ouverte de Jack. «Est-ce que je peux, euh, entrer?» demanda-t-il, se tenant sur la pointe des pieds au seuil du bureau, son corps démesuré incliné avec déférence.

La question surprit Jack. «Je vous en prie», dit-il, derrière la petite table de travail libérée d'un bureau de poste de la Wehrmacht à la fin de la guerre. Il désigna le seul autre siège de la pièce minuscule, un tabouret de barbier en métal monté sur roulettes. Jack sortit une bouteille de whisky d'un carton, à ses pieds, posa deux verres devant lui et les remplit à moitié, prenant soin d'en verser autant dans les deux. Répartissant prudemment son poids sur le tabouret, Torriti s'approcha d'un coup de roulettes et enroula ses doigts autour d'un des verres. «Tu n'aurais pas de glaçons, par hasard?

– Le frigo du couloir est en rade.

– Pas de glace, pas de bruit de glace. Pas de bruit de glace, *Schlecht*!»

– C'est ce que vous avez dit la nuit où on attendait Vichnevski, se rappela Jack. Pas de bruit de glace, *Schlecht*!»

Le Sorcier se gratta du bout de l'ongle les pellicules d'un sourcil. «Pas mal d'eau a coulé sous les ponts, en cinq mois.

– Ouais, carrément beaucoup.

– Tu t'es débrouillé comme un chef sur l'affaire du TIREUR, commenta le Sorcier. À ta santé.»

Ils vidèrent leur whisky.

«C'est la première fois que je monte au dernier étage, reprit le Sorcier en examinant le placard de Jack. Joli.

– Petit.

– Petit mais joli. Au moins, tu as une fenêtre. Ça donne sur quoi quand le store est levé?

– Le mur de brique de l'immeuble d'en face.»

Torriti ricana. «Bon, t'es pas venu en Allemagne pour la vue.

– Où est-ce qu'ils en sont avec Philby ?

– Les gros bras du MI5 le cuisinent. Jusqu'à présent, il plaide la coïncidence.

– Ils vont le faire craquer ?

– Mon copain au Cinq, Elihu Epstein, assiste au truc. Il dit que ça va être difficile de pousser Philby à se mettre à table. »

Pendant un moment, ils ne trouvèrent plus rien à dire. Puis Jack remarqua : « Elle a manqué deux rendez-vous, Harvey. »

Torriti acquiesça, mal à l'aise.

« Le mouchard de l'appartement du TIREUR ne capte plus rien. Le silence est assourdissant. »

Le Sorcier parcourut la petite pièce du regard, comme s'il cherchait un moyen de fuir. « Jack, j'ai quelque chose de désagréable à t'annoncer.

– À propos d'ARC-EN-CIEL ?

– À propos d'ARC-EN-CIEL. À propos du TIREUR.

– J'écoute.

– Tu te souviens du micro qu'on a placé dans le téléphone de la femme d'Ulbricht, à son bureau du Comité central ?

– Oui. Parfaitement. »

Torriti poussa son verre sur la table pour être resservi. Son Apprenti s'exécuta. Le Sorcier vida ce deuxième whisky, puis tâta ses poches, en quête d'une feuille de papier pliée. Il la trouva dans la poche de sa chemise, sous l'étui à revolver. « C'est la transcription d'une conversation qui a eu lieu il y a deux jours, entre Ulbricht et sa femme, Lotte. »

Torriti voulut poser la feuille sur le bureau, mais Jack l'interrompit. « Qu'est-ce que c'est, Harvey ? »

Le Sorcier hocha la tête. « Ulbricht lui dit que les rigolos de Karlshorst ont pisté Ernst Ludwig Löffler jusqu'à la maison de son frère, à Dresde. Ils y sont allés pour l'arrêter et, comme personne ne venait ouvrir, ils ont enfoncé la porte. Ils ont trouvé la belle-sœur de Löffler réfugiée dans un placard, ils ont trouvé Löffler pendu à une tringle à rideau. Il avait grimpé à une échelle, s'était attaché une poignée de cravates autour du cou et avait repoussé l'échelle. Il y avait deux jours qu'il était mort.

– Je vois.

– Lotte a demandé à Ulbricht ce qu'était devenue Helga Agnes.

– Et ?

– Il lui a dit qu'elle s'était enfermée dans les chiottes. Les types de Karlshorst lui ont ordonné de sortir. Ils ont entendu un coup de feu. » Torriti s'éclaircit la gorge. « Il y a des détails dans la transcription que tu préféreras ne pas connaître… Tu écoutes, mon gars ? »

Jack passait son doigt sur le bord de son verre. « Elle s'y est enfoncée sans du tout s'inquiéter de savoir comment elle allait pouvoir en ressortir.

– J'imagine que tu es plus ou moins tombé amoureux.
– On n'avait pas de temps. On ne pouvait en prendre ni l'un ni l'autre. »
Le Sorcier se leva péniblement. « Qu'est-ce que je peux dire ?
– Une de perdue, dix de retrouvées.
– Oui, en quelque sorte. C'était pas ta faute. Tu lui as proposé un billet de sortie. C'est son problème si elle ne l'a pas pris.
– C'est son problème, convint Jack. Et elle l'a résolu avec un revolver de tout petit calibre, en se remplissant la bouche de flotte. »
Le Sorcier examina son Apprenti. « Comment tu savais, pour la bouche pleine de flotte et le revolver de tout petit calibre ?
– Un coup au hasard. »
Torriti se dirigea vers la porte. Jack l'arrêta. « Il faut que vous me disiez quelque chose, Harvey. »
Le Sorcier se retourna. « Bien sûr, mon gars, qu'est-ce que tu veux savoir ?
– Le TIREUR et ARC-EN-CIEL ont-ils fait partie de vos appâts au baryum ? Parce que, si c'était le cas, Harvey, si ça l'était, je ne suis pas sûr de pouvoir continuer... »
Torriti ouvrit grand les mains. « Le TIREUR était le joyau de la base berlinoise, mon gars. J'étais prêt à lâcher un paquet de trucs, à donner le numéro de téléphone de Lotte. Mais pas le TIREUR. » Il secoua la tête avec emphase. « Je ne l'aurais sacrifié pour rien au monde. » Il leva la main droite. « Eh, je te le jure, petit. Sur la tombe de ma mère.
– Je me sens mieux, Harvey.
– Toujours plus loin, toujours plus fort, mon gars.
– Oui. Plus loin. N'importe. »

18

Tcheriomouski, district de Moscou, lundi 4 juin 1951

Starik avait gravi l'escalier métallique en spirale menant au toit en terrasse de la demeure à deux étages pour échapper au téléphone qui sonnait sans répit. Beria voulait savoir s'il était vrai que les deux Anglais qui avaient espionné pour l'Union soviétique étaient déjà arrivés à Moscou. Le rédacteur en chef de la *Pravda* demandait à quel moment les deux hommes seraient disponibles pour répondre aux questions des journalistes occidentaux et prouver au monde qu'ils étaient passés à l'Est de leur plein gré. Le Politburo avait besoin de savoir, insistait Nikita Khrouchtchev, si les rumeurs qui circulaient au Kremlin sur l'existence d'un troisième transfuge anglais étaient fondées ou relevaient du fantasme.

Starik écrasa une cigarette bulgare sous son talon et traversa le toit vers l'angle sud-est pour s'appuyer à la balustrade. D'au-delà du bois de bouleaux blancs lui parvint l'odeur âcre du fumier qu'on venait d'épandre avec des charrettes à chevaux dans les champs que la ferme collective de Tcheriomouski ensemencerait avec du maïs à bétail si le beau temps persistait. Pacha Jilov, alias Starik, était né et avait grandi dans le Caucase. Son père, acolyte qui jeûnait au shabbat et lisait chaque soir avant le coucher des passages du Livre des Révélations à ses six enfants, était mort lors d'une épidémie de typhus quand Starik avait seize ans. Le garçon avait alors été envoyé chez le frère de son père, en Ukraine. Avant la campagne de collectivisation du début des années trente, il avait pris l'habitude d'accompagner son oncle, petit fonctionnaire bolchevique chargé de vérifier que les fermes privées livraient bien à l'État les quotas imposés, dans ses pérégrinations à travers la campagne. Le souvenir le plus vif que Starik gardait de ces expéditions était le parfum brut des vapeurs de fumier qui assaillait ses narines après une averse d'été. Comme l'oncle de Starik était extrêmement impopulaire auprès des paysans ukrainiens – on avait à plusieurs reprises tailladé les pneus de sa voiture ou mis du sable dans son réservoir d'essence –, il se faisait accompagner par une deuxième voiture de miliciens armés qui laissaient parfois le jeune Starik s'essayer au fusil Nagant sur des bouteilles de bière disposées au sommet d'une clôture.

Le garçon s'était révélé un tireur épouvantable ; il avait beau faire des efforts, il ' pouvait s'empêcher de fermer les yeux *avant* de presser la détente ؟e toute évidence, disait son oncle en riant, les talents de Pacha étaient .illeurs.

Laissant son regard errer par-dessus les bouleaux, Starik sourit à ce souvenir ; son oncle était décidément prophète !

Dans la trouée pâle qui séparait les sombres nuages d'orage et l'horizon, Starik discerna un gros avion de ligne dont les moteurs émettaient un ronronnement guttural, qui descendait vers la piste militaire dont peu de Moscovites connaissaient l'existence. Si tout s'était déroulé comme prévu, les Anglais Burgess et Maclean devaient être à bord. Ils seraient accueillis par une poignée de généraux en tenue d'apparat pour qu'ils se sentent importants, puis seraient envoyés dans un centre d'entraînement secret du KGB pour y subir un débriefing long et détaillé – phase que Starik décrivait comme « le pressage de l'éponge ». Après quoi, on les remettrait aux responsables du parti, et on les ferait défiler devant les journalistes du monde entier pour tirer tout le bénéfice possible de leur défection.

Les talents de Pacha s'étaient en effet exprimés autrement, même s'il n'y avait pas trois personnes dans toute l'Union soviétique – dans le monde entier – qui comprissent vraiment tout ce qu'il orchestrait.

Ce qu'il orchestrait, c'était la destruction de la Central Intelligence Agency américaine *depuis l'intérieur.*

La première étape de cette campagne méticuleuse avait impliqué de laisser certaines clés choisies tomber entre les mains des décrypteurs de la CIA, leur permettant de lire des bribes de texte concernant l'agent soviétique ayant pour nom de code HOMER ; ce texte conduisait les Américains au diplomate anglais Maclean. Starik considérait que Maclean pouvait être sacrifié maintenant. Il aurait fini par être découvert au bout de quelques mois de toute façon ; Starik n'avait fait qu'accélérer le processus.

Le problème crucial était le timing. Starik savait que Philby apprendrait par Angleton que les Américains allaient coincer Maclean. Sachant que les Anglais allaient déclencher le processus d'interrogatoire, Starik avait fait germer dans la tête de Philby l'idée de renvoyer Burgess prévenir Maclean. Puis cela avait été le coup de génie : Burgess n'avait pas paniqué, comme l'avaient annoncé les journaux occidentaux : c'était Starik qui lui avait *ordonné* de suivre Maclean à l'Est. Burgess avait protesté auprès du *rezident* de Londres dès qu'il avait eu connaissance de cet ordre ; il craignait que sa défection n'entraîne la chute de son vieil ami Philby, puisque c'était lui qui avait au départ introduit Philby dans les services secrets britanniques ; plus récemment, ils avaient même partagé la même maison à Washington. Le *rezident*, suivant les instructions de Starik à la lettre, avait convaincu Burgess que les jours de Philby étaient comptés ; que, depuis la défection avortée de Vichnevski, le nœud ne cessait de se resserrer autour de son cou ; qu'il serait de toute façon ramené au bercail avant que les Américains ne l'arrêtent ; que les trois Anglais finiraient par être triomphalement réunis à Moscou sous le regard du monde entier.

En exposant Burgess, Starik ne perdait pas grand-chose ; Burgess, paria qui exaspérait nombre de ses collègues britanniques et américains, était ivre la plupart du temps, effrayé tout le temps et ne livrait plus que très peu de renseignements intéressants.

Ce qui réduisait le jeu à Kim Philby. Il était proche d'Angleton, avait accès à d'autres personnages haut placés de la CIA et fournissait encore pas mal de secrets. Mais Starik savait, d'après des communications interceptées, que l'affaire Vichnevski avait déclenché des sirènes d'alarme. L'Américain au nez creux qui dirigeait la base de Berlin, Torriti, avait senti le vent ; le message de panique que Philby avait envoyé au Centre de Moscou pour avertir qu'il avait Torriti aux trousses pouvait bien être le résultat d'un appât au baryum lancé par Torriti lui-même pour forcer Philby à se découvrir. Quoi qu'il en soit, quelqu'un finirait bien par mettre Philby sur la sellette en reprenant l'info de Krivitsky et les dizaines d'infiltrations récentes d'émigrés lancées par la CIA qui s'étaient soldées par un échec, ce n'était qu'une question de temps.

Le mystère, dans les métiers du renseignement, c'est l'usure des nerfs et de la réflexion de l'agent efficient – il n'y a aucun moyen de l'évaluer ni de l'empêcher. Philby faisait encore bonne figure, mais après vingt ans passés sur le terrain, il était anesthésié par l'alcool et avait les nerfs à vif. Il était grand temps de le faire rentrer.

Et puis la venue de Philby en URSS servirait un plus grand dessein.

Starik jouait en effet un jeu plus subtil qu'on ne pouvait le soupçonner. Le contre-espionnage était au cœur de tout service de renseignements. Angleton était au cœur du contre-espionnage américain. Starik étudiait Angleton depuis la toute première fois où Philby lui avait parlé de sa présence à Ryder Street, pendant la guerre. Starik avait ensuite continué d'observer Angleton de loin quand celui-ci avait été affecté en Italie, après la guerre, et, plus tard, lorsqu'il était rentré à Washington pour diriger le service de contre-espionnage de la CIA. Starik s'était plongé dans les rapports de Philby sur leurs interminables conversations nocturnes. Angleton se montrait intarissable dès qu'il s'agissait de théorie ; de démêler chaque situation donnée en sept strates de sens. Mais Angleton avait un talon d'Achille : il ne pouvait concevoir qu'il existait quelqu'un de plus subtil que lui, de plus *élégant* que lui. Ce qui impliquait que quelqu'un qui pourrait aller jusqu'à une huitième strate de sens aurait un avantage considérable sur lui.

Comme tous les artisans du contre-espionnage, Angleton était affligé d'une bonne dose de paranoïa ; la paranoïa allait de pair avec le milieu du contre-espionnage. Chaque transfuge était un agent double potentiel. Tout agent secret était un traître potentiel. Tout le monde, *sauf* son mentor et ami le plus proche, Kim Philby.

En découvrant Philby, Starik ferait plonger Angleton dans la vraie paranoïa. Cette maladie mentale affecterait tout son cerveau. Il se mettrait à pourchasser des ombres, à soupçonner tout le monde. De temps à autre, Starik enverrait un « transfuge » pour alimenter sa paranoïa ; pour laisser filtrer des allusions menaçantes à des taupes soviétiques au sein de la CIA et du gouvernement. Si Starik se débrouillait bien, Angleton servirait les intérêts de l'URSS mieux que n'importe quel véritable agent soviétique à l'intérieur de la CIA. Il déchirerait la CIA en cherchant des taupes soviétiques insaisissables, et, ce faisant, il massacrerait l'élite antisoviétique de la Compagnie.

Seulement, un détail ne s'était pas déroulé selon le plan prévu. Philby avait décidé tout seul de faire front et de ne pas se faire la belle. Il préférait visiblement le confort matériel du capitalisme. Il vivait pour jeter de la poudre aux yeux des gens, ce qui servait parfaitement son sentiment de supériorité. Philby allait sortir le grand jeu et protesterait de son innocence jusqu'au jour du Jugement dernier. Et les types du MI5 seraient peut-être dans l'incapacité de prouver le contraire devant un juge et un jury dans un tribunal de justice.

Mais Angleton savait, lui !

Et Angleton était la cible principale de Starik. Confondre Philby briserait Angleton. Et un Angleton brisé handicaperait la CIA. Il ne resterait alors plus rien pour empêcher le bon déroulement de l'opération KHOLSTOMER, la machination épique que Starik menait de longue date pour briser les reins des démocraties industrielles occidentales, les mettre à genoux et permettre l'expansion du marxisme-léninisme jusqu'aux coins les plus reculés de la planète Terre.

Et il y avait encore une autre raison pour pousser Philby vers le banc de touche – Starik avait mis en place sa dernière, sa meilleure taupe, nom de code SACHA, à Washington. C'était quelqu'un qui avait accès à l'élite de Washington, la CIA et la Maison-Blanche incluses. À l'écart de la pression générale, SACHA reprendrait les choses là où Philby les avait laissées.

Un souffle de vent tiède arriva des champs fertilisés, apportant avec lui l'arôme riche du fumier et de la terre fraîchement retournée. Starik savoura l'odeur forte pendant un moment. Puis il descendit l'escalier vers les téléphones qui sonnaient à n'en plus pouvoir en bas, dans son bureau.

La guerre froide allait être longue.

Trois des filles étaient étendues sur le lit démesuré, leurs longs membres blancs enlacés, la pointe sombre de leurs petits seins dressés sous leurs chemises légères, et jouaient du bout de leurs pieds nus à chatouiller les cuisses et le pénis de Starik sous sa longue tunique austère de paysan. La quatrième fille était allongée sur le sofa, une jambe passée par-dessus le dossier. Sa robe avait remonté le long de son corps anguleux, révélant une culotte de coton usée.

« Chut, les petites, grogna Starik. Comment voulez-vous vous concentrer sur ce que je vous lis si vous bougez tout le temps.

– Ça marche, gloussa l'une des filles. Il devient tout dur.»

La fille sur le sofa, qui était avec Starik depuis plus longtemps, tira une langue rose moqueuse vers les autres. «Combien de fois faudra-t-il que je vous le dise, lança-t-elle. Il ne devient dur que quand on lui parle directement.»

La plus jeune, une petite blonde aux cheveux bouclés qui avait fêté son dixième anniversaire la semaine précédente, se glissa sous le bas de la tunique. «Oh! là, là! Mais il n'est pas dur du tout, cria-t-elle à ses soi-disant cousines. On dirait vraiment une trompe d'éléphant.

– T'as qu'à lui parler, fit la fille du sofa.

– Mais qu'est-ce que je pourrais bien lui dire?»

Starik saisit une cheville et sortit la gamine de sous sa tunique. «Pour la dernière fois, taisez-vous! lança-t-il en agitant un doigt sévère en direction de chacune des petites.

– Chut! ordonna la fille sur le sofa.

– Chut, répéta la petite blonde.

– On doit toutes rester tranquilles, dit une fille au teint de porcelaine portant des lunettes de grand-mère, ou tonton sera fâché contre nous.

– Bon, fit Starik, allons-y.» Il ouvrit le livre à la page où il l'avait laissé la veille et se mit à lire à voix haute.

«De tous les spectacles étranges qu'elle put voir au cours de son voyage à travers le Miroir, ce fut celui-là qu'Alice se rappela toujours avec le plus de netteté. Bien des années plus tard, elle pouvait encore évoquer toute la scène comme si elle se fût déroulée la veille : les doux yeux bleus et le bon sourire du Cavalier...

– Oh, ce que j'aime le Cavalier, soupira la petite blonde.

– Il ne faut pas interrompre tonton quand il lit, recommanda la fille sur le sofa.

– ... le soleil couchant qui embrasait sa chevelure et qui étincelait sur son armure en un flamboiement de lumière éblouissante... le cheval qui paisiblement flânait, les rênes flottant sur l'encolure, en broutant l'herbe devant ses sabots... les ombres profondes qui formaient l'arrière-plan du tableau...

– Oh, j'ai peur des ombres profondes, annonça avec un frisson la fille aux lunettes de grand-mère.

– Moi, j'ai peur de la forêt, avoua la petite blonde.

– Et moi, j'ai peur de la guerre », déclara la fille sur le sofa, qui ferma les yeux et posa ses petites mains ouvertes devant, comme pour chasser les vilaines visions.

« *Diadia* Staline dit qu'il va y avoir la guerre, dit aux autres la fille qui n'avait pas encore parlé. Je l'ai entendu le dire aux informations, avant le film.

– Tonton, tu crois qu'il va y avoir la guerre ? demanda la blonde bouclée.

– Ce ne sera pas nécessaire, répondit Starik. Il y a quelques mois, je suis tombé sur la thèse d'un économiste brillant. À la première lecture, son idée m'a paru choquante, puis j'ai commencé à entrevoir des possibilités…

– C'est quoi, une thèse ?

– Et qu'est-ce que c'est qu'un économiste ?

– Vous posez trop de questions, les petites.

– Mais comment pouvons-nous apprendre, si nous ne posons pas de questions ?

– Vous pouvez apprendre en restant sages comme des images et en écoutant ce que je vous dis. » Starik pensait tout haut à présent. « Cette thèse que j'ai lue pourrait bien être la solution…

– Une thèse, c'est une arme, hasarda la fille aux lunettes. Un genre de tank, mais en plus gros. Une sorte de sous-marin, mais en plus petit. J'ai pas raison ? »

Avant qu'il pût répondre, la fille sur le sofa demanda : « Mais que deviendront nos ennemis, tonton ? »

Starik passa les doigts dans les boucles blondes de sa nièce. « Oh, c'est simple comme bonjour, mes petites – ça prendra peut-être du temps, mais si nous nous montrons assez patients, nous les vaincrons sans même avoir à tirer un coup de feu.

– Comment c'est possible, tonton ?

– Oui, comment tu peux en être aussi sûr ? »

Starik parvint presque à sourire en récitant de mémoire l'une de ses citations favorites : « Je suis plus vieux que vous, je dois, mieux que vous, savoir ce qu'il faut faire. »

DEUXIÈME PARTIE

La fin de l'innocence

Ils sont terribles ici, avec leur manie de trancher la tête des gens ; ce qui m'étonne, c'est qu'il y ait encore des survivants ! pensa Alice.

Photo : une vieille page d'épreuves du magazine Life *qui devait être publiée à la mi-novembre 1956 mais avait été supprimée à la demande de la Central Intelligence Agency, sous le prétexte que la photo pleine page montrait plusieurs de ses membres et que sa publication risquait de compromettre leur mission, voire de mettre leur vie en danger. La photo, prise avec un téléobjectif puissant et qui donc manque de netteté, montre un groupe de personnes en gros pardessus d'hiver – entre autres le directeur adjoint aux opérations Frank Wisner, Jack McAuliffe et la conseillère Mildred Owen-Brack – observant du haut d'une éminence une file de réfugiés qui marchent péniblement sur un chemin plein d'ornières. Certains des réfugiés portent de grosses valises, d'autres tiennent des enfants par la main ou par le col. Jack McAuliffe semble avoir reconnu quelqu'un dans la brume matinale, et lève la main en guise de salut. À sa diagonale, de l'autre côté de la page, un homme de forte stature qui porte une petite fille sur ses épaules semble lui rendre son salut.*

1

Moscou, samedi 25 février 1956

Dans un bureau surchauffé, au dernier étage du quartier général de la Loubianka, à Moscou, un groupe d'officiers supérieurs et de chefs des Directions du *Komitet Gossoudarstvennoï Bezopasnosti*, les yeux rivés sur une radio militaire posée sur la table, écoutait sur la fréquence en circuit fermé de l'armée les miaulements âpres et gutturaux du Premier secrétaire du parti communiste, Nikita Sergueïevitch Khrouchtchev, qui lisait son discours à la session secrète du XXᵉ Congrès du parti communiste. Contemplant par la fenêtre la statue luisante de glace de Félix Dzerjinski qui trônait au milieu de la place, Starik tirait distraitement sur sa cigarette bulgare à bout creux, essayant d'évaluer les effets possibles du rapport secret de Khrouchtchev sur la guerre froide en général ; et sur l'opération qui portait le nom de code KHOLSTOMER en particulier. Son instinct viscéral lui disait que la décision de Khrouchtchev de cataloguer les crimes du regretté (du moins dans les milieux du KGB) Joseph Vissarionovitch Djougachvili, connu par le monde entier sous son nom de guerre, Staline, ébranlerait le monde communiste jusque dans ses fondations.

Et Starik estimait qu'il était grand temps ; plus on était voué à une idée, une institution, une *conception de l'existence*, plus il était difficile d'en supporter les imperfections.

C'est ce qu'il avait dit à Khrouchtchev quand le Premier secrétaire avait nonchalamment soulevé la question d'une remise au point. Tous deux, qui se connaissaient depuis la Grande Guerre patriotique, marchaient au bord d'une falaise, non loin de l'endroit où le plus long fleuve d'Europe, la Volga, plonge dans la mer Caspienne. Quatre gardes armés de fusils les suivaient discrètement. Khrouchtchev avait récemment évincé ses collègues du Politburo dans la lutte pour le pouvoir qui avait suivi la mort de Staline, en mars 1953, et pris le contrôle du parti. « Alors, quelle est ton opinion sur la question, Pacha Semionovitch ? avait demandé Khrouchtchev. Pendant trop d'années, tous les chatons de Staline ont vécu dans la terreur, attendant sans cesse de savoir quel allait être le prochain à sauter. Moi-même, je n'allais jamais me coucher sans mettre sous mon lit un sac contenant des affaires de toilette et des chaussettes propres. Et je restais éveillé pendant des heures à guetter si les Marias noires ne s'arrêtaient pas devant mon immeuble pour m'emporter vers un camp de Vorkouta où les prisonniers qui sont encore en vie le matin n'ont que des glaçons de lait à sucer.» Khrouchtchev frappa l'air de son index courtaud. «Il faut faire quelque chose pour rétablir la vérité. Mais pourrai-je survivre à ces révélations?»

Starik avait considéré la question. Dénoncer Staline comme sujet à l'erreur – sous-entendant par là qu'il était adepte de la terreur – ferait vaciller le parti qui avait mis le pouvoir absolu entre ses mains et n'avait pas réagi quand il en avait abusé; quand il avait fait exécuter ses plus proches collaborateurs à la pelle après des mascarades de procès; quand il avait fait envoyer des centaines de milliers, voire des millions de prétendus contre-révolutionnaires pourrir dans les goulags sibériens. «Je ne peux pas te certifier que tu vas survivre, avait finalement répondu Starik. Mais ni toi ni le système léniniste ne pourrez survivre» – il avait cherché une expression qui puisse parler au politicien paysan qui avait gravi tous les échelons pour devenir Premier secrétaire – «sans retourner la terre avant de semer de nouvelles graines.»

«Tout le monde peut se tromper, entendait-on Khrouchtchev dire sur les ondes de l'armée, mais Staline considérait qu'il ne se trompait jamais, qu'il avait toujours raison. Il n'a jamais admis devant quiconque avoir commis la moindre erreur, grande ou petite, alors qu'il en a commis un certain nombre en matière de théorie et dans ses activités pratiques.»

«À quoi peut-il bien penser! s'exclama l'un des chefs de Direction.

– C'est dangereux, de laver son linge sale en public, marmonna un autre. Une fois qu'on commence, où faut-il s'arrêter?

– Staline consolidait une révolution, coupa un homme de grande taille qui nettoyait ses verres de lunettes cerclés d'acier avec un mouchoir de soie. Mao avait raison quand il disait qu'une révolution n'avait rien d'un dîner mondain.

– On ne fait pas d'omelette sans casser d'œufs, renchérit quelqu'un d'autre.

– Staline, commença un lieutenant général du KGB congestionné, nous a enseigné que les révolutionnaires qui refusent d'employer la terreur comme arme politique ne sont que des végétariens. Moi, il me faut de la viande rouge.

– Si les mains de Staline étaient tachées de sang, intervint l'un des plus jeunes chefs, on peut en dire autant de Khrouchtchev. Que faisait-il en Ukraine pendant toutes ces années? La même chose que ce que faisait Staline à Moscou – il éliminait les ennemis du peuple.»

À la radio, Khrouchtchev continuait de parler, sa voix s'élevant comme celle d'une femme en pleurs. «Staline a été le principal interprète du culte de la personnalité en instituant sa propre glorification. Camarades, nous devons abolir une fois pour toutes et sans détour le culte de la personnalité.»

Une explosion de ce qui ressemblait à des parasites mais était en fait une ovation des délégués au Congrès du parti se fit entendre. Un instant plus tard, la retransmission en circuit fermé s'interrompait. Le silence soudain troubla les hommes rassemblés autour de la radio, et ils se détournèrent en évitant soigneusement de se regarder. Certains se dirigèrent vers une desserte et se servirent un whisky bien tassé. Un petit homme presque chauve d'une soixantaine d'années, vieux bolchevik qui présidait le treizième département de la Première Direction générale, surnommé le département des «affaires mouillées» du fait de sa spécialisation dans les enlèvements et les assassinats, traversa la pièce pour rejoindre Starik près de la fenêtre.

«Heureusement que ce rapport était secret, remarqua-t-il. Je ne vois pas comment les chefs du parti qui dirigent les États socialistes de l'Europe de l'Est au nom de Staline – et en suivant la méthodologie de Staline – pourraient survivre à la publication des révélations de Khrouchtchev.»

Starik, grand prêtre du Centre en vertu de ses exploits et de son expérience, retira la cigarette de sa bouche et en contempla le bout incandescent comme si un message se dissimulait sous ses braises. «Il ne restera pas secret longtemps, dit-il à son collègue. Et dès que la nouvelle sera publique, elle se répandra sur le camp soviétique comme un ras de marée. Le communisme en ressortira purifié... ou bien sera emporté.»

Une demi-heure après la clôture officielle du XXᵉ Congrès du parti communiste, Ezra Ben Ezra, l'agent du Mossad à Berlin connu sous le nom du Rabbin, saisit un «frémissement» d'une source communiste à Berlin-Est : un événement politique atteignant neuf sur l'échelle de Richter venait de se produire à Moscou ; les délégués du Congrès, tenus au secret, retournaient au plus vite dans leurs fiefs respectifs pour informer les cadres de deuxième échelon de ce qui venait de se produire.

Comme c'était un samedi, le Rabbin demanda à son *Shabbas goy*, Hamlet, de composer le numéro privé du Sorcier à Berlin-Dahlem et de lui tenir le combiné. «C'est toi, Harvey ?» demanda le Rabbin.

La voix chargée de whisky de Torriti crépita sur la ligne. «Nom de Dieu, Ezra, quelle surprise de t'avoir un jour de shabbat ! Tu te rends compte du risque que tu prends ? Parler au téléphone un samedi pourrait te valoir de sérieux ennuis avec le Créateur.

– Mais je ne parle absolument pas au téléphone, protesta le Rabbin, sur la défensive. Je parle à l'air que je respire. Mais, par la plus extraordinaire coïncidence, il se trouve que mon *Shabbas goy* tient un combiné téléphonique devant ma bouche.

– Qu'est-ce qui se passe ?» questionna le Sorcier.

Le Rabbin lui raconta le frémissement de ses communistes de Berlin-Est. Le Sorcier émit un grognement appréciatif. « Je te revaudrai ça, Ezra, dit-il.

– J'y compte bien. Dès que le soleil sera couché et que ce sera la fin du shabbat, je le marquerai dans le petit calepin que je garde sous mon oreiller. » Le Rabbin gloussa dans le combiné. « À l'encre indélébile, Harvey. »

Par téléphone, Torriti se renseigna discrètement de son côté, puis envoya un câble estampillé CRITIC au Wiz, qui avait succédé à Allen Dulles au poste de directeur adjoint aux opérations quand ce dernier avait été nommé directeur de la CIA (DCI). Le Sorcier informa Wisner que les rumeurs allaient bon train à Moscou. Nikita Khrouchtchev avait prononcé un discours secret devant le XXᵉ Congrès du PCUS, où il avait ouvertement dénoncé le culte de la personnalité, ce qui était un euphémisme pour qualifier les vingt-sept ans de terreur du règne stalinien. Ces révélations risquaient d'ébranler le monde communiste et d'avoir de profondes répercussions sur la guerre froide.

À Washington, le Wiz fut suffisamment impressionné pour porter lui-même le câble de Torriti à Dulles, qui était en plein entretien officieux avec James « Scotty » Reston, du *New York Times*. Sans cesser de tirer sur sa pipe, le DCI désigna un canapé à Wisner, le temps de terminer sa mise au point. « Pour me résumer, Scotty : pour n'importe qui prenant un peu de recul, la Compagnie a quelques triomphes à son actif qui méritent des bons points. Nous nous sommes débarrassés de ce Mossadegh, là-bas, en Iran – quand il a nationalisé la British Petroleum Company, on a mis le chah proaméricain à sa place, et par là assuré l'avenir de nos ressources pétrolières. Et puis, il y a deux ans, nous avons soutenu moralement ceux qui ont renversé le fameux Arbenz, là, au Guatemala, quand il a pris des communistes dans son gouvernement. Le Wiz ici présent n'y est pas pour rien. »

Reston adressa un sourire candide à Wisner. « Vous pouvez définir la notion de "soutien moral", Frank ? »

Le Wiz lui rendit son sourire. « Nous avons tenu la main des rebelles qui avaient peur du noir.

– Rien de matériel ?

– On leur a peut-être bien fourni des brodequins des surplus de l'armée quand les types qui arrivaient du Honduras ont eu les pieds mouillés. Il faudrait que je vérifie. »

Reston, toujours souriant, avança : « Et le fait qu'Arbenz, élu démocratiquement, ait nationalisé quatre cent mille acres de bananeraies appartenant à une compagnie américaine n'a eu aucune influence sur le coup d'État, bien entendu ?

– Pas la peine de monter sur vos grands chevaux, Scotty, dit Wisner à Reston, son ton traînant du Mississippi démentant le sourire plaqué sur son visage. La Compagnie ne défendait pas les intérêts de la United Fruit, mais les intérêts des États-Unis. Vous avez entendu parler de la doctrine de

Monroe [1]. Il faut qu'on établisse une démarcation dès qu'il est question de laisser les communistes s'installer dans cet hémisphère.

– C'est clair et net, intervint Dulles. L'Iran et le Guatemala sont bel et bien dans notre camp, maintenant. »

Reston commença à revisser le capuchon de son stylo plume. « Vous connaissez sûrement cette histoire au sujet de Chou En-lai – quelqu'un lui demandait son avis sur l'impact de la Révolution française sur la France. On dit qu'il a formé une sorte de pyramide avec ses mains, le bout de ses doigts se rejoignant au sommet, et qu'il a répondu : "Trop tôt pour se prononcer." Attendons de voir ce qui se passera au Guatemala et en Iran dans vingt-cinq ans avant de décider s'il faut les porter au crédit ou au débit du livre de comptes de la CIA. »

« Je croyais que Scotty était censé être un ami de la Compagnie, se plaignit le Wiz après le départ de Reston.

– C'est un journaliste sérieux, commenta Dulles en glissant ses pieds en chaussettes dans ses pantoufles. Si on défend bien son affaire, on peut généralement compter sur lui pour être de notre côté. Il est énervé parce qu'il y a deux ans le *Times* a gobé notre histoire de soutien moral. Pas mal d'encre a coulé sur le Guatemala depuis – les gens savent qu'on a organisé l'invasion et fichu une telle frousse à Arbenz qu'il s'est tiré. » Rallumant sa pipe, Dulles désigna du menton la feuille de papier dans le poing de Wisner. « Ce doit être sacrément important pour que vous m'apportiez ça, vous-même ? »

Wisner raconta au DCI que le Sorcier avait capté des rumeurs concernant un discours secret que Khrouchtchev aurait prononcé pour dénoncer les erreurs – et peut-être les crimes – de Staline. Dulles, que les tâches administratives et prévisions budgétaires ennuyaient à mourir mais qui se montrait toujours ouvert à toute opération imaginative, entrevit aussitôt le potentiel en matière de propagande : si la Compagnie pouvait mettre la main sur le texte du discours de Khrouchtchev, il serait possible de le diffuser dans les États satellites, et même en Russie. Les conséquences seraient incalculables : les militants communistes du monde entier perdraient leurs illusions sur l'Union soviétique ; les partis communistes italien et français, autrefois si puissants qu'on parlait de leur faire partager le pouvoir politique, pouvaient être définitivement atteints ; les dirigeants staliniens en Europe de l'Est, particulièrement en Hongrie et en Pologne, pouvaient devenir vulnérables à des forces révisionnistes.

Dulles demanda à Wisner d'envoyer un câble top secret à toutes les antennes de la Compagnie à l'étranger, pour les alerter de l'existence de ce discours et exiger d'eux qu'ils ne ménagent pas leurs efforts pour en obtenir un exemplaire.

---

1. Doctrine énoncée en 1823 par le président Monroe pour affirmer la politique isolationniste des États-Unis vis-à-vis de l'Europe *(N. d. T.)*

Au bout du compte, ce ne fut pas la Compagnie qui mit la main sur le rapport secret de Khrouchtchev, mais le Mossad israélien. Un juif polonais repéra une traduction en polonais du rapport en question sur un bureau du quartier général du parti communiste à Varsovie, bâtiment stalinien de style gothique, et parvint à le faire passer à l'ambassade israélienne assez longtemps pour que les gens du Mossad puissent le photographier et envoyer les clichés en Israël.

À Washington, James Angleton avait installé une grande table au bout de son bureau et l'avait couverte de boîtes débordant de dossiers sur les agents et officiers de la CIA ; il y avait tellement de documents dans ces dossiers portant une pastille rouge – la pastille signalant une opération qui avait mal tourné, une remarque étrange, une rencontre suspecte – que l'un des rares visiteurs à pénétrer dans le sanctuaire de Maman les avait décrites comme des coquelicots dans un champ enneigé. Deux semaines environ après le XXe Congrès du PCUS, Angleton (qui, en plus de ses tâches afférentes au contre-espionnage s'occupait des relations avec les Israéliens) était rentré de l'un de ses déjeuners arrosés de trois Martini pour étudier le dossier du fichier central d'un officier de la Compagnie qui prétendait avoir convaincu un diplomate soviétique en Turquie d'espionner pour les Américains. Même dans les circonstances les plus favorables, Angleton se serait méfié de tout et de quiconque intégrait le giron de la Compagnie. Ce qui le poussa à examiner de plus près la personne qui s'était chargée du recrutement. Angleton remarqua que l'officier en question avait fait brièvement partie d'un groupe d'étude socialiste à Cornell University, et avait arrangé l'histoire lorsqu'elle était venue sur le tapis, au cours d'un de ses premiers entretiens. Or Angleton se rappelait que Philby avait fait partie d'une association socialiste avant de couper officiellement tout lien avec les socialistes et de brouiller les pistes en fréquentant des groupes et des gens de droite. Il fallait que l'officier de la CIA qui avait recruté le diplomate russe en Turquie rentre à Washington et passe sur le gril ; on ne pouvait négliger la possibilité qu'il soit une taupe soviétique et n'ait « lâché » le groupe d'étude socialiste que sur ordre de son officier traitant du KGB. Au cas où persisterait l'ombre d'un doute, il ne resterait plus qu'à convaincre l'officier de démissionner de la CIA. De toute façon, le diplomate soviétique devrait être utilisé avec précaution, de crainte qu'il ne soit un agent de désinformation du KGB.

Angleton collait une de ses pastilles rouges sur le dossier du fichier central consacré à l'officier en question quand on frappa à la porte. Sa secrétaire l'entrouvrit et montra la poche scellée qu'un jeune diplomate israélien venait juste d'apporter. Angleton lui fit signe d'entrer, brisa le sceau avec un cutter et sortit de la poche une grande enveloppe kraft. Il y avait, écrit en travers de l'enveloppe, un mot du patron du Mossad israélien : « Jim – considérez ceci comme une avance sur le briefing que vous m'avez promis : la répartition générale des forces égyptiennes le long du canal de Suez. » Angleton ouvrit l'enveloppe et trouva un manuscrit dactylographié et relié portant en première page la mention : «Discours secret du Premier secrétaire du parti soviétique N. Khrouchtchev au XXᵉ Congrès du parti».

Quelques jours plus tard, Dulles (malgré les objections continuelles d'Angleton, qui aurait voulu «tripatouiller» le discours pour gêner encore plus les Russes, puis le laisser filtrer par petits bouts pour en faire durer l'effet), livra le texte du discours secret au *New York Times*.

Puis le Wiz et lui-même s'installèrent confortablement pour regarder les Russes s'agiter.

Un ami d'Azalia Isanova, qui travaillait à la rédaction des titres du quotidien du parti, la *Pravda*, lui confia le secret alors qu'ils faisaient la queue pour prendre un thé et des gâteaux dans une cantine située dans une petite rue, derrière le Kremlin : le journal américain, le *New York Times*, avait publié le texte d'un discours secret que Nikita Sergueïevitch Khrouchtchev avait prononcé en session close du XXᵉ Congrès du parti. Le journal américain assurait que Khrouchtchev avait créé l'événement en dénonçant de «vrais crimes» commis par Joseph Staline et en accusant le Petit Père du Peuple d'avoir abusé de son pouvoir et développé le culte de la personnalité. Au départ, Azalia n'y avait pas cru ; elle suggéra que c'était peut-être la CIA américaine qui avait inventé cette histoire pour déstabiliser Khrouchtchev et semer la zizanie dans la hiérarchie communiste. Non, insista son ami, non, tout était vrai. La femme de son frère avait une sœur dont le mari avait assisté à un comité restreint d'une cellule du parti à Minsk ; le discours secret de Khrouchtchev y avait été disséqué ligne par ligne pour les fidèles du parti. Les choses en Russie allaient se dégeler maintenant que Khrouchtchev lui-même avait brisé la glace, avait joyeusement prédit son ami. Puis il avait ajouté, la voix réduite à un murmure : «Tu pourras peut-être même publier ton...»

Azalia porta un doigt à ses lèvres, l'interrompant avant qu'il pût finir sa phrase.

En fait, Azalia – qui avait une formation d'historienne et travaillait depuis quatre ans comme chercheur à l'Institut des archives historiques de Moscou grâce à une lettre d'introduction du père de son amie, le chef du KGB Lavrenti Pavlovitch Beria – avait constitué tout un fichier sur les victimes de Staline. Elle avait été profondément émue, des années auparavant, par deux vers du poème d'Anna Akhmatova, *Requiem*, qu'elle avait lu dans une édition *samizdat* passée de main en main.

> J'aimerais tous vous appeler par vos noms,
> Mais ils ont perdu les listes...

Azalia avait fêté la mort de Staline en 1953 en commençant à compiler les listes perdues ; ensuite, dresser le catalogue des victimes de Staline était devenu sa passion secrète. Les deux premières fiches de sa collection portaient les noms de son père et de sa mère, tous deux arrêtés par la police secrète à la fin des années quarante et (elle le découvrit dans les dossiers qu'elle déterra à l'Institut des archives historiques) sommairement exécutés en tant qu'«ennemis du peuple» dans une cave de l'imposant quartier général du KGB, place Loubianskaïa. Leurs corps, avec ceux des dizaines d'autres exécutés ce jour-là, avaient été incinérés dans un crématorium de la ville (il y avait eu une petite montagne de cadavres empilés dans la cour, et l'on avait même vu des chiens ronger des fragments de jambes ou de bras humains dans un champ voisin), et leurs cendres jetées dans une fosse commune, dans la banlieue de Moscou. La grande majorité de ses fiches trouvaient leurs sources dans des dossiers qu'elle avait découverts dans des cartons qui prenaient la poussière à l'Institut. D'autres informations lui étaient parvenues par des contacts personnels avec des écrivains, des artistes et des confrères. Tout le monde ou presque avait perdu un parent plus ou moins proche ou un ami dans les purges staliniennes, ou connaissait quelqu'un à qui c'était arrivé. À l'époque du discours secret de Khrouchtchev, Azalia avait tranquillement accumulé 12 500 fiches rappelant les noms, dates de naissance, d'arrestation et d'exécution, ou de disparition, des victimes jusqu'alors anonymes du règne tyrannique de Staline.

Contrairement à Akhmatova, Azalia pourrait les appeler par leurs noms.

Poussée par la suggestion de son ami de la *Pravda*, Azalia provoqua une rencontre avec le cousin d'un cousin qui était journaliste à *Ogoniok*, hebdomadaire connu pour ses positions relativement libérales. Azalia laissa entendre qu'elle était tombée sur des dossiers depuis longtemps oubliés à l'Institut des archives historiques. À la lumière de la condamnation par Khrouchtchev des crimes de Staline, elle était prête à écrire un article livrant des noms et des détails sur les procès, l'exécution sommaire ou la mort en camp d'internement des victimes du stalinisme.

Comme d'autres intellectuels moscovites, le journaliste avait entendu parler de l'attaque de Khrouchtchev contre Staline. Mais il se garderait de publier des détails sur les crimes de Staline : les rédacteurs qui prenaient ce genre d'initiative signalaient souvent leur arrêt de mort. Sans nommer Azalia, il allait en parler à des membres de l'équipe éditoriale du journal. Mais même s'ils acceptaient sa proposition, il était peu vraisemblable qu'ils prennent cette décision sans l'accord préalable de hauts dignitaires du parti.

Cette nuit-là, Azalia fut réveillée par des pas lourds dans l'escalier. Elle comprit aussitôt de quoi il s'agissait : même dans des immeubles équipés d'ascenseurs en état de marche, les hommes du KGB prenaient toujours l'escalier afin que leur arrivée bruyante serve d'avertissement à tous ceux qui se trouvaient à portée. Un poing cogna à la porte. Azalia reçut l'ordre de s'habiller, puis fut conduite dans une salle étouffante de la Loubianka où, jusqu'à midi le lendemain, elle fut interrogée sans relâche sur son travail à l'Institut. Était-il exact, voulaient savoir les hommes du KGB, qu'elle avait accumulé des informations sur les ennemis du peuple qui étaient morts en camps de prisonniers dans les années trente et quarante? Était-il exact qu'elle envisageait de faire publier un article sur le sujet? Jetant un coup d'œil sur un dossier, un autre homme lui demanda négligemment si elle était bien la même Isanova, Azalia, femme de race juive, qui avait été convoquée à une antenne du KGB en 1950 pour être interrogée sur ses relations avec un certain Evgueni Alexandrovitch Tsipine. Complètement terrifiée, mais lucide, Azalia répondit en restant aussi vague que possible. Oui, elle avait connu Tsipine à une époque; puis on lui avait dit qu'il n'était pas dans l'intérêt de l'État de continuer à le voir; mais alors leur relation, si on pouvait appeler ça ainsi, était terminée depuis longtemps. Ses interrogateurs ne semblaient pas savoir qu'elle avait constitué un fichier (dissimulé dans une malle métallique, bien à l'abri dans un grenier, à la campagne). Au bout de douze heures et demie d'interrogatoire, on la laissa partir avec un avertissement des plus secs : occupez-vous de vos affaires, lui conseilla-t-on sèchement, et laissez le parti s'occuper des affaires du parti.

L'un des hommes du KGB, un personnage d'une politesse glacée doté d'un visage rond et dont les yeux louchaient derrière ses verres non cerclés, escorta Aza dans le vaste escalier qui conduisait à une entrée dérobée de la Loubianka, deux étages plus bas. «Faites-nous confiance, lui dit-il à la porte. Toute rectification de l'histoire officielle de l'Union soviétique sera faite par les historiens du parti agissant dans l'intérêt des masses populaires. Staline a peut-être commis quelques erreurs mineures, ajouta-t-il. Quel dirigeant n'en a jamais commis? Mais il ne faudrait pas oublier que quand Staline est venu au pouvoir, on labourait encore les champs russes à la charrue à bœufs; quand il est mort, la Russie était devenue une grande puissance armée de missiles et d'armes atomiques.»

Aza comprit le message; discours de Khrouchtchev ou pas, la vraie réforme ne viendrait en Russie que quand l'histoire serait rendue aux historiens professionnels au lieu d'être le domaine réservé des historiens du parti. Et tant que le KGB avait son mot à dire, ce n'était pas près d'arriver. Aza se fit le serment de continuer à remplir ses fiches. Mais jusqu'à ce que les choses aient changé, radicalement, elles devraient rester enfouies dans la malle métallique.

Allongée dans son lit, tard cette nuit-là, contemplant de ses yeux grands ouverts les ombres de la rue, trois étages plus bas, qui glissaient sur ses rideaux de dentelle, Aza laissa ses pensées dériver vers le mystérieux jeune homme qui était entré dans sa vie six ans plus tôt pour en sortir aussi soudainement qu'il était venu, sans laisser d'adresse; il avait disparu si complètement que c'était presque comme s'il n'avait jamais existé. Aza n'avait plus qu'un souvenir très vague de son apparence, mais elle parvenait encore à entendre le timbre et les intonations de sa voix. Au téléphone, il lui avait dit : « À chaque fois que je te vois, c'est un peu de moi que je laisse avec toi. » À quoi elle avait répondu : « Oh ! j'espère que ce n'est pas vrai. Ou il ne restera plus rien de toi si tu me vois trop souvent. » Puis, sur une impulsion, poussée par une vague d'émotions, elle l'avait invité à venir vérifier chez elle si son désir à lui et ses attirances à elles s'accordaient harmonieusement au lit.

En fait, ils s'étaient accordés avec une harmonie délicieuse, ce qui avait rendu la disparition du jeune homme plus difficile encore à supporter. Elle avait essayé de le retrouver ; avait négligemment sondé certaines des personnes qui s'étaient trouvées à la datcha de Peredielkino le jour où ils s'étaient rencontrés ; avait même trouvé le courage de demander au camarade Beria s'il pouvait savoir où était passé le jeune homme. Quelques jours plus tard, elle avait trouvé un mot griffonné de la main de Beria glissé sous sa porte. Il n'était pas dans l'intérêt de l'État qu'elle continue à voir Tsipine, disait le mot. Oubliez-le. Quelques semaines plus tard, après que le KGB l'eut convoquée pour l'interroger sur ses relations avec Tsipine, elle avait réussi à l'évacuer de sa tête ; il ne lui restait plus en mémoire que l'écho occasionnel de sa voix.

Elle lui avait dit : « Je suis contente de ta voix, Evgueni. »

Il lui avait répondu : « Je suis content que tu sois contente. »

2

New York, lundi 17 septembre 1956

Lassé de la guerre froide, tout juste rentré aux États-Unis pour son premier congé en dix-neuf mois, E. Winstrom Ebbitt avait eu une aventure de trois semaines avec une ravissante avocate du Département d'État, aventure qui s'était terminée abruptement quand, après avoir bien évalué la situation, la belle avait opté pour la sécurité, à savoir une promotion et un poste aux Philippines. Pendant la semaine, Ebby mettait les analystes de la CIA au courant de la situation politique de plus en plus tendue dans les pays satellites depuis le discours secret de Khrouchtchev. (En juin, les ouvriers polonais s'étaient soulevés contre le régime communiste dans les rues de Poznan.) Le week-end, il se rendait à Manhattan pour passer du temps avec son fils, Manny, un enfant mince aux yeux graves qui venait d'avoir neuf ans. L'ex-femme d'Ebby, Eleonora, remariée à un avocat prospère spécialisé dans les divorces, habitait un somptueux appartement sur la Cinquième Avenue et ne se gênait pas pour montrer qu'elle préférait nettement le père absent à celui qui se présentait tous les samedis et dimanches à sa porte pour emmener Immanuel. Quant à Manny, il accueillait son père avec une curiosité timide, mais se dégelait peu à peu au contact d'Ebby qui (s'en remettant aux conseils d'amis divorcés, nombreux à la Compagnie) s'en tenait à des sorties très simples. Un week-end, ils allèrent voir Sandy Koufax lancer un match de base-ball contre les Giants, apportant la victoire aux Dodgers de Brooklyn à Ebbets Field. Une autre fois, ils prirent le métro jusqu'à Coney Island (une aventure en soi, car Manny se rendait chaque jour à son école privée en limousine) et montèrent dans la grande roue avant de faire un tour de bateau à aube.

Plus tard, alors qu'ils rentraient à Manhattan, Manny grignotait une barre de Milky Way quand, de but en blanc, il demanda : «C'est quoi, la Central Intelligence Agency ?

– Pourquoi tu demandes ça ?

– Maman dit que c'est là que tu travailles. Et elle dit que c'est pour ça que tu passes tellement de temps à l'étranger.»

Ebby jeta un coup d'œil autour de lui. Les deux femmes susceptibles d'entendre semblaient être absorbées par leur reflet dans la porte vitrée. «Je travaille pour le gouvernement américain...

– Et pas pour ce Centre d'Intelligence Machinchouette?»

Ebby déglutit. «Écoute, on devrait peut-être discuter de ça une autre fois.

– Bon alors, quel genre de trucs tu fais pour le gouvernement?

– Je suis juriste...

– Mais ça, je le sais.

– Je m'occupe d'affaires juridiques pour le Département d'État.

– Tu poursuis des gens?

– Pas exactement.

– Quoi alors?

– J'aide à protéger l'Amérique de ses ennemis.

– Pourquoi est-ce que l'Amérique a des ennemis?

– Tous les pays ne voient pas toujours les choses de la même façon.

– Quelles choses?

– Des choses comme l'existence de différents partis politiques, des choses comme des procès équitables et des élections libres, des choses comme la liberté des journaux de publier ce qu'ils veulent, comme le droit pour tous de critiquer le gouvernement sans aller en prison pour ça. Ce genre de choses.»

Manny réfléchit un instant. «Tu sais ce que je vais faire quand je serai grand?

– Quoi?»

Manny glissa la main dans celle de son père. «Je vais aider à protéger l'Amérique de ses ennemis, comme toi – enfin, si elle en a encore.»

Ebby ravala un sourire. «Je ne pense pas que nous sommes près de manquer d'ennemis, Manny.»

«Il m'a dit qu'il voulait protéger l'Amérique de ses ennemis, mais il avait peur qu'il n'en reste plus quand il serait grand», expliqua Ebby.

Le Wiz vida son bloody mary et fit signe au serveur de leur en apporter deux autres. «Il n'y a pas de risque, fit-il en ricanant.

– C'est ce que je lui ai dit, assura Ebby. Il a eu l'air soulagé.»

Ebby et le DD-O, Frank Wisner, prenaient un déjeuner de travail à une table d'angle d'une salle privée du Cloud Club, en haut du Chrysler Building. Lorsque les deux verres arrivèrent, le Wiz, plus préoccupé et fatigué qu'Ebby se le rappelait, en enveloppa un dans sa grande paluche. «À toi et aux tiens, dit-il en trinquant avec Ebby. Alors, ce retour au bercail : tu survis?

– Plus ou moins, répondit Ebby en secouant la tête avec consternation. Il y a des fois où j'ai l'impression de me retrouver sur une autre planète. J'ai dîné l'autre jour avec trois avoués de mon ancienne boîte. Ils sont devenus riches et mous – de grands appartements à Manhattan, des maisons dans le Connecticut pour le week-end et les Country Clubs dans le Westchester. Un type avec qui je bossais vient de passer associé de la boîte. Il se fait plus en un mois que moi en une année.

– Tu regrettes le choix que tu as fait ?

– Non, pas du tout, Frank. C'est quand même la guerre de l'autre côté de la planète. Mais ici, les gens ne paraissent absolument pas concernés. L'énergie qu'ils mettent dans des opérations financières ou à faire fructifier des actions… merde, moi je n'arrête pas de penser à ces mômes albanais qui se sont fait exécuter à Tirana.

– Il y a plein de gens qui te diront que ce sont les universitaires qui se coltinent les vrais problèmes – du genre Joyce a-t-il eu recours au point-virgule après 1919 ? »

Le commentaire tira un ricanement appréciateur de la part d'Ebby.

« J'ai l'impression que tu ne vas pas tarder à être prêt à reprendre du collier, fit Wisner. Ce qui nous amène à la raison de ce déjeuner. Je te propose une nouvelle mission, Eb.

– *Proposer*, ça implique que je peux refuser.

– Il faudra que tu te portes volontaire. Ce sera dangereux. Si tu mords à l'appât, je t'en dis plus. »

Ebby se pencha en avant. « Je mords, Frank.

– C'est bien ce que je pensais. C'est une mission faite pour toi. Je veux que tu files à Budapest, Eb. »

Ebby siffla entre ses dents. « Budapest ! On n'a pas déjà nos billes là-bas, sous couverture diplomatique, à l'ambassade ? »

Le Wiz détourna le regard. « Tous nos gars de l'ambassade sont suivis et leurs appartements sont bourrés de micros. Il y a dix jours, le chef d'antenne a cru qu'il avait semé ses suiveurs, alors il a glissé dans une boîte aux lettres publique un message adressé à l'un des dissidents qui nous file des informations. Ils ont dû vider la boîte et ouvrir toutes les lettres, parce qu'ils ont trouvé le dissident. Le malheureux a été arrêté le soir même et a fini sur un crochet de boucherie dans la chambre frigorifique d'une prison. » Wisner se retourna vers Ebby. « Et ce n'est pas une image. Il faut absolument qu'on envoie là-bas quelqu'un de nouveau, Eb. Pour des raisons de sécurité, et parce que le fait d'envoyer quelqu'un de l'extérieur va mettre l'accent sur la gravité du message délivré.

– Pourquoi moi ?

– Question légitime. D'abord, parce que tu as opéré derrière les lignes allemandes pendant la guerre. Ensuite, tu es un juriste en bonne et due forme, ce qui nous permet de te fabriquer une couverture aux petits oignons qui justifie pleinement ta présence à Budapest. Voilà le topo : il y a une délégation du Département d'État qui va en Hongrie à la mi-octobre pour négocier la question des compensations des biens hongrois gelés en Amérique au moment où la Hongrie s'est rangée du côté de l'Allemagne, pendant la dernière guerre. Le cabinet juridique où tu bossais représente certains Américains d'origine hongroise qui ont perdu des biens après la guerre, quand la Hongrie a viré communiste – là, on parle d'usines, d'entreprises, de grandes propriétés terriennes, de collections d'art, d'appartements et ce genre de choses. Ton ancien patron, Bill Donovan, nous a réservé un bureau et une secrétaire avec des piles de dossiers sur les doléances des Hongro-Américains. L'idée, c'est que tu te terres là-bas pendant une quinzaine, histoire de te forger une couverture pendant que tu te familiarises avec les doléances, après quoi tu pars avec la délégation du Département d'État et tu protestes que tout règlement devra obligatoirement s'accompagner de compensations pour les Hongro-Américains. Si quelqu'un veut vérifier tes antécédents, les employés de Donovan te couvriront : tu bosses là-bas depuis qu'Ève a mordu la pomme – c'est du moins ce qu'assurera ta secrétaire si on lui pose la question.

– Tu ne m'as pas dit quelle serait en fait ma mission», remarqua Ebby.

Wisner consulta sa montre ; Ebby remarqua qu'il avait un léger tressaillement à un œil. «Le DCI a bien spécifié qu'il voulait te mettre au courant lui-même.

– Dulles ?

– On ne l'appelle pas le grand Officier traitant blanc pour rien. À partir de maintenant, il préfère que tu restes à l'écart de l'Allée-aux-Cafards. Dulles attend qu'on aille prendre un verre avec lui à six heures, après-demain, à l'Alibi Club de Washington.

Ebby se mit à suçoter un bout de glaçon de son verre : « Tu étais sacrément sûr que j'allais accepter, dis donc. »

Le Wiz eut un sourire. «Je suppose que oui. J'imagine que c'est parce que je sais combien tu tiens à protéger l'Amérique de ses ennemis. »

Sa moustache en brosse dansant au-dessus de sa lèvre supérieure, les yeux brillant derrière les lunettes cerclées d'argent, le DCI Allen Dulles distrayait les hommes rassemblés autour de lui, au bar de l'Alibi Club, établissement exclusivement masculin situé dans un étroit bâtiment de briques à quelques rues de la Maison-Blanche et dont l'entrée était si strictement réservée que peu de gens à Washington en connaissaient l'existence. «Ça se passait en Suisse, juste après la Première Guerre, disait-il. On m'a dit que quelqu'un m'attendait dans mon bureau, mais au lieu d'y aller, je me suis dit : Tant pis, qu'il aille au diable ! Et je suis allé jouer au tennis. C'est comme ça que j'ai manqué ma rencontre avec Vladimir Ilitch Oulianov, que vous connaissez, messieurs, sous le nom de Lénine. »

Repérant le Wiz et Ebby à la porte, Dulles traversa la foule pour les conduire derrière le vestiaire, dans un tout petit bureau qu'il réservait souvent pour des entretiens privés. Wisner présenta Ebby, puis s'assit légèrement à l'écart ; il savait par expérience que Dulles appréciait le côté « opérations » de son travail à la Compagnie.

« Ainsi, vous êtes Ebbitt », dit Dulles en faisant asseoir son invité avant de prendre un siège si proche du sien que leurs genoux se touchaient. Sans cesser de tirer sur sa pipe, il demanda à Ebby tout son curriculum vitae ; il voulait savoir quelles universités il avait fréquentées, de quels clubs d'étudiants il avait fait partie, comment il avait atterri à l'OSS, ce qu'il avait fait exactement lors de sa mission en France derrière les lignes allemandes pour avoir mérité la croix de guerre. Il interrogea Ebby sur ses deux séjours en Allemagne pour la Compagnie ; sur les opérations d'infiltration d'agents dans les Carpates et en Albanie qui avaient mal tourné, sur la possibilité que l'Org Gehlen de Pullach ait été infiltrée par le KGB. Puis, soudain, il changea de sujet. « Le Wiz me dit que vous vous portez volontaire pour cette mission à Budapest, dit-il. Avez-vous la moindre idée de la raison pour laquelle on vous envoie là-bas ?

– Ça n'entre pas dans mes attributions.

– Faites un essai quand même.

– J'ai fait mes devoirs, admit Ebby. Le rapport secret de Khrouchtchev a coupé l'herbe sous le pied des staliniens dans les États satellites. L'insurrection guette en Pologne. La Hongrie fait tout l'effet d'un baril de poudre prêt à exploser – un État totalitaire dirigé par un stalinien très impopulaire avec l'aide de quarante mille membres de la police secrète et d'un million et demi d'informateurs. J'imagine que vous voulez que j'entre en contact avec les activistes hongrois pour mettre le feu aux poudres. »

Dulles, qui se montrait plutôt jovial en société, pouvait se révéler froidement incisif en privé. Plissant les yeux, il se tourna brièvement vers Wisner puis reporta toute son attention sur Ebby. « Vous vous trompez de cent quatre-vingts degrés, Ebbitt. Nous voulons que vous alliez dire à ces gens de se calmer.

– Mais, Radio Free Europe les encourage à se soulever… » commença Ebby.

Dulles l'interrompit. « Radio Free Europe n'est pas un organe du gouvernement américain. Le message, c'est que nous ne voulons pas que la Hongrie explose avant que nous ne soyons prêts. Comprenez-moi bien : le refoulement est toujours la ligne officielle… »

Le Wiz intervint : « Vous voulez dire que c'est toujours la *politique* officielle, Allen, c'est bien ça ? »

Dulles n'aimait pas beaucoup qu'on le corrige. « Ligne, politique, ça revient au même », rétorqua-t-il avec impatience. Il se retourna vers Ebby. « Nous estimons qu'il nous faudra un an et demi pour installer toute la batterie. L'organisation du général Gehlen a une section hongroise qui fonctionne, mais il leur faudra du temps pour ménager des caches d'armes en Hongrie, pour former et infiltrer des équipes d'émigrés hongrois suffisamment préparés et équipés pour qu'un soulèvement puisse être coordonné.

– Vous supposez donc que les activistes peuvent contrôler leurs troupes, commenta Ebby. D'après les papiers de fond que j'ai pu lire, il ne paraît pas si facile d'enrayer un soulèvement spontané.

– Je n'y crois pas une seconde, rétorqua Dulles. Une manifestation à un coin de rue, ça peut être spontané. Un soulèvement populaire, c'est une autre paire de manches.

– Dans l'immédiat, renchérit Wisner, notre souci, c'est que les activistes puissent penser que les États-Unis seront obligés d'intervenir pour leur sauver la mise une fois qu'ils auront mis le feu aux poudres. Ou que nous menacerons au moins d'intervenir pour empêcher les Russes de bouger.

– Ce serait une dangereuse erreur de calcul de leur part, avertit Dulles. Ni le président Eisenhower ni son secrétaire d'État, mon frère Foster, ne sont prêts à déclencher une troisième guerre mondiale pour la Hongrie. Votre travail sera de convaincre les activistes de cet état de fait. Tant qu'ils comprendront cela, on pourra rester en dehors même s'ils décident de foncer pour faire bouger les choses. En revanche, s'ils pouvaient attendre disons, dix-huit mois...

– Une année suffirait sans doute, suggéra Wisner.

– Une année, dix-huit mois, quand les Hongrois – avec notre aide souterraine – auront une infrastructure en place pour un soulèvement, la situation sera certainement plus propice.

– Et puis il y a un autre problème dont tu dois être informé, reprit le Wiz. Ça commence à chauffer sérieusement au Moyen-Orient. Après sa saisie du canal de Suez, en juillet dernier, Nasser a rejeté la semaine dernière la proposition des dix-huit nations d'internationaliser le canal, acculant les Anglais et les Français. Des équipes israéliennes font la navette entre Tel-Aviv et Paris. Ils mijotent quelque chose, c'est sûr ; les Israéliens sont quasi prêts à tout pour que les Français leur fournissent un réacteur nucléaire. Les échanges cryptés entre le centre de commandement de l'armée israélienne à Tel-Aviv et l'état-major français sont très denses. On pense ici que les Israéliens pourraient bien être le fer de lance d'une attaque franco-britannique contre Nasser avec une guerre éclair dans le Sinaï pour prendre le canal.

– Auquel cas une révolution en Hongrie se perdrait dans la confusion », commenta Dulles. Il se leva et tendit la main. « Bonne chance, Ebbitt. »

Devant l'Alibi Club, un vendeur de journaux qui distribuait le *Washington*

Post en fendant la circulation recula à un feu rouge. «Du jamais vu! entonna-t-il, le Dow Jones atteint des sommets à cinq cent vingt et un points!»

«Les riches s'enrichissent, fit Wisner avec un sourire sardonique.

– Et les mous s'amollissent», ajouta Ebby.

3

Budapest, mardi 16 octobre 1956

L'Orient-Express Paris-Istanbul filait à travers les plaines qui bordaient le Danube crayeux en direction de Budapest. Tout en buvant du café noir bien chaud dans le capuchon d'un Thermos, Ebby contemplait par la vitre de son compartiment de première classe les troupeaux de bœufs râblés à grandes cornes que gardaient les *czikos*, ces cow-boys hongrois montés sur des chevaux nerveux. Granges et maisons de pierre défilaient avec leurs potagers bien tenus et leurs cours clôturées grouillantes de poules et d'oies. Bientôt, les premières usines basses en briques et ciment apparurent. Alors que le train s'insinuait dans la banlieue de Buda, la route étroite qui suivait la voie ferrée commença à se peupler de vieux camions bringuebalants, dont les pots d'échappement crachaient des vapeurs de diesel. Quelques minutes plus tard, l'Orient-Express pénétrait dans la gare de l'Ouest, derrière le mont du Palais.

Muni d'un attaché-case plein à craquer et d'un sac de voyage en cuir, Ebby découragea le porteur en uniforme d'un signe de tête et traversa la gare au dôme de verre avant de descendre l'escalier conduisant à la rue. Un tout jeune conseiller d'ambassade qui attendait près d'une Ford de fonction s'avança à sa rencontre. «Pardon, monsieur. Je suppose que vous êtes M. Ebbitt, dit-il.

– Comment le savez-vous?

– Sans vouloir vous vexer, vos bagages sont tellement chic qu'ils ne peuvent appartenir qu'à un avocat new-yorkais», fit le jeune homme avec un grand sourire. Il s'empara du sac de voyage d'Ebby et le mit dans le coffre de la voiture. «Je m'appelle Doolittle, se présenta-t-il en tendant la main. Jim Doolittle, et aucun lien de parenté avec l'aviateur du même nom. Bienvenue à Budapest, M. Ebbitt.

– Elliott.

– Elliott, d'accord.» Il se glissa derrière le volant de la Ford, et Ebby prit place sur le siège passager. Le jeune conseiller fit adroitement glisser la voiture dans la circulation et prit la direction du Danube, au sud-est. «On vous a réservé une chambre au Gellért Hotel, avec les membres de la délégation du Département d'État. Leur avion est arrivé hier. L'ambassadeur m'a chargé de vous dire que si vous aviez besoin de quelque assistance que ce soit, il vous suffit de faire 'Hep !'. La première séance de négociations est fixée à demain matin, dix heures. Les délégués du Département d'État seront convoyés au ministère des Affaires étrangères à bord d'un de nos minibus. Si ça vous tente, vous serez le bienvenu. Est-ce que vous connaissez déjà la Hongrie ?

— Seulement par ce que j'en ai lu dans mon guide, répondit Ebby. Depuis combien de temps êtes-vous en poste ici ?

— Vingt-trois mois.

— Et vous fréquentez beaucoup d'autochtones ?

— Fréquenter des Hongrois ! Elliott, je vois que vous ne connaissez pas grand-chose à la vie derrière le rideau de fer. La Hongrie est un pays communiste. Les seuls autochtones qu'on fréquente sont ceux qui travaillent pour la Allamvédelmi Hatóság, ce que nous appelons l'AVH, leur police secrète. Les autres ont trop la trouille. Ce qui me fait penser que le responsable de la sécurité à l'ambassade voulait que je vous prévienne de vous méfier…

— De me méfier de quoi ?

— Des Hongroises qui paraissent trop accueillantes, si vous voyez ce que je veux dire. Des Hongrois qui vous proposent de vous emmener dans des boîtes hors des sentiers battus. Quoi que vous fassiez, pour l'amour de Dieu, ne changez pas d'argent au marché noir. Et n'acceptez pas de paquet à livrer à un vague cousin en Amérique – ça pourrait être rempli de documents secrets et vous vous retrouveriez arrêté comme espion et jeté derrière les barreaux d'une prison.

— Merci pour les tuyaux, fit Ebby. Je ne suis pas très au courant de toutes ces combines d'espionnage.

— Le contraire m'aurait étonné, répliqua Doolittle en jetant un coup d'œil amusé vers son passager. Je suppose que vous n'avez pas remarqué la petite Skoda bleue qui nous suit, si ? »

En fait, Ebby l'avait vue, mais il préférait que Jim Doolittle n'en sache rien. Il se retourna donc avec ostentation. La Skoda bleue, avec ses deux passagers bien visibles à l'avant, suivait la Ford à deux longueurs de voiture. Doolittle se mit à rire. «On est tous filés tout le temps, à l'ambassade, dit-il. On finit par s'y habituer. Je serais sacrément surpris qu'on ne vous attribue pas de chaperon.»

Tout en longeant le Danube, le conseiller de l'ambassade passa en trombe devant les poutres vertes du pont Szabadság puis s'insinua entre les tramways jaunes qui bouchonnaient au carrefour pour déposer l'avoué new-yorkais devant l'entrée art nouveau du Gellért, au pied des collines de Buda. Regardant Ebby franchir les grandes portes à tambour de l'hôtel, Doolittle secoua la tête. « Encore un innocent lâché en pleine nature », marmonna-t-il. Puis il redémarra et prit la direction de l'ambassade.

La petite Skoda bleue équipée d'une longue antenne souple fixée au pare-chocs arrière pénétra dans l'allée de la piscine découverte du Gellért, et se gara derrière la haie, ce qui lui donnait une vue imprenable sur l'entrée de l'hôtel. Le Hongrois assis sur le siège passager prit un petit micro dans la boîte à gants et le brancha sur l'émetteur-récepteur dissimulé derrière le tableau de bord. Il abaissa la manette de mise en marche, attendit trente secondes que les tubes à vide se réchauffent et parla dans le micro.

« *Szervusz, szervusz*. Mobile vingt-sept au rapport. L'*amerikai* Ebbitt vient de pénétrer dans l'hôtel Gellért. Activez les micros de la chambre deux cent trois. On reste là et on le file dès qu'il sortira du Gellért. À vous.

– *Viszlát*, répondit une voix.

– *Viszlát* », répéta le passager de la voiture.

Pour Ebby, la semaine se passa dans une brume de négociations ennuyeuses qui revenaient sans cesse sur le même terrain et ne paraissaient mener nulle part dans l'immédiat. Pendant les longues séances de la matinée et de l'après-midi autour de la vieille table ovale du ministère des Affaires étrangères, les négociateurs hongrois semblaient se conformer à un scénario pré-écrit. Buvant de l'eau minérale, tirant sur des cigarettes chipées à leurs homologues américains, ils lisaient sur un ton monotone de longues listes de biens hongrois prétendument gelés en Amérique quinze ans plus tôt, et fournissaient des estimations astronomiques concernant la valeur de ces biens. Les envoyés du Département d'État, habitués à traiter avec des apparatchiks communistes qui n'avaient aucun mandat pour décider quoi que ce soit en deçà des exigences initiales, traitaient l'exercice comme un sport d'intérieur. L'un des économistes du Département d'État fit sèchement remarquer que plusieurs dizaines de sociétés figurant sur la liste hongroise avaient en réalité fait faillite juste après le krach boursier de 1929, mais les Hongrois continuèrent sans même un battement de cils à inclure ces sociétés à leurs listes de biens gelés. Lors du deuxième après-midi, Ebby put enfin exposer ses arguments : tout accord visant à verser à la Hongrie une compensation pour les biens perdus en Amérique devait inclure une provision destinée à indemniser les Américains d'origine hongroise – là, Ebby montra une grosse pile de dossiers – qui avaient perdu des biens quand les communistes avaient pris le pouvoir en Hongrie. Le chef de la délégation hongroise, gros profiteur opportuniste qui se curait les dents pendant qu'on lui traduisait les propos d'Ebby, réprima un bâillement. Suggérer que la République populaire de Hongrie avait pu confisquer des biens, rétorqua-t-il obstinément, c'était déformer l'Histoire. D'après la loi hongroise, ceux qui avaient fui la Hongrie après l'avènement du régime communiste en 1947 avaient renoncé à toute prétention à une indemnisation touchant aux biens nationalisés s'ils n'avaient pas rempli les formulaires appropriés.

«Peut-on encore remplir ces formulaires? demanda Ebby.

– La date limite légale fixée par la loi expirait le 31 décembre 1950, répondit le Hongrois.

– Qui a promulgué cette loi? insista Ebby.

– Le gouvernement légitimement élu de la République populaire de Hongrie, répondit le bureaucrate.

– En d'autres termes, reprit Ebby, après avoir confisqué les biens, votre gouvernement a fait passer un texte refusant *ex post facto* toute indemnisation à ceux qui ont fui le pays.

– Nous n'avons jamais refusé d'indemniser ceux qui ont fui, protesta le Hongrois. Nous refusons d'indemniser ceux qui n'ont pas rempli le formulaire avant la date limite légale.»

«Pas la peine de s'énerver, dit le soir même à Ebby le chef de la délégation du Département d'État, vieil habitué des tractations avec les communistes, à la réception de l'ambassade. On fait juste semblant ici. Les États-Unis ne sont pas près de donner des lingots à un satellite soviétique pour qu'ils puissent construire encore plus de chars et d'avions.»

Le samedi matin, Ebby demanda une voiture avec un chauffeur parlant anglais et entreprit (escorté par la petite Skoda bleue) de visiter un peu Budapest. Il parcourut les collines de Buda, se rendit au Palais royal, où les rois de Hongrie et les Habsbourg avaient autrefois leur cour, visita l'église du Couronnement qui, pendant l'occupation ottomane, avait été transformée en mosquée; il regarda par-dessus les remparts du Bastion des pêcheurs le gigantesque Parlement, relique néogothique de l'époque austro-hongroise qui surplombait le Danube à l'horizon de Pest. À treize heures trente, il congédia le chauffeur et pénétra dans un superbe café situé côté Pest pour y prendre un sandwich et une bière; il partageait une table avec une vieille femme au profil d'oiseau qui portait une étole de renard mitée autour de son cou décharné et un bonnet de ski sur la tête. Sirotant un verre de Tokaj, vin blanc des côtes des Carpates, elle murmura quelque chose à Ebby en hongrois. Devant sa confusion, elle lui demanda poliment, en allemand, s'il était étranger. Comme il lui répondait que oui, il était américain, elle s'affola. «Oh! seigneur! vous m'excuserez», murmura-t-elle. Sans même terminer son vin, elle jeta quelques pièces de monnaie sur la table et s'enfuit. Par la vitre, Ebby vit l'un des hommes de la Skoda bleue désigner la vieille dame alors qu'elle traversait l'avenue Staline. De l'autre côté de la rue, deux hommes en long pardessus sombre et chapeau mou, s'approchèrent d'elle. La vieille dame fouilla dans son sac pour y trouver ses papiers, qui lui furent arrachés des mains. L'un des hommes les fourra dans sa poche et, d'un bref mouvement de tête, indiqua qu'elle devait les suivre. Les deux hommes s'engouffrèrent alors dans une rue latérale, la vieille dame minuscule disparaissant presque entre leurs deux silhouettes.

Ebby ressentit une pointe d'inquiétude pour cette malheureuse dont le seul crime était de s'être retrouvée à la même table qu'un Américain. Ou bien fallait-il y voir autre chose ? De toute évidence, on avait chargé une équipe d'AVH de le suivre à la trace. Mais le filait-on parce qu'on filait tout Américain se trouvant sur le sol hongrois, ou bien parce qu'ils avaient été avertis de son arrivée – et de son identité – par l'un des dissidents qu'il était venu rencontrer ? Ebby glissa un billet sous une soucoupe, enfila son pardessus et remonta l'avenue Staline, s'arrêtant de temps à autre pour faire du lèche-vitrines – et se servir des vitres pour surveiller ce qui se passait derrière lui. La Skoda bleue continuait de le suivre au ralenti, mais il n'y avait plus à présent qu'une silhouette à l'intérieur ; Ebby repéra son acolyte qui avançait devant lui. Un homme plus jeune en grosses chaussures de marche s'arrêtait pour lire son journal à chaque fois qu'Ebby s'arrêtait. Une femme d'une cinquantaine d'années qui contemplait les vitrines remontait l'avenue au même rythme qu'Ebby.

Un nœud se resserrant au creux de son estomac – sensation qu'il avait éprouvée pour la première fois quand il avait été parachuté derrière les lignes allemandes, pendant la guerre – Ebby poursuivit son chemin. Il hésita à un carrefour appelé Octagone pour consulter le plan fourni avec son guide touristique. Arrivé en haut de l'avenue, il contourna le parc du Héros, où une gigantesque statue de Staline trônait sur un piédestal de marbre rose. Sur sa gauche, il repéra le musée des Beaux-Arts. Il s'arrêta pour consulter à nouveau son guide puis monta les marches. En arrivant en haut, il aperçut dans la porte vitrée le reflet de la Skoda se garant le long du trottoir en contrebas.

Une fois à l'intérieur, Ebby fit la queue devant le guichet pour acheter un billet. Un écriteau en anglais fixé à la vitre confirmait ce qu'on lui avait annoncé à Washington, à savoir qu'il y avait chaque jour à quatorze heures trente une visite guidée du musée en anglais. Ebby se joignit à la douzaine de touristes anglais qui faisaient le pied de grue au bas de l'escalier. À quatorze heures trente précises, une jeune femme mince sortit d'un bureau. Âgée d'une petite trentaine d'années, elle était entièrement vêtue de noir – un pull côtelé à col roulé, très près du corps, une jupe de flanelle qui flottait autour de ses chevilles délicates, d'épais bas d'hiver et de solides chaussures à talons plats – et avait une crinière de cheveux blond foncé rebelles qui donnaient l'impression d'avoir été taillés sur la nuque à coups de ciseaux à tondre. Pour autant qu'Ebby pouvait en juger, elle n'était pas maquillée. Épinglé à son pull, au-dessus de son sein gauche, un badge indiquait : « E. Németh ».

«Bonjour – je suis votre guide», annonça-t-elle dans l'anglais précis et impeccable d'une fille huppée de Sloane Square. Un soupçon de sourire nerveux apparut sur son visage tandis qu'elle laissait son regard parcourir le petit groupe ; elle s'attarda une seconde, guère plus, sur Ebby, avant de passer au suivant. Elle adressa quelques mots dans un hongrois assuré à l'homme qui gardait le tourniquet, et il en inversa le sens pour les laisser passer. «Si vous voulez bien me suivre», dit E. Németh. Là-dessus, elle tourna les talons et s'enfonça dans la grande salle bordée de gigantesques tapisseries illustrant avec force détails sanglants quelques-unes des batailles épiques que les Hongrois avaient livrées contre les Turcs.

Ebby suivait à la lisière du groupe, saisissant des bribes d'informations sur les batailles et les peintres. Alors qu'ils gravissaient l'escalier menant au premier étage, il entendit l'une des touristes, une femme forte qui marchait avec l'aide d'une canne, demander à leur guide : «Ma chère, mais où avez-vous appris à parler un anglais si superbe ?

– Je suis à moitié anglaise, lui expliqua E. Németh. Je suis née en Toscane, mais j'ai été élevée et éduquée en Grande-Bretagne.» Elle lança un coup d'œil par-dessus son épaule, et son regard croisa celui d'Ebby. Une fois encore, le demi-sourire tendu éclaira fugitivement son visage, tel un drapeau hissé pour annoncer l'existence de l'inquiétude et sa volonté de ne pas y céder.

«Alors, puis-je vous demander comment une Anglaise comme vous se retrouve ici, à Budapest ?

– Par un mariage, répondit E. Németh.

– Oh, bravo, ma chère, bravo.»

Lorsque, un quart d'heure plus tard, ils furent arrivés dans la dernière salle de la visite guidée, E. Németh se tourna vers ses ouailles. «Vous voyez ici six tableaux du grand peintre espagnol le Greco, annonça-t-elle. Il existe en fait un septième tableau, mais il est en ce moment au sous-sol, en réfection. Le musée est très fier de ces tableaux – c'est la plus grande collection du Greco en dehors de l'Espagne. Le Greco est né Domenikos Theotokopoulos, en Crète, en 1541. Il étudie à l'atelier du maître vénitien Titien avant de s'installer à Tolède. Avec les années, son utilisation des couleurs vibrantes et d'ombres profondes, ses silhouettes déformées, ont contribué à établir sa réputation de maître de l'extase religieuse. Nombre des personnages que vous voyez ici sont en fait des gentilshommes espagnols...»

Ebby se rapprocha de la guide par le flanc du groupe. «Est-il vrai que c'est parce qu'il avait un problème de vue que le Greco voyait – et peignait – ses personnages avec des visages allongés ?»

La tête légèrement penchée, ses doigts (Ebby remarqua qu'elle avait les ongles rongés) triturant sa lèvre inférieure, E. Neméth chercha lentement son interlocuteur du regard. «J'ai, bien sûr, déjà entendu parler de cette théorie, répondit-elle sur un ton égal. Mais, pour autant que je sache, elle ne s'appuie que sur des conjectures et non sur des preuves médicales.»

Alors que le groupe descendait le grand escalier vers l'entrée du musée, Ebby s'attarda un peu auprès de leur guide. Il perçut dans l'air un parfum d'essence de roses.

« Vous semblez bien informé sur le Greco, commenta-t-elle.

– J'admire énormément son œuvre.

– Cela vous intéresserait-il de voir le septième tableau en restauration au sous-sol ?

– Oh ! avec plaisir. »

Ils avaient descendu la moitié de l'escalier et passaient devant une porte étroite sur le palier. La guide regarda derrière elle. Ne voyant personne, elle s'avança rapidement vers la porte, l'ouvrit et fit entrer Ebby avant de la refermer vivement. «Vous étiez suivi en arrivant au musée, dit-elle. Je les ai vus par la fenêtre. Il y en avait toute une armée derrière vous – une voiture, et au moins trois personnes à pied.

– Je les ai vus aussi, dit Ebby. C'est sûrement la procédure standard qu'ils déclenchent pour tous les Américains qui débarquent ici.»

E. Neméth commença à descendre un escalier de bois pas plus large que son corps et éclairé par une faible ampoule à chaque palier. Les planches de bois brut des marches peu utilisées grincèrent sous ses pieds. Une fois en bas, elle ouvrit une autre porte, vérifia que la voie était libre et fit signe à Ebby de la suivre. Ils traversèrent le sol cimenté d'une grande salle d'entrepôt remplie de bustes et de tableaux et arrivèrent à une porte fermée et verrouillée de l'intérieur.

« Que représente le E sur votre badge ? murmura Ebby.

– Elizabet.

– Je m'appelle Elliott. »

Elle le dévisagea de ses yeux sombres. «Je savais que c'était vous avant même que vous ne prononciez la phrase convenue », dit-elle. Elle prit un duffle-coat sur une patère et le posa sur ses épaules, comme une cape. Puis elle tira un grand passe de sa poche et ouvrit le verrou. Ils émergèrent du sous-sol dans une cour enfoncée, derrière le musée ; elle referma la porte à clé derrière eux avant de gravir un escalier métallique jusqu'à une autre porte ménagée dans la haute clôture métallique, porte qu'elle ouvrit avec un second passe et referma derrière eux. Puis elle traversa la rue et conduisit Ebby dans une ruelle étroite, jusqu'à une vieille Fiat deux portes garée dans une remise. Elizabet ouvrit la portière, se glissa derrière le volant et tendit le bras pour lever le bouton de verrouillage de la portière côté passager. Alors elle mit le moteur en marche, remonta la ruelle et s'immisça dans la circulation de l'artère, tout au bout.

Elizabet conduisait la petite auto dans les rues encombrées de Pest avec une concentration totale. Au bout d'un moment, Ebby brisa le silence. « Où m'emmenez-vous ?

– Arpád et ses amis vous attendent dans un appartement, à Buda, derrière la gare du Sud.

– Que va-t-il se passer, au Musée, quand ils vont s'apercevoir que je ne ressors pas par la grande porte ?

– Ils vont attendre un peu et puis ils vont vous chercher. Quand ils vont constater que vous n'êtes plus dans le musée, ils vont retourner à l'hôtel Gellért et attendre que vous y retourniez. Nous avons vu cela bien souvent – pour ne pas risquer la colère de leurs supérieurs, ils ne parleront certainement pas de votre disparition. Après votre rencontre avec Arpád, je vous déposerai à un pont et vous pourrez rentrer à l'hôtel à pied, comme si de rien n'était.

– Je vous ai entendue dire à cette femme, au musée, que vous étiez mariée à Arpád. »

Elle lui jeta un rapide coup d'œil. « Je n'ai pas dit que j'étais mariée à Arpád. Je suis mariée à un autre Hongrois. Je suis la maîtresse d'Arpád. »

Ebby cilla. « Je ne voulais pas être indiscret…

– Mais si. Vous êtes un espion de la Central Intelligence Agency. L'indiscrétion est votre métier. »

Des rafales de vent glacé en provenance du Danube fendaient les meneaux des fenêtres, faisant vibrer les vitres de l'appartement situé à l'angle du dernier étage de la maison perdue dans les rues labyrinthiques des collines de Buda. Lorsque Ebby apparut à la porte, un homme frisant la quarantaine, trapu, le visage encadré d'une crinière de cheveux prématurément gris, doté du front plat et du nez busqué d'un centurion romain, s'avança pour l'accueillir. Il portait les lourds souliers montants à lacets, le pantalon de velours côtelé et le pull-over de laine fatigué d'un ouvrier. « Je vous souhaite de tout cœur la bienvenue à Budapest, déclara-t-il en enfouissant la main tendue de son visiteur dans les siennes tout en le scrutant de ses yeux sombres et inquiets.

– Je vous présente Arpád Zelk, murmura Elizabet.

– C'est un honneur de rencontrer un poète aussi distingué », répliqua Ebby.

Arpád ricana avec amertume. « Comme je compose mes poèmes en hongrois, ma langue maternelle parlée par à peine dix millions de personnes sur les deux milliards et demi que compte la planète Terre, ma distinction évoque celle d'un oiseau qui gazouillerait du bout du bec dans une cage insonorisée. »

Arpád se détourna pour s'entretenir brièvement en hongrois avec Elizabet et les deux jeunes gens assis devant le grand plateau de verre de la table. Ebby parcourut la pièce du regard : il y avait une énorme radio datant des années trente (assez grosse pour contenir un petit chien) posée sur une table, des poutres de bois au plafond, de lourdes tentures tirées devant les fenêtres, une cheminée pleine de papiers en attente d'être brûlés, deux seaux de charbon, une pile de tracts appuyés contre un mur. Elizabet adressa un regard à Ebby. «Excusez-moi un moment. Je leur parle des hommes de l'AVH qui vous suivaient. Arpád voudrait être sûr qu'ils ne nous ont pas filés jusqu'ici. »

Arpád éteignit le plafonnier et s'approcha d'une fenêtre, dont il écarta avec deux doigts la lourde tenture pour examiner la rue en contrebas. «Il ne semble pas que vous ayez été suivis, annonça-t-il. De toute façon, j'ai des hommes qui surveillent la rue à partir d'un autre appartement – ils nous alerteraient par téléphone si jamais il y avait danger. » Arpád fit signe à Ebby de prendre une chaise libre devant la table. Puis il désigna de la tête les deux hommes déjà assis et prit garde de ne donner que leurs prénoms. «Je vous présente Mátyás; et puis aussi, Ulrik, dit-il. Ce sont des camarades du mouvement de résistance hongrois. »

Ebby serra la main de chacun – Mátyás portait la veste courte caractéristique des étudiants ; Ulrik le costume, le gilet, la chemise à col amovible et les lunettes cerclées d'acier d'un petit fonctionnaire – puis s'assit sur la chaise. Elizabet prit place sur un canapé.

Arpád remplit une tasse à café d'un liquide pâle et la poussa vers son invité. «Vous connaissez notre torkoly magyar ? Non, j'en étais sûr. C'est une eau-de-vie fabriquée à partir de la peau des raisins écrasés pour faire du vin. *Egész-ségedre*, dit-il en levant sa tasse.

– *Egészségedre*, répétèrent les deux hommes autour de la table, saluant Ebby avec leur verre levé.

– À la vôtre», rétorqua Ebby.

Ils reposèrent leurs tasses. Ebby sentit l'eau-de-vie lui brûler la gorge. Il ouvrit grande la bouche, souffla et fit la grimace. Les autres souriaient.

«S'il vous plaît, fit Arpád avec un formalisme appuyé, quelles nouvelles nous apportez-vous des États-Unis d'Amérique ?

– Je vous apporte les meilleurs vœux de plusieurs personnalités haut placées au gouvernement américain. Je vous apporte leur respect pour votre courage et leur sympathie pour votre cause... »

La paume d'Arpád s'abattit sur le plateau de verre avec une telle violence qu'Ebby fut étonné que celui-ci ne se brise pas sous le choc. Mátyás dit quelque chose en hongrois, et Arpád lui répondit avec irritation. Mais Mátyás insista et Arpád acquiesça à contrecœur. Il se retourna vers Ebby. «Mes amis et moi ne sommes pas des diplomates invités à un cocktail, grogna-t-il en remuant l'air avec ses gros doigts. Nous n'avons besoin ni de vos bons vœux ni de votre sympathie ni de votre respect. Nous avons besoin de votre engagement à nous fournir une aide matérielle si la situation s'enflamme

– Le gouvernement américain préfère éviter de pousser les Soviétiques trop loin...

– Pour quelque chose d'aussi négligeable que la Hongrie, coupa Arpád, terminant la phrase à sa place. C'est ce que vous n'osez pas dire.

– La Hongrie n'est pas négligeable pour nous. C'est bien pourquoi nous voulons que vous attendiez pour vous soulever que le terrain ait été préparé ; que Khrouchtchev, qui semble en l'occurrence pencher du côté des colombes, puisse consolider son avantage sur les faucons du Politburo.

– Combien de temps ?

– Entre un an et dix-huit mois. »

Ulrik répéta l'information en hongrois pour être sûr d'avoir bien compris. « *Igen*, lui dit Elizabet. Entre un an et dix-huit mois.

– *Reménytelen !* » fit le jeune homme en ricanant.

Elizabet traduisit à l'intention d'Ebby : « Ulrik dit que c'est *désespéré*.

– Ce n'est pas désespéré, protesta Ebby. C'est une question de patience et de prudence. Le gouvernement américain n'a nullement envie de se laisser entraîner dans une guerre contre les Soviétiques…

– Je vais dire à vous ce que Trotski a dit aux Russes avant la révolution de 1917, déclara Arpád, ses yeux se fixant sans ciller sur ceux d'Ebby. "Vous ne vous intéressez peut-être pas à la guerre, mais la guerre s'intéresse à vous." » Mátyás marmonna quelque chose, et Arpád hocha la tête. « Arpád dit que nous ne pouvons ni déclencher ni empêcher un soulèvement contre les communistes, et je suis du même avis. Ce qui doit arriver arrivera avec ou sans nous, avec ou sans vous. Nous vivons dans un pays qui souffre de ce que nous appelons *esengofrasz…* »

Arpád se tourna vers Elizabet pour qu'elle traduise. « La fièvre de la sonnette », dit-elle.

– Oui, c'est ça. La fièvre de la sonnette. Chacun s'attend à entendre les agents de l'AVH sonner à sa porte à minuit et à être emmené pour être interrogé, ou torturé. Moi-même, j'ai déjà été arrêté cinq fois dans ma vie, deux fois par les fascistes qui ont fait basculer la Hongrie dans la guerre au côté des Allemands, trois fois par les communistes qui ont pris le pouvoir avec l'aide de l'armée Rouge après la guerre. J'ai passé onze ans et quatre mois de ma vie en prison – cela fait quinze ans de moins que Sade et six ans de plus que Dostoïevski. J'ai passé des mois d'affilée dans des cellules souterraines sans air, grouillantes de rats dans la forteresse de Vac, au nord de Budapest. Un hiver particulièrement rigoureux, j'ai apprivoisé plusieurs rats ; ils venaient me voir, la nuit, et je me réchauffais les doigts contre leur corps. J'ai été torturé dans la même prison – *dans la même cellule* – par les fascistes hongrois avant la guerre, et par les communistes après. La différence entre les deux idéologies est instructive. Les fascistes vous torturaient pour vous faire avouer les crimes que vous aviez vraiment commis. Les communistes vous torturent pour vous faire avouer des crimes imaginaires ; ils veulent vous faire signer des aveux qu'ils ont déjà rédigés – reconnaître des contacts avec des

éléments fascistes à l'étranger, reconnaître avoir fomenté l'assassinat de dirigeants communistes, reconnaître avoir mis du verre pilé dans les réserves de
farine en guise de sabotage économique. » Arpád se laissa aller contre le dossier de sa chaise et se mit à respirer profondément, par les narines, pour se
calmer. « Une fois, pour arrêter la torture, j'ai avoué avoir transmis des secrets
d'État au chef des services de renseignements américains à Vienne, un certain Edgar Allan Poe. C'est un crime qui m'a valu d'être condamné à quinze
ans d'emprisonnement, mais j'ai été discrètement gracié par quelqu'un de haut
placé qui a reconnu le nom de Poe. »

Agitant une main méprisante, Ulrik parla longuement à Arpád en hongrois.
Celui-ci hocha la tête à plusieurs reprises. « Il veut que je vous dise que votre
Radio Free Europe n'a pas cessé de nous parler de refouler le communisme,
expliqua-t-il à Ebby.

– Radio Free Europe n'est pas un organe du gouvernement des États-Unis,
protesta Ebby. C'est une entreprise indépendante gérée par des émigrés des
pays communistes. Ses émissions n'expriment pas forcément la politique américaine officielle...

– S'il vous plaît, qui finance Radio Free Europe ? » interrogea Arpád.

La question réduisit Ebby au silence. Frappant des jointures le plateau de
verre de la table, Ulrik se remit à parler, en hongrois. Arpád acquiesçait vigoureusement. « Il dit que le moment de vérité approche. Il dit que vous devez
vous tenir prêt à soutenir une révolte, si elle se produit, tant moralement que
matériellement. Il dit que si vous pouvez empêcher les Russes d'intervenir,
ne serait-ce que ça, rien de plus, le communisme en Hongrie sera balayé et
emporté avec les débris de l'Histoire. »

À ce moment, le jeune étudiant parla longuement aux autres, et avec une
certaine timidité. Souriant, Arpád tendit la main par-dessus la table pour faire
mine de le frapper à l'épaule. Depuis le canapé, Elizabet expliqua : « Mátyás
cite le poème de Bertolt Brecht sur le bref soulèvement des Allemands de
l'Est contre le régime communiste, en 1953. »

Les yeux fermés, rassemblant ses pensées, sa grosse tête inclinée en arrière,
Arpád récita en anglais :

> Ne serait-il pas plus simple
> que le gouvernement
> dissolve le peuple
> et en élise un autre ?

Du coin de l'œil, Ebby entrevit Elizabet recroquevillée dans une position
tourmentée sur le canapé, les jambes repliées sous elle, un bras passé
par-dessus le dossier du canapé. Il sentait qu'elle le regardait. « Personne, dans
le camp américain, ne doute de votre détermination à vous débarrasser de la

dictature stalinienne, assura-t-il. Mais vous devez, selon nous, placer les réalités devant le romantisme. Les réalités sont brutales et parlent d'elles-mêmes. Deux unités de chars soviétiques, la seconde et la dix-septième division blindée, attendent à une soixantaine de kilomètres de Budapest ; ils pourraient être dans la capitale en une heure. Nous avons pléthore de preuves indiquant que les Soviétiques sont parfaitement conscients du caractère explosif de la situation ici. Ils ont visiblement tout préparé pour faire intervenir le plus rapidement possible des troupes de réserve en cas de problèmes. Je peux vous dire que, selon nos informations, ils sont en train de masser de grandes réserves de troupes du côté ukrainien de la frontière hongroise. Je peux vous dire qu'ils sont en train de monter des ponts flottants sur la Tisza, afin que ces troupes puissent passer en Hongrie à tout moment. »

Arpád et Elizabet échangèrent un regard sombre ; de toute évidence, les informations d'Ebby les prenaient au dépourvu. Elizabet s'empressa de traduire ses propos pour les autres. « Le général soviétique Konev, reprit Ebby, qui a autrefois commandé les forces terrestres de la prise de Berlin et passe pour être un de leurs meilleurs tacticiens, commande les opérations des troupes de réserve soviétiques. Le général soviétique Joukov, actuel ministre de la Défense, presse Khrouchtchev et le Politburo d'intervenir en Hongrie pour des raisons stratégiques : les Russes construisent en secret des missiles balistiques de moyenne portée qu'ils voudraient installer en Hongrie pour menacer le flanc sud de l'OTAN en Italie et en Grèce. »

Elizabet traduisant chaque phrase, Ulrik, qui faisait de l'analyse politique dans un bureau ministériel, concéda qu'ils n'étaient pas au courant de la construction de ponts flottants, mais il douta que Khrouchtchev puisse envoyer l'armée soviétique de l'autre côté de la Tisza s'il y avait un soulèvement populaire. « Le Kremlin, avança Ulrik, a bien d'autres chats à fouetter à l'intérieur même de son pays. »

Arpád sortit une blague en tissu de la poche de son pantalon en velours côtelé. « C'est la raison pour laquelle, renchérit-il en commençant distraitement à rouler une cigarette, les Russes ont accepté la neutralité autrichienne en 1955 ; c'est aussi pour cela que Khrouchtchev a publiquement reconnu cette année la Yougoslavie comme étant sur la voie du socialisme bien qu'elle ne fasse pas partie du bloc soviétique. En Pologne, la menace de troubles populaires a forcé les autorités à faire sortir de prison le réformateur communiste Gomulka ; il y a toutes les chances pour qu'il soit nommé Premier secrétaire du parti communiste polonais, maintenant. » Il lécha prestement le bord du papier, le colla et entortilla l'extrémité de la cigarette obtenue qu'il tapota sur la table pour tasser le tabac avant de la coincer entre ses lèvres. Il chercha ensuite une allumette dans ses poches. « Même les faucons du Politburo de Khrouchtchev paraissent résignés à supporter la situation en Pologne », ajouta-t-il. Il trouva une allumette et, l'enflammant contre l'ongle épais de son pouce, la porta à l'extrémité entortillée de la cigarette. La fumée jaillit de ses narines. «Pourquoi les réformateurs hongrois devraient-ils se laisser impressionner par la menace des chars soviétiques si les réformateurs polonais ont réussi à s'imposer? demanda-t-il par goût de la rhétorique.

– Parce que la situation n'est pas la même en Hongrie et en Pologne, répliqua Ebby. Les réformateurs polonais sont sans équivoque des communistes qui ne projettent pas de se débarrasser du communisme ni de faire sortir la Pologne du bloc soviétique.

– Nous serions stupides de nous contenter de demi-mesures, explosa Mátyás.

– C'est justement le cœur du problème», commenta sombrement Ebby.

Quand Elizabet eut traduit la remarque de l'américain, Mátyás repoussa sa chaise avec emportement et fit le tour de la table pour se laisser tomber près d'elle, sur le canapé. Ils entamèrent alors une vive discussion en hongrois. Elizabet essayait visiblement de le convaincre de quelque chose, mais n'y parvenait guère.

À la table, Arpád contempla longuement le calendrier accroché au mur, derrière Ebby. Quand il se retourna enfin vers son visiteur, ses yeux semblaient brûlants de fièvre. «Vous venez nous voir avec votre logique occidentale et vos réalités occidentales, commença-t-il. Mais ni les unes ni les autres ne prennent en compte le côté désespéré de notre situation, ni la spécificité du caractère hongrois qui nous pousse à nous battre envers et contre tout. Nous sommes en guerre pratiquement sans arrêt depuis que mon homonyme, le chef hongrois Arpád, a fait quitter aux cavaliers magyars les monts de l'Oural, il y a douze cents ans, pour conquérir, et finalement défendre, la grande steppe hongroise. Pour les Hongrois, le fait qu'une situation soit désespérée ne la rend que plus intéressante.»

Ebby décida de ne pas mâcher ses mots. «On m'a envoyé ici pour m'assurer que vous calculez correctement vos risques. Si vous décidez d'encourager un soulèvement armé, il faut que vous sachiez que l'Occident n'interviendra pas pour vous sauver des chars de Konev qui se massent à la frontière.»

Les trois Hongrois échangèrent des sourires amers, et Ebby comprit qu'il avait échoué dans sa mission. «Mes amis et moi, nous vous remercions d'être venu, en prenant un grand risque personnel, jusqu'à Budapest, déclara Arpád. Je vais vous donner un message à rapporter en Amérique. En parlant du terrible conflit qui opposa Athènes et Sparte, l'historien athénien Thucydide écrivit il y a deux mille quatre cents ans qu'il y a trois choses qui poussent les hommes à la guerre : l'honneur, la peur et l'intérêt. Si nous entrons en guerre, ce sera pour les Hongrois une question d'honneur et de peur. Nous nous raccrochons à l'idée que les dirigeants américains calculeront les avantages qu'il y a à nous aider et finiront par nous soutenir par intérêt.»

La conversation se poursuivit jusqu'au soir autour du plateau de verre. De derrière les épais rideaux leur parvenait la plainte étouffée d'une sonnerie d'ambulance ou le hurlement sinistre d'une lointaine sirène de police. Alors qu'un crépuscule noirâtre recouvrait la ville, Elizabet disparut dans la cuisine et revint vingt minutes plus tard avec un plateau couvert de bols de soupe fumante à la moelle et d'épaisses tranches de pain noir. Arpád cita deux vers du poète hongrois légendaire Sándor Petöfi, qui avait été tué en se battant contre les Russes en 1849 :

> Sec et doux à la fois, bon vin, bonne chère,
> Je suis noble Magyar.

Soulevant son bol à deux mains, il but sa soupe puis tira une grosse montre allemande de la pochette de son pantalon. Il expliqua à Ebby qu'on lui avait demandé de lire des poèmes à l'université de technologie. Les étudiants y passaient pour être les plus rebelles de Budapest. Si cela l'intéressait, Ebby était le bienvenu. Elizabet lui traduirait une partie de ce qui se dirait.

Ebby accepta avec empressement ; s'il voulait prendre le pouls du monde étudiant, une lecture de poésie semblait le lieu idéal pour commencer.

Arpád composa un numéro de téléphone et marmonna quelque chose à l'adresse des camarades qui surveillaient la rue depuis l'autre appartement. Puis, Arpád en tête, Ebby, Elizabet et les deux autres suivirent un couloir étroit et pénétrèrent dans une chambre à coucher, au fond de l'appartement. Mátyás et Ulrik poussèrent de côté une grosse armoire, révélant dans le mur de brique une brèche étroite recouverte d'un tapis et donnant dans la réserve d'un appartement vide de l'immeuble voisin. Les deux jeunes gens restèrent en arrière pour remettre l'armoire en place et bloquer le passage secret tandis qu'Arpád, Elizabet et Ebby se glissaient dans l'appartement vide, le quittaient par la porte de service, et descendaient cinq étages pour arriver à une porte de cave qui ouvrait sur une tout autre rue que celle par laquelle Ebby était arrivé avec Elizabet, plusieurs heures plus tôt. Parcourant à pied les rues sinueuses et mal éclairées de Buda, évitant les grandes artères, tous trois traversèrent la rue Karinthy Frigyes et, quelques instants plus tard, pénétrèrent dans la vaste école technique par une rampe de livraison de charbon donnant dans un sous-sol. Un jeune étudiant à la tignasse bouclée les attendait à l'intérieur. Il les fit passer par la chaufferie pour arriver dans une cantine du personnel remplie d'étudiants assis sur des rangées de bancs ou debout contre les murs. Ils devaient bien être cent cinquante, entassés dans la petite salle. Ils accueillirent le poète par une ovation, frappant du pied le sol en ciment et scandant son nom : « Ar-pád, Ar-pád, Ar-pád ! »

Devant l'assemblée, Arpád souffla dans le micro pour vérifier qu'il fonctionnait, puis rejeta la tête en arrière. « Sans père sans mère », déclama-t-il.

> Sans Dieu ni terre
> sans un berceau ni même un suaire
> sans baiser ni amour sincère.

Les étudiants reconnurent le poème et approuvèrent dans un rugissement. Elizabet approcha ses lèvres de l'oreille d'Ebby. « Ce sont les vers d'un poème d'Attila József, lui dit-elle. Il écrivait au début du siècle... Il parlait surtout de l'individualisme de ces fous de Hongrois...

– Votre ami Arpád en est le parfait exemple », lui glissa Ebby à l'oreille.

Elizabet se tourna vers lui. « Ce n'est pas mon ami, mais mon amant. Cela n'a rien à voir. » L'aveu ouvrit une brèche, et une cascade de phrases décousues en jaillit. « Vous avez raison au sujet d'Arpád... c'est un fou de Hongrois... un chaos d'émotions... un goinfre de mots et des espaces entre les mots... accro au chamboulement et à la souffrance qu'il fait naître chez les femmes qui l'aiment. » (L'usage du pluriel « les femmes » n'échappa pas à Ebby.) Elle détourna les yeux, se triturant des doigts la lèvre inférieure, puis reporta sur lui toute son attention, ses yeux sombres enflammés par le ressentiment. « C'est un poète chirurgien qui vous fait oublier vos vieilles blessures en en ouvrant de nouvelles. »

Les étudiants se calmèrent et Arpád, sur un ton monotone et prosaïque, se lança dans un long poème. « C'est celui qui l'a rendu célèbre, chuchota Elizabet à Ebby. Il s'intitule *"E"* pour *"Ertelmiségi"*, ce qui signifie "Intellectuel", en hongrois. Ce poème lui a valu trois ans de prison. Quand Arpád a été libéré, le poème avait tellement circulé que la moitié du pays semblait le connaître par cœur. Arpád décrit comment il a essayé de passer la frontière autrichienne quand les communistes sont arrivés au pouvoir, en 1947 ; il a été trahi par le paysan qui lui servait de guide, a fait l'objet d'un jugement sommaire de huit minutes et été enfermé dans la célèbre prison de Vac, où les morts ne sont pas enterrés mais jetés aux vautours. Lorsqu'il est enfin sorti, à l'âge de vingt-neuf ans, il s'est aperçu que l'on avait apposé le *"E"* rouge de *"Ertelmiségi"* sur son passeport intérieur, ce qui impliquait qu'il ne pouvait plus enseigner à l'Université. » Elle se concentra un instant sur le poème. « Là, il raconte qu'il a travaillé comme maçon, charpentier, plombier, plongeur dans une cantine, chauffeur de poids lourds et même professeur de danse quand il ne trouvait plus de journaux littéraires pour publier ses essais ou ses poèmes. »

Les étudiants rassemblés dans la cantine paraissaient hypnotisés, penchés en avant sur leur banc, comme suspendus aux mots du poète. Lorsqu'il butait sur un passage, des voix lui lançaient les paroles manquantes, et Arpád, le rire aux lèvres, repartait de plus belle. « Ici, murmura Elizabet, il explique qu'à la prison de Vac, la partie de lui qui est juive – la mère d'Arpád était juive bul-gare – s'est transformée en ange. Il explique que les juifs ont une tradition qui veut que les anges n'aient pas d'articulation dans les genoux, et ne peu-vent dont s'agenouiller devant personne. Il explique que cette incapacité à s'agenouiller peut se révéler fatale en pays communiste. »

Le poème s'achevait sur ce qu'Arpád appelait un postlude. Levant les bras au-dessus de sa tête, il s'écria : *Ne bántsd a Magyart !*

Les étudiants, tous le poing levé en signe de ralliement, se levèrent d'un bond et se mirent à marteler le sol en scandant le refrain. *Ne bántsd a Magyart ! Ne bántsd a Magyart ! Ne bántsd a Magyart !*

Elizabet, emportée par l'excitation générale, hurla la traduction à l'oreille d'Ebby. « Laissez les Magyars tranquilles ! » Puis elle se joignit aux Hongrois pour reprendre le cri de guerre : *« Ne bántsd a Magyart ! Ne bántsd a Magyart ! »*

Alors que les cloches du monastère pauliste du mont Gellért sonnaient onze heures, l'un des hommes de l'AVH, dans la Skoda bleue, repéra une silhouette masculine sur le trottoir du pont Szabadság. Pendant un moment, elle fut cachée par un trolleybus qui passait. Lorsque la silhouette réapparut, l'homme de l'AVH porta des lunettes à ses yeux et put établir une identification cer-taine. Les tubes à vide de l'émetteur étaient déjà chauds, aussi put-il ouvrir le micro. « *Szervusz, szervusz,* mobile vingt-sept. J'annonce la proie en vue sur le passage piéton du Szabadság. Exécution du plan ZARVA. Je répète : exé-cution du plan ZARVA. »

Cherchant à s'arracher à sa douloureuse léthargie, Ebby se raccrochait à l'idée réconfortante que tout n'était qu'un mauvais rêve – le hurlement des freins, les hommes qui surgissaient de l'ombre des poutres, sur le pont, pour le précipiter à l'arrière d'une voiture, l'entrepôt obscur qui se dressait au bord du Danube, côté Pest, le couloir interminable où on le tirait à moitié, les pro-jecteurs qui lui brûlaient les yeux même quand il les fermait, les questions qui jaillissaient du noir, les coups précis portés à son estomac qui lui vidaient l'air des poumons. Mais le tintement dans ses oreilles, la sécheresse d'amadou dans sa bouche, l'élancement dans sa cage thoracique et le nœud de terreur au creux de son ventre le ramenèrent à une réalité plus cruelle encore. Couché à plat sur le dos, sur une planche en bois, il s'efforça d'ouvrir les yeux. Après ce qui lui parut une éternité, il parvint à soulever la paupière qui n'était pas trop enflée pour s'ouvrir. Le soleil apparut, très haut au-dessus de lui, mais, curieu-sement, sans lui prodiguer aucune chaleur. La vision de ce soleil le transporta sur le Herreshoff de cinq mètres de son beau-père, alors qu'il naviguait dans l'embouchure du Penobscot, dans le Maine. Il testait le bateau pour voir jusqu'où il pouvait gîter sans chavirer quand une soudaine bourrasque avait fait tourner le vent. Le bateau avait alors empanné brusquement, et Ebby s'était pris la bôme sur l'arrière du crâne. Lorsqu'il était revenu à lui, il était allongé sur le pont, dans le cockpit, et le soleil se balançait bien au-dessus du mât comme un pendule géant. À présent, allongé sur sa planche, il vint à l'esprit d'Ebby que la lumière au-dessus de lui n'était peut-être pas le soleil mais une ampoule nue suspendue au bout d'un fil électrique. Il réussit avec un effort considérable à se redresser en position assise, le dos appuyé contre le mur en ciment. Peu à peu, le décor de la scène prit une sorte de netteté à deux dimensions. Il se trouvait dans une grande cellule dotée d'une fenêtre à barreaux longue et étroite, percée si haut dans le mur que la pièce ne pouvait se trouver qu'en sous-sol. Dans un coin, un seau en bois empestait l'urine et le vomi. La porte de la cellule était en bois entrecroisé d'écharpes métalliques rouillées. Par un guichet ménagé dans la hauteur de la porte, un œil l'observait sans ciller.

Il fut irrité de ne pouvoir déterminer si c'était un œil droit ou un œil gauche.

Il se concentra sur des questions pertinentes à poser sans se préoccuper des réponses. À supposer qu'elles existassent, elles viendraient plus tard.

Depuis combien de temps était-il détenu ?

Avait-il dit quoi que ce fût qui pût compromettre sa couverture ?

Les Américains du Gellért remarqueraient-ils sa disparition ?

Préviendraient-ils l'ambassade ?

À quel moment l'ambassade informerait-elle Washington ?

Arpád apprendrait-il qu'il avait été arrêté ?

Si c'était le cas, pourrait-il intervenir ?

Et, bien sûr, la question cruciale : Pourquoi les Hongrois l'avaient-ils arrêté ? L'AVH avait-elle infiltré le mouvement de résistance hongroise ? Savaient-ils que la CIA avait envoyé quelqu'un à Budapest pour contacter Arpád ? Savaient-ils qu'il était ce quelqu'un ?

Formuler toutes ces questions épuisa Ebby, qui sombra, le menton appuyé contre la poitrine, dans un sommeil agité.

Il fut réveillé en sursaut par un grincement de gonds. Deux hommes et une grosse femme qui aurait pu passer pour un sumotori japonais surgirent à l'entrée de la cellule, les hommes en uniforme bleu impeccable, la femme en survêtement et longue blouse blanche de boucher maculé de taches pareilles à du sang séché. La femme s'approcha avec un grand sourire de la planche et, saisissant Ebby par la mâchoire, lui tourna la tête vers la lumière et releva adroitement la paupière de son œil désenflé avec le gras du pouce. Puis elle lui prit le pouls. Elle fixa ses yeux charbonneux sur la grande aiguille d'une montre-bracelet qu'elle avait sortie de la poche de sa blouse, puis grogna quelque chose en hongrois aux deux policiers. Ils forcèrent alors Ebby à se lever et, moitié tirant, moitié soutenant, l'entraînèrent dans un long couloir jusqu'à une pièce bardée de projecteurs braqués vers le centre, sur un tabouret vissé au sol. Ebby fut déposé sur le tabouret. Une voix qu'il se rappela d'un interrogatoire précédent jaillit de l'obscurité.

« Ayez l'amabilité de décliner votre identité. »

Ebby se massa la mâchoire. « Vous la connaissez déjà.

– Donnez votre nom complet, je vous prie.

– Elliott Winstrom Ebbitt, énonça Ebby avec un soupir.

– Quel est votre grade ?

– Je n'ai pas de grade. Je suis avoué et...

– Je vous en prie, je vous en prie, M. Ebbitt. Hier soir, vous nous avez pris pour des imbéciles. J'espérais qu'avec un peu de réflexion, vous prendriez conscience de l'inutilité de votre désagréable situation et que vous collaboreriez avec nous, ne serait-ce que pour vous épargner les sanctions qui vous attendent si vous nous tenez tête. Vous n'exercez plus le droit depuis 1950. Vous travaillez pour la Central Intelligence Agency, à la Division de la Russie soviétique sous la direction des opérations de M. Frank Wisner. Dès le début des années cinquante, vous avez été posté à l'antenne de la CIA à Francfort, en Allemagne de l'Ouest, où vous vous occupiez, avec une grande persistance mais un manque de réussite notoire, des agents émigrés en Pologne, Russie soviétique et Albanie. Lorsque vous êtes arrivé à Francfort, votre supérieur hiérarchique était Anthony Spink. Quand il a été rappelé à Washington, c'est vous qui êtes devenu chef des officiers traitants. »

Ebby se mit à réfléchir si rapidement qu'il avait du mal à suivre les fragments de pensées qui fusaient dans sa tête. De toute évidence, il avait été trahi, et par quelqu'un qui le connaissait personnellement ou qui avait accès à son dossier au fichier central. Ce qui semblait éliminer la possibilité qu'il avait été trahi par un membre du mouvement de résistance hongroise. Abritant son œil ouvert avec sa paume, il scruta les rayons de lumière et crut pouvoir discerner les pieds d'une demi-douzaine d'hommes répartis autour de la pièce. Tous portaient des pantalons à large revers et des souliers noirs brillants comme des miroirs. « Je dois vous dire, répliqua Ebby d'une voix rauque qui avait peine à jaillir de sa gorge douloureuse, que vous devez me confondre avec quelqu'un d'autre. J'ai fait partie de l'OSS pendant la guerre, c'est vrai. Mais, après la guerre, j'ai terminé mes études de droit et j'ai travaillé chez Donovan, Leisure, Newton, Lumbard et Irvine au numéro deux, Wall... »

Ebby vit une paire de souliers noirs quitter le halo d'obscurité pour s'approcher de lui d'une démarche volontairement chaloupée. Un instant après, un homme massif vêtu d'un large costume civil masqua plusieurs projecteurs tandis qu'un coup sec et précis atteignait Ebby en plein sur la cavité péritonéale, vidant l'air de ses poumons et lui envoyant comme une décharge électrique de douleur jusqu'au bout des orteils. Puis des mains rudes le soulevèrent du sol et le remirent sur le tabouret, où il resta assis, plié en deux, serrant son ventre à deux bras.

À nouveau, la voix doucereuse surgit de l'obscurité : « Veuillez avoir l'amabilité de décliner votre identité complète. »

Ebby respirait par saccades altérées. « Elliott… Winstrom… Ebbitt.

– Peut-être nous donnerez-vous votre grade à présent. »

Cela paraissait une question tellement anodine. Pourquoi faire tant d'histoires ? Il allait leur donner son nom, son grade, son niveau de solde, et ils le laisseraient se recroqueviller sur la planche en bois, dans la cellule humide qui puait l'urine et le vomi. Il ouvrirait son œil valide et regarderait l'ampoule nue qui pendait au plafond en se remémorant le soleil qui se balançait comme un pendule, très haut au-dessus du mât ; il sentirait la houle apaisante de l'Atlantique enfler sous le pont et goûterait l'air salin sur ses lèvres. « Mon grade… »

Puis il entrevit soudain le regard dur de son ex-femme. Il entendit la voix de gorge d'Eleonora, chargée d'exaspération : « Quoi que tu fasses, tu n'égaleras jamais ton père, à moins de passer devant un peloton d'exécution. »

« Mon père n'a rien à voir là-dedans, s'écria Ebby, même s'il comprit à l'instant où il prononçait ces mots que son père avait en fait tout à y voir.

– Pourquoi nous parlez-vous de votre père ? fit la voix doucereuse dans les ténèbres au-delà des projecteurs. Nous ne sommes pas psychanalystes. Nous voulons juste connaître votre grade. C'est tout. »

Ebby força les mots à sortir un par un de ses lèvres parcheminées : « Allez… vous… faire… foutre. »

Le costume civil trop lâche fit mine de s'approcher à nouveau, mais la voix lénifiante aboya un mot en hongrois, et l'homme disparut dans l'ombre. Les projecteurs s'éteignirent, et la salle fut plongée dans un noir d'encre. Deux mains arrachèrent Ebby à son tabouret en le soulevant par les aisselles et lui firent traverser la pièce jusqu'à un mur devant lequel on le mit debout. Un lourd rideau s'écarta devant son visage, découvrant un épais panneau vitré et, derrière, une pièce éclairée par des projecteurs. Il y avait un tabouret vissé dans le sol, au milieu, et, dessus, une silhouette de porcelaine fantomatique. Ebby cligna fortement de son œil ouvert. La silhouette se précisa avec la lenteur d'un mouvement effectué sous l'eau.

La guide du musée, la femme d'un Hongrois nommé Németh, la maîtresse du poète Arpád Zelk, se tenait, voûtée, sur le tabouret. Elle était nue à l'exception d'une culotte rose pâle sale qui pendait sur une hanche à cause de l'élastique déchiré à la taille. Elle avait un bras en travers de la poitrine. Les doigts de son autre main tripotaient une incisive cassée. Des silhouettes sombres d'hommes se tenaient tout autour de la salle et, de toute évidence, interrogeaient la jeune femme bien qu'aucun son ne franchît l'épais panneau de verre. Elizabet écartait les questions d'un mouvement de tête nerveux.

L'une des silhouettes s'approcha d'elle par-derrière et, la saisissant par les coudes, lui ramena les bras en arrière. Puis la femme forte en longue blouse blanche de boucher s'approcha d'elle d'un pas lourd. Elle brandissait une paire de tenailles. Ebby essaya de se détourner, mais des mains fortes lui collèrent la figure contre la vitre.

Les lèvres enflées d'Elizabet hurlèrent pour faire cesser la douleur tandis que la femme lui mutilait le bout d'un sein.

Ebby fut saisi de haut-le-cœur, mais ne parvint à cracher qu'un peu de bile du fond de sa gorge.

« Je m'appelle Elliott Winstrom Ebbitt, annonça Ebby dès que deux hommes l'eurent ramené sur son tabouret. Je suis un officier de la Central Intelligence Agency des États-Unis d'Amérique. Mon solde correspond à un niveau GS-15. »

Dissimulant à peine son sentiment de triomphe, l'homme qui l'interrogeait demanda, toujours dans l'ombre : « Quelle était votre mission à Budapest ? Quel message avez-vous apporté au contre-révolutionnaire Arpád Zelk ? »

La lumière des projecteurs fit couler les larmes au coin de l'œil ouvert d'Ebby. Les essuyant du revers de la main, il détecta une autre voix qui murmurait à l'intérieur de son cerveau. C'était celle de M. Andrews, l'instructeur manchot au centre de formation de la Compagnie. « Ce n'est pas la douleur, mais la peur qui vous brise. » Il entendait M. Andrews lui répéter cet avertissement sans relâche, comme un saphir coincé sur le sillon d'un disque. Pas la douleur, mais la peur ! Pas la douleur, mais la peur !

Les mots qui résonnaient dans son cerveau devenaient de plus en plus faibles et Ebby, qui cherchait désespérément à s'y raccrocher, s'enfonça très profondément en lui-même. Plongeant dans un abîme de perplexité, il découvrit alors qu'il ne craignait ni la douleur ni la mort ni le néant au-delà de la mort ; *il avait peur d'avoir peur.*

Cette découverte le réjouit – et le délivra.

Son père avait-il eu la même révélation réjouissante le jour où on l'avait attaché au poteau de but d'un terrain de foot ? Cela expliquait-il le sourire qui flottait sur ses lèvres quand les Allemands l'avaient tué à coups de baïonnette parce qu'ils manquaient de munitions ?

Ebby eut la sensation qu'on venait de lui retirer une grosse tumeur maligne des entrailles.

« Le message, je vous prie ? fit la voix dans l'obscurité. Je voudrais vous rappeler que vous n'avez pas l'immunité diplomatique. »

À nouveau, Ebby força les mots à sortir de ses lèvres. « Va… te faire… foutre… mon pote. »

4

Washington, DC, dimanche 21 octobre 1956

L'ambiance était plutôt calme dans les couloirs de l'Allée-aux-Cafards. Les jeunes officiers traînaient devant les stands de café et beignets en parlant à voix basse. Une crise se préparait. Les détails se faisaient rares. Il semblait bien que quelque part sur le terrain, un homme de la Compagnie était en péril. Leo Kritzky, dont la promotion récente au poste de chef adjoint de la Division de la Russie soviétique à la direction des opérations avait coïncidé avec la naissance de ses jumelles, en savait plus que la plupart. Le DCI, Allen Dulles, qui avait été réveillé à trois heures du matin par l'officier de service pour lui communiquer un message très confidentiel estampillé CRITIC du chef d'antenne de la CIA à Budapest, convoqua les personnes clés dès le dimanche pour un conseil de guerre très matinal. Leo, qui représentait son patron parti en congé de maladie, y assista. Adossé au dossier en cuir souple de son fauteuil Eames, ses lunettes obscurcies par le soleil qui entrait à flots par la fenêtre, Dulles mit tout le monde au courant : E. Winstrom Ebbitt II, en mission à Budapest sous couverture (et sans immunité diplomatique), n'était pas rentré à son hôtel la veille au soir. Une vérification auprès des commissariats et hôpitaux de la ville n'avait rien donné. L'AVH hongroise qui, par mesure de routine, vérifiait les faits et gestes de tous les Américains de passage, faisait l'imbécile : oui, ils savaient qu'un juriste new-yorkais appelé Ebbitt avait rejoint l'équipe de négociateurs du Département d'État à l'hôtel Gellért ; non, ils ne savaient rien de ses déplacements ; il allait sans dire qu'ils allaient ouvrir une enquête et tiendraient les Américains informés s'ils apprenaient quoi que ce soit.

« Ces salauds mentent comme des arracheurs de dents, assura Dulles aux hommes rassemblés dans son vaste bureau. Si, pour une raison ou pour une autre, Ebbitt avait décidé de disparaître, la première chose qu'il aurait faite aurait été de nous prévenir – avant de quitter Washington, il avait mémorisé les coordonnées d'un intermédiaire hongrois équipé d'une radio et de codes.

On a même prévu une procédure d'urgence pour l'exfiltrer de Hongrie au cas où sa couverture ne tiendrait pas. »

Une demi-heure après le début de la réunion, le DD-O, Frank Wisner, appelait de Londres, première étape de sa tournée des antennes européennes, pour leur rappeler à tous que l'AVH hongroise n'était rien de moins que l'enfant naturelle du KGB soviétique. « N'oubliez pas ceci, leur dit-il depuis l'autre côté de l'Atlantique avec son inimitable voix traînante. Quand le KGB éternue, c'est l'AVH qui s'enrhume. »

« Le Wiz n'a peut-être pas tort, avança Bill Colby lorsque la communication s'interrompit. On n'est pas près de marquer le premier point avec l'AVH. D'un autre côté, le KGB a tout intérêt à conserver le *modus vivendi* tacite entre nos services de renseignements. »

Les chefs de département lancèrent des idées pendant encore une vingtaine de minutes. On encouragerait le Département d'État à déposer une plainte en règle auprès du ministère des Affaires étrangères hongrois, bien que personne parmi ceux qui se trouvaient autour du bureau de Dulles ne se fît la moindre illusion sur un éventuel résultat. Une voie de communication serait ouverte, via l'intermédiaire hongrois, pour déterminer si Ebby avait effectivement rencontré cet Arpád Zelk et les autres membres du mouvement de résistance. Un agent dormant à l'AVH serait réactivé par l'intermédiaire de son officier traitant en Autriche, mais cela prendrait du temps ; si les Hongrois avaient intercepté Ebbitt, l'agent aurait peut-être eu vent de quelque chose. Leo, encore assez nouveau pour lever le doigt quand il voulait parler en présence du DCI et des divers chefs de département, sentit le regard dur de Dulles se poser sur lui lorsqu'il proposa de mettre le Sorcier sur l'affaire ; celui-ci, suggéra Leo, pourrait rencontrer son homologue du KGB à Berlin et lui montrer les désavantages qu'il y aurait pour les deux côtés à laisser leurs administrations satellites prendre des trophées. L'un des analystes se demanda tout haut si le fait de s'adresser aux Russes à propos d'Ebbitt ne minerait pas les chances qui lui restaient de pouvoir s'en tenir à sa couverture d'avoué new-yorkais.

Leo secoua pensivement la tête. « S'ils se sont emparés d'Ebbitt, c'est parce que sa couverture est déjà grillée. Le problème est maintenant de le sortir de là vivant et en un seul morceau. »

Derrière un nuage de fumée de pipe, Dulles acquiesça lentement. « Je ne me souviens pas de votre nom, dit-il à Leo.

– Kritzky. Je représente... » Il donna le nom du patron de la Division de la Russie soviétique.

« L'idée d'envoyer Torriti voir les Russes pour leur remettre les idées en place me plaît bien, décréta Dulles en observant Leo par-dessus ses lunettes. Venant du Sorcier, la menace de représailles sera prise au sérieux ; Torriti n'est pas un plaisantin. » Dulles releva sa manchette pour consulter sa montre.

«C'est le début de l'après-midi à Berlin. Il pourra peut-être faire quelque chose dès aujourd'hui. Faites une note, Kritzky. Je la signerai.»

Avec les années, le corps massif de Torriti avait perdu de son agilité, mais pas sa tête. La version déchiffrée du câble Action immédiate de Dulles arriva sur son bureau alors qu'il était vautré dessus et cuvait en ronflant la gueule de bois laissée par la bouteille de whisky irlandais d'âge canonique qu'il s'était enfin décidé à ouvrir ; il s'agissait d'un cadeau du Rabbin pour fêter le nouvel an juif. («Puisse 5717 t'apporter la célébrité, la fortune et un transfuge du Politburo», avait écrit ce dernier dans le mot pince-sans-rire qui accompagnait la bouteille. «À part ça, puisses-tu vivre assez longtemps pour voir 5718.») Le Sorcier se secoua donc de sa léthargie, mit les lunettes qu'il avait commencé à porter pour lire les petits caractères imprimés et digéra les ordres de Dulles avant d'aboyer à l'adresse de Mlle Sipp par la porte entrouverte : «Mettez-moi la main sur McAuliffe... et dites-lui de descendre ici. *Pronto.*»

«De Washington, ça paraissait sans doute évident, fit remarquer Jack – maintenant chef adjoint de la base de Berlin – quand il eut parcouru le câble Action immédiate. «Un de nos types est tombé entre les mains de l'AVH à Budapest. S'il lui arrive quoi que ce soit, on grille la plante des pieds de quelqu'un du KGB. Jusque-là, ça va. Mais, nom d'un chien, comment Dulles pense-t-il qu'on va entrer en contact avec le *rezident* du KGB de Karlshorst aussi rapidement – enfin, ce n'est pas comme s'il suffisait de prendre le téléphone, de faire son numéro et de l'inviter à Berlin-Ouest prendre une tasse de thé en toute amitié.

– Je savais que tu trouverais quelque chose d'original», commenta Torriti. Il tira le téléphone de l'autre côté du bureau, passa les doigts de ses deux mains dans ses cheveux rares afin d'être présentable pour la conversation téléphonique qu'il s'apprêtait à avoir. De la poche de son pantalon froissé, il tira une petite clé attachée à une longue chaîne fixée à sa ceinture. Il inséra alors en plissant les yeux la clé dans la serrure du tiroir supérieur droit de son bureau, l'ouvrit et fouilla dans les boîtes de munitions jusqu'à ce qu'il trouve le petit agenda scolaire utilisé par les enfants allemands qui lui servait de carnet d'adresses. «Karlshorst, ça s'écrit avec un C ou avec un K ? demanda-t-il à Jack.

– Un K, Harvey.

– Voilà. *Rezidentura* de Karlshorst.» Le Sorcier glissa l'index dans les trous du cadran téléphonique et composa le numéro. Jack entendit la sonnerie résonner à l'autre bout du fil. Une femme répondit en russe.

Torriti parla lentement, articulant chaque syllabe. «Trouvez-moi quelqu'un qui parle l'anglais d'Amérique.» Il répéta plusieurs fois «l'anglais d'Amé·

rique». Au bout d'un long moment, quelqu'un d'autre répondit. «Écoutez, l'ami, fit Torriti aussi patiemment que possible. Je veux que vous alliez dire à Oskar Ougor-Jilov que Harvey Torriti veut lui parler.» Des plis se formèrent sur le front du Sorcier tandis qu'il épelait son nom. «T-O-R-R-I-T-I.» Il y eut à nouveau une longue attente. Puis : «Bon Dieu, Oskar, comment ça va? C'est Harvey Torriti. Oui *le* Harvey Torriti. Je crois qu'il faut qu'on parle. Non, pas au téléphone. Face à face. D'homme à homme. J'ai un message de mes sommités pour vos sommités. Le plus tôt sera le mieux.» Torriti écarta le combiné de son oreille et fit la grimace. Jack perçut le son minuscule de quelqu'un qui faisait un effort pour sortir une phrase cohérente en anglais avec un fort accent russe. «Vous vous fichez de moi ! aboya Torriti dans le micro. Il n'est pas question que je mette les pieds à Berlin-Est. J'ai une autre idée. Vous connaissez l'aire de jeux de la forêt de Spandau, dans le secteur britannique ? Il y a une patinoire en plein air qui se trouve juste à la frontière. Je vous retrouve au milieu de cette patinoire à minuit.» Le *rezident* du KGB grogna quelque chose. Torriti lui répondit : «Vous pouvez amener autant de sbires que vous voudrez, du moment que vous venez seul sur la glace. Oui, apportez deux verres. Je fournirai le whisky», ajouta-t-il avec un ricanement.

Le Sorcier raccrocha. Jack demanda : «Comment comptez-vous jouer ça, Harvey ?»

Torriti, parfaitement sobre et réfléchissant vite, examina Jack. «Ça va pas rigoler», dit-il.

La pleine lune surgissait fugitivement entre les nuages, transformant la glace de la patinoire en marbre nacré. Sur le premier coup de minuit, deux fantômes surgirent des bois de part et d'autre de la patinoire et avancèrent sur la glace à petits pas prudents, les pieds bien à plat. Oskar Ougor-Jilov, personnage sec d'une cinquantaine d'années portant un pantalon large fourré dans des caoutchoucs et une chapka de fourrure aux rabats relevés, tenait deux verres à vin dans une main et un gros talkie-walkie russe dans l'autre. Le Sorcier, nu-tête, fermait à deux mains son grand pardessus vert lui arrivant aux chevilles (il lui manquait deux boutons) et portait une bouteille d'alcool de l'armée coincée sous son bras. Au moment où les deux hommes se tournaient autour avec circonspection au centre de la patinoire, un énorme transporteur de l'US Air Force rugit au-dessus de la cime des arbres, fonçant vers l'aéroport de Tegel, dans la zone française de Berlin.

«On est pile sous le couloir aérien», cria Torriti à son homologue russe.

Ougor-Jilov porta le talkie-walkie à sa bouche et marmonna quelque chose dedans. Il y eut un couinement perçant en guise de réponse. Le Sorcier agita la bouteille. Le Russe acquiesça et tendit les deux verres, que Torriti remplit de whisky avant d'en prendre un par le pied, de saluer le *rezident* du KGB et de le vider comme s'il ne contenait rien de plus fort que du jus de pomme. Pour ne pas se laisser distancer par un Américain, Ougor-Jilov rejeta la tête en arrière et but son verre cul sec.

« Vous avez une famille ? » s'enquit Torriti en glissant sur la pointe des pieds d'un côté puis de l'autre du Russe. Il était hypnotisé par la petite touffe de poils frisés qui poussait juste sous la lèvre inférieure d'Ougor-Jilov.

La question de Torriti amusa le Russe. « Vous me donnez rendez-vous à minuit dans un coin perdu pour savoir si j'ai une famille ?

– J'aime bien connaître les gens contre qui je me bats.

– Je suis marié, dit le Russe. J'ai deux fils, qui vivent tous les deux à Moscou. L'un est ingénieur dans l'industrie aéronautique, l'autre journaliste à la *Pravda*. Et vous, *Gospodine* Harvey Torriti… avez-vous une famille ?

– J'ai eu une femme autrefois, fit le Sorcier avec regret. Je n'en ai plus. Elle n'appréciait pas vraiment mon genre de travail. Elle n'appréciait pas non plus mon penchant pour la boisson. Bon, Oskar – ça ne vous embête pas si je vous appelle Oskar ? –, vous ne voudriez pas passer à l'Ouest, par hasard ? » Quand Torriti vit l'air mauvais sur le visage du Russe, il éclata de rire. « Hé, mon gars, calmez-vous. Je vous faisais juste marcher. Vous savez, quoi, je blaguais, je plaisantais. Vous devriez vous lâcher un peu, vous les Russes. Faudrait arriver à vous décoincer. À avoir le sens de l'humour. » Soudain, Torriti devint sérieux. « Si je vous demande ce qu'il en est de votre famille, Oskar, mon chou, fit-il, la tête penchée de côté comme s'il évaluait les mensurations du Russe pour un cercueil, c'est que… »

Torriti proposa un autre verre à Ougor-Jilov, qui déclina d'un signe de tête appuyé. Il remplit alors son propre verre et reposa précautionneusement la bouteille sur la glace. « Imaginez que vous passiez l'arme à gauche, Oskar – c'est une expression qui signifie casser sa pipe, bouffer les pissenlits par la racine, passer à la caisse, *mourir*… votre famille touchera-t-elle une pension ?

– Si c'est une menace, je vous informe que deux tireurs d'élite ont votre tête dans leur viseur pendant que nous parlons. »

Torriti tordit les lèvres en un sourire paillard. « Si je ne quitte pas la glace entier, mon gars, vous imaginez bien que vous non plus. Écoutez-moi, Oskar, ce n'était pas une menace. C'était une hypothèse. Je me sens *concerné* par ce qui pourrait arriver à votre famille si on commençait à s'entretuer. On est quand même du KGB et de la CIA, je veux dire, on ne fait pas partie de vulgaires clans de la Mafia, d'accord ? On est des organisations civilisées même si on est de deux bords différents et qu'on ne voit pas de la même façon ce qui fait que des élections libres sont libres, ou qu'un procès doit se dérouler d'une certaine façon et pas autrement, ce genre de choses. Mais on fait attention de ne pas… »

Le ronronnement guttural d'un petit avion à hélices passant bas au-dessus de Spandau noya les propos du Sorcier.

« Oui, comme je le disais, on fait attention, vous et moi, votre KGB et ma CIA, à ne pas nous faire de mal. »

Ougor-Jilov avait l'air perdu. « Pour autant que je sache, on ne se fait pas de mal.

– Vous ne savez pas grand-chose alors, rétorqua le Sorcier sur un ton glacé. Le fait est que vous détenez l'un de nos hommes.

– Je n'ai entendu parler d'aucun...

– Ça se passe à Budapest, mon gars. La personne en question a disparu des écrans radars depuis vingt-quatre heures. »

Le Russe parut soulagé. « Ah, la Hongrie ! Ça complique les choses. L'AVH hongroise est parfaitement autonome...

– Autonome, mon cul ! Pas de ces conneries avec moi, Oskar. Le KGB contrôle l'AVH comme il contrôle tous les services de renseignements d'Europe de l'Est. Vous allez aux chiottes et ils tirent la chasse. » Par-dessus l'épaule du Russe, une lampe torche approcha de l'orée du bois, décrivit un cercle puis s'éteignit. Torriti se rapprocha en glissant d'Ougor-Jilov. « Qu'est-ce qui se passerait, tout de suite, si je fourrais ma main dans ma veste et que j'en sortais une arme pour vous la coller dans le bide ? »

Le Russe plissa les yeux ; il n'était visiblement pas homme à s'affoler facilement. « Vous ne commettriez pas une erreur pareille, Torriti, fit-il doucement. Un tel geste serait une forme de suicide. »

Avec un hochement de tête, le Sorcier vida son whisky et se lécha bruyamment les babines avant de poser le verre sur la glace. Puis, avec des mouvements très décidés, il glissa la main droite dans son pardessus et en tira le revolver à manche de nacre. Le Russe se figea. Le canon brilla au clair de lune lorsque Torriti leva l'arme au-dessus de sa tête pour que tous puissent le voir d'un bout à l'autre de la patinoire. Ougor-Jilov retint son souffle, dans l'attente d'une détonation. Avec un sourire amer, le Sorcier releva le chien et colla l'extrémité du canon contre le ventre du Russe. « On dirait que les dindes qui vous protègent se sont endormies », fit-il remarquer. Puis il tira.

Le chien retomba contre son support avec un bruit creux.

« Merde, grommela Torriti. J'ai dû oublier de charger cette saloperie. »

Tout en maudissant Torriti dans un flot de russe guttural, Ougor-Jilov se mit à reculer vers son côté de la patinoire.

« S'il arrive quoi que ce soit à notre gars de Budapest, lui lança Torriti, je charge mon pistolet et c'est à vous que je m'en prends. Il n'y aura pas un endroit en Allemagne où vous pourrez vous cacher. Vous me comprenez, Oskar ? Comme dit mon ami le Rabbin, si notre homme perd une dent, vous perdez une dent. S'il devient aveugle, vous devenez aveugle. Et s'il arrête de respirer, votre femme commence à toucher une pension de veuve du KGB. »

Torriti ramassa la bouteille et le verre, sur la glace, et se resservit. Puis, marchant vers les bois les pieds bien à plat tout en chantonnant, il but une bonne rasade d'alcool bien méritée.

« Alors, ils étaient combien ? » demanda le Sorcier à Jack. Ils se trouvaient serrés à l'arrière d'un break rempli d'agents de la base de Berlin. Doux Jésus conduisait. Une deuxième voiture les suivait.

« Six. Deux avec des fusils à lunette, deux avec des mitraillettes, un avec des jumelles, un avec un talkie-walkie.

– Il y a eu de la résistance ? »

Jack ricana. « Ils étaient tous du genre très raisonnable. Ça s'est vu dans leurs yeux quand ils ont repéré notre artillerie. » Jack sortit une paire de petites jumelles Zeiss de la poche de son duffle-coat et les tendit au Sorcier. « J'ai pensé que vous aimeriez avoir un trophée. »

Torriti, soudain las, laissa ses paupières se fermer toutes seules. « Tu les gardes, Jack. Tu les as bien gagnées.

– D'accord, Harvey, je les garde. Mais on sait tous les deux qui les a gagnées. »

5

Budapest, mardi 23 octobre 1956

Suspendu à un crochet de boucher enchâssé dans le mur de la chambre froide, les membres engourdis par le froid, Ebby sombra dans un sommeil si léger qu'il en émergeait au moindre battement de cils. Lorsque les verrous extérieurs de la porte furent ouverts, il était pleinement réveillé et guettait les pas de ses geôliers avant qu'ils n'entrent dans la chambre. Il était content qu'on vienne enfin le chercher ; entre les séries de coups, il serait au moins réchauffé par les projecteurs de la salle d'interrogatoire. L'un des gardiens le saisit par la taille et le souleva pendant que l'autre, debout sur une caisse, détachait son veston et sa chemise du crochet. Ses pieds nus sur le carrelage glacé, Ebby leva les coudes afin qu'on le saisisse sous les aisselles pour l'emmener subir un nouvel interrogatoire. Curieusement, les deux gardiens le soulevèrent avec une douceur inhabituelle, et Ebby comprit que quelque chose avait changé. Les gardiens le firent sortir, à son rythme, de la chambre froide et lui firent remonter un couloir jusqu'à un ascenseur qui l'emporta vers les étages supérieurs. Là, on lui fit suivre un corridor moquetté puis pénétrer dans une chambre chauffée où trônait un lit en bois avec des draps, un oreiller et des couvertures. Plus étonnant encore, la pièce était équipée d'une lampe de chevet tamisée, qui pouvait sans doute s'éteindre la nuit. Il y avait, dans un coin, des waters avec chasse d'eau et une petite baignoire, ainsi qu'une fenêtre abritée par un volet à lamelles qui laissait filtrer des bruits de circulation.

Le son d'un avertisseur dans la rue eut soudain à son oreille la douceur d'une musique.

Une petite femme massive aux cheveux gris et rêches, qui portait un stéthoscope autour du cou, frappa à la porte et entra. Elle adressa un sourire impersonnel à Ebby et commença à l'examiner. Elle écouta son cœur, lui glissa un thermomètre sous la langue et (visiblement habituée à traiter les prisonniers interrogés pas l'AVH) vérifia si l'une de ses côtes endolories n'était pas cassée. Puis elle entreprit de lui masser les membres afin de rétablir la circulation sanguine. Avant de partir, elle désinfecta les marques de coups sur sa poitrine, appliqua un baume sur sa paupière enflée et posa un verre d'eau et deux cachets sur la table en lui indiquant par signes de les prendre avant de dormir. Une autre femme apparut avec des vêtements propres et un plateau-repas – un bol de bouillon clair, une tranche de pain, une assiette de goulasch et même un bonbon enveloppé dans de la cellophane. Ebby but le bouillon, qui adoucit sa gorge irritée, et parvint à ingurgiter un peu de goulasch. Avant de s'étendre sur le lit, il se traîna jusqu'à la fenêtre et regarda la rue à travers les lattes des persiennes. À en juger par la lumière déclinante, il estima que ce devait être la fin de l'après-midi. Il n'y avait pas beaucoup de circulation, mais la rue était pleine de jeunes qui s'interpellaient les uns les autres en filant tous dans la même direction. Un camion découvert chargé d'étudiants qui criaient ce qui semblait être des slogans et brandissaient de grands drapeaux hongrois fonçait lui aussi dans le même sens.

Se retenant au dossier d'une chaise chargée de linge propre, Ebby retourna vers le lit et éteignit la lampe au passage. Il se déshabilla complètement, jetant ses vêtements sales par terre, se glissa dans les draps et étendit lentement ses membres douloureux en s'efforçant une fois encore de formuler des questions pertinentes.

Pourquoi l'AVH prenait-elle soudain des gants avec lui ?

Il pouvait deviner que les représentants du Département d'État de l'hôtel Gellért avaient alerté l'ambassade en ne le voyant pas rentrer ; que le chef d'antenne de la Compagnie à l'ambassade avait déclenché l'alarme à Washington. La Compagnie avait-elle osé aborder le sujet de la disparition de son agent avec le KGB ? Il savait qu'il y avait une entente tacite entre les deux services de renseignements ; il y avait des exceptions, bien sûr, mais en général les deux bords essayaient de ne pas se tirer dessus. L'AVH – organisation connue pour ses méthodes brutales – avait-elle agi derrière le dos du KGB afin d'éradiquer les trublions locaux ? Le KGB avait-il passé un savon à l'AVH ? Est-ce qu'on l'engraissait avant l'exécution ou bien finirait-on par l'échanger contre un agent du KGB tombé entre les mains des Américains ?

Et que signifiait cette foule de jeunes qui filaient dans la rue, sous la fenêtre ? Se rendaient-ils à un match de foot ou à un grand rassemblement communiste ? Mais s'il s'agissait d'un rassemblement communiste, comment expliquer le détail ahurissant qui avait accroché son regard : l'emblème du communisme – le marteau et la gerbe de blé qui se trouvaient au centre du drapeau hongrois blanc, vert et rouge – avait été arraché des étendards que brandissaient les étudiants dans le camion.

Le lendemain matin, à l'aube, on frappa doucement à sa porte. Un instant plus tard, la lampe de chevet s'alluma. Ebby s'assit avec peine et remonta la couverture jusqu'à son menton mangé de barbe. Un homme presque nain – Ebby estima qu'il devait mesurer un mètre cinquante-deux à tout casser –

portant le bouc, la moustache et des lunettes à montures foncées sur son visage rond, approcha une chaise du lit. Lorsqu'il s'assit, ses pieds touchaient à peine le sol. Il ouvrit un boîtier métallique et proposa une cigarette à l'Américain. Ebby refusa, et son visiteur en prit une pour lui-même, la tapota pour en tasser le tabac et la coinça entre ses lèvres incroyablement épaisses. Il alluma la cigarette et en tira une pleine goulée avant de se détourner pour expirer un jet de fumée. « Pour les besoins de cette conversation, vous pouvez m'appeler Vassili, dit-il en se retournant vers Ebby. Permettez-moi tout d'abord de vous assurer que je regrette le – comment pourrais-je appeler ça ? – le *zèle* avec lequel certains de mes collègues hongrois vous ont interrogé. Mais il faut les comprendre. L'insurrection couve à Budapest et dans tout le pays. Il n'est pas étonnant que mes collègues hongrois trop nerveux aient voulu apprendre au plus vite quelles instructions vous apportiez au contre-révolutionnaire Arpád Zelk, ne serait-ce que pour mieux anticiper les directives qu'il donnera vraisemblablement à la foule. Vous vous êtes comporté de façon remarquable, monsieur Ebbitt. Quoique nous soyons adversaires, vous et moi, vous avez – prenez-la pour ce qu'elle vaut – toute mon estime. » Le Russe se racla la gorge avec une certaine gêne. « La ressortissante anglaise qui a été arrêtée le même soir que vous n'a pas pu supporter les méthodes persuasives d'interrogatoire de l'AVH. Nous connaissons donc à présent le contenu du message que vous avez porté à Zelk.

– J'ai assisté par une vitre aux méthodes *persuasives* de l'AVH, remarqua Ebby sur un ton caustique.

– Monsieur Ebbitt, votre satellite – vos Allemands, par rapport aux nôtres – ont utilisé des méthodes d'interrogatoire bien plus terribles encore pour convaincre des agents capturés de divulguer leurs petits secrets. Vous êtes un officier des renseignements confirmé. Nous n'allons tout de même pas ergoter sur des méthodes d'interrogatoire, d'accord ?

– La femme est-elle encore en vie ? »

Le Russe tira pensivement sur sa cigarette. « Elle vit encore et continue d'être interrogée, annonça-t-il enfin. Mes collègues hongrois espèrent qu'avec son aide ils pourront mettre la main sur Zelk avant... »

De quelque part en ville leur parvint le crépitement d'un tir d'armes à feu ; on aurait dit des pétards au nouvel an chinois. Le Russe eut un rire amer. « Avant que la situation ne sombre dans le conflit total, même s'il semble bien qu'il soit déjà trop tard. Je puis vous dire que la ville est assez agitée. On sait qu'Arpád Zelk a lu des poèmes révolutionnaires à une foule d'étudiants rassemblés autour de la statue du poète hongrois Petöfi un peu plus tôt dans la journée. Vous avez peut-être vu la cohue des étudiants se diriger vers le pont Erzsebet et la statue de Petöfi... »

Il y eut une série de détonations en provenance d'un carrefour voisin. Sous la fenêtre de la chambre, une voiture équipée d'un haut-parleur sur le toit fonçait à toute vitesse en diffusant l'hymne national. Ebby comprit enfin pourquoi l'on avait découpé le marteau et la gerbe de blé au milieu du drapeau national : les étudiants se révoltaient ouvertement contre la férule communiste en Hongrie !

« Ce n'est pas ce que j'appellerais de l'agitation, Vassili. C'est carrément la révolution. »

Un jeune Hongrois en uniforme de l'AVH froissé apparut à la porte et, le souffle court, annonça quelque chose dans un russe incertain. Écrasant sa cigarette sous son talon, Vassili s'approcha de la fenêtre et, se dressant sur la pointe des pieds, regarda entre les lames du volet. De toute évidence, ce qu'il découvrit ne lui plut guère.

« Habillez-vous vite, s'il vous plaît, ordonna-t-il. Une meute d'étudiants s'apprête à donner l'assaut. Nous allons partir par une porte de service. »

Ebby enfila des vêtements propres et, avec des mouvements raides, descendit quatre volées de marches métalliques jusqu'à un garage en sous-sol. Le Hongrois qui venait d'alerter Vassili, un jeune homme osseux affligé d'un tic nerveux aux paupières, se tenait voûté au volant d'une Zil noire rutilante dont le moteur ronronnait. Un deuxième Hongrois, gros officier de l'AVH arborant les barrettes de capitaine juste sous l'épaule et un pistolet-mitrailleur coincé sous un bras, se glissa sur le siège du passager. Vassili fit monter Ebby à l'arrière de la voiture puis grimpa à côté de lui. Le jeune chauffeur démarra puis engagea prudemment la Zil sur une rampe menant à une porte métallique qui coulissait lentement. Dès que l'ouverture fut suffisante, il écrasa l'accélérateur, et la voiture jaillit en trombe du garage dans une petite rue sombre et déserte. Au premier carrefour, il tourna brusquement à droite, prenant le virage sur les chapeaux de roues. Ses phares tombèrent alors sur une foule de jeunes qui marchaient dans leur direction en brandissant des étendards et des banderoles. Vassili aboya un ordre. Le chauffeur freina brutalement, puis mit la marche arrière et commença à reculer. À la lumière des phares, un jeune homme armé d'un fusil se précipita vers eux. Il se laissa tomber sur un genou, visa et tira. Le pneu avant droit éclata, et la Zil, oscillant violemment, s'encastra dans un réverbère. L'homme de l'AVH assis à l'avant ouvrit sa portière à la volée et, s'abritant derrière, vida son chargeur sur les émeutiers. Plusieurs silhouettes s'effondrèrent. Un cri de révolte s'éleva parmi les étudiants qui prirent la Zil d'assaut. Le capitaine de l'AVH chercha désespérément à recharger son pistolet-mitrailleur, mais fut abattu par deux coups de feu rapides. Les portières furent arrachées, et des dizaines de mains extirpèrent les occupants de la voiture. Le chauffeur, Vassili et Ebby furent traînés puis collés contre un mur de briques. Derrière lui, Ebby entendit les culasses de fusils se remettre en place. Levant les mains devant ses yeux pour se protéger des balles, il cria dans le noir : « Je suis américain. J'étais leur prisonnier. »

Une voix hurla quelque chose en hongrois. À la faible lueur émanant des réverbères encore intacts, Ebby vit la foule s'écarter pour laisser passer quelqu'un.

Puis Arpád Zelk surgit de l'obscurité. Il portait une veste de cuir noir, un béret noir et des cuissardes noires et tenait un fusil à la main. Il reconnut Ebby et hurla un ordre. Un jeune homme muni d'une bouteille d'alcool d'où sortait une mèche en tissu se précipita vers Ebby et l'écarta des deux autres prisonniers. Derrière lui, le jeune chauffeur de l'AVH tomba à genoux et supplia à mots décousus qu'on lui laisse la vie sauve. Vassili, le presque nain, sortit avec un sourire ironique l'étui métallique de la poche de sa veste et coinça une cigarette entre ses lèvres. Il craqua alors une allumette et porta la flamme à l'extrémité de la cigarette, mais ne vécut pas assez longtemps pour l'allumer.

Une rangée d'étudiants formant un peloton d'exécution improvisé avait abattu les deux hommes d'une rafale de coups de fusils.

Arpád s'approcha d'Ebby. « Elizabet – vous savez où elle est ? » demanda-t-il, le souffle court. La question ressemblait autant à un souhait qu'à une prière.

Ebby répondit qu'il l'avait aperçue pendant sa détention. Il expliqua qu'il y avait un accès au garage du deuxième sous-sol de la prison, par une petite rue voisine. Arpád brandit le fusil au-dessus de sa tête, cria aux étudiants de le suivre et, attrapant Ebby par le bras, fonça vers la bâtisse de l'AVH. Alors qu'ils approchaient du garage, ils entendirent les manifestants massés devant l'entrée principale, dans la rue perpendiculaire, lancer des slogans tout en essayant de forcer la clôture d'acier. L'étudiant qui avait récupéré le fusil mitrailleur du capitaine de l'AVH s'avança et tira sur la serrure de la porte du garage. Des mains impatientes saisirent le panneau métallique et le firent basculer. Des détonations retentirent à l'intérieur du garage. Une fille aux longs cheveux noirs tressés avec des brins de laine de couleur se tourna vers Ebby et fixa sur lui un regard sans vie avant de s'écrouler à ses pieds. Les étudiants s'engagèrent sur la rampe, plongeant dans l'obscurité la plus totale. Ebby essaya de rester à la hauteur d'Arpád, mais le perdit dans la mêlée. Des coups de feu résonnaient dans tout le garage. Un cocktail Molotov jeté sous une voiture enflamma le réservoir d'essence de celle-ci et le fit exploser. Les flammes léchèrent le plafond de ciment. Leur clarté vacillante permit à Ebby de distinguer des étudiants poussant contre un mur une demi-douzaine d'hommes dépenaillés en uniformes de l'AVH. Puis les étudiants reculèrent pour former une ligne grossière. Arpád lança un ordre. Les balles sifflèrent dans le garage. Les hommes de l'AVH tapis les uns contre les autres s'empilèrent sur le sol.

Arpád ouvrant la marche, Ebby sur ses talons, les étudiants envahirent l'escalier métallique et se répandirent dans tout le bâtiment, abattant tous les hommes de l'AVH qu'ils croisaient, ouvrant les cellules et libérant les prisonniers. Les insurgés découvrirent trois femmes de l'AVH, dont celle qui ressemblait à un sumotori, dans les toilettes du sous-sol, cachées dans les cabines. Ils les firent sortir, leur mirent la tête dans les urinoirs et les exécutèrent d'une balle dans la nuque. Ebby entraîna Arpád derrière l'épaisse double porte qui séparait les bureaux administratifs des cellules. Se retrouvant dans un couloir qui lui parut familier, il se mit à tirer des verrous et ouvrir des portes à la volée. Derrière l'une d'elles, il reconnut sa propre cellule avec la planche en guise de lit et la fenêtre percée très haut dans le mur. Dans une autre, il fit tourner une roue chromée qui déverrouillait une porte épaisse, et sentit en l'ouvrant l'air glacé de la chambre froide.

Contre l'un des murs, Elizabet était suspendue à un crochet de boucher par le col d'une chemise déchirée, ses jambes nues exécutant un pas de danse macabre. Elle ouvrit la bouche et ses lèvres formèrent des mots, mais les sons rauques qui sortirent de sa gorge ne semblaient guère humains. Arpád et Ebby la soulevèrent de son crochet, la sortirent de la chambre froide et l'étendirent par terre. Arpád trouva une couverture sale qu'il étendit sur elle pour dissimuler sa nudité.

Deux jeunes gens – Ebby reconnut l'un d'eux comme étant Mátyás, l'étudiant énervé qui se trouvait à la réunion, dans la planque de Buda – apparurent au bout du couloir, poussant devant eux la doctoresse aux cheveux gris et rêches et un homme d'un certain âge arborant à l'épaule de son uniforme de l'AVH les barrettes dorées de colonel général. Il avait un bras qui pendait mollement de son épaule et le nez en sang. «Elle est médecin», indiqua Ebby à Arpád. Celui-ci bondit et fit signe à la femme de venir s'occuper d'Elizabet. Trop heureuse d'échapper au destin des autres membres de l'AVH qui se trouvaient dans le bâtiment, la femme s'agenouilla auprès de la blessée et lui prit le pouls. Arpád tira un pistolet de sa ceinture et fit signe à Mátyás d'amener l'autre prisonnier. L'officier de l'AVH regarda Ebby et dit, en anglais : «Pour l'amour de Dieu, arrêtez-le!» La dent en or de sa mâchoire inférieure luisait de salive. «J'ai des informations qui pourraient être inestimables pour votre CIA.»

Ebby reconnut la voix – c'était celle qui venait de l'obscurité de la salle d'interrogatoire pour lui demander : «Ayez l'amabilité de décliner votre identité.»

«Il s'appelle Száblakó, l'informa Arpád, ses pupilles réduites à deux petits points de haine. C'est lui qui dirige cette prison, et il est bien connu de tous ceux qui ont été arrêtés par l'AVH.»

Ebby se rapprocha du colonel général de l'AVH. «Comment saviez-vous que j'étais de la CIA? Comment avez-vous su que je travaille pour Wisner? Comment avez-vous su que j'étais en poste à Francfort?»

Száblakó se raccrocha au brin de paille qui pouvait lui sauver la vie. «Prenez-moi sous votre garde. Sauvez-moi de ces gens et je vous dirai tout.»

Ebby se tourna vers Arpád. « Laissez-le-moi – ses informations pourraient se révéler d'une grande importance pour nous. »

Hésitant, Arpád regarda tour à tour Elizabet étendue par terre, Száblakó puis Mátyás, qui protestait d'un mouvement coléreux de la tête. « Laissez-le-moi », souffla Ebby, mais les muscles qui entouraient les yeux du poète se crispèrent, le défigurant et transformant son visage en un masque de mépris. Soudain, Arpád eut un mouvement de tête en direction de la chambre froide. Mátyás comprit instantanément. Ebby essaya de s'interposer, mais Arpád, enragé, le repoussa rudement. Száblakó, comprenant le sort qui lui était réservé, fut secoué de tremblements violents. « C'est le Centre qui nous donnait ses ordres ! » hurla-t-il tandis qu'Arpád et Mátyás l'entraînaient dans la chambre froide. Un hurlement de terreur retentit dans le couloir du sous-sol, suivi par une plainte lugubre digne d'un coyote dont la patte serait prise dans les mâchoires d'acier d'un piège à loup. Les gémissements se poursuivirent jusqu'à ce que Mátyás et Arpád émergent de la chambre froide et en referment la lourde porte derrière eux. Ils tournèrent ensuite la roue chromée, remettant les pointes métalliques de verrouillage dans leurs logements.

Dès qu'il fut sorti de la chambre, Arpád lança un bref regard vers Elizabet, étendue par terre. Il parut fugitivement déchiré entre son désir de rester auprès d'elle et la force qui le poussait à conduire la révolution. La révolution l'emporta. Saisissant son fusil, Arpád sortit rapidement avec Mátyás. Le médecin de la prison désinfectait avec diligence les plaies d'Elizabet puis, avec l'aide d'Ebby, lui enfila une chemise d'homme en flanelle et un pantalon qu'ils remontèrent au maximum et attachèrent avec une cordelette en guise de ceinture. Elizabet ouvrit les yeux et contempla d'un air ahuri le visage d'Ebby, visiblement incapable de le replacer. Elle évalua du bout de la langue l'espace laissé par une incisive manquante. Puis elle porta la main droite à son sein gauche à travers l'étoffe de la chemise, et ses lèvres raidies prononcèrent le prénom d'Ebby :

« Elliott ?

– Bienvenue au monde des vivants, Elizabet, murmura Ebby.

– Ils m'ont fait mal... »

Ebby ne put que hocher la tête.

« Il faisait si froid...

– Vous êtes sauvée, maintenant.

– Je crois que je leur ai dit qui vous étiez...

– Ça ne fait rien. »

Ebby remarqua un évier sale avec un seul robinet au bout du couloir. Il déchira un coin de sa chemise, le mouilla et humecta les lèvres couvertes de sang séché de la jeune femme.

« Que s'est-il passé ? demanda-t-elle d'une voix faible.

– L'insurrection a commencé, répondit Ebby.

– Où est Arpád ? »

Ebby parvint à lui sourire avec une profonde lassitude. « Il essaye de rattraper la révolution pour pouvoir la conduire. »

Alors qu'à l'est des traînées de gris commençaient à teinter le ciel, la rumeur se répandit par toute la ville que les chars soviétiques des 2ᵉ et 17ᵉ divisions blindées avaient déjà atteint les abords de la capitale. Ebby repéra le premier char T-34 portant le nombre 527 peint en blanc sur la tourelle, en train de se mettre lourdement en position à un carrefour pendant qu'Elizabet et lui étaient conduits au cinéma Corvin, au coin des avenues Ulloi et Jozsef, à bord d'une camionnette de livraison de pain. Une fille maigre appelée Margit, dont les longs cheveux blonds s'ornaient de mèches couleur de rouille, était au volant de la camionnette. Ebby avait pris place à côté d'elle, et Elizabet était couchée, recroquevillée sur un matelas à l'arrière. Place Kalvin, cinq chars affichant des caractères cyrilliques peints au pochoir sur la tourelle avaient formé un cercle, leurs canons pointés vers l'extérieur tandis que leurs commandants observaient les alentours à la jumelle par les écoutilles ouvertes. Ebby remarqua les petits drapeaux hongrois attachés aux antennes flexibles de trois des chars ; de toute évidence, les Russes ne cherchaient pas l'affrontement avec les étudiants, dont beaucoup s'étaient armés de cocktails Molotov.

Ebby griffonna une adresse rue du Prater, qu'il avait mémorisée à Washington – c'était l'appartement de l'intermédiaire hongrois qui détenait la radio et les chiffres – et Margit parvint à les y conduire en ne prenant que de petites rues et passages, sans emprunter aucun carrefour contrôlé par les chars russes. L'intermédiaire se révéla être un jeune gitan insouciant nommé Zoltan, avec des pattes en forme de faucille creusant ses joues grêlées et deux dents en acier qui étincelaient quand il souriait. Ebby n'eut aucune difficulté à convaincre Zoltan de le suivre ; le gitan n'avait rien contre le communisme, mais brûlait d'en découdre avec les Russes qui occupaient son pays. Il prit un sac à dos contenant l'émetteur-récepteur, un long poignard à lame recourbée dont le père de son père s'était servi dans des échauffourées contre les Turcs, et un violon dans un étui de toile bricolé maison.

« Je comprends pour la radio et le couteau, commenta Ebby alors qu'ils se glissaient à l'avant de la camionnette. Mais pourquoi un violon ?

– On ne peut pas se battre sans violon, expliqua Zoltan le plus sérieusement du monde. Ce sont les violonistes gitans qui ont mené les Magyars à la guerre contre ces putains de Mongols, O.K., alors ce serait extra si c'était un violoniste gitan, votre serviteur, qui menait les Hongrois à la bataille contre ces putains de Russes. » Il se signa et répéta en hongrois ses propos à Margit, ce qui la fit tant rire qu'elle en eut les larmes aux yeux.

Rue Rákóczi, la camionnette fut soudain entourée par des étudiants qui avaient dressé un barrage de voitures de trolleybus renversées de telle sorte qu'il fallait désormais slalomer pour avancer. En l'air, les câbles électriques pendaient au bout des poteaux. Les étudiants arboraient des brassards aux couleurs de la Hongrie et brandissaient de gros pistolets de la Marine, des fusils allemands vestiges de la Première Guerre mondiale, et, dans un cas, un sabre de cavalerie. Ils devaient avoir reconnu Margit parce qu'ils saluèrent la camionnette pendant toute la traversée de la rue. Sur le trottoir, une vieille femme leva sa canne en criant : *« Eljen ! »* – Longue vie ! Au carrefour suivant, d'autres étudiants sortaient des brassées de costumes d'un grand magasin de vêtements et les empilaient sur le trottoir. Une jeune femme vêtue de l'uniforme gris des conducteurs de tram, sa sacoche à tickets en cuir bourrée de grenades, cria à un groupe d'étudiants qui passaient par là que tous ceux qui se joindraient à eux se verraient donner un costume neuf et cinq cocktails Molotov. Une demi-douzaine d'étudiants la prirent au mot.

Le cinéma Corvin, édifice pareil à un blockhaus rond situé légèrement en retrait de la large avenue, avait été transformé en forteresse et poste de commandement des cinq compagnies organisées à la hâte du soi-disant bataillon Corvin. Dans le hall, une affiche annonçait *Irène, rentrez chez vous* ; quelqu'un avait barré Irène et écrit « Russki » à la place. Au sous-sol, des filles confectionnaient des cocktails Molotov par centaines. La salle de cinéma proprement dite, au rez-de-chaussée d'un ensemble d'appartements sur trois étages, servait d'assemblée libre constituée sur le modèle des « soviets » populaires qui avaient surgi à Petrograd pendant la révolution bolchevique. Des délégués des unités de l'armée hongroise, des écoles et des usines allaient et venaient, et en profitaient pour voter à main levée. À n'importe quel moment, un intervenant assurait avec passion que l'objet du soulèvement était de mettre fin à l'occupation soviétique de la Hongrie et de débarrasser le pays du communisme. Le peuple qui affluait vers Corvin ne pouvait se contenter de simplement réformer le gouvernement et le système communiste existant.

Des étudiants munis du brassard de la Croix-Rouge emportèrent Elizabet sur un brancard vers une infirmerie de fortune, au deuxième étage. Ebby et son radio gitan s'installèrent dans un bureau, au dernier étage d'un immeuble voisin relié au cinéma Corvin par un passage percé dans les murs des immeubles. « Si ces putains de chars russes se mettent à tirer, c'est l'endroit le plus sûr, commenta Zoltan avec un sourire jusqu'aux oreilles. Parce que les canons de ces putains de T-34, ils ne peuvent pas viser aussi haut dans des rues étroites. O.K. » Sur le toit, Zoltan grimpa le long d'une cheminée, pour fixer l'antenne ondes courtes de sa radio, puis entreprit de chiffrer le premier message d'Ebby destiné au poste d'écoute de la Compagnie à Vienne. Ebby y racontait brièvement son arrestation et l'arrivée d'un officier du KGB qui avait essayé de le soustraire à l'AVH, mais avait fini devant un peloton d'exécution improvisé tandis que les insurgés prenaient d'assaut les locaux de la police secrète. Il annonçait avoir vu les premiers chars soviétiques et que certains arboraient, détail révélateur, des drapeaux hongrois. Il faisait également remarquer que les blindés russes qui avaient pris position à Budapest n'étaient pas, pour autant qu'il pût en juger, accompagnés de troupes de fantassins, ce qui impliquait que les Russes seraient incapables de mater la révolution sans l'intervention de l'armée hongroise et de la police régulière de Budapest, forte de 40 000 hommes en uniforme. Or, à l'aube de ce deuxième jour d'insurrection, il ajoutait que l'armée hongroise et la police régulière de Budapest avaient soit rejoint ce qu'Ebby appelait les insurgés (expression qui serait reprise par la presse) soit annoncé leur neutralité.

6

Vienne, lundi 29 octobre 1956

Pendant que la rébellion secouait la Hongrie, des renforts de la CIA affluèrent à Vienne de toutes les antennes de la Compagnie à travers l'Europe. Jack
McAuliffe, détaché de Berlin, se présenta à l'hôtel de cinq étages miteux que
la Compagnie avait loué au bord du canal du Danube, dans la banlieue
ouvrière de Landstrasse. Dirigeant une force d'opération qui travaillait à partir d'un dédale de chambres, au troisième étage, Jack commença à installer
une infrastructure destinée à filtrer les réfugiés qui arrivaient au compte-
gouttes à la frontière austro-hongroise; si la situation se détériorait, ce
compte-gouttes se transformerait certainement en flot, et la Compagnie devait
se tenir prête à le canaliser. La Croix-Rouge autrichienne avait ouvert des
centres d'accueil dans des villages proches de la frontière. La mission de Jack
était de s'assurer que les communistes occupant des postes importants ou
moyennement importants, ainsi que les militaires et fonctionnaires de police
de haut rang, étaient mis à part et interrogés; de s'assurer aussi que la Compagnie avait l'œil sur les réfugiés susceptibles d'être recrutés puis renvoyés
en Hongrie en tant qu'agents.

Tard dans l'après-midi du 29, Jack fut informé que son filtre à réfugiés avait
pris son premier gros poisson dans ses filets : un colonel de l'armée régulière,
qui avait été rattaché à l'état-major général hongrois comme officier de liaison avec la 2ᵉ division blindée soviétique, avait traversé la frontière avec sa
famille pendant la nuit et s'était montré tout prêt à échanger des informations
contre une promesse d'asile politique en Amérique. Jack était en train de faire
un mémo sur le sujet quand un de ses jeunes officiers, tout frais émoulu d'un
stage de gestion S.M. Craw à Alexandrie, Virginie, passa la tête par la porte.
Il allait y avoir un topo dans vingt minutes sur les derniers événements en
Hongrie.

Jack prenait place sur une chaise métallique pliante, au fond de la salle de
banquet, au dernier étage de l'hôtel, quand une jeune femme poussa les portes

battantes de la cuisine. L'officier assis à côté de lui siffla entre ses dents. « En voilà une que je mettrais bien dans mon pieu, dit-il.

– Si c'est elle qui nous fait les topos à partir de maintenant, remarqua un météorologue, ils feraient mieux de nous mettre une cargaison de chaises en plus. »

Jack releva de l'index ses lunettes d'aviateur teintées et examina la jeune femme par en dessous. Celle-ci lui paraissait vaguement familière. Elle portait une jupe bleu pâle qui arrivait à la lisière de ses bottines, un chemisier blanc à jabot de dentelle et une veste d'équitation évasée à la taille. Sa bouche était fardée de rouge à lèvres couleur de fraise. La jeune femme traversa la salle jusqu'à l'estrade, cala son dossier et gratta le micro d'un ongle extrêmement long et extrêmement vernis pour vérifier qu'il marchait. Puis elle contempla les quelque quatre-vingt-dix membres de la Compagnie tassés dans la salle de banquet. « Je m'appelle, commença-t-elle d'une voix autoritaire qui coupa court à toutes les conversations, Mildred Owen-Brack. »

Bien sûr ! Owen-Brack ! Il y avait une éternité, au Cloud Club si chic du Chrysler Building de Manhattan, Jack s'était montré assez stupide pour la draguer, mais elle n'avait pas été intéressée par un coup d'une nuit. « Au revoir, Jack McAuliffe, et bonne chance », lui avait-elle glissé en battant des cils – elle les avait si longs que Jack s'était imaginé qu'elle cherchait à s'en servir pour refroidir son désir.

Sur l'estrade, Owen-Brack faisait un résumé des dernières nouvelles de Hongrie. La vieille garde stalinienne avait été chassée de Budapest, et Imre Nagy, l'ancien président du Conseil hongrois autrefois exclu du parti pour « révisionnisme », revenait à la tête du gouvernement. Nagy, qui prônait un système que les intellectuels communistes surnommait un marxisme à visage humain, avait informé les Russes qu'on ne pourrait le tenir responsable de ce qui se passait en Hongrie, à moins que les troupes soviétiques ne soient retirées de Budapest. En quelques heures, les chars soviétiques qui gardaient les principaux carrefours avaient redémarré et entamé un repli. On avait repéré une longue file de camions de munitions traînant des cuisines de campagne, le fourneau de certaines fumant encore, traversant la banlieue en direction de l'est. La population, convaincue que la révolution avait triomphé, s'était répandue dans les rues pour fêter ça. Sous la pression des militants anticommunistes, Nagy semblait prêt à tester les limites de la patience russe ; un journal non censuré citait une déclaration privée de Nagy assurant qu'il voulait abolir le système du parti unique et organiser des élections libres. Le conseiller politique de l'ambassade américaine estimait qu'en cas d'élections réellement libres, les communistes pourraient s'estimer heureux d'obtenir dix pour cent des suffrages, ce qui marquerait la fin du socialisme en Hongrie. Ce même conseiller avait entendu dire que Nagy envisageait même de faire sortir la Hongrie du Pacte de Varsovie, dirigé par les Soviétiques.

Owen-Brack suggéra ensuite que la question à soixante-quatre mille dollars était de savoir si les Russes resteraient les bras croisés en regardant Nagy sortir la Hongrie de l'orbite soviétique. Les Russes retiraient-ils les 2e et 17e divisions blindées pour gagner du temps – du temps pour que les renforts soviétiques qui se rassemblaient, on le savait, en Ukraine, puissent franchir les ponts flottants par-dessus la Tisza et réoccuper la totalité du pays ?

Après le briefing, Jack s'attarda avec des membres plus jeunes de son service pour discuter de certains détails concernant le programme de filtrage des réfugiés, puis se rendit au bar, au fond de la salle de banquet. Owen-Brack s'y trouvait déjà et bavardait avec deux gros bonnets de la Commission des services armés. Jack commanda un whisky au citron, puis se rapprocha discrètement d'Owen-Brack. Elle retourna vers le bar pour prendre un bretzel et le surprit en train de l'examiner.

« C'est une honte d'être monté jusque-là et de ne même pas profiter de la vue, commenta-t-il. De la fenêtre qui est là-bas, vous pouvez apercevoir le beau Danube bleu qui coule vers la Hongrie. »

Owen-Brack regarda fixement Jack, cherchant visiblement à le resituer. Puis elle claqua des doigts. « New York. Le Cloud Club. Je ne me souviens pas de votre nom, mais je me souviens que vous avez une petite initiale au milieu qui ne représente rien du tout. » Elle rit. « À vrai dire, je ne vous aurais pas reconnu sans la moustache... Vous avez changé.

– Comment ça ?

– Vous avez vieilli. Ce sont vos yeux... » Elle laissa sa pensée en suspens.

« J'ai vieilli et mûri, j'espère.

– Si par "mûri" vous entendez moins arrogant, dit-elle avec un rire musical, vous ne pouviez que vous améliorer. »

Jack sourit. « Lors de notre dernière rencontre, je vous ai proposé une coupe de champagne. Vous m'avez tout de suite percé à jour – vous avez dit que je voulais vous mettre dans mon lit ; et c'était absolument vrai. »

Owen-Brack se mordilla l'intérieur des joues. « Écoutez, dit-elle. J'accepte le verre que vous m'avez proposé à New York. » Elle tendit la main. « Je suis Millie pour mes amis. »

Jack prit la balle au bond. « Jack McAuliffe. Pour vous, Jack. »

Il lui apporta un daiquiri et ils se dirigèrent vers la grande baie vitrée pour admirer le Danube. Mais à cause des chandeliers qui se trouvaient derrière eux, ils ne purent voir que leur reflet. « Qu'est-ce que vous avez fait, depuis ce jour au Cloud Club ? demanda-t-elle à l'image de Jack.

– Un peu de tout.

– Et où avez-vous fait un peu de tout ?

– Ici et là. »

Owen-Brack plissa ses yeux bruns en souriant. « Hé ! je suis habilitée à entendre des informations classées top secret. Je peux lire tout ce que lit Allen Dulles.

– Je suis en poste en Allemagne, à Berlin, concéda-t-il.

– Vous bossez avec ce drôle de numéro, Torriti ?

– Oui, je suis son responsable des opérations.

– Il paraît que Berlin est un secteur plutôt dur.

– C'est ce qu'on dit.

– Je comprends maintenant pourquoi votre regard a mûri. »

Jack quitta le reflet des yeux pour la regarder directement. Et ce qu'il vit lui plut. « Harvey Torriti souffre de crampes d'estomac, de manque d'appétit et d'une douleur plus ou moins continuelle au plexus solaire. Moi aussi. J'imagine qu'on pourrait classer ça en maladies professionnelles. Mais jusqu'à présent, j'ai eu la chance de mon côté – j'ai réussi à survivre aux accrochages qui ont tué votre mari. »

Millie fut touchée. « Merci de vous en être souvenu », souffla-t-elle.

Ils trinquèrent et burent aux accrochages auxquels ils avaient tous deux survécu tant à l'intérieur qu'à l'extérieur de la Compagnie. Jack lui demanda si cela lui disait d'essayer autre chose que la bouffe de l'hôtel. Elle lui répondit : « Bien sûr, pourquoi pas. » Et il l'emmena dîner non loin de là, dans un petit restaurant viennois doté d'une terrasse couverte qui s'avançait au-dessus du canal du Danube. Ils commandèrent de la truite tout juste sortie de l'aquarium du restaurant et grillée au feu de bois et l'arrosèrent d'un vin blanc glacé du Rhin. Jack se détendit peu à peu. Il parla de son enfance en Pennsylvanie et de ses études à Yale qui, avec le recul, lui apparaissaient comme les quatre plus belles années de sa vie. Il lui parla de l'aviron d'équipe, lui expliquant que tous les problèmes disparaissaient dès qu'il fallait se concentrer sur la difficulté d'avoir à manier une rame de près de quatre mètres.

Lorsqu'ils débouchèrent la seconde bouteille de vin, Millie racontait son adolescence à Santa Fe, où elle avait passé la majeure partie de ses loisirs à cheval, à explorer les prairies et canyons infinis. Il y avait eu un semblant d'études dans une fac locale, et puis quatre années de droit à l'université du Colorado, et une rencontre fortuite avec un homme insouciant qui avait dépassé la trentaine et lui avait ouvert un monde à des années-lumière des mystérieux canyons anasazi du Nouveau-Mexique. Il y avait eu une traversée incroyable du Laos et de la Thaïlande, un avortement, une séparation dans la colère, une réconciliation pleine d'émotions. Du fait de ses expériences en Extrême-Orient et de sa connaissance du mandarin, son mari avait été recruté par la Compagnie, et c'est comme ça qu'elle avait eu un premier contact avec la Vinaigrerie ; pour raisons de sécurité, la CIA aimait bien engager aussi l'épouse de ses officiers dans la mesure où cela permettait de garder les petits secrets en famille. Puis, un jour impossible à oublier, le DD-O, Allen Dulles, et son adjoint Frank Wisner étaient venus la voir dans le bureau où elle travaillait à rédiger des contrats pour lui annoncer l'horrible nouvelle : son mari avait été piégé dans une embuscade et tué en faisant passer des saboteurs de Birmanie en Chine. Wisner avait pris la jeune veuve sous son aile, et elle avait occupé divers postes auprès du DD-O. Voilà donc comment elle se retrouvait à dresser un topo de la situation en Hongrie pour de jeunes officiers en attendant que son patron, le Wiz, qui effectuait une tournée des antennes européennes, débarque à Vienne.

Il était onze heures passées quand Jack demanda l'addition et sortit son portefeuille. Il s'arrêta soudain de compter les billets pour la regarder droit dans les yeux. « J'imagine que c'est là que je dois vous demander : votre chambre ou la mienne ? »

Millie retint sa respiration. « Vous êtes sûr de ne pas forcer votre chance ?

– Ce n'est pas ma chance que je force. »

Elle finit son verre de vin. « Je n'ai pas changé d'avis sur les rencontres d'un soir.

– Moi, si. » Jack vint s'asseoir près d'elle sur la banquette et se baissa pour effleurer l'ourlet de sa jupe. « Elles m'intéressent moins qu'avant. »

Il était facile de voir qu'elle était tentée. « Écoutez, je viens juste de faire votre connaissance. Enfin, pour ce que j'en sais, vous pourriez tout aussi bien être un tueur en série. » Elle rit un brin trop fort. « Alors Jack, êtes-vous un tueur en série ? »

Il se concentra sur la trace de rouge à lèvres couleur de fraise au bord de son verre. Cela lui rappelait la couleur des lèvres de Lili le soir où il l'avait retrouvée au ballet et lui avait offert un *Berliner Weisse mit Schuss*. Jack n'arrivait pas à oublier la frêle danseuse qui avait survécu aux bombardements américains, aux soldats russes transformés en pillards et à l'hiver 1947, mais pas à la Stasi est-allemande frappant contre la porte verrouillée des toilettes ; il pouvait se la représenter mentalement en train de se remplir la bouche d'eau avant d'insérer le canon du tout petit pistolet entre ses lèvres couleur de fraise.

« J'ai tué, annonça-t-il sans dévier son regard de celui de la jeune femme. Mais pas en série. »

Elle trouva la réponse irritante. « Si c'est votre conception de la plaisanterie, je vous signale que l'aiguille de mon compteur de rire n'a pas dépassé le zéro. » Puis elle remarqua ses yeux perdus dans le vague, et sut qu'il disait la vérité.

« Merde ! gémit-elle.

– Qu'y a-t-il ?

– Chaque année, pour le nouvel an, je prends la résolution de ne pas me lancer dans une histoire avec quelqu'un qui travaille à la Compagnie. »

Jack lui toucha la main. « Si l'on prend des résolutions au nouvel an, déclara-t-il solennellement, c'est pour avoir la satisfaction de ne pas les tenir. »

Budapest, vendredi 2 novembre 1956

Dès les premières heures de la révolte, dix jours plus tôt, des bandes d'étudiants armés avaient ratissé la ville dans une chasse sanglante aux membres tant détestés de la police secrète hongroise. Traqués comme des animaux jusqu'à leurs cachettes dans des caves et des tunnels de métro, les hommes de l'AVH avaient été sortis dans la rue et exécutés sur-le-champ ; on avait parfois suspendu leurs cadavres à des arbres, la tête en bas, leurs fiches de paie (montrant qu'ils gagnaient beaucoup plus que le travailleur moyen) épinglées à leur pantalon. Peu après minuit, le vendredi, Arpád avait lui-même dirigé une expédition contre un groupe de l'AVH retranché dans un poste de police abandonné d'une banlieue de Pest ; on disait que deux chefs de district communistes connus pour leur brutalité se cachaient là également. Ebby, désireux de prendre la température de la ville pour ce qui était devenu son rapport quotidien à l'antenne de la Compagnie à Vienne, convainquit le poète de le laisser les accompagner.

Les membres de l'expédition s'entassèrent dans six taxis garés dans la ruelle, derrière le cinéma Corvin, empruntèrent une voiture blindée aux soldats hongrois rebelles qui occupaient la caserne Kilian, de l'autre côté du carrefour, puis descendirent l'avenue Jozsef et prirent l'avenue Staline. Partout, Ebby voyait des traces de combat acharné : vitrines fracassées, façades piquées d'impacts de balles, milliers de cartouches vides, tas de pavés arrachés à la chaussée pour servir de barricades antichars, carcasses d'automobiles et de voitures jaunes de trolleybus carbonisées, pavillons noirs accrochés aux fenêtres des appartements en signe de deuil récent. Au parc du Héros, la caravane contourna la statue monumentale de Staline qui gisait à présent sur le trottoir. Elle avait été démontée au chalumeau dès les premières heures de la révolution ; seules les bottes creuses du Petit Père du Peuple, bourrées de drapeaux hongrois, demeuraient encore sur le piédestal rose.

De l'autre côté de l'immense parc municipal, dans une rue sombre bordée d'entrepôts et de garages automobiles, les taxis se garèrent en demi-cercle en face d'un vilain bâtiment de parpaings à un étage qui avait servi d'antenne locale à l'AVH, leurs phares braqués sur les fenêtres obscures. Le canon de la voiture blindée fut orienté vers la porte d'entrée. De la radio d'un des taxis filtrait le son étouffé d'un accordéon en train de jouer : *Qué sera, sera*. Se tenant derrière la portière ouverte de son véhicule, Arpád brandit un porte-voix électrique et lança un ultimatum en hongrois. Sa voix résonnait dans la rue lorsqu'il consulta sa montre. La cigarette roulée coincée entre ses lèvres se consuma jusqu'à lui brûler la peau, mais il le remarqua à peine.

Un instant avant que l'ultimatum de trois minutes n'expire, la porte s'ouvrit et un gros officier de l'AVH aux cheveux gris coupés en brosse émergea, les mains levées si haut au-dessus de sa tête que les poignets de sa chemise blanche sortaient des manches de sa veste d'uniforme chiffonnée. Six autres agents de l'AVH émergèrent en rang à sa suite. Aveuglé par les phares, l'officier s'abrita les yeux d'une main.

« *Polgátárs* » cria-t-il.

Les yeux enflammés de fureur accumulée, Arpád cracha son mégot de cigarette dans le caniveau. « Il aura fallu neuf ans de règne communiste pour qu'on soit soudain devenus des *citoyens* », commenta-t-il à l'adresse d'Ebby.

L'officier de l'AVH lança quelques mots en hongrois, puis rit nerveusement. Derrière lui, un grand type de l'AVH brandissait la photo encadrée de ses trois enfants et demandait pitié. Arpád regarda vers le taxi voisin et fit un signe de tête à Ulrik, qui avait le bras gauche entouré par un bandage sanglant. Ulrik marmonna à son tour quelque chose aux tireurs qui se trouvaient près de lui. Une demi-douzaine d'entre eux appuyèrent leurs armes sur les portières ouvertes des taxis. Ebby, qui observait la scène de derrière la portière ouverte du dernier taxi du demi-cercle, se détourna lorsque les coups de feu partirent. Quand il regarda à nouveau, les sept membres de l'AVH gisaient, fauchés sur le trottoir.

D'autres hommes apparurent aux fenêtres et se mirent à tirer sur les étudiants. Le pare-brise du taxi d'Ebby vola en éclats, et des fragments de verre lui entaillèrent le côté droit du visage. Il pressa un mouchoir contre sa joue pour arrêter le saignement tandis que les étudiants répliquaient, fracassant les vitres et piquetant les parpaings. Un phare explosa avec un sifflement sonore. Le canon de la voiture blindée entra en action, emplissant l'air nocturne glacé d'une âcre odeur de cordite. Une silhouette isolée surgit dans un halo de poussière et de débris à la porte défoncée, agitant un parapluie au bout duquel était fixé un carré de tissu blanc. Les tirs s'interrompirent. Sept hommes et deux femmes de la police secrète, l'uniforme en bataille, sortirent eux aussi pour se tapir contre le mur.

« Pour l'amour de Dieu, cria Ebby à Arpád. Faites des prisonniers. »

Soudain, un commandant de l'AVH se matérialisa dans l'encadrement de la porte. Il tenait une arme collée contre la tête d'une gamine terrifiée qu'il poussait devant lui. Les larmes lui jaillissant des yeux, la gamine, qui ne devait pas avoir plus d'une douzaine d'années, criait d'une voix perçante quelque chose en hongrois. Le commandant de l'AVH, un homme maigre portant des lunettes de soleil dont il ne restait qu'un verre intact, fit signe aux étudiants de le laisser passer.

Il commit l'erreur fatale d'agiter la main qui tenait l'arme. La fille se baissa et détala. Par-delà la lumière aveuglante des phares, un crachement de fusil se fit entendre. Le commandant s'étreignit la gorge et recula comme un homme ivre avant de s'écrouler sur le dos, raide mort. Derrière lui, les autres agents de l'AVH paniquèrent et se mirent à courir en tous sens avant de s'abattre sous le feu des fusils et pistolets. L'une des femmes était presque arrivée au taxi d'Ebby quand une rafale d'automatique lui emporta une partie du crâne.

De l'intérieur du poste de police, des coups de feu isolés retentirent ; Ebby supposa que les chefs de district du parti communiste encore dans le bâtiment venaient de se suicider. Les étudiants se précipitèrent vers la porte et revinrent quelques minutes plus tard, traînant deux corps par les bras. Ils étaient tous deux habillés en civil. L'un d'eux saignait par une blessure superficielle à la tête, mais était encore bien en vie. Ulrik et quelques autres lui lièrent les chevilles avec une corde et le tirèrent vers le trottoir d'en face, jusqu'à un bec de gaz ouvragé datant d'avant-guerre. Puis ils lancèrent le bout de la corde par-dessus une fioriture en fer forgé du lampadaire et le suspendirent, tête en bas, au-dessus du trottoir. Des billets de vingt dollars américains tombèrent des poches de sa veste. Les étudiants empilèrent les billets avec des feuilles mortes, des brindilles et des pages de journaux sous la tête du pendu et y mirent le feu. Lorsque les flammes commencèrent à brûler ses cheveux, l'homme hurla d'une voix hystérique : «Longue vie au communisme !»

Une lueur démente dilatant ses pupilles, Arpád s'avança vers le torse qui se contorsionnait au bout de la corde. Tenant son fusil d'une main, il en introduisit le canon dans la bouche du supplicié et pressa la détente. Le poète fit ensuite demi-tour en essuyant négligemment d'un revers de la main les fragments d'os et de cervelle qui maculaient sa veste de cuir.

Un calme fantomatique – de ces instants figés dont on trouve la forme la plus pure dans l'œil des cyclones – s'empara de Budapest. Une neige légère avait recouvert les collines de Buda pendant la nuit, assourdissant le vacarme des trolleybus jaunes remis en circulation. Dès le matin, les vitriers commencèrent à remplacer les vitrines fracassées ; les Hongrois trouvaient motif de fierté dans le fait que, malgré les vitres brisées, il n'y avait pratiquement pas eu de pillage. Dans toutes les églises de la ville, des cierges brûlaient encore pour fêter le jour des Morts, occasion pour les catholiques pratiquants de ce pays en majorité catholique de prier pour l'âme des morts au Purgatoire.

À midi, le soleil avait fait fondre la neige sur Buda et adoucissait la morsure du vent en provenance du Danube. Alors qu'ils longeaient la rive du fleuve côté Pest, emmitouflés dans des duffle-coats d'emprunt, Ebby et Elizabet entendirent les églises carillonner par toute la ville la fin du service du jour des Morts. Ces cloches, du moins aux oreilles d'Elizabet, semblaient célébrer le triomphe de la révolution et le début d'une ère nouvelle pour la Hongrie. Elle le confia à Ebby.

Celui-ci se montrait moins optimiste. Il y avait eu, selon lui, trop de tueries. Il était vrai que les deux divisions blindées soviétiques s'étaient retirées, mais si les Russes revenaient en force, l'AVH et les communistes reviendraient avec eux, et les règlements de comptes seraient sanglants.

Elizabet se rebiffa. « Ils nous ont torturés, emprisonnés, massacrés pendant des années, s'emporta-t-elle, et c'est eux qui auraient des comptes à régler avec nous ? » Depuis son incarcération, elle avait tendance à fondre facilement en larmes, aussi respira-t-elle profondément plusieurs fois de suite pour chasser la crise.

Évitant les valises ouvertes disposées sur le trottoir pour collecter des dons destinés aux blessés, ils dépassèrent des murs couverts de poèmes, de caricatures et de l'habituel « *Nem Kell Komunizmus* – Nous ne voulons pas du communisme ». Elizabet s'arrêta à un coin pour discuter avec deux journalistes qui distribuaient gratuitement des exemplaires d'un des journaux indépendants de quatre pages qui avaient fait leur apparition dès les premiers jours de la révolution Lorsqu'elle revint vers Ebby, elle brandit le numéro fait main de la *Gazette luté aire* et en traduisit le gros titre : « La révolution, c'est comme les romans, le plus difficile est de trouver la fin. – Tocqueville. » Elizabet traversa une rue pour regarder les deux rangées de tombes fraîches dans un petit triangle d'herbe, au milieu du carrefour ; chaque monticule, et il y en avait une douzaine, disparaissait sous les fleurs et les rubans rouge, blanc et vert. Fixées à des piquets fichés dans le sol à la tête de certaines tombes, des photos montraient des portraits de jeunes filles et de garçons souriants, certains en uniformes scolaires, d'autres en treillis de fortune.

« Les Russes ne reviendront pas, assura Elizabet avec émotion, pour la même raison qu'ils n'ont pas envahi la Yougoslavie pendant toutes ces années : parce qu'ils savent que nos jeunes sont prêts à mourir pour la révolution, et qu'ils emporteront beaucoup de soldats russes avec eux. » À nouveau, ses yeux s'embuèrent. À nouveau elle balaya les larmes du revers d'un doigt. Elle contempla, sur une colline de Buda, sur l'autre rive, la statue de l'archevêque Gellért, au crucifix levé. « Le Purgatoire n'est pas assez grand pour contenir tous les soldats russes qui iront en enfer si jamais les Soviétiques commettaient l'erreur de revenir», dit-elle.

Elle plongea la main dans son duffle-coat pour masser son sein mutilé. Ses yeux s'emplirent à nouveau de larmes. « La vérité, c'est que j'ai peur de pleurer, confia-t-elle.

– Tu as bien le droit de pleurer un bon coup.

– Surtout pas, fit-elle, comme si elle crachait les mots. Je suis terrifiée à l'idée de ne plus jamais pouvoir m'arrêter. »

Pendant que sa blessure cicatrisait, Elizabet se mit à traîner de plus en plus au cinéma Corvin. Elle assistait aux séances du Conseil dans la grande salle ou aux réunions de commissions improvisées dans les petites salles voisines, ou bien entraînait Ebby avec elle dans le long tunnel qui reliait le Corvin à la caserne Kilian, en face, pour bavarder avec les officiers du bataillon de construction des 900 qui s'était rallié à la révolution. Le soir, ils écoutaient (Elizabet traduisant en continu) les débats interminables qui faisaient rage dans les couloirs transformés en dortoirs pour les centaines d'étudiants entassés au Corvin. On faisait parfois appel à Arpád pour lire un de ses poèmes, mais, la plupart du temps, il s'agissait de déterminer jusqu'à quel point et en combien de temps étudiants et ouvriers oseraient pousser le nouveau gouvernement, dirigé par le réformiste Nagy, à couper les liens avec l'Union soviétique et le passé communiste de leur pays.

Selon la radio, des négociations concernant le retrait des forces soviétiques du territoire hongrois étaient déjà en cours ; la délégation russe, dirigée par l'ambassadeur Iouri Andropov, grand escogriffe totalement dépourvu d'humour, et l'idéologue, Mikhaïl Souslov, demandaient simplement que leurs troupes puissent quitter le pays drapeaux au vent et en grande fanfare afin d'échapper à l'humiliation. Dans les couloirs du Corvin, on fit aussitôt taire les quelques voix assez courageuses pour demander s'il était bien sage de quitter le Pacte de Varsovie et de réclamer des élections libres, alors que cela risquait de provoquer les foudres de Moscou. «La révolution avait triomphé, proclama Arpád lors d'un de ces débats de couloir. Pourquoi faire des concessions qui amoindriraient ce triomphe ?

– Et si les Russes estimaient que nous sommes allés trop loin et envahissaient la Hongrie ? questionna un étudiant aux longs cheveux blonds.

– Nous les repousserons encore, répondit Arpád.

– Et s'ils reviennent avec deux mille chars ? insista un autre étudiant.

– Les Américains, promit Arpád en frappant l'air avec une cigarette roulée pour souligner son propos, viendront à notre aide. Les avions de l'OTAN bombarderont les chars russes avant qu'ils n'arrivent à Budapest. L'OTAN nous parachutera des armes antichar pour nous débarrasser des quelques blindés qui auront réussi à passer entre les bombes.» Arpád regarda par-dessus la tête des étudiants pour dévisager Ebby avec un air de défi. «Si nous ne paniquons pas, dit-il, nous vivrons bientôt dans une Hongrie libre et démocratique.» Puis, son visage romain brûlant d'une pieuse ferveur, il frappa l'air du poing en criant : *Ne Bántsd a Magyart!* Les étudiants reprirent alors le slogan en chœur en frappant dans leurs mains.

«Comment pourrions-nous perdre, avec de tels soldats?» cria Elizabet à l'oreille d'Ebby.

Ebby ne put que secouer la tête. Il espérait de tout son cœur qu'Arpád aurait raison ; que les Russes resteraient en Russie. Car s'ils revenaient, ils le feraient en nombre et avec une puissance de feu considérable. Et le monde ne lèverait pas le petit doigt alors qu'Arpád et d'autres comme lui mèneraient les courageux agneaux de Hongrie à l'abattoir.

Une nuit, dans l'obscurité, Ebby entendit Elizabet se tourner et se retourner sur le matelas, en quête d'une position qui puisse soulager un peu sa douleur. Il se demanda quelle heure il était. Un jeune maçon plein d'entrain et qui avait une oreille bandée avait rebouché le trou de tireur dans le mur, ce qui avait eu l'avantage de rendre la pièce plus étanche aux courants d'air mais empêchait désormais Ebby d'être réveillé par la lumière du jour. De temps à autre, il entendait des membres du bataillon Corvin bouger dans le couloir, mais cela ne signifiait pas forcément qu'il faisait jour ; de petits groupes allaient et venaient toute la nuit pour prendre leur tour de garde ou aller patrouiller en ville à pied ou à bord d'un des taxis réquisitionnés. De l'autre côté de la pièce, Elizabet traîna son matelas sur le sol et le releva à moitié contre le mur pour se faire un siège improvisé ; elle paraissait moins souffrir en position assise.

«Elliott...»

Ebby se redressa sur un coude. «Qu'y a-t-il?

– Ça fait mal. J'ai mal. Je ne peux pas dormir. Je ne peux pas ne pas dormir. Je suis malade d'inquiétude.»

Ebby tira son matelas contre le mur, près du sien. Il sentit alors la main de la jeune femme chercher la sienne dans l'obscurité et glisser ses doigts entre les siens.

«Je suis contente que tu sois là, confia-t-elle dans un murmure.

– Tu veux parler ? proposa-t-il.

– J'ai un enfant... une fille...

– Comment s'appelle-t-elle ?

– Elle se prénomme Nellie. Elle aura six ans en janvier.

– Arpád est-il le père ?

– Oui.» Ebby l'entendit essuyer ses larmes. «Je vivais encore avec mon mari quand Arpád et moi... quand nous...

– Tu n'as pas besoin de me donner les détails, intervint Ebby. Où est ton mari – comment s'appelle-t-il, déjà ?

– Németh. Nándor Németh. Son père était un communiste haut placé. Quand nous nous sommes mariés, Nándor était sous-secrétaire au ministère des Affaires extérieures. Il a été nommé à l'ambassade de Hongrie à Moscou il y a deux ans. Il était déjà au courant pour Arpád. J'ai décidé de ne pas l'accompagner...

– Qu'est devenue Nellie ?

– Elle vit avec la sœur de Nándor, dans une ferme collective près de Györ, à quatre-vingt-dix kilomètres de Budapest. Avant que tout ça ne commence – Elizabet poussa un soupir dans l'obscurité – j'allais la voir tous les quinze jours. Tant qu'Arpád n'avait pas rejoint la clandestinité, l'AVH avait pris l'habitude de l'arrêter une à deux fois par mois ; quelquefois, ils l'interrogeaient pendant une semaine entière ; alors, quand Arpád était en prison, je ramenais Nellie avec moi à Budapest, et je la gardais plusieurs jours d'affilée.

– Pourquoi ne pas la ramener à Budapest quand Arpád était là ?»

Elizabet réfléchit un instant. «Il faut comprendre comment fonctionne Arpád – c'est un ardent défenseur de la liberté en général, mais les libertés individuelles, le droit de pouvoir vivre avec sa fille, ne vont pas de soi.» Elle s'éclaircit la gorge. «Le fait est qu'il n'aime pas avoir des enfants dans les jambes. J'aurais pu le quitter, bien sûr. J'ai même essayé plusieurs fois. Mais j'ai toujours fini par revenir la queue basse. Je suis dépendante d'Arpád – c'est comme une drogue et je n'arrive pas à décrocher...»

Ebby lui trouva une voix si blanche qu'il en fut alarmé. Pour la distraire, il lui parla de son fils, qui avait trois ans de plus que Nellie. «Il s'appelle Manny, Immanuel en fait. C'est un gosse intelligent, intelligent et sérieux. Il vit avec mon ex-épouse... je ne le connais plus vraiment... je suis tellement souvent à l'étranger.

– Ce doit être difficile pour toi.»

Ebby ne répondit rien.

Elizabet lui serra un peu plus fort la main.

«Quand tout ça sera fini – la révolution, les tueries, la souffrance, l'euphorie – il faudra qu'on passe tous les deux davantage de temps avec nos enfants.

– Oui, on trouvera un moyen de faire ça.»

«On dirait que vous êtes passé sous un rouleau compresseur», dit le jeune conseiller d'ambassade, Jim Doolittle. C'était le vendredi soir, et ils regardaient tous les deux par une fenêtre au premier étage du Parlement, qui offrait une vue magnifique sur la place immense. Il y avait eu un coucher de soleil flamboyant plus tôt dans la soirée, mais maintenant, les derniers pigments de couleur avaient été aspirés par l'obscurité d'un ciel d'encre. Un feu de joie brûlait au milieu de la place, et un orchestre tsigane improvisé jouait sa musique à la lueur des flammes. De temps à autre, une camionnette découverte apportait des bureaux voisins du parti communiste un chargement de chaises que les gitans fracassaient sur le trottoir pour en faire du bois à brûler. Ebby repéra Zoltan qui dansait autour du feu en balançant son violon coincé sous sa mâchoire.

Zoltan avait-il ses propres sources d'informations ? Le violoniste tsigane se préparait-il à mener les Hongrois au combat contre les Russes ?

Doolittle quitta la fenêtre des yeux pour observer l'ambassadeur américain, son chargé d'affaires politique (supérieur immédiat de Doolittle) et le chef d'antenne de la Compagnie qui s'entretenaient à mi-voix sur un ton pressant avec le président du Conseil hongrois, Nagy, de l'autre côté de la grande salle de réception tapissée de miroirs. Dans un coin, l'un des assistants de Nagy jetait des documents dans un feu allumé dans une cheminée de marbre. « Washington aurait dû nous avertir que vous étiez de la Compagnie, dit Doolittle à Ebby. On vous aurait surveillé de plus près et on aurait pu donner l'alarme plus tôt en ne vous voyant pas rentrer. »

Ebby toucha son œil, encore sensible. « Ça n'aurait rien changé, répliqua-t-il.

– Sans doute pas », concéda Doolittle.

Arpád et un grand officier maigre en uniforme impeccable du corps des blindés apparurent à la double porte de la salle de réception et traversèrent de conserve le sol de marbre pour rejoindre Nagy et les Américains.

« Qui est le type avec Zelk ? demanda Ebby.

– C'est le ministre de la Défense de Nagy, Pal Maléter, qui commande la caserne Kilian. C'est lui qui a négocié le retrait soviétique avec les Russes. »

Le chef d'antenne fit signe à Ebby de se joindre à eux. Nagy parlait à Maléter en hongrois. Le président du Conseil se tourna vers les Américains. « Monsieur l'ambassadeur, voulez-vous lui répéter ce que vous m'avez dit, je vous prie. »

L'ambassadeur, diplomate de la vieille école que la situation de la Hongrie tourmentait visiblement, tira un formulaire de message de la poche de sa veste croisée. Le câble secret défense décrypté qui était arrivé un peu plus tôt à l'ambassade était collé dessus en fines bandes. « On nous rapporte… » commença-t-il. Il s'éclaircit la gorge, donnant l'impression de devoir lire une sentence de mort. « … on nous rapporte que deux trains pleins des tout derniers modèles de chars soviétiques, des T-54, ont traversé la frontière à Zahony puis ont été déchargés dans les environs de Szolnok et d'Abony, où les chars se tiennent à présent fin prêts. D'après nos informations, les vieux chars T-34 qui ont quitté Budapest il y a quelques jours n'ont pas dépassé Vecses, à une quinzaine de kilomètres de la ville, où ils ont fait demi-tour et bloqué les routes. Des diplomates français qui ont fui Budapest au cours des vingt-quatre dernières heures ont dit avoir vu des chars soviétiques se rapprocher des trois aéroports de la ville – Ferihegy, Budaörs et Tokol. Enfin, l'un de nos propres avions de reconnaissance parti d'une base autrichienne a repéré deux cents chars et une longue file de tout nouveaux transporteurs de troupes blindés, des BTR-152, qui faisaient route vers Budapest en passant près de Vac et Cegledopen. »

Nagy tira avec agitation sur une cigarette américaine. De la cendre tomba sur le revers de son veston brun, mais il ne parut pas le remarquer. « Nous avons aussi des informations selon lesquelles un grand nombre de chars soviétiques ont franchi la Tisza pour pénétrer en Hongrie. » Il se tourna vers son ministre de la Défense et, s'exprimant en anglais pour le bénéfice des Américains, demanda : « Avez-vous abordé cette question avec les Soviétiques, à la négociation de ce soir ?

– Oui, monsieur le président, répondit Maléter. L'ambassadeur Andropov s'est mis en colère – il a dit que c'était une provocation de la CIA pour attiser les combats entre les Russes et les Hongrois avant que nous ne puissions nous mettre d'accord sur les termes du retrait soviétique. Il nous a mis en garde de ne pas tomber dans le piège américain.

– Qui croyez-vous ? demanda brutalement Ebby. Andropov ou nous ? »

Maléter jaugea Ebby du regard. « Je peux dire que nous sommes contraints de le croire lui. L'autre solution serait trop tragique à envisager. Si les Soviétiques envahissent la Hongrie, nous nous battrons, bien sûr. Mais il n'y aura pour nous qu'une issue possible : la mort dans l'honneur. »

Arpád Zelk ajouta sombrement : « Nous ne nous faisons aucune illusion sur notre survie – sans l'intervention américaine, nous n'avons aucune chance de battre les Russes si nous devions en arriver à une guerre totale.

– Pensez-vous, monsieur, que les Russes vont lancer l'offensive ? » demanda le chargé d'affaires américain à Nagy.

Le président du Conseil prit son temps pour répondre. « Si l'on en juge d'après l'histoire, dit-il enfin, la réponse doit être oui. Les Russes optent toujours pour l'invasion.

– Soyons réalistes, intervint Maléter. Il y aura sûrement dans les hautes sphères du pouvoir soviétique quelqu'un pour protester que si on laisse la Hongrie se retirer de la zone d'influence soviétique, d'autres États satellites suivront. »

Nagy aperçut les cendres sur son revers et les balaya d'un coup d'ongle. « L'histoire nous jugera durement si nous allons trop loin, trop vite », commenta-t-il d'une voix bourrue. Il se concentra un instant sur sa cigarette. «Voilà où nous en sommes : en cas de guerre, que feront les Américains ?

– Nous avons été très clairs là-dessus depuis le début, répliqua l'ambassadeur. Monsieur Ebbitt, ici présent, est venu en prenant de gros risques personnels porter un message sans ambiguïté à monsieur Zelk. Et je vous ai transmis le même message le jour où vous avez pris vos fonctions de président du Conseil, monsieur Nagy. Ni les Américains ni l'OTAN ne sont prêts à intervenir en Hongrie.

– Et si nous fournissions aux puissances occidentales un *casus belli* pour intervenir en sortant la Hongrie du Pacte de Varsovie et en déclarant la neutralité ?

– Cela ne servirait à rien, assura l'ambassadeur, sinon peut-être à attiser encore la fureur des Soviétiques.

– Notre seul espoir réside donc dans le fait que les Russes se posent encore des questions sur ce que sera l'attitude américaine, commenta Maléter. Tant que le doute subsistera, nous avons une chance que Khrouchtchev et ses colombes puissent retenir Joukov et ses faucons au Politburo soviétique.»

Alors que les Américains quittaient le Parlement, le chef d'antenne attira Ebby dans un vestibule. «Je pense qu'il serait plus sage que vous rentriez avec moi à l'ambassade. Nous vous donnerons une couverture diplomatique...

– Que vont devenir Zoltan, mon radio, et Elizabet Németh ?

– Si l'on apprend qu'on accorde l'asile à des Hongrois, nous serons submergés – nous aurons la foule à nos portes.

– Beaucoup de ces gens ont pris des risques pour nous.

– Ce qu'ils ont fait, ils l'ont fait pour la Hongrie, pas pour nous. Nous ne leur devons rien.

– Ce n'est pas comme ça que je vois les choses, répliqua Ebby. Je reste avec eux.»

Le chef d'antenne haussa les épaules. «Je ne peux pas vous donner d'ordres. Officiellement, je ne sais même pas que vous êtes à Budapest – vous travaillez sous l'autorité directe du DD-O. Mais si les Russes débarquent, je vous conseille vivement de changer d'avis.

– Merci du conseil.

– Les conseils ne coûtent pas cher.»

Ebby acquiesça d'un signe de tête. «Le vôtre en effet ne valait pas grand-chose.»

8

Washington, DC, samedi 3 novembre 1956

Au lever du jour, Bernice se tourna de côté dans le lit étroit, pressant les larges aréoles de ses seins menus contre le dos d'Eugene. La veille au soir, il avait débarqué plus tard que d'habitude dans son immeuble sans ascenseur – les bougies qu'elle allumait toujours quand elle savait qu'il devait venir étaient presque entièrement consumées – et ils avaient fait l'amour plus longtemps que d'habitude. Il n'avait pas voulu prendre de peyotl : il planait déjà sans ça.

« Tu dors, mon chou ? lui chuchota Bernice dans la nuque. Je crois qu'il y a quelque chose que tu voudrais savoir. »

Eugene remua paresseusement, puis ouvrit un œil et s'amusa avec les rayons du soleil qui filtraient entre les lames du store. « Qu'est-ce qu'il faut que je sache ?

– Je sais d'où tu ne viens pas.

– Et d'où est-ce que je ne viens pas ?

– Tu ne viens pas du Canada, mon biquet. »

Eugene parvint à se mettre sur le dos et Bernice se hissa sur lui, son long corps osseux léger comme une plume, ses doigts jouant avec les poils pubiens du jeune homme.

« Si je ne viens pas du Canada, d'où est-ce que je viens ? »

Elle lui donna un petit coup de langue dans le creux de l'oreille. « Tu viens de... Russie, mon biquet. Tu es russe. »

Eugene avait les deux yeux grands ouverts à présent. « Qu'est-ce qui te fait croire ça ?

– Tu marmonnes des choses dans ton sommeil, des choses que je ne comprends pas, des choses dans une langue étrangère.

– Je parle peut-être canadien. »

Bernice fut tout entière agitée d'un rire silencieux. « Tu as dit quelque chose comme *knigui*.

– *Knigui*, ça me paraît tout à fait canadien.

– Max parle un peu russe de quand il est allé à Moscou, avant-guerre. Eh, ne t'en fais pas... je lui ai dit que j'avais entendu des clients parler une langue qui ressemblait à du russe. Max a dit que je devais avoir raison – il a dit que *knigui*, ça voulait dire livres en russe.

– Livres ?

– Oui, mon chou. Livres ! Ne fais pas l'innocent. Tu as dit encore d'autres trucs qui avaient l'air russe. Tu as dit quelque chose qui ressemblait à *starik*. Max dit que *starik*, ça veut dire vieil homme en russe. Il dit que *Starik* avec une majuscule, c'était le surnom de Lénine. Presque tout le monde était plus jeune que lui dans son entourage, alors on l'appelait « le Vieux ». Je te jure, Eugene, ça me donne la chair de poule rien que d'y penser – enfin, que tu puisses réellement *parler* avec le camarade Lénine dans ton sommeil ! »

Eugene essaya de plaisanter... « J'ai dû être russe dans une autre vie.

– Ou peut-être bien que tu es russe dans cette vie. Et puis c'est pas tout. J'ai d'autres raisons de penser que tu es russe. »

Eugene se redressa dans le lit, le dos calé contre un oreiller, et prit une cigarette sur la table de nuit. Puis il l'alluma et la tendit à Bernice, qui s'assit près de lui. Il en alluma une deuxième pour lui.

« Alors, tu veux les entendre, mes raisons ?

– On peut bien rigoler.

– Tu te rappelles quand Max nous a prêté la voiture, il y a quinze jours, et qu'on est allés à Key West ? Tu as fait un truc vraiment drôle avant de partir – quand tu as eu fini de faire ta valise, tu t'es assis dessus.

– J'essayais de la fermer.

– Elle était déjà fermée quand tu t'es assis dessus, mon petit chou. »

Eugene tira pensivement sur sa cigarette.

« Après qu'on fut partis, tu t'es rappelé que tu avais oublié l'antenne de ta Motorola. Ça montre comme je suis bouchée. Je ne savais même pas que les Motorola avaient besoin d'antenne. Puisqu'on était revenus, j'en ai profité pour monter pisser. Tu as trouvé l'antenne dans le placard, et puis tu as fait un drôle de truc : tu t'es regardé dans le miroir en pied qui se trouve sur le mur à côté des chiottes.

– Ça ne fait pas de moi un Russe, Bernice, mais un narcissique.

– Tu te souviens quand je t'ai parlé de mon grand-père, qui venait de Vilnius ? Eh bien lui aussi, il s'asseyait sur sa valise avant de partir en voyage – on se fichait de lui quand on était gosses. Il disait que ça portait chance. Et puis il refusait catégoriquement de retourner dans la maison une fois qu'il en était sorti – il disait que sinon le voyage allait mal se terminer. Et s'il ne pouvait pas faire autrement, comme la fois où ma grand-mère avait oublié ses pilules pour le cœur, il faisait comme toi, il se regardait dans le miroir avant de ressortir. » Elle tendit le bras par-dessus le ventre d'Eugene pour mettre sa cendre dans une soucoupe, sur la table de nuit. « Je ne sais pas comment ça se fait que tu parles américain avec l'accent de Brooklyn, mais si tu n'es pas russe, Eugene, moi je suis la femme du pape. »

Eugene regarda celle avec qui il sortait depuis cinq ans. « C'était drôle un moment, Bernice, mais ça ne l'est plus. »

Bernice se pencha vers lui et pressa ses lèvres contre son oreille pour lui chuchoter : « Quand j'ai passé l'aspirateur chez toi, hier, j'ai trouvé la cachette sous le plancher du placard. J'ai trouvé l'antenne. Et j'ai trouvé l'argent. Un tas d'argent, plus de billets que j'en avais jamais vu. J'ai trouvé des *trucs* – un appareil photo miniaturisé, des pellicules, un petit bidule qui tient dans le creux de la main et qui ressemble à une espèce de microscope. J'ai trouvé des pochettes d'allumettes avec des grilles de nombres et de lettres à l'intérieur du rabat. » Bernice frissonna. « Je suis si fière de toi, Eugene, que je pourrais mourir. Je suis fière de sortir avec toi. Je suis fière de baiser avec toi. » Elle baissa la main droite et la posa, en coque protectrice, sur les testicules de son ami. « Oh, mon biquet, ça me coupe le souffle quand j'y pense ! C'est extra ! C'est sensass ! C'est complètement *géant* ! Tu es un espion de la Russie soviétique, Eugene ! Tu es un guerrier communiste qui se bat en première ligne contre le capitalisme. » Elle se laissa glisser le long de son corps, lui suçant les tétons, lui appliquant des baisers mouillés sur le ventre pour enfin lui prendre le pénis et l'orienter vers sa bouche. « Ne t'en fais pas, Eugene. Ta Bernice préférerait mourir plutôt que de dire à quiconque que tu es un espion de la mère patrie.

– Pas même à Max, Bernice. Surtout pas à Max. »

Des larmes de bonheur coulèrent des yeux fermés de Bernice. « Pas même à Max, mon biquet, murmura-t-elle, essoufflée. Oh, seigneur, je t'aime à en mourir, Eugene. J'aime ce que tu es. Je t'aime comme une femme aime un soldat. Ce secret sera comme une bague de fiançailles entre nous. Je te le jure. »

Elle poursuivit son discours sur la révolution permanente, qui répandrait le marxisme de par le monde, et sur la dictature du prolétariat qui s'ensuivrait. Elle continua de parler mais, peu à peu, les mots se brouillèrent et il eut du mal à les comprendre.

Le soir précédent, Eugene avait rencontré SACHA au rendez-vous indiqué :

X O X
O X O
O O X

La grille de morpion une fois décodée, cela donnait : la statue de McClellan, dans California Avenue. Les rencontres directes entre un agent et son officier traitant étaient rares. Quand il s'agissait plus ou moins de routine, Eugene récupérait les films et les messages chiffrés dans des boîtes aux lettres mortes. SACHA et Eugene avaient tous les deux pris les précautions habituelles pour s'assurer de ne pas être suivis – ils étaient revenus sur leurs pas, avaient pris à contresens des rues à sens unique, étaient entrés dans des grands magasins par la grande porte et en étaient ressortis par une petite porte latérale. Malgré le froid, deux vieux jouaient aux échecs sous un lampadaire, dans un jardin public. SACHA les désigna d'un signe de tête, mais Eugene fit signe que non. Il avait reconnu les lieux avant de tracer à la craie la petite grille de morpion codée sur la boîte aux lettres près de chez SACHA ; ces mêmes deux vieux, emmitouflés dans manteaux et écharpes, jouaient déjà aux échecs à cet endroit.

« Tu sais qui était le général McClellan ? demanda Eugene en levant les yeux sur la statue.

– Il a gagné une bataille pendant la guerre de Sécession, mais je ne sais plus laquelle, répondit SACHA.

– C'était, pour les nordistes, la bataille d'Antietam, comme la crique, et pour les sudistes, la bataille de Sharpsburg, comme la ville. McClellan a donné une raclée à Lee, mais il s'est montré trop prudent du goût de Lincoln quand il aurait fallu exploiter la victoire. Lincoln a grommelé que McClellan était un timoré, et il l'a viré.

– Khrouchtchev aussi est un timoré, commenta SACHA avec humeur. S'il n'écrase pas cette putain d'insurrection en Hongrie, c'est toute l'Europe de l'Est qui va larguer les amarres. Et il n'y aura plus de zone tampon entre l'Union soviétique et les forces de l'OTAN en Occident.

– Si Khrouchtchev traîne les pieds, c'est parce qu'il n'a pas envie de déclencher une guerre mondiale, avança Eugene.

– Il n'y aura pas de guerre mondiale, déclara tout net SACHA, du moins, pas à cause de la Hongrie. C'est pour ça que j'ai téléphoné pour passer une commande à la boutique. C'est pour ça que je voulais te voir. » Il tendit un sachet en papier brun rempli de cacahuètes. « Sous les cacahuètes, tu trouveras deux rouleaux de microfilms qui vont changer l'Histoire. Il y a des plans d'urgence, il y a la transcription d'une conversation téléphonique au plus haut niveau, il y a des messages de l'antenne de Vienne, il y a même une copie du briefing de la CIA au président Eisenhower sur la capacité de réaction de l'armée américaine en Europe en cas de guerre. J'étais là pendant le briefing. À la fin, Eisenhower a secoué la tête en disant : "Je voudrais sincèrement pouvoir les aider, mais je ne le peux pas." Rappelle-toi ces paroles, Eugene. Elles ne sont sur aucun microfilm, mais elles sont de source directe.

– "Je voudrais sincèrement pouvoir les aider, mais je ne le peux pas."

– Starik me bombarde de questions depuis que cette histoire a commencé à Budapest. Voici sa réponse : les Américains ne bougeront pas le moindre char ni la moindre unité pour aider les Hongrois si jamais Khrouchtchev lâchait la bride à Joukov. »

Eugene prit une cacahuète dans le sachet, en ouvrit l'enveloppe et enfourna l'amande dans sa bouche avant de prendre le sachet. « La remarque d'Eisenhower sera entre les mains de Starik dans deux heures.

– Comment saurai-je qu'il l'a bien reçu ? demanda SACHA.

– Surveille les gros titres du *Washington Post* », suggéra Eugene.

Philip Swett eut bien du mal à rassembler les personnalités influentes habituelles pour sa petite réunion traditionnelle du samedi soir. Stars des chroniques de la presse de Washington, grands conseillers à la Maison-Blanche, membres du Cabinet, juges à la Cour suprême, membres du comité des chefs d'état-major, gros bonnets du Département d'État et pontes de la Vinaigrerie avaient remis ça à une autre fois. Ils étaient tous trop occupés à suivre les dernières nouvelles pour jouer les mondains. Joe Alsop, qui avait fait connaître au public la théorie des dominos dans l'un de ses éditos, passa brièvement mais partit au moment du cocktail, après avoir reçu un coup de fil urgent de son bureau (il semblait bien que Moscou venait de menacer d'utiliser ses fusées si les Israéliens n'acceptaient pas un cessez-le-feu au Moyen-Orient, et si les Britanniques et les Français continuaient de menacer l'Égypte). Ce qui laissa Swett présider une assemblée clairsemée de sous-secrétaires, assistants parlementaires et invités divers dont sa fille, Adelle, et son gendre, Leo Kritzky. Faisant bonne figure, il invita tout le monde à passer à table. « On dirait bien que Stevenson va se faire démolir, mardi prochain, annonça-t-il en faisant signe aux serveurs de déboucher le champagne et de remplir les coupes. Les derniers sondages donnent cinquante-sept pour cent des votes populaires à Ike. Le collège électoral ne sera même pas serré.

– Adlai n'a jamais eu la moindre chance, intervint un administrateur du Département d'État. Ce n'est pas un gouverneur intellectuel de l'Illinois qui peut battre le général Eisenhower, pas avec la révolution qui fait rage en Hongrie et le Moyen-Orient à feu et à sang.

– Les gens sont terrorisés à l'idée que nous nous dirigions vers un troisième conflit mondial, fit remarquer un rédacteur de discours républicain. Ils veulent à la barre quelqu'un qui a déjà fait ses preuves sous le feu ennemi.

– C'est une chose d'être terrorisé par la guerre, assura un capitaine de Marine attaché au comité des chefs d'état-major, mais c'en est une autre de rester sur la touche pendant que nos alliés – britanniques, français et israéliens – attaquent l'Égypte pour récupérer le canal de Suez. Si nous n'aidons pas nos amis, il y a des chances pour qu'ils ne soient pas là quand nous aurons besoin d'eux.

– Ike se montre simplement prudent, expliqua l'administrateur du

Département d'État. Les Russes sont déjà nerveux à cause des troubles en Hongrie. L'invasion israélienne du Sinaï et les raids franco-britanniques sur les terrains d'aviation égyptiens pourraient pousser Moscou à faire un mauvais calcul.

– Et à l'ère atomique, une toute petite erreur de calcul peut suffire à faire sauter la planète, déclara Adelle. Étant mère de deux petites filles, je ne reprocherai pas au président américain d'être prudent.»

Leo intervint : «Il n'en demeure pas moins qu'il y a un risque à se montrer trop prudent.

– Expliquez-vous», le défia Swett, en tête de table.

Leo jeta un coup d'œil vers Adelle, qui haussa un sourcil, comme pour dire : Pour l'amour du ciel, ne te laisse pas intimider. Leo se tourna vers son beau-père avec un sourire emprunté. «D'après mes informations, Khrouchtchev et ses copains du Politburo n'ont plus très envie d'en découdre, dit-il. Il est vrai qu'ils montrent un peu les dents de temps en temps, comme quand ils menacent d'intervenir dans cette histoire de Suez. Mais nous devrions nous en tenir aux faits au lieu d'écouter ce qu'ils nous racontent – ils ont quand même retiré deux divisions blindées de Budapest quand les Hongrois sont descendus dans la rue. Si on joue bien, la Hongrie pourrait très bien sortir de la zone d'influence soviétique pour finir dans le camp occidental.

– Les Russes croient tout autant que nous à la théorie des dominos, intervint un professeur très médiatique qui s'était fait une petite fortune en devenant consultant auprès du Département d'État. S'ils laissent partir un pays satellite, d'autres risquent de suivre. Ils ne peuvent pas se permettre de prendre ce risque.

– Et c'est ce que vous dites au Département d'État – que vous pensez que l'armée Rouge va envahir la Hongrie? demanda Swett.

– Croyez-moi, l'armée Rouge va revenir, et en force, prédit le professeur.

– Si les Russes envahissent la Hongrie, fit Leo, l'Amérique et l'OTAN auront du mal à rester les bras croisés. Après toutes ces années où il n'a été question que de refouler le communisme, il va falloir monter au créneau ou fermer notre gueule si on veut garder de la crédibilité.»

Adelle, qui était assistante parlementaire du chef de la majorité au sénat, Lyndon Johnson, parut surprise. «Est-ce que tu dis qu'on devrait entrer en guerre pour garder notre crédibilité?» questionna-t-elle.

Avant que Leo ne puisse répondre, l'administrateur du Département d'État insista : «Vous verrez, personne ne lèvera le petit doigt pour la Hongrie. Connaissant Ike, connaissant John Foster Dulles, si la pression s'intensifie, je parie que nous nous coucherons.

– J'espère que vous vous trompez, persista Leo avec ferveur. J'espère qu'on aura au moins assez de cran pour faire peur aux Russes. Écoutez, si les Russes ont un doute quant à la façon dont les Américains vont réagir, alors les colombes du Politburo, dont Khrouchtchev, pourront peut-être retenir les faucons.»

L'horloge de grand-mère allait marquer minuit quand le dernier invité partit. Alors qu'il ne restait plus que la famille – depuis la naissance des jumelles, deux ans auparavant, Philip Swett comptait à contrecœur Leo dans « la famille » – le maître des lieux ouvrit une bouteille de cognac Napoléon très vieille et très chère et remplit trois ballons d'alcool. «À nous », dit-il en levant son verre. Un grognement de pur plaisir franchit ses lèvres lorsqu'il eut avalé son premier trait de cognac. Tout en tournant son verre entre ses doigts, il coula un regard vers son gendre. «Je savais que vous étiez ardemment anti-communiste, Leo – je suppose que vous ne seriez pas à la Compagnie si ce n'était pas le cas – mais je n'aurais jamais cru que ça vous faisait perdre à ce point la raison. Cette histoire de Hongrie fait de vous un va-t-en-guerre.

– C'est assez enivrant de voir une nation opprimée se libérer, convint Leo.

– Je n'ai rien contre le fait que les nations opprimées se libèrent tant que ça ne fait pas tout péter autour de nous.

– Nous avons chacun notre idée de ce qui est de l'intérêt de l'Amérique… commença à dire Leo.

– Bon Dieu, ce n'est pas l'intérêt de l'Amérique de déclencher une guerre atomique qui pourrait nous réduire en cendres ! » Swett plissa les yeux pour mieux examiner son gendre. « Vous me paraissez sacrément sûr de vous quand vous dites que Khrouchtchev et compagnie n'ont plus très envie d'en découdre. Qu'est-ce que vous savez de plus que ce qu'il y a dans les journaux ? Votre Vinaigrerie aurait-elle un espion au Politburo ? »

Leo, mal à l'aise, sourit. «C'est juste une supposition éclairée. »

Swett ricana. « Si vous voulez mon avis, c'est plutôt une supposition *mal* éclairée.

– Papa, je ne suis pas plus d'accord que toi avec ce qu'il défend, intervint Adelle. Mais Leo a le droit d'avoir ses opinions.

– Je ne dis pas le contraire. Je dis juste qu'il raconte des conneries. »

Swett prononça ces mots avec un sourire si débonnaire que son gendre ne put décemment le prendre mal. « Là-dessus, annonça cependant Leo en posant son verre sur une table avant de se lever, il faut que nous allions libérer la baby-sitter. » Il salua son beau-père d'un signe de tête. « Phil. »

Swett lui rendit son salut. « Leo. »

Adelle poussa un soupir. « Bon, vous connaissez au moins vos prénoms. »

Penché au-dessus de la petite table de son sanctuaire, derrière la bibliothèque du manoir Apatov, non loin de Moscou, Starik faisait méticuleusement correspondre les nombres figurant sur le message aux lettres de sa grille de chiffre clé, décryptant ainsi le bulletin de son agent à Rome ; il ne voulait pas que les messages traitant de KHOLSTOMER passent par les mains des employés au chiffre. Il y trouva le cheminement précis des sommes en dollars américains transférées au cours des six derniers mois sur un compte en Suisse de la SovGaz et de la Coopérative soviétique d'import-export, puis réglées à des sociétés prête-noms, au Luxembourg, qui plaçaient l'argent à la Banco Ambrosiano, la plus grande banque privée italienne, et enfin à la banque du Vatican elle-même.

Starik brûla le message chiffré et le chiffre clé dans un seau à charbon, puis glissa le texte en clair dans la boîte à archives ancienne ornée d'un fermoir métallique. Les mots *Sovierchéno sekrétno* (très secret-défense) et KHOL-STOMER étaient écrits en beaux caractères cyrilliques sur le couvercle de chêne. Il rangea la boîte sur l'étagère du gros coffre-fort inséré dans le mur, derrière le portrait de Lénine, brancha le mécanisme de destruction, referma la lourde porte et verrouilla soigneusement les deux serrures, celle du haut et celle du bas, avec la seule clé existante, qu'il gardait en permanence autour du cou, au bout d'une chaîne d'argent ouvré.

Puis il se concentra sur le message suivant, que les employés au chiffre qui travaillaient dans la pièce aménagée dans une autre pièce, au dernier étage du manoir, venaient de décrypter. Il était arrivé avec la mention «urgence absolue» quatorze minutes plus tôt. L'employé qui avait porté le message chiffré à Starik lui avait signalé que la *rezidentura* de Washington avait utilisé la procédure de contact d'urgence pour émettre en dehors des heures habituelles de transmission, ce qui soulignait l'importance de la communication.

Pendant que Starik lisait le bref message de SACHA – «Je voudrais sincèrement pouvoir les aider, mais je ne le peux pas.» – son regard s'éclaira. Il prit le téléphone et appela le corps de garde. «Amenez immédiatement ma voiture devant la porte», ordonna-t-il.

Starik sortit la dernière cigarette bulgare à bout creux du paquet et la coinça entre ses lèvres. Puis il froissa le paquet vide et le jeta dans le conteneur à brûler en tôle alors qu'il faisait une fois de plus le tour de l'antichambre. L'un des gros bras du KGB assis sur les bancs de bois, en train de feuilleter des revues, s'aperçut que Starik se tâtait les poches et lui tendit son briquet. Pacha Semionovitch Jilov se pencha au-dessus de la flamme et tira sur sa cigarette pour l'allumer.

«Ça fait combien de temps qu'ils sont là-dedans?» lança-t-il au secrétaire, jeune homme au visage maussade portant lunettes en culs de bouteille, qui était installé derrière le bureau, près de la porte.

«Ils sont là depuis neuf heures ce matin.

– Sept heures», grogna l'un des gardes du corps.

Derrière la porte fermée de la salle de conférence du Politburo retentit le son étouffé d'une discussion houleuse. De temps à autre, quelqu'un élevait encore la voix, et une phrase devenait compréhensible : « Il m'est tout simplement impossible de vous donner des garanties écrites... » « Pas d'autre choix que de nous soutenir... » « Tout au plus une question de jours... » « Pesez les conséquences... » « Si vous refusez, vous en porterez la responsabilité... »

Starik s'arrêta devant le secrétaire. « Êtes-vous certain qu'il sait que je suis ici ?

– J'ai posé le mot devant lui. Qu'est-ce que je peux faire de plus ?

– Il est vital que je lui parle avant qu'une décision soit prise, dit Starik. Appelez-le au téléphone.

– J'ai pour ordre strict de ne pas interrompre...

– Et je vous donne l'ordre d'interrompre. Cela se passera très mal pour vous si vous refusez. »

Le jeune homme se trouva pris dans un dilemme épouvantable. « Si vous me donnez un autre message écrit, camarade colonel général, je peux essayer de le lui porter et faire en sorte qu'il le lise. »

Starik griffonna un second message sur un calepin et arracha la page. Le secrétaire respira profondément et plongea dans la salle, laissant la porte entrouverte derrière lui. « Courir des risques inacceptables si nous n'intervenons pas. » « Récupérer encore de la dernière guerre. » « La seule chose que les contre-révolutionnaires comprennent, c'est la force. »

La porte s'écarta et le secrétaire revint. Le visage rond de Nikita Sergueïevitch Khrouchtchev apparut derrière lui. Les six gros bras du KGB se levèrent d'un bond. Starik laissa tomber sa cigarette par terre et l'écrasa du bout de sa bottine souple.

Khrouchtchev était de mauvaise humeur. « Qu'est-ce qu'il peut bien y avoir de si important que ça ne puisse pas attendre... »

Starik sortit une enveloppe brune de la poche intérieure de sa longue veste de paysan et en tira plusieurs feuillets qu'il tendit à Khrouchtchev. « Ces documents parlent d'eux-mêmes. »

Le Premier secrétaire du parti communiste soviétique chaussa une paire de lunettes de lecture à monture d'acier pour parcourir les documents. Il termina la première feuille et ses grosses lèvres s'écartèrent. Il interrompit ensuite régulièrement sa lecture pour poser des questions.

« Êtes-vous absolument sûr de votre source ?

– J'ai une confiance en lui totale.

– Cela ressemble à la retranscription d'une réunion...

– Il s'agit d'une conversation à trois sur une ligne téléphonique protégée entre le directeur de la CIA, Dulles ; son frère, John Foster Dulles, qui est en convalescence dans un hôpital de Washington ; et le secrétaire de la Défense

Charles Wilson. C'est une sténodactylo du bureau du directeur de la CIA, Dulles, qui a retranscrit la conversation.»

Khrouchtchev gloussa. «Je ne vous demanderai pas comment ces documents sont arrivés entre vos mains.»

Starik ne sourit pas. «De toute façon, je ne vous le dirai pas.»

Khrouchtchev se hérissa. «Si je vous ordonnais de me le dire, vous me le diriez.»

Starik ne faiblit pas. «Je démissionnerais avant.»

Nikolaï Boulganine, ancien maire de Moscou qui avait, sur l'insistance de Khrouchtchev, été nommé président du Conseil l'année précédente, apparut à la porte, derrière le Premier secrétaire.

«Nikita Sergueïevitch. Le maréchal Joukov veut absolument une réponse...»

Khrouchtchev tendit les pages qu'il avait déjà lues à Boulganine. «Regardez ça, Nikolaï Aleksandrovitch», ordonna-t-il sèchement. Il parcourut les pages restantes, en relut deux et leva la tête. Ses petits yeux dansaient avec excitation dans son visage rond. «La note entre parenthèses qui figure en haut, dit-il en baissant la voix, suggère que ces mots ont été prononcés à la Maison-Blanche.»

Starik se permit un léger sourire.

Khrouchtchev montra le dernier document à Boulganine, puis rendit les papiers à Starik. «Tous mes remerciements, Pacha Semionovitch. Bien sûr, cela nous permet d'appréhender la situation sous un jour tout à fait différent.» Là-dessus, le Premier secrétaire et son président du Conseil retournèrent dans la salle de conférences et refermèrent la porte derrière eux...

Les gros bras du KGB reprirent leur place sur les bancs. Le jeune secrétaire poussa un soupir de soulagement. Derrière la lourde porte de bois, la tempête semblait s'être calmée, remplacée par le ronronnement d'hommes déterminés avançant rapidement dans la direction d'une décision rationnelle.

9

Budapest, dimanche 4 novembre 1956

Sur la scène du cinéma Corvin, parmi un fouillis de pelures d'oranges, boîtes de sardines vides, caisses de munitions éventrées, vêtements épars, piles de tracts polycopiés et armes diverses, les interprètes du drame attendaient que le rideau se lève sur le troisième acte. Une demi-douzaine d'adolescentes inséraient dans des bandes de mitrailleuses des balles dérobées dans une base militaire hongroise la nuit précédente tout en gloussant à propos de garçons qui avaient attiré leur regard. Plusieurs femmes plus âgées assises en demi-cercle au pied de la scène remplissaient des bouteilles de bière vide avec du pétrole avant d'y enfoncer des mèches en tissu. Dans un coin, Zoltan, l'opérateur radio gitan d'Ebby, aiguisait la longue lame recourbée du poignard de son grand-père sur une pierre, et en vérifiait de temps à autre le fil sur le gras de son pouce. Un jeune chef d'escouade, qui rentrait tout juste de patrouiller sur la rive côté Pest du Danube, retira sa cartouchière, sa veste de cuir et son tricot, puis se glissa sur une paillasse où dormait déjà sa petite amie, une adolescente aux couettes blondes et au visage piqueté de taches de rousseur. Elle bougea et se retourna pour enfouir sa tête dans le cou du garçon, puis tous deux murmurèrent quelques mots avant de s'endormir dans les bras l'un de l'autre. Dans le fond de l'auditorium, Ebby sommeillait sur un siège pliant en bois, la tête calée contre un rideau roulé en boule pour former un oreiller improvisé. Elizabet était allongée sur trois chaises, dans la rangée suivante, un pardessus de l'armée hongroise en guise de couverture et un bonnet de marin tiré sur ses yeux et ses oreilles pour se protéger de la lumière et du bruit, faute de pouvoir se protéger du stress.

Peu avant quatre heures du matin, Arpád pénétra d'un pas lourd dans la salle et regarda autour de lui. Il repéra Ebby et traversa l'auditorium pour se laisser tomber avec lassitude sur le siège voisin.

Ebby se réveilla instantanément. « Les rumeurs se vérifient ? » demanda-t-il.

Arpád, les yeux bouffis par le manque de sommeil, acquiesça sombrement. « Il faut que tu préviennes tes amis américains de Vienne par radio. Pál Maléter et les autres membres et la délégation ont été invités à poursuivre les négociations au poste de commandement russe de l'île de Tokol, sur le Danube. Maléter a appelé un peu après onze heures pour dire que tout allait bien. Une heure plus tard, son chauffeur est arrivé au Parlement pour annoncer que Maléter et les autres avaient été arrêtés. Le KGB a fait irruption dans la salle de conférences pendant une pause-café. Le chauffeur de Maléter dormait dans un vestiaire et a échappé à la rafle. Plus tard, il a réussi à sortir par une porte latérale. Il a dit que le général russe qui négociait avec Maléter était furieux contre le KGB. Il avait donné sa parole de soldat que les membres de la délégation hongroise n'auraient rien à craindre. Le chef de l'escouade du KGB a pris le général à part et lui a chuchoté quelque chose à l'oreille. Le général a fait un geste de dégoût et a quitté la pièce. Les types du KGB ont mis des sacs sur la tête de nos négociateurs et les ont emmenés.

– Cela ne peut vouloir dire qu'une chose », murmura Ebby.

Arpád acquiesça gravement. « Nous avons été trahis par tout le monde, fit-il d'une voix morne. Il ne nous reste plus qu'à nous battre jusqu'à la mort. »

Derrière les murs épais du cinéma Corvin retentit la détonation sèche d'un coup de canon ; on aurait dit que quelqu'un frappait discrètement à une porte. Quelque part dans Pest, des obus d'artillerie explosèrent. Les étudiants, alarmés, se relevaient dans tout l'auditorium. Un obus explosa sur l'avenue Ulloi, ébranlant tout le bâtiment. Tout le monde se mit à parler en même temps jusqu'à ce qu'un militaire, grimpé sur un escabeau, leur intimât le silence. Il commença à lancer des ordres. Les étudiants saisirent leurs armes, se remplirent les poches de cocktails Molotov et se dirigèrent vers les sorties.

Elizabet était debout dans la rangée derrière celle où se trouvaient Ebby et Arpád, frissonnant dans le pardessus drapé comme une cape sur ses épaules. Tenant son sein mutilé, elle écouta un moment le grondement de tonnerre lointain et les explosions. Le sang parut se retirer de ses lèvres déjà pâles. « Que se passe-t-il ? » souffla-t-elle.

Arpád se leva. « Les Russes sont revenus, ma chère Elizabet. Ils ont déclaré la guerre à notre révolution. » Il commença à dire autre chose, mais sa voix se perdit dans l'explosion d'un obus entre le cinéma Corvin et la caserne Kilian, juste en face. La déflagration coupa l'électricité. Les lumières du cinéma Corvin s'éteignirent tandis qu'une fine poussière tombait du plafond.

Des torches s'allumèrent un peu partout dans l'auditorium. Ebby se colla à Zoltan, et tous deux trouvèrent à la lueur des torches le passage bricolé entre le cinéma et l'immeuble voisin. Là, ils montèrent au dernier étage et gagnèrent la pièce aménagée en local radio. Avec un bout de crayon, Ebby se mit à écrire un message CRITIC destiné à l'antenne de Vienne. « Pas la peine de le chiffrer, dit-il à Zoltan. Le plus important, maintenant, c'est de... »

Le sifflement des MiG russes rasant les toits de la ville noya les paroles d'Ebby. Alors que les avions s'éloignaient en traçant une courbe, il entendit le crépitement saccadé des canons fixés à leurs ailes. Il se précipita vers une fenêtre et vit des flammes jaillir du toit du bâtiment voisin de la caserne Kilian, de l'autre côté du carrefour. Le front barré d'un pli soucieux, Zoltan brancha l'émetteur-récepteur sur une batterie de voiture et fit tourner les boutons de réglage jusqu'à ce que l'aiguille lui indique qu'il était pile sur le bon signal d'émission. Puis il brancha le clavier morse. Ebby termina son message puis le donna à son radio et l'éclaira à la torche pour lui permettre de taper les mots :

> artillerie soviétique sur collines de buda a commencé bombarder pest quatre heures ce matin explosions dans toute la ville obus tombé devant corvin jets soviétiques ont mitraillé places fortes rebelles d'après rapport non confirmé kgb a arrêté hier soir ministre de défense de nagy pal meleter et autres membres hongrois équipe de négociation hongrois au corvin se préparent à résister pied à pied mais peu de chances l'emporter cette fois

Courbé au-dessus de son clavier morse, Zoltan, qui tapait avec deux doigts de la main droite, signa du nom de code d'Ebby. L'Américain entendit alors le vrombissement des chars descendant l'avenue Ulloi. Il ouvrit la fenêtre et se pencha. Tout en haut de l'avenue, une longue file de phares ternes approchaient en cahotant du cinéma. Environ toutes les minutes, les chars pivotaient de façon spasmodique et tiraient sur un immeuble à bout portant. Comme Zoltan l'avait prédit quand ils avaient installé leur local radio au dernier étage, les chars russes n'avaient pas assez de recul pour orienter leurs canons aussi haut. Ils se contentaient donc de mitrailler les niveaux inférieurs et attendaient que les étages supérieurs s'effondrent.

« Je crois qu'on ferait mieux de foutre le camp d'ici », annonça Ebby.

Zoltan ne se le fit pas dire deux fois. Pendant qu'Ebby récupérait sur le toit l'antenne fixée à une cheminée, il fourra la batterie et l'émetteur-récepteur dans son sac à dos. Le gitan ouvrit alors la marche dans les couloirs déserts qui conduisaient à l'appartement donnant sur le cinéma Corvin. Les premiers chars russes commencèrent à tirer en continu sur le rez-de-chaussée de l'immeuble au moment même où ils plongeaient dans la double percée des murs de brique et dévalaient un étroit escalier conduisant à une ruelle derrière le cinéma. Au-dessus de la ville, les nuages avaient viré au rouge rosé à cause des incendies qui faisaient rage un peu partout.

Des commandos de Corvin, garçons et filles portant de courtes vestes de cuir, bérets noirs et brassards rouge, blanc et vert se tenaient tapis dans la ruelle, attendant leur tour pour bondir dans la rue et jeter des cocktails Molotov sur les chars qui mitraillaient les épais murs de béton du cinéma et la façade pareille à une forteresse de la grosse caserne, de l'autre côté de l'avenue. Quelqu'un alluma une radio, monta le volume et la posa sur le toit d'un taxi cabossé dont les quatre pneus étaient à plat. Pendant un moment, des crépitements de parasites emplirent la ruelle. Puis retentit la voix caverneuse et émue du président du Conseil, Imre Nagy.

Esquissant des signes des deux mains, comme si c'était lui qui prononçait le discours, Zoltan s'efforça de traduire. « Il nous dit que l'armée soviétique a lancé une attaque contre notre capitale dans le but de renverser le gouvernement légal et démocratique hongrois, O.K. Il nous dit que nos partisans livrent bataille à l'ennemi. Il nous dit qu'il faut absolument que le peuple de Hongrie et le reste du monde soient au courant de ce qui se passe. Il dit qu'aujourd'hui, c'est la Hongrie, mais que demain, ce sera au tour de... »

Il y eut des sifflements moqueurs de la part des étudiants tapis qui attendaient de se jeter contre les chars russes ; ce n'était pas là une assemblée réceptive à la situation impossible d'un intellectuel réformateur communiste coincé entre le Politburo soviétique et les exigences anticommunistes de la grande majorité de son peuple. L'un des jeunes chefs de section épaula son fusil et tira sur la radio. Les autres applaudirent autour de lui.

Il y eut des rafales sporadiques de mitrailleuses en provenance de l'avenue. Quelques instants plus tard, une escouade d'insurgés revint en courant dans la ruelle, traînant plusieurs blessés avec eux. Avec des portes en bois en guise de civières, des étudiants en médecine repérables à leurs brassards blancs les emportèrent à l'intérieur du cinéma.

Les étudiants les plus proches de l'avenue frottèrent des allumettes et enflammèrent la mèche de leurs cocktails Molotov. La fille aux taches de rousseur et aux couettes blondes, qui semblait avoir tout au plus seize ans éclata en sanglots qui secouèrent tout son corps frêle. Son petit ami essaya de lui arracher le cocktail Molotov qu'elle serrait dans son poing, mais en vain. Lorsque vint son tour, elle se leva en tremblant et sortit d'un pas chancelant de la ruelle. Un par un, les autres se levèrent et foncèrent dans l'avenue. Le cliquetis métallique des mitrailleuses résonna dans l'air matinal poussiéreux. Des balles attaquèrent le mur de brique de l'autre côté de la ruelle et tombèrent par terre.

Zoltan ramassa une balle et la retourna entre ses doigts ; elle était encore chaude. Il se pencha à l'oreille d'Ebby. « Si tu veux mon avis, O.K., on devrait filer à l'ambassade américaine. »

Ebby secoua la tête. « On n'arrivera jamais là-bas vivants. »

Dans l'escalier situé juste derrière l'entrée du cinéma, Arpád et Elizabet se disputaient furieusement en hongrois. Arpád essaya à plusieurs reprises de s'en aller, mais Elizabet le retenait par le revers de sa veste en cuir et continuait de parler. Ils reculèrent pour laisser passer deux étudiants en médecine qui portaient une morte – la gamine de seize ans aux taches de rousseur qui avait fondu en larmes avant de se précipiter dans l'avenue – à la morgue, au sous-sol du cinéma. Atterré, Arpád leva le bras en voyant le corps passer devant lui, puis haussa les épaules avec résignation. Elizabet vint s'agenouiller derrière Ebby. « Tu te rappelles le tunnel qui rejoint la caserne, sous la rue ? J'ai réussi à convaincre Arpád de venir là-bas avec nous. Il y a encore des centaines d'insurgés dans la caserne, avec plein de munitions. Il y a des endroits où les murs ont trois mètres d'épaisseur. On pourrait tenir pendant des jours. Même si le reste de la ville tombe, on pourra garder là un feu de résistance. L'Occident va peut-être recouvrer la raison. Les intellectuels occidentaux vont peut-être contraindre leurs gouvernements à affronter les Russes. » Elle indiqua d'un signe de tête le sac sur le dos de Zoltan. « Il faut absolument que vous veniez avec nous pour envoyer à Vienne des comptes rendus de la résistance. Ils les croiront si ces messages viennent de vous. »

Zoltan vit aussitôt l'avantage que cela représentait. « Si les choses tournent mal à Kilian, confia-t-il à Ebby, il y a des tunnels par lesquels s'échapper dans la ville.

– Les comptes rendus que j'envoie là-bas ne changeront rien à l'issue, assura Ebby. Il y a un moment où il faudrait que quelqu'un d'un tant soit peu sensé négocie une trêve et arrête le massacre.

– Tu dois envoyer des comptes rendus tant que le combat continue », insista Elizabet.

Ebby acquiesça sans enthousiasme. « Je leur dirai que les Hongrois sont en train de mourir, mais ça ne changera rien. »

Tous quatre descendirent l'escalier métallique en colimaçon conduisant à la chaudière, puis se frayèrent un chemin dans un étroit couloir jusqu'à une cave qui avait été une réserve à charbon avant qu'on ne chauffe le cinéma au fuel, et servait à présent de morgue. Derrière eux, les auxiliaires médicaux descendaient d'autres corps et les disposaient en rangs, comme si ces rangs impeccables pouvaient, d'une certaine façon, imposer un semblant d'ordre à ce chaos obscène de morts violentes et prématurées. Certains cadavres étaient affreusement défigurés par des impacts de balles, d'autres n'avaient pas de blessures apparentes, et il était difficile de comprendre pourquoi ils avaient perdu la vie. L'odeur de la cave mal aérée virait au rance, et Elizabet, les yeux débordants de larmes, remonta le col roulé de son pull-over sur son nez.

Se frayant un chemin entre les corps, le groupe arriva à la porte d'acier qui ouvrait sur l'étroit tunnel rempli de câbles électriques. Sur une grosse pierre, quelqu'un avait soigneusement gravé « 1923 » et, au-dessous, le nom des ouvriers qui avaient participé à la construction. Au bout d'une quarantaine de mètres – ils devaient se trouver sous l'avenue Ulloi – ils entendirent les chenilles des chars qui se déplaçaient nerveusement de part et d'autre de l'avenue, en quête de cibles. Arpád, qui marchait en tête, frappa avec la crosse de son arme contre la porte de fer obstruant l'extrémité du tunnel. Deux fois puis une pause, puis deux fois encore. Ils perçurent le bruit métallique de gros verrous qu'on tirait de l'intérieur, et un grincement de gonds quand la porte s'ouvrit. Un prêtre aux yeux fous et à la longue barbe grise emmêlée dévalant sa soutane crasseuse les examina. Plusieurs soldats à la figure enfantine, en treillis délavés et armés d'énormes fusils à culasse de la marine italienne datant de la Première Guerre, braquèrent leurs torches sur eux. Dès que le prêtre eut reconnu Arpád, il lui adressa un sourire tordu. «Bienvenue dans la géhenne», cria-t-il d'une voix hystérique. Alors, d'un mouvement théâtral, il se mouilla le pouce et traça un crucifix élaboré sur le front de chacun des arrivants.

10

Vienne, mercredi 7 novembre 1956

Le directeur adjoint aux opérations avait atterri sur les chapeaux de roues. Emménageant chez son vieux pote de Georgetown, Llewellyn Thompson, à présent ambassadeur américain en Autriche, le Wiz avait installé une cellule de crise dans la bibliothèque lambrissée de l'ambassade, et avait examiné le moindre bout de papier sur lequel il avait pu mettre la main. Millie Owen-Brack réquisitionna une table roulante pour lui apporter les monceaux de câbles de la Compagnie et du Département d'État, ainsi que les dépêches d'agences de presse ; elle franchissait avec son chariot les doubles portes de la bibliothèque, et entassait les papiers si haut devant Wisner qu'il disparaissait derrière. Abruti par le manque de sommeil, les yeux rouges et douloureux, la chemise mouillée de transpiration, le Wiz attaquait chaque nouvelle pile avec une intensité pleine de mélancolie, comme si le simple fait de lire ce qui se passait de l'autre côté de la frontière, à quelques dizaines de kilomètres de là, lui permettait de dominer la situation. La veille, Dwight Eisenhower avait remporté son second mandat de façon écrasante, mais le Wiz l'avait à peine remarqué. « Des unités mongoles fouillaient le voisinage rue par rue, maison par maison, pourchassant les meneurs de la rébellion », lut-il à voix haute sur un câble de travail en provenance du responsable politique de l'ambassade de Budapest. « Des milliers d'insurgés sont jetés dans des fourgons à bestiaux et emmenés vers l'Ukraine. » Wisner froissa le câble dans sa main et l'ajouta à la petite montagne de messages roulés en boule, par terre. « Putain de merde, gémit-il en respirant fort par les narines. En voilà un autre d'Ebbitt daté du 5 novembre. La caserne Kilian résiste encore. Des adolescents s'attachent des bâtons de dynamite autour de la taille et se jettent sous les chenilles des chars soviétiques. Les munitions baissent. Le moral aussi. Les insurgés ont placé des morts debout près des fenêtres pour leurrer les Russes dans l'espoir qu'ils finiront par manquer eux aussi de munitions. Tout le monde demande où sont les Nations unies, quand les Américains interviendront. Qu'est-ce que je dois leur dire ? »

Les larmes aux yeux, Wisner agita le câble en direction d'Owen-Brack. « Pendant six ans – *six ans !* – on a encouragé les pays satellites à se rebeller contre le pouvoir soviétique. Nous avons dépensé des millions à nous constituer une capacité clandestine pour ce genre d'occasion – nous avons accumulé des armes à travers toute l'Europe, nous avons formé des milliers d'émigrés. Bon Dieu, tous les Hongrois d'Allemagne veulent défoncer les portes de leurs officiers traitants pour qu'on les envoie là-bas. Et qu'est-ce qu'on fait ? *Qu'est-ce qu'on fait, Millie ?* On leur envoie les bons sentiments d'Eisenhower. "Le cœur de tous les Américains va au peuple hongrois." Bon, le cœur y est peut-être, mais la main reste bien enfoncée dans la poche...

– Suez change la mise », répliqua doucement Owen-Brack, mais le Wiz, s'attaquant déjà au message suivant, ne l'entendit pas.

« Oh, bon sang ! écoutez ça ; c'est un câble du correspondant de l'Associated Press à Budapest. "SOUS LE FEU DES MITRAILLEUSES LOURDES. DES NOUVELLES D'UNE AIDE QUELCONQUE ? VITE, VITE. PAS DE TEMPS À PERDRE." Et en voilà un autre : "SOS SOS. LA BATAILLE SE RAPPROCHE MAINTENANT. JE NE SAIS PAS COMBIEN DE TEMPS NOUS POURRONS RÉSISTER. DES OBUS EXPLOSENT À CÔTÉ. ON DIT QUE DES TROUPES AMÉRICAINES POURRAIENT ÊTRE ICI DANS UNE HEURE OU DEUX. EST-CE QUE C'EST VRAI ?" » Wisner mit les câbles de côté et en prit un autre dans la pile, comme s'il était impatient de connaître la suite. « "AU REVOIR LES AMIS. DIEU GARDE NOTRE ÂME. LES RUSSES SONT TOUT PROCHES." » Le Wiz continua ainsi à lire des fragments décousus de messages, jetant les feuilles à terre avant de les avoir terminées, en commençant d'autres au milieu. « "Exécutions sommaires... Lance-flammes... corps calcinés... morts enduits de chaux puis sommairement enterrés dans les jardins publics... Nagy, réfugié à l'ambassade yougoslave, place Staline, sort avec une promesse d'amnistie et se fait arrêter..." »

Thompson, l'ambassadeur, entra dans la bibliothèque. « Tu as besoin d'une pause, Frank, fit-il en traversant la mer de messages froissés éparpillés sur le sol pour faire le tour de la table et passer un bras sur l'épaule de Wisner. Après un bon repas et quelques heures de sommeil, tu pourras y voir plus clair. »

Le Wiz écarta le bras d'une secousse. « Je ne veux pas y voir plus clair », cria-t-il. Puis son corps parut soudain vidé de toute énergie. « Je ne veux rien voir du tout », se corrigea-t-il d'une voix basse et rauque. Il tira à deux mains une nouvelle pile de messages devant lui, comme si c'était un tas de jetons qu'il venait de remporter à la roulette, et montra le premier câble, qui se présentait sous forme de bandes de texte déchiffré collées sur un formulaire de message. Il émanait du directeur de la CIA, Allen Dulles. « Voici la parole de

Washington, fit Wisner d'une voix rageuse. "QUARTIER GÉNÉRAL INFORME ANTENNE DE VIENNE QUE POLITIQUE DE COMPAGNIE EST DE NE PAS INCITER À ACTION." Ne pas inciter à l'action ! On assiste à l'invasion de la civilisation occidentale par les Mongols et on ne doit pas inciter à l'action ! C'est notre engagement à refouler le communisme qui a poussé les Hongrois à l'action. C'est le fait que les Hongrois nous aient pris au mot qui a poussé les Russes à l'action ! Bon Dieu, nous somme les seuls à ne pas être *incités à l'action.* »

Thompson se tourna vers Owen-Brack. « Ne lui apportez plus de messages », commanda-t-il.

Wisner se leva, recula et envoya dinguer d'un coup de pied la corbeille grillagée pleine de messages froissés. Thompson en resta bouche bée. « Toi, tu diriges cette putain d'ambassade, dit le Wiz d'un ton glacé à son ami en le braquant avec un revolver imaginaire. Moi, je dirige ici les opérations de la CIA. » Il désigna la table roulante d'un mouvement de tête. « Apportez-moi d'autres câbles, ordonna-t-il à Owen-Brack. Apportez-moi tout ce que vous pourrez trouver. Il faut que je m'imprègne de tout ça... j'ai besoin de comprendre... de trouver un angle. » Voyant qu'Owen-Brack adressait un coup d'œil hésitant à l'ambassadeur, Wisner la foudroya du regard. « Bougez-vous le cul ! » rugit-il. Il retomba alors sur son siège. « Pour l'amour du ciel, apportez-moi le journal », supplia-t-il en clignant rapidement des yeux, la respiration saccadée, les mains accrochées au bord de la table pour retrouver son équilibre. Puis il plongea en avant, enfouit son visage dans la pile de câbles et pleura en silence.

De but en blanc, le Wiz annonça qu'il voulait aller voir par lui-même les réfugiés hongrois passer la frontière autrichienne. « Les maux de cœur, dit-il, c'est comme les rhumes, il faut les alimenter. » Le chef d'antenne, alerté par l'ambassadeur, fit la sourde oreille, mais finit par lui fournir une voiture quand les coups de fil de Wisner commencèrent à tourner au vinaigre. Millie Owen-Brack persuada de son côté Jack McAuliffe, responsable de l'opération de crible menée dans les centres de réception de la Croix-Rouge autrichienne, de lui servir de chaperon.

L'exode de Hongrie avait commencé comme un filet d'eau, qui s'était rapidement mué en torrent quand les Russes étaient revenus en force. Chaque nuit, des centaines de Hongrois bravaient les champs de mines et les parachutistes russes qui, en certains endroits, avaient remplacé les patrouilles régulières de l'armée hongroise parce que ces dernières avaient un peu trop tendance à regarder de l'autre côté quand elles repéraient des réfugiés.

Vingt-cinq minutes après la sortie de Vienne, la Chevrolet de l'ambassade, flanquée d'une voiture d'escorte (remplie d'auxiliaires de sécurité de la

Compagnie), s'arrêta devant le premier centre de réception. Celui-ci avait été installé dans la salle à manger d'un *Gymnasium* municipal. Les deux centaines de Hongrois qui, en gros, avaient passé la frontière la nuit précédente – principalement des jeunes gens et des jeunes filles, certains avec des enfants, d'autres, plus rares, avec leurs parents vieillissants – étaient étendus sur des matelas alignés par terre. Certains fumaient d'un air absent des cigarettes américaines, d'autres regardaient devant eux avec des yeux vides. Dans un coin, des membres de la Croix-Rouge autrichienne distribuaient du pain et des bols de soupe, des tasses de café fumant et des beignets. À la table suivante, un volontaire américain de dix-neuf ans, dont le badge épinglé au revers indiquait B. Redford, aidait les réfugiés à remplir les papiers de l'ambassade pour demander l'asile politique. Les hommes parlant hongrois que Jack avait recrutés arpentaient la salle à manger bondée armés d'un bloc-notes et de questionnaires. Ils s'agenouillaient régulièrement et s'entretenaient alors avec les hommes à mi-voix, notant des détails sur des unités spécifiques ou du matériel soviétiques, invitant parfois ceux qui manifestaient le désir de « régler des comptes avec les bolcheviks » à les suivre dans une maison, de l'autre côté de la rue, pour un débriefing plus approfondi.

Le Wiz, emmitouflé dans un vieux manteau d'hiver au col relevé pour se protéger de courants d'air imaginaires, et une écharpe de l'Université de Virginie enroulée autour du cou, embrassa la scène du regard. Secouant la tête, il prononça les mots « déjà vu » – tout cela lui était familier, dit-il. Cela se passait à la fin de la guerre. Il occupait le poste de chef de l'OSS à Bucarest quand l'armée Rouge avait commencé à faire la chasse aux Roumains qui les avaient combattus, pour les expédier par wagons à bestiaux entiers dans des camps de concentration sibériens. « Quelqu'un connaissait-il Harvey Torriti ? » demanda-t-il en regardant autour de lui avec des yeux secoués de tics. Quand Jack annonça qu'il travaillait pour le Sorcier, le Wiz s'anima. Un type très bien, ce Torriti. Il a la peau dure. Et il fallait l'avoir dure pour survivre dans tout ce cirque, même s'il y avait des fois où avoir la peau dure ne vous semblait pas si utile que ça. Harvey et lui avaient fait la grimace quand leur parvenaient les cris des Roumains ; Harvey et lui avaient dû enterrer de leurs propres mains des prisonniers qui avaient préféré se tuer plutôt que de monter dans les trains. « Déjà vu », murmura Wisner. L'histoire se répétait. L'Amérique abandonnait de braves gens à un destin réellement pire que la mort. Les Roumains. Les Polonais, les Allemands de l'Est. Et à présent les Hongrois. La liste était d'une longueur obscène.

Un petit garçon vêtu d'un manteau usé bien trop grand pour lui s'approcha du Wiz et lui tendit sa petite main. « *A Nevem* Lórinc », dit-il.

L'un des hommes de Jack qui parlait hongrois traduisit : « Il vous dit qu'il s'appelle Lórinc. »

Le Wiz s'accroupit et serra la main du petit garçon. « Je m'appelle Frank.

Melyik foci csapatnak drukkolsz ?
– Il vous demande pour quelle équipe de football vous êtes ?
– Pour quelle équipe de foot ? Je ne suis pas beaucoup ça, mais j'imagine que si je devais choisir une équipe, je dirais les Giants de New York. Dites-lui que mon équipe préférée, c'est les Giants de New York. Et que Frank Gifford est mon joueur préféré. »

Wisner fouilla ses poches pour trouver quelque chose à donner au gamin. Tout ce qu'il put dégoter fut un paquet de pastilles pour la toux Smith Brothers. Étirant ses lèvres raidies en un sourire où manquaient des dents, il tendit la boîte. Ses grands yeux empreints de gravité, l'enfant la prit.

« Il va croire que ce sont des bonbons, commenta Wisner. Mais ça ne lui fera pas de mal, non ? Merde, on ne pourra pas lui faire plus de mal qu'on ne lui en a déjà fait. »

Le sourire s'évanouit et le Wiz, agitant la tête d'un côté puis de l'autre comme si son cœur le faisait trop souffrir, se releva. Jack et Millie Owen-Brack échangèrent des coups d'œil inquiets. Le Wiz regarda autour de lui avec une expression paniquée. « Je ne peux plus respirer, annonça-t-il avec une lucidité irréfutable. Quelqu'un pourrait-il avoir l'amabilité de me montrer comment on sort d'ici ? »

Le restaurant hongrois, dans un jardin sous dôme de verre près de Prinz Eugenstrasse, l'une des artères principales de Vienne, était animé par la foule habituelle des sorties de théâtre quand le Wiz et sa troupe y débarquèrent après leur virée sur la frontière. Les bouchons sautaient, le champagne coulait à flots, la caisse enregistreuse située près du vestiaire sonnait sans relâche. Les Viennoises en robes parisiennes à décolleté plongeant faisaient retentir leur rire musical par-dessus le brouhaha et se penchaient sur la flamme des bougies pour allumer de minces cigares, tandis que les hommes feignaient ne pas remarquer les rondeurs de leur buste. Le Wiz, en tête de la table d'angle en L, connaissait assez bien Vienne pour rappeler à ses invités – dont l'ambassadeur Thompson, Millie Owen-Brack, Jack McAuliffe, un correspondant des journaux *Knight-Ridder* dont personne ne pouvait se rappeler le nom et plusieurs sous-fifres de l'antenne de la CIA – où ils se trouvaient : ils se trouvaient, annonça Wisner étouffant une éructation du revers de la main, à un jet de pierre de la tristement célèbre *Kammer für Arbeiter und Angestellte*, où Adolf Eichmann dirigeait ce que les Nazis appelaient par euphémisme le « Bureau central de l'émigration juive ». Le Wiz se leva en vacillant et frappa un couteau contre une bouteille de vin pour proposer un toast.

« Soit j'ai trop bu, soit pas assez, je ne sais pas trop, commença-t-il, accueilli par des rires nerveux. Buvons à la victoire d'Eisenhower sur Stevenson – puisse le second mandat d'Ike être plus courageux que ses quatre premières années. » L'ambassadeur Thompson voulut alors se lever pour lancer un toast à son tour, mais Wisner l'arrêta : « Je n'ai pas encore fini. » Il rassembla ses pensées. « Boire à leur santé déroge peut-être à la ligne du Département d'État, mais que diable – buvons à ces fous de Magyars ! cria-t-il en levant son verre tout autant que sa voix. Ce sera un miracle s'il en reste un vivant.

– À ces fous de Magyars », répétèrent les convives avant de boire leur vin en espérant que les choses allaient en rester là. Les brusques sautes d'humeur de Wisner les rendaient nerveux.

Plusieurs dîneurs des tables voisines commençaient à jeter des coups d'œil gênés vers ces Américains grossiers.

Wisner pencha la tête et contempla le dôme, comme pour y puiser l'inspiration. « À une denrée extrêmement rare aujourd'hui, se lança-t-il. Chacun appelle ça différemment – le flegme, la bravoure, la fougue, le courage de ses convictions, la vaillance – mais merde, au bout du compte, tout ça revient à la même chose. » Insistant bien sur les voyelles, façon accent du Sud, il donna au mot un relief jubilatoire. « Les *couilles* ! »

Jack reprit solennellement : « Merde alors, je bois aux couilles !

– Moi aussi », assura Millie.

Wisner se pencha par-dessus la table pour trinquer avec eux. Jack et Millie trinquèrent aussi entre eux. Ils étaient tous les trois sur la même longueur d'ondes. Acquiesçant avec amertume, le Wiz vida son verre. « Où en étais-je ? » demanda-t-il, ses yeux se brouillant alors qu'il s'enfonçait dans une humeur plus sombre encore.

L'ambassadeur Thompson demanda l'addition. « Je crois que ça suffira pour aujourd'hui, déclara-t-il.

– Oui, c'est ça, convint Wisner, ça suffira pour aujourd'hui. Ça a été une journée bien chargée. *Un jour aux courses*, avec les Marx Brothers – rien à voir avec Karl, cher sénateur McCarthy. Un jour dans la vie de Dennis Day. Un jour qui restera entaché d'infamie. » Il se laissa aller contre le dossier de sa chaise et fit tourner le long pied de son verre à vin entre ses doigts. « Le problème, avec le monde, marmonna-t-il comme pour lui-même, la voix traînante, c'est que les gens croient que pour faire arriver leur bateau à bon port, il leur suffit de le mettre à l'eau. Mais on ne sait plus comment naviguer avec les étoiles. On a perdu le nord. »

11

Budapest, jeudi 8 novembre 1956

Dans la petite chapelle qui donnait sur la cour centrale de la caserne Kilian, Elizabet, hâve et les traits tirés, portant des gants de laine aux extrémités des doigts coupées, remuait le contenu d'un chaudron qui cuisait au-dessus d'un feu. Régulièrement, elle jetait des fragments de meubles dans le feu pour l'alimenter. C'était la troisième soupe qu'elle confectionnait avec les mêmes os de poulet. De temps à autre, un ou deux des quatre-vingts et quelques survivants de la caserne descendaient à la «cuisine Kilian» remplir leur timbale de soupe à même le chaudron. S'accroupissant près du feu pour se réchauffer, ils buvaient le maigre potage et faisaient des plaisanteries sur le restaurant qu'Elizabet pourrait ouvrir une fois que les Russes auraient été chassés de Budapest. La veille, ils avaient sacrifié le dernier chien qui restait à la caserne, un bâtard qui répondait au nom de Szuszi ; l'un des garçons lui avait tenu les pattes pendant qu'un autre lui tranchait la gorge pour ne pas gaspiller de balle. Un soldat qui avait grandi dans une ferme l'avait dépiauté et vidé puis l'avait fait rôtir. L'idée de capturer des rats dans les sous-sols de la caserne avait été abandonnée quand les Russes avaient inondé les tunnels en détournant l'eau des égouts. Elizabet en fut soulagée. Elle arrivait déjà à peine à avaler la viande de chien

Dans une petite pièce sous les toits, Ebby griffonna un autre message pour Vienne sur une page de garde arrachée à un manuel d'exercices militaires rapprochés et le donna à Zoltan, qui régla sa radio sur un signal très faible. La batterie de voiture était presque à plat, et le gitan annonça que ce serait sûrement leur dernière transmission. De toute façon, il était clair que la caserne – entièrement investie par les parachutistes russes, assaillie par les canons des chars et sans cesse balayée par le feu des mitrailleuses – ne pourrait plus tenir bien longtemps. Zoltan commença à transmettre en morse :

situation terrible maintenant désespérée on gratte fond des barriques pour trouver nourriture munitions calmant haut-parleurs russes promettent amnistie à qui se rendra survivants hésitent entre se battre jusqu'au bout ou négocier reddition tous pensent que Russes pas dignes confiance après trahison Nagy Maléter mais pas beaucoup choix si reddition je pense me faire passer pour...

Le voyant électrique clignota un instant sur l'appareil de Zoltan, puis s'éteignit tout à fait ; la batterie était morte. Le gitan la prit, l'agita et essaya de resserrer les prises de contact avant de reprendre la transmission, mais il secoua la tête sombrement. « Cette putain de batterie nous a lâchés, O.K. », annonça-t-il.

De l'avenue, en bas, leur parvint le sifflement d'une balle de gros calibre. À l'heure pile, les neuf chars qui faisaient face à la caserne tirèrent deux salves contre la muraille puis reculèrent, occupant toute la largeur de la chaussée, pour céder la place à une autre rangée de chars. Étant donné l'épaisseur des murs de la caserne, les Russes avaient abandonné depuis longtemps l'idée de faire écrouler le bâtiment sur la tête des rebelles, mais ils voulaient faire en sorte de les empêcher de dormir. Et c'est pourquoi, quand ils ne tiraient pas, ils diffusaient des appels à se rendre par un haut-parleur monté sur un char.

Pendant que les tireurs d'élite empêchaient les parachutistes russes d'avancer en tirant sur tout ce qui bougeait dans la rue, la plupart des survivants, y compris les blessés capables de marcher, se rassemblèrent dans la cour, devant la chapelle. Ses épais cheveux emmêlés, ses yeux comme enfoncés dans le crâne par l'épuisement, Arpád distribua des cigarettes à ceux qui voulaient fumer et en roula une pour lui-même avec ce qui restait de tabac. Il l'alluma et se hissa sur une balustrade en scrutant les visages anxieux. Puis, s'exprimant d'une voix posée, en hongrois, il résuma la situation.

« Il leur annonce que le cinéma Corvin est tombé aux mains des Russes hier soir, traduisit Elizabet à l'intention d'Ebby. On entend toujours des fusillades en ville, ce qui permet de croire qu'il y a encore de petits groupes d'attaque éclair planqués dans des caves, mais plus le temps passe, moins il y a de tirs. Il dit que c'est à nous que revient l'honneur d'être la dernière poche de résistance organisée dans la ville. Nous n'avons plus rien à manger. Il nous reste quelques centaines de cocktails Molotov, mais seulement une douzaine de cartouches chacun. La question inévitable ne peut plus attendre. Comme les tunnels sont inondés, la fuite est impossible, ce qui ne nous laisse plus qu'une alternative : nous battre jusqu'à la fin ou prendre les Russes au mot et tenter d'obtenir l'amnistie. »

Il y eut entre plusieurs jeunes soldats un échange houleux qu'Elizabet ne prit pas la peine de traduire – il était évident à leur ton que certains estimaient que le temps était venu de déposer les armes alors que d'autres voulaient continuer à se battre. Deux soldats en vinrent presque aux mains et il fallut les séparer. Arpád semblait en proie à un débat intérieur tout en observant les jeunes combattants avec les yeux hagards de quelqu'un qui a commis une erreur tragique. Il finit par réclamer le silence.

« Il demande un vote à main levée », expliqua Elizabet.

Les mains se levèrent par deux ou trois. Arpád se concentra sur sa cigarette. Il était de toute évidence contre la reddition. Elizabet gardait ses mains serrées contre elle ; elle ne se faisait aucune illusion au sujet des Russes et préférait se battre plutôt que de finir dans les geôles communistes.

Arpád regarda Ebby. « Tu as mérité le droit de voter », dit-il.

Ebby leva une main. « Je suis de l'école vivre-pour-lutter-un-jour-de-plus. »

L'un des jeunes soldats monta sur une caisse et compta les votes.

« La majorité est pour tester les Russes », annonça Elizabet à Ebby ; elle était de toute évidence très déçue. « Arpád va sortir avec un drapeau blanc pour négocier les termes de l'amnistie. Puis il fera venir les blessés. Si tout se passe bien, le reste d'entre nous capitulera demain. »

On rassembla les blessés de tous les coins de l'énorme caserne dans l'enceinte voûtée conduisant à l'étroit couloir où, après un coude, une porte d'acier s'ouvrait en retrait de la rue. Beaucoup avançaient avec des béquilles de fortune. Ceux qui pouvaient marcher aidaient ceux qui ne le pouvaient pas. Arpád attacha un maillot de corps blanc sale à un piquet. Plusieurs partisans, aveuglés par les larmes, se détournèrent quand Arpád, après un dernier regard farouche vers Elizabet, tira les verrous de la porte blindée et disparut derrière le coude du couloir.

Ebby et Elizabet montèrent rapidement au deuxième étage pour observer la scène par une étroite fente dans le mur. Un officier russe portant un long manteau gris avec des barrettes d'or rutilant à l'épaule surgit de derrière un char et avança à la rencontre d'Arpád. Le Russe proposa une cigarette au poète. Ce dernier refusa et le Russe eut un haussement d'épaules. Les deux hommes s'entretinrent pendant quelques minutes ; le Russe ne cessait de secouer la tête, comme s'il refusait de céder du terrain. Le poète finit par accepter avec un hochement de tête. Le Russe tendit la main. Arpád la contempla avec dégoût pendant un long moment puis enfonça les siennes dans les poches de sa veste de cuir et tourna les talons pour revenir vers la caserne.

Quelques instants plus tard, il ressortait dans la rue, cette fois à la tête d'une longue procession de partisans blessés, certains d'entre eux portés sur des chaises, d'autres traînant les pieds tandis que des camarades les tiraient vers la ligne des chars russes. Le prêtre à barbe grise, la tête enveloppée dans un bandage ensanglanté, s'appuyait sur une fille portant un brassard de la Croix-Rouge. À mi-chemin de la rangée de chars, Arpád s'arrêta brusquement, et les autres s'immobilisèrent derrière lui. Certains s'effondrèrent, épuisés, sur le pavé. De la fente dans le mur, Ebby vit Arpád frapper l'air avec colère en direction des Russes postés sur les toits, de l'autre côté de l'avenue ;

plusieurs dizaines appuyaient ouvertement leurs fusils équipés de viseurs télescopiques sur les parapets. Arpád secoua violemment la tête, comme s'il émergeait d'un profond sommeil. Il tira le gros pistolet de marine de la poche de sa veste, avança d'un pas et pressa l'extrémité du long canon contre sa tempe. «*Eljen*! cria-t-il d'une voix rauque, longue vie!» Et il appuya sur la détente. Une détonation caverneuse retentit, arrachant le lobe du cerveau où prenait naissance la parole du poète. Arpád s'écroula dans le caniveau, une cheville repliée sous son corps en un angle grotesque, le sang coulant à flots de sa blessure à la tête. Les blessés qui se pressaient autour de lui reculèrent. En provenance d'un toit, de l'autre côté de la rue, un coup de sifflet retentit. Puis une rafale de tirs abattit tout le monde. Les quelques blessés qui étaient assis sur des chaises basculèrent en arrière. Tout fut terminé en un instant. Elizabet, trop atterrée pour pouvoir prononcer un mot, s'écarta de la fente et s'appuya le dos au mur, blanche et tremblante. Il y eut quelques secondes d'un silence mortel. Puis un hurlement primitif, animal, jaillit des fenêtres et interstices de la caserne. Quelques-uns des jeunes Hongrois commencèrent à tirer en direction des Russes postés sur les toits jusqu'à ce que quelqu'un leur crie de ne pas gaspiller les munitions.

«Mais pourquoi? souffla Elizabet. Quelle est la logique de toutes ces morts?

– Les Russes ont dû paniquer en entendant la détonation», répondit sombrement Ebby.

Serrant les bras contre sa poitrine, Elizabet contempla le corps d'Arpád qui gisait dans une mare de sang. Elle se remémora le vers de poésie perse qui avait inspiré l'un des poèmes de jeunesse de son amant, et y chercha un réconfort. «Les roses fleurissent plus rouge là où s'est épanché le sang d'un César enseveli», murmura-t-elle. Puis elle tira le vieux Webley-Fosbery de sa ceinture et en fit tourner le barillet. «Il me reste quatre balles – trois pour les Russes et la dernière pour moi. Je ne pourrais pas affronter encore la torture…»

Ebby s'approcha d'un cadavre recouvert de pages de journal et récupéra son arme. Il chassa les mouches en fouillant les poches du mort pour chercher des balles. Il en trouva deux, en mit une dans le fusil, actionna la culasse et arma. «Je me battrai avec toi», annonça-t-il.

De quelque part au-dessus d'eux leur parvint la plainte mélancolique d'un violon tsigane; Zoltan rassemblait les derniers partisans hongrois de la caserne pour un ultime combat contre l'envahisseur mongol.

Aux alentours de deux heures quarante-cinq du matin, Ebby, qui sommeillait le dos appuyé contre un mur et l'arme posée en travers des cuisses,

sentit une main lui secouer doucement l'épaule. Il ouvrit les yeux et découvrit Zoltan accroupi près de lui.

«Il y a une issue, lui chuchota avec excitation le gitan à l'oreille. Par les
tunnels.»

Roulée dans une couverture à même le ciment, Elizabet, qui dormait près
d'Ebby, se réveilla en sursaut. «Pourquoi tu nous réveilles? demanda-t-elle,
énervée. Les chars n'ont pas encore tiré leur salve de trois heures.

– Zoltan pense qu'on peut sortir, fit Ebby à mi-voix.

– Les garçons et moi, on a travaillé avec des barres à mine pendant des
heures, expliqua Zoltan avec un sourire de fierté qui fit briller ses dents
blanches. On a percé une brèche dans les briques au niveau le plus bas d'un
des tunnels du fond, et on a vidé la plus grande partie de l'eau des égouts qui
se trouvait à l'intérieur dans les caves, O.K. Dans un quart d'heure, il sera
possible de passer. Tout le monde se prépare à filer dans la nuit. Qu'est-ce
que vous avez dit quand vous avez voté, monsieur Ebbitt? Vivre pour lutter
un jour de plus? Ne faites pas de bruit et suivez-moi.»

Avançant à tâtons dans l'obscurité, Zoltan leur fit descendre une suite d'escaliers métalliques en colimaçon vers les entrailles de la caserne, puis passer
par une trappe et descendre une échelle de bois pour arriver à ce qui avait été
le magasin de la caserne à l'époque de sa construction. La très grande salle,
éclairée par des lampes à pétrole des chemins de fer, était vide, à l'exception
de caisses en bois qui avaient servi au transport de la poudre à canon. Les
murs de briques étaient verts de moisissure. Peu à peu, les derniers défenseurs
de la caserne Kilian descendaient dans l'ancienne poudrière. Douze déserteurs
russes qui s'étaient cachés dans une oubliette encore en activité au début du
siècle furent amenés aussi; on leur avait donné à chacun des vêtements civils
pris sur des cadavres, des cartes d'identité hongroises et de l'argent, ainsi que
des cartes routières indiquant le chemin de la frontière yougoslave; s'ils
étaient capturés vivants, ces déserteurs n'échapperaient pas au peloton
d'exécution.

Se répartissant par groupes de cinq qui partaient à cinq minutes d'intervalles, les partisans survivants et les déserteurs russes descendirent dans ce
qui ressemblait à un puits en briques, au bout de la poudrière. De l'avenue,
en face de la caserne, leur parvint la détonation étouffée de la salve que les
Russes tiraient à trois heures. Zoltan, Ebby, Elizabet et deux déserteurs com-
posaient l'avant-dernier groupe. Zoltan descendit l'échelle en s'aidant des
deux mains, et arriva dans un tunnel inondé à hauteur de cheville d'un liquide
épais qui empestait les excréments. Prise en sandwich entre Zoltan et Ebby,
Elizabet se couvrit la bouche et le nez avec son avant-bras, mais fut tout de
même étourdie par la puanteur. Ebby remarqua qu'elle vacillait et se cognait
les épaules contre les parois de brique, aussi la saisit-il fermement par la ceinture pour la redresser. Zoltan, qui ouvrait le chemin avec une lampe à pétrole,

son poignard recourbé enfoncé dans la ceinture, son étui à violon accroché avec une corde en travers du dos, fonçait droit devant lui. Ils avaient peut-être parcouru cent cinquante mètres quand le niveau des eaux se mit à monter. Elizabet poussa un cri de terreur. Zoltan pressa l'allure, avançant à présent dans la fange jusqu'aux genoux. Derrière eux retentirent les exclamations paniquées du dernier groupe à affronter les eaux montantes.

La fange leur arrivait à la taille lorsque le tunnel dessina un coude vers la droite. Une échelle d'acier surgit dans le halo de la lampe à pétrole que tenait Zoltan. Les barreaux, fixés un par un dans la paroi de brique, disparaissaient dans l'obscurité bien au-dessus de leur tête. Zoltan se jeta sur l'échelle puis se retourna pour hisser Elizabet sur le premier barreau visible. À chaque fois qu'ils atteignaient un barreau rongé par la rouille, le gitan se retournait pour aider Elizabet à franchir le trou. De très loin au-dessous d'eux leur parvinrent les hoquets des autres réfugiés encore dans les égouts, puis le bruit de quelqu'un qui se débat dans l'eau et une toux étranglée.

Accroché à un barreau, Zoltan cria quelque chose en hongrois. Une voix rauque lui répondit. Zoltan annonça : « Ils ne sont que deux à s'en être sortis. » Puis il reprit son ascension.

Au-dessus de leurs têtes, une lumière apparut et des voix leur soufflèrent des encouragements en hongrois. Enfin, des bras puissants les tirèrent du puits, et ils s'écroulèrent sur un sol en terre battue. Les deux jeunes déserteurs russes – si jeunes qu'il était impossible de savoir qu'ils ne s'étaient pas rasés depuis des semaines – se laissèrent tomber près d'eux. Tout autour de la salle, les partisans survivants se reposaient, le dos collé aux murs.

« Où sommes-nous ? » demanda Ebby.

Un Hongrois qui parlait un peu anglais répondit : « On est dans le sous-sol d'un vieux bâtiment transformé en boulangerie industrielle. Écoutez. »

Un ronronnement de machines leur parvenait en effet d'au-dessus. Zoltan discuta avec plusieurs partisans, puis revint s'asseoir avec Ebby et Elizabet. « Ils disent qu'il nous reste deux heures et demie d'obscurité, O.K. On va reprendre notre souffle une minute, et puis on se séparera en petits groupes et on mettra de l'espace entre nous et Kilian avant que les Russes ne s'aperçoivent qu'on est partis. Des étudiants qui connaissent bien Pest nous guideront.

– Où irons-nous ? » demanda Elizabet.

Zoltan eut un grand sourire. « En Autriche. »

Elle se tourna vers Ebby. « Tu pourras sûrement te réfugier à l'ambassade américaine. »

Il secoua la tête. « Les troupes russes l'ont certainement encerclée pour empêcher les Hongrois de chercher asile là-bas. » Il lui sourit. « J'ai une meilleure chance en partant en Autriche avec vous. »

Les douze déserteurs russes, qui avaient le plus à perdre s'ils se faisaient capturer, partirent les premiers. L'un d'eux se retourna à la porte pour faire une rapide déclaration en russe. Puis il s'inclina devant les partisans, parvint à afficher un petit sourire courageux et se détourna pour monter un escalier de bois. Quelques minutes plus tard, Ebby, Elizabet et Zoltan se joignirent à un groupe et sortirent par une rampe de chargement avant de franchir un mur qui les séparait d'un terrain de foot, derrière une école. Un vent froid et sec soufflait du Danube, et Elizabet tourna son visage vers les rafales pour aspirer l'air à pleins poumons. Dans le lointain, des flammes léchaient le ciel nocturne au-dessus de la ville. À Buda, sur la colline du château, le bâtiment des archives nationales était en feu. L'hôpital Rokus n'était plus qu'un tas de ruines fumantes. Les incendies faisaient rage à Csepel, Ujpest et Köbánya. L'étudiant qui conduisait leur groupe, un jeune homme au visage mince portant des lunettes et un vieux fusil en bandoulière sur son épaule maigre, leur fit traverser un labyrinthe de ruelles en direction des banlieues sud de Pest. Ils traversèrent des jardins bien tenus derrière de belles demeures, franchirent des murs et des clôtures grillagées, passèrent dans des entrepôts pleins de femmes et d'enfants silencieux et descendirent de petites rues étroites. À un moment donné, ils parvinrent à une grande avenue aboutissant, un peu plus loin, à une place. Aussi loin qu'ils pouvaient voir, les immeubles étaient, de part et d'autre de l'avenue, réduits à des tas de ruines. Les pavés sous leurs pieds étaient jonchés de débris et de feuilles d'automne jaunies. Dissimulés derrière un bâtiment, ils virent des parachutistes russes en courtes pèlerines se réchauffer les mains autour d'un feu allumé en plein milieu d'une rue, à proximité de la place. Tout près, les ramures des arbres se découpaient, dénudées ; contre le rouge mat du ciel embrasé.

Pendus aux branches, les corps de douze partisans se balançaient au rythme du vent du Danube. Sur la chaussée, non loin des corps, il y avait une silhouette humaine, bras écartés, une jambe repliée, l'autre tordue au niveau du genou. Au premier abord, on aurait dit une grande poupée de chiffon aplatie par les chenilles d'un char russe. Mais il devint bientôt évident que la silhouette était bien de chair et de sang.

Ebby en prit conscience avant les autres. « Ne regardez pas », chuchota-t-il avec autorité en tirant Elizabet en arrière.

Prise d'un haut-le-cœur, elle se retint à un mur et se prit la tête dans ses mains.

Courbés en deux, au pas de course, les survivants de la caserne traversèrent l'avenue par groupes de deux et de trois sans attirer l'attention des Russes autour du feu. Au bout de quelque temps, Elizabet, à bout de souffle et luttant contre un brouillard d'épuisement nerveux qui menaçait de l'engloutir, commença à traîner. Ebby lui passa un bras autour de la taille et l'aida à marcher. Lorsque les premières lueurs grises parurent à l'horizon, ils étaient loin dans la banlieue sud de Pest. Sur leur gauche, les premiers champs faisaient leur apparition, la terre noire fraîchement labourée luisante de rosée. Après Csepel, ils trouvèrent des pédalos pour touristes enchaînés à une jetée. Ils brisèrent les cadenas, firent glisser les chaînes et se servirent des pédalos pour traverser le Danube. Puis ils suivirent une route de terre qui longeait le fleuve. Deux kilomètres plus loin, ils arrivèrent à l'arche de bois rudimentaire qui indiquait l'entrée de la ferme du Drapeau rouge, coopérative laitière connue pour soutenir les rebelles. Alors qu'il faisait complètement jour à présent, un veilleur de nuit barbu les pressa d'entrer dans un hangar à fourrage. Quelques minutes plus tard, ils étaient tous couchés sur des bottes de foin et dormaient profondément.

D'autres réfugiés les rejoignirent dans le hangar pendant la journée : un professeur d'université vieillissant et son épouse émaciée, le chef d'orchestre du Philharmonique de Budapest, un marionnettiste qui trimbalait deux énormes valises remplies de pantins, un célèbre reporter sportif et sa petite amie blonde, et le non moins célèbre gardien de but de l'équipe nationale hongroise de football avec sa femme et son bébé. À midi, des femmes de la coopérative apportèrent des paniers pleins de pain et de fromage auxquels les réfugiés s'attaquèrent voracement ; c'était pour beaucoup le premier repas depuis des jours. À la tombée de la nuit, on amena le vieux diesel Skoda de la coopérative. Elizabet prit le chauffeur à part et lui adressa une requête urgente. Comme il hésitait, elle trouva une carte dans la boîte à gants et, l'aplatissant contre le capot du camion, lui indiqua un chemin à suivre. Puis elle replia la carte et, prenant les mains du chauffeur dans les siennes, répéta sa requête. Le conducteur consulta sa montre et acquiesça sans enthousiasme. Chassant les larmes de ses yeux, Elizabet le remercia avec effusion.

Les dix-neuf réfugiés s'entassèrent dans une cavité aménagée dans le chargement de foin, à l'arrière du camion. Les fermiers posèrent des planches au-dessus de leurs têtes puis remirent encore des bottes de foin par-dessus. Elizabet, épuisée bien qu'elle eût dormi presque toute la journée, laissa aller sa tête contre l'épaule d'Ebby dans l'obscurité. Il passa un bras autour d'elle et l'attira tout contre lui. Serrés l'un contre l'autre, ils entendirent le moteur du Skoda tousser, puis démarrer enfin d'un coup de manivelle.

Pendant près de trois heures, le camion sillonna la campagne en direction de l'ouest, contournant villes et villages en bringuebalant sur des routes non goudronnées. Se tournant d'un côté puis de l'autre à l'intérieur de leur cachette pour adoucir leurs crampes, les réfugiés se raccrochaient les uns aux autres. Le professeur, qui se révéla être un spécialiste du Talmud, marmonnait de temps à autre une prière en hébreu. Le chef d'orchestre sortit une petite torche de sa poche et une partition, et se concentra sur la lecture de la musique ; il se mettait parfois à fredonner un passage particulièrement mélodieux d'une voix tendue de fausset.

Vers dix heures du soir, les passagers sentirent le camion tourner brusquement pour s'engager sur une voie pavée et s'arrêter quelques instants plus tard. Le moteur se tut. On entendit des hommes grimper de chaque côté du camion. Des mains soulevèrent les bottes de paille par-dessus les planches, puis les planches elles-mêmes. Soudain, un ciel sans nuage et parsemé d'étoiles apparut, la Voie lactée traçant comme une grande saignée au milieu. Les passagers se hissèrent hors du camion pour détendre leurs membres endoloris. Certains s'enfoncèrent dans le noir pour uriner. Le camion était garé dans l'enceinte d'une ferme collective ; des ouvriers en bleus de travail formèrent une chaîne et entreprirent de remplir des jerrycans en plastique à un réservoir de gazole fixé en hauteur pour faire le plein du camion diesel. Elizabet jetait autour d'elle des regards inquiets. Une femme forte apparut à l'entrée du hangar. Elle tenait par la main une petite fille menue aux cheveux blond foncé coupés court. Dès qu'elle vit Elizabet, la petite, vêtue d'un manteau de garçon et tenant une poupée à la main poussa un cri et se précipita dans ses bras. Quand le réservoir du camion fut plein, le chauffeur annonça qu'il n'y avait pas de temps à perdre. Il fallait qu'ils soient avant trois heures au rendez-vous fixé pour traverser la frontière. La grosse dame mit un genou en terre pour serrer l'enfant contre elle. Puis Elizabet et elle s'embrassèrent. Ebby hissa la petite fille sur le camion et la glissa dans la cavité au milieu du foin. Pendant qu'on redisposait des bottes de foin au-dessus de leur tête, Elizabet se pencha vers Ebby et murmura : « Je te présente Nellie, ma fille. Nellie, mon petit cœur, je te présente un monsieur très gentil qui s'appelle Elliott. »

Nellie serra sa poupée contre elle. « Bonjour, dit-elle d'une voix timide. T'aimes bien te cacher dans le foin ?

— C'est très amusant, répondit Ebby.

— Est-ce que les méchants vont nous trouver ? »

Ebby prit la petite main dans la sienne. Il sentit la nervosité de l'enfant. « Il n'y a pas grand risque, assura-t-il.

— Et s'ils nous trouvent quand même ?

— Ils ne nous trouveront pas. »

Elle parut se contenter de cette réponse. Au bout d'un moment, elle demanda : « Elliott ?

— Oui.

— Est-ce que tu as peur du noir ?

— Avant, oui, dit Ebby. Mais plus maintenant.

— Moi aussi, j'avais peur quand j'avais quatre ans. Mais maintenant, j'ai bientôt six ans, alors je n'ai plus peur, dit-elle d'une voix étonnamment adulte.

— Quoi qu'il arrive, dit Elizabet à l'enfant, tu dois me promettre de ne pas te plaindre.

— Je te le promets, dit Nellie.

— C'est très bien », commenta Ebby.

Nelly dormit sur les genoux d'Elizabet ; Elizabet sommeilla contre l'épaule d'Ebby. Les minutes s'égrenaient tandis que le camion, suivant à nouveau des routes non goudronnées, poursuivait son chemin vers l'ouest. De temps à autre, quelqu'un allumait une torche, et Ebby avait une vision de ses fantomatiques compagnons, dont certains dormaient mais dont d'autres fixaient l'obscurité de leurs yeux grands ouverts. Juste après une heure du matin, le camion s'arrêta et les réfugiés se réveillèrent. Ils entendirent des voix parler au chauffeur. Elizabet, qui respirait à peine, passa le Webley-Fosbery à Ebby dans le noir. Il tâta les balles dans le barillet pour s'assurer qu'il y en avait une prête à être tirée. Zoltan lui chuchota à l'oreille : « Barrage de l'armée hongroise, pas russe, O.K. Pas à s'inquiéter. Le chauffeur demande de ne pas chercher sous la paille pour ne pas réveiller tout le monde. Les soldats rigolent et demandent combien il y en a. Le chauffeur répond dix-huit sans compter un enfant et un bébé. Les soldats lui demandent des cigarettes et disent de faire attention aux Russes qui patrouillent la frontière. Ils nous souhaitent bonne chance. »

Tressautant sur les ornières, le camion reprit sa route vers l'ouest. À deux heures vingt-cinq du matin, il quitta la route de terre et s'immobilisa près d'un ruisseau. Une fois de plus, le foin fut retiré et les réfugiés quittèrent leur cachette. Elizabet mouilla un mouchoir au ruisseau et nettoya le visage de Nellie, puis le sien.

« J'ai faim », dit Nellie. Le professeur l'entendit et lui donna un reste de sandwich. « Oh, toutes les histoires que tu pourras raconter à tes enfants quand tu seras grande, lui dit-il. Ils croiront que tu les inventes pour les impressionner. »

Vingt minutes plus tard, Ebby perçut un bruit étouffé de sabots sur la piste. Tout de suite après, un grand type maigre d'une cinquantaine d'années portant bottes et culotte de cheval sous une veste de cuir surgit, tirant par la bride un étalon brun foncé dont les sabots étaient enveloppés dans des chiffons épais. L'homme se présenta en hongrois comme s'appelant Marton. Il parlait à voix basse, et les réfugiés se rapprochèrent.

« Il dit qu'il y a quarante minutes de marche jusqu'à la frontière, traduisit Elizabet pour Ebby. En principe, nous allons traverser un secteur patrouillé par des unités de l'armée hongroise. Si jamais ils nous repèrent, on peut espérer qu'ils vont regarder de l'autre côté. Il demande au jeune couple de donner un somnifère en poudre au bébé. Il discute avec les autres – il dit que les bagages ne feront que nous ralentir. Mais le marionnettiste insiste – il dit que c'est toute son existence qui est dans ces valises. Sans elles, il ne pourra pas gagner sa vie en Occident. Marton lui dit que s'il reste en arrière, c'est son problème. Il nous dit qu'on doit marcher en double file juste derrière lui et son cheval. Il sait comment traverser le champ de mines. Ça fait des semaines qu'il le traverse toutes les nuits. Chacune doit suivre exactement les pas de celui qui le précède. Il assure que la petite fille ne pourra pas y arriver. Il faudra que quelqu'un la porte.

– Dis-lui que je m'en charge.»

Marton donna une fiole de somnifère en poudre au jeune couple, qui en brisa la capsule pour verser le contenu dans la bouche du bébé. Ceux qui avaient des bagages gardèrent les objets les plus précieux et jetèrent le reste. Ils se mirent en route derrière Marton, et Ebby vit le marionnettiste se débattre avec ses deux énormes valises. Il lui en prit une.

L'homme aux traits délicats, le visage tiré par l'anxiété, essaya de sourire. «Merci beaucoup, monsieur», murmura-t-il.

Un brouillard bas se referma sur eux lorsqu'ils quittèrent le couvert du bosquet d'arbres. Suivant en double file Marton et son cheval, ils franchirent l'asphalte de la nationale 10, qui reliait Budapest à Vienne, et s'enfoncèrent dans la campagne. Chaque champ qu'ils traversaient était bordé de murets en pierres. Pendant des siècles, les paysans qui gardaient les moutons avaient été dans l'obligation de construire un mètre par jour de muret. Les fuyards grimpaient par-dessus les murets et marchaient à travers des champs sombres, déserts et silencieux. Un vent cinglant fendait les épaisseurs de vêtements, glaçant chacun jusqu'aux os. Le givre crissait sous leurs pieds. Les femmes en chaussures de ville commencèrent à parler d'orteils gelés, mais il n'y avait rien d'autre à faire que de continuer à marcher. À leur droite, un chien hurla à la lune qui filtrait à travers des nuages effilochés. D'autres chiens lui répondirent au loin. Une fusée éclairante explosa silencieusement au-dessus de la nationale 10 puis redescendit lentement vers la terre au bout d'un parachute. Le cheval de Marton, soudain visible comme en plein jour, souffla par les naseaux et racla doucement du sabot. Les réfugiés se figèrent. Marton, guettant les bruits de la nuit, grimpa sur un muret et se concentra sur l'horizon, puis il murmura quelque chose.

«Il dit que les Russes en ont probablement après d'autres réfugiés qui cherchent à passer la frontière plus au nord», expliqua Zoltan à Ebby.

Lorsque la lumière de la fusée éclairante se fut dissipée, Marton reprit sa progression. Le chef d'orchestre, qui se trouvait juste devant Ebby, tourna vers lui un visage maigre et fatigué. Son long manteau de cuir dégoulinait à cause du brouillard. «Connaîtriez-vous par hasard les *Kindertotenlieder* de Mahler?» questionna-t-il. Ebby fit non de la tête, alors le chef d'orchestre retira son béret et essuya ses lunettes dessus tout en fredonnant la mélodie d'une douce voix de fausset. «Je devais les diriger à Budapest ce soir», expliqua-t-il. Ses bajoues se mirent à trembler lorsqu'il secoua la tête avec incrédulité. «Qui aurait cru qu'on en arriverait là?» Puis il se retourna pour continuer son chemin à travers les champs gelés.

Nellie, assise à califourchon sur les épaules d'Ebby, lui tapota la tête. «J'ai très froid, chuchota-t-elle. Je ne me plains pas ; je te donne juste une information.

– On y est presque, assura Elizabet à sa fille. Est-ce qu'on arrive bientôt ? demanda-t-elle à Ebby, une note d'inquiétude dans la voix.

– Ça ne peut plus être bien loin », convint-il.

Ils avancèrent péniblement pendant encore une bonne demi-heure. Puis, à l'autre bout d'un grand champ qui descendait en pente douce vers un bosquet, ils virent, tel un mirage, surgir du brouillard rasant les murs blancs d'une ferme. Marton rassembla les réfugiés autour de lui et leur parla à mi-voix. Plusieurs lui serrèrent la main.

« Il dit que c'est ici que nous nous séparons, traduisit Elizabet. La ferme est à l'intérieur de la frontière autrichienne. Il y a de la soupe chaude qui nous attend. Quand nous nous serons reposés, il y a un chemin de deux kilomètres qui conduit à un centre d'accueil de la Croix-Rouge autrichienne, dans un village. »

Marton fit demi-tour et passa près d'Ebby. Les deux hommes se dévisagèrent, puis Ebby tendit la main. « Merci », dit-il.

Marton serra la main tendue et dit quelque chose en hongrois. Elizabet traduisit : « Il te dit : "S'il vous plaît, souvenez-vous de la Hongrie quand vous l'aurez quittée." »

– Dis-lui que je n'oublierai jamais la Hongrie... que je ne l'oublierai jamais, lui », répliqua Ebby.

Marton enfourcha son cheval avec aisance. Puis il fit faire demi-tour à son étalon avec des claquements de langue et retourna vers la Hongrie. Zoltan prit la tête de la procession et se dirigea vers la ferme blanche. Le groupe se trouvait à mi-chemin de la longue pente quand ils entendirent quelque chose devant eux. Cinq silhouettes en capote polaire à capuche surgirent d'un fossé. Toutes portaient un fusil prêt à tirer entre leurs mains gantées de mitaines. Zoltan saisit le manche de son poignard recourbé. Ebby souleva Nellie de ses épaules et la posa derrière lui avant de prendre le revolver d'Elizabet dans la poche de son pardessus. Dans le silence environnant, il entendit le professeur murmurer une prière en hébreu. L'un des cinq soldats s'approcha de Zoltan et lui demanda quelque chose.

Elizabet poussa un soupir de soulagement. « Il parle hongrois, annonçat-elle. Il dit qu'il n'y a pas de Russes dans le secteur, cette nuit. Il demande si nous avons des cigarettes. Il nous souhaite bon voyage. »

Les soldats saluèrent les réfugiés d'un bras raide avant de continuer à patrouiller la zone.

Quatre jeunes Autrichiens sortirent de la ferme pour aider les réfugiés à parcourir les cinquante derniers mètres. À l'intérieur de la ferme, un vieux poêle ventru répandait une chaleur bienfaisante sous une marmite en fonte où cuisait de la soupe. Les réfugiés massèrent leurs orteils gelés tout en se

réchauffant avec des bols de soupe. Bientôt, quatre autres réfugiés débarquèrent. Puis, encore un peu plus tard, deux couples et trois enfants se joignirent
à eux. Zoltan se réchauffa les mains devant le poêle puis enfila des gants de
laine transformés en mitaines et se mit à jouer au violon des airs tsiganes
mélancoliques. Peu à peu, la tension qui marquait les visages s'évanouit au
profit de sourires épuisés. Quelques heures plus tard, alors que le ciel s'embrasait à l'est en une aube flamboyante, l'un des Autrichiens leur fit emprunter un chemin creux vers le village. Ebby, qui portait Nellie sur ses épaules
et l'une des énormes valises du marionnettiste à la main, venait d'entrevoir le
clocher de l'église quand il repéra des silhouettes debout sur une éminence.

L'une d'elles leva une main et lui adressa un salut. « Ebby ! appela l'homme
en dévalant le coteau.

– Jack ! » s'exclama Ebby. Les deux hommes s'assenèrent de grandes
claques dans le dos.

« Le Wiz est là-haut... » Jack se retourna vers le talus et lança : « C'est bien
lui ! » Puis il revint vers Ebby. « Frank prend tout ça très à cœur, dit-il en désignant d'un signe de tête les réfugiés qui descendaient le sentier. On vient ici
tous les matins, en espérant contre tout espoir... Merde alors, ça fait du bien
de te voir. » Il prit la valise des mains d'Ebby. « Tiens, laisse-moi te donner
un coup de... nom de Dieu, Ebby, qu'est-ce que tu trimballes là-dedans ?

– Tu ne me croiras pas si je te le dis. »

Jack se mit à rire gaiement en emboîtant le pas de son ami. « Essaye
toujours.

– Des marionnettes, Jack. » Ebby se retourna pour regarder en direction de
la Hongrie. « Des marionnettes. »

12

Washington, DC, vendredi 23 novembre 1956

Le domaine du contre-espionnage s'était développé à une vitesse prodigieuse depuis que James Jesus Angleton avait installé la boutique, au début de la décennie. Trois secrétaires à plein temps gardaient maintenant la porte de son bureau ; au cours des seuls douze derniers mois, on avait ajouté pas moins de trente-cinq officiers de la CIA au tableau de service toujours plus coûteux de Maman. Malgré le manque d'espace chronique de plus en plus criant dans l'Allée-aux-Cafards, le contre-espionnage avait réussi à obtenir ce que les petits farceurs de la maison appelaient nerveusement « l'*Anschluss* d'Angleton » – soit une grande réserve sans fenêtre de l'autre côté du couloir, qui avait été remplie de coffres-forts à serrures Burmah impossibles à forcer, pour entreposer toutes les traces écrites que les prodiges d'Angleton suivaient, tous leurs sens en éveil, à travers les fourrés touffus des services de renseignements. Malgré cette expansion, le cœur du cœur du contre-espionnage était toujours le sanctuaire d'Angleton, plongé dans une pénombre constante (il y avait tout un courant de pensée pour soutenir que les stores vénitiens de Maman avaient été *collés* en position fermée), avec ses monceaux de fiches de sept centimètres sur douze sur lesquelles étaient collées des pastilles rouges de priorité.

« Merci d'être venu aussi vite, dit Angleton à Ebby en lui faisant traverser un labyrinthe de boîtes jusqu'au seul siège à peu près décent de la pièce.

– À part le pot avec Dulles en fin d'après-midi, je n'avais rien de prévu aujourd'hui, répondit Ebby.

– Un Jack Daniels ? » proposa Angleton en prenant place derrière son bureau sans cesser d'étudier son visiteur à la lueur de la lampe Tiffany. Les derniers vestiges d'une migraine qui l'avait empêché de dormir presque toute la nuit rôdaient encore dans les plis de son front.

« Pourquoi pas ? »

Angleton servit deux bourbons bien tassés dans des gobelets de cuisine et en poussa un de l'autre côté de la table. «À votre santé et à celle des vôtres, dit-il en levant son verre.

– À la santé des Hongrois qui ont été assez naïfs pour croire à toutes ces foutaises sur le refoulement du communisme», répliqua Ebby d'une voix basse et rauque pour trinquer avec Maman. En buvant son bourbon, le souvenir du Torkoly qui lui avait brûlé la gorge la première fois qu'il avait rencontré Arpád Zelk le fit ciller. Le Jack Daniels d'Angleton était beaucoup plus fade. Tout à Washington était beaucoup plus fade.

«Vous semblez amer...

– Vraiment?»

Angleton n'était pas très doué pour le bavardage, mais il fit quand même un effort. «Votre voyage de retour s'est bien passé?

– Il a été long – vingt-sept heures de porte à porte, sans compter la journée et demie à rester coincé en Allemagne pour que l'Air Force répare un réacteur qui avait des ratés.

– J'ai entendu dire que vous êtes rentré avec une femme...

– Une femme et un gosse. Une petite fille. Elle a bientôt six ans et n'a pas peur du noir. La femme a bientôt trente-trois ans et a très peur du noir. De la lumière aussi, quand on y réfléchit.

– Vous avez eu une permission depuis votre départ de Hongrie?

– Le Wiz nous a organisé dix jours dans une *Gasthaus* près d'Innsbruck. Longues marches dans les Alpes bavaroises. Soirées tranquilles près d'un feu ronflant. Pendant qu'on se trouvait là-bas, douze mille réfugiés hongrois ont passé la frontière.»

La réserve de propos insignifiants d'Angleton était épuisée. Il alluma une cigarette et disparut un instant derrière un mur de fumée. «J'ai lu – là, il fut interrompu par une quinte de toux – j'ai lu les notes prises par l'équipe de débriefing de Vienne...

– Je pensais bien que vous le feriez.

– Et vos soupçons concernant l'existence d'une taupe soviétique m'ont particulièrement intéressé.

– Ce ne sont pas des soupçons, c'est une certitude.

– Vraiment?

– J'ai dit à peu près tout ce que je savais aux gens du débriefing.

– Vous voulez bien qu'on revoie ça ensemble?

– Je suis allé là-bas avec une couverture en béton – on m'avait monté tout un dossier dans mon ancienne boîte à New York au cas où quelqu'un vérifierait. Et puis l'AVH m'a arrêté...

– Après que vous avez pris contact avec Arpád Zelk ou avant?

– C'était après.»

Angleton réfléchissait tout haut. «Vous avez donc tout aussi bien pu être trahi par un Hongrois de l'entourage de Zelk.

– Ça aurait pu. Ce n'est pas le cas. Le colonel général de l'AVH qui m'a interrogé semblait connaître mon dossier au fichier central. Il savait que je travaillais pour la Direction des Opérations de Frank Wisner; il savait que je dépendais de la Division de la Russie soviétique du DD-O. Il savait que j'avais bossé à l'antenne de Francfort pour envoyer des émigrés en Pologne, en Russie soviétique et en Albanie. »

Derrière l'écran de fumée, les yeux d'Angleton n'étaient plus que deux fentes de concentration.

« Et puis il y a cette histoire de Tony Spink, reprit Ebby.

– Il n'est fait aucune mention de Spink dans le compte-rendu de votre débriefing.

– Ça m'est revenu pendant une de ces longues promenades dans les Alpes – je n'arrêtais pas de repasser ces interrogatoires dans ma tête. J'en rêvais pendant mon sommeil – je rêvais que j'étais à nouveau dans cette pièce, sur ce tabouret, le projecteur en pleine figure, à nouveau devant cette vitre, en train de les regarder torturer Elizabet... »

Angleton ramena la conversation où il voulait qu'elle aille. « Vous parliez de Spink.

– Spink, oui. Le camarade colonel général savait que Tony Spink avait été mon supérieur hiérarchique à l'antenne de Francfort. Il savait que j'avais été chargé de la direction des opérations là-bas quand Spink avait reçu sa mutation pour Washington en 1954.

– Il connaissait la date ?

– Oui. Il a dit 1954. » Ebby ferma les yeux. « Juste avant qu'Arpád Zelk ne le traîne dans la chambre froide pour le suspendre à un crochet, le colonel général a crié que le Centre les avait informés sur moi... »

Angleton se pencha en avant. « Le vaste monde du renseignement comprend beaucoup de centres.

– Il parlait du Centre de Moscou.

– Comment pouvez-vous en être sûr ?

– Ça m'a paru évident », fit Ebby avec un haussement d'épaules.

Angleton griffonna quelques notes sur une fiche de sept centimètres sur douze portant une pastille rouge. L'un des téléphones posés sur son bureau se mit à vibrer. Il coinça le combiné entre son épaule et son oreille et écouta un moment. « Non, ce n'est pas une rumeur, dit-il enfin. Mon croisement de *cattleya* a fleuri, et dix-huit mois plus tôt que dans mes rêves les plus fous. Et en plus, la fleur est d'une beauté à couper le souffle. Bon, écoute, Fred, j'ai quelqu'un dans mon bureau. Je te rappelle. » Il raccrocha.

« Qu'est-ce qu'un croisement de *cattleya* ? »

Angleton eut un mince sourire. Aux yeux d'Ebby, qui l'observait de l'autre côté de la table, le chef crispé du contre-espionnage parut presque heureux. « C'est un hybride d'orchidée, expliqua Angleton avec une timidité qu'Ebby ne lui connaissait pas. J'essaye d'en créer un depuis des années, et ce petit salaud a fleuri pendant le week-end. Je vais le faire enregistrer au nom de ma femme – il apparaîtra dans les livres sous le nom de Cicely Angleton.

– Félicitations. »

Angleton ne saisit pas l'ironie. « Merci, dit-il en hochant la tête. Merci beaucoup. » Il se racla la gorge et baissa les yeux sur sa carte. Lorsqu'il reprit la parole, il ne subsistait plus trace de l'orchidée dans sa voix. « Autre chose que vous auriez oublié de signaler au débriefing de Vienne ?

– Il y a beaucoup de choses qui me viennent à l'esprit. Mais la plupart se présentent sous forme de questions.

– Comme ?

– Comme : Pourquoi tous ces parachutages d'émigrés ont-ils mal tourné *après* juin 1951, alors que Maclean et Burgess avaient filé à Moscou et que Philby avait été viré ? Pourquoi avons-nous perdu ces agents doubles en Allemagne il y a deux ans ? Comment le KGB a-t-il su quels diplomates travaillant à notre ambassade à Moscou actionnaient en fait des boîtes aux lettres mortes ? La liste serait trop longue. D'où sont venues les fuites ? Comment ce colonel général hongrois pouvait-il être aussi sûr que je travaille pour le Wiz ? Comment pouvait-il savoir que j'avais pris la suite de Spink quand il a été rappelé à Washington ? Et si c'est le KGB qui l'a informé, comment les Russes ont-ils découvert tout ça ? »

Les épaules voûtées sous le poids des secrets, Angleton se leva et fit le tour du bureau. « Merci de m'avoir accordé de votre temps, Elliott. Je suis content de voir que vous avez pu rentrer sain et sauf. »

Ebby ricana. « Sauf, peut-être, mais je ne suis pas certain d'être encore sain d'esprit. »

Lorsque Ebby fut parti, Angleton se laissa retomber lourdement sur sa chaise et se resservit une dose de Jack Daniels. Ebby avait raison, bien sûr ; les Russes avaient une taupe à la CIA, le plus vraisemblablement aux services spéciaux, peut-être même au cœur des services spéciaux, soit à la division de la Russie soviétique. Angleton sortit la carte concernant Anthony Spink de son fichier et fixa une pastille rouge sur un coin. Spink l'intriguait. Ce qu'Ebby et tous ceux de l'antenne de Francfort ne savaient pas, c'est que Spink n'avait pas été rappelé à Washington en 1954 – il avait carrément été mis sur la touche par Angleton parce qu'il couchait avec une Allemande qui avait une sœur en Allemagne de l'Est. À l'époque, Spink avait passé sans problème le test du détecteur de mensonges, mais, si on prenait assez de tranquillisants, n'importe qui pouvait passer ce test avec succès. Il ne serait peut-être pas mauvais de faire venir Spink et de le cuisiner à nouveau. Et puis, pendant qu'il y était, pourquoi ne pas cuisiner aussi les deux employés de bureau qui étaient au courant de l'aventure de Spink et qui l'avaient couvert à l'époque. Ensuite il y avait le chef adjoint de l'antenne de Prague qui avait déposé sept mille dollars sur le compte de sa femme dans une banque de l'État de New York. Cet employé au chiffre de Paris qui avait appelé sept fois Istanbul, censément pour parler à sa fille en vacances là-bas. La secrétaire de Varsovie qui avait reçu des fleurs d'un ressortissant polonais rencontré à un concert. Le marine, garde à l'ambassade de Moscou, qui avait changé au marché noir des dollars en roubles pour se payer les services d'une prostituée russe. Et l'employé aux contrats de Mexico qui avait été repéré sortant d'une boîte de travestis connue pour être un lieu de rendez-vous secret des membres locaux du KGB. Et le jeune officier qui travaillait sous couverture diplomatique à Sofia et avait ramené illégalement aux États-Unis, en se servant de la valise diplomatique, trois icônes inestimables. Et puis, bien entendu, il y avait E. Winstrom Ebbitt II. Et si ce dernier avait été «retourné» en prison? Et s'il n'était jamais allé en prison? Et si Ebbitt lui-même était la taupe soviétique, le maître espion Starik aurait pu lui donner pour instruction d'agiter le spectre d'une taupe soviétique à la CIA – *de dire à Angleton ce qu'il savait déjà!* – pour détourner l'attention… De toute évidence, il s'agissait là d'une possibilité qu'il fallait étudier.

Angleton leva les mains et les pressa contre ses oreilles. Il avait détecté le martèlement annonciateur de migraine – le roulement de tambour primitif qui signalait au spectre de Starik de hanter les lobes de son cerveau, de chasser le sommeil et la raison pendant tout le temps que durerait la vibration.

Encore alanguie par leurs ébats amoureux, Bernice se hissa sur un tabouret au comptoir du Peoples Drugstore, à quelques pas de leur appartement. «Alors, qu'est-ce qui te ferait envie? demanda-t-elle à Eugene qui venait de prendre place sur le tabouret voisin.

– Toi.

– Ça, tu viens juste de l'avoir, mon biquet, répliqua Bernice. Je te parle de bouffe.

– Des saucisses, peut-être», décida Eugene. Il appela le Grec derrière son comptoir. «Lukas, des saucisses. Toute une poêle de saucisses, avec des patates sautées et une de tes omelettes grecques avec plein d'œufs et d'oignons. Et du café.

– On dirait que nos deux tourtereaux se sont encore ouvert l'appétit», fit Lukas avec un sourire égrillard. Il les voyait suffisamment souvent à son comptoir pour savoir qu'ils avaient toujours une faim dévorante après l'amour. «Et la petite dame?

– Pareil pour moi moins les patates sautées, répondit Bernice. Et puis je prendrai un Coca avec, et peut-être un milk-shake après.

– Ça marche», assura Lukas en cassant impeccablement les œufs d'une seule main dans un saladier.

Trente-cinq minutes plus tard, Lukas ramassait les assiettes vides et Bernice attaquait son milk-shake, l'aspirant bruyamment avec deux pailles. Puis elle releva la tête pour prendre sa respiration et coula un regard en biais vers Eugene. « Tu as l'air drôlement content de toi, depuis quelques semaines, mon amour. Ça me rend heureuse de te voir heureux. »

Eugene jeta un coup d'œil vers le Grec, qui nettoyait ses poêles à l'autre bout du comptoir. « Mais il y a de quoi être content. La contre-révolution s'est fait mettre la pâtée en Hongrie. Le colonialisme a pris une raclée en Égypte. Ça a été un mois faste pour le socialisme.

– Oh ! Eugene, tu me fais mourir... tu es passionné même en dehors du lit. J'ai connu beaucoup de socialistes dans ma vie, mais tu es la crème des crèmes. » Elle but un autre trait de milk-shake. « Eugene, mon biquet, corrige-moi si je dis une bêtise, reprit-elle, soudain très concentrée, mais quand le communisme aura triomphé, quand l'Amérique sera socialiste, tu rentreras chez toi. »

Eugene tourna le sucre dans sa deuxième tasse de café. « J'imagine.

– Tu crois que tu pourras ?

– Qu'est-ce que tu veux dire, si je pourrai ?

– Après avoir passé toutes ces années ici, après avoir pris l'habitude de tout ça... » Elle eut un geste vague en direction de la circulation pare-chocs contre pare-chocs dans l'avenue derrière eux. « Est-ce que tu pourras retourner à la vie communiste ?

– Je n'ai pas été corrompu par le matérialisme, Bernice.

– Je n'ai pas dit ça, mon chou. Je voulais juste dire que la transition risquait d'être dure. » Une pensée la fit sourire. « Il faudrait que tu remontes par paliers, comme un plongeur en eaux profondes qui remonte à la surface. »

L'image le fit rire. « Tu es un sacré numéro, Bernice. Je ne suis pas un plongeur en eaux profondes !

– D'une certaine façon, si. Tu es un homme-grenouille russe, qui brave les requins et les méduses pour explorer les vestiges du naufrage capitaliste dans les profondeurs boueuses. » Elle repéra la lueur fâchée dans son regard et ajouta aussitôt : « Eh ! Lukas ne peut pas nous entendre. » Elle eut un sourire empreint de mélancolie. « S'il te plaît, Eugene... emmène-moi avec toi, quand tu retourneras au pays. » Elle vérifia que le Grec ne les écoutait pas puis continua dans un murmure. « Je voudrais tellement vivre avec toi en mère Russie. C'est mon rêve.

– Ce n'est pas comme tu crois, répliqua-t-il tranquillement.

– Comment c'est alors ?

– Il y a une grande pénurie de logements – il arrive que deux ou trois familles se partagent le même appartement. Il y a de longues queues devant les magasins – et il faut en faire au moins trois avant de pouvoir acheter quoi que ce soit. » Il réfléchit à ce qu'il pourrait ajouter pour la décourager. Si jamais il retournait là-bas, qui sait, il pourrait peut-être reprendre les choses où il les avait laissées avec Azalia Isanova. En supposant qu'elle ne soit pas mariée. En supposant qu'elle se souvienne de lui. Même après toutes ces années, il pouvait toujours entendre sa voix dans sa tête. *Nous verrons ensemble si ton désir et mes attirances s'accordent harmonieusement au lit.* « Et puis il y a une autre chose que tu n'aimerais pas, Bernice, ajouta-t-il le plus sérieusement du monde. Il n'y a pas de jazz en Russie. »

Imperturbable, elle murmura : « Mais c'est le prolétariat qui possède les moyens de production, ce qui veut dire que les travailleurs ne sont pas exploités par les classes capitalistes. De mon point de vue, avoir à partager ses toilettes est un petit prix à payer. Et puis de toute façon, les appartements communautaires, les queues et l'absence de jazz sont des choses qui se régleront une fois que la Russie aura dépassé le socialisme pour entrer dans le vrai communisme. N'est-ce pas, mon biquet ?

– Ils régleront peut-être les problèmes d'appartements et les queues. Mais, pour le jazz, je ne crois pas qu'ils puissent faire grand-chose.

– Je serais prête à arrêter le jazz d'un coup si c'était pour vivre dans la patrie socialiste, dit-elle gravement. C'est une question hypothétique, évidemment, mais c'est important pour moi, Eugene. Alors oui ou non, m'emmèneras-tu avec toi quand tu rentreras dans ton pays ? »

Eugene sentit qu'elle ne le lâcherait pas tant qu'elle n'aurait pas de réponse. « Nous sommes tous les deux soumis à la discipline du parti, Bernice. Ce qui signifie que même si l'Amérique devenait communiste, le Centre ne voudrait peut-être pas que tu abandonnes ton poste. Ils auront besoin de gens comme toi ici pour veiller sur les choses. »

Bernice parut déprimée. « Alors il faudra peut-être que je passe le reste de ma vie en Amérique, c'est bien ce que tu dis ?

– Toi et Max, vous êtes des soldats de première ligne, Bernice, expliqua Eugene. Quand l'Amérique sera communiste, il y aura des rues à ton nom. Bon Dieu, tu auras sûrement un poste élevé dans les plus hautes sphères.

– Comme ?

– Quelqu'un qui a tes antécédents pourrait bien se retrouver à bosser à la Maison-Blanche, pour autant que je sache. »

Bernice parut rassérénée. « Tu ne dis pas ça pour me faire plaisir, Eugene ?

– Non, je te promets. Vraiment, je crois que c'est une possibilité. »

Bernice s'écarta d'Eugene, secoua la tête, éclata de rire et se rapprocha d'Eugene à nouveau, comme si son milk-shake la faisait planer. « Ce que je vais faire, maintenant, c'est t'avouer un truc que j'ai jamais dit à personne. Je parle tout le temps de révolution permanente, de dictature du prolétariat, d'exploitation, d'aliénation et tout ce charabia, mais, au fond de moi, je ne comprends rien à tout ça.

– Pour toi, Bernice, qu'est-ce que c'est que le communisme ? »

Elle réfléchit un instant. « Pour moi, dit-elle enfin, le communisme, c'est la résistance à l'indifférence. C'est se préoccuper des autres plus que de soi-même. »

Eugene se pencha et déposa un baiser sur ses lèvres. « Tu es un sacré compagnon d'armes, Bernice.

– Toi aussi, Eugene, mon biquet. »

Le pot de six heures trente du DCI était en retard – plusieurs pontes de la Compagnie, dont Leo Kritzky, avaient été retenus dans l'ancien bâtiment des départements d'État, de la Guerre et de la Marine, près de la Maison-Blanche, attendant que le vice-président Richard Nixon vienne faire le point sur la situation en Hongrie. Allen Dulles s'était lui-même enfermé avec une équipe de psychiatres de la Compagnie pour essayer de déterminer quoi faire à propos de Frank Wisner. Le comportement erratique du Wiz avait fait pas mal parler. De toute évidence, l'échec du soulèvement hongrois l'avait profondément perturbé. Au début, les vieux partenaires du DD-O avaient attribué ses violentes sautes d'humeur au stress et à l'épuisement ; ils espéraient qu'avec le temps il retrouverait un meilleur moral. Dick Helms, chef des opérations de Wisner, remplaçait son patron ; peu à peu, les membres des services spéciaux commencèrent en effet à éviter Wisner pour lui adresser leurs problèmes et projets. Helms, bureaucrate patient qui se méfiait instinctivement des opérations à risques, tira de la débâcle hongroise les conclusions appropriées et arrêta le projet « refoulement ». Les unités paramilitaires d'émigrés en Allemagne furent dissoutes et les caches d'armes secrètes abandonnées. Radio Free Europe et Radio Liberty furent reprises en main ; l'époque où elles diffusaient sur leurs ondes la recette de fabrication des cocktails Molotov ou des appels aux « nations captives » à se rebeller était bien terminée. Sous la houlette de Helms, la CIA adopta profil bas et se concentra sur la tâche monotone de collecter et interpréter des renseignements concernant son principal adversaire, l'Union soviétique.

Dulles pénétra en pantoufles et d'un pas traînant dans la salle à manger privée du DCI vingt minutes après l'heure fixée pour le pot.

« Regarde ses pieds », souffla Elizabet à Ebby tandis que le directeur traversait la salle en bavardant avec les invités, qui grignotaient des canapés et buvaient du champagne.

« Il a de la goutte, lui dit Ebby. Il met des chaussons au bureau à cause de ses pieds enflés.

– La goutte est un mal de la haute bourgeoisie anglaise », commenta Elizabet avec le plus grand sérieux. Elle trempa ses lèvres dans sa coupe de champagne. « Ton monsieur Dulles est américain. Il ne peut pas avoir la goutte.

– Je suis sûr qu'il sera soulagé de l'apprendre », assura Ebby.

Dulles s'approcha d'Ebby et lui tendit la main. «Beaucoup d'eau a coulé sous les ponts depuis que nous nous sommes rencontrés à l'Alibi Club.

– Ce n'est pas de l'eau qui a coulé sous les ponts, monsieur le directeur, c'est du sang, répliqua Ebby. Je ne crois pas que vous connaissiez Elizabet Németh?»

Le directeur dévisagea Ebby pendant un moment, essayant de comprendre où il voulait en venir. Puis il se tourna vers la jeune femme mince et son visage s'éclaira aussitôt. Dulles était connu pour avoir le goût très sûr en matière de femmes ; on disait au bureau qu'à chaque fois qu'il entamait une nouvelle aventure extraconjugale, il consolait son épouse en l'envoyant choisir une nouvelle provision de bijoux chez Cartier. «J'ai lu beaucoup de choses sur votre héroïsme, chère madame», déclara-t-il de sa voix tonitruante en lui faisant du charme, étreignant sa main entre les siennes comme s'il n'avait aucunement l'intention de la lâcher. «Si vous aviez travaillé pour la Compagnie, nous vous aurions remis une médaille aujourd'hui, comme à Ebbitt.

– Elliott servait les intérêts américains et il a mérité cette médaille, dit-elle en dégageant sa main. Je défendais les intérêts hongrois», murmura-t-elle. Une parodie de sourire apparut sur ses lèvres. «Un jour, peut-être, une Hongrie libre et démocratique se souviendra de ses fils et de ses filles morts.

– Je n'en doute pas», fit Dulles avec enthousiasme.

Le brouhaha des conversations fit place à un silence tendu. Ebby jeta un coup d'œil derrière le directeur et vit que le Wiz venait d'apparaître à la porte. Wisner traversa la salle moquettée pour prendre une coupe de champagne sur la table, parcourant la salle d'un regard affolé. Il vida son verre d'un trait puis en prit un second et se dirigea d'un pas chaloupé vers Ebby et le directeur.

«Eh bien ! Frank, qu'est-ce qu'on dit de beau de l'autre côté du périphérique ? s'enquit Dulles.

– Pour me remercier de ma contribution au socialisme mondial, annonça le Wiz, qui roulait les r en une très bonne imitation de l'accent russe, le Kremlin vient de me nommer colonel général du KGB.» Il leva son verre pour saluer le DCI. «Camarade directeur, poursuivit-il, vous et vos hommes, vous nous avez gratifiés d'un numéro digne de la plus pure tradition du surréalisme soviétique. Marx, Engels, la nomenklatura qui règne en leur nom, sont fiers de vous. Le fantôme de Vladimir Ilitch Lénine va vous décorer de l'ordre d'Alexandre Nevski. Le spectre de Yossif Vissarionovitch Staline vous nomme Héros de l'Union soviétique. Sans les encouragements de la Compagnie, les paysans et ouvriers de la République bananière de Hongrie n'auraient pas commis l'erreur de se soulever contre leurs faux frères de l'armée Rouge. Si vos camarades et vous-même ne leur aviez pas coupé l'herbe sous le pied, qui sait ? Peut-être auraient-ils mené à bien leur *folie* antisocialiste.»

Dulles jeta un regard anxieux autour de lui. «Vous avez trop bu, Frank, dit-il à mi-voix.

– En plein dans le mille, convint Wisner. Le problème, c'est l'alcool. Dès que je serai sobre, tout reprendra de justes proportions. Les vingt mille Hongrois tués, les deux cent mille qui ont fui le pays – mais ce n'était qu'un début. On va faire monter les enchères. Il y a encore des tas de gens qui peuvent mourir pour nous.» Il mordilla sa lèvre inférieure puis donna un petit coup à Ebby sur l'épaule. «Tu as merdé, mon pote. Tu ne les as pas arrêtés. Qu'est-ce qui s'est passé?

– Comment savoir?

– Je vais vous le dire, moi. Ce qui s'est passé, c'est que personne, moi compris, n'avait réfléchi suffisamment aux conséquences...»

La coupe de champagne glissa de la main du Wiz et tomba sur la moquette sans se briser. Il l'envoya rouler sous une table d'un coup de pied. «Loin des yeux, loin du cœur», commenta-t-il, puis sa mâchoire continua de bouger, mais sans qu'aucun mot ne sortît de sa bouche. Pointant son index en l'air, il se mit à tracer de petits cercles comme pour bien faire comprendre les arguments qu'il avait en tête. Gênées, les personnes présentes dans la salle regardèrent ailleurs.

Plusieurs barons réussirent à entraîner le Wiz dans un coin, et Dulles se dépêcha de procéder à la cérémonie. La citation fut brève et directe : E. Winstrom Ebbitt II recevait la médaille des services de renseignements, deuxième décoration la plus haute décernée par la Compagnie, pour le courage dont il avait fait preuve bien au-dessus et bien au-delà des exigences de son service. Il avait agi dans la grande tradition des services secrets, faisant ainsi honneur à son pays et à la Compagnie. Dulles ajouta une petite plaisanterie sur l'endroit où Ebbitt pourrait épingler sa récompense; les médailles de la CIA étant, par nature, secrètes, on les appelait décorations de slip. Des verres se levèrent en guise d'hommage et l'on demanda à Ebby de dire quelques mots. Il s'avança d'un pas et demeura immobile un instant, à contempler la médaille au creux de sa main. Des images l'aveuglaient – la silhouette pareille à une poupée de chiffon écrasée dans le caniveau par un char russe, les douze corps qui tournoyaient lentement au bout de leurs branches, au-dessus. Le souffle court, il leva les yeux.

«S'il vous plaît, souvenez-vous de la Hongrie.» Il croisa le regard d'Elizabet. Elle essuya une larme du dos de sa main et hocha imperceptiblement la tête. «Pour l'amour de Dieu, rappelez-vous pourquoi on s'est trompés, pour ne pas recommencer la même erreur.»

Après la cérémonie, Ebby attendit, pâle comme la mort, l'ascenseur dans le couloir. Lorsque la cabine arriva à leur niveau, Leo y entra avec Elizabet et lui puis, se tournant vers les portes, appuya sur le bouton d'étage des bureaux. L'ascenseur descendit avec un ronronnement. Leo coula un regard en biais vers Ebby.

«On dirait que tu as vu un fantôme, dit-il. Ça va?»

Ebby secoua la tête. « Non, ça ne va pas. J'ai la maladie des caissons. C'est de remonter trop vite à la surface. »

Leo ne comprit pas. « Mais, d'où est-ce que tu remontes ? »

Ebby se rappela le prêtre aux yeux de dément qui gardait la porte quand Arpád, Elizabet et lui étaient sortis du tunnel dans la caserne Kilian. « Je remonte de la géhenne », répondit-il à Leo.

TROISIÈME PARTIE

Cercles vicieux

[Alice] avait cependant l'impression que l'eau offrait une consistance bizarre, car de temps à autre, les rames y restaient prises et n'en ressortaient que très difficilement.

Photo : un cliché amateur, pris en mer sur le pont d'un destroyer américain, montre des marins s'accrochant aux filets de chargement pour aller sauver un homme en uniforme kaki échoué sur un radeau de sauvetage en caoutchouc à moitié dégonflé. Comme l'image est floue et l'homme barbu, le Pentagone ne vit pas d'objection à la publication de la photo dans le numéro du Time Magazine *de fin avril 1961 du moment que l'on ne présentait pas la personne secourue comme un ressortissant américain.*

1

Washington, DC, vendredi 9 septembre 1960

« Si vous mettiez ça dans un de vos livres, personne n'y croirait », s'emporta Dick Bissell devant E. Howard Hunt, spécialiste à plein temps de l'action politique auprès de la CIA et écrivain occasionnel de romans d'espionnage. Bissell, grand type mince au caractère explosif, qui avait remplacé le Wiz, malade, au poste de directeur adjoint des opérations, arpentait le sillon qu'il avait lui-même tracé sur la moquette de l'administration, les mains crispées derrière le dos, les épaules voûtées, penché vers la brise automnale qui soufflait par la fenêtre ouverte de son bureau d'angle. Hunt, sémillant personnage que l'on avait expédié à Miami jusqu'à ce que les sept cents et quelques groupes dissidents anticastristes puissent constituer ce qui, sur le papier du moins, pourrait passer pour un gouvernement en exil vraisemblable, hochait la tête avec empressement. « Quelqu'un qui doit rester anonyme, poursuivit Bissell, nous a présenté l'idée insensée d'inonder Cuba de rumeurs concernant un second avènement du Christ. Le projet était qu'un de nos sous-marins fasse surface au large de la côte cubaine et illumine le ciel avec des feux d'artifice pour annoncer le second avènement tout proche. Les catholiques cubains n'auraient alors pas manqué de voir en Castro l'Antéchrist et l'auraient fichu dehors.

– L'élimination par l'illumination », plaisanta Hunt.

Secouant la tête avec dégoût, Bissell reprit : « Le plus affreux de l'histoire, c'est que c'est quand même l'un des meilleurs projets qui soient arrivés jusqu'à présent sur mon bureau. »

Son interphone brailla. Le DD-O se précipita sur la touche comme s'il s'agissait d'un réveil qu'il fallait éteindre avant qu'il ne tire tout le monde du lit. « Il est là, dit une voix féminine haut perchée. Mais si vous voulez le voir, j'ai bien peur que vous ne deviez venir le secourir dans le hall. »

Bissell, en manches de chemise et bretelles, trouva le Sorcier dans la pièce située derrière la réception, où les gardes en uniforme jouaient à la belote ; les cartes, visiblement abandonnées à la hâte, étaient éparpillées sur la table. Deux des gardes braquaient à deux mains un automatique armé sur l'intrus collé contre un mur, tandis qu'un troisième garde le fouillait en commençant par les chevilles. Lorsque le garde arriva à son veston informe, il le déboutonna prestement et s'empara du revolver à crosse de nacre que Torriti gardait dans l'étui maculé de sueur, sous son aisselle. Le Sorcier, une caricature de sourire plaquée sur son visage bouffi, tirait sur un gros havane en surveillant les opérations de ses petits yeux ronds.

« Vous devez être Harvey Torriti, déclara Bissell.

– Et vous Dick Bissell, rétorqua le Sorcier.

– Il a fait irruption dans le hall en faisant le mariolle, protesta l'un des gardes, préparant un repli au cas où l'intrus se révélerait être quelqu'un d'important. Quand on lui a demandé son identification à la Compagnie, il nous a agité un bout de papier froissé sous le nez et a foncé vers l'ascenseur.

– On a bien vu qu'il était armé, renchérit un autre garde, à cause de son épaule qui tombait. »

Bissell examina le bout de papier froissé en question. C'était une copie en clair du câble Opération Urgente adressé à Alice Reader (nom de code maison du Sorcier), lui demandant de quitter tout de suite la base de Berlin pour Washington.

« Et en plus, il n'a vraiment pas une tête à s'appeler Alice, intervint le troisième garde.

– Bon. Personne ne va vous reprocher de faire votre boulot, assura Bissell aux gardes. Je me porte garant de notre Alice », ajouta-t-il, un rire dissimulé dans les espaces entre les mots.

Puis il s'avança vers le Sorcier et lui tendit la main. Des doigts moites et mous la serrèrent sans conviction. Torriti récupéra son revolver et suivit Bissell. Arrivé à la porte, il se retourna avec l'agilité d'un danseur étoile, faisant voler les pans de son veston autour de ses hanches. « Ces clowns sont tout juste bons à faire des concierges », dit-il à Bissell. Puis il se baissa, remonta la jambe de son pantalon et, d'un mouvement incroyablement rapide, dégaina le calibre 38 Détective Special à canon court scotché à sa cheville. « Ils n'ont même pas trouvé cette saloperie », annonça-t-il gaiement. Il sourit aux visages furieux des trois gardes. « C'est pas des blagues, mais si on pouvait tuer avec les yeux, je serais mort à l'heure qu'il est.

– Franchement, vous n'auriez pas dû les traiter comme ça », commenta Bissell lorsqu'ils eurent laissé les secrétaires bouche bée pour pénétrer dans son bureau.

Les bourrelets de graisse débordant de son siège, un bras passé en travers du haut dossier en bois tandis qu'il caressait son cigare de l'autre main, Torriti voulut remettre ses relations avec le DD-O sur la bonne voie. « Je n'aime pas beaucoup qu'on me bouscule, annonça-t-il.

– Vous demander une carte plastifiée n'entre pas vraiment dans la catégorie des bousculades, Harvey, suggéra Bissell avec douceur.

– Ils ne demandaient pas, ils exigeaient. Et puis à part ça, il y a longtemps que j'ai paumé tous ces fichus papiers, si jamais j'en ai eu. Ça me sert à rien, à Berlin. Tout le monde me connaît.

– Et je vois que tout le monde ne va pas tarder à vous connaître ici aussi. » Bissell désigna une desserte garnie de bouteilles d'alcool. « Je peux vous offrir un peu d'eau de feu ? »

Le Sorcier examina la desserte à travers la fumée de son cigare. La réserve de whisky du DD-O semblait avoir des noms gaéliques et s'enorgueillissait d'avoir été vieillie en fûts pendant seize années ; Torriti supposa que la marchandise avait été mise en bouteilles et écoulée en dernier recours, quand les distilleries familiales avaient dû affronter la faillite. Pour lui, être alcoolique consentant était une chose, mais se mettre à boire de cette saloperie pour richards en était une autre. Le bon whisky vous brûlait le gosier, point final. « C'est vendredi, aujourd'hui, répondit-il. C'est religieux. Je ne bois pas d'alcool le vendredi.

– Depuis quand ?

– Depuis que j'ai regardé les étiquettes de votre whisky. Vous buvez trop chic pour moi. »

Bien décidé à le provoquer, le Sorcier examina le DD-O par-dessus le bureau. Il connaissait bien le pedigree de Bissell – Yale en passant par Groton, économiste de formation, universitaire de cœur, officier et gentleman par filiation, téméraire par instinct. C'était le téméraire qui avait attiré l'attention de Dulles quand le Directeur (sans se préoccuper du chef des Opérations du Wiz, Dick Helms) cherchait quelqu'un pour remplacer Frank Wisner, qui avait été diagnostiqué maniaco-dépressif et s'était, disait-on, retiré dans sa ferme, sur la côte est du Maryland, où il passait ses heures de veille à regarder dans le vide.

Bissell torturait machinalement un trombone entre ses longs doigts. « Votre réputation vous précède, Harvey.

– Et moi je cours après et je fais tout ce que je peux pour être à la hauteur.

– C'est comme si c'était la queue qui agitait le chien », remarqua Bissell. Il coinça une extrémité du trombone déformé entre ses lèvres et se mit à le mordiller. « Je m'occupe d'un nouveau projet, Harvey. C'est pour ça que je vous ai fait venir. Je voudrais vous proposer de participer à l'action. C'est un gros truc. Très gros même. Devinez de quoi il s'agit. Vous avez droit à trois réponses. »

Le Sorcier commençait à regretter d'avoir refusé le whisky gaélique tape-à-l'œil de Bissell, mais il ne connaissait pas assez le DD-O pour le lui avouer. « Cuba, Cuba et encore Cuba. »

Bissell acquiesça joyeusement. « Khrouchtchev a récemment proclamé devant tout le monde que la doctrine de Monroe était morte de mort naturelle. Je vais lui prouver le contraire. Le président Eisenhower m'a donné l'autorisation de développer un potentiel d'action clandestine contre le régime castriste. Nous allons suivre le modèle guatémaltèque, mais à une plus grande échelle – nous allons répandre des rumeurs de débarquements massifs et de soulèvements pour effrayer Castro au point de le faire fuir comme on a fait fuir Arbenz du Guatemala. Le plan exige la création d'un gouvernement en exil, une offensive de propagande massive, l'entretien de groupes de résistance à Cuba même pour une action finale de guérilla. Le tout a pour nom de code JMARC. »

Le Sorcier tira sur son cigare. « Et moi, je rentre où, là-dedans ? »

Le DD-O passa devant son bureau et baissa inconsciemment la voix. « Je vous ai fait revenir pour ajouter une nouvelle flèche à notre arc, Harvey. Je voudrais que vous établissiez au sein de la Compagnie la capacité générale de mettre hors d'état des dirigeants étrangers. Nous appellerons cette capacité Executive Action. Le nom de code maison d'Executive Action sera ZR/RIFLE. La première mission de ZR/RIFLE sera d'assassiner Fidel Castro. Si vous réussissez, cela rendra l'action militaire superflue, ou pour le moins plus simple.

– Ne me dites pas que vous n'avez pas déjà essayé de descendre Castro. »

Bissell se remit à arpenter la moquette. « Jusqu'à présent, ceux qui se sont occupés de ça étaient du genre à lire en remuant les lèvres. Si je vous racontais certains scénarios…

– Racontez-les-moi, ne serait-ce que pour que je ne commette pas les mêmes erreurs.

– On avait quelqu'un dans un hôtel qui devait saupoudrer les souliers de Fidel avec des sels de thallium pour faire tomber sa barbe, mais Castro n'a jamais donné ses souliers à nettoyer. On a infecté une boîte de ses cigares Cohiba préférés avec une toxine botulique et on l'a passée à quelqu'un qui avait été payé pour lui livrer les cigares. Notre homme a pris l'argent, s'est débarrassé des cigares et a disparu dans la nature. Les elfes du service technique ont à un moment envisagé d'injecter du LSD dans le système de ventilation du studio radio où Fidel prononce ses discours pour qu'il ait la voix pâteuse et se mette à délirer pendant une de ses interminables allocutions au peuple cubain. Et puis il y a eu d'autres projets qui ne sont même jamais sortis des bureaux d'études – saupoudrer la combinaison de plongée de Castro de spores de champignons susceptibles de lui donner une maladie de peau chronique, injecter le bacille de la tuberculose dans son équipement respiratoire de plongée, placer dans le fond sous-marin où Castro aime à pratiquer la plongée sous-marine un coquillage exotique qui exploserait dès qu'il chercherait à l'ouvrir. »

L'un des quatre téléphones posés sur le bureau de Bissell sonna. Il décrocha, écouta un moment puis répondit : « Passez-le-moi sur la ligne sécurisée. »

Agitant un doigt en direction de Torriti pour lui indiquer que ce ne serait pas long, il décrocha le téléphone rouge. «Écoutez, Dave, le problème, c'est que tout est trop lisse. Ça fait trop américain, ce qui signifie qu'on pense aussitôt à la Compagnie. Le truc, c'est de faire en sorte que les choses paraissent moins professionnelles et plus cubaines. Là, je vous parle de fautes de grammaire quand vos Cubains donneront leur bulletin, de saphir qui reste coincé sur un sillon quand ils passent leur générique, de commencer les émissions avec quelques minutes d'avance ou de retard. Les aspérités, Dave, voilà le secret pour ce genre d'opération... C'est ça, Dave... Je n'en doute pas.»

Bissell raccrocha brutalement. «Déjà entendu parler de l'île de Swan, Harvey? C'est un tas de guano au large du Honduras avec un émetteur à ondes moyennes de cinquante kilowatts qui émet de la propagande vers Cuba.

— Si je vous suis bien, Dick, répliqua Torriti, vous vous plaignez de ce que le côté propagande soit trop professionnel, et le côté Executive Action trop amateur?»

Bissell éclata de rire. «Vous me suivez parfaitement, Harvey. La seule règle, c'est qu'il n'y a pas de règles.» Il retourna derrière son bureau, se laissa tomber sur son siège et se mit à visser et dévisser un boulon chromé. «Vous parlez toujours sicilien?

— Ce n'est pas quelque chose qu'on oublie. Je suis à moitié sicilien par ma mère.

— C'est vous qui faisiez le lien entre l'OSS et la mafia sicilienne, pendant la guerre.»

Le Sorcier eut un mouvement d'épaules maussade. «On ne juge pas quelqu'un à ses fréquentations quand ce quelqu'un travaille pour un service de renseignements.

— Je voudrais que vous vous remettiez à fréquenter la mafia, Harvey.»

Torriti se pencha en avant; son veston s'ouvrit, et le revolver à crosse de nacre apparut. «Vous voulez que ce soit Cosa Nostra qui se charge de Fidel!»

Bissell sourit. «Ils sont connus pour ce genre d'activité. Et ils ont la réputation d'être bons. Et aussi de savoir la fermer quand c'est terminé.

— Qu'est-ce qu'ils ont à y gagner?

— D'abord, du fric. Le type avec qui je voudrais que vous commenciez – Johnny Rosselli – est entré illégalement aux États-Unis quand il était adolescent. Il pourrait très bien être expulsé. Ça pourrait s'arranger s'il coopère avec nous. Avant que Castro ne descende de ses montagnes, Rosselli dirigeait les casinos de Cosa Nostra à La Havane. Maintenant, il a des intérêts dans les boîtes de jeu de Las Vegas et représente la mafia de Chicago sur la côte Ouest.

— Vous avez une idée de calendrier pour JMARC?

— Nous ne voulons rien entamer avant les élections de novembre. Nixon ne nous plaît pas trop, alors on ne voudrait pas qu'il s'octroie tout le crédit du renversement de Castro et que ça lui fasse remporter les élections. Je vous confie ça comme un secret d'État, Harvey – le vice-président n'est pas trop notre genre. Allen Dulles est proche de Jack Kennedy. Il voudrait que ce soit lui le prochain président. Et il voudrait que Jack ait une dette envers la Compagnie.

– Du fait que nous aurons attendu le début de son mandat avant de nous en prendre à Castro.

– Exactement. D'un autre côté, il faut tout de même que nous mettions quelque chose en route avant, disons, cet été. Castro a cinquante pilotes qui s'entraînent à piloter des MiG russes en Tchécoslovaquie. Les appareils seront livrés et les pilotes opérationnels en été 61.

– Kennedy est-il au courant pour JMARC ?

– Seulement de façon très vague.

– Alors, quelles garanties avez-vous qu'il soutiendra bien l'opération s'il est élu à la présidence ?

– Vous posez les bonnes questions, Harvey. Nous estimons peu vraisemblable que le prochain président abandonne une opération paramilitaire initiée par le grand héros de guerre américain Dwight Eisenhower. Il se ferait descendre en flammes par toute la classe politique. Les Républicains diraient qu'il n'a pas de couilles.

– L'entourage de Kennedy pourrait le dissuader de poursuivre.»

Bissell serra les lèvres. «Kennedy passe pour être intelligent et ferme. Pour son entourage, sa fermeté compte davantage que son intelligence.

– Le grand héros de guerre Eisenhower est-il au courant de la création d'Executive Action ?»

Le DD-O secoua la tête avec véhémence. «Ce n'est certainement pas un sujet à aborder à la Maison-Blanche.»

Torriti tira un mouchoir froissé de la poche de son veston et s'essuya le front. Maintenant qu'ils avaient échangé quelques mots, il avait l'impression de mieux connaître le DD-O. «Est-ce que je peux...» Il indiqua la desserte d'un mouvement de tête.

«Mais bon sang, je vous en prie. C'est fait pour ça, Harvey. Vous avez de la glace dans le seau.»

Le Sorcier attrapa une bouteille au nom gaélique imprononçable et s'en versa quatre doigts dans un verre. Il ajouta un glaçon, remua avec un petit fouet qui fit tinter le cube contre la paroi de verre et en vida la moitié d'un seul coup.

«Moelleux, non ?

– Trop moelleux. Le whisky, c'est comme la propagande : il faut qu'il y ait des aspérités.» Torriti s'approcha de la fenêtre, écarta le store avec son index et regarda ce qu'il pouvait voir de Washington. Ce n'était pas une ville où il se sentait bien – il y avait trop d'intellos qui croyaient tout savoir, trop de beaux parleurs qui ne disaient jamais ce qu'ils pensaient et attendaient de vous que vous lisiez entre les lignes, vous laissant vous débrouiller tout seul si jamais les choses tournaient mal. Bissell venait de gagner son respect réticent. Le DD-O avait un point faible – Bissell n'avait jamais dirigé un putain d'agent de sa vie, ni dirigé une antenne de la Compagnie non plus. Mais il avait la réputation d'aller au bout de ce qu'il entreprenait. Il avait fait en sorte que l'avion de reconnaissance U2 – avion-espion équipé d'un réacteur et d'appareils de haute précision capables de photographier des plaques d'immatriculation au Kremlin à 25 000 m d'altitude – passe du bureau d'études à la stratosphère au-dessus de la Russie en dix-huit mois, alors qu'il aurait fallu huit ans à l'armée de l'air pour faire la même chose. Et maintenant, ce DD-O sorti de Groton-Yale et qui aimait le whisky classieux voulait liquider quelqu'un et le disait carrément. Torriti se tourna vers Bissell. « D'accord, j'accepte », dit-il.

Le DD-O fut sur ses pieds. « Je suis ravi...

– Mais à mes conditions.

– Donnez-les, Harvey. »

Torriti revint vers le bureau, posa son verre sur le courrier secret défense de Bissell et énuméra ses revendications sur ses doigts.

« D'abord, je veux une bonne couverture.

– Pour la Compagnie, vous êtes le nouveau patron de Staff-D, un petit service de l'Agence qui traite des interceptions de communications.

– Je ne veux pas avoir ce putain de James Jesus Angleton sur mon putain de dos.

– Si vous avez un problème avec lui, vous m'en parlez. Si je ne peux pas le régler, je m'adresse directement au directeur. À nous deux, on fera en sorte que vous ne l'ayez pas sur le dos.

– Vous voulez que je fasse un miracle avec Fidel, bon. Mais je ne veux pas d'autre agence gouvernementale sur le coup. Et, à l'intérieur de la Compagnie, tout devra se faire oralement.

– Pas de traces écrites, donc, convint Bissell.

– Il faudra que les exécuteurs de ZR/RIFLE soient tous des ressortissants étrangers n'ayant jamais résidé en Amérique ni disposé de visa américain. Les dossiers 201 du fichier central devront être falsifiés et antidatés pour que tous ceux que je recrute aient l'air d'être des agents de longue date affectés à l'URSS ou la Tchécoslovaquie.

Bissell acquiesça ; il commençait à se dire qu'il avait eu un trait de génie en faisant revenir Torriti de Berlin.

Le Sorcier tapota son auriculaire, mais ne put se rappeler la cinquième revendication sur sa liste.

« Quoi d'autre, Harvey ? demanda Bissell, encourageant.

– Quoi d'autre ? » Il se creusa la cervelle. « Plein d'autres choses. D'abord, je veux un bureau en sous-sol. Je suis une taupe – je préfère travailler sous terre. Il faut qu'il soit grand – dans le genre de ce qu'aurait le président de Yale s'il travaillait ici. Je veux qu'il soit ratissé une fois le matin, une fois l'après-midi, pour les mouchards. Je veux une provision illimitée de whisky bon marché, une ligne de téléphone sécurisée et un phono pour que je puisse passer des airs d'opéra pendant que je parle dessus, au cas où on n'aurait pas assez bien ratissé. Je veux ma secrétaire de Berlin, Mlle Sipp. Je veux une voiture de n'importe quelle couleur sauf le kaki des voitures maison. Je veux mes gitans roumains, Doux Jésus et l'Ange Déchu, comme garde rapprochée. Qu'est-ce que je veux d'autre ? Ah oui, je veux qu'on me donne une de ces foutues cartes plastifiées avec ma photo dessus pour que je puisse valser devant les clowns à l'entrée.

– Accordé, Harvey. Vous aurez tout ça. »

Le Sorcier, aussi essoufflé que s'il venait de courir un cent mètres haies, hocha précautionneusement la tête. « Je crois qu'on va bien s'entendre, vous et moi, Dick.

– Faites un miracle pour moi, Harvey, et vous rédigerez vous-même la facture. »

« Je ne connais pas beaucoup de gens qui accrochent une pelle de jardinage ordinaire au-dessus de leur cheminée, fit remarquer Philip Swett. On pourrait croire que c'est une relique familiale.

– Ce n'est pas loin de ça, papa, expliqua Adelle. Il se trouve que c'est la pelle que Leo a achetée, le jour où nous nous sommes rencontrés – le jour où nous avons enterré son chien et mon chat sur une colline du Maryland. Leo est tombé dessus en nettoyant la cave, le mois dernier, et on s'est dit que ce serait marrant de la remonter. »

Les jumelles, Tessa et Vanessa, six ans et cinq mois, venaient de planter des bisous mouillés sur les joues rugueuses de leur grand-père et sortaient en courant par la porte de la cuisine, queue de cheval au vent, pour attraper leur car scolaire devant la petite maison de Georgetown que Swett avait achetée à sa fille à leur naissance. Adelle, un œil rivé sur la pendule de la cuisine, l'autre sur le grille-pain, posa la confiture préférée de son père sur la table.

« Alors, où est passé ton premier mari ? grommela Swett.

– Mon premier et unique, papa », répliqua Adelle, lasse de la vieille plaisanterie de son père. Celui-ci aurait été le dernier à admettre qu'avec les années, il avait fini par bien aimer son gendre. « Leo est au téléphone, comme d'habitude. » Il y avait une note de fierté dans sa voix. « Il vient d'avoir de l'avancement, tu sais. Pour l'amour du ciel, ne lui dis pas que je te l'ai dit – il me passerait un savon. Ça fait plusieurs mois maintenant qu'il bosse comme expert auprès de Dick Bissell. À un moment, il a même dû aller à Los Angeles et il a rencontré Frank Sinatra. Vendredi dernier, on lui a dit qu'il était nommé adjoint permanent de Bissell, ce qui veux dire augmentation, ce qui veut dire secrétaire à plein temps.» Elle poussa un soupir. «Ce qui veut dire aussi davantage de coups de fil au milieu de la nuit. Ce Dick Bissell ne dort jamais...»

Cornichon-au-Vinaigre, la chatte au museau ramassé que LBJ avait donnée à Adelle en cadeau de mariage, apparut à la porte de la buanderie. Elle venait de dormir sur le linge que la dame de couleur qui venait trois après-midi par semaine avait empilé. Adelle versa un peu de lait dans une soucoupe et la posa par terre. La chatte se mit aussitôt à laper. Leo Kritzky poussa la porte de la cuisine, une cravate desserrée autour du col. Adelle essuya d'un doigt une éclaboussure de crème à raser sur le lobe de son oreille. Leo serra la main de son beau-père et s'assit en face de lui dans le coin repas de la cuisine.

«Les filles sont parties à temps? demanda-t-il.

– Si ça n'avait pas été le cas, elles seraient ici, grogna Swett.

– Comment allez-vous, Phil? s'enquit Leo.

– Crevé. Lessivé. Si vous pensez que c'est facile de financer la campagne d'un candidat catholique, vous vous fourrez le doigt dans l'œil, remarqua Swett.

– Je croyais que c'était son père qui le finançait.

– Joe Kennedy l'a soutenu pour les primaires, surtout au début. Maintenant, c'est aux démocrates de la grande liste de prendre le relais. C'est ça ou voir Tricky Dick[1] prendre une option sur la Maison-Blanche.»

Adelle remplit deux grandes tasses de café à un percolateur et les poussa vers les deux hommes. «Où est Kennedy, aujourd'hui?» demanda-t-elle à son père.

Swett beurra une tartine et se servit généreusement de marmelade. «Jack repart en campagne dans le Midwest. Il dormira chez moi, à Chicago, ce soir. C'est pour ça que je me suis invité au petit déjeuner – il faut que je sois là-bas en début d'après-midi pour organiser une soirée impromptue de collecte de fonds pour lui. Que fait Lyndon, en ce moment?»

Adelle, qui coordonnait les enquêteurs travaillant pour la campagne de Lyndon Johnson à la vice-présidence, retira un sachet de thé de la petite théière et se servit une tasse. «Il fait campagne au Texas et en Californie, répondit-elle. Il pense qu'ils ne peuvent pas gagner sans ces deux États. Tu as vu l'article du *Washington Post* où Lyndon attaque l'administration Eisenhower pour cette histoire de sous-marin miniature...»

Swett éclata de rire. «Oui, oh oui.

– Quel sous-marin miniature? demanda Leo.

_____

1. "Richard le Roublard", surnom de Richard Nixon.

– Et vous êtes censé bosser aux renseignements ? commenta Swett. Il y a une boîte de jouets qui vient de sortir une réplique quasi parfaite de notre nouveau sous-marin Polaris. Les Russes n'ont plus besoin d'espions. Ces gugusses n'ont plus qu'à casquer deux dollars quatre-vingt-dix-huit pour avoir le jouet. Ça montre le réacteur atomique et les deux missiles Polaris jusqu'au moindre détail.

– Tu sais papa, c'est moi qui ai eu l'idée de sortir cette histoire – pour que Lyndon l'utilise comme un nouvel exemple des cafouillages de l'administration Eisenhower. J'ai trouvé ça dans un entrefilet du *Baltimore Sun* et je l'ai montré à l'un de ceux qui écrivent nos discours.

– Si tu veux mon avis, je trouve que c'est une honte de leur donner le Polaris sur un plateau d'argent. » Swett souffla bruyamment sur son café et en prit une gorgée. « Si je travaillais pour votre Compagnie, là, Leo, je ferais en sorte que le KGB croie que nous avons fabriqué le modèle miniature pour les tromper, non ? »

Leo sourit. « La vie n'est pas aussi simple, Phil. Si nous essayons de convaincre le KGB que nous l'avons fait exprès, ils vont penser qu'on essaye de les convaincre que les plans sont faux, et en concluront donc qu'ils sont véridiques.

– Alors, conclut vivement Adelle, on n'a qu'à laisser entendre que les plans sont les bons. Comme ça, ils penseront qu'on essaye de leur faire croire qu'ils sont bons et en déduiront qu'ils sont faux. »

Leo secoua la tête. « Ça pourrait marcher, à moins, bien sûr, que le KGB ne dispose d'un brillant analyste des USA qui leur dise : "Écoutez les gars, la CIA laisse entendre que le modèle réduit de sous-marin est exact, ce qui signifie qu'ils pensent qu'on pense qu'ils essayent de nous convaincre qu'il est vrai et qu'on va en déduire qu'il est faux. Ce qui signifie qu'il est peut-être exact."

– Seigneur, c'est beaucoup trop alambiqué pour moi », dit Adelle.

Swett intervint : « Leo, je me rappelle l'époque où vous ne vouliez même pas admettre que vous travailliez pour la Vinaigrerie. » Il dévisagea son gendre par-dessus la table. « Qu'est-ce qui se prépare avec Cuba ? » questionna-t-il soudain.

Leo jeta un bref coup d'œil vers Adelle avant de répondre : « Tout ce que je sais de Cuba, c'est ce que je lis dans le journal.

– Leo, Leo, vous vous rappelez qui je suis ? Phil Swett ? Je suis le mec qui prenait son petit déjeuner avec Harry Truman. Je suis celui qui appelle Dwight Eisenhower par son prénom. Je suis celui qui a avancé l'idée que Lyndon Johnson en avait peut-être marre d'être le chef de la majorité au Sénat et pourrait très bien dire "Eh, pourquoi pas ?" si Jack Kennedy lui proposait la vice-présidence. Si Lyndon apporte le Texas et que Jack se glisse à la Maison-Blanche, on fera la queue pour me serrer la main. Alors le moins que vous puissiez faire c'est d'arrêter de me traiter comme un espion russe, ou comme un imbécile. Tout le monde sait qu'il se passe quelque chose dans les Caraïbes. C'est un secret de polichinelle dans la campagne de Jack qu'il a été informé d'une opération anticastriste en cours. »

Leo regarda son beau-père dans les yeux. « Phil, tout ce que je peux vous dire, c'est que vous en savez plus que moi. »

Une lueur d'amusement brilla dans le regard d'Adelle. « Ça te fait grimper au plafond de penser que Leo puisse savoir des choses que tu ne sais pas, hein, papa ? »

Swett n'était pas loin de s'emporter. « Nom de Dieu, Harry Truman, Ike et Jack Kennedy me traitent en patriote américain, mais mon propre gendre me traite comme si je travaillais pour le Kremlin.

– Phil, croyez-moi, si je savais quelque chose sur une opération cubaine, je vous le dirais. En ce qui me concerne, vous avez tout autant le droit d'être informé là-dessus que Jack Kennedy. Mais il faut que vous compreniez que la Compagnie est très compartimentée. Mon travail ne touche pas à cette partie du monde, c'est tout. D'accord ? »

Swett maugréa. « Je veux bien croire que vous ne savez rien à propos de Cuba. Je me vante de savoir sentir les gens – et j'ai lu de la surprise dans vos yeux quand je vous ai parlé du secret de polichinelle de la campagne de Jack.

– Leo ne mentirait pas, papa. Pas à toi.

– Le fait est que ça m'a surpris », admit Leo.

Leo attendit que le garde vérifie sa carte dans le hall de Quarters Eye, ancienne caserne des auxiliaires féminines de la marine, les WAVES, située au niveau d'Ohio Drive, dans le centre de Washington, et que Bissell avait réquisitionnée pour JMARC, son opération visant à éliminer Castro de Cuba. Il épingla son insigne rouge et descendit le couloir étroit et faiblement éclairé du rez-de-chaussée jusqu'à une porte verte portant la mention : « Strictement interdit au personnel non autorisé ». Quelqu'un avait ajouté au-dessous, à la craie : « Aucune exception, quelle qu'elle soit. » Leo composa le numéro de code sur le boîtier mural et entendit le ronronnement du courant électrique ouvrir le verrou. À l'intérieur du QG cubain de Bissell, les fenêtres avaient été passées au noir. Deux murs étaient recouverts de cartes gigantesques, l'une de l'île de Cuba proprement dite, l'autre de la mer des Caraïbes. Chacune des cartes était recouverte d'un revêtement de plastique sur lequel on pouvait noter des indications tactiques au crayon de couleur gras. Un troisième mur dispa-raissait sous des agrandissements de cibles cruciales : les trois principales pistes d'envol militaires de Castro avec ses trois jets-écoles T-33 et ses Sea Fury alignés le long des pistes. Objectif Un : le centre nerveux de l'armée cubaine situé dans une luxueuse villa sur deux niveaux de Nuevo Vedado, dans la banlieue de La Havane ; plusieurs bases de l'armée et de la milice ainsi que des parcs de chars soviétiques, de camions et de jeep en provenance des surplus de l'armée américaine. La secrétaire de Leo, une femme d'un certain âge aux cheveux gris et qui s'appelait Rosemary Hanks, triait le courrier de la nuit à sa table, tout contre la sortie du petit bureau de Leo, à côté du QG. Elle prit un Kleenex dans une boîte ouverte et se moucha.

« Vous faites une allergie, madame Hanks ? s'enquit Leo.

– Oui, aux mauvaises nouvelles », annonça-t-elle avec son accent sec et traînant du Montana. Elle agita un câble en l'air. « Et c'est ce qui vient de nous arriver de Helvetia », dit-elle, faisant référence à la plantation de café des montagnes de la Sierra Madre guatémaltèque où la CIA avait installé un camp d'entraînement pour la brigade des exilés cubains qui serait ensuite infiltrée à Cuba. « Nous avons eu notre premier tué de guerre. Un Cubain est mort hier en tombant d'une falaise pendant un exercice d'entraînement. Il s'appelait Carlos Rodríguez Santana. Ses camarades ont décidé de reprendre son matricule – 2506 – pour désigner officiellement la brigade.

– J'aimerais bien que vous m'accueilliez avec une bonne nouvelle, pour changer », commenta Leo.

Elle secoua résolument la tête. « M. Bissell veut toujours les mauvaises nouvelles d'abord. Pour s'en débarrasser et passer à autre chose, c'est sa théorie. Voilà la bonne, maintenant : nous avons dégoté des tas et des tas de bombardiers B-26. Il y en a toute une flotte près de Tucson, en Arizona.

– Bonne nouvelle, en effet », convint Leo. Il prit le câble, poussa la porte marquée « ADD-O/A[1] », accrocha sa veste au dossier de sa chaise et s'assit à son bureau pour le lire. Bissell avait décidé d'utiliser de vieux bombardiers B-26 de la dernière guerre pour constituer la petite aviation militaire de la brigade parce qu'on en avait vendu des centaines dans des surplus du monde entier après la guerre, ce qui signifiait que Washington pourrait toujours nier avoir fourni les appareils aux exilés cubains. Le problème était maintenant de soutirer une douzaine de ces B-26 aux scribouillards rapiats du Pentagone sans leur dire à quoi ils devaient servir. Les pilotes de la garde nationale aérienne d'Alabama qui avaient été affectés à JMARC, devaient désinfecter les avions – les débarrasser de tous les numéros et insignes permettant d'identifier leur origine – puis les convoyer jusqu'à l'aérodrome construit sous la base Helvetia, à Retalhuleu. Les équipages d'Alabama devraient alors former les pilotes cubains, recrutés dans leur communauté exilée à Miami, pour des missions de combat sur Cuba.

Leo parcourut les messages de la nuit, câble par câble, puis en fit suivre certains aux bureaucrates de JMARC sur place ; il transmit à Bissell la bonne

---

1. *Assistant Deputy Director for Operations for Action*, soit assistant du directeur adjoint des opérations pour le service Action.

nouvelle concernant les B-26 sortis de la naphtaline en Arizona, avec un mot lui demandant comment il comptait aborder les grands pontes du Pentagone – peut-être, suggérait Leo, Dulles voudrait-il s'adresser directement au président du comité des chefs d'état-major, le général Lemnitzer. Mme Hanks apporta le bulletin d'information préparé par l'équipe de nuit, et Leo lut tous les articles qui concernaient Castro ou Cuba parus dans la presse nationale ou disponibles dans les agences de presse au cours des dernières vingt-quatre heures. Il ajouta au courrier de Bissell trois rapports de témoins oculaires sur les conditions de vie à Cuba ; l'un d'eux assurait que les Cubains assistaient de plus en plus nombreux à la messe dominicale, et interprétait cela comme un signe de résistance passive croissante à l'égard du régime communiste de Castro. Cette question réglée, Leo s'attaqua au classeur métallique avec un trait rouge sur la couverture. Ce matin-là, il ne contenait qu'une seule feuille : un câble déchiffré d'un des agents de la Compagnie à La Havane. Le câble racontait quelque chose que l'agent avait entendu à un cocktail donné en l'honneur du frère de Fidel Castro, Raoul. D'après ce qu'il avait entendu, Ernesto « Che » Guevara, le médecin argentin qui avait fait la révolution avec Castro et apparaissait comme le deuxième personnage le plus important à Cuba, venait de rentrer de Moscou avec le chef de la Dirección Generale de Inteligencia, Manuel Piñeiro, élégant barbu formé aux États-Unis. Les deux hommes se vantaient d'avoir rencontré Nikita Khrouchtchev ainsi qu'un mystérieux Russe qu'on disait membre important du KGB connu sous le surnom de Starik, le Vieil Homme. Les Cubains faisaient en plaisantant référence à leur interlocuteur russe en l'appelant « Barbe blanche », par opposition à Piñeiro, qu'on surnommait souvent « Barba Roja » ou « Barbe Rousse ».

Le câble fut lui aussi ajouté au courrier de Bissell.

Leo appela Mme Hanks par la porte ouverte pour qu'elle vienne prendre le courrier et le monte elle-même au domaine de Bissell, au dernier étage de Quarters Eye. Une fois débarrassé de ses corvées matinales, Leo fit pivoter sa chaise vers le classeur à serrure installé contre un mur aveugle, composa la combinaison et ouvrit le tiroir du haut. Il fouilla parmi les dossiers, trouva celui qu'il cherchait et le posa sur son bureau. Quand son beau-père l'avait interrogé sur Cuba, ce matin, Leo *avait* été surpris. *C'est un secret de polichinelle dans la campagne qu'il a été informé d'une opération anticastriste en cours.* En fait, c'était Leo lui-même qui avait informé le candidat démocrate à la présidence. Il avait rejoint le sénateur Kennedy dans sa retraite de Miami, qui se trouvait être l'immense propriété de Frank Sinatra. Kennedy, et trois des cinq membres du légendaire Rat Pack, le Clan des Rats de Hollywood – Sinatra, Dean Martin et Sammy Davis – traînaient autour de la piscine, derrière la maison, avec un petit homme dégarni qui se faisait appeler Sam Flood et une jeune beauté brune qu'on ne lui avait pas présentée. (Il ne découvrit son identité que plus tard, par l'un des agents des services secrets chargés de la protection du candidat : elle sortait parfois avec Sinatra et s'appelait Judy Exner.) Leo n'en était pas revenu de se trouver en présence du Rat Pack ; Adelle et lui les avaient vus pas plus tard que le mois précédent dans *L'Inconnu de Las Vegas*, histoire distrayante d'un coup monté à Las Vegas. Oh ! comme Leo avait adoré l'expression sur le visage d'Adelle quand il lui avait raconté que Sinatra lui-même lui avait donné un verre et avait bavardé avec lui pendant que le sénateur Kennedy recevait un coup de fil.

De retour à Quarters Eye, à Washington, Leo avait fait pour Bissell un résumé de ce qu'il avait dit à Kennedy, et il en avait conservé un exemplaire. En le relisant maintenant, il s'apercevait qu'il s'était montré très vague ; peut-être la présence de Sinatra, de Sammy Davis, Dean Martin et Judy Exner qui s'imbibaient tout près l'avait-elle inhibé. D'après ses notes, Kennedy avait fait remarquer que l'affaire devait être importante pour qu'il fasse tout ce chemin. Leo avait répondu que c'était la politique de la CIA de tenir les principaux candidats informés. Kennedy, visiblement en forme et détendu dans son pantalon de flanelle blanche et sa chemise à col ouvert, s'était servi un autre gin-tonic et avait trinqué avec lui. Je suis tout ouïe, avait alors dit le candidat. C'est au sujet de Cuba, avait commencé Leo. Kennedy avait hoché la tête. Je m'en doutais, avait-il dit. Leo avait alors parlé de manière très générale des exilés formés dans une base secrète de la CIA, dans une lointaine plantation de café en Amérique centrale. Kennedy avait voulu savoir si Eisenhower avait entériné l'opération. Absolument, avait répondu Leo ; ce n'était pas le genre de projet que la CIA entreprenait sans autorisation présidentielle préalable. Si les choses se passaient conformément aux plans, avait-il poursuivi, l'infiltration des brigades exilées à Cuba devrait coïncider avec la formation d'un gouvernement provisoire cubain, ainsi qu'avec l'accélération des activités de guérilla dans les diverses provinces de l'île. Vous veillerez, avait noté Kennedy, à ne pas faire trop de bruit pour que le monde entier ne sache pas que les USA sont derrière tout ça. Leo avait assuré au candidat que le niveau sonore serait assez bas pour éviter cet écueil, mais assez haut pour déclencher une rébellion générale contre le dictateur marxiste de Cuba. Y a-t-il un calendrier de prévu ? avait demandé Kennedy d'un ton insouciant. Leo avait jeté un coup d'œil vers Sinatra, qui se tordait de rire en écoutant Dean Martin raconter une histoire. Le vice-président Nixon poussait la CIA à mettre les choses en route avant les élections de novembre, avait-il informé le sénateur.

Et vous allez le faire ?

Nous ne pensons pas que ce soit très judicieux.

Hmmmmm. Je vois. Kennedy s'était gratté le lobe de l'oreille. Autre chose qu'il faut que je sache ? avait-il demandé.

Leo avait fait non de la tête. C'était tout pour le moment. Inutile de préciser,

Sénateur, que l'information que je viens de vous donner est classée secret défense et doit absolument rester entre nous deux.

Cela va sans dire, avait répondu Kennedy. Il avait tendu la main. Merci de m'avoir tenu au courant.

Ce soir-là, Leo avait vu à la télévision le sénateur voler dans les plumes de l'administration Eisenhower pour avoir laissé le rideau de fer s'installer à moins de cent cinquante kilomètres des côtes américaines sans rien faire. *Sans rien faire !* Kennedy savait bien qu'ils faisaient quelque chose ; il savait aussi que Nixon ne pourrait pas se défendre par crainte de compromettre toute l'opération. Son visage exprimant la plus totale sincérité, Kennedy était allé jusqu'à jurer que s'il était élu, il soutiendrait les guérilleros cubains dans leur combat pour ramener la démocratie à Cuba.

Kennedy avait été mis au courant au mois de juillet. À la lecture de son dossier, Leo fut surpris de constater à quel point le profil de l'opération cubaine s'était modifié au cours des deux derniers mois. Ce qui avait commencé à l'étude comme une série de petites attaques de guérilla destinées à effrayer Castro au point de le faire fuir, était devenu, grâce à Bissell et ses hommes du dernier étage, une opération de débarquement calquée sur le modèle de la Deuxième Guerre mondiale, prévue sur une plage située non loin de la ville cubaine de Trinidad, et impliquant sept cent cinquante guérilleros et une armada de B-26 pour fournir la couverture aérienne. Il n'appartenait pas à Leo de peser les pour et les contre de l'opération, mais il sentait bien que JMARC était en train de devenir ingérable. Et il pensait savoir pourquoi. En théorie, Bissell présidait tous les services spéciaux : cinquante antennes clandestines dans le monde, des centaines d'opérations secrètes, sans parler du « Bonbon » – cent millions de dollars en fonds anonymes pour les financer. Mais, dans la pratique, il laissait son adjoint, Dick Helms, se charger de tout pour se concentrer sur ce qui était devenu son obsession : destituer le marxiste déclaré qui dirigeait Cuba, Fidel Castro.

L'interphone sonna sur le bureau de Leo. La voix de Bissell tonna au bout du fil. « Beau travail, d'avoir dégoté ces B-26, Leo. Je vais suggérer tout de suite au directeur d'en emprunter quelques-uns à Lemnitzer.

– Pendant que je vous ai, dit Leo, je crois qu'il y a quelque chose qui vous intéressera.

– Allez-y. »

Leo parla au DD-O de la rumeur que Philip Swett tenait de l'état-major de Kennedy. « Je viens juste de vérifier mes notes, ajouta-t-il. J'ai averti le sénateur que tout cela était classé secret défense. Je lui ai bien spécifié que ça devait rester entre nous deux. »

Leo entendit presque Bissell hausser ses épaules voûtées à l'autre bout du fil. « On ne peut pas faire tout un cirque à chaque fois qu'une rumeur fait le tour de Georgetown...

– Dick, le journal guatémaltèque *La Hora* a publié il y a quelques semaines un article sur une base de la CIA particulièrement bien gardée près de Retalhuleu. Heureusement pour nous, la presse américaine n'a pas relevé. Mais un de ces jours, il va y avoir une rumeur de trop, et le *Times*, le *Washington Post* ou je ne sais qui d'autre vont tirer les conclusions qui s'imposent…

– Je dois voir Kennedy à un dîner à Georgetown, ce soir, indiqua Bissell. Si j'arrive à le coincer, je lui en toucherai un mot. »

Leo trouva Bissell peu enthousiaste. Dulles devait bientôt prendre sa retraite, et Bissell avait de grands espoirs de lui succéder à la tête de la CIA. De toute évidence, il ne voulait pas se mettre à dos le candidat démocrate à la présidence. On ne savait jamais – malgré le handicap politique que constituait son appartenance à la communauté catholique, Kennedy pouvait passer de justesse et remporter les élections.

Quatre heures après avoir décollé de l'aérodrome secret de la CIA à Opa-Locka, dans la banlieue de Miami, Jack McAuliffe se réveilla affreusement malade, dans le ventre d'un C-54 banalisé. Le feu roulant des moteurs se répercutait dans sa mâchoire. Le chef d'équipage, un Cubain surnommé Barrigón à cause de son énorme panse pleine de bière, revint en trébuchant dans le compartiment passagers avec un verre de whisky sec, et le saupoudra de Dramamine en voyant Jack se prendre la tête à deux mains. « Si vous vomissez, faites-le dans le sachet », hurla-t-il pour couvrir le vrombissement des moteurs. Il remua la Dramamine avec son petit doigt et tendit le verre à Jack, seul passager de l'avion courrier hebdomadaire vers le Guatemala. Souriant jusqu'aux oreilles – ceux qui ne sont pas malades ont tendance à beaucoup s'amuser de la misère de ceux qui le sont – Barrigón regarda Jack engloutir le mélange.

« Faut savoir que c'est pire sans le bruit », cria le Cubain.

Jack frissonna. « Bon Dieu, comment ça pourrait être pire ? répliqua-t-il sur le même ton.

– Pas de bruit, pas de moteur, expliqua le Cubain. Pas de moteur, on s'arrête d'un coup… comme contre une montagne. » Barrigón frappa un ongle noirci contre son crâne dégarni, comme s'il venait de livrer une perle du folklore de l'aviation. Puis il retourna vers le cockpit par le passage ménagé entre les caisses.

Jack n'avait pas quitté Washington de gaieté de cœur si tôt après la naissance de son fils, un petit rouquin baptisé Anthony McAuliffe, mais il n'avait pas voulu passer à côté d'une mission en or. Anthony avait vu le jour tout juste trois ans après que Millie Owen-Brack et lui-même eurent convolé en justes noces lors d'une petite cérémonie civile en Virginie. Le voisin de chambre de Jack à l'université, Leo Kritzky, qui avait été témoin à son mariage, était le parrain de l'enfant ; la femme d'Ebby, Elizabet, qui était devenue très proche de Millie après sa fuite de Hongrie, était la marraine. La fille d'Elizabet, Nellie, avait fait rire tout le monde en se présentant au baptême d'Anthony main dans la main avec le fils d'Ebby, Manny, formant un couple de lilliputiens aux yeux écarquillés et au visage grave. Le prêtre, fasciné par la curieuse tache de naissance d'Anthony – une marque sombre formant comme une croix sur le petit orteil de son pied droit – avait versé de l'eau bénite sur la tête du bébé, et tous étaient sortis dans la lumière du soleil pour une photo de groupe. Celle-ci trônait à présent, encadrée, au-dessus du bureau de Jack, dans leur appartement d'Arlington ; on y voyait Millie serrant son fils dans ses bras en regardant tendrement le profil de son mari.

Le whisky à la Dramamine eut un effet apaisant, et Jack, tout raide d'avoir dormi sur son siège exigu, remonta vers le cockpit pour se dégourdir les jambes. Sur sa droite, il put repérer les plis ramassés du littoral. « Par là, c'est le Texas », lança le pilote, originaire d'Alabama, qui faisait partie de la garde aérienne nationale sous contrat avec la CIA. « On sera au golfe du Honduras dans une heure et quart à peu près. Après ça, ce sera du gâteau d'atterrir sur la piste que vos gars ont installée à Retalhuleu.

– Ne ratez pas l'atterrissage – ça vaut le coup d'œil, cria le copilote à Jack. On arrive au pied d'un volcan. La vue est à couper le souffle. »

Jack contempla les dizaines de boutons et cadrans à l'intérieur du cockpit. Il y en avait beaucoup qui portaient au-dessus des plaques avec des indications en chinois. « Pourquoi tout ce chinois ? » questionna Jack.

Le copilote, qui fumait un joint, se mit à rire. « L'avion a été prêté par l'armée de l'air de Formose, expliqua-t-il. Les gens de chez vous ne l'ont visiblement pas bien désinfecté.

– Ils l'ont peut-être fait exprès, plaisanta Barrigón, assis sur un tabouret près de la radio pour vider une cannette de bière. Si on se scratche sur Cuba, Fidel croira à une attaque des Chinetoques. »

L'atterrissage à Retalhuleu s'avéra tout aussi excitant que l'avait annoncé le copilote. Le volcan, encore actif et qui portait le nom de Santiaguita, dominait les immenses plantations de café qu'on avait fait sortir des montagnes sauvages de la Sierra Madre. Le C-54 le contourna, puis plongea dans un épais brouillard, si rapidement que Jack sentit son cœur se soulever. Au dernier instant, le brouillard se dissipa, et un long ruban goudronné – la piste flambant neuve de la CIA – surgit juste devant eux. L'appareil toucha brutalement la piste, rebondit, toucha terre à nouveau, son fuselage vibrant jusqu'au moindre boulon, puis roula avant de s'arrêter tout au bout de la piste. Une vieille voiture de pompiers orange vif, plusieurs camions militaires bâchés et une jeep descendirent la piste à toute allure pour s'immobiliser tout près de la soute. Jack jeta son duffle-coat par la porte de l'avion, et sauta à sa suite. Un Cubain mince, en brodequins de combat rutilants et treillis impeccable, quitta la jeep.

« *Habla español* ? demanda-t-il.

– *Antes hablaba español*, répondit Jack. Mais c'est un peu rouillé, maintenant.

– Je suis Roberto Escalona, se présenta le Cubain.

– Jack McAuliffe, fit Jack.

– Bienvenue dans le trou du cul de la planète, plus connu ici sous le nom de Camp Trax, dit Escalona avec un sourire en coin qui exprimait plus d'ironie que d'humour.

– Content d'être ici. »

Jack jeta son manteau à l'arrière de la jeep et grimpa à côté d'Escalona, commandant de la brigade 2506. Le Cubain embraya, et la jeep quitta le goudron pour une piste de terre où elle ricocha d'un nid-de-poule gorgé d'eau à un autre vers le sommet de la colline.

Jack s'accrocha pour sauver sa peau. « C'est après moi ou après la jeep que vous en avez ? » cria-t-il.

Escalona, militaire de profession qui avait fait de la prison pour avoir mené une révolte contre le dictateur cubain Batista avant que Castro ne parvienne à le mettre dehors, coula un regard vers son passager. « J'en ai après Castro pour avoir trahi la *revolución*, rétorqua-t-il. Comme je ne peux pas m'en prendre à lui, je me fous la trouille tout seul.

– Où avez-vous appris à parler si bien l'anglais ? demanda Jack.

– Fort Benning, Géorgie. J'y ai suivi des cours avancés de tactique d'infanterie à une époque. »

Le commandant de la brigade fit adroitement franchir une ravine à la voiture puis passer un étroit pont de bois. Arrivant à une clairière plantée de baraques préfabriquées, il freina et arrêta le véhicule devant la grange pompeusement baptisée café qui servait de caserne aux trente-huit « conseillers » de la brigade – des militaires désaffectés qui se faisaient passer pour des civils. Une allée de planches conduisait de la piste à l'entrée de la grange. De chaque côté de l'allée, en plates-bandes soigneusement désherbées arrivant à hauteur de taille, les feuilles des plants de marijuana se balançaient dans la fraîche brise matinale qui soufflait du volcan. De derrière la porte grillagée de la grange leur parvenait le son chargé de craquements de la voix de Julie London chantant « *If I Am Lucky* », si j'ai de la chance…

« Vous voulez ma liste de courses, monsieur McAuliffe ?

– Vous ne perdez pas de temps, fit observer l'intéressé.

– Je ne perds ni munitions, ni paroles, ni temps, répliqua le Cubain avec le plus grand naturel. Ce sont des denrées trop rares.

– Mes ordres sont de faire office de bureau central entre vous et Washington, expliqua Jack. Vous me confiez vos problèmes, je transmets ceux qui me paraissent assez importants pour avoir besoin d'une solution. » Jack prit un carnet et un stylo-bille.

Escalona sortit un calepin de sa poche de chemise et chaussa une paire de lunettes de lecture. « Oui, voilà. D'abord, la CIA devrait mieux filtrer les recrues à Miami avant de nous les envoyer ici. La semaine dernière, je suis tombé sur un meurtrier condamné, et puis sur une espèce de demeuré qui prenait Castro pour une marque de canapés. Le problème, c'est qu'une fois qu'ils sont là, on ne peut plus les renvoyer pour la simple raison qu'ils savent qu'on existe.

– Filtrer les recrues à Miami, écrivit Jack. Quoi d'autre ?

– On m'a promis des douches portables, mais jusqu'à présent on n'a rien vu arriver. Vos conseillers se lavent dans la piscine de la *finca*, mais ils y ont mis une pancarte qui dit "Réservé aux officiers", ce qui veut dire que mes Cubains n'ont plus, pour se laver, que les cours d'eau, qui sont glacés.

– Pour commencer, je vais retirer de la piscine la pancarte "Réservé aux officiers", annonça Jack. Et puis je ferai en sorte que vous ayez vos douches.

– Nous sommes censés avoir un dispensaire complètement équipé, poursuivit Escalona. Et tout ce qu'ils nous ont donné, c'est une malle remplie de pansements, d'aspirine et d'insecticide. Ces collines grouillent de serpents venimeux – mais nous n'avons même pas de sérum antivenin. »

Tout en regardant Jack prendre des notes, Escalona passa en revue sa liste de doléances. De quelque part au-dessus d'eux, dans les collines, leur parvint le crépitement staccato d'une rafale d'arme à feu, chaque détonation suivie d'un très léger écho. Un escadron de Cubains au visage enfantin, portant des M-1 américains comme ils pouvaient, en travers de la poitrine, passa au petit trot ; un conseiller américain en treillis et mocassins, doté d'une panse qui pouvait rivaliser avec celle de Barrigón, tonnait la cadence d'une voix essoufflée pour faire suivre l'arrière. « Hep-deux-hep-deux-hep-deux. »

« Et enfin, le plus important, dit Escalona, c'est que nous avons un gros problème de sécurité. Chaque jour, j'ai bien quinze pour cent de mes hommes qui partent sans prévenir. »

Jack embrassa du regard les collines alentour infestées de serpents. « Et où est-ce qu'ils partent sans prévenir ?

– Au village de San Felipe, qui se trouve à une quinzaine de kilomètres d'ici dans les montagnes.

– Mais comment font-ils pour aller à San Felipe ?

– Ceux qui en ont la possibilité piquent une jeep ou un camion. Ceux qui n'arrivent pas à y aller en voiture marchent. Aller et retour. Dans la nuit.

– Qu'est-ce qu'il y a de si passionnant à San Felipe pour valoir une marche de trente bornes à travers les montagnes ?

– Des putes. »

Jack hocha lentement la tête. « Ah ! Des putes !

– Bien sûr, nous avons conditionné les recrues à la fermer – mais il faudrait que ces filles soient sourdes, muettes et stupides pour ne pas comprendre qu'il y a un camp d'entraînement de type militaire ici, à Helvetia. Pour ce que j'en sais, certaines filles pourraient tout aussi bien espionner pour Castro.

– Ce problème entre très certainement dans la colonne de ceux qu'il faut régler au plus vite, convint Jack. Je vais voir ce que je peux trouver. »

Escalona fit le tour de la jeep et posa le duffle-coat de Jack sur les planches de l'allée. Jack remit le carnet dans sa poche et descendit de voiture. Escalona dévisagea Jack pendant un moment assez embarrassant. Puis il s'éclaircit la gorge et contempla ses bottes. Enfin, il leva les yeux et dit : « Écoutez...

– J'écoute.

– Les Cubains qui sont ici – ces gosses qui apprennent à démonter des M-1 et à les remonter les yeux bandés, les équipes de tir de mortier qui apprennent à encadrer une cible, moi, nous tous – jamais nous ne lâcherons. On va gagner ou on va mourir.

– Pourquoi me dites-vous ça ? » demanda Jack.

Escalona haussa les épaules. « Comme ça », dit-il. Il commença à s'éloigner puis se retourna. « Je vous dis ça pour que vous sachiez où vous êtes. Je vous dis ça pour que vous sachiez qui nous sommes – pour que vous ne pensiez pas que c'est un camp de vacances pour boy-scouts cubains, même si ça y ressemble, y compris à mes yeux. »

Jack lissa sa moustache de Cosaque du revers de l'index. « Ce n'est pas la première fois que je me retrouve en première ligne. Je sais ce que c'est que c'est. Je ferai tout ce que je peux pour vous aider, Señor Escalona.

– Roberto », corrigea Roberto Escalona.

Jack acquiesça d'un signe de tête. « Jack. »

Les deux hommes se serrèrent la main pour la première fois.

Au cours des jours qui suivirent, il y eut un afflux de messages qui amusèrent la poignée de personnes habilitées à les lire à Quarters Eye.

TOP SECRET
AVERTISSEMENT : INFORMATION SENSIBLE
COMPARTIMENTÉE

DE : Oppor Tuniste [nom de code de Jack McAuliffe]
À : Ozzie Bonami [nom de code de Leo Kritzky]
SUJET : Tirer un coup

1. Trouvé graves infractions à la sécurité cause dizaines de recrues partent chaque jour sans prévenir tirer coup dans village voisin à 15 km. Enquête discrète au village révèle que dames de mauvaise vie sont ressortissantes guatémaltèques employées par trafiquants drogue locaux qui dirigent aussi bordel. Nouvelles filles amenées chaque semaine par car pour remplacer filles trop usées, à bout ou malades. Impossible donc de procéder à vérifications des antécédents ou à débriefing pour voir qui a appris quoi et de qui.
2. Demande permission recruter Brésiliennes de langue portugaise qui ne pourront pas communiquer avec recrues hispanophones autrement que par langage des corps pour installer bordel, nom de code PROJET GRÂCE, puisqu'il sera question de coups, juste à côté de la base pour contrôler situation.
3. Pour l'amour de Dieu, ne parlez de rien à ma femme.

TOP SECRET
AVERTISSEMENT : INFORMATION SENSIBLE
COMPARTIMENTÉE

DE : Ozzie Bonami
À : Oppor Tuniste
SUJET : Coup-able
REF : Ton *Tirer un coup*

1. Ai soulevé question délicate de PROJET GRÂCE avec Kermit Cercueil [nom de code de Dick Bissell], qui a piqué crise mémorable. Il dit pas question d'utiliser argent des contribuables pour tirer des coups. Il te demande d'imaginer la fureur si Congrès apprend quels services tu proposes fournir aux recrues. Cercueil suggère patrouilles du périmètre du camp pour régler problème.
2. Ne t'inquiète pas pour ta femme. Elle croit que tu apprends aux exilés cubains à être enfants de chœur dans églises locales.
3. À toi de jouer, mon pote.

TOP SECRET
AVERTISSEMENT : INFORMATION SENSIBLE
COMPARTIMENTÉE

DE : Oppor Tuniste
À : Ozzie Bonami
SUJET : Coup pour coup

1. Helvetia couvre 2 500 hectares de terrain dont 100 je répète 100 km de voies privées. D'après rapides calculs, il faudrait au moins toute la police de Washington DC pour organiser des patrouilles autour du périmètre du camp, ce qui n'est guère envisageable car leur absence pourrait être remarquée par le Congrès, soulevant des questions embarrassantes.
2. Je ne propose pas de puiser dans argent des contribuables pour financer bordel. Propose engager Brésiliennes et lancer PROJET GRÂCE avec fonds anonymes. Une fois entreprise montée et fonctionnant sur principe on-paye-à-chaque-coup, qui est doctrine que nous soutenons sur ce continent, le but est de rembourser fonds anonymes, puis utiliser autres profits pour améliorer conditions de vie ici.
3. À toi de jouer.

TOP SECRET
AVERTISSEMENT : INFORMATION SENSIBLE
COMPARTIMENTÉE

DE : Ozzie Bonami
À : Oppor Tuniste
SUJET : Le coup de grâce

1. Kermit Cercueil ne veut rien savoir concernant PROJET GRÂCE. Tu as été envoyé là-bas pour assurer que recrues formées et prêtes pour action. Si action à laquelle recrues se préparent t'oblige à prendre décisions qu'on peut décrire comme imaginatives, soit. Fais ce que tu estimes nécessaire pour assurer bonne santé, tant mentale que physique, de la brigade.

La chemise trempée de sueur après deux jours de marche à pied dans les montagnes avec sa brigade, Roberto Escalona trouva Jack étendu sur les bouts de cartons qui recouvraient son lit de camp (pour absorber l'humidité), dans la grange où on triait le café. « *Hombre* », appela-t-il en secouant l'Américain de sa sieste.

Sa moustache cosaque rendue collante par la transpiration, Jack se redressa sur un coude. « Comment ça s'est passé, Roberto ?

– Très bien. Mis à part trois chevilles foulées et une escouade qui s'est plantée en lisant la carte et a raté le rendez-vous, tout le monde s'en est tiré haut la main. Ça a fait une grande différence d'avoir du sérum antivenin avec nous – les hommes n'avaient plus peur de prendre les sentiers la nuit. Et au retour, sans que j'aie eu rien à dire, ils ont accéléré le rythme. On aurait dit des chevaux qui se mettaient au trot en sentant l'écurie. Ceux qui avaient des coupons pour aller dans ton bordel se sont lavés dans la piscine de la *finca* et ont filé tout droit vers le préfab Grâce.

– Il faut que tu te mettes dans la tête que ce n'est pas *mon* bordel, Roberto. »

Escalona s'assit sur le lit de camp voisin et entreprit de délacer ses brodequins, qui avaient perdu leur éclat rutilant. « Ce n'est pas juste le lupanar, Jack. Il y a les frigos que tu nous as obtenus pour mettre le Pepsi au frais, il y a les douches derrière les préfabs. Il y a les films de Hollywood que tu nous passes tous les soirs sur le grand écran de la cantine. Il y a les caisses de munitions pour les M-1 – tous les hommes ont deux heures par semaine d'entraînement au tir, maintenant. Le moral est en hausse. Les hommes commencent à comprendre qu'ils ne sont pas tout seuls dans cette aventure. Maintenant que Kennedy a été élu président, ils commencent à penser que l'Amérique est derrière nous. Et avec l'Amérique derrière nous, on ne peut pas perdre.

– On peut perdre, Roberto. L'Amérique vous fournira les B-26, entraînera vos pilotes et vous fournira des munitions de M-1 à n'en plus finir. Mais vous devez battre Castro vous-mêmes. Si vous avez des problèmes en débarquant sur la plage, l'Amérique ne lèvera pas le petit doigt pour vous sortir du pétrin. »

Escalona sourit d'un air entendu. « Je connais aussi bien que toi le discours officiel. »

Jack était à présent parfaitement réveillé et secouait la tête avec consternation. « Ce n'est pas juste le discours officiel, Roberto. C'est la politique officielle. C'est comme ça et pas autrement. On vous aide secrètement mais pas au grand jour.

– Bien sûr, Jack.

– Merde alors, je souhaite de tout mon cœur que vous n'ayez pas à découvrir à vos dépens que ce que je te dis là est vrai. »

2

New York, mardi 22 novembre 1960

« On connaît bien ce Jack Kennedy. On connaît bien son père, Joe, aussi, disait Johnny Rosselli. Ce qu'on ne connaît pas... » Le *consigliere* tourna paresseusement la tête et regarda à travers ses lunettes sombres à monture de corne l'Ange Déchu, appuyé contre le pare-chocs de la Chevrolet orange sale du Sorcier garée President Street, devant le jardin public, son visage angélique levé, yeux clos, vers le soleil. « Comment avez-vous dit qu'il s'appelait, déjà ?

– Je ne l'ai pas dit, répliqua Harvey Torriti. Silwan II.

– Ça ne sonne pas très américain.

– Il est roumain. On l'appelle l'Ange Déchu.

– Qu'a-t-il fait pour déchoir ? »

Le Sorcier se demanda si l'intérêt de Rosselli était uniquement professionnel, un tueur en évaluant un autre, ce genre de choses. Grand, les cheveux argentés, la tenue impeccable, un mouchoir de soie jaillissant de sa pochette, Rosselli avait tout du croque-mort vu par Hollywood. Il avait commencé dans Cosa Nostra en travaillant pour Al Capone à Chicago, et avait été impliqué, au cours de sa carrière, dans une bonne douzaine de règlements de compte entre gangs. « Ce n'est pas le genre de question que je vous conseillerais de lui poser, dit enfin Torriti. On sait que la curiosité fait baisser l'espérance de vie des chats. » Il ramena la conversation sur le sujet qui les occupait. « Vous parliez de Jack Kennedy, vous disiez que vous le connaissiez bien...

– Comme je le disais, Jack a bien la tête sur les épaules. Celui qu'on ne connaît pas, c'est son petit frère. Qui est ce Bobby Kennedy ? Qu'est-ce qu'il a dans la tête pour gueuler par tout le pays qu'il va mettre fin au crime organisé ? Ces Irlandais sont peut-être jaloux des Italiens, c'est peut-être ça.

– Ce n'est pas une question d'origines, répliqua Torriti. C'est politique. »

Rosselli secoua la tête. « Je ne comprends rien à la politique.

   – Pour moi, dit le Sorcier, la politique, c'est la poursuite de la guerre par d'autres moyens.

   – Pardon ? »

Le Sorcier examina le jardin. À l'exception des cinq truands de Rosselli éparpillés sur les bancs, les allées étaient désertes, ce qui était curieux à cette heure de la journée. Le soleil brillait plein pot, et à midi, habituellement, des vieux parlant sicilien jouaient au *bocce* dans la poussière. Ce qui signifiait que Rosselli, qui avait des relations ici, à South Brooklyn, avait réquisitionné le parc pour cette rencontre. Le truand le plus proche du Sorcier se pencha pour donner des miettes de pain aux pigeons rassemblés autour de ses chaussures à semelles épaisses. Sous une veste à carreaux criarde, on apercevait la sangle de cuir de son étui d'épaule qui passait par-dessus le col étroit de sa chemise ; sans qu'il sût pourquoi, cette vision rappela à Torriti les fois où il entrevoyait les jarretelles de Mlle Sipp.

Le Sorcier était censé rencontrer Rosselli au Plaza Hotel de Manhattan. Mais, quand il s'était présenté dans le hall de l'hôtel, un petit bonhomme s'était approché de lui. L'un de ses yeux regardait directement Torriti. L'autre regardait par-dessus son épaule.

« Vous devez être Torriti. »

Le Sorcier sentit l'Ange Déchu pivoter de côté, caressant de la main droite un cran d'arrêt qui se trouvait dans la poche de son coupe-vent. De l'autre côté du hall, près du kiosque à journaux, Doux Jésus regarda par-dessus son quotidien.

« Et comment m'as tu repéré, mon petit gars ? »

Les yeux fous du petit bonhomme parurent repérer l'Ange Déchu. Pas le moins du monde intimidé par la présence du garde du corps de Torriti, il répondit : « On m'a dit de chercher un monsieur qui aurait un besoin urgent de se mettre au régime. » Il tendit un message à Torriti. Il y était écrit en lettres capitales : « PLAN B JE VOUS ATTENDS À CARROLL PARK SOUTH BROOKLYN AU COIN DE SMITH ET DE CARROLL PRENEZ L'EN-TRÉE SUR CARROLL. » Au dos du message, il y avait un schéma grossier pour indiquer comment s'y rendre à partir du pont de Brooklyn.

Dès qu'il eut quitté le pont pour pénétrer dans Brooklyn, Torriti reconnut le genre du secteur. De jeunes durs en blousons de cuir traînaient devant les maisons, enregistrant le moindre passage de leurs yeux insolents. Les habitations de grès brun avaient des statues de la Vierge de l'autre côté de leurs baies vitrées. President Street, Carroll Street, Smith Street – ce n'était pas un quartier à faible taux de criminalité, mais un quartier *sans* criminalité *du tout*. Et ce n'était pas la police qui faisait régner l'ordre. À l'entrée de Carroll Park, un des truands de Rosselli fouilla le Sorcier (il cherchait visiblement des micros autant que des armes) au moment où une voiture bleu et blanc du 76ᵉ commissariat faisait sa ronde ; les deux policiers qui se trouvaient à l'intérieur gardèrent les yeux rivés droit devant eux. Le truand de Rosselli ne trouva rien. Torriti avait laissé ses armes dans la Chevrolet. Il n'aimait pas que des inconnus les tripotent.

« J'espère que ce changement de dernière minute ne vous a pas trop emmerdé, lui disait à présent Rosselli.

— Ce sont les pratiques du métier, répliqua Torriti.

— C'est quoi, les pratiques du métier ?

— Prendre des précautions. »

Rosselli se mit à rire. « Les précautions, c'est ce qui me garde en vie.

— Avant la révolution, dit le Sorcier, vous dirigiez le casino Sans Souci à La Havane.

— Jolie ville, La Havane. Des gens charmants, les Cubains. Tout ça s'est terminé quand Castro est descendu de sa Sierra Maestra. » Sans changer de ton ni d'expression, le *consigliere* ajouta : « Je ne connais pas Castro.

— À part le fait qu'il ait fermé les casinos, qu'est-ce qui fait que vous ne le connaissez pas ? »

Le soleil se refléta sur les ongles manucurés de Rosselli. « Je ne sais pas ce qui motive un communiste. Je ne sais pas ce qu'ils ont contre la libre entreprise. La libre entreprise nous a bien réussi, à nous, les Italiens. »

Torriti pensait savoir ce que Rosselli entendait par libre entreprise. Après Chicago, il avait été le représentant de la pègre à Hollywood. Il s'était fait prendre en essayant de racketter certaines compagnies cinématographiques et avait passé un moment derrière les barreaux – trois ans pour être exact. Il régnait maintenant sur les glacières, dans le quartier des boîtes de Las Vegas. À en juger par ses chaussures en croco, son bracelet-montre en platine et les diamants qui brillaient à son petit doigt, il devait vendre beaucoup de glace.

« Je représente un type qui représente des gens de Wall Street qui ont des intérêts dans le nickel et des propriétés à Cuba, dit Torriti. Mes clients aimeraient bien que la libre entreprise soit restaurée à Cuba. »

Rosselli le dévisagea, une ombre de sourire aux lèvres. Il était évident qu'il n'avait rien gobé de cette histoire. « Pour que ça arrive, il faudrait que Castro disparaisse, commenta-t-il.

— Vous avez des contacts à Cuba. Vous devriez pouvoir trouver quelqu'un capable de le faire disparaître.

— Vous voulez qu'on liquide Castro !

— Il y aurait un gros paquet à toucher, pour vous, pour le tueur… »

Le visage lugubre de Rosselli se crispa en une expression d'innocence peinée. « Je n'encaisserais pas un sou, protesta-t-il avec véhémence. Les États-Unis d'Amérique ont fait preuve de bonté pour moi et pour les miens. Je suis aussi patriote que n'importe qui. S'il est bon pour notre pays d'éliminer Castro, c'est assez bon pour moi.

— Il pourrait y avoir d'autres façons de vous prouver notre reconnaissance. »

Les épaules musclées de Rosselli se soulevèrent et retombèrent dans sa veste sur mesure. «Je ne demande rien.

– Êtes-vous en train de dire que vous pouvez organiser ça?

– Je vous dis que c'est possible de l'organiser. Je vous dis que ce ne sera pas facile – Castro n'a rien d'une cible facile. Je vous dis que je peux vous présenter un ami qui a des amis à La Havane qui pourraient s'acquitter de ce boulot.

– Comment s'appelle votre ami?»

Une voiture pétarada dans President Street. Les hommes de Rosselli furent instantanément debout, la main plongeant dans le veston. Surpris, les pigeons s'envolèrent. Le *consigliere* tendit un index, arrondit le pouce et visa un volatile en disant : «Pan! Pan! Vous venez de gagner un billet aller pour le paradis des oiseaux.» Puis il se retourna vers le Sorcier et lâcha : «Ceux qui sont en bons termes avec lui l'appellent Mooney.»

Martin Macy agita la main en voyant le Sorcier surgir à l'entrée de La Niçoise, restaurant du haut de Georgetown en vogue parmi les mandarins de la Compagnie. Torriti slaloma entre les tables bondées, s'arrêtant au passage pour serrer la main de Dick Bissell et de son ADD-O/A, Leo Kritzky, avant de prendre place en face de son vieux pote du FBI.

«Alors, y a-t-il une vie après la retraite, Martin?» s'enquit-il. Puis il fit signe au garçon, montra le verre de Macy et leva deux doigts pour qu'on leur serve la même chose.

Macy, personnage maigre et nerveux doté d'une mâchoire carrée à la Dick Tracy et d'oreilles en chou-fleur dues à une carrière malheureuse de boxeur universitaire poids welter, secoua la tête avec désespoir. «Mon pouls bat toujours, si c'est ce que tu veux dire.» Puis il passa ses doigts dans ses cheveux rares. «Être jeté aux chiens après vingt-neuf ans de bons et loyaux services – *vingt-neuf ans, Harvey* – ça fait mal.

– Il y a vraiment de quoi l'avoir mauvaise, convint Torriti.

– Tu peux le dire.

– Qu'est-ce que Hoover avait contre toi?»

Le souvenir fit grimacer Macy. «Quelqu'un de l'équipe de Bobby Kennedy voulait le dossier sur Hoffa et son syndicat des camionneurs, et j'ai fait l'erreur de le lui donner sans vérifier d'abord auprès de l'administration, qui lui avait déjà refusé l'accès au dossier.» Macy vida son verre au moment où le serveur en posait deux autres devant eux. «Hoover ne peut pas piffer les Kennedy, Harvey. On ne peut même pas leur donner l'heure sans entrer sur sa liste noire. Il a fallu que je prenne un avocat et que j'engage des poursuites pour pouvoir toucher ma retraite.

– Kennedy n'est pas né de la dernière pluie. Si Hoover le déteste autant, pourquoi le garde-t-il au poste de directeur ? »

Macy roula des yeux d'un air entendu.

« Il a quelque chose sur lui ? devina Torriti.

– Ce n'est pas moi qui te l'ai dit, insista Macy.

– Quel genre de truc ? »

Macy jeta un coup d'œil autour de lui pour vérifier qu'on ne pouvait pas les entendre. « Les nanas pour commencer. Il y a d'abord ce sex-symbol de Hollywood, la Marilyn Monroe. Et puis une copine de Sinatra, un vrai canon qui a pour nom Exner et passe d'un lit à l'autre. Quand elle ne tient pas la main de Kennedy, elle est à tu et à toi avec le parrain de Cosa Nostra à Chicago. Et si les habituées ne sont pas disponibles, le futur président invite les filles qui collent les enveloppes à monter prendre le thé avec lui, deux à la fois.

– Je ne savais pas que Jack était un si chaud lapin », commenta Torriti non sans une certaine admiration ; dans son dictionnaire personnel, érection rimait avec dévotion. « Qu'est-ce que tu fais, en ce moment, Martin ?

– Je donne quelques conseils à des procureurs qui veulent se faire remarquer en poursuivant les petits chefs locaux de la Cosa Nostra. Si Jack écoute son père et nomme Bobby procureur général, je le conseillerai sûrement lui aussi… Bobby va avoir Hoffa et le syndicat des camionneurs dans le collimateur, tu peux parier là-dessus. »

Torriti chaussa une paire de lunettes de lecture. « T'as choisi ce que tu voulais manger ? » demanda-t-il. Ils examinèrent le menu. Torriti fit un signe du doigt et le serveur vint prendre leur commande.

Macy se pencha par-dessus la table et baissa le ton. « C'est pas votre paranoïaque de service qui est assis là-bas ? »

Le Sorcier regarda par-dessus son verre. Effectivement, James Angleton montait la garde à sa table habituelle, tournant le dos à la salle, une cigarette dans une main, un verre dans l'autre, en pleine conversation avec deux hommes que Torriti ne reconnut pas. Pendant qu'il parlait, James Angleton ne perdait rien de ce qui se passait derrière lui grâce au grand miroir mural. Il croisa le regard de Torriti et hocha la tête. Le Sorcier lui répondit en haussant ses mentons.

« Oui, c'est bien Angleton, répondit-il.

– On dirait que vous ne vous aimez pas trop.

– Il fout la Compagnie en l'air avec ses putains de soupçons. Il y a plein de gens très bien à qui on refuse des promotions parce qu'ils sont sur la liste des "taupes possibles" d'Angleton. Alors, au bout d'un moment, ils nous disent d'aller nous faire foutre et ils se tirent dans le privé, où ils gagnent deux fois plus et n'ont pas un Angleton pour leur casser les couilles. Croismoi, Martin, ce n'est pas comme ça qu'on dirige une putain d'agence de renseignements. »

Ils se concentrèrent quelques instants sur les assiettes de cassoulet posées devant eux. Puis Macy leva les yeux. « À quoi je dois ce déjeuner, Harvey ?

– Crois-tu que tu pourrais glisser un nouveau client à conseiller dans ton emploi du temps ? »

Macy dressa l'oreille. « Toi ?

– Mon argent vaut bien celui de Bobby Kennedy, non ? » Torriti ouvrit un stylo, griffonna le signe des dollars puis un nombre à l'intérieur de la pochette d'allumettes, qu'il lui glissa par-dessus la table.

Macy siffla entre ses dents. « La retraite devient tout de suite plus attrayante.

– Je t'en donnerai autant à chaque fois que nous aurons ce genre de conversation. En liquide. Pas de facture. Pas de reçu.

– Tu aurais pu me demander conseil pour rien, Harvey.

– Je le sais bien. » Le Sorcier, gêné, se gratta le front. « Ça fait une paie qu'on se connaît, Martin.

– Merci, fit Macy avec un hochement de tête.

– De rien. Le nom de Mooney te dit-il quelque chose ? »

Macy plissa les yeux. « Tu ne vas pas encore t'acoquiner avec la Mafia, Harvey ? Je croyais que tu avais définitivement sorti ça de ton système depuis la Sicile, pendant la guerre. »

Le Sorcier ricana. « J'ai eu une petite conversation avec un certain Rosselli, dans un parc de Brooklyn. Il doit m'organiser un rancard à l'aveugle avec un mec qu'on appelle Mooney.

– Surtout, sois armé, conseilla Macy. Et prends quelqu'un pour assurer tes arrières. Mooney se fait aussi appeler Sam Flood, mais son vrai nom, c'est Sal "Mo-Mo" Giancana – c'est le chef de la Cosa Nostra de Chicago dont je t'ai parlé, celui qui partage la fille, Exner, avec Jack Kennedy.

– Comme on dit au cinéma, l'affaire se corse ! »

Macy, qui avait été le spécialiste de la Cosa Nostra au FBI, se redressa, ferma les yeux, et donna toutes les références : « Giancana, Salvatore, né en 1908. Sur sa demande de passeport, à la rubrique Profession, il a mis : gérant de motels. Gérant de motels, mon œil ! C'est un tueur à gages de la Cosa Nostra mal embouché qui a assassiné des dizaines de personnes pour se hisser à la force du poignet dans la hiérarchie de la pègre. Il a fini par atteindre le sommet de ce qu'à Chicago, on appelle la Boîte. Il est le parrain de la Cosa Nostra de Chicago – on dit qu'il a six circonscriptions électorales dans sa poche. Dans les années cinquante, il a gagné des millions dans des opérations mafieuses des casinos de Las Vegas et La Havane. Quand il n'est pas à Chicago, il traîne avec Sinatra, et c'est comme ça qu'il a rencontré Judy Exner. »

Le Sorcier avait ses petits yeux brillants d'intérêt.

« Ce n'est pas fini, reprit Macy. On a mis Giancana sur écoute pendant des années – ses lignes téléphoniques, sa maison, ses chambres d'hôtel quand il est sur la route, et aussi une boîte, le Armory Lounge, où il va toujours quand il est à Chicago. On a des kilomètres de bandes sur lui. C'est comme ça que Hoover tient Kennedy. Ce ne sont pas les femmes – même s'il crachait le morceau, personne ne publierait ça. Ce sont les enregistrements de Giancana.

– Je ne pige pas.

– Sur les bandes, on a Joe Kennedy qui demande à Mooney de pousser pour l'élection de son gamin. Joe est le propriétaire du Merchandise Mart de Chicago ; quand il parle, on l'écoute, même si on s'appelle Giancana. Les hommes de main de Mooney ont débarqué dans ses six circonscriptions électorales. Jack Kennedy a remporté l'Illinois par environ neuf mille voix. Il a remporté l'élection par cent treize mille voix sur une liste de soixante-neuf millions. Ce n'est pas par hasard que les trois États où la Cosa Nostra fait la loi – l'Illinois, le Missouri et le Nevada – soient tous tombés dans l'escarcelle de Kennedy.

– La mafia ne travaille pas pour rien. Il a dû y avoir contrepartie. »

– Papa Kennedy a promis à Giancana que si son fils devenait président, il nommerait Bobby ministre de la Justice. Sur le papier du moins, c'est au ministre de la Justice que Hoover rend des comptes. Joe a assuré que Bobby laisserait la Cosa Nostra de Chicago souffler un peu. » Macy prit la bouteille de sancerre dans le seau et remplit leurs deux verres avant d'en avaler une gorgée. « Hoover a d'autres bandes. En août dernier, quelques semaines après avoir obtenu sa nomination à Los Angeles, Jack a disparu de l'hôtel Carlyle de Manhattan, pendant vingt-quatre heures. Les types des services secrets chargés de sa surveillance étaient fous. On a fini par le repérer sur une bande – il était dans la chambre d'hôtel de Judy Exner. C'était la séance de jambes en l'air habituelle. À un moment, Jack a dit à Judy que s'il ne gagnait pas les élections, il allait sûrement se séparer de Jackie. Mais le rendez-vous galant a vite tourné au *coïtus interruptus* – le concierge a appelé pour annoncer la visite d'un certain Flood.

– Kennedy a rencontré Giancana ! »

Macy hocha la tête. « C'était très innocent. Judy s'est absentée pour utiliser ce qu'elle a appelé les commodités. Jack a ouvert la porte. Les deux hommes ont bavardé dans le salon pendant quelques minutes. Ils ont parlé de la pluie et du beau temps. Mooney a décrit le K.O. de Floyd Patterson par Johansson au cinquième round – il s'avère qu'il avait une place au bord du ring. Jack a dit qu'il avait entendu dire par son père que Sal...

– Ils en étaient à s'appeler par leurs prénoms ? »

Macy acquiesça. « Sal, Jack – Jack, Sal, absolument. Jack a entendu dire que Sal pouvait lui assurer les votes de Chicago. Il l'a remercié pour son aide. Judy est revenue et leur a préparé à boire. Quand il a été temps pour M. Flood de partir, il a été question d'une sacoche dans un placard – Judy a été priée d'aller la chercher et de la remettre à Sal.

– Qu'y avait-il dedans ?

– Je n'en sais pas plus que toi. De l'argent, probablement. Pour payer les gens qui viennent voter très tôt et très souvent dans les six circonscriptions de Giancana. »

Le Sorcier coula un regard en direction d'Angleton. Le patron du contre-espionnage avait quitté le miroir des yeux pour parler à quelqu'un qui passait près de sa table. Torriti sortit une enveloppe de sa poche et la glissa à Macy par-dessus la table. Celui-ci l'empocha prestement.

« Tu marches sur des œufs, avertit Macy. Rosselli, Giancana... Ces types ne rigolent pas. »

« Ça commence à ressembler à un sacré sac d'embrouilles, marmonna le Sorcier. Je crois qu'on a fait fausse route – on devrait peut-être penser sérieusement à chercher d'autres interlocuteurs. »

Dick Bissell termina un message adressé à Jack McAuliffe, au Guatemala. Puis il alla le remettre à sa secrétaire. « Doris, expédiez-moi ça tout de suite », commanda-t-il avant de fermer la porte et de revenir s'asseoir derrière son bureau, où il se mit à triturer un trombone. « D'où sortez-vous ces infos, Harvey ?

– J'ai consulté un vieux pote à moi de la boutique à Hoover, voilà d'où. Écoutez, Dick, Johnny Rosselli avait l'air trop content de pouvoir se rendre utile. Je suis censé rencontrer Mooney à Miami demain après-midi. Il va me chanter la même chanson. Ces deux mecs n'ont rien à perdre, Rosselli et Giancana. S'ils nous aident à foutre Castro en l'air – qu'ils y parviennent ou pas, *qu'ils essayent vraiment ou pas* – ça leur donne une immunité béton contre les poursuites. Bobby ne risque pas de laisser un procureur fédéral les faire monter à la barre des témoins et leur faire jurer de dire la vérité, toute la vérité, de crainte qu'ils ne le fassent.

– D'un autre côté, répliqua Bissell, la Compagnie n'a que dalle, maintenant, à Cuba. On nous a dépouillés de pratiquement tous nos moyens là-bas. Ces types ont des contacts à La Havane. Et ils ont intérêt à nous aider – si Castro disparaît, ils pourront rétablir les casinos. Je sais qu'il y a peu de chances pour que ça marche, Harvey, mais ça vaut le coup d'essayer. Peut-être bien qu'ils vont faire le boulot. Ne serait-ce que parce que ça leur donnera plus de poids auprès du ministère de la Justice si jamais ils descendent vraiment Castro. Et puis, sans Castro, la route qui sépare les plages du débarquement de La Havane sera un jeu d'enfant à gérer pour la brigade. » Bissell fouilla dans un tiroir et en sortit un inhalateur. Il pinça une narine avec son index et aspira le remède par l'autre pour se déboucher le sinus. « J'ai été élevé à Hartford, dans la maison où Mark Twain a écrit *Tom Sawyer* et *Les Aventures de Huck Finn,* dit-il. C'est peut-être pour ça que je suis hypnotisé par l'idée de descendre une rivière sur un radeau – on vous remet une pagaie qui vous donne l'illusion de pouvoir contrôler le radeau alors qu'en fait, vous vous contentez de suivre le courant. » Il secoua pensivement la tête. « Quand on est à ma place, on doit peser toutes les possibilités. Si on prend un peu de recul, deux gangsters qui cherchent à éviter les poursuites, c'est un petit prix à payer pour neutraliser Castro. »

Bissell raccompagna le Sorcier à la porte. « Eux-mêmes ne tarderont sûrement pas à se faire descendre, lui dit-il. Gardez le radeau à flot, Harvey, et voyons où le courant vous emporte. D'accord ? »

Torritti porta deux doigts à son front. « Oui, mon capitaine. »

Le Sorcier ne parvenait pas à détacher le regard des doigts de Mooney. Longs et squelettiques, avec des touffes de poils noirs qui jaillissaient, à l'auriculaire, entre la première articulation et une bague ornée d'un saphir (cadeau de Frank Sinatra), ils tambourinaient contre le bar, firent le tour du cendrier débordant de mégots, caressèrent la paroi d'un grand double scotch, grattèrent le cérumen d'une oreille et frappèrent l'air pour souligner son propos. « Bobby Kennedy c'est rien que de la putain d'esbroufe, fit en ricanant Mooney. L'année derrière, il m'interroze devant ce putain de comité du Sénat, d'accord ? Moi, ze suis là avec un putain de sourire plaqué sur la gueule et ze répond avec le Cinquième Amendement, comme on me dit de faire, et qu'est-ce qu'il fait, ce connard ?

– Qu'est-ce qu'il fait ? questionna Rosselli.

– Ce connard, il dit : "Ze croyais qu'il n'y avait que les petites filles qui gloussaient comme ça, monsieur Giancana", voilà ce qu'il dit, putain. Bien fort. Devant tous ces putains de sénateurs. Devant ces putains de zournalistes. Et ils commencent tous à se marrer. Et z'ai même pas le temps de me retourner que tous les putains de zournaux de ce putain de bordel de pays font leurs gros titres sur ce connard de Bobby Kennedy qui traite Mooney Giancana de putain de petite fille. » Giancana retira le havane d'entre ses lèvres et en brandit l'extrémité incandescente juste devant les yeux de Torriti. « Personne insulte Mooney Giancana. Personne. Et, un de ces zours, ze m'en vais foutre une raclée à ce trou du cul, vous pouvez compter la-dessus. »

Ils étaient installés tous les trois sur des tabourets, au comptoir en demi-lune d'un bar désert, non loin de l'aéroport de Miami. De lourdes tentures avaient été tirées devant les vitres, occultant toute la lumière du soleil et assourdissant les bruits de la circulation. Les hommes de Rosselli étaient postés à la porte d'entrée et derrière les portes battantes qui donnaient sur un couloir menant aux toilettes et aux cuisines. La serveuse, une blonde décolorée qui portait un soutien-gorge chair sous un chemisier transparent, leur avait servi à boire, avait laissé la bouteille et de la glace sur le comptoir et s'était éclipsée.

Rosselli donna son verdict sur Bobby Kennedy : « Cet enfoiré voulait épater la galerie. Putain, personne épate la galerie à mes dépens. » Giancana pompa sur son cigare et examina le Sorcier à travers le halo de fumée. « Johnny, là, il me dit que vous êtes O.K. », lâcha-t-il.

Rosselli, élégant et décontracté dans son costume croisé à fines rayures, intervint : « Je connais des gens en Sicile qui se souviennent de lui pendant la guerre... ils disent qu'il est réglo.

– Avec une recommandation pareille, j'aurais pu entrer dans une des grandes écoles de la côte Est », commenta Torriti avec un ricanement.

L'idée parut amuser Rosselli. « Qu'est-ce que vous auriez fait dans une grande école ?

– Je leur aurais appris la vie. »

Giancana, petit homme quasi chauve qui retroussait ses babines quand il trouvait quelque chose drôle, les retroussa ; Torriti remarqua qu'il avait plusieurs dents noircies par les caries. « Putain, elle est bonne celle-là, fit Mooney. Aller dans une de ces putains de grandes écoles pour donner un peu d'éducation à ces connards de professeurs. »

Le Sorcier saisit la bouteille par le col et se resservit. « Je crois que si on doit collaborer, il faut d'abord poser quelques règles de base.

– Posez touzours, fit Giancana avec amusement.

– D'abord, il s'agit d'un arrangement valable pour cette seule affaire. Quand ce sera terminé, ce sera comme si nous ne nous étions jamais vus et que rien n'avait eu lieu entre nous. »

Giancana agita son cigare, comme si cela allait sans dire.

« Johnny, ici, continua le Sorcier, a déjà refusé toute compensation... »

Giancana roula des yeux étonnés.

« Comme je te l'ai dit, Mooney, il est prêt à verser du fric, mais je lui ai dit que si on acceptait l'affaire, on le ferait par patriotisme.

– Du patriotisme, c'est pas autre çose, convint Giancana, la main sur le cœur. L'Amérique a été foutrement...

– Foutrement bonne pour vous, compléta le Sorcier. Je sais.

– Alors il paraîtrait que vous voulez qu'on mette une raclée à Castro ? fit Giancana en laissant échapper un petit gloussement nerveux.

– J'espérais que vous auriez des associés à La Havane susceptibles de le neutraliser.

– Putain, c'est quoi, *neutraliser* ? demanda Giancana à Rosselli.

– Il veut qu'on le liquide, expliqua Rosselli.

– C'est bien ce que z'avais dit – vous voulez qu'on lui foute la raclée. Vous avez des dates qui vous arranzent plus que d'autres ?

– Le plus tôt sera le mieux, répondit le Sorcier.

– Ces çoses-là prennent du temps, avertit Giancana.

– Disons quelque part avant le printemps prochain. »

Giancana hocha consciencieusement la tête. « Comment ces zens que vous représentez imazinent le coup ? »

Le Sorcier comprit qu'ils étaient passés aux choses sérieuses. « On s'était dit que vos associés pourraient déterminer les habitudes de Castro, intercepter sa voiture et lui mettre une balle dans la tête. Quelque chose de ce genre... »

Giancana regarda Rosselli. Sa lèvre inférieure recouvrit sa lèvre supérieure tandis qu'il secouait la tête avec incrédulité. « On voit bien que ces connards de Wall Street ont foutrement aucune expérience de ces çoses-là. » Il se retourna vers le Sorcier. « Les armes à feu sont trop risquées. Ze ne vois personne prendre une arme à feu contre Castro. Pour la simple raison que celui qui fera le coup ne pourra pas s'en tirer avec tous les gardes du corps ou ce qu'il y aura sur place. Si on spécifie arme à feu, personne va se proposer.

– Comment imaginez-vous le coup, Mooney ? »

Giancana tira pensivement sur son cigare, puis le retira de sa bouche et l'examina. « Comment ze vois ce coup ? Moi, ze vois qu'on pourrait utiliser du poison. Disons, à titre d'exemple, que vous me donnez une certaine quantité de poison. Castro aime les milk-sakes... »

Rosselli se tourna vers Torriti. « Mooney est quelqu'un de sérieux. Il a déjà beaucoup réfléchi à votre problème.

– Je suis très impressionné, assura le Sorcier.

– Comme ze vous disais, il est dingue de milk-sakes. De milk-sakes au chocolat, si vous voulez tout savoir. Il en acète dans une cafétéria du Habana Libre, qui était le Hilton de La Havane quand z'étais là-bas. Il propose touzours de payer ces milk-sakes, mais ils ne prennent zamais son argent. Et puis, parfois, il va dans ce restaurant brésilien – c'est un petit bistrot sur le port, près de Cojímar – c'est là que ce drôle de zèbre, Hemingway, traînait avant cette putain de révolution. Castro va beaucoup là-bas avec son amie, une nana maigriçonne, la fille d'un docteur, qui s'appelle Celia Sánchez, ou encore avec l'Arzentin – c'est quoi, dézà, son putain de nom ?

– Che Guevara, répondit Torriti.

– Oui, c'est ça. Quelqu'un pourrait venir en hors-bord arroser le milk-sake de Castro à l'hôtel ou dans le restaurant avant de repartir par la mer. » Giancana descendit de son tabouret et ferma le bouton du milieu de son veston. Il fit signe aux deux hommes qui gardaient la porte du bar. « Amène la voiture ici, Michael. » Il se retourna vers le Sorcier. « Ça vous irait si on se revoit disons vers la mi-zanvier. Si vous avez besoin de moi, Johnny sait comment me zoindre. Ze vais fouiner un peu du côté de La Havane et voir ce que ze peux trouver. Vous, vous fouinez du côté de Wall Street – Rosselli eut un sourire entendu, et Giancana gloussa une fois encore – et vous voyez si vos amis peuvent trouver un poison qui fasse l'affaire. Il faut qu'il soit facile à cacer – ça doit ressembler à de l'Alka-Seltzer ordinaire, quelque çose de ce zenre. Il faut que ça azisse vite avant qu'ils aient le temps de l'amener dans un de ces putains d'hôpital pour lui faire un putain de lavaze d'estomac.

– Je vois que j'ai sonné à la bonne porte avec mon petit problème, commenta Torriti.

– Absolument, assura Rosselli. Mooney n'est pas vraiment du genre à déconner.

– Non, ze déconne zamais», assura Giancana.

3

Palm Beach, mardi 10 janvier 1961

Un essaim d'agents des services secrets portant lunettes noires et insignes caractéristiques fondit sur les visiteurs qui remontaient l'allée de gravier.

« Voudriez-vous avoir l'amabilité de vous identifier, messieurs », demanda le chef de section.

Allen Dulles, qui boitillait à cause d'une crise de goutte, parut vexé de n'avoir pas été reconnu. « Je suis le directeur de la CIA, fit-il avec humeur. Ces messieurs et moi-même avons rendez-vous avec le président élu.

– Nous vous serions reconnaissants de présenter vos papiers », insista le chef de section.

Dulles, Dick Bissell, Leo Kritzky et le Sorcier sortirent tous leur carte plastifiée de leur portefeuille. Le chef de section examina chaque photographie et la compara au visage qui se trouvait devant lui. « Vous êtes chargé ? » voulut-il savoir.

Le DCI Dulles parut interloqué. Dick Bissell précisa : « Ils demandent si on est armés.

– Sacrebleu, je n'ai pas porté d'arme depuis la guerre. »

Bissell et Leo Kritzky firent non de la tête. Torriti, la mine penaude, sortit le revolver à crosse de nacre de sous son aisselle et le remit, en le tenant par le canon, à l'un des agents, qui le déposa dans un sachet en papier. Bissell toussa discrètement, pour attirer l'attention du Sorcier. « Oh, oui, j'ai failli oublier », fit Torriti. Il tira alors le Detective Special à canon court de son étui fixé à la cheville, et le remit à l'agent stupéfait.

Au bout de l'allée, un assistant muni d'un bloc-notes vérifia leurs noms et leur fit traverser l'immense demeure de Joseph Kennedy, puis un jardin extrêmement soigné pour gagner le pavillon d'été, derrière la maison. De l'autre côté d'une haute haie retentit un éclat de rire féminin et des bruits indiquant qu'on s'éclaboussait dans une piscine. En passant devant une trouée dans la haie, Leo aperçut une jeune femme très mince et bronzée qui prenait le soleil sur le plongeoir, vêtue du seul bas de son bikini. Devant eux, il vit Jack Kennedy assis sur un rocking-chair en osier, une manche de chemise relevée, et qui détournait les yeux pendant qu'une femme lui faisait une piqûre.

Bissell, qui s'attardait en arrière avec Leo, lui glissa à l'oreille : « Injections de pénicilline pour urétrite chronique non blennorragique.

– Mais c'est une maladie vénérienne, chuchota Leo. Comment savez-vous ça ?

– Je me tiens au courant. Vous voulez parier que les premiers mots qu'il va sortir auront trait au *New York Times* ?

– Les dés sont pipés, désolé. »

Le médecin qui avait administré la piqûre à Kennedy dit encore : « Bon, je vous vois mardi prochain à Washington », puis se tourna pour partir.

Kennedy se leva pour accueillir Dulles. « Je suppose que vous avez vu l'article du *Times* », dit-il, visiblement irrité. Il prit un exemplaire sur la pile de journaux qui se trouvait sur une table basse en rotin. « En première page, rien que ça. "Les États-Unis aident à former des troupes anticastristes dans une base secrète au Guatemala." Bon Dieu, Allen, ils donnent même une carte du camp ! Castro n'a pas besoin d'espions en Amérique. Il a le *New York Times* ! » Il serra la main des hommes de la CIA. « Content de vous revoir, Dick. Kritzky, je me souviens de votre briefing de l'été dernier. »

Bissell présenta le Sorcier. « Je vous présente Harvey Torriti, membre clé de notre équipe. »

Kennedy garda la main de Torriti dans la sienne. « J'ai entendu parler de vous – vous êtes censé être notre James Bond, c'est ça ? »

Le Sorcier ricana. « Comme vous voyez, monsieur Kennedy, je ne suis pas vraiment équipé pour les escapades sexuelles les plus audacieuses de Bond. »

Kennedy indiqua des sièges. Son frère, Bobby, et son père, Joe Kennedy, arrivèrent de la piscine. Jack serra le poing, et son père l'enserra dans sa main. Les deux hommes se sourirent en se regardant dans les yeux. Joe Kennedy prit la dernière chaise pliante. Bobby s'assit par terre, le dos contre l'un des montants du pavillon. Jack reprit sa place dans le fauteuil à bascule en osier. « Allez-y, Allen, indiqua-t-il.

– Monsieur le président élu, fit Dulles, ouvrant la réunion, dans dix jours, vous prêterez serment en tant que président des États-Unis. C'est là, comme se plaisait à dire Harry Truman, que commencent les responsabilités. Il est évidemment vital que vous soyez complètement au fait des détails de l'opération que le général Eisenhower – le fait que Dulles utilisât le terme *général* au lieu de *président* n'échappa à personne – a autorisée.

– D'après ce que j'ai pu comprendre, le *président* Eisenhower a autorisé la CIA à préparer les plans et l'infrastructure d'une opération, mais il n'a pas autorisé l'opération proprement dite », précisa Kennedy.

Dulles s'éclaircit la gorge. « Je pensais que c'était clair, Jack. »

Kennedy, tout en se balançant lentement sur son siège, répliqua doucement : «Je voulais m'assurer que nous étions bien sur la même longueur d'ondes, Allen.» Il fit signe à Dulles de continuer.

Déconcerté, Dulles regarda les notes qu'il avait jetées au dos d'une enveloppe. «Ne vous y trompez pas, Monsieur le président élu, Moscou a installé un gouvernement fantoche communiste à moins de cent cinquante kilomètres des côtes de Floride. Castro a truqué les élections, muselé la presse et nationalisé l'industrie et les plantations de canne à sucre qui, il faut le souligner, appartenaient pour la plupart aux Américains. Il a fait exécuter plus de cinq cents opposants politiques et jeter en prison des milliers d'autres, il s'est entouré de conseillers marxistes et est allé chercher des armes en Union soviétique. Il a actuellement cinquante pilotes cubains qui s'entraînent sur des MiG soviétiques en Tchécoslovaquie. Ces appareils devraient être opérationnels d'ici à l'été prochain. Et comme si tout cela ne suffisait pas pour essayer de se débarrasser de lui, la CIA a obtenu des informations selon quoi Castro envoie en ce moment des équipes chargées de fomenter la révolution au Panamá, en République dominicaine, en Haïti et au Nicaragua. En travaillant main dans la main avec le Kremlin, l'objectif final de Castro est d'encercler les États-Unis d'un cordon de satellites communistes et de nous isoler dans notre propre hémisphère.»

Bobby Kennedy se frotta un œil. «Il est certain que Castro est une vraie plaie, monsieur Dulles, dit-il en traînant sur les voyelles avec son accent léthargique de Nouvelle-Angleterre. Mais la question est de savoir ce que va décider de faire l'administration Kennedy», ajouta-t-il en réussissant à traîner un peu sur les mots *administration Kennedy*.

Dulles répondit : «L'opération anticastriste, nom de code JMARC, est dirigée par Dick Bissell, que voici. Dick, pourquoi ne pas vous joindre à moi ?»

Bissell, dans son élément, décroisa nonchalamment les jambes et, s'exprimant sans notes, martelant impatiemment le sol du bout du pied, entreprit d'expliquer aux trois Kennedy ce qu'il appelait «le nouveau concept paramilitaire du plan Trinidad». «Nous avons dans l'idée de débarquer entre six et sept cent cinquante hommes de la brigade à Trinidad, une ville côtière située au sud de Cuba et qui passe pour être un foyer de sentiment anticastriste. Le débarquement, prévu à l'aube, sera précédé par une série de raids aériens qui commenceront à jour J moins deux. Ces attaques aériennes seront menées par des pilotes cubains qui apprennent actuellement à se servir de B-26 de la dernière guerre sur une piste secrète, au Guatemala.

– Piste nettement moins secrète aujourd'hui qu'hier», marmonna Bobby.

Bissell n'avait pas l'habitude d'être interrompu. Il se tourna vers Bobby – qui, à trente-cinq ans, avait peaufiné son rôle de méchant pour laisser à Jack celui du gentil – et demanda d'une voix glacée : «Vous avez dit quelque chose, monsieur Kennedy ?»

Jack Kennedy s'empressa d'intervenir : « Je vous en prie, Dick, continuez. »
Bissell garda un moment les yeux posés sur Bobby, puis revint vers Jack.
« Vous avez certainement conscience, Monsieur le président élu, que nous
n'attendons pas de cette brigade, même avec un soutien aérien, qu'elle écrase
au combat les deux cent mille hommes de l'armée de Castro. Mais nous comp-
tons bien que le débarquement, qui coïncidera avec la constitution d'un gouvernement provisoire sur le sol cubain, déclenchera un soulèvement général
contre le régime castriste. Nous calculons que la brigade devrait doubler ses
effectifs en quatre jours, ce qui lui permettrait d'assurer une tête de pont. Nous
avons des estimations confidentielles selon lesquelles soixante-quinze à quatre-
vingts pour cent du personnel de l'armée cubaine seraient en désaccord avec
le système politique de Castro. Il semble qu'un grand pourcentage d'officiers
soient prêts à se rebeller contre le gouvernement et à entraîner leurs troupes
avec eux. La population paysanne de plusieurs provinces, y compris à l'ouest
de Cuba, est susceptible de se soulever dès les premiers coups de feu. On
peut estimer que les prisonniers politiques de Castro, sur l'île des Pins, rejoin-
dront la brigade.

– Comment allez-vous armer tous ces paysans et prisonniers politiques,
s'ils se soulèvent ? » demanda Jack Kennedy.

Leo Kritzky, qui supervisait le profil logistique de la brigade pour le compte
de Bissell, intervint : « Les navires qui transporteront les exilés cubains sur le
site du débarquement seront bourrés de caisses d'armes – il y aura assez de
fusils sans recul, de mortiers, de munitions, de grenades et de talkies-walkies
pour équiper quinze cents hommes.

– Combien de temps la brigade pourra-t-elle tenir si elle ne double pas ses
effectifs et n'établit pas de percée ? voulut savoir le président élu.

– Nous estimons qu'avec une couverture aérienne, la brigade pourrait tenir
quatre jours », répondit Bissell.

Jack Kennedy cessa brusquement de se balancer. « Et ensuite, que se
passe-t-il ?

– Vous envisagez le pire scénario, protesta Dulles.

– Attendez-vous toujours au pire pour être ravi quand ça n'arrive pas,
coupa Joe Kennedy.

– Au pire des cas, Monsieur le président élu, fit Bissell, la brigade se réfu-
giera dans les montagnes – en l'occurrence les monts Escambray – et entamera
une guérilla. Nous pourrons la ravitailler par voie aérienne. Elle se joindra
aux bandes de guérilleros déjà existantes. Castro aura pour le moins toutes les
peines du monde à exporter sa révolution en Amérique latine avec une
contre-révolution à mater à Cuba. »

Jack Kennedy reprit son balancement rythmé. Les hommes de la CIA
échangèrent un regard ; il était difficile de savoir comment se déroulait la
séance. De derrière la haie leur parvint le cri de quelqu'un qu'on jetait dans

la piscine, puis un bruit d'éclaboussures. «Teddy recommence à jeter les filles à l'eau, commenta Jack Kennedy avec un ricanement.

– Naturellement, nous ne vous demandons pas de réagir avant d'avoir bien réfléchi à JMARC», intervint Dulles.

Kennedy ne cessait de se balancer. Il hochait la tête. Puis il regarda Bobby, qui haussa les sourcils. «Trop de bruit», commenta enfin le président élu.

Dulles se pencha en avant. «Comment ça, Jack?

– J'ai pleinement conscience que plus le risque politique est réduit, plus le risque militaire est important, dit Kennedy. La difficulté, c'est de trouver l'équilibre prudent entre les deux. Trinidad est trop spectaculaire, trop tapageur. Tout ça rappelle trop une invasion de la Deuxième Guerre. Je voudrais que vous réduisiez le tapage. J'aurais beaucoup moins de scrupules à donner mon autorisation si c'était un débarquement discret sur une plage oubliée, de préférence la nuit. À l'aube, je voudrais que les navires chargés d'amener la brigade aient déjà disparu de l'horizon. De cette façon, nous pourrons éventuellement nier toute participation américaine – un groupe d'exilés cubains débarque sur une plage, de vieux B-26 de la dernière guerre, pilotés par des transfuges de l'aviation de Castro, assurent la couverture aérienne, ce genre de choses.»

Joe Kennedy secoua la tête. «Et que faites-vous au sujet de Castro? Il faudrait qu'il soit assassiné avant l'invasion, sinon elle échouera.»

Il y eut un silence embarrassé. Torriti ouvrit la bouche pour dire quelque chose, mais Bissell lui toucha le bras et il se ravisa. Très doucement, Jack Kennedy dit à son père: «Papa, c'est exactement le genre de choses que nous préférons ne pas approfondir.»

Joe Kennedy reçut parfaitement le message. «Bien sûr, bien sûr. Je retire ma question.»

Le président élu voulut connaître tous les rouages de JMARC. Bissell lui fournit les réponses. Leo Kritzky tenait à sa disposition les quelques détails qu'il n'avait plus en mémoire. Oui, dit-il, Castro était à la tête d'une petite armée de l'air: quelques dizaines d'appareils capables de décoller, de vieux Sea Furies et quelques jets-écoles T-33, probablement bardés de canons, que les USA avaient donnés à Batista. Effectivement, on pouvait espérer que les B-26 auraient le contrôle du ciel au-dessus des plages de débarquement sans le soutien de porte-avions et de jets américains. Sans aucun doute, la brigade avait un moral excellent et les exilés étaient à présent parfaitement entraînés au combat; chaque recrue avait tiré plus de cartouches que le GI moyen dans n'importe quel camp d'entraînement américain. Oui, il était vrai qu'il y avait eu un début de révolte dans la province d'Oriente, mais il avait été maté par l'armée cubaine. Oui, la CIA avait eu des rapports bruts de la province de Camagüey établissant que le régime castriste battait de l'aile et qu'un conflit civil, voire l'anarchie complète, n'était pas à exclure, ce qui donnait à penser que le débarquement de la brigade et l'établissement d'un gouvernement provisoire pourrait entraîner un soulèvement général.

Comme l'entretien s'éternisait, Bobby consulta sa montre et rappela à son frère qu'il devait avoir de Gaulle au téléphone dans dix minutes. Kennedy remercia les représentants de la CIA d'être venus jusque-là et demanda à Allen Dulles de l'accompagner à l'intérieur. « Eisenhower m'a pressé de donner mon feu vert, dit-il à Dulles, qui boitillait à son côté. Mais je veux que vous gardiez deux choses à l'esprit, Allen. En aucune circonstance, je n'autoriserai d'intervention militaire américaine. Tout ce que nous nous efforçons de faire en Amérique latine, toute mon initiative d'Alliance pour le Progrès serait fichue en l'air si on nous voyait cogner sur un si petit pays. La brigade va devoir s'en tirer toute seule. Et puis je me réserve le droit d'annuler le débarquement à tout moment si je juge les risques inacceptables.

– Quand vous prendrez votre décision, Jack, ayez en tête que si nous nous désistons, nous devrons faire face à un problème d'écoulement.

– Qu'entendez-vous par problème d'écoulement ?

– Que ferons-nous de la brigade, si nous annulons ? Si on les démobilise au Guatemala, ça pourrait vite tourner au cauchemar. Ils pourraient refuser de rendre les armes, ils pourraient tenter l'opération tout seuls. On ne peut pas les lâcher en Amérique latine où ils pourraient raconter partout ce qu'ils faisaient. Si jamais nous revenons sur notre position et que cela se sache, il pourrait y avoir un effet de dominos... des soulèvements communistes ailleurs. »

Kennedy s'arrêta net et pointa un index sur la chemise de Dulles. « Vous n'allez pas me coincer comme ça, Allen.

– Ce n'était pas mon intention, Jack. Je vous préviens juste des problèmes auxquels nous serions confrontés si vous décidiez d'annuler. »

De l'autre côté du jardin, Bobby conduisait Leo, Bissell et le Sorcier au bar de son père pour leur offrir un dernier verre pour la route. Il savait que Bissell se préparait à prendre la place de Dulles quand celui-ci partirait à la retraite, ce qui faisait du directeur adjoint quelqu'un d'important à Washington. Bobby n'avait donc pas envie de se le mettre à dos. Et il tenait en même temps à ce que Bissell, comme tous les gros bonnets de Washington, comprenne qu'il était désormais le deuxième homme de la capitale. « Je pense que votre topo était très clair, disait-il à présent à Bissell. Mon frère aime bien la CIA – il dit toujours que quand on a besoin d'un service rapide, il faut s'adresser à la Vinaigrerie. Il faut toujours quatre ou cinq jours aux ronds-de-cuir du Département d'État pour répondre par un simple oui ou non. »

Par une porte entrouverte, on pouvait apercevoir Jack Kennedy en grande conversation téléphonique, son père se tenant à ses côtés, bras croisés sur la poitrine, l'oreille tendue. « Soyons parfaitement clairs, précisa Bobby. Cuba est pour mon frère la priorité absolue. Tout le reste passe derrière. Il ne faut épargner ni le temps, ni l'argent, ni les moyens, ni les effectifs. Mais nous voulons que vous vous débarrassiez de Castro, d'une façon ou d'une autre. » Les yeux de Bobby se firent soudain glacés, sa voix prit une intonation douce et précise. « Et puis le temps presse. Nous voudrions commencer l'administration Kennedy par un coup d'éclat. » Il contempla Bissel d'un regard dur. « Sincèrement, nous craignons que la CIA ne se dégonfle. »

Le Sorcier, qui se sentait mieux avec un peu d'alcool dans les veines, laissa un sourire satanique étirer ses lèvres. L'arrogance de Bobby l'avait énervé. « On ne se dégonflera pas, marmonna-t-il en écrasant de la glace sous ses dents. Mais on voudrait être sûrs que vous ne vous défilerez pas. »

Bobby plissa les yeux. « Faites en sorte que votre plan soit impeccable, et mon frère signera. Comme mon père l'a suggéré, l'élimination de Castro faciliterait certainement la situation. »

Dans la limousine de la Compagnie qui les conduisait à l'aéroport, où un avion privé attendait de pouvoir les ramener à Washington, les quatre hommes de la CIA étaient perdus dans leurs pensées. Leo finit par briser le silence. « Bobby est un sale petit con.

– Le problème, fit remarquer Dulles, c'est que quand il utilise le *nous* de majesté, nous ne savons pas s'il parle pour Jack ou s'il essaye juste de faire l'important.

– Je croyais que je venais pour mettre Jack au courant du fonctionnement d'Executive Action, commenta le Sorcier.

– Jack ne veut à l'évidence pas parler d'Executive Action devant témoins, dit Bissell. De toute façon, votre présence dans l'équipe était plus éloquente qu'un briefing.

– Bobby n'a pas mâché ses mots, remarqua Dulles. *Nous voulons que vous vous débarrassiez de Castro, d'une façon ou d'une autre.* Il est évident que les Kennedy ne verseront pas une larme si nous arrivons à neutraliser Fidel.

– Bon Dieu, j'espère seulement que ce n'est pas une condition pour qu'il donne son feu vert à JMARC, dit Bissell.

– Jack n'est pas tombé de la dernière pluie, répliqua Dulles. Se débarrasser de Castro serait évidemment la cerise sur le gâteau. Mais je ne peux pas croire qu'il compte dessus. »

Bissell, qui se faisait un sang d'encre pour son projet, regarda le paysage défiler par la vitre. Au bout d'un moment, Dulles reprit : « Je me rappelle avoir dîné avec Jack chez lui, N Street, juste après son élection au Sénat. Après dîner, les hommes sont sortis fumer un cigare. La conversation a dérivé sur les présidents américains – il s'est avéré que Jack était particulièrement fasciné par Abraham Lincoln et Franklin Roosevelt. Mon frère, Foster, lui a demandé pourquoi précisément ces deux-là. Jack a répondu que c'étaient les deux plus grands présidents. Puis il a ajouté – Dulles ferma les yeux pour essayer de revoir la scène – il a ajouté : "Pour être un grand président, il faut être président en temps de guerre."» Il rouvrit les yeux et donna un coup de poing taquin dans le coude de Bissell. «Il n'arrêtera pas JMARC, Dick, tu peux me croire.»

Les elfes du Service technique, comme on les appelait dans la maison, vivaient dans un monde à part : un labyrinthe de salles au dernier étage d'un des bâtiments «temporaires» de la dernière guerre que la Compagnie occupait près de la Reflecting Pool. L'entrée unique de leur boutique, qui donnait sur la cage d'escalier par une porte hermétique avec une tête de mort dessus, était gardée jour et nuit par des gardes armés. Les elfes eux-mêmes, des hommes voûtés avec une propension aux grosses lunettes et au crâne dégarni, affectionnaient les blouses blanches de laboratoire aux poches généralement pleines de seringues jetables. Certaines salles étaient climatisées, avec des températures avoisinant celles des serres tropicales à causes des spores qui germaient sur du coton humide dans des boîtes de Pétri. Des étiquettes en carton se dressaient un peu partout : bactéries, champignons, algues, neurotoxines, poussaient comme des mauvaises herbes. L'homme qui dirigeait la division, le docteur Aaron Sydney, petit biochimiste irascible d'un mètre cinquante-cinq, avec des touffes de poils raides sur les tempes, avait travaillé pour un gros laboratoire pharmaceutique avant d'entrer à la Compagnie. Son triomphe le plus récent avait été la mise au point du mouchoir infecté que la CIA avait envoyé au général Abdoul Karim el-Kassem, l'homme fort de l'armée irakienne qui s'était attiré les foudres des responsables de la politique étrangère américaine. «Oh, mon Dieu, non, nous ne pensons pas que cela va tuer le pauvre homme ! aurait dit le Dr Sydney à Dulles en lui apportant le produit fini. Avec un peu de chance, ça le rendra simplement malade jusqu'à la fin de ses jours.»

«Je n'ai pas bien saisi votre nom quand monsieur Bissell a appelé pour prendre rendez-vous, dit le Dr Sydney au Sorcier lorsque celui-ci se présenta à son bureau.

– Torriti, Harvey.

– Que pouvons-nous faire pour vous, monsieur Harvey?»

Le Sorcier regarda autour de lui avec un certain malaise. Les murs disparaissaient derrière des étagères couvertes de flacons scellés contenant des souris blanches et, parfois, un petit singe conservé dans du formol, chaque flacon portant une étiquette soigneusement rédigée à l'encre rouge : *clostridium botulinum, toxoplasma gundi*, typhus, peste bubonique, petite vérole, lupus. Torriti répéta la question pour déclencher la réponse. «Ce que vous pouvez faire pour moi ? Vous pourriez me donner un Alka-Seltzer.

– Oh! là, là! Vous avez des problèmes d'estomac?

– Je voudrais faire en sorte que quelqu'un en ait.

– Ahhhhh ! Je vois. Homme ou femme ?

– Ça fait une différence ?

– Effectivement. Ça change le dosage.

– Homme alors. »

Le Dr Sydney décapuchonna un stylo et nota quelque chose sur un calepin jaune de la maison. « Serait-ce trop demander de me donner une idée de son âge, taille, poids et état de santé général ?

– Il a une bonne trentaine d'années, grand, plutôt costaud et, pour autant que je sache, en excellente forme physique.

– Excellente... forme physique », répéta le Dr Sydney en écrivant. Il examina le Sorcier à travers ses lunettes de lecture. « Jusqu'à quel point voulez-vous qu'il ait des problèmes d'estomac ? »

Torriti commençait à apprécier la conversation. « Je veux que son estomac cesse de fonctionner. »

Le Dr Sydney ne cilla pas. « Soudainement ou lentement ?

– Le mieux soudainement possible. »

Le Dr Sydney haussa les sourcils. « Ça se dit, ça, *le mieux soudainement* ?

– Maintenant, oui.

– *Le mieux soudainement.* Bon. Ce qui suggère que vous ne voulez pas qu'on ait le temps de faire un lavage d'estomac ?

– Quelque chose dans ce genre, oui.

– Le produit devra-t-il être maquillé afin de pouvoir passer un contrôle frontalier ?

– C'est une excellente remarque. Oui. La réponse est oui.

– De toute évidence, vous ne voulez pas de poudre, alors – dans certains pays, les douaniers ont tendance à s'exciter quand ils trouvent de la poudre. Un comprimé, peut-être ?

– Un Alka-Seltzer, ce serait parfait.

– Oh ! là, là ! monsieur Harvey, je vois que vous êtes novice. L'Alka-Seltzer est beaucoup trop gros. Je crois bien que vous allez vouloir quelque chose de plus petit. Plus c'est petit, plus il est facile pour celui qui l'administre de le glisser dans un liquide sans se faire remarquer. Vous voulez que l'auteur du crime s'en sorte, bien sûr.

– Je suppose.

– Vous supposez seulement ?

– À vrai dire, je n'y ai pas vraiment réfléchi. » Le Sorcier se gratta le nez. « Ça y est, j'ai réfléchi. Je veux que l'auteur du crime s'en sorte.

– Combien de spécimens désirez-vous, monsieur Harvey ? »

Torriti étudia la question. « Un. »

Le Dr. Sydney parut surpris. « Un ?

– Qu'est-ce qui ne va pas avec un ?

– Nous fournissons généralement plus d'un spécimen pour le cas où il y aurait un problème au cours de la livraison, monsieur Harvey. Pour vous donner un exemple, le produit peut se retrouver dans le mauvais verre. Ou il peut être versé dans le bon verre mais, pour une raison ou pour une autre, n'être pas consommé. Si celui qui administre la chose détient un spécimen de secours, il – ou, pourquoi pas ? elle – pourra avoir une seconde chance.» Le Dr Sydney lança en direction du Sorcier un sourire particulièrement mauvais. «Si vous ne réussissez pas du premier coup…

– Vous n'êtes pas fait pour le parachutisme.

– Je vous demande pardon ?

– C'était une boutade. Bon, écoutez, je n'avais pas pensé à des comprimés de secours. Mais, tant que vous y êtes à vous donner tout ce mal, autant avoir une poignée de pilules.

– Est-ce que trois vous iraient ?

– Trois m'iraient parfaitement.»

Le Dr Sydney griffonna le chiffre trois sur son calepin. «Puis-je vous demander si vos délais sont serrés, M. Harvey ?

– Disons que je suis pressé sans me bousculer.

– Oh ! là, là ! c'est joliment dit. L'activité sans la nervosité. La bousculade sans la débandade.» Le Dr. Sydney se leva et regarda le Sorcier. «Dommage que tout le monde à la Vinaigrerie ne fonctionne pas comme vous, monsieur Harvey, monsieur Bissell veut généralement que tout soit fait pour hier. Si vous pouviez, disons, repasser dans quatre jours, il y a de bonnes chance que j'aie ce qu'il vous faut.»

Leo Kritzky fixait les photos au mur quand Dick Bissell et son détachement spécial Cuba firent irruption dans la salle de QG, au rez-de-chaussée de Quarters Eye. «Comment ça se présente ?» demanda le DD-O. Il accrocha une paire de lunettes à monture foncée sur ses oreilles puis, s'inclinant en avant sur la pointe des pieds, examina les agrandissements en noir et blanc. Pris la veille à plus de deux mille mètres d'altitude au cours d'une mission en U-2 au-dessus de la côte méridionale de Cuba, ils montraient une longue étendue de plage, dont une partie était plantée de rangées bien nettes de tout petits bungalows.

«Ça a l'air même un peu mieux que Trinidad», répondit Leo.

Tout en désignant les chaises de bois placées en demi-cercle devant le mur, Bissell hocha la tête. «Expliquez-nous ce qu'on voit, s'il vous plaît, Leo.

– Dick, messieurs, ce que vous voyez, là, c'est la Bahía de Cochinos, la Baie des Cochons. C'est une étendue de plage d'environ vingt kilomètres sur six. D'un côté, il y a la baie et, au-delà, la Caraïbe. De l'autre côté, il y a les marais Zapata qui, pour tout un tas de raisons pratiques, sont infranchissables

– ils sont infestés de marabus, des buissons aux longues épines qui vous écorchent complètement, de guaos, une plante empoisonnée, et de serpents mortels, sans parler des *cochinos cimarrónes*, ces cochons sauvages qui s'attaquent aux humains et ont donné son nom à la baie.

– On se croirait à la capitale, plaisanta quelqu'un.

– Il y a trois routes qui traversent la péninsule de Zapata du nord au sud – Leo les désigna avec une baguette – construites sur des remblais, elles s'élèvent au-dessus des marécages.

– A-t-on une idée de ce que Castro a comme troupes massées à cet endroit ?» questionna Bissell.

Leo désigna ce qui ressemblait à quatre longues structures basses près d'une piste de terre, derrière la ville de Girón, qui consistait en quelques dizaines de constructions de bois situées de part et d'autre d'une rue principale assez large. «Il y a une centaine de miliciens du 338e bataillon de la Milice en garnison dans cette caserne. Remarquez les antennes sur le troisième bâtiment – ce doit être le local radio. Là, c'est un agrandissement de leur parc de véhicules – comme nous arrivons à lire les plaques d'immatriculation, nous savons que ce sont des camions de la milice. Sept, tous identifiés. Pas de blindés, pas d'artillerie en vue.»

E. Winstrom Ebbitt, qui venait d'être intégré à l'équipe de Bissell comme responsable adjoint de la planification chargé de la logistique, se pencha en avant. Ceux qui connaissaient bien Ebby savaient qu'il n'était absolument pas convaincu par JMARC, mais que, comme tout le monde, il avait tendance à s'en prendre aux abords de l'opération pour éviter d'attaquer de front Bissell et son équipe musclée de planificateurs du dernier étage. «On dirait d'autres baraquements – là, en bas, Leo, plus à gauche, au nord de la route qui suit la plage.

– Non, là, ce sont des logements civils, d'après nos spécialistes de l'interprétation photographique, répliqua Leo. Les ouvriers qui construisent les bungalows du camp de vacances de Playa Girón, sur la plage là, sont logés dedans.» Leo montra les rangées bien nettes de petites constructions. «Cette fois encore, on peut voir les plaques d'immatriculation de la Jeep, des camions et des deux excavatrices garées dans le champ, derrière les logements ; elles sont toutes civiles. À en juger d'après la pancarte sur le toit d'une des cabanes, près de l'embarcadère – c'est marqué « Blanco's » dessus – il doit s'agir du bistro local. Les deux embarcadères, là, paraissent en bon état. L'un est en béton, l'autre en piliers de bois et en planches. Entre les deux, il y a l'équivalent d'un petit port, qui semble assez profond pour accueillir des embarcations de débarquement. Il y a des traces d'algues, mais pas d'obstacles sérieux. Je vais demander à notre équipe de dresser des cartes en fonction des marées…»

Bissell intervint : «C'est l'aérodrome qui m'a attiré.»

– Cette piste, cela va sans dire, est un don du ciel », reprit Leo. Sa baguette suivit la piste qui partait vers la gauche, derrière Girón. « C'est un Piper, qui est garé près de la tour de contrôle. À partir de ça, on a pu calculer la longueur de la piste. Elle est assez longue pour des B-26, ce qui signifie que l'assaut aérien pourra avoir l'air cubain dès le jour J. Une fois qu'on aura assuré une tête de pont et débarqué du carburant, on pourra effectivement faire décoller des avions de là.

– On a une réaction des chefs d'état-major ? demanda quelqu'un.

– On leur a fait un topo hier soir, répondit Leo. Ils ont dit que ça leur paraissait aller.

– Ils ne débordaient pas d'enthousiasme, fit remarquer Ebby.

– Ce n'est pas une opération du Comité des chefs, dit Bissell, alors ils gardent leurs distances – ils ne se déclareront ni franchement pour ni franchement contre quoi que ce soit. De cette façon, si jamais JMARC se casse la gueule, ils pourront toujours dire : "On vous l'avait bien dit."

– J'aime bien ces routes, commenta l'un des stratèges militaires de Bissell, un colonel des marines associé à la Compagnie pour le projet cubain. Si la brigade parvient à s'emparer des points de débarquement et à les tenir, les colonnes de Castro se retrouveront coincées sur ces routes et feront des cibles faciles pour les B-26. »

Ebby secoua la tête. « Il y a quand même un bémol à votre Baie des Cochons, dit-il. Si jamais les choses tournaient mal, on perd l'option du recours à la guérilla.

– Comment ça ? » fit une voix.

Ebby se dirigea vers la carte géante de Cuba, sur le mur voisin. « Trinidad est au pied des montagnes d'Escambray. Or, ces montagnes – il mesura la distance avec ses doigts et se reporta à l'échelle – sont à environ cent trente kilomètres de votre Baie des Cochons à travers des marais impraticables. Si les B-26 ne parviennent pas à prendre les routes d'accès aux troupes de Castro, la brigade ne pourra plus avoir recours à l'option guérilla. Elle sera coincée sur les plages.

– Il y a un point positif à votre point négatif, rétorqua Bissell. La Havane sera plus proche une fois que la brigade aura établi sa tête de pont.

– Il n'y aura pas de repli possible si jamais les B-26 n'arrivent pas à se débarrasser des troupes de Castro », insista Ebby.

Bissell regimba : « La brigade n'aura pas besoin de repli.

– Les choses peuvent mal tourner…

– Écoutez, dit Bissell, nous aurons un porte-avions au large de la côte. Si les B-26 n'y arrivent pas, nous enverrons des renforts du porte-avions. D'une façon ou d'une autre, l'armée de Castro sera réduite en pièces.

– Kennedy a clairement spécifié au directeur Dulles qu'il n'autoriserait jamais une intervention américaine déclarée, remarqua Leo d'une voix neutre.

– Si la demande se fait plus insistante, assura Bissell, il faudra bien qu'il change d'avis, non?» Il se leva. «Ça me plaît bien, Leo. Mis à part une poignée de miliciens et quelques ouvriers du bâtiment, c'est un coin inhabité, ce qui rend les choses plus discrètes qu'à Trinidad, et c'est ce que veut Kennedy. Retournons tous plancher sur un projet d'opération prévu pour un débarquement début avril dans la Baie des Cochons. Quant à la question du recours à la guérilla, je ne vois aucune raison de l'évoquer quand nous mettrons le Président au courant, d'une façon ou d'une autre.»

Accroupi devant le coffre-fort pour en dissimuler la serrure, le Dr Sydney fit tourner les cadrans et tira la lourde porte. Il prit une boîte en métal à l'intérieur du coffre et la plaça sur le bureau. Il sortit alors une clé de la poche de sa blouse, l'inséra dans la serrure à cylindre fixée sur le couvercle et ouvrit la boîte. Niché dans un lit de polystyrène, apparut un petit flacon à moitié plein de ce qui ressemblait à de l'aspirine Bayer ordinaire. Le Dr Sydney prit le flacon et le posa sur la table. «On dirait vraiment des comprimés d'aspirine, n'est-ce pas, monsieur Harvey? fit-il fièrement. En fait, ce *sont* des comprimés d'aspirine ordinaire, tous sauf trois.

– Comment l'exécuteur saura-t-il reconnaître les trois pilules extraordinaires? demanda Torriti.

– C'est un jeu d'enfant», assura le Dr Sydney. Il ouvrit le flacon, répandit les comprimés sur le buvard et les sépara à l'aide d'une spatule. «Allez, essayez de les repérer.»

Le Sorcier chaussa ses lunettes et examina les comprimés en les remuant du bout des doigts. Au bout d'un moment, il secoua la tête. «Pour moi, ces putains de trucs sont tous pareils.

– Ce devrait être la réaction d'un douanier ou d'un policier», convint le Dr Sydney. Il se pencha au-dessus du buvard. «Si vous examinez attentivement mes précieuses pilules, monsieur Harvey, vous découvrirez que sur trois d'entre elles, le mot *Bayer* est orthographié *Bayar*.» Le patron de la division du service technique écarta des autres trois comprimés. Torriti en prit un et l'examina. Effectivement, le *e* de Bayer s'était transformé en *a*.

«Le comprimé que vous tenez, ainsi que ses deux compagnons, contient une toxine du botulisme que j'ai personnellement testée sur trois singes – tous sont morts cliniquement en quelques minutes. J'ai obtenu le poison des réserves du Corps d'arme chimique de Fort Detrick, dans le Maryland. Ça ne me dérange pas de vous dire que j'ai dirigé leur laboratoire de guerre biologique. Ils m'ont proposé la bactérie *Francisella tularensis* qui provoque la tularémie; ils m'ont proposé la *brucellae*, responsable de la fièvre ondulante. Oh! je n'avais que l'embarras du choix, je peux vous le dire. J'aurais pu avoir la tuberculose, l'anthrax ou la variole, j'aurais pu avoir l'*encephalitis lethargica*, plus connue sous le nom de maladie du sommeil. Mais j'ai préféré m'en tenir à cette bonne vieille toxine du botulisme, qui cause une paralysie du muscle respiratoire et la suffocation. Il y a plusieurs choses qu'il vous faudra retenir. Ces comprimés d'aspirine particulière ne doivent pas être utilisés dans du liquide bouillant – je pense à du potage, du thé ou du café. On peut le dissoudre dans l'eau, la bière, le vin...

– Et les milk-shakes ?

– Oui, oui, les milk-shakes seraient parfaits. Mais je dois vous avertir que l'efficacité du poison n'est pas éternelle.

– Combien de temps ai-je devant moi ?

– Je ne saurais trop vous recommander d'utiliser mes petits trésors dans les trois mois. Si vous attendez davantage, les comprimés risquent de devenir instables – ils pourraient se désintégrer entre vos doigts avant que vous n'ayez le temps de l'administrer, ou ils pourraient perdre de leur puissance et ne déclencher que de sévères maux d'estomac.

– Vous avez fait un boulot formidable », déclara le Sorcier. Il remit soigneusement les pilules marquées *Bayar* dans le flacon. « Vous n'avez plus rien à me dire, docteur ?

– Voyons voir... Oh ! là, là ! si, monsieur Harvey, il y a encore une chose : vous voudrez bien vous laver soigneusement les mains avant d'aller déjeuner. »

Montant avec une lenteur insupportable, le gros monte-charge se hissait vers le deuxième étage de l'entrepôt du Printer's Row de Chicago, au sud du périphérique. Par la grille d'acier au-dessus de sa tête, le Sorcier distinguait la bobine géante qui enroulait le câble. L'homme défiguré qui actionnait le monte-charge appuya sur le bouton de contrôle pour amener le plancher, par petits à-coups, au niveau du palier. Deux des hommes de Giancana en survêtement gris arborant la mention « Southside Gym » sur la poitrine, ouvrirent la double porte grillagée comme s'ils écartaient des rideaux, et Torriti sortit de l'ascenseur pour pénétrer dans la salle la plus immense qu'il eût jamais vue. À l'exception de quelques centaines de caisses d'alcool portant l'inscription « hors taxes uniquement » empilées contre un mur, l'espace était vide. À un terrain de football de là, ou c'est du moins ce qu'il parut à Torriti, celui-ci vit Mooney Giancana assis derrière le seul meuble visible, une très grande table qui avait dû servir autrefois à couper du tissu. Derrière Giancana, des fils de jour arachnéens filtraient à travers la vitre sale. Des hommes portant des vestes rembourrées aux épaules – à moins qu'ils ne fussent réellement bâtis ainsi ? – se tenaient appuyés contre les étais métalliques, les yeux rivés sur le téléviseur posé à un bout de la table.

Devant le monte-charge, l'un des hommes en survêtement tendit au Sorcier une boîte à chaussures en montrant d'un signe de tête sa poitrine et sa cheville. Torriti retira ses armes et les déposa dans la boîte. « Dites donc, les rigolos, vous allez me donner un reçu ? » demanda-t-il, un sourire irrité s'insinuant sur son visage.

L'un des gymnastes de Southside prit sa question au sérieux. « Vous êtes tout seul ici – on va pas les mélanger. »

À l'autre bout de la salle, Giancana lança : « Amenez-vous le cul. Kennedy va prêter serment à la télé. »

Le Sorcier traversa tranquillement la salle. Giancana, qui fumait un gros havane en regardant l'écran à travers ses lunettes sombres, désigna une chaise sans tourner la tête ni vers le siège ni vers son visiteur. Un de ses gros bras versa du champagne dans un gobelet en plastique qu'il tendit à Torriti.

« Vous fêtez quelque chose, Mooney ? s'enquit le Sorcier.

– Putain, oui – ze fête Kennedy qui arrive à cette putain de Maison-Blanche », fit Giancana en s'esclaffant. Ses gros bras s'esclaffèrent avec lui.

À la télévision, Kennedy, tête nue et en queue-de-pie, se tenait sur l'estrade et prononçait, d'une voix nasale et pincée que Torriti reconnut aussitôt, son discours d'investiture. « Qu'il soit annoncé, en ce temps et lieu, à l'ami comme à l'ennemi... »

« Qui aurait pu croire que le gosse de Joe deviendrait président ? commenta l'un des gros bras.

– Putain de merde, moi, ze l'ai cru », dit Giancana.

« ... né de ce siècle, trempé par la guerre, discipliné par une paix rude et amère... »

« À ce putain de Jack, fit Giancana en levant son gobelet en plastique vers le téléviseur. *Santé !*

– Je ne savais pas que vous vous intéressiez à la politique, Mooney, fit le Sorcier avec le plus grand sérieux.

– Vous vous foutez de moi, répliqua Giancana. Z'ai voté pour ce connard. Plein de fois. On pourrait même dire que z'ai fait campagne pour lui. Sans moi, il serait même pas à cette putain de Maison-Blanche. »

« ... qu'elle nous souhaite tout le bien ou tout le mal, chaque nation sait que nous paierons le prix... »

« Vous avez arraché ces élections », avança le Sorcier.

Giancana lui adressa un coup d'œil en biais. « Un peu que ze lui ai arracé ces putains d'élections. Ze lui ai arracé tellement de voix qu'il a remporté l'Illinois. »

« ...soutenir un ami, lutter contre un ennemi, pour assurer la survie et la victoire de la liberté. »

« Z'en ai marre de ces conneries, marmonna Giancana.

– Tu veux que j'éteigne, Mooney ? demanda un gros bras.

– Baisse le son, mais laisse l'imaze. » Giancana fit tourner sa chaise pour faire face à Torriti, de l'autre côté de la table. « Alors, qu'est-ce qui vous amène à Cicago ?

– La vue », répondit le Sorcier. Il contempla les quatre colliers de chien vissés au plateau de la table, se demandant à quoi ils pouvaient servir. « On m'a dit que le lac Michigan valait le coup d'œil. »

Giancana ricana. « Ze l'ai vu tellement de fois que ze le vois même plus quand ze regarde. »

Torriti tendit son verre pour qu'on le resserve. Giancana explosa : « Nom d'un cien, les gars, vous êtes censé remplir son putain de verre *avant* qu'il demande. Où est-ce que vous avez été élevés ? Dans une putain de décharze ou quoi ? »

L'un des gros bras se précipita pour servir Torriti. Celui-ci vida le champagne comme si c'était de l'eau, puis refusa d'un geste qu'on le serve à nouveau. « Vous croyez que vous pourriez… » Il désigna d'un signe de tête les truands qui écoutaient la conversation.

« Laissez cette putain de bouteille et ficez-moi le camp », ordonna Giancana.

Les hommes se retirèrent à l'autre bout de la salle.

« Alors, avez-vous avancé en ce qui concerne notre petite affaire ? s'enquit Torriti.

– Oui, on peut dire ça. Z'ai un type qui bosse au Habana Libre, à la Havane. À la cafétéria, en fait, là où Castro vient une ou deux fois par semaine prendre ses milk-sakes.

– Comment s'appelle votre ami ? »

Giancana fit rouler ses yeux dans ses orbites. « Putain de bordel, faites pas le malin avec moi. »

Torriti comprit soudain que les colliers de chien pouvaient servir à attacher les poignets et chevilles d'un petit malin étendu sur la table. « Dites-moi quand même quelque chose, dit-il. Pourquoi il serait prêt à prendre un tel risque…

– Il me doit une faveur.

– C'est une sacrée faveur. »

Giancana afficha un sourire brutal. « Ce sont les faveurs qui font tourner le monde. » Il tira sur son cigare et souffla en l'air un rond de fumée parfait, puis un second, et gloussa de plaisir. « Alors, est-ce que vous avez l'Alka-Seltzer ? »

Torriti sortit le flacon d'aspirine à moitié plein de la poche de sa veste. « Il y a trois comprimés au fond de ce flacon – chacun d'eux assez puissant pour tuer un cheval. »

Giancana garda les yeux rivés sur le flacon sans cesser de tirer pensivement sur son cigare. « Comment le type de La Havane va pouvoir reconnaître les trois pilules truquées ? »

Torriti lui expliqua le coup du nom Bayer mal orthographié.

Le visage de Giancana se plissa en un grand sourire. «C'est bon, fit-il. Les affaires commencent.»

Le Sorcier se releva. «Alors, quand pensez-vous que ça pourra se faire?»

Le patron de la Cosa Nostra de Chicago se tourna pour regarder Kennedy sur l'écran de télé. «Ze connaissais un type, il savait lire sur les lèvres alors qu'il n'était pas sourd. Il m'a dit qu'il avait appris ça pour le cas où il deviendrait sourd. La morale de cette histoire, c'est qu'il faut prévoir l'avenir.» Il reporta son attention vers Torriti. «Comme ze vous l'ai dit à Miami, ces çoses prennent du temps. Il faut que ze fasse porter ces aspirines à La Havane. Il faut que ze trouve le hors-bord pour aller cercer mon ami ensuite. Et puis il faut qu'il trouve la bonne occasion.

– Alors, de quoi devons-nous parler?»

Giancana eut un petit rire niais. «Vous me dites ce qui vous arranze pour vos amis de Wall Street.

– Nous sommes le vingt janvier, dit Torriti. Il faudrait que vous vous assuriez que votre ami paye sa dette envers vous n'importe quand avant, disons, le dix avril.»

– Le dix avril, répéta Giancana. Ça devrait coller.»

Philip Swett revint de son déjeuner avec Jack Kennedy particulièrement satisfait de lui-même. Il s'était agi d'un repas privé dans une petite salle à manger située non loin des appartements du Président, au premier étage. Dean Rusk, le secrétaire d'État de Kennedy, et McGeorge Bundy, assistant particulier du Président pour les questions de sécurité nationale, s'étaient joints à eux. Le directeur de la CIA, Allen Dulles, qui s'était entretenu toute la matinée avec Bundy et son équipe dans le sous-sol de la Maison-Blanche, avait été invité à la dernière minute, quand Kennedy avait appris qu'il était encore sur place. Au-dessus d'un déjeuner léger de jambon froid de Virginie, de salade de concombre et de vin blanc, Kennedy s'était mis en quatre pour remercier Swett publiquement pour son soutien financier. «Mon père m'a toujours dit qu'il voulait bien m'acheter des élections, avait plaisanté Kennedy, mais pas une victoire écrasante, ce qui explique pourquoi les scores ont été si serrés. Sans blague, vous avez fait la différence, Phil.

– Croyez-moi, Monsieur le Président, avait répliqué Swett, beaucoup de gens, moi compris, dorment mieux la nuit en sachant que c'est vous qui êtes à la barre, et pas Nixon.»

Avec le café et les bonbons à la menthe, la conversation avait dérivé vers Cuba. Rusk avait informé le président du contenu d'un télégramme envoyé la veille de Moscou : le responsable politique de l'ambassade américaine avait appris par un journaliste russe qui avait ses entrées au Politburo, que

Khrouchtchev répondrait à toute attaque américaine manifeste sur Cuba en fermant toutes les voies d'accès de Berlin et en construisant un grand mur séparant l'Allemagne de l'Est de l'Allemagne de l'Ouest. Kennedy avait fait la grimace puis, paraphrasant l'introduction d'un poème de T.S. Eliot, *La Terre vaine*, avait remarqué : « Avril sera donc le mois le plus cruel, après tout. » Dulles avait alors commenté de sa voix de stentor : « À supposer qu'il soit encore là pour le voir, la Baie des Cochons risque fort de devenir le Waterloo de Fidel Castro, Monsieur le Président. Je peux vous le promettre. »

Kennedy avait gratifié Dulles d'un sourire glacial. « Bissell et vous, vous avez contresigné le chèque, Allen. »

McGeorge Bundy avait attiré l'attention du Président et fait un signe de tête imperceptible en direction de Swett. Kennedy avait compris le message et changé aussitôt de sujet. « Est-ce que quelqu'un a lu le bouquin de Joseph Heller, *L'Attrape-nigaud* ? Je crois bien que c'est le meilleur roman inspiré par la guerre. Il y a un personnage, Yossarian, qui décide de vivre éternellement, ou de mourir en essayant. »

S'éloignant à vive allure de la Maison-Blanche dans sa limousine, Philip Swett se carra sur son siège et alluma le gros cigare que Kennedy avait glissé dans la pochette de sa veste après déjeuner. Il avait remarqué l'avertissement de Bundy au président quand il avait été question de Cuba. Même sans son petit geste, Swett aurait compris qu'il avait surpris des choses qui ne circulaient même pas dans les milieux proches du pouvoir de la nation ; son gendre bossait quand même à la CIA, et il n'avait pas la moindre idée de ce que mijotaient Bissell et Dulles. Mais Swett savait faire les déductions qui s'imposaient. À un moment ou à un autre du *mois le plus cruel*, avril, les Cubains entraînés et armés par la CIA débarqueraient à un endroit qui s'appelait la Baie des Cochons. *À supposer qu'il soit encore là pour le voir !* Swett rit dans la fumée de cigare qui tournoyait à l'arrière de la voiture. Bien sûr ! comment cela avait-il pu lui échapper ? Dulles et sa troupe auraient été de vrais crétins de ne pas essayer de se débarrasser de Castro avant le début du feu d'artifice.

Saperlipopette, se dit Swett, on pouvait reprocher beaucoup de choses aux gens de la Vinaigrerie, mais, à part son gendre, ce n'étaient sûrement pas des crétins.

4

Washington, DC, samedi 11 février 1961

Eugene, qui avait été occupé à livrer de l'alcool depuis la fin de l'après-midi, décida de rentrer directement chez Bernice sans repasser par son studio au-dessus du magasin. Il gara le break de Max dans une petite rue de Georgetown, verrouilla les portières et descendit Wisconsin vers l'appartement de sa copine. Il sentit qu'il se passait quelque chose dès qu'il eut tourné dans Whiteheaven. Il était vingt et une heures vingt, heure où cette petite rue résidentielle était habituellement déserte. Elle semblait à présent grouiller d'activité. Un homme et une femme, tous deux en duffle-coat, discutaient sur le perron d'un immeuble situé à la diagonale de chez Bernice, sur le trottoir d'en face ; de loin, on aurait pu croire à un couple se rabibochant après une dispute. Un quinquagénaire que Eugene n'avait jamais vu depuis le temps qu'il couchait avec Bernice, promenait un chien qu'il n'avait jamais vu non plus. Un peu plus loin, Eugene dépassa une camionnette blanche portant sur ses flancs la mention « Slater & Slater radio-télévision », garée devant une bouche d'incendie. Pourquoi MM. Slater laisseraient-ils leur véhicule toute la nuit devant une borne d'incendie alors qu'il y avait plein de places pour se garer dans les petites rues adjacentes ? Un peu plus haut, près du carrefour de la 37ᵉ Rue, il repéra une Ford quatre-portes grise garée en marche arrière dans une allée ; le coin était bien éclairé, et Eugene distingua deux silhouettes à l'avant et une longue antenne qui jaillissait du pare-chocs arrière. Du coin de l'œil, il pouvait voir la baie vitrée du loft de Bernice, au deuxième étage de son vieil immeuble, de l'autre côté de la rue. Elle était inondée de lumière, ce qui était curieux ; quand Bernice l'attendait, elle avait la manie d'éteindre l'électricité et d'allumer des bougies.

Eugene entendait ses propres pas résonner dans la rue venteuse alors qu'il continuait de remonter Whiteheaven. En faisant un effort sur lui-même, il parvint à maîtriser la panique qui lui montait à la gorge. Des fragments de sa formation de base au centre de la Première Direction générale, dans la forêt de

Balachikha, lui revinrent : *un innocent se comporte innocemment*, c'est-à-dire qu'il ne se met pas à courir au premier signe de danger. Heureusement qu'il avait pris la précaution de se garer *avant* d'arriver dans Whiteheaven ; si les agents du FBI surveillaient l'appartement de Bernice, ils devaient guetter le break de Max. Heureusement aussi qu'il marchait sur le trottoir d'en face – cela sèmerait le doute dans leur esprit. Ils devaient prendre garde de ne pas arrêter la mauvaise personne de crainte que la bonne n'arrive au coin de la rue, remarque le manège et s'enfuie. Se forçant à garder son calme, Eugene enfonça sa casquette en lainage sur son front, enfouit son menton dans son col relevé et poursuivit son chemin – devant l'homme au chien, devant la baie vitrée de Bernice, devant les deux amoureux en train de se rabibocher, devant la Ford quatre-portes avec ses deux types à l'avant et son antenne radio à l'arrière. Il sentit les yeux des types de la Ford le suivre le long de la rue ; il crut entendre le crépitement rapide de parasites d'une radio qu'on allume. Arrivé à l'angle, il tourna à droite dans la 37ᵉ. Au croisement de Calvert, il revint vers Wisconsin et se rendit au Peoples Drugstore, où Bernice et lui allaient si souvent quand ils étaient affamés après avoir fait l'amour.

Eugene poussa la porte et salua d'un geste le Grec qui attendait derrière son comptoir. « Alors, Loukas, ça va comme tu veux ?

– Ça pourrait être pire. Où elle est, ta copine ?

– Elle roupille. »

Le Grec eut un sourire entendu. « Tu veux peut-être que je te prépare quelque chose ?

Eugene n'avait rien mangé depuis le déjeuner. « Des œufs sur le plat, avec du bacon, et un café, c'est possible ?

– Sur le plat, bacon, ça marche. »

Eugene fit le tour du comptoir jusqu'au téléphone mural, en face des toilettes. Il glissa une pièce dans la fente et composa le numéro de Bernice. Peut-être qu'il se faisait des idées. Il se souvenait très bien que Philby avait les nerfs en pelote, sur la fin. D'un autre côté, il voulait à tout prix éviter de finir comme le colonel russe qu'il avait rencontré au jardin botanique de Brooklyn, quand il était arrivé en Amérique, en 1951. L'arrestation de Rudolf Abel par le FBI, six ans plus tard, avait fait les gros titres de tous les grands journaux, et Eugene en avait eu froid dans le dos ; à moins d'avoir assez de chance pour être échangé contre un espion américain pris par les Soviétiques, le colonel Abel passerait sans doute le reste de ses jours en prison.

Eugene entendait la sonnerie du téléphone retentir chez Bernice, et ça aussi, c'était bizarre ; quand elle savait qu'il devait venir et qu'il était en retard, elle décrochait toujours à la première ou la deuxième sonnerie. À la septième, il l'entendit décrocher.

« Allô, fit-elle.

– Bernice ?

– C'est toi, Eugene ?» Elle avait la voix tendue. Il y eut un long silence, que Eugene ne chercha pas à interrompre. «Où es-tu ? demanda-t-elle enfin.

– Je me suis arrêté prendre de l'essence. Tout va bien ?»

Elle éclata d'un rire légèrement hystérique. «Mais oui, tout est parfait. Ça roule comme sur des roulettes.» Puis elle hurla dans le combiné : «Tire-toi, mon chou ! Ils ont pincé Max. Ils ont trouvé les trucs dans ton placard...» Il y eut des bruits de bagarre. Bernice poussa un cri de douleur. Puis une voix d'homme se fit entendre dans le combiné. Il parlait rapidement, essayant de transmettre son message avant que la ligne ne soit coupée. «Pour votre propre bien, Eugene, ne raccrochez pas. On peut faire un marché. On sait qui vous êtes. Vous ne pourrez pas aller bien loin. On ne vous poursuivra pas si vous coopérez, si vous changez de bord... On pourra vous donner une nouvelle iden...»

Eugene coupa d'un doigt la communication, interrompant son interlocuteur au milieu d'un mot. Puis il marmonna : «Va te faire foutre», dans le micro, qui était certainement sur écoute. De retour à la caisse, il sortit deux billets d'un dollar et une pièce de vingt-cinq cents qu'il posa sur le comptoir. «Je dois filer, Loukas, marmonna-t-il.

– Chez moi, on ne paye pas ce qu'on ne mange pas, protesta Loukas, ce qui n'empêcha pas Eugene de laisser l'argent près de la caisse. La prochaine fois, ce sera sur le compte de la maison, lui lança le Grec.

– Je m'en souviendrai», rétorqua Eugene, juste avant que la lourde porte ne se referme derrière lui.

Dehors, l'air lui parut tout à coup plus glacé qu'auparavant, et Eugene frissonna. Il prit soudain conscience qu'il n'y aurait pas de prochaine fois. Tout ce qui faisait partie de son ancienne vie – Max, Bernice, son boulot de livreur, son studio au-dessus du magasin de Vins et Spiritueux de Kahn, son identité en tant qu'Eugene Dodgson – avait disparu dans une faille ; les diverses couches de sa vie évoluaient maintenant dans des directions opposées. Même le break de Max ne lui était plus d'aucune utilité.

Il se mit à marcher d'un pas vif. Il lui fallait réfléchir à tout cela pour trouver une solution. Il n'avait pas droit à l'erreur. Un bus le dépassa puis s'arrêta au carrefour suivant. Eugene piqua un sprint. Le conducteur avait dû le repérer dans son rétroviseur car il garda les portes ouvertes et Eugene put s'engouffrer à l'intérieur. Hors d'haleine, Eugene le remercia d'un mouvement de tête, régla son ticket et s'avança vers le fond du bus presque vide.

Il regarda les publicités. L'une d'elles, qui montrait les jumelles Doublemint, rappela à Eugene celles de Iassenovo, Serafima et Agrippina, qui lui faisaient, jour après jour, rentrer ses deux légendes dans le crâne : la première, Eugene Dodgson, dont il devait se servir ; l'autre, Gene Lutwidge, sur laquelle il se rabattrait au cas où il y aurait un problème avec la première. «Vous devez vous débarrasser de votre identité comme un serpent de sa mue, l'avait prévenu Sérafima. Vous devez vous installer dans votre nouvelle identité comme dans une nouvelle peau. »

Seule une nouvelle peau pourrait lui épargner le destin du colonel Abel.

Mais comment le FBI avait-il pu tomber sur Eugene Dodgson ? Max Kahn avait coupé tous ses liens avec le parti communiste avant d'entrer dans la clandestinité. Mais il avait pu tomber par hasard sur quelqu'un qu'il connaissait, ou téléphoner à un vieux pote, en souvenir du bon vieux temps. La personne qu'il avait ainsi contactée pouvait tout aussi bien avoir été recrutée par le FBI, ou bien la ligne était sur écoute. Une fois les agents du FBI sur la piste de Max, ils avaient dû s'intéresser à ses deux employés, Bernice et Eugene; prendre des photos d'eux à partir d'un petit trou pratiqué dans la lettre O du mot « radio », sur le flanc de leur camionnette. Ils avaient dû fouiller le loft de Bernice et son studio au-dessus du magasin à la première occasion.

« Ils ont trouvé les trucs dans ton placard », avait crié Bernice avant qu'on lui arrache le téléphone. La découverte du matériel d'espionnage d'Eugene – l'antenne Motorola (et, sans doute, le dispositif à ondes courtes de la Motorola elle-même), la visionneuse micropoint, les codes, les liasses de billets soigneusement enveloppées – avait dû déclencher les sonnettes d'alarme. Les gens du FBI avaient certainement compris qu'ils étaient tombés sur un agent soviétique agissant sous couverture de longue durée dans la capitale. Ils avaient dû se dire que Max, Bernice et Eugene faisaient partie d'un réseau d'espions beaucoup plus vaste. Les Fédéraux avaient alors décidé de ne pas les arrêter tout de suite dans l'espoir de pouvoir identifier d'autres membres du réseau. J. Edgar Hoover avait dû superviser lui-même l'opération, ne fût-ce que pour s'attribuer tout le crédit de leur arrestation quand elle se produirait. Mais en voyant que les espions qui travaillaient au magasin de Vins et Spiritueux ne les conduisaient nulle part – Max et Bernice n'avaient personne à qui les mener et il y avait des semaines que Eugene n'avait pas eu de contact avec SACHA – Hoover s'était résolu à les arrêter en espérant pouvoir les monter les uns contre les autres par une combinaison de menaces et de propositions d'immunité. Par le plus grand des hasards, Eugene avait évité le piège, et Bernice, courageuse jusqu'au bout, lui avait donné l'avertissement dont il avait besoin pour filer. À n'en pas douter, des portraits pas très nets d'Eugene Dodgson, pris au téléobjectif par le FBI, circulaient à Washington. Ils montreraient un jeune homme d'une petite trentaine d'années, mal rasé, aux épaules voûtées et aux cheveux longs. La police locale couvrirait les gares ferroviaires et routières ainsi que les aéroports. Brandissant la photo sous le nez des portiers de nuit, les flics feraient le tour des motels et des asiles de nuit. Si Eugene se faisait arrêter, le FBI comparerait ses empreintes avec celles prélevées dans le studio au-dessus du magasin de Kahn. L'arrestation de Eugene, comme celle du colonel Abel, ferait la une de tous les journaux nationaux.

Eugene s'était préparé depuis longtemps à ce qu'il devait faire si son identité devenait inutilisable. En prévision d'éventuelles vaches maigres, il avait dissimulé dix billets de cinquante dollars pliés, repliés dans le sens de la longueur puis repassés au fer, dans les poignets de son treillis. Ces cinq cents dollars le dépanneraient en attendant de pouvoir prendre contact avec le *rezident*, à l'ambassade soviétique. La première règle était de se terrer pour la nuit. Le lendemain matin, quand la ville grouillerait de monde se rendant au travail, il se mêlerait à un groupe de touristes, irait voir un film pendant l'après-midi et puis récupérerait la cassette qu'il avait planquée dans la ruelle derrière le cinéma. Ce n'est qu'à ce moment-là qu'il pourrait téléphoner pour avertir le *rezident*, et finalement Starik, qu'on avait découvert sa fausse identité et que tous les codes étaient tombés aux mains du FBI.

Eugene changea de bus deux fois pour se rendre dans le centre-ville, New York Avenue. En arpentant les petites rues derrière la gare des bus, il remarqua des prostituées tapies dans des encoignures de portes, frappant des pieds pour ne pas s'engourdir.

« C'est frisquet, ce soir », fit-il remarquer à l'adresse d'une petite blonde décolorée replète, en manteau à col de fourrure mité et moufles péruviennes. Eugene estima qu'elle ne devait pas avoir plus de dix-sept ou dix-huit ans.

La fille se pinça les joues pour se donner un peu de couleurs. « Je peux te réchauffer si tu veux, chéri, répliqua-t-elle.

– Tu prendrais combien ?

– Ça dépend de ce que tu veux. Un petit coup vite fait ou un voyage autour du monde ? »

Eugene parvint à produire un sourire las. « J'ai toujours aimé voyager.

– Avec cinquante dollars, tu fais le tour du monde. Tu le regretteras pas, chéri.

– Comment tu t'appelles ?

– Iris. Et toi ?

– Billy, comme dans Billy le Kid. » Eugene sortit un billet de cinquante bien plié de la poche de sa veste et le glissa à l'intérieur de sa moufle. « Il y en aura un autre avec ton nom dessus si je peux rester avec toi jusqu'à demain matin. »

Iris passa son bras dans celui de Eugene. « Marché conclu, Billy le Kid. » Elle le tira dans la rue et lui montra le chemin de sa chambre, en bas de la rue.

« Faire le tour du monde » d'après Iris se résuma à un accouplement assez banal, épicé d'encouragements murmurés qui évoquaient assez un disque rayé (« Oh ! là, là ! quel taureau... Oh ! mon chou, t'arrête pas »). Au bout du compte, la prostituée se révéla avoir d'autres talents qui intéressèrent davantage son client. Elle lui apprit avoir été coiffeuse à Long Branch, dans le New Jersey, avant de venir à Washington ; à l'aide de ciseaux de cuisine, elle put donc couper court les boucles qui tombaient dans le cou de Eugene, puis, le courbant au-dessus de l'évier, lui décolora les cheveux en blond. En échange d'un autre billet de cinquante, il parvint à la convaincre d'aller faire quelques courses pour lui pendant qu'il prenait un petit déjeuner ; elle revint trois quarts d'heure plus tard avec un costume noir usé mais encore présentable et un pardessus achetés dans une boutique de fripes, une mince cravate en tricot et une paire de lunettes assez faibles pour ne pas donner de migraine à son client. Pendant son absence, Eugene s'était servi de son rasoir pour raccourcir ses favoris et se raser de frais. En milieu de matinée, dans ses nouveaux atours et avec l'allure, d'après Iris, d'un croque-mort au chômage, il s'aventura dehors.

S'il avait eu une valise, il se serait assis dessus pour conjurer le sort ; il avait l'impression d'entamer la seconde étape d'un très long voyage.

Gagnant d'un bon pas la gare d'Union Station, il passa exprès devant deux policiers en uniforme qui scrutaient les visages masculins de la foule. Ils ne s'arrêtèrent pas un instant sur lui. Eugene prit le *Washington Post* dans un kiosque et vérifia soigneusement qu'il ne s'y trouvait pas d'article sur un réseau d'espions soviétiques. Sur l'une des pages d'actualité locale, il dénicha un entrefilet annonçant l'arrestation du propriétaire des Vins et Spiritueux de Kahn et d'une employée, censément pour avoir vendu des narcotiques. On les avait appréhendés le soir précédent, et la liberté sous caution leur avait été refusée lorsqu'on avait découvert qu'ils vivaient tous les deux sous une fausse identité, ou c'est du moins ce qu'affirmait l'article.

Pour tuer le temps, Eugene acheta un billet pour un tour de la ville en car partant de Union Station, pour visiter des demeures historiques remontant au Washington du temps de George Washington. Après la balade, soit en milieu d'après-midi, il mangea un sandwich au fromage dans une cafétéria puis se rendit à pied au cinéma Loew's Palace, sur F Street. Là, il regarda *Psychose*, d'Alfred Hitchcock, qu'il avait déjà vu avec Bernice la semaine précédente. Il se rappela comme elle avait enfoui son visage dans son épaule pendant que Janet Leigh se faisait trucider sous la douche, et il éprouva une pointe de regret en pensant à ce que Bernice allait devoir endurer maintenant. C'était un bon petit soldat, et il avait fini par s'attacher à elle, avec les années ; elle risquait fort de faire de la prison pour avoir aidé et soutenu un agent soviétique. Eugene eut un haussement d'épaules dans l'obscurité de la salle de cinéma ; les soldats de première ligne comme Max et Bernice étaient la chair à canon de la guerre froide.

Le film se termina et les lumières se rallumèrent. Eugene attendit que la salle fût vide, puis poussa une porte d'incendie, dans le fond et sortit dans la ruelle. Il faisait déjà sombre. De gros flocons de neige commençaient à tomber, étouffant le bruit de la circulation. Avançant à tâtons dans la ruelle obscure, il arriva devant la grosse poubelle métallique, près de la porte de service d'un restaurant chinois. Il appuya son épaule contre la poubelle et la poussa de côté puis passa la main sur les briques du mur, derrière, jusqu'à ce qu'il trouve celle qui était descellée. Poussant et tirant alternativement, il parvint à la déloger, et récupéra la petite boîte métallique qu'il avait cachée là quand il était arrivé à Washington, près de dix ans auparavant. Chaque année, il avait vérifié religieusement que tout était bien en place, renouvelant les documents et papiers d'identité par des exemplaires plus récents fournis par le *rezident* du KGB à l'ambassade soviétique.

Eugene éprouva en prenant la liasse de papiers – un passeport au nom de Gene Lutwidge rempli de tampons étrangers, un permis de conduire délivré par l'État de New York, une carte d'électeur et même une carte identifiant le porteur comme étant membre en bonne et due forme de la Ligue antidiffamation – une vague de soulagement ; il se glissait dans sa seconde peau et se retrouvait, pour le moment, en sécurité.

Le coup de fil à l'ambassade soviétique suivait un scénario soigneusement préparé. Eugene demanda à parler à l'attaché culturel, sachant qu'il tomberait sur sa secrétaire, qui se trouvait être aussi la femme de l'attaché. (Elle était en fait le troisième officier du KGB le plus important à l'ambassade.)

« Veuillez annoncer le sujet de votre appel, entonna la secrétaire en une assez bonne imitation d'un message enregistré.

– Le sujet de mon appel, c'est que je veux dire à l'attaché : – Eugene se mit alors à hurler dans le combiné, attentif à ne pas se tromper dans l'ordre du message – Merde à Khrouchtchev, merde à Lénine, merde au communisme ! » Puis il raccrocha.

Eugene savait qu'à l'ambassade soviétique, la femme de l'attaché culturel irait aussitôt faire son rapport au *rezident*. Ils ouvriraient un coffre et compareraient le message à la liste des mots codes qui figurait dans la circulaire de Starik. Même s'ils n'avaient pas remarqué l'entrefilet dans la page faits divers du *Washington Post*, ils comprendraient instantanément ce qui se passait : Eugene Dodgson était découvert, ses codes n'étaient plus sûrs (si le FBI essayait de s'en servir pour communiquer avec le Centre de Moscou, le KGB saurait que le message ne venait pas d'Eugene, et agirait en conséquence), Eugene lui-même avait échappé à l'arrestation et opérait à présent sous son identité de secours.

Vingt et une heures précisément après le coup de fil d'Eugene à la femme de l'attaché culturel, un car affrété par l'école de l'ambassade soviétique s'arrêta devant le parc zoologique national de Washington. Les élèves, qui s'échelonnaient de sept à dix-sept ans et étaient chaperonnés par trois enseignants russes et trois membres du personnel de l'ambassade (dont la femme de l'attaché) parcoururent le zoo, lorgnant en groupe les léopards mordorés et les rhinocéros noirs, se penchant par-dessus la rambarde pour rire aux pitreries des otaries qui s'aventuraient à l'extérieur de leur bassin. Au vivarium, les Russes s'assemblèrent autour de la cage du boa constrictor tandis que l'un des enseignants expliquait comment le reptile tuait sa proie en l'étouffant puis en ouvrant si grande sa mâchoire qu'il pouvait engloutir une chèvre tout entière. Deux adolescents russes portaient des sacs à dos remplis de gâteaux secs et de bouteilles de jus de fruits en vue d'un goûter ; un troisième portait un petit sac de voyage de la compagnie American Airlines. Dans le vestibule du vivarium, les Russes entourèrent la femme de l'attaché culturel, qui distribua les biscuits et rafraîchissements des sacs à dos. Plusieurs garçons, dont celui qui avait le sac de voyage, se rendirent aux toilettes. Lorsque les garçons ressortirent, quelques minutes plus tard, le sac American Airlines avait disparu.

Sa disparition passa inaperçue auprès des deux agents du FBI qui surveillaient de loin la sortie scolaire.

Quand les Russes reprirent place dans leur car, devant le zoo, le soir tombait sur Washington. Eugene, qui pénétra dans le vivarium par l'autre côté, fit une halte aux toilettes. Il en ressortit un instant plus tard, quitta le vivarium par l'autre porte et prit la direction opposée de celle des Russes visitant le zoo.

Il portait un sac de voyage American Airlines.

De retour dans le minuscule studio qu'il avait loué au-dessus du garage d'une maison privée de Tysons Corner, dans la banlieue de Washington, il en sortit le contenu. Il y avait un petit radio-réveil General Electric et des instructions pour le transformer en récepteur ondes courtes ; une antenne externe enroulée et dissimulée dans une cavité à l'arrière du boîtier ; une visionneuse micropoint cachée dans la partie centrale d'un stylo à encre en état de marche ; un jeu de cartes contenant des codes de chiffrement et de nouvelles adresses de boîtes aux lettres mortes, ainsi que leurs codes de désignation dissimulés entre le devant et le dos des cartes ; un échiquier qui pouvait s'ouvrir avec un trombone, révélant un appareil photo micropoint et une provision de pellicules ; une boîte de mousse à raser Gillette évidée pour contenir les rouleaux de pellicule utilisés que SACHA devait remettre. Et douze mille dollars en petites coupures, rassemblés en liasses de mille dollars maintenues avec des élastiques.

Cette nuit-là, Eugene se régla sur la fréquence ondes courtes des programmes de jeux en langue anglaise de 23 h. Il entendit un candidat reconnaître la phrase « Ruginiflant par le bois touffeté » comme étant extraite de *De l'autre côté du miroir*.

« Ruginiflant par le bois touffeté » était une des phrases-codes personnelles de Gene Lutwidge. À la fin du programme, Eugene recopia le numéro gagnant du loto, puis prit son billet porte-bonheur dans son portefeuille, et déduisit le numéro de série du billet du numéro de loterie gagnant, ce qui lui donna un numéro de téléphone à Washington. À minuit, il appela d'une cabine téléphonique.

« Gene, c'est vous ? » demanda une voix de femme. Eugene eut soudain l'impression que cette voix surgissait d'un autre monde, d'une autre époque, comme un oiseau délicat dont les ailes auraient été rognées par le temps. Elle parlait anglais avec un fort accent d'Europe de l'Est. « J'ai mis une annonce dans le *Washington Post* pour vendre une Duesenberg Model A de 1923, argentée, en parfait état, comme il n'y en a eu que cent quarante vendues cette année-là.

– Je comprends », répliqua Eugene. Starik indiquait à SACHA que Eugene Dogdson avait bien disparu et que Gene Lutwidge avait pris sa place ; l'annonce codée activerait automatiquement un tout autre ensemble de boîtes aux lettres mortes ainsi que les noms de code qui les identifiaient.

« J'ai reçu neuf réponses, poursuivit la femme. L'une de ces personnes m'a demandé si cela m'intéresserait d'échanger la Duesenberg contre une Packard noire quatre-portes de 1913 nécessitant des réparations.

– Qu'est-ce que vous avez répondu ? »

À l'autre bout du fil, la femme poussa un soupir. « J'ai dit que j'allais y réfléchir. La personne a dit qu'elle rappellerait dans deux jours pour voir si j'étais d'accord. Elle devait appeler ce soir à sept heures, mais elle ne l'a pas fait.

– J'espère que vous trouverez un client pour votre Duesenberg, assura Eugene. Au revoir, et bonne chance.

– Oh ! c'est plutôt à vous qu'il faut souhaiter bonne chance, mon petit », rétorqua la femme. Puis elle raccrocha.

Une fois rentré chez lui, Eugene consulta sa nouvelle liste de boîtes aux lettres mortes. *Une Packard noire quatre-portes de 1913 nécessitant des réparations* – c'était une phrase codée indiquant que SACHA devait laisser quatre rouleaux de microfilms, cinquante clichés par rouleau, dans une brique évidée cachée dans des fourrés, derrière la statue de James Buchanan à Meridian Hill Park.

Complètement épuisé, Eugene régla le radio-réveil sur six heures, et s'étendit sur le lit. Il voulait être au parc dès le lever du jour pour en être parti quand les gens commenceraient à venir promener leurs chiens. Il éteignit la lumière et resta allongé longtemps, se concentrant sur le silence, scrutant l'obscurité. Curieusement, le spectre de sa mère lui apparut, silhouette fantomatique entrevue dans le brouillard du souvenir. Elle parlait, comme toujours, de sa voix douce et mélodieuse, dans leur langage secret, en anglais ; elle lui parlait du génie et de la générosité de l'esprit humain. « Ce sont des traits qui existent aussi sûrement que l'avidité et la cruauté, disait-elle. C'est aux héritiers de

Lénine, les soldats du génie et de la générosité, de vaincre les ennemis de Lénine. »

Il était une fois de plus dans la bataille. Eugene Dodgson avait disparu de la surface de la terre. Gene Lutwidge, qui avait fait ses études à Brooklyn, avait grandi à Crown Heights, le quartier chic, et essayait maintenant de gagner sa vie en écrivant des nouvelles, l'avait remplacé et était désormais opérationnel.

Le grand Russe sec et maigre à la barbe blanche, franchit la porte de l'Iliouchine-14 et, aveuglé par le soleil de Cuba, hésita un instant en haut de la passerelle. Le mince porte-documents métallique qu'il tenait à la main gauche était fixé à son poignet gauche par du fil d'acier trempé. Tout en descendant la passerelle, le Russe aperçut une silhouette familière appuyée contre la portière de la Chrysler noire étincelante qui attendait près de la queue de l'appareil. Alors que les autres passagers se dirigeaient vers la douane, le Russe sortit de la file et partit vers la Chrysler. Deux policiers cubains en uniforme bleu se précipitèrent pour l'intercepter, mais l'homme de la voiture leur cria quelque chose en espagnol, et ils battirent en retraite. Le Cubain quitta la Chrysler et étreignit maladroitement le Russe. Passant un bras derrière le coude de son visiteur, il l'orienta vers le siège arrière de la voiture. Un garde du corps marmonna une phrase codée dans un talkie-walkie et alla s'asseoir devant, près du chauffeur. Le traducteur cubain et la secrétaire quinquagénaire s'installèrent sur des sièges rabattants en face du Russe et de son hôte cubain. Le chauffeur fit démarrer la Chrysler et lui fit traverser la piste et les champs au-delà vers une entrée de l'aéroport gardée par une escouade de soldats. Dès qu'ils virent la Chrysler approcher, ils ouvrirent le portail. Un lieutenant adressa un salut impeccable à la voiture qui passa en trombe. Celle-ci bondit à l'assaut d'un talus menant à une route d'accès, puis s'éloigna en rugissant en direction de la banlieue de La Havane, vers le Nuevo Vedado. Sa destination : la villa qui se trouvait à l'ombre des arbres, à deux maisons du Point Un, centre des opérations militaires de Castro.

Filant le long d'un large boulevard bordé de palmiers et de bougainvillées, Manuel Piñeiro, chef de l'appareil de sécurité de l'État, demanda au traducteur de dire à leur invité combien les Cubains étaient heureux d'accueillir pour la première fois dans leur patrie Pavel Semionovitch Jilov. Starik entrevit un groupe d'hommes et de femmes âgés en train de pratiquer des exercices de gymnastique dans le parc luxuriant, et eut un hochement de tête approbateur : c'était bien le Cuba que lui présentaient les dizaines de documentaires soviétiques. Se tournant vers Piñeiro, il fournit la réponse attendue : il allait sans dire qu'il était ravi d'être ici et se faisait une joie de pouvoir être utile à la révolution cubaine. Les deux hommes occupèrent le quart d'heure de trajet jusqu'au Nuevo Vedado à bavarder de choses et d'autres, se racontant – par l'entremise de l'interprète, jeune homme hésitant qui se tenait penché en avant sur son siège et ne cessait d'opiner du chef – ce qu'ils avaient fait depuis leur dernière rencontre à Moscou. Ils se donnèrent des nouvelles de leurs connaissances communes : le grand espion allemand Marcus Wolf, qui avait réussi à infiltrer avec maestria l'organisation de renseignements ouest-allemande de Reinhard Gehlen ; un ancien ambassadeur soviétique à Cuba qui s'était attiré les foudres de Khrouchtchev et s'était retrouvé à diriger une usine de chaussures au Kirghizstan ; une superbe chanteuse cubaine dont on disait qu'elle entretenait des relations homosexuelles avec la femme d'un membre du Comité central soviétique. Piñeiro, ardent *fidelista* de la première heure qui avait fait ses études à l'université de Columbia à New York avant de rejoindre Castro et ses guérilleros dans la Sierra Maestra, voulut savoir si ce qu'on racontait dans la presse américaine sur Leonid Brejnev, actuel président du praesidium du Soviet suprême, était vrai. Brejnev projetait-il réellement de succéder à Khrouchtchev au poste de Premier secrétaire du parti ? Avait-il des soutiens au Politburo ? Dans quelle mesure la lutte entre les deux factions risquait-elle d'affecter la politique soviétique à l'égard de Cuba ? Ce ne fut que lorsque les deux hommes et leur jeune interprète se retrouvèrent seuls dans la chambre « sécurisée », caisson aménagé dans une pièce au dernier étage de la villa de Piñeiro, qu'ils abordèrent la véritable raison du voyage de Starik à Cuba.

« Je suis venu vous avertir d'un danger critique qui menace la révolution cubaine », annonça Starik. Il prit une petite clé, déverrouilla le bracelet en acier trempé, ouvrit le porte-documents et en sortit quatre chemises brunes portant sur la couverture des indications de confidentialité en cyrillique. Ensuite, il ouvrit le premier classeur et plissa le front avec incertitude en regardant le traducteur. Piñeiro s'esclaffa et expliqua quelque chose en espagnol. Le jeune traducteur répéta en russe : « Il vous dit que je suis le fils de sa sœur, et son filleul. »

Piñeiro reprit en anglais : « Ce garçon est mon neveu. On peut parler devant lui. »

Starik jaugea le traducteur, acquiesça d'un signe de tête et revint vers Piñeiro. « Les informations que nous avons obtenues sont trop importantes, et trop secrètes, pour que nous prenions le risque d'utiliser les voies de transmission habituelles – les Américains pourraient avoir percé nos chiffres, ou les vôtres. Pour des raisons qui vous seront bientôt évidentes, nous ne voulons surtout pas qu'ils sachent que nous savons. La Central Intelligence Agency américaine – Starik se rappela la fois où Ievgueni lui avait appris comment dire *glavnyi protivnik* en anglais et reprit le terme – « *le principal adversaire...* » – il repassa au russe – ... arme et entraîne une armée d'exilés cubains recrutés à Miami dans le but d'envahir Cuba. Cette armée comprend une brigade de troupes au sol et quelques dizaines de pilotes de B-26 réquisitionnés dans une flotte de bombardiers bons pour la casse entreposés près de la ville de Tucson, en Arizona. Les B-26 de la CIA sont légèrement différents des bombardiers de l'aviation cubaine dans la mesure où ils sont équipés de nez coniques métalliques au lieu d'avoir des cônes en plastique comme les vôtres.»

Piñeiro prit quelques câbles décryptés dans une grosse enveloppe et suivit certaines lignes avec l'ongle de son pouce. «Vous ne nous apprenez pas grand-chose, mon cher Pacha, déclara-t-il. Nous avons, comme vous pouvez l'imaginer, fait des efforts considérables pour développer notre présence à Miami ; nous avons plusieurs éléments qui travaillent pour l'antenne de la CIA là-bas, située sur le campus de l'Université. D'après l'un de mes informateurs, les mercenaires cubains, rassemblés sous l'appellation de brigade 2506, sont entraînés par les Américains à Retalhuleu, dans les montagnes de la Sierra Madre guatémaltèque et atteignent à présent le nombre de quatre mille.»

Starik, homme austère, qui avait dû être moine dans une autre vie, se permit un semblant de sourire ; cette expression était si rare dans sa physionomie qu'elle paraissait totalement déplacée. «Le nombre de quatre mille est incorrect, indiqua-t-il à Piñeiro. C'est le fait qu'ils aient commencé à compter à partir de deux mille cinq cents qui vous a trompé. Le mercenaire portant le numéro 2506 a été tué en tombant d'une falaise, et la brigade a pris ce matricule comme nom officiel.

– Ils ne seraient que quinze cents alors ? Fidel sera heureux de l'apprendre.

– L'invasion est prévue pour début avril, dit Starik. Le projet actuel ferait appel à trois cargos civils pour transporter la moitié de la brigade de mercenaires, soit quelque sept cent cinquante hommes, à Cuba, bien qu'il ne soit pas exclu que ce nombre puisse aller jusqu'à quinze cents si d'autres navires sont intégrés à l'opération.»

Piñeiro tira un autre câble décrypté de sa liasse. «Nous avons un agent parmi les dockers qui travaille sur l'un des cargos, le *Río Escondido*, dans son lieu de mouillage, sur le Mississippi. Le bateau transporte un fourgon de communication, de grandes quantités de munitions, et un stock de kérosène.

– Une partie du kérosène est stockée dans des réservoirs situés sous le pont, le reste se trouve dans des bidons de mille litres arrimés au pont supérieur, dit Starik au Cubain. Avec tout ce kérosène entreposé sur le pont, le *Río Escondido* fera une cible de choix pour vos appareils. À noter aussi que les bombardiers B-26 de la brigade frapperont à trois reprises avant le débarquement, une fois à Jour moins deux, une deuxième fois à Jour moins un et une troisième fois le matin du débarquement. Les principaux objectifs des deux premiers raids seront les avions au sol de vos bases aériennes et les équipements de ces bases. Le troisième raid visera les avions qui ont échappé aux deux premiers ainsi que vos centres de commandement, vos systèmes de communications et tous les équipements de blindés ou d'artillerie repérés par les U-2 non loin des sites du débarquement.

– Nous savons que les Américains projettent de débarquer les forces contre-révolutionnaires à Trinidad, dit Piñeiro, désireux d'impressionner son hôte en montrant le travail des services de renseignements cubains. Ils ont choisi Trinidad à cause de la proximité des montagnes de l'Escambray. Ils se sont dit que si le débarquement ne parvenait pas à déclencher un soulèvement général ou une mutinerie au sein de l'armée, et que les envahisseurs ne parvenaient pas à assurer de tête de pont, ils pourraient ainsi s'éparpiller dans les montagnes pour former des bandes de guérilleros qui, ravitaillées par des largages aériens, finiraient par être une vraie nuisance pour la révolution. »

Starik prit une autre chemise. « Il est exact que la CIA visait au départ Trinidad, mais, sur l'insistance du nouveau président, ils ont récemment sélectionné un lieu de débarquement plus isolé. Roberto Escalona lui-même, le chef de la brigade, n'a pas encore été informé de ce changement. Le nouveau plan prévoit à présent l'établissement d'une tête de pont sur deux plages, dans un endroit qui s'appelle la Baie des Cochons. »

Piñeiro avait toujours supposé que le KGB disposait d'excellentes sources d'information en Amérique, mais il ne s'était jamais vraiment rendu compte à quel point jusqu'à maintenant. Bien qu'il fût trop discret pour évoquer la question, il lui paraissait clair que Starik devait avoir un agent aux plus hauts échelons de la CIA, peut-être même quelqu'un qui avait accès à la Maison-Blanche.

« Les marais de Zapata, la Baie des Cochons, dit-il à Pacha avec excitation, est une région que Fidel connaît bien – il va souvent y faire de la plongée sous-marine. » Il sortit d'un tiroir une carte détaillée du sud de Cuba et l'étala sur la table. « La Baie des Cochons... j'ai du mal à croire qu'ils puissent être aussi bêtes. Il n'y a que trois voies d'accès – des routes goudronnées faciles à bloquer.

– Vous devrez faire attention à amener vos chars et vos pièces d'artillerie par un et deux, de nuit, et à les camoufler pendant la journée afin que la CIA ne puisse pas les repérer – ils devineraient que vous avez anticipé leurs plans.

– Fidel est passé maître en ce genre de choses, assura Piñeiro. Les mercenaires seront pris au piège sur la plage et seront anéantis par les tirs de l'artillerie et des blindés.

– Si la marine américaine n'intervient pas.

– Avez-vous des informations selon lesquelles elle pourrait le faire ?

– J'ai des informations selon lesquelles elle ne le fera *pas*. » Starik ouvrit une troisième chemise. « Les Américains auront le porte-avions *Essex* et une escadrille de cuirassés au large de vos côtes, sans parler des bases aériennes de Key West qui ne sont qu'à quinze minutes de vol de Cuba. Le jeune Kennedy a prévenu explicitement la CIA qu'il n'avait pas l'intention de faire intervenir ouvertement l'armée américaine, même si les choses tournaient mal pour les mercenaires cubains sur les plages. Mais les responsables de la CIA qui s'occupent de cette opération pensent que, confronté à l'anéantissement de la brigade cubaine dans la Baie des Cochons, le Président des États-Unis cédera à la logique de la situation et, pour éviter une débâcle, fera intervenir avions et navires américains.

– Qu'en pensez-vous ?

– Si le désastre menace, le jeune Président subira une énorme pression de la CIA et de la clique militaire. Mais mon instinct me dit qu'il résistera à la pression, qu'il tirera un trait sur ses pertes et passera à autre chose. »

Ils s'entretinrent encore de divers détails connus des Russes concernant l'opération de la CIA : les armes et les munitions dont disposeraient les rebelles cubains sur la plage, les moyens de communication qui seraient utilisés entre la plage et la flottille américaine au large, la constitution du gouvernement cubain en exil qui serait envoyé sur place si et quand la tête de pont serait assurée. Piñeiro demanda quelle serait la réaction soviétique si le Président américain cédait aux pressions et faisait intervenir ouvertement l'aviation et la marine des États-Unis. Starik dit à son collègue cubain qu'il avait lui-même informé Nikita Khrouchtchev des projets de la CIA d'organiser une invasion de Cuba. Ils n'avaient pas discuté de ce que feraient les Soviétiques en cas d'agression américaine déclarée – par rapport à une agression sous couvert ; c'était là une question dont Fidel Castro devrait s'entretenir avec le premier secrétaire, Nikita Khrouchtchev, soit directement soit par la voie diplomatique. Mais une fois encore, tout échange entre les deux parties devait se limiter à des lettres transmises de la main à la main par valise diplomatique, de crainte que les décrypteurs américains n'apprennent qu'il y avait eu des fuites. Starik finit par accepter de donner son avis : en cas d'intervention déclarée des Américains, le mieux que puisse faire l'Union soviétique serait de menacer d'intervenir de façon similaire à, disons, Berlin. Cela attirerait l'attention du Président américain sur les risques qu'il encourait.

Piñeiro désigna du menton les chemises brunes de Starik. « Il y a une quatrième chemise que vous n'avez pas ouverte », remarqua-t-il.

Starik garda les yeux fixés sur ceux de Piñeiro. « Parallèlement à l'invasion, annonça-t-il, la CIA projette d'assassiner Castro. »

Le jeune interprète cilla au mot « assassiner ». Le haut front de Piñeiro se plissa. La barbe rousse parut s'agiter sur son menton tandis que son visiteur russe tirait une simple feuille de la quatrième chemise et commençait à la lire à voix haute. Le neveu de Piñeiro traduisit au fur et à mesure. La CIA avait fait revenir celui qui était depuis de nombreuses années son chef d'antenne à Berlin, un Américano-Sicilien qui avait eu des contacts avec la mafia pendant la guerre, et lui avait ordonné de monter un service leur permettant de neutraliser les dirigeants étrangers qui mettaient des bâtons dans les roues de la politique étrangère américaine. Castro était la première cible sur la liste. L'ancien patron de la base de Berlin, qui s'appelait Torriti, avait aussitôt pris contact avec plusieurs figures de Cosa Nostra en Amérique, dont le chef de la Cosa Nostra de Chicago, Salvatore Giancana. Giancana avait à son tour trouvé un Cubain présent sur l'île, qui avait accepté de verser du poison dans un verre de Castro. Giancana avait refusé de donner son identité même à la CIA, aussi les Russes ne pouvaient-ils en dire plus aux Cubains. « Nous savons simplement que dans le courant du mois prochain, on lui remettra un flacon d'aspirine dont trois comprimés contiennent une toxine de botulisme mortelle », déclara Starik.

Piñeiro demanda comment distinguer les comprimés empoisonnés des comprimés d'aspirine ordinaires, mais Starik dut avouer qu'il ne pouvait pas répondre à cette question cruciale. Piñeiro, qui prenait fiévreusement des notes sur un calepin, voulut savoir s'il y avait encore d'autres détails, si infimes fussent-ils, qu'il devait savoir. Le Russe relut sa feuille. Il y avait encore une chose, dit-il enfin. Après l'assassinat, Cosa Nostra avait apparemment l'intention de faire sortir son tueur de Cuba par hors-bord. Piñeiro trouva que c'était là un détail tout à fait éclairant, et il le dit à Starik. Cela semblait indiquer que la tentative de meurtre se produirait non loin du port. Starik ne put que hausser les épaules. « Je laisse, dit-il, à vos services, le soin de trouver les pièces manquantes du puzzle.

– Nous n'y manquerons pas », assura Piñeiro, un éclat froid dans le regard.

Quelques minutes après onze heures, on frappa doucement à la porte de la suite, au dernier étage de l'hôtel dans la banlieue de La Havane. Ses jambes arachnéennes dépassant de sa chemise de nuit en toile, Starik alla à la porte et regarda par l'œilleton du judas optique. Trois petites filles dont les corps minces paraissaient tassés et courts sur pattes dans la lentille gloussaient devant la porte. Starik défit le verrou et ouvrit. Les petites filles en chemise de coton blanc, leurs pieds nus malpropres, pénétrèrent en silence dans la chambre d'hôtel. La plus grande des trois, dont les cheveux décolorés bouclaient autour de son visage ovale, commença à dire quelque chose en espagnol, mais Starik posa un doigt sur ses lèvres. Il fit le tour des gamines, détaillant les omoplates saillantes, les poitrines plates et les faux cils. Puis il souleva le bord de leurs chemises, une par une, pour inspecter leur pubis. La fausse blonde se révéla avoir des poils pubiens et fut immédiatement renvoyée. Les deux autres eurent le droit de grimper dans l'énorme lit planté directement sous les miroirs du plafond.

Dans la pénombre immuable de son bureau d'angle, donnant sur la Reflecting Pool, à Washington, James Jesus Angleton parcourait tel un escargot des câbles « strictement confidentiels », des fiches marquées d'une pastille rouge et des photographies en noir et blanc assez floues, laissant derrière lui une traînée visqueuse de conjectures.

Angleton alluma une nouvelle cigarette puis balaya d'un revers de main impatient la cendre du dossier ouvert devant lui. (Ses deux paquets et demi de cigarettes par jour avaient taché le bout de ses doigts de nicotine et imprégné de fumée de tabac son bureau et tout ce qui s'y trouvait ; les gens qui travaillaient au service du contre-espionnage d'Angleton se plaisaient à dire qu'ils pouvaient savoir à l'odeur si un document était déjà passé entre les mains du patron.) Il prit à nouveau sa loupe et la plaça au-dessus d'une photo. Elle avait été prise au moyen d'un téléobjectif puissant d'un toit situé à près de huit cents mètres de l'aéroport, puis agrandie plusieurs fois dans l'un des labos de la Compagnie, montrant l'image granuleuse, presque pointilliste, d'un homme émergeant des entrailles obscures d'un Iliouchine qui venait d'atterrir sur l'aéroport José Martí, à l'arrivée d'une de ses navettes bihebdomadaires Moscou-La Havane. L'homme semblait reculer devant l'assaut du soleil éblouissant qui l'avait atteint en plein visage. De petites taches de lumière se reflétaient sur quelque chose de métallique à sa main gauche. Sans nul doute une mallette ; les procédures standard du KGB exigeaient qu'elle soit enchaînée au poignet du porteur.

Mais il ne s'agissait visiblement pas d'un courrier ordinaire. Le personnage de la photo était grand, le visage mince, les yeux enfoncés et le cheveu rare, ses vêtements civils mal coupés ayant besoin d'un bon coup de fer. Une longue barbe blanche maigre et mal tenue descendait de son menton.

Angleton fouilla dans une pile de câbles classés top secret et en posa un sur son buvard. Un élément de la Compagnie à La Havane avait rapporté une conversation entendue lors d'un cocktail ; Che Guevara et Manuel Piñeiro avaient raconté une rencontre à Moscou avec un patron du KGB barbu que les Russes surnommaient Starik. Les Cubains, toujours prompts à attribuer à chacun des sobriquets, l'avaient baptisé Barbe Blanche.

La cigarette collée à la lèvre inférieure d'Angleton frémit à la possibilité – à la probabilité, même ! – qu'il puisse, après toutes ces années, se trouver devant une photographie, si floue fût-elle, de son ennemi juré, l'infâme Starik.

Angleton contempla intensément la photo. Le mot KHOLSTOMER lui vint aux lèvres, et il le prononça tout haut dans le silence de son bureau. Récemment, l'un des assistants juridiques du bureau du procureur de la République à Rome – gratte-papier qui, à l'insu même de l'antenne de la CIA à Rome, faisait partie du service de renseignements personnel d'Angleton – lui avait rapporté une rumeur selon laquelle l'*Istituto per le opere di religione*, la banque du Vatican, avait blanchi de grosses sommes de devises fortes sorties d'Union soviétique et d'Europe de l'Est. L'information émanait au départ d'un communiste italien qui travaillait comme informateur pour le ministère public ; d'après l'informateur en question, l'opération de blanchiment d'argent, dont une part était liée à des prêts à la Banco Ambrosiano, plus grosse banque privée d'Italie, portait un nom de code connu seulement d'une poignée de banquiers impliqués : KHOLSTOMER. Les sommes mentionnées avaient tellement de chiffres que le procureur de la République avait éclaté de rire lorsqu'on lui en avait parlé. On avait néanmoins chargé un très jeune procureur de s'occuper de l'affaire ; son enquête avait tourné court quand la vedette à bord de laquelle il traversait la lagune de Venise avait chaviré et qu'il s'était noyé. On retrouva peu après l'informateur communiste flottant, face immergée dans le Tibre, apparemment victime d'une overdose. Le procureur de la République, peu troublé par la coïncidence de ces morts et convaincu que toute l'affaire n'était qu'un montage de propagande politique, avait décidé de laisser tomber l'affaire.

Angleton passa la loupe sur une deuxième photo. Comme la première, elle avait été grossie plusieurs fois et n'était pas d'une grande netteté. On y voyait Piñeiro ouvrir gauchement les bras pour étreindre le grand type. Le fait que Piñeiro, patron des Renseignements cubains, soit venu en personne accueillir le Russe à l'aéroport renforçait l'idée que le visiteur, et l'objet de sa visite, devaient être d'une importance extraordinaire.

Angleton s'empara de la bouteille et se resservit une bonne dose d'alcool pour en boire un long trait. La sensation de chaleur au fond de sa gorge lui calma les nerfs ; il lui fallait ces derniers temps davantage que sa dose habituelle d'alcool pour fonctionner. À supposer, pour le moment, que l'homme sur la photo était bien Starik, que faisait-il à La Havane ? Angleton scruta la pénombre de son bureau, cherchant le fil qui le conduirait vers des réponses. La seule raison qui avait pu pousser Starik à venir lui-même à Cuba était de livrer des renseignements qu'il ne voulait confier à personne d'autre ni envoyer chiffrés, de crainte que les services américains du décryptage ne pussent lire son courrier. Castro savait déjà ce que savaient tous les Cubains de Miami (le *New York Times* avait même publié tous les détails) : la Compagnie formait des exilés cubains dans une plantation de café au Guatemala avec l'intention évidente de les infiltrer à Cuba dans l'espoir de déclencher une contre-révolution. Ce que Castro ne savait pas, c'était où et quand les exilés frapperaient. L'information était déjà tenue secrète au sein de la CIA : seule une cinquantaine de personnes savaient où, et la moitié d'entre elles seulement savaient quand.

Au fil des années, les décrypteurs américains avaient pu obtenir des fragments de textes en clair de messages soviétiques chiffrés et découvrir des références confuses qui, une fois rassemblées, semblaient désigner l'existence d'un Russe travaillant à Washington sous couverture très élaborée sous le nom de code SACHA. En supposant, ce que faisait Angleton, que SACHA fût une taupe russe au sein même de la Compagnie, on pouvait envisager le pire : qu'il faisait partie des quelques privilégiés à connaître la date et les objectifs précis de l'opération cubaine. SACHA avait même pu entendre parler de l'ultra secret ZR/RIFLE, nom de code maison du programme d'action au plus haut niveau organisé par Harvey Torriti pour assassiner Castro. Angleton suivait mentalement les maillons de la chaîne : SACHA vers un coupe-circuit vers Starik vers Piñeiro vers Castro.

L'existence d'un coupe-circuit intriguait Angleton. Quelques semaines plus tôt, il avait reçu des informations privées d'un sous-fifre de Hoover. Le Département avait exhumé un vieux communiste appelé Max Cohen, qui avait changé d'identité et était passé dans la clandestinité en 1941, probablement sur ordres de son officier traitant au KGB. Kahn, comme il se faisait appeler maintenant, refusait de lâcher quoi que ce soit au FBI : il persistait à clamer qu'il y avait erreur sur la personne ; qu'il ne savait absolument rien du jeune homme, un certain Dodgson, qui livrait des bouteilles pour lui, ni du matériel d'espionnage que le FBI avait trouvé dissimulé dans une cache sous le plancher du placard, dans le studio que Dodgson occupait au-dessus du magasin.

Le FBI était tombé sur Kahn tout à fait par hasard. Celui-ci avait envoyé une carte de félicitations à un vieil ami du parti pour son vingt-cinquième anniversaire de mariage – Kahn avait été témoin du marié. La carte, interceptée par le FBI, était signée « ton vieux compagnon d'armes qui n'a jamais oublié notre amitié ni quitté la voie des justes, Max ». Les empreintes sur l'enveloppe correspondaient à celles du Max Cohen qui s'était volatilisé en 1941. La carte avait été postée à Washington. Grâce au cachet de la poste, le FBI avait pu retrouver le bureau d'où la carte était partie puis (en supposant que Max avait gardé son prénom) avait parcouru l'annuaire téléphonique en quête d'hommes de couleur blanche prénommés Max dans ce coin précis de Washington. Ils s'étaient retrouvés avec cent trente-sept Max à l'intérieur de la zone postale en question. Un patient travail sur le terrain (on avait trafiqué des photos du jeune Max Cohen pour voir à quoi il pouvait ressembler vingt-cinq ans plus tard) avait ensuite suffi au FBI pour réduire la liste à Max Kahn du magasin Kahn, Vins et Spiritueux. Des agents avaient alors filé Kahn et ses deux employés pendant des semaines avant de se risquer à fouiller les appartements des suspects en leur absence. C'est alors que le FBI était tombé sur un filon : dans le studio au-dessus du magasin, les agents avaient découvert une cache contenant des chiffres et des microfilms, une visionneuse micropoint, une petite fortune en liquide ainsi qu'un poste de radio équipé pour capter des émissions ondes courtes. Hoover avait espéré que l'un des trois agents soviétiques pourrait le conduire à des Américains qui espionnaient pour le compte de l'URSS, mais, au bout de dix jours, il avait perdu patience ; craignant que l'un des trois n'ait repéré la surveillance dont ils faisaient l'objet, il avait décidé de les faire arrêter. Celui qui se faisait appeler Dodgson

– trente et un ans, race blanche, taille moyenne, robuste, cheveux blond pâle –
avait réussi à passer entre les mailles du filet. Quand il avait téléphoné, la fille
avait réussi à le prévenir. Après cela, il s'était tout simplement volatilisé, ce
qui indiquait à Angleton qu'il devait être parfaitement entraîné et qu'il disposait d'une identité de rechange. Quoique Eugene Dodgson parlât anglais
avec un accent américain impeccable, Angleton n'éliminait pas la possibilité
qu'il puisse être un agent russe se faisant passer pour américain.

Angleton serait allé jusqu'à renoncer à la cigarette jusqu'à la fin de ses jours
pour interroger ce fameux Dodgson. Retournant le problème dans tous les
sens, il fut une fois encore amené à réfléchir sur la question centrale du
contre-espionnage : d'une façon ou d'une autre, tout était lié. Un transfuge
nord-vietnamien qui demandait asile à Singapour avait un rapport avec un
fragment de message décrypté par le MI6, en provenance du *rezident* du KGB
de Londres à destination du Centre de Moscou, lequel message avait lui-même
à voir avec la disparition en Allemagne d'une secrétaire qui travaillait à temps
partiel pour l'organisation Gehlen. Dans l'espoir de tomber sur des pièces
manquantes du puzzle, Angleton avait demandé au FBI une liste des clients
de Kahn depuis l'ouverture du magasin, au début des années quarante. Le nom
de Philby avait jailli de la page. *À plusieurs reprises, en 1951, Eugene Dodgson avait livré de l'alcool à l'adresse de Philby, Nebraska Avenue.* Soudain,
tout s'éclairait : Philby était à l'époque trop précieux pour laisser les agents
du KGB à l'ambassade soviétique, constamment surveillés, entrer en contact
avec lui. Starik avait donc dû monter une opération de coupe-circuit, en se
servant de quelqu'un qui vivait sous une couverture très élaborée. Dodgson,
qu'il fût russe ou américain, avait servi de lien entre Philby et son officier
traitant russe dès le moment où il était venu travailler pour Kahn. Ce qui signifiait que Dodgson servait aussi d'intermédiaire entre la taupe soviétique
SACHA et le KGB.

Passant au peigne fin la liste des livraisons depuis que Philby avait quitté
Washington, Angleton découvrit des noms de famille qui correspondaient à
ceux de cent soixante-sept employés à plein temps de la CIA et de
soixante-quatre employés intermittents.

Il prit alors une nouvelle dose d'alcool pour se fouetter les sangs et se remit
à étudier méthodiquement la liste.

5

Washington, DC, mardi 4 avril 1961

«Alors, si j'ai bien compris, dit Jack Kennedy à Dick Bissell après que le DD-O eut terminé de mettre le Président et les autres personnes présentes dans la pièce au courant des derniers développements de l'invasion de Cuba, lors du premier raid aérien, seize B-26 de la brigade partiront du Guatemala pour attaquer les trois principaux aéroports de Castro. Une heure environ après, deux autres B-26 troués d'impacts de balles factices atterriront à Miami. Les pilotes cubains aux commandes de ces appareils prétendront avoir déserté l'aviation castriste et bombardé ses pistes avant de mettre le cap vers Miami pour demander l'asile politique.»

Sans cesser de nettoyer ses verres de lunettes avec le bout de sa cravate, Bissell acquiesça. «C'est l'idée générale, Monsieur le Président.»

Kennedy, dont les yeux plissaient aux coins sous la tension, secoua lentement la tête, le front creusé par la concentration : «Ça ne prendra pas, Dick. Peut-être – espérons-le – que vos seize avions pourront infliger pour seize avions de dommages à l'aviation de Castro. Celui-ci aura certainement des séquences filmées des dommages. Il aura peut-être même des séquence filmées du raid. Alors comment voulez-vous faire endosser par deux avions les dégâts causés par seize ? Personne n'avalera ça.

– L'idée de pouvoir nier de façon plausible toute participation américaine sera compromise depuis le début», confirma Dean Rusk, secrétaire d'État.

Impeccable en veston, pantalon de toile et chemise ouverte au col, Jack Kennedy présidait une longue table ovale jonchée de tasses de café et de paquets de cigarettes, les soucoupes faisant aussi office de cendriers. Le Président était passé au Département d'État en fin d'après-midi pour voir Anthony Drexel Biddle prêter serment pour devenir ambassadeur en Espagne, puis il avait foncé dans la petite salle de conférences située derrière le bureau de Rusk juste après la cérémonie de 17 h 45. On en était au jour J moins treize. Une douzaine de personnes s'entassaient déjà dans la salle. Certaines attendaient depuis des heures ; afin de ne pas attirer l'attention sur cette réunion, elles avaient reçu pour instructions d'arriver par les portes latérales tout au long de l'après-midi. Bissell et Dulles échangèrent un regard entendu. Leo Kritzky souligna deux phrases sur un mémo qu'il passa à Bissell, lequel y jeta un coup d'œil avant de se retourner vers Jack Kennedy. « Monsieur le Président, il est évident que la clé de l'invasion est la réussite du débarquement. Et, comme nous l'avons déjà souligné, la clé de la réussite du débarquement réside dans le contrôle total de l'espace aérien au-dessus des plages. Castro dispose d'une aviation réduite – on dénombre deux douzaines d'appareils en état de voler et seize parés pour le combat. Il est essentiel pour la réussite de notre projet qu'ils soient détruits au sol avant le jour J. Si notre couverture vous dérange...

– Ce qui me dérange, coupa Kennedy, c'est que personne d'un tant soit peu sain d'esprit ne va y croire. Nous pouvons compter sur le bloc communiste pour faire un esclandre aux Nations unies. Le monde entier regardera. Il faut qu'Adlai Stevenson puisse être convaincant quand il niera...

– Nous pouvons peut-être envoyer davantage de B-26 à Miami... commença à suggérer Dulles.

– Aux ailes couvertes d'impacts de balles », suggéra ironiquement Kennedy.

Rusk se pencha en avant. « Ne nous voilons pas la face, aucune couverture ne tiendra tant que vos Cubains n'auront pas capturé la piste de la Baie des Cochons. Ce n'est qu'à ce moment-là que nous pourrons prétendre de manière convaincante que des rebelles cubains ou des transfuges du régime castriste agissent à partir d'une base qui n'a rien à voir avec les États-Unis. »

Kennedy demanda : « N'y a-t-il pas moyen de réduire l'échelle de l'attaque aérienne, Dick, afin de rendre l'histoire des deux B-26 un peu plus convaincante ? »

Bissell comprit vite dans quel sens soufflait le vent : s'il ne cédait pas de terrain, il n'y aurait pas d'attaque aérienne du tout avant le jour J. « Il serait envisageable de la réduire à six avions – deux pour chacun des aéroports de Castro. Tout ce qui ne sera pas détruit au jour J moins deux pourra encore l'être au jour J moins un. »

Kennedy parut soulagé. « Six appareils ne m'empêcheront pas de dormir », assura-t-il.

Le Président adressa un regard à Rusk, qui hocha la tête à contrecœur. « Je préférerais pas d'avions du tout, dit le secrétaire d'État, mais va pour six. »

Les personnes rassemblées autour de la table se mirent à bombarder Bissell de questions. La brigade cubaine était-elle motivée ? Son commandement était-il à la hauteur du défi ? Les représentants de la Compagnie à Miami avaient-ils constitué un gouvernement provisoire convaincant ? Quelles preuves y avait-il pour étayer l'idée qu'une grosse partie de l'armée castriste refuserait de se battre ? Que les paysans se joindraient en masses aux rangs des rebelles ?

Bissell répondait aux interrogations avec un mélange de gravité et d'assurance détachée. La brigade était motivée et rongeait son frein. Quand le moment de vérité viendrait, le gouvernement provisoire de Miami pourrait passer. Le dernier rapport de la CIA – CS-tiret-trois-barre-quatre-sept-zéro – qui avait été distribué plus tôt dans la matinée montrait que Castro était en perte constante de popularité : les sabotages étaient courants, la fréquentation des églises atteignait des records, ce qui pouvait être considéré comme une indication de l'opposition au régime. La désillusion des paysans avait gagné toutes les régions de Cuba. Les ministères du gouvernement de Castro et son armée régulière étaient infiltrés par des groupes d'opposition sur lesquels on pouvait compter pour brouiller les pistes quand la tête de pont serait assurée.

À l'autre bout de la table, Paul Nitze, adjoint du secrétaire de la Défense de Kennedy pour les questions de sécurité internationale, demanda ce qu'il adviendrait de la brigade si l'invasion était annulée. Kennedy croisa le regard de Dulles et eut un sourire sans joie. Bissell reconnut que la Compagnie aurait alors un problème de retraitement : les quinze cents membres de la brigade ne pourraient être ramenés à Miami ; il faudrait les lâcher quelque part, loin de la presse américaine.

« Si nous devions les laisser tomber, fit remarquer Kennedy avec un fatalisme amer, il y aurait intérêt à les lâcher à Cuba. »

À la dernière minute, le Président avait invité le sénateur Fulbright à se joindre à la réunion ; Fulbright avait eu vent de JMARC et il avait envoyé à Kennedy une longue lettre privée expliquant pourquoi il était résolument contre l'opération. Kennedy se tourna à présent vers le sénateur, qui était assis à côté de lui, et lui demanda son avis. Le savoir de Fulbright en matière de politique étrangère inspirait le respect de tous, y compris de ceux qui n'étaient pas d'accord avec lui. Il se carra sur son siège et examina Bissell de l'autre côté de la table. « D'après ce que je comprends de votre stratégie, M. Bissell, votre brigade est censée assurer une tête de pont et marcher vers La Havane avec une armée sans cesse grandissante de partisans. »

Bissell hocha la tête avec lassitude ; il n'était pas ravi du tout de découvrir que Fulbright faisait partie de l'entourage du Président, au fait de l'opération cubaine.

Fulbright gratifia le DD-O d'un sourire blafard. « Ça évoque la stratégie du retour de Napoléon de l'île d'Elbe en 1815.

– Napoléon aussi était parti avec quinze cents hommes, rétorqua Bissell. Il est arrivé à Paris avec une armée.

– Oui mais ça n'a duré que cent jours », remarqua Fulbright. Il se tourna vers le Président. « Oublions un instant le fait de savoir si cette aventure peut ou va réussir, et permettez-moi d'aborder un autre aspect du problème, à savoir que l'invasion de Cuba serait en complète violation avec plusieurs traités ainsi qu'avec la loi américaine. Je pense au Titre 18, Code des USA, Sections 958 à 962. Je pense au Titre 50, Appendice, Section 2021, qui interdit précisément d'enrôler ou de recruter pour le compte d'une armée étrangère sur le sol américain, de préparer des expéditions militaires étrangères, d'équiper des vaisseaux étrangers en vue d'un affrontement avec un pays contre lequel nous ne sommes pas en guerre.»

Rusk leva la main. «Je considère que la réussite est une justification en soi. Elle a donné sa légitimité à Castro quand il a pris le pouvoir. Elle a donné leur légitimité aux Pères fondateurs de ce pays quand ils se sont rebellés contre l'autorité britannique. Il m'est toujours apparu évident que Jefferson et Washington auraient été pendus pour haute trahison si la révolution avait échoué.»

Fulbright secoua la tête avec colère. «Les États-Unis ne cessent d'accuser Moscou de se mêler des affaires intérieures de pays souverains, Monsieur le Président. Une intervention à Cuba ouvrira la porte à des interventions soviétiques n'importe où dans le monde...

– Les Soviétiques interviennent déjà n'importe où dans le monde, sénateur», coupa Dulles

Fulbright ne se laissa pas démonter. «Si nous poursuivons l'opération, si nous envahissons Cuba, nous n'aurons plus aucun appui pour les condamner.

– Vous oubliez que l'opération aura toute l'apparence d'une opération indigène», intervint Bissell.

Fulbright le dévisagea avec intensité. «L'opération pourra avoir l'air aussi cubaine que vous voudrez, tout le monde sur cette planète tiendra les États-Unis – l'administration Kennedy – pour responsables.» Le sénateur se retourna vers le Président. «Si Cuba est véritablement si dangereux pour nos intérêts nationaux, nous devons lui déclarer la guerre et envoyer les marines.»

Kennedy déclara : «J'aimerais faire un tour de table – j'aimerais voir ce que pensent les autres.»

Il regarda à sa droite vers Adolf Berle, spécialiste de l'Amérique latine au Département d'État. Berle, un vieux de la vieille, homme résolument de gauche qui avait servi sous Franklin Roosevelt, se mit à peser le pour et le contre. Kennedy l'interrompit. «Adolf, votre vote. Oui ou non?

– Je dirais, allons-y à fond, Monsieur le Président!»

Rusk, qui avait autrefois participé à la préparation d'opérations de guérilla sur le théâtre sino-birman pendant la Deuxième Guerre mondiale, n'était pas convaincu que l'opération de la Compagnie allait réussir, mais il avait le sentiment que le secrétaire d'État devait faire front derrière son Président, aussi se déclara-t-il sans enthousiasme pour l'opération. Le ministre de la Défense Robert McNamara, le conseiller pour la Sécurité nationale McGeorge Bundy, l'adjoint de Bundy, Walt Rostow, tous votèrent pour JMARC. Lyman Lemnitzer, président du Comité des chefs d'état-major, et le patron des opérations navales, Arleigh Burke, émirent des réserves sur le fait de pouvoir désavouer l'opération de façon vraisemblable ; poussés dans leurs retranchements, ils concédèrent cependant que la CIA et le Président étaient meilleurs juges que les militaires en la matière. Nitze annonça qu'il pensait que les chances de réussite étaient de cinquante pour cent, mais que Bissell s'était montré convaincant en assurant que les Cubains se joindraient massivement aux rebelles, il votait donc en faveur de l'entreprise.

Kennedy consulta sa montre. « Écoutez, je sais que tout le monde ici se prend la tête avec ce projet. » Il se tourna vers Bissell. « Vous connaissez la réponse de Jack Benny quand un bandit lui colle un revolver sur le ventre en disant : "La bourse ou la vie" ? » Bissell parut déconcerté. « Voyant que Benny ne répond pas, reprit Kennedy, le bandit insiste : "J'ai dit: la bourse ou la vie" ? Alors Benny lui répond : "Je pèse le pour et le contre." »

Personne ne prit la peine de sourire dans la pièce. Le Président hocha lourdement la tête. « Je pèse le pour et le contre. J'ai combien de temps pour prendre ma décision ?

– Les bateaux doivent partir du Guatemala six jours avant le jour J, Monsieur le Président. Le tout dernier délai pour arrêter la machine, c'est dimanche midi, jour J moins un. »

Jack Kennedy plissa les yeux et parut se concentrer sur une réflexion lointaine ; dans cette salle remplie de gens, il parut soudain complètement seul. « Midi, répéta-t-il. Le seize avril. »

La côte des Mosquitos n'était guère plus qu'un souvenir à l'horizon tandis que les cinq cargos délabrés, à une demi-journée de Puerto Cabezas, Nicaragua, faisaient route à la queue leu leu vers le nord, en direction de l'île de Cuba, chaque navire suivant le sillage gris argenté du précédent. Installé sur le pont principal du navire de tête, le *Río Escondido*, le dos calé contre un pneu du fourgon de communication, Jack McAuliffe aperçut à la jumelle, par tribord arrière, l'antenne radar antiaérienne bien reconnaissable, en ressort de sommier, au sommet du mât d'un destroyer américain. Le porte-avions *Essex*, chargé de jets de combats Skyhawk AD-4, devait se trouver au-delà des escorteurs. C'était rassurant de penser que la marine américaine se trouvait juste derrière l'horizon, suivant comme une ombre les cargos délabrés et les mille quatre cent cinquante-trois rebelles cubains entassés dessus. En haut, sur la passerelle de commandement, un officier de marine marchande réglait les miroirs de son sextant sur la première planète à apparaître dans le ciel crépusculaire. Sur le pont, parmi les bidons de kérosène arrimés à l'aide de courroies d'acier rouillé, les cent quatre-vingts hommes du sixième bataillon de

La Brigada étaient allongés sur des sacs de couchage ou des couvertures militaires. Certains écoutaient de la musique espagnole sur une radio portable, d'autres jouaient aux cartes, d'autres encore nettoyaient et graissaient leurs armes.

« Jour J moins six, dit Roberto Escalona en s'asseyant près de Jack. Jusqu'ici, tout va bien. »

Grimpés sur le gaillard d'avant, des Cubains s'amusaient à jeter à la mer de grosses boîtes de conserve vides sur lesquelles ils tiraient ensuite au fusil automatique Browning ou à la mitraillette M-3. Des cris de joie fusaient à chaque fois qu'ils atteignaient leurs cibles. De loin, ces Cubains avaient davantage l'air de gosses qui tentaient leur chance sur un stand de tir, que de guerriers en route vers ce que le prêtre de la brigade avait appelé, dans sa prière du soir, la Vallée de l'ombre de la mort.

« Jour J moins six, concéda Jack. Jusque-là, tout va mal.

– Quel est ton problème, *hombre* ? »

Jack secoua la tête avec dégoût en regardant autour de lui. « La logistique, pour commencer, Roberto – d'un point de vue logistique, cette opération est un baril de poudre prêt à sauter. Depuis quand as-tu entendu parler d'un transporteur de troupes qui va au combat les cales bourrées d'un millier de tonnes de munitions et avec deux cents bidons de kérosène sur le pont supérieur ?

– On a déjà parlé de ça cent fois, répliqua Roberto. Castro n'a que seize appareils de guerre opérationnels. Nos B-26 vont les détruire au sol bien avant que nous n'arrivions aux plages.

– Ils peuvent très bien en rater un ou deux, commenta Jack. Ou Castro peut aussi en avoir quelques-uns en réserve pour les longues soirées d'hiver. »

Roberto poussa un grognement d'exaspération. « Nous bénéficierons d'une protection aérienne au-dessus de la *Bahía de Cochinos*, dit-il. Tout avion de Castro qui aura échappé aux premiers raids sera abattu en plein vol par des jets dont les pilotes ne parleront pas un mot d'espagnol.

– Tu crois toujours que Kennedy va envoyer la Marine si les choses tournent mal », commenta Jack.

Roberto serra le poing et le porta à son cœur. « Je crois en l'Amérique, Jack. Sinon, je ne mènerais pas mes hommes au combat.

– Moi aussi, je crois en l'Amérique, Roberto, mais l'Amérique ne me dit pas comment on est censé se coltiner des bidons de deux cents litres de kérosène du bateau jusqu'à la plage. Et si on ne les décharge pas, nos B-26 ne pourront pas décoller depuis la piste de la Baie des Cochons une fois que nous l'aurons prise. »

Roberto se contenta de sourire. « Quand mes petits auront senti le vent de la victoire, ils déplaceront des montagnes.

– Pas la peine de déplacer des montagnes, assura Jack. Des bidons de kérosène suffiront. »

Un garçon du mess s'avança avec un plateau en bois couvert de gobelets d'*anejo*, rhum distillé qui se prenait à Cuba avec le café mais se buvait sec sur le *Río Escondido* parce que la cafetière électrique de la coquerie avait rendu l'âme. Roberto trinqua avec Jack et engloutit une partie de son rhum. « Tu as pu parler à ta femme avant de partir ? demanda-t-il.

– Oui. Le capitaine du port de Puerto Cabezas m'a laissé me servir de son téléphone. Je l'ai eue juste avant d'embarquer. »

Jack se détourna et sourit en y repensant : « Oh, Jack, c'est vraiment toi ? Mon Dieu, j'arrive pas à y croire ! s'était écriée Millie dans le combiné. D'où tu appelles ?

– La ligne n'est pas sécurisée, Millie, avait-il prévenu.

– Oh, zut ! oublie ma question. De toute façon, je sais où tu es. Tout le monde à la boutique sait où tu es. Et ce que tu fais aussi.

– Désolé de l'apprendre », avait dit Jack, et ce n'étaient pas des paroles en l'air. Il avait vaguement entendu parler de l'article du *New York Times* sur l'opération de la CIA au Guatemala. « Comment va mon fils ? Comment va Anthony ?

– Il est tout simplement incroyable, mon chéri. Il a fêté ses huit mois hier en se mettant debout tout seul pour la première fois. Et puis il est tombé, tout seul aussi. Mais il n'a pas pleuré, Jack. Il s'est relevé aussitôt. Oh ! mon chéri, je suis sûre que les premiers mots qu'il va prononcer vont être la devise de ta famille – *À terre pour mieux rebondir*

– Et toi, mon amour, tu tiens le coup ? »

Millie n'avait pas répondu tout de suite. Jack entendait sa respiration à l'autre bout du fil. « Je survis, avait-elle dit enfin. Tu me manques, Jack. J'ai envie de ton corps chaud dans le lit à côté du mien. J'ai envie de sentir ta moustache me chatouiller. J'ai envie de toi à chaque fois que je repense à cette fois, à Vienne, où tu as effleuré l'ourlet de ma jupe… »

Jack avait ri. « Bon Dieu, si c'était une ligne sécurisée, je te dirais de quoi j'ai envie, moi.

– On s'en fout, de la ligne, dis-le-moi quand même », avait supplié Millie.

Le capitaine du port avait montré le *Río Escondido* qui attendait à quai. Par la vitre sale du bureau, Jack avait vu les marins commencer à larguer les lourdes amarres. « Mon amour, il faut que j'y aille, avait dit Jack. Embrasse fort Anthony. Avec un peu de chance, son vieux papa devrait rentrer bientôt. »

Millie s'était soudain rembrunie. « Rentre quand tu pourras, Jack. Du moment que tu nous reviens sain et sauf. Je ne pourrais pas supporter que…

– Il ne m'arrivera rien.

– Je t'aime, Jack.

– Moi aussi, je t'aime, Millie. » Il avait encore écouté un instant sa respiration, puis avait raccroché tout doucement.

« Il y a quelque chose que j'aurais voulu te demander, *hombre*, reprit Roberto.

– Qu'est-ce qui t'en empêche ?

– Je sais pourquoi je suis ici, je sais pourquoi ils sont ici, dit-il en montrant d'un grand geste les Cubains étalés sur le pont. Je ne sais pas ce que tu fous ici, Jack.

– Je suis ici parce que j'ai reçu l'ordre de venir te tenir la main, Roberto.

– C'est des conneries et tu le sais bien. J'ai appris que tu t'étais porté volontaire.

– C'est une affectation parfaite pour un jeune officier en quête de promotion.

– Encore des conneries, *hombre*. »

Les tirs avaient cessé sur le gaillard d'avant. La nuit était tombée d'un coup, comme toujours dans les Caraïbes. Les étoiles dansaient sur place au-dessus du sommet des mâts. La lame d'étrave, chargée d'algues phosphorescentes, courait le long des flancs de la coque vénérable. Jack vida son rhum. « Au début, dit-il à Roberto, c'était de l'inertie. J'étais en mouvement – je l'étais depuis qu'on m'avait envoyé à Berlin, il y a dix ans. Et un corps en mouvement a tendance à poursuivre son mouvement. Puis, cela a été de la curiosité, j'imagine. Là d'où je viens, on vous apprend à vous mettre sans cesse à l'épreuve. » Il pensa à Anthony. « On se met debout, on tombe, on se relève. Ce n'est qu'en se mettant à l'épreuve que l'on découvre qui l'on est.

– Et qu'est-ce que tu as découvert ?

– Un centre, une base, la pierre angulaire, le cœur du cœur de la matière. Au fond, je suis le fils d'un immigrant irlandais qui a cru en l'Amérique. Mais ce n'est là qu'une partie de l'histoire. Je suis venu ici en espérant trouver un début de réponse à l'éternelle question de savoir qu'est-ce que la vie ? Et je dois dire, Roberto, que ce que j'ai découvert en plus de la vitesse valait le coup de ramer. »

Le QG de l'opération cubaine que Dick Bissell avait fait installer au rez-de-chaussée de Quarters Eye, avait été transformé pour ce qu'un petit rigolo de la Compagnie avait appelé une autopsie *pre*mortem du cadavre de JMARC, dernier bilan global avant le débarquement des rebelles sur les plages. Une cinquantaine de chaises pliantes avaient été disposées en arc de cercle, sur plusieurs rangées, face à un lutrin. Des tables métalliques pliantes étaient rangées contre un mur, couvertes de sandwiches, de boissons non alcoolisées et de grandes cafetières électriques. Il y avait une affichette manuscrite sur la porte indiquant aux invités qu'ils pouvaient prendre des notes pour les besoins du débat, mais qu'ils devraient les déposer dans la poche à incinérer en sortant. Dick Bissell, ses manches de chemise relevées, la cravate desserrée autour de son cou, parlait sans interruption depuis une heure et quart. Il se tournait maintenant vers le mur derrière lui et désignait les marques au crayon gras faites sur la feuille plastifiée pour mettre tout le monde au courant de la progression des cinq cargos transportant la brigade 2506 vers ce qu'on avait appelé Red Beach et Blue Beach, dans la Baie des Cochons. «Nous sommes à J moins trois, et le décompte a commencé, dit-il. Les avions de l'*Essex* qui patrouillent l'espace aérien entre Cuba et la flotte d'invasion n'ont détecté aucune activité aérienne ou maritime anormale des forces castristes. Nous n'avons pas augmenté les survols de U-2 pour la raison évidente que nous ne voulons pas alerter Castro. Le seul survol qui a eu lieu à J moins quatre ne montrait pas non plus d'activité anormale.»

Un colonel des marines impliqué dans JMARC prit la parole au premier rang. «Dick, sur l'île de Swan, les techniciens radios ont intercepté une forte augmentation des transmissions codées entre Point One et plusieurs unités de miliciens sur l'île. Et le Pentagone a constaté plus d'émissions radio que d'habitude entre l'ambassade soviétique de La Havane et Moscou.»

Leo leva le doigt. «Il y a aussi un rapport du gouvernement cubain en exil à Miami concernant les deux miliciens cubains qui se sont enfuis et sont arrivés hier soir en Floride à bord d'un bateau de pêche. Les miliciens, du 312ᵉ bataillon de milice en garnison sur l'île des Pins, ont assuré que toutes les permissions avaient été annulées jusqu'à nouvel ordre.»

Bissell but un peu d'eau avant de réagir : «Nous n'avons eu jusqu'à présent aucune confirmation des dires des miliciens, et rien n'indique non plus que les permissions aient été annulées ailleurs à Cuba. Quant à l'augmentation des communications militaires, je voudrais vous rappeler à tous que nous savons depuis fin février que l'état-major général cubain projette de lancer une alerte surprise vers fin mars ou début avril dans le but de vérifier la capacité de réaction de la milice dans une situation d'urgence. Cette alerte porte même un nom de code…

– Les Cubains l'ont appelée Opération Culebras, intervint Leo.

– C'est cela, convint Bissell. *Culebras*. Serpents.

– Restent encore les transmissions russes, remarqua Ebby», au deuxième rang.

Bissell fit jouer le capuchon de son stylo. «Si vous considérez les transmissions entre n'importe quelle ambassade soviétique dans le monde et Moscou, vous vous apercevrez qu'elles fluctuent de semaine en semaine et de mois en mois. Je ne vois donc pas quelles conclusions nous pouvons tirer d'une augmentation des transmissions diplomatiques russes. Pour autant que nous sachions, un employé au chiffre russe de l'ambassade de La Havane peut très bien avoir une liaison torride avec une employée au chiffre à Moscou.

– Ce n'est pas très convaincant », marmonna Ebby.

Bissell lui adressa un regard appuyé. « Et comment interpréteriez-vous ce fond de marc de café, Eb ? »

Ebby leva la tête des notes qu'il avait jetées sur un bout de papier. « C'est l'essence même du renseignement que de savoir que chaque parcelle d'information peut avoir plusieurs interprétations. Néanmoins, à chaque fois que nous nous trouvons devant un détail qui semblerait nous mettre en garde, nous nous débrouillons pour lui trouver une vague explication. »

Voilà, c'était lâché, et en public : le doute viscéral d'un des officiers les plus respectés de la Compagnie, vétéran des tentatives infructueuses de la CIA d'infiltrer des agents derrière le rideau de fer au début des années cinquante ; décoré de la médaille du renseignement, la Distinguished Intelligence Medal, pour ses exploits à Budapest en 1956. La salle devint silencieuse, tellement silencieuse qu'on entendit une femme dans le fond se limer un ongle. Bissel répondit d'une voix sourde : « Votre *chaque fois que nous nous trouvons devant un détail* couvre énormément de terrain, Eb. Suggérez-vous que nous sommes institutionnellement incapables de faire la critique d'une opération ?

– Je crois bien que oui, Dick. Je crois effectivement qu'il s'agit d'un problème institutionnel – la Compagnie lance une action à Cuba et devient l'avocat, par opposition au critique, de cette opération. Les seules critiques que j'ai pu voir soulevées concernaient toujours tel ou tel détail de l'opération, sans jamais remettre en question l'opération elle-même.

– À J moins trois, ça me paraît un peu tard pour avoir des doutes.

– Mais j'ai des doutes depuis le début. J'ai prévenu que nous devrions renoncer à la prétendue option de guérilla quand nous avons abandonné Trinidad pour la Baie des Cochons comme site de débarquement. Lorsque j'ai été amené à m'occuper de la partie logistique de l'opération, j'ai rédigé une note pour signaler que l'obsession d'être en mesure de nier toute participation américaine à l'invasion avait entraîné un choix de matériel très contestable – nous utilisons des cargos vieux et lents avec des capacités de stockage limitées sous les ponts, nous utilisons des B-26 vétustes qui partent de bases aériennes d'Amérique centrale au lieu du sud de la Floride, ce qui leur laisse moins de temps de vol au-dessus des cibles. » Tourmenté par la possibilité que la Compagnie ne traite les rebelles cubains de la même façon qu'elle avait traité les Hongrois cinq ans plus tôt, Ebby ferma les yeux et se massa les paupières avec le pouce et le majeur de la main droite. « J'aurais peut-être dû insister davantage sur ces questions... »

Bissell frappa l'air de la paume, comme s'il était attaqué par un insecte. « Si ce sont vos seules objections...

– Ce ne sont pas mes seules objections, coupa Ebby, loin s'en faut...

– M. Ebbitt paraît oublier que nous avons réussi ce genre d'opération au

Guatemala», commenta une jeune femme au dernier rang, qui travaillait à l'équipe de propagande.

Ebby s'enflamma aussitôt. «Le Guatemala n'a rien connu d'autre que la répression depuis que nous nous sommes débarrassés d'Arbenz, dit-il en se retournant sur son siège. Demandez aux *campesinos* mayas si nous avons réussi. Demandez-leur si...»

Bissell essaya de calmer le jeu. «C'est bon, Eb. On est là pour ça. Écoutons vos objections.

– Tout d'abord, commença Ebby, nous ne sommes absolument pas certains que le prétendu modèle guatémaltèque puisse fonctionner à Cuba. Castro ne va pas paniquer comme Arbenz a pu le faire simplement parce qu'on va débarquer une brigade d'exilés sur une de ses plages. Il est d'une autre étoffe. Regardez son dossier. Il s'est embarqué sur un petit bateau avec une poignée de guérilleros, s'est retranché dans les montagnes et a survécu à tout ce que Batista a pu lui balancer dessus pour finalement prendre La Havane dès que Batista a paniqué et s'est tiré. Castro a aujourd'hui trente-deux ans, c'est un homme vigoureux et sûr de lui, en pleine possession de ses moyens et entouré de partisans zélés tant dans l'infrastructure militaire que civile.»

Ebby se leva et se dirigea vers une table pour se servir une tasse de café. Personne ne prononçait un mot derrière lui. Il mit deux morceaux de sucre dans sa tasse et remua son café avec une cuiller en plastique en se retournant vers Bissell. «Regardons les choses sous un autre angle, Dick. Même si l'invasion réussit, le monde entier la jugera pour ce qu'elle est : une opération de la CIA du début à la fin. Le fait est que JMARC risque de handicaper la Compagnie pendant des années. Nous sommes censés dérober des secrets et en tirer la substantifique moelle. Point final. Se servir de la Compagnie pour faire en secret ce que le gouvernement n'ose pas faire ouvertement va nous empêcher de collecter des renseignements. Ce n'est pas à nous d'organiser l'invasion d'un pays par la mer simplement parce que le mec qui est à sa tête ne revient pas aux Kennedy. On a déjà l'armée de terre, la Marine, les marines et l'armée de l'air – ce sont eux qui sont censés s'occuper d'une invasion.» Ebby rouvrit la bouche pour ajouter quelque chose, puis il se ravisa et haussa les épaules.

Devant le lutrin, Bissell jouait nerveusement avec son alliance, la faisant glisser sur son doigt au point d'en avoir la peau irritée. «Celui qui a qualifié cette réunion d'autopsie *pre*mortem savait visiblement de quoi il parlait», commenta-t-il gauchement. Des rires nerveux parcoururent la salle. «Quiconque suppose que nous ne nous sommes pas posé mille fois les questions que soulève Ebbitt ne nous rend pas justice. Ce que vous êtes en train de dire, Eb – ce que nous nous sommes répété tant de fois que les mots résonnent dans ma tête comme un disque rayé – c'est que, quoi que nous fassions, il y a des risques. Il y a aussi des risques à ne pas prendre de risques. Des risques à choisir finalement la Baie des Cochons, plus isolée, comme lieu de débarquement. Des risques à utiliser des B-26 vétustes au lieu de Skyhawk. Des risques à compter sur le soutien de la population et de l'armée cubaines au débarquement. D'un bout à l'autre, notre travail consiste à prévoir les risques et à les mesurer. Et, croyez-moi, c'est ce que nous avons fait sur cette opération.» Bissell avait la voix rauque et fatiguée. Il prit une autre gorgée d'eau. Puis il redressa ses épaules voûtées comme un soldat à la parade. «Soyons clairs… je crois en l'usage de la force quand elle est disponible pour des objectifs que je considère comme légitimes. Débarrasser cet hémisphère de Castro et libérer les Cubains de l'oppression communiste est de toute évidence un objectif légitime. Nous allons donc continuer, Mesdames et Messieurs, et gagner cette petite guerre qui se déroulera à cent cinquante kilomètres des côtes de Floride.»

Le colonel des marines donna un coup de poing en l'air. Une douzaine de personnes applaudirent. Bissell, embarrassé, fouilla dans ses notes. «Je voudrais maintenant vous parler des faux messages codés que nous allons émettre de l'île de Swan…»

Plus tard dans la journée, après l'autopsie *pre*mortem, plusieurs vétérans vinrent voir Ebby dans le couloir pour lui dire qu'ils partageaient certaines de ses réserves sur JMARC; ils s'étaient tus, reconnurent-ils, à cause de cette espèce de solidarité qui avait tendance à confondre critique et déloyauté. À un moment, dans les lavabos, Ebby tomba sur Tony Spink, son ancien patron à Francfort. Spink, qui s'était occupé des largages aériens à destination des guérilleros anticastristes terrés dans les montagnes cubaines, fit remarquer que Bissell et ses plus fervents supporters paraissaient tellement sûrs d'eux qu'il se demandait s'il n'y avait pas un aspect de JMARC qu'il ne connaissait pas, quelque chose qui fasse pencher la balance en faveur de l'opération. Mais de quoi parle-t-on? s'était demandé Ebby. Qu'est-ce qui, à ton avis, pourrait faire pencher la balance? Kennedy avait peut-être discrètement fait savoir à Bissell qu'il était prêt à envoyer l'armée américaine si jamais Castro semblait l'emporter. Ebby réfléchit un instant puis déclara que Bissell escomptait peut-être que Kennedy, face à une défaite, céderait et enverrait les Skyhawk. Mais si c'était vraiment ce que Bissell pensait, il se faisait des illusions; pourquoi Kennedy prendrait-il la peine de monter et de financer une opération clandestine s'il envisageait de finir par une intervention conventionnelle? Ça n'avait pas de sens. Tu dois avoir raison, convint Spink. Il doit y avoir autre chose, quelque chose comme… Spink, qui était tout près de la retraite et aspirait à retourner à la vie civile, fit la grimace. Tu n'avais pas travaillé pour Torriti à Berlin avant de venir à l'antenne de Francfort? demanda-t-il. Si, reconnut Ebby. J'ai travaillé pour lui jusqu'au jour où une réflexion que j'avais faite sur son problème d'alcool lui est revenue aux oreilles. Qu'est-ce que le Sorcier fait à Washington? interrogea Spink avant de répondre à sa propre question : il dirige un truc qui s'appelle Staff D et qui est censé s'occuper des interceptions de communications. Ebby saisit ce qu'il voulait dire. Le Sorcier n'avait rien d'un expert ès communications, commenta-t-il. Spink acquiesça d'un signe de tête et rappela que Torriti établissait la liaison avec la mafia sicilienne, à la fin de la guerre.

Ebby comprit soudain où son ami voulait en venir. Il eut un sourire morose. Non, dit-il. Il ne faut pas exagérer. Bissell lui-même n'irait pas jusque-là. Tu imagines le merdier si jamais il y avait une fuite ? Non.

Spink haussa les sourcils d'un air entendu. Peut-être.

Non. Non.

Mais Ebby avait maintenant cette idée dans la tête et ne pouvait plus s'en débarrasser.

Lorsqu'il rentra, après minuit, dans la petite maison qu'il avait louée à Arlington avec Elizabet, il trouva sa femme assise dans la pénombre d'une veilleuse, sur le canapé du séjour, les jambes repliées sous elle et un verre de scotch à la main, la bouteille à moitié vide posée par terre. « Elliott, mon tendre amour, tu ne vas pas croire ce qui m'est arrivé aujourd'hui », annonça-t-elle.

Ebby retira la veste de son costume et se laissa tomber avec lassitude sur le canapé, à côté de sa femme. Elle s'étendit et posa la tête sur sa cuisse. « Essaye toujours, dit-il.

– L'école m'a appelée au ministère en fin d'après-midi, commença-t-elle. Nellie a remis ça. On l'a surprise en train de se battre avec un garçon. Celui-ci avait un an et une tête de plus qu'elle, mais ça ne l'a pas démontée. Je l'ai trouvée à l'infirmerie avec des bouts de coton dans les narines pour arrêter le saignement. Le directeur m'a avertie que la prochaine fois qu'elle se battait, ils la traiteraient comme une délinquante juvénile et appelleraient la police. Il a dit que des parents commençaient à se plaindre. Mon Dieu, Elliott, à la façon dont il parlait d'elle, on aurait pu croire que Nellie était une criminelle endurcie. » Elizabet rit nerveusement. « Ce sera la première petite fille de onze ans à entrer dans les listes des dix criminels les plus recherchés par le FBI. Naturellement, Nellie a une toute autre version de la bagarre. Elle dit que le garçon, qui s'appelle William, se moquait d'elle à cause de son accent. Quand elle lui a dit qu'elle venait de Hongrie et a dit quelques mots en hongrois pour le prouver, le gosse a crié à tout le monde que c'était une sale communiste. C'est à ce moment-là que Nellie lui a mis son poing dans la figure. Alors le fameux William, qui saignait de la lèvre, lui a donné un grand coup sur le nez. Je dois reconnaître que la première fois que ce genre de chose est arrivé, j'ai trouvé ça plutôt drôle, mais ça ne m'amuse plus, Elliott. Qu'est-ce que je vais faire d'elle ? Elle ne peut quand même pas continuer à cogner les gens à chaque fois que quelque chose ne lui revient pas.

– Je ne vois pas pourquoi elle s'en empêcherait, commenta Ebby. C'est comme ça que notre gouvernement fonctionne. »

La fureur glacée contenue dans sa voix poussa Elizabet à se redresser. Elle essaya d'examiner son visage dans la pénombre de la pièce. «Elliott, mon amour, excuse-moi... ça ne va pas du tout et je t'embête avec Nellie. Que se passe-t-il ? Qu'est-il arrivé ?»

Ebby laissa son doigt courir de la taille de sa femme au sein mutilé en prison. Elle pressa sa paume contre le revers de la main d'Ebby, confirmant la complicité qui existait entre eux.

Au bout d'un moment, elle dit, très doucement : «Tu veux m'en parler ?

– J'ai pas le droit.

– Encore un de vos secrets à la noix ?»

Il ne répondit rien.

«C'est grave ?

– Les gens pour qui je travaille sont impliqués dans un truc qui va leur exploser à la figure. Je ne veux pas participer à ça. J'ai décidé de donner ma démission à la Compagnie. J'ai déjà écrit la lettre. Je l'aurais bien remise dès aujourd'hui à Dulles, mais il était déjà parti quand je suis allé à son bureau. Je lui remettrai ma lettre en main propre demain matin.

– Prends le temps de la réflexion, Elliott.

– La réflexion n'y changera rien. Il faut que je démissionne pour protester contre ce qu'ils font. Quand ça se saura, peut-être que d'autres feront pareil. Peut-être, je dis bien peut-être, qu'on pourra pousser Bissell à la trappe...

– Alors c'est Bissell...

– Je n'aurais pas dû te le dire.

– Comme d'habitude, je n'ai pas besoin de savoir.

– Tu es une épouse de la Compagnie, Elizabet, tu connais les règles.»

Il en fallait plus pour la démonter : «S'il s'agit de Bissell, c'est donc qu'on parle de Cuba. On va lâcher les Cubains qui ont été entraînés au Guatemala dans la nature. Oh ! mon Dieu, ils ont décidé d'envahir Cuba !» Elizabet fit aussitôt le rapprochement avec la révolution hongroise. «Kennedy va-t-il demander qu'ils soient protégés par l'aviation américaine ?

– Bissell compte probablement là-dessus. Il pense pouvoir lui forcer la main.

– Et toi, qu'est-ce que tu penses ?

– Je pense... je pense que c'est la Hongrie qui recommence. Des gens vont prendre des risques énormes, puis ils vont se retrouver coincés et devront se débrouiller tout seuls. Et il y en a plein qui ne s'en sortiront pas.»

Elizabet se pelotonna dans ses bras et enfouit ses lèvres dans son cou. «Tu peux sûrement leur faire prendre conscience...

– Ils se sont tellement répété que ça allait marcher. Quand tu répètes un truc suffisamment, ça devient vraisemblable. Répète-le encore un peu plus et ça commence à paraître certain.

– Tu devrais quand même prendre le temps de la réflexion, mon amour.

Tu te souviens, à Kilian, de ce que tu as dit à Arpád, le jour où tu as voté pour qu'on se rende aux Russes ? Que tu faisais partie de l'école vivre-pour-lutter-un-jour-de-plus. Qui se battra contre ce genre de choses si tu n'es plus là ?

– À quoi sert de parler si personne n'écoute ?

– Il y a toujours quelqu'un pour écouter la voix de la raison, assura Elizabet. Si nous ne nous raccrochons pas à ça, nous sommes vraiment perdus. »

Une nuit de réflexion ne fit que renforcer la détermination d'Ebby à démissionner pour montrer son opposition. Il *avait* vécu pour lutter un jour de plus, mais rien ne semblait changer. La CIA envoyait toujours des autochtones pro-américains se battre à sa place, et observait la scène bien à l'abri dans sa forteresse Amérique pour voir combien pourraient survivre. À dix heures du matin, Ebby passa devant deux secrétaires et un garde et poussa la porte entrouverte qui donnait dans le vaste bureau d'angle de Dulles. Le directeur, l'air plus pâle que d'habitude, se tenait voûté au-dessus de son bureau et relisait un portrait de lui qui devait paraître dans le *New York Times Magazine*. « Ebbitt », fit-il en levant les yeux, sans faire d'effort pour dissimuler son irritation ; seuls les quelques directeurs adjoints et le chef du contre-espionnage, Jim Angleton, étaient autorisés à entrer dans la sacristie du DCI sans frapper. « Qu'est-ce qui me vaut le plaisir ?

– Monsieur, je voulais vous remettre ceci personnellement, dit Ebby en laissant tomber la lettre sur le sous-main du DCI.

– Qu'est-ce que c'est ?

– Ma démission. »

Dulles tira la feuille de l'enveloppe et la parcourut rapidement. Puis il la replia, la remit dans l'enveloppe et la posa sur le bureau avec impatience. « Seul votre directeur est à même de décider si vous devez rester ou pas, commenta-t-il avec mauvaise humeur. Je refuse d'accepter votre démission. Et je n'apprécie guère qu'on quitte le navire au moment d'aller au combat.

– Je ne mérite pas… », commença à dire Ebby.

Le téléphone rouge se mit à sonner sur le bureau de Dulles. Le DCI décrocha et écouta un instant avant d'exploser : « Il veut quoi ? » Il écouta encore. « Dites à Hunt que c'est hors de question, fit-il d'une voix bourrue. Le gouvernement provisoire tiendra une conférence de presse quand on leur dira de le faire, et pas avant. Jusque-là, on s'en tient au scénario prévu… Exactement. Hunt donnera des communiqués en leur nom. »

Dulles raccrocha et regarda son hôte indésirable. « Il y a deux possibilités, Ebbitt. Première possibilité, cette opération est un succès, auquel cas votre démission paraîtra assez stupide. Seconde possibilité, l'opération est un fiasco. Si c'est le cas, Kennedy ne va pas reprocher à Eisenhower d'avoir lancé JMARC, et ne s'en prendra pas non plus à lui-même pour avoir choisi la Baie des Cochons comme site de débarquement parce que Trinidad était un peu trop tapageur. Kennedy s'en prendra à la CIA, et c'est légitime. Quand quelque chose tourne mal, il faut un coupable. Et ce coupable ne peut être ni le Président ni l'institution présidentielle. Ma tête tombera donc, ce qui est tout à fait normal. Dick Bissell sera fini lui aussi. La presse voudra la peau de la CIA. Le Congrès formera des commissions assassines pour déterminer où nous nous sommes trompés ; le fait que nous nous soyons trompés en essayant de combattre le communisme dans cet hémisphère et partout ailleurs sera oublié dans la mêlée. Si JMARC est une débâcle, la Compagnie aura besoin de gens comme vous pour ramasser les morceaux, pour sauver ce qui peut être sauvé, et poursuivre la tâche toujours ingrate et souvent dangereuse qui consiste à défendre la patrie. Que Dieu vienne en aide aux États-Unis d'Amérique s'il ne reste plus personne aux commandes de la CIA à ce stade de la guerre froide. Il faut à l'Amérique une première ligne défensive, si imparfaite soit-elle. Vous me suivez Ebbitt ?

– Je suis suspendu à vos lèvres, M. le directeur.

– Eh bien ne lâchez pas. » Il rejeta l'enveloppe vers Ebby. « Et maintenant, fichez le camp de mon bureau et remettez-vous au travail. »

« Rien ne me ferait plus plaisir, crois-moi, mais c'est tout simplement impossible.

– C'était possible, avant, fit la voix féminine dans le combiné.

– Tu dois comprendre, insista Jack Kennedy. On ne peut plus être ensemble aussi souvent qu'on le voudrait. Surtout ici. Cet endroit est une vraie cage de verre. Attends une seconde. » Il dut recouvrir le micro avec sa paume car elle ne perçut plus que des paroles étouffées. Elle crut l'entendre dire : « Dites-lui que je ne peux pas le prendre maintenant. Dites-lui qu'il faut que je réflé-chisse. Et allez chercher Bobby. Faites-lui bien comprendre que c'est impor-tant. » Puis la voix masculine redevint forte et claire dans le combiné : « Tu es toujours là ?

– Je suis toujours là, moi, le paillasson bien pratique…

– C'est injuste et tu le sais.

– Comment va ton dos ?

– Il me laisse tranquille pour le moment. Jacobson est venu de New York avant-hier et m'a fait une de ses piqûres miracles.

– Je m'inquiète pour toi. Ça ne me plaît pas que tu prennes toutes ces piqûres d'amphétamines.

– Jacobson est un bon médecin. Il sait ce qu'il fait. Écoute, je vais à New York samedi pour un dîner de collecte de fonds.

– Ta femme t'accompagne ?

– Elle a horreur de ces espèces de tournées politiques. Elle a décidé d'emmener les enfants passer le week-end avec mes parents à Hyannisport.

– Tu crois que je pourrais venir à New York ?

– Tu me tires les mots de la bouche, Judy. Je te fais retenir une chambre à ton nom de jeune fille au Carlyle.

– À quelle heure finira ton dîner ?

– Vers onze heures et demie.

– À minuit, tu ne penseras plus qu'à ton mal de dos.

– La simple idée que tu viennes à New York me fait oublier mon mal de dos. » Il se racla la gorge. « Sal est sans le coin ?

– Il est au salon.

– Il est seul ?

– Sal n'est jamais seul. Il est, comme on dit, toujours très entouré.

– Je voudrais lui parler. Ne lui dis pas qui c'est devant les autres.

– Ça va, je ne suis pas née d'hier. Reste en ligne. À samedi. »

Au bout d'un moment, il entendit une porte claquer et les pas d'un homme corpulent qui approchait.

« Alors, quelles bonnes nouvelles ?

– Comment vont les affaires, Sal ?

– Ze ne peux pas me plaindre. Et toi, Jack, ça va ?

– Tout va bien. Quel temps fait-il à Chicago ?

– Venteux, comme touzours. Si mes affaires ne me retenaient pas ici, z'irais m'installer à Vegas dans la minute. Z'y vais le week-end proçain – le Canari sera là-bas. Frank serait ravi de te voir. Pourquoi tu lâces pas ce que tu fais pour nous rezoindre ?

– Avec tout ce qu'il y a à faire, je ne suis pas très disponible pour les amis, ces derniers temps. Mais je n'ai pas oublié qui sont mes vrais amis. Tu as eu la sacoche, Sal ?

– Judy me l'a donnée en descendant du train. Merci, Jack.

– Écoute, Sal. Où en es-tu de la petite affaire dont tu t'occupes ?

– Tu veux parler de l'affaire que le gros type m'a demandé de régler ? »

Jack sembla perdu. « Le gros type ? »

Sal se mit à rire. « Celui qui parle sicilien. Celui qui boit sans zamais être saoul. Putain, ze voudrais bien savoir comment il fait. »

Jack comprit enfin. « Ça y est, je vois de qui tu veux parler.

– Ze me disais bien que tu verrais. Alors, à propos de notre petite affaire ; c'est dans la poce, Jack.

– Tu en es sûr ? J'ai des décisions à prendre. Beaucoup de choses en dépendent.

– Qu'est-ce que ça veut dire, *si z'en suis sûr* ? Il n'y a que deux çoses sûres, mon vieux, la mort et les impôts. » Sal émit un gros rire qui venait du ventre. « Bon, sans blague, Jack, c'est du tout cuit.

– C'est pour quand ?

– D'un moment à l'autre.

– Je n'ai pas besoin de me couvrir, si ? »

Sal parut blessé. « Jack, Jack, tu crois quand même pas que ze te mènerais en bateau sur un coup comme ça ?

– Il y a beaucoup à perdre.

– Il y a touzours beaucoup à perdre, Jack. Partout. Tout le temps.

– D'accord.

– C'est bon. Tu as vu ce que ces putains de Russes ont réussi à faire l'autre zour en foutant cette espèce de Gagarine en orbite ? »

Jack commenta avec une pointe d'ironie : « Il y a des gens ici qui me tiennent au courant de ce genre de choses, Sal.

– Ze sais pas… t'as l'air de prendre ça plutôt bien. Z'aurais cru que c'était nous, les Américains, qui aurions pu foutre la pâtée aux Russes pour des trucs comme d'envoyer des fusées autour de la Terre. Et c'est nous qui avons l'air fin.

– Occupe-toi de la petite affaire dont nous parlions, Sal, et c'est Khrouchtchev qui aura l'air fin.

– C'est bon. C'est quoi, cette histoire que ton frère voudrait se faire Hoffa ?

– D'où tu tiens ça ?

– C'est mon petit doigt qui me l'a dit. Écoute, Jack, z'en ai rien à foutre de ce qu'il fait à Hoffa tant qu'il s'en tient au marcé qu'on a passé, ton père et moi. Ton frère peut enculer Detroit autant qu'il veut, mais pas question de toucer à Chicago.

– Te fais pas de bile à cause de Bobby, Sal.

– Heureux de t'entendre dire de pas me faire de bile à cause de ton petit frère, Jack. Ze suis soulazé. C'est pas des conneries. »

Jack rit avec bonne humeur. « Salue Frank de ma part quand tu le verras.

– Ze n'y manquerai pas. Tu veux que ze te repasse Judy ?

– Non, j'ai plein de trucs à faire. Porte-toi bien, Sal.

– Oui, t'en fais pas. Ze me porte touzours bien. C'est même ce que ze fais de mieux. Toi aussi, porte-toi bien, Jack.

– À bientôt, Sal.

– Oui, c'est sûr. À bientôt. »

Arturo Padrón pédalait sur son gros « Pigeon volant » chinois dans les petites rues minables du centre de La Havane, puis tourna dans la rue qui passait derrière le Habana Libre, où habitaient de riches Cubains avant que Castro ne s'empare de la ville. À présent, les demeures, qui se dressaient en retrait de la route et semblaient des coques naufragées échouées sur la côte, s'étaient peuplées de squatters qui se cherchaient simplement un autre endroit dès que les toitures s'écroulaient. Les longues vérandas s'effondraient dans les herbes et liserons enchevêtrés des jardins infestés de chats. Derrière l'hôtel autrefois chic, Padrón, quinquagénaire dont les cheveux clairsemés recouvraient en partie des oreilles démesurées, enchaîna sa bicyclette à double tour à la clôture métallique, puis prit l'entrée de service et descendit une longue volée de marches jusqu'au vestiaire. Là, il ouvrit la porte et revêtit rapidement l'uniforme brun clair et les chaussures noires portant la mention "made in China" imprimée en anglais sous la languette. Les souliers étaient trop étroits et couinaient à chaque pas – on lui en avait promis une nouvelle paire dès que la prochaine cargaison arriverait. Il noua sa cravate noire tout en montant l'escalier menant à la grande cuisine, derrière la cafétéria de l'hôtel. Il poussa la double porte battante de la cuisine et salua à la cantonade les quatre cuistots qui transpiraient au-dessus du piano. L'un d'eux, un vieil homme qui avait travaillé au Habana Libre quand il s'appelait encore le Havana Hilton, regarda Padrón avec une telle intensité qu'il semblait vouloir lui transmettre un message. Puis le vieil homme désigna du menton la porte de la direction. Padrón leva les mains, comme pour demander : *Mais qu'est-ce que tu essayes de me dire ?* à l'instant même où la porte s'ouvrait, livrant passage à deux policiers en uniforme du ministère de l'Intérieur qui lui firent signe d'entrer. Pendant un instant, Padrón pensa s'enfuir. Il regarda par-dessus son épaule et vit deux autres policiers du ministère de l'Intérieur pousser la double porte de la cuisine derrière lui. Ils avaient tous un étui à revolver ouvert et gardaient la paume posée sur la crosse. Padrón se força à afficher un sourire de parfaite innocence sur son visage lugubre et s'avança d'un pas nonchalant dans le bureau, devant les deux policiers. Il entendit la porte se refermer derrière lui. Un personnage élégant doté d'une barbiche russe soigneusement taillée se tenait derrière le bureau du directeur.

« Padrón, Arturo ? » demanda-t-il.

Padrón essuya une goutte de sueur sur son front du revers du poignet. « C'est moi, Padrón, Arturo.

– Vous avez un cousin qui s'appelle Jesús, qui possède un yacht de dix mètres, un Chris Craft avec deux moteurs couplés mouillé dans le port de Cojímar. On sait qu'il se fait de l'argent en conduisant des Cubains à Miami. »

Padrón ressentit une violente douleur dans la poitrine, un soudain manque d'air. Il avait déjà vu des photos de l'homme qui se trouvait devant lui dans les journaux. Ce n'était autre que Manuel Piñeiro, chef de la police secrète du régime. « Mon cousin, il a bien un bateau, *señor*, dit-il. Mais ce qu'il fait avec ne me regarde pas. »

Piñeiro remua l'index, et Padrón, poussé par l'un des policiers, ses souliers couinant à chaque pas, s'approcha du bureau. « Votre cousin Jesús a reconnu avoir reçu pour instruction de remplir le réservoir de son bateau et ses jerrycans de secours ; et qu'il devait rester près de son téléphone chaque soir de cette semaine pour attendre un signal. Quand on lui dirait une certaine phrase des Corinthiens, "si les trompettes donnent un son incertain, qui se préparera à la bataille ?" il devait embarquer aussitôt et vous prendre sur la plage de Miramar, à quelques minutes d'ici à bicyclette. Il avait alors l'ordre de vous emmener à Miami. Il devait recevoir pour cela douze mille cinq cents dollars américains. »

Le sang s'était littéralement vidé du visage de Padrón.

« Je ne suis pas religieux, reprit Piñeiro d'un ton aimable et rassurant, penchant la tête de côté puis la redressant, même si, dans ma jeunesse, pour faire plaisir à mes grands-parents, j'étais obligé d'aller à la messe. Je me souviens d'une autre citation de la Bible, celle-ci provenant de l'Évangile selon saint Matthieu : "Malheureux l'homme par qui le Fils de l'homme est livré ! Il vaudrait mieux que cet homme-là ne soit pas né !" » Sa voix se fit dure : « Videz vos poches sur ce bureau. »

Les mains tremblantes, Padrón s'exécuta. Piñeiro tria les objets du bout des doigts : un canif, de la monnaie, plusieurs plaquettes de chewing-gum, un mouchoir froissé, des cure-dents, du fil dentaire, deux morceaux de sucre enveloppés dans le papier brun reconnaissable de la cafétéria, un paquet de cigarettes russes intact, une pochette d'allumettes, une montre à laquelle manquait une courroie, un billet de loterie, deux petites clés correspondant au cadenas qui retenait le « Pigeon Volant » à la clôture métallique derrière l'hôtel, un flacon d'aspirine Bayer à moitié vide, une vieille photo d'un bébé dans un berceau, et une autre d'une femme aux yeux apathiques qui cherchait à produire un sourire devant l'appareil, une carte d'identité élimée portant la photo d'un Padrón plus jeune et plus mince. « Je vais maintenant vous poser plusieurs questions, dit Piñeiro au serveur, qui se mordillait la lèvre inférieure. Un : combien vous a-t-on payé pour l'assassinat de Fidel Castro ?

– Je ne sais rien de tout ça, souffla le garçon de café. Je le jure sur la tombe de ma mère, je le jure sur la tête de mon fils.

– Deux : de qui recevez-vous vos ordres ?

– Je ne reçois pas d'ordres...

– Trois : qui d'autre à La Havane fait partie du complot ?

– Dieu m'est témoin qu'il n'y a pas de complot. »

Piñeiro accueillit les réponses avec un sourire amusé. Du revers de l'index, le chef de la police secrète écarta le flacon d'aspirine du reste de la pile. Puis il ouvrit le flacon et versa les comprimés sur le bureau. Le dos courbé, il ouvrit le canif de Padrón et se servit de la lame pour trier les cachets. Il fut au départ incapable de déceler la moindre différence. Il leva la tête et vit la terreur qui s'était installée dans les yeux du serveur. Alors il recommença, examinant les comprimés un par un. Soudain, Piñeiro ouvrit la bouche et les mots « C'est donc ça ! » s'échappèrent de ses lèvres. Il écarta un comprimé, puis un second,

LA COMPAGNIE

puis un troisième. Enfin, il se redressa et, regardant le serveur droit dans les yeux, lui dit : «Il aurait mieux valu pour toi que tu ne sois jamais né.»

Padrón comprit que c'était une sentence pire que la mort.

Piñeiro fit signe aux deux policiers d'avancer. Avant qu'ils n'aient pu faire un geste, Padrón s'empara vivement d'un comprimé et le fourra dans sa bouche en se tournant et s'accroupissant d'un même mouvement. Avec un sanglot, il le croqua violemment. Les deux policiers se précipitèrent sur lui et lui prirent les bras au moment même où il s'écroulait. Ils le soutinrent un instant puis posèrent le poids mort par terre avant de regarder leur chef, craignant qu'il ne leur reproche ce qui venait d'arriver.

Piñeiro s'éclaircit la gorge. «Ça nous évitera la peine de devoir l'exécuter», commenta-t-il.

Sa cravate de soie criarde de travers et tachée de scotch, sa chemise grise au col d'avoir été portée depuis des jours, ses lunettes de lecture quasi opaques de crasse et glissant sur son nez, le Sorcier était penché sur le téléscripteur de la United Press installé dans un coin du QG, et examinait les bulletins qui défilaient entre ses doigts. «Quelque chose de La Havane?» lança Dick Bissell depuis le cockpit, poste de commandement qui faisait face aux feuilles de plastique couvertes des dernières informations tactiques. Sur la carte géante, les cinq cargos transportant la Brigade 2506 n'étaient plus qu'à deux pas de la côte cubaine. Les deux destroyers américains qui devaient guider la force d'invasion dans la Baie des Cochons cette nuit même – à moins que le Président n'annule l'opération – se trouvaient juste derrière l'horizon. Deux barges de débarquement de la CIA pour l'infanterie – chargées de LCU et de LCVP qui devaient naviguer autour du LSD [1] et transporter les troupes d'assaut jusqu'aux plages – se rapprochaient du point de rendez-vous, au large de la côte.

«Les conneries du week-end habituelles», répondit Torriti. Il se baissa pour prendre la bouteille d'eau minérale remplie de vodka et s'en servit une nouvelle rasade dans le fond de sa tasse en plastique. «Il y a une dépêche sur les joies de la plongée sous-marine au large de La Havane, une autre sur une famille cubaine qui fabrique des cigares depuis cinq générations.»

Bissell reprit son arpentage compulsif du QG, faisant les cent pas entre le distributeur d'eau, contre un mur, et le chevalet sur lequel on avait affiché tous les codes pour les avoir sous les yeux. D'autres membres de l'équipe ne cessèrent d'aller et venir toute la matinée. De gros bonnets surgirent avec

1. Le LCU est une petite barge de débarquement pour le matériel, le LCVP est une barge servant au débarquement des véhicules et le LSD est un bateau de débarquement pouvant servir d'appontement (N.d.T.).

des problèmes de dernière minute à régler et des câbles à viser. Leo Kritzky apporta toutes les coupures de presse sur Cuba des dernières vingt-quatre heures ; Castro avait prononcé un de ses discours marathons, celui-ci s'adressant à l'association des préposés à la défense passive et vantant les mérites du socialisme. La secrétaire de Leo, Rosemary Hanks, arriva avec un monceau de sandwichs ainsi que des brosses à dents et du dentifrice pour les membres de l'état-major qui allaient dormir sur place et avaient oublié les leurs. Allen Dulles appelait régulièrement sur une ligne sécurisée pour vérifier si Jack Kennedy avait donné son feu vert final. La grosse pendule accrochée au mur égrenait les secondes avec un cliquetis assourdissant ; la grande aiguille semblait produire une série de détonations sourdes à chaque étape qui la hissait péniblement jusqu'à midi, heure limite que Bissell avait donnée au Président pour annuler l'invasion de Cuba.

JMARC avait très mal démarré, la veille, quand les rapports suivant les raids aériens de J moins deux contre les trois principaux aérodromes de Castro avaient commencé à arriver. Les photos d'évaluation des dommages transmises par le Pentagone après un survol de U-2, confirmèrent que seuls cinq des appareils de Castro avaient été détruits au sol ; quelques Sea Fury et T-33 à réaction semblaient avoir été touchés, mais les spécialistes du décryptage photographique étaient incapables de déterminer s'ils étaient encore opérationnels. Et ils ne pouvaient que tirer des conjectures sur le nombre d'appareils garés dans les hangars ou les dépôts voisins qui avaient totalement échappé aux raids. Et, pour ne rien arranger, Adlai Stevenson, l'ambassadeur américain aux Nations unies, se plaignait à Rusk de ce qu'on l'avait fait passer, lui, Stevenson, pour un parfait crétin ; quand les Russes avaient fait un esclandre à l'ONU au sujet des attaques aériennes sur Cuba, Stevenson avait produit une photo d'agence de presse des deux B-26 qui avaient atterri à Miami, et avait certifié que c'étaient des pilotes transfuges de l'armée de l'air de Castro qui étaient responsables des raids, et pas des Cubains anticastristes soutenus par les Américains. Cette histoire, que Stevenson (grâce à un vague briefing de la CIA) avait crue, était rapidement tombée quand des journalistes avaient remarqué le nez conique en métal des B-26 de Miami alors que tout le monde savait que les B-26 de Castro étaient équipés de cônes en plastique. Stevenson, furieux d'avoir été « délibérément roulé » par son propre gouvernement, avait passé sa rage sur Rusk. Le dimanche matin, les ondes de choc de cette affaire résonnaient encore dans toute l'administration.

L'heure limite donnée par Bissell arriva puis s'écoula, mais le DD-O n'avait toujours pas l'air inquiet, et il avait de bonnes raisons pour cela : il avait informé le Président que les cargos franchiraient la ligne de non-retour à midi, mais il avait prévu une marge d'erreur. Le véritable ultimatum tombait à seize heures. Dans tout le QG, les gens contemplaient le téléphone rouge posé sur la table du commandement tandis que la pendule égrenait ses secondes. Ebby et Leo se servirent du café maintenu au chaud dans des pots de pyrex posés sur des chauffe-plats, et partirent s'isoler dans le petit bureau de Leo, à l'écart du QG. « Je voulais démissionner, confia Ebby à son ami en se laissant tomber d'épuisement sur une chaise de bois. J'ai même remis ma lettre de démission au directeur.

– Et que s'est-il passé ?

– Il a bien insisté sur le fait que ce n'était pas le moment de quitter le navire. »

Leo secoua la tête. « Je ne sais pas, Ebby… JMARC pourrait réussir.

– Il faudrait un miracle. »

Leo baissa la voix. « Les nouvelles que Bissell attend de La Havane – ça pourrait faire basculer complètement la partie. »

Ebby but son café. « Ça ne t'inquiète pas, Leo, de savoir que les États-Unis d'Amérique, nation la plus puissante de la surface de la terre, essayent d'assassiner le chef d'État belliqueux d'un petit pays insulaire simplement parce qu'il fait des pieds de nez à son voisin yankee ? Bon Dieu, c'est le cas typique de l'éléphant qui écrase le moustique ! »

Leo ricana. « À mon niveau de salaire, on ne s'occupe pas de ce genre de subtilités morales.

– Je n'ai pas l'impression que les subtilités morales fassent partie du plan à quelque niveau que ce soit de l'échelle des salaires », ronchonna Ebby.

S'asseyant sur le bord de son bureau, Leo fouilla du bout des doigts une liasse de papiers. « Admettons que Castro s'en tire, dit-il, comme s'il parlait tout seul, l'opération pourrait toujours marcher.

– Tu parles ! Le débarquement pourrait réussir si nous fournissions une couverture aérienne. Et ensuite ? Castro, son frère Raoul et leur pote Che Guevara ne sont pas près de prendre une retraite anticipée en Union soviétique. Si la situation se retourne contre eux, ils iront se planquer dans la Sierra Maestra et reprendront la guérilla. Tito a fait la même chose contre les Allemands dans les montagnes yougoslaves, et il a tenu pendant des années. Avec Castro dans les montagnes et un gouvernement provisoire soutenu par la CIA à La Havane, ce sera une guerre civile lente. Bon Dieu, ça pourrait durer pendant dix, vingt ans.

– Je souhaite de tout mon cœur que tu te trompes, commenta Leo.

– Ça me terrifie de savoir que j'ai raison », rétorqua Ebby.

Le téléphone rouge sonna au QG. Les conversations se turent d'un coup et toutes les têtes se tournèrent dans sa direction. Le Sorcier abandonna le téléscripteur et s'approcha. Ebby et Leo se précipitèrent vers la porte. Faisant un effort pour se maîtriser, Bissell, les épaules voûtées, traversa lentement la pièce et se planta devant l'appareil. Il le regarda, puis tendit la main et décrocha.

« Bissell », annonça-t-il.

Il écouta un long moment. Peu à peu, ses traits se détendirent. «Bien, Monsieur le Président, dit-il. Pensez-vous, dit-il. Merci, Monsieur le Président.» Puis il raccrocha et, avec un grand sourire, se retourna pour montrer ses pouces relevés à ses collaborateurs.

«Alors, qu'est-ce qu'il a dit? demanda Torriti.

– Eh bien, il a donné son feu vert», fit Bissell en riant. Puis il démarra brusquement. «Bon, on passe à l'action. Leo, envoyez le signal codé à l'*Essex* et à Jack McAuliffe sur le cargo de tête. Transmettez aussi le message à l'île de Swan pour qu'ils puissent lancer la machine à propagande. Et que Hunt se bouge un peu le train à Miami – je veux ces communiqués du gouvernement provisoire sur les ondes dès que les premiers Cubains auront atteint les plages. Mesdames et messieurs, nous sommes sur le point d'insuffler une nouvelle vie à la doctrine de Monroe.»

Alors, tout le monde se mit à parler à la fois. Le QG grouilla d'activité. Pour la première fois depuis des jours, les détonations sourdes de la grande aiguille se perdirent dans le bruit ambiant. Sur la feuille plastifiée devant la carte géante des Caraïbes, deux jeunes femmes rapprochèrent les cinq cargos de Cuba. Bissell, qui avait trouvé son second souffle, discutait avec des spécialistes de l'interprétation photo, examinant les copies des clichés pris par les U-2 après les raids aériens et entourant les pistes, les hangars et les dépôts de carburant au crayon rouge. Vers le milieu de l'après-midi, on fit venir deux généraux du Pentagone pour avoir leur avis. En fin d'après-midi, un ordre d'opération modifié fut chiffré et envoyé à la base aérienne de la CIA à Retalhuleu, où les B-26 de la brigade faisaient le plein de carburant et de munitions pour le raid crucial de J moins un.

En début de soirée, Bissell prit un appel de Rusk, et tous deux parlèrent pendant plusieurs minutes d'Adlai Stevenson. Bissell dit alors qu'ils préparaient leur deuxième raid capital. Un silence accueillit sa remarque. Puis Rusk dit enfin : «Je vous rappelle tout de suite à ce sujet.»

Bissell fut pris de court. «Comment ça, vous me rappelez?

– J'appelle le Président à Glen Ora, où il passe le week-end, expliqua Rusk. Il y a eu des discussions sur l'opportunité d'une seconde frappe aérienne.

– L'autorisation a déjà été donnée...

– Je vous reprends dans un instant», insista Rusk. Quelques minutes plus tard, le secrétaire d'État rappela pour annoncer que le Président avait décidé, au vu du fiasco aux Nations unies, d'annuler le deuxième raid. Il n'y aurait, expliqua-t-il, pas d'autre frappe aérienne tant que la brigade n'aurait pas capturé la piste de la Baie des Cochons, de sorte que l'Amérique puisse prétendre de façon crédible que les B-26 partaient du sol cubain.

L'annonce de Rusk déclencha une véritable tempête à l'intérieur du QG. Ebby prit la tête de ceux qui estimaient que la CIA trahissait la brigade. «Ce serait criminel de poursuivre le débarquement dans ces conditions, s'écria-t-il en élevant la voix et abattant son poing contre un mur. Ils ont déjà réduit les effectifs du premier raid de seize B-26 à six. Et voilà qu'ils annulent carrément le second. La brigade n'aura pas l'ombre d'une chance si Castro peut envoyer des avions au-dessus des plages.»

Les esprits s'enflammèrent. La hiérarchie fut oubliée et de jeunes officiers n'hésitèrent pas à frapper sur la table pour appuyer leur point de vue. Comme la discussion faisait rage dans le cockpit, le personnel abandonna peu à peu ses occupations pour venir regarder. Mais au bout du compte, se torturer les méninges ne mena nulle part : la plupart pensaient, comme Bissell, que les dés étaient jetés ; il était trop tard pour que les navires, déjà engagés dans la Baie des Cochons derrière deux destroyers américains, puissent faire demi-tour.

Leo sur les talons, Bissell fonça au Département d'État pour essayer de convaincre Rusk et Kennedy de changer d'avis. Le secrétaire d'État écouta patiemment leurs arguments et accepta d'appeler le Président. Rusk lui exposa honnêtement le raisonnement de Bissell : la CIA suppliait qu'on autorise le raid dans la mesure où les cargos qui transportaient la brigade, et la brigade elle-même, feraient une cible parfaite pour les avions de Castro qui avaient échappé au premier raid. Puis il ajouta : «À mon avis, Monsieur le Président, ce type d'opération est loin de dépendre autant de la couverture aérienne que lors des opérations amphibies conventionnelles de la Deuxième Guerre mondiale. Vu les protestations soulevées par le premier raid au sein de l'ONU, je recommande toujours l'annulation.» Rusk écouta un moment, puis obstrua le micro avec sa paume. «Le Président est de mon avis.» Il tendit le combiné à Bissell. «Vous voulez lui parler vous-même ?»

Bissell, mort de fatigue après tant de jours à n'avoir dormi que sur un lit de camp dans le dortoir de Quarters Eye, jeta un coup d'œil vers Leo, puis, complètement découragé, secoua la tête. «Si le Président a pris sa décision, répondit-il avec lassitude, ça ne servira à rien, non ?»

De retour au QG, Bissell essaya de présenter la situation sous son meilleur jour. Il y avait de bonnes chances pour que le gros de l'aviation de combat castriste ait été neutralisé. Certains T-33 avaient peut-être échappé à l'assaut, effectivement. Mais les T-Bird n'étaient pas très dangereux – la CIA n'était même pas certaine qu'ils soient armés. Et puis, ajouta Bissell, le Président n'était pas fou. Il avait donné son feu vert pour l'opération, ce qui signifiait qu'il allait devoir revenir sur sa décision et laisser les jets de l'*Essex* organiser la défense si jamais les avions de Castro déboulaient.

«Et si le Président ne revient pas sur sa décision ?» s'enquit Ebby.

Bissell se détourna et, le dos voûté, reprit son arpentage de l'allée entre le panneau et le distributeur d'eau. «Toujours pas de dépêches ?» lança-t-il au Sorcier, vautré sur le téléscripteur.

Torriti donna un coup de pied dans les longues rames de papier entassées dans le carton à ses pieds. « Rien pour le moment, marmonna-t-il.

– Bon Dieu, je vous entends pas.

– RIEN POUR LE MOMENT ! » hurla Torriti à pleins poumons.

Peu avant minuit, Bissell reçut un autre appel d'un secrétaire d'État particulièrement à cran. Le Président voulait savoir où ils en étaient, demanda Rusk. Bissell vérifia les phrases codées figurant dans les messages du tableau sur la liste des codes opérationnels affichée sur le panneau. Les hommes-grenouilles de la brigade avaient débarqué pour baliser le chemin avec des voyants clignotants. Les deux LSD avaient descendu du lest pour inonder le pont inférieur et servir d'appontement ; les trois LCU et les quatre LCVP qui se trouvaient à l'intérieur avaient dû sortir pour commencer à prendre les troupes sur les cargos. La première vague de débarquement devait être prête dans un quart d'heure et prendrait la direction des plages désignées sous les noms de Red Beach et Blue Beach. Aux premières lueurs du jour, les mille quatre cent cinquante-trois membres de la brigade seraient débarqués.

Rusk marmonna quelque chose sur la nécessité, pour les cinq navires marchands, d'être hors de vue au lever du soleil. Puis, presque comme s'il se ravisait, le secrétaire d'État indiqua qu'un autre détail de l'invasion préoccupait le Président. Kennedy voulait à nouveau confirmation qu'il n'y aurait pas d'Américains pour débarquer sur les plages avec les Cubains.

Bissell lui fournit toutes les assurances nécessaires : envoyer des Américains à terre était bien la dernière chose qu'il ferait, promit-il.

6

Blue Beach, la Baie des Cochons, lundi 17 avril 1961

Les hommes de la première vague, le visage noirci à la suie des fourneaux de la coquerie, jetèrent des baudriers de toile remplis de munitions en travers de leur poitrine, puis baissèrent la tête et se signèrent tandis que le prêtre de la brigade les bénissait, eux et leur croisade. «*In nomine Patris, et Filii, et Spiritui Sancti, Amen*», psalmodia-t-il. Ensuite, les Cubains du 6ᵉ bataillon entreprirent de descendre les échelles de cordes jusqu'au LCU qui tanguait sur l'eau, au pied du *Río Escondido*. Deux LCVP chargées de chars et de camions, passèrent en haletant, les vagues heurtant leur proue émoussée.

Jack, en treillis de camouflage et brodequins de parachutiste, un calibre 45 coincé dans la ceinture, sa moustache de Cosaque raide de sel et frémissante dans les rafales de vent, fut le dernier à prendre l'échelle. Il y avait des semaines qu'il préparait son coup. Arriver jusque-là avec Roberto Escalona et la brigade, et (suivant les ordres explicites de Bissell) rester à bord du cargo pour observer l'action à la jumelle, c'était tout simplement impossible. Pas même envisageable pour le descendant du guerrier à mains nues, McAuliffe, dont le nom était encore une légende à County Cork. Il fallait aussi montrer aux rebelles que l'Amérique avait assez confiance en cette opération pour envoyer l'un des leurs débarquer avec eux. Roberto serait sensible à ce message, et les fantassins de la brigade aussi.

Dans le LCU, une main agrippa le bras de Jack. «*Hombre*, qu'est-ce que tu fais, d'après toi? demanda Roberto Escalona.

– Je débarque avec vous.

– Non, décréta Roberto. Ne le prends pas mal. Je te suis reconnaissant pour toute ton aide, mais cette partie nous appartient, maintenant.

– Crois-moi, vous allez être tout seuls, assura Jack. Je prévois de rester sur la plage assez longtemps pour jeter un coup d'œil et pouvoir faire mon rapport à Washington. Je retournerai sur le cargo aussitôt après.

– Tu rames toujours pour trouver quelque chose en plus de la vitesse ? devina Roberto.

– J'imagine qu'on peut dire ça », avoua Jack.

Roberto grogna dans l'obscurité. Plusieurs de ceux qui connaissaient Jack le saluèrent en espagnol ; il était clair qu'ils ne regrettaient pas de l'avoir parmi eux. Roberto se retourna et fit signe aux marins. L'équipage du LCU écarta l'embarcation des pneus accrochés à la coque rouillée du cargo, et la barge de débarquement se lança à l'assaut des remous, en direction des lumières rouges qui clignotaient sur le rivage.

Tapi au milieu des combattants cubains, Jack les écoutait se lancer nerveusement des vannes en espagnol. En regardant par-dessus son épaule, il distinguait Roberto, debout près du barreur, la main levée au-dessus des yeux pour se protéger des embruns. Roberto frappa l'air vers la droite, et le barreur fit prendre au LCU la direction de la lumière rouge clignotant au bout de la jetée de pierres. « Plus qu'une centaine de mètres », annonça Roberto par-dessus les rafales de vents et les gerbes d'écume.

Soudain, il y eut un grincement terrible sous la barge. Des fragments de corail particulièrement tranchants transpercèrent la double coque. L'homme accroupi près de Jack émit un râle et s'étreignit le pied alors que le LCU faisait des embardées avant de s'arrêter net au milieu de l'eau. Quelqu'un braqua une torche sur l'homme qui gémissait, assis sur le pont. Anesthésié par le choc, le soldat suivit le faisceau de lumière jusqu'à son pied. Le corail tranchant comme un rasoir lui avait amputé la jambe au-dessus de la cheville. Le sang coulait à flots de la blessure. Juste à côté, un brodequin d'où sortait un amas de chair flottait dans l'eau au fond de la barge. Un toubib défit sa ceinture pour faire un garrot sur le mollet du blessé, mais le sang continuait de couler. L'eau montait lentement dans la barge et faisait des remous tandis que la coque se soulevait au rythme des vagues. Jurant à mi-voix, Roberto sauta au fond du LCU. « Vos experts avaient assuré que les taches sur les photos étaient des algues, et pas des récifs ! » cria-t-il à l'oreille de Jack.

« Coupez ce putain de moteur, bordel de merde ! » hurla Jack au barreur. Roberto lança ses ordres : « Vite, par-dessus bord. La plage n'est plus qu'à quatre-vingts mètres – l'eau ne doit pas être profonde. »

« *Que haremos con él ?* » demanda le toubib sans lâcher la ceinture serrée autour du moignon de jambe du soldat affaissé sur le pont. De l'eau de mer éclaboussée de sang rouge et épais tourbillonnait autour des deux hommes. Roberto se pencha au-dessus du blessé et chercha le pouls sur son cou. Puis il secoua la tête avec fureur. « *Muerto !* » déclara-t-il.

Par deux et par trois, les Cubains se laissèrent glisser le long de l'embarcation en train de couler, brandissant leurs armes au-dessus de leur tête. Jack se retrouva dans l'eau jusqu'à la taille pour remonter vers le rivage avec les ombres autour de lui. Ils se trouvaient encore à une quarantaine de mètres du bord quand ils entendirent un hurlement de freins en provenance de la plage. Un camion rempli de miliciens venait d'arriver à fond de train. Les miliciens en descendirent et le camion recula puis s'avança à nouveau pour balayer la baie de ses phares, illuminant les soldats de la brigade. Dans l'eau, les hommes pris dans le faisceau de lumière se figèrent. Jack saisit un BAR [1] des mains du soldat le plus proche et vida le chargeur. Une cartouche sur trois contenait une balle traçante, aussi voyait-on sans peine que le camion se faisait cribler de balles. D'autres combattants de la brigade se mirent à tirer. Sur la plage, des flammes fugitives indiquèrent que les miliciens ripostaient. Mais bientôt, traînant les morts et les blessés, ils battirent en retraite vers un bosquet touffu situé de l'autre côté de la route de gravier parallèle à la plage. Les phares du camion s'éteignirent, l'un après l'autre. Dans l'obscurité, Roberto cria à ses hommes de cesser le feu. Ils marchèrent encore un moment dans l'eau puis se hissèrent sur la grève.

Sur la droite, un autre bataillon s'était déjà emparé de la jetée de pierres et fonçait vers l'intérieur des terres, les hommes tirant à hauteur de hanche tout en courant vers le bâtiment qui portait une enseigne au néon au nom de « Blanco's » grésillant sur son toit. Sur la gauche, encore un autre bataillon marchait dans l'eau, laissant derrière eux un LCVP en train de couler, et tirait furieusement en direction des rangées de petits pavillons cubiques pareils à des boîtes sur le bord de la plage. Un combattant de la brigade tomba à genoux à côté de Jack, tapi derrière un tas de brouettes, et braqua un calibre 75 sans recul sur un bungalow aux fenêtres duquel des étincelles dansaient comme des lucioles. Il tira et atteignit le toit, qui s'enflamma aussitôt. À la lueur safranée des flammes, les derniers miliciens castristes s'enfuirent à travers champs.

La nuit sombra alors dans un silence de mort ; on entendait les criquets striduler dans les bois, un générateur ronronnait quelque part derrière les bungalows. En haut de la jetée, Roberto prit une poignée de sable et prononça un bref discours. Les membres de la brigade qui pouvaient l'entendre l'acclamèrent d'une voix rauque. Puis ils partirent vers l'intérieur des terres afin de prendre le contrôle de la route qui desservait la ville de Girón, et des trois voies d'accès passant par les marais de Zapata. Une escouade découvrit une vieille Chevrolet garée derrière un bungalow. Les rebelles lancèrent le moteur et partirent à l'assaut de l'aérodrome.

Jack parcourut le secteur de la plage. On transportait les soldats blessés de la brigade vers une infirmerie de fortune dressée dans un des pavillons en béton. Roberto Escalona avait griffonné « G2 » sur la porte d'un autre pavillon et s'en servait comme quartier général. Derrière les pavillons, Jack trouva les corps de trois soldats castristes portant l'insigne du 339ᵉ bataillon de la milice sur leur manche, face contre terre, du sang s'épanchant encore de leurs

---

1. Browning Automatic Rifle : fusil automatique Browning *(N.d.T.)*.

blessures. Il contempla les morts un moment, s'efforçant de se remémorer dans le feu de l'action les raisons qui avaient poussé la brigade à venir à Cuba ; s'efforçant de déterminer si ces raisons justifiaient de tuer ou d'être tué.

Il n'y avait pas de réponses toutes prêtes. Soudain, la guerre froide – les ébats de grandes puissances tournant autour de grandes idées – se réduisait à ces corps sur une plage, à ce sang épongé par le sable.

Alors qu'il marchait sur le front de mer, Jack tomba sur un caporal-chef de la brigade – plus près de l'adolescence que de l'âge adulte – qui avait une grosse radio attachée sur le dos. Il tenait la tête d'un soldat mort. Jack lui fit lâcher doucement le cadavre et, faisant signe au jeune radio de le suivre, se dirigea vers le Blanco's Bar. À l'intérieur, le juke-box passait toujours des 45 tours : la voix éraillée de Chubby Checkers se faisait entendre sur « *Twist again like you did last summer* ». Des boîtes de bière cubaine et des jeux de dominos étaient répandus un peu partout sur les tables, preuves que l'endroit avait été abandonné en toute hâte. Le petit *fogón*, sorte de réchaud à charbon de bois local, gisait, renversé, criblé de balles. Jack releva une chaise et s'effondra dessus ; il ne s'était pas aperçu avant de s'asseoir à quel point il était épuisé. Il fit signe au jeune caporal-chef de monter son équipement.

« *Debes tener un nombre, amigo*, demanda-t-il au radio.

– *Orlando, señor.*

– *De dónde eres ?* »

Le garçon indiqua la direction générale des marais. « *Soy de aqui. De Real Campiña, qué está al otro lado de Zapata.*

– Bienvenue chez toi, Orlando. » Jack lui tendit une feuille de papier où figuraient deux fréquences d'urgence utilisées par le porte-avions *Essex*. Le radio, fier de pouvoir aider le seul yankee sur la plage, fixa l'antenne et ajusta la fréquence. Jack dut faire un effort pour s'arracher à son siège et, une fois debout, se mit à tituber comme un ivrogne. Il secoua la tête pour s'éclaircir les idées et traversa la pièce d'un pas incertain. « Tu pourrais peut-être me dire ce que je fous ici », lâcha-t-il.

Le radio ne comprenait pas l'anglais. « *Qué dice, señor ?* »

Jack ne put que rire. Il donna une tape sur l'épaule osseuse du garçon. « C'est bon, mon pote. Quoi qu'on fasse ici, on a intérêt à le faire bien. » Puis il s'empara du petit micro et annonça : « Fendlazur, ici Oppor Tuniste, est-ce que vous me recevez ? À vous. »

Il y eut une explosion de parasites. Peu à peu, une voix s'exprimant avec un accent du Sud traînant se fit entendre par-dessus. « Cooompris, Oppor Tuniste. Iiici Fendlazur. Je vous reçois cinq sur cinq. Àaaa vous.

– Fendlazur, veuillez transmettre le message suivant à Kermit Cercueil : "Phase un de l'opération terminée. Les objectifs initiaux sont entre nos mains. Peu de pertes. Au moins un LCU et un LCVP transportant gros matériel et stock munitions ont heurté récif de corail et coulé en mer. Nous attendons maintenant le déchargement des munitions et du fourgon de communications mobile du *Río Escondido*, et l'hôpital de campagne du *Houston*." »

Jack allait couper la communication quand l'opérateur radio de l'*Essex* lui demanda de rester en ligne ; un message arrivait pour lui. Il le lut : « Le centre d'information Combat rapporte que Castro dispose encore d'avions opérationnels. Attendez-vous à une attaque à l'aube. Déchargez troupes et matériel et emmenez les bateaux au large le plus vite possible. »

Jack hurla dans le micro : « Où est passée la putain de protection aérienne qui devait survoler la plage ? »

Imperturbable, le radio de l'*Essex* répéta le message. « Je répète, attendez-vous à une attaque à l'aube. Déchargez troupes et matériel et emmenez les bateaux au large le plus vite possible.

– Fendlazur, comment sommes-nous censés décharger troupes et le matériel ? Les LCU et les LCVP encore à flot ne pourront pas passer le récif de corail avant la marée haute, c'est-à-dire en milieu de matinée. À vous.

– Attendez, Oppor Tuniste. »

Trois bonnes minutes plus tard, le radio fut de retour. « Kermit Cercueil dit qu'il doit y avoir erreur – il n'y a pas de récifs de corail ; seulement des algues. À vous. »

Jack répondit avec des blancs délibérés entre les mots. « Fendlazur, ici Oppor Tuniste. Veuillez transmettre cette question à Kermit Cercueil : depuis quand les algues peuvent-elles traverser une coque et couper la jambe d'un homme ? »

Jack coupa son micro d'un coup de pouce.

Bissell, réputé imperturbable, piqua une crise quand Leo lui apporta le message de l'*Essex*. Ce qui le mit dans cet état n'était pas le contenu du message de Jack mais l'endroit d'où il l'avait émis. « Il est allé à terre ! s'écriat-il, incrédule.

– Il est avec le 6ᵉ bataillon, sur Blue Beach, Dick, indiqua Leo.

– Mais bon Dieu, qui l'a autorisé à débarquer ?

– Il semble que ce soit une initiative personnelle... »

Le DD-O se ressaisit. « Très bien. Faites-lui transmettre par l'*Essex* l'ordre suivant : qu'il garde le canal radio ouvert avec l'*Essex* jusqu'à ce que le fourgon de communications soit déchargé du *Río Escondido* et que nous puissions établir une ligne directe avec les plages. Quant à McAuliffe, il a intérêt à ramener sa fraise sur le bateau pronto, même s'il doit y aller à la nage. »

Bissell jeta un coup d'œil sur la grosse pendule, puis se tourna vers la carte murale géante. Ce qu'il vit ne lui plut pas. L'aube allait se lever sur les plages du débarquement, et les cinq cargos qui avaient amené la brigade 2506 à Cuba se trouvaient toujours engagés dans l'étroite embouchure de la Baie des

Cochons. À l'heure qu'il était, ils auraient déjà dû avoir déchargé leurs précieuses cargaisons et regagné la sécurité du grand large. Alors qu'il examinait la carte, Bissell crut détecter la plainte sinistre et lointaine du désastre – le son semblait provenir de tout au fond de son oreille, et il refusait de disparaître.

À Miami, Howard Hunt enferma le gouvernement provisoire cubain en lieu sûr et émit en son nom un « Communiqué Numéro 1 » : « En ce jour, avant l'aube, les patriotes cubains ont ouvert le combat pour libérer notre patrie du joug inique de Fidel Castro. »

De l'île de Swan, dans la mer des Caraïbes, le puissant émetteur de la CIA lançait à l'armée cubaine des appels à la révolte contre Castro. « Prenez les positions stratégiques qui contrôlent routes et voies ferrées ! Tous les avions doivent rester au sol. » Entre les appels à l'insurrection, la radio commença à émettre – dans le cadre de la campagne de guerre psychologique de JMARC visant à convaincre Castro que l'insurrection avait commencé – ce qui ressemblait à des messages codés destinés à des unités cubaines clandestines : « La lune du chasseur se lèvera avant l'aube. Je répète, la lune du chasseur se lèvera avant l'aube. La forêt est rouge sang de flammes. Je répète, la forêt est rouge sang de flammes. La mer des Caraïbes grouille de méduses. Je répète, la mer des Caraïbes grouille de méduses. »

À marée haute, les LCU et les LCVP commencèrent à transporter matériel et fournitures diverses sur la plage, par-dessus les récifs de corail. Roberto embrassa carrément le premier des trois tanks à sortir de la barge de débarquement, puis les envoya renforcer les unités qui bloquaient les voies d'accès. Des jeunes gens torse nu se passaient de mains en mains des cartons de porc en boîte et des caisses de munitions du bout de la plage à l'un des pavillons transformé en entrepôt. Plus haut dans la baie, en direction de Red Beach, à une trentaine de kilomètres au nord, un mince filet de fumée s'élevait dans le ciel cristallin. Au petit jour, un Sea Fury solitaire était arrivé en rase-mottes au-dessus de la mer et avait atteint d'une roquette l'un des cargos, le *Houston*, par le milieu, sur sa ligne de flottaison. Le 2ᵉ bataillon avait déjà été transporté sur Red Beach, mais le 5ᵉ bataillon et l'hôpital de campagne, ainsi que des tonnes de munitions, se trouvaient toujours à bord quand le *Houston*, en flammes et prenant l'eau, avait coulé par l'arrière au fond de la baie. Des dizaines de soldats du 5ᵉ bataillon avaient péri noyés en essayant de gagner la plage à la nage ; ceux qui étaient arrivés jusque-là n'étaient plus en état de combattre.

À l'extrémité de la jetée de Blue Beach, un soldat tenant l'un des rares fusils antiaériens débarqués surveillait le ciel à la jumelle. Soudain, il se raidit. « Sea Fury ! » cria-t-il. Tout le long de la plage, d'autres reprirent le cri en plongeant dans des tranchées creusées à la hâte. « Sea Fury ! Sea Fury ! »

Jack, qui sommeillait à même le sol du Blanco's Bar, entendit le tumulte et se précipita sur la véranda pour voir deux des avions de Castro surgir en rugissant des marais de Zapata. L'un d'eux vira, opéra un demi-tour et suivit le rivage en canardant la plage à la mitrailleuse. Jack plongea dans un trou qu'il avait creusé dans le sable, sous la véranda. Des soldat couchés sur le dos dans les mini-tranchées tirèrent au BAR sur l'appareil, qui passa au-dessus d'eux dans un vrombissement puis vira à nouveau afin d'effectuer un nouveau passage. Rasant la crête des vagues, le deuxième Sea Fury, se dirigea droit sur le côté bâbord du *Río Escondido*, à deux milles du rivage. L'avion lança huit roquettes puis reprit brutalement de l'altitude et vira pour échapper aux mitrailleuses de calibre 50 qui faisaient feu depuis le flanc du bateau. Sept des roquettes du Sea Fury tombèrent dans la mer, non loin de leur cible. La huitième heurta le cargo sous la passerelle de commandement. L'explosion mit le feu à certains bidons de kérosène arrimés au pont. En un instant, les flammes se propagèrent vers l'avant. De son abri dans le sable, Jack vit des marins essayer de combattre l'incendie avec des extincteurs manuels, mais il savait qu'ils ne seraient d'aucune utilité contre un feu de carburant. Quelques minutes plus tard, il y eut une petite explosion. Puis une explosion monumentale déchira le cargo lorsque la cargaison de munitions s'enflamma sous le pont. Des hommes en gilet de sauvetage orange se jetèrent à la mer au milieu des flammes qui s'élevaient à des dizaines de mètres au-dessus du cargo. La fumée obscurcit le navire pendant plusieurs minutes. Lorsqu'elle s'éloigna, Jack vit la poupe du *Río Escondido* se dresser à la verticale, ses deux hélices tournoyant lentement dans les airs tandis que le cargo s'enfonçait dans les eaux huileuses de la Baie des Cochons.

Une fumée noire s'échappait des cheminées des deux autres cargos en vue qui prenaient de la vitesse et fuyaient vers le large.

Les deux Sea Fury exécutèrent un dernier passage au-dessus de la plage, tirant sur les jeeps et les camions déchargés, puis disparurent derrière les marais. À l'intérieur du bar, Jack demanda à son caporal-chef cubain de joindre l'*Essex* sur la radio. « Fendlazur, Fendlazur, ici Oppor Tuniste. Deux monstres viennent d'attaquer la plage et les bateaux. Le *Río Escondido* a été touché et a coulé. Je répète le *Río Escondido* a coulé avant de pouvoir décharger sa cargaison de kérosène, le fourgon de communications et les munitions de secours. Les autres cargos, ceux qui transportaient le gros des munitions, se sont tirés. » Cette idée fit rire Jack. « Rends-moi service, Fendlazur, et dis à Kermit Cercueil que je ne peux pas retourner à bord du *Río Escondido* parce qu'il est sous l'eau. »

La voix laconique en provenance de l'*Essex* arriva sur les ondes. « Bien reçu, Oppor Tuniste. En l'absence de fourgon de communications, il faudra garder ce canal ouvert. Vous êtes notre seul lien avec Blue Beach.» Il y eut un peu de friture. Puis le radio de l'*Essex*, un brin essoufflé, reprit : «Le centre d'information Combat vient d'avoir un topo d'un de nos Skyhawk. Un bataillon ennemi estimé à neuf cents hommes, je répète, neuf cents hommes, a été repéré près du milieu de la voie d'accès conduisant à Girón et à l'aérodrome. Notre pilote a compté soixante, je répète, soixante véhicules, dont une douzaines de chars Staline III.»

Jack répondit : «Fendlazur, quand pouvons-nous espérer la défense aérienne que vous aviez promise ?

– Oppor Tuniste, trois B-26 de la brigade sont à soixante- quinze milles et vont vers vous. Bonne chance.

– Il nous faudra davantage que de la chance», rétorqua Jack avant de couper le micro. Il ressortit sur la véranda et scruta les vagues de chaleur miroitantes qui s'élevaient à l'horizon au-dessus des marais de Zapata. Il entendit le grondement assourdi des canons indiquant que la colonne de Castro se rapprochait de l'unité qui bloquait la voie du milieu. Il discerna dans la brume des volées d'oiseaux qui tournoyaient au-dessus du champ de bataille.

Le jeune caporal-chef s'approcha derrière lui et montra les oiseaux. «*Buitres*», souffla-t-il.

Jack retint sa respiration. «Des vautours», répéta-t-il.

À Washington, Millie Owen-Brack donnait une assez bonne imitation de quelqu'un qui travaillait. Elle était censée préparer un mémo pour Allen Dulles. L'idée était que le directeur accorde une interview officieuse à un journaliste supposé favorable à la CIA ; Dulles devait clairement établir que même si l'Amérique était de tout cœur avec les rebelles cubains qui tentaient de renverser Castro, ce n'était pas la Compagnie qui avait organisé le débarquement de la Baie des Cochons ni contribué de quelque façon que ce soit à l'invasion proprement dite. Millie, l'esprit vagabond, retravaillait le second paragraphe pour la dixième fois, remplaçant «de quelque façon que ce soit» par «ouvertement», puis rayant le terme pour essayer «militairement». Elle barra alors «militairement» et mit «sur un plan militaire ou logistique», puis se redressa pour relire l'ensemble. Elle avait du mal à se concentrer sur les phrases et tourna la tête pour regarder par la fenêtre. Les cerisiers étaient en fleur sur le Mall depuis une semaine, mais l'air ambiant n'était pas encore au printemps ; son cœur non plus, d'ailleurs.

Les deux autres femmes qui partageaient le bureau avec elle levèrent les yeux de leur travail puis se regardèrent ; elles savaient toutes deux que Millie était morte d'inquiétude à cause de son mari, qui était d'une façon ou d'une autre impliqué dans cette histoire de la Baie des Cochons.

Plus tard dans la matinée, une secrétaire haut placée appela pour demander si Millie Owen-Brack était à son bureau. «Eh bien, oui, en fait, elle est là», confirma une collègue.

Millie leva les yeux. «Qu'est-ce que c'était?

– Quelqu'un qui demandait si tu étais à ton bureau.»

La question parut à Millie de mauvais augure. «Mais c'est lundi. Où voudrait-on que je sois?»

Quelques instants plus tard, les pas de quelqu'un qui semblait ne pas avoir très envie d'aller là où il allait se firent entendre dans le couloir. Millie prit une courte inspiration, puis cessa de respirer. Elle se rappelait très précisément ce jour où, douze ans plus tôt, Allen Dulles, alors DD-O, et Frank Wisner, son adjoint, étaient venus la voir dans son petit bureau pour lui annoncer que son mari venait d'être tué sur la frontière sino-birmane. Dulles, si suave en public mais maladroit dès qu'il y avait de l'émotion en jeu, avait détourné la tête et mis la main sur ses yeux tout en cherchant des paroles réconfortantes. Il ne les avait jamais trouvées. C'était Wisner qui lui avait entouré les épaules de son bras en lui disant combien ils étaient désolés que les choses aient tourné ainsi. Il lui avait assuré qu'elle n'aurait aucun souci matériel à se faire : la Compagnie prenait soin de ses veuves.

Un raclement doux contre la porte ramena Millie au présent. «Oui?» demanda-t-elle.

La porte s ouvrit et Allen Dulles pénétra dans le bureau. Il avait beaucoup vieilli au cours des derniers mois, et il était visiblement très fatigué. Le ressort enjoué de sa démarche, le ton optimiste de sa voix avaient depuis longtemps disparu. Le dos voûté, il s'approcha d'un pas traînant du bureau de Millie. «Je vous en prie, restez assise», lui dit-il. Puis il se laissa lentement glisser sur un siège et tira longuement sur sa pipe. Lorsqu'il leva les yeux, il remarqua l'expression de terreur pure dans le regard de la jeune femme. «Oh, pardon, dit-il. J'aurais dû vous le dire toute de suite : je n'ai pas de mauvaises nouvelles, si c'est ce que vous pensez.»

Millie put enfin respirer, bien que son cœur battît encore à tout rompre dans sa poitrine.

«Mais je n'ai pas de bonnes nouvelles non plus», poursuivit Dulles. Puis il regarda les deux autres femmes. «Je me demandais si vous ne pourriez pas, mesdames...»

Les femmes prirent leur sac et s'empressèrent de sortir.

«Oui, bien, voilà. Les avions de Castro ont coulé deux bateaux ce matin. Le *Río Escondido*, sur lequel Jack avait embarqué, en faisait partie. Mais Jack n'était plus à bord – il a apparemment pris sur lui de débarquer avec le premier bataillon, ce qui n'était au bout du compte pas une si mauvaise idée. Le fourgon de communications de la brigade a coulé avec le *Río Escondido*, aussi les seules nouvelles de première main que nous ayons de la plage nous viennent d'une liaison de fortune que Jack a établie avec l'*Essex*.

– Quand avez-vous eu de ses nouvelles pour la dernière fois ?» demanda Millie.

Dulles consulta sa montre, puis se mit à la remonter machinalement. «Il y a environ trois quarts d'heure. C'est comme ça que nous avons appris, pour le *Río Escondido*…

– Quelle est la situation sur la plage ?

– Pas bonne.» Dulles ferma les yeux et se massa les sourcils. «Très mauvaise en fait. Les troupes castristes approchent. La brigade n'a pas pu décharger les munitions des cargos.

– Il n'est pas trop tard…

– Les navires qui n'ont pas coulé ont filé vers le large…»

Millie avait pleinement conscience du côté ridicule de la situation : elle était là, elle, l'attachée de presse et relations publiques, discutant de détails opérationnels avec le chef de la CIA. «Vous pouvez sûrement organiser des parachutages…

– Pas tant que les avions de Castro occupent les airs. Jack Kennedy a refusé tout net…» Dulles laissa sa phrase en suspens.

«Si les choses tournent vraiment mal, dit Millie, vous sortirez Jack de là, n'est-ce pas ?

– Bien sûr, fit Dulles, une trace de son vieil optimisme de retour dans la voix. Nous ne voudrions surtout pas qu'un agent de la CIA tombe entre les mains de Castro. Écoutez, je sais que vous avez déjà traversé tout cela.» Le directeur s'éclaircit la gorge. «Je voulais juste vous mettre au courant – vous auriez sans doute entendu parler des deux bateaux qui avaient coulé et vous vous seriez fait un sang d'encre en pensant que Jack était dessus.»

Millie fit le tour du bureau et tendit la main à Dulles. «C'était extrêmement gentil à vous, Monsieur le directeur. Avec tout ce que vous avez déjà à penser…»

Dulles se leva. «Ma chère madame, tout bien considéré, c'est le moins que je pouvais faire.

– Vous me tiendrez au courant de ce qui arrive à Jack ?

– Oui.

– Merci, Monsieur le directeur.»

Dulles hocha la tête. Il essaya de trouver quelque chose à ajouter. Puis il pinça les lèvres et se retira.

Très tôt, le mardi matin, Jack – qui tenait sur les nerfs et des heures de sommeil grappillées ici et là – partageait un peu de café instantané brunâtre et des biscuits secs avec Robert Escalona dans son pavillon G-2 en s'efforçant d'évaluer la situation. L'artillerie lourde de Castro se dirigeait droit sur les plages ; ses chars et ses mortiers seraient bientôt à distance de tir. L'infirmerie de fortune de la brigade débordait de blessés. Juste derrière, la morgue de fortune regorgeait de cadavres et de fragments de cadavres. Les munitions se raréfiaient dangereusement ; si les cargos ne revenaient pas décharger leurs caisses dans la Baie des Cochons, la brigade serait à court de munitions dans vingt-quatre heures. Et puis demeurait l'éternel problème de la défense aérienne. À moins que les jets américains de l'*Essex* ne se décident à venir patrouiller au-dessus des plages, les vieux B-26 de la brigade, se traînant depuis le Guatemala, ne pouvaient rivaliser avec les T-33 et les Sea Fury de Castro. Trois d'entre eux avaient été abattus le matin même en attaquant l'armée castriste sur les voies d'accès. Les unités de la brigade qui barraient le passage là-bas subissaient de lourdes pertes ; Roberto ne savait pas combien de temps elles pourraient encore tenir sans soutien aérien. Une fois qu'elles auraient reculé, plus rien ne pourrait empêcher les gros chars Staline III de Castro d'avancer jusqu'au rivage.

Jack attendit une accalmie des bombardements, puis courut sur le sable jusqu'au Blanco's Bar. Orlando, son radio, joignit l'*Essex*, et Jack leur fit son rapport matinal. En milieu de matinée, il sortit sur la véranda et scruta la baie à la jumelle. Il n'y avait toujours aucun signe des cargos. Il monta sur la rambarde de la véranda puis sur le toit. Là, assis au bord d'un vasistas ouvert, les pieds pendant à l'intérieur du bar, il regarda les traînées de fumée s'épaissir très haut dans le ciel, puis se dissiper. Il braqua ensuite ses jumelles sur l'horizon, au nord-est, là où la bataille faisait rage pour prendre le contrôle de la voie d'accès centrale. « Sale tour », marmonna-t-il pour lui-même en secouant la tête d'un air abattu.

Le sale tour auquel il pensait était celui qu'il avait joué à Millie en débarquant avec la brigade. C'était une chose de ne pas s'opposer au démon qui vous poussait à vivre dangereusement, mais c'en était une autre de ne pas tout faire pour éviter à votre femme de devenir veuve une fois de plus.

Une voix retentit : « Mesdames et Messieurs, le Président et Mme Kennedy ! »

Très élégant en cravate et queue-de-pie blanches, Jack Kennedy pénétra dans le salon Est de la Maison-Blanche tandis que la fanfare des marines, en uniformes rouges rutilants, attaquait « *Mr. Wonderful* ». Jackie, portant une très longue robe plissée vert d'eau qui dénudait une épaule, et des boucles d'oreille vertes, s'accrochait au coude du Président. Les quelque quatre-vingts invités présents applaudirent. Un grand sourire aux lèvres, l'air de ne pas avoir un souci au monde, Jack prit sa femme dans ses bras et ouvrit le bal.

Le gala se poursuivit et le couple présidentiel se sépara pour couvrir la salle.

«Oh! merci, fit Jacky, légèrement essoufflée, à un député qui la complimentait pour la soirée. Lorsque les Eisenhower étaient à la Maison-Blanche, nous étions régulièrement invités et c'était tout simplement insupportable. On ne servait jamais rien à boire. Alors, quand nous avons emménagé à la Maison-Blanche, nous avons décidé que personne ne s'ennuierait plus jamais ici autant que nous avons pu le faire.»

Jack bavardait avec le sénateur de Floride, Smathers, quand Bobby, en cravate blanche également, lui fit signe depuis la porte. Les deux frères se retrouvèrent à mi-chemin. «On est dans la merde jusqu'au cou, glissa Bobby à voix basse au Président. Tout a foiré d'une façon que tu ne croirais même pas. Bissell et son équipe arrivent.» Bobby consulta sa montre. «J'ai rameuté toute la bande. Tout le monde sera dans la salle du Conseil à minuit.»

Jack acquiesça. Plaquant un sourire sur son visage, il se retourna pour bavarder avec la femme d'un journaliste d'agence de presse.

Deux minutes avant minuit, le Président, toujours en queue-de-pie, poussa les portes de la salle du Conseil. D'autres invités du gala s'y trouvaient déjà : le vice-président Johnson, les secrétaires d'État et de la Défense Rusk et McNamara. Arrivant du salon Est à la suite du Président, le général Lemnitzer et l'amiral Burke, en uniforme d'apparat avec des rangées de médailles leur barrant la poitrine, fermèrent les portes derrière eux. Une douzaine de conseillers de la Maison-Blanche, de la Défense et du Département d'État avaient été appelés chez eux par le standard de la Maison-Blanche; la plupart d'entre eux avaient enfilé un pantalon de velours et un sweatshirt, et semblaient avoir été tirés d'un profond sommeil. Les hommes de la CIA – Bissell, Leo Kritzky et une poignée d'autres – n'étaient pas rasés et portaient visiblement les mêmes vêtements froissés depuis plusieurs jours passés sans se coucher. Tous se levèrent quand le Président entra et alla prendre place en tête de table. Kennedy s'assit et tout le monde l'imita, sauf Bissell.

«Monsieur le Président, Messieurs, les nouvelles ne sont pas bonnes, commença le DD-O.

– C'est le moins qu'on puisse dire! fit remarquer Bobby Kennedy. Cette administration n'a que quatre-vingt-dix jours, et vous...

– Qu'il nous dise ce qui s'est passé», intervint Jack sur un ton patient.

Maîtrisant difficilement ses émotions, Bissell mit tout le monde au courant de la situation. Les chars et mortiers de Castro étaient arrivés à portée de tir des plages du débarquement. Les pertes étaient lourdes. Les unités qui bloquaient les voies d'accès arrivaient à court de munitions. Roberto Escalona rationnait le peu qui restait – les chefs qui réclamaient cinq obus de mortier devaient s'estimer heureux d'en obtenir deux. Si les unités de barrage cédaient, les chars de Castro seraient sur les plages en quelques heures. Les navires transportant les munitions avaient fui la baie après le coulage des deux cargos. La Marine les avait convaincus d'y retourner, mais doutait qu'ils puissent y arriver à temps pour sauver la situation. Pour compliquer encore les choses, plusieurs membres du gouvernement provisoire, enfermé sous surveillance dans un hôtel de Miami, menaçaient de se suicider si on leur interdisait de rejoindre leurs camarades de combat dans la Baie des Cochons. Au Guatemala, les officiers de liaison de la Compagnie à l'aérodrome de Retalhuleu se plaignaient de ce que pilotes et équipages, qui volaient sans arrêt depuis lundi matin, étaient trop épuisés pour accéder aux appels de la brigade réclamant une défense aérienne. Une poignée de conseillers américains détachés de la garde aérienne nationale d'Alabama demandaient l'autorisation de piloter les B-26 à leur place.

« J'espère que vous avez refusé, fit sèchement Kennedy.

– Je leur ai envoyé une réponse très brève, Monsieur le Président : "C'est hors de question." »

Le secrétaire de la Défense McNamara et le général Lemnitzer pressèrent Bissell de questions. Quand le DD-O, qui n'avait pas dormi depuis plusieurs jours, hésitait, Leo, assis à côté de lui, griffonnait les réponses sur un calepin, et Bissell, la mémoire rafraîchie, répondait du mieux qu'il pouvait. Il y avait en gros une centaine de morts, dit-il, et le double de blessés. Oui, la brigade avait des tanks sur la plage mais, à cause du manque de carburant, ils s'étaient retranchés et servaient de postes d'artillerie fixes.

« Enfin, intervint Bobby, tant qu'ils auront des munitions à tirer.

– Merci pour cette précision, Monsieur le ministre, assura Bissell.

– Je vous en prie, rétorqua Bobby.

– Le fond du problème, Monsieur le Président, reprit Bissell en essayant d'ignorer Bobby, c'est que l'opération pourrait encore être sauvée.

– J'aimerais bien savoir comment, commenta Kennedy.

– Elle pourrait être sauvée en autorisant les jets de l'*Essex* à effectuer des missions de combat au-dessus des plages. Il ne leur faudrait pas plus de quarante-cinq minutes pour nettoyer les voies d'accès. »

Bissell trouva un allié inattendu en la personne de l'amiral Burke. « Qu'on me donne deux jets et je descends tout ce que Castro peut nous balancer dessus, assura le chef bourru des opérations navales.

– Non, décréta tout net Kennedy. Je voudrais vous rappeler à tous ce que je n'ai cessé de répéter : je n'enverrai pas les forces armées américaines au combat pour sauver cette opération.

– Si je comprends bien, intervint Bobby, le problème est que la CIA et l'amiral Burke espèrent encore retourner la situation. Le président, lui, veut trouver un moyen d'arrêter les pertes. Le monde entier attend de pouvoir nous faire regretter cette affaire si on leur donne matière à le faire. »

Burke secoua la tête avec incrédulité. « Un destroyer tirant depuis la baie pourrait foutre les chars de Castro en l'air. Ça pourrait changer le cours de la bataille... »

Jack Kennedy plissa les yeux. «Burke, je ne veux pas que les Etats-Unis soient impliqués dans cette histoire. Point final.»

Arleigh Burke n'était pas encore prêt à lâcher prise. «Bon sang, Monsieur le Président, nous sommes *déjà* impliqués.»

Le secrétaire d'État Rusk griffonna quelques mots sur un bloc et passa la feuille à Kennedy. Il y avait écrit : «Et les montagnes?»

Kennedy regarda Bissell de l'autre côté de la table, seule personne de la pièce à être restée debout. «Dick, je crois qu'il est temps pour la brigade de passer à la guérilla, pas vous?»

Toute l'assistance parut suspendue à la réponse de Bissell. Leo observa son chef du coin de l'œil ; terriblement isolé, Bissell ne semblait plus qu'une pauvre loque épuisée, les nerfs en pelote. Oscillant légèrement tandis qu'il se dandinait d'un pied sur l'autre, il paraissait au bord des larmes. «Monsieur le Président, il n'est pas possible de passer à la guérilla...»

Kennedy parut décontenancé. «J'ai toujours pensé... vous m aviez assuré...» Il chercha un soutien autour de la table.

Le général Lemnitzer pointa un doigt accusateur sur Bissell. «Vous aviez dit précisément que, si on envisageait le pire, la brigade pourrait se fondre dans les montagnes d'Escambray et lancer la guérilla.»

Bissell, à peine audible à présent, répondit : «C'était le scénario catastrophe du projet Trinidad, que nous avons abandonné à la demande du Président. En partant de la Baie des Cochons, la brigade devrait franchir près de cent trente kilomètres de marécages avant d'arriver aux montagnes.» Bissell regarda désespérément autour de lui et, repérant la chaise derrière lui, s'effondra dessus. «Monsieur le Président...

– Je vous écoute, Dick.

– Monsieur le Président, pour préciser la situation, nos hommes sont coincés sur les plages. Castro a massé vingt mille soldats dans le secteur. Si nous pouvions tenir l'armée de Castro – les chars de Castro – à distance, les bloquer sur les voies d'accès, eh bien nous pourrions faire venir les bateaux de munitions, d'accord? La brigade pourrait se ressaisir, trouver un second souffle.» Tout le monde autour de la table commençait à regarder le plafond et les murs. Bissell lui aussi essayait de trouver son second souffle. «Le gouvernement provisoire pourrait s'installer, M. le Président. On a déjà un pied sur l'île...

– Vous voulez dire un *orteil...*», l'interrompit Bobby. Mais Bissell, sans tenir compte du sarcasme, continua :

«Une fois le gouvernement provisoire en place, les troupes de Castro déserteront en masses. Tout est écrit noir sur blanc, pas vrai Leo? Il est où ce briefing qu'on avait préparé?» Leo commença à fouiller une pile de dossiers. Bissell, impatient, se mit à citer de mémoire : «Le sabotage est fréquent, putain de merde. La fréquentation des églises atteint des records et peut s'interpréter comme une opposition au régime. La désillusion des paysans a gagné toutes les régions de Cuba. Les ministères du gouvernement de Castro et son armée régulière sont infiltrés par des groupes d'opposition sur lesquels on pourra compter pour brouiller les pistes quand la tête de pont sera assurée... » Bissell regarda autour de la table. « Quand la tête de pont sera assurée », répéta-t-il faiblement. Puis il ferma la bouche.

Un silence de plomb s'abattit sur la salle du Conseil. Le Président se racla la gorge. « Burke, je vous laisse envoyer six jets de combat au-dessus de la plage pendant une heure demain matin à la condition absolue que leurs signes distinctifs américains soient effacés. Il n'y aura pas de cibles au sol...

– Et si on leur tire dessus, Monsieur le Président ? demanda l'amiral Burke.

– Il n'y a aucune raison qu'ils se fassent tirer dessus s'ils restent hors de portée des batteries anti-aériennes de Castro. Dick, vous pouvez faire venir les B-26 de la brigade du Guatemala pendant cette heure. Les jets de l'*Essex* les couvriront. Si le moindre T-33 ou Sea Fury de Castro se présente, les jets auront la permission de les abattre. Mais juste ça. Rien que cela.

– Oui, Monsieur le Président, répondit Burke.

– Je vous remercie, Monsieur le Président, en tout cas pour ça », marmonna Bissell.

Alors que la réunion touchait à sa fin, un conseiller à la Sécurité nationale apporta un message radio que Kennedy lut aussitôt puis, secouant la tête avec incrédulité, tendit à Bobby. Sentant qu'il se passait quelque chose d'important, plusieurs participants se rassemblèrent autour du Président et de son frère. « Bon Dieu ! fit Bobby. Quatre de ces pilotes de la garde nationale d'Alabama qui formaient les pilotes cubains ont pris sur eux de faire une sortie avec deux B-26. Les deux bombardiers ont été abattus au-dessus de Cuba.

– Qu'est-il arrivé aux pilotes ? demanda le général Lemnitzer.

– Personne ne le sait », répondit Bobby. Le frère du Président se tourna vers Bissell. « Il vaudrait mieux pour eux que ces pilotes américains soient morts », fulmina-t-il, sa voix adoptant l'octave assassine d'un tueur professionnel.

Mercredi midi, ce qui restait des unités bloquant les voies d'accès avait commencé à se replier vers Girón. Lorsque la nouvelle atteignit les plages, la panique se répandit. Les chars de Castro, remontant la route depuis l'aéroport, tiraient sur des cibles en ligne de mire. Le Blanco's Bar se retrouvait encadré, aussi Jack et son radio décidèrent-ils qu'il était temps de rejoindre Roberto Escalona, tapi à la lisière de l'eau avec un petit groupe de combattants. Les obus explosaient de tous côtés, soulevant des gerbes de sable et de terre qui masquaient le soleil mais ne faisaient que relativement peu de blessés puisque la plage étouffait les explosions.

« C'est la nuit en plein midi », lança Jack par-dessus le tumulte.

Roberto, serrant un BAR entre ses mains, deux cartouchières quasi vides lui barrant la poitrine, scruta la mer obscurcie. Un destroyer américain dont les numéros d'identification avaient été recouverts de peinture patrouillait à un mille de la côte. Jack cria : « Je peux leur demander de se rapprocher pour nous prendre tous. »

Roberto fit non de la tête. « Si ça doit se terminer, que ça se termine ici. »

Le destin de la brigade avait été scellé plus tôt dans la matinée, quand les grands stratèges de Bissell à Washington, hébétés par le manque de sommeil, avaient oublié qu'il y avait une heure de décalage entre Cuba et le Guatemala. Les six A4D du porte-avions rendus anonymes par une couche de peinture s'étaient présentés au-dessus des plage une heure plus tôt que le rendez-vous établi avec les B-26 venant de Retalhuleu. Lorsque les appareils de la brigade étaient arrivés, les jets américains rentraient déjà vers l'*Essex* et les T-Bird de Castro purent s'en donner à cœur joie et abattre deux autres B-26.

Sur le rivage, un rebelle cubain à moitié fou accroupi près de Jack hurla des obscénités en direction du destroyer américain, puis visa la coque et parvint à tirer deux cartouches avant que Roberto n'abaisse le canon d'un coup de poing. De chaque côté, aussi loin qu'il était possible de voir, des hommes filaient en tous sens, sautant dans et par-dessus les cratères peu profonds creusés dans les dunes par les obus. Orlando, les écouteurs de la radio sur les oreilles, saisit le bras de Jack pour capter son attention. « *Quieren hablar con usted, señor* », s'écria-t-il. Jack pressa l'un des écouteurs contre son oreille. Un couinement couvert de parasites le fit ciller. Puis une voix lui parvint à travers la friture. « Oppor Tuniste, ici Whisky Amer patrouillant devant Blue Beach. Vous me recevez ? »

Jack saisit le micro et marcha dans l'eau, Orlando juste derrière lui. « Whisky Amer, ici Oppor Tuniste. Je vous reçois. À vous.

— Oppor Tuniste, j'ai des ordres pour vous de Kermit Cercueil. Vous devez quitter la plage immédiatement. Je répète…

— Whisky Amer, interrompit Jack, il n'est pas question que je quitte cette plage tout seul. »

Roberto s'approcha de Jack par derrière. « Fous-moi le camp d'ici, hurla-t-il. Tu ne sers plus à rien, de toute façon.

— Putain de merde, je partirai quand tout le monde partira. »

Deux obus explosèrent, l'un juste après l'autre, creusant d'autres petits cratères de part et d'autre du groupe. Durant un instant, le sable projeté en l'air obscurcit tout. Lorsqu'il retomba, un rebelle barbu, le sang jaillissant d'une plaie béante à la place de l'oreille, s'avança en vacillant vers eux puis tomba, face contre terre. Un autre soldat roula le blessé sur le dos, leva les yeux vers Roberto et secoua la tête. Jack sentit soudain quelque chose de mouillé et visqueux sur sa cuisse. Il baissa les yeux et vit qu'un shrapnel lui avait écorché la jambe, déchirant le pantalon et lacérant la peau. C'en fut trop pour Roberto. Il saisit sur le ceinturon de Jack le calibre 45 et le pointa sur la tête de l'Américain. « Si Castro te capture, cria-t-il, la voix brisée, des larmes de frustration coulant sur ses joues maculées de sable, il dira au monde entier que nous étions menés par des officiers américains. Pour l'amour de Dieu, Jack, ne nous prends pas notre dignité. C'est tout ce qui nous reste. D'accord, Jack ? Tu m'entends, Jack ? Je te jure, que je te tuerai moi-même plutôt que de te laisser tomber vivant entre leurs mains. »

Jack recula. L'eau lui entourait les genoux. « Espèce de salaud ! hurla-t-il à Roberto.

– *Gringo carajo !* Je vais t'exploser la tête et tu ne seras plus qu'un autre corps à flotter sur les vagues. »

Jack se détourna et s'enfonça un peu plus loin dans l'eau, puis perdit pied et se mit à nager comme un petit chien vers le large. De temps en temps, il lançait un regard par-dessus son épaule. Les premiers chars castristes Staline III, leurs canons crachant des flammes, avançaient sur la chaussée entre les pavillons de béton. L'un des tanks de la brigade, coincé dans le sable, explosa : la tourelle estropiée tomba de côté et son canon se planta dans le sable. Des fantassins, courant pliés en deux et criant en espagnol, se déversèrent sur les dunes derrière les chars. Tout le long de la plage, des hommes sortirent des trous et tranchées creusés dans le sable en levant bien haut les mains au-dessus de leur tête. Jack se retourna et se remit à nager. Il aperçut un radeau devant lui, à moitié dégonflé et en partie immergé. Il s'en approcha et parvint à se hisser dessus, puis resta allongé un long moment, le visage tourné vers le soleil, les paupières résolument fermées. Les visions d'émeute le disputaient aux images de Millie ondulant lentement sur son corps, cautérisant ses blessures avec ses lèvres ardentes.

Jack perdit toute notion du temps. Il se souleva sur un coude et regarda vers la plage. Les tirs s'étaient interrompus. Des rangées d'hommes, mains sur la tête, gravissaient les dunes, poussés à la pointe des baïonnettes. Un bout de planche flottait non loin du radeau – il devait provenir des bancs en bois d'un LCU coulé. Jack le récupéra et, restant allongé pour ne pas être vu de la plage, s'en servit comme d'une rame pour aller vers le large. Des ampoules ne tardèrent pas à apparaître sur ses mains ; elles éclatèrent, rendant la rame improvisée glissante de sang et de pus. Les rayons du soleil se reflétant sur la baie l'aveuglèrent. Lorsqu'il put voir à nouveau, il distingua le destroyer flottant devant son reflet inversé. Le soleil lui brûlait la nuque. De temps à autre, malgré la chaleur, il était pris de tremblements incontrôlés et ne se calmait que lorsqu'il parvenait à penser au long corps de Millie pressé contre le sien. Il entendait sa voix lui répéter à l'oreille : *Rentre quand tu pourras, Jack. Je ne pourrais pas supporter que…*

Lorsqu'il releva les yeux, le destroyer était assez près pour qu'il puisse voir la peinture fraîche à la proue du navire, là où l'on avait recouvert le numéro de coque. Des marins lui criaient des encouragements depuis le pont arrière. Il supposa qu'il y avait assez de distance entre la plage et le radeau pour qu'il puisse s'asseoir. Ponctuant chaque coup d'un grognement rauque, Jack avait à présent sa rame bien en main et la sentait prendre la houle. Une douleur vive le transperça là où une côte s'était soudée, puis brisée et soudée à nouveau. Il avait la tête qui tournait. Il crut entendre les encouragements enroués des étudiants massés sur les rives du fleuve. Roulant et déroulant ses membres en un long mouvement fluide, il aperçut devant lui la ligne d'arrivée.

Puis la planche que tenait Jack se trouva coincée dans l'eau, et il lui vint à l'esprit qu'il n'était peut-être pas en train de participer à une course d'avirons sur le Charles. Il tira sur la planche, mais ne parvint pas à la sortir. Il regarda par-dessus bord – l'eau offrait une consistance bizarre. Elle était d'un rouge sale et prise dans un amas d'algues verdâtres. C'est alors qu'il vit que l'extrémité de la planche s'était logée dans le ventre d'un cadavre boursouflé pris dans les algues. Jack lâcha aussitôt le morceau de bois, fut pris d'un haut-le-cœur et se retourna pour vomir et vomir encore en longs spasmes, la douleur lui déchirant la gorge, jusqu'à ce qu'il ait l'impression qu'il ne pouvait plus rien rester à l'intérieur de son corps – ni cœur, ni poumons, ni estomac, ni intestins.

Cette sensation de vide parfait le submergea soudain, et il s'évanouit.

Ebby appela Elizabet de son bureau vers le milieu de l'après-midi. « Tu as écouté les infos, demanda-t-il.

– Tout le monde au Département d'État est scotché à la radio, répondit-elle. United Press International parle de centaines de morts et de plus d'un millier de prisonniers.

– Ici, c'est la vraie pagaille, dit Ebby. Je ne peux pas te parler maintenant. Mais Leo et moi, on se disait que ce serait peut-être une bonne idée que tu passes prendre Adelle et que vous alliez chez Millie pour la soutenir un peu.

– Comment se fait-il qu'elle soit chez elle ?

– Elle s'est fait porter pâle ce matin. Elle a dit que ce n'était rien de physique, mais que, étant donné ce qui se passait, elle était incapable de se concentrer. »

Elizabet n'osait pas respirer. « Les nouvelles sont mauvaises ?

– Il n'y a pas de nouvelles du tout, répliqua Ebby. Mais il pourrait bien y en avoir de mauvaises.

– Oh, Elliott ! tout se passe comme tu l'avais prédit... c'est un nouveau Budapest. »

Adelle attendait sur le trottoir quand Elizabet arriva. Au fil des années, les deux femmes étaient devenues très proches, mais elles échangèrent à peine un mot en se rendant chez Millie. Elles passèrent par-derrière, poussèrent une porte vitrée et trouvèrent la femme de Jack assise dans la cuisine. Elle avait les yeux rivés sur un jeu télévisé et attendait qu'il soit interrompu par un bulletin spécial d'informations. Une bouteille de scotch ouverte était à portée de main. Il y avait une montagne de vaisselle sale dans l'évier et une pile de linge sale par terre, devant la machine à laver.

Millie se leva dans un sursaut et regarda ses amies avec terreur. « Pour l'amour de Dieu, n'y allez pas par quatre chemins. Si vous savez quelque chose, dites-le-moi.

— Nous ne savons que ce qu'ils disent aux infos, répondit Elizabet.

— Vous me jurez devant Dieu que vous ne me cachez rien ?

— Nous savons que c'est un désastre, dit Adelle. Rien de plus.

— Jack est sur la plage », dit Millie.

Les trois femmes s'embrassèrent. « Tu peux être sûre qu'ils vont remuer ciel et terre pour le sortir de là, assura Adelle. Les bulletins n'ont pas fait mention d'un Américain retrouvé là-bas. S'ils avaient capturé l'un des nôtres, Castro ne manquerait pas de le faire savoir au monde entier.

— Où est Anthony ? demanda Elizabet.

— Ma mère est passée le prendre avec Mlle Aldrich dès qu'elle a appris ce qui se passait. »

Millie servit trois bonnes rasades de scotch, et elles trinquèrent.

« Aux hommes de notre vie, déclara Elizabet.

— Au jour où ils en auront assez de bosser pour la Compagnie et où ils deviendront des petits vendeurs de voitures d'occasion, proposa Millie.

— Ils ne seraient plus les hommes que nous avons épousés s'ils devenaient revendeurs de voitures », commenta Adelle.

Les femmes prirent place autour de la table de cuisine. Sur l'écran de télé, quatre mères de famille essayaient de deviner le prix d'un ensemble de chambre à coucher en acajou ; celle qui tomberait le plus près emporterait l'ensemble.

« La Compagnie a vraiment foiré ce coup-là, constata Millie. Dick Bissell et le directeur vont pouvoir aller pointer au chômage. »

Pour lui faire penser à autre chose qu'au fiasco de la Baie des Cochons, Elizabet demanda à Millie comment elle et Jack s'étaient rencontrés. Millie sourit en évoquant le souvenir du grand jeune homme impertinent arborant une moustache de Cosaque et un costume trois pièces en lin, qui l'avait draguée au soixante-cinquième étage du Chrysler Building. Je croyais que vous vous étiez rencontrés à Vienne pendant les événements de Budapest, dit Adelle. Il m'a fait des avances à New York, répondit Millie, et j'ai cédé à Vienne, cinq ans plus tard. Ça ne fait jamais de mal de les faire attendre, dit Adelle en riant. Elles parlèrent un moment de la fille d'Elizabet, Nellie, et du fils qu'Ebby avait eu de son premier mariage, Manny, qui venait d'avoir quatorze ans et était parmi les premiers de sa classe à Groton. Adelle raconta que ses jumelles s'étaient mises à glousser, la semaine précédente, en voyant une femme enceinte dans un magasin. Quand Adelle avait voulu leur parler des cigognes et des choux, Vanessa l'avait interrompue. Oh, maman ! on sait déjà pour le machin-chose qui devient tout dur qui se fourre dans le machin-chouette, et pour le bidule qui remonte à la nage pour fertiliser l'œuf et tout ça. Mais où donc avez-vous appris tout ça sur les machins-choses et les machins-chouettes ? s'était enquise Adelle avec le plus grand sérieux. Les deux gamines avaient expliqué que leur copine d'école, Mary Jo, avait piqué à une demi-sœur plus âgée un livre d'éducation sexuelle suédois rempli d'illustrations photographiques montrant des gens tout nus qui « le faisaient » pour de vrai, et qu'elles avaient passé le week-end à les regarder à la loupe. Oh, c'est fou ce qu'ils grandissent vite, aujourd'hui, déclara Elizabet. Ça oui, convint Adelle.

C'est alors que le téléphone sonna. Elizabet et Adelle échangèrent un regard. Millie décrocha. Le sang se retira de ses lèvres quand elle reconnut la voix de Dulles.

« Oui, c'est moi, dit-elle.... Je vois... vous en êtes absolument sûr ? Il n'y a pas de risque que vous vous trompiez ? »

Sur l'écran de télé, une femme riait de façon hystérique parce qu'elle venait de gagner l'ensemble chambre à coucher. Adelle alla éteindre le poste. Les petits points de lumière disparurent, comme aspirés par une bonde.

« Non, ça ira, Monsieur le directeur, reprit Millie dans le combiné. J'ai deux amies ici avec moi... Merci, monsieur. Je *suis* fière de Jack. Très. Oui. Au revoir. »

Millie se tourna vers ses amies. Elle avait les yeux baignés de larmes et sa gorge était trop étranglée pour parler. Adelle fit en sanglotant le tour de la table pour la serrer dans ses bras.

« Ce n'est pas ce que vous pensez, parvint enfin à dire Millie. Jack est sain et sauf. Ils l'ont sorti de cette plage. Un destroyer l'a récupéré sur un radeau... » Les larmes coulaient librement sur ses joues à présent. « Ses brodequins étaient carrément blancs de sel. Il avait les mains couvertes d'ampoules. Il a des blessures de shrapnel – le directeur jure que ce ne sont que des égratignures et rien de plus. » Elle se mit à rire à travers ses larmes. « Il est vivant. Jack est vivant. »

Les lumières brûlèrent tard, mercredi soir, dans l'aile Ouest de la Maison-Blanche. Une secrétaire épuisée sommeillait devant une table juste à la sortie du bureau du Président. Les quatre agents des Services secrets postés dans le couloir étouffaient des bâillements. À l'intérieur, des plateaux d'argent couverts d'amuse-gueule intacts remplissaient une desserte. Des présidents de commissions arrivaient, s'entretenaient avec un Président ébranlé, et repartaient, se demandant à voix haute comment un homme aussi avisé avait pu se laisser entraîner au départ dans un projet aussi farfelu. Peu après vingt-trois heures, Leo arriva avec le tout dernier rapport de situation. Jack Kennedy et son frère, Bobby, se trouvaient dans un coin et discutaient avec McGeorge Bundy, le conseiller à la Sécurité nationale. Attendant juste de l'autre côté de la porte, Leo surprit des bribes de conversation. « Dulles est un personnage légendaire, disait le Président. C'est difficile de savoir quoi faire avec les personnages légendaires – il n'a plus qu'à se faire hara-kiri.

– Bissell va devoir gicler aussi, intervint Bobby.

– J'ai fait une erreur en mettant Bobby à la Justice, commenta le Président. C'est du gâchis. Il devrait être à la tête de la CIA.

– Ce serait aussi logique que de refermer la porte de l'écurie quand le cheval est déjà parti courir les collines », fit observer Bobby.

Bundy était d'accord avec Bobby, mais pas pour les mêmes raisons. « Pour diriger une bureaucratie, il faut savoir comment elle fonctionne. La CIA a sa propre culture...

– Qui m'est complètement étrangère, reconnut Bobby.

– Tu pourrais apprendre, insista Kennedy.

– À la fin de ton second mandat, je serai peut-être au point, plaisanta Bobby. »

Le Président repéra Leo à la porte et lui fit signe d'approcher. « Quelles nouvelles de Waterloo, Kritzky ? »

Leo lui tendit un mémo. Kennedy le parcourut, puis en lut à voix haute des extraits à Bobby et à Bundy, qui se tenait juste derrière. « Cent quatorze morts, onze cent treize prisonniers, quelques dizaines de disparus. » Il leva les yeux vers Leo. « Une chance de pouvoir récupérer les disparus ? »

Leo reconnut là le commandant du PT-109 pendant la Deuxième Guerre mondiale, qui s'en faisait pour la sécurité de ses hommes. « Certains de nos Cubains ont réussi à gagner les marais, répondit-il. Les destroyers ont récupéré quelques hommes isolés ou par deux. Un petit groupe qui avait fui dans un canot de sauvetage a été secouru en mer. »

Alors que Kennedy poussait un gros soupir, Leo s'entendit dire : « Ça aurait pu être pire, Monsieur le Président.

– Comment ça ? » le défia Bobby ; il n'était pas prêt à laisser la CIA en paix avant longtemps.

Leo rassembla tout son courage. « Ça aurait pu réussir. »

Kennedy reçut cela en secouant la tête d'un air déprimé. « Quand un nouveau Président prend son poste, il s'imagine que les gens qui dirigent les Renseignements possèdent des talents secrets, inaccessibles aux simples mortels. Je ne commettrai pas deux fois la même erreur.

– Le problème, maintenant, c'est Khrouchtchev, décréta Bobby. Il va te prendre pour un faible, quelqu'un qui est incapable de terminer ce qu'il a commencé.

– Il va supposer qu'on peut vous intimider facilement», convint Bundy.

Kennedy se détourna. Leo, qui attendait à la porte de voir si le Président voulait encore quelque chose de la CIA ce soir-là, l'entendit répondre : «Eh bien ! il y a un endroit où prouver à Khrouchtchev qu'on ne va pas se laisser faire comme ça, que nous sommes prêts à envoyer des troupes et à aller au feu : c'est le Viêtnam.

– Le Viêtnam, répéta prudemment Bobby, pourrait être une réponse à nos prières. »

Le Président fourra les mains dans les poches de la veste de son costume et sortit par la porte-fenêtre dans le jardin. Il y avait dans l'air la rumeur lointaine de la circulation et, curieusement, les toutes premières senteurs bien reconnaissables du printemps. Kennedy s'enfonça dans l'obscurité, perdu dans ses pensées, pour essayer de digérer le premier désastre politique de son existence.

7

Washington, DC, vendredi 5 mai 1961

Bobby Kennedy, manches de chemise roulées, son laissez-passer accroché à sa poche de poitrine, faisait appel aux lumières de Leo dans le QG au rez-de-chaussée de Quarters Eye. On avait retiré les cartes géantes de Cuba et les feuilles de plastique couvertes d'informations tactiques. Des agrandissements de photos de reconnaissance des plages de la Baie des Cochons prises par U-2 après la débâcle étaient affichées à leur place. Ils montraient des tanks fracassés, des camions et des jeeps à demi ensevelis sous des bancs de sable les épaves de plusieurs LCU pris dans la houle du large, et un énorme drapeau cubain flottant derrière l'enseigne au néon du Blanco's Bar. Bobby avait passé la majeure partie des dix journées précédentes à la CIA, s'efforçant de s'imprégner de sa *culture*; Jack Kennedy avait abandonné l'idée de nommer son frère à la tête de la Compagnie, mais avait décidé qu'il serait prudent qu'un émissaire du clan Kennedy examine ses rouages internes de plus près.

« Mon sentiment, disait Leo, est que nous nous trouvons dans une situation impossible. Dès que nous sollicitons davantage d'opinions, nous perdons en sécurité ce que nous gagnons en compétences. À partir du moment où il y a trop de personnes au courant d'une opération, les fuites sont inévitables.

– Si vous aviez fait intervenir plus de personnes pour la Baie des Cochons, le désastre aurait-il pu être évité? » voulut savoir Kennedy.

Leo secoua la tête. « Écoutez, je peux vous parler franchement?

– Si vous ne le faites pas, on est tous les deux mal partis », répliqua Kennedy en opinant du chef.

Leo se gratta derrière l'oreille. « Le gros problème n'était pas le manque de compétences – nous avions des gens extrêmement compétents, même s'il y avait un nombre de personnes impliquées particulièrement limité. Les divergences d'opinions ont été exprimées, et avec vigueur, dans cette pièce même. Le gros problème, c'est que le Président, qui avait hérité cette opération d'Eisenhower, hésitait à l'annuler mais n'était pas vraiment convaincu. Dick

Bissell, de son côté, était convaincu à cent cinquante pour cent. La nature même de la chose faisait donc que pour arriver à rendre les deux visions compatibles, il fallait faire des compromis. Ce sont les compromis qui ont tué cette opération, monsieur le Ministre. Ne pas garder Trinidad comme site de débarquement était un compromis. Utiliser ces vieux B-26 sortis de la casse était un compromis. Réduire la première attaque aérienne était un compromis. Annuler la deuxième attaque aérienne était un compromis tragique. Je crois que je comprends pourquoi le Président a voulu réviser l'opération ; en tant que commandant en chef, il est obligé d'avoir une vue globale de la guerre froide. S'il avait envoyé des avions ou des bateaux à Cuba, Khrouchtchev aurait pu lancer une action contre Berlin. Le problème, ici, c'est qu'à un moment, quelqu'un aurait dû prendre le taureau par les cornes et dire qu'on avait fait un compromis de trop. Le rapport risques/bénéfices avait basculé en faveur des risques. Il fallait tout annuler. »

Bobby fixa son regard bleu et glacé sur Leo ; il se dit qu'il touchait enfin à la *culture* de la Compagnie. « Qu'est-ce qui vous en a empêché ? »

Leo étudia la question. « Deux mentalités cohabitent ici sous le même toit. Il y a ceux qui pensent que nous sommes sur terre pour voler des secrets à l'autre bord et analyser ensuite les secrets que nous avons pu voler. Cette vision des choses implique que vous croyiez pouvoir découvrir les intentions de l'ennemi en analysant ses capacités. Pourquoi Hitler amassait-il des barges sur la Manche s'il ne voulait pas envahir l'Angleterre ? Pourquoi les Chinois amasseraient-ils des troupes au bord du Yalu s'ils ne projetaient pas d'attaquer les Américains en Corée du Nord ? Ce genre de choses. Et puis il y a ceux qui voudraient que cette organisation oriente les événements au lieu de se contenter de les prédire – en truquant les élections, minant le moral des troupes, favorisant des rébellions, donnant des pots-de-vin à des officiels haut placés pour mettre la pagaille, ou même en éliminant les personnages politiques qui nous gênent trop. Ce sont des gens de cette deuxième catégorie qui tenaient les rênes dans l'affaire de la Baie des Cochons. Une fois les cartes distribuées, à partir du moment où ils avaient tiré un jeu pas trop mauvais, ils n'étaient pas prêts à passer.

– Et à quelle catégorie appartenez-vous ? »

Leo sourit. Il avait entendu dire que Bobby, durant sa formation accélérée de dix jours, avait commencé à s'intéresser aux opérations clandestines ; aux gadgets, aux boîtes aux lettres mortes, aux planques. « J'ai un pied dans chaque camp, dit-il enfin au ministre de la Justice.

– C'est plus sûr ?

– C'est plus malin. Pourquoi faire la guerre froide avec une main liée derrière le dos ? »

Les sourcils de Bobby s'arrondirent. « Vous me donnez matière à penser, Kritzky. » Il consulta la pendule murale puis se leva et traversa le QG pour rejoindre un petit groupe qui regardait une télé, son baissé. Plus tôt dans la journée, le commandant Alan Shepard avait décollé de Cap Canaveral à bord d'une capsule Mercury pour devenir le premier Américain dans l'espace ; si Shepard revenait en vie, les États-Unis – *l'administration Kennedy* – pourraient tirer bénéfice d'avoir rattrapé les Russes dans la conquête de l'espace. Sur l'écran de télé, Walter Cronkite annonçait que Shepard venait d'atteindre l'apogée de son vol, à cent quatre-vingt-sept kilomètres d'altitude. Un téléscripteur installé près de la télévision crachait une longue bande de papier. Bobby la fit glisser distraitement entre ses doigts, puis, intrigué, se pencha au-dessus de l'appareil pour lire le texte. Le texte en clair provenait, via un canal sécurisé interne à la Compagnie, du Centre de communications situé dans un autre bâtiment de la Reflecting Pool, où le câble original avait été décrypté.

TOP SECRET
NOTE D'AVERTISSEMENT : INFORMATION SENSIBLE
COMPARTIMENTÉE

DE : Antenne de Mexico
À : Kermit Cercueil
SUJET : Rumeurs de Castro-land

    1. Antenne de Mexico a eu vent de rumeurs circulant dans milieux gauchistes d'Amérique latine comme quoi Castro serait prêt à échanger prisonniers capturés dans la Baie des Cochons contre 50 millions de dollars, je répète, 50 millions de dollars en nourriture et médicaments.
    2. Attaché culturel cubain ici a dit sur ligne sur écoute à épouse cubaine d'éditeur de gauche qu'un marché pourrait être négocié avec associations humanitaires privées si cet arrangement convenait mieux à administration Kennedy.

    Excité par ce renseignement précieux, Bobby arracha le communiqué du téléscripteur et se dirigea vers la porte.
    Harvey Torriti, de retour d'une de ses pauses-café-deux-Martini et de fort méchante humeur, remarqua le ministre de la Justice qui se dirigeait vers la sortie avec le message top secret à la main. Il planta son gros corps dans l'encadrement de la porte. «Eh ! Où est-ce que vous allez avec ça?» questionna-t-il.
    Bobby fusilla du regard le personnage obèse qui bloquait la porte. «À qui croyez-vous parler, putain de merde?»
    Les bajoues du Sorcier s'étirèrent en un sourire méprisant. «C'est à vous que je parle, mon gars. D'après les journaux, vous seriez le deuxième homme le plus puissant du district de Columbia. C'est peut-être vrai. Peut-être pas. Quoi qu'il en soit, vous n'irez nulle part avec un document bourré d'indicatifs et de codes opérationnels de la Compagnie. C'est comme ça et pas autrement, mon vieux.

– Je n'aime pas beaucoup votre ton, Torriti... »

Le Sorcier plongea avec ostentation vers Bobby, lui saisit le poignet d'une main et lui prit le message de l'autre. Dans toute la salle, les gens se figèrent sur place, hypnotisés par la dispute. Leo se précipita. « Harvey, vous exagérez – monsieur le Ministre connaît les règles..

– Vous et votre frère, vous avez complètement merdé, cracha Torriti à Bobby. Vous portez la responsabilité de la Baie des Cochons. C'est à cause de vous que les rebelles cubains pourrissent en prison. »

Bobby pâlit brusquement. « Dégagez », gronda-t-il. Il se tourna vers Leo. « Je veux qu'il parte d'ici, qu'il quitte cette ville, qu'il quitte ce pays !

– Allez vous faire foutre », lui rétorqua Torriti. Il agita cinq doigts boudinés en direction de Bobby, comme s'il essayait de héler un taxi. « Qu'il aille se faire foutre », répéta-t-il à l'intention des employés de la Compagnie. Il rota dans son poing. Puis, ses flancs frottant contre le chambranle de la porte, il sortit et s'éloigna d'un pas pesant dans le couloir.

« Tu aurais dû voir ça, murmura Jack à Millie. On aurait dit Moïse entrevoyant la Terre promise qu'il n'atteindra jamais. Tout le monde sait bien que la tête de Dulles doit tomber. Mais on était quand même beaucoup à être désolés pour lui. »

Des croûtes s'étaient formées sur les blessures de shrapnell que Jack avait à la cuisse. Millie promena un doigt léger sur elles dans l'obscurité de la chambre, puis se colla contre le corps dégingandé de son mari. « Je n'ai pas vraiment dormi depuis que tu es rentré, lui souffla-t-elle à l'oreille. Je n'arrête pas de me réveiller pour vérifier que tu es vraiment là et que ce n'est pas juste le produit de mon imagination. »

Jack la serra contre lui. « Je n'avais rien d'imaginaire, ce soir, non ? »

Elle passa le bout de sa langue dans son oreille. « J'adore te sentir en moi, Jack. Je voudrais que tu y restes toujours.

– Je voudrais y rester toujours. L'ennemi c'est l'orgasme. Ça me rappelle le mot FIN sur l'écran, quand un film se termine.

– On peut toujours recommencer au début.

– *Tu* peux toujours recommencer au début. Les simples mortels dont je suis ont besoin de récupérer quelques heures.

– Je peux quand même faire des choses qui te remettraient en ébullition plus vite que ça.

– Comme quoi ? »

Millie le sentit se durcir à nouveau. « Comme te parler des choses que je pourrais faire pour te remettre en ébullition. »

Ils rirent doucement. Par l'interphone que Jack avait installé entre les deux

chambres, ils entendirent Anthony bouger dans son sommeil. « Tu commençais à me parler de Dulles, dit Millie.

– Il a fait bonne figure. Le parfait gentleman. On n'aurait jamais cru qu'il
allait être remplacé par une espèce de riche constructeur naval catholique, ami
de Kennedy. Il a fait visiter les nouveaux locaux au Président, lui indiquant
les choses du bout de sa pipe.

– C'est comment, à Langley ?

– Très moderne, très étudié. Après toutes ces années dans l'Allée-aux-
Cafards, on va pouvoir se déployer. Chaque division aura une suite particulière. La Russie soviétique est au troisième et au quatrième étage. Ton bureau
sera juste en dessous des grosses huiles du sixième, ricana Jack. Ils aiment
bien avoir leur équipe de relations publiques à portée de main.

– On leur sert de doudou, commenta Millie.

– C'est ça. Quoique je ne comprenne pas pourquoi. Officiellement, vous
ne dites jamais autre chose que "sans commentaire".

– Tout est dans la façon de le dire, Jack.

– Ça va être plus facile de bosser à Langley, reprit Jack. Le DCI disposera
de plusieurs salles d'attente pour que ses visiteurs ne se croisent pas. On peut
s'envoyer des documents d'un bureau à l'autre par tubes pneumatiques. Ils
ont installé un système parallèle de téléphones pour qu'on ait tous des numéros reliés au central des secrétariats d'État ou de la Défense – quand on fera
ces numéros, on tombera sur une ligne extérieure qui passera outre le central
de la Compagnie pour tomber sur les opératrices qui feront semblant d'être
des secrétaires dans d'autres bureaux gouvernementaux.» Jack imita une
secrétaire. *« Je suis affreusement désolée, mais M. McAuliffe n'est pas dans
son bureau pour le moment. Voulez-vous laisser un message ? »*

Millie écouta un moment la respiration de Jack ; il lui vint soudain à l'esprit que c'était le son le plus rassurant qu'elle eût jamais entendu de sa vie.
«C'était vraiment sympa, ce barbecue pour fêter ton retour, dit-elle. Adelle a
été adorable de se donner autant de mal.

– Leo et moi, ça remonte à loin, fit Jack d'une voix ensommeillée.

– Leo, Ebby et toi – cette affaire de Baie des Cochons vous a pas mal rapprochés tous les trois, non ?

– On partage souvent la même vision des choses. Il y en a qui commencent même à nous appeler les Trois Mousquetaires à force de nous voir
ensemble. On travaille ensemble. On prend notre pause-déjeuner ensemble.
On se voit le week-end.» Jack demeura un instant silencieux. «J'aime vraiment beaucoup Ebby – c'est le meilleur élément de la Compagnie, le plus
doué de notre génération. Il peut naviguer au cœur de l'action, comme il l'a
fait à Budapest, ou rester en retrait pour réfléchir à la situation. Il n'a pas peur
de dire ce qu'il pense. On ne pouvait pas trouver mieux pour prendre la tête
de la division de la Russie soviétique. J'ai dans l'idée qu'il ira très loin…

– Qu'est-ce que le père d'Adelle a voulu dire quand il a dit qu'il tenait ça de source sûre ? Et il tenait quoi, d'abord ?

– Phil Swett est régulièrement invité à la Maison-Blanche. Il racontait qu'à un déjeuner, la semaine dernière, les frères Kennedy n'avaient que le Viêtnam à la bouche. Adelle a remarqué la même chose au bureau du vice-président. Lyndon Johnson lui a demandé de préparer un rapport sur la situation au Viêtnam.

– Que se passe-t-il au Viêtnam, Jack ?

– Jusqu'à présent, pas grand-chose. Il y a bien une insurrection communiste, mais rien de très inquiétant. Après ce qui s'est passé à Cuba, Kennedy croit visiblement qu'il faut qu'il montre à Khrouchtchev qu'il peut être coriace. Coriace et imprévisible en même temps. Et c'est le Viêtnam qui devrait mettre ça en évidence. La Compagnie étoffe son antenne sur place. JFK va envoyer là-bas une centaine de bérets verts pour aider à former les troupes anticommunistes.

– Il aurait intérêt à faire attention de ne pas se laisser entraîner dans une spirale. Je ne crois pas que les Américains soutiendraient une guerre en Asie.

– Le Viêtnam est trop loin, fit Jack en bâillant dans son oreiller. Personne ne s'en apercevra. »

Les deux nouvelles arrivantes et les deux fillettes qui habitaient le manoir depuis six mois étaient assises en cercle sur le plancher, en train de jouer aux osselets. Elles étaient nues comme des vers. « J'arrive aux cinq points », annonça la gamine anguleuse dont les longues tresses dorées battaient le dos dénudé. Elle lança la petite balle en l'air, ramassa les osselets et rattrapa la balle juste avant qu'elle ne rebondisse sur le sol.

« Tu lances la balle trop haut, protesta l'une des nouvelles. C'est pour ça que tu gagnes tout le temps.

– Il n'y a rien qui dise que c'est interdit de la lancer haut, se défendit la gamine aux tresses blondes.

– Si, c'est pas de jeu, intervint une autre.

– C'est pas vrai.

– Si, c'est vrai.

– Tonton, appela la petite blonde, viens nous dire qui a raison.

– Je suis trop occupé pour le moment, mes chéries, marmonna Starik sans bouger.

– Peuh ! grogna l'une des nouvelles. Si tu ne dis rien, elle va juste continuer à gagner tout le temps. »

À sa table de travail, Starik buvait du thé bouillant à travers un morceau de sucre coincé entre ses dents tout en relisant le texte du dernier filon de SACHA. Une de ses nouvelles, une petite chose maigrichonne qui marchait avec les pieds en dehors, comme une ballerine, traversa la pièce et vint s'accrocher aux épaules de Starik. « Il est drôlement joli, ton livre, tonton, lui glissa-t-elle à l'oreille.

– Ça s'appelle un atlas mondial », lui apprit-il ; il se targuait de ce que ses nièces fussent, en le quittant, plus instruites que le jour de leur arrivée.

« Et c'est quoi, un atlas ? » demanda la petite en passant une main maigre par-dessus l'épaule de Starik pour la glisser sous la longue chemise paysanne.

« Un atlas, ça montre le monde entier. Regarde... sur chaque page, il y a une carte des différents pays.

– Alors il y a assez de pays dans le monde pour remplir un gros livre comme ça ?

– Plus qu'assez, ma chérie.

– Et c'est quel pays sur la page ouverte devant toi, Tonton ?

– C'est un pays qui s'appelle le Viêtnam. »

La gamine gloussa dans son oreille. « Viêtnam ! Je n'ai jamais rien entendu d'aussi bizarre, comme pays.

– Eh bien ! tu peux être sûre que maintenant, tu vas en entendre parler », annonça Starik.

L'affectation du Sorcier comme chef d'antenne à Rome commença sur une note assez embarrassante puisqu'il s'assoupit lors de sa première table ronde avec l'ambassadeur américain. Le responsable politique de l'ambassade, myope et docteur en philosophie sorti de l'université Johns Hopkins, qui avait la fâcheuse habitude de renifler à la fin de chacune de ses phrases, commentait interminablement les dernières nuances des discours du chef du parti communiste italien, Palmiro Togliatti ; à en croire l'attaché politique, Togliatti s'était engagé sur la pente glissante de l'indépendance par rapport à Big Brother au Kremlin, et il fallait encourager et exploiter ce désaccord entre les communistes italiens et soviétiques. Le spécialiste politique en était à la moitié de sa présentation quand le Sorcier avait laissé tomber sa tête contre sa poitrine en s'effondrant sur le côté de son siège. Son veston à carreaux s'était alors ouvert, et le revolver à crosse de nacre avait glissé de son étui pour tomber au sol avec fracas.

« Nous vous empêchons de dormir ? s'était enquis l'ambassadeur alors que le Sorcier s'éveillait dans un sursaut.

– Je me repose les yeux, mais pas le cerveau, avait répliqué Torriti en se pliant en deux pour récupérer son arme. J'étais suspendu à chaque mot.

– Vous seriez tellement plus convaincant si vous réussissiez à vous suspendre à chaque mot en gardant les yeux ouverts », avait fait remarquer sèchement l'ambassadeur.

« Pourquoi Rome ? » avait câblé ce même ambassadeur à Washington quand, quelques jours plus tard, Torriti s'était présenté ivre à une réception donnée à l'ambassade en l'honneur du ministre des Affaires étrangères italien. « Il y a des dizaines d'ambassades de par le monde où on pourrait le mettre à l'écart de Bobby Kennedy. »

Le Sorcier, pour sa part, était parti en exil contraint et forcé. « Torriti, le patriote, est déporté en Italie alors que ces salopards de la Cosa Nostra, Rosselli et Giancana, peuvent vivre en paix en Amérique », avait-il grogné dans le micro lors de la discrète soirée d'adieux organisée par le DD-O sortant, Dick Bissell, dans la salle à manger des cadres, la veille de son départ pour Rome. Il y avait eu une vague de rires de la part de la poignée de personnes qui avaient compris de quoi parlait Torriti. Angleton, plus maigre, plus sombre et plus maussade que quiconque se le rappelait, était sorti de l'obscurité polaire de son antre du contre-espionnage pour remettre un cadeau d'adieu à l'homme qu'il détestait notoirement. C'était un étui en cuir qu'il avait lui-même confectionné pour le Detective Special calibre 38 de Torriti. « Doux Jésus, James, je ne sais pas quoi dire, bégaya le Sorcier, pour une fois à court de mots.

– Ce n'est pas *Jesus* James, corrigea Angleton, les sourcils froncés, mais James *Jesus*. »

Torriti avait dévisagé James Jesus Angleton pour voir si le chef du contre-espionnage s'était dévoyé au point de faire une plaisanterie, mais son expression irascible disait clairement que non. « Pardon, pardon », avait dit le Sorcier, en hochant la tête avec obséquiosité tout en insérant son arme de cheville dans l'étui. « James Jesus. C'est ça. »

À Rome, le Sorcier essaya bien de diriger l'antenne pendant quelques mois, mais la situation se détériora peu à peu. Un colonel des *carabinieri* l'emmena faire une tournée d'inspection sur la frontière yougoslave, mais s'aperçut que Torriti ronflait à l'arrière de la Fiat. Il y eut des nuits de beuverie qu'il fallut étouffer, une aventure avec une actrice italienne qui fit les choux gras de la rubrique mondaine de certains quotidiens italiens, et un accrochage très public avec l'ambassadeur, dont l'écho retentit jusqu'au bureau du secrétaire d'État. Il y eut deux accidents d'automobile mineurs, l'un avec une voiture de l'ambassade, l'autre impliquant un véhicule qu'un revendeur de voitures d'occasion assurait s'être fait voler, mais que Torriti certifiait avoir acheté, bien qu'il ne pût mettre la main sur le reçu témoignant qu'il avait bien effectué le versement en liquide. L'affaire fut étouffée, et il y eut un transfert anonyme de fonds de la Compagnie. Quand juillet arriva, le Sorcier avait pris l'habitude d'aller passer des week-ends nostalgiques à Berlin. En compagnie d'un ou de deux anciens qui avaient servi sous ses ordres quand il était à la tête de la base berlinoise, il faisait la tournée des bars où son nom était encore une légende et se baladait dans les ruelles sombres autour de Checkpoint Charlie pour, comme il disait, se replonger dans l'atmosphère. Un soir mémorable, il s'était imbibé de whisky dans un pub du secteur britannique et il fallut l'empêcher de force d'aller prendre un dernier verre dans la zone soviétique. À deux heures du matin, un dimanche du second week-end d'août, il grimpa avec son vieux pote du Mossad, Ezra Ben Ezra, sur le toit d'un immeuble pour regarder les chars soviétiques prendre position et les troupes est-allemandes tendre des fils de fer barbelés sur la frontière entre les deux Berlin. Derrière les chars et les troupes venait une armada de bulldozers, leurs phares fendant la poussière et l'obscurité pour dégager un vaste *no man's land* qui serait ultérieurement miné. «Là, on atteint neuf sur mon échelle de Richter, dit le Rabbin à son vieil ami. D'après mes sources, ce serait la réponse de Krouchtchev à la Baie des Cochons – ils vont construire une grande muraille de Chine à travers l'Allemagne, pour isoler la zone communiste du monde libre.» Le Sorcier tira une flasque d'alcool de sa poche et la proposa au Rabbin. Ben Ezra déclina d'un geste. «Il n'y a franchement rien à fêter, déclara-t-il d'un ton lugubre. À partir de maintenant, il sera quasi impossible de faire sortir les juifs.»

De retour à Rome cette nuit-là, Torriti trouva une bouteille de whisky bon marché et deux gobelets de cuisine sur son bureau, et Jack McAuliffe qui l'attendait allongé sur le canapé. Une lampe posée dans un coin dessinait des ombres sur les murs café au lait derrière les deux hommes, qui burent et évoquèrent le passé jusqu'aux premières heures du lundi matin. Les yeux bouffis, le Sorcier sortit son revolver à crosse de nacre, en fit tourner le barillet et le posa sur ses genoux, le canon pointé directement sur le ventre de Jack. «Je ne suis pas né d'hier, mon gars, grommela-t-il. On ne t'a pas envoyé jusqu'ici pour discuter le bout de gras. Qu'est-ce que tu ne me dis pas?

– Ce que je ne dis pas, Harvey, c'est que vous devenez vraiment gênant pour la Compagnie.

– Qui dit ça?

– L'ambassadeur américain à Rome le dit. Le nouveau DD-O, Dick Helms, est d'accord avec lui. Le nouveau DCI, John McCone, aussi.

– Qu'ils aillent se faire foutre.

– Ce que je ne dis pas, Harvey, c'est que ça fait longtemps que vous êtes dans le circuit. Vous avez fait votre part, et plus encore.

– Ce que tu ne dis pas, c'est que je devrais me retirer, c'est ça?

– Tout bien considéré, ce serait sans doute la meilleure chose à faire, Harvey.

– Je suis content qu'ils t'aient envoyé toi, Jack.» Le Sorcier, soudain dessaoulé, se redressa sur son siège. «Est-ce qu'ils veulent que je reste jusqu'à l'arrivée du nouveau chef d'antenne?

– Je suis le nouveau chef d'antenne, Harvey.»

Torriti secoua la tête, abattu. «Comme tu voudras, mon gars.»

Le Sorcier organisa lui-même sa soirée d'adieux dans la salle de bal de l'hôtel Hilton. Il avait choisi en musique de fond des arias enregistrées par

Luciano Pavarotti, un ténor italien qui avait fait des débuts fracassants cette année-là. L'alcool coulait à flots. On prononça des discours où l'expression « la fin d'une époque » revenait comme un refrain. Vers minuit, Jack parvint enfin à joindre Millie à Washington ; Anthony et elle prendraient l'avion la semaine suivante, l'informa-t-elle. Les meubles suivraient par bateau à la fin du mois. Jack avait-il trouvé un appartement ? Jack promit de se mettre à chercher dès lundi matin.

Lorsqu'il revint dans la salle de bal, Jack découvrit que le responsable de nuit du Hilton avait arrêté la climatisation. La poignée d'invités encore présents dériva vers la sortie. Deux secrétaires repoussaient les avances d'un Torriti très imbibé qui essayait de les convaincre de transporter la fête, ou ce qu'il en restait, dans un « hôtel plus réputé que le Hilton ». À deux heures du matin, Jack et son ancien patron de la base de Berlin se retrouvèrent, la démarche vacillante, sur le trottoir devant l'hôtel. Une vague de chaleur, étouffante en ce mois d'août, les frappa au visage.

Jack eut un hoquet. « Il nous faut de la clime.

— Il nous faut du tord-boyaux », convint Torriti. Se retenant au bras l'un de l'autre, ils se rendirent en trébuchant à l'Excelsior, sur la via Veneto, et parvinrent à soudoyer le barman pour qu'il leur en serve un dernier pour la route.

Mâchonnant une olive, Torriti observa Jack du coin de l'œil. « Alors t'étais vraiment amoureux d'elle, hein, mon gars ?

— De qui ?

— L'Allemande, là. La danseuse. Celle qui avait pour nom de code ARC-EN-CIEL. Celle qui s'est mis de l'eau dans la bouche avant de se tirer une balle dedans.

— Vous voulez parler de Lili. Oui, Harvey, je l'aimais.

— C'est ce que je pensais. » Torriti s'envoya une nouvelle rasade de whisky dans le gosier. « Elle ne faisait pas partie de mes appâts au baryum, Jack.

— C'est ce que vous m'avez dit à l'époque. Je n'ai jamais remis ça en question.

— C'était la guerre, mais il y a des limites que je ne franchis pas.

— Je le sais, Harvey.

— Tu me crois, hein, gamin ?

— Bien sûr, que je vous crois.

— Parce que si tu me croyais pas, si tu pensais qu'elle avait fait partie de mes putains d'appâts au baryum, ça me ferait vraiment mal, tu vois ce que je veux dire ?

— Je ne vous ai jamais rien reproché. »

Le Sorcier donna un coup de poing sur l'épaule de Jack. « Ça représente beaucoup pour moi, mon gars. » Il fit signe au barman de le resservir.

« Le dernier, s'il vous plaît, supplia celui-ci en s'exécutant. J'ai un deuxième boulot, vous comprenez, qui commence à huit heures trente, ce qui me laisse cinq heures et demie de sommeil devant moi. »

Torriti trinqua avec Jack. « Mes appâts au baryum ont payé, mon gars. Qui c'est qui a débusqué Philby quand ce salopard de Jesus James tu-sais-qui lui payait des repas à La Niçoise ?

– La Compagnie vous doit ça, Harvey. »

Torriti se pencha tellement vers Jack qu'il serait tombé de son tabouret s'il ne s'était pas rattrapé à la rampe de cuivre. « Il y a une autre taupe russe à la Compagnie, murmura-t-il, son haleine alcoolisée empestant l'air autour du visage de son compagnon. Le fameux SACHA. Et je sais qui c'est.

– Vous connaissez l'identité de SACHA !

– Un peu, mon neveu. Et je vais te mettre dans le secret, gamin. Sacha ne peut être que Jesus James putain d'Angleton en personne. » Voyant que Jack se mettait à sourire, Torriti s'énerva. « J'ai beaucoup réfléchi à tout ça, mon gars. C'est vrai que j'ai davantage de présomptions que de preuves, je suis le premier à le reconnaître. Mais regarde – s'il y a effectivement une taupe du KGB au sein de la CIA, qui serait mieux placé qu'Angleton pour causer le maximum de dégâts ?

– Je ne suis pas sûr de vous suivre…

– Ça fait dix ans qu'Angleton met la Compagnie sens dessus dessous pour traquer les taupes, pas vrai ? Eh bien dis-moi quelque chose, mon gars : est-ce qu'il en a trouvé une seule ? La réponse est non. Mais il a bousillé la division de la Russie soviétique avec ses soupçons. Il a fait en sorte que tout le monde regarde par-dessus l'épaule de tout le monde. Je connais des types qui ont la trouille de ramener un transfuge parce qu'ils se disent qu'Angleton va penser que s'ils se portent garants d'un agent du KGB, c'est qu'ils sont eux-mêmes des agents du KGB. J'ai fait un décompte, un jour – Jesus James a fichu en l'air la carrière d'une centaine d'officiers. Il fait partie du comité d'attribution des promotions…

– Je ne savais pas ça.

– Eh bien moi, je le sais ! Il s'est opposé à des dizaines de promotions, il a contraint des éléments précieux à prendre une retraite anticipée. Il y a un officier de la division de la Russie soviétique qui figurait sur la liste merdique d'Angleton et qui a dû passer par le détecteur de mensonges pour être réintégré au poste de chef d'antenne à Paris. Et tu sais ce qu'Angleton a fait ?

– Qu'est-ce qu'il a fait, Harvey ?

– Ce salopard de Jesus James s'est rendu à Paris pour avertir personnellement le contre-espionnage français que le chef d'antenne de la CIA était une taupe soviétique. Ces putains de Français ont aussitôt coupé tout contact avec l'antenne. Bordel de merde, Angleton n'arrête pas de répéter à qui veut l'entendre au Congrès que la rupture entre la Chine et l'URSS est de la désinformation du KGB destinée à endormir l'Occident. Pareil pour Tito en Yougoslavie. »

Le barman finit de rincer ses verres. « Messieurs, un peu de pitié. Il faut que je ferme, maintenant. »

Le Sorcier se laissa glisser de son tabouret et remonta son pantalon flottant bien haut sur sa taille impressionnante. « Retiens bien qui te l'a dit en premier, mon gars. Jesus James putain d'Angleton est SACHA.

– Je ne l'oublierai pas, Harvey.

– Ce salopard a cru m'acheter avec un étui à revolver, mais j'ai toujours une longueur d'avance sur lui. Merde, je suis peut-être pris dans un cercle vicieux, mais je tourne avec une longueur d'avance sur tout le monde. »

Devant l'Excelsior, Torriti contempla les deux côtés de l'avenue déserte, se demandant de quel côté aller et que faire du reste de sa vie. Jack se traînant sur ses talons, il prit en titubant la direction de l'ambassade américaine, un pâté de maisons plus loin. Lorsqu'il arriva à la hauteur du portail, le jeune marine de garde dans sa guérite de verre le reconnut.

« Bonjour, monsieur Torriti.

– Putain de merde, c'est totalement exclu », lança le Sorcier à Jack par-dessus son épaule en passant devant le marine pour remonter l'allée vers l'entrée principale. « ARC-EN-CIEL ne faisait pas partie de mes appâts au baryum. » Il s'approcha du mur, baissa la fermeture à glissière de sa braguette, plia légèrement les genoux et pissa contre le mur latéral de l'ambassade. « Je m'en souviendrais si ça avait été le cas, mon gars. Un truc pareil, ça s'incruste dans ton cerveau comme une putain de tumeur. »

Jack rattrapa le Sorcier. « Je suis sûr que vous vous en souviendriez, Harvey. » Il s'imagina Roberto, Orlando et d'autres Cubains serrés dans un cachot obscur de Castro. Clignant fort des yeux pour chasser l'image, il ouvrit sa braguette et commença lui aussi à se soulager contre l'ambassade.

Torriti ne semblait pas remarquer la flaque d'urine qui se formait autour de ses souliers usés. « Tu es toujours l'Apprenti Sorcier, hein mon gars ?

– Mais oui, Harvey. Je suis toujours l'Apprenti Sorcier. Et j'en suis fier. »

QUATRIÈME PARTIE

Le chat qui dort

Elle essaya de s'imaginer à quoi ressemblait la flamme d'une bougie quand la bougie était éteinte.

Photo : un cliché en noir et blanc, pris au cœur de la nuit avec une pellicule ASA 2000 à la seule lumière disponible des réverbères en fer forgé, montre deux silhouettes en train de se croiser au milieu d'un pont désert. Les deux hommes semblent s'être arrêtés pour échanger un mot. Le plus âgé des deux, un type hagard portant d'épaisses lunettes que la lueur des réverbères rend fuligineuses, passe ses longs doigts osseux dans ses cheveux rares. Le geste trahit de l'anxiété. L'autre homme, plus jeune et plus grand que le premier, vêtu d'un imperméable informe, semble sourire à une plaisanterie très personnelle. La photo a été prise par un journaliste du Spiegel *posté à proximité du pont après avoir été prévenu par l'organisation Gehlen à Pullach. Avant que* Der Spiegel *ne puisse publier cette photo, la CIA a eu vent de son existence et s'est arrangée pour que tirages et négatif soient saisis par un procureur allemand. Le négatif et tous les exemplaires existants de cette photo ont été remis au chef de la base de Berlin qui a tout déchiqueté à l'exception d'un unique tirage classé dans les archives de l'antenne. La photo est barrée en diagonale par un tampon encreur indiquant : « Top secret » et « Archives uniquement ».*

1

Tcheriomouski, région de Moscou, mercredi 1ᵉʳ mai 1974

Sur l'écran de télé, les ouvriers de l'usine numéro quatre d'engrais chimiques de l'Étoile rouge à Nijnevartovsk, sur l'Ob, arrivaient sur la place Rouge avec une tête géante en papier mâché de Leonid Brejnev, premier secrétaire du parti communiste de l'URSS. Alors que la tête de Brejnev, dansant par-dessus la foule, arrivait à hauteur de la tribune des officiels, qui surmontait le tombeau de Lénine, une gamine en collant lamé doré et pull sans manche argenté se détacha de la troupe et gravit les marches sur le côté du tombeau pour offrir au premier secrétaire, le visage lourdement maquillé pour la télévision, un bouquet d'œillets rouges et roses. «Oh, elle est drôlement mignonne, vous ne trouvez pas ? s'exclama l'une des petites, une Tchétchène de douze ans aux yeux candides, scotchées à l'écran de télé. Si tonton regardait, il prendrait sûrement son téléphone pour demander son nom.»

Tonton regardait – il avait été invité par le premier secrétaire à se joindre au chef du Komitet Gossoudarstvennoï Bezopasnosti et aux quelques patrons des Directions principales dans sa suite privée du Kremlin, où ils pouvaient suivre le défilé du 1ᵉʳ Mai sur un écran géant tout en buvant du champagne et grignotant des *zakouski*. Dans l'appartement de tonton, au manoir Apatov, près de Tcheriomouski, les nièces – elles n'étaient plus que cinq à présent ; la sixième, une Ouïgoure de la région ouïgoure du Xinjiang, en Asie centrale, avait été renvoyée chez elle quand on avait découvert, à l'heure du bain, qu'elle avait ses règles – en eurent bientôt assez du défilé, qui devait durer encore quatre heures, et décidèrent de jouer à cache-cache. Tapie derrière les peignoirs de tonton, dans un placard de la chambre, la Cubaine, Revolución, découvrit un revolver jouet chargé avec de fausses balles dans une boîte à chaussures. «Les filles, les filles ! appela-t-elle en sortant de sa cachette. Venez voir ce que j'ai trouvé.»

Le temps était curieusement doux pour la saison, mais personne n'avait pensé à baisser le chauffage central du manoir. La chambre de tonton ressemblait à un sauna. Les cinq petites filles se mirent en culotte et maillot de corps en coton et s'assirent en rond sur le grand lit de tonton, où Revolución leur apprit un nouveau jeu dont elle avait entendu parler à La Havane. Elle retira d'abord toutes les fausses balles pour n'en laisser qu'une seule dans le revolver. Puis, levant les yeux, elle récita de mémoire un passage du livre préféré de tonton : «Moi je serai le juge et aussi le jury, dit le rusé Fury : je réglerai ton sort par ce verdict : la mort.» Elle fit ensuite tourner le barillet, ferma les yeux et inséra l'extrémité du long canon entre ses lèvres minces. Alors, tenant l'arme à deux mains, elle pressa la détente avec son pouce. Il y eut un déclic perceptible lorsque le chien heurta la chambre vide. Avec un sourire innocent, elle passa l'arme à la nièce kazakh à sa droite. Comme la petite ne paraissait pas très sûre de ce qu'elle devait faire, Revolución la guida – elle fit tourner le barillet, mit le canon dans la bouche de sa camarade et lui montra comment appuyer sur la détente avec son pouce. Une fois encore, il y eut un déclic sonore.

La Tchétchène, qui venait après dans le cercle, secoua la tête. «Oh! là, là! j'ai vraiment pas envie de jouer à ce jeu, moi, annonça-t-elle.

– Mais t'es obligée, insista Revolución. Une fois qu'on a commencé un jeu, on ne peut pas revenir en arrière. C'est comme Alice et ses amis, tu comprends? Tout le monde va gagner et tous, nous recevrons un prix.

– Je ne sais pas, fit la Tchétchène d'une voix hésitante.

– Allez, joue!» supplièrent les autres en chœur. La petite Tchétchène prit le revolver à contrecœur. Elle fit tourner le barillet et, faisant la moue pour mieux suçoter le bout du canon, l'introduisit tout doucement dans sa bouche.

«Vas-y, joue – c'est rien qu'un jeu, fit Revolución avec impatience.

– Joue, joue», insistèrent les autres en voyant qu'elle hésitait encore. La petite Tchétchène serra fort les paupières, poussa un soupir et fit basculer la détente avec son pouce.

La détonation fut assourdissante tandis que le fond de son crâne explosait, aspergeant les filles et le mur derrière le lit de sang, de petits bouts d'os et de fragments de cervelle.

Tonton trouva le corps de la petite Tchétchène en rentrant de Moscou le soir même. Il resta affligé fort longtemps et ne se rasséréna que quand des hommes en blouse blanche eurent emporté le petit cadavre enveloppé dans les draps trempés de sang. Les nièces, folles de peur, furent toutes envoyées au bain pendant que tonton nettoyait lui-même le mur derrière le lit pour le débarrasser des projections de sang et de cervelle. Revolución se fit gronder pour avoir joué avec une arme à feu, et fut envoyée se coucher sans manger ni avoir le droit de participer aux câlins et caresses qui suivaient toujours la lecture du soir sur les pages usées du livre maintenant moucheté de sang que tonton gardait à son chevet.

Le lendemain après-midi, une nouvelle petite fille se présenta à la porte de l'appartement de tonton, au manoir Apatov. On apprit alors qu'elle s'appelait Axinia. Elle venait de Nijnevartovsk, sur l'Ob, et portait un collant doré en lamé et un pull sans manches argenté.

Se déplaçant tels des fantômes dans le calme qui précède l'aube, les sept membres du commando, tous vêtus de pantalons, pulls à col roulé et mocassins noirs identiques, prirent d'assaut la maison de Oak Park, près de Chicago. Trois d'entre eux coupèrent les lignes téléphoniques et câbles d'alimentation électrique, puis passèrent par-dessus le haut mur de briques couronné de tessons de verre, se laissèrent tomber souplement sur l'herbe et pénétrèrent dans la maison du gardien. Ils utilisèrent des aérosols remplis d'un gaz neurotoxique expérimental soviétique pour maîtriser les trois gardes du corps qui dormaient sur des lits de camp avant qu'ils ne donnent l'alarme. Deux autres hommes coupèrent la vitre d'une fenêtre du sous-sol puis, se coulant à travers le cadre, atterrirent dans ce qui avait été la cave à charbon avant qu'on ne passe au fuel. Ils se rendirent dans le petit appartement de service, au fond du sous-sol, puis attachèrent et bâillonnèrent le couple coréen dans son lit. Le chef du commando et un autre de ses hommes grimpèrent jusqu'à une terrasse au premier étage, forcèrent la porte-fenêtre avec un pied-de-biche effilé au bout, et traversèrent une pièce pleine de tables rondes et de sièges en osier pour gagner le couloir. Le garde du corps de nuit s'était assoupi dans un fauteuil. Il fut neutralisé au gaz neurotoxique et allongé sans bruit sur le parquet. Saisissant leur calibre 7.65 tchèque équipé d'un silencieux, les deux intrus poussèrent la porte d'une grande chambre à coucher qui empestait les mégots de cigares empilés dans un cendrier de verre, sur la table de nuit. Tiré d'un profond sommeil, un petit homme au crâne dégarni et en pyjama rayé s'assit brusquement dans son lit, pris dans le faisceau de deux torches électriques.

« C'est quoi ce bordel… »

Une jeune femme aux longs cheveux décolorés et aux seins lourds jaillit, nue, des draps et alla se tapir dans un coin, dissimulant son corps avec le bas du rideau. L'un des intrus lui désigna la salle de bains d'un signe de tête. Trop heureuse de pouvoir s'échapper, elle fonça vers la porte et s'enferma derrière.

Sur le lit, l'homme dit d'une voix rauque : « Qui c'est qui vous envoie, putain de merde ? »

Le chef du commando sortit de la cordelette de nylon et entreprit de lui lier les poignets et les chevilles aux quatre montants du lit. Son acolyte garda une torche braquée sur le visage de l'homme dégarni.

« Putain de merde, vous êtes en train de commettre une putain d'erreur. Vous savez qui ze suis ? Bordel, ça ne peut pas m'arriver à moi. »

La dernière longueur de nylon fut glissée par-dessus sa cheville gauche et serrée contre le montant du lit. L'homme en pyjama, écartelé, commença à paniquer.

« Attendez, attendez, écoutez, ze ne sais pas ce qu'on vous donne, mais ze vous donne le double. Ze le zure devant Dieu. Le double ! Et même le triple. Oui, le triple. » Il tordit la tête vers la porte. « Çarlie, putain où tu es ? » Il se retourna vers ses assaillants. « Pourquoi pas le triple ? À vieille carne donnée, on ne compte pas les dents, hein ? Il faut être malin, c'est l'occasion pour vous de vous en mettre plein les poces. Nom de Dieu, restez pas comme ça à me regarder, dites quelque çose. »

Le chef du commando prit un oreiller sur le lit en murmurant : « *Hubiese sido mejor para ustedes de no haber nacido nunca.*

– Putain, ze parle pas espagnol. Pourquoi est-ce que vous parlez espagnol ?

– Je parle cubain, répondit le chef à l'homme étendu bras et jambes écartés sur le lit. Ce que je vous dis, c'est : *Il aurait mieux valu pour toi que tu ne sois jamais né.*

– Sainte Marie mère de Dieu, ze veux pas claquer. Non, ze veux pas. Ze refuse. »

Le chef du commando abaissa lentement l'oreiller sur le visage de sa victime. Tordant violemment la tête d'un côté puis de l'autre et tirant sur ses liens au point de faire rentrer la cordelette dans ses poignets, le petit homme presque chauve cracha des bribes de phrases étouffées. « … ne faites pas… vous en prie… amour de Dieu… pitié, oh ! pitié… ze vous le demande à zenoux… putain, ze vous supplie… »

L'autre homme enfonça le bout du silencieux fixé au canon de son arme tchèque dans l'oreiller et tira sept balles à travers les plumes dans le visage de la victime.

Le chaland autopropulsé qui collectait habituellement les ordures des bateaux ancrés au large de North Miami Beach coupa à travers Dumfoundling Bay après minuit. La mer était d'huile et la brise du large parvenait à peine à soulever le vieux drapeau de la société accroché à une drisse, au bout du mât. À l'arrière du chaland, des phares jouaient à cache-cache sur la côte rase de Floride. Haut dans le ciel, un gros croissant de lune brillait dans un halo faisant bouillonner des flocons d'argent dans le sillage du bateau. Dans la fosse du chaland, un grand type aux cheveux poivre et sel et au visage lugubre était enfoncé jusqu'aux chevilles dans les ordures, jambes écartées pour garder l'équilibre. Quatre hommes en pantalon, pull à col roulé et bottes de caoutchouc noirs braquaient sur lui des pistolets tchèques. L'homme aux cheveux poivre et sel retira son blazer, le plia sur l'envers et le posa sur les ordures. Puis il défit sa cravate, retira ses boutons de manchette en argent et posa le tout sur le blazer. S'accrochant au bord du chaland, il retira un soulier en croco, puis l'autre, et ôta ses chaussettes et les fixe-chaussettes qui les empêchaient de descendre sur ses mollets. Il défit alors la boucle d'argent de sa ceinture et les boutons de sa braguette, laissa tomber son pantalon sur ses chevilles et en sortit précautionneusement, s'efforçant d'éviter de poser ses pieds nus sur les déchets les plus répugnants. Il ouvrit sa chemise et l'ajouta à la pile de vêtements. Ensuite il retira la montre à son poignet et la bague en diamants à son auriculaire, et les lança par-dessus bord. Puis il leva les yeux vers le chef du commando, qui l'observait depuis la cabine de pilotage ouverte.

Le chef en question montra du doigt le caleçon blanc que l'homme portait encore. Sans un mot, l'homme aux cheveux argentés le retira et le plia sur le dessus de la pile. Il se redressa alors, entièrement nu et serra les bras sur sa poitrine velue à cause du froid.

« C'est bon, dites-moi simplement qui veut me dérouiller, lança l'homme nu vers la cabine de pilotage.

– *Hubiese sido mejor para ustedes de no haber nacido nunca* », lui cria le chef du commando.

L'homme nu, qui parlait espagnol, secoua la tête avec dégoût. « Qui que ce soit, vous lui direz d'aller se faire foutre », déclara-t-il.

Les autres s'approchèrent pour lui lier les poignets et les chevilles avec du fil téléphonique qu'ils entortillèrent à l'aide de pinces au point que le fil lui entre dans la chair jusqu'au sang. L'homme nu ne proféra pas un mot pendant qu'on le faisait monter dans un baril à pétrole vide et qu'on le forçait à s'y asseoir, les genoux au menton. Le couvercle du bidon fut alors refermé à coups de marteau et les quatre hommes en pull à col roulé hissèrent à grand-peine le baril sur un rebord qui courait tout le long de la fosse à ordures. Puis ils enroulèrent une grosse chaîne d'ancrage autour, qu'ils fixèrent avec du fil de fer épais. Le chef du commando fit un signe de tête. Les quatre hommes roulèrent le baril jusqu'au bord de l'embarcation. Juste avant qu'on ne le pousse par-dessus bord, une voix creuse cria : « Ce connard peut aller se faire foutre. »

Le tonneau, avec la chaîne d'ancrage enroulée autour, toucha l'eau et flotta un moment avant de commencer à couler avec une lenteur insoutenable.

2

Washington, DC, dimanche 2 mai 1974

Le barbecue annuel de la Division soviétique (l'appellation anachronique de « Russie » avait fini par disparaître de la nomenclature) préparé sur la pelouse de la nouvelle maison que Leo Kritzky venait d'acheter à George-town avait été interrompu par la pluie, et les invités (priés d'apporter leurs propres bouteilles) s'étaient répandus à l'intérieur, dans la cuisine, la salle à manger, le séjour, et même dans la salle de jeux au sous-sol quand un groupe de jeunes de la boîte s'étaient présentés avec leur femme ou leur petite amie. Leo, actuel patron de la division, et son épouse, Adelle, parcouraient les pièces en distribuant des hot-dogs aux troupes. Ebby, DD-O depuis plus d'un an, passait d'un groupe à l'autre pour prodiguer de nouvelles bouteilles de beau-jolais quand il remarqua son fils, Manny, qui discutait dans un coin avec la fille d'Elizabet, Nellie. Ils ne s'étaient pas vus depuis dix-neuf mois. Ayant à peine terminé son droit à Harvard, Nellie, devenue une superbe jeune femme de vingt-trois ans à la silhouette élancée et aux yeux sombres et impatients de sa mère, qui dansaient sous une tignasse de cheveux blond foncé, était partie travailler à Hongkong pour une compagnie d'assurances, et venait juste de rentrer pour passer des entretiens à Washington. Manny, jeune homme réservé, légèrement voûté et à la mine solennelle, avait été recruté par la Compagnie peu après avoir obtenu avec les honneurs son diplôme de Yale en études spécialisées sur l'Asie centrale ; il parlait couramment le russe, pou-vait converser avec un Afghan en pachto et marchander dans un souk en tadjik de cuisine.

« Ils se trompent de guerre, ils se trompent de lieu et ils se trompent d'époque en choisissant le Viêtnam, assurait Manny, maintenant âgé de vingt-huit ans et qui occupait un petit poste à la Division soviétique de Leo.

– Tu oublies cette fichue théorie des dominos », répliqua Nellie. Elle mit une cigarette à sa bouche et, sachant que Manny ne fumait pas, attrapa par le coude un jeune homme qui passait. « Vous avez du feu ? » Il fut trop heureux de sortir un briquet. Elle posa une main légère sur son poignet pour approcher la flamme de l'extrémité de sa cigarette, puis le congédia d'un « Merci bien » avant de se retourner vers Manny. « Si le Viêtnam tombe, crois-moi, le Laos, le Cambodge et la Thaïlande ne seront pas loin derrière. Nom de Dieu, toute l'Asie du Sud-Est passera au communisme, le Japon va se retrouver complètement isolé et les intérêts américains en Asie seront paumés. Pas la peine d'avoir beaucoup d'entendement politique pour comprendre qu'on a besoin de mettre une limite quelque part.

– On croirait entendre Joe Alsop, fit remarquer Manny. Tu passes a côté des mêmes choses que lui – la guerre au Viêtnam est un problème politique qui réclame une solution politique, et pas militaire. »

Nellie décida d'orienter la conversation vers un sujet qui lui tenait plus à cœur. « Je parle peut-être comme Joe Alsop, mais je n'ai pas tout à fait le même physique, si ? » badina-t-elle.

Manny eut un sourire crispé. Nellie parvenait toujours à lui chavirer les sens. « Nellie, ce qui s'est passé entre nous…. » Manny jeta un regard nerveux autour de lui et abaissa la voix. « Ce que j'essaye de dire, c'est qu'on est presque frère et sœur. »

Nelly coula un bras sous le coude de Manny et pressa doucement son sein contre le bras du jeune homme. « Comme nous le dit la Bible, rien ne vaut l'inceste, Manny.

– Sois sérieuse, pour une fois.

– Ne te fie pas au sourire – je suis toujours sérieuse. Écoute, si Dieu avait été contre l'inceste, il aurait fait démarrer les choses avec deux couples dans deux jardins. Ce qui me pousse à croire qu'il n'y était pas si opposé que ça. Alors on a rien à perdre, non ? La dernière fois, on était partis pour une nuit et ça a duré un mois. Qui sait ? Si on se lance pour un mois, ça durera peut-être un an. »

Visiblement mal à l'aise, Manny essaya de faire comme s'il s'agissait d'une plaisanterie. « C'est hors de question, Nellie. Je suis allergique à la cigarette. Je ne me vois pas sortir avec quelqu'un qui fume. »

Nelly resserra son étreinte sur son coude. « Si tu m'aimais rien qu'un peu, tu te mettrais à fumer aussi. Qu'est-ce que tu dirais d'aller voir le dernier Mel Brooks ce soir ? J'ai bien l'impression que tous les espions de la CIA auraient intérêt à voir ce *Frankenstein Junior*.

– Je ne peux pas ; je suis de service de vingt heures à huit heures.

– Tu veux qu'on remette ça ?

– Nellie, je ne te comprends pas. Dès que tu entres quelque part, tous les hommes – merde, les femmes aussi – s'arrêtent de parler pour te suivre des yeux. Il suffit à un mec de t'allumer ta cigarette pour tomber raide dingue de toi. Pourquoi moi ? »

Nellie examina Manny un moment. « Crois-moi, je me pose la même question. C'est peut-être à cause de notre essai d'une nuit qui a duré un mois. Il y avait là... quelque chose de différent.»

Manny la remercia d'un haussement de sourcils. «Tu me fiches la trouille, Nellie.

– Si ça peut te consoler, à moi aussi, je me fiche la trouille. Alors, cette sortie au ciné?

– Oui, pourquoi pas?

– Mardi?

– Mardi.»

C'est dans la petite arrière-cuisine, que le fils dégingandé de Jack, maintenant âgé de quatorze ans, parvint enfin à coincer son parrain, Leo Kritzky. «Tu suis les audiences de la Commission judiciaire? questionna le gamin.

– Il faudrait être aveugle et sourd pour ne pas les suivre, répondit Leo.

– Tu crois qu'ils vont prononcer l'*impeachment* contre Nixon?

– Ça ressemble de plus en plus à une possibilité. Surtout si la Cour suprême contraint le Président à livrer ses enregistrements.

– Explique-moi quelque chose, Leo.» Anthony écarta de ses yeux une mèche d'un roux flamboyant. «Pourquoi Nixon a-t-il été assez stupide pour enregistrer toutes ses conversations dans le bureau Ovale, y compris celles qui prouvent qu'il était impliqué dans cette affaire du Watergate?»

Leo haussa une épaule. «Ce doit être une question de personnalité, j'imagine. Nixon sent que l'establishment de l'Est le déteste. Il a tendance à relever les ponts levis et à se retrancher à la Maison-Blanche en se torturant au sujet de ses ennemis, réels ou imaginaires. Ces bandes sont peut-être sa manière à lui de se torturer pour la postérité.

– Tu as déjà rencontré Nixon, Leo?

– Plusieurs fois. Il m'a fait venir pour le mettre au courant de certaines questions précises relevant de la Division soviétique.

– Comme quoi?»

Leo dut sourire; il était très attaché à son filleul et ne pouvait s'empêcher d'admirer son incessante curiosité, même quand les questions étaient hors de propos. «Tu sais bien que tu ne devrais pas me demander ce genre de choses, Anthony.

– Mais je ne suis pas un espion russe, bon sang. Tu peux me faire confiance.

– Je ne crois pas que tu sois un espion russe. Mais je ne te dirai pas de choses que tu n'as pas à savoir. C'est comme ça qu'on fonctionne, à la Compagnie.

– J'ai décidé que j'entrerai à la Compagnie dès que j'aurai fini la fac, déclara le garçon. Avec mes deux parents qui y bossent déjà, ça devrait se faire tout seul.

– Commence par passer ton bac, jeune homme. Et puis trouve-toi une place

dans une bonne université. Passe tes diplômes supérieurs. Après ça, on verra
pour ce qui est de te faire entrer à la boîte.»

Jack McAuliffe poussa la porte de la cuisine, en quête de quelque chose à
boire. Il fit un petit signe à Anthony, toujours dans l'arrière-cuisine, attrapa
deux bouteilles de beaujolais par le col et retourna vers la salle de jeux. Jack,
qui était le chef des Opérations d'Ebby, arborait toujours sa flamboyante
moustache de Cosaque, mais sa chevelure sombre s'était raréfiée au sommet
de son crâne, et sa silhouette, qui tirait autrefois vers la maigreur, s'était
nettement arrondie au niveau de la taille. Pour la jeune génération des
hommes de la Compagnie, il passait pour une légende : celui qui avait défié
les ordres en débarquant dans la Baie des Cochons... et qui ne l'avait quittée
que lorsque le commandant de la brigade avait menacé de lui tirer dessus s'il
ne partait pas.

«Où en étions-nous? questionna Jack en servant du vin dans les verres
tendus.

– On en était aux plages de la Baie des Cochons, lui rappela un nouveau
venu à la Division soviétique.

– Et ce n'est sûrement pas là que vous aimeriez aller passer votre permission», plaisanta Jack. Les jeunes officiers émirent un rire appréciateur en
rapprochant leur chaise.

«L'invasion aurait-elle réussi si Kennedy n'avait pas réduit la première
attaque aérienne et annulé la seconde? questionna une jeune femme au visage
grave.

– Sans doute pas, répondit pensivement Jack. Mais Khrouchtchev aurait
peut-être réfléchi à deux fois avant d'installer des missiles à Cuba s'il n'avait
pas été convaincu que Kennedy était une poule mouillée.

– Êtes-vous en train de dire que Kennedy est responsable de la crise des
missiles cubains?» voulut savoir un jeune homme.

Jack pivota sur son tabouret. «Khrouchtchev est responsable, pour avoir
voulu rompre l'équilibre des forces dans cet hémisphère en installant des
missiles à Cuba. Et Kennedy porte sa part de responsabilité pour avoir laissé
Khrouchtchev penser qu'il pourrait s'en tirer comme ça.»

Ebby vint faire un tour en bas et se joignit au débat improvisé. Un cadre
moyen de la Compagnie, spécialisé dans l'analyse des paquets d'après leur
forme, leur taille, leur poids et les indications figurant dessus, interrogea le
DD-O sur le rôle de la CIA dans la révolution hongroise de 1956. Ebby, assis
sur le bord de la table de ping-pong, expliqua qu'on l'avait envoyé à Budapest pour convaincre les anticommunistes hongrois de ne pas se soulever, du
moins pas tant qu'on n'avait pas fait le travail préparatoire nécessaire à une
révolution. Jack raconta le jour où Millie et lui avaient repéré Ebby franchis-
sant la frontière autrichienne avec un groupe de réfugiés. «Le DD-O était

Frank Wisner, à l'époque, dit-il. Il en a eu les larmes aux yeux quand il a vu qu'Ebby s'en était sorti vivant.

– Et qu'est devenu Wisner ?» demanda quelqu'un.

Ebby et Jack évitèrent de se regarder. «La Hongrie l'a brisé, dit enfin Ebby. Il est devenu ombrageux et puis, au bout d'un moment, carrément dépressif. C'est même devenu assez grave pour qu'on le fasse entrer dans une clinique psychiatrique de Baltimore, où on a diagnostiqué une folie psychotique – ce qui revient à dire qu'il était maniaco-dépressif avec des rêves de grandeur. Les médecins ont même pensé que ses grands desseins – l'idée de refouler le communisme en Europe de l'Est – étaient en fait les premiers symptômes de la maladie. Le Wiz a été traité par électrochocs, ce qui a mis fin à la dépression en cours, mais n'a pu empêcher l'apparition d'une nouvelle. Lorsqu'il a pris sa retraite...

– En 1962, précisa Jack.

– ... il ne mangeait même plus deux fois dans le même restaurant de crainte que l'établissement ne soit surveillé par le KGB. Et puis, il y a neuf ans... »

Jack finit l'histoire à la place d'Ebby. «En 1965, le Wiz vivait dans sa ferme du Maryland. La famille avait caché toutes ses armes à feu... mais un jour, il a trouvé un fusil de chasse – Jack aspira l'air par les narines – et il s'est tué.

– C'est le Wiz qui m'a recruté, dit Ebby aux jeunes gens devant lui. C'est le Wiz qui m'a botté le derrière quand j'ai perdu de vue l'objectif principal. C'était un homme passionné doué d'une grande intelligence et d'une énergie sans limite. Je suis fier de l'avoir connu – fier d'avoir fait la guerre froide avec lui.

– C'est un des héros méconnus de l'Amérique », renchérit Jack.

En début de soirée, la pluie diminua, laissant les officiers de la Division soviétique et leurs femmes s'éparpiller vers les salles de cinéma. Manny retourna passer la nuit à Langley pour faire sa garde au Centre des Opérations. Leo, Jack et Ebby sortirent une bouteille de whisky pour un dernier verre dans l'antre de Leo, au premier étage de la maison. On entendait en bas leurs épouses remettre de l'ordre. Leo regarda ses deux amis. «Qui sera le premier à mettre le sujet sur le tapis ? demanda-t-il.

– Tu veux parler de Giancana, je suppose, fit Ebby.

– Harvey Torriti m'a appelé de Santa Fe quand il a vu l'article dans le journal, déclara Jack.

– Qu'est-ce qu'il en pense ? s'enquit Ebby.

– Ça ressemble vraiment à un coup de la mafia – soulever le couvercle de la bouche d'égout pour couper le système d'alarme, précision métronomique de l'attaque, neutraliser tout le monde avec un gaz neurotoxique non identifié, Giancana attaché sur son lit avec un oreiller sur la figure et sept trous de balles dans l'oreiller.

– J'entends déjà le *mais* arriver, commenta Leo.

– Il y a bien un *mais*, et c'est la disparition de Rosselli. Le Sorcier dit que la coïncidence est un peu trop grosse pour en être une – les deux caïds de la Cosa Nostra qui ont essayé de liquider Castro pour nous et qui se font descendre en même temps.

– Il suppose donc que Rosselli est mort », remarqua Ebby.

Jack ricana. « Les gens comme Rosselli ne disparaissent pas comme ça, nom de Dieu. Il a quitté l'appartement d'une femme à minuit. La police a retrouvé sa voiture abandonnée dans un parking non loin des quais de North Miami Beach. Les portières étaient grandes ouvertes, la clé de contact se trouvait sur le tableau de bord et il y avait un revolver bon marché dans la boîte à gants. D'après le Sorcier, la rumeur publique donne Rosselli mort.

– Ça pourrait être Castro, fit remarquer Ebby.

– Fidel savait que la Compagnie essayait d'avoir sa peau, dit Leo. Et il connaissait nos intermédiaires.

– Si Castro est derrière le meurtre de Giancana et la disparition de Rosselli, commenta Ebby, ça n'augure rien de bon... »

L'un des deux téléphones sonna sur le bureau de Leo. Leo décrocha. « Kritzky. » Il se pencha pour appuyer sur la touche « Brouilleur » et écouta un moment. « Mettez ça sur le rapport du Président, mais signalez qu'il s'agit de source HUMINT pour qu'il ne croie pas qu'il s'agisse d'une fuite des services du chiffre. » Il écouta encore. « On prend l'avion à Dulles cette nuit. À moins que la troisième guerre mondiale n'éclate, je serai hors circuit pour quinze jours... Merci, j'en ai bien l'intention. » Leo raccrocha. « L'antenne de Vienne tient d'un journaliste russe que l'Inde va procéder à un essai nucléaire avec une bombe de dix kilotonnes avant la fin du mois.

– Ça va remettre la question de la prolifération de l'arme atomique sur le devant de la scène, hasarda Ebby. On va avoir droit aux prises de tête habituelles genre "lâchez tout ce que vous êtes en train de faire", de chez Kissinger, au sous-sol de la Maison-Blanche.

– Revenons à nos signes de mauvais augure, fit tranquillement Jack.

– Vous vous rappelez ce que Castro est censé avoir dit, après la Baie des Cochons ? demanda Ebby. Quelque chose du genre que les dirigeants américains devraient avoir à l'esprit que s'ils envoyaient des terroristes éliminer des dirigeants cubains, eux-mêmes ne seraient plus en sécurité.

– J'ai l'impression de marcher sur des œufs chaque fois qu'on aborde ce sujet, admit Leo.

– C'est un mystère qui ne sera jamais vraiment éclairci, commenta Jack.

– C'est peut-être mieux comme ça, fit Ebby. Il vaut mieux parfois ne pas réveiller le chat qui dort.

– Adelle a répété quelque chose que Lyndon Johnson lui a dit juste après l'assassinat de Kennedy à Dallas », dit Leo. Il remua les glaçons dans son verre avec la lame d'un coupe-papier. « Kennedy essayait d'avoir la peau de Castro, mais Castro l'a eu avant.

– Si Johnson avait eu le moindre fragment de preuve solide, ça serait sorti quand la commission Warren enquêtait sur l'assassinat, commenta Ebby. Je crois qu'il se fiait juste à son instinct.

– La commission Warren n'a été qu'une grosse plaisanterie, dit Jack. Vous vous rappelez quand Harvey Torriti a témoigné à huis clos ? Il n'a pas soufflé mot des liens de la Compagnie avec la Cosa Nostra ni des tentatives d'assassinat contre Castro. Il ne leur a pas dit qu'on avait vu Oswald se rendre à l'ambassade soviétique de Mexico quelque temps avant de tuer Kennedy ; ni qu'Oswald avait vu un spécialiste du 13ᵉ département des affaires mouillées du KGB, un certain Valery Kostikov qui avait des liens avec des gens proches de Castro. » Jack ne put que rire. « J'ai demandé un jour à Harvey pourquoi il n'avait rien dit de tout ça à la commission Warren. Et vous savez ce qu'il a répondu ? Parce qu'on ne me l'a pas demandé. »

Mal à l'aise, Ebby secoua la tête. « À supposer que c'est Castro qui a eu la peau de Giancana et de Rosselli, la question est : est-ce que c'est lui aussi qui a eu celle de Kennedy ?

– Fidel écrira peut-être un jour ses mémoires, répliqua Leo. Et il nous donnera peut-être la réponse. »

Ebby regarda Leo. « Vous allez où, Adelle et toi ?

– Tu changes de sujet, accusa Jack.

– On part dans la vallée de la Loire, répondit Leo. On va faire les châteaux à vélo. On se régalera de ces délicieux repas français, et puis on pédalera toute la journée pour les faire passer.

– À quand remontent tes dernières vacances ? demanda Ebby.

– On a fait dix jours de cyclotourisme en Nouvelle-Écosse au mois de septembre d'il y a deux ans, récapitula Leo. Ça donne quoi ? Ça fait vingt mois ?

– Tu mérites bien une pause, assura Ebby.

– Tessa et Vanessa partent avec vous ? s'enquit Jack.

– Pour les jumelles, il n'y a pas de meilleures vacances que de garder le fort pendant que les parents sont partis », dit Leo.

Ebby se leva et s'étira. « Je suppose qu'on ferait mieux de mettre une équipe sur l'affaire Giancana-Rosselli, dit-il à Jack. Au cas où Castro aurait laissé quelques empreintes.

– L'absence d'empreintes est aussi une empreinte, dit Leo.

– Tu es censé être en vacances », répliqua Jack.

Manny s'installa au poste de commandement, dans l'arène du vaste Centre des Opérations, ôta ses souliers et posa ses pieds en chaussettes sur un bureau couvert de téléphones stériles. Il connaissait des façons plus tentantes de passer la soirée que ces gardes de nuit, qui lui échouaient une fois tous les vingt et un jours ; il aurait préféré aller voir *Frankenstein Junior* avec Nellie. Finir de rédiger les rapports en retard permettait de passer assez vite les deux premières heures, mais l'ennui ne tardait jamais à s'installer ; pour tenir toute la nuit, la douzaine d'hommes de quart avait le plus souvent recours aux exemplaires dépenaillés de romans d'espionnage sur la guerre froide rangés dans une bibliothèque, à côté du distributeur d'eau potable.

Cette nuit ne semblait pas devoir faire exception à la règle. Manny commença par parcourir l'exemplaire à bord bleu du très confidentiel *National Intelligence Daily* qui sortait tout juste de l'imprimerie du sous-sol pour être distribué le lendemain matin. Derrière lui, des techniciens du bureau de Sécurité en combinaison blanche virginale, inspectaient les dispositifs qui faisaient vibrer les vitres des fenêtres pour empêcher le KGB d'écouter les conversations avec des rayons laser. Des téléviseurs alignés sur une étagère étaient branchés sur les chaînes principales pour visionner les dernières nouvelles. Des officiers subalternes des diverses directions, assis autour d'une gigantesque table ovale, suivaient les câbles de la nuit en provenance des antennes du monde entier, les triaient suivant leur degré de classification et déposaient les plus urgents dans la corbeille de l'officier de service. Manny jeta un coup d'œil sur la pendule – il lui restait dix heures et demie à tenir avant la relève – et, étouffant un bâillement, s'attaqua à la pile de la corbeille pour vérifier qu'il ne fallait pas tirer du lit quelqu'un du sixième étage de Langley.

La première fournée de câbles donnait l'impression de pouvoir attendre l'arrivée normale des responsables, le lendemain matin. Il y avait un rapport du Caire signalant un grand remaniement au sein du Moukhabarat, les services secrets égyptiens – le Président Anouar al-Sadate y faisant entrer des personnalités connues pour leur loyauté envers lui.

L'antenne de Beyrouth intervenait une fois de plus pour prévenir que le Liban était au bord de la guerre civile entre fondamentalistes islamiques et les Arabes chrétiens ; l'Organisation de Libération de la Palestine de Yasser Arafat, bien implantée dans les grands camps de réfugiés, stockait des armes et prétendait faire du nord du Liban une rampe de lancement pour des attaques en Israël. L'antenne de Saigon sonnait le gong (pour reprendre l'argot de la Compagnie) : la situation au Viêtnam évoluait plus vite que prévu ; la CIA travaillait avec la Marine afin de prévoir l'évacuation de mille cinq cents civils américains par hélicoptères au cas où les unités de l'armée régulière du Nord parviendraient à forcer les lignes sud-vietnamiennes et prendraient d'assaut la capitale. L'antenne de Paris prédisait la victoire du gaulliste Valéry Giscard d'Estaing sur le socialiste François Mitterrand au second tour des élections qui devaient se tenir dans une semaine. L'antenne de Lisbonne s'inquiétait de ce que les communistes de la junte militaire de gauche qui avait pris le pouvoir dans un coup d'État le mois précédent ne transmettent des secrets de l'OTAN à Moscou.

À vingt-deux heures, la lumière verte au-dessus de la porte du Centre des Opérations se mit à clignoter. Le garde armé en faction regarda par la vitre teintée puis lança : « Café ! » Ravis de la diversion, les quelque douze officiers et secrétaires de service se glissèrent dans le couloir par la porte entrouverte et revinrent avec des beignets et des tasses de café fumant. Manny enfila ses souliers et fit la queue devant le chariot. Il se servit une grande tasse de café et un beignet à la confiture, puis revint vers l'arène. De l'autre côté de la salle, la jeune femme chargée du standard téléphonique retira ses écouteurs et annonça : « M. Ebbitt, j'ai un appel sur une ligne non protégée d'une dame qui demande à parler à un responsable. Elle dit que c'est une question de vie ou de mort.

– Passez-la-moi sur ma ligne extérieure », fit Manny. Il décrocha le téléphone vert. « Oui ? »

La voix tendue de son interlocutrice jaillit du combiné. « Il doit y avoir un responsable de garde. Il faut que je lui parle, vite.

– Vous voudriez avoir l'amabilité de décliner votre nom et l'objet… », commença Manny, mais la femme l'interrompit. « Pour l'amour de Dieu, ne jouez pas à ce petit jeu avec moi. La vie d'un homme dépend de ce coup de fil. Nous n'avons pas beaucoup de temps – il doit être de retour à son ambassade avant vingt-trois heures. Passez-moi quelqu'un qui soit habilité à agir. »

Manny se redressa sur son siège et appuya sur le bouton « Enregistrement » du magnétophone branché sur la ligne. « Vous parlez à l'officier de garde, madame. »

La femme au bout du fil prit une profonde inspiration. « D'accord, voilà l'affaire. Je m'appelle Agatha Ept. E-P-T, comme dans *inepte*, mais sans le *in* et le *e* final. Je travaille au Bureau d'enregistrement des brevets. Vendredi de la semaine dernière, j'ai rencontré ce diplomate russe à une réception du Smithsonian – on y donnait l'avant-première d'un spectacle honorant cent ans d'inventions américaines. Le Russe m'a dit qu'il était attaché politique. Il s'y connaissait visiblement beaucoup en inventions, et on a commencé à discuter. Il m'a demandé si on pouvait se revoir, et je me suis dit : où est le mal ? Alors on s'est retrouvés dimanche dernier à déjeuner dans un des restaurants du Kennedy Center. » La femme couvrit le micro pour parler à quelqu'un dans la pièce. Manny l'entendit cependant dire : « J'y arrive. » Elle revint sur la ligne. « Où en étais-je ? »

Manny apprécia le son de la voix – bien qu'un peu nouée, elle gardait tout de même une sorte de décontraction. Il crut même surprendre une pointe d'humour dans ses intonations, un peu comme si la situation ne lui déplaisait pas ; comme si appeler la CIA constituait une aventure plutôt plaisante. « Vous déjeuniez au Kennedy Center, dit-il.

– C'est ça. Alors, mon ami russe…

– Vous ne voulez pas me donner son nom ?

– Il m'a expressément demandé de ne pas le faire au téléphone. Alors nous avons bavardé de choses et d'autres et puis chacun a repris son petit bonhomme de chemin. Et voilà que ce soir, vers huit heures et demie, on sonne à l'interphone. Et devinez quoi ? C'était lui. Je ne sais pas comment il avait trouvé mon adresse parce que je suis sur liste rouge. Il était dans l'entrée, en bas, et il me suppliait de le laisser monter. Il m'a dit que c'était une question de vie ou de mort, ce qui, vu la situation, n'est peut-être pas exagéré. J'ai ouvert la porte et il est monté. Bon, en bref, ce qu'il veut, c'est l'asile politique. Il dit que les Russes n'ont pas beaucoup de contacts avec les Américains et que j'étais la seule personne vers qui il pouvait se tourner. Il m'a demandé d'appeler la CIA pour lui – il voudrait rester en Amérique, contre quoi il est prêt à vous livrer des informations.

– Quelle sorte d'informations ? »

Manny entendit Ept répéter la question au Russe : « Il veut savoir quelle sorte d'informations vous êtes prêt à lui livrer ? »

Manny perçut une voix masculine dotée d'un fort accent chuchoter d'un ton pressé tout près d'elle. La femme reprit : « Il dit qu'il a beaucoup de secrets à livrer. Bon, qu'est-ce que je fais, maintenant ? »

– Ce que vous allez faire, répondit Manny, c'est me donner votre numéro de téléphone et votre adresse. Vous ne bougez pas. Vous préparez du café et bavardez un peu en m'attendant. D'accord ?

– Il faut bien que je sois d'accord. Je n'ai pas l'impression d'avoir tellement le choix, si ? »

Manny griffonna nom et adresse sur un calepin, puis les relut à voix haute pour qu'elle confirme. Agatha voulut avoir son nom. Il lui dit qu'elle pouvait l'appeler Manny. Elle rit et dit qu'elle aurait préféré son vrai nom, mais que c'était d'accord pour Manny. Elle lui demanda quel était son signe astrologique, et lorsqu'il lui dit qu'il était Capricorne, elle poussa un soupir de soulagement. Le Russe qui attendait chez elle était Vierge, expliqua-t-elle. Elle-même était Taureau ascendant Capricorne, ce qui signifiait qu'ils étaient tous trois des signes de terre et s'entendraient très bien. Manny était en période de chance, assura-t-elle ; Jupiter venait d'entrer en Taureau et s'apprêtait à former un sextile avec Vénus en Vierge. Tout projet qu'ils entreprendraient ensemble dans les dix jours à venir avait donc d'excellentes chances d'aboutir. « Vous me plaisez bien, Agatha. Attendez-moi. »

Il coupa la communication et gueula : « Marv, je veux deux voitures et six hommes du service de Sécurité armés et en civil dans le garage dans dix minutes. Waldo, donne-moi un topo sur une Américaine nommée Ept, ça s'écrit *E-P-T*, prénom Agatha, elle travaille au Bureau d'enregistrement des brevets. » Il prit le téléphone rouge et la fiche couverte de numéros non répertoriés que même la Compagnie du téléphone ne pouvait localiser, et composa l'un d'eux. Après quatre sonneries, le chef des opérations du DD-O, Jack McAuliffe, décrocha. «Monsieur McAuliffe, ici Manny Ebbitt, officier de garde au Centre des Opérations...

– Qu'est-ce que c'est que ce monsieur McAuliffe, Manny ?

– C'est un coup de fil officiel, Jack, alors j'ai pensé...

– Tu as mal pensé. Qu'est-ce qui se passe ?

– On dirait bien qu'on a un transfuge.» Il relata alors l'appel de l'Américaine qui disait travailler pour le Bureau d'enregistrement des brevets ; il parla de l'attaché russe qui demandait l'asile politique contre des informations pas encore définies. Waldo arriva au pas de course et fourra un papier sous les yeux de Manny. «J'ai confirmation pour l'Américaine, Jack... Ept, Agatha, quarante-deux ans, divorcée, chercheur membre du Bureau américain d'enregistrement des brevets depuis neuf ans. Normalement, je devrais en référer à mon chef de division, mais, comme tu dois le savoir, Leo est dans l'avion qui l'emmène en Europe, alors j'ai décidé de me reporter sur toi.»

Jack, qui avait vu son premier transfuge dans une planque de Berlin située au-dessus d'un cinéma une éternité plus tôt, et qui en avait traité personnellement une demi-douzaine depuis, fut aussitôt à son affaire. «C'est bon, tu as mon autorisation pour parler au Russe. Assure-toi que ce n'est pas un journaliste qui voudrait jouer au plus malin avec la Compagnie. S'il est vraiment russe, s'il est vraiment diplomate, s'il a vraiment accès à des secrets, rentre dans son jeu. Essaie de te faire une idée ce qu'il a à offrir ; vois ce qu'il veut en échange. Ne t'avance pas. N'engage pas la Compagnie. Garde à l'esprit que s'il est authentique, le mieux, de notre point de vue c'est de le convaincre de rester comme agent en place à l'ambassade soviétique, du moins jusqu'à la fin de son affectation. Garde à l'esprit aussi que même s'il a l'air d'être authentique, c'est peut-être quand même un agent ennemi envoyé pour nous faire avaler des salades. Si tu es convaincu, dis-lui d'appeler l'Américaine en milieu de semaine. Comme tous les diplomates russes travaillent pour le KGB, directement ou indirectement, il pourrait prétendre avoir une liaison avec cette femme pour mettre la main sur des brevets américains. On pourrait d'ailleurs lui en donner quelques-uns. Les Russes qui surveillent le personnel de l'ambassade devraient pouvoir gober ça.»

Marv revint au Centre des Opérations et indiqua avec deux doigts que les voitures attendaient au sous-sol. «Bon, j'y vais, annonça Manny.

– Tu prends des renforts ?

– Deux voitures. Six personnes.

– Répartis-les dans le coin pour être sûr que tu ne mets pas les pieds dans un nid de vipères. Prends un homme avec toi dans l'immeuble, juste au cas où. Enregistre la conversation avec le Russe s'il ne s'y oppose pas. Rappelle-moi dès que tu sortiras. J'avertis ton père et le contre-espionnage. Angleton voudra être tenu au courant. On se retrouvera tous dans le bureau du DD-O à la première heure demain matin pour voir si ça vaut le coup de continuer. »

Manny fit signe à Waldo de le remplacer au poste de commandement, prit son veston sur le dossier d'une chaise et un magnétophone à piles sur une étagère puis fonça vers la porte.

Pour une fois, la longue nuit de garde se révélait plus fascinante que les romans d'espionnage sur la guerre froide.

Agatha Ept habitait un immeuble de cinq étages tout simple construit, d'après la date figurant au-dessus de la porte, en 1946, soit une époque où les GI de retour de la guerre affluaient dans la région de Washington. Situé au cœur d'un quartier petit-bourgeois à l'extérieur de la Beltway, à un jet de pierre de Rockville, avec d'horribles escaliers de secours accrochés comme des parasites à ses murs de briques, l'immeuble n'échappait à la catégorie des taudis que grâce au soin maniaque avec lequel il était tenu. Il y avait des haies taillées avec précision de chaque côté d'une grosse porte en verre ouvrant sur un vestibule sans recoins et bien éclairé, lequel donnait sur une autre porte de verre qu'il convenait d'ouvrir avec une clé ou par l'interphone. Cinq des gardes du corps du service de Sécurité, reliés par talkie-walkie, s'étaient silencieusement répandus autour de l'immeuble pour couvrir l'entrée principale et celle de service, le garage en sous-sol et les petits coins négligés et mal éclairés sous les deux échelles d'incendie. Le sixième garde resta collé à Manny tandis que celui-ci appuyait sur le bouton chromé devant le nom « Ept, A ».

Une voix de femme résonna presque instantanément dans l'interphone. « Qui est là ? s'enquit-elle.

– C'est celui avec qui vous avez parlé tout à l'heure, répondit Manny.

– Marty ? »

Manny se dit qu'il avait affaire à une petite futée. « Pas Marty. Manny.

– Quel est votre signe, Manny ? »

Le garde de la Sécurité se tapa l'index contre le front pour indiquer que la femme n'avait peut-être pas toute sa tête. « Je suis Capricorne non pratiquant, répondit Manny.

– Vous ne savez pas ce que vous ratez. Je suis au quatrième étage, deuxième porte à droite en sortant de l'ascenseur. »

La serrure bourdonna dans la porte de verre. Manny et son garde pénétrèrent dans l'immeuble. Agatha, qui attendait devant la porte de son appartement quand ils sortirent de l'ascenseur, s'avéra être une grande femme souple aux yeux brillants et aux traits délicats. Elle afficha un sourire nerveux et donna l'impression d'avoir plus que son compte de dents. « Lequel de vous est le Capricorne non pratiquant ? Et peut-on me dire qui est l'autre ? questionna-t-elle.

– Je suis Manny, et c'est ma protection rapprochée, expliqua Manny.

– Il ne peut pas entrer, déclara Agatha sur un ton catégorique. Mon Russe dit qu'il ne veut parler qu'à vous et à personne d'autre.

– Laissez-moi jeter un coup d'œil, proposa le garde et si tout a l'air O.K., j'attendrai sur le palier.

– Est-ce que j'ai le choix?» demanda Agatha à Manny.

Il fit la grimace.

«D'accord, mais rapide.»

Agatha laissa les deux hommes entrer et referma la porte derrière eux avec la chaîne de sûreté. Le garde ignora le Russe, qui l'observait depuis le coin cuisine, et entreprit d'ouvrir les portes et de passer la main sous les tables et le long des bras de fauteuils. Il disparut dans la chambre à coucher, puis ressortit et fit signe à Manny. Si vous avez besoin de moi, je serai dans le couloir, dit-il.

Manny s'avança vers l'attaché politique et lui tendit la main. «Je m'appelle...» commença-t-il en russe.

Le Russe serra fermement la main tendue et répondit en russe. «Vous êtes donc le Manny qui nous a parlé au téléphone. Je suis Serguéï Semionovitch Koukouchkine.»

Manny posa le magnétophone sur une table basse et voulut ouvrir l'étui de cuir. «Qu'est-ce que vous voulez faire avec cet appareil? s'enquit le Russe.

– Je voudrais enregistrer cette conversation.»

Le Russe secoua énergiquement la tête; ses longs cheveux vaguement blonds déjà ébouriffés volèrent en tous sens. «*Niet, niet.* S'il vous plaît. Ça, je ne veux pas.»

Manny regarda Agatha. «Cela vous ennuierait? demanda-t-il en montrant la porte de la chambre d'un signe de tête.

– Cela m'ennuierait si je pensais que quelqu'un pourrait le remarquer.» Elle eut un sourire encourageant pour le Russe et disparut dans la chambre.

Koukouchkine prit un verre rempli d'un liquide orangé sur le plan de travail de la kitchenette. «Jus des carottes, dit-il en le levant. Vous voulez?»

Manny fit non de la tête. «J'espérais que ce serait du whisky.

– La dame est végétarienne», dit tristement le Russe.

Manny lui désigna le canapé, et lui-même prit place sur un siège juste en face. Il voulut vérifier l'anglais de Koukouchkine. «Où les chiens de garde de l'ambassade soviétique vous croient-ils en ce moment?»

Koukouchkine parut un peu perdu. «Les chiens, quels chiens?

– Les gens de la Sécurité? Votre SK?

– Ahhhh. Les chiens de garde. Je dis que je vais au cinéma.

– Pour voir quel film?

– *Frankenstein Junior.*

– C'est censé finir à quelle heure?

– Onze heures moins vingt. Le bus ramène moi à l'ambassade vers onze heures, onze heures et quart. »

Manny consulta sa montre. « Cela nous donne quarante minutes si on vous dépose à un arrêt de bus près du cinéma. Vous connaissez l'intrigue de *Frankenstein Junior* ?

– Je connais assez. J'ai lu critique du film dans journal. »

Manny examina le Russe. Il devait avoir dans les quarante-cinq ans, de taille moyenne, plutôt bel homme dans le genre rude, avec les épaules massives et le corps râblé d'un lutteur. Il avait le regard franc et direct. Son seul signe extérieur de nervosité était l'ongle de son majeur qui donnait de petits coups incessants contre l'ongle de son pouce.

Manny eut la sensation désagréable de traiter avec un professionnel. Il revint au russe. « Agatha a dit que vous étiez attaché politique... »

Koukouchkine eut un sourire amer. « C'est ma couverture diplomatique. En réalité, je m'appelle Klimov. Sergueï Klimov. J'ai temporairement le grade de capitaine au KGB. » Les ongles du Russe s'entrechoquaient comme un métronome. « Pour vous parler franchement, je m'attendais à rencontrer quelqu'un de plus expérimenté. Vous êtes trop jeune. Si j'avais besoin d'être opéré du cerveau, je ne voudrais pas d'un jeune chirurgien. » Il ajouta en anglais : « Le même raisonnement vaut pour les espions.

– Je suis assez expérimenté pour m'occuper de ça, je vous assure. Vous voulez me résumer votre parcours ? »

Koukouchkine acquiesça à contrecœur. « J'ai commencé par étudier modèle politique capitaliste. Avant affectation à Washington, je travaillais pour direction S de Première Direction principale, qui s'occupe de gestion des officiers du KGB et des agents illégaux à l'étranger. Pendant ces années-là, j'ai eu beaucoup, beaucoup câbles entre mes mains. Je suis arrivé à Washington il y a quatorze mois. Mon travail principal à Washington est analyse des relations entre votre Maison-Blanche et les deux sections de votre Congrès. Il reste sept mois à passer avant fin de mon service normal ici, mais périodes d'affectation peuvent parfois aller jusqu'à deux ans et demi ou trois ans si SK d'accord.

– Vous voulez passer à l'Ouest ? demanda prudemment Manny.

– Je veux l'asile politique en Amérique. » Le Russe semblait sur le point de vomir. « Pour moi, ajouta Koukouchkine. Pour ma femme. Et pour ma fille de sept ans.

– Pourquoi ?

– Je ne comprends pas votre *pourquoi*.

– Qu'est-ce qui vous a décidé à vouloir passer à l'Ouest ?

– Écoutez, je comprends que motivations sont importantes pour que vous pouvez déterminer si je suis faux ou vrai transfuge, mais nous n'avons pas beaucoup temps pour ça ce soir. Je peux vous dire qu'une des ironies de guerre froide, c'est que agents du KGB, en particuliei ceux qui ont été en poste à l'Ouest, ont une meilleure compréhension des forces et des faiblesses du monde capitaliste que la moyenne des Russes. J'en suis preuve vivante. Je suis déçu par corruption, par inefficacité de notre République socialiste soviétique. Je crois dans la Mère Russie, pas dans Russie des Soviets.» Koukouchkine se pencha en avant et parla avec une passion étouffée. «Je vous dirai franchement qu'il existe autre raison. Ma femme est malade du cœur, elle prend médicaments depuis nombreuses années. Elle est traitée par médecins russes à l'ambassade. Je veux qu'elle ait médecin américain et traitement américain.

– Depuis combien de temps êtes-vous déçu?»

L'une des grandes mains de Koukouchkine quitta ses genoux, paume en l'air. «Déception n'est pas quelque chose qui pousse dans une nuit, comme champignon. C'est quelque chose qui croît pendant des années et des années, et qui finit par empoisonner votre cerveau et votre cœur.

– Étiez-vous déjà déçu quand vous êtes arrivé à Washington, il y a quatorze mois? Votre femme avait-elle déjà besoin d'un traitement médical quand vous êtes arrivé ici?»

Le Russe hocha la tête avec méfiance. Il ne voyait pas très bien où ces questions pouvaient mener.

Manny s'avança jusqu'au bord de la chaise. «Pourquoi n'avez-vous pas voulu passer à l'Ouest il y a quatorze mois?»

Koukouchkine quitta Manny des yeux pour la première fois. «*Nié vozmojno!*» dit-il à voix basse, prononçant ces mots avec intensité.

Manny insista. «Pourquoi était-ce impossible?

Ses ongles s'entrechoquant dans le silence, le Russe étudia un instant la question. «Le *rezident* du KGB à Washington, Borissov, est camarade de l'université Lomonossov – pendant deux ans, nous avons partagé chambre. Le *rezident* est très libre avec moi, il me raconte beaucoup de choses quand nous buvons whisky dans son bureau, tard dans la nuit. Par lui, je sais que KGB a ce que vous appelez taupe dans votre CIA, et que son nom de code est SACHA. Ce SACHA occupe poste très important – une des grandes mains de Koukouchkine parut gravir les échelons d'une échelle – à haut niveau de votre organisation. Impossible de passer à l'Ouest pendant que SACHA se trouve à Washington – il aurait été un des premiers de la CIA à l'apprendre et il aurait prévenu notre SK. Pour le Russe qui veut passer à l'Ouest, pour sa famille… – il fit mine de se trancher la gorge avec son index – c'est *kaput*.»

Si jamais Koukouchkine était authentique, Manny se dit qu'il avait mis la main sur une mine d'or. «Vous prétendez donc que SACHA n'est *pas* à Washington en ce moment?»

Le Russe hocha la tête, la mine sombre. «Borissov m'a dit que SACHA et intermédiaire à lui étaient tous les deux partis de Washington.»

Manny demanda d'une voix calme : «Pouvez-vous identifier SACHA?»
Les ongles de Koukouchkine cessèrent leur danse. «Je ne pense pas que même notre *rezident* peut identifier SACHA, il connaît seulement son existence à lui. Mais vous savez déjà que SACHA n'est pas à Washington en ce moment. Je peux vous donner autres détails... je peux vous dire dernière fois où il n'était pas à Washington. Je peux vous donner initiale de son nom de famille et aussi un autre détail important de sa biographie. Contre l'asile politique pour moi et pour ma famille, je suis prêt à vous aider à réduire beaucoup votre liste des suspects.»

«Vous vous connaissez? demanda le DDI, Bill Colby, alors que le chef légendaire du contre-espionnage, James Jesus Angleton, pliait précautionneusement son corps fragile sur une chaise en tête de table.

– Nous ne nous sommes jamais rencontrés», murmura Angleton.

Jack McAuliffe fit les présentations. «C'est Manny Ebbitt – l'une des étoiles montantes de la Division soviétique.

– C'est un honneur de faire votre connaissance, monsieur Angleton», dit spontanément Manny.

Angleton examina Manny de son œil sombre de Mexicain. «Ainsi, vous êtes le fils d'Elliott», dit-il.

De sa place, près de Colby, Ebby, tendu, répliqua : «Oui, c'est ça.

– Chacun sa croix», plaisanta Jack dans l'espoir de détendre l'atmosphère. Personne ne sourit.

Réprimant une toux de fumeur invétéré, Angleton pencha la tête et alluma une cigarette au mégot de la précédente dont le bout incandescent touchait presque ses lèvres déshydratées. «J'aimerais bien qu'on commence, fit-il avec impatience. Je suis censé faire mon rapport au comité consultatif du renseignement extérieur du Président à onze heures.»

Manny se sentait vraiment intimidé de se trouver en présence de la légende institutionnalisée dont le nom de code maison était Maman. Depuis plus de vingt ans, Angleton menait sa veille solitaire, retournant chaque pierre pour dénicher le ver de la trahison ; il attribuait tous les échecs de certaines opérations à la présence d'une taupe au sein de la Compagnie, tous les succès d'autres opérations aux efforts diaboliques de Starik pour faire progresser la carrière de sa taupe. À la Division soviétique où travaillait Manny, on ne parlait de Maman qu'à voix basse. Certains se vantaient de l'avoir aperçu dans un couloir, spectre voûté, crispé, grisâtre, qui hantait Langley avec les mains derrière le dos et une lueur absente dans le regard. La rumeur voulait qu'Angleton ne fût plus au meilleur de sa forme, qu'il fût en sursis, incapable après un repas un peu arrosé de trier la montagne de câbles et de dossiers empilés sur son bureau. Lors des réunions régulières des pontes au sixième étage de ce que les employés de la Compagnie appelaient désormais le «Campus», Angleton se lançait dans des diatribes sur ses dernières théories. Une semaine, il prétendait que la rupture sino-soviétique et l'indépendance apparente d'un Dubček en Tchécoslovaquie, d'un Ceauşescu en Roumanie ou d'un Tito en Yougoslavie étaient l'œuvre pernicieuse des services de désinformation du KGB qui voulaient faire croire à l'Occident que le monolithe soviétique se fissurait. Une autre fois, il discourait interminablement sur le fait que son frère ennemi, Philby, qui s'était enfui à Moscou au début des années 1960 après avoir été découvert comme espion soviétique, avait refondu l'attitude et le caractère des services de renseignements soviétiques. Ceux-ci, d'après Angleton, étaient devenus sous la direction de Philby plus subtils; plus fin poignard que grosse pétoire. Angleton allait même jusqu'à voir l'œuvre de Philby quand les agents du KGB troquaient leurs pantalons informes et grosses manchettes bien reconnaissables contre des costumes sur mesure. Au sein de la Compagnie, on se plaignait non sans sarcasmes de ce que la chasse paranoïaque qu'Angleton menait contre les taupes avait paralysé les opérations soviétiques; de ce qu'il avait fait plus de mal à la Compagnie que n'importe quelle taupe aurait jamais pu en faire. Angleton avait encore ses défenseurs, mais leurs rangs semblaient se réduire un peu plus chaque année. Toute organisation de renseignements avait besoin d'un paranoïaque de service, assuraient-ils; Angleton était celui de la Compagnie. Et le fait qu'il n'ait pas déniché une seule taupe soviétique à l'intérieur de la CIA ne prouvait pas qu'il n'y en eût pas.

Colby se carra sur son siège, croisa les jambes et regarda Manny par-dessus ses lunettes. «Si vous commenciez, proposa-t-il.

– Bien, monsieur. J'ai reçu un coup de fil d'une certaine Ept, Agatha, à approximativement vingt et une heures trente-deux…

– Vingt et une heures trente pourrait à la rigueur être *approximatif.* Vingt et une heures trente-deux est une heure *précise.*»

Manny leva les yeux de ses notes, et une ombre de sourire étira ses lèvres. «Je comprends ce que vous voulez dire, monsieur. La dénommée Ept disait travailler pour le Bureau américain d'enregistrement des brevets, ce que j'ai pu vérifier…

– Vous avez pu vérifier qu'une dénommée Ept, Agatha, figurait sur la liste du personnel du Bureau d'enregistrement des brevets, corrigea Angleton. Vous n'avez pas vérifié, enfin, pas autant que je sache, que la femme qui prétendait s'appeler Ept, Agatha était bien la même Ept, Agatha que celle du Bureau américain d'enregistrement des brevets.»

Ebby ne dit rien. Colby adressa un regard à Angleton. «Vous ergotez, Jim. Pourquoi ne le laissez-vous pas finir.

– L'ergotage est mon métier, Bill», répliqua Angleton.

Ce n'était, de toute évidence, pas le grand amour entre les deux hommes, et il y avait de bonnes raisons pour cela. Peu après sa nomination au poste de DDI, en 1973, Colby avait interrompu l'une des opérations fétiches d'Angleton, nom de code HT/LINGUAL, qui obligeait les employés du contre-espionnage à lire tout le courrier de première classe qui circulait entre l'Union soviétique et New York; Colby avait argué que la charte de la CIA interdisait les opérations sur le territoire des États-Unis. Enfin, pour l'enfoncer encore un peu plus, le directeur avait procédé à des coupes claires dans l'empire d'Angleton, réduisant son personnel de trois cents personnes à quatre-vingts. Le directeur examinait à présent son patron du contre-espionnage. «Faites-moi plaisir, Jim, lui dit-il. Ergotez sur votre temps et dans votre service.» Puis Colby se retourna vers Manny et fit un signe de tête.

«Un attaché politique russe que Ept avait rencontré à une réception au Smithsonian il y a quelques semaines s'est présenté à sa porte.»

Angleton ferma les yeux et tira sur sa cigarette. «Ept est sur liste rouge. Comment le Russe avait-il son adresse?»

Jack croisa le regard d'Ebby et lui fit signe avec la paume de se calmer.

Manny regarda Angleton bien en face. «Ept m'a dit au téléphone qu'elle avait revu le Russe à un déjeuner au Kennedy Center il y a une semaine, dimanche. Quand j'ai demandé au Russe comment il avait fait pour trouver son adresse, puisqu'elle était sur liste rouge, il m'a répondu qu'il l'avait suivie chez elle après le déjeuner.

– Ceci explique cela», commenta froidement Ebby.

Manny se demanda si l'atmosphère était aussi tendue dans toutes les réunions au sommet. «Jack – monsieur McAuliffe – m'a donné l'autorisation verbale de procéder à la rencontre initiale. J'ai interrogé le Russe, à qui j'ai attribué le nom de code aléatoire de AE-barre oblique-PINACLE, dans le salon de l'appartement qu'habite Ept, près de Rockville. Ept n'a pas assisté à la conversation. Le Russe m'a bien spécifié de ne pas enregistrer ses propos.»

Angleton leva les yeux. «C'est la procédure habituelle pour les agents infiltrés. Ceux qui les envoient ne veulent pas que je puisse commencer à ergoter avant que vous n'ayez mordu à l'hameçon.

– Bon Dieu, Jim, Manny a suivi les règles, lâcha Ebby. Un transfuge authentique met sa vie en jeu. C'est normal qu'il soit nerveux. La procédure habituelle est de respecter ses désirs tant qu'ils ne vont pas à l'encontre de la sécurité.

– Merci pour ce cours lumineux sur la façon de traiter les transfuges», fit Angleton d'une voix neutre.

La mine sombre, Colby reprit: «Manny, je vous serais reconnaissant de poursuivre votre exposé.

– Oui, monsieur. AE/PINACLE s'est présenté comme étant l'attaché politique soviétique Koukouchkine, Sergueï Semionovitch, en poste à Washington pour suivre les relations entre le Congrès et la Maison-Blanche.

Il a rapidement ajouté qu'il était en réalité capitaine temporaire du KGB et s'appelait Klimov, Sergueï – Manny passa à une autre feuille de notes – lequel, en plus de ses attributions d'attaché politique, serait en mission d'ordre général pour la *rezidentura*. J'ai consulté le 201 du Fichier central ce matin. Nous avons bien un dossier sur un Klimov, Sergueï, né en 1927, ce qui lui ferait quarante-sept ans, et correspondant à l'apparence de Koukouchkine. D'après notre 201, Klimov, Sergueï, a terminé ses quatre années d'études supérieures à l'université Lomonossov de Moscou ; il a réussi son examen de rigueur sur le marxisme-léninisme avec un trois sur cinq et a obtenu une mention en modèles politiques comparatifs. Il a fait sa thèse sur le modèle républicain américain et les systèmes de freins et contrepoids qui relient les différentes branches du gouvernement. À la fin de ce cursus de quatre ans, les diplômés se présentent traditionnellement devant une commission de sélection composée de représentants des divers départements d'État et ministères – Affaires étrangères, Commerce, Syndicats, TASS, KGB, GRU, vous voyez. Klimov a dû être repéré par le KGB, parce que nous le retrouvons à la Première Direction principale où il analyse les interceptions traitant de la situation politique ainsi que les articles politiques dans la presse quotidienne et les magazines américains. À un moment, durant ce parcours, il épouse la fille d'un colonel-général de l'artillerie qui était commandant de région des bases de missiles balistiques intercontinentaux au Kazakhstan. Curieusement, il n'est pas fait mention dans notre 201 de la naissance d'une fille, quoique, si elle a aujourd'hui sept ans comme le prétend AE/PINACLE, elle ait dû naître vers cette époque. Klimov est ensuite affecté à la direction S – qui, comme vous le savez, s'occupe des illégaux soviétiques à l'étranger – puis nous perdons sa trace. Si nous décidons de reprendre contact avec lui, nous pouvons préparer des questions pour confirmer tout cela – lui demander de retrouver des noms de condisciples de l'université Lomonossov sur les listes, ainsi que de collègues et supérieurs qui travaillaient avec lui à la direction S. »

Angleton se contenta de secouer lentement la tête.

Colby demanda : « Qu'est-ce qui ne va pas, maintenant, Jim ?

– Si votre Koukouchkine est un transfuge authentique, ce qui est très improbable, il saura répondre à ces questions. Mais si c'est un agent infiltré, il saura y répondre aussi. Le fait qu'il connaisse les réponses ne prouvera rien. »

Jack promena son index sur sa moustache de Cosaque. « Jim a raison, bien sûr », remarqua-t-il. Il se tourna vers Manny. « Quelles raisons a données Kouchouchkine pour vouloir passer à l'Ouest ?

– Il y a la déception habituelle du système communiste… », commença Manny.

Angleton ricana. « Comme c'est original.

– Ce n'est pas tout, insista Manny. Il a certifié que sa femme avait une maladie de cœur – un truc qu'elle a depuis des années. Il veut qu'elle soit soignée par des médecins américains. C'est un détail vérifiable. Elle ne pourrait pas feindre des problèmes cardiaques.

– Le test définitif, ce sera les informations qu'il nous livrera», décréta Colby.

Angleton secouait encore la tête. «Un agent infiltré nous donnera toujours une certaine quantité d'informations authentiques pour nous convaincre qu'il n'en est pas un.

– Passons à ce qu'on a déjà», suggéra Colby.

Manny consulta les notes qu'il avait prises juste après avoir déposé le Russe à une rue de l'arrêt de bus, la veille au soir. «Je n'ai eu que le temps d'effleurer la surface, rappela-t-il aux personnes présentes, mais AE/PINACLE m'a laissé entendre que quand on aurait installé toute la batterie pour sa défection, il arriverait avec une serviette remplie de secrets. Ici, je rejoins M. Angleton – certaines, ou même toutes ces infos pourraient être authentiques même si le transfuge est en fait un agent infiltré. Bon, je vais commencer tout en bas et je grimperai jusqu'au sommet.» Manny regretta que son patron direct, Leo Kritzky, ne soit pas là pour le soutenir moralement; les yeux injectés de sang d'Angleton qui le fixaient depuis l'autre côté de la table, au milieu de ses ronds de fumée, commençaient à lui porter sur les nerfs.

«D'abord, il propose de nous donner la répartition des forces de l'ambassade soviétique à Washington – nous pouvons attendre de lui les noms, grades, matricules. Des détails sur les pratiques locales du KGB – boîtes aux lettres mortes, par exemple, ainsi que les divers signaux utilisés, dont les petites annonces dans les journaux, indiquant que ces boîtes ont été alimentées ou vidées.»

Angleton haussa ses épaules osseuses en signe de dérision. «Bagatelles, fit-il d'un ton revêche.

– AE/PINACLE prétend que le Centre de Moscou a créé récemment une Direction spéciale de la Désinformation désignée sous le nom de Département D, pour coordonner une campagne de désinformation globale. Il dit qu'elle est composée d'une cinquantaine d'officiers spécialisés dans une région et un pays, ayant une bonne expérience du terrain. Il dit qu'il ne connaît l'existence de la Direction de la Désinformation, qui est censée être tenue ultrasecrète, que parce qu'il a été lui-même recruté du fait de sa connaissance approfondie du modèle politique américain. Mais AE/PINACLE était déterminé à rester à l'étranger. Comme son affectation à la Direction de la Désinformation l'aurait obligé à rentrer à Moscou, il a demandé à son beau-père d'user de son influence considérable pour la faire annuler.»

Manny avait fini par présenter quelque chose qui intéressa Angleton. Le patron du contre-espionnage se redressa sur son siège. «Votre Russe a-t-il des détails sur la production de la Direction ? A-t-il mentionné la rupture sino-soviétique ? A-t-il parlé de Dubček, de Ceauşescu ou de Tito ?

– Nous ne saurons si AE/PINACLE est au courant de projets spécifiques liés au Département D que quand nous serons convenus d'interrogatoires ultérieurs, répondit Manny.

– Qu'est-ce qu'il a d'autre à offrir ? questionna Jack.

– Il prétend avoir des informations sur l'actuel Premier ministre britannique, Harold Wilson, mais quand je l'ai poussé un peu, il est devenu très évasif – tout ce qu'il m'a dit c'est qu'une histoire concernant Wilson était passée entre les mains d'un officier du KGB qui partageait le même bureau que lui à Moscou.

– Il se fait désirer, commenta Colby.

– Il négocie sa retraite, corrigea Ebby. S'il nous donne tout tout de suite, il perd son moyen de pression. »

Manny se replongea dans ses notes. « Je n'en suis qu'à la moitié de l'ascension. AE/PINACLE assure qu'il y a environ un an, il a entendu dire que la *rezidentura* avait reçu une offre de service de quelqu'un de la National Security Agency qui avait une *faiblesse* – ce quelqu'un avait apparemment un penchant pour les femmes et le jeu, et il avait terriblement besoin d'argent. Pour éviter tout risque superflu, toutes les séances de débriefing avec l'agent de la NSA ont été organisées pendant ses vacances à l'étranger. Les contacts à Washington se faisaient par boîtes aux lettres mortes. Le lieutenant-colonel du KGB qui dirige le transfuge a été décoré de l'ordre du Drapeau rouge lors d'une cérémonie privée à l'ambassade en décembre dernier. AE/PINACLE considère que c'est une indication de l'importance du transfuge de la NSA. À la mi-janvier, le seize janvier pour être exact, soit un mercredi, le *resident* du KGB a demandé à Koukouchkine de remplacer ce même lieutenant-colonel cloué au lit par la grippe. On lui a demandé d'alimenter une boîte aux lettres morte dans les toilettes pour hommes du Jefferson Hotel, dans le centre de Washington. Comme il remplaçait le lieutenant-colonel qui avait reçu l'ordre du Drapeau rouge, Koukouchkine en a déduit que le message qu'il livrait devait s'adresser à la taupe à l'intérieur de la NSA. Le *resident* a remis à Koukouchkine une note chiffrée roulée dans la partie supérieure d'un stylo et, défiant toutes les règles, lui a dit en riant ce qu'elle contenait. Une fois que nous connaîtrons le contenu de cette note, ou c'est du moins ce que prétend Koukouchkine, nous pourrons identifier le traître de la NSA. Comme il s'agit d'une opération très compartimentée à l'intérieur même de la *rezidentura* soviétique AE/PINACLE n'en a plus jamais entendu parler. »

Colby siffla entre ses dents. La National Security Agency qui, entre autres, écoutait les communications de l'ambassade soviétique et cassait les codes russes, était tellement secrète que peu d'Américains en connaissaient l'existence ; une blague maison voulait que NSA signifie en fait « Notoirement Sans

Adresse ». Si le KGB avait effectivement un agent au sein de la NSA, cela impliquait une hémorragie des secrets de la guerre froide les mieux gardés d'Amérique. Si la défection de Koukouchkine pouvait permettre de dénicher la taupe de la NSA, ce serait déjà un coup majeur porté au KGB.

Angleton renifla l'air comme s'il venait de détecter une odeur nauséabonde. « *Timeo Danaos et donna ferentis* – je me méfie des Grecs qui apportent des présents.

– Je n'ose penser à ce que tu nous réserves encore si la taupe soviétique à la NSA n'est encore qu'une étape, commenta Jack.

– Il est temps d'atteindre le sommet », dit Colby à Manny.

Le jeune homme croisa le regard de son père, en face de lui. Ebby eut un petit signe de tête, pour l'encourager ; Manny savait à son expression que la réunion se passait bien et que son père était content de la façon dont il se débrouillait. « Oui, monsieur Colby, le sommet, convint Manny, qui passa à la dernière page de ses notes manuscrites. Le dernier point sur ma liste... » Manny coula un regard vers Angleton, qui était occupé à allumer une nouvelle cigarette sur le mégot de la précédente, « a trait à SACHA. »

Les yeux mi-clos d'Angleton s'ouvrirent brusquement.

« AE/PINACLE assure que le Centre de Moscou – et pas la *rezidentura* de Washington – dirige directement un agent en place qui a pour nom de code SACHA au sein de la Compagnie. Le cerveau qui est derrière toute cette opération serait quelqu'un que l'on surnomme Starik, ce qui signifie vieil homme, en russe. Le bruit court à la *rezidentura* que ce Starik serait le même que celui qui dirigeait Philby. Il n'y a pas de contact direct entre la *rezidentura* et SACHA – tout passe par un intermédiaire qui est un illégal sous couverture sur le territoire américain.

– De belles promesses ! grogna Angleton, mais, de toute évidence, les propos de Manny venaient de faire mouche.

– Koukouchkine prétend que le *rezident* du KGB, un certain Kliment Yevguenevitch Borissov, patron du service consulaire de l'ambassade, est un vieux pote de l'université Lomonossov. Ils se retrouvent souvent à boire tard le soir dans le bureau du *rezident*. Koukouchkine déclare qu'il a décidé de passer à l'Ouest quand il a appris, au cours d'une conversation amicale avec le *rezident*, que SACHA et son intermédiaire étaient tous les deux absents de Washington en ce moment. Il dit qu'aucune défection n'est possible pendant que SACHA se trouve à Washington parce qu'il serait l'un des premiers à en être averti et qu'il préviendrait aussitôt le SK de l'ambassade. Koukouchkine dit qu'il faut agir rapidement parce que la fenêtre est très étroite : SACHA ne restera absent de Washington que quinze jours, pour être précis. Une fois que nous les aurons mis, lui, sa femme et sa fille en sécurité, AE/PINACLE est prêt à nous donner l'initiale du nom de famille de SACHA ainsi qu'un détail biographique important et une autre période déterminée durant laquelle

SACHA était absent de Washington. Avec ces informations, ou c'est du moins ce qu'il assure, nous devrions pouvoir l'identifier.»

Angleton écarta la fumée de cigarette de ses yeux. Il croyait profondément que tout transfuge soviétique, dans quelque partie du monde que ce fût, ne pouvait être qu'un agent infiltré puisque la taupe soviétique qui œuvrait au sein de la Compagnie n'aurait pas manqué d'avertir Moscou à la seconde même où elle aurait entendu parler de la défection. Voilà qu'enfin, on lui donnait un détail qui attirait son attention : ce transfuge potentiel était peut-être authentique *à partir du moment où SACHA était absent de Washington et ne pouvait donc être mis aussitôt au courant de la défection.* La voix de fumeur d'Angleton franchit la table : «Votre Russe a-t-il donné des détails sur le coupe-circuit ?

– J'ai insisté, M. Angleton. Mais il a seulement dit que l'intermédiaire qui s'occupait de SACHA était rentré en permission; l'ordre de rentrer en Russie a été donné à l'intermédiaire par une femme qui travaille en indépendant pour la *rezidentura* et qui sert de coupe-circuit entre l'intermédiaire et la *rezidentura*. AE/PINACLE ne sait pas trop si l'intermédiaire est parti parce que SACHA est en vacance, ou si c'est le contraire. Quant aux détails biographiques et à la date de la précédente absence de SACHA de la région de Washington, tout ce qu'il a bien voulu dire c'est qu'il a eu cette information lorsqu'il était attaché à la Direction S de la Première Direction principale, au Centre de Moscou; la dernière fois que SACHA s'est absenté de Washington tombe en même temps qu'un voyage à l'étranger du contrôleur surnommé Starik.»

Les hommes autour de la table restèrent un instant silencieux, digérant le rapport de Manny. Perdu dans ses pensées, Ebby hocha plusieurs fois la tête, semblant se répondre à lui-même; il était convaincu qu'il y avait bien une taupe soviétique à la Compagnie depuis qu'il avait été livré à la police hongroise, en 1956. Colby se leva et commença à faire le tour de la table. «Avez-vous fixé une autre rencontre avec votre ami russe ? demanda-t-il.

– Non, répondit Manny. J'ai pensé qu'il me faudrait une autorisation pour le faire.

– Comment va-t-il te contacter ? questionna Ebby.

– J'ai suivi ce que m'a indiqué monsieur McAuliffe quand il a autorisé le premier contact – j'ai dit à AE/PINACLE d'appeler Agatha Ept jeudi soir. J'ai suggéré qu'il dise au SK de l'ambassade qu'après leur rencontre fortuite au Smithsonian, il essayait de devenir son amant pour avoir accès à des brevets américains. Si elle l'invite à dîner, alors il saura que nous acceptons de poursuivre le dialogue.»

Angleton fit reculer sa chaise, mais resta assis dessus. «De toute évidence, c'est le contre-espionnage qui doit reprendre l'affaire», annonça-t-il.

Jack se hérissa. «C'est peut-être évident pour vous, mais pas pour moi. La Division soviétique a toute compétence pour se charger de ça.»

Colby se rassit et se tira le lobe de l'oreille. «Que la bataille des territoires commence.»

Angleton tendit la main vers un cendrier et y écrasa sa cigarette. «Il n'est pas impossible qu'il s'agisse d'une défection authentique, dit-il avec précaution. Mais il est tout aussi vraisemblable que le KGB, voire Starik lui-même, soit en train de nous agiter un appât devant le nez.

– Envisageons le pire, proposa Colby, Koukouchkine est un appât. Il nous propose quelques bricoles concernant une Direction de la Désinformation et Dieu sait quoi encore sur le Premier ministre britannique et quelques pièces d'information juteuses – une taupe à la NSA, SACHA à la CIA. Vous avez toujours assuré qu'un faux transfuge livrerait des informations véridiques pour établir sa bonne foi, pour nous faire avaler de fausses informations. Si on joue bien, on devrait pouvoir séparer le bon grain de l'ivraie.

– C'est quasi impossible à faire sans y affecter toute une équipe expérimentée du contre-espionnage, assura Angleton. Il y a beaucoup en jeu. Si AE/PINACLE est authentique, nous allons devoir avancer dans un labyrinthe d'histoires. Si c'est un agent infiltré, cela signifie que le KGB se donne beaucoup de mal, et qu'il faut absolument trouver pourquoi.» Soudain à court de souffle, Angleton se mit à avoir une respiration sifflante. Puis il s'adressa directement à Ebby : «Votre fils a fait du bon boulot et je ne dis pas le contraire, Elliott. Pour autant que je puisse m'en rendre compte, il n'a commis aucun faux pas. Mais il est trop jeune, trop inexpérimenté pour traiter une affaire pareille. Débriefer un transfuge, c'est déjà tout un art – ce n'est pas seulement le problème de poser les bonnes questions, mais aussi de les poser au bon moment ; les questions amènent des réponses, et ces réponses apportent des limites au processus de la réflexion, ce qui n'est pas une situation qu'on veut précipiter.»

Jack se tourna vers Colby. «Manny ne serait pas seul sur le coup, Bill. Il aurait les ressources considérables de la Division soviétique derrière lui.»

Ebby s'adressa au DCI. «Pour des raisons évidentes, je me retire du débat.

– Eh bien pas moi, reprit Jack. Et si Leo Kritzky était là, il dirait la même chose que moi. C'est la Division soviétique, sous l'égide du DD-O, qui devrait s'occuper de cette affaire. Le contre-espionnage a repoussé trop de transfuges, dont certains – beaucoup – pouvaient être authentiques.

– Si le contre-espionnage décourage la défection, rétorqua Angleton, piqué au vif, c'est pour protéger la Compagnie des agents infiltrés…

– C'est bon, fit Colby. Jim, nous savons qu'un visage familier vaut son pesant d'or pour un transfuge potentiel. Et vous avez reconnu vous-même que Manny n'avait pas fait de faux pas.» Il se tourna vers Ebby. «Je veux que le DD-O organise une cellule de réflexion pour s'occuper de cette défection. Que tout cela reste confidentiel : seules les personnes présentes dans cette pièce, leurs adjoints et leurs secrétaires doivent être au courant. Tout document devra porter la mention NODIS [1]. Je ne veux pas que le fait que nous nous occupions d'une défection possible filtre hors de ce petit cercle. Je veux la recommandation de la cellule de réflexion entre mes mains avant treize jours, soit avant la date du retour annoncé de SACHA à Washington. Manny, vous établirez la jonction : c'est vous qui rencontrerez AE/PINACLE et qui gagnerez sa confiance pour décrocher la timbale. Jim, vous représenterez le contre-espionnage dans la cellule de réflexion. Si vous avez des réticences sur le déroulement des opérations que vous ne parvenez pas à régler avec le DD-O ou son adjoint, vous pourrez m'en faire part directement. Une fois que nous aurons tiré toutes ses informations du Russe, vous pourrez proclamer votre désaccord avec moi si jamais vous n'arrivez pas aux mêmes conclusions que le DD-O. » Colby releva sa manchette d'un geste brusque pour consulter sa montre. « Jim, si vous ne vous dépêchez pas un peu, vous allez rater le comité consultatif du renseignement extérieur du Président. »

« C'est pas grave. Je t'assure. Auuuucun problème.
– J'entends bien à ta voix que ça pose un problème.
– Hé ! c'est pas comme si je ne pouvais pas me trouver un rancart pour *Frankenstein Junior*. Après ça, on pourra rentrer chez moi, ouvrir une bouteille de vin californien, baisser la lumière et mettre un disque de Paul Anka. Et tu sais par expérience personnelle qu'une chose menant à une autre, on pourrait très bien se retrouver sans avoir rien vu venir plongés dans ce qu'Erica Jong appelle la Baise sans Braguette.
– Je suis désolé, Nellie, j'ai un gros empêchement...
– Le problème avec vous, les mecs de la CIA, c'est qu'il y a toujours un empêchement pour tout. C'est ce que ma mère me dit. Elizabet dit qu'il faut être complètement dingue pour tomber amoureuse de quelqu'un qui bosse pour la CIA, parce qu'on sait dès le début qu'on passera toujours après la Compagnie et que ça ne s'arrange pas avec le temps. »
Manny glissa une autre pièce dans la fente. « Tu veux dire que tu es tombée amoureuse de quelqu'un qui travaille à la Compagnie ?
– Je veux dire que je suis tombée amoureuse du contraire de la Baise sans Braguette, que je n'ai, malheureusement pour moi, pratiqué qu'avec toi jusqu'à présent.
– Tu mets vraiment l'accent sur le côté physique d'une relation...
– Oui, c'est vrai, hein ? Écoute bien. Manny, parce que je vais te faire part

1. *No Distribution :* ne doit pas être distribué plus loin *(N.d.T.)*.

de ma dernière théorie sur les relations qui durent. Ma théorie, c'est qu'il faut bien commencer quelque part, et la chambre à coucher vaut bien n'importe quel autre lieu. Alors, tu veux ou tu ne veux pas entendre la bonne nouvelle ?

– Tu as décroché la place !

– Oui ! Oui ! Oh Manny, je suis tellement contente. Je leur ai agité mon diplôme de Harvard sous le nez et ils ont craqué. C'est une petite boîte, mais c'est l'une des plus en vue à Washington en ce moment. Deux ex-sénateurs et un ancien secrétaire de cabinet. Et je suis la première femme à y entrer pour autre chose que de prendre des notes en sténo. Ça va être rigolo – tous ces costumes trois pièces et moi en minijupe !

– C'est super, Nellie. Je savais qu'ils seraient emballés…

– Tu veux savoir combien ils vont me payer ?

– Non, je ne crois pas.»

Nelly eut soudain un doute. «Hé, tu n'as pas de scrupules à sortir avec une fille qui gagne plus que toi, j'espère ?

– Non, mes seuls scrupules concernent l'inceste.»

Le rire de Nellie résonna dans le combiné. «Je dois t'avouer que je suis soulagée. Si la question d'argent t'avait gêné, ça aurait été un sérieux handicap. Alors, quand est-ce que tu te décides à me revoir ?

– Peut-être ce week-end. Peut-être.

– C'est quoi, ce peut-être ?

– Je te l'ai dit, on a un gros truc sur le feu.

– D'accord. Il ne me reste plus qu'à me masturber jusque-là.

– Nellie, tu es impossible…

– Tu te goures complètement, Manny. Justement, je suis tout à fait *possible.*»

La cellule de réflexion chargée d'AE/PINACLE s'installa dans un bureau vide non loin du bureau du DD-O. L'intendance passa la pièce au peigne fin pour y chercher des micros, puis apporta un coffre équipé d'une serrure Burmah, une déchiqueteuse, un sac à incinérateur et autres fournitures indispensables. Le responsable en était Jack McAuliffe, qui travaillait sous l'autorité du DD-O, Ebby, qui était lui-même sous l'autorité directe du DCI, Bill Colby. Angleton (son intérêt excité par la référence du transfuge potentiel à SACHA) assistait en personne aux réunions informelles qui se tenaient tous les deux jours. Sous la surveillance de Jack, Manny entreprit de tout organiser pour la défection éventuelle. Agatha Ept, trop heureuse d'introduire un peu d'animation dans son existence terne d'employée de bureau, annonça qu'elle était partante ; mais oui, s'il en allait de la sécurité nationale, elle voulait bien faire comme si elle avait une liaison illicite avec un diplomate russe marié. Le gérant de son immeuble, un maître principal retraité de la Marine qui avait peint les caves en gris cuirassé, se mit en quatre pour être utile. En fait, dit-il, il y avait bien un appartement qui devait se libérer dans le même couloir que le 5D à la fin du mois ; le couple homosexuel qui habitait le 5F avait signé un bail pour un loft à Annadale. Manny frappa à la porte du 5F et brandit une carte plastifiée le présentant comme un responsable de la sécurité au Département d'État. Quand il proposa de régler la facture si les locataires partaient immédiatement, le couple sauta sur l'occasion. Le soir même du départ des locataires, une équipe du service de sécurité apporta tout un équipement électronique ainsi que deux lits de camp et un percolateur. Établissant leur base dans l'appartement 5F, les techniciens posèrent des micros dans toutes les pièces de l'appartement d'Ept, mirent sa ligne téléphonique sur table d'écoute et s'arrangèrent pour que téléphone et porte d'entrée sonnent en même temps au 5D et au 5F. Enfin ils installèrent un magnétophone et un appareil de sauvegarde, et emménagèrent pour la durée de l'opération.

À Langley, Manny essaya d'obtenir du patron du Bureau d'enregistrement des brevets quelques demandes de brevets récents auxquels un employé de la qualification d'Ept pouvait avoir accès. Il tomba sur un mur et dut remettre le dossier à son supérieur. Le DD-O finit par appeler un ancien copain de Yale qui travaillait au conseil législatif de la commission sénatoriale sur les forces armées pour lui expliquer le problème. Trois quarts d'heure plus tard, le patron du Bureau d'enregistrement appela Ebby pour lui dire qu'il allait envoyer trois projets de brevets en attente concernant du petit appareillage industriel sans grande importance. Maintenant qu'il comprenait l'enjeu, il serait enchanté de fournir d'autres projets quand et si nécessaire.

Pendant ce temps, Angleton établit une liste de six pages bien tassées de questions tapées à la machine (les réponses attendues entre parenthèses), qu'il voulait que Manny pose à AE/PINACLE ; la liste visait à déterminer si le transfuge Koukouchkine était bien le Sergueï Klimov qui figurait au 201 du Fichier central et pas un usurpateur. Les questions allaient de « Quel était le nom et le surnom de celui qui vous enseignait "La démocratie bourgeoise – une contradiction en soi" à l'université Lomonossov ? » à « Comment surnommait-on la grosse femme qui servait le thé à la cantine du deuxième étage de la Première Direction principale du Centre de Moscou ? » Angleton enseigna à Manny les sept couches de sens qu'on pouvait tirer de n'importe quel ensemble de faits. Si l'on prenait cette liste, il serait impossible à un transfuge authentique de répondre correctement à toutes ces questions. Mais un agent infiltré bien préparé par un maître instructeur du KGB ferait attention à ne pas répondre correctement non plus à toutes les questions. Manny demanda : à supposer que Koukouchkine se trompe dans certaines de ses réponses, comment savoir s'il est sincère ou si c'est un agent infiltré ?

Dissimulé derrière un nuage de fumée, Angleton annonça d'une voix rauque : bienvenue dans la jungle des miroirs.

Ce fut Angleton, souffrant d'une migraine persistante qui avait réduit ses yeux à deux fentes sombres, qui prépara le *modus operandi* de la seconde rencontre entre Manny et AE/PINACLE. La priorité était d'évaluer la bonne foi du transfuge, d'où la liste de six pages de questions. La situation particulière dans laquelle se trouvait le transfuge – à savoir que sa famille et lui devaient passer à l'Ouest avant le retour de SACHA – donnait, du point de vue d'Angleton, un moyen de pression à la Compagnie. Si jamais Koukouch-kine-Klimov passait le premier tour, la seconde priorité d'Angleton était de le convaincre de livrer immédiatement les quelques infos qui devaient les conduire à SACHA. AE/PINACLE devait comprendre que, dans le meilleur des mondes possibles, il fallait du temps pour organiser une défection. Le Russe devrait donc livrer ce qu'il savait sur SACHA pour sa propre sécurité et celle de sa famille ; si SACHA restait opérationnel – c'est du moins ce que Manny avait pour instruction de lui expliquer – il ne manquerait pas d'apprendre la défection en rentrant et s'empresserait de dénoncer Koukouchkine aux représentants du SK de l'ambassade. Angleton soulignait que si la Compagnie pouvait identifier SACHA et l'appréhender dès son retour à Washington, il y avait de bonnes chances que Manny puisse convaincre AE/PINACLE de rester à l'ambassade comme agent en place jusqu'à la fin de son séjour prévu. Il était possible d'y parvenir en sachant exactement comment utiliser carottes (une coquette somme d'argent quand il aurait fait le grand saut, une nouvelle identité pour lui et pour sa famille, des soins médicaux de haut niveau pour sa femme et un contrat juteux de consultant auprès de la Compagnie) et bâton (l'asile politique ne lui serait accordé que selon les termes de la Compagnie, et, dans le cas contraire, sa femme ne pourrait bénéficier du système médical américain).

À la fin de la réunion, Manny évoqua la possibilité que AE/PINACLE ait un micro sur lui. Les lèvres d'Angleton exprimèrent soudain le mépris. « Si AE/PINACLE est un transfuge authentique, il ne portera pas de micro, assura-t-il. Et si c'est un agent infiltré, il n'en portera pas non plus pour ne pas se trahir. »

Jeudi soir, Manny, très las, buvait du café tiède dans l'appartement 5F avec deux membres du service de Sécurité quand le téléphone se mit à sonner. L'un des deux hommes déclencha le magnétophone et mit le haut-parleur. On entendit Agatha Ept décrocher dans son appartement.

« Allô ? fit-elle.

– Bonjour à vous. »

Manny fit signe à son deuxième acolyte, qui décrocha un téléphone branché sur une ligne ouverte en permanence, et dit à voix basse : « Il a appelé – essayez de retracer l'appel. »

« Oh ! c'est vous », dit Agatha avec une pointe d'essoufflement dans la voix ; Manny espéra qu'elle n'allait pas en faire trop. Il se demanda si les gens du SK de l'ambassade enregistraient la conversation de leur côté. « Je suppose que je ne devrais pas le dire, mais j'espérais que vous appelleriez », reprit-elle.

AE/PINACLE parut soulagé. « J'espérais que vous espéreriez ça. »

Impatiente, mais craignant de paraître trop impatiente, Agatha jouait son rôle à la perfection. « Je me demandais... Enfin, si vous êtes libre... bref, je voulais voir si, oh ! et puis merde, voulez-vous venir dîner chez moi demain soir ? »

Le Russe se racla la gorge. « Eh bien, je suis libre – je viens avec plaisir, bien sûr.

– Vous vous souvenez où j'habite ? »

AE/PINACLE émit un petit rire excité ; lui aussi jouait bien son rôle... mais quel rôle ? « Ce n'est pas quelque chose que j'oublie facilement, dit-il.

– D'où m'appelez-vous ?

– D'une cabine publique près de l'... près de là où je travaille.

– Ils ont repéré l'appel... il téléphone de l'ambassade soviétique, dit à Manny l'homme du service de sécurité branché sur la ligne ouverte.

– Bon, eh bien c'est d'accord, déclara Agatha. Vers six heures et demie, ce serait parfait. Je rentre du Bureau d'enregistrement des brevets à cinq heures et demie – elle avait mentionné son bureau dans la conversation, comme Manny le lui avait demandé – ce qui me laisse une heure pour me rendre présentable.

– Vous êtes très présentable », assura AE/PINACLE.

Agatha retint son souffle. « À demain, alors ?

– Oui, à demain. Au revoir à vous, dame présentable.

– Au revoir, Serguei. »

Un instant plus tard, le téléphone sonna au F5. Manny décrocha. « Il va venir, annonça Agatha avec excitation.

– Je sais, j'ai entendu la conversation.

– Comment je m'en suis sortie ?

– Vous avez été géniale. Vous devriez penser à faire du théâtre. »

Agatha rit nerveusement. « Pour vous dire la vérité, j'avais le cœur au bord des lèvres – j'avais tellement la trouille.

– Le truc, maintenant, Agatha, c'est de continuer à vivre comme si de rien n'était. Nous surveillerons votre appartement pour nous assurer que personne de son côté ne mette de micro dedans. Si qui que ce soit d'inhabituel essayait de vous contacter – si quelqu'un que vous ne connaissez pas vous appelle – vous composez le numéro que je vous ai donné pour nous le signaler immédiatement.

– Vous serez là quand il arrivera ?

– Je serai devant votre porte quand il sortira de l'ascenseur. »

Malgré l'assurance d'Angleton que AE/PINACLE ne porterait pas de micro, Manny se dit que ça ne ferait pas de mal de vérifier. Lorsque le Russe sortit de l'ascenseur, Manny porta un index à ses lèvres pour lui faire signe de rester silencieux, puis il lui montra une fiche où il avait écrit, en russe : avez-vous des micros ?

«Non, Manny, je n'ai pas de micro», répondit Koukouchkine en anglais. Il leva les bras et écarta les jambes. «Vous pouvez fouiller moi si vous voulez. Mon *rezident* très content quand je lui parle de ce contact. Il est toujours prêt à se vanter auprès de Moscou d'avoir nouvelles sources d'informations.»

Manny lui fit signe de baisser les bras et le suivit. Il sortit une clé de sa poche, ouvrit la porte du 5D et la referma lorsqu'ils furent tous deux dans l'appartement d'Ept.

Agatha arriva. «Bonjour, dit-elle en tendant une main timide que le Russe serra vigoureusement.

– Bonjour à vous, dame présentable, dit-il avec un sourire.

– Ça n'a peut-être aucune importance, dit-elle, mais il se trouve qu'aujourd'hui est un jour favorable pour les échanges entre le Capricorne et la Vierge. Les deux côtés auront tendance à se montrer circonspects au début, mais dès qu'ils auront rompu la glace, de grandes choses suivront. Je vous expliquerais bien pourquoi, mais vu la façon dont vous me regardez tous les deux, ça prendrait plus de temps que vous ne voulez m'en accorder. Alors, à moins d'entendre une opinion contraire... non ? Je vous laisse seuls.» Elle tourna les talons et disparut dans sa chambre.

Manny fit signe à Koukouchkine de s'asseoir sur le canapé et s'installa sur une chaise en face de lui. Le Russe desserra sa cravate et grogna quelque chose que Manny reconnut pour être un juron en tadjik. «Vous parlez tadjik ? demanda Manny, étonné.

– Je ne parle pas, je jure seulement dans cette langue, répondit Koukouchkine. Mon grand-père paternel était tadjik. Comment se fait-il que vous connaissez tadjik ?

– J'ai étudié les langues d'Asie centrale à l'université.» Il prit une liasse de feuillets dactylographiés dans la poche intérieure de sa veste. «L'heure des questions et des réponses, Serguéï, annonça-t-il.

– Je connais les règles de ce jeu terrible que nous jouons. Vous voulez vous assurer que je suis celui que je dis être.

– C'est à peu près ça.» Manny dévisagea le Russe. «Quand vous avez appelé Agatha, hier, vous lui avez dit que vous appeliez d'une cabine. C'était le cas ?»

Koukouchkine regarda autour de lui. «Où sont les micros ?

– Il y en a partout», répondit Manny.

Koukouchkine hocha sombrement la tête. «Je téléphone de l'ambassade, pas de cabine. Le *rezident*, Kliment Borissov, écoute sur autre poste. SK enregistre. C'est Borissov qui me dit de dire que j'appelle de cabine puisque je suis censé avoir liaison extraconjugale et que je veux ni femme ni personne sache à l'ambassade. » Le Russe croisa les jambes puis les décroisa et planta ses grands pieds par terre. « Est-ce que vous avez documents de brevets que je peux emporter ? »

Manny enfila un gant chirurgical et sortit les photocopies de trois brouillons de brevets d'une enveloppe jaune. Il les tendit à Koukouchkine, qui y jeta un coup d'œil rapide. « Il y a empreintes de Agatha dessus ? demanda le Russe.

– Vous pensez à tout, commenta Manny en retirant le gant. Je lui ai fait lire les rapports et les mettre dans l'enveloppe. »

Le Russe plia les feuillets et les rangea dans sa poche. « C'est vous qui pensez à tout, Manny.

– Il est temps de commencer », indiqua Manny. Il regarda la première question tapée en cyrillique sur la première page. « Quel était le nom et le surnom de celui qui vous enseignait "La démocratie bourgeoise – une contradiction en soi" à l'université Lomonossov ? »

Koukouchkine ferma les yeux. « Vous avez très bons dossiers biographiques, à la CIA. Le professeur de démocratie bourgeoise est un juif qui s'appelle Lifshitz. Il perd un œil quand il escorte des convois britanniques de Mourmansk pendant Grande Guerre patriotique et il met bandeau noir dessus, alors les étudiants appellent lui Moshe Dayan derrière son dos. »

Manny lisait une par une les questions en russe. Koukouchkine y répondait en anglais, quand il le pouvait. Il en laissa en effet une poignée sans réponse – il avait, disait-il, le nom de ce type sur le bout de la langue – et donna quelques réponses incorrectes, mais s'en sortit bien dans l'ensemble. À un moment, Agatha leur apporta des tasses de thé fumant et s'assit pour boire avec eux. Koukouchkine lui demanda où elle travaillait au Bureau d'enregistrement et quel genre de documents lui passait entre les mains. Manny comprit qu'il rassemblait des détails en vue du rapport qu'il lui faudrait rédiger pour le SK. Lorsqu'ils revinrent à la liste de Manny, Koukouchkine corrigea l'une des réponses fausses qu'il avait données précédemment et se rappela soudain le surnom de la grosse dame qui servait le thé, à la cantine du deuxième étage du Centre de Moscou ; à cause de sa moustache et de sa manie de porter des chemises d'homme, tout le monde avait pris l'habitude de l'appeler « Djentelmane Djim ». Manny en était à la moitié du questionnaire d'Angleton quand le téléphone sonna sur le buffet. Le Russe et Manny le regardèrent fixement. Agatha parut dans l'embrasure de sa porte ; derrière elle, l'écran de télévision passait une séquence de la Caméra cachée. « C'est peut-être ma mère, fit-elle avec espoir.

– Répondez, conseilla Manny.

– Qu'est-ce que je dis si ce n'est pas elle ?

– Vous ne dites rien. Vous entamez une liaison illicite avec un homme marié. Ce n'est pas le genre de chose dont vous parleriez au téléphone devant lui.»

Agatha porta précautionneusement le combiné à son oreille. «Allô?» Puis : «Quel numéro demandez-vous?»

Elle regarda Manny et fit avec les lèvres mine de dire *je ne vois pas*. «C'est bien ce numéro, mais il n'y a personne de ce nom ici... Je vous en prie.» Elle raccrocha. «Il voulait parler à une certaine Maureen Belton.» Elle battit nerveusement des paupières et se retira dans sa chambre.

Manny s'approcha du buffet et décrocha le téléphone. «Vous l'avez eu?» Il écouta un instant puis reposa le combiné et vint se rasseoir. «Trop bref pour être pisté. C'était un homme – il parlait avec un accent.

– Le SK a le numéro. Peut-être eux vérifier s'il y a bien une femme ici.

– C'est peut-être ça, convint Manny.

– Alors, comment je me débrouille avec vos questions et mes réponses, s'enquit Koukouchkine lorsque Manny arriva au bout des six feuillets.

– Vous vous en êtes parfaitement sorti, assura Manny.

– Alors, est-ce qu'on peut parler maintenant de mon passage à l'Ouest?» Manny secoua la tête. «Si seulement c'était aussi facile, Sergueï. Les défections réussies ne se font pas du jour au lendemain. Vos réponses vont être analysées par nos spécialistes du contre-espionnage...

– Par votre M. Angleton.

– Vous connaissez M. Angleton?

– Tout le monde à notre ambassade connaît votre M. Angleton.

– Si le contre-espionnage nous donne le feu vert, nous devrons trouver un lieu sûr à la campagne, y installer du personnel et puis organiser la défection proprement dite – il faudra trouver un moment où vous, votre femme et votre fille pourrez quitter ensemble l'enceinte soviétique sous un prétexte quelconque. Il faudra alors que vous fassiez sortir de l'ambassade la mallette pleine de secrets que vous nous avez promise. Nous devrions pouvoir vous récupérer et vous cacher avant que les hommes du SK ne s'aperçoivent de votre absence.»

Koukouchkine se rembrunit. «Combien de temps?

– Si tout va bien, ça pourrait se faire dans cinq à six semaines.»

Le Russe bondit de sa chaise. «SACHA rentre à Washington avant cinq semaines!» Il marcha jusqu'à la fenêtre, écarta le rideau et examina la rue sombre en bas. «Dans cinq semaines, Manny, je suis un homme mort.

– Calmez-vous, Sergueï. On peut s'en sortir.

– On ne peut pas se sortir de cercueil.»

Manny rejoignit le Russe près de la fenêtre. «Il n'y aura pas de cercueil, Sergueï, si vous me donnez les infos sur SACHA dès maintenant – donnez-nous l'initiale de son nom de famille, donnez-nous le détail biographique, dites-nous quand SACHA a été absent de Washington la dernière fois. »

Koukouchkine se retourna et commença à tourner en rond derrière le canapé tel un lion en cage cherchant à sortir du piège dans lequel il est tombé. « Alors, comment vous vous sentez de faire ce chantage avec moi ? »

Manny évita le regard de Sergueï. « Nul. Je me sens nul. Mais nous avons tous notre job à faire… »

Le Russe poussa un grognement. « À votre place, je ferais même chose. Vous et moi, nous faisons même sale boulot.

– Ce n'est pas moi qui ai inventé SACHA, Sergueï, fit Manny depuis la fenêtre. Ce n'est pas à cause de moi qu'il rentre à Washington dans un peu plus d'une semaine.

– Comment je peux être sûr que vous n'allez pas jeter moi comme vieux chiffon quand j'ai donné les infos sur SACHA ?

– Je vous donne ma parole, Sergueï…

– Votre M. Angleton n'est pas lié par votre parole.

– Vous avez d'autres infos qui nous intéressent – surtout l'identité de votre taupe au sein de la NSA. »

Le Russe reprit sa place sur le canapé, vaincu par la logique de la situation. « Et les soins médicaux pour ma femme ?

– Nous pouvons la faire examiner par des spécialistes dans quelques jours. S'il lui faut un traitement, nous pouvons le lui fournir.

– Comment c'est possible, examiner dans quelques jours ?

– Les Russes de l'ambassade se font tous soigner les dents en Amérique – ils voient ce dentiste bulgare près de la station de métro Dupont Circle, qui parle russe et ne prend pas trop cher. Si votre femme avait une soudaine rage de dents, elle prendrait rendez-vous avec lui. S'il fallait lui dévitaliser une dent, elle aurait besoin de trois ou quatre rendez-vous sur une période de trois ou quatre semaines. Nous pourrions faire venir un cardiologue dans le même immeuble, dans un autre cabinet.

– Et le dentiste bulgare ?

– Il coopérera. Il pourrait faire semblant de la soigner, et on n'y verra que du feu.

– Comment vous pouvez être sûr que lui coopère ? »

Manny se contenta de sourire.

AE/PINACLE réfléchit. Manny vint s'asseoir sur le dossier du canapé. « Faites-moi confiance, Sergueï – donnez-moi les infos sur SACHA. Si nous parvenons à identifier SACHA, vos problèmes sont terminés. Nous pourrons vous faire passer à l'Ouest, vous, votre femme et votre fille, dans les meilleures conditions possibles. Et puis nous vous ferons une proposition dont vous ne reviendrez pas. Vous n'aurez pas à le regretter. »

3

Washington, DC, vendredi 24 mai 1974

Le temps pressait pour l'attaché politique soviétique Koukouchkine. Sa fenêtre d'action de quinze jours se fermait dans quarante-huit heures. Si ses renseignements étaient corrects, SACHA serait de retour à Washington le dimanche et à son bureau dès le lendemain matin. Malgré les efforts considérables de la cellule pour limiter la distribution de ses résultats, le risque était grand que SACHA entende des rumeurs d'une défection de haut niveau en cours et il ne manquerait pas alors d'en avertir le SK de l'ambassade.

Au début, Angleton s'était méfié de AE/PINACLE, mais sa propension naturelle à toujours envisager le pire dès qu'il s'agissait de transfuges commença à se fissurer le jour où Manny parla de l'info concernant le tout nouveau Département D du Centre de Moscou, Direction de la Désinformation chargée de coordonner les campagnes globales de désinformation du KGB. Angleton avait depuis longtemps déduit l'existence d'une telle direction du fait que le monde en général, et les médias américains en particulier, avaient avalé sans sourciller les rumeurs de rupture sino-soviétique de même que ces histoires selon lesquelles Ceaușescu, Dubček et Tito prenaient un peu d'indépendance par rapport à Moscou. Angleton, qui se targuait de savoir faire la différence entre la désinformation soviétique et les vrais événements politiques du monde réel, savait intuitivement qu'il s'agissait de fausses rumeurs destinées à endormir l'Occident pour qu'il réduise ses budgets militaire et des renseignements.

Les infos sur SACHA que Manny rapporta de son deuxième rendez-vous avec AE/PINACLE étourdirent Angleton de possibilités. Cela faisait près de deux ans qu'Angleton cernait SACHA, réduisant peu à peu la liste des suspects, suivant un processus complexe d'élimination qui impliquait l'analyse des opérations qui avaient échoué aussi bien que de celles qui avaient réussi. Il sentait que ce n'était plus qu'une question de mois avant qu'il ne puisse identifier SACHA presque avec certitude. Durant ces mois restants, Sacha pouvait bien sûr causer encore beaucoup de tort. C'est pourquoi les infos de AE/PINACLE, utilisées en conjonction avec le propre travail de fourmi d'Angleton, étaient si cruciales. De retour dans son bureau, Angleton assigna une équipe de spécialistes du contre-espionnage à chacune des infos données.

– SACHA, d'après AE/PINACLE, était hors de Washington jusqu'au dimanche 26 mai, ce qui impliquait qu'il serait probablement de retour à Langley le lundi 27.
– Il était russophone.
– Son nom de famille commençait par la lettre K.
– Quand Koukouchkine travaillait à la direction S de la Première Direction principale, au Centre de Moscou, il dépendait directement de Starik. En septembre 1972, on avait demandé à Koukouchkine de fournir à Starik du matériel logistique – plans urbains et cartes routières, horaires de trains et de cars, agences de location de voitures – en vue de l'un de ses rares voyages à l'étranger, cette fois en Nouvelle-Écosse, dans l'est du Canada. Lors de la conversation qui avait eu lieu quand Koukouchkine avait apporté personnellement le dossier à l'appartement de Starik, dans un lieu appelé le manoir Apatov, près d'un village qui portait le nom de Tcheriomouski, Starik avait laissé entendre qu'il partait à l'étranger pour voir quelqu'un. Ce n'est que plus tard, une fois que Koukouchkine avait appris l'existence de SACHA, agent du KGB en place au plus haut niveau de la CIA, qu'il avait fait le rapprochement. Seul SACHA pouvait être assez important pour attirer Starik à l'autre bout du monde.

Malgré toutes ces infos, identifier SACHA allait revenir à chercher la fameuse aiguille dans une botte de foin. La Compagnie employait autour de 22 000 personnes auxquelles il convenait d'ajouter 4 000 employés sous contrat. Les Services spéciaux seuls comptaient environ 5 000 employés de par le monde ; 4 000 d'entre eux travaillaient à Washington, le millier restant se répartissant dans les antennes de la CIA sur toute la planète.

Pendant que le contre-espionnage se chargeait de la lourde tâche d'éplucher le Fichier central – ils avaient des milliers de dossiers à trier à la main – Manny organisa une consultation médicale pour l'épouse de Koukouchkine, petite femme assez lourde dont les cheveux coupés court commençaient à blanchir... à cause des soucis, supposa Manny. Elle s'appelait Elena Antonova. Comme indiqué, elle se plaignit d'une rage de dents et demanda à l'infirmière russe de l'ambassade de lui indiquer un dentiste. L'infirmière lui donna le numéro de téléphone du dentiste bulgare parlant russe que tout le monde à l'ambassade allait voir, près de Dupont Circle. Miraculeusement, quelqu'un avait annulé un rendez-vous et il y avait une place dès le lendemain. Le dentiste, en fait employé sous contrat par la Compagnie, avait consigné par écrit le résultat d'un examen qui n'avait pas eu lieu – elle souffrait d'un abcès à la racine de la première prémolaire inférieure ; il allait falloir dévitaliser la dent, ce qui nécessiterait trois ou quatre rendez-vous à quarante-cinq dollars la consultation.

Manny attendait dans le couloir quand Elena Antonova sortit du cabinet du dentiste, sa carte de rendez-vous à la main. Il lui fit signe de le suivre deux étages plus haut, dans un bureau dont la porte vitrée portait, peinte au pochoir, l'inscription «Proffit & Proffit, avoués». À l'intérieur, Manny présenta Mme Koukouchkina à un cardiologue sous contrat avec la Compagnie et doté d'une autorisation officielle top secrète. Le médecin en question, qui se faisait appeler M. Milton quand il travaillait au noir pour les services médicaux de la CIA, parlait couramment le russe. Il la fit entrer dans un cabinet qui avait été entièrement équipé la veille et procéda à un examen qui dura trois quarts d'heure. Ensuite, en présence de Manny, le médecin donna un premier diagnostic : Elena Antonova souffrait vraisemblablement d'angine de poitrine (il devait cependant attendre les résultats des analyses sanguines pour faire un diagnostic définitif), résultat d'un taux de cholestérol trop élevé qui provoquait un rétrécissement des artères conduisant le sang au cœur. Le Dr Milton proposait de traiter le problème avec une combinaison de bêta-bloquants pour réduire le travail du cœur et ralentir le pouls, et de vaso-dilatateurs conçus pour faciliter la circulation coronarienne. Si le problème persistait, Mme Koukouchkina devrait peut-être subir un pontage, mais cette décision pourrait être prise ultérieurement.

Manny accompagna Mme Koukouchkina à l'ascenseur et, parlant russe à mi-voix, lui promit que lors de sa prochaine visite avec le dentiste, le médecin aurait préparé les médicaments nécessaires déguisés en pilules ordinaires que les femmes prenaient pour soulager les douleurs menstruelles. «*Bolchoïe spacibo*», murmura-t-elle. Elle s'efforça de sourire. «Je dois vous dire… que je suis terrifiée. Si jamais ils apprennent quoi que ce soit, les conséquences seront terribles pour nous : pour Serguéï, pour moi et pour notre fille Ludmilla.

– Nous ferons tout ce qui est en notre pouvoir pour les empêcher de le découvrir», lui promit Manny.

L'après-midi même, à Langley, Angleton se leva, encore fiévreux, du lit où l'avait cloué la grippe asiatique pour assister à la réunion de la cellule, au bout du couloir du bureau du DD-O. Emmitouflé dans un pardessus et une écharpe, il s'assit d'un mouvement incertain à sa place habituelle, en tête de table. Il avait la peau quasi translucide aux poignets et au visage, le devant de sa chemise était trempé de sueur et des gouttes de transpiration roulaient le long de son nez. Pour la première fois de mémoire d'espion, il n'alluma pas tout de suite de cigarette. «Mon équipe a passé les infos au crible, annonça-t-il, la voix basse et tendue. Et nous y avons ajouté une info à nous que nous gardions au chaud depuis des années. Ma toute première conclusion serait que AE/PINACLE pourrait bien être une orchidée particulièrement rare, un transfuge authentique porteur de secrets véritables.»

Colby regarda son DD-O, Elliott Ebbitt, à travers la table. Les deux hommes n'en revenaient visiblement pas.

« Êtes-vous en train de nous dire que vous avez identifié SACHA ? demanda Jack.

– Ça ne va pas vous plaire, se contenta de répondre Angleton.

– Vous voulez bien nous faire part de vos conclusions », fit Colby avec impatience. Il jouait avec la pointe d'un crayon de papier H2 sur un bloc sténo jaune, traçant une suite infinie de petits cercles reliés.

Le corps dégingandé d'Angleton tremblait visiblement sous son pardessus. « À partir des quatre premières infos de AE/PINACLE, nous avons considérablement réduit la liste des suspects, commença-t-il. Je commencerai par les trois premières infos. Il y a cent quarante-quatre employés russophones à la Compagnie dont le nom commence par un *K* et qui sont censés être absents de Washington jusqu'à dimanche. Sur ces cent quarante-quatre, vingt-trois étaient également absents de Washington pendant la période où, d'après Koukouchkine, SACHA était également absent, soit en septembre 1972. »

Colby dessina un « vingt-trois » plein de fioritures sur son bloc. De sa place, à l'autre bout de la table, Manny regarda Angleton se ramasser sur son siège, presque comme un animal qui rassemble ses forces avant de tuer.

« Ce qui m'amène à l'info que je garde au chaud depuis bientôt treize ans. » Le masque plaqué sur le visage d'Angleton se tordit en un sourire empreint de souffrance ; ses yeux sombres semblaient rire à quelque plaisanterie depuis longtemps oubliée. « *Treize ans !* Il faut la patience d'un saint pour créer une orchidée. Une cosse de graines peut mettre douze mois à se développer, puis il faut encore attendre un ou deux ans pour que les graines donnent des plantules grandes comme le pouce. La floraison, quand il y a floraison, peut prendre encore cinq ans, voire huit ou dix. C'est un peu pareil avec le contre-espionnage : on sème des graines dans des petits pots qu'on garde pendant des années, en maintenant un niveau constant d'humidité et de température, et on espère que les plants fleuriront un jour, mais sans aucune garantie. Et pendant tout ce temps, on entend chuchoter dans son dos : Maman est un obsédé, qu'ils disent. C'est un paranoïaque. Maman cherche des conclusions pour confirmer ses preuves. » Angleton frissonna à nouveau et se mordit la lèvre inférieure. « Croyez-moi, rien ne m'a échappé. Et chaque mot m'a fait mal. »

Colby essaya de ramener doucement Angleton à leur sujet. « La cinquième info, Jim.

– La… cinquième… info », répéta Angleton, égrenant les mots comme s'il avait décidé de jouer avec son auditoire. « En 1961, le FBI tombe sur un vieux communiste appelé Max Cohen qui était entré dans la clandestinité vingt ans plus tôt. Vous vous souvenez certainement de cette histoire, Bill ? Cohen, sous l'identité de Kahn, avait monté une boutique de vins et spiritueux à Washington. Kahn fournissait une couverture parfaite pour le coupe-circuit soviétique qui habitait au-dessus du magasin et livrait de l'alcool à des centaines de clients de la région de Washington. Le coupe-circuit se faisait appeler Dodgson, qui se trouve être, curieusement, le vrai nom de Lewis Carroll, l'auteur d'*Alice au Pays des Merveilles* ; cela pousse à se demander si le maître-espion qui contrôlait Philby, qui *contrôle* SACHA, n'est pas, comme Dodgson, en train de créer des mondes en abyme pour que nous nous perdions à l'intérieur. » Angleton ferma les yeux et parut méditer un instant avant de reprendre : « Lorsque le FBI a fouillé le magasin de Kahn, ils ont découvert des codes et des microfilms, une visionneuse micropoint, des liasses de billets liées par des élastiques et un récepteur radio à ondes courtes, le tout dissimulé sous le plancher du placard de Dodgson. Dodgson lui-même a réussi à filer entre les doigts du FBI quand ils ont arrêté Kahn et une employée. Mais je ne l'ai jamais oublié. Pas un instant. Pendant toutes ces années. À nourrir les plants en maintenant le niveau de température et d'humidité, à espérer contre tout espoir que ces plants donneraient un jour des fleurs… » Sa voix se perdit et ses yeux se voilèrent.

Colby le ramena à nouveau sur terre. « La cinquième info ?

– La cinquième info… j'ai vérifié les factures de Kahn sur les dix années précédant son arrestation, et j'ai découvert qu'à une époque, au début des années cinquante, Dodgson avait livré des bouteilles à – Angleton cracha les mots plutôt qu'il ne les dit – mon ancien collègue Adrian Philby ; moi-même, je me trouvais chez Adrian un soir où Dodgson a apporté deux bouteilles de whisky pur malt Lagavulin. Cela m'a, à l'époque, paru parfaitement naturel et je n'y ai vu que du feu. Mais je sais maintenant à quel point j'ai été près… » Angleton ne termina pas sa phrase et secoua la tête avec emportement. « Une fois Philby parti, il était logique que ce même Dodgson serve d'intermédiaire au remplaçant de Philby ; à SACHA. » Angleton sortit un paquet de cigarettes de la poche de sa veste et le posa sur la table. La vue des cigarettes parut le requinquer. « En vérifiant la liste des clients qui se sont fait livrer des bouteilles au cours des dix dernières années, j'ai pu identifier le nom de cent soixante-sept employés de la Compagnie à plein temps, et de soixante-quatre employés sous contrat. »

Jack devina : « Vous avez comparé la liste des clients de Kahn à celle des vingt-trois noms que vous avez tirés des quatre infos de Koukouchkine.

– Ça paraissait trop beau pour être vrai, reconnut Angleton et ça l'était. Aucun des noms figurant sur la liste des livraisons de Kahn ne correspondait aux vingt-trois noms impliqués par les infos de Koukouchkine.

– Alors on dirait bien que vous êtes une fois de plus arrivé à une impasse », commenta Colby.

Angleton sortit une cigarette du paquet et la retourna entre ses doigts. « Oh ! cela aurait pu apparaître comme une impasse à des yeux mal entraînés. Mais pas aux miens. Je savais que l'identité de SACHA se trouvait enfouie là, que les deux listes devaient se recouper. » Il coinça sans l'allumer sa cigarette entre ses lèvres parcheminées. «Le week-end dernier, poursuivit-il, la voix réduite à un grondement rauque, la cigarette pas encore allumée se tortillant sur sa lèvre inférieure, j'ai entendu ma femme appeler un hôtel pour nous réserver une chambre à New Haven – Cicely et moi devions aller assister à une conférence de Robert Lowell à Yale. Par précaution – nous préférons éviter que l'ennemi puisse nous suivre à la trace, n'est-ce pas ? – je demande toujours à ma femme de prendre des réservations ou de faire des achats sous son nom de jeune fille. Et, tout à coup, cela m'a sauté aux yeux – mon Dieu, comment n'y avais-je pas pensé plus tôt ? – SACHA devait être marié. Pour mettre encore plus de distance entre lui et Dodgson, il avait pu demander à sa *femme* de prendre les commandes au magasin de Kahn en donnant son nom de jeune fille. J'ai donc remis mon équipe au travail. Nous avons vérifié les noms de jeune fille des épouses des vingt-trois personnes isolées par les infos de Koukouchkine, et nous les avons comparés aux noms sur la liste de Kahn – à la liste des gens à qui le coupe-circuit Dodgson avait livré des bouteilles entre le départ précipité de Philby et l'arrestation de Kahn, dix ans plus tard. »

Toute l'assistance était à présent penchée en avant, les yeux fixés sur les lèvres d'Angleton comme s'ils s'attendaient à *voir* le nom sortir de sa bouche avant même de l'entendre.

« Et ? murmura Colby.

– Le seul nom de jeune fille qui apparaît sur les deux listes est… Swett », lâcha Angleton.

Jack et Ebby identifièrent le nom aussitôt. « Adelle Swett est la fille de Philip Swett, dit Jack.

– Et la femme de Leo Kritzky, chuchota Angleton.

– Vous vous gourez complètement, Jim… commença Ebby.

– Suggérez-vous que Leo Kritzky est SACHA ? interrogea Jack, incrédule.

– Ce ne peut être qu'une fausse piste… » dit Manny.

Jack frappa la table du plat de la main. « Je connais Leo depuis Yale. On faisait de l'aviron ensemble. On partageait la même chambre. Il est le parrain de mon fils. Je suis prêt à parier ma vie sur lui… »

Angleton sortit un briquet et porta la flamme à l'extrémité de sa cigarette. Puis il inspira profondément et laissa la fumée sortir par ses narines. « Je ne vous le conseille pas, Jack. Vous la perdriez. »

Plongé dans ses pensées, Colby gratta la barbe qui commençait à lui manger les joues. « Comment savez-vous que le Swett qui a commandé les bouteilles chez Kahn n'était pas le père d'Adelle, Philip Swett ?

– Ou n'importe quel autre Swett », fit sèchement Jack.

La dose de nicotine avait calmé Angleton ; les frissons cessèrent et une pointe de couleur s'infiltra sous sa peau. Sa voix même parut plus assurée. « Question d'adresse, expliqua-t-il. Au début des années cinquante, Dodgson livrait les commandes de Swett dans un appartement de Bradley Lane, derrière le Chevy Chase Club, où habitait Kritzky quand il a épousé Adelle. À partir de 1954, les commandes au nom de Swett ont été livrées dans une petite maison sur Jefferson, que Philip Swett avait achetée à Georgetown pour sa fille à la naissance des jumelles.

– J'en reste sans voix, admit Colby. Je suis atterré. Si c'est vrai... Seigneur, si Leo Kritzky espionne pour le compte des Soviétiques depuis toutes ces années, vous rendez-vous compte de ce que cela signifie ? Il était au courant pour la stratégie du refoulement de Wisner au début des années cinquante – il savait donc tout des opérations antisoviétiques du Wiz. Kritzky était au courant de votre mission à Budapest, Eb. Il était l'ADD-O/A de Bissell pendant l'affaire de la Baie des Cochons – il connaissait les heures et lieux du débarquement, il connaissait l'ordre de bataille de la brigade, il savait quels navires étaient chargés de munitions et de kérosène. La possibilité que celui-là même qui dirige la Division soviétique soit une taupe du KGB...

– Cela s'est déjà vu, rappela Angleton. N'oubliez pas que Philby dirigeait le contre-espionnage antisoviétique du MI6 après la guerre. »

Colby réfléchit à autre chose. «Sa femme, Adelle, la fille de Swett, travaillait à la Maison-Blanche comme assistante au département légal sous la présidence de Johnson. Imaginez tout ce qu'il a pu lui soutirer ! Ça me rend malade...

– Je ne marche pas, annonça Ebby. Leo est un Américain loyal... »

Angleton, qui tirait sur sa cigarette, paraissait se calmer à mesure que les autres s'agitaient. «Tout s'emboîte comme les pièces d'un puzzle très compliqué, dit-il. Leo Kritzky est un russophone dont le nom de famille commence par un K. En septembre 1972, il a passé quinze jours de vacances en Nouvelle-Écosse. Un certain nombre de fois, le coupe-circuit Dodgson – qui avait livré de l'alcool à l'adresse de Philby, Nebraska Avenue – a livré aussi des bouteilles à un client du nom de Swett, qui se trouve être la femme de Kritzky.» Angleton se concentra sur Colby. «Les preuves sont écrasantes, Bill. Kritzky doit rentrer dimanche après-midi d'un voyage de quinze jours de cyclotourisme en France...

– Nom de Dieu», s'exclama Manny à l'autre bout de la table. Il était horrifié par les conclusions qu'Angleton avait tirées des infos de AE/PINACLE. «Qu'est-ce que vous allez faire ? L'arrêter ?

– Cela paraîtrait un bon début, remarqua Angleton.

– Ce ne sont que des présomptions, insista Jack. Il y a trop de zones d'ombre. Tout le raisonnement s'effondrera dès que nous y regarderons de plus près. »

Colby traça un autre cercle à la suite des autres sur son bloc jaune. «Il faudrait être de parfaits idiots pour ne pas regarder ça de plus près, décida-t-il. N'oublions pas que AE/PINACLE court un danger certain... si Kritzky *est*

LA COMPAGNIE

SACHA, nous ne pouvons pas nous permettre de le laisser revenir à Langley. »
Il se tourna vers Angleton. « La balle est dans votre camp, Jim. Saisissez-la.
– Merde alors, Bill ! explosa Jack. Vous lui donnez un chèque en blanc. »
Angleton rassembla ses papiers. « Messieurs, tout cela n'a rien d'une
garden-party.
– Un chèque en blanc, dans certaines limites, précisa Colby.
– Des limites fixées par qui ? » demanda Jack.

Manny téléphona encore. Comme personne ne répondait, il essaya la porte
du loft que Nellie occupait au dernier étage. Elle n'était pas fermée. Il passa
la tête à l'intérieur. « Il y a quelqu'un ? appela-t-il. Nellie, tu es là ? » Il entra,
claqua la porte derrière lui et jeta un coup d'œil alentour. Le séjour tout en
longueur était illuminé de bougies vacillantes. Des feuilles de papier blanc
portant chacune l'empreinte d'un pied nu étaient disposées par terre. Manny
suivit les empreintes et arriva devant une porte entrouverte au bout du couloir. Sur le sol, juste devant la porte, il y avait une bouteille ouverte de Dom
Pérignon dans un seau d'argent rempli de glace pilée et deux verres. Il poussa
la porte avec le coude. Les bougies de deux chandeliers baignaient la pièce
embrumée d'une lueur sulfureuse. Nellie était étendue langoureusement dans
un bain fumant ; seuls sa tête et un unique orteil émergeaient de l'eau. Dans
le ciel, une lune aux trois quarts pleine brillait à travers la condensation de la
lucarne. « Tu as dix minutes de retard, annonça-t-elle dans un murmure
rauque. La glace commençait à fondre. Et moi aussi.
– Pour l'amour du ciel, Nellie…
– Ce n'est pas pour l'amour du *ciel* que je suis à poil, c'est pour l'amour
de toi. » Elle eut un sourire provocant. « Pourquoi ne te mettrais-tu pas à l'aise,
en costume d'Adam, par exemple, pour siroter ce champagne dans la baignoire tout en essayant de repousser mes avances ? »
Manny remplit les deux verres et lui en tendit un en s'asseyant sur le rebord
de la baignoire. Il baissa les yeux sur la jeune femme. La pointe brune de ses
seins et sa toison blonde apparaissaient sous l'eau transparente.
Nelly but son champagne. « Qu'est-ce que j'ai, d'après toi, comme défauts
physiques ? demanda-t-elle. Sois brutal, n'aie pas peur de me vexer. »
Manny joua avec le pied de son verre. « Pour commencer, tu as un trop gros
nez. Tes mamelons sont trop proéminents, tes cuisses trop maigres, trop
gamines, pas assez féminines quoi, tes épaules sont trop osseuses, ton pubis
pas assez poilu…
– C'est parce que je l'épile, gros bêta, pour que les poils ne dépassent pas
de mon bikini à pois jaunes.
– On dirait un pubis de petite fille – t'as même pas de chair dessus. Tu as
de grands pieds maigres, des yeux trop écartés, un nombril qui se voit trop… »

Sa voix se fit plus rauque. « Tu as une peau splendide au clair de lune, tu as un corps à me couper le souffle...

– Viens, murmura-t-elle, je vais te faire du bouche à bouche pour te ranimer. »

Manny avala un peu de champagne. « Tu ne laisses pas beaucoup de marge de manœuvre.

– Ça ne doit pas te rendre aussi sinistre. Elizabet dit que travailler pour la Compagnie peut nuire gravement à la santé mentale. Je lui ai parlé au téléphone, ce soir – maman dit que ton père est rentré du bureau avec l'air d'un zombi ; tout à fait comme toi maintenant, quand on y réfléchit. Vous avez des problèmes ?

– On a toujours des problèmes, répondit évasivement Manny.

– Tu veux en parler ?

– Je ne peux pas.

– Essaye. »

Il secoua la tête.

« Donne-moi une idée. La Terre va entrer en collision avec un astéroïde ? Les Russes vont attaquer les premiers pour nous couper l'herbe sous le pied ? Le Congrès va réduire votre budget d'un ou deux milliards ?

– D'un point de vue psychologique, c'est tout ça à la fois et même un peu plus. Quelqu'un que je connais – quelqu'un que j'aime et que je respecte – a de gros problèmes... » Il laissa sa phrase en suspension.

« Et ça va nous gâcher notre nuit ensemble ?

– Il n'y aura pas de nuit ensemble, Nellie. C'est ce que je suis venu te dire. J'ai pensé que tu comprendrais mieux si je venais te le dire directement... Tu comprends ? »

Nellie vida son verre et le tendit pour qu'il le remplisse à nouveau. Elle but ce second verre et sortit de l'eau dans une gerbe d'éclaboussures. Puis elle s'enveloppa dans une immense serviette blanche et quitta la salle de bains en martelant le sol. Manny prit la bouteille et suivit les empreintes de pieds mouillés. « Comment voudrais-tu que je comprenne alors que tu n'expliques rien ? » ragea-t-elle en se jetant sur un canapé, jambes écartées ; la serviette glissa, révélant une hanche osseuse et une cuisse blanche.

« Écoute, dit Manny, je dois être quelque part dans trois quarts d'heure. C'est une situation d'urgence, tout le monde doit y être. Je resterais bien un peu plus...

– Si tu pouvais, mais tu ne peux pas. »

Manny posa la bouteille aux pieds de Nellie. Il se pencha pour l'embrasser, mais elle se déroba.

« Je commençais à m'habituer à l'idée que tu avais le béguin pour moi, dit-il.

– Je n'ai pas le bégin pour toi, Manny. Je t'aime. »

– Mais, tout de suite, on dirait que tu me détestes. »
Elle le regarda bien en face. « Je déteste la partie de toi que je n'aime pas.
– Je t'appelle dès que je peux.
– C'est ça. Mais ne crois pas que je vais me contenter des miettes que tu me jettes, Manny. Je veux tout le pain. Ça ou rien. »

L'Airbus d'Air France atterrit à l'aéroport international Dulles quelques minutes après seize heures. Leo et Adelle, ankylosés par les heures de vol, firent la queue au contrôle des passeports puis récupérèrent deux sacs sur le tapis à bagages et suivirent le couloir « rien à déclarer » vers la sortie. Ils virent Vanessa leur faire de grands signes de l'autre côté de la vitre.

« Oh, papa, maman, je suis si contente de vous voir, s'écria-t-elle avant d'embrasser sa mère et de se jeter dans les bras de son père. Comment c'était ?
– Formidable, sauf la fois où ton père n'est rentré au château qu'à onze heures du soir.
– Je me suis trompé de route et je suis arrivé dans un village dont je ne pouvais pas prononcer le nom, expliqua Leo, embarrassé. Et je ne savais pas le nom du château où on devait se retrouver.
– Alors, qu'est-il arrivé ?
– On a carrément appelé la police, raconta Adelle. Ils l'ont retrouvé en train de boire un calva dans un bistrot, à vingt-deux kilomètres du château. Il était tout rouge quand ils l'ont ramené dans leur fourgon, avec sa bicyclette.
– Vous êtes vraiment à part, commenta Vanessa avec admiration. Quand je dis à mes amis que mes parents se baladent en France à *vélo*, ils n'en reviennent pas. »
Leo remarqua un jeune homme en imperméable ceinturé qui l'observait à la porte sur la rue. L'inconnu s'approcha. « Monsieur, vous êtes bien monsieur Kritzky ? » demanda-t-il.
Leo devint soudain méfiant. « Qui êtes-vous ?
– Monsieur, j'ai une lettre pour monsieur Kritzky, de son bureau.
– Pourquoi ne pas l'envoyer par la poste ? »
Le jeune homme n'eut pas l'ébauche d'un sourire. « J'ai pour instruction de la remettre en main propre, monsieur.
– C'est bon, je suis Kritzky, fit Leo.
– Je peux voir votre passeport, monsieur, s'il vous plaît. »
Leo repêcha le passeport au fond de sa poche. Le jeune homme examina la photo, puis le visage de Leo, et rendit le document. Puis il remit à Leo une enveloppe scellée.
« Qu'est-ce que ça veut dire, papa ? s'enquit Vanessa
– Je ne sais pas encore. » Il ouvrit l'enveloppe et déplia la lettre d'une secousse du poignet. Son œil se porta immédiatement sur la signature. *Bill*

était tracé à l'encre bleue par-dessus la mention *William Colby, DCI.* La lettre commençait par : «Cher Leo».

> Désolé de vous cueillir comme ça, à la sortie de l'avion, mais il s'est produit des événements inattendus qui réclament votre attention immédiate. Si vous voulez bien, venez directement sur le campus – je vous mettrai au courant dès votre arrivée.

«Monsieur, fit le jeune homme, j'ai une voiture qui attend.»

Leo examina le jeune homme. «Vous savez ce qu'il y a dans la lettre?

– Je sais seulement ce qu'on m'a demandé, monsieur. Et on m'a demandé de vous attendre avec une voiture et un chauffeur pour vous mener à l'auteur de la lettre.

– Que se passe-t-il, Leo? intervint Adelle.

– Bill Colby me demande de venir à Langley tout de suite, dit-il à mi-voix. Vanessa, conduis ta mère à la maison. Je me débrouillerai pour rentrer. J'appellerai si ça s'éternise.

– Monsieur, si vous voulez bien me suivre…»

Leo embrassa sa fille sur les deux joues et sourit à Adelle avant de suivre le jeune homme en imperméable. «Pour quelle division travaillez-vous? questionna-t-il.

– Le service de sécurité, monsieur.»

Le jeune homme ouvrit la porte du hall à Leo et lui emboîta le pas. Une Ford quatre-portes grise attendait le long du trottoir. Le chauffeur ouvrit la portière à Leo, qui s'assit sur la banquette arrière. À sa grande surprise, un homme trapu se glissa à côté de lui, le poussant vers le milieu de la banquette. La portière à sa gauche s'ouvrit à son tour et un autre homme à la figure de boxeur monta de l'autre côté.

«Mais qu'est-ce que…»

Les deux hommes saisirent Leo par les bras. L'un d'eux lui passa adroitement les menottes aux poignets et les referma. Près de la voiture, le jeune homme en imperméable parlait dans un talkie-walkie. Le chauffeur prit place derrière le volant et démarra. «Penchez-vous, la tête entre les genoux», commanda le costaud à Leo. Comme celui-ci n'obéissait pas assez vite, le boxeur lui assena un petit coup sec à l'estomac qui lui coupa la respiration. Leo fut plié en deux et vomit sur ses chaussures. «Oh! merde», fit le costaud en appuyant sur la nuque de Leo pour qu'il garde tête baissée.

La Ford était apparemment coincée dans les embouteillages. Leo entendait des coups de klaxon tout autour d'eux. Il commençait à avoir mal au dos d'être courbé ainsi, mais la main qui lui maintenait la nuque ne relâcha pas son étreinte. Une quarantaine de minutes plus tard, il sentit que la voiture prenait une autre voie puis descendait une rampe. Une porte de garage s'ouvrit et dut se refermer derrière eux puisqu'ils furent soudain plongés dans l'obscurité. Le costaud retira sa main. Leo se redressa et vit qu'ils se trouvaient dans un garage souterrain faiblement éclairé. Des voitures occupaient les places de stationnement. La Ford s'arrêta devant un ascenseur de service. Le costaud en descendit et traîna Leo derrière lui. Le boxeur les suivit. La porte de l'ascenseur s'ouvrit et les trois hommes entrèrent dans la cabine. Le boxeur appuya sur un bouton. Il y eut un bourdonnement. Quelques instants plus tard, les portes s'ouvrirent et Leo fut tiré dans un couloir obscur puis poussé dans une pièce aux murs crème éclairée par une batterie de projecteurs de salle d'opération fixés au plafond. Deux femmes d'âge moyen en longue blouse blanche l'attendaient. Le boxeur sortit une clé et lui retira les menottes. Leo se massa les poignets et les deux hommes l'encadrèrent.

« Faites exactement ce qu'on vous dit, ordonna l'une des femmes. Quand nous vous le demanderons, vous vous déshabillerez vêtement après vêtement, très lentement. Bon, commencez par votre chaussure gauche.

– Qu'est-ce que vous cherchez ? » parvint à demander Leo.

Le costaud le gifla. « Personne n'a dit que vous aviez le droit de parler, non ? La chaussure, monsieur Kritzky. »

La joue en feu et les larmes lui montant aux yeux, Leo se baissa, retira son soulier gauche et le tendit à l'homme qui l'avait frappé, qui lui-même le donna à l'une des femmes. Elle l'inspecta minutieusement, le tournant et le retournant entre ses mains comme si elle n'en avait jamais vu de tel. Puis elle prit une pince et déboîta le talon avant de se servir d'une lame de rasoir pour regarder sous la semelle et sous la languette. Ne trouvant rien, elle écarta le soulier de Leo et désigna sa chaussure droite. Pièce par pièce, les deux femmes vérifièrent chaque vêtement de Leo jusqu'à ce qu'il se retrouve entièrement nu sous les projecteurs. L'une des femmes enfila une paire de gants en latex. « Écartez les jambes », ordonna-t-elle. Le trouvant un peu trop lent à obéir, le boxeur lui écarta les jambes d'un coup de pied. La femme s'agenouilla devant Leo et lui palpa les orteils et la plante des pieds. Elle remonta ainsi jusqu'à son aine, ses testicules et son pénis, fouillant le moindre pli de son anatomie. Leo se mordillait la lèvre sous l'humiliation. La femme lui palpa les aisselles puis lui passa les doigts dans les cheveux. « Ouvrez grand », commanda-t-elle. Et elle lui fourra un abaisse-langue dans la bouche et, lui inclinant la tête vers les projecteurs, inspecta ses dents. « Bon, jetons un coup d'œil sur votre anus, maintenant, monsieur Kritzky.

– Non ! » Le mot jaillit comme un sanglot. « Je demande à voir…

– Votre trou du cul, trouduc ! » le rappela à l'ordre le boxeur. Celui-ci frappa alors Leo à l'estomac et le plia en deux avec une clé de judo prestement appliquée sur un bras. La femme plongea un doigt ganté dans un pot de vaseline, s'agenouilla devant lui et lui sonda l'anus.

Lorsqu'il fut autorisé à se redresser, Leo hoqueta. « De l'eau. »

Le costaud consulta du regard la femme aux gants chirurgicaux. Comme elle haussait les épaules, il sortit et revint avec un gobelet en carton rempli d'eau. Leo le vida et, pantelant, demanda : «Est-ce que je suis encore en Amérique?»

Le costaud éclata de rire. «Ici, c'est comme le Vatican, mon pote – on jouit du privilège d'extraterritorialité. L'*Habeas corpus* n'existe pas.»

L'une des femmes laissa tomber un pyjama blanc et des savates par terre, aux pieds de Leo. «Si vous voulez mettre ça», dit-elle d'une voix teintée d'ennui.

Leo enfila le bas; il n'y avait pas d'élastique à la ceinture et il fallait le tenir. Il passa donc l'une après l'autre les manches de la veste. Ses mains tremblaient si fort qu'il eut du mal à la boutonner avec sa main libre. Le boxeur finit par le faire à sa place. Ensuite, tenant toujours son pantalon de pyjama, les pieds traînant dans les savates, il suivit le costaud dans un long couloir sombre jusqu'à une autre porte située tout au bout. L'homme frappa deux coups, sortit une clé, ouvrit la porte et recula. La respiration sifflante de nervosité, Leo passa devant.

Il se retrouva dans une chambre assez vaste et dépourvue de fenêtre. Tous les murs, et le panneau de la porte, étaient recouverts de caoutchouc mousse. Trois ampoules électriques nues pendaient au bout de fils électriques qui descendaient d'un très haut plafond. Il y avait une couverture brune de l'armée soigneusement pliée près de la porte. Une cuvette de water sans couvercle était fixée à un mur, et il y avait une tasse en fer-blanc posée par terre à côté. Le milieu de la pièce était occupé par deux chaises et une petite table sur laquelle un magnétophone était posé; la table et les deux chaises étaient vissées au sol. James Jesus Angleton se tenait assis sur l'une des deux chaises, la tête penchée sur le classeur ouvert devant lui. Une cigarette était accrochée à ses lèvres, et le cendrier posé sur la table débordait de mégots. Sans même lever les yeux, Angleton fit signe à Leo de s'asseoir en face de lui et appuya sur la touche d'enregistrement du magnétophone.

«Vous avez fait Yale, promotion 1950, si je ne me trompe», commença-t-il.

Mentalement épuisé, Leo se laissa tomber sur le siège. «Yale, Cinquante. Oui.

– Quelle résidence?

– Timothy Dwight, pendant deux ans. Puis je me suis installé un peu en dehors du campus.

– J'ai fait Silliman, mais c'était avant votre époque», fit Angleton. Il passa alors à une autre page du classeur pour vérifier quelque chose, puis revint à la précédente. «Et si nous commencions par votre père.»

Leo se pencha. «Jim, c'est moi, Leo. Leo Kritzky. Ces gros bras m'ont enlevé à l'aéroport. Ils m'ont brutalisé. J'ai eu droit à une fouille au corps. Qu'est-ce qui se passe?

– Commençons par votre père.

– Jim, pour l'amour du ciel... » Leo regarda tourner les bobines du magnétophone puis, frissonnant, prit une profonde inspiration. « Mon père s'appelait Abraham. Abraham Kritzky. Il est né à Vilnius, dans le quartier juif, le 28 novembre 1896. Il a émigré en Amérique pendant les pogroms de 1910. Il a trouvé du travail dans l'usine de confection Triangle Shirtwaist : il cousait des bandes de tissu à l'intérieur des chapeaux – il y était quand il y a eu ce fameux incendie, en 1911, qui a tué près de cent cinquante couturières. Mon père s'en est sorti avec sa machine à coudre accrochée sur le dos quand les pompiers ont réussi à défoncer la porte à incendie verrouillée qui donnait sur une petite rue.

– Cette expérience l'a-t-elle rendu amer ?

– Bien sûr, que ça l'a rendu amer.

– Est-ce que ça l'a monté contre le capitalisme ?

– Mais qu'est-ce que vous cherchez, Jim ? J'ai déjà parlé de tout ça quand j'ai été recruté. Il n'y a pas de secrets cachés là-dedans. Mon père était socialiste. Il vénérait Eugene Debs. Il s'est inscrit au parti socialiste de Debs dès sa fondation, en 1918. Il a manifesté quand Debs a été mis en prison, je crois que c'était vers 1920. Il lisait le *Jewish Daily Foward* et, pour lui, le courrier des lecteurs de Bintel était une vraie Bible. Il nous lisait à voix haute ces lettres en yiddish où les gens confiaient leurs problèmes. Mon père était un cœur sensible, ce qui n'était pas un crime fédéral jusqu'à la création de la commission des affaires anti-américaines.

– Vous êtes né le 29 octobre 1929... »

Leo eut un rire amer. « Le jour du krach boursier, oui. Vous allez me reprocher ça aussi ?

– Votre père avait une petite entreprise, à cette époque. » Angleton passa à une autre page de son classeur. « Il fabriquait et réparait des chapeaux sur Grand Street, à Manhattan. Le krach l'a mis sur la paille.

– La banque l'a obligé à rembourser ses emprunts – il avait acheté toute la maison, Grand Street. Il avait son entreprise au rez-de-chaussée et on habitait à l'étage. Il a tout perdu.

– Ensuite, qu'est-il arrivé ?

– Je peux avoir de l'eau ? »

Angleton désigna la tasse en fer-blanc posée par terre près des toilettes. « Il y a de l'eau dans la cuvette. »

Leo secoua la tête avec incrédulité. « Vous avez perdu la raison, Jim. Vous vous fourrez le doigt dans l'œil si vous croyez que je vais boire l'eau des toilettes.

– Vous le ferez quand vous aurez assez soif. Que s'est-il passé après le krach boursier ? »

Comme Leo ne répondait pas, Angleton déclara : « Comprenons-nous bien, vous allez rester dans cette pièce jusqu'à ce que vous ayez répondu à toutes mes questions, et plusieurs fois. Nous allons passer au crible votre vie d'avant et d'après votre entrée à la Compagnie. Ça peut prendre des semaines, ça peut prendre des mois, ça ne me dérange pas. Je ne suis pas particulièrement pressé. Vous voulez continuer ou vous préférez que je revienne demain ?

– Enfant de salaud », murmura Leo.

Angleton commença à refermer le classeur.

« D'accord, d'accord, je vais répondre à vos putains de questions. Ce qui s'est passé après le krach, c'est que mon père s'est tué.

– Comment ?

– Vous le savez très bien.

– Dites-le-moi quand même.

– Il a sauté du pont de Brooklyn. On a retrouvé son corps dérivant sous les quais de Brooklyn Heights le lendemain matin.

– C'était quand ?

– En mars 1936.

– Le sept mars, pour être exact, précisa Angleton. Votre père est-il devenu communiste entre le krach et son suicide, ou bien l'était-il déjà en venant de Russie ? »

Leo ricana. « Mon père était un juif qui croyait, comme le prophète Amos – soit huit siècles avant Jésus-Christ – que l'on était un voleur si l'on avait plus que ce dont on avait besoin, car ce que l'on possédait avait forcément été volé à ceux qui n'avaient pas assez. Heureusement pour Amos, il n'y avait pas de Joe McCarthy à l'époque. » Leo détourna les yeux. Il revoyait son père lire sa vieille Torah usée et il en cita un passage de mémoire. « "Ils ne savent pas agir avec droiture, dit l'Éternel. Ils entassent dans leurs palais les produits de la violence et de la rapine", Amos 3,10, si je me souviens bien, Jim.

– Vous semblez avoir une dent contre McCarthy.

– C'était une ordure.

– Étiez-vous d'accord avec Amos et avec votre père ? Pensiez-vous que ce qui vous appartient est volé à ceux qui n'ont pas assez ?

– Dans un monde idéal, un tel sentiment pourrait peut-être trouver une once de justification. Mais je m'accommode depuis longtemps de notre monde imparfait.

– Le capitalisme a-t-il tué votre père ?

– Mon père s'est tué tout seul. Le capitalisme, tel qu'il se pratiquait en Amérique dans les années vingt et trente, a créé les conditions qui ont poussé des tas de gens à se suicider, y compris les capitalistes qui se sont jetés par les fenêtres de Wall Street en 1929. »

Angleton alluma une nouvelle cigarette. Un fragment de sourire s'accrochait mollement à un coin de sa bouche et des cendres volcaniques voilaient la pupille de ses yeux. Leo se souvint qu'Angleton était un fou de pêche à la ligne ; on disait qu'il passait des heures à arpenter les rives de la Brule au niveau du partage des eaux, dans le nord du Wisconsin, lançant d'une secousse du poignet une mouche qu'il avait lui-même nouée à la main puis la laissant suivre le courant pour attendre avec une infinie patience de piéger la truite brune mythique qui se cachait, disait-on, dans les courants de la rivière. Il vint soudain à l'esprit de Leo que le patron du contre-espionnage arpentait à présent une autre rive ; qu'il lançait devant Leo de nouvelles mouches artisanales dans l'espoir que celui-ci mordrait à l'hameçon, altérerait une vérité, mentirait sur un détail, ce qui lui permettrait de ramener la ligne.

Feuilletant les pages de son classeur, Angleton cochait un élément, soulignait une phrase, rayait un mot et le remplaçait par un autre au crayon. Il voulut savoir quels sentiments Leo entretenait vis-à-vis de l'Union soviétique pendant la Deuxième Guerre mondiale. Léo répondit qu'il n'était qu'un gosse à l'époque ; il ne se rappelait pas avoir pensé à l'Union soviétique d'une façon ou d'une autre. « Et vous vous êtes inscrit au mouvement Ethical Culture après la guerre », remarqua Angleton. Non, répondit Leo, il ne s'était jamais inscrit au mouvement Ethical Culture ; il se rendait à des réunions du soir à Brooklyn, principalement pour jouer aux échecs. « Quel genre de personnes rencontriez-vous là-bas ? » Leo s'esclaffa. Des joueurs d'échecs. « Vous avez rencontré une fille là-bas, n'est-ce pas ? questionna Angleton. Qui s'appelait... – Il se mouilla l'index pour tourner quelques pages – qui s'appelait Stella. » Oui, convint Leo, il se souvenait de Stella. Elle avait l'habitude très énervante de vouloir rejouer son coup alors qu'elle avait déjà lâché sa pièce ; il avait fini par être le seul à encore accepter de jouer avec elle. Angleton lui demanda s'il se rappelait son nom de famille. Leo réfléchit un instant. Non, dit-il, pas du tout. Le fragment de sourire revint sur les lèvres d'Angleton. « Est-ce que ça ne serait pas Bledsoe ? » voulut-il savoir. Oui, ça évoquait quelque chose, répondit Leo. Bledsoe semblait familier.

La voix d'Angleton n'était plus qu'un ronronnement tandis qu'il maniait sa canne, faisant glisser sa mouche à la surface de l'eau. « Il y a une Bledsoe, Stella, citée par Whittaker Chambers parmi les compagnons de route rencontrés aux réunions du parti communiste après la guerre. » Comme Leo ne disait rien, Angleton leva les yeux de ses notes. « Stella Bledsoe était-elle communiste ? » Leo ricana. Elle était assistante sociale, et il y avait beaucoup de travailleurs sociaux socialistes, alors c'était peut-être son cas. Si elle était communiste quand il l'avait rencontrée, dans les années quarante, il n'en avait rien su. Angleton tira sur sa cigarette et reprit : « Elle épousait la ligne du parti – désarmement nucléaire unilatéral, abandonner Berlin aux Russes – ce qui faisait d'elle une communiste, vous n'êtes pas d'accord ?

– Que je sois d'accord ou pas a une importance ?

– Non, Leo. Mais ça faciliterait les choses.

– Pour qui ?

– Pour vous. Pour moi. Pour la Compagnie.»

Leo se leva et, tenant son pantalon de pyjama pour l'empêcher de tomber, s'approcha d'un pas traînant des toilettes et contempla l'eau de la cuvette. Il fit un effort pour déglutir et apaiser sa gorge desséchée, puis revint s'asseoir. «Où est-ce qu'on est?» demanda-t-il en montrant les murs capitonnés. Il pensait avoir une idée; il y avait un ancien hôpital de la Marine sur la 23ᵉ Rue, un ensemble de bâtiments jaunâtres situés en face du Département d'État et que la CIA utilisait pour des recherches secrètes. Comme le lieu était parfaitement sûr, la Compagnie y procédait parfois au débriefing de certains transfuges.

Angleton dévisagea Leo. «Pour ce que ça vous concerne, nous pourrions aussi bien être sur une autre planète.» Il n'y avait pas de méchanceté dans sa voix, juste une froide constatation.

«Ma femme va commencer à poser des questions en ne me voyant pas rentrer.»

Angleton consulta sa montre. «À l'heure qu'il est, le directeur aura déjà appelé Adelle en s'excusant platement d'avoir dû vous envoyer en Asie au pied levé. Il lui aura dit qu'il y a eu un imprévu mais qu'elle comprendrait qu'il ne puisse pas lui donner de détails. Votre femme aura pris la nouvelle bravement; elle n'aura pas manqué de demander quand elle pouvait escompter votre retour. Le directeur se sera montré évasif. "Ce pourrait être long", ce genre de chose. Alors votre femme aura protesté que vous êtes parti sans vêtements de rechange, et le directeur lui aura proposé de vous préparer un sac et qu'une voiture passerait le prendre. Adelle a dû demander si vous l'appelleriez, mais le directeur lui aura répondu qu'il vous a donné pour instruction de garder le silence radio. Et puis il aura ajouté qu'il ne manquerait pas de l'appeler personnellement dès qu'il pourrait lui en dire davantage. Adelle aura encore voulu savoir si vous couriez un quelconque danger, et le directeur l'aura rassurée: "Non, absolument pas, je vous en donne ma parole."»

Leo eut à nouveau l'impression qu'on lui coupait la respiration. «Je ne m'étais jamais rendu compte avant aujourd'hui à quel point vous êtes un salaud», murmura-t-il.

Imperturbable, Angleton revint à la première page de son classeur et contempla l'unique mot qui figurait dessus. Leo se concentra sur les lettres capitales pour essayer de les déchiffrer à l'envers. Le mot apparut soudain clairement. Il s'agissait de SACHA.

Angleton referma le classeur et arrêta le magnétophone. Il glissa le tout, avec le cendrier, dans un sac en papier brun puis, sans un mot, gagna la porte. Il frappa deux coups de sa main libre. Le boxeur ouvrit la porte, le laissa sortir et la referma. Leo se prit à regretter le départ d'Angleton. Cela faisait au moins quelqu'un à qui parler. Il étendit la couverture, la replia en deux et s'étendit dessus pour dormir. Les trois ampoules nues étaient plus lumineuses que précédemment – Leo comprit qu'elles fonctionnaient avec un rhéostat destiné à l'empêcher de dormir. Recroquevillé en position fœtale sur la couverture, il perdit la notion du temps. À un moment, la porte s'ouvrit et on glissa une assiette en fer-blanc dans sa geôle, puis la porte se referma avec fracas. Sans lâcher la ceinture de son pyjama, Leo traîna les pieds jusqu'à la porte et prit des morceaux de chou cuit refroidi du bout des doigts. Les larmes lui montèrent aux yeux quand il prit conscience que c'était très salé. Il resta longtemps à contempler les toilettes. Puis il s'en approcha et plongea la tasse en fer-blanc dans la cuvette pour boire l'eau. Il eut un haut-le-cœur et s'accroupit, fourrant la tête entre ses jambes et respirant profondément pour s'empêcher de vomir. Quand il se sentit mieux, il se leva, urina dans les toilettes et tira la chasse d'eau, puis il s'étendit à nouveau sur la couverture et se mit à réfléchir, les yeux grands ouverts.

SACHA.

Agatha Ept fut catégorique. Ce n'était pas le moment pour une Vierge et un Capricorne d'entreprendre de nouveaux projets. «Je serais ravie de vous expliquer pourquoi, assura-t-elle en reculant vers la chambre. Pour commencer, Pluton et Mars forment un carré… bon, bon, pas la peine de me faire un dessin.» Et elle disparut derrière la porte.

«C'est une Américaine dérangée si elle croit sérieusement que étoiles décident du destin de nous», dit Sergu[e]ï Koukouchkine à Manny quand ils se retrouvèrent seuls.

Manny commençait à apprécier le Russe. Son visage ouvert, les plis soucieux qui barraient son front à chaque fois qu'il parlait de sa femme ou de sa fille, et même l'anxiété que trahissait le martèlement de ses ongles les uns contre les autres… tout cela semblait aller dans le sens que AE/PINACLE était un vrai transfuge porteur d'informations authentiques. Manny se prenait à le regretter ; il aurait voulu que Sergueï ne le regarde pas en face quand il lui parlait, il aurait voulu percevoir une retenue, une hésitation dans sa poignée de main, un soupçon d'autre chose que de la franchise. Parce que si Koukouchkine était un transfuge authentique et que Jim Angleton avait raison, Leo Kritzky était SACHA.

«Elena Antonova a-t-elle pris ses comprimés, ce matin ?» demanda-t-il à Koukouchkine.

Un sourire flotta dans le regard du Russe. «Elle a pris les deux premiers tout de suite en rentrant à l'ambassade, dit-il. Elena m'a dit qu'elle s'était sentie soulagée dès les premières minutes.» Les ongles de Koukouchkine cessèrent de cliqueter, signe qu'il avait une question particulièrement importante à poser. «Et SACHA ? Qu'est-ce que SACHA est devenu ?»

Manny dut se forcer à garder les yeux sur le Russe. « M. Angleton prétend avoir découvert son identité.

– Alors est-ce que SACHA a été arrêté ? » chuchota le Russe.

Manny hocha la tête.

« Ça ne paraît pas réjouir vous.

– Organiser des rendez-vous avec vous, établir des codes et des signaux dont vous puissiez vous servir en cas de changements imprévus, transmettre des questions et rapporter vos réponses, mon travail s'arrête là. Ce qu'on fait des infos que vous avez données ne me regarde pas.

– Et, honnêtement, Manny, croyez-vous que le SACHA qui a été arrêté est véritable SACHA ?

– Nous sommes jeudi, dit Manny. D'après vos informations, SACHA devrait avoir retrouvé son bureau depuis lundi. Il est vrai que nous ne sommes qu'une poignée à connaître votre identité, mais un certain nombre de personnes de divers services ont été impliquées – pour contrôler les lignes de téléphone, modifier les comprimés de votre femme, les guetteurs et maîtres-espions qui vous ont suivis, vous et votre femme, ce genre de choses. Il y aura forcément des bruits de couloir concernant une défection de haut niveau. Si vous ne vous trompez pas pour SACHA – si c'est quelqu'un d'important – il en aurait déjà entendu parler. Avez-vous remarqué si les gens de votre SK prenaient des précautions particulières dernièrement ? »

Koukouchkine secoua la tête.

« Votre femme a-t-elle eu l'impression d'être filée quand elle s'est rendue chez le dentiste, ce matin ?

– Si elle était suivie, je ne suis pas sûr qu'elle le verrait.

– Mais nous, si, Sergueï. Elle n'était pas suivie quand elle est sortie du métro à Dupont Circle. Elle n'était pas suivie non plus quand elle y est retournée. Avez-vous remarqué quoi que ce soit sortant de l'ordinaire à l'ambassade ? Personne ne vous a porté une attention particulière ?

– Le *rezident* a fait venir moi. Il a ouvert une bouteille de scotch et il m'a offert à boire.

– Il est content des brevets que vous lui avez rapportés ? »

Koukouchkine réfléchit. « Je dirais qu'il est satisfait, oui. Il avait problèmes avec le Centre de Moscou en décembre dernier. Un officier du KGB de l'ambassade a été rappelé à Moscou – il prétendait contrôler un agent américain qui lui donnait des secrets sur les radars et on s'est aperçu que ces informations se trouvaient dans la presse aéronautique. Un mois plus tard, un colonel du KGB qui travaillait sous couverture diplomatique a rédigé rapport de dix pages sur une conversation qu'il avait eue avec votre secrétaire de la Défense Schlesinger alors qu'il lui avait simplement serré la main à une réception. » Le Russe leva les mains. « Nous sommes tous soumis à grande pression de devoir fournir des secrets. »

Manny estima que le moment était venu de poser la question qu'on lui avait demandé de poser. «Qu'est-ce que vous en dites, Serguei? Voulez-vous prendre ce risque? Acceptez-vous de rester en place maintenant que SACHA n'est plus une menace pour vous?

– Et si j'accepte...»

Manny comprit que le Russe voulait réentendre les conditions de l'accord.

«Nous vous ferons passer à Noël, quand vous emmènerez votre famille visiter Disney World, en Floride. Vous recevrez un forfait de deux cent cinquante mille dollars déposés sur un compte en banque, et un traitement mensuel de consultant de quinze cents dollars pendant un minimum de dix ans. Vous aurez une toute nouvelle identité et la citoyenneté américaine, ainsi qu'une maison sur deux niveaux dans une région résidentielle de Floride que vous choisirez. Il y aura une Oldsmobile quatre-portes garée dans l'allée.

– Et si je me sens menacé avant décembre?

– Nous concevrons des signaux et une procédure d'urgence pour vous faire passer immédiatement, vous et votre famille.»

Koukouchkine examina ses ongles puis leva les yeux. «Je crois que je suis dérangé comme l'Américaine dans sa chambre, là, Manny, mais j'ai confiance en vous. Je ne crois pas que vous allez mentir à moi. Je ne crois pas que vous allez me trahir. Je vais le faire – pas pour l'argent, même si je serai content d'assurer la sécurité de ma famille. Je vais le faire pour prouver à votre organisation que je suis bien celui que je dis être – que je suis loyal envers l'Amérique.»

Manny s'avança, et les deux hommes se serrèrent la main. «Vous ne le regretterez pas, Serguei, je vous le promets.» Il consulta sa montre. «Nous avons encore trois quarts d'heure.» Koukouchkine déclencha lui-même le magnétophone et tira le micro vers le bord de la table de cuisine. «Aujourd'hui, je commencerai par vous dire ce qu'il y avait dans le message que j'ai déposé dans toilettes pour hommes du Jefferson Hotel pour l'agent de la *rezidentura* à votre National Security Agency.» Voyant que le Russe hésitait, Manny lui adressa un sourire encourageant. «Bon, je vous ai déjà dit que le *rezident* m'a donné message codé roulé dans la partie supérieure d'un stylo à encre. Comme ce message ne contenait pas d'information liée à opération, Borissov m'a dit le contenu. Le message disait : *"Félicitations pour le Deuxième Homme."* Vous devez comprendre que le manuel du KGB pour la manipulation des agents conseille de prêter attention à la vie personnelle des agents américains. Le contenu de ce message particulier suggère que la femme de l'Américain qui espionne à l'intérieur de votre NSA a donné naissance à un deuxième fils, sans doute vers le début du mois de janvier...»

4

Moscou, dimanche 9 juin 1974

Mis à part les ridules qui partaient de ses yeux et les quatre ou cinq kilos accumulés autour de sa taille, PARSIFAL n'avait guère changé depuis qu'Evgueni l'avait vu pour la dernière fois, vingt-trois ans plus tôt, sur le champ de bataille de Gettysburg. « C'est extrêmement gentil de votre part de passer », marmonna Harold Adrian Russell Philby en conduisant son visiteur dans un étroit couloir qui sentait le désinfectant jusqu'à une double porte vitrée donnant sur un petit séjour encombré de meubles, de piles de livres et de journaux. Un climatiseur Westinghouse encastré dans le bas d'une fenêtre produisait un bourdonnement continu. « Cette saleté de chose f-f-fait un sacré boucan, mais ça empêche quand même d'avoir le corps en surchauffe. Est-ce que je me trompe ? La dernière fois que je vous ai vu, vous vous faisiez appeler Eugene. Comment je vous appelle, maintenant ?

– Par l'équivalent russe. Evgueni.

– Bien, mon v-v-vieux. Vous avez gardé la forme, contrairement à d'autres que je connais. Je dois vous reconnaître ça. Vous avez vécu en Amérique pendant toutes ces années ? »

Evgueni haussa les sourcils en guise d'excuse.

– Oh, Seigneur, v-v-voilà que je remets ça ! Pardon, mille fois pardon, grommela Philby. C'est pas le genre de questions qu'on pose à un espion. » Il n'était pas encore quatre heures, et l'haleine de Philby empestait déjà l'alcool. « C'est Starik qui vous envoie pour voir si je tiens le coup, c'est ça ?

– En fait, mentit Evgueni, c'est moi qui lui ai demandé où je pourrais vous trouver. Je me suis dit que ce pourrait être amusant d'échanger quelques remarques.

– Oui, c-c-c'est ça. Échanger quelques remarques avec ce vieux PARSI-FAL. » Il plissa les yeux pour attraper la bouteille à moitié vide de Lagavulin, servit une dose pour Evgueni et remplit son verre à ras bord. « Glace ? Eau ? Les deux ? Rien ?

– De la glace, merci. Le Lagavulin, c'est ce que je vous livrais chez vous, Nebraska Avenue. Comment faites-vous pour trouver du bon pur malt à Moscou ? »

Philby ouvrit son blazer maculé d'alcool et s'assit avec précaution dans un vieux fauteuil dont les ressorts rouillés grincèrent. « Je trouve tout ce que je veux, à Moscou, grogna-t-il. C'est simple comme bonjour. Je fais une liste de courses – ch-ch-chutney à la mangue de chez Harrod's, blazer sur mesure de Savile Row, caviar beluga des hauts-fonds de la Caspienne, olives d'Italie. *Tinker, Tailor, Soldier, Spy* de chez Hayward Hill. Le *Times* de Londres avec sept jours de retard par le courrier. Vous pouvez demander n'importe quoi, mes anges gardiens le fournissent.

– Vos anges gardiens ne vous dérangent pas ? » s'enquit Evgueni en s'asseyant dans un fauteuil miteux orné de fleurs terriblement criardes. Il était tombé sur les anges gardiens de Philby en entrant dans l'immeuble vétuste donnant sur l'étang du Patriarche ; celui du hall avait vérifié sa carte d'identité et coché son nom sur une liste, celui qui était assis derrière une petite table, sur le palier du troisième étage, l'avait gratifié d'un mouvement de tête maussade, et celui qui montait la garde devant le trois pièces minable de Philby avait lui aussi demandé ses papiers d'identité.

Philby ricana. « C'est la loi de la nature, pas vrai, mon vieux ? Nos anges gardiens nous dérangent toujours. Si on s'y habitue, c'est qu'on a déjà un pied dans la tombe. On m'assure que j'ai besoin d'une surveillance continuelle pour empêcher le MI6 de me descendre. Mais en fait, ce qu'ils craignent vraiment, c'est que Jimbo Angleton ait fait de moi un agent triple. Vous parlez d'une affaire – je me suis bien débrouillé avec le boulot d'agent double, mais triple, ça m'empêcherait de dormir : je n'arrêterais pas de me demander pour quel bord je travaille vraiment. » Et il poussa un énorme éclat de rire à cette bonne plaisanterie.

Evgueni but son whisky. « Qu'est-ce que ça vous a fait, demanda-t-il en examinant Philby par-dessus son verre, de rentrer au pays après toutes ces années ?

– Je vous l'ai dit à Gettysburg quand vous m'avez demandé de me tirer. Ce n'est pas un secret d'État. Ma patrie, c'est l'Angleterre, mon vieux, pas la Russie, répondit Philby avec une amertume non déguisée. La Russie, c'est là que va ma loyauté depuis que j'ai vu la lumière à Cambridge. Mais même dans mes délires les plus fous, je n'avais jamais rêvé de finir ma *vie* ici. Si on peut appeler ça une vie. Enfin, remarquez que c'est quand même mieux que d'être en taule en Angleterre. » Il poussa un autre éclat de rire entre ses dents serrées.

La nouvelle épouse de Philby – après qu'il eut fui à Moscou, en 1963, juste avant que les Anglais ne trouvent enfin leur preuve qu'il avait bien espionné pour les Soviétiques, il avait courtisé et épousé la femme de Donald Maclean –

passa la tête dans la pièce. « Ton ami prendra-t-il le thé avec nous, Kim ? demanda-t-elle. Restez », ajouta-t-elle à l'adresse d'Evgueni. Sa voix enjouée paraissait déplacée dans cet environnement morne ; elle aurait pu être l'épouse d'un châtelain des Midlands faisant du plat aux copains de son mari.

« Alors, mon v-v-vieux ? s'enquit Philby, plein d'espoir.

– Je crains que ce ne soit pour une autre fois, répondit Evgueni.

– *Tea for three, three for tea*, entonna Philby sur l'air de *Tea for Two*. Le gentleman remet ça à une autre fois », ajouta-t-il en congédiant sa femme du geste. Puis il fixa ses yeux injectés de sang sur son visiteur. « Ils ne me font pas confiance, hein ?

– On ne m'a rien dit.

– Bien sûr que si. B-b-brecht a assuré un jour qu'un bon communiste avait pas mal de bosses à son casque et que certaines d'entre elles étaient l'œuvre de ses ennemis. » Philby se frotta les lèvres du revers de la main. « Starik est le cul entre deux chaises et il ne sait de quel côté s'asseoir. Le KGB a épinglé l'ordre de Lénine s-s-sur mon blazer à mon arrivée ici. J'ai cru à l'époque que c'était l'équivalent des plus belles médailles que distribue Sa Majesté Elizabeth II, mais j'ai maintenant quelques doutes. L'*Oberführer* du KGB, le camarade président Andropov, me tient à distance. Il n'a même pas eu la d-d-décence de me donner un rang d'officier du KGB. Pour lui, je ne suis toujours qu'un simple agent. Il me fait venir le vendredi soir pour mettre au courant des gens dont le visage reste soigneusement dans l'ombre. Je les instruis sur la vie en Angleterre et aux États-Unis ; je leur explique les pourboires ; je leur conseille de faire attention à bien commander deux derniers verres quand on sonne la fermeture ; je leur apprends à se mettre les Américains dans la poche en leur parlant d'argent, et les Anglais en leur parlant de la dernière guerre. » Philby ferma un instant les yeux. « Je leur explique comment fonctionne James Jesus Angleton. Je suis le spécialiste maison pour tout ce qui touche à Jimbo, pas vrai, mon pote ? Notre meilleur atout aux États-Unis, c'est Jimbo Angleton. Grâce à votre serviteur, il soupçonne absolument tout le monde, alors plus personne ne le prend vraiment au sérieux. »

Philby prit une rasade de Lagavulin, rejeta la tête en arrière et avala. « Je vais vous dire un secret, mon gars, si vous me jurez de ne pas le répéter à trop de gens. Après mon arrivée ici, Jimbo m'a fait parvenir un message – sous la forme d'une note manuscrite sur la page titre d'un livre que j'avais commandé à Londres. Ce crétin l'a même signé – d'un gros J pour Jimbo.

– Et qu'est-ce qu'il disait dans ce message ?

– *Amicitia nostra dissoluta est*. Ça veut dire *notre amitié est dissoute* en latin. C'est ce que Néron a écrit à Sénèque quand il a voulu que son vieux con de tuteur aille se faire foutre et se suicide. » Philby gloussa comme une écolière. « C'est un peu déconnecté de la réalité de la part de ce vieux Jim d'imaginer que je pourrais me trancher les poignets juste parce qu'il a mis fin à notre amitié, non ? »

Philby sombra dans un silence morose. Au bout d'un moment, Evgueni demanda : « Pensez-vous jamais à retourner là-bas ?

– Si c'était le cas, je ne vous le dirais pas, pas vrai, mon gars ? Je ne suis pas encore sénile. » Il éclusa encore un peu d'alcool. « La vérité, c'est que même si je le pouvais, je ne leur donnerais pas cette satisfaction. »

Ils bavardèrent encore une demi-heure. Philby suivait de près cette affaire d'*impeachment* de Nixon. Il était particulièrement intrigué par la présence d'un ancien de la CIA, E. Howard Hunt, parmi les « plombiers » de la Maison-Blanche qui avaient déclenché le scandale du Watergate ; il se demanda si la CIA n'en savait pas plus sur cette histoire qu'elle ne voulait bien le dire. Oh ! Brejnev avait une veine incroyable, c'est vrai. Laisser un salopard dans son genre parvenir au sommet ne prêchait pas en faveur du système communiste. Oui, il avait lu des choses sur les dissidents soviétiques dans la presse anglaise ; il avait même commandé un exemplaire de *L'Archipel du Goulag* de Soljenitsyne à sa librairie londonienne préférée, Hayward Hill, et il l'attendait d'un jour à l'autre. Un des larbins d'Andropov était venu avec une lettre qui condamnait les écrivains dissidents, et l'avait incité à la signer, mais Philby l'avait envoyé paître : il avait dit qu'ils feraient mieux de s'attaquer aux vrais criminels au lieu de persécuter les dissidents.

Plus tard, remontant d'un pas lourd le couloir obscur menant à la porte d'entrée, un verre dans une main molle, la paume de l'autre effleurant le mur pour garder l'équilibre, Philby déclara d'une voix pâteuse : « Un peu schizo, ces Russes, vous ne trouvez pas ? J'ai une théorie là-dessus – je crois que c'est parce qu'un Russe, Pierre le Grand, a essayé d'en faire des Allemands, et qu'une Allemande, Catherine II, a voulu en faire des Russes. » À la porte, où le nom de code soviétique d'origine de Philby – SYNOK, TOM – figurait juste sous le numéro de l'appartement, l'Anglais s'accrocha au revers d'Evgueni. « Vous êtes au courant ? Il paraît que les Britanniques envisagent de faire un film sur moi. C'est encore très secret. On parle de M-m-m-michael York pour mon rôle. Mauvais choix, si vous voulez mon avis. Je ne vois vraiment pas comment il pourrait y arriver. M-m-m-michael York n'est pas un gentleman, pas vrai, mon vieux ? »

Evgueni avait alimenté la boîte aux lettres morte de SACHA une fois toutes les trois ou quatre semaines avec une telle régularité que la possibilité d'un congé en Russie ne l'avait pas effleuré. Puis, un mois environ avant cette dernière rencontre avec Philby, il avait tendu l'antenne entre les crochets à tableaux des murs de son tout petit appartement au-dessus du garage, de Tysons Corner, et avait réglé son radio-réveil General Electric sur le jeu radiophonique en langue anglaise de 23 h de Radio Moscou. Lorsqu'il eut reconnu l'une de ses phrases codes personnelles – « Il ne me plaît pas de faire partie du rêve de quelqu'un d'autre » – il avait soustrait le numéro de série de son billet de dix dollars fétiche du numéro gagnant de la loterie, et avait obtenu un numéro de téléphone à Washington. Sur le coup de minuit, il l'avait composé dans une cabine située à l'extérieur d'un centre commercial. La très vieille dame qui parlait anglais avec un fort accent d'Europe de l'Est avait répondu immédiatement.

« Gene ?

– Oui, c'est moi.

– Ah, mon cher enfant – il l'entendit pousser un soupir de soulagement – c'est un grand réconfort d'entendre votre voix, un réconfort de vous savoir en vie et en bonne santé. »

Du point de vue professionnel, Evgueni n'aimait pas rester longtemps au téléphone ; on ne savait jamais avec certitude qui vous écoutait, qui pouvait localiser l'appel. Mais son coupe-circuit entre lui et le *rezident* avait eu envie de parler. Et il aimait bien le son de sa voix.

« Vous rendez-vous compte, cher Gene, que c'est notre dix-septième conversation en vingt-trois ans ? »

Evgueni avait ri. « À vrai dire, je n'ai jamais compté.

– Moi si, avait dit la vieille dame avec emphase. Vous êtes au centre de tout ce que je fais, Gene – vous êtes tout ce qui me retient dans cette Amérique perdue. Je me dis parfois que vous êtes tout ce qui me tient en vie. Dix-sept conversations en vingt-trois ans ! Après chaque coup de fil, je suis obligée de déménager – de changer d'adresse et de numéro de téléphone. Alors je m'installe et j'attends d'être contactée à nouveau ; j'attends qu'on me dise que vous allez rappeler ; j'attends qu'on me donne l'information que je dois vous transmettre.

– Vous êtes un chaînon vital... », commença Evgueni, mais son interlocutrice l'interrompit aussitôt.

« Avec les années, j'ai fini par avoir l'impression de vous connaître, Gene. J'ai fini par penser à vous comme au fils que les fascistes m'ont pris en Pologne, il y a une éternité.

– Je ne savais pas. Je suis désolé... »

La femme dut prendre conscience qu'elle parlait beaucoup. « Il faut que vous me pardonniez, Gene... La vérité, c'est que je suis très seule au monde. Les très rares moments où je ne suis pas seule, c'est quand je parle avec vous. » Elle s'éclaircit brusquement la gorge. « Je suis, je vous supplie de me croire, très peinée d'avoir à vous apprendre de mauvaises nouvelles. Il y a dix jours, votre père a subi une intervention chirurgicale – une opération des deux genoux pour remédier à un problème qui, sans cela, l'aurait cloué sur une chaise roulante. L'anesthésie a duré sept heures. Son cœur devait être plus faible que ce qu'avait estimé le chirurgien, parce qu'il a eu une attaque deux jours après. Il a le côté droit entièrement paralysé. Il peut entendre mais ne peut pas parler. Votre mentor, le Vieillard, s'est arrangé pour le voir seul à seul et lui a enfin expliqué ce que vous faites. Il semble que votre père, à cette nouvelle, a ouvert les yeux et bougé la tête avec une joie visible. Il a été ravi d'apprendre que vous avez suivi la même voie que lui, et – comme moi, je dois dire – il a été extrêmement fier de vous. »

Coincé dans cette cabine téléphonique nauséabonde, Evgueni avait commencé à analyser ses émotions ; il avait d'abord découvert que ce qui dominait, c'était l'absence d'émotion là où il aurait dû y en avoir. Il n'avait jamais aimé son père, ne l'avait même jamais apprécié ; il se sentait plus proche de la femme qui lui parlait au téléphone que de son propre père. Maintenant qu'il menait la vie obscure d'un agent illégal, il pouvait comprendre que son père – lui-même agent du KGB travaillant sous couverture pour Starik quand il était en poste au Secrétariat des Nations unies – avait fait preuve de sang-froid et d'un certain courage. « À Eugene, pour ses huit ans, de la part de son papa », disait le message manuscrit sur le billet fétiche de dix dollars. D'aussi loin que Evgueni se souvenait, Alexandre Timofeïevitch Tsipine ne lui avait jamais offert autre chose que des critiques : quand il avait de mauvaises notes à l'école, on lui reprochait de ne pas en avoir eu de bonnes, quand il en avait de bonnes, on lui reprochait de ne pas en avoir eu de meilleures. Fin de la conversation.

« Gene, vous êtes toujours là ?

– Je suis là.

– Je vous en prie, pardonnez-moi si je parle boulot en un tel moment.

– La vie continue.

– Oh ! il le faut bien, n'est-ce pas ? avait convenu la femme avec une véhémence vibrante. Il n'y a pas d'autre choix que de poursuivre la tâche en cours, sans se retourner. Nous sommes, vous et moi, des serviteurs de l'Histoire.

– Je n'ai jamais pensé autrement.

– Étant donné l'état de santé précaire de votre père, étant donné d'autres considérations auxquelles ni vous ni moi ne pouvons avoir accès, votre mentor a décidé que le moment était venu pour vous d'aller passer des vacances au pays. Vous m'entendez, Gene ? Il y a si longtemps que vous n'avez pas pris de vacances... »

Evgueni avait failli rire. La simple allusion à des vacances lui avait soudain donné l'impression d'être un petit employé de banque . « Je ne suis pas sûr... Ça fait vingt-trois ans...

– Oh, mon cher enfant, vous ne devez pas avoir peur de rentrer à la maison.

– Vous avez raison, bien sûr. De toute manière, je suis toujours les suggestions de mon mentor. Dites-moi ce que je dois faire. »

La sortie avait été assez simple : Evgueni avait rempli une vieille valise, avait craché par-dessus son épaule pour chasser le mauvais œil puis s'était assis un instant sur sa valise avant de foncer à l'aéroport pour prendre un charter à destination de Paris. De là, il avait pris le train de nuit jusqu'à Vienne, puis (se servant d'un passeport canadien avec une nouvelle identité) un vapeur hongrois qui descendait le Danube jusqu'à Budapest. Dans un salon de thé de Pest, près des quais, la Allamvédelmi Hatóság, la police secrète hongroise, l'avait conduit à la *rezidentura* locale du KGB, qui lui avait fourni un passeport australien et l'avait fait monter à bord d'un avion d'Aeroflot à destination de Moscou. Une Zil noire et deux hommes en civil l'attendaient au bord du trottoir, devant les portes de sortie du terminal de Cheremetievo international. L'un des hommes s'avança pour débarrasser Evgueni de sa valise. «Le *guénéral polkovnik* vous attend», annonça-t-il.

Quarante-cinq minutes plus tard, la voiture avait pris la petite route étroite avec une pancarte indiquant «Centre d'études – entrée interdite». Les gardes armés de la petite maison de briques rouges, à l'entrée de la propriété, avaient fait signe au conducteur de passer. Un peu plus loin, tout au bout de l'allée de gravier, se dressait le manoir Apatov, qu'Evgueni avait vu pour la première fois au début des années cinquante. Trois petites filles en maillot de bain ample s'arrosaient dans une petite piscine en plastique. Leurs cris de joie résonnaient sur la pelouse impeccable. Au bout d'un moment, Pavel Semionovitch Jilov avait lui-même ouvert la porte de son appartement, au premier étage, et avait maladroitement serré Evgueni dans ses bras.

«Bienvenue au pays, Evgueni Alexandrovitch, bienvenue chez toi, avait-il murmuré.

– Chez moi, avait répété Evgueni. Le voyage de retour et le fait d'être ici me paraissent aussi irréels qu'un rêve.»

Le passage du temps avait rendu Starik plus sec encore. Sur son visage, son cou et le dos de ses longues mains de paysan, la peau s'était tachée et parcheminée. Sa barbe autrefois poivre et sel était à présent complètement blanche et plus rare. Mais la flamme qui brûlait dans ses yeux songeurs était telle que se la rappelait Evgueni ; lorsqu'il se concentrait intensément et que ses yeux s'étrécissaient, il donnait l'impression de pouvoir allumer la mèche d'une bougie rien qu'en la regardant.

«Tu as servi notre cause, et tu m'as servi noblement», disait Starik en faisant traverser à Evgueni plusieurs pièces pour le conduire à la vaste bibliothèque lambrissée remplie de centaines d'ouvrages à reliure de cuir et de quelques dizaines de petites icônes à étui d'or et d'argent.

Deux petites filles en courte robe de coton jouaient au mikado sur le parquet. «Si, il a bougé, je l'ai vu !» geignit l'une d'elles. Puis, sourcils froncés, elle leva les yeux. «Tonton, empêche Axinia de tricher !

– Allez jouer dehors. Ouste, toutes les deux», s'écria Starik d'un ton taquin. Il leur montrait la porte et donna une claque sur le derrière d'Axinia au moment où les deux petites passaient devant lui en sautillant. «Enfin un peu de paix», dit-il à Evgueni. Désignant un siège en face de lui près de la grande table de bois qui occupait le centre de la pièce, il remplit deux verres d'eau minérale Narzan, y ajouta quelques gouttes de citron pressé et en poussa un devant son invité. «À tes exploits, dit-il en levant son verre. Rares sont ceux qui ont su se montrer aussi inébranlables et désintéressés au service de notre grande croisade, rares sont ceux qui ont autant contribué à la lutte pour préserver et défendre le génie et la générosité de l'esprit humain. Rares sont ceux qui sont restés aussi fidèles que toi à notre vision commune des capacités de la race humaine, une fois libérée de l'exploitation et de l'aliénation capitalistes, à créer une société véritablement égalitaire.

– Rares sont ceux à qui l'on donne l'occasion de servir», répliqua Evgueni. Starik s'humecta les lèvres d'eau minérale. «Tu es sûrement épuisé...

– Je trouve mon second souffle, assura Evgueni avec un sourire.

– Quand tu auras eu le temps de t'installer – tu as un appartement à ta disposition sur les monts Lénine – nous parlerons longuement des questions opérationnelles. Mais pour le moment, j'aimerais te demander une chose...»

Voyant que Starik semblait hésiter, Evgueni assura : «Je vous en prie, demandez-moi ce que vous voulez.»

Starik se pencha en avant, ses yeux ardents sondant ceux d'Evgueni. «Comment est-ce ? s'enquit-il d'une voix solennelle.

– Comment est *quoi* ?

– L'Amérique. À quoi ressemble vraiment l'Amérique ? Je suis déjà allé en République démocratique allemande, à Cuba et, une fois, au Canada, mais jamais en Amérique. Tout ce que je sais de ce pays m'arrive filtré. Alors je te demande, Evgueni, de me décrire l'Amérique.»

Evgueni trouva qu'il s'agissait là d'une bien étrange demande, venant d'un homme qui avait accès à toutes sortes de documents secrets ; qui pouvait lire la traduction quotidienne du *New York Times* émise par le KGB. «Les Américains sont un grand peuple, commença Evgueni, coincés dans un système terrible qui fait ressortir ce qu'ils ont de pire de la même façon que notre système met en avant ce que nous avons de meilleur. Le système capitaliste met l'accent sur l'acquisition et l'accumulation. Les gens sont conditionnés pour se juger et pour juger les autres en fonction de la quantité de richesses matérielles qu'ils possèdent ; et comme ils savent que les autres les jugeront selon les mêmes critères, ils ont une prédisposition à faire étalage des symboles de leur richesse matérielle. Cela explique leur souci, à pratiquement tous les niveaux de la société, des trophées – grosses voitures voyantes, bagues de fiançailles en diamants, montres Rolex, remariages avec des épouses plus jeunes et plus minces, bronzage en hiver, vêtements de marque, divan de psychanalyste.

– Et comment décrirais-tu l'attitude des Américains envers la vie en général ?

– Ils rient pour un rien, et fort, ce qui, me semble-t-il, est le signe qu'ils ont peur.

– De quoi ?

– De perdre tout ce qu'ils ont accumulé, j'imagine. Ils ont peur aussi, en tant que pays, de ne pas être les plus grands et les meilleurs. Au cours de ces dernières années, rien n'a eu plus d'impact sur la psychologie américaine que le fait que nous ayons mis Iouri Gagarine en orbite avant leur John Glenn.

– Et quelles sont leurs plus grandes qualités, Evgueni ?

– Les Américains sont vifs, francs, imaginatifs et innocents. Leur franchise facilite le travail de l'espion dans la mesure où l'Américain moyen est toujours prêt à accepter les gens sur leur bonne mine. Leur innocence est le résultat d'une sorte de cécité mentale ; ils sont élevés dans la croyance que leur système est le meilleur au monde, et ils sont incapables de voir les preuves du contraire – ils ne voient pas les vingt-cinq millions d'Américains qui se couchent chaque soir avec la faim au ventre, ils ne voient pas comment vivent les Noirs dans les ghettos ; ils ne voient pas que les classes laborieuses sont exploitées pour produire toujours plus de profits au bénéfice des quelques privilégiés qui possèdent les moyens de production. »

Du jardin, en bas, leur parvinrent les cris étouffés des petites filles qui sautaient dans la piscine de fortune. Starik s'approcha de la fenêtre pour les regarder. « Tes Américains m'évoquent curieusement le personnage principal du livre anglais que je lis à mes nièces, remarqua-t-il. Elle aussi est vive, franche, imaginative et innocente. »

Evgueni rejoignit son mentor à la fenêtre. « Pourquoi ces questions sur l'Amérique ?

– Quand on est, comme nous le sommes, engagés dans un conflit, on a tendance à diaboliser son ennemi.

– Les Américains diabolisent beaucoup l'Union soviétique, convint Evgueni.

– C'est une grosse erreur de réduire son ennemi à un diable, dit Starik. Cela nous met certainement en position de faiblesse quand on essaye de se montrer plus malin. »

Moscou avait changé pendant toutes ces années où Evgueni avait été absent. Posté sur le petit balcon d'un appartement perché au sommet des monts Lénine, il examina la ville qui s'étendait devant lui. Le paysage urbain, autrefois célèbre pour ses pesants édifices staliniens néogothiques, était à présent piqueté de grandes tours modernes qui rapetissaient les dômes en forme d'oignon des églises abandonnées. La rumeur incessante de la circulation qui envahissait toutes les grandes artères montait de la ville. En revenant du manoir Apatov, la Zil qui ramenait Evgueni avait été coincée dans un embouteillage dans la rue Gorki, près de la place Pouchkine ; les conducteurs, ignorant les quelques policiers qui soufflaient frénétiquement dans leur sifflet, appuyaient en continu sur leurs avertisseurs, comme si la cacophonie pouvait suffire à défaire comme par magie les bouchons. « En général, les Russes sont plutôt disciplinés, commenta le chauffeur d'Evgueni, un Lituanien aux yeux endormis employé permanent du KGB. Pour eux, le comble de la rébellion, c'est manger de la crème glacée en hiver. Mais tout change dès qu'ils passent derrière un volant. C'est trop nouveau pour eux, vous comprenez, et... ça leur fait perdre un peu les pédales ! »

La visite que fit le lendemain Evgueni à son père se déroula mieux qu'il ne l'avait craint. Mais comme il avait craint le pire... Son petit frère, Grinka, était arrivé à la clinique avec sa deuxième femme ; apparatchik du parti qui travaillait au plus haut niveau de l'État, Grinka était bouffi d'importance. Un colonel du KGB lui avait donné pour instruction très stricte de ne pas mentionner les vingt-trois ans d'absence d'Evgueni, aussi les deux frères se serrèrent-ils la main comme s'ils avaient dîné ensemble la semaine précédente. « Tu as plutôt bonne mine, commenta Grinka. Je te présente ma femme, Kapitolina Petrovna.

– Tu as des enfants ? demanda Evgueni alors qu'ils se dirigeaient vers la chambre de leur père, dans un couloir qui empestait le chou cuit.

– Deux de mon premier mariage. Deux filles, Dieu merci. J'ai appelé la seconde Agrippina, comme notre mère. » Grinka prit Evgueni par le coude. « Notre père est mourant, tu le sais ? »

Evgueni fit oui de la tête.

« On m'a interdit de te demander où tu étais passé pendant toutes ces années. Mais il faut que tu comprennes que j'ai dû m'occuper de tout – le conduire à la datcha, le ramener, m'occuper de sa retraite. » Grinka baissa la voix. « Ce que je veux dire, c'est que l'appartement des monts Lénine est une propriété d'État mise à la disposition de notre père jusqu'à la fin de sa vie pour services rendus. Mais la datcha de Peredielkino lui appartient. Et il ne serait pas très commode de la partager entre deux familles.

– Si c'est ce qui t'inquiète, marmonna Evgueni, n'y pense plus. Je ne veux pas de la datcha. De toute façon, je ne resterai pas en Russie assez longtemps pour en avoir l'usage.

– Ah ! Evgueni, j'avais bien dit à Kapitolina que tu étais quelqu'un de raisonnable. »

Un infirmier azerbaïdjanais en veste blanche crasseuse lui arrivant aux genoux et calotte colorée frappa deux coups à une porte avant de l'ouvrir en grand et de s'écarter pour laisser passer les deux frères. « Papa, regarde qui vient te voir », s'exclama Grinka.

L'œil droit d'Alexandre Timofeïevitch s'ouvrit brusquement, et le vieillard fit un effort pour faire franchir à ses lèvres le son qui jaillissait de sa gorge. «Ev... Ev...», de la salive coula à la commissure de sa bouche. L'infirmier prit un deuxième oreiller dans le placard et redressa le malade jusqu'à ce que sa tête, qui tombait sur le côté, fût assez haute pour qu'il pût regarder son fils aîné. «Asseyez-vous sur cette chaise, indiqua l'infirmier à Evgueni. Il vous verra mieux.»

La peau, douce et grise, paraissait tendue sur le vieux visage, lui donnant l'apparence d'un masque mortuaire. La bouche s'affaissa et les lèvres se mirent à trembler. Evgueni prit l'une des mains dans les siennes et la caressa doucement. «Il paraît que Pavel Semionovitch t'a rempli les oreilles de mes histoires...»

Les doigts osseux d'Alexandre Timofeïevitch s'enfoncèrent dans la paume d'Evgueni avec une force surprenante. La seule émotion qu'Evgueni parvint à ressentir fut de la pitié pour cette épave effondrée sur un lit d'hôpital, dans la clinique spéciale du KGB de la rue Piekhotnaïa. Il se demanda si son père s'accrochait à lui, ou à la vie.

«Fi... fie... fier, parvint à émettre Alexandre Timofeïevitch. Se... seu... seul.

– Oui, c'est une vie solitaire.» Il sourit en direction de l'œil valide de son père. «Mais il y a aussi des satisfactions, comme tu le sais par ta propre expérience.»

Un coin de la bouche du vieillard tomba, presque comme s'il essayait de faire travailler les muscles responsables du sourire. «Où? réussit-il à dire. Qu... quand?»

Evgueni comprit le sens de sa question. «Toujours le même endroit. Bientôt.»

L'œil rivé sur Evgueni cligna, et plusieurs larmes en jaillirent. L'infirmier toucha l'épaule d'Evgueni. «Il ne faut pas le fatiguer», murmura-t-il. Evgueni serra une dernière fois la main redevenue molle de son père. La paupière se referma lentement sur l'œil ouvert. Le seul bruit perceptible dans la pièce était désormais le sifflement nasal que produisait son père en aspirant l'air à travers ses narines congestionnées.

Les jours passèrent rapidement. Starik monopolisa les matinées d'Evgueni, revenant sur chaque détail de ses rencontres avec SACHA, passant en revue les précautions très strictes qui dressaient un mur pare-feu entre la *rezidentura* de Washington et la Polonaise qui servait de coupe-circuit, puis entre le coupe-circuit et Evgueni. Tout cela faisait que Evgueni ne voyait effectivement SACHA que dans les circonstances les plus extraordinaires. Un après-midi, un technicien très sûr se présenta au manoir Apatov pour familiariser Evgueni avec la nouvelle génération de gadgets d'espionnage : une visionneuse micropoint dissimulée à l'intérieur d'un appareil photo Kodak qui pouvait effectivement prendre des photos ; un émetteur-récepteur ondes courtes déguisé en rasoir électrique qui pouvait envoyer des messages codés à partir de bandes perforées dans des explosions de parasites ; un pistolet à un coup dissimulé dans un crayon à mine de plomb ordinaire qui tirait une balle de 6.35 directement de la cartouche insérée sous la gomme.

Le soir, Evgueni arpentait les rues de Moscou, se mêlant à la foule des gens qui rentraient chez eux, examinant leurs visages – il était curieux de voir s'ils semblaient impatients d'aller là où ils allaient, ce qui était, lui semblait-il, un bon baromètre du bon ou mauvais fonctionnement du système. Il allait ensuite manger un morceau, dînant un soir au restaurant chinois de l'hôtel Pékin, le lendemain au restaurant multi-salles Prague près de la place de l'Arbat. Un soir, juste après être allé voir son père à la clinique, Evgueni fut invité à se joindre à Starik et une poignée d'huiles du KGB dans un restaurant privé au dernier étage de l'hôtel Ukraine. Prenant place au banquet qui commençait par du caviar béluga à la louche et du champagne français, Evgueni se retrouva assis à côté de l'illustre président du KGB, Iouri Vladimirovitch Andropov en personne, qui, en tant qu'ambassadeur soviétique en Hongrie en 1956, avait organisé l'assaut russe de Budapest et l'arrestation d'Imre Nagy. La conversation fut assez banale – Andropov semblait s'intéresser davantage aux derniers ragots sur les stars de cinéma américaines qu'au scandale du Watergate ou à la probabilité que la procédure d'*impeachment* ne soit lancée contre Nixon. Ce qu'il voulait savoir, c'est s'il était vrai que John Kennedy avait couché avec Marilyn Monroe ; si le grand séducteur Errol Flynn avait vraiment vécu sur un yacht au large de Cannes avec une gamine de seize ans ; si le mariage d'Untel avec Unetelle – il cita alors un célèbre couple de Hollywood – était réellement un leurre pour dissimuler le fait que l'un et l'autre étaient homosexuels…

La table fut débarrassée et l'on apporta du cognac Napoléon quatre étoiles, après quoi les deux serveurs disparurent et la double porte fut verrouillée de l'intérieur. Andropov, grand type sans humour dont on disait qu'il écrivait des poèmes mélancoliques sur l'amour perdu et les regrets de l'âge mûr, se leva et frappa sur son verre ballon avec un couteau. « *Tovarichtchi*, commença-t-il, c'est à moi que revient le plaisir – je dois dire l'honneur – de saluer ce soir, en compagnie nécessairement restreinte, la carrière remarquable d'un de nos meilleurs agents. Pour raisons de sécurité, je suis dans l'obligation de rester vague. Il suffit de vous dire que le camarade assis à ma droite, Evgueni Alexandrovitch Tsipine a accompli un travail extraordinaire au firmament de l'espionnage, égalant, surpassant peut-être les exploits du légendaire Richard Sorge qui, comme nous le savons tous, a joué un rôle crucial sur le front japonais pendant la Grande Guerre patriotique. Et les enjeux sont plus importants encore aujourd'hui. Je puis déjà vous assurer que lorsque le moment viendra pour Evgueni Alexandrovitch de rentrer chez lui, son portrait rejoindra celui d'autres héros des renseignements soviétiques dans la salle du souvenir de la Première Direction principale.» Puis Andropov fouilla dans la poche de sa veste et en sortit une petite boîte plate qu'il ouvrit aussitôt. Elle était tapissée de velours bleu et contenait une médaille soviétique avec son ruban. Il fit signe à Evgueni de se lever. « Agissant en ma capacité de président du KGB, je vous remets l'ordre du Drapeau rouge.» Le général passa le ruban par-dessus la tête d'Evgueni, et le plaça soigneusement autour de son col pour que la médaille soit bien au milieu de la poitrine. Puis il se pencha pour embrasser Evgueni sur les deux joues. Les huit autres convives saluèrent alors en frappant leur couteau contre leur verre. Evgueni, gêné, regarda Starik, en face de lui.

Son mentor frappait lui aussi son couteau contre son verre et hochait la tête d'un air approbateur. Et Evgueni fut surpris de constater que son approbation comptait plus pour lui que celle de son père ; qu'au fond, Starik – qui avait commencé par être son Tolstoï – était devenu le père qu'il avait toujours voulu avoir : l'idéaliste autoritaire qui pouvait lui indiquer le chemin à suivre, lui permettant de ne plus avoir à se concentrer que sur le mouvement lui-même.

Le lendemain matin, Grinka téléphona chez Evgueni à son appartement pour lui annoncer la mauvaise nouvelle : leur père avait sombré dans le coma aux premières heures de la matinée, puis il avait rendu son dernier soupir alors que le soleil se levait sur Moscou. Le corps devait être incinéré le matin même, et les cendres seraient remises à Grinka, qui se proposait d'emmener son frère à la datcha de Peredielkino pour les répandre dans la forêt de bouleaux blancs qui entourait la maison. À la surprise de Grinka, Evgueni déclina l'invitation. «Je suis préoccupé par les vivants, et je n'ai guère de temps à consacrer aux morts, répliqua-t-il.

– Quand est-ce que je te reverrai ?» demanda Grinka. Comme Evgueni ne répondait pas, Grinka ajouta : «Tu n'as pas oublié, pour la datcha. Il va y avoir des papiers à signer.

– Je laisserai des instructions auprès de gens qui arrangeront tout à ta convenance», assura-t-il. Puis il raccrocha.

Il restait une autre question qu'Evgueni aurait voulu aborder avant de quitter Moscou. Pour cela, il fallait qu'il mette la main sur un annuaire de la région moscovite, ce qui n'était pas une mince affaire. Un après-midi, alors qu'il écumait les ruelles étroites derrière le Kremlin, il s'arrêta à la poste centrale de la rue Gorki. Présentant une carte plastifiée qui l'identifiait comme un officier détaché du GRU à une employée, il demanda à consulter l'annuaire, qui était classé secret d'État et conservé dans un coffre sous clé. L'employée, aussi pointilleuse que servile, voulut savoir quelle lettre l'intéressait. Evgueni lui répondit qu'il voulait consulter les L. Un instant plus tard, il se retrouva seul dans un bureau privé, en train de feuilleter un gros ouvrage. Il suivit du pouce la colonne des Liebovitz, puis arriva devant A.I. Liebovitz. Il nota alors le numéro de téléphone sur un bout de papier, puis sortit dans la rue, fourra quelques kopecks dans la fente d'une cabine téléphonique et le composa. Au bout de deux sonneries une voix musicale répondit :

« C'est toi, Marina ? J'ai ta documentation… » La voix de la femme hésita. « Qui est à l'appareil ?

– Azalia Ivanova ?

– Elle-même. »

Evgueni ne savait pas comment lui expliquer son appel ; il doutait de pouvoir se l'expliquer à lui-même. « Je suis un fantôme de votre passé, parvint-il à dire. Nos lignes de vie se sont croisées dans une précédente incarnation… »

À l'autre bout de la ligne, Azalia eut du mal à respirer. « Je reconnais le doute dans ta voix, souffla-t-elle. Reviens-tu d'entre les morts, Evgueni Alexandrovitch ?

– D'une certaine façon, oui. Serait-il possible… Est-ce qu'on pourrait parler ?

– Qu'y aurait-il à dire ? Nous pourrions explorer ce qui aurait pu être, mais nous ne pourrons jamais revenir en arrière et reprendre le fil de notre histoire comme si rien ne s'était passé ; comme si le fil n'avait pas été cassé.

– On ne m'a pas donné le choix, à l'époque.

– Se placer en situation de ne plus avoir le choix est déjà un choix.

– Tu as raison, évidemment… Tu vas bien ?

– Je vais bien, oui. Et toi ?

– Tu es mariée ? »

Elle laissa un instant la question en suspens. « J'ai été mariée, dit-elle enfin. J'ai un enfant, une fille superbe. Elle aura seize ans cet été. Malheureusement, mon mariage n'a pas marché. Mon mari n'était pas d'accord avec certaines idées auxquelles je tiens, certaines choses que je faisais… En bref, je suis divorcée. Et toi, tu t'es marié ? Tu as des enfants ?

– Non, je ne me suis jamais marié. » Il eut un rire gêné. « Encore un choix, sans doute. Qu'est-ce que tu fais, comme boulot ?

– Rien n'a changé depuis… Je travaille à l'Institut des Archives historiques de Moscou. Pendant mon temps libre, j'aime toujours traduire des livres anglais. Tu connais un écrivain qui s'appelle A. Sillitoe ? Je traduis un de ses bouquins qui a pour titre *La Solitude du coureur de fond*.

– Le titre est intrigant.

– Est-ce que tu es un coureur de fond, Evgueni Alexandrovitch ?

– D'une certaine façon. »

Un camion de ciment descendit l'avenue Gorki en vrombissant, noyant la moitié de ce qu'elle lui répliqua. Il boucha du bout du doigt son oreille libre et colla son écouteur contre l'autre. « Je ne t'ai pas entendue.

– Je t'ai demandé si tu te sentais seul.

– Je ne l'ai jamais été autant que maintenant. Mon père vient de mourir.

– Je suis désolée. Je me souviens de lui à la réception qu'il avait donnée à la datcha de Peredielkino – un vieillard pressait un flacon rempli d'abeilles sur son dos nu quand le camarade Beria m'a présentée à lui. Tu dois être triste.

– C'est justement le problème. Je ne ressens aucune tristesse. En tout cas pas à cause de sa mort. Je le connaissais à peine et je n'aimais pas vraiment le peu de ce que je lui connaissais. Il était très froid.

– Lui, au moins, il a pu vieillir. Mes parents sont morts juste après la guerre.

– Je me souviens que tu m'as parlé de leur disparition…

– Ils n'ont pas disparu, Evgueni. Ils ont été assassinés.

– Dans les dernières années, Staline s'est écarté de la norme socialiste…

– Écarté de la norme socialiste ! Mais dans quel trou d'autruche as-tu fourré la tête ? Il a massacré les paysans au début des années trente, il a massacré ses camarades du parti au milieu et à la fin des années trente, il a interrompu les tueries pendant la guerre, mais il les a reprises aussitôt après. Alors, ça a été au tour des juifs…

– Je n'avais pas l'intention de me lancer dans une discussion politique, Aza.

– C'était quoi, ton intention, Evgueni Alexandrovitch ? Le sais-tu ?

– Je voulais seulement… je pensais… » Il se tut un instant. « La vérité, c'est que je me souvenais…

– Tu te souvenais de quoi ?

– Je me souvenais de l'espace entre tes deux incisives. Je me souvenais de mon désir et de tes attirances qui s'accordaient si harmonieusement au lit.

– Ce n'est pas très délicat de ta part d'évoquer ce sujet…

– Je ne voulais pas t'offenser…

– Tu viens en effet d'une autre vie, Evgueni Alexandrovitch. Je ne suis plus la même que celle qui habitait chez le camarade Beria. J'ai perdu mon innocence. » Puis elle ajouta aussitôt : « Je ne parle pas du point de vue sexuel, cela va sans dire. Je parle politiquement.

– J'aurais voulu que ça se passe autrement…

– Je ne te crois pas. »

Une femme qui attendait le téléphone tapa contre le cadran de sa montre. « Vous comptez monopoliser la ligne combien de temps ? » s'écria-t-elle.

« Je t'en prie, crois-moi, je te souhaite tout le bien possible. Au revoir, Azalia Isanova.

– Je ne suis pas sûre d'être contente que tu aies appelé. J'aurais préféré que tu ne réveilles pas tous ces souvenirs. Au revoir à toi, Evgueni Alexandrovitch. »

Une lueur d'irritation passa dans les yeux de Starik. « Je ne vous le répéterai pas, gronda-t-il. Cessez de ricaner bêtement, les petites. »

Les nièces trouvaient leur tonton de particulièrement mauvaise humeur ; elles ne savaient pas du tout ce qu'il faisait comme métier, mais, quoi qu'il en soit, elles voyaient bien que cela le préoccupait en ce moment. Il alluma les lampes à arc et régla les réflecteurs afin que les rayons baignent le corps des deux créatures angéliques qui posaient pour lui. Puis il retourna au trépied et regarda à travers le verre dépoli du Flexarex tchèque. « Revolución, combien de fois faudra-t-il que je te dise de passer ton bras sur les épaules d'Axinia et de te pencher jusqu'à ce que vos têtes se touchent ? Là. Bien. »

Les deux gamines, leurs grands pieds négligemment écartés, le pelvis saillant et batailleur, regardaient l'appareil. « Dépêche-toi de prendre la photo, tonton, supplia Axinia. J'ai froid, même avec toutes ces lumières.

– Oui, prends la photo avant que j'attrape la mort de froid, renchérit Revolución en rigolant.

– Ne me pressez pas, petites, gronda Starik. Il est important de faire le point correctement, après quoi je dois revérifier le posemètre. » Il pencha la tête et examina l'image sur le verre dépoli ; les lampes à arc avaient gommé le rose des corps nus jusqu'à ce que seuls les orbites, les narines, les cavités orales et les mamelons pareils à des boutons de rose des fillettes fussent visibles. Puis il consulta une fois encore le posemètre, vérifia la pose et s'écarta pour regarder attentivement les deux enfants. Elles fixaient l'objectif du regard, ayant douloureusement conscience de leur nudité. Il voulait obtenir quelque chose d'immatériel, quelque chose qui ne serait relié ni à une époque ni à un lieu particulier. Il pensait savoir comment les distraire.

« Allons, imaginez que vous êtes l'innocente petite Alice perdue au Pays des Merveilles... transportez-vous un instant dans son monde magique.

– Comment c'est, vraiment, le Pays des Merveilles ? demanda timidement Axinia.

– Est-ce que c'est dans le camp socialiste, tonton ? voulut savoir Revolución, toujours pragmatique. Est-ce que c'est un paradis ouvrier, d'après toi ?

– C'est un paradis pour les petites filles », murmura Starik. Il discerna l'expression éthérée qui prenait possession du visage des deux petites nièces alors qu'elles se laissaient transporter dans le monde fantaisiste où le Lapin blanc pouvait à tout moment surgir en tenue d'apparat, avec des gants blancs dans une patte et un éventail dans l'autre. Satisfait, il déclencha l'obturateur. Prenant une ouverture maximum pour renforcé l'effet passé, il prit plusieurs clichés. Puis il finit par montrer la porte aux petites. « Ça suffira pour aujourd'hui, fit-il d'une voix grognon. Vous pouvez aller jouer dehors jusqu'au dîner. »

Trop heureuses de fuir sa mauvaise humeur, les fillettes enfilèrent une petite robe de coton sans manches et décampèrent, bras dessus bras dessous. Starik entendit leurs cris pendant qu'elles dévalaient le grand escalier vers la porte d'entrée du manoir Apatov. Il éteignit les lampes à arc, rembobina la pellicule et fourra le rouleau exposé dans la poche de sa longue chemise. Plongé dans ses pensées, il retourna dans la bibliothèque et se servit un verre d'eau minérale.

Il s'interrogeait sur ce qu'il devait penser de Philby. L'homme lui plaisait personnellement ; Evgueni était revenu de sa rencontre avec l'Anglais en le décrivant comme un ivrogne amer incapable de gérer la compartimentation mentale très précise nécessaire à un agent triple. Andropov, en revanche, était absolument convaincu qu'Angleton avait retourné Philby ; que, quelque part en chemin, Philby avait choisi de servir la CIA. Sinon, raisonnait Andropov, comment expliquer le fait que Philby n'ait jamais été arrêté ? Comment expliquer qu'il ait pu s'échapper de Beyrouth, où il travaillait comme journaliste, après que les Britanniques furent tombés sur la preuve irréfutable qu'il avait trahi son pays ? Starik, pour sa part – et cet avis ne trouvait guère de soutien au sein du KGB – se disait instinctivement qu'Angleton avait été trop heureux de voir Philby disparaître ; qu'il avait peut-être même fait en sorte que le bruit de son arrestation imminente puisse parvenir aux oreilles de l'Anglais afin que celui-ci file à Moscou juste avant que les agents du MI6 ne viennent le cueillir à Londres. La dernière chose que voulait Angleton, c'était que Philby ne révèle à tous ses déjeuners avec le patron du contre-espionnage à La Niçoise, tous les secrets d'État qu'il avait soutirés à celui-là même qui était censé protéger les secrets d'État. Quand Philby avait débarqué à Moscou en 1963, Starik avait passé des semaines à examiner à la loupe les infos qu'il avait envoyées de Washington pendant toutes les années où il voyait Angleton régulièrement. Toutes avaient paru assez véridiques, ce qui signifiait… ce qui signifiait quoi ? Si Angleton avait effectivement retourné Philby pour en faire un agent triple, il aurait été assez rusé pour continuer à lui donner de vraies informations afin que le KGB ne soupçonne pas la vérité. C'était ce que Starik n'avait cessé de faire pendant toutes ces années ; c'était ce qu'il faisait encore, en fait : le jeu, c'était aussi d'envoyer de faux transfuges porteurs de secrets véritables et de vrais transfuges porteurs de faux secrets.

Tout en sirotant son eau minérale, Starik franchit la petite porte insérée dans les panneaux muraux en bois pour accéder à son sanctuaire. Il verrouilla la porte derrière lui, débrancha le mécanisme de destruction du grand coffre encastré dans le mur, derrière le portrait de Lénine, et l'ouvrit avec la clé qu'il gardait toujours au bout d'une chaîne d'argent, autour de son cou. Il en sortit alors le vieux classeur à l'ancienne portant les mots *Soviercheno sekretno* et KHOLSTOMER écrits en cyrillique sur le couvercle en bois de chêne, et le posa sur la petite table. Il ouvrit la boîte et tira de l'épais dossier le câble qui lui avait été remis en main propre la veille au soir, au manoir Apatov. Le *rezident* du KGB à Rome alertait la Direction S que des rumeurs circulaient dans les milieux bancaires italiens : on disait que le patriarche de Venise, le cardinal Albino Luciani, examinait des rapports selon lesquels la banque du Vatican, plus connue sous le nom d'*Istituto per le opere di religione*, était impliquée dans des transactions de blanchiment d'argent. Luciani, en qui certains voyaient le successeur possible du pape Paul VI, avait apparemment été prévenu de l'existence d'une enquête vieille de quatorze ans, ouverte par un représentant ministère public sur une opération de blanchiment d'argent ayant pour nom de code KHOLSTOMER, et avait envoyé deux prêtres formés à la comptabilité éplucher les registres manuscrits qui s'empoussiéraient aux archives de l'*Istituto per le opere di religione*.

Starik leva les yeux de son câble, le regard voilé par l'appréhension. Heureusement, l'un des deux prêtres était issu d'une famille toscane qui entretenait des liens solides avec le parti communiste italien ; travaillant étroitement avec les communistes italiens, le *rezident* de Rome pourrait savoir quelles informations les prêtres enverraient à Albino Luciani à Venise.

Si le patriarche de Venise s'approchait trop près de la flamme, il faudrait s'assurer qu'il brûle. Rien ne devait entraver KHOLSTOMER. Maintenant que l'économie américaine se trouvait dans une spirale de récession et que l'inflation décollait, Starik projetait de présenter le projet d'abord au président du KGB Andropov, puis, s'il l'approuvait, au Comité secret des Trois du Politburo, qui examinait les opérations de renseignements. Starik espérait que, dès la fin de l'année, le camarade Brejnev lui-même entérinerait KHOL-STOMER, et que le stratagème qui devait mettre l'Amérique à genoux pourrait être enfin lancé.

Starik laissa ses pensées dériver vers Evgueni Alexandrovitch. Il regrettait amèrement sa décision de l'avoir fait rentrer en Russie. La maladie du père d'Evgueni avait obscurci le jugement de Starik, l'avait attiré dans le royaume de la sentimentalité ; il devait une dernière dette à Tsipine père, qu'il avait contrôlé lorsque celui-ci travaillait au secrétariat des Nations unies. Maintenant que la dette était réglée – les cendres de Tsipine avaient été répandues parmi les bouleaux de Peredielkino l'après-midi précédent – il était temps pour Evgueni Alexandrovitch de retourner au front. Temps aussi, pour Starik, de reprendre sa partie de chat et de chauve-souris avec James Jesus Angleton.

« Les chats mangent-ils les chauves-souris ? Les chauves-souris mangent-elles les chats ? » récita-t-il à voix haute.

Puis il prit note, mentalement, de lire ce passage aux filles avant de les mettre au lit.

5

Washington, DC, jeudi 4 juillet 1974

L'Oldsmobile gouvernementale sombre, équipée de vitres pare-balles et d'un plancher antimines, s'immisça dans la circulation dense du périphérique et prit la direction de Langley. Installé à l'avant, à côté du chauffeur, le garde tripotait les chargeurs scotchés dos à dos et insérés dans l'Uzi israélien posé sur ses genoux tout en parlant à la voiture d'escorte par la radio de bord. «Brise-lames Deux, y a un pick-up Ford vert, deux véhicules derrière nous, depuis vachement longtemps...»

Le haut-parleur cracha une explosion de parasites. «Brise-lames Un, on le surveille depuis la traversée du Potomac. Deux hommes blancs à l'avant portant des Ray-Ban.

– Brise-lame Deux. Ça serait sympa que vous leur coupiez la route si jamais y cherchent à se rapprocher.

– Brise-lames Un, message reçu.»

Sur la banquette arrière, le directeur de la CIA, Bill Colby, lisait les câbles confidentiels de la nuit rassemblés dans un classeur métallique barré d'une bande rouge. Ces dernières semaines s'étaient révélées période sèche – Angleton s'était heurté à un mur dans ses interrogatoires de Leo Kritzky, Jack McAuliffe n'avait pas encore pu identifier la taupe soviétique qui sévissait à la National Security Agency, Manny Ebbitt arrivait au bout de ses débriefings hebdomadaires du transfuge russe AE/PINACLE. Ce qui rendait les bonnes nouvelles d'autant plus attendues. Colby parapha un câble de l'antenne de Téhéran (témoignant de la faiblesse des mouvements d'opposition islamistes fondamentalistes en Iran) et l'ajouta à la mince liasse qui devrait être transmise au secrétaire d'État Kissinger une fois expurgée de tous les indicatifs et codes de la Compagnie. L'évaluation de l'antenne de Téhéran confirmait les estimations récentes du directeur adjoint de la CIA, qui prédisait que le monarque iranien pro-occidental Muhammad Reza Chah Pahlavi resterait à la tête du pays jusqu'au siècle suivant; que les fondamentalistes islamistes ne menaçaient nullement la stabilité du golfe Persique, ni l'approvisionnement de l'Occident en pétrole dans un avenir prévisible.

Le téléphone rouge bourdonna sur le tableau. Colby décrocha. « Oui ? » Il écouta un instant. « Je serai à mon bureau sur le coup de huit heures… dites-lui de passer. »

Quelques minutes plus tard, Colby poussait une tasse de café fumant sur la table vers Jack McAuliffe, chef des opérations pour le DD-O, Elliott Ebbitt. « Ça paraît assez simple, expliqua Jack. Manny a revérifié la formulation auprès de AE/PINACLE pour s'assurer qu'il ne s'était pas trompé. Pas d'erreur. Le *résident* du KGB a bien déposé un message adressé à la taupe de la NSA derrière le radiateur des toilettes pour hommes du Jefferson Hotel. Le message disait : "Félicitations pour le deuxième homme." »

Colby regarda par la fenêtre de son bureau, au sixième étage. Les bois de la campagne virginienne s'étendaient à perte de vue, porteurs d'un sentiment de sérénité qui contrastait vivement avec l'humeur qui régnait à l'intérieur de l'immense complexe de la CIA. « Le deuxième fils de la taupe a pu naître en décembre au lieu de janvier, suggéra Colby.

– J'ai déjà essayé, dit Jack. J'ai passé en revue le registre de la NSA avec le chef de la sécurité de là-bas. Il y a dix mille personnes qui travaillent au cryptage et au décryptage des messages à Fort Meade. Sur ces dix mille, quatorze ont eu un deuxième fils en janvier, huit en décembre, dix-huit en novembre.

– Ça vous donne déjà une base de départ… »

Jack secoua la tête. « Rappelez-vous ce que AE/PINACLE a dit à Manny. Tous les contacts entre la *rezidentura* et la taupe de Washington se faisaient par boîtes aux lettres mortes. Les comptes-rendus face à face n'avaient lieu que quand la taupe prenait des vacances à l'étranger – Paris à Noël 1972, Copenhague à Noël 1973, Rome à Pâques de cette année. Aucun des pères d'un deuxième fils n'a pris de vacances qui correspondent.

– Et si vous repreniez le registre en partant des vacances ?

– J'ai essayé aussi. Ça ne donne rien. La moitié du personnel de la NSA prend des vacances à Noël, l'autre moitié à Pâques, et les services de sécurité ne relèvent pas systématiquement où vont les gens pendant ces congés. Si je leur donne un nom, ils peuvent retracer leur itinéraire – à partir de relevés de téléphone, avec une enquête discrète auprès de leur agence de voyages, en écoutant les bruits de couloir. Mais il me faut un suspect pour commencer. Nous avons besoin du deuxième fils pour rétrécir le champ.

– Qu'en pense Elliott ?

– Ebby dit que la réponse nous crève sûrement les yeux et que ce doit être juste une question d'orientation.

– Bon, continuez de chercher. Autre chose ?

– En fait, monsieur, oui. »

Jack s'éclaircit la gorge.

«Crachez le morceau, Jack.

– C'est au sujet de Leo Kritzky…

– Je m'en doutais.

– Ça fait cinq semaines maintenant que Jim Angleton le travaille au corps.

– Je compte aussi bien que vous, nota froidement Colby.

– Quand Angleton vient aux réunions de la cellule AE/PINACLE, ce qui n'est pas très souvent ces temps-ci, Ebby et moi lui demandons comment se passe l'interrogatoire.

– Et il vous dit la même chose qu'à moi, sans doute, fit Colby, mal à l'aise.

– Il dit que ces choses prennent du temps; que Rome ne s'est pas fait en un jour; qu'il est convaincu qu'AE/PINACLE est un transfuge authentique, ce qui signifie que Leo Kritzky *est* SACHA.

– Que voulez-vous que je fasse, Jack?

– Poser une date limite à cet interrogatoire. Dieu seul sait ce que les hommes d'Angleton font subir à Leo. Si vous laissez Leo entre les mains d'Angleton assez longtemps, il avouera n'importe quoi.»

Colby sortit une enveloppe kraft d'une serviette pleine à craquer et la laissa tomber sur la table, devant Jack. «Jim a passé Kritzky au détecteur de mensonges.

– On ne peut pas jouer comme ça avec quelqu'un qui a été maintenu en isolement pendant cinq semaines. Il a les nerfs en compote. L'aiguille va monter au plafond rien que quand il va donner son nom complet.

– Écoutez, Jack, Jim Angleton est le patron du contre-espionnage, pour le meilleur et pour le pire. Le contre-espionnage est censé détecter d'éventuelles pénétrations soviétiques à la Compagnie. Là, il croit en avoir détecté une.

– En s'appuyant sur le fait que le nom de famille de SACHA commence par un K, qu'il est russophone, qu'il était à l'étranger à telle et telle date. C'est plutôt maigre, monsieur le directeur. Et en plus de ça, la deuxième info d'AE/PINACLE – la taupe soviétique à la NSA – n'a rien donné. Si la deuxième info est fausse, il y a toutes les chances que la première le soit aussi.»

Colby examina Jack par-dessus la table basse. «Êtes-vous sûr que vous ayez envie que la seconde info donne quelque chose?»

La question prit Jack de court. «Qu'est-ce que ça veut dire?

– Si vous trouvez la taupe de la NSA, cela établira l'authenticité d'AE/PINACLE. Et si AE/PINACLE est authentique, Leo Kritzky est SACHA.

– Merde alors, je donnerais mon bras droit pour qu'il n'y ait pas de taupe à la NSA. Mais s'il y en a une, je trouverai cet enfoiré, soyez-en sûr.

– Si je n'en étais pas persuadé, Jack, vous ne seriez pas dans mon bureau ce matin. Écoutez, Angleton a davantage contre Kritzky que les infos d'AE/PINACLE. Jim prétend avoir discerné une logique dans cette affaire SACHA – une longue liste d'opérations qui ont mal tourné, une courte liste d'opérations qui ont abouti et propulsé la carrière de Kritzky en avant. Il dit qu'il avait Kritzky dans le collimateur avant d'avoir les infos d'AE/PINACLE.»

Jack repoussa la tasse de café et se pencha vers Colby. «Jim Angleton poursuit des fantômes depuis qu'on a découvert que Philby était un agent soviétique. Il est convaincu que la rupture sino-soviétique est un leurre. Il pense que la moitié des dirigeants du bloc occidental sont des agents du KGB. En courant après SACHA, il a tout simplement décimé la Division soviétique de la Compagnie. Bon Dieu, nous ne sommes même pas certains que SACHA existe ailleurs que dans la tête d'Angleton!

– Calmez-vous, Jack. Prenez du recul. Peut-être qu'AE/PINACLE est un agent infiltré. Peut-être que Leo Kritzky est clair comme de l'eau de roche. Peut-être que SACHA est le fruit de l'imagination de Jim Angleton. Mais nous ne pouvons pas prendre le risque d'ignorer les pires scénarios d'Angleton.» Colby se leva. Jack l'imita. Le directeur ajouta : «Trouvez-moi le père du deuxième homme, Jack, ou apportez-moi la preuve qu'il n'existe pas.»

Dans le couloir, Jack haussa les épaules avec emportement. «Comment prouver que quelque chose n'existe pas?»

Les mots, prononcés dans un chuchotement rauque, étaient presque inaudibles. «Je n'en ai pas le moindre souvenir.

– Laissez-moi vous rafraîchir la mémoire. Le journaliste russe a été recruté à Trieste puis a reçu une formation de base dans une ferme en Autriche avant d'être renvoyé à Moscou. Moins d'une semaine plus tard, il passait sous les roues d'un métro…

– L'antenne de Moscou a dit qu'il avait bu.

– Ah! ça vous revient maintenant. L'antenne de Moscou nous a fait parvenir le rapport de police paru dans la *Pravda*, qui faisait état d'un taux élevé d'alcool dans le sang du mort. Un journaliste qui travaillait à la même station de radio a dit que notre homme était parfaitement sobre la veille au soir, quand il a été abordé par deux étrangers. Le lendemain matin, c'est l'équipe des nettoyeuses du métro qui a trouvé le corps sur les voies. Le dossier NODIS décrivant le recrutement initial du journaliste porte vos initiales. Et vous voulez mettre ça sur le compte des coïncidences…

– Je ne suis pas… allé à la selle depuis des jours. J'ai affreusement mal au ventre. Je voudrais voir un médecin…»

James Angleton leva les yeux de son classeur, une cigarette ramollie coincée entre les lèvres. «En août 1959, deux équipes de six hommes-grenouilles de Taïwan ont été arrêtées alors qu'elles débarquaient sur le continent chinois. Tous ont été exécutés le lendemain matin. Vous vous souvenez de cet incident ?

– Je m'en souviens, Jim. Je vous l'ai déjà dit la dernière fois que vous m'avez posé la question. Et la fois d'avant aussi. C'est juste que je ne me rappelle pas avoir mis mes initiales sur l'ordre d'opération avant qu'il ne soit visé par le DD-O. »

Angleton ouvrit les branches du classeur pour sortir une photocopie de l'ordre d'opération. « Le *LK* au coin supérieur droit vous dit quelque chose ? » demanda-t-il en levant la feuille.

Leo Kritzky se balança sur sa chaise en essayant de se concentrer. Les ampoules du plafond lui brûlaient les yeux, même à travers ses paupières closes. Une barbe rêche et indisciplinée lui mangeait le visage, déjà hâve et tiré. Ses cheveux commençaient à virer au blanc et il les perdait par mèches entières quand il y passait les doigts. Sur le dos des mains, la peau avait pris la couleur et la texture du parchemin. Ses jointures lui faisaient mal. Il ressentait une pulsation à l'intérieur des tempes et entendait comme une sonnerie aiguë dans l'oreille droite. « J'ai du mal à... voir », rappela-t-il à Angleton. Tremblant d'épuisement, Leo se mordit la lèvre pour étouffer les sanglots qui lui montaient à la gorge. « Pour l'amour de Dieu, Jim, je vous en prie, soyez patient... »

Angleton agita la feuille devant les yeux de Kritzky. « Faites un effort. »

Leo se força à ouvrir un œil. Le *LK* apparut soudain avec netteté, ainsi que d'autres initiales. « Je n'ai pas été le seul à signer cet ordre, Jim.

– Vous n'avez pas été le seul à mettre vos initiales sur les cent quarante-cinq ordres d'opération qui se sont terminés par l'arrestation, le jugement et l'exécution des agents. Mais vos initiales figurent sur ces cent quarante-cinq ordres. Devons-nous mettre cela aussi sur le compte des coïncidences ?

– Nous avons perdu quelque chose comme trois cent soixante-dix agents entre 1951 et maintenant. Ce qui signifie que mon nom n'est pas associé à – Leo n'était pas en état de faire une soustraction aussi simple – tant de pertes que ça.

– Votre nom n'apparaît pas pour deux cent vingt-cinq d'entre eux, mais beaucoup de documents ne sont jamais passés entre vos mains soit parce que vous étiez trop bas dans la hiérarchie, soit absent ou pas au courant ou assigné à une mission temporaire.

– Je vous jure que je vous ai dit la vérité, Jim. Je n'ai jamais livré personne aux Russes. Ni le journaliste russe qui est mort à Moscou. Ni les nationalistes chinois qui ont débarqué sur le continent. Ni la Polonaise qui était membre du Comité central.

– Ni le Turc qui faisait passer des agents en Géorgie ?

– Pas le Turc, non. Je ne l'ai jamais trahi. Nos enquêteurs sont arrivés à la conclusion que c'est le frère de sa femme qui l'avait dénoncé aux Russes en voyant qu'il ne remettait pas la somme promise à sa belle famille pour épouser leur fille.

– Vous n'avez pas trahi les Cubains à la Baie des Cochons ?

– Oh, mon Dieu, non ! Je n'ai jamais trahi les Cubains.

– Vous n'avez pas informé les Russes que le débarquement n'aurait pas lieu à Trinidad mais dans la Baie des Cochons ? »

Kritzky secoua la tête.

« Quelqu'un a forcément averti les Russes, puisque les chars de Castro et son artillerie attendaient de l'autre côté des marais Zapata quand la brigade a débarqué.

– Le comité des chefs d'état-major a ensuite émis l'hypothèse que l'armée castriste se trouvait là en exercice.

– En d'autres termes, c'est à mettre sur le compte des coïncidences.

– C'est une coïncidence, oui. Pourquoi pas ?

– Cela fait beaucoup de coïncidences au cours des années. » Angleton rappela la devise de E.M. Forster accrochée au-dessus du bureau de Philby, à l'époque de Ryder Street : « Faites le lien ! » C'était exactement ce qu'il faisait. « Vous n'avez jamais donné aux Russes la répartition générale des forces de la brigade, mais les rebelles cubains qui sont ensuite sortis des prisons castristes ont dit que les hommes de Castro la connaissaient. Vous ne leur avez jamais dit que Kennedy avait interdit toute intervention américaine manifeste ?

– Non, non, rien de tout cela n'est vrai.

– Revenons un instant sur 1956. Notre actuel DD-O, Elliott Ebbitt, est alors envoyé illégalement à Budapest. Au bout de quelques jours, il est arrêté par l'AVH hongroise.

– Il a sûrement été donné par un espion soviétique infiltré dans le mouvement de résistance hongroise. »

Angleton secoua la tête. « Le colonel de l'AVH qui a interrogé Elliott semblait bien connaître son dossier au fichier central : il savait qu'Elliott travaillait à la direction des opérations de Frank Wisner. Il savait qu'il organisait des largages d'opposants exilés de l'autre côté du rideau de fer quand il était à l'antenne de Francfort, il savait même qui était le supérieur d'Elliott à l'antenne de Francfort, Anthony Spink. »

Leo laissa retomber le menton contre sa poitrine, puis se redressa brusquement.

« Vous faites partie des trente-sept officiers de Washington dont les initiales figurent sur des documents liés à la mission d'Ebbitt. Je suppose que vous voulez mettre ça aussi sur le compte des coïncidences ? »

Leo protesta faiblement : « Et les trente-six autres ? » Mais Angleton était déjà passé à une autre page et avait du mal à déchiffrer sa propre écriture.

« Vous étiez présent début novembre 1956, quand le DCI et le DD-O se sont rendus à la Maison-Blanche pour informer le président Eisenhower de la capacité de réaction militaire américaine en Europe en cas de guerre.

– Oui, je m'en souviens.

– Et qu'est-ce qu'Eisenhower nous a dit ?

– Il a dit qu'il aurait sincèrement voulu aider les Hongrois, mais qu'il ne le pouvait pas.

– Pourquoi ne le pouvait-il pas ?

– John Foster Dulles et lui craignaient qu'une intervention américaine ne déclenche en Europe une guerre au sol pour laquelle nous n'étions pas préparés.

– Il existe beaucoup de preuves internes qui démontrent que le Politburo soviétique était divisé au sujet de l'intervention, et que Khrouchtchev évitait de se prononcer. Et puis, tout à coup, il se déclare en faveur de l'intervention. Ce n'est pas parce que vous lui avez transmis la remarque d'Eisenhower, non ?

– Je n'ai jamais rien transmis aux Russes, insista Leo. Je ne suis pas un espion russe. Je ne suis pas SACHA.

– Vous l'avez déjà nié devant le détecteur de mensonges.

– Oui, je l'ai nié cette fois-là et je le nie encore.

– Les spécialistes qui ont examiné l'enregistrement du détecteur disent que vous avez menti.

– Ils se trompent, Jim. » Leo leva lentement la main pour écarter la fumée de cigarette accumulée entre eux. « Je suis perturbé. Je suis épuisé. Je ne sais plus si c'est la nuit ou le jour. J'ai perdu la notion du temps. Il m'arrive de vous dire des choses et d'oublier l'instant d'après ce que je viens de dire. Les mots, les pensées, m'échappent. Je voudrais les saisir, mais ils sont fuyants. Il faut que je dorme, Jim. Je vous en prie, laissez-moi dormir.

– Dites-moi simplement la vérité et j'éteins les lumières pour vous laisser dormir aussi longtemps que vous voudrez. »

Une lueur d'amertume s'alluma dans les yeux du prisonnier. « Vous ne voulez pas la vérité. Vous voulez que j'authentifie des mensonges. Vous voulez que je justifie toutes ces années que vous avez passées à retourner la Compagnie dans tous les sens à force de chercher SACHA. Vous n'avez jamais déniché de taupe, non ? Mais vous avez bousillé la carrière de plus d'une centaine d'officiers de la Division soviétique en en cherchant une à tout prix. » Leo humecta le sang séché sur ses lèvres. « Je ne craquerai pas, Jim. Ça ne pourra pas s'éterniser indéfiniment. » Il leva un regard affolé ; les ampoules qui brillaient au plafond lui tirèrent des larmes et l'aveuglèrent momentanément. « Vous enregistrez ces conversations. Je le sais. Quelqu'un, quelque part, lira les transcriptions. Et ils finiront par être convaincus de mon innocence. »

Angleton passa à une autre page du classeur. « Vous vous rappelez l'attaché commercial russe à Madrid qui a proposé de nous vendre le chiffre du service diplomatique soviétique mais qui s'est retrouvé drogué et fourré dans un avion d'Aeroflot à destination de Moscou avant même de pouvoir livrer la marchandise ? »

Millie embrassa Anthony et lui souhaita bonne nuit avant de descendre retrouver Jack qui se servait un whisky bien tassé au salon. Il avait tendance, ces derniers temps, à filer droit sur le bar en arrivant. « Pardon », marmonnat-il, et il eut un geste évasif pour englober toutes les choses qui méritaient qu'on lui pardonne : revenir une fois de plus de Langley à des heures impossibles ; rentrer beaucoup trop tard pour aider Anthony à faire ses devoirs ou emmener Millie au cinéma ; être au fond du trou.

« Ne dis rien... laisse-moi deviner. Tu as eu encore une journée difficile au bureau », fit-elle avec irritation. Cela se lisait sur le visage de Jack, c'était inscrit sur les rides soucieuses autour de ses yeux. Millie en avait discuté avec Elizabet, au déjeuner ; le mari d'Elizabet, Ebby Ebbitt, le patron de Jack, était de mauvais poil depuis des semaines, ce qui poussait les deux femmes à redouter le pire. Elles envisagèrent plusieurs possibilités à partir des indices dont elles disposaient : le DD-O sc faisait taper sur les doigts ; le mari de l'une, ou les deux, avait été mis à la porte, ou muté à l'équivalente maison d'un poste d'écoute au fin fond de l'Arctique ; une opération de la Compagnie avait mal tourné. Un ami ou un collègue était mort ou mourant, ou en train de pourrir dans une prison communiste quelque part dans le monde. Les deux femmes tombèrent d'accord sur le fait que le plus dur était de ne pas pouvoir parler avec eux de leurs problèmes. Dès qu'elles soulevaient le sujet, ils se refermaient comme des huîtres et retournaient se servir un verre au bar. « Jack, murmura Millie en se laissant tomber à côté de lui sur le canapé. Ça va durer combien de temps ?

– Quoi ?

– Tu le sais. Quelque chose ne va pas du tout. Est-ce que c'est nous ? Est-ce que c'est notre vie ensemble, notre couple ?

– Oh, bon Dieu, non ! fit Jack. Ça n'a rien à voir avec toi et moi. C'est un problème à la Compagnie.

– Un gros problème ?

– Un problème épouvantable.

– Tu te souviens de moi, Jack ? Millie Owen-Brack, ta femme, pour le meilleur et pour le pire ? C'est même moi qui écris les discours et les communiqués de presse du directeur. J'ai le même niveau d'accès que toi aux informations. »

Jack s'enfila la moitié de son verre.

« Tu n'as pas besoin de savoir, Millie. Et même si tu savais, je ne vois pas comment tu pourrais m'aider.

– Les épouses sont censées être là pour partager les problèmes, Jack. Le simple fait de partager allégerait le fardeau. Essaye. »

Elle voyait bien qu'il était tenté. Il ouvrit même la bouche pour dire quelque chose. Puis il souffla à travers sa moustache et serra à nouveau les lèvres. Il passa un bras sur les épaules de Millie et l'attira contre lui. « Raconte-moi ta journée », dit-il.

Millie appuya la tête contre son épaule. « J'ai passé presque tout mon temps à préparer un dossier de presse au sujet de cette loi sur la liberté de l'information. Bon sang, si le Congrès vote ce truc, les gens vont pouvoir attaquer la CIA pour obtenir leur dossier 201. »

Jack faisait durer son verre. « Il y a toujours eu, et il y aura toujours, un antagonisme entre la nécessité pour une agence de renseignements de garder ses secrets, et le droit du public à savoir ce qui se passe.

– Et si le parti communiste engage des poursuites contre le FBI pour savoir si leur ligne téléphonique est sur écoute ? Qu'est-ce qui se passera ? »

Jack eut un petit rire. « On posera la limite là où la sécurité nationale entre en jeu.

– Tu m'étonnes, Jack. J'aurais cru que tu serais contre cette histoire de liberté de l'information.

– Tant qu'il y a des garde-fous, bon Dieu, je ne vois pas ce que ça a de si terrible.

– Eh ! c'est que tu afficherais un radicalisme de gauche pur et dur sur tes vieux jours ! »

Le regard de Jack dériva vers une photo encadrée accrochée au mur : deux hommes d'une vingtaine d'années à peine, vêtus chacun d'un maillot sans manches portant un grand Y sur la poitrine, posent devant un fin canot de course. Une jeune femme mince, vêtue d'une jupe lui arrivant aux genoux et d'un chandail universitaire d'homme, se tient légèrement à l'écart. Écrite à la main en travers de la marge blanche découpée de la photo, dont un exemplaire ornait aussi le mur du salon de Leo, il y a une inscription passée : *Jack, Leo et Stella après la course, mais avant la chute.* « Je crois en cette société ouverte qui est la nôtre, dit Jack. Dieu sait que je me bats pour elle depuis assez longtemps. Je crois en l'*habeas corpus*, je crois au droit de chacun de pouvoir s'expliquer, je crois au droit de chacun de savoir exactement ce qu'on lui reproche afin de pouvoir affronter son accusateur. On oublie parfois que c'est ça qui nous sépare des gros bras du Kremlin. »

Millie se redressa et caressa la nuque de Jack. Elle ne l'avait jamais entendu défendre avec autant de passion le système américain. « Dis-le-moi, Jack. Qu'est-ce qui *se passe* là-bas ? »

Il décida de changer de sujet. « Alors, vous êtes toujours aussi ric-rac, aux relations publiques ? »

Millie poussa un soupir. « Géraldine a décidé de prendre ce boulot, dans le privé. Et Florence est en congé de maternité. Ah ! On lui a fait passer ce truc par ultrasons, hier, et on a vu que c'est une fille. Elle était un peu déçue – son mari aurait voulu un garçon – mais je lui ai dit qu'elle devrait plutôt s'estimer heureuse. »

Jack l'écoutait à peine. « Pourquoi ça ? questionna-t-il, l'air absent.

– Je lui ai dit que je savais de quoi je parlais, et que si c'était déjà assez difficile de vivre avec un bonhomme, avec deux, c'était deux fois plus difficile. D'abord, avec deux hommes sous le même toit, on est dépassée par le nombre... »

Jack contempla soudain sa femme d'un regard ébahi. « Qu'est-ce que tu viens de dire ?

– J'ai dit qu'avec deux hommes à la maison, on est dépassée par le nombre...

– Deux hommes dépassent la femme en nombre ?

– Qu'est-ce qui ne va pas, Jack ?

– Et sur les deux hommes qui dépassent la femme en nombre, l'un est le mari, l'autre le *premier* fils ?

– Eh bien, oui ! Enfin, c'était juste une plaisanterie, Jack.

– Si Florence mettait au monde un garçon, je pourrais lui adresser mes : "Félicitations pour le deuxième homme" ?

– Oui, bien sûr. Si tu comptes le mari comme étant le premier. »

Ebby avait vu juste : la réponse leur crevait les yeux et c'était bien un problème d'orientation. Jack se leva du canapé d'un bond, attrapa son veston sur le dossier et fonça vers la porte.

« Jack, où vas-tu ?

– Trouver le premier homme. »

Adelle n'en pouvait plus. Elle avait parlé deux fois avec le directeur Colby au cours des cinq dernières semaines. La première fois, c'était lui qui l'avait appelée pour s'excuser d'avoir dû expédier Leo en Asie sans prévenir. Il lui avait demandé de préparer une valise pour son mari et avait envoyé une voiture la prendre. Après trois semaines passées sans nouvelles de Leo, Adelle avait tenté d'appeler le directeur. Et il lui avait encore fallu trois coups de fil et deux jours pour arriver à franchir les barrières. Il n'y avait pas à s'inquiéter, lui avait assuré Colby quand elle avait enfin pu le joindre. Leo allait bien et était impliqué dans une mission cruciale pour la Compagnie ; avec l'aide de Leo, avait ajouté Colby, il avait bon espoir que des problèmes extrêmement importants puissent trouver une solution. Il était désolé de ne pouvoir en dire plus. Naturellement, il comptait sur sa discrétion ; moins il y aurait de gens qui savaient où se trouvait Leo, mieux cela valait. Adelle avait demandé si elle pouvait faire parvenir une lettre à son mari ; le directeur lui avait donné un numéro de boîte postale et lui avait promis de l'appeler dès qu'il aurait des nouvelles.

Les deux lettres qu'elle avait adressées à la boîte postale étaient restées sans réponse.

Maintenant, soit cinq semaines après leur retour de France, elle n'avait toujours pas eu de nouvelles directes de Leo. Vanessa commençait à poser des questions ; papa n'avait jamais disparu comme ça avant, fit-elle remarquer ; encore une semaine et il allait rater la fête d'anniversaire prévue pour les quatre-vingts ans de Philip Swett, une super soirée à Georgetown où l'on attendait des députés, des membres du cabinet, des juges de la Cour suprême et peut-être même le vice-président. Vanessa, qui adorait son père, semblait tellement inquiète qu'Adelle lui confia sous le sceau du secret que Leo avait été envoyé en mission très importante en Asie. Mais pourquoi la Compagnie aurait-elle envoyé le chef de la Division soviétique en Asie, s'étonna Vanessa. Ce n'était pas logique, non ? Adelle avait répondu que ce n'était pas forcément si illogique que ça. La Russie soviétique s'étendait jusqu'au continent asiatique. D'après les journaux, il y avait sur la péninsule du Kamtchatka des bases de sous-marins et de missiles qui présentaient un grand intérêt pour la CIA.

La réponse parut satisfaire Vanessa, mais laissa à Adelle le sentiment que Colby lui cachait quelque chose. Elle décida alors de voir si son père pouvait découvrir où Leo avait été envoyé, et pourquoi.

Avec l'âge, Philip Swett était devenu dur d'oreille, et Adelle dut répéter plusieurs fois son histoire avant que son père ne saisisse le problème. « Tu essayes de me dire que tu n'as pas la moindre nouvelle de ton mari depuis cinq semaines ? demanda-t-il.

— Pas un mot, papa.

— Et ce Colby, là, te dit qu'il l'a expédié en Malaisie ?

— Pas en Malaisie, papa. En Asie.

— Bon sang de bonsoir, je saurai le fin mot de cette histoire », promit Swett. Et il chercha à joindre Henry Kissinger au Département d'État.

Kissinger rappela moins d'une heure plus tard. « Phil, qu'est-ce que je peux faire pour vous ? »

Swett expliqua que son beau-fils, Leo Kritzky, qui se trouvait être le chef de la Division soviétique à Langley, semblait avoir tout simplement disparu. Colby racontait à sa fille des salades comme quoi Kritzky aurait été envoyé en mission en Asie.

« Où est le problème ? » fit Kissinger. Il était tellement occupé à essayer de rectifier le tir de la politique étrangère américaine pour faire face à l'*impeachment* présidentiel qui menaçait au Congrès qu'il n'avait ni le temps ni l'énergie de pister les portés disparus de la CIA.

« Henry, merde, ce garçon est parti depuis cinq semaines et il n'y a pas eu une lettre, pas un coup de fil, rien... »

Le bureau de Kissinger rappela Swett en fin d'après-midi. Un des assistants du secrétaire d'État s'était renseigné à Langley. Il semblait que Kritzky fût en mission personnelle pour le DCI. La Compagnie avait refusé de donner de plus amples informations, et on lui avait fait clairement comprendre que ce genre d'enquête était malvenu.

Swett savait reconnaître une rebuffade quand il en essuyait une. Nom de Dieu ! il allait avoir une petite conversation avec ce Colby quand il mettrait la main dessus. Il y avait une époque où Harry Truman testait ses discours sur Swett, où Dwight Eisenhower lui demandait conseil, où le jeune Kennedy fulminait en sa présence contre la décision stupide de laisser la CIA organiser l'invasion de Cuba. À tout bien réfléchir, Charles de Gaulle avait mis le doigt sur le problème avant sa mort, quatre ans plus tôt : la vieillesse était un naufrage, comme il l'avait dit. Dans une semaine exactement, Swett aurait dépassé les quatre-vingts balais. Très bientôt, on ne prendrait même plus la peine de répondre à ses coups de fil.

Philip Swett s'étendit sur le canapé en se disant qu'il lui faudrait penser à appeler sa fille quand il aurait fait la sieste. Il y avait de bonnes chances pour que Kritzky fût bien en Malaisie, comme l'assurait Colby ; de bonnes chances pour qu'il soit de retour à temps pour cette fichue fête d'anniversaire. Mais ça n'empêcherait pas Swett de dormir s'il n'était pas là. Le vieil homme s'était toujours demandé ce que son entêtée de fille trouvait à ce type. Elle lui avait récemment laissé entendre que leur mariage n'était pas aussi rose que ça. Eh bien ! si elle décidait de divorcer d'avec ce juif, ce n'est pas lui qui verserait une larme...

Swett sentit ses paupières se fermer avec une étrange pesanteur, occultant la lumière avec une telle finalité qu'il se demanda s'il la reverrait un jour.

Un filament de clair de lune s'immisça dans l'interstice entre les rideaux et dessina une balafre argentée sur le plancher. Parfaitement réveillé sur le lit géant, Manny pressa l'oreille contre la colonne vertébrale de Nellie et écouta sa respiration. La veille au soir, après un dîner bien arrosé aux daiquiris et beaujolais nouveau dans un petit restaurant français de Georgetown, ils étaient rentrés chez Nellie. Manny était plus silencieux que d'habitude. Quand elle avait ôté ses souliers et s'était pelotonnée contre lui sur le canapé, Nellie avait senti qu'il était préoccupé par autre chose qu'elle. « Je peux te faire oublier tout ça », avait-elle murmuré en collant ses lèvres contre l'oreille du jeune homme et son sein contre son bras. Puis elle avait fait glisser de façon aguichante les bretelles de sa minirobe noire et soyeuse et avait tenu parole. Il y avait eu une exploration impatiente des possibilités sur le canapé. Puis ils s'étaient rendus dans la chambre et avaient fait l'amour à nouveau, avec une lenteur préméditée, étendus sur des draps frais embaumant le lilas. Ensuite, perdant la notion du temps, ils avaient parlé à mi-voix jusqu'à ce que les bruits de la circulation se dissipent dans la rue.

Aux premières heures du jour, Nellie avait abordé la question qui l'intriguait le plus. « Alors, pourquoi ?

– Pourquoi quoi ?

– Pourquoi ce soir ? Pourquoi m'as-tu baisée ?

– Je ne t'ai pas baisée. Je t'ai fait l'amour.

– Oh, oui ! ça, c'est sûr. Mais tu n'as pas répondu à ma question. Pourquoi cette nuit ?

– Je pense que le but d'un rapport sexuel, c'est l'intimité, et pas le contraire. Pour des raisons que je ne saurais expliquer, ça m'a soudain paru très important – j'avais besoin d'avoir une amie proche, très proche.

– C'est peut-être la plus belle chose qu'un homme m'ait jamais dite, Manny, avait-elle murmuré de la voix rauque et engluée de quelqu'un qui sombre dans une délicieuse inconscience. L'inceste est définitivement supérieur… à la masturbation. »

Maintenant qu'elle dormait, les pensées de Manny dérivèrent vers sa dernière séance avec AE/PINACLE. Il avait, en fin d'après-midi, procédé au débriefing de Koukouchkine dans le salon de l'appartement d'Agatha, près de Rockville, prenant furieusement des notes bien que le magnétophone enregistrât chaque mot prononcé par le Russe. Koukouchkine paraissait plus à cran que d'habitude et arpentait la pièce pour donner sa dernière fournée d'infos.

Le Centre de Moscou avait fabriqué la lettre du Premier ministre chinois Chou En-lai publiée le mois précédent dans un journal africain, qui laissait entendre que Chou considérait la révolution culturelle comme une erreur politique.

Le KGB finançait une campagne mondiale fort coûteuse en faveur de la ratification du traité révisé de non-prolifération, limitant l'Union soviétique et les États-Unis à un seul site de missiles antibalistiques chacun.

Les Russes, convaincus que Nixon mentait quand il affirmait avoir annulé le programme américain d'armes biologiques à la fin des années soixante, avaient poursuivi leur propre programme et étaient à présent capables de charger des têtes de missiles balistiques avec la bactérie du charbon et le virus de la variole.

Le Kremlin avait des raisons de croire que Taïwan essayait d'acheter de la technologie nucléaire à l'Afrique du Sud, qui en avait mis au point depuis quelques années en partenariat avec Israël.

Le KGB avait introduit des micros dans les machines à écrire électriques utilisées à l'ambassade américaine de Moscou pendant leur transport depuis la Finlande à bord de trains soviétiques ; ces micros transmettaient ce qui était tapé à un poste d'écoute voisin par courtes rafales et sur une fréquence utilisée par des récepteurs de télévision, de sorte que les balayages de sécurité effectués dans l'ambassade ne détectaient rien de particulier.

« Bon, Manny, voilà… votre ration hebdomadaire de secrets.

– Tout se passe normalement, à l'ambassade ? »

Koukouchkine avait pris place sur le canapé et avait consulté sa montre. Il voulait être de retour à l'ambassade quand sa femme rentrerait de chez le dentiste. « Je crois, oui.

– Vous croyez seulement ?

– Non, je peux être plus positif. Tout paraît normal à moi, et à ma femme aussi. » Le Russe avait affiché un petit sourire de travers. « J'apprécie que vous vous inquiétiez pour moi, Manny.

– S'il devait arriver quoi que ce soit… si jamais une situation d'urgence se présentait, vous avez le rasoir mécanique avec les numéros sur le manche. »

Koukouchkine hocha la tête avec lassitude ; ils avaient déjà vu tout cela. « Je tourne la poignée qui permet d'ajuster la lame. Si je la règle précisément entre les numéros deux et trois et que je tourne dans le sens des aiguilles d'une montre, une petite cachette s'ouvrira au bout du manche. Il y a à l'intérieur des microfilms contenant les procédures d'urgence pour établir des contacts à la fois à Washington et à Moscou.

– Êtes-vous toujours en bons termes avec Borissov, votre *rezident* ?

– Il semble bien. Il a invité moi à prendre cognac dans son bureau, tard hier soir. Quand je lui ai dit qu'il avait mine sombre, il a ri à la russe, ce qui, pour votre information, est rire chargé de plus de philosophie que d'humour. Il a dit que les Russes naissent avec mine sombre et il met ça sur le compte de nos hivers. Il met ça sur le compte de l'immensité de la Russie aussi. Il dit que nous avons peur de cette immensité comme les enfants ont peur du noir – peur qu'il y a un chaos qui attend nous quelque part pour nous étrangler dans ses tentacules. J'ai dit à lui que c'est pour ça que nous avons supporté Staline – que c'est notre peur du chaos, de l'anarchie qui pousse nous vers l'autre extrême : nous apprécions l'ordre, même s'il est très loin de la loi. »

Manny avait observé les yeux de Koukouchkine ; le Russe les avait gardés rivés sur son ami américain, faisant peser sur lui son angoisse. L'ongle de son majeur, qu'il tapotait sans cesse sur celui de son pouce, s'était tu. Un soupir s'était échappé de ses lèvres. Koukouchkine était-il le transfuge authentique qu'il prétendait être, ou un comédien consommé produisant une bonne imitation de trahison ?

Le destin de Leo Kritzky dépendait de la réponse à cette question.

Soudain impatient de soulager son âme, Koukouchkine se lança. « Je vais vous dire quelque chose que je n'ai jamais dit à personne qui vive, Manny.

Pas même à ma femme. Il y avait un communiste qui s'appelait – même maintenant, même ici, Koukouchkine avait baissé la voix par habitude – Piotr Trophimovitch Ichov, qui avait combattu avec beaucoup de héroïsme dans notre guerre civile et a été élevé au grade de colonel général. En 1938, j'ai à cette époque-là onze ans, Piotr Ichov a disparu un soir – il n'est tout simplement pas rentré à son appartement après journée de travail. Quand sa femme, Zinaïda, beaucoup plus jeune, a voulu se renseigner, on lui a dit que son mari a été surpris en train de comploter avec Trotski pour assassiner Staline. Il n'y a pas eu procès – peut-être qu'il a refusé d'avouer, peut-être qu'on l'avait trop battu pour qu'il puisse avouer en public. Au bout de quelques jours, Zinaïda et le fils aîné d'Ichov sont arrêtés comme ennemis du peuple et déportés dans village pénitentiaire du désert de Karakoum, en Asie centrale. Là, Zinaïda se suicide. Là, Oleg meurt du typhus. Un fils plus jeune, un enfant de onze ans, est proposé à l'adoption à un parent éloigné qui habite Irkoutsk. Le nom du parent éloigné est Klimov. Je suis cet enfant, Manny. Je suis le fils de l'ennemi du peuple Ichov. »

Manny avait aussitôt senti qu'il s'agissait là d'un moment déterminant de leur relation. Il s'était redressé pour prendre le poignet de Koukouchkine. Le Russe avait hoché la tête, et Manny avait fait de même. Le silence commençait à peser, et Manny avait fini par demander : « Pourquoi ne pas m'en avoir parlé avant ?

– Avant... vous n'étiez encore pas mon ami. »

Un détail avait troublé Manny. « Connaissant votre passé, le KGB ne vous aurait jamais recruté.

– Mon père adoptif, Ivan Klimov, était ingénieur en génie civil dans usine aéronautique de Irkoutsk. Après la Grande Guerre, il a été muté à Moscou et a fini par monter les échelons de la nomenklatura pour devenir sous-ministre pour aviation attaché au ministère de l'Armement. Il a compris que je ne serais jamais accepté dans une université ou au parti, que je ne pourrais jamais obtenir un travail intéressant, si l'on connaissait mon histoire. Les Klimov avaient perdu un fils de l'âge de moi dans un accident de voiture en 1936. Quand ils sont venus s'installer à Moscou, avec l'aide d'un neveu qui travaillait au bureau d'état civil de Irkoutsk, ils ont réussi à effacer toutes les traces de mon passé. À Moscou, Ivan Klimov a fait passer moi pour Sergu+ï, son fils légitime.

– Bon Dieu, avait chuchoté Manny. Quelle histoire ! »

Et ce qui l'ennuyait le plus, c'est que personne n'aurait pu l'inventer.

Jack introduisit des pièces dans un téléphone public situé sur le parking de l'immense bâtiment de la National Security Agency, à Fort Meade, Maryland. « Notre pire cauchemar se réalise, confia-t-il à Ebby. Je ne peux pas en dire plus, la ligne n'est pas sécurisée. Je serai rentré à trois heures. Tu ferais mieux de convoquer un conseil de guerre. Tous les membres de la cellule de réflexion vont vouloir en être.»

Colby fut le dernier à arriver à la réunion. «Excusez mon retard, dit-il en s'asseyant. J'ai dû prendre un appel de la Maison-Blanche. Cet essai atomique indien les rend complètement dingues.» Il fit signe à Jack. «Si vous voulez commencer.

– Monsieur le directeur, messieurs, AE/PINACLE a vu juste, commença Jack. Il y a bien une taupe à la NSA.» Il remarqua le léger sourire sur les lèvres d'Angleton, vautré sur son siège, en tête de table. «Nous avons abordé l'info "Félicitations pour le deuxième homme" sous un autre angle.» Là, Jack adressa un signe de tête à Ebby. «Si vous partez du principe que le *premier* homme est le mari, alors le *deuxième* homme devient le premier fils et toutes les pièces du puzzle s'emboîtent. En janvier, vingt-trois employés de la NSA ont eu un enfant. Sur ces vingt-trois, dix-sept sont des premiers fils. En travaillant d'après les registres de téléphone, les dossiers de l'agence de voyages interne à la NSA et les fichiers permanents, nous avons pu établir que le père d'un de ces dix-sept petits garçons se trouvait à Paris à Noël 1972, à Copenhague à Noël 1973 et à Rome à Pâques de cette année. Cela, si vous vous en souvenez, correspond aux débriefings face à face du KGB dont nous a parlé AE/PINACLE.

– De qui s'agit-il?» voulut savoir Colby. Il sentait à la façon dont Ebbitt, son DD-O, évitait son regard, que les choses se présentaient mal.

«Il s'appelle Raymond R. Shelton, c'est un cadre moyen de quarante-huit ans qui analyse les transcriptions des interceptés russes à la NSA…

– C'est tout ce qu'il nous fallait», marmonna Colby.

Angleton leva le bout de son crayon muni d'une gomme pour obtenir l'attention de Jack. «Avez-vous pu trouver d'autres confirmations que cette affaire de premier fils et de calendrier de voyages?

– La réponse est : affirmatif», intervint Ebby.

Jack fournit les détails : «AE/PINACLE a aussi signalé que la taupe avait une *faiblesse*, un penchant pour les femmes et le jeu qui faisait que son salaire de la NSA – soit, dans le cas de Shelton, vingt-quatre mille cinq cents dollars – était loin de lui suffire et qu'il s'était vendu aux Russes par pur intérêt.

– Je ne sais pas ce qui est pire, commenta Colby pour lui-même, vendre des renseignements pour de l'argent ou par amour du communisme.

– Il y a quatre ans, reprit Jack, la femme de Shelton a entamé une procédure de divorce en mentionnant le nom d'une maîtresse. L'épouse a fini par se réconcilier avec son mari et a abandonné la procédure. Les gens de la sécurité ont regardé ça de plus près à l'époque, et se sont aperçus que Shelton, qui était toujours très bien sapé et avait la réputation d'être un coureur de jupons, couchaillait effectivement à droite et à gauche. Ils ont également découvert qu'il avait un penchant "gérable" pour le poker qui pouvait lui faire perdre de cinquante à cent dollars les mauvais soirs. Shelton a alors été menacé d'être fichu à la porte s'il continuait à jouer. Il a nié être un homme à femmes et a promis d'arrêter le poker, ce qui a apparemment suffi à calmer les services de sécurité. Quoi qu'il en soit, il faisait un travail si important que son chef de section et son directeur de division se sont tous les deux portés garants pour lui.

– Qui est au courant pour Shelton en dehors de cette pièce ? s'enquit Colby.

– J'ai dû mettre le chef de la sécurité de Fort Meade dans la confidence, expliqua Jack. Mais je ne lui ai pas dit comment nous avions obtenu le message de félicitations ou les dates des séjours à l'étranger. »

Angleton prenait des notes sur un calepin administratif jaune. « Qu'est-ce qui va empêcher le chef de la sécurité de cracher le morceau à ses supérieurs de Fort Meade ? » demanda-t-il.

Jack leva les yeux vers lui. Leurs regards se croisèrent. « J'ai pris la liberté de lui rappeler que Bill Colby n'était pas seulement le directeur de la CIA ; il est aussi le chef de toutes les organisations américaines de renseignements, y compris la NSA, et que c'est à ce titre qu'il mettrait lui-même au courant les gros bonnets de la NSA quand il le jugerait opportun. Pour le moment, le secret est bien gardé sur l'affaire Shelton.

– Bon, grogna Colby. On se dépêche de finir. »

L'air de ne pas y toucher, Angleton demanda : « Qu'est-ce qu'il fait exactement, ce Shelton, comme travail ? »

Jack s'encouragea d'un mouvement de tête. « Il est responsable de l'équipe qui s'occupe d'une des opérations d'interception les plus productives de la NSA, un dossier top secret classé BIGOT et dont le nom de code est IVY BELLS.

– Bon sang, il m'arrive de porter des renseignements stérilisés sortis de la production IVY BELLS à la Maison-Blanche », commenta Colby.

Ebby intervint : « Désolé, Jack... IVY BELLS, ça ne me dit rien du tout.

– Ça ne me disait rien non plus jusqu'à ce matin. Il se trouve que des sous-marins américains ont posé un dispositif étanche sur un câble de communications sous-marin soviétique au fond de la mer d'Okhotsk, au large de la côte pacifique de l'Union soviétique. Le câble est bourré de lignes militaires soviétiques. Le dispositif en question est certainement le capteur d'écoute le plus sophistiqué jamais conçu. Il s'enroule autour du câble cible et se connecte électroniquement sur les lignes sans jamais les toucher directement. Quand les Soviétiques remontent les câbles, pour l'entretien, le dispositif se décroche et repose, indétectable, au fond de l'eau. Les bandes qui se trouvent à l'intérieur de la coque étanche peuvent enregistrer les canaux militaires soviétiques pendant six semaines, au bout desquelles nos sous-marins reviennent pour que des hommes-grenouilles récupèrent les bandes et en installent de nouvelles. Les bandes sont envoyées à la NSA pour y être transcrites et déchiffrées. Les messages ne sont pas tout récents, mais regorgent d'informations sur des essais de missiles balistiques soviétiques…

– Les essais de missiles soviétiques tirés depuis la péninsule du Kamtchatka, dans la mer d'Okhotsk, précisa Colby.

– Ce qui implique que tous leurs comptes-rendus d'échec et de succès passent par notre dispositif d'écoute, commenta Ebby.

– Les Russes ont une telle confiance en leurs lignes sous-marines qu'ils n'utilisent pas des chiffres très élaborés, poursuivit Jack. Sur certains canaux, ils ne prennent même pas la peine de chiffrer les transmissions du tout. »

Manny croisa le regard de Jack. «Il y a quelque chose qui m'échappe. Si le type qui dirige l'équipe de la NSA chargée de traiter le matériel IVY BELLS est un agent soviétique, cela signifie que les Russes sont au courant du piratage – ils savent que leurs lignes sous-marines sont sur écoute. Alors pourquoi continuent-ils de s'en servir ?

– Si tu étais le KGB, dit Jack. Est-ce que tu arrêterais de t'en servir ? »

Manny ouvrit la bouche, puis la referma. «Vous avez tous une longueur d'avance sur moi, hein ? Ils ne fermeront pas leur ligne pour ne pas qu'on remonte le fil rouge et qu'on tombe sur leur taupe à la NSA.

– Il y a des avantages à savoir que votre téléphone est sur écoute, expliqua Ebby. On peut s'en servir pour faire de la désinformation.

– Les Soviétiques ont très bien pu surévaluer la précision de leurs missiles, ou le pourcentage de réussite de leurs essais, dit Colby. Il va falloir réévaluer toutes les interceptions IVY BELLS. »

Manny commença à dire : «Quand nous auront arrêté Shelton…

– Il est hors de question d'arrêter Shelton ! coupa Angleton.

– Mais comment pouvons-nous laisser une taupe soviétique à l'intérieur de la NSA ? » demanda Manny.

Jack lui fit un dessin. «Réfléchis, Manny. Si nous arrêtons Shelton, le KGB va remonter le fil et comprendre comment nous sommes arrivés à lui. Ça pourrait les mener tout droit à notre transfuge à l'ambassade soviétique, AE/PINACLE. Et puis nous avons bien plus avantage à savoir qu'ils savent pour IVY BELLS, ça nous permet de voir ce qu'ils veulent nous faire avaler, ce qui nous donnera des indications sur ce qui se passe réellement avec leur programme de missiles.

– En plus, renchérit Colby, nous avons des dispositifs d'interception similaires sur des lignes sous-marines chinoises, et aussi sur des câbles sous-marins français vers l'Afrique. Ils ne connaissent pas l'existence de notre dispositif, mais ils l'apprendront si jamais nous arrêtons Shelton.

– C'est un cas classique de non-intervention réciproque dans les renseignements, remarqua Angleton. Les Russes sont au courant qu'on les écoute mais ne ferment pas leurs lignes pour qu'on ne découvre pas Shelton. Nous sommes au courant pour Shelton, mais nous ne l'arrêtons pas pour protéger

AE/PINACLE. Nous nous retrouvons devant une spirale de secrets imbriqués les uns dans les autres – livrez-en un seul, et nous devrons lâcher des choses que nous tenions à garder.

– Il ne nous reste plus maintenant qu'à faire circuler de la désinformation autour de Shelton pour qu'il la transmette à ses contrôleurs », constata Ebby.

La cendre s'accumulait dangereusement au bout de la cigarette d'Angleton, mais il était trop pris par la conversation pour s'en apercevoir. Scrutant ses collègues autour de la table, il déclara : « Ce qui nous ramène à l'affaire en suspens – AE/PINACLE et SACHA. » Ebby lança un coup d'œil vers Jack puis baissa la tête.

« Je suppose, poursuivit Angleton, que plus personne dans cette pièce ne met maintenant en doute la bonne foi de Koukouchkine. »

Tous comprirent ce que cela impliquait.

« Monsieur le directeur, intervint Jack. Je voudrais parler à Leo…

– C'est hors de question, coupa Angleton. Kritzky doit rester en complet isolement, il faut l'amener au désespoir…

– Qu'est-ce que vous chercheriez ? » demanda Colby à Jack.

Jack réfléchit un instant. « Leo et moi, on se connaît depuis longtemps. Je peux l'amener à affronter la réalité de la situation dans laquelle il se trouve… »

Ebby entrevit une possibilité : « Nous pourrions donner à Leo le moyen d'échapper à une peine de prison à vie. Le problème n'est pas de le briser, mais de faire de lui un agent double. En retournant habilement Leo, nous pourrions transformer un désastre en triomphe – imaginez ce que nous pourrions faire avaler au KGB si Leo acceptait de travailler pour nous. »

Angleton, comme souvent, se mit à penser tout haut. « Pour le retourner, il faudrait lui démontrer que nous tenons la preuve de sa trahison. Ce qui signifie qu'il faudrait lui parler de AE/PINACLE. Et ça va à l'encontre de toutes les règles…

– C'est justement pour ça que ça peut marcher », fit Jack avec une soudaine véhémence. Il se tourna directement vers Angleton. « Si vous vous en tenez aux règles établies, Jim, ça peut durer encore Dieu sait combien de temps. Ça va être comme avec Philby. Philby a été interrogé par les meilleurs de la profession, et ils l'ont harcelé pendant des mois. Ils savaient qu'il était coupable, mais tant qu'il a tenu, tant qu'il s'est accroché à son innocence, ils ne pouvaient pas le faire passer en procès parce que au bout du compte, sans ses aveux, ils n'avaient pas de preuves solides contre lui.

– Ça vaut peut-être la peine d'essayer, dit Ebby à Colby.

– Il s'agit juste de s'attaquer au problème sous un autre angle », assura Jack.

Angleton tira sur sa cigarette. « Très inhabituel, grommela-t-il. Ça ne m'inspire pas beaucoup. »

Colby les regarda l'un et l'autre. « Laissez-moi y réfléchir », dit-il enfin.

Jack crut tout d'abord s'être trompé de cellule. L'homme assis par terre sur une couverture de l'armée, le dos appuyé contre le mur capitonné, ne lui parut en rien familier. Il évoquait ces survivants des camps de concentration qu'on voyait sur les vieilles photos : maigre, hâve, le bas du visage mangé par une barbe hirsute, les joues creuses faisant paraître les yeux caves trop grands et trop tristes. Il avait pris un teint de craie et portait un pyjama trop large pour lui. Sa lèvre inférieure était à vif, ensanglantée à force d'être rongée. L'homme porta une main tremblante à ses yeux pour s'abriter des trois ampoules nues qui pendaient du plafond. Les mots filtrèrent d'entre ses lèvres : «Alors on s'encanaille dans les geôles d'Angleton, Jack ?»

Jack retint sa respiration. «C'est toi, Leo !»

Le masque qui semblait recouvrir le visage de Leo se fendit en une grimace tordue. «C'est moi, ou ce qu'il en reste.» Il fit mine de se relever, mais retomba aussitôt, épuisé. «Je ne peux pas te proposer grand-chose à boire sauf de l'eau. Tu peux avoir de l'eau, Jack, si ça ne te dérange pas de boire celle de la cuvette des chiottes.»

Jack traversa la pièce et s'accroupit devant Leo. «Nom de Dieu, je ne savais pas...» Il tourna la tête et regarda la tasse en fer-blanc posée par terre, près des toilettes. «Nous ne savions pas.

– Vous auriez dû chercher, Jack, fit Leo avec amertume. Vous n'auriez pas dû me laisser entre les griffes d'Angleton. J'ai la diarrhée, et je dois nettoyer la cuvette des chiottes avec ma main pour pouvoir boire l'eau après.»

Jack s'efforça de se concentrer sur la raison de son incarcération. «Leo, il faut que tu écoutes – ça ne doit pas forcément se terminer par ce cachot ou une condamnation à perpétuité.

– Mais pourquoi irais-je en prison, Jack ?

– Pour trahison. Pour avoir trahi ton pays. Pour avoir espionné pour le compte du Russe que nous connaissons sous le nom de Starik.

– Tu crois ça, Jack ? Tu crois vraiment que je suis SACHA ?»

Jack hocha la tête. «Nous le savons, Leo. Tu n'as rien d'autre à faire que de tout déballer. Si tu ne le fais pas pour toi, fais-le pour Adelle. Pense aux jumelles. Il n'est pas trop tard pour te racheter...»

Leo eut une narine qui se mit à couler. Avec une lenteur proche de la léthargie, il leva le bras et se moucha sur sa manche de pyjama sale, puis il essuya le sang sur ses lèvres. «Qu'est-ce qui te dit que je suis SACHA ?» demanda-t-il.

Jack s'assit carrément par terre. Il prit conscience du froid qui régnait dans la pièce. «Nous avons un transfuge russe, dit-il. Nous lui avons donné pour nom de code AE/PINACLE. C'est le fils d'Ebby, Manny, qui était de garde quand le Russe a pris contact. C'est lui qui le contrôle depuis.»

Leo avait les yeux rivés sur Jack. Il lui vint à l'esprit que la visite de Jack enfreignait toutes les règles ; il était étonné qu'Angleton se soit laissé faire. «Ce AE/PINACLE, il m'a identifié par mon nom ? Il a dit : Leo Kritzky est SACHA ?

– Il a dit que le nom de famille de SACHA commençait par un K. Il a dit qu'il parlait couramment russe.

– Comment le savait-il ?

– Le transfuge a travaillé à la Direction S de la Première Direction principale du Centre de Moscou, le département qui gère les illégaux...

– Merde, je sais ce que c'est que la Direction S.

– Il était sous les ordres directs du fameux Starik. En septembre 1972, il a été chargé d'organiser tous les détails pratiques d'un voyage que Starik a fait en Nouvelle-Écosse pour rencontrer un agent.

– Il a dit que Starik devait rencontrer un agent ?

– Non, nous avons déduit ce passage. Nous avons déduit que la seule chose qui pouvait attirer Starik hors de Russie était une rencontre face à face avec son agent SACHA.

– Et j'ai fait ce tour de Nouvelle-Écosse à vélo en septembre 1972.

– Oui, Leo, tu y étais.

– Il doit y avoir autre chose. Qu'est-ce que vous avez d'autre ?

– AE/PINACLE a appris par le *rezident* du KGB que SACHA était absent de Washington pendant quinze jours, jusqu'au dimanche 26 mai.

– Et ça correspond à mon séjour en France.» Ce qui commença comme un rire s'étrangla dans la gorge de Leo. «C'est tout ?

– Bon Dieu, Leo, ça ne te suffit pas ?

– Ça ne vous est pas venu à l'idée que Starik vous avait envoyé un faux transfuge avec des infos bidon pour vous orienter sur la mauvaise personne ?

– Pourquoi Starik voudrait-il te faire tomber, Leo ?

– Pour vous détourner de la bonne personne ?»

Jack secoua la tête. «Angleton a tracé un portrait de toi extrêmement persuasif...»

Leo parvint à ricaner. «Toutes les opérations réussies n'étaient là que pour faire avancer ma carrière. Tous les échecs témoignent de ma trahison.

– Il y a trop de choses qui se recoupent pour ce soit dû à des coïncidences. Et puis tu as foiré les tests du détecteur de mensonges. Et pas qu'un peu.

– Est-ce que quelqu'un a passé ce AE/PINACLE au détecteur ?

– Arrête, Leo. Tu sais aussi bien que moi qu'on ne passe pas un transfuge au détecteur dans une planque. Ils sont trop crispés, trop nerveux pour obtenir un résultat valable. On lui fera subir des tests quand il sera passé à l'Ouest pour de bon.

– On ne peut pas tester un transfuge dans une planque, mais Angleton a le droit de tester un prisonnier dans une cellule capitonnée, avec juste l'eau des chiottes à boire; et là, les résultats sont valables?» Leo chancela. «Écoute-moi bien, Jack, je vais te dire quelque chose dont il faudra te souvenir : AE/PINACLE ne subira jamais le détecteur de mensonges. Il va être renversé par une voiture, agressé dans une ruelle ou ramené dare-dare en Sainte Russie sous un prétexte bidon qui aura l'air plausible. Mais il ne subira pas le test parce qu'il ne passera jamais à l'Ouest. Et il ne passera pas à l'Ouest parce que c'est un transfuge infiltré pour convaincre Angleton que je suis bien SACHA.»

Jack secoua la tête avec désespoir. «Si tu n'es pas SACHA, Leo, cela voudrait dire que SACHA rôde encore. Et si c'était vrai, comment expliques-tu que AE/PINACLE n'ait pas été mis au frais par les gens du SK de son ambassade?

– Jack, Jack, on ne l'a pas mis au frais parce que ton AE/PINACLE est un agent infiltré et que SACHA *le sait.*

– Écoute, Leo, je ne suis pas venu ici pour m'engueuler avec toi. Je suis venu te proposer un moyen de t'en sortir.»

Leo murmura d'une voix rauque : «La seule sortie, pour moi, c'est cette porte capitonnée, Jack. Je suis innocent. Je ne suis pas SACHA. Je suis Leo Kritzky et je me bats du bon côté depuis vingt-quatre ans. Et voilà comment on me remercie.» Ses mains furent prises d'un brusque tremblement. Il appuya le pouce et l'index au coin de ses yeux et se mit à respirer par la bouche. «C'est tellement injuste, Jack. Bordel! il doit bien y avoir quelqu'un qui me croie – qui croie que ce transfuge est un agent infiltré qui fait partie d'un coup monté contre moi...»

Jack chercha les mots justes. «Leo, je ne peux pas te dire comment, mais AE/PINACLE nous a prouvé sa bonne foi et nous n'avons plus aucun doute. Il est absolument impossible que ce soit un agent infiltré. Ce qui implique que toutes les infos qu'il a données concernant SACHA sont authentiques. Et elles te désignent toutes. Avoue que tu es SACHA, Leo. Dis-nous ce que tu leur as livré au cours des années pour que nous puissions dresser un état des lieux, évaluer les dommages. Et puis passe de notre côté. On te retourne et tu te mets à bosser *contre* le KGB. Personne ne te pardonnera ici, personne ne te serrera plus la main, mais ça peut t'empêcher d'aller en prison. Adelle et les jumelles ne sauront que tu as trahi ton pays que si tu le leur dis toi-même. Quand tout sera terminé, tu pourras partir quelque part où on ne te connaît pas pour passer tranquillement le reste de tes jours.»

Leo se releva à grand-peine puis, tenant la ceinture de son pyjama, se dirigea à petits pas prudents vers les toilettes. Là, il se laissa tomber à genoux devant la cuvette, prit de l'eau dans la tasse en fer-blanc et s'en humecta les lèvres. Il se tourna alors vers Jack, et là, sans le quitter des yeux, but lentement le reste de la tasse. Quand il eut terminé, il reposa la tasse par terre et murmura à travers ses lèvres abîmées : «Va te faire foutre, Jack.»

6

Washington, DC, mardi 30 juillet 1974

Puis AE/PINACLE disparut des écrans radar.

« Qu'est-ce que ça veut dire ? demanda Jack quand Manny l'appela sur une ligne sécurisée de l'appartement de guet, à l'autre bout du couloir de chez Agatha Ept.

– Il semble s'être évanoui dans la nature, Jack. C'est tout ce que je peux dire pour l'instant.

– Les types du SK se sont mis à le coller ou quoi ?

– Je ne sais pas. »

De toute évidence, Jack était irrité. « Qu'est-ce que tu sais ?

– AE/PINACLE a appelé Ept vendredi, juste avant qu'elle ne parte travailler, pour lui dire qu'il passerait lundi soir. J'ai écouté l'enregistrement. Il a dit qu'il lui serait reconnaissant si elle pouvait apporter encore de ces bonbons qu'elle prenait de temps en temps au bureau d'enregistrement des brevets. Ce qui signifie donc qu'il était opérationnel vendredi matin.

– Il avait l'air comment ?

– Il n'avait pas l'air de parler avec un revolver collé contre la tempe, si c'est ce que tu veux dire. Il était tendu – qui ne le serait pas à sa place ? – mais il ne paraissait pas particulièrement agité ni rien.

– Quand l'as-tu vu pour la dernière fois ?

– Ça fait une semaine aujourd'hui. On a écourté la séance parce que sa fille avait la fièvre et qu'il avait hâte de rentrer à l'ambassade.

– Il paraissait normal ?

– Oui, Jack, absolument. Même si pour AE/PINACLE, "normal" correspond à préoccupé – pressé de livrer ses infos, inquiet de savoir ce que l'avenir leur réserve, à lui et à sa famille. Nous avons bavardé un moment, en attendant l'ascenseur, il m'a raconté la dernière blague sur Brejnev et il m'a dit qu'il appellerait Ept pour lui dire quand il pourrait revenir. »

Jack demanda : « As-tu retrouvé trace de lui entre mardi et le coup de fil de vendredi matin à Ept ?

– Le FBI l'a repéré sur les caméras de surveillance en train d'entrer et de sortir de l'ambassade, une fois mercredi après-midi, une fois jeudi matin. Les deux fois, il était en compagnie du chef du service consulaire, Borissov, qui est aussi le *rezident* du KGB – ils bavardaient comme s'ils n'avaient ni l'un ni l'autre le moindre souci. Ensuite, nous avons cet enregistrement du coup de fil à Ept de vendredi matin lui disant qu'il viendrait lundi. Et puis... il disparaît.

– Ça ne me plaît pas, Manny, commenta Jack. Avec toutes les caméras et les guetteurs que nous avons, comment un diplomate russe peut-il disparaître ?

– Il se trouve que les Russes ont acheté récemment plusieurs voitures aux vitres teintées. On les filme qui entrent et qui sortent du parking souterrain de l'ambassade, mais on n'a aucune idée de qui se trouve à l'intérieur. Il est possible que AE/PINACLE se soit trouvé dans une de ces autos.

– Des nouvelles de la femme et de la fille ?

– Non. Et la femme ne s'est pas présentée au rendez-vous que nous avions organisé lundi après-midi avec le cardiologue, deux étages au-dessus du cabinet du dentiste bulgare. Elle était censée venir passer un nouvel électro-cardiogramme. Et elle n'a pas appelé le dentiste pour annuler.

– Bon, fit Jack. Si AE/PINACLE et sa femme ont quitté la ville, il y a de grandes chances que ce soit par avion, alors on devrait pouvoir les retrouver sur des caméras de surveillance. Je vais mettre la sécurité sur le coup. Tu iras regarder par-dessus leur épaule quand ils visionneront les films. Si quelqu'un peut repérer Koukouchkine et sa femme, c'est bien toi. »

Manny passa le reste de la matinée et tout l'après-midi dans une des salles de projection de la Compagnie, à examiner les images que lui passaient les services de sécurité. Il commença par les images de vendredi après-midi, bobine après bobine de gens qui embarquaient à bord d'appareils inter-nationaux. À plusieurs reprises, Manny repéra des hommes aux épaules massives et aux cheveux blonds, mais dès que les images repassèrent au ralenti, il put voir qu'aucun d'eux n'était Sergueï Koukouchkine. On apporta des sandwiches et du café, et il commença à visionner les bobines du samedi.

À un moment, Manny sortit pour appeler Nellie et lui dire de ne pas comp-ter sur lui ce soir ; ils vivaient plus ou moins ensemble chez Nellie bien qu'il n'eût pas encore renoncé à son vieil appartement, ce que Nellie prenait assez mal. Ce ne sont pas les deux loyers qui m'emmerdent, lui avait-elle dit lorsque le sujet fut abordé un matin, à la table du petit déjeuner, c'est le symbole que ça charrie ; tu as peur de faire le grand saut. L'inceste n'est pas quelque chose à quoi on s'habitue si facilement, avait-il expliqué. À ce moment-là, ils avaient ri en répétant en chœur ce qui était devenu leur credo : L'inceste est sans conteste ce qu'il y a de mieux !

« Eh ! tu regardes la télé ? lui demandait maintenant Nellie.

– Je suis sur autre chose, répondit laconiquement Manny.

– Eh bien ! tu rates l'histoire en marche : le comité judiciaire de la Chambre vient de voter le troisième article de l'*impeachment*.

– Nixon va réussir à se sortir de là, commenta Manny. Il y arrive toujours.

– Pas cette fois, assura Nellie. Voilà ce que je pense : ça n'a rien à voir avec le casse du Watergate, ça n'a rien à voir avec la Cour suprême qui ordonne à Nixon de remettre ces soixante-quatre bandes compromettantes au procureur spécial.

– Tu as toujours les explications les plus exotiques pour les événements les plus banals, remarqua Manny.

– Je vois sous la surface des choses, c'est tout », répliqua Nellie.

Manny mordit à l'hameçon : « Et sous le Watergate, il y a ?

– Allons, Manny, ne fais pas l'innocent, fit Nellie. Sous la surface, il y a du pétrole brut à onze dollars vingt-cinq *cents* le baril ; le cabinet juridique où je bosse négocie les contrats d'assurance pour les pétroliers, c'est comme ça que je suis au courant. Sous la surface, il y a la crise, et le Dow Jones qui plonge en dessous des six cents points et il n'y a pas de raison que ça s'arrête. Ce n'est pas Nixon le problème – il a fait plus ou moins la même chose que Lyndon Johnson quand il était au bureau Ovale ; c'est l'économie, gros bêta. »

De retour dans la salle de projection, Manny commença à visionner les bobines du samedi que le projectionniste venait d'apporter. À la moitié d'une bobine, il se redressa sur son siège et appela : « Morris, vous voulez bien revenir un peu en arrière et me repasser ça ? » Manny se pencha en avant. Sur l'écran, un homme aux épaules massives et au torse puissant de lutteur, doté de cheveux vaguement blonds et emmêlés, avait pris la file d'embarquement pour prendre un vol de la Scandinavian Airlines à destination de Stockholm.

« Oh, mon Dieu ! », chuchota Manny. Il se leva et lança : « Vous me calez ça et vous me l'imprimez. » Puis il se retourna et sortit vivement de la salle de projection.

La cellule de réflexion chargée de l'affaire AE/PINACLE se rassembla à dix-sept heures cinquante-cinq dans la petite pièce située au bout du couloir, non loin du bureau du DD-O. Bill Colby présidait. Assis autour de la table, il y avait les habitués : Ebby Ebbitt, Jack McAuliffe, Jim Angleton et Manny Ebbitt.

Colby avait subi une tension énorme, ces derniers mois, et ça se voyait. Pour le moment, il s'efforçait désespérément de protéger la Compagnie des retombées qui ne manqueraient pas d'accompagner l'*impeachment* du Président, ou sa démission. Et puis il y avait cette amertume persistante à cause des « bijoux de famille ». En 1973, la CIA avait été en point de mire quand il s'était avéré que la plupart des personnes impliquées dans le cambriolage du Watergate avaient des liens avec elle. Lorsque le Congrès commença à vouloir mettre son nez dans les affaires de la Compagnie, Colby, alors DD-O, avait donné à tous les employés l'ordre de signaler toutes les activités de la Compagnie susceptibles de sortir de « la charte législative de cette agence ». Le résultat fut un rapport de 693 pages à interligne simple que Colby avait fini par remettre au Congrès. Il était convaincu que lâcher ce qu'il appelait les « mauvais » secrets permettrait de sauvegarder les « bons » – l'identité des agents et les détails des opérations en cours. Angleton, le plus cinglant des nombreux critiques que le directeur comptait à Langley, répétait à qui voulait l'entendre que Colby n'aurait pu causer plus de tort à la Compagnie s'il avait été un agent payé par les Soviétiques. « Ce qui nous sauve, c'est qu'il est généralement accepté que nous sommes les gentils, assurait Angleton. Retirez-nous ça et vous handicapez complètement la Compagnie. »

À présent, l'œil fatigué, Colby examinait à travers ses lunettes la photo chargée en grains que la sécurité avait tirée. « Vous êtes sûrs que c'est bien AE/PINACLE ? » demanda-t-il d'une voix bourrue. Perdre le rare transfuge en place qui espionnait pour le compte de la Compagnie au sein même de l'ambassade soviétique était vraiment la dernière chose dont il avait besoin maintenant.

« C'est Koukouchkine, assura Manny, catégorique.

– Il n'y avait pas un Russe en vue dans l'aéroport, remarqua Jack. Il n'y a donc pas de raison de penser qu'on l'a forcé à monter dans cet avion.

– J'ai visionné les films, intervint Ebby. Il aurait pu à tout moment choper un policier pour demander l'asile politique. Le fait qu'il s'en soit abstenu est assez explicite – il a pris cet avion de son plein gré. »

Le regard agité d'Angleton se posa soudain sur le DD-O ; il savait qu'au fond, Elliott Ebbitt et ses copains espéraient qu'AE/PINACLE soit un faux transfuge, ce qui ferait des infos de Koukouchkine de la désinformation, et donc de Leo Kritzky un innocent. « Est-ce qu'on sait ce qu'il est advenu d'AE/PINACLE à Stockholm, Elliott ? » s'enquit Angleton.

Ebby tira un câble déchiffré d'une chemise. Il émanait du chef d'antenne de la CIA à Stockholm et portait les mentions « top secret » et « très confidentiel ». « Un Russe correspondant à la description d'AE/PINACLE était en transit à l'aéroport de Stockholm. Il a acheté deux bouteilles d'aquavit avant le vol de début de soirée d'Aeroflot pour Moscou.

– Ça ne ressemble pas à quelqu'un qui craint d'être arrêté à son arrivée, commenta Colby.

– Nous avons des indications selon lesquelles sa femme, Elena Antonova et sa fille de sept ans et demi, Ludmilla, pouvaient se trouver sur le vol régulier New York-Moscou d'Aeroflot ce vendredi après-midi, ajouta Jack. Deux passagères, apparemment mère et fille, portant le nom de Zoubina figurent sur la liste d'embarquement – Zoubina est le nom de jeune fille d'Elena Antonova. Manny est le seul qui pourrait la reconnaître, mais il n'a pas eu l'occasion de regarder les bandes de surveillance de l'aéroport Kennedy. L'avion a fait une escale de ravitaillement à Stockholm, où l'on a emmené les passagers prendre du café et des gâteaux au salon de l'aéroport. L'une des serveuses de là-bas se souvient d'avoir vu une femme plutôt petite et trapue aux cheveux coupés très court avec une petite fille maigre d'environ sept ou huit ans. On a envoyé des photos d'identité d'Elena Antonova et de Ludmilla, prises à partir des formulaires du Département d'État remplis par tous les diplomates étrangers en poste à Washington… on attend la confirmation.

– À supposer pendant un instant qu'Elena Antonova et Ludmilla se trouvaient bien à bord du vol Aeroflot pour Moscou ce vendredi, commença Ebby. Avons-nous la moindre idée de ce qui les a poussées à rentrer ? »

Jack et Manny eurent un mouvement de dénégation. Angleton tira sur une cigarette puis, l'arrachant d'entre ses lèvres, répondit : « Mon équipe est tombée sur un entrefilet dans le journal militaire soviétique *Krasnaïa Svezda* qui pourrait nous éclairer. » Tout le monde se tourna vers lui, et il savoura l'attention générale. « Le haut commandement d'Asie centrale russe a annoncé la nomination d'un certain colonel général Maslov à la direction des bases de missiles soviétiques du Kazakhstan, dit-il. Vous vous souvenez sûrement que le beau-père de Koukouchkine, le colonel général Zoubine, occupait auparavant ce poste. Le communiqué signalait que le prédécesseur de Maslov s'était vu accorder un congé de maladie. Les commandants de région de bases de missiles sont généralement nommés pour cinq ans ; le colonel général Zoubine aurait donc dû rester encore vingt-deux mois en poste. Si on lit entre les lignes, il devait être sacrément malade pour qu'on abrège ainsi sa mission et qu'on le fasse remplacer.

– Ainsi, déduisit Colby, la femme de Koukouchkine et sa fille peuvent très bien avoir été rapatriées à Moscou pour venir au chevet du malade.

– Les pièces s'emboîtent, convint Angleton, ce qui signifie que nous sommes sur quelque chose. Si la femme de Koukouchkine et sa fille ont bien été rapatriées sans préavis, Koukouchkine n'aura pas eu le temps d'organiser leur défection à tous les trois.

– Et il n'aurait pas pu les empêcher de rentrer sans éveiller les soupçons, intervint Manny.

– Mais pourquoi Koukouchkine serait-il parti aussi vite, sans prévenir ? demanda Colby.

– C'est sûr qu'il est parti précipitamment, dit Jack. Il n'a même pas attendu le vol direct régulier d'Aeroflot mais a pris un vol SAS jusqu'à Stockholm, puis une correspondance pour Moscou.

– Peut-être que le beau-père a cassé sa pipe, dit Manny. Peut-être que Koukouchkine est rentré pour assister aux funérailles de Zoubine. »

Angleton déclara : « Je vais demander à ceux de mon équipe qui lisent la presse soviétique de guetter la nécro. »

Un téléphone bourdonna sur un guéridon. Ebby décrocha, écouta un instant, puis prononça « Merci » et raccrocha. « Tu n'as pas besoin de visionner les bandes surveillance de l'aéroport, annonça Ebby à son fils. La serveuse de l'aéroport de Stockholm a identifié sans hésiter la femme et la fille de Koukouchkine sur les photos.

– Tout ça confirmerait peut-être que AE/PINACLE soit encore en vie et en bonne santé à Moscou, dit Colby. Ce pourrait être un soulagement. »

Manny, dont sa loyauté envers Leo Kritzky égalait son sens des responsabilités par rapport à son transfuge, ne parut guère soulagé. « Je ne respirerai que quand AE/PINACLE sera rentré à Washington. Et que je pourrai le débriefer personnellement. »

Angleton ferma les yeux, comme s'il avait déjà déployé des trésors de patience. « Qu'est-ce qui vous fait penser qu'il reviendra à Washington ?

– J'ai juste supposé que...

– Nous avons constaté que les Russes avaient tendance à ne pas envoyer les diplomates et leur famille de l'autre côté de l'Atlantique lorsqu'il leur reste moins de six mois à passer à l'antenne, déclara Angleton. C'est sûrement lié à des considérations budgétaires. Pour ce qui est de l'argent, le KGB connaît les mêmes difficultés que nous. Le séjour de Koukouchkine devait de toute façon s'achever en décembre, c'est-à-dire dans cinq mois. Et n'oubliez pas qu'ils ont voulu le recruter pour la nouvelle direction du KGB à la désinformation. Maintenant que son beau-père est hors course et que sa période de service ici touche à sa fin, il ne pourra peut-être pas échapper à cette affectation, cette fois-ci. »

Jack se tourna vers Manny : « Tu as des procédures d'urgence pour prendre contact avec lui à Moscou ? »

Manny hocha la tête. « Nous nous sommes mis d'accord sur deux lieux de rendez-vous – un principal et un de rechange – le deuxième et quatrième mardis de chaque mois.

– Ça nous donne donc quatorze jours, commenta Colby.

– Nous ne pourrons savoir exactement où nous en sommes que lorsque quelqu'un aura parlé à Koukouchkine, conclut Jack.

– J'imagine que nous devrions alerter un de nos hommes à Moscou », dit Colby.

Angleton se réveilla à nouveau. « Lors du dernier entretien avec AE/PINACLE, il nous a avertis que le KGB avait commencé à saupoudrer les souliers des diplomates américains d'un produit que des chiens dressés pouvaient suivre à la trace. Nos hommes sont donc suivis quand ils alimentent et relèvent les boîtes aux lettres mortes. On courrait le risque d'exposer

Koukouchkine en envoyant un de nos officiers postés à l'ambassade au rendez-vous. »

Jack était d'accord. « Celui qui prendra contact avec Koukouchkine doit venir de l'extérieur. Il faut que ce soit un coup unique. Il arrive, il le rencontre et il repart. »

Manny et son père se regardèrent. Ebby sourit et acquiesça d'un signe de tête ; son fils avait beaucoup mûri depuis trois mois qu'il s'occupait de la défection de Koukouchkine. En observant Manny en face de lui, il se sentait extrêmement fier, et il savait exactement ce que le jeune homme allait suggérer avant même qu'il n'ouvre la bouche.

« Il faut que ce soit moi », déclara Manny, et il cita quelque chose que le directeur avait dit lors de la première réunion de la cellule : « Un visage familier vaut son pesant d'or pour un transfuge potentiel.

– Ça ne me plaît pas, fit Jack. Celui qui va aller là-bas pourrait bien finir dans un cachot de la Loubianka.

– Mais il serait logique que j'aille là-bas, se défendit Manny. Soit Koukouchkine acceptera de travailler pour nous à Moscou, soit il nous laissera peut-être le faire sortir. De toute façon, on aura une longueur d'avance. »

Visiblement mal à l'aise, Colby adressa un regard à Ebby. « Ce serait prendre un sacré risque.

– C'est un adulte consentant et c'est un sacrément bon officier de la Division soviétique, qui, en plus, parle russe couramment.

– Nous n'aurons pas le temps en deux semaines de construire une couverture diplomatique lui donnant l'immunité, nota Colby. Il faudra qu'il y aille tout nu.

– Si nous optons pour la solution d'envoyer quelqu'un là-bas, insista Ebby, il vaudrait infiniment mieux envoyer quelqu'un que Koukouchkine connaît et en qui il a confiance. »

Colby rassembla ses notes. « Je m'accorde une nuit de réflexion », annonça-t-il.

« Reviens une phrase en arrière », dit Nellie scrutant déjà la tempête de poussière qu'elle s'apprêtait à soulever. « Tu vas quelque part, c'est ça ?

– C'est juste pour une semaine...

– Tu vas donc quelque part pour une semaine, mais tu ne peux pas m'emmener et tu ne veux pas me dire où c'est ? »

Manny se balançait d'un pied sur l'autre.

« Tu ne veux pas me dire où tu vas parce que ça doit rester secret ?

– C'est ça.

– Comment puis-je être sûre que tu ne files pas avec une autre nana ?

– Merde, Nellie, tu es la seule femme de ma vie.

– C'est dangereux ? Tu peux au moins me dire ça. »

Manny lui prit la main. « Écoute, Nellie, si tu dois épouser quelqu'un de la Compagnie, il y a certaines choses que tu dois…

– Qui a dit que *j'épousais* quelqu'un de la Compagnie ?

– Bon, j'ai supposé que comme on vivait plus ou moins ensemble, et comme l'inceste est ce qu'il y a de mieux, le mariage allait suivre.

– Le mariage ? Toi et moi ?

– C'est généralement comme ça que ça se passe. Je t'épouse et tu m'épouses.

– Tu es donc prêt à renoncer à ton appartement ? »

Manny étudia la question, haussa les sourcils et acquiesça.

« Manny, est-ce une demande en mariage ? » interrogea Nellie en inclinant sa ravissante tête de côté.

Manny parut aussi surpris que Nellie par le tour qu'avait pris la conversation. « Je crois qu'on peut légitimement dire ça. » Nellie porta une paume à son plexus solaire et s'effondra sur le canapé. « Ah ! mais ça change tout », murmura-t-elle.

Manny s'assit à côté d'elle. « Sincèrement, j'espère que le mariage ne changera rien, dit-il.

– Je parlais de ton voyage. J'ai une théorie, Manny. On doit se montrer possessif avec les choses que l'on n'a pas. Une fois qu'on les a, on peut se permettre de ne plus l'être.

– Je ne suis pas sûr de très bien te suivre. »

Nellie se pencha et embrassa férocement Manny sur les lèvres. « J'accepte, chuchota-t-elle d'une voix rauque. D'aussi loin que je me souvienne, j'ai eu envie de toi. Je veux t'épouser depuis la puberté. Je n'ai jamais changé d'avis, pas même quand tu me fichais des raclées.

– Je ne t'ai jamais fichu de raclée…

– Et la fois où tu es rentré de la fac et que tu m'as poussée dans une congère ?

– Tu me jetais des boules de neige…

– Alors, à quand la noce ?

– Je pars vendredi après-midi. C'est le combien ?

– Le 9.

– Vendredi, 9 août. Je devrais donc rentrer le vendredi seize. On pourrait se trouver un juge de paix et commettre notre forfait ce week-end-là. »

Nellie, soudain le souffle court, commenta : « Eh bien toi, au moins, tu sais emballer une fille ! » Elle réfléchit un instant. « Alors, si on se marie dans une semaine, ça veut dire qu'on est fiancés, non ?

– J'imagine.

– Alors, puisqu'on est fiancés, il serait parfaitement naturel que tu dises à ta future épouse où tu pars en voyage. » Elle se mit à rire en voyant l'expression sur le visage du jeune homme. «Ne dis rien, laisse-moi deviner. Les épouses de la Compagnie...

– ... ne posent pas...

– ... de questions stupides.»

Leo **Kritzky** connut un moment d'exaltation : *Il n'était pas seul dans sa cellule capitonnée!*

Son compagnon était le papillon de nuit en provenance du corridor sinistre qui s'était glissé dans la cellule à l'instant où Jim Angleton, sur le point de partir, s'était retourné au seuil de la pièce pour poser une dernière question : «Vous ne vous rappelez pas qu'on vous ait livré de l'alcool de Kahn, Vins et Spiritueux, sur M Street?

– Vous n'arrêtez pas de revenir à Kahn, Vins et Spiritueux...» Leo vit battre les ailes minuscules du papillon, sans doute attiré par la lumière des ampoules pendues au plafond, près du genou d'Angleton. Pendant un instant terrible, il fut certain qu'Angleton allait le voir ; et qu'une fois qu'il l'aurait vu, il appellerait les gardiens pour chasser l'insecte et l'écraser contre le capitonnage des murs avant que Leo ne puisse savourer le plaisir de sa compagnie. Déterminé à ne pas suivre l'insecte des yeux de crainte de trahir sa présence, Leo se concentra sur Angleton. «C'était Adelle qui passait toutes les commandes – pizzas, épicerie, alcool, je ne sais quoi encore. Je n'ai jamais su où elle achetait l'alcool, et je n'ai jamais demandé. J'avais d'autres soucis. Et je ne me souviens pas d'avoir signé de chèques à l'ordre de Kahn, Vins et Spiritueux.

– Vous preniez soin de faire en sorte que les commandes et les chèques soient au nom de jeune fille de votre femme pour que personne ne puisse faire le lien entre vous et le livreur de chez Kahn, qui n'était autre qu'un coupe-circuit du KGB.»

Du coin de l'œil, Leo vit le papillon se poser sur le mur capitonné, juste au-dessus de la cuvette des W.-C. Il avait hâte qu'Angleton s'en aille afin qu'il puisse accueillir son visiteur convenablement. «C'est encore une de vos suppositions qui colle parfaitement à ce que vous voulez croire, dit Leo avec impatience. Le seul problème, c'est que vos suppositions ne s'appuient sur rien. Vos accusations relèvent du pur fantasme, et vous le savez.

– Mes suppositions, comme vous dites, reposent sur des preuves irréfutables. Vous n'avez qu'un moyen de vous en sortir : admettez que vous êtes SACHA, et puis coopérez avec nous pour racheter un peu du mal que vous avez fait à la Compagnie.» Angleton tapota la poche de sa veste, en quête d'une cigarette, tout en tournant le dos à Leo pour sortir. Un gardien verrouilla la porte derrière lui.

Pendant plusieurs minutes, Leo resta assis sur la couverture pliée, adossé au mur. Il soupçonnait Angleton de l'épier par le judas de la porte et il ne voulait pas mettre la vie du papillon de nuit en danger. Après un long moment, il décida que la menace était écartée et laissa son regard se porter sur l'insecte accroché, ailes déployées, au capitonnage derrière les toilettes. C'était de loin la plus belle créature qu'il eût été donné à Leo d'admirer. Il y avait une élégante symétrie dans le dessin compliqué de violacé et de brun mêlés au dos de ses ailes; une sensualité gracieuse dans le corps allongé et velu et les antennes duveteuses qui sondaient, comme un aveugle tâtonnant du bout de sa canne, le microcosme situé juste devant la tête. Leo se rappela un copain de classe qui collectionnait les papillons de nuit. Le clou de sa collection, épinglé de façon grotesque (ou c'est du moins ce qu'avait pensé Leo) sur un bouchon, sous verre, était une espèce rare appelée sphinx de Sibérie. Leo décida que son papillon était tout aussi exotique et méritait bien, lui aussi, le nom de sphinx. Son moral s'envola – il prit cela comme un présage, un signe que quelqu'un, au-delà de cette prison secrète et en dehors de l'entourage immédiat d'Angleton, connaissait son infortune et n'allait pas tarder à venir le secourir dans sa geôle. Il leva la main pour saluer son camarade et lui faire comprendre qu'ils partageaient non seulement la même cellule, mais aussi le même destin.

Durant les heures et les jours qui suivirent, Leo passait d'un côté de la pièce à l'autre pour aller voir son compagnon de captivité qui s'accrochait avec une patience infinie aux murs capitonnés. Il se mit à murmurer des paroles d'encouragement et à écouter le langage du corps de l'insecte. Avec patience et obstination, il semblait lui dire qu'ils échapperaient tous les deux à cet enfermement qu'on ne pouvait plus qualifier d'isolement cellulaire. Et comme pour mieux se faire comprendre, le sphinx quittait parfois son perchoir pour tourner pendant plusieurs minutes d'affilée autour d'une des ampoules, et enchantait son compagnon en projetant de grandes ombres virevoltantes sur les murs.

Angleton remarqua aussitôt un changement chez son prisonnier. Kritzky parvenait à présent à afficher de temps à autre un sourire de conspirateur, presque comme s'il dissimulait un délicieux secret, et semblait impatient de se lancer avec Angleton dans quelque joute verbale. Il finit même par ricaner sottement quand le patron du contre-espionnage évoqua la possibilité qu'il puisse mourir de vieillesse entre ces quatre murs s'il ne coopérait pas. Soupçonnant qu'un de ses geôliers avait peut-être pactisé avec le prisonnier, Angleton fit changer tous les gardiens. Pourtant, le moral de Leo semblait s'améliorer de jour en jour. «C'est vrai, des opérations auxquelles j'ai participé ont mal tourné, admit-il au cours d'une séance matinale avec Angleton. Mais bon Dieu, Jim, des opérations auxquelles *vous* avez participé ont mal tourné aussi, et personne ne vous accuse d'être une taupe soviétique.» Leo jeta un dernier coup d'œil vers le sphinx de Sibérie et se mit soudain à rire. Il riait bientôt si fort qu'il en eut les larmes aux yeux. «Mais peut-être que quelqu'un... » Le rire secouait tout son corps, le rire lui tordait douloureusement les tripes. « Mais peut-être que quelqu'un devrait le faire, Jim. Ça serait une blague formidable si James Jesus Angleton... se trouvait être SACHA. Peut-être bien que vous faites mine... oh, Seigneur, c'est hilarant... que vous faites mine de traquer SACHA... pour détourner l'attention. » Plié en deux, Leo se tenait le ventre et cherchait l'air entre les spasmes de rire. « Vous ne trouvez pas ça drôle, Jim ? Ce serait un sale tour pour la Compagnie, non ? Oh, bon Dieu ! ce serait un sale tour pour moi. »

7

En route pour l'Union soviétique,
samedi 10 août 1974

Le vol régulier New York-Moscou du vendredi après-midi avait trois quarts d'heure de retard. L'appareil avait été retenu pour réparer une fuite dans le système hydraulique, puis immobilisé sur la piste à cause du trafic intense de l'aéroport JFK. Les cinquante et quelques passagers qui se trouvaient à bord – dont plus d'une vingtaine arboraient au revers l'insigne bleu et blanc des clients de la Trailblazer Travel en partance pour un séjour d'une semaine à Moscou – dormaient profondément, étendus sur les sièges libres du Tupolev 144 à moitié vide. Manny, qui avait passé le temps à parcourir son guide Fodor de la Russie quand il ne sommeillait pas, remonta l'allée centrale jusqu'à l'endroit où les stewards avaient installé un petit bar à sandwiches et se servit de jambon entre deux tranches de pain noir et un petit gobelet en plastique de kvas. Il ouvrit alors le sandwich pour tartiner le pain de moutarde.

« Que va-t-il se passer maintenant que Nixon a démissionné, demanda le steward. Va-t-il y avoir un coup d'État ? »

Manny ne put s'empêcher de rire. « Ça m'étonnerait. Gerald Ford a déjà prêté serment pour entrer à la Maison-Blanche. En Amérique, la transition est prévue dans la Constitution. » Il mordit dans le sandwich et continua, la bouche pleine. « Que se passerait-il en Russie, si Brejnev démissionnait demain ?

– Pourquoi le camarade Brejnev voudrait-il démissionner ?

– Disons qu'il ait fait quelque chose d'illégal, comme Nixon – disons qu'il ait demandé à son équipe de cambrioler les locaux de l'opposition. Disons que les cambrioleurs se seraient fait prendre et que M. Brejnev aurait demandé à la police de ne pas mener d'enquête. Disons qu'il aurait essayé d'acheter ensuite les cambrioleurs pour qu'ils se taisent quand l'enquête aura quand même lieu. »

Ce fut au tour du steward de rire. « Ce que vous décrivez ne pourrait pas se produire dans une démocratie prolétaire », fit-il très sérieusement. Puis il écarta d'un mouvement de tête ses fins cheveux blonds de ses yeux. « Notre parti communiste représente tous les points de vue de la diversité socialiste, ce qui signifie qu'il n'y a pas d'opposition et donc pas de locaux à cambrioler. Je vois que vous ne connaissez pas bien l'Union soviétique – c'est la première fois que vous y allez ? »

Manny se rendait vaguement compte que c'était le steward qui avait engagé la conversation et l'avait amenée à cette question. « Oui, en fait, c'est la première fois.

– D'où est-ce que vous êtes ?

– New York. Manhattan en fait. L'Upper West Side, si vous voulez vraiment me situer. »

La Compagnie avait tout de même fourni à Manny une fausse identité et l'avait suffisamment étayée pour qu'il puisse passer sans problème des contrôles assez poussés. Armé d'un permis de conduire, d'une carte de fidélité chez un épicier de l'Upper West Side, d'une carte d'ancien élève de Yale, d'une carte d'électeur, de chèques de voyage American Express et d'un passeport vieux de trois ans très usé portant des visas d'entrée et de sortie anglais, espagnols et mexicains, il voyageait sous le nom d'Immanuel Bridges. Si quelqu'un prenait la peine de vérifier, il y avait bien un Immanuel Bridges enregistré dans l'annuaire téléphonique de Manhattan sur Broadway et la Quatre-vingt-deuxième Rue (quiconque composerait le numéro tomberait sur un répondeur avec la voix enregistrée de Manny disant : « Salut, je ne peux pas répondre pour le moment ; à vous. » Manny, qui avait suivi à une époque un cours d'administration des affaires, se ferait passer pour un conseiller en fusions d'entreprises ; on lui avait attribué un bureau dans une société située au 44, Wall Street, ainsi qu'une place de parking deux rues plus loin. (Une secrétaire de la société répondait à tous les appels arrivant sur le poste de Manny en disant : « Je suis navrée, mais monsieur Bridges est en vacances. Désirez-vous laisser un message ? ») Une vérification auprès du bureau des inscriptions de Yale révélerait qu'un certain Bridges, Immanuel, avait obtenu son diplôme en 1968 avec l'option administration des affaires. Même la carte du club de gym qui se trouvait dans son portefeuille pouvait être vérifiée. En appelant la salle de gym dans le haut de Broadway, on tombait sur une voix bourrue marmonnant : « Attendez, je vais voir s'il est là. » Un instant plus tard, la voix se faisait à nouveau entendre : « Non, il n'est pas là… mais quelqu'un qui travaille avec M. Bridges me dit qu'il est absent pour la semaine. »

Il était midi vingt-cinq quand le Tupolev entama enfin sa descente vers l'aéroport Cheremetievo, au nord-ouest de Moscou. Lorsqu'ils sortirent de la couche nuageuse, Manny repéra dans le ciel chargé une déchirure bleu-gris par laquelle se déversaient les rayons du soleil, illuminant ce qui semblait un tapis de bouleaux blancs. Ce fut sa première vision de la Sainte Russie. Quelques minutes plus tard, une langue de bitume se matérialisa sous le fuselage, et le Tupolev se posa. Soulagés d'être encore en vie, nombre de passagers applaudirent.

Dans le terminal, Manny se joignit à la foule qui faisait la queue au contrôle des passeports. En attendant son tour, il pensa à l'étonnante conversation qu'il avait eue, la veille, avec Ebby. Celui-ci avait insisté pour l'accompagner à l'aéroport. C'est Manny qui avait abordé un sujet autour duquel ils avaient déjà tourné des dizaines de fois au cours des années passées.

Il s'agissait de la peur.

À chaque fois que Manny avait eu le courage d'interroger son père sur Budapest, 1956, Ebby s'était toujours arrangé pour ne dire à son fils que ce qu'il savait déjà. Tout en conduisant Manny à JFK, Ebby avait commencé par répondre comme d'habitude aux questions traditionnelles de son fils. Exaspéré, Manny l'avait interrompu. « Papa, on n'a plus beaucoup de temps. La Compagnie m'a donné des faux papiers, mais on ne m'a pas préparé psychologiquement. Ce que je veux savoir – ce qu'il faut que tu me dises – c'est si tu as eu peur à Budapest. »

Alors, pour la première fois, Ebby avait abordé le sujet sans détour. « Oui, j'ai eu peur, Manny. J'ai eu peur en arrivant à Budapest. J'ai été terrifié quand on m'a enlevé en pleine rue et qu'on a commencé à m'interroger dans une espèce de chambre de torture. J'ai été paralysé par la peur quand je me suis aperçu qu'ils connaissaient mon nom, mon grade et tous mes états de service.

– Comment as-tu fait pour gérer cette peur ?

– Ce que je vais te dire va peut-être te sembler bizarre – j'ai eu une révélation. Ça m'a frappé comme un éclair. Je n'avais pas peur de la souffrance. Je n'avais pas peur de la mort. Pour des raisons liées à mon père et à la façon dont il était mort, j'avais peur d'avoir peur, autrement dit, j'avais peur de ne pas être à la hauteur de mon père. Et cette vision m'a délivré. J'ai eu soudain l'impression d'être aspiré par l'œil d'un cyclone. Tout s'est ralenti – mon pouls emballé, les pensées qui me déchiraient le crâne, la rotation de la Terre sur son axe. Tout. »

Alors que la voiture émergeait du Midtown Tunnel, la lumière du soleil avait soudain obscurci les vitres. Ebby avait tendu la tête pour essayer de voir quelque chose puis, recouvrant la vision, avait suivi les panneaux pour prendre la voie express de Long Island. Au bout d'un moment, Manny avait dit, très doucement : « Moi aussi, j'ai un père. »

Ebby avait lancé un bref coup d'œil vers son fils. « Tu n'as rien à me prouver, Manny. Tu es tout ce qu'un père peut rêver d'avoir pour fils. Quand le jour du Jugement viendra, tu seras mon meilleur atout, la pièce à conviction numéro un de la défense.

– J'ai peut-être encore des choses à me prouver. »

Ebby réfléchit un instant. « Quand je me suis engagé dans la Compagnie, nous avons eu un instructeur qui s'appelait Andrews. Il était de l'OSS et avait connu l'enfer à la guerre. Il nous a martelé que le seul moyen sûr de ne pas se faire réduire en pièces – il appelait ça le onzième commandement de la pratique du métier des renseignements – c'était de ne pas se faire prendre.

– Tu as violé le onzième commandement, alors ?

– Oui, on peut dire ça. Concentre-toi, suis bien ce qu'on t'a appris et surtout, fais gaffe à ne pas faire comme moi.»

Manny avait souri. Ebby aussi, mais son fils vit les plis d'inquiétude qui déformaient son sourire forcé. Il prit conscience alors du courage qu'il avait fallu à son père pour le laisser se porter volontaire. «Merci, papa», dit-il.

Comprenant qu'ils communiquaient entre les lignes, Ebby avait répliqué : «De rien, mon fils, c'est un plaisir.»

Dans le hall bondé de l'aéroport de Cheremetievo, l'un des touristes de la Trailblazer toucha Manny. «C'est à vous», chuchota-t-il. Tiré de sa rêverie, Manny s'avança vers le guichet et glissa son passeport sous la cloison de verre. Le visage totalement inexpressif, une femme aux cheveux grossièrement décolorés empilés sur le crâne et portant l'uniforme gris ainsi que les épaulettes des gardes-frontières d'élite du KGB, le parcourut page par page avant de revenir à la photographie et de le regarder bien en face pour s'assurer qu'il correspondait au portrait. Puis ses yeux se portèrent par-dessus l'épaule droite de Manny, sur le miroir placé en hauteur, derrière lui, suivant un angle à quarante-cinq degrés lui permettant de voir les pieds du voyageur : elle pouvait ainsi vérifier s'il essayait de se grandir ou de se rapetisser. Elle regarda alors la taille sur le passeport avant de l'examiner à nouveau à travers la vitre. Manny savait qu'il y avait une toise gravée dans le verre, du côté de la garde-frontière, afin qu'elle puisse établir sa taille d'un simple coup d'œil. Elle feuilleta un énorme classeur pour s'assurer que son nom n'y figurait pas, tamponna le passeport et la fiche de devises qu'il avait remplie dans l'avion, puis tourna la tête vers la droite, pour faire signe au suivant d'avancer.

Manny osait à peine respirer – il avait franchi le contrôle très strict de la frontière soviétique et se trouvait à présent dans le ventre de la baleine. Une veine battait à sa tempe ; la rotation de la Terre sur son axe s'était précipitée.

Durant le reste du samedi et les deux jours qui suivirent Manny se retrouva entraîné d'un site touristique à un autre par les chaperons de Trailblazer. Accompagnés par des guides d'Intourist qui régurgitaient une version de l'histoire revue et corrigée par les Soviétiques, ils visitèrent, sur la place Rouge, les églises du Kremlin et la cathédrale de Basile-le-Bienheureux, avec ses coupoles en oignons, puis le Musée central Lénine, au nord de la place, et furent ensuite conduits à la tête de l'immense queue qui attendait de défiler devant le corps cireux de Lénine, dans le mausolée voisin. Face au mausolée, la façade du GOUM, grand magasin de prestige qu'ils devaient visiter mardi matin, disparaissait sous les portraits géants des dirigeants soviétiques : il y avait là Vladimir Ilitch Lénine, les yeux vaguement fendus à la kazakh, Karl Marx qui se cachait derrière une barbe à la Walt Whitman, Leonid Brejnev présentant un visage épanoui d'alcoolique bienveillant. Les touristes américains passèrent une matinée entière à la VDNKh, soit l'Exposition des réalisations de l'économie nationale de l'URSS (avec pour flambeaux l'obélisque dédié à Iouri Gagarine et la sculpture colossale dite *L'Ouvrier et la Kolkhozienne*), et un après-midi au monastère de Zagorsk, qui empestait l'encens et la cire des cierges. Un soir, on les emmena au théâtre Bolchoï, à un jet de pierre de l'hôtel Métropole, pour assister à une représentation éblouissante de *Giselle*. Aux heures des repas, les touristes étaient ramenés en car au Métropole, où ils prenaient place sous un grand dôme en vitrail, autour de tables qui portaient de petits drapeaux américains. L'entrée (apportée par des serveurs qui essayaient de fourguer du caviar de contrebande sous le manteau) consistait invariablement en un demi-œuf dur recouvert de petits pois ratatinés et de mayonnaise figée préparée des heures à l'avance.

Manny se mêlait aux autres touristes de son groupe (il y avait une demi-douzaine de femmes célibataires qui considéraient le seul homme non accompagné du tour avec une franche curiosité), répondant aux questions de façon très évasive et guettant le moindre signe qui puisse indiquer que le KGB le surveillait plus particulièrement. Il savait que tous les Russes qui travaillaient de près ou de loin avec les touristes étrangers – chauffeurs de cars, guides d'Intourist, réceptionnistes de l'hôtel, *babouchki* postées à chaque étage pour garder les clés des chambres – faisaient leur rapport au KGB. Avant de quitter sa chambre, lundi matin, Manny prit garde de mémoriser l'emplacement et la position exacte de toutes ses affaires dans sa valise et de mettre un cheveu sur le poignet d'une chemise pliée. À son retour, l'après-midi même, il vérifia la valise ; pour autant qu'il pût en juger, ses affaires n'avaient pas bougé et le cheveu était toujours là.

Mardi matin, une pluie fine se mit à tomber, rendant les rues glissantes. Après le petit déjeuner, le groupe Trailblazer suivit la guide d'Intourist munie d'un parapluie et traversa la place Rouge en direction du GOUM, pour visiter les deux niveaux de boutiques bondées de Moscovites tout autant que de Russes venus des campagnes pour se procurer des articles introuvables chez eux. «Surtout, restez groupés», fit nerveusement la guide en poussant les Américains devant les changeurs clandestins qui attendaient dans les encoignures de portes.

Manny traîna derrière pour parler à l'un d'eux. «Combien ? demanda-t-il à un barbu qui portait une longue chemise rayée pendant hors de son jean.

– Je vous le fais à six fois le taux officiel, trois roubles pour un dollar», répondit l'homme, remuant à peine les lèvres pour parler. Il gardait les yeux rivés sur la rue, guettant d'éventuels policiers en uniforme ou en civil dont il faudrait acheter le silence s'il était surpris en pleine transaction.

«Il y a un serveur qui propose du quatre pour un à l'hôtel.

– Faut pas hésiter», fit l'homme avec un sourire goguenard. «Vous avez des choses à vendre – chaussures, jeans, chemises qui ne se repassent pas, montre, appareil photo ? Je paye bien.

– Combien pour ces chaussures ?»

L'homme regarda les pieds de Manny. «Cinquante roubles.

– Combien pour un jean ?

– Il est en bon état ?

– Comme neuf.

– Soixante-quinze roubles. Vous ne trouverez pas mieux ailleurs. Vous me trouverez toujours près du GOUM avant midi. Demandez Pavloucha.»

Manny estima que le groupe devait se trouver assez loin, maintenant. «Je vais y réfléchir, Pavloucha», dit-il avant de pousser la lourde porte du grand magasin. Les derniers Américains disparaissaient dans une allée. Il les suivit sans se presser, s'arrêtant de temps en temps pour contempler une vitrine de cristaux tchèques ou de luminaires est-allemands, pour vérifier dans le reflet ce qui se passait derrière lui. Il se laissait peu à peu distancer par le groupe de Trailblazer. À un croisement, il regarda autour de lui comme s'il était perdu, puis, d'un mouvement rapide, fonça dans une allée transversale et traversa une boutique de tissus à cheval entre deux allées et équipée d'une porte de chaque côté. Il entra donc par une porte et sortit par l'autre, puis attendit de voir si quelqu'un lui emboîtait le pas. Assuré de ne pas être suivi, il descendit une autre allée et sortit du GOUM par-derrière, dans une petite rue. Il consulta sa montre. Il lui restait une heure et quart avant le premier rendez-vous, au musée Pouchkine, à midi, le deuxième mardi du mois. Se mêlant à un groupe de touristes est-allemands, il traversa la place Rouge et passa derrière l'enceinte du Kremlin. Les Allemands de l'Est s'arrêtèrent pour regarder la relève de la garde devant la tombe du soldat inconnu. Serrant de près le mur du Kremlin, Manny continua vers le sud. Lorsqu'il atteignit la tour Borovitskaïa, tout au sud de la muraille, il se jeta dans la circulation pour traverser le grand boulevard et plongea dans la station de métro Borovitskaïa, près de la bibliothèque Lénine. Pour dix kopecks il acheta deux tickets de métro – si AE/PINACLE ne se montrait pas au musée Pouchkine, Manny devrait essayer le lieu de rendez-vous de repli. Il remonta d'une station vers le nord, puis pressa le pas dans un labyrinthe de tunnels pour arriver à la Ligne Rouge, sur laquelle il put prendre une autre rame en direction du sud. Il descendit au premier arrêt, Kropotkinskaïa, et sortit sous le crachin non loin du musée Pouchkine. Il avait encore trois quarts d'heure à tuer. Concentre-toi, suis bien ce qu'on t'a appris, lui avait recommandé Ebby ; c'est bien ce qu'il faisait. Il passa le temps qu'il lui restait à sillonner les petites rues tortueuses derrière le musée pour vérifier qu'il n'était pas suivi par un piéton ou une automobile. Lorsqu'il ne resta plus qu'un quart d'heure avant le rendez-vous,

Manny pénétra dans le musée, acheta un billet et entreprit de parcourir les salles immenses, s'arrêtant de temps à autre pour admirer un Picasso ou un Cézanne. À midi pile, il pénétra dans une salle remplie de Bonnard et se mit à examiner les tableaux un par un. Si Koukouchkine se présentait au rendez-vous, ce serait ici, dans la salle des Bonnard.

Midi passa, puis midi trente. Divers scénarios vinrent à l'esprit de Manny – Koukouchkine s'était fait prendre, le lieu et l'heure du rendez-vous lui avaient été arrachés sous la torture – pendant qu'il jetait un coup d'œil dans les salles voisines puis revenait aux Bonnard. Il n'y avait toujours pas trace d'AE/PINACLE. À une heure moins le quart, il décida que le rendez-vous était annulé. Il retourna à la station de métro Kropotkinskaïa et, utilisant son deuxième ticket, reprit la Ligne Rouge en direction du sud. Il sortit à Sportivnaïa et parcourut les rues quasi désertes dans la direction générale du monastère Novodievitchi. Une fois là-bas, il suivit le mur d'enceinte vers la gauche, jusqu'au cimetière. Là, il acheta au guichet un billet d'entrée pour dix kopecks. Il franchit le portail et se mit à arpenter les allées de gravier, se penchant de temps à autre pour déchiffrer les inscriptions sur les tombes. Il remarqua deux jeunes couples qui se tenaient, sur sa droite, devant la tombe de Nadejda Allilouïeva, la femme de Staline, qui s'était suicidée après une dispute orageuse avec son mari. Les défenseurs de Staline assurèrent que c'était son chagrin, après le suicide de Nadejda en 1932, qui avait conduit aux grandes purges des années trente et aux goulags. Manny passa devant les tombes de Boulgakov, Stanislavski, Tchekhov et Gogol, puis revint vers l'allée centrale pour se diriger, tournant le dos au portail, vers la tombe de Nikita Khrouchtchev, à l'autre bout du cimetière. Il repéra trois hommes en grande conversation entre des pierres tombales, dans une contre-allée, et deux jeunes gens qui recopiaient des inscriptions de tombes anciennes avec du calque et du fusain. Aucun d'eux ne semblait lui prêter la moindre attention. Lorsqu'il arriva à la tombe de Khrouchtchev, Manny examina le buste du défunt dirigeant soviétique. Ses dates de naissance et de mort étaient gravées dans la pierre : 1894-1971 ; sa tête ronde de paysan ukrainien semblait tournée vers le lointain, et il y avait comme un soupçon d'amertume dans le vague sourire qui lui plissait les yeux.

« Il a été le premier à dénoncer les excès de Joseph Staline », fit une voix. Surpris, Manny se retourna vivement. Sergueï Koukouchkine surgit de derrière une tombe de marbre noir. Il était nu-tête et vêtu d'un imperméable léger ; il avait les cheveux ébouriffés et luisants de pluie. « Vous connaissez l'histoire, Manny ? C'était au vingtième Congrès du parti, en 1956. Khrouchtchev a fait sensation en dénonçant les crimes de Staline. D'après la petite histoire, qui est sûrement apocryphe, quelqu'un lui a remis à la tribune un mot qui disait : "Où étiez-vous quand tout cela est arrivé ?" Alors Khrouchtchev, enfin, c'est ce que dit l'histoire – ah ! même dans les histoires apocryphes, il y a toujours de ce que vous, les Américains, vous appelez la pure vérité – Khrouchtchev est devenu pâle comme un linge en lisant le message. Puis il a agité le papier au-dessus de sa tête et a crié : "Qui a écrit ça ? Qui a écrit ça ?" Comme personne ne se manifestait, il a repris : "Eh bien ! c'est là que j'étais, camarades."» Koukouchkine prit Manny par le coude et tous deux suivirent un étroit sentier qui sillonnait entre les tombes. «C'est là que j'étais moi aussi, mon ami. À partir du moment où je suis entré au KGB, j'ai vu ce qui se passait, mais j'avais peur de parler. Rien n'a changé depuis Tolstoï et ses descriptions de la vie en Russie. "Puanteur, pierre, opulence, pauvreté, débauche."» La mine plus fatiguée que Manny se le rappelait, Koukouchkine ajouta : «Je savais que ce serait vous qui viendriez, Manny. Merci pour ça.

– Que s'est-il passé, à Washington, Serguei ?

– Quand je suis rentré chez moi, j'ai trouvé ma femme et ma fille en train de faire leurs valises. Mon beau-père avait eu une attaque et se trouvait en soins intensifs dans hôpital du Kremlin. Une voiture de l'ambassade attendait de les conduire très vite à New York pour qu'elles puissent attraper le vol Aeroflot du vendredi soir. Impossible de retarder le départ sans éveiller les soupçons des gens de SK. Et puis, le lendemain matin, j'ai reçu un câble de Première Direction principale me disant que le père d'Elena était mort avant son arrivée et me donnant autorisation de rentrer immédiatement à Moscou pour les funérailles. Encore une fois, je ne pouvais pas avoir l'air d'hésiter de crainte que le SK ait des soupçons sur moi. Mon *resident* s'est montré très attentionné – il a autorisé personnellement de dépenser devises fortes pour acheter le billet sur la Scandinavian Airlines – alors je me suis dit qu'ils n'avaient pas de soupçons sur mes activités. J'avais peur d'appeler de l'ambassade le numéro d'urgence que vous m'aviez donné. Le *resident* a accompagné moi lui-même à l'aéroport. Après les contrôles, j'ai eu peur d'appeler de cabine – je pouvais très bien être surveillé.» Koukouchkine haussa les épaules. «Alors je suis rentré.

– Depuis que vous êtes revenu, avez-vous remarqué quelque chose d'inhabituel ?»

Koukouchkine secoua vigoureusement sa grosse tête, comme s'il cherchait à se débarrasser des derniers doutes qu'il pouvait avoir. «On nous a donné appartement de trois pièces dans un hôtel réservé à officiers du KGB en transit. Les funérailles ont eu lieu deux jours après mon arrivée à Moscou – beaucoup d'officiers de haut rang de la force de frappe étaient présents. Ils ont présenté leurs condoléances à ma femme, et plusieurs d'entre eux, sachant que je suis KGB, n'ont pas manqué de me demander avis à moi sur la procédure d'*impeachment* contre votre président Nixon. Au bureau, j'ai été invité à prendre thé avec le chef de Première Direction principale, qui a parlé de m'appuyer pour cette nouvelle Division D. Bref, tout avait l'air normal, et mes peurs du début ont disparu.»

Dans une autre allée, les deux jeunes gens qui décalquaient des inscriptions déroulèrent des feuilles de papier et s'attaquèrent à une autre tombe.

« Au début, vous aviez donc des craintes ?

– Je suis humain, Manny. Comme tout le monde, je vois des fantômes qui guettent dans ombre. Mais j'ai réfléchi que si histoire de l'attaque de beau-père à moi avait été inventée pour faire revenir moi à Moscou, le SK aurait fait rentrer moi en même temps que ma femme et ma fille, et pas après.

– Pas nécessairement. »

La syntaxe de Koukouchkine se détériorait avec le stress. « Quoi n'est pas nécessairement ? D'où est-ce que vous savez mieux que moi ce qui n'est pas nécessairement ?

– Sergueï, essayons d'examiner calmement la situation, suggéra Manny.

– J'examine calmement, marmonna Koukouchkine, visiblement agité.

– Si le SK vous soupçonnait, ils auraient trouvé un moyen de vous faire rentrer à Moscou sans que puissiez vous douter de leurs soupçons. S'ils vous avaient fait rentrer avec votre femme et votre fille, vous auriez pu demander tous les trois l'asile politique à l'aéroport. Le fait qu'ils vous fassent rentrer séparément...

– Vous y voyez un mauvais présage ?

– Je ne crois pas qu'on puisse l'interpréter dans un sens ou dans un autre. J'essaie juste d'explorer diverses possibilités, Sergueï. »

Koukouchkine réfléchit un instant. « Je déteste la Russie, déclara-t-il avec une soudaine véhémence. Tous les gens que je rencontre ici ont la nostalgie de quelque chose – de la révolution, de la guerre, de la neige, de l'empire, et même de Staline. Vous croyez cela, Manny ? À la cantine de la Loubianka, on parle encore à mi-voix du bon vieux temps. Ils disent que Roosevelt avait beau porter un appareil orthopédique aux jambes, il se levait quand Staline arrivait. » Il s'arrêta brusquement et se tourna vers Manny. « Je n'espionnerai pas pour vous à Moscou, si c'est ce que vous êtes venu me demander. J'avais déjà du mal à le faire à Washington. Ici, c'est hors de question.

– Je n'ai pas fait tout ce chemin pour vous demander de travailler avec nous ici. Je suis venu parce que je vous dois quelque chose. Nous pouvons vous faire sortir. Nous avons déjà organisé des exfiltrations.

– De Russie ?

– De Crimée, où vous pourriez facilement vous rendre lors de vos premiers congés.

– Et ma femme, et ma fille ?

– On pourra s'arranger pour les faire sortir aussi.

– Et la sœur de ma femme avec son fils, et leur vieille mère, veuve à présent ? »

Ils reprirent leur marche. « On pourrait vous envoyer un charter », plaisanta sèchement Manny.

Ils ne rirent ni l'un ni l'autre.

Manny reprit : «Réfléchissez bien, Sergueï. Vous n'aurez peut-être plus de poste à l'étranger avant des années.

— La compétition est âpre pour aller à l'étranger. Je n'aurai peut-être plus jamais la chance de partir.

— Je vais vous donner un numéro de téléphone à mémoriser. K 4-89-73. Répétez.

— K 4-89-73.

— Dès qu'on décroche, toussez deux fois et raccrochez. Ça activera les deux rendez-vous des deuxième et quatrième mardis du mois. La personne que vous verrez aura *Novy Mir* coincé sous le bras et vous dira simplement qu'il est un ami de Manny.»

Koukouchkine répéta encore deux fois le numéro. Puis il demanda à Manny ce qu'il allait faire.

«Je ne suis venu que pour vous parler. Je vais rentrer dès que possible.»

Tous deux revinrent vers l'allée centrale conduisant à la sortie du cimetière. Koukouchkine commença à remercier encore Manny d'être venu à Moscou. «Je dirai à Elena que vous avez évoqué la possibilité d'une exfil...» Le Russe s'interrompit et retint sa respiration. Manny suivit son regard. Des hommes, certains en uniforme et armés de pistolets-mitrailleurs, d'autres en tenue civile sombre venaient d'apparaître à la porte du cimetière. Des fragments de pensées se bousculèrent dans le crâne de Manny : ils n'avaient pas pu le suivre, c'était impossible, c'est donc qu'ils avaient suivi Koukouchkine... et s'ils avaient suivi Koukouchkine, c'est qu'ils le soupçonnaient de travailler pour la CIA... qu'ils avaient fait rentrer en Russie sa femme et sa fille, puis Koukouchkine lui-même, à cause de ces soupçons... qui seraient confirmés, nom de Dieu, s'ils le surprenaient avec un Américain.

À la porte du cimetière, des hommes en uniforme prirent au trot de petites allées latérales à droite et à gauche. Les hommes en civil remontèrent l'allée centrale. «Vite, chuchota Koukouchkine, je sais où il y a une brèche dans la clôture.» Manny fit volte-face et suivit le Russe qui fonçait entre les tombes de Scriabine et de Prokofiev. Derrière eux, une voix hurla dans un haut-parleur en un anglais approximatif : «Vous arrêter où vous être! Le cimetière fermé sur tous les côtés par la milice. Vous être dans impossibilité de fuir.» Le sang qui lui battait aux tempes empêcha presque Manny d'entendre ce que vociférait le haut-parleur. En regardant à gauche, il vit les deux jeunes gens qui recopiaient les inscriptions tombales courir vers eux, un objet métallique sombre à la main. Les deux couples qui étudiaient la tombe de la femme de Staline ainsi que les trois hommes plongés en grande conversation suivant des allées parallèles couraient pour leur barrer l'accès à la clôture. Des pétards explosèrent dans le cimetière. Manny dut recevoir un éclat de pierre arraché à une tombe sur le bras pour comprendre qu'il s'agissait en réalité de coups de feu. Devant lui, il aperçut la clôture à épaule d'homme, couverte de lierre. Se déplaçant avec une agilité surprenante pour sa corpulence, Koukouchkine fonça vers une partie où l'un des montants avait rouillé, laissant un espace par lequel un homme pouvait se glisser. Il allait s'y introduire quand une rangée de soldats, pistolets-mitrailleurs à la hanche, surgirent de derrière les buissons sur le terrain voisin. Koukouchkine ouvrit la bouche, comme pour hurler. Il se retourna vers Manny et lâcha d'une voix atone : « Alors, ça va donc se terminer comme je le soupçonnais – par mon exécution. »

Un bruit de pas se fit entendre sur le gravier derrière eux.

« Oh, bon Dieu ! Je suis désolé, Sergueï…

– Moi aussi, je suis en désolation, Manny. »

Il y avait une lueur de suffisance dans l'œil de l'inquisiteur qui le regardait sans ciller, un petit sourire supérieur sur ses lèvres décolorées. « Nous avons été amenés à croire, fit-il dans un anglais impeccable, qu'un officier de la CIA en état d'arrestation est autorisé à répondre à trois questions – son nom, son niveau de solde, et son numéro de parking à Langley. » Le fonctionnaire d'âge moyen, maigre, le crâne rasé, de vilaines dents et portant lunettes à monture d'acier fit le tour de la table pour rejoindre Manny et baissa les yeux sur lui. « Je connais votre nom, ou du moins celui que vous avez donné au traître Koukouchkine, je peux aisément deviner votre niveau de solde – étant donné votre âge, étant donné que vous avez été désigné officier traitant du traître Koukouchkine, vous arrivez sans doute à l'indice GS-15, ce qui est la plus haute catégorie pour un officier moyen de la CIA et correspond en gros au grade de colonel dans l'armée. Mais dites-moi, s'il vous plaît, votre numéro de parking ? »

Curieusement, le fait d'avoir été arrêté donnait à Manny un sentiment de délivrance. Le pire s'était produit – on pouvait le regretter, mais ce n'était plus à redouter. Il comprenait maintenant ce que son père avait voulu dire en parlant d'être aspiré par l'œil d'un cyclone. Manny avait lui aussi l'impression que son pouls emballé, les pensées qui lui déchiraient le crâne, la rotation de la Terre sur son axe, tout s'était ralenti. Il leva les yeux vers l'inquisiteur et parvint à sourire. « Je veux parler à quelqu'un de l'ambassade américaine », annonça-t-il.

L'un des téléphones posés sur la table émit une sonnerie stridente. Le Russe retourna à sa place et décrocha le combiné. Il écouta un moment, murmura « *Bolchoïé Spacibo* » et raccrocha. Puis il se carra sur son siège pivotant en bois, les mains croisées derrière la nuque. La lumière des plafonniers se reflétait dans ses lunettes comme des signaux de morse ; Manny s'imagina que ce serait une bonne chose de pouvoir déchiffrer le message. « Je vais vous dire quelque chose que vous savez déjà, déclara l'inquisiteur. Le numéro de téléphone K 4-89-73 donne accès au corps de garde de l'ambassade américaine, où les marines américains tiennent une permanence vingt-quatre heures sur vingt-quatre, sept jours sur sept. »

Manny comprit que l'interrogatoire venait de prendre un tour menaçant. Son inquisiteur ne pouvait tenir ce numéro que de Koukouchkine lui-même, ce qui suggérait qu'on avait forcé Sergueï à parler. « Suivant un traité international, les États-Unis et l'Union soviétique sont contraints de laisser des officiels de l'ambassade avoir accès aux personnes consignées... commença à dire Manny.

– Mais vous n'êtes pas consigné, mon ami. » L'homme avait pris un ton condescendant. « On vous a arrêté pour espionnage. Vous serez jugé et accusé d'espionnage. Le procureur va demander la peine maximale. Quant à savoir si le juge vous condamnera à être pendu, cela dépendra de votre degré de coopération avec nos organes d'investigation.

– Si vous essayez de me faire peur, vous y avez parfaitement réussi », reconnut Manny. Il était absolument déterminé à faire l'innocent, pas seulement pour sauver sa peau, mais aussi celle de Koukouchkine. « Écoutez, je suis celui que je prétends être. Si vous preniez la peine de tout vérifier au nom d'Immanuel Bridges, vous en seriez bientôt persuadé. »

L'inquisiteur paraissait s'amuser. « Dites-moi encore ce que vous faisiez au cimetière du monastère Novodievitchi.

– J'ai perdu le groupe de vue pendant une visite au GOUM. »

Le Russe fouilla dans ses papiers, rangés dans une chemise. « Trailblazer Travel.

– Trailblazer, exactement. Écoutez, je vais vous avouer quelque chose. J'ai perdu mon groupe parce que j'essayais de changer de l'argent au marché noir. Il y avait un type à l'entrée du GOUM. Il s'appelle Pavloucha.

– Et vous avez changé des dollars ?

– Non, il ne proposait que trois roubles contre un dollar. Un serveur de l'hôtel avait parlé de quatre...

– Trois est le taux d'échange correct au marché noir. L'histoire du serveur qui vous en aurait proposé quatre est inventée. Je le sais parce que tous les serveurs et serveuses travaillent pour nos services – quand ils changent de l'argent ou vendent du caviar au marché noir, on nous en avertit.

– Il y a peut-être des serveurs qui travaillent en free-lance... »

L'inquisiteur se contenta de sourire. « Que s'est-il passé après que vous avez perdu le contact avec votre groupe ?

– À dire vrai, je n'étais pas fâché. Ce voyage est trop organisé pour mon goût. On n'a jamais l'occasion de discuter avec de vrais Russes. Alors j'ai décidé d'aller me balader un peu seul pour le reste de la journée. J'ai pris le métro à Kropotkinskaïa et j'ai marché jusqu'au musée Pouchkine. Après ça, j'ai décidé d'aller voir les tombes célèbres du cimetière Novodievitchi – la femme de Staline, Boulgakov, Tchekhov, Gogol.

– Et Khrouchtchev.

– Oui. Khrouchtchev.

– Et vous avez commencé par hasard à discuter avec quelqu'un qui passait près de la tombe de Khrouchtchev. Et ce quelqu'un, par la plus pure coïncidence, se trouvait être le traître Koukouchkine.

– Il ne portait pas de badge indiquant "le traître Koukouchkine", rétorqua Manny. C'était juste un type qui se trouvait là et qui parlait anglais. Alors on a bavardé pendant quelques minutes.

– De quoi ?

– Quand il s'est aperçu que j'étais étranger, il m'a demandé mes impressions sur l'Union soviétique.

– Dès qu'il a vu la police et la milice venir vers lui, il a cherché à fuir, et vous l'avez suivi.

– Mettez-vous à ma place, protesta Manny. Je parlais avec un parfait inconnu. Et puis tout à coup, je vois une bande de types armés se précipiter vers nous, et l'inconnu se met à courir. J'ai eu peur de prendre un mauvais coup alors j'ai couru aussi. Comment savoir que ces types étaient des policiers ?

– Le traître Koukouchkine et vous, vous parliez en anglais ?

– En anglais, oui.

– *Vy govoritié po-rouski ?* »

Manny secoua la tête. « J'ai étudié le russe à Yale. Juste une année. Je comprends un mot ici ou là, mais je ne parle pas.

– Le traître Koukouchkine nous a assuré que vous parliez russe couramment.

– Je veux parler à quelqu'un de l'ambassade américaine.

– Qui voulez-vous voir, à l'ambassade ? Le chef d'antenne Trillby ? »

Manny jeta un coup d'œil autour de lui, dans cette vaste pièce au dernier étage de la Loubianka, remplie de meubles en bois fonctionnels. Le geôlier qui l'avait fait monter de sa cellule, un malabar portant un uniforme bleu impeccable d'au moins une taille trop petite pour son corps massif, se tenait le dos au mur, les bras croisés sur la poitrine. Les fenêtres, en double vitrage, étaient équipées de barreaux sur l'extérieur. Un portrait de Lénine, et un autre du président du KGB, Andropov, étaient accrochés au mur, au-dessus d'un buffet qui contenait un samovar et des bouteilles d'eau minérale. Manny reporta son regard vers le Russe et joua les imbéciles : « Je ne connais personne à l'ambassade, ni de nom ni de fonction ; je ne sais donc pas de qui vous parlez. »

Le Russe secoua la tête comme s'il savourait une bonne plaisanterie. Son interphone bourdonna. La voix mélodieuse d'une femme se fit entendre, annonçant : «Le camarade Arkianguelski est ici.

– Faites-le entrer», ordonna le Russe. Il regarda Manny, de l'autre côté de la table, secoua à nouveau la tête et sourit. «La partie est terminée, mon ami.»

La porte du bureau s'ouvrit, et un homme plutôt petit, en blouse blanche de technicien, entra en poussant un chariot devant lui. Il y avait un gros magnétophone posé dessus. L'homme approcha le chariot de la table, déroula le cordon électrique et le brancha sur une prise murale. Puis il se redressa et se tourna vers l'inquisiteur, qui lui dit : «Passez-lui la bande.»

Le technicien se pencha au-dessus de l'appareil et pressa un bouton. La bande couina en position retour rapide puis passa en mode lecture. Le son était au départ étouffé. Le technicien monta le volume puis augmenta les aigus. Une voix devint audible. La conversation se déroulait en russe.

«... les débriefings se faisaient chez Ept, la femme qui travaillait au Bureau d'enregistrement des brevets.

– Qu'en est-il des brevets que vous avez remis au *rezident* ?

– C'est Manny qui les a fournis.

– Vous a-t-il donné de l'argent ?

– Jamais. Pas un sou. Il a proposé d'organiser un traitement médical pour la maladie de cœur de ma femme. J'ai accepté...

– Vous a-t-il promis de l'argent pour après la défection ?

– On a parlé de compensation, mais ce n'est pas pour ça que je...

– Quelles étaient vos motivations ?»

Koukouchkine eut un éclat de rire amer. «Les Américains aussi voulaient connaître mes motivations.

– Vous n'avez pas répondu à la question.

– Le système dans lequel nous vivons est inefficace et corrompu, les gens qui le président sont dénués de scrupules. La seule chose qui les intéresse, c'est le pouvoir. Ce n'est pas par hasard qu'en russe, les mots pouvoir et autorité se confondent sous un même mot : *Vlast*.

– Et c'est ce raisonnement tordu qui vous a poussé à trahir votre pays ?»

Koukouchkine marmonna quelque chose d'inintelligible.

«Bien sûr que vous avez trahi votre pays. Vous avez trahi ses secrets, vous avez livré ceux qui le défendent à la Central Intelligence...»

«Avancez au rendez-vous dans le cimetière, ordonna l'inquisiteur.

– Pourquoi me faites-vous écouter ça ? intervint Manny. Je ne comprends pas un mot de ce qu'il raconte.»

Assis, voûté, sur son siège, concentré sur l'enregistrement, l'inquisiteur se contenta de rétorquer : «Vous en comprenez chaque mot.»

Le technicien appuya sur l'avance rapide en regardant les chiffres défiler au compteur. Lorsqu'il arriva au passage voulu, il pressa la touche «marche». La voix de Koukouchkine se fit entendre à mi-phrase. «... premier rendez-vous au musée Pouchkine à midi, le deuxième et le quatrième mardi du mois. J'y suis allé juste avant l'heure convenue, mais j'ai trouvé qu'il y avait trop de monde. Manny est arrivé sur le lieu de rendez-vous de repli, la tombe de Nikita Khrouchtchev, au cimetière de Novodievitchi. Il y avait neuf personnes dans le cimetière, mais elles semblaient assez innocentes, alors j'ai décidé de rester.

– Que vous a dit l'Américain ?

– Que la CIA pourrait nous faire sortir d'Union soviétique, ma femme, notre fille et moi-même en passant par la Crimée.

– Comment deviez-vous joindre la CIA si vous décidiez d'accepter ?

– Je devais appeler un numéro de téléphone à Moscou – K 4-89-73 – et tousser deux fois avant de raccrocher. Cela réactiverait le premier lieu de rendez-vous au musée Pouchkine, et le lieu de repli près de la tombe de Khrouchtchev dans le cimetière de Novodievitchi, le deuxième et le quatrième mardi de chaque mois. »

L'inquisiteur agita la main, et le technicien pressa un autre bouton qui coupa l'enregistrement. Il débrancha le cordon électrique, le roula puis, poussant le chariot devant lui, quitta la pièce.

« Comme vous avez pu vous en rendre compte, le traître Koukouchkine a tout avoué, dit le Russe à Manny. Il a accepté de plaider coupable au procès qui commencera dans une semaine. Ayant cela à l'esprit, seriez-vous assez aimable pour faire une déclaration officielle qui délivrera le juge de l'obligation de vous infliger la peine maximale quand vous passerez en procès ?

– Ouais, fit Manny. Je suppose que je devrais. » Il remarqua le sourire satisfait qui revenait sur les lèvres de l'inquisiteur. « Hôtel – vingt-trois. »

Une lueur de triomphe passa dans le regard du Russe. « Ah ! ce doit être le numéro de votre place de parking à Langley. »

Pelotonné dans l'œil du cyclone, Manny pensa à l'histoire qui le poursuivait d'aussi loin qu'il se rappelait – celle où son père envoyait ses interrogateurs se faire foutre. Il avait entendu ça quand il était petit, l'avait mémorisé et se l'était répété à chaque fois qu'il s'était retrouvé coincé de tous côtés. « Hôtel… vingt-trois est l'emplacement qui m'est réservé dans le parking situé à deux rues du 44, Wall Street, dit-il. C'est là que je travaille quand je ne suis pas assez stupide pour venir faire du tourisme en Union soviétique. »

Pour Manny, le temps s'écoulait en une série de petites vignettes brumeuses et curieusement détachées. L'entraînement de base à la Ferme – il avait été enfermé dans une chambre glacée et privé de nourriture, de sommeil et d'eau pendant plusieurs journées d'hiver – ne l'avait pas préparé à la dure réalité des prisons du KGB. L'anxiété qui l'étreignait n'était pas le résultat de mauvais traitements (en fait, le KGB fournissait le strict minimum de confort matériel) ; elle venait plutôt de l'incertitude étouffante de ce qui allait arriver ensuite, du fait de ne pas du tout savoir quelle serait l'issue du jeu. Manny était convenablement nourri, il avait droit à une douche par jour et était sans cesse interrogé. Les séances avec l'inquisiteur entêté duraient parfois jusqu'au petit jour. Puis Manny était ramené dans sa cellule ou on le laissait dormir six heures d'affilée. Deux jours après son arrestation, on le conduisit dans une salle où il put parler à une certaine Mlle Crainworth, qui lui présenta une carte plastifiée l'identifiant comme conseillère adjointe à l'ambassade américaine. Elle lui apprit que le secrétaire d'État avait convoqué l'ambassadeur soviétique à Washington pour lui demander une explication sur l'arrestation d'un touriste américain. Les Russes, expliqua la conseillère adjointe, assuraient que Manny était un agent de la CIA envoyé à Moscou pour contacter un diplomate soviétique tout juste rentré qui était passé du côté des Américains pendant son séjour à Washington. La CIA avait nié avec véhémence employer quelqu'un du nom d'Immanuel Bridges ou avoir eu le moindre contact avec un diplomate soviétique répondant au nom de Koukouchkine. Mlle Crainworth lui apprit que l'ambassade avait engagé un avocat soviétique qui parlait anglais pour le représenter.

L'avocat, qui s'appelait Robespierre Pravdine, fut autorisé à passer une heure avec son client le soir même. Pravdine, personnage angoissé doté d'un tic facial et d'une haleine épouvantable, assura à Manny que le système judiciaire soviétique ferait preuve de mansuétude s'il reconnaissait ce que le KGB pouvait prouver, à savoir qu'il était réellement un agent de la CIA. Comme Manny persistait à nier, Pravdine se montra très clair : « J'ai lu le texte dactylographié de la confession du traître Koukouchkine qui vous implique. Je ne pourrai vous aider à obtenir la clémence des juges que si vous plaidez coupable et vous en remettez à la miséricorde de la cour. »

Le lendemain matin, Manny fut réveillé d'un profond sommeil alors que le jour pénétrait par l'étroite fenêtre percée tout en haut du mur de sa cellule. On lui permit de se raser avec un rasoir électrique est-allemand qui fonctionnait à piles, et on lui donna un pantalon et une chemise propres. Assis au bord de la couchette en attendant que les gardiens viennent le chercher, il contempla la petite ouverture sur le monde placée trop haut et écouta les sifflets et quolibets des prisonniers qui jouaient au foot dans la cour, de l'autre côté. Une conversation qu'il avait eue avec son père quand il était gosse lui revint en mémoire ; il avait l'impression d'entendre la voix de son père, et le souvenir le fit sourire. Ils rentraient à Manhattan par le métro après une sortie à Coney Island.

Maman dit que tu travailles pour une Central Intelligence Agency. Et elle dit que c'est pour ça que tu passes tellement de temps à l'étranger.

Je travaille pour le gouvernement américain...

Bon alors, quel genre de trucs tu fais pour le gouvernement ?

J'aide à protéger l'Amérique de ses ennemis.

Pourquoi est-ce que l'Amérique a des ennemis ?

Tous les pays ne voient pas toujours les choses de la même façon.

Quelles choses ?

Des choses comme l'existence de différents partis politiques, des choses comme des procès équitables et des élections libres, des choses comme la liberté des journaux de publier ce qu'ils veulent, comme le droit pour tous de critiquer le gouvernement sans aller en prison pour ça. Ce genre de choses.

Quand je serai grand, je protégerai l'Amérique de ses ennemis, comme toi – enfin, si elle en a encore.

«Quand je serai grand», dit Manny à voix haute. Sachant qu'il devait y avoir des micros dans la cellule, il ne termina pas sa phrase.

Peu après, Manny fut emmené, menotté, dans un monte-charge jusqu'à un garage en sous-sol. Là, on le fit asseoir entre deux gardes à l'arrière d'une fourgonnette qui gravit une rampe, roula un moment dans la circulation puis finit par s'arrêter dans un autre garage souterrain. On lui fit prendre un escalier d'incendie jusqu'à une salle de détention au premier étage, où on lui retira ses menottes pour lui offrir du café et un beignet desséché. Pravdine et la conseillère adjointe Crainworth ne tardèrent pas à arriver. Pravdine expliqua que le procès du traître Koukouchkine était sur le point de commencer et que Manny serait peut-être appelé à témoigner. Pravdine ôta ses lunettes, envoya son haleine âcre sur les verres et les essuya du bout de sa cravate. Les chances que Manny avait de bénéficier de la clémence du système judiciaire soviétique, répéta-t-il, dépendaient de la façon dont il coopérerait avec l'accusation dans le procès de Koukouchkine. Manny ne voulut pas démordre de sa couverture. Mlle Crainworth, visiblement dépassée, se contentait de les regarder alternativement comme si elle suivait un match de ping-pong.

À dix heures moins cinq, Manny fut escorté dans une salle gigantesque, qui ressemblait à une salle de bal – haute de plafond, ornée de lustres rutilants et de colonnes corinthiennes blanches contre des murs bleu ciel. Il y avait d'un côté de simples gradins de bois occupés par des ouvriers mal à l'aise dans leurs habits du dimanche. Plusieurs d'entre eux parurent savoir qui il était et le montrèrent du doigt quand il entra. Des flashes lui explosèrent à la figure tandis qu'on le menait à un banc entouré d'une rambarde de cuivre. Pravdine, les muscles des joues crispés par un tic, prit place devant lui. Mlle Crainworth se glissa sur un banc au premier rang et ouvrit un carnet de notes sur ses genoux. Deux juges en costume sombre étaient assis derrière une longue table, sur une estrade. À dix heures pile, l'accusé apparut par une porte étroite située derrière une sorte d'enclos grillagé. Entouré par les troupes de sécurité du KGB en tuniques et képis, Koukouchkine semblait hâve et hébété. Il avait le visage impavide, les yeux las et bouffis. Il les fermait pendant de longs moments et donnait l'impression d'être somnambule. Il portait un costume froissé, une cravate et, à en juger par ses petits pas en pénétrant dans la salle d'audience, des fers aux chevilles. À un moment, il regarda dans la direction de Manny, mais ne parut pas le reconnaître. Il y eut un murmure hostile de la part de la foule quand Koukouchkine pénétra dans le box des accusés. Des flashes crépitèrent et il leva le bras pour se protéger les yeux. L'un des gardes lui saisit le poignet et l'écarta vivement de son visage. Le président du tribunal, revêtu d'une robe noire et d'une toque de feutre rouge, surgit d'une porte derrière l'estrade. Tout le monde se leva dans la salle. Manny dut en faire autant. Le premier magistrat, personnage aux cheveux blancs, aux yeux cerclés de rouge et aux bajoues de gros buveur, prit place entre les deux juges assistants. « Saditié pojalouïsta », demanda l'huissier. Le public sur les bancs ainsi que les magistrats et les greffiers s'assirent tous. Seules les troupes de sécurité qui gardaient le prisonnier restèrent debout. Le procureur général, jeune homme portant un costume bleu très bien coupé, se leva et entreprit de lire l'acte d'accusation contre Koukouchkine.

« Le traître Koukouchkine, accusé dans l'affaire criminelle numéro 18043, est un opportuniste, commença-t-il, la voix chargée d'indignation, une personne moralement dépravée qui a trahi son pays. Il a été recruté par des agents des services d'espionnage impérialistes alors qu'il travaillait à l'ambassade soviétique de Washington. Là, il s'est rendu coupable de trahison dans l'intention de renverser le régime soviétique, de démembrer l'Union soviétique et de restaurer le capitalisme dans ce qui subsisterait du pays. Revenu en congé à Moscou, il a été surpris en train de rencontrer un agent de ce service d'espionnage impérialiste. Devant les preuves irréfutables exposées par les représentants des organes de sécurité de l'État, le traître Koukouchkine n'a eu d'autre choix que d'avouer ses crimes et de signer des aveux. C'est ce document, honorables juges, que vous avez devant vous. »

Manny se pencha et toucha l'épaule de Pravdine. « Qu'est-ce qu'il dit ? »

Pravdine se retourna ; Manny se prit une nouvelle bouffée de sa mauvaise haleine en plein visage quand celui-ci lui chuchota : « Le procureur explique que le traître Koukouchkine a confessé ses crimes. Si vous voulez vous sauver, vous aussi, vous devez. »

À l'autre bout de la salle, le procureur s'assit. L'huissier se leva et demanda : « Comment plaide l'accusé ? »

Koukouchkine se leva. « Je confirme que je me suis rendu coupable d'espionnage, mais mes intentions n'étaient pas de démembrer l'Union soviétique ni de restaurer le capitalisme. Mon intention était de sauver l'Union soviétique d'une classe dirigeante oppressive qui ruine l'économie de notre pays et déforme la politique de l'idéal communiste. »

Le procureur se leva d'un bond en brandissant un exemplaire des aveux de Koukouchkine. « Comment se fait-il que vous ayez reconnu ces charges par écrit.

– On m'a forcé.»

Il y eut un brouhaha de surprise en provenance des gradins. Le procureur se tourna vers les juges. «Étant donné cette rétractation, je demande une suspension d'audience.

– Accordée», grommela le premier juge.

Manny fut ramené dans la salle de détention où on lui servit du café d'un Thermos et un sandwich garni d'une viande qu'il ne put identifier. Deux heures plus tard, il était de retour dans la salle d'audience. L'huissier s'adressa au prisonnier : «Comment plaide l'accusé?»

Koukouchkine, le dos voûté, marmonna quelque chose. Le président du tribunal lui ordonna de parler plus fort. «Je plaide coupable sur toutes les charges, dit le prisonnier. Je reconnais tout.

– Quelle était alors la signification de la déclaration que vous avez faite il y a deux heures?

– Je ne pouvais me résoudre à admettre publiquement ma culpabilité, répondit Koukouchkine. Sans réfléchir, j'ai déformé la réalité dans l'espoir de présenter ma traîtrise sous un meilleur jour. Je supplie la cour de prendre note de la présente déclaration, selon laquelle je reconnais à présent totalement et sans réserve ma culpabilité pour toutes les charges qui pèsent contre moi. J'assume la pleine responsabilité de mes crimes et de ma trahison.»

Le procureur accueillit la tirade d'un hochement de tête satisfait. «L'accusé Koukouchkine reconnaît-il avoir livré des secrets d'État à un agent de la Central Intelligence Agency?

– Je le reconnais en toute franchise et sans réserve.

– L'accusé Koukouchkine reconnaît-il avoir rencontré à Moscou, dans un endroit prévu à l'avance, à une date et une heure prévues à l'avance, ce même agent de la Central Intelligence Agency?

– Oui, oui, je le reconnais.»

Le procureur parcourut ce qui ressemblait à des répliques toutes prêtes. «Alors, une question se pose inévitablement : comment se fait-il qu'un homme comme le traître Koukouchkine, soit quelqu'un qui est né et a grandi dans l'empire soviétique, puisse perdre ainsi toutes les qualités morales d'un Soviétique, perdre son sens élémentaire de la loyauté et du devoir pour en arriver à commettre une telle trahison?»

Comme s'il lisait un script, Koukouchkine répondit : «Ce sont mes propres bassesses qui m'ont conduit sur le banc des accusés : l'envie, la vanité, l'amour de la vie facile, mes nombreuses liaisons féminines, ma décadence morale causée en grande partie par l'abus d'alcool. Ce sont toutes ces taches de mon caractère qui ont fait de moi un dégénéré, puis un traître.»

Le président du tribunal demanda : «L'agent de la Central Intelligence Agency que vous avez rencontré est-il présent dans ce tribunal?

– Oui, répondit Koukouchkine en pointant un doigt sur Manny sans même le regarder. Il est assis là-bas.

– Regardez-le pour être sûr de bien l'identifier», ordonna le président. Koukouchkine tourna la tête à contrecœur. Il croisa le regard de Manny puis baissa les yeux. «Je confirme l'identification.

– Messieurs les juges, intervint le procureur. L'agent de la CIA n'est pas protégé par l'immunité diplomatique et sera jugé à part. L'agent américain nie l'évidence – qu'il a été envoyé à Moscou pour prendre contact avec le traître Koukouchkine afin que celui-ci poursuive ses perfidies ici, jusqu'au cœur de l'assemblée de la mère patrie. L'agent américain nie également parler russe couramment, alors qu'un enfant peut voir, à la façon dont il suit les débats, qu'il comprend parfaitement ce qui se dit.»

Le premier magistrat s'adressa directement à Manny : «Connaissez-vous le traître Koukouchkine?»

Pravdine se retourna pour traduire la question en anglais, puis chuchota avec ferveur : «C'est le moment d'impressionner le jury par votre franchise. Sauvez-vous.»

Manny se leva. «Votre honneur, commença-t-il. Je connais l'accusé.» Le public s'agita, la conseillère adjointe américaine leva les yeux de ses notes. Le président du tribunal abattit vivement son marteau. «Je suis un touriste, votre honneur, continua Manny. La vérité, c'est que j'ai été séparé de mon groupe et que, comme je voulais voir certains sites intéressants qui n'étaient pas prévus dans l'itinéraire, j'ai fait un crochet par le cimetière de Novodievitchi. C'est là que j'ai rencontré l'accusé pour la première et unique fois de ma vie. Quand il a vu que j'étais un touriste étranger, il m'a demandé en anglais mes impressions sur l'Union soviétique. Quant à mon appartenance à la CIA, rien ne saurait être plus éloigné de la vérité.»

Une vieille dame frêle assise derrière les juges prit des notes pendant que Manny parlait, puis traduisit ses propos en russe. Le premier magistrat décida : «Qu'il soit fait état dans les minutes du procès que l'Américain nie être un agent des renseignements.» Il adressa un signe de tête au procureur. «Vous pouvez donner votre résumé.»

Le procureur se leva. «Je demande aux honorables juges, quelles que soient leurs réticences, de prononcer un verdict de culpabilité et une sentence de mort. Il faut faire un exemple du traître Koukouchkine. Le chardon et les mauvaises herbes recouvriront la tombe de ce traître honni alors que le soleil continuera de briller sur nous et sur notre bienheureux pays. Guidés par le parti communiste et notre chef bien-aimé, nous persévérerons sur la voie du communisme débarrassée des scories répugnantes du passé.»

L'avocat de la défense de Koukouchkine se leva à son tour pour s'adresser à la cour. «Honorables juges, face aux aveux de l'accusé Koukouchkine, je ne peux que souscrire aux remarques de mon collègue. J'attire l'attention de la cour sur le fait que la confession de l'accusé, quoique tardive, ait été donnée sans réserve, et qu'il convient d'en tenir compte en rendant le verdict approprié.»

Vingt-cinq minutes plus tard, les trois juges revinrent en file indienne dans la salle d'audience. Le président du tribunal ordonna à l'accusé de se lever. «Avez-vous une dernière déclaration à faire avant que je prononce le jugement?

– Mon destin personnel est sans importance, prononça Koukouchkine d'une voix blanche. Seule importe l'Union soviétique.»

Le juge retira sa toque rouge et la remplaça par une noire. «Sergueï Semionovitch Koukouchkine, psalmodia-t-il, les dégénérés et les renégats tels que vous font naître un sentiment d'indignation et de dégoût chez tous les Soviétiques. Notre seul réconfort est que vous n'êtes qu'un phénomène passager dans notre société. Mais votre exemple montre clairement quels dangers rôdent dans les vestiges du passé, et ce qu'ils peuvent donner si nous n'agissons pas avec la plus impitoyable détermination pour les éradiquer. Je vous déclare coupable de toutes les charges qui pèsent contre vous, et vous condamne à être fusillé. La séance est levée.»

Le public applaudit vigoureusement dans les gradins. «Ainsi finissent tous les traîtres à la mère patrie», lança un homme au dernier rang. Le regard vide de Koukouchkine parcourut la salle, puis se posa brièvement sur Manny. L'ombre d'un sourire ironique déforma ses lèvres. L'un des gardes lui tapa sur le bras. Koukouchkine se retourna et tendit les poignets pour qu'on lui passe les menottes. Marchant à petits pas à cause des fers qui lui entravaient les chevilles, il quitta le banc des accusés et disparut derrière la porte.

Dans le silence qui précède l'aube, Manny fut tiré d'un sommeil agité par un claquement de porte métallique dans le couloir, suivi par un bruit de pas devant sa cellule. Le plafonnier s'alluma. Une clé tourna dans la serrure et Koukouchkine surgit dans l'encadrement de la porte. Manny se redressa sur le lit de camp et remonta la couverture jusqu'à son menton. Portant toujours des fers aux chevilles, Koukouchkine traversa lentement la cellule et s'assit au bout de la couchette. «Bonjour à vous, Manny» dit-il, la voix réduite à un chuchotement rauque.

Manny se doutait que la conversation était enregistrée, voire filmée. Il choisit donc ses mots avec soin. «D'après ce que j'ai compris, ça ne s'est pas bien passé pour vous. Je voudrais que vous sachiez...» Sa voix se perdit.

Les solides épaules de Koukouchkine se voûtèrent. «Je serai exécuté à l'aube», annonça-t-il.

La nouvelle frappa Manny comme un coup de poing. «Je voudrais... si seulement je pouvais faire quelque chose...

– C'est possible.

– Quoi ?

– Pour moi, c'est terminé, mais pour Elena, et pour ma fille... »

Manny lut l'angoisse dans les yeux de Sergueï.

«En Russie soviétique, on fait souffrir les proches parents des ennemis du peuple. J'ai eu beau nier, ils estiment que ma femme et même ma fille étaient au courant de mes... activités. Elles seront condamnées à quinze ans de goulag. Avec ses problèmes de cœur, Elena ne tiendra pas quinze jours. Et ma fille ne survivra pas à la mort de sa mère.

– Je ne vois pas...

– Écoutez, Manny, j'irai droit au but. Ils m'ont envoyé pour vous proposer un marché. Il est important pour eux, vis-à-vis de l'opinion internationale, que vous admettiez publiquement travailler pour la CIA.

– Mais je ne... »

Koukouchkine leva la main. «Contre votre coopération, ils m'ont promis qu'Elena et ma fille ne seraient pas punies. Ainsi, que cela vous plaise ou pas, leur destin est entre vos mains.» Koukouchkine se détourna et se mordit la lèvre. Lorsqu'il eut recouvré son calme, il reprit : «Vous me devez bien ça, Manny. Je vous demande de payer cette dette. Je vous en supplie. J'irai à la mort d'un pas plus ferme, avec la conscience plus tranquille, si vous faites ça pour moi. »

Manny eut la sensation démente que la Terre se mettait à tourner plus vite sur son axe. Les pensées lui déchiraient les lobes du cerveau. Il contempla l'épave affaissée au bout du lit de camp. Puis il hocha la tête avec désespoir. «D'accord, murmura-t-il. Je ferai ce qu'il faut. »

Koukouchkine répondit à son signe de tête et porta la paume de sa main à la poitrine. «Du fond du cœur, je vous remercie», dit-il.

Manny resta éveillé jusqu'à la fin de la nuit, les yeux rivés à l'espèce de meurtrière percée en haut du mur, les oreilles tendues vers le moindre grognement, le moindre grincement émanant de la tombe massive de la Loubianka. Il pensa à Leo Kritzky, isolé dans les cachots privés d'Angleton. Pour autant que Manny eût son mot à dire, Leo pouvait bien pourrir en prison jusqu'à la fin de ses jours. La Compagnie devait au moins ça à Koukouchkine. Lorsque l'aube pénétra dans sa cellule, il entendit la mort s'agiter au-dehors. Une charrette aux roues cerclées de fer fut mise en place. Un instant plus tard, une porte s'ouvrit et un escadron traversa la cour au pas. Un ordre se répercuta contre les murs de pierre. Les hommes firent halte puis claquèrent du talon et de la crosse du fusil contre le pavé. Une autre porte s'ouvrit à la volée et trois hommes se dirigèrent lentement vers l'escadron au repos à l'autre bout de la cour. Quelques secondes plus tard, deux des nouveaux arrivants s'écartèrent. D'autres ordres fusèrent, les uns après les autres. Dans sa cellule, Manny remonta les genoux à son menton et retint son souffle. Sous sa fenêtre, les fusils furent armés. Une voix que Manny ne reconnut qu'en se la repassant dans son crâne hurla : « Vous me devez bien ça, Manny ! » Une salve de coups de feu éclata. Sur le toit de la prison, des vagues successives de pigeons s'envolèrent dans le ciel zébré de plomb. Alors que le peloton s'éloignait au pas cadencé, un seul coup de feu cinglant résonna encore dans la cellule de Manny. Les roues cerclées de métal de la charrette traversèrent à nouveau la cour, et un jet d'eau à haute pression balaya les pavés. Puis un silence aussi oppressant que tout ce que Manny avait pu entendre au cours de son existence emplit son crâne endeuillé.

L'inquisiteur demanda si le prisonnier aimerait lire ses aveux en anglais avant de signer les deux versions, russe et anglaise. « Pourquoi pas ? » demanda Manny. Il porta la feuille dactylographiée à interligne simple à la lumière.

> Moi, soussigné Immanuel Ebbitt, reconnais par la présente que les détails ci-après sont absolument véridiques. Un : je suis employé à plein temps par la Central Intelligence Agency et en service actif. Deux : j'étais l'officier traitant du traître soviétique Sergueï Semionovitch Koukouchkine, qui est passé du côté américain pendant qu'il était en poste comme attaché politique à Washington. Trois : j'ai été envoyé à Moscou en me faisant passer pour un touriste afin de contacter le traître Koukouchkine après son retour à Moscou et le convaincre de continuer à espionner pour la Central Intelligence Agency.
>
> Manny parcourut le reste de la feuille – elle suivait exactement la version russe. Il avait accepté de reconnaître ses liens avec Koukouchkine, mais avait catégoriquement refusé de livrer des informations sur l'identité d'officiers et agents de la Compagnie ; conscient qu'il valait mieux obtenir une demi-galette que rien du tout, le KGB s'en était contenté. Manny prit le stylo que l'inquisiteur avait posé sur le bureau et griffonna son nom au bas des deux versions.

« Et maintenant ? demanda-t-il.

– Nous allons organiser votre procès public.

– Puis-je vous demander une faveur ?

– Demandez toujours.

– Je voudrais un autre avocat.

– Le camarade Pravdine est l'un des avocats de la défense les plus compétents de Moscou...

– Je ne remets pas en cause ses compétences, assura Manny. C'est sa mauvaise haleine que je ne supporte pas. »

8

Washington, DC, dimanche 8 septembre 1974

Angleton se dressait telle une apparition derrière la fumée de cigarette. « La *Pravda* publie une photo des aveux avec l'article sur l'exécution du traître Koukouchkine, fit-il remarquer. J'ai fait vérifier la signature – mon équipe est convaincue que c'est bien celle de Manny.

– On a dû le droguer, dit Ebby. Il n'y a pas d'autre façon de l'expliquer. »

Jack posa une main sur l'épaule d'Ebby. « Il y a d'autres possibilités, dit-il d'une voix calme. Il a pu être... forcé. Physiquement, je veux dire. On a pu lui extorquer ses aveux contre... »

Jack ne put se résoudre à finir sa phrase. Angleton le fit à sa place. « Contre la vie sauve, c'est bien ce que vous voulez dire, n'est-ce pas, Jack ?

– Merci d'être aussi direct », fit froidement Ebby.

Angleton coinça une autre cigarette entre ses lèvres, froissa le paquet vide et le jeta dans la poche à incinérer. « Comme vous me l'avez fait remarquer, Elliott, votre fils est un adulte consentant – il est allé en Russie pleinement conscient de ce qu'il faisait.

– C'est vrai, concéda Ebby. Mais maintenant, le problème, c'est de le faire sortir de là... pleinement conscient. »

Quand l'Américain du nom d'Immanuel Bridges n'était pas apparu au dîner à l'hôtel Métropole, le soir de la visite du GOUM, les représentants de Trailblazer avaient appelé l'ambassade américaine. Les gens de l'ambassade ne s'étaient pas inquiétés outre mesure ; il arrivait qu'un gros bonnet de passage disparaisse avec une des filles qui fréquentaient les passages souterrains autour du Kremlin et réapparaisse un ou deux jours plus tard avec une gueule de bois carabinée et délesté de son portefeuille. L'ambassade avait néanmoins effectué les vérifications habituelles auprès de la milice et des hôpitaux. Comme il n'y avait toujours pas trace du touriste de Trailblazer le lendemain matin, un sous-secrétaire avait officiellement informé le ministère de l'Intérieur soviétique et le Département d'État à Washington. Le câble de

l'ambassade au Département d'État, fut, comme cela se faisait systématiquement, transmis (« Pour information uniquement ») à la CIA. C'est à ce moment
que les sonnettes d'alarme s'étaient déclenchées à Langley. La cellule de
réflexion chargée de Koukouchkine s'était rassemblée dans le bureau d'Ebby.
Ils n'en étaient pour le moment qu'aux questions et aux hypothèses. Manny
avait-il réussi à voir AE/PINACLE au premier ou au deuxième rendez-vous ?
Le KGB s'était-il méfié de Manny et l'avait-on suivi malgré ses précautions
élémentaires ? Ou avaient-ils d'une certaine façon compris que Koukouchkine
espionnait pour le compte des Américains ? La maladie du beau-père, puis son
décès, avaient-ils été orchestrés pour faire revenir sa femme et sa fille, puis
Koukouchkine lui-même à Moscou avant que la CIA ne puisse mettre toute
la famille à l'abri ? Si jamais Koukouchkine avait été arrêté, avait-il tout livré
lors des interrogatoires ? Avait-il impliqué Manny ?

Deux jours après la disparition de Manny, le ministre de l'Intérieur soviétique avait informé l'ambassade qu'un ressortissant américain nommé
Bridges, Immanuel, avait été surpris en pleine rencontre clandestine avec un
diplomate soviétique et avait été arrêté. Une conseillère adjointe, Elizabet
Crainworth (en fait officier de la CIA en poste à l'antenne de Moscou sous
couverture diplomatique) avait été dépêchée à la Loubianka pour voir l'Américain en question. Sans savoir (pour raison de sécurité, l'antenne de Moscou
avait été laissée hors du coup) qu'elle avait affaire à un agent de la CIA en
mission spéciale, elle avait rapporté que Bridges réfutait les accusations soviétiques et soutenait qu'il n'était qu'un touriste ordinaire.

Le compte rendu de la *Pravda* concernant l'exécution de Koukouchkine et
les aveux de Manny avait été repris par l'Associated Press. Au bureau des
relations publiques de la Compagnie, le standard fut assailli par des journaux
de tous les États-Unis qui essayaient d'arracher une déclaration à la CIA ; ceux
qui arrivaient à joindre l'un des attachés de presse de Millie Owen-Brack
devaient se contenter de l'habituel : « La CIA ne fait pas de commentaire sur
des articles de cette nature. » Colby, le directeur, fut conduit discrètement à
la Maison-Blanche par une entrée latérale pour expliquer à un président Ford
furieux (qui venait juste de déclencher une vraie tempête en accordant à
Richard Nixon une grâce complète pour tous les crimes fédéraux qu'il « avait
ou aurait commis » pendant son mandat) pourquoi la Compagnie avait envoyé
un officier en Union soviétique sans couverture diplomatique. À Langley, les
couloirs bourdonnaient de rumeurs sur ce qui ressemblait bien à un fiasco des
services de renseignements. À mesure que la nouvelle de l'exécution de Koukouchkine et des aveux de Manny se propageait, les officiers et agents de
longue date de la Compagnie resserrèrent les rangs ; beaucoup passèrent par
le bureau d'Ebby pour lui offrir leur soutien moral. Jack et Ebby se réunirent
avec les vieux briscards du travail de terrain pour voir s'ils ne pouvaient pas
trouver une stratégie. Ce fut au cours d'une de ces séances qu'une solution

possible se fit jour. Toutes les discussions avaient abouti à une impasse quand Jack se leva brusquement. « Merde alors, s'exclama-t-il. Ça nous crève pourtant les yeux. Le seul moyen de sortir Manny, c'est de l'échanger contre quelqu'un qui intéresse le KGB.

– Échanger Manny contre qui ? » interrogea Bill Colby lorsque la cellule de réflexion fut réunie au complet pour étudier la question.

Ebby adressa un regard à Jack, puis jeta un coup d'œil incertain vers Bill Colby. « Crache le morceau, Elliott, ordonna le directeur.

– Si j'interprète correctement les signes, dit enfin Ebby, le procès de Koukouchkine et son exécution... enfin, ce que je veux dire c'est qu'il ne reste apparemment plus aucun doute sur le fait que AE/PINACLE soit un transfuge authentique, et donc que ses infos soient de vraies infos. »

Jack intervint : « Ce n'est pas facile pour moi de dire ça, mais Jim avait raison – Leo Kritzky est SACHA. »

Angleton suivait la conversation d'un regard lourd. « Attendez, dit-il. Je vois très bien où tout ça mène. La réponse est : il faudrait me passer sur le corps. »

Ebby se tourna vers Angleton. « Je peux vous poser une question, Jim ? Est-ce que vous avez réussi à faire parler Leo ? A-t-il avoué qu'il était un agent soviétique ?

– Pas encore.

– Pas encore, répéta Jack en regardant Colby. Monsieur le directeur, ça fait plus de trois mois que Jim garde Leo au frais. Je suis allé le voir, il y a déjà un moment, et je peux vous assurer qu'il n'est pas dans un hôtel de luxe. Il boit l'eau de la cuvette des toilettes. S'il n'a pas craqué maintenant, il y a peu de chances qu'il le fasse un jour. Il va finir par crever dans les cachots privés de Jim en proclamant son innocence.

– On voit que vous n'avez jamais pêché à la mouche, commenta Angleton avec nonchalance. Ça ne m'étonne pas. Vous n'auriez pas la patience. Soyez sûrs que Kritzy va céder. Ils finissent tous par craquer. Et quand ça se passera, j'aurai accès à une vraie mine d'or pour le contre-espionnage – ce qu'il a donné pendant toutes ces années, l'identité de l'officier traitant qu'on connaît sous le nom de Starik, des détails sur l'opération KHOLSTOMER...

– Que ferez-vous s'il ne craque pas ? » demanda Jack à Angleton.

Ebby intervint : « Vous n'aurez pas vraiment le choix, Jim. Vous pourrez le faire passer devant un tribunal – mais s'il n'avoue pas et ne plaide pas coupable, il faudrait appeler des témoins et exposer des secrets de la Compagnie. Ou vous pourriez le garder en prison jusqu'à la fin de ses jours, ce qui, au bout d'un moment, ne serait pas sans poser des problèmes tant moraux que légaux. Imaginez le merdier si jamais quelqu'un du Congrès ou de la presse lâchait l'histoire : "Perpète pour une taupe soviétique présumée – la CIA ne fait pas de procès." Côté scandale, Watergate aura l'air d'une contravention à côté.» Ebby se tourna vers Colby. «D'un autre côté, le KGB sautera peut-être sur l'occasion d'échanger Manny contre Kritzky...»

Colby secoua lentement la tête. «Je réfléchis encore, fit-il, mais si on remet Kritzky aux Soviétiques, qu'est-ce qui les empêchera de le faire parader devant une meute de journalistes occidentaux pour faire marcher la propagande? Leo pourra continuer à nier avoir travaillé pour les Russes, il pourra leur dire qu'il a été détenu illégalement dans une prison de la CIA pendant trois mois dans des conditions humiliantes. Il donnera l'impression d'être furieux et amer, ce qui expliquera pourquoi il aura résolu de livrer les secrets que j'ai eu tant de mal à protéger du Congrès – l'identité de nos agents et un descriptif de nos opérations en cours, sans parler des opérations auxquelles il a participé pendant ces vingt-trois dernières années – l'Iran, le Guatemala et Cuba pour commencer.» Le directeur vit le visage altéré d'Ebby. «Soyons clairs, je ne suis pas opposé au principe d'échanger un agent à eux contre l'un des nôtres. Mais il n'est pas question d'échanger Kritzky.»

Ebby se leva et alla regarder par la fenêtre. Colby commença à rassembler ses papiers. Jack fixa Angleton du regard, de l'autre côté de la table. «Il y a plusieurs façons de plumer un canard, marmonna-t-il.

– Vous avez une autre idée? demanda Colby.

– Ça se peut, oui. J'ai une idée de qui d'autre nous pourrions échanger contre Manny.»

Un homme très maigre élégamment vêtu et frisant la cinquantaine disparut à l'intérieur des toilettes pour hommes dans le hall du Hay-Adams Hotel, sur la Seizième Rue. Il urina dans l'un des box puis se lava les mains et les sécha avec une serviette en papier qu'il jeta dans la corbeille. Il ôta alors ses épaisses lunettes, les nettoya avec un mouchoir et les remit soigneusement sur ses oreilles. Puis il s'étudia attentivement dans le miroir, rajusta son nœud papillon et essaya de retirer du bout de l'ongle des particules de nourriture coincées entre ses dents. Le préposé au ménage portoricain finit de laver le carrelage puis, emportant avec lui seau et balai, partit en laissant l'homme seul dans les toilettes. Celui-ci ouvrit le box du milieu, monta sur le couvercle des toilettes, plongea la main dans la chasse d'eau et en retira un petit paquet glissé dans un préservatif. Tout en se dirigeant vers la porte, il jeta le préservatif dans la corbeille remplie de serviettes en papier usagées et fourra le paquet dans la poche de sa veste. Puis il sortit dans le hall et tomba sur une demi-douzaine d'hommes en costume trois pièces sombre qui l'attendaient. Légèrement à l'écart, un cameraman filmait la scène. L'un des hommes s'avança et, ouvrant un petit étui contenant une carte plastifiée et un insigne argenté, se présenta comme étant l'agent Sibley, du Bureau fédéral d'investigation, autrement dit le FBI. Un autre agent passa adroitement les menottes à l'homme élégant. Dans le hall, derrière eux, des clients et des employés du Hay-Adams s'arrêtaient pour regarder.

« Raymond Shelton, nous vous arrêtons pour avoir transmis des informations secrètes à un service de renseignements étranger dans l'intention de nuire aux États-Unis », annonça l'agent Sibley.

Visiblement terrifié, Shelton bredouilla : « Il doit y avoir erreur sur la personne... »

Cela parut amuser l'agent du FBI. « Vous êtes le Raymond W. Shelton qui travaille à la National Security Agency ?

– Oui. Mais je ne comprends pas...

– Vous n'allez pas tarder. »

La caméra se rapprocha et l'agent Sibley alla chercher dans la poche de Shelton le paquet que celui-ci avait récupéré dans la chasse d'eau. Il l'ouvrit devant l'objectif et en renversa le contenu sur une table. Il y avait une liasse de billets de cinq cents dollars, quatre minuscules boîtes de microfilms et une feuille de papier blanc que l'agent manipula avec précaution afin de ne pas effacer le message à l'encre sympathique qui se trouvait peut-être dessus. Il y avait aussi deux pochettes d'allumettes portant des grilles de chiffres clés manuscrites sous les allumettes. Un autre agent tira une fiche de la poche de sa veste et se mit à la lire : « Je vous informe que vous avez le droit de garder le silence. Tout ce que vous direz pourra être utilisé contre vous en cas de poursuites judiciaires. Vous avez droit à une assistance juridique. Si vous n'avez pas les moyens de prendre de conseiller légal, un avocat vous sera commis d'office. »

« Oh, mon Dieu ! Ardyn, que se passe-t-il ? chuchota une femme aux cheveux gris à l'adresse du concierge, qui se tenait derrière la réception.

– Vous n'allez pas me croire, madame Williams, mais je crois que le FBI vient de capturer un criminel.

– Au Hay-Adams ! Bon sang, comme c'est excitant, commenta la femme. J'aurai quelque chose à raconter à mes petits-enfants quand je rentrerai à Memphis ! »

Quand on apprit la disparition de Manny à Langley, deux de ses plus proches amis à la Division soviétique se rendirent au cabinet juridique où travaillait Nellie pour la mettre au courant : Manny s'était rendu comme touriste à Moscou et n'avait pas réapparu pour le dîner de la veille au soir à l'hôtel Métropole. Ils n'avaient pour le moment aucune idée de ce qui avait pu lui arriver. Les gens de l'ambassade s'en occupaient, vérifiant auprès de la police et des hôpitaux s'il n'avait pas eu un accident. Bien sûr, la Compagnie préviendrait aussitôt Nellie dès qu'ils auraient du nouveau.

Ebby appela peu après. Il fallait qu'elle comprenne qu'il ne pouvait pas lui dire grand-chose au téléphone. Tout ce qu'ils savaient avec certitude pour le moment, c'est que Manny n'était pas rentré à l'hôtel. Quand Ebby lui dit qu'ils espéraient encore que sa disparition trouverait une explication innocente, Nellie explosa : «Tu veux dire qu'il gît peut-être, inconscient, dans une ruelle sombre au lieu d'avoir été arrêté ?» Puis elle se reprit. Elle était navrée ; elle comprenait que ce devait être aussi dur pour Ebby que pour elle. C'est dur pour nous tous, convint Ebby, et elle entendit bien à sa voix qu'il était malade d'inquiétude. Avant de raccrocher, il proposa : «Écoute, quand tu auras fini de bosser, pourquoi ne reviendrais-tu pas à la maison jusqu'à ce que ça se calme ?»

Ebby ne réussit pas à rentrer cette nuit-là. Elizabet et Nellie restèrent debout jusqu'à deux heures du matin, à s'enfiler des daiquiris glacés. La seule lumière provenait de l'écran de télé qui passait encore un film, *Cinq pièces faciles*, dont elles avaient coupé le son. Pour briser les longs silences, Nellie poussa Elizabet à parler de la Hongrie. Elizabet, sous l'influence des daiquiris, baissa sa garde et se mit à parler du père de Nellie, le poète Arpád Zelk. «J'ai entendu dire que les jeunes récitaient encore ses poèmes dans les universités, dit-elle.

– Combien de temps êtes-vous restés ensemble ?» voulut savoir Nellie.

Elizabet sourit dans la pénombre clignotante. «Nous n'avons jamais été vraiment ensemble, Arpád et moi. Nos chemins se croisaient, quelquefois plusieurs fois par jour et le plus souvent au lit. C'était ce que tu pourrais appeler un despote ardent, tyrannique dès qu'il s'agissait d'atteindre à la poésie et à la liberté des masses. La liberté individuelle – ma liberté – n'était pas vraiment à l'ordre du jour.

– Et il a été tué pendant la révolution ?

– La révolution – les Russes – d'une certaine façon l'a tué. Il avait contribué, avec sa poésie, à entraîner les gens dans une tragédie. Quand il s'en est aperçu, il a fait ce qu'il devait faire : il s'est tué.»

Nellie murmura : «Tu m'avais dit qu'il était mort, mais tu ne m'avais jamais dit qu'il s'était tué.» Elle but ce qui restait dans son verre puis mâchonna un peu de glace pilée. «Tu l'aimais ?» demanda-t-elle.

Elizabet réfléchit un instant. «Je ne m'en souviens pas», dit-elle.

Nellie fut ennuyée. «Comment tu peux dire ça ? Comment peux-tu dire que tu ne te souviens pas si tu aimais mon père ?

– C'est une réponse honnête. J'ai dû croire que je l'aimais – sinon, je ne serais pas restée avec lui. Mais quand je suis tombée amoureuse d'Elliott, ça a effacé les quelques histoires que j'avais connues avant lui.

– S'il arrivait quelque chose à Manny…» Nellie porta le poing à son plexus solaire. Quand la douleur qu'elle ressentait eut disparu, elle finit sa phrase : «S'il lui arrivait quelque chose, je n'oublierai jamais à quel point je l'aime. Rien… ni personne… ni le temps n'effacera ce souvenir.»

Elizabet ouvrit les bras et Nellie s'y précipita. Des sanglots silencieux secouèrent le corps de la jeune femme et un torrent de larmes jaillit de ses yeux.

Les deux femmes furent en fait soulagées d'apprendre que Manny avait été arrêté – au moins, il n'agonisait pas au fond d'une ruelle. Ebby fit son apparition un jour, en fin d'après-midi, mais ne resta que le temps de prendre une douche, se raser et se changer, puis retourna aussitôt à Langley pour rester au fait de la situation.

Ce fut Jack qui finit par appeler pour annoncer la bonne nouvelle. «Je crois que ça va marcher», dit-il à Nellie.

Elle couvrit le micro. «Jack pense que ça va s'arranger», dit-elle à sa mère. Elizabet prit le combiné en voyant que sa fille était étranglée par l'émotion. «Jack, tu es sûr?

– Nous ne serons sûrs de quelque chose que quand il sera de notre côté du rideau de fer, dit-il. Mais je crois qu'on a trouvé un arrangement.»

Nellie reprit le combiné. «Comment allez-vous le tirer de là?

– Je ne peux pas te le dire, Nellie. Il faut faire avec. Prépare un sac et tiens-toi prête à partir à tout moment.

– Où est-ce que je vais?

– Arrête de poser des questions stupides. Ebby voulait que vous sachiez toutes les deux que nous travaillons sur quelque chose qui se présente bien. On s'est dit que tu aimerais bien être là quand on récupérera Manny.

– Tu parles que je voudrai y être. Merci, Jack.

– De rien.»

Une pellicule de brouillard recouvrait la Havel qui séparait Berlin-Ouest de Potsdam, dans la zone soviétique, étouffant le son creux du glas qui sonnait au loin, sur la rive orientale. Peu après minuit, sept jeeps et un camion dont les portières arboraient des étoiles de l'armée Rouge maculées de boue s'arrêtèrent du côté Potsdam du pont Glienicke. La jeep de tête fit deux appels de phares. Deux appels de phares répondirent du côté américain du pont. Des soldats russes abaissèrent le hayon du camion et un homme grand, légèrement voûté, vêtu d'un imperméable informe sauta sur la chaussée. Le colonel russe consulta le cadran lumineux de sa montre, puis fit un signe de tête à deux soldats, qui prirent position de part et d'autre de l'homme en imperméable. Ils l'accompagnèrent de l'autre côté de la barrière levée, sur le pont suspendu. À un quart de sa longueur, les deux soldats russes s'arrêtèrent pile et le grand civil continua d'avancer. Une silhouette se dirigeait vers lui de l'autre bout du pont. L'homme portait d'épaisses lunettes que la lumière des lampadaires en fer forgé rendait fuligineuses. Les deux hommes ralentirent en s'approchant l'un de l'autre, au milieu du pont. Ils s'examinèrent d'un regard fatigué et s'immobilisèrent pour échanger quelques mots.

« Vous parlez russe ? » demanda le plus jeune.

L'autre, visiblement désorienté, passa ses doigts osseux dans ses cheveux rares. « Non. »

Le jeune homme se surprit à sourire. « Malheureusement pour vous, vous aurez le reste de votre vie pour apprendre. »

Lorsque l'homme à lunettes arriva près du côté soviétique, le colonel russe s'avança pour l'accueillir. « Bienvenue en pays de liberté, lança-t-il.

– Je suis sacrément content d'être ici. »

Du côté américain, un homme et une jeune femme attendaient impatiemment devant une rangée de jeeps. L'homme regardait à travers des jumelles. « C'est bien lui », dit-il.

La jeune femme fila à la rencontre du jeune homme qui approchait sous les lampadaires en fer forgé. « Tu vas bien ? » souffla-t-elle en se jetant dans ses bras.

Ils s'accrochèrent l'un à l'autre. « Je vais bien », assura-t-il.

L'homme aux jumelles arriva derrière la jeune femme. Les deux hommes se serrèrent la main avec émotion. « J'ai enfreint le onzième commandement, dit le jeune homme.

– Nous pensons que ce n'était pas de ta faute, répondit l'autre. La façon dont ils ont fait rentrer sa femme et sa fille à l'improviste, puis dont ils l'ont ramené un jour après... vu ce qui s'est passé ensuite, tout ça paraît franchement prémédité. Ils ont dû commencer à avoir des soupçons dès Washington, et puis ils se sont payé notre tête. On t'a envoyé faire le mariolle pour rien.

– Mais j'ai perdu mon agent, papa. Il est mort. Jim Angleton avait raison – je manquais d'expérience. J'ai dû foirer quelque chose quelque part... »

Tous trois partirent vers les jeeps. « Je sais ce que tu ressens, assura l'homme aux jumelles. Je suis passé par là plusieurs fois. C'est le mauvais côté du boulot que nous faisons.

– Il y en a un bon ? demanda la fille.

– Oui, absolument, rétorqua-t-il. On fait un sale boulot et on le fait bien la plupart du temps. Mais il est impossible de le faire bien tout le temps. » Le brouillard s'écartait de la rivière, laissant un froid mordant imprégner l'air nocturne. « Ce qui nous pousse à continuer, ce qui nous permet de rester sains d'esprit, ajouta-t-il, se parlant maintenant à lui-même, c'est la conviction que si quelque chose vaut la peine d'être fait, ça vaut la peine de le faire mal. »

9

Santa Fe, samedi 12 octobre 1974

Jack prit un vol très matinal Dulles-Albuquerque, puis loua une voiture à l'aéroport et roula pendant une heure sur l'autoroute de Santa Fe. Suivant du mieux qu'il pouvait les indications confuses du Sorcier, s'arrêtant deux fois à des stations-service pour demander son chemin, il finit par trouver East of Eden Gardens, à l'est de la ville, à la lisière d'un terrain de golf. Sur une pancarte plantée à mi-chemin de la route d'accès, East of Eden Gardens était présenté comme la vision que pouvaient avoir des promoteurs du paradis terrestre, quoique Jack soupçonnât fort lesdits promoteurs de ne pas y habiter eux-mêmes. Les petits malins. Les pavillons mitoyens, construits en faux adobe et formant des angles bizarres les uns par rapport aux autres, étaient entourés par un grillage des plus sérieux surmonté de rouleaux de fil de fer des surplus de l'armée destinés à empêcher les Hispaniques d'Española toute proche de pénétrer. Jack eut droit à un contrôle d'identité à l'entrée du lotissement, effectué par un gardien armé et en uniforme qui portait des Ray-Ban. « J'ai un message pour vous de la part de m'sieur Torriti, dit-il en vérifiant le nom de Jack sur sa liste. Si vous arrivez après onze heures et avant quatre heures, vous le trouverez au pavillon de golf. » Suivant les instructions du gardien, Jack remonta un entrelacs intestinal de petites rues aux noms de stars de cinéma défuntes, passa devant un practice de golf et une piscine collective en forme de ce que les promoteurs ont de plus fragile : le rein.

« Nom d'un chien, Harvey, je ne savais pas que vous vous étiez mis au golf, s'exclama Jack quand il eut trouvé le Sorcier en train de faire durer un whisky glaçons au bar désert.

– Je ne me suis pas mis au golf, répondit Torriti en serrant la main de son apprenti entre ses doigts replets avant de le gratifier d'une bourrade à l'épaule. Je me suis mis à boire au club de golf. On est membre dès qu'on est propriétaire d'une baraque ici. Et les consommations sont à prix réduit pour les membres toute la journée. Et toute la nuit aussi. »

Le Sorcier prit un double scotch pour Jack et un autre pour lui-même, et ils emportèrent leurs verres et une coupe d'olives dans un box, au fond de la salle déserte.

«Où sont les gens? demanda Jack.

— Ils jouent au golf, répondit Torriti avec un petit rire. Je suis le seul à ne pas avoir de clubs ici.» Il indiqua les pavillons d'adobe au bout de la piscine en forme de haricot. «C'est une maison de retraite, Jack. Tu as une femme de ménage gratos, tu peux appeler la cuisine du club pour te faire livrer à bouffer, dès qu'un robinet fuit, t'as un réparateur à ta porte avant d'avoir eu le temps de raccrocher le téléphone. Il y a une demi-douzaine d'anciens de Langley qui vivent ici. On se fait un poker entre nous tous les lundis soir.

— Mis à part le whisky et les cartes, qu'est-ce que vous faites pour passer le temps dans ce trou perdu?

— Tu me croiras pas si je te le dis.

— Essayez.

— Je lis des romans d'espionnage. J'en ai fini un hier qui s'appelle *L'Espion qui venait du froid*. D'un certain Le Carré.

— Et?

— Il a bien saisi l'esprit – il a compris que Berlin était un charnier. Il a compris que ceux d'entre nous qui étaient passés par là n'étaient plus jamais les mêmes. On peut apprendre davantage sur la guerre froide en lisant Le Carré qu'en lisant les journaux. Mais je ne le suis plus quand il dit que les espions sont des gens qui jouent aux cow-boys et aux Indiens pour animer leur vie pourrie. Quelle connerie! Et toi, mon gars? Ça gaze?

— J'ai pas à me plaindre.

— Qu'est-ce qui t'amène à Santa Fe, alors? Me dis pas que tu passais par là et que t'es venu tailler le bout de gras. Je goberai pas ça.»

Jack ricana. «Je voulais voir comment la retraite réussissait au manitou de la base de Berlin, Harvey.»

Les yeux cerclés de rouge de Torriti s'animèrent joyeusement, comme s'il venait d'entendre une bonne plaisanterie. «Bien sûr. Quoi d'autre?

— Vous lisez les journaux?

— Pas besoin. Dès qu'il y a quelque chose qui concerne mon ex-employeur aux infos, mes potes de poker me tiennent au courant.» Le Sorcier prit un glaçon dans son verre et se massa les paupières avec. «J'ai entendu parler du mec de la NSA que vous avez échangé contre un des nôtres, si c'est ce que tu veux savoir. Les journaux ont dit que c'était un gratte-papier de bas étage, mais je ne suis pas né d'hier.»

Jack se pencha et baissa la voix. «C'était un spécialiste de niveau moyen qui travaillait sur les interceptions russes...

— Ce qui signifie que les Ruskofs savaient qu'on interceptait leurs transmissions et donc qu'ils foutaient plein de conneries dedans.»

Jack prit une gorgée de scotch. Il se demanda si le Sorcier craquait et avalait quelque chose de solide au déjeuner. «Mais ils ne savaient pas qu'on savait. Maintenant, ils savent.

– Comment l'avez-vous pisté ?

– On avait quelqu'un à l'ambassade russe. Il voulait passer tout de suite à l'Ouest, mais on l'a convaincu de rester comme agent en place jusqu'à la fin de son affectation. Il nous a donné deux trucs importants, Harvey – la taupe de la NSA et une série d'infos qui ont conduit Jim Angleton à SACHA.»

Impressionné, le Sorcier fit rouler sa tête d'un côté puis de l'autre. «Où est le problème ?

– Qu'est-ce qui vous fait croire qu'il y a un problème ?

– Tu ne serais pas ici s'il n'y en avait pas.

– Il y a un truc qui me gêne, Harvey. Et je me suis dit que si votre nez vous chatouillait toujours, vous pourriez peut-être m'aider à y voir plus clair.

– Essaie toujours.

– Comme je vous le disais, en se fondant sur les infos de notre agent en place, Angleton a identifié SACHA. Il nous a dit qu'il était déjà sur sa piste et que ce n'était plus qu'une question de temps avant qu'il ne réduise ses possibilités à deux ou trois noms. D'après Maman, les infos de notre agent ont juste précipité l'inévitable.

– Tu veux bien finir, maintenant ?»

Jack chuchotait à présent. «C'est Kritzky. Leo Kritzky.»

Un sifflement s'échappa des lèvres de Torriti. «Le chef de la Division soviétique ! Bon Dieu, c'est Kim Philby nouvelle formule, seulement, cette fois c'est chez nous que ça se passe.

– Angleton cuisine Leo depuis plus de quatre mois, mais il ne craque toujours pas. Il proteste qu'il est innocent, et Angleton n'a pas pu lui faire admettre quoi que ce soit d'autre.

– Ça paraît pourtant clair, mon gars – tout dépend de votre agent à l'intérieur de l'ambassade soviétique. Passez-le à la machine. S'il dit la vérité – les épaules de Torriti se soulevèrent à l'intérieur d'un veston très criard – éliminez SACHA.

– On ne peut plus passer l'agent au détecteur», répliqua Jack. Il expliqua alors que la femme de Koukouchkine s'était rendue précipitamment avec sa fille au chevet de son père mourant, puis que Koukouchkine lui-même avait dû les suivre dès le lendemain à Moscou.

«Le père est mort ?

– Pour autant qu'on puisse vérifier, oui. Il y a eu un enterrement. Il y a eu notice nécrologique.»

Toritti balaya ces détails du geste.

«C'est ce qu'on s'est dit aussi, Harv. Alors on a envoyé l'officier traitant de Koukouchkine à Moscou pour lui parler.

– Sans couverture diplomatique.

– Sans couverture diplomatique, concéda Jack.

– Alors il s'est fait prendre. Il a avoué appartenir à la CIA. Et vous l'avez échangé contre la taupe de la NSA. »

Jack se concentra sur son verre.

« Qui était l'officier traitant ?

– Le fils d'Elliott Ebbitt, Manny. »

Torriti fit la grimace. « Ce Ebbitt ne m'a jamais beaucoup plu, mais c'est pas la question. Qu'est-ce qu'a dit Manny quand il est rentré ?

– Qu'il était au procès de Koukouchkine. Il a entendu ses aveux. Il a entendu le verdict. Koukouchkine est ensuite venu dans sa cellule pour lui demander de sauver sa famille en reconnaissant travailler pour la CIA. C'était ça, les prétendus aveux de Manny – une condition pour l'amnistie de la femme et de la fille. Cette nuit-là, il a entendu le peloton d'exécution descendre Koukouchkine…

– Comment sait-il que c'était bien Koukouchkine ?

– Parce qu'il a crié juste avant les coups de feu. Manny a reconnu sa voix. »

Le Sorcier mâcha une olive, cracha le noyau dans sa paume et le déposa dans un cendrier. « Bon, qu'est-ce qui t'embête ?

– Mon estomac. J'ai faim. »

Torriti appela l'Hispano-Américaine assise sur un tabouret, derrière la caisse. « *Dos BLT's sobre tostado*, mon chou, lança-t-il. *Dos cervezas también.* »

Jack s'étonna : « Je ne savais pas que vous parliez espagnol.

– Je ne le parle pas. Tu veux bien me dire ce qui t'embête ? »

Jack tournait et retournait une salière entre ses mains. « Leo Kritzky et moi, on se connaît depuis longtemps, Harv. On partageait la même chambre à Yale. Il est le parrain de mon fils, merde ! Pour résumer, je suis allé le voir dans le trou noir d'Angleton. Maman lui fait boire l'eau de la cuvette des chiottes. »

Torriti ne voyait pas ce que ça avait de gênant. « Et alors ?

– Primo, il n'a pas craqué. Je lui ai proposé une issue pour qu'il ne passe pas le reste de sa vie en prison. Il m'a envoyé me faire foutre.

– Vu le temps et l'argent que tu as claqué pour venir, il doit y avoir un secundo.

– Secundo : Leo a dit quelque chose qui m'obsède. Il était absolument certain qu'on ne pourrait jamais passer notre agent au détecteur de mensonge. » Jack regarda par la fenêtre pour citer Leo mot pour mot. « Il a dit que Koukouchkine serait renversé par une voiture, agressé dans une ruelle ou ramené dare-dare en Sainte Russie sous un prétexte bidon qui aurait l'air plausible. Mais qu'il ne subirait pas le test parce qu'il ne passerait jamais à l'Ouest. Et il ne passerait pas à l'Ouest parce que c'était un transfuge infiltré pour convaincre Angleton que Kritzky est bien SACHA et pour détourner l'attention du vrai SACHA. Et tout s'est déroulé exactement comme Leo l'avait prédit.

– Votre agent n'est pas passé au détecteur parce qu'il a dû rentrer à Moscou pour un enterrement. Après quoi il a été arrêté et exécuté.

– Qu'est-ce que vous en pensez, Harvey?

– Ce que j'en pense?» Torriti examina la question. Puis il se tordit le bout du nez avec son index. «Je pense que ça pue.

– C'est ce que je pense aussi.

– Évidemment que c'est ce que tu penses. Sinon tu ne serais pas ici.

– Qu'est-ce que je peux faire, maintenant? Comment trouver la clé pour débloquer les choses?»

Poussant les portes battantes, l'Hispano-Américaine revint de la cuisine avec un plateau. Elle posa les sandwiches et les bières sur la table. Dès qu'elle se fut éloignée, Torriti avala un trait de bière. «La meilleure revanche, c'est de boire beaucoup, dit-il en se séchant les lèvres sur sa manche. À propos de ton petit problème... tu n'as qu'à faire ce que j'ai fait quand je me suis retrouvé devant un mur, à l'époque où je pistais Philby.

– C'est-à-dire?

– C'est-à-dire mettre la main sur le Rabbin et lui raconter tes problèmes.

– Je ne savais pas qu'Ezra Ben Ezra était encore de ce monde.

– Il est bien vivant et il se démène. Il bosse dans une planque du Mossad, dans une banlieue de Tel-Aviv. Je l'ai vu il y a huit mois de ça, alors qu'il passait par Washington... on s'est retrouvés à Albuquerque. Il avait besoin de mes lumières, ou de ce qu'il en reste.» Le Sorcier mordit dans son sandwich, puis prit un stylo-bille et griffonna une adresse et un numéro non répertorié à l'intérieur d'une pochette d'allumettes de l'East of Eden Gardens. «Un bon conseil – il n'est pas poli d'arriver les mains vides.

– Qu'est-ce que je dois apporter?

– Des informations. Et n'oublie pas de lui dire *Shalom* de la part du Sorcier quand tu le verras.

– Je n'y manquerai pas, Harvey.»

Le soleil levantin de midi brûlait la nuque de Jack alors qu'il se frayait un chemin dans les jardins maraîchers du quartier de Nevei Tsedek, au nord de Jaffa, dans un environnement de constructions délabrées qui remontaient au début du siècle, à l'époque où les premiers colons juifs s'installaient sur les dunes de ce qui allait devenir Tel-Aviv. Il avait relevé aux coudes les manches de sa chemise humide et portait sa veste pendue à l'index par-dessus son épaule droite. Il vérifia l'adresse que le Sorcier avait griffonnée dans la pochette d'allumettes, puis chercha des numéros sur les boutiques ou entrées d'immeuble. «Vous ne parlez pas anglais ?» demanda-t-il à un barbu qui vendait des falafels dans une petite carriole.

– Si je ne parle pas anglais ? rétorqua l'homme. Pourquoi posez-vous la question en anglais alors ? Je parle l'anglais. Le russe aussi. Et le turc, le grec et assez de roumain pour me faire passer pour un Transylvanien en Bulgarie, ce qui m'a sauvé la vie pendant la guerre. L'allemand aussi, je le connais, mais j'invite Hashem, béni soit son nom, à me foudroyer sur place si un seul mot de cette langue franchit mes lèvres. Le yiddish et l'hébreu, cela va sans dire.

– Je cherche le dix-sept, rue Shabazi, mais je ne vois pas de numéro sur ces maisons.

– Je voudrais bien avoir d'assez bons yeux pour voir qu'il n'y a pas de numéros ! remarqua l'homme aux falafels. Et à cette distance aussi.» Il indiqua une maison d'un mouvement du nez. «Le numéro dix-sept est ce blockhaus de béton coulé avec un bouquiniste au rez-de-chaussée, juste là, près de la boutique du tailleur.

– Merci.

– Merci à vous aussi, monsieur. Appréciez Israël.»

La jeune brune superbe installée derrière le bureau leva des yeux imperturbables quand Jack pénétra chez le bouquiniste. «J'ai besoin d'aide, annonça Jack à la jeune femme.

– Comme tout le monde, rétorqua-t-elle. Mais rares sont ceux qui sont prêts à l'avouer.»

Jack regarda fugitivement le vieil homme qui fouillait dans les livres en langue anglaise, dans le fond de la boutique, puis revint vers la jeune femme. «J'ai été amené à croire que je pourrais trouver Ezra Ben Ezra à cette adresse.

– Qui vous a dit ça ?

– Ezra Ben Ezra, quand je l'ai appelé des États-Unis d'Amérique. J'imagine que vous avez entendu parler des États-Unis d'Amérique ?

– Vous devez être l'Apprenti Sorcier.

– C'est moi.»

La femme parut trouver cela amusant. «À votre âge, vous devriez déjà être sorcier à part entière. Ce doit être humiliant de rester apprenti sa vie entière. Le Rabbin vous attend.»

Elle appuya sur un bouton situé sous son bureau. Une portion de mur s'ouvrit entre deux pans de bibliothèque, et Jack plongea à l'intérieur. Il gravit le long et étroit escalier en ciment qui passait outre le premier étage pour mener directement au dernier. Là, il tomba sur un jeune homme en survêtement sale occupé à nettoyer un Uzi. Le jeune homme porta son poignet à la bouche et marmonna quelque chose dedans. Puis il écouta une voix minuscule lui répondre par le petit appareil enfoncé dans son oreille. Une porte s'ouvrit derrière lui, et Jack se retrouva dans une vaste pièce aux murs de béton coulé, avec de longues fentes étroites en guise de fenêtres. Le Rabbin, qui faisait bien dix ans de plus que ses soixante et un ans, clopina à l'aide d'une canne à la rencontre de son visiteur.

« Nos chemins se sont déjà croisés à Berlin, déclara le Rabbin.

– Je suis flatté de voir que vous vous souvenez de moi », dit Jack.

Ben Ezra indiqua de sa canne un canapé en cuir et métal et prit lui-même place avec effort sur une chaise d'acier à dos droit, en face de son visiteur. « Pour vous dire la terrible vérité, je ne suis plus très physionomiste, mais je n'oublie jamais les services que je rends. Vous étiez l'officier traitant d'un Allemand de l'Est, nom de code TIREUR, qui était en fait un certain Löffler, professeur de physique théorique. Ah! je peux voir à l'expression de votre visage que j'ai mis le pied dessus. Ou devrais-je dire le doigt? Löffler a mal fini, si mes souvenirs sont bons, ce qui est parfois le cas. Son intermédiaire, ARC-EN-CIEL, aussi. » Il secoua la tête avec désespoir. « Les jeunes d'aujourd'hui oublient que Berlin a été un champ de bataille.

– Il y a eu beaucoup de cadavres de part et d'autre du rideau de fer, à l'époque, convint Jack. Quand nous nous sommes vus à Berlin, vous vous habilliez différemment... »

Ben Ezra fit rouler sa tête d'un côté puis de l'autre. « En dehors d'Israël, je m'habille ultrareligieux – je porte les franges rituelles et tout le tintouin. C'est une sorte de déguisement. En Israël, je m'habille ultralaïque, ce qui explique le costume d'affaires. Puis-je vous proposer un verre de jus de mangue fraîche? Un yaourt peut-être? Du thé glacé, avec ou sans glace?

– Du thé, avec glace, pourquoi pas?

– Pourquoi pas? répéta Ezra. Deux thés avec », hurla-t-il en direction d'une autre pièce où l'on voyait plusieurs personnes installées autour d'une table de cuisine. Deux téléscripteurs crépitaient sans relâche derrière eux. Le Rabbin se concentra sur son hôte américain. « Alors, qu'est-ce qui vous amène en Terre promise, monsieur Jack?

– Une intuition.

– Ça, je le sais déjà. Le Sorcier m'a appelé, longue distance, en PCV, pour me dire que si j'avais des nouvelles de quelqu'un qui assurerait être vous, ce serait vous. » Le Rabbin produisit un sourire angélique. « Harvey et moi, on se couvre mutuellement nos arrières. Il dit que vous avez une bombe entre les mains. »

Une jeune Éthiopienne à peau sombre, portant une minijupe kaki et un sweater kaki au décolleté plongeant, posa deux grands verres de thé glacé avec glaçons tintinnabulant sur le plateau de verre épais de la table basse. Un quartier d'orange était enfoncé sur le bord de chaque verre. La jeune fille dit quelque chose en hébreu et indiqua la montre délicate à son poignet fragile. Ben Ezra gratta d'un air absent la barbe naissante de son menton. « *Lama lo* » ? répliqua-t-il. Il prit ensuite le quartier d'orange et entreprit de le sucer. « Alors, vous allez peut-être dire au Rabbin ce qui vous ennuie ? »

Jack se demanda si Ben Ezra enregistrait l'entretien. Sa carrière s'arrête-rait brutalement si jamais le Rabbin passait la bande à Angleton, qui avait géré le compte du Mossad durant des années et y avait encore des admirateurs. Le Rabbin le vit hésiter. « Vous craignez de partager certaines informations. Ces scrupules me sont parfaitement compréhensibles. Si vous préférez remettre cette conversation... »

Jack revit intérieurement Leo prendre de l'eau des toilettes avec sa tasse en fer-blanc et boire avec ostentation. Il entendait le défi dans la voix rauque de Leo lui chuchotant « Va te faire foutre, Jack. » Merde, pensa-t-il. Je suis quand même venu jusqu'ici. Et il se mit à dérouler pour le Rabbin les circonstances de la défection de Sergueï Klimov (alias Sergueï Koukouchkine). « Quand Koukouchkine a été rappelé soudainement à Moscou, on a envoyé quelqu'un pour reprendre contact...

– Ah ! Je vois que ça commence à sentir le roussi, déclara le Rabbin. Cela explique ce que faisait un petit égaré sans couverture diplomatique à Moscou. Votre quelqu'un s'est fait arrêter. Klimov-Koukouchkine a été jugé et exé-cuté, vous avez troqué votre agent de la Compagnie contre la taupe de la NSA au Glienicke Brücke. » Ben Ezra montra les deux verres de thé glacé. « Nous devrions les boire avant qu'ils ne se réchauffent. » Il en porta un à ses lèvres. « *L'chaïm* – à la vie, dit-il avant de boire bruyamment. Vous pensez que le procès et l'exécution de Klimov-Koukouchkine ont pu n'être qu'une mise en scène ?

– Il n'est pas passé au détecteur de mensonges, insista Jack.

– Je ne suis pas sûr de voir comment je peux vous aider.

– Écoutez, Angleton est convaincu que Koukouchkine a été arrêté, jugé et exécuté, ce qui fait de lui un agent authentique et authentifie donc ses infos. Vous, vous avez un réseau d'agents en place en Russie à faire rêver. Je me suis dit que vous pourriez peut-être vérifier. Si Koukouchkine a bien été exé-cuté, il doit y avoir une tombe là-bas, quelque part, il doit y avoir une veuve et une gamine écrasées de chagrin, qui rament pour joindre les deux bouts.

– S'il n'a pas été exécuté, si tout ça était une mise en scène, il doit y avoir un Klimov-Koukouchkine quelque part.

– Exactement.

– Par où, selon vous, doit-on commencer notre enquête ?

– Juste avant qu'ils ne soient arrêtés, Koukouchkine a dit à notre homme qu'il occupait un appartement de trois pièces dans un hôtel réservé aux offi-ciers du KGB en transit. »

Des paupières ridées se fermèrent sur les yeux globuleux du Rabbin tandis qu'il fouillait sa mémoire. « Il doit s'agir de l'Alekseïevskaïa, derrière la Lou-bianka, rue Malenkaïa Loubianka. Je suppose, corrigez-moi si je me trompe, que vous avez apporté avec vous des photos de ce Klimov-Koukouchkine, de sa femme et de sa fille.»

Jack tira une enveloppe de la poche intérieure de sa veste. «Ce sont des copies des formulaires du Département d'État que remplissent les diplomates étrangers à leur arrivée à Washington – j'y ai ajouté quelques clichés pris au téléobjectif par le FBI pour faire bonne mesure. Si vous pouviez trouver quoi que ce soit, je vous serais vraiment reconnaissant.»

Ben Ezra ouvrit brusquement les yeux et les fixa intensément sur son visiteur. «Reconnaissant à quel point?

– J'ai entendu dire que l'un des dix nazis les plus recherchés par le Mossad est Klaus Barbie...»

La voix du Rabbin se réduisit soudain à un grognement haineux : «Il était chef de la Gestapo à Lyon pendant la guerre – des milliers de juifs, des gosses, des femmes, des vieux, tous plus innocents les uns que les autres, ont été déportés dans les camps de la mort à cause de lui. Le Boucher de Lyon, comme on l'appelait là-bas, a travaillé pour l'armée américaine en Allemagne, après la guerre. Il a fui l'Europe juste avant que nos services ne lui tombent dessus... mais où, nous ne le savons pas. Pas encore.

– J'ai eu un dossier entre les mains... et il y avait le nom du pays d'Amérique latine où l'on pense que Barbie s'est réfugié.»

Le Rabbin s'appuya sur sa canne pour se relever. «Vous ne voudriez pas donner un acompte, pour un service qui ne manquera pas d'être rendu? demanda-t-il. Ce n'est pas comme si nos services et les vôtres étaient de parfaits étrangers.»

Jack se leva aussi. «Barbie est en Bolivie.»

Ben Ezra tira une fiche et un stylo-bille d'une poche et les tendit à Jack. «Notez, je vous prie, un numéro de téléphone privé où je puisse vous joindre à Washington, monsieur Jack. Nous resterons certainement en contact.»

Un peu après minuit, une frêle femme aux cheveux gris, en caleçons ouzbeks de soie passés sous sa jupe longue, fit franchir à son chariot de ménage la double porte du hall de l'hôtel Alekseïevnaïa. Elle vida les cendriers dans un seau en plastique et les nettoya avec un chiffon humide, redisposa les chaises autour des tables, remplaça les cartes des desserts cornées ou tachées et fit briller les miroirs accrochés aux murs. Elle prit ensuite le passe attaché à sa ceinture, ouvrit un placard et en sortit le vieil Electrolux suédois de l'hôtel. Elle brancha alors l'aspirateur sur une prise murale et entreprit de le passer sur les tapis râpés éparpillés dans le hall. Elle avança peu à peu jusqu'à la réception, se glissa derrière le bureau et entreprit de passer l'aspirateur là aussi. Le portier de nuit, un vieux retraité qui travaillait pour arrondir un peu sa retraite, disparaissait toujours dans les toilettes pour fumer une cigarette pendant que l'Ouzbek faisait le ménage derrière le comptoir. Seule pour quelques minutes, la femme laissa l'Electrolux ronronner et fouilla la corbeille marquée « courrier à faire suivre », d'un côté du standard. Elle trouva facilement le petit paquet; on lui avait dit qu'il serait enveloppé dans du papier brun et entouré de ficelle jaune. Le paquet, livré trop tard par un coursier pour être renvoyé le jour même, était adressé à une résidente récente, Elena Antonova Klimova, Hôtel Alekseïevskaïa, rue Malenkaïa Loubianka, Moscou. En bas, à gauche du paquet, quelqu'un avait noté à l'encre : *« Perechlitie adressatou* – Faire suivre.* » Le réceptionniste de l'hôtel avait barré « Hôtel Alekseïevskaïa » et écrit une adresse située non loin de la station de métro Sistieproudni. La femme de ménage glissa le petit paquet dans sa ceinture et reprit son aspirateur.

Lorsqu'elle quitta son travail, à huit heures le lendemain matin, elle porta le paquet à la petite boutique de fripes que tenaient les frères Orlev, dans une ruelle donnant sur l'Arbat. C'était l'aîné des deux, Mandel Orlev, vêtu du costume sombre et de l'imperméable sombre associés aux agents du KGB, qui avait livré le paquet à l'hôtel, la veille en fin d'après-midi. Mandel, ravi de voir que leur plan semblait avoir marché, saisit sa mallette, prit le métro jusqu'à Sistieproudni puis se rendit à pied à l'adresse indiquée sur le paquet. Il sortit alors un livre de sa mallette et s'installa, faisant mine de lire, pendant des heures, dans le petit square séparé par une clôture basse de l'entrée du 12, Ogorodnaïa. Une douzaine de personnes entrèrent et sortirent, mais aucune ne ressemblait à la description de Klimov-Koukouchkine, de sa femme Elena ou de sa fille Ludmilla. Lorsque la nuit commença à tomber, le frère de Mandel, Baroutch, prit la relève et resta jusqu'à plus de vingt-deux heures, après quoi il eut trop froid pour attendre davantage. Le lendemain, et le surlendemain, les deux frères se relayèrent devant l'entrée du 12, Ogorodnaïa. Ce ne fut qu'au matin du quatrième jour que leur patience fut récompensée. Une Zil conduite par un chauffeur s'arrêta devant la porte, et un homme aux cheveux assez longs, vaguement blonds, doté des épaules massives et d'un corps trapu de lutteur, sortit par la portière arrière. Il prit sa clé pour ouvrir la porte d'entrée de l'immeuble et disparut à l'intérieur. Trois quarts d'heure plus tard, il réapparut, suivi par une femme courtaude aux cheveux coupés court qui blanchissaient déjà. Le couple s'entretint un instant sur le trottoir jusqu'à ce qu'une gamine maigrichonne d'environ huit ans sorte en courant de l'immeuble derrière eux. Les parents se mirent à rire gaiement.

Dans le square, Mandel Orlev orienta sa vieille serviette de façon à pouvoir déclencher l'obturateur de l'appareil photo Robot Star II ouest-allemand dissimulé sous le rabat.

10

Washington, DC, jeudi 21 novembre 1974

Les rafales d'un vent mordant qui tournoyait dans la baie de Chesapeake couchaient les arbres au-dehors tandis que d'énormes vagues fouettaient le rivage. De sa chambre, au deuxième étage du sanatorium privé, Leo Kritzky regardait la nature se rebeller par la double fenêtre. Sa femme, Adelle, faisait chauffer une cafetière sur la plaque électrique. «Tu as bien meilleure mine», dit-elle en coupant le gâteau à la banane qu'elle avait préparé pour lui en donner une part. «C'est le jour et la nuit.

— Ça ne peut aller que mieux, commenta Leo.

— Tu as l'intention de me dire ce qui t'est arrivé? demanda-t-elle en lui tournant le dos.

— On en a déjà parlé, répondit Leo. Je ne peux pas.»

Adelle se retourna pour faire face à son mari. Elle avait souffert aussi, bien que personne ne semblât s'en préoccuper. «Le Congrès américain vient de voter aujourd'hui la loi sur la liberté de l'information malgré le veto du président Ford», dit-elle. Elle avait beau faire des efforts, elle ne parvenait pas à effacer la colère de sa voix. «Ce qui signifie que n'importe quel citoyen américain ordinaire peut poursuivre la CIA pour obtenir vos secrets. Mais mon mari disparaît pendant quatre mois et une semaine, puis refait surface avec l'air de revenir des camps japonais de la dernière guerre et personne – ni toi ni les gens qui travaillent avec toi – ne veut me dire ce qui se passe.

— On n'a pas le choix, Adelle.»

D'après ce que Jack lui avait dit – et d'après ce qu'il n'avait pas dit – Adelle avait compris que c'était la Compagnie qui avait fait ça à son Leo. «Tu ne peux pas les laisser s'en tirer comme ça», murmura-t-elle.

Leo regarda par la fenêtre et se demanda comment les arbres pouvaient plier autant sans se rompre. Lui aussi, on l'avait fait plier; et, comme les arbres, il n'avait pas rompu. Il y avait eu des jours où il avait été tenté de signer les aveux qu'Angleton laissait sur la table pendant les interrogatoires; le matin où il avait découvert le cadavre du sphinx de Sibérie, il se serait bien tué s'il avait trouvé un moyen de le faire.

Cela faisait un mois que Jack et Ebby avaient débarqué dans sa cellule capitonnée, un médecin et une infirmière sur les talons, pour le délivrer. «On t'a blanchi, mon vieux, avait annoncé Jack d'une voix étranglée par l'émotion. Angleton, nous tous, nous avons fait une erreur épouvantable.»

Les larmes avaient jailli des yeux d'Ebby, et il avait dû se détourner pendant que le médecin examinait Leo. Ses cheveux, ou ce qu'il en restait, avaient viré au blanc sale, ses yeux bleus semblaient s'être enfoncés dans son crâne, et un eczéma squameux lui couvrait les chevilles et l'estomac.

«On est où, ici – au quartier général de la Gestapo?» avait demandé le médecin en prenant le pouls de Leo. Il avait sorti un baume pour l'eczéma et un cocktail de vitamines dans un pot de plastique, que Leo s'était mis à boire avec une paille. «Nom de Dieu, mais qu'est-ce que vous pensiez faire, là?»

C'est Leo qui avait répondu pour eux : «Ils défendaient la Compagnie contre ses ennemis. Et ils viennent de découvrir que je n'en fais pas partie.

– On nous a menés par le bout du nez, avait dit Ebby, malheureux. D'une façon ou d'une autre, il va falloir qu'on répare.»

Leo avait tiré Jack par la manche pendant qu'ils attendaient que l'infirmière revienne avec un fauteuil roulant. «Comment avez-vous trouvé? avait-il demandé.

– C'est toi qui as trouvé, avait répondu Jack. Tu as prédit que le transfuge ne passerait jamais au détecteur. Il n'y est pas passé. Les Russes ont trouvé un prétexte pour l'attirer à Moscou, comme tu l'avais dit. Puis ils l'ont arrêté. Il y a eu un procès et une exécution. Seulement, on a compris après que c'était une mascarade. On a découvert que le transfuge n'était pas mort, ce qui voulait dire que ses infos n'en étaient pas. Je ne sais pas pourquoi, mais ils voulaient qu'Angleton pense que tu étais SACHA.

– Sûrement pour essayer de le détourner du vrai SACHA, avait supputé Leo.

– C'est la meilleure explication jusque-là, avait dit Jack.

– Et Angleton? Est-ce qu'il admet...

– Ses jours sont comptés. Colby lui propose un poste de chef d'antenne pour l'éloigner de Washington. Angleton s'accroche bec et ongles au contre-espionnage. Il rassemble ses troupes, mais il ne lui reste plus grand monde. Le directeur ne trouve pas le courage de le foutre carrément à la porte.

– Ce n'est pas la faute d'Angleton», avait assuré Leo.

La lucidité de Leo avait troublé Jack. «Après tout ce que tu as traversé, comment peux-tu, toi justement...

– Je t'ai entendu dire plus d'une fois, Eb, que si quelque chose vaut la peine d'être fait, ça vaut la peine de le faire mal. On ne peut pas diriger le contre-espionnage sans casser des œufs. C'est un sale boulot. Les erreurs sont inévitables. L'important, c'est de ne pas avoir peur d'en commettre. » Jack et Ebby l'avaient aidé à se relever. Avant d'être emmené, il était allé d'un pas traînant jusqu'aux toilettes et s'était penché derrière les tuyaux pour récupérer le papillon mort qu'il avait caché là. « Si seulement tu avais tenu un peu plus longtemps, avait-il chuchoté, tu aurais été délivré. »

Maintenant, au deuxième étage du sanatorium privé, Adelle remplissait deux tasses de café bouillant. Elle en porta une à Leo, près de la fenêtre, et tira une chaise pour s'asseoir à côté de lui. « Je n'ai pas voulu t'assommer tant que tu n'étais pas encore en état, annonça-t-elle. Mais je crois qu'il faut qu'on en parle...

– Qu'on parle de quoi ?

– De ton comportement. Jack a laissé entendre que les juristes de la boîte sont venus te proposer un règlement global.

– Jack ferait mieux d'être moins bavard.

– Lui et les autres... ils ont tous été très impressionnés par ton attitude. Il semble que tu aies repoussé toute idée de dédommagement.

– Dès qu'il y a situation de combat, il y a des blessés, voire des morts, dus au feu allié. Je n'ai jamais entendu dire qu'on ait fait des procès au gouvernement pour ça.

– Mais nous ne sommes pas en guerre, Leo...

– C'est faux, Adelle. Tu étais assez proche de Lyndon Johnson pour savoir qu'il y a une putain de guerre qui fait rage. J'ai été blessé par un feu ami ; dès que j'irai mieux, je retourne sur le front. »

Adelle secoua la tête avec incrédulité. « Après tout ce que tu as enduré – après tout ce qu'*ils* t'ont fait endurer et tout ce que *nous* avons enduré, les filles et moi – tu refuses encore de quitter la Compagnie ! » Elle regarda par la fenêtre. Au bout d'un moment, elle remarqua : « Nous avons passé notre lune de miel pas loin d'ici. »

Leo acquiesça lentement. « Nous avons regardé le soleil se lever sur la baie de Chesapeake...

– Notre vie commune a commencé avec deux morts – ton chien et mon chat. Et puis nous avons tourné le dos à la mort pour aller vers la vie. » Les sanglots lui montèrent à la gorge. « Tout s'est produit en même temps... la mort de mon père... toi qui avais disparu sans laisser de trace. Je n'arrivais plus à dormir, Leo... Je passais mes nuits à me demander si tu étais encore en vie, si j'allais te revoir un jour. Pendant toutes ces nuits, toutes ces semaines, j'ai eu l'impression d'avoir la mort aux trousses, la mort qui m'épiait. Je ne peux pas continuer comme ça, Leo. Il va falloir que tu choisisses...

– Adelle, c'est une erreur de discuter de ça maintenant. Tu es trop émotive. Laisse faire le temps... »

– Tu ne peux pas nous avoir toutes les deux, Leo – c'est la Compagnie, ou moi.

– Je t'en prie, ne fais pas ça.

– J'ai pris ma décision, annonça-t-elle. J'ai essayé de t'en parler plusieurs fois avant que tu ne disparaisses pendant plus de quatre mois. Et depuis que tu récupères dans cette clinique, j'attends juste le bon moment.

– Il n'y a pas de bon moment pour ce genre de conversation.

– C'est vrai. Voilà où nous en sommes, Leo. Et je te pose la mauvaise question au mauvais moment. Mais je te la pose quand même. Qu'est-ce que tu choisis ?

– Je ne quitterai jamais la Compagnie. C'est mon métier, et c'est ce que je fais de mieux – protéger l'Amérique de ses ennemis.

– Je t'aimais, Leo.»

Il remarqua le passé. «Je t'aime encore.

– Tu ne m'aimes pas. Ou si tu m'aimes, tu aimes d'autres choses davantage.» Elle se leva. «Tu peux garder la maison… j'emménagerai chez papa. Si ton cœur te dicte autre chose…

– Mon cœur ne me dictera rien d'autre… il est auprès de toi, Adelle. Auprès de toi et des filles.

– Mais tu as une tête de fanatique sur les épaules et c'est ta tête qui domine ton cœur, c'est bien ça, hein, Leo ?» Elle prit son duffle-coat au pied du lit et se dirigea vers la porte. Elle s'arrêta sur le seuil pour voir s'il allait dire quelque chose pour l'arrêter. Ils se contemplèrent par-dessus le gouffre qui s'était ouvert entre eux. Derrière Leo, la nature fouettait sauvagement la double fenêtre. Écrasant ses larmes avec le poing, Adelle tourna les talons et sortit de ses vingt-trois ans de mariage.

Nellie, radieuse dans sa robe moulante, orange flamboyant, lui arrivant aux genoux, avec manches longues et col montant, s'accrochait au bras de Manny tandis que le juge de paix humidifiait soigneusement le cachet officiel avec son haleine avant de l'apposer sur le certificat de mariage qu'il fallut ensuite signer. «Bon, ben, je crois que ça y est, annonça-t-il. J'ai jamais été trop sûr du moment de la cérémonie à partir duquel on considère que les fiancés n'en sont plus, mais maintenant, c'est sûr que vous êtes mariés en tout cas. Si vous voulez mettre le certificat dans un étui en cuir, ça vous coûtera dix dollars de plus.

– Mais oui, on prend l'étui», répliqua Manny.

Nellie se tourna vers sa mère et Ebby, qui se tenaient derrière eux. «Ça y est, l'acte fatal est signé», leur dit-elle avec un petit rire.

Jack, Millie et leur fils, Anthony, s'avancèrent pour féliciter les mariés. Une demi-douzaine des amis de Manny à la Division soviétique s'approchèrent avec leur femme ou petite amie. Leo, sorti du sanatorium privé pour l'occasion, attendit son tour puis embrassa la mariée et serra la main de Manny. Il hocha la tête en les regardant, puis mit un moment avant de trouver les mots. «Je vous souhaite à tous les deux une longue et heureuse vie ensemble», dit-il doucement.

Elizabet lança : «Tout le monde est invité à venir prendre le champagne et le caviar à la maison.

— Je vais me saouler au champagne, annonça Anthony.

— Non, jeune homme, pas question», décréta son père.

Anthony, qui voulait impressionner son parrain, insista : «Ne me dis pas que tu n'as jamais trop bu quand tu avais mon âge.

— Ce que je pouvais faire à quatorze ans et ce que tu fais sont deux choses complètement différentes», décréta Jack.

Elizabet distribua des sachets de graines pour les oiseaux (sur les instructions de Nellie, qui avait entendu dire que le riz gonflait dans le ventre des oiseaux et finissait par les tuer), et les invités bombardèrent les mariés lorsqu'ils parurent à la porte. Puis chacun alla chercher sa voiture, et klaxonnant à qui mieux mieux, suivit la Pontiac de Manny, qui traînait derrière elle une guirlande de boîtes de bière, jusque chez Ebby. Dans la voiture de queue, Anthony examina les cheveux blancs de Leo, qui avaient repoussé en une brosse raide. «Papa dit que tu en as connu des vertes et des pas mûres, Leo, dit le garçon. Tu peux m'en dire plus?»

Concentré sur la toute, Leo répondit : «Jack t'en a déjà dit plus que je ne l'aurais fait.

— Je n'ai pas besoin de savoir, c'est ça?

— Tu fais des progrès, Anthony.

— Ouais, comme j'ai bien l'intention de travailler ma vie entière à la CIA, vaut mieux que j'apprenne toutes les ficelles dès maintenant.» Il regarda Leo conduire un moment, puis déclara : «On est quatre ou cinq à mon collège à avoir des parents qui bossent à Langley. Quelquefois, on se retrouve après les cours pour échanger des informations. Évidemment, on fait bien attention que personne ne nous écoute...»

Avec le plus grand sérieux, Leo demanda : «Vous vérifiez bien qu'il n'y a pas de micros?»

Anthony parut désarçonné. «Tu crois qu'on devrait?

— Ça ne m'étonnerait pas du KGB — on espionne les mômes pour savoir ce que mijotent les parents.

— Et vous, est-ce que vous faites ça à Moscou avec les enfants des agents du KGB?» Anthony balaya sa question d'un geste de la main. «Pardon, j'ai pas besoin de savoir. Oublie ça.

— Et alors, qu'est-ce que tu as appris, au cours de ces séances?

— On a lu dans les journaux que Manny avait été échangé contre un espion russe sans importance, et on en a discuté un peu. Un copain dont le père fait des fausses signatures dit qu'il a entendu son père glisser à sa mère que l'espion russe était beaucoup plus important que ce que la CIA avait bien voulu dire. Une fille dont la mère est secrétaire au sixième l'a entendue dire à son mari qu'on avait créé une cellule de réflexion pour traiter de trucs tellement secrets que tous leurs papiers sont estampillés NODIS, c'est-à-dire qu'ils ne doivent pas être distribués sauf au directeur de la CIA et à une liste bien précise de députés.»

Leo l'interrompit : «Je sais ce que veut dire NODIS, Anthony.» Quand il rentrerait à Langley, il faudrait qu'il fasse circuler une note d'avertissement bien sentie pour rappeler aux officiers de la Division soviétique de ne pas parler boutique à la maison. «Et de quoi d'autre avez-vous parlé?

– De quoi d'autre? Le père d'une fille que je connais, qui est un spécialiste des détecteurs de mensonge, a dit que quelqu'un qui a pour nom de code Maman l'avait fait appeler pour passer au détecteur un officier supérieur de la CIA enfermé dans une...»

Soudain, la bouche d'Anthony s'ouvrit et son visage s'empourpra.

«Enfermé dans quoi?

– Dans une cellule secrète, murmura Anthony, gêné, quelque part à Washington.

– Et...?

– Et les cheveux de cet officier sont devenus tout blancs et ont commencé à tomber par mèches entières...»

Un feu passa au rouge. La voiture qui les précédait accéléra, mais Leo freina. Il regarda son filleul. «Bienvenue à la frontière qui sépare l'enfance de l'âge adulte. Si tu tiens vraiment à t'engager un jour dans la CIA, le moment est venu de franchir cette frontière. Ici et maintenant. Le problème, avec les secrets, c'est qu'ils sont difficiles à garder. Souvent, les gens les laissent échapper pour impressionner les autres, pour leur montrer qu'ils en savent long. Apprends à garder les secrets, Anthony, et tu pourras vraiment envisager de bosser à la CIA. On ne s'amuse pas, à Langley. Ce que tu as compris... personne n'a besoin de le savoir.»

Anthony acquiesça d'un signe de tête solennel. «Je resterai bouche cousue, Leo. Personne n'apprendra ça de moi. Je te le promets.

– C'est bien.»

Ebby et Elizabet distribuaient de hautes coupes à pied remplies de champagne quand Leo arriva enfin avec Anthony. Leo prit une coupe pour lui, et une autre pour Anthony. «Eh! Leo, protesta Jack, ce n'est qu'un gosse – il ne devrait pas boire.

– C'était un gosse quand il est sorti cet après-midi, répliqua Leo. Mais en venant ici, il a franchi la frontière qui le séparait de l'âge adulte.

– Aux jeunes mariés, déclara Ebby en levant son verre.

– Aux jeunes mariés », répéta tout le monde en chœur.

Leo trinqua avec Anthony. Le garçon hocha la tête, et tous deux burent du champagne.

Un peu plus tard, alors que Manny se débattait pour ouvrir une autre bouteille, Ebby redescendit de son bureau avec un petit paquet enveloppé de papier brun qu'il remit à son fils. « Voici mon cadeau de mariage », lui dit-il. Tous les regards se braquèrent sur le jeune homme qui déchira le papier, révélant un coffret en acajou superbement sculpté qu'Ebby avait fait faire des années auparavant. Manny ouvrit le coffret. Niché dans le feutre rouge, il y avait un revolver britannique Webley Mark VI avec la date 1915 gravée dans le bois poli de la crosse. Manny connaissait l'histoire de cette arme – c'était le revolver que les jeunes Albanais avaient offert à Ebby juste avant de partir pour leur mission fatale à Tirana. Il souleva l'arme, puis regarda son père. Légèrement à l'écart, Elizabet porta le revers de son poing à sa bouche.

« Vois ça comme une sorte de passage de témoin, dit Ebby.

– Merci, papa, répliqua Manny. Je sais ce que ce revolver représente pour toi. Je n'oublierai jamais où tu l'as eu. Et je resterai toujours fidèle à ce qu'il représente. »

Anthony glissa à Leo : « Où est-ce qu'il l'a eu, ce revolver ? » Puis il repéra le sourire entendu sur les lèvres de son parrain et lui sourit aussi. « Bon, oublie que je t'ai demandé ça, d'accord ? »

Leo descendit Dolly Madison Boulevard dans McLean, Virginie, dépassa la pancarte « CIA, prochaine à droite » si souvent dérobée par les chasseurs de souvenirs que la Compagnie en commandait de rechange par dizaines, et tourna au croisement suivant. Il freina devant la maison du gardien, baissa sa vitre et montra la carte plastifiée d'officier de la CIA à l'un des gardes armés. (Leo avait tellement changé que Jack avait pris la peine de lui faire faire une nouvelle carte d'identité avec une photo récente.) Leo remonta l'allée au ralenti et découvrit devant l'entrée la statue de Nathan Hale (placée à l'initiative du directeur Colby), tout en gagnant la rampe qui conduisait au garage en sous-sol réservé aux chefs de divisions et à leurs supérieurs. Leo prit sa carte plastifiée, mais le garde aux commandes de la cabine de contrôle le salua d'un geste pour montrer qu'il le reconnaissait. « Content de vous revoir, M. Kritzky, lança-t-il par l'intermédiaire du haut-parleur. Le directeur vous demande de monter directement dans son bureau. »

En attendant l'ascenseur personnel du directeur, Leo entendit la presse d'imprimerie secrète bourdonner dans une pièce, au fond du garage ; au comble de la guerre froide, elle avait fonctionné vingt heures par jour à fabriquer des certificats de naissance, des passeports étrangers et des permis de conduire, ainsi que des exemplaires truqués de journaux et des tracts de propagande. Lorsque les portes s'ouvrirent, Leo pénétra dans l'ascenseur et appuya sur le seul bouton de l'impeccable panneau d'acier. La cabine monta vers le bureau du directeur, au sixième étage. Plongé dans ses pensées, Leo avait la tête baissée quand l'ascenseur ralentit. Il craignait un peu ce qui l'attendait en cette première journée de retour à son poste. Jack l'avait mis au courant de la tempête qui se préparait au sujet de l'opération HT/LINGUAL d'ouverture de courrier dirigée par Angleton ; un certain Seymour Hersh, reporter au *New York Times*, avait eu vent de ces manipulations illégales, qui avaient perduré vingt ans avant que Colby ne décide d'y mettre fin, en 1973, et risquait de livrer l'information à tout moment. Toutes les personnalités haut placées se préparaient à l'explosion, et aux retombées inévitables.

Les portes de l'ascenseur s'effacèrent. Leo entendit une salve d'applaudissements et leva les yeux pour découvrir qu'il venait de débarquer dans une fête surprise. Colby, Ebby et Jack se tenaient devant une cinquantaine d'employés, dont beaucoup attachés à la propre Division soviétique de Leo. La femme de Jack et Manny se tenaient d'un côté, applaudissant avec les autres et souriant. Ils étaient peu à savoir où Leo avait été, mais un simple coup d'œil sur le brin de roseau qu'était devenu l'homme sortant de l'ascenseur leur disait qu'il était revenu de l'enfer sur terre. Il avait tellement maigri que son costume et sa chemise flottaient autour de lui. Ébranlé, Leo leva autour de lui des yeux ahuris. Il repéra des dizaines de visages familiers – mais Jim Angleton ne se trouvait pas parmi eux. La secrétaire personnelle de Leo et plusieurs autres femmes de la Division soviétique avaient les larmes aux yeux. Le directeur s'avança et leva les mains. Les acclamations se turent. « De la part de mes collègues, je voudrais saisir cette occasion d'accueillir comme il convient le retour d'un des nôtres, déclara Colby. L'abnégation de Leo Kritzky dans le travail, sa loyauté envers la Compagnie, son courage au combat en font un exemple difficile à surpasser pour nous comme pour les futures générations d'officiers de la CIA. Il est dans la nature des choses que seuls quelques-uns d'entre nous sachent quelles épreuves vous avez endurées, mais nous avons tous – et là, le directeur engloba du bras toutes les personnes présentes – une dette de reconnaissance envers vous. »

Il y eut une nouvelle salve d'applaudissements. Quand la foule se fut calmée, Leo prit la parole dans un silence complet. Il avait la voix basse et rauque, et les gens durent faire effort pour le comprendre. « Lorsque je suis arrivé dans ce que nous appelions l'Allée-aux-Cafards, il y a vingt-quatre ans, c'était dans l'intention de servir le pays dont le système de gouvernement paraissait offrir le meilleur espoir pour le monde. Jeune homme, je m'imaginais que cet engagement prendrait la forme d'exploits spectaculaires de l'espionnage et du contre-espionnage. J'ai appris depuis qu'il y a d'autres façons de servir, non moins importantes que de se battre dans la guerre des tranchées de l'espionnage. Comme l'a dit le poète John Milton, "Ils servent aussi, ceux qui restent à attendre." Monsieur le directeur, j'apprécie votre accueil. Et maintenant, je serais heureux de récupérer ma Division et mon bureau, pour reprendre le travail terre à terre et quotidien qui nous vaudra la victoire dans la guerre froide. »

Il y eut d'autres applaudissements. Le directeur acquiesça. Les gens sortirent. Seuls Jack et Ebby restèrent. Ebby secouait la tête en signe de respect. Jack ouvrit la bouche pour dire quelque chose, mais se ravisa et leva un doigt en guise de salut. Puis Ebby et lui regagnèrent les pénates du DD-O, au sixième étage.

Leo respira profondément. Il était rentré chez lui, et soulagé de l'être.

Angleton était sur le tapis, au sens propre comme au figuré. « Qu'est-ce que vous avez dit à ce Hersh ? » demanda-t-il.

Colby était passé devant son énorme bureau, et les deux hommes s'affrontaient, debout l'un en face de l'autre. « Je lui ai dit que HT/LINGUAL était un programme de contre-espionnage visant les contacts étrangers de dissidents américains, qu'il avait été approuvé par le Président des États-Unis, et que, de toute façon, l'opération d'ouverture de courrier était maintenant close. »

Angleton constata amèrement : « Autrement dit, vous avez confirmé que nous avons ouvert des lettres.

– Je n'avais pas besoin de le confirmer. Hersh le savait déjà.

– Il ne savait pas que c'était un programme du contre-espionnage, coupa Angleton. Vous m'avez désigné du doigt.

– Corrigez-moi si je me trompe, Jim, mais HT/LINGUAL était bien *votre* invention. C'était votre équipe qui ouvrait les enveloppes. Vos hommes ont indexé plus de trois cent mille Américains qui recevaient du courrier d'Union soviétique, sur une période de vingt ans.

– Nous avions des raisons de croire que le KGB utilisait les voies du courrier ordinaire pour communiquer avec ses agents en Amérique. Nous aurions été stupides de les laisser faire à cause de lois imbéciles... »

Colby se détourna. « Ces lois *imbéciles*, comme vous les appelez, sont ce que nous sommes censés défendre, Jim. »

Angleton se tâta les poches, en quête de cigarettes. Il en trouva une et la fourra entre ses lèvres, mais il était trop hors de lui pour l'allumer. « Il est inconcevable que les services secrets du gouvernement doivent se plier à tous les ordres officiels de ce gouvernement. »

Colby contempla par la fenêtre la campagne de Virginie. Une brume légère semblait s'élever des champs. Du sixième étage de Langley, on aurait dit qu'un feu couvait sous la terre. « Soyons clairs, Jim. Le rôle du contre-espionnage est d'infiltrer les services de renseignements russes et de débriefer les transfuges. Quant à découvrir les infiltrations soviétiques à l'intérieur de la

CIA, nous avons tout le bureau de la sécurité pour s'occuper de ça. C'est leur boulot. Maintenant, combien d'opérations avez-vous lancées contre les Soviétiques ? Je n'entends jamais parler de rien. Vous restez dans votre bureau et, à l'exception de Koukouchkine, vous descendez tous les transfuges russes qui peuvent se présenter par hasard ou à la suite d'un travail solide de nos services. Le seul que vous n'ayez pas rejeté se révèle être un agent infiltré qui nous a balancé de fausses infos. Cette situation est proprement impossible. » Colby se retourna pour faire face à Angleton. « Le *Times* passera le papier de Hersh sur votre opération d'espionnage domestique après-demain. Ça va être difficile à gérer. Nous avons déjà parlé de votre départ. Cette fois, vous allez partir. Point final. »

Angleton retira la cigarette éteinte d'entre ses lèvres exsangues. « Dois-je comprendre que vous me fichez à la porte, monsieur le directeur ?

– Disons juste que je vous mets à la retraite. »

Angleton se dirigea vers la porte, puis fit volte-face. Ses lèvres remuèrent, mais aucun son n'en sortit. Il finit par dire : « Philby et le KGB s'efforcent de me détruire depuis des années – vous êtes leur meilleur instrument.

– Le contre-espionnage ne disparaîtra pas, Jim.

– Vous commettez une erreur tragique si vous pensez que n'importe qui peut faire ce que je fais. Il ne faut pas moins de *onze* années d'étude minutieuse des affaires du passé pour *commencer* à trouver son chemin dans le bourbier du contre-espionnage. Pas dix ans ni douze, mais *onze* précisément. Et cela ne fait de vous qu'un novice de l'analyse du contre-espionnage. »

Colby revint vers son bureau. « Nous ferons de notre mieux pour nous en sortir sans vous, Jim. Merci d'être venu aussi vite. »

L'adjoint du DCI et son second, le DD-O (Ebby), son chef des opérations (Jack), les divers chefs de divisions par secteurs géographiques, Angleton pour le contre-espionnage ainsi que les principaux représentants du bureau de la sécurité, du bureau et de la Division de psychologie politique s'étaient tassés dans la petite salle de conférences en face du bureau du DCI pour leur tour d'horizon traditionnel du vendredi à neuf heures. Le chef adjoint de la Division de psychologie politique, une pipe éteinte coincée entre les dents, dressait un portrait du dictateur libyen Muammar al-Kadhafi, qui venait de faire grimper brutalement le prix du brut en limitant les exportations pétrolières. « L'idée généralement admise ne tient pas, disait-il. Kadhafi n'est certainement pas un psychotique et reste la plupart du temps ancré dans la réalité. Nous pourrions le décrire comme étant à la limite des troubles de la personnalité, ce qui signifie que le sujet peut se comporter de manière démente un jour, et rationnelle le lendemain.

– J'ai l'impression que ça pourrait être une bonne description de certains d'entre nous, plaisanta le directeur, soulevant de petits rires autour de la table.

– Si le KGB disposait d'une division psychologique, c'est exactement ce qu'ils auraient pu dire de Nixon quand il a envahi le Cambodge en 1970, remarqua Leo, qui assistait à sa première réunion traditionnelle des chefs depuis son retour à Langley.

– Il me semble que c'est exactement le genre de personnalité qu'un dirigeant peut avoir besoin de projeter, commenta Ebby. Cela empêche l'opposition de pouvoir prédire ce qu'il va faire dans une situation donnée.

– Le problème, intervint Jack, c'est de savoir si les Nixon ou les Kadhafi sont vraiment à la limite des troubles de la personnalité, ou s'ils cherchent simplement à s'en convaincre mutuellement. »

Le directeur, qui présidait la séance, consulta sa montre. « Si intrigante qu'elle soit, nous mettrons cette question de côté pour le moment. J'ai un autre sujet à aborder avant la fin de cette réunion. Je voudrais vous annoncer, à mon grand regret, le départ à la retraite de Jim Angleton, ici présent. Je n'ai pas besoin de rappeler que son travail au sein de la Compagnie en général, et du contre-espionnage en particulier, est carrément légendaire. Ses états de service pour la défense des États-Unis, qui remontent à l'époque où il œuvrait Ryder Street, à Londres, pendant la guerre, sont de l'ordre de l'exploit. C'est avec un profond regret que j'accepte la démission de Jim. Mais c'est un vétéran, et si quelqu'un a mérité de prendre un peu de repos, c'est bien lui. »

L'annonce de Colby fut accueillie par un silence hébété ; un tremblement de terre sous les fondations de Langley n'aurait pas secoué davantage l'assistance. Ebby et Jack évitaient soigneusement de se regarder. Certains barons ne pouvaient s'empêcher de jeter des coups d'œil vers Leo Kritzky, qui regardait par une fenêtre, perdu dans ses pensées. Le directeur sourit par-dessus la table au chef du contre-espionnage. « Jim, vous voulez dire un mot ? » proposa-t-il.

Angleton, silhouette squelettique et solitaire arrivée au terme amer d'une longue et illustre carrière, se leva lentement. Il porta une main à son front pour repousser la migraine qui rôdait juste derrière ses yeux. « Certains d'entre vous ont déjà entendu mon exposé sur *la nature de la menace*. À l'adresse de ceux qui ne le connaissent pas, je ne puis penser à un chant du cygne plus approprié. » Angleton s'éclaircit la gorge. « Lénine a fait un jour remarquer à Félix Dzerjinski : "Les Occidentaux ont tendance à prendre leurs désirs pour des réalités, alors nous allons leur donner exactement ce qu'ils désirent." » Évitant de croiser le regard des barons de la Compagnie autour de la table, Angleton poursuivit : « Quand je travaillais Ryder Street, reprit-il, j'ai appris que la clé, pour retourner les agents allemands capturés, était l'orchestration – ajouter couche après couche de désinformation se soutenant les unes les autres pour étayer la supercherie. C'est exactement ce que les Soviétiques font depuis des années. Pour suivre un schéma directeur, ils fournissent des couches et des couches de désinformation s'appuyant les unes les autres et qui vont dans le sens des désirs occidentaux. Ils y parviennent grâce à l'utilisation complexe d'un réseau d'agents en place et de faux transfuges. J'ai pu déterminer que le chef travailliste britannique Hugh Gaitskell, qui est mort en 1963 de *Lupus disseminata*, a été en fait assassiné par des spécialistes des affaires mouillées du KGB. Ils se sont servis du virus du lupus comme d'une arme pour que Moscou puisse mettre un homme à eux, Harold Wilson, à la tête du parti travailliste et faire en sorte qu'il devienne Premier ministre, ce qu'il est actuellement. Wilson, qui s'est rendu à de nombreuses reprises en Union soviétique avant de devenir Premier ministre, est un agent payé par le KGB. Olaf Palme, l'actuel Premier ministre suédois, est un agent soviétique recruté lors d'un séjour en Lettonie. Willy Brandt, l'actuel chancelier de l'Allemagne de l'Ouest, est un agent du KGB. Lester Pearson, Premier ministre canadien jusqu'à il y a deux ans, est un agent du KGB. Roger Hollis, l'actuel patron du MI5, est un agent soviétique de longue date. Averell Harriman, ancien ambassadeur en URSS et ancien gouverneur de l'État de New York, est un agent soviétique depuis les années trente. Henry Kissinger, conseiller pour la sécurité nationale et secrétaire d'État sous Nixon, est objectivement un agent soviétique. Ce que tous ces agents en place ont en commun, c'est ce qu'ils prônent et défendent, autrement dit ce qu'ils *orchestrent* : la stratégie soviétique de la détente. Ne vous y trompez pas, messieurs, la détente, à l'instar de ces autres chimères inspirées par les Soviétiques, comme la rupture sino-soviétique, les déviations roumaines et yougoslaves, la défection albanaise ou la soi-disant indépendance du parti communiste italien par rapport à Moscou, font partie intégrante d'un vaste programme de désinformation conçu pour déstabiliser l'Occident, pour nous faire croire que nous avons gagné la guerre froide. »

Quelques-uns des barons présents coulèrent des coups d'œil inquiets en direction de Colby. Le directeur, qui s'était attendu à un simple discours d'adieu, n'eut pas le cœur d'interrompre Angleton.

« Le prétendu printemps de Prague de Dubček, continua Angleton, faisait partie de la campagne de désinformation. L'invasion soviétique de la Tchécoslovaquie de 1968 avait été préparée à l'avance par Brejnev et Dubček. Les différences entre Moscou et les soi-disant eurocommunistes d'Europe de l'Ouest sont bidonnées et font partie de l'œuvre générale du département de désinformation du KGB. » Le patron du contre-espionnage frotta ses lèvres desséchées d'un revers de main. « Si les faits que je viens d'évoquer ont été contestés au plus haut niveau par nos propres services de renseignements, on peut dire que c'est l'œuvre de la taupe soviétique qui sévit à l'intérieur de la CIA sous le nom de code SACHA, et qui a déformé les faits au point de détourner l'attention de beaucoup de personnes présentes aujourd'hui de la menace évidente. Ce qui m'amène à la plus grande manœuvre soviétique de toutes – celle qui consiste à ravager l'économie des pays industriels occidentaux, à déclencher une situation de troubles civils qui aboutira au triomphe de la gauche favorable à Moscou aux élections nationales. J'ai pu déterminer que le cerveau qui est derrière ce complot à long terme du KGB n'est autre que l'officier traitant quasi mythique qui contrôlait Adrian Philby, et qui dirige aujourd'hui les activités de SACHA. On le connaît sous le nom de Starik – en russe, le vieillard. Le complot qu'il fomente depuis une bonne dizaine d'années, peut-être plus, implique de placer les devises issues de la vente de gaz, de pétrole et d'armement soviétiques dans des établissements bancaires offshore, en attendant le jour où il pourra se servir des sommes colossales accumulées pour attaquer le dollar. Ha, ha ! Ne vous imaginez pas que je ne vois pas vos réactions... Vous trouvez ça tiré par les cheveux. » Angleton battit des paupières. « J'ai découvert que le patriarche de Venise, le cardinal Albino Luciani, enquête sur des rapports selon lesquels la banque du Vatican reçoit de mystérieux dépôts et répartit l'argent sur divers comptes offshore. Cette opération de blanchiment porte le nom de code russe KHOLSTOMER, autrement dit l'ARPENTEUR – c'est le surnom du hongre pie de la nouvelle de Tolstoï *Le Cheval*. »

Angleton ouvrit les yeux comme s'il sortait d'un état proche de la transe, et se mit à parler plus vite, visiblement pressé par le temps. « Il va sans dire que toutes ces infos – Gaitskell, Wilson, Palme, Brandt, Pearson, Hollis, Harriman, Kissinger, Starik, KHOLSTOMER – ne m'ont pas été servies sur un plateau d'argent. Loin de là. Je suis parvenu à les arracher à la jungle des miroirs en passant des milliers d'heures à tout étudier avec une minutie dont personne d'autre ne serait capable. Ce procédé, comme l'art de la pêche à la mouche, exige une infinie patience. Oh ! certains pensent qu'il suffit d'aller au bord de l'eau, de jeter une mouche dans la rivière et de remonter une truite. Mais ce n'est pas du tout comme ça que ça se passe, messieurs. Vous pouvez me croire. La première chose que vous avez à faire si vous voulez attraper l'énorme truite brune légendaire qui sillonne le cours supérieur de la Brule, c'est d'observer de quoi se nourrissent les poissons. » Angleton s'était penché au-dessus de la table, impatient de partager les secrets de son savoir-faire avec ses collègues. « Vous prenez une petite truite, vous l'ouvrez et vous videz le contenu de son estomac dans une tasse en plastique. Quand vous avez vu de quoi elle se nourrissait, vous fabriquez une mouche qui y ressemble. Vous pouvez donner l'*illusion* d'une vraie mouche en colorant les plumes, les ailes et tous les ornements que vous fixerez dessus. Elle descendra la rivière, ses plumets repliés sur elle, et, si vous vous y prenez convenablement, la truite croira avoir affaire à une vraie mouche. Et c'est comme ça, messieurs, que vous ferez une touche... »

Le directeur se leva et dit d'une voix très calme : « Merci, Jim. » L'air préoccupé, Colby sortit de la salle. Un par un, les autres le suivirent jusqu'à ce qu'il ne reste plus dans la pièce que Leo et Angleton.

«Je sais que c'est vous, murmura Angleton, le front plissé par la douleur. Je vois tout très clairement maintenant – vous êtes vraiment SACHA. Koukouchkine a été envoyé par Starik pour me donner des infos qui me conduiraient à vous parce qu'il savait que je n'allais pas tarder à arracher votre nom de la jungle. Puis Starik a organisé le faux procès et la pseudo-exécution en sachant qu'on remonterait le fil rouge et qu'on découvrirait que Koukouchkine est encore en vie. Ce qui vous blanchirait et me ferait perdre ma crédibilité. Toute l'affaire n'était qu'un complot du KGB destiné à me couler avant que je ne puisse identifier SACHA... avant que je ne dévoile KHOLSTOMER.»

Leo fit reculer sa chaise et se leva. «Je ne vous en veux pas, Jim. Bonne chance.»

Leo se dirigea vers la porte. Angleton parlait toujours. «Le truc, vous comprenez, c'est de lancer la mouche aussi loin que possible et de la laisser descendre la rivière, ses plumets bien repliés sur elle ; vous donnez de temps en temps un petit à-coup – son poignet souleva une canne imaginaire – pour la faire danser à la surface de l'eau. Et si vous vous montrez assez subtil et adroit, et, surtout, si vous ne précipitez pas les choses, eh bien ! il y a toutes les chances pour que la vieille fripouille morde dedans et que vous puissiez déguster une truite à la broche au dîner...»

Sa voix se perdit tandis qu'il s'asseyait lourdement sur son siège et se préparait à accueillir la douleur de la migraine inévitable.

L'ampoule rouge allumée dans la chambre noire rendait sa peau fluorescente – Starik eut pendant un instant la sensation troublante que ses mains évoquaient celles du corps embaumé de Lénine, dans le mausolée de la place Rouge. Sous ses doigts translucides, des détails commençaient à apparaître sur le tirage en noir et blanc de trente sur trente-huit centimètres immergé dans le bain de révélateur. À l'aide d'une pince en bois, il sortit la feuille du bac et la maintint devant la lumière rouge. C'était sous-exposé, trop pâle ; les détails qu'il avait voulu capturer se distinguaient à peine.

Starik s'était calmé en développant des photos et tirant des agrandissements. Il était rentré de son épreuve de force au Kremlin dans une colère intense, à tel point qu'il avait même donné une fessée cul nu à l'une de ses nièces pour le simple fait qu'elle s'était mis du rouge à lèvres. (Et il avait congédié la bonne qui le lui avait donné.) Leonid Ilitch Brejnev, Premier secrétaire du parti communiste et étoile montante de la hiérarchie soviétique, avait perdu son sang-froid, et rien n'avait pu le convaincre de changer d'avis. Starik avait mis Brejnev au courant de KHOLSTOMER un an plus tôt. Le

Premier secrétaire avait été impressionné par l'élaboration méticuleuse d'un tel projet sur une période de vingt années ; impressionné aussi par le fait que de telles sommes en devises aient pu être épargnées avec une infinie patience, par relativement petites doses pour ne pas attirer l'attention des services de renseignements occidentaux. Le potentiel de KHOLSTOMER avait stupéfié Brejnev, qui se voyait soudain présider à la chute des démocraties capitalistes bourgeoises et au triomphe du socialisme soviétique sur la terre entière. Les livres d'histoire le porteraient aux nues, à l'égal de Marx et de Lénine ; Brejnev deviendrait le dirigeant russe qui aurait mené l'Union soviétique à la victoire dans la guerre froide.

Ce qui rendait ses réticences d'aujourd'hui d'autant plus difficiles à comprendre. Starik avait obtenu l'accord de son supérieur immédiat, le président du KGB Iouri Andropov, ainsi que celui du Comité des Trois, cette commission secrète du Politburo qui contrôlait les initiatives des services secrets, et il s'était rendu au Kremlin pour franchir le tout dernier obstacle. Il avait défendu son projet devant Brejnev avec une froide passion. L'inflation faisait rage aux États-Unis ; et les consommateurs s'en ressentaient – le prix du sucre, par exemple, avait doublé en atteignant trente-deux *cents* la livre. L'indice industriel Dow Jones avait dégringolé, passant de 1 003, deux ans plus tôt, à 570. La hausse des prix du pétrole brut après la guerre du Moyen-Orient de 1973 (le baril était passé de 2,50 $ en début d'année à 11,25 $) fragilisait particulièrement l'économie américaine ; une attaque lancée contre le dollar avait toutes les chances d'accélérer la crise et de précipiter l'économie dans une spirale de récession dont elle ne pourrait plus sortir. Et pour couronner le tout, le seul Américain qui aurait pu leur mettre des bâtons dans les roues avait été discrédité et envoyé en retraite prématurée. Les conditions ne pouvaient être plus propices pour lancer KHOLSTOMER.

Installé dans une chaise roulante en osier, une couverture remontée jusqu'aux aisselles et un petit radiateur électrique orienté vers les pieds, vêtu d'une robe de chambre en soie bordée de fourrure boutonnée jusqu'au col, Brejnev avait écouté Starik, puis s'était contenté de secouer lentement sa tête massive. Khrouchtchev avait essayé de déstabiliser les Américains quand il avait installé ses missiles de moyenne portée à Cuba, avait rappelé le Premier secrétaire à son visiteur. Starik savait aussi bien que lui comment cet épisode s'était terminé. John Kennedy avait été à deux doigts de déclencher une guerre et Khrouchtchev, humilié, avait dû retirer les missiles. Le Politburo – avec Brejnev en première ligne – avait tiré les conclusions qui s'imposaient et, deux ans plus tard, avait envoyé Khrouchtchev en retraite forcée.

Brejnev avait écarté du pied le radiateur électrique et avait lui-même fait rouler son fauteuil jusque derrière son vaste bureau où trônaient plusieurs téléphones et un gros dictaphone anglais. Ses sourcils broussailleux arrondis par la concentration, les bajoues pendant sous l'inquiétude, il avait informé

Starik qu'il n'avait pas l'intention de finir comme Khrouchtchev. Il avait examiné KHOLSTOMER avec attention et était arrivé à la conclusion qu'une Amérique économiquement affaiblie réagirait à une attaque contre le dollar comme un chat acculé, c'est-à-dire que Washington n'hésiterait pas à provoquer une guerre avec l'Union soviétique pour protéger l'économie américaine. N'oubliez pas, avait-il rappelé à Starik, que c'est la Grande Guerre qui a sauvé l'économie américaine de la dépression qui a suivi le krach boursier de 1929. Lorsque leur économie battait de l'aile, avait assuré l'américanologue du Kremlin, les capitalistes recouraient systématiquement à la guerre.

Brejnev n'avait pas tiré un trait définitif sur KHOLSTOMER. Peut-être que dans cinq ou sept ans, quand l'Union soviétique aurait mis au point une capacité de riposte susceptible de dissuader une première frappe américaine, il reconsidérerait sa décision. C'était en tout cas une bonne carte à avoir dans sa manche, ne serait-ce que pour empêcher les Américains d'attaquer un jour l'économie soviétique de manière similaire.

À présent, dans le laboratoire photo installé dans le grenier du manoir Apatov, à Tcheriomouski, Starik régla le minuteur de l'agrandisseur tchèque sur sept secondes, puis exposa le papier et le plongea dans le bac rempli de révélateur. Au bout d'un moment, les détails commencèrent à surgir. D'abord les narines, puis les orbites et la bouche, enfin les mamelons pareils à des boutons de rose sur la poitrine plate de ces corps anguleux, récurés par la lumière blanche. Avec sa pince en bois, Starik sortit le cliché du bac et le plongea dans le bain de fixateur. Puis il examina le tirage délavé et s'estima assez content du résultat.

Curieusement, la photographie avait beaucoup en commun avec les opérations de renseignements. Dans les deux cas, il s'agissait de visualiser l'image avant de la prendre, puis d'essayer de se rapprocher le plus possible de ce qui se trouvait dans votre imagination. Il fallait pour y arriver une patience infinie. Starik se consola en se disant que sa patience finirait par être récompensée pour KHOLSTOMER aussi. Brejnev ne serait pas toujours là. Il avait déjà subi plusieurs attaques mineures cette année (provoquées, d'après un rapport secret du KGB, par une artériosclérose du cerveau) qui l'avaient immobilisé pendant des semaines d'affilée. Il était depuis lors accompagné en permanence par une ambulance et des médecins spécialisés dans la réanimation. Andropov, qui était le patron du KGB depuis 1967 et membre du Politburo depuis 1973, avait déjà confié à Starik qu'il se voyait comme le successeur logique de Brejnev. Et Andropov était un ardent défenseur de KHOLSTOMER.

Le premier blizzard de décembre hurlait de l'autre côté de la double fenêtre quand Starik s'installa sur le grand lit, ce soir-là, pour lire aux nièces une histoire avant de dormir. Les lignes électriques, chargées de glace, s'étaient affaissées jusqu'au sol, coupant toute électricité dans le manoir Apatov. Une seule bougie brûlait sur la table de nuit. Orientant la page cornée vers la lueur vacillante, Starik arriva à la fin d'un chapitre.

« Alice, en courant, s'engagea quelque peu dans l'épaisseur de la forêt, puis elle s'arrêta sous un grand arbre. "Ce corbeau jamais ne pourra m'atteindre ici, pensa-t-elle ; il est bien trop volumineux pour pouvoir se frayer un passage entre les arbres. Mais je voudrais bien qu'il ne batte pas des ailes avec tant de violence… cela fait, dans la forêt, comme un vrai ouragan…" »

Les nièces, pelotonnées dans un entrelacs de bras et de jambes, soupirèrent d'une seule voix. « Oh ! lis-nous encore un peu, supplia Revolución.

– Oui, tonton, parce que ce qui pourchassait Alice nous fait trop peur pour qu'on puisse dormir, insista Axinia.

– Si tu ne veux plus nous lire, supplia la petite Tcherkesse blonde et angélique qui avait reçu une fessée à cause du rouge à lèvres, reste quand même encore un peu avec nous. »

Starik commença à se lever du lit. « J'ai encore des dossiers à voir, s'excusa-t-il.

– Reste, reste, reste encore », s'écrièrent en chœur les petites en s'accrochant par jeu à l'ourlet de sa chemise de nuit.

Starik se dégagea en souriant. « Pour avoir sommeil, mes petites, il faut vous enfoncer plus loin dans le monde merveilleux d'Alice.

– Mais comment veux-tu que nous fassions une chose pareille si tu refuses de nous lire ? s'enquit Revolución.

– Ce n'est pas si difficile », leur assura Starik. Il se pencha au-dessus de la table de nuit et éteignit la bougie, plongeant la chambre dans l'obscurité. « Maintenant, vous allez toutes essayer, chacune avec son imagination propre, d'imaginer à quoi ressemble la flamme d'une bougie après qu'on l'a soufflée.

– Oh, je la vois ! s'écria la petite Tcherkesse blonde.

– C'est tellement joli de la voir briller à l'intérieur de sa tête, renchérit Revolución.

– La flamme de la bougie après qu'on l'a soufflée ressemble terriblement à la lumière d'une étoile lointaine avec des planètes qui tournent autour, fit rêveusement Axinia. L'une de ces planètes est un pays des merveilles où les petites nièces mangent les gâteaux du miroir et se souviennent d'événements qui se sont produits d'aujourd'hui en quinze.

– Oh ! on n'a qu'à y aller tout de suite, s'exclama impatiemment Revolución.

– Fermez simplement les yeux, mes petites, dit Starik d'un ton bourru, et vous serez en route pour la planète d'Alice. »

INTERLUDE

Le Calabrais

Alice songea avec un frisson : « Je n'aurais pour rien au monde voulu être le messager ! »

Civitavecchia, jeudi 28 septembre 1978

À six heures quarante sous un ciel morne, les marins du cinq mille tonnes *Vladimir Ilitch* larguèrent les amarres et appareillèrent. Dès que le navire ne fut plus relié à la jetée, un coup de sifflet retentit. Le matelot qui se tenait près du mât d'artimon abaissa le pavillon soviétique pendant qu'un signaleur en montait un autre sur une drisse. Un remorqueur italien tira la proue du bateau puis largua les haussières, et le cargo, qui transportait une cargaison de moteurs Fiat, de réfrigérateurs et de tours électriques extrêmement pesants, s'éloigna vers le large avec la marée du matin. Sur le pont volant, près de la cabine de pilotage, une silhouette sèche à la barbe blanche et clairsemée, regardait la côte italienne se muer en une tache légère à l'horizon.

Starik était levé depuis minuit et buvait à la file des tasses d'expresso instantané dans l'entrepôt situé sur les quais, en attendant que le messager vienne lui dire que la menace qui pesait sur KHOLSTOMER avait été éliminée. À trois heures dix-sept, un taxi Fiat jaune sale s'était garé devant la porte latérale. Le Calabrais, qui marchait avec une claudication perceptible, était entré. Peu bavard, il avait adressé un signe de tête à Starik et avait dit : «*La cosa e fatta.*» Toute excitée d'être utile à son tonton, la nièce de Starik, une petite créature frêle mi-serbe mi-italienne qui s'appelait Maria-Jesus, avait traduit en russe : «Il te dit que la chose est faite.»

De la profondeur des poches de sa soutane dominicaine, le Calabrais tira le boîtier métallique contenant la seringue, le gobelet porteur de traces de lait drogué, la fiole qui avait contenu le lait non contaminé, les gants chirurgicaux et le crochet à serrure, et posa le tout sur une table. Puis il tendit au Russe un dossier brun portant la mention KHOLSTOMER en lettres romaines sur la couverture. Starik bougea un doigt, et la gamine remit au Calabrais un sac de marin en toile renfermant un million de dollars en billets usagés de valeurs diverses. Le Calabrais ouvrit les rabats et toucha les liasses de billets retenues chacune par un gros élastique. « Si vous avez encore besoin de mes services, dit-il, vous saurez où me trouver. »

Se tenant dès l'aube dans la timonerie du *Vladimir Ilitch*, Starik avait regardé le capitaine procéder à toutes les vérifications de rigueur avant d'appareiller. On testa le télégraphe de la salle des moteurs. On fit passer le gouvernail de bâbord à tribord avant de le remettre par le milieu. Les marins postés au guindeau appelèrent le pont pour signaler qu'ils étaient prêts à actionner les taquets permettant de jeter les ancres en cas d'urgence. Des matelots en pull à col roulé noir et ciré se préparèrent à dédoubler les gros cordages passés autour des bittes d'amarrage et à lever les bouées pare-chocs.

Pendant que se déroulaient ces préparatifs, un petit bateau de pêche équipé de puissants moteurs diesel quitta un quai voisin. Une fois qu'il se fut éloigné de la digue, le bateau prit plein sud, mettant le cap sur Palerme. Le Calabrais et son chauffeur de taxi, un jeune Corse au nez méchamment cassé, étaient à bord tous les deux. À l'aide de jumelles, Starik les repéra debout sur le coffre. L'un d'eux protégeait de la main la flamme d'une allumette pour que l'autre puisse allumer une cigarette. Au poste de pilotage, le haut-parleur de la radio interrompit son programme matinal de mandoline vénitienne pour un flash d'information. Maria-Jesus traduisit au fur et à mesure. On apprenait de source non officielle que le pape Jean-Paul I er, connu sous le nom d'Albino Luciani lorsqu'il était patriarche de Venise, avait été victime d'une attaque cardio-quelque chose pendant la nuit. Les derniers sacrements de l'Église avaient été administrés, ce qui conduisait certains à penser que le pape, après un règne de trente-quatre jours seulement, était soit mourant soit déjà mort. On disait que les cardinaux affluaient de toute l'Italie vers le Vatican. Lorsque les programmes normaux reprirent, la station se mit à passer de la musique funèbre sacrée. Alors qu'on larguait les amarres, sur le *Vladimir Ilitch*, Starik porta à nouveau les jumelles à ses yeux. La coque du bateau de pêche n'était déjà plus visible ; seuls les feux au sommet de son mât et de son chalut se voyaient encore. Il y eut soudain une explosion étouffée, guère plus qu'un moteur pétaradant dans le lointain avant le démarrage. Avec ses jumelles, Starik vit le mât et le chalut gîter brusquement d'un côté, puis disparaître complètement.

Emplissant ses poumons d'air marin, Starik caressa la longue nuque de Maria-Jesus. Ses cigarettes bulgares lui manquaient cruellement. Il avait récemment arrêté de fumer sur le conseil d'un médecin du Centre. Il se réconforta avec l'idée que la vie lui réservait encore d'autres plaisirs. Comme Alice, il avait couru assez vite pour rester au même endroit ; le messager avait sombré sous les flots, et le pape, qui n'avait pas caché vouloir mettre un frein aux activités de blanchiment d'argent de la banque vaticane, emporterait les secrets de KHOLSTOMER avec lui dans la tombe. Dans cinq jours, Starik serait rentré auprès de ses nièces adoptives et leur lirait la fable qui enseignait l'importance de croire à six choses impossibles avant d'avoir pris le petit déjeuner.

CINQUIÈME PARTIE

Cul-de-sac

« Voyez! Voyez! s'écria Alice en tendant allégrement le doigt. C'est bien la Reine Blanche qui court à travers la campagne! Elle vient de sortir ventre à terre de la forêt qui se trouve là-bas. Dieu! que ces reines savent courir vite! » « Nul doute qu'elle ait un ennemi à ses trousses, dit le Roi sans prendre la peine de se retourner. Cette forêt en est pleine. »

Photo : le cliché d'amateur, en noir et blanc, qui a fait la première page des journaux du monde entier, montre les deux otages américains détenus quelque part en Afghanistan par le commandant Ibrahim, chef légendaire du groupe fondamentaliste dissident Djihad islamique. La jeune femme, qui n'est autre que la célèbre journaliste de télévision Maria Shaath, considère ses ravisseurs avec un sourire impatient. Un de ses producteurs à New York a dit qu'elle avait l'air préoccupée de quelqu'un qui va manquer une date butoir. Debout à côté d'elle, tournant le dos à une affiche représentant le Dôme doré de la mosquée de Jérusalem, il y a le jeune Américain que le Djihad islamique a identifié comme étant un officier de la CIA, mais dont le gouvernement des États-Unis soutient qu'il est attaché d'ambassade, affecté au consulat américain de Peshawar, au Pakistan. L'Américain contemple l'objectif avec un sourire sardonique et indifférent. Les deux prisonniers paraissent pâles et fatigués après plusieurs semaines de captivité.

1

Peshawar, jeudi 13 octobre 1983

Un tel nuage de poussière flottait au-dessus du terrain voisin de l'immense camp de réfugiés de Katchagan que les spectateurs installés dans les gradins de bois entendirent les sabots avant de voir les chevaux. «Les Pachtouns appellent ce jeu le *bozkachi* – littéralement "attrape-chèvre"», expliqua Manny. Il devait crier dans l'oreille d'Anthony pour se faire entendre par-dessus la clameur de la foule. Sur le terrain, vingt cavaliers tournoyaient en une mêlée confuse, se poussant et se cognant les uns les autres tout en se penchant de leur selle pour atteindre quelque chose à terre. «Vois ça comme une version un peu brutale du polo, poursuivit Manny. Ils balancent une chèvre décapitée sur le terrain. Tout est permis, sauf se servir d'un couteau. Ton équipe marque quand tu arraches la carcasse à l'autre équipe et que tu la laisses tomber dans le cercle.

– Et ça dure combien de temps ?» demanda Anthony, qui venait d'arriver d'Islamabad et portait encore la tenue kaki maculée de sueur et les Clark qu'il avait mis pour le voyage.

Manny lui rit au nez. «Ça continue jusqu'à ce que chevaux et cavaliers tombent d'épuisement.»

Anthony McAuliffe était un grand jeune homme dégingandé de plus d'un mètre quatre-vingts pour vingt-trois ans, qui, avec ses traits rudes et ouverts et sa tignasse rousse flamboyante, était le portrait craché de son père, Jack. Il contempla, de l'autre côté du terrain, la foule de jeunes gens assis sur la barrière en bois, occupés à se passer des joints (c'est ce qu'avait dit Manny) de main en main tout en encourageant les cavaliers de leur équipe favorite. Soudain, les fêtes d'étudiants à Cornell, l'entraînement de base à la Ferme, sa première affectation à Langley, tout cela lui apparut comme des images d'une autre vie. Derrière les gradins, des gosses à demi nus se disputaient un poulet mort pour imiter les adultes à cheval. Au-delà du terrain de jeu, Anthony distinguait un amas de maisons en terre qui s'étendait à perte de vue. À

Islamabad, le fascicule destiné aux officiers en poste à Peshawar indiquait que tant de réfugiés afghans avaient franchi les cols montagneux depuis le début du djihad contre l'invasion soviétique, près de quatre ans plus tôt, que les agences internationales avaient renoncé à les compter.

Manny dut remarquer l'expression sur le visage d'Anthony. «On se remet du choc culturel, assura-t-il. Dans une semaine ou deux, tout ça te paraîtra parfaitement naturel.

— C'est en partie ce qui m'inquiète», rétorqua Anthony.

Un rugissement s'éleva de la foule tandis qu'un cavalier arrachait la carcasse de chèvre des mains d'un adversaire avant d'éperonner sa monture. L'équipe adverse se lança à sa poursuite en poussant des hurlements. Une fois encore, les cavaliers se perdirent dans le nuage de poussière. L'un des deux gardes du corps de Manny, un barbu portant un épais gilet de laine avec un poignard orné de pierreries glissé dans sa ceinture et un fusil à double canon coincé sous un bras, désigna sa montre. Manny entraîna Anthony vers le parking. L'autre garde du corps, un géant portant un turban noir autour de la tête, fermait la marche. Le chauffeur de Manny, avachi derrière le volant d'une vieille Chevrolet, un joint coincé entre les lèvres, s'anima aussitôt. «Où ça, chef? demanda-t-il.

— Au salon de thé Khyber, dans le Bazar des Contrebandiers», indiqua Manny en prenant place avec Anthony sur la banquette arrière. L'un des gardes se glissa à côté de Manny, l'autre emporta son fusil devant.

«Où les as-tu dénichés? demanda à mi-voix Anthony. Dans un casting?

— Ce sont des Afridis, la tribu qui contrôle la passe de Khyber, expliqua Manny. Celui qui a un poignard dans la ceinture tranchait la gorge des Russes comme les musulmans égorgent les chèvres pour les fêtes rituelles.

— Comment peux-tu être sûr qu'il ne va pas trancher la nôtre?

— On ne peut pas.» Manny palpa son étui à revolver, sous sa saharienne. «C'est pour ça que j'ai toujours Betsy sur moi.»

Sans cesser de klaxonner à l'intention des bicyclettes, des mobylettes, des charrettes tirées par des ânes, des brouettes pleines de téléviseurs, de climatiseurs ou de machines à écrire électriques, le chauffeur prit la grande nationale en direction de l'ouest. Ils croisèrent un vieux car allemand dont le rouge avait viré au rose délavé, l'inscription originale («Düsseldorf-Bonn») encore visible au-dessus du pare-brise avant, et quelques diesels dont les carcasses avaient été tellement réparées qu'elles évoquaient ces vieilles femmes qui se sont fait faire un lifting de trop. Manny montra la route, devant eux. «La passe de Khyber commence à une vingtaine de kilomètres d'ici – les Perses de Darius, les Grecs d'Alexandre, les Tartares de Tamerlan, les Moghols de Babur sont tous passés par là.

— Et maintenant, c'est notre tour», remarqua Antony.

Des fantassins armés de fusils automatiques firent signe à la voiture de s'arrêter au point de contrôle. Sur le bord de la route, un soldat posté à l'arrière d'un pick-up Toyota pointa une mitraillette fine comme une aiguille sur la Chevrolet. « Des Pakis, murmura Manny. Ils contrôlent la route, mais leur autorité s'arrête à cinquante mètres de chaque côté. Au-delà, ce sont les tribus qui font la loi. »

« *Shenasnameh*, aboya un subalterne pakistanais aux moustaches cirées et favoris de sergent major britannique. Vos papiers. »

Manny tira d'une de ses poches une poignée de billets tout neufs et entrouvrit la vitre juste assez pour les donner. Le soldat pakistanais prit l'argent, se mouilla le pouce et le compta lentement. Satisfait, il salua et leur fit signe de passer.

Le Bazar des Contrebandiers, labyrinthe d'éventaires pareils à des cabanes où se vendait tout ce qu'il était possible d'imaginer, grouillait d'Afghans en *shalwar qamiz* – longue chemise et pantalon bouffant traditionnels. Où que regardât Anthony, il voyait les traces de la guerre : des hommes amputés d'une ou des deux jambes sautillaient sur des béquilles en bois, une adolescente essayait de faire signe à un taxi avec son moignon de bras, des jeeps Pajero bourrées de moudjahidin barbus brandissant des armes filaient en vrombissant vers la passe de Khyber et l'Afghanistan, des ambulances de fortune remplies de blessés et de mourants fonçaient, toutes sirènes hurlantes, vers Peshawar. Sur un terrain vague entre deux baraques, des revendeurs d'armes avaient étalé leur marchandise sur des bâches. Il y avait des rangées bien nettes d'Uzi israéliens, de M-1 américains, d'AK-47 en versions russe et chinoise et de tous les pistolets imaginables. Deux Syriens avaient monté des mitrailleuses de la dernière guerre sur des nattes. Juste à côté, sur une autre natte, un homme vêtu de la tunique sombre et flottante des Bédouins du désert vendait des treillis de camouflage, des cartouchières et des brodequins de combat noirs. Des mules chargées de caisses de munitions étaient attachées à une barrière, près d'une auge remplie d'eau boueuse. Des guerriers afghans portant des fusils d'assaut en bandoulière parcouraient le marché découvert, examinaient des armes et marchandaient les prix.

La Chevrolet tourna dans une ruelle défoncée et avança en cahotant jusqu'à une maison de bois à un étage avec une pancarte qui annonçait en anglais au-dessus de la porte : « Le dernier thé buvable avant la passe de Khyber. » Manny fit signe aux gardes du corps de rester près de la voiture. Anthony et lui franchirent le petit pont enjambant ce qui semblait un égout à ciel ouvert. « On est là pour rencontrer le Lion du Panshir, Ahmed Shah Massoud, expliqua Manny. C'est un Tadjik de la vallée de Panshir, qui coupe du nord de Kaboul à la frontière du Tadjikistan. Ce sont ses hommes qui soutiennent le gros de la lutte contre les Russes – les six autres groupes de résistance passent beaucoup de temps à se battre les uns contre les autres.

– Pourquoi ne pas lui fournir les armes directement, alors ? questionna Anthony.

– Le service de renseignements militaires paki, l'ISI, monopolise le marché de la redistribution des largesses américaines. En fait, ils ont d'autres priorités – ils veulent que la guerre se termine avec l'Afghanistan aux mains des fondamentalistes pour renforcer leur position contre l'Inde.

– Je vois que j'ai encore beaucoup à apprendre, constata Anthony.

– La Compagnie a beaucoup à apprendre, corrigea Manny. J'espère que le rapport que tu vas écrire leur ouvrira les yeux sur certaines choses. »

À l'intérieur, une femme recouverte d'une *bourka* pareille à un suaire se tenait accroupie devant une cheminée et actionnait le soufflet, attisant le feu de bois au-dessus duquel chauffaient les bouilloires. À l'écart, dans une alcôve, un dentiste itinérant creusait la dent d'un guerrier afghan qui avait franchi la passe de Khyber avec Massoud, la nuit précédente. Un adolescent pédalait sur une bicyclette soudée à un cadre métallique pour faire tourner la roulette que le dentiste tenait à la main. « Évite d'avoir une rage de dents ici, avertit Manny. Ils font les plombages avec de la grenaille fondue. »

Ils gravirent l'étroit escalier qui conduisait au salon privé, à l'étage. Deux gardes du corps de Massoud étaient en faction devant la porte. Curieusement, ils avaient tous les deux le visage fendu d'un sourire jusqu'aux oreilles. Le plus grand des deux serrait un antique MP-44 allemand dans ses bras, l'autre avait un énorme pistolet tchèque coincé dans la ceinture et tenait une petite cage de bambou contenant un canari jaune.

« Le canari est le premier système d'alerte de la résistance afghane, déclara Manny.

– Contre quoi ?

– Le piaf se retrouvera les pattes en l'air à la première bouffée d'arme chimique ou biologique des Russes. »

Massoud, mince, barbu, doté d'un regard franc et d'un sourire angélique, se leva d'un tapis de prière pour accueillir le chef d'antenne de la Compagnie à Peshawar. « Manny, mon ami », dit-il avec une poignée de main chaleureuse en l'attirant à l'intérieur de la pièce. Il désigna les tapis de prière étalés par terre. « Je suis très heureux de te revoir. »

Manny salua Massoud en dari, puis passa à l'anglais afin que son ami américain pût suivre la conversation. « Je voudrais te présenter un camarade, Anthony McAuliffe », dit Manny. Massoud eut un bref salut de tête, mais ne tendit pas la main. Alors que les visiteurs s'asseyaient en tailleur sur les tapis, une jeune fille qui portait un châle sur la tête s'approcha timidement et remplit deux tasses en fer-blanc de *khawa*, thé vert qui était le lot commun dans cette région de tribus.

Massoud bavarda pendant un quart d'heure – il mit Manny au courant des changements de ligne de front à l'intérieur du pays et de la répartition des forces soviétiques. Il lui donna le nom des combattants qu'il connaissait qui avaient été tués ou blessés au cours des trois mois qui s'étaient écoulés depuis leur dernière rencontre, il décrivit l'attaque audacieuse qu'il avait menée contre une base aérienne soviétique, détruisant trois hélicoptères soviétiques et capturant un colonel russe. Manny voulut savoir ce qu'il était advenu du Russe. « Nous avons proposé de l'échanger contre les deux moudjahidin qui ont été faits prisonniers pendant l'assaut, répondit Massoud. Les Russes les ont renvoyés vivants, attachés à la selle d'une bête de somme. On leur avait juste coupé la main droite au niveau du poignet. » Massoud haussa les épaules. « Nous leur avons rendu leur colonel moins le même nombre de mains. »

À la tombée de la nuit, des réchauds à bois furent allumés dans les cabanes du marché, et un noir d'encre fondit sur le bazar tout entier. Massoud accepta une nouvelle tasse de thé vert, puis arriva aux choses sérieuses. « Ça se passe comme ça, Manny, dit-il. Les armes modernes que vous donnez à l'ISI pakistanaise finissent aux mains de l'armée pakistanaise, qui cède alors son armement périmé aux moudjahidin. Nous nous battons contre l'envahisseur soviétique avec un gros handicap. La situation a empiré au cours des derniers mois parce que les Russes ont commencé à utiliser des avions d'observation pour diriger le tir de leurs hélicoptères.

– Il existe des radars portables pour repérer les hélicoptères. »

Massoud secoua la tête. « Ils traversent la vallée en rasant les arbres et nous tombent dessus sans prévenir. Nos mitrailleuses et nos fusils antiaériens sont inefficaces contre leur blindage. Beaucoup de moudjahidin ont été tués ou blessés de cette façon. Un radar n'améliorera pas la situation. Mais il existe des Stinger à tête chercheuse… » Il faisait référence aux missiles sol-air tirés à l'épaule qui pouvaient faire sauter un avion ou un hélicoptère en plein vol à une distance de cinq kilomètres.

Manny le coupa tout de suite. « Les Stinger sont hors de question. Nous avons demandé au Pentagone – ils ont trop peur que les missiles ne finissent aux mains de fondamentalistes islamistes après la fin de la guerre.

– Qu'on nous donne ces missiles, Manny, et les fondamentalistes n'auront pas le pouvoir en Afghanistan après la défaite des Russes. » Massoud se pencha en avant. « C'est le groupe qui vaincra les Russes qui décidera de l'avenir de l'Afghanistan – si les États-Unis d'Amérique veulent un État libre et démocratique, vous devez me soutenir.

– Oui, mais vous, les Tadjiks, vous êtes un groupe ethnique minoritaire. Tu sais aussi bien que moi que nous ne pouvons pas vous donner de matériel sophistiqué sans perturber l'équilibre délicat entre les divers groupes de résistance.

– S'il n'est pas possible d'avoir le Stinger, plaida Massoud, alors l'Oerlikon suisse – il est assez puissant pour abattre les hélicoptères russes.

– L'Oerlikon ne convient pas à la guérilla. Les munitions nécessaires pour percer les blindages sont chères et les armes elles-mêmes sont très complexes et d'un entretien compliqué. Nos experts disent que l'Oerlikon ne serait plus en état de marche après la traversée de la passe de Khyber.

– Que reste-t-il, alors ? demanda Massoud.

– Les armes conventionnelles.

– Et l'arme la plus conventionnelle de toutes, c'est le substitut qui fait la guerre à votre place.

– C'est votre pays qui est occupé par les Russes. C'est votre guerre.

– Mais c'est dans votre intérêt de battre les Russes...

– Y a-t-il autre chose sur ta liste de commissions ? »

Levant sa main ouverte pour s'avouer vaincu, Massoud tira un bout de papier de la poche de son pantalon en lainage. « Des fournitures médicales, principalement des produits anesthésiques et des antibiotiques. Des prothèses orthopédiques aussi – à moins, bien sûr, que ton Pentagone n'ait peur qu'elles ne finissent sur le corps de fondamentalistes quand les Russes seront vaincus. »

Manny prit des notes sur un calepin à spirale. « Je ferai ce que je pourrai », assura-t-il.

Massoud se leva avec élégance. « Moi aussi, je ferai ce que je pourrai, Manny. » Il passa un bras autour des épaules du jeune homme et l'entraîna de côté. « J'ai entendu dire que le *rezident* du KGB à Peshawar, Fet, essaye d'établir des contacts avec des groupes fondamentalistes islamistes. Dans quel but, je ne sais pas. J'ai pensé que cette information t'intéresserait.

– Effectivement », répondit pensivement Manny.

Le Lion du Panshir se tourna vers Anthony et le dévisagea avec un petit sourire enjoué. « L'Afghanistan était autrefois un pays d'une beauté incroyable, dit-il. Avec la guerre, c'est comme si une sorte de gangrène avait envahi ses artères. Les nouveaux venus ont du mal à voir au-delà de cette infection. » Le petit sourire s'épanouit en un grand sourire lumineux ; de fines ridules partaient en étoile du coin de ses yeux. « Essayez quand même. »

Anthony se leva. « J'essayerai », promit-il.

Lorsque la Chevrolet passa devant l'aéroport, en rentrant sur Peshawar, Manny montra la piste, visible derrière la clôture grillagée drapée de tapis du Turkestan, de soies de Boukhara et de peaux de mouton du Kurdistan disposés par des vendeurs de rue. « Le U-2 de Gary Powers a décollé d'ici en 1960, remarqua-t-il.

– C'est l'année de ma naissance, nota Anthony.

– J'avais treize ans à l'époque, dit Manny. Je me souviens qu'Ebby était rentré du boulot avec l'air d'avoir vu un fantôme. Quand Elizabet lui a demandé ce qui se passait, mon père a allumé la radio et on a écouté les infos dans la cuisine – Francis Gary Powers avait été abattu par un missile sol-air soviétique au-dessus de Sverdlovsk. C'est là que j'ai appris l'expression : "Il va y avoir du grabuge".»

Ils firent halte à l'espèce de forteresse que constituait le consulat américain dans le cantonnement britannique, pour que Manny puisse vérifier courrier et messages, puis prirent la route de l'Hôpital, tournèrent à gauche dans Saddar et se garèrent derrière le Dean's Hotel, troquet local où se retrouvaient journalistes, diplomates et visiteurs de marque. Le *tchowkidar* armé posté à l'entrée, un Pachtoun au visage glabre défiguré par des cicatrices de brûlure au napalm, reconnut Manny et le laissa passer avec Anthony, mais arrêta les deux civils saoudiens qui arrivaient derrière eux pour vérifier leurs passeports diplomatiques. Anthony sur les talons, Manny traversa le hall miteux pour gagner la salle de restaurant en terrasse, prit une table que venaient de quitter trois Pakistanais et commanda un assortiment d'entrées chinoises et deux bières Murree à un jeune Afghan qui attendait près des tables. Les entrées grésillaient dans les assiettes quand une jeune femme aux cheveux bruns coupés très court sur une nuque blanche et lisse se glissa sans y être invitée sur une chaise libre. Elle portait une culotte de cheval kaki enfoncée dans des boots souples et une longue chemise de coton ras du cou boutonnée jusqu'en haut. Elle prit du bout des doigts un morceau d'agneau grillé dans une assiette et le fourra dans sa bouche. « Qu'est-ce que t'a dit Massoud que je ne sache déjà ? demanda-t-elle.

– Comment sais-tu que j'ai vu Massoud ?» rétorqua Manny.

La jeune femme leva des yeux très noirs débordant de gaieté. «Je le tiens d'un fondamentaliste enragé qui s'appelle Oussama ben Laden, pendant que je buvais un whisky à l'eau au Pearl Bar.» Elle sortit un paquet de Lucky Strike et, comme les deux hommes refusaient les cigarettes, s'en colla une entre les lèvres et l'alluma avec un petit briquet d'argent. «Tu le connais ?» Manny fit non de la tête et elle reprit : «Ça ne m'étonne pas – il exècre l'Occident comme il exècre les Russes, et l'Amérique symbolise l'Occident. Un mec barbu, une trentaine d'années, émacié, avec une espèce de charme glacé à la place des yeux. Il est collecteur de fonds à plein temps pour plusieurs groupes de moudjahidin. Vous auriez intérêt à le tenir à l'œil, ce type-là – le bruit qui court sur ben Laden, c'est qu'il a hérité plusieurs centaines de millions de dollars de son grand-père saoudien et qu'il n'est pas en panne de grands projets pour les dépenser.»

Manny eut un sourire entendu en direction d'Anthony. «Tu peux saluer Maria Shaath, qui a plus de couilles que nombre de ses collègues mâles. Elle est célèbre pour se tourner vers la caméra sur un champ de bataille en disant : "L'Afghanistan est un endroit où des enfants armés et chargés de souvenirs entreprennent de réparer des torts perpétrés contre les arrière-grands-pères de leurs grands-pères." Maria, je te présente Anthony McAuliffe.

– Je vous ai déjà vue à la télé », commenta Anthony.

Maria fixa son regard direct sur lui. « Encore un espion ? » questionna-t-elle d'une voix suave.

Anthony se racla la gorge. « Je suis attaché au consulat américain.

– Oui, c'est ça, et moi je suis Maria Callas venue distraire les moudjahidin de la passe de Khyber en leur chantant des arias d'opéras italiens. » Elle se tourna vers Manny. « C'est un petit jeune – faut le mettre au courant.

– On l'a envoyé pour rédiger un rapport sur le pipeline des armes... les gens qui nous payent veulent savoir dans quelle mesure ce qu'ils envoient à l'ISI des Pakis arrive aux mecs qui tirent effectivement sur les Russes. »

Maria but de la bière dans la chope d'Anthony, puis s'essuya les lèvres du revers de son petit poing. « J'aurais pu t'épargner le voyage, dit-elle. La réponse est : quasi pas. Offre-moi à dîner et je te ferai partager mes lumières. » Elle eut un petit sourire crispé.

« L'Afghanistan est un vrai sac de nœuds, dit-elle au-dessus d'un bol de ce que le menu présentait sous le nom de chop suey. C'est un endroit où on peut troquer un exemplaire de *Playboy* contre une bouteille de whisky de quinze ans d'âge, et se faire trancher la gorge parce qu'on a été surpris à dormir les pieds tournés vers La Mecque. Il y a en réalité plein de guerres qui se chevauchent : des guerres ethniques, des guerres de clans, des guerres tribales, des guerres autour de la drogue, des guerres religieuses, les chiites iraniens contre les sunnites afghans, les taleb qui étudient le Coran dans leurs *madrasas* pakis contre la diaspora afghane dans les universités laïques, les Tadjiks de Massoud contre tout le monde, les wahhabites saoudiens contre les sunnites irakiens, les capitalistes avec un petit c contre les Communistes avec un grand C, le Pakistan contre l'Inde.

– Tu as oublié le plus important, intervint Manny. Les résistants afghans contre les Russes.

– Oui, il y a cette guerre-là aussi, même si elle se perd parfois dans la mêlée. Écoute, la vérité, c'est que les Américains ne comprennent que très vaguement ce qui se passe et se retrouvent le plus souvent à soutenir le mauvais cheval. Il faut arrêter de chercher des solutions rapides à des problèmes de longue haleine.

– Nous n'allons pas leur donner de missiles Stinger, si c'est à ça que tu penses, insista Manny.

– Vous finirez par le faire, prédit Maria. Ça vous démange tellement de prendre votre revanche par rapport au Viêtnam que vous n'entendrez bientôt plus la douce voix de la raison. Et puis, quand la guerre sera finie, les ben Laden retourneront les armes que vous leur avez données contre vous. »

Anthony demanda : « Qu'est-ce que tu ferais si tu étais présidente des États-Unis ?

– D'abord, j'arrêterais de filer des armes à l'ancien vendeur de chez Peugeot qui se fait passer pour un descendant du prophète. Je battrais froid aux groupes dissidents qui veulent créer le parfait État islamique à l'image du califat du septième siècle.

– Tu penses que l'occupation russe en Afghanistan est un moindre mal? voulut savoir Manny.

– Je pense que vous préparez le prochain désastre en choisissant de régler trop vite le dernier désastre. Je dis qu'il faut s'accrocher un peu. Je dis que le voyage n'est pas terminé tant que tu n'as pas copulé avec le chameau.»

Manny fit la grimace. «Copuler avec un chameau, c'est un peu cher payer pour aller là où tu vas.»

Maria fit battre ses paupières légèrement asiatiques. «Critique pas tant que t'as pas essayé.

– Tu parles par expérience? demanda Manny.

– *Bilagh*!» répliqua Maria.

Manny traduisit à l'intention d'Anthony : «C'est l'équivalent perse de "va te faire foutre".»

Maria partit en riant soutirer une tasse de café à Hippolyte Afanassievitch Fet, *rezident* du KGB local, sinistre cinquantenaire aux joues creuses qui était la risée de Peshawar à cause de son incroyable ressemblance avec Boris Karloff. Il dînait à une table d'angle en compagnie de son épouse, beaucoup plus jeune et délicieusement séduisante, et de deux hommes qui faisaient partie de son personnel.

Maria rattrapa Manny et Anthony sur le parking, trois quarts d'heure plus tard. «Vous pouvez me déposer à University Town? demanda-t-elle.

– Pourquoi pas?» répliqua Manny.

Les deux gardes du corps se tassèrent à côté du chauffeur, et Maria se glissa à l'arrière, entre Manny et Anthony. «Alors, qu'est-ce que raconte Boris Karloff? s'enquit Manny.

– Hé! Je ne lui répète pas ce que tu me dis, fit-elle remarquer.

– Il le demande?

– Bien sûr qu'il le demande.»

Manny capitula. «Je retire ma question.»

Le soleil plongeait sous les monts Sulayman quand la voiture prit la route de Jamrud, à l'ouest de l'aéroport, traversant les rues rectilignes et tranquilles du quartier des consulats et résidences chic louées par des responsables de l'Agency for International Development américaine, des Pakistanais de la haute société et des chefs afghans de la résistance. La Compagnie disposait d'une villa entourée de hauts murs prise en sandwich entre la propriété d'un trafiquant de drogue pachtoun et un entrepôt rempli de prothèses orthopédiques. Maria partageait une maison avec une demi-douzaine d'autres journalistes à une rue de là. La Chevrolet ralentit à un carrefour pour laisser passer un car rempli d'enfants. Sur le bas-côté, une pancarte indiquait : «Conduisez prudemment, et demandez l'aide d'Allah tout-puissant.» «Il y a deux sortes d'experts en Afghanistan, expliquait Maria. Ceux qui sont ici depuis moins de six semaines, et ceux qui y sont depuis plus de six mois.

– Dans quelle catégorie tu te ranges ? » demanda Anthony.

Devant eux, une charrette tirée par un bœuf bloquait la route. Deux hommes vêtus d'une longue chemise et d'un pantalon bouffant semblaient se battre contre un essieu cassé. « Dans la deuxième catégorie, commença à répondre Maria. Je suis ici depuis sept mois… »

À l'avant de la Chevrolet, le chauffeur lança des regards inquiets autour de lui en s'arrêtant à une vingtaine de mètres de la charrette. « Ça ne me plaît pas », marmonna-t-il. Le garde du corps au turban tira un automatique 45 de son étui d'épaule. Un crissement de freins se fit entendre derrière eux.

Trois jeeps stoppèrent net, prenant la Chevrolet dans leurs phares. « *Dacoït*, s'écria le chauffeur. Des bandits. » Le garde du corps au fusil ouvrit violemment la portière, plongea au sol, fit un tour sur lui-même et vida ses deux chargeurs sur la jeep la plus proche. Un phare grilla. Un crépitement staccato de mitraillette retentit. Le pare-brise explosa. Des silhouettes sombres s'approchèrent de la voiture. Le chauffeur, atteint en pleine poitrine, s'effondra sur le volant. L'avertisseur hurla. Le garde du corps enturbanné tomba vers la droite, le torse à demi sorti de la voiture. Sur la chaussée, un homme écarta d'un coup de pied le fusil des mains du garde du corps, colla le canon d'une arme contre son dos et tira. Le garde du corps eut une secousse, puis s'immobilisa. À l'intérieur de la Chevrolet, Manny arracha Betsy à son étui. Avant même qu'il ne puisse en retirer le cran de sûreté, des mains pénétrèrent dans la voiture et le tirèrent de la banquette arrière. Des barbus firent sortir Anthony et Maria par l'autre portière et les entraînèrent vers l'un des deux camions bâchés garés derrière les jeeps. Dans leur dos, l'un des assaillants se pencha au-dessus du garde du corps enturbanné pour s'assurer qu'il était mort. Le garde du corps bougea, leva son arme et tira à bout portant, fracassant l'épaule de son agresseur d'une balle dont la tête tendre avait été entaillée à la main. Un autre homme portant des bottes de combat donna un violent coup de pied dans la tête du garde du corps puis se baissa et lui trancha la gorge à l'aide d'un yatagan turc aiguisé comme une lame de rasoir. À l'arrière du camion bâché, les trois prisonniers furent projetés au sol et on leur lia les mains derrière le dos avec des lanières de cuir. On leur mit ensuite des capuches de cuir malodorantes sur la tête. La voix étouffée de Maria se fit entendre : « Oh, merde ! j'avais vraiment besoin de ça. » Le camion se mit à vibrer sous eux lorsque le chauffeur mit l'accélérateur au plancher et prit à toute allure une rue latérale. Quelques minutes plus tard, les deux camions bringuebalaient tous feux éteints sur une piste de terre, coupant à travers la nature vers la passe de Khyber.

Hippolyte Afanassievitch Fet se fraya un chemin dans le labyrinthe de ruelles du bazar Meena pour gagner l'échoppe du tatoueur, au-dessus de l'acuponcteur pakistanais dont l'enseigne colorée annonçait : « Yeux, oreilles, gorge & problèmes sexuels ». Les deux gardes du corps ouvrirent leurs blousons afin de pouvoir dégainer rapidement et gravirent l'escalier grinçant en premier pour inspecter les lieux. L'un d'eux réapparut et dit que Fet pouvait entrer. Celui-ci pénétra dans la pièce éclairée par une ampoule de quarante watts et s'assit sur le fauteuil rouge de barbier qui trônait au milieu. Des ombres dansaient sur les nattes de paille qui tapissaient les murs en planches. Le sol était couvert de taches vertes, vestiges de crachats de *naswar*, ces boulettes de tabac, épices et citron vert mêlés que les Pakistanais gardent coincées sous la lèvre inférieure. On entendait au-dehors deux guerriers des montagnes complètement partis au hachisch pisser dans le caniveau. Fet jeta un coup d'œil sur le téléphone posé sur la table, puis consulta sa montre.

L'un des gardes du corps commenta : « Peut-être que votre montre avance.

– Peut-être que ça n'a pas marché, lança son collègue, près de la porte.

– Peut-être devriez-vous garder vos réflexions pour vous », grogna Fet.

À minuit trois exactement, le téléphone sonna. Fet s'empressa de décrocher. À l'autre bout du fil, une voix dit en anglais, avec un fort accent : « Ibrahim est en route pour Yathrib. Il n'est pas seul. »

Fet marmonna « *Khorocho* » puis coupa la communication avec son index. Il composa ensuite le numéro de l'officier de service au consulat soviétique. « C'est moi, dit-il. Je vous autorise à envoyer le message codé au Centre de Moscou. »

Le camion avait gravi une petite route de montagne pendant près de trois heures. Aux premières lueurs de l'aube le conducteur, qui virait et rétrogradait sans cesse pour éviter des trous d'obus, le fit entrer dans une clairière en terre-plein et coupa le moteur. La bâche fut dénouée et repliée, le hayon baissé et les trois prisonniers, mains toujours liées derrière le dos, descendus sans ménagement. Des mains retirèrent la capuche de peau qu'ils avaient sur la tête. Anthony se remplit les poumons de l'air pur des montagnes et regarda autour de lui. Ils se trouvaient visiblement dans une sorte de camp de partisans installé en altitude, mais il était impossible de savoir s'ils se trouvaient encore au Pakistan ou bien avaient gagné l'Afghanistan. Des crêtes superposées de monts bleu-gris plongeaient vers un horizon de cendre veiné d'argent terni. Anthony eut le sentiment qu'on pouvait y voir l'infini des siècles et le dit à voix haute.

« Tu confonds le temps et l'espace, nota aigrement Maria.

– Ça m'a paru pratiquement la même chose, insista Anthony.

– Les deux faces d'une même pièce, renchérit Manny.

– Exactement », fit le jeune McAuliffe.

Autour du camp de partisans, des barbus, certains portant une couverture sur les épaules, d'autres des capotes des surplus de l'armée américaine, chargeaient des armes et des munitions sur des ânes et des chameaux. Des chiens se battaient pour un os. Près d'une construction basse en briques de boue séchée, un mollah barbu coiffé d'une calotte blanche lisait des versets du Coran à un cercle d'hommes assis en tailleur à même la terre. À l'orée de la clairière, un gamin tira au bazooka sur un arbre à bout portant, l'abattant dans une pluie d'éclats. Puis il en approcha une brouette et entreprit de ramasser du bois de chauffe.

Le moteur peinant, son pot d'échappement crachant une fumée noire, le second camion remonta la piste de montagne et s'arrêta sur le terre-plein. Une silhouette mince et élancée descendit du côté passager. L'homme portait un col roulé noir sous une tunique afghane sale lui arrivant aux genoux, un gros pantalon de velours côtelé anglais, des bottes Beal Brothers sur mesure et une toque pachtoune brune ornée d'une amulette protégeant des tirs isolés. Il avait la peau claire, les cheveux longs et emmêlés sous sa toque, et arborait une barbe courte, teintée au henné. Il avait les yeux sombres et le regard intense d'un chasseur, cerné d'ombres profondes qui ne provenaient pas du manque de sommeil. Des doigts de la main gauche, il égrenait un chapelet d'ivoire en s'approchant des prisonniers. Il regarda par-dessus les montagnes. « Il y a cinq ans, je me tenais au sommet de cette montagne et je regardais les chars russes descendre cette route, dans la vallée, dit-il en anglais avec la voix aiguë et les r roulés d'un Palestinien. Mes hommes et moi, nous sommes restés assis sur ces pierres toute une matinée, tout un après-midi et toute une soirée, et les chars continuaient d'arriver. Au bout d'un moment, nous avons cessé de les compter – il y en avait trop. Beaucoup de nouvelles recrues du djihad venaient des montagnes et n'avaient jamais vu une automobile auparavant, mais Allah leur a donné la force de combattre les chars. Ils ont tiré des roquettes sur les chars russes en se servant de marteaux quand les systèmes de percussion des lance-roquettes cassaient. Depuis ce temps-là, beaucoup de chars ont été détruits et beaucoup de moudjahidin sont morts. Nous faisons encore la guerre à ces chars. »

De très loin au-dessous d'eux leur parvint un sifflement de moteurs de jets, bien qu'aucun appareil ne fût visible. Les hommes s'interrompirent pour scruter les profondeurs obscures de la vallée. Des lueurs vives explosèrent sans bruit, illuminant davantage la brume rase que le sol lui-même. Des balles traçantes rouges et vertes se croisaient dans le ciel tandis que des boîtes de napalm embrasaient des portions de route qui suivaient un cours d'eau. Les doigts du grand chef rebelle pétrissaient les perles du chapelet lorsqu'il se retourna vers les trois prisonniers. « Je suis le commandant Ibrahim. Vous êtes sur mon territoire. La loi pakistanaise est derrière nous, la loi afghane est devant nous. Ici, c'est le *Pashtounwali* – le code moral pachtoun – qui prédomine, et je suis son gardien.»

Quatre moudjahidin sortirent une civière de l'arrière du second camion et se dirigèrent vers la construction basse en briques de boue, portant le guerrier blessé par le garde du corps, pendant l'attaque de la Chevrolet. Ce qui restait de son épaule était maintenu en place par un foulard ensanglanté noué en travers de sa poitrine. Le corps secoué de tremblements, l'homme gémissait de douleur. Ibrahim prit un peu d'eau de pluie saumâtre dans une flaque avec une boîte de conserve rouillée, et la porta aux lèvres du blessé. Puis il suivit la civière avec les trois prisonniers. Anthony dut se baisser pour pénétrer dans la pièce sombre remplie d'une fumée qui sentait le hachisch. Une demi-douzaine de rebelles trop jeunes pour porter la barbe étaient installés autour d'un fourneau renflé, et fumaient le narguilé. Deux vieux s'occupèrent du blessé, qu'on avait étendu sur une planche étroite. L'un d'eux tenait une lampe à huile au-dessus de l'épaule défoncée pendant que l'autre défaisait le bandage de fortune puis recouvrait la blessure à vif de miel. Les prisonniers suivirent Ibrahim dans une pièce adjacente. Là, un jeune garçon coupa les lanières qui leur enserraient les poignets, les fit asseoir sur des coussins de paille à même le sol et leur offrit à chacun un bol de thé à la pomme bouillant. Ibrahim but le sien à grosses gorgées sonores. Au bout d'un moment, le garçon revint avec un plateau de nourriture. Les trois prisonniers et Ibrahim eurent chacun droit à un *nan*, ces galettes de pain non levé qui cuisent dans des trous creusés à même la terre, et à un petit bol en bois rempli d'un ragoût de chèvre assez gras et de riz gluant. Ibrahim se mit à manger avec les doigts de la main gauche – Manny remarqua qu'il ne se servait pas de la droite, qui restait posée sur ses genoux. Les prisonniers se regardèrent et mangèrent avec appétit. Lorsqu'il eut terminé son bol, Ibrahim rota et s'adossa au mur. «Tant que vous serez avec moi, dit-il, vous serez traités, dans la mesure du possible, comme mes hôtes. Je vous conseille de vous reposer à présent. Nous nous mettrons dès l'aube en route pour un long voyage.» Là-dessus, Ibrahim se décoiffa, ramena ses genoux à son menton et se recroquevilla sur deux coussins. L'instant d'après, il paraissait profondément endormi.

Maria tira un bloc de sa poche et en couvrit une page d'une écriture minuscule. Manny croisa le regard d'Anthony, fit un signe de tête imperceptible vers les deux petites fenêtres protégées par une grosse grille de fer et prononça silencieusement le mot «fuite». Tous deux appuyèrent la tête contre le mur, mais sans parvenir à dormir. De la pièce voisine leur parvenait la plainte ininterrompue du blessé et, régulièrement, un cri étouffé : «*lofti konin*».

À près de minuit, l'un des vieux qui s'était occupé du blessé pénétra dans la pièce et toucha Ibrahim au coude. «*Rahbar*», dit-il avant de se pencher pour glisser quelque chose à l'oreille du commandant. Ibrahim se redressa, alluma une cigarette turque malodorante, toussa à la première bouffée puis se leva et suivit le vieillard. La voix suppliante du blessé se fit entendre de l'autre côté de la cloison : «*Khahesh mikonam, lofti konin.*» Manny traduisit pour ses compagnons : «Il dit : "Je vous en supplie, rendez-moi ce service."»

La voix d'Ibrahim psalmodia : «*Achadou an la ilaha illallah Mohammad rasouloullah.*» Le blessé parvint à répéter certains mots. Il y eut un moment de silence. Puis la détonation sèche d'une arme de petit calibre résonna entre les murs de terre. Quelques instants plus tard, Ibrahim revint dans la pièce et s'assit lourdement sur le coussin de paille.

«C'était un musulman vertueux, déclara-t-il, et un *chahid* – ce que nous appelons un martyr de guerre. Il passera sûrement l'éternité entouré de superbes vierges.»

Maria lui lança : «Que se passe-t-il quand une femme vertueuse meurt?»

Ibrahim considéra la question. «Elle ira sûrement au paradis aussi. Mais ce qui se passera ensuite, je n'en suis pas sûr.»

Bien avant que l'aube n'atteigne la clairière, on secoua les trois prisonniers pour les réveiller et on leur offrit des gâteaux secs et une tasse de thé fort. Ibrahim apparut à la porte. «Vous resterez enfermés dans cette pièce pendant que nous enterrons notre camarade, annonça-t-il. Ensuite, nous commencerons notre voyage.» Lorsqu'il fut parti et eut verrouillé la porte derrière lui, Manny bondit sur ses pieds et s'approcha d'une des fenêtres grillées de fer. Il distingua quatre hommes qui portaient le corps enveloppé dans un drap blanc et étendu sur une planche de l'autre côté de la clairière. Marchant deux par deux, certains tenant à la main une torche électrique ou une lampe à gaz, suivait une longue file de moudjahidin. Le cortège disparut derrière la crête de la montagne. Anthony essaya la porte, mais elle ne voulut pas céder. Maria chuchota : «Et la grille de la fenêtre?»

Manny passa ses doigts à travers les mailles métalliques et tira dessus. «C'est cimenté dans la brique, déclara-t-il. Avec un couteau ou un tournevis, on pourrait peut-être la déboîter.»

Anthony repéra une bombe insecticide dans un coin. Il la ramassa et la secoua – il restait encore un peu de liquide à l'intérieur. «Donne-moi ton briquet», ordonna-t-il à Maria.

Manny comprit instantanément ce qu'il voulait faire. Il prit le briquet, frotta la pierre et produisit une flamme qu'il approcha de la grille. Anthony leva l'aérosol et projeta le jet d'insecticide directement sur la flamme, le transformant en une sorte de chalumeau qui fit fondre lentement le métal. Quand trois côtés du panneau eurent été dégagés, Manny enfonça la grille.

«Vas-y d'abord», le pressa Anthony.

Manny ne voulut pas perdre de temps à discuter. Il se hissa sur le rebord de la fenêtre et fit passer son corps à travers la petite ouverture. Les extrémités déchiquetées de la grille déchirèrent ses vêtements et l'égratignèrent. Anthony le poussa par les pieds et Manny finit par rouler sur le sol, de l'autre côté de la fenêtre. Anthony s'accroupit, et Maria grimpa sur ses épaules pour se faufiler par l'ouverture. Elle en était à la moitié quand le verrou de la porte s'ouvrit et qu'Ibrahim apparut sur le seuil.

« Tire-toi, Manny ! » cria Anthony.

Ibrahim donna l'alarme. Des bruits de course emplirent la clairière derrière le bâtiment de boue séchée tandis que les moudjahidin se lançaient à la poursuite de Manny. Des cris retentirent. Des jeeps et des camions s'approchèrent en rugissant du bord de la clairière et balayèrent de leurs phares les champs qui descendaient jusqu'à un ravin. Des coups de feu furent tirés. À l'intérieur, Maria recula dans l'encadrement de la fenêtre et atterrit dans les bras tendus d'Anthony. Les bras et les épaules en sang à cause de ses écorchures, elle se retourna pour faire face à Ibrahim. Il leur fit signe avec son arme de quitter le bâtiment et les suivit dans la clairière. La chasse à l'homme s'interrompit brusquement. Les phares des jeeps et des camions s'éteignirent les uns après les autres. Un combattant barbu accourut pour dire quelque chose à voix basse à Ibrahim. Celui-ci rejoignit alors les autres qui s'agenouillaient pour la première prière du jour. Des rangées d'hommes se prosternèrent dans la poussière, face à La Mecque. Ibrahim se tourna vers Anthony alors que deux de ses hommes liaient les poignets des prisonniers derrière leur dos. « Mes soldats me disent que le prisonnier qui s'est enfui est certainement mort. » Il regarda par-dessus les moudjahidin en prière, vers le rai de lumière qui effleurait le sommet de la chaîne de montagnes la plus éloignée, hérissée comme un dos de chat. « C'est aussi ce que je pense, ajouta-t-il. Mais Dieu peut penser autrement. »

2

Washington, DC, mercredi 19 octobre 1983

«C'est des conneries, monsieur le sénateur», grommela Casey, directeur de la CIA, dans le combiné. Il plongea deux doigts dans son whisky soda et plaqua en arrière sur son crâne les quelques mèches de cheveux blancs qui lui restaient. «S'il y avait une once de vérité dans tout ça, je vous remettrais ma démission dès demain.» Il écouta un instant, serrant les lèvres et rejetant la tête en arrière comme le faisait le sénateur lorsqu'il présidait la commission d'enquête du Sénat[1]. «Écoutez, dit enfin Casey pour interrompre le monologue, tout le monde sait que j'ai dirigé la campagne du Président. Mais ce Machin-Chose, là, du *Washington Post*, débloque complètement quand il suggère que je dirige sa campagne de réélection à partir de Langley.» Casey écarta le combiné de son oreille et laissa le sénateur débiter son discours. Il connaissait tout ça par cœur : la Maison-Blanche était tout entière tournée vers une seule direction – la popularité du Président; la recherche de la popularité oriente la politique; le secret le mieux gardé à la capitale était que Reagan et ses grands pontes de la Maison-Blanche étaient complètement ignares dès qu'il s'agissait des Affaires étrangères; le Président avait en outre un problème d'audition, de sorte qu'on ne pouvait jamais être sûr, quand on lui faisait un rapport, d'avoir été entendu ou pas; il ne disait jamais non à quoi que ce soit, c'était toujours *Oui, bon* ou *Ça me paraît bien, mais euh...* après quoi la phrase se perdait; les prises de décisions, quand on arrivait à en obtenir, émanaient toujours de l'état-major de la Maison-Blanche sans qu'on sût jamais de qui exactement; ce pouvait tout aussi bien être Nancy Reagan qui dirigeait en fait le pays. Le plus terrible, bien que Casey ne fût pas prêt à l'admettre devant le sénateur, c'est que tout cela était vrai. Reagan ne s'était jamais vraiment remis de la balle que John Hinckley lui avait tirée à deux

---

1. Senate Select Committee on Intelligence (SSCI), commission chargée du contrôle parlementaire des services de renseignements *(N.d.T.)*.

centimètres du cœur, deux ans et demi auparavant. «Quand on raconte qu'il ne sait même pas où se trouve le bureau du secrétaire général de la Maison-Blanche, c'est de la médisance pure et simple, monsieur le sénateur, assura Casey, toujours fidèle à son vieux copain Ron. Il est vrai que Reagan est un homme qui a une vision très générale des choses, mais il a toujours été au fait de tout ce que je lui apporte à la Maison-Blanche, y compris, il y a deux semaines, le dégommage du 747 coréen égaré dans l'espace aérien soviétique.»

La fille de Casey, Bernadette, passa la tête par la porte du fumoir et montra l'étage au-dessus : les gens que son père attendait étaient arrivés. «Je vous rappelle, monsieur le sénateur – les affaires de la Compagnie m'attendent.» Il écouta encore un instant puis grommela «Comptez sur moi», avant de raccrocher. «Fais-les descendre», dit-il à sa fille.

Ebby, directeur adjoint de Casey à la CIA, était allé attendre l'avion qui ramenait Manny à la base aérienne de McGuire, puis avait conduit directement son fils (après un bref coup de fil à Nellie) à la maison de brique brune que le directeur venait de faire construire dans le nouveau quartier chic créé dans l'ancienne propriété de Nelson Rockefeller, près de Foxhall Road, au nord-ouest de Washington. Tout en descendant l'escalier, puis alors qu'ils traversaient trois salons, il glissa à Manny : «Jack passera peut-être. Il est malade d'inquiétude pour Anthony – si tu as des détails horribles, je t'en prie, garde-les pour toi. Ça ne sert à rien de l'alarmer plus que nécessaire.

– Anthony n'est pas blessé ni rien, assura Manny. C'est vraiment pas de chance que lui et la petite Shaath n'aient pas eu le temps de sortir par la fenêtre. Je m'en veux encore d'être passé le premier...

– Ce n'est la faute de personne, alors arrête de t'en vouloir.» Ebby pénétra dans le fumoir et Casey quitta le canapé pour lui serrer la main. «Je vous présente mon fils, Manny», dit-il.

Casey leur montra deux fauteuils recouverts de cuir. «Je n'ai pas besoin de vous dire à quel point je suis content que vous ayez pu vous tirer de là», déclara-t-il. Il s'appuya sur son dossier et demanda à Manny les détails de son évasion.

«C'est grâce à Anthony», dit Manny, qui expliqua comment le fils de Jack avait transformé une bombe insecticide en chalumeau pour dessouder la grille de la fenêtre. «J'étais passé, et Maria Shaath était à moitié sortie quand le chef des rebelles...» Casey, connu pour sa mémoire photographique, avait lu le câble que Manny avait envoyé d'Islamabad. «Celui qui se fait appeler le commandant Ibrahim? s'enquit-il.

– C'est ça, le commandant Ibrahim. Ils venaient d'enterrer le combattant touché pendant l'attaque; Ibrahim est arrivé et a donné l'alarme. Dans l'obscurité, je me suis laissé glisser dans un ravin. J'étais en train de remonter de l'autre côté quand ils ont allumé des phares. Il y a eu des coups de feu.

J'ai levé les bras, comme si j'avais été touché, je me suis laissé tomber derrière un promontoire et j'ai roulé au fond de la ravine. Après ça, je n'ai plus eu qu'à marcher pendant trois jours dans la direction générale du soleil levant.»

Le DCI, juriste de formation qui avait été chef des services secrets de l'OSS à la fin de la Deuxième Guerre, appréciait le côté romanesque des opérations de renseignements. «À vous entendre, c'était simple comme bonjour, dit-il en se rapprochant. Comment avez-vous fait pour boire et manger?

– L'eau n'a pas posé de problème – je croisais pas mal de ruisseaux et filets d'eau. Quant à la nourriture, j'avais repris une formation de survie à la Ferme avant de partir à Peshawar, alors je savais reconnaître les champignons, les racines et les baies comestibles. Et puis, trois jours après mon évasion, j'ai repéré un feu de camp. C'était une caravane de chameaux afridi qui faisait passer de la contrebande d'Afghanistan par la passe de Khyber. Je leur ai donné les cinq billets de cent dollars que j'avais cachés dans ma ceinture, et je leur en ai promis autant s'ils me ramenaient à Peshawar.»

Lorsque Jack arriva, Manny dut lui raconter une fois encore son évasion. Casey, dont le manque de patience était légendaire, commençait à s'agiter sur son canapé. Jack, le visage crispé par l'angoisse, demanda : «Dans quel état était Anthony la dernière fois que tu l'as vu?

– Il n'a pas été blessé pendant l'enlèvement, Jack, assura Manny. Il était en très bonne forme, physique et mentale.

– D'après ce que je sais, intervint le directeur, nous n'avons rien sur ce commandant Ibrahim.

– Il n'y en a pas trace au fichier central. Le bureau afghan du Département d'État n'a jamais entendu parler de lui. La NSA n'a rien sur lui non plus.

– Ce qui signifie, commenta Ebby, qu'il a surgi de nulle part.

– À part la description physique que nous a donnée Manny, qu'est-ce que nous avons d'autre? demanda le directeur.

– Il parle anglais avec ce qui ressemble à un accent palestinien, indiqua Manny. Il est donc possible qu'il ait été élevé au Moyen-Orient.

– Il a pu se faire les dents dans un camp d'entraînement du Hezbollah ou du Hamas», commenta Jack. Il se tourna vers le directeur. «Il faut qu'on mette les Israéliens sur le coup – ils surveillent de près les fondamentalistes islamistes dans les rangs palestiniens.

– Autant commencer par là, convint Casey. Qu'en est-il du rapport de l'informateur kalasha?

– De quel rapport s'agit-il? questionna Jack, prêt à se raccrocher au moindre espoir.

– C'est arrivé tard la nuit dernière, répondit Ebby. Nous avons un informateur chez les Kalashas – c'est une vieille tribu de non-musulmans qui vivent dans trois vallées le long de la frontière afghane – qui prétend qu'un

Palestinien nommé Ibrahim fait entrer des armes au Pakistan pour les vendre à Peshawar. D'après notre Kalasha, Ibrahim fait le voyage tous les deux mois – il achète des armes automatiques à Dubaï, traverse le Golfe et l'Iran en camion, puis fait passer la marchandise au Pakistan et remonte jusqu'aux régions tribales à dos de bêtes.

– Votre informateur vous a-t-il donné une description physique ? s'enquit Jack.

– En fait, oui. Le Kalasha dit qu'Ibrahim est grand et mince, avec des cheveux longs et une amulette à sa toque pour le protéger des tirs isolés. Il a le bras droit partiellement paralysé...

– C'est bien le commandant Ibrahim, l'interrompit Manny tout excité. Il mangeait et il égrenait son chapelet de la main gauche. Il avait toujours le bras droit pendant le long du corps ou posé sur les genoux.

– C'est un début, décréta Casey. Qu'est-ce que le Kalasha a dit d'autre sur ce fameux Ibrahim ?

– Il le décrit comme un fondamentaliste enragé en quête de djihad, dit Ebby. Il déteste les Américains à peine moins qu'il ne méprise les Russes.

– On dirait bien qu'il a trouvé son djihad, commenta Manny.

– Ce qui nous amène au fax qui a atterri au consulat américain de Peshawar », intervint Casey, pressé d'avancer. Ses yeux inexpressifs se posèrent sur Ebby à travers ses lunettes démesurées. « Sommes-nous certains qu'il émanait bien de cet Ibrahim ?

– Le fax paraît authentique, répondit Ebby. Il était écrit à la main, en lettres capitales. Il contenait deux fautes grammaticales – des verbes qui ne s'accordent pas avec leur sujet – et deux fautes d'orthographe qui suggèrent que l'anglais n'est pas la langue maternelle de l'auteur. Il n'y a bien sûr aucun moyen de pouvoir repérer le lieu d'où le message a été faxé. C'est arrivé pendant la nuit. Notre équipe l'a trouvé au matin. Il y est fait mention de trois otages – Manny s'était certainement déjà échappé, mais le commandant Ibrahim l'a sans doute cru mort et a préféré passer le fait sous silence, ce qui est logique si on se met à sa place.

– Ils veulent des Stinger, déclara Jack.

– Tout le monde veut des Stinger, là-bas, glissa Manny.

– Mais tous ceux qui veulent des Stinger ne prennent pas d'otages, commenta Jack, la mine sombre.

– Moi, reprit Casey, je suis tout à fait d'accord pour leur donner des Stinger – je suis pour tout ce qui peut faire morfler les Russes – mais la garde prétorienne du Président est constituée de poules mouillées. Ils ont peur de l'escalade. Ils ont peur de fâcher les Russes. » Le directeur secoua la tête devant tant d'absurdité. « Comment se fait-il qu'on finisse systématiquement par faire cette guerre froide avec une main liée derrière le dos ? Il faut toujours que tout soit tellement licite. Quand est-ce qu'on va se battre pour de vrai ?

Cette histoire de guérilla contra au Nicaragua en est le parfait exemple. J'ai des tas d'idées créatives sur le sujet que je voudrais vous proposer, Ebby. Si nous pouvions mettre la main sur un peu de fric qui passerait inaperçu aux yeux de la commission du Sénat...»

Le téléphone rouge posé près du canapé sonna. Casey décrocha et colla le combiné contre son oreille. «Quand êtes-vous rentré, Oliver? demanda-t-il. C'est bon, prévenez-moi dès que le paiement sera transféré. À ce moment-là, on déterminera la prochaine étape.» Il écouta à nouveau. «Bon Dieu, non – vous dites à Pointdexter que le Président a déjà donné son accord, alors ce n'est pas la peine de l'embêter avec les détails. Si jamais quelque chose tournait mal, il faut qu'il puisse nier de façon crédible avoir été au courant de quoi que ce soit.» Casey ricana dans le combiné. «Mais si jamais ça arrivait, c'est votre tête qui tombe, et ensuite celle de l'amiral. Et si le Président a encore besoin d'un cadavre tout chaud entre lui et la presse, ce sera au tour de ma tête.»

«Où en étions-nous? s'enquit Casey lorsqu'il eut raccroché. D'accord, on n'a qu'à creuser un peu du côté israélien pour voir si l'accent palestinien du commandant Ibrahim mène quelque part. Et voyons si ceux qui décryptent les photos satellite ont trouvé quelque chose... Votre rapport, Manny, faisait état de deux camions bâchés, de quelques jeeps et d'une soixantaine de rebelles islamistes. Si un escargot laisse une trace sur une feuille, merde, ces types doivent bien laisser une trace quelque part en Afghanistan. Pour gagner du temps, nous allons donner pour instruction à l'antenne de Peshawar de répondre au fax...

– Ils sont censés mettre un message dans les annonces personnelles de l'édition en anglais du *Times* d'Islamabad, dit Jack. Établissons un dialogue avec les ravisseurs, si indirect soit-il. Laissons-les croire que nous sommes prêts à leur échanger des Stinger contre les otages. Mais nous voulons des preuves qu'ils sont encore en vie. Il faut gagner le plus de temps possible, et puis voir où ça mène.»

Nellie débarrassa la table et empila la vaisselle dans l'évier. Manny remplit une fois encore les verres à vin et les porta au salon. Il se laissa tomber sur le canapé, épuisé tant physiquement que mentalement. Nellie s'étendit; la tête sur la cuisse de son mari. De temps à autre, elle prenait le verre à long pied par terre, relevait la tête et buvait une gorgée de vin. À la radio, une nouvelle chanteuse qui avait pour nom Madonna Louise Ciccone gueulait une chanson qui commençait à monter au hit-parade : *Like a Virgin*. «Le type du Mossad a apporté sept classeurs remplis de photos d'identité, dit Manny. J'ai vu tellement de militants islamistes que je n'ai plus les yeux en face des trous.

– Alors, as-tu trouvé ce fameux Ibrahim?

– Nellie ? »

La jeune femme eut un rire amer. « Oups, désolée. Il a vraiment fallu que je perde la tête pour penser que juste parce que mon amant de passage et mari absent avait été embarqué de force par un musulman fanatique, il allait me laisser entrevoir un secret de la Compagnie tel que l'identité du fanatique en question. C'est vrai quoi, je pourrais aller le dire au *New York Times*...

– On doit respecter certaines règles...

– T'as vraiment de la chance que je t'aime, assura Nellie. T'as vraiment de la chance que je sois trop soulagée pour me bagarrer. » Elle faisait bonne figure, mais elle était au bord des larmes ; d'ailleurs, elle était au bord des larmes depuis qu'il était rentré. « Je la déteste, ta putain de Compagnie, fit-elle avec une soudaine véhémence. Et l'une des raisons qui fait que je la déteste, c'est que tu l'aimes autant. »

En fait, Manny avait fini par tomber sur Ibrahim dans les classeurs du Mossad. Après deux heures et vingt minutes d'examen, une photo avait surgi de la page – Ibrahim était plus jeune, plus mince, et avait les cheveux courts, mais il n'y avait pas d'erreur possible. Curieusement, cette version antérieure d'Ibrahim avait les yeux de quelqu'un de traqué – et pas ceux du chasseur. Les Israéliens identifièrent l'homme de la photo comme étant Hadji Abdel al-Khouri, et ne tardèrent pas à fournir un portrait : al-Khouri, né en septembre 1944 à Djeddah, en Arabie Saoudite, s'avéra être à moitié saoudien, à moitié afghan. Il était le dernier fils de Kamal al-Khouri, un millionnaire saoudien d'origine yéménite qui avait fondé un véritable empire du bâtiment en construisant des routes, des aéroports et des centres commerciaux au Moyen-Orient et en Inde. Sa mère était la deuxième des trois épouses de Kamal, ravissante jeune fille de dix-sept ans dont le père était un prince pachtoun rencontré à Kaboul. Alors qu'il approchait les vingt ans et suivait une formation d'ingénieur à l'université du Roi Abdul-Aziz, à Djeddah, Hadji abandonna ses études, prit le nom de guerre d'Abou Azzam et partit en Jordanie rejoindre le Fatah, ancêtre de l'Organisation de libération de la Palestine. Arrêté par les Israéliens à Hébron, en Cisjordanie, pour tentative d'assassinat sur un Palestinien soupçonné de collaborer avec le Shin-bet israélien, Abou Azzam passa deux ans dans une lointaine prison du Néguev. Après sa libération (pour manque de preuves), en 1970, il rompit avec l'OLP lorsqu'il fut convaincu que son chef, Yasser Arafat, était trop enclin au compromis avec les Israéliens. Au début des années 1970, l'OLP condamna Abou Azzam à mort par contumace pour avoir fait le serment de tuer Arafat et le roi Hussein de Jordanie. Le renégat du Fatah s'enfuit alors à Bagdad, fonda le Djihad islamique et organisa une série d'actions terroristes contre des cibles arabes et israéliennes, dont, en 1973, l'occupation de l'ambassade saoudienne à Paris. Lorsque l'Union soviétique envahit l'Afghanistan, en 1979, Abou Azzam prit encore une autre identité – à partir de là, on le connaît sous le nom d'Ibrahim – et déplaça le Djihad islamique dans les montagnes de l'Hindu Kush, à l'est de la capitale afghane, Kaboul. Se servant de la centaine de millions de dollars hérités de son père, il créa des centres secrets de recrutement et de formation un peu partout dans le monde arabe, et établit des liens avec les musulmans extrémistes pakistanais Tablighi Jama'at, le Hebz-i-Islami de Gulbuddin Hekmatyar et autres groupes islamistes extrémistes du Moyen-Orient. Ce que tous ces groupes avaient en commun, c'était une haine fanatique à la fois de l'envahisseur soviétique de l'Afghanistan et des Américains qui se servaient des combattants islamistes comme chair à canon pour lutter contre les premiers. Ibrahim et les autres réduisaient l'occidentalisation à une laïcisation et à un rejet du rôle dominant de l'Islam dans la définition de l'identité politique et culturelle d'un pays. Ibrahim attendait en particulier la défaite soviétique et la fin de la guerre afghane pour que s'établisse le respect strict de la loi coranique en Afghanistan, et que soit renversée la famille qui régnait selon des lois féodales sur l'Arabie Saoudite. Ibrahim se disait en effet que si l'Arabie Saoudite et ses richesses pétrolières devaient tomber aux mains des fondamentalistes, l'Islam – en contrôlant la quantité de pétrole extrait et le prix du baril – serait en position de force pour défendre la foi contre les infidèles occidentaux.

Jack exulta lorsqu'il apprit que Manny avait réussi à identifier Ibrahim. «Nom de Dieu, tu en es sûr à cent pour cent ?» demanda-t-il sur une ligne sécurisée interne à la Compagnie, et Manny put entendre son soupir de soulagement quand il lui eut répondu que ça ne faisait aucun doute. Jack dévala l'escalier qui menait aux bureaux où travaillait Millie, un étage plus bas – elle assumait à présent, en plus de ses fonctions habituelles de relations publiques, celles de porte-parole principal de la Compagnie – et attira sa femme dans le couloir pour lui faire part de la nouvelle encourageante sans être entendu par la demi-douzaine d'assistants et secrétaires qui travaillaient avec elle. «C'est un premier pas dans la bonne direction», lui dit-il en prenant ses petites mains moites entre ses grosses paluches et en hochant la tête d'un air têtu, comme s'il cherchait à se convaincre lui-même que l'histoire ne pouvait que bien finir. Grâce aux Israéliens, chuchota-t-il, la Compagnie disposait à présent d'une photo d'identité pour accompagner la description de Manny. Un message «action immédiate, top secret», avait été envoyé à toutes les antennes, signé par le directeur lui-même, William Casey, et contresigné par le DD-O, votre dévoué John J. McAuliffe, en mettant bien l'initiale du milieu, ce qu'il ne faisait jamais, pour en souligner l'importance. La Compagnie, disait le message, considérait comme une priorité absolue d'identifier et d'arriver à infiltrer les centres de recrutement et de formation du Djihad islamique au Moyen-Orient. Il en allait de la vie d'un officier de la Compagnie. Toutes les sources potentielles ayant des liens avec des groupes islamistes devaient être sondées, et le moment était venu d'encaisser les reconnaissances de dettes. Quelles que soient les dépenses occasionnées, il fallait toutes affaires cessantes remuer ciel et terre pour retrouver le commandant Ibrahim et ses deux otages.

«Qu'est-ce que tu en penses, Jack?» demanda Millie. Elle voyait bien la sale tête qu'il avait et savait qu'elle ne devait pas valoir mieux. «Tu crois qu'il y a une chance de sortir Anthony de ça vivant?

– Je te le promets, Millie… je te le jure…

– Je sais que tu vas y arriver, Jack, murmura-t-elle. Je sais que tu réussiras. Tu réussiras parce que, sinon, nous n'y survivrons pas.»

Jack hocha vigoureusement la tête. Puis il s'éloigna à la hâte de cette femme dont les yeux étaient trop chargés d'angoisse pour qu'il pût les regarder.

Jack coinça Ebby à la fin de sa journée de travail. Tous deux s'assirent genoux contre genoux dans un coin du vaste bureau du DDCI, au sixième étage, à parler à mi-voix en tenant un verre de trois doigts de scotch sec à la main. Il y avait une nuance de désespoir dans les yeux fatigués de Jack; dans sa voix blanche aussi. «Je suis tombé sur un rapport israélien qui décrivait comment les Russes traitent les prises d'otages, dit-il. Trois diplomates soviétiques ont été kidnappés à Beyrouth par un commando du Hezbollah. Le KGB n'est pas resté à se morfondre en se demandant ce qu'ils pourraient bien faire. Ils ont enlevé un parent d'un dirigeant du Hezbollah et ils ont renvoyé son cadavre avec ses testicules fourrés dans sa bouche et un message cloué – cloué, tu te rends compte ! – sur la poitrine, avertissant que les chefs du Hezbollah et leurs fils subiraient le même sort si les trois Soviétiques n'étaient pas libérés. Au bout de quelques heures, les trois diplomates étaient relâchés sains et saufs à quelques rues de l'ambassade soviétique.» Jack se pencha vers Ebby et baissa la voix. «Écoute, on a identifié les ravisseurs – cet Ibrahim doit bien avoir des frères, des cousins ou des oncles…»

Il y eut un silence embarrassé. Ebby contempla ses lacets de chaussures. «On n'est pas le KGB, Jack, dit-il enfin. Je ne suis pas sûr que nos gardiens du Sénat nous laisseraient employer le même genre de tactique.

– Mais on n'a pas besoin de le faire nous-mêmes, protesta Jack. On pourrait trouver des exécutants – Harvey Torriti saurait à qui s'adresser.

– Je sais à quel point tu dois avoir peur, Jack, répliqua Ebby. Mais c'est exclu. La CIA est une espèce suffisamment menacée comme ça. Il n'est pas question que je valide une initiative de ce genre.» Il examina Jack attentivement. «Et je ne laisserai pas mon DD-O le faire non plus.» Ebby se leva. «Je veux ta parole que tu ne tenteras rien de stupide, Jack.

– Je décompressais un peu, c'est tout.

– J'ai ta parole?»

Jack leva les yeux. «Oui, Ebby. Tu l'as.»

Le DDCI acquiesça d'un hochement de tête. « Cette conversation n'a jamais eu lieu, Jack. À demain. »

Gardant un œil sur l'odomètre, Tessa courait sur le tapis de jogging de la salle de gym bricolée au sous-sol de Langley. « Je préfère courir ici, disait-elle à sa jumelle, Vanessa, que dans la rue avec tous ces gaz d'échappement. »

Vanessa, programmatrice IBM engagée par la Compagnie l'année précédente pour moderniser son système informatique d'extraction de données, était allongée sur le dos et repoussait une barre d'une dizaine de kilos pour faire travailler ses abdos. « Quoi de neuf dans le vaste monde du contre espionnage ? » demanda-t-elle.

Une femme massive portant un survêtement et une serviette autour du cou. personnage qui n'était pas loin d'être une légende car elle était la première femme chef d'antenne de l'histoire de la CIA, abandonna l'autre tapis de jogging et se dirigea vers les douches. Tessa attendit qu'elle fût hors de portée de voix. « En fait, je suis tombée sur un truc plutôt intrigant », dit-elle, et elle entreprit de mettre sa sœur au courant.

En partie parce qu'elle était la fille de Leo Kritzky, actuel chef des opérations de Jack McAuliffe, en partie du fait de son remarquable parcours universitaire, Tessa travaillait au contre-espionnage depuis qu'elle avait décroché son diplôme de Bryn Mawr, en 1975. Sa mission la plus récente avait été d'étudier de près les transcriptions des programmes en langue anglaise de la radio soviétique, pour essayer d'y trouver des schémas, des répétitions, des expressions ou des phrases pouvant apparaître hors contexte, en supposant que le KGB communiquait régulièrement avec ses agents aux Amériques en leur transmettant des messages codés lors de ces émissions. « Il y a sept mois, expliqua Tessa, ils m'ont remis les transcriptions d'une émission de jeu culturel en langue anglaise qui passe la nuit sur Radio Moscou ondes courtes depuis l'été 1950. »

Vanessa se laissa glisser sous la barre, puis se redressa pour s'asseoir par terre, le dos au mur, puis s'essuya le cou et le front avec une serviette. « Ne me dis pas que tu as fini par trouver un message codé là-dedans ? dit-elle.

– Si, j'ai trouvé quelque chose », assura Tessa. Un coup d'œil sur le podomètre lui indiqua qu'elle avait parcouru plus de huit kilomètres. Elle éteignit le tapis roulant et alla s'asseoir près de sa sœur. « Tu te rappelles à quel point j'aimais *Alice au Pays des Merveilles* et *De l'autre côté du miroir* quand j'étais petite. Je les ai tellement lus que je les connaissais pratiquement par cœur. Eh bien ! à la fin de chaque émission, ils donnaient une citation d'un classique anglais et demandaient au concurrent de l'identifier. Au cours des trente-trois ans qu'a duré ce programme, ce qui donne pas loin de douze mille émissions de quinze minutes, ils ont utilisé des citations de Lewis Carroll pas moins de vingt-quatre fois. Je m'en suis rendu compte parce que c'étaient les seules questions auxquelles je pouvais répondre. » Tessa rejeta la tête en arrière et cita quelques exemples : « "Plus il y a du mien, moins il y a du vôtre", ou "Ruginiflant par le bois touffeté" ou encore "Je n'aimerais pas appartenir au songe d'autrui." »

– Je ne vois pas comment tu pourrais décoder ces phrases... commenta Vanessa.

– J'ai étudié les systèmes de code soviétiques et d'Europe de l'Est aux cours de la National Security Agency à Fort Meade, répondit Tessa. Certains codes du KGB sont en fait des signaux d'identification – des phrases bien particulières qui signalent à l'agent qu'autre chose le concernant va suivre dans l'émission.

– D'accord, admettons que les vingt-quatre citations d'*Alice* et de *L'autre côté du miroir* soient un signal destiné à un agent, dit Vanessa. La question est : un signal de quoi ?

– Juste après les citations, ils donnent toujours le numéro gagnant de la loterie, répondit Tessa.

– Combien de chiffres ?

– Dix.

– C'est le nombre de chiffres d'un numéro de téléphone si tu y ajoutes l'indicatif régional. » Vanessa réfléchit un instant. « Mais le numéro de loterie lui-même ne peut pas être le numéro de téléphone, ce serait trop évident.

– À l'école du chiffre de la NSA, commenta Tessa, on nous enseignait que les agents est-allemands qui opéraient en Allemagne de l'Ouest au début des années cinquante recevaient tous un billet de dix dollars américain – le numéro de série des billets leur servait de code secret qu'ils soustrayaient au numéro de loterie annoncé par la radio est-allemande pour obtenir un numéro de téléphone. »

Vanessa parut perplexe. « Tu disais qu'il y avait vingt-quatre citations d'*Alice* et de *L'autre côté du miroir*... Si tu as raison, ça voudrait dire qu'il y a vingt-quatre numéros de loterie transcrits en vingt-quatre numéros de téléphone sur une période de trente-trois ans. Mais pourquoi faudrait-il que l'agent soviétique ait à chaque fois un nouveau numéro à appeler ? »

Tessa avait une réponse toute prête : « L'une des pratiques de base du KGB exige que les coupe-circuits ne restent jamais au même endroit. Il est donc possible que l'agent ait eu besoin de joindre un coupe-circuit qui change régulièrement de numéro de téléphone.

– Tu as montré ce que tu as trouvé au patron ?

– Oui, mais il a dit que ce pouvait être une simple coïncidence. Et même si ce n'était pas le cas, il ne voyait pas comment retrouver un numéro de téléphone à partir d'un numéro de loterie, étant donné qu'il existe un nombre infini de possibilités pour le numéro secret.

– Hé ! intervint Vanessa, les ordinateurs peuvent très bien traiter de nombres infinis de possibilités. Laisse-moi essayer. »

Vanessa, qui programmait une unité centrale IBM, resta après ses heures de travail pour jouer un peu avec les numéros de loterie diffusés sur Radio Moscou après les citations de Lewis Carroll. Une vérification auprès du bibliothécaire de la CIA lui apprit que les indicatifs régionaux avaient été introduits au début des années cinquante, soit vers l'époque où avait débuté l'émission de jeu culturel en langue anglaise. Vanessa décida donc que les numéros de loterie à dix chiffres cachaient des numéros de téléphone à dix chiffres incluant un indicatif régional de la côte est. Elle commença par le numéro de loterie gagnant qui venait après la première citation d'*Alice* (« Et la morale de tout cela est : plus il y a du mien, moins il y a du vôtre. ») diffusée le 5 avril 1951 : 2056902023. En effectuant une série d'équations par l'ordinateur, elle découvrit qu'il y avait de fortes chances pour qu'un numéro secret à huit chiffres commençant par un trois et un zéro, soustrait du numéro de loterie à dix chiffres, donne un numéro de téléphone à dix chiffres commençant par 202, indicatif de Washington, DC, où les filles supposaient que le coupe-circuit devait vivre. En utilisant un nombre secret à huit chiffres qui commençait par un trois et un zéro, Vanessa put également retrouver l'indicatif 202 des vingt-trois autres numéros de loterie.

Les résultats étaient hypothétiques, mais la probabilité statistique qu'il s'agisse d'un hasard était mince.

Le numéro secret comportait encore six chiffres à trouver après le trois et le zéro. Vanessa resta coincée là-dessus pendant presque toute une semaine. Puis, un soir, elle sortit dîner avec son petit ami juriste dans un restaurant chinois à deux rues de l'appartement qu'elle partageait avec sa sœur à Fairfax, derrière le périphérique. Le petit ami alla payer à la caisse avec sa carte bleue et lui demanda de laisser le pourboire. Vanessa tira deux billets d'un dollar de son porte-monnaie et les aplatit sur la table. Elle avait la tête bourdonnante des chiffres que lui recrachait l'ordinateur depuis près de dix jours. Elle regardait les billets quand leur numéro de série parut s'en détacher soudain. Elle secoua la tête et regarda encore. L'histoire de Tessa comme quoi les espions est-allemands opérant à l'Ouest se servaient des numéros de série de billets de dix dollars américains pour obtenir les numéros de téléphone à appeler lui revint. Le premier numéro de loterie de l'émission de jeu diffusée sur Radio Moscou datait du 5 avril 1951. L'agent soviétique à qui était destiné le code devait donc avoir un billet de dix dollars imprimé avant cette date. Les numéros de série qui figuraient sur les billets américains entraient dans des suites, non ? Il ne lui restait plus qu'à trouver les numéros de série qui étaient en circulation entre, disons, la fin de la guerre et avril 1951, et à les rentrer dans l'ordinateur.

Le lendemain matin, dès la première heure, Vanessa prit rendez-vous avec un représentant du ministère des Finances et passa à son bureau l'après-midi même. Oui, les numéros de série qui figuraient sur les billets formaient des suites. Pas de problème, il pouvait lui fournir toutes les suites en circulation entre 1945 et avril 1951 : il suffisait de regarder dans les archives. Si elle voulait bien attendre, il pouvait demander à son assistant de sortir le registre et de lui photocopier les pages concernées.

Le soir même, une Tessa très excitée regardant par-dessus son épaule, Vanessa parcourut la liste des suites de numéros de série des billets de dix dollars en circulation avant avril 1951, jusqu'à ce qu'elle en trouve une qui commence par les fameux trois et zéro. En 1950, le trésor avait imprimé pour 67 593 240 dollars de billets de dix dont le numéro de série commençait par une lettre de l'alphabet suivie par 3089, suivis par quatre autres chiffres et terminé par une autre lettre de l'alphabet.

Vanessa se tourna alors vers son ordinateur central et commença par traiter le nombre 3089 ; en ôtant 3089 du premier numéro de loterie gagnant, elle obtint un indicatif et un numéro de téléphone qui existaient au début des années cinquante – 202 601. Il ne restait plus alors que quelque 9 999 numéros de téléphone à vérifier.

« Ce que nous cherchons, rappela Tessa à sa sœur, c'est quelqu'un qui avait un numéro de téléphone correspondant à 201 601, et puis qui a déménagé dans la semaine qui a suivi le 5 avril 1951. » Tessa dansait presque d'excitation. « Oh, là là ! fit-elle. Tu crois que ça va vraiment marcher ? »

L'intendance du KGB avait tiré les stores vénitiens et transformé la suite au deuxième étage du Kremlin en clinique fonctionnelle. Elle était animée vingt-quatre heures sur vingt-quatre par des médecins et des infirmiers spécialisés en hémodialyse, et équipée d'un rein artificiel de fabrication américaine pour pallier une défaillance rénale grave. Iouri Vladimirovitch Andropov – l'ancien ambassadeur soviétique à Budapest à l'époque du soulèvement hongrois de 1956, patron du KGB de 1967 à 1982, Secrétaire général du parti communiste et chef incontesté du gouvernement soviétique depuis la mort de Leonid Brejnev, en 1982 – était l'unique patient de cette clinique. Après dix mois de pouvoir, Andropov souffrait, à soixante-neuf ans, d'une insuffisance rénale chronique et ne tenait que grâce à des séances régulières d'hémodialyse permettant d'épurer son sang de ses déchets métaboliques. Mort en sursis (les médecins ne lui donnaient que six mois à vivre tout au plus), le visage pâle et tiré, ne pouvant se concentrer que pendant des périodes relativement courtes, Andropov était en position assise sur son lit, une couverture électrique remontée jusqu'à son cou décharné. «Je suis las des querelles, dit-il à Starik. Les huiles de l'armée viennent ici tous les deux jours, la poitrine tombant sous le poids des médailles, pour me jurer qu'il est encore possible de gagner la guerre, que ce n'est qu'une question de détermination et qu'il faut tenir malgré les pertes.»

Starik dit un mot sur le fait que son service se concentrait sur l'adversaire principal, mais Andropov ne l'écoutait pas. Il voulait s'épancher : «Ensuite, ce sont les grands pontes du KGB qui passent avec leurs dernières évaluations, qui sont les mêmes que les précédentes – il est impossible de gagner la guerre en Afghanistan, on ne pourra jamais battre les fondamentalistes musulmans, il faut ordonner à l'armée de sauver les meubles afin que nous puissions faire en sorte de retourner les fondamentalistes contre les intérêts américains.» Énervé, Andropov secoua la tête et jeta un coup d'œil sur la fiche de rendez-vous jaune. «Il est écrit là-dessus que vous avez demandé à me voir pour parler de KHOLSTOMER.

– Le Comité des Trois du Politburo est exactement partagé, Iouri Vladimirovitch, expliqua Starik. Il y a un membre pour le projet, un membre contre et un troisième qui hésite.

– Qui est contre ? demanda Andropov.

– Le camarade Gorbatchev.»

Andropov ricana. «Mikhaïl Sergueïevitch est censé être spécialiste des questions agricoles, et même cela reste à prouver – ces derniers temps, il n'a à la bouche que les mots *glasnost* et *perestroïka*, comme si la *transparence* et la *reconstruction* étaient des potions magiques qui allaient régler tous nos problèmes économiques.» Il fit signe à l'infirmier assis près de la fenêtre de sortir de la chambre. Une fois qu'ils furent seuls, Andropov demanda à Starik : «Votre projet KHOLSTOMER, là, c'est le même que celui que j'ai validé quand j'étais à la tête du KGB ? Celui qu'a refusé ensuite Brejnev ?

– Il y a eu de petites modifications apportées depuis l'époque du camarade Brejnev – le projet a dû être adapté pour prendre en compte la capacité du Federal Reserve Board américain d'injecter des ressources monétaires pour contrer une attaque massive contre le dollar.»

Andropov tendit ses doigts tremblants pour monter le thermostat de la couverture électrique. «Rafraîchissez-moi la mémoire, demanda-t-il.

– Depuis le milieu des années cinquante, le KGB détourne des devises en provenance des ventes de gaz de notre société GazProm, ainsi que des ventes d'armes et de pétrole à l'étranger. Nous avons discrètement créé ce qu'on appelle des sociétés prête-noms dans divers paradis fiscaux – dans l'île de Man, à Jersey et Guernesey, en Suisse et aux Caraïbes. La particularité de ces sociétés est qu'elles appartiennent à deux autres sociétés qui sont elles-mêmes la propriété de sociétés domiciliées à Genève ou aux Bermudes, qui sont à leur tour...»

Andropov leva une main impatiente. « J'ai compris.

– Nous contrôlons actuellement environ soixante-trois milliards de dollars par l'intermédiaire de ces sociétés. La beauté de KHOLSTOMER, c'est que tous ces dollars sont déposés physiquement dans des banques new-yorkaises, lesquelles sont incapables d'identifier les réels propriétaires de ces comptes. Maintenant, à tout moment, il y a entre cinq et six cents milliards de dollars qui changent de mains à New York, sur ce que les cambistes appellent le marché à règlement immédiat – ce qui signifie que la vente de ces dollars s'exécute dans l'instant.

– Comment pouvez-vous espérer miner le dollar américain si vous ne possédez qu'une fraction de ces six cents milliards disponibles ?

– Nous estimons qu'en nous montrant assez rusé, c'est-à-dire en glissant des articles dans la presse internationale stigmatisant la faiblesse intrinsèque du dollar, puis en manipulant intelligemment le marché, la vente brutale de nos soixante-trois milliards entraînera à la fois les gens et les institutions – spéculateurs, compagnies d'assurances, banques privées, caisses de retraites et, plus particulièrement, banques centrales asiatiques et européennes – dans une véritable panique générale. Nous prévoyons que l'argent de la panique multipliera par dix les soixante-trois milliards d'origine, ce qui donnerait un total de près de six cents milliards de dollars écoulés sur le marché – ce qui viendrait en plus des ventes de dollars habituelles en ce jour. Un mouvement de cette ampleur ne pourra que produire un effet boule de neige. La banque centrale américaine, autrement dit la Federal Reserve Bank, interviendra tout naturellement en achetant des dollars pour tenter de stabiliser la monnaie américaine. Mais, à condition de les prendre par surprise, d'après ce que nous avons prévu, cette intervention arrivera trop tard et sera trop limitée pour empêcher le dollar de dégringoler. Nous avons calculé que soixante-dix pour cent des avoirs en monnaies étrangères des banques centrales du Japon, de Hongkong, Taïwan et la Malaisie sont en dollars américains ; nous parlons là d'une somme avoisinant les mille milliards de dollars. Quatre-vingt-dix pour cent de ces mille milliards sont détenus sous forme de bons du trésor américains. Nous avons des agents d'influence dans ces quatre territoires, des gens qui occupent des postes clés dans les banques centrales ainsi qu'un agent allemand proche du chancelier ouest-allemand Helmut Kohl. Au premier signe de dégringolade du dollar US, nos agents pousseront leurs banques centrales respectives à vendre vingt pour cent de leurs avoirs en bons du trésor américains afin de faire barrage à toute détérioration ultérieure. À ce moment-là, à la dégringolade de la monnaie américaine s'ajoutera la chute du marché obligataire américain, qui entraînera là encore la panique et l'effondrement de Wall Street. On pourra alors s'attendre à ce que le Dow Jones, qui atteint actuellement les douze cents points, chute brutalement. Les Bourses européennes plongeraient à leur tour. Les Européens qui détiennent des actifs en

dollars se laisseraient eux aussi gagner par la panique et vendraient leurs intérêts américains dans leur hâte de convertir leurs actifs personnels et de société
en or.»

La paupière droite d'Andropov tressauta. «Pouvez-vous prédire les effets
à long terme de KHOLSTOMER sur le principal adversaire?

– Les taux d'intérêt aux USA, puis en Europe et en Asie grimperaient brutalement pour répondre à l'effondrement du marché obligataire. Avec la
hausse des taux d'intérêt viendrait la hausse des prix, ce qui entraînerait une
baisse des ventes des sociétés américaines, tant sur le territoire américain qu'à
l'étranger, menant tout droit à une aggravation dramatique du déficit américain. Cette situation aboutirait à une poussée inflationniste, un ralentissement
économique et une hausse brutale du chômage. Le chaos de l'économie américaine ne manquerait pas d'avoir des répercussions politiques, surtout en
France et en Italie où des partis communistes puissants peuvent proposer des
solutions de rechange susceptibles de libérer leur économie du joug économique américain et d'entamer des liens de coopération plus étroits, pour arriver finalement à un alignement avec le bloc soviétique. L'Allemagne de
l'Ouest, l'Espagne et la Scandinavie ne tarderaient sûrement pas à suivre pour
éviter de se retrouver isolés.»

On frappa doucement à la porte. Un jeune infirmier poussa un chariot en
acier jusqu'au lit et annonça: «C'est l'heure de vos vitamines, camarade
Andropov.» Le secrétaire général écarta la couverture de son bras gauche et
ferma les yeux. L'infirmier remonta les manches gauches du peignoir et du
haut de pyjama de son patient, puis injecta adroitement dans la veine une dose
de vingt centimètres cubes d'une solution laiteuse. Lorsque le bras fut à
nouveau à l'abri sous la couverture chauffante et l'infirmier parti, Andropov
garda les yeux fermés. Starik se demanda un instant s'il ne s'était pas assoupi.
Puis Andropov ouvrit brusquement les paupières et rompit le silence. «Cela
fait six mois que l'initiative de défense stratégique du président américain – ce
que la presse américaine appelle la "guerre des étoiles" – m'obsède. Je n'ai
jamais cru que Reagan avait pu sérieusement imaginer que les États-Unis
pourraient, en dépensant des sommes astronomiques, construire et mettre en
orbite des satellites capables de détruire au laser cent pour cent des missiles
tirés. Je suis donc arrivé à la conclusion qu'il avait deux motifs. D'abord, il
devait penser qu'en poursuivant l'escalade de la course aux armements, et en
la déplaçant vers l'espace, il nous obligerait à dépenser nous aussi des sommes
astronomiques pour ne pas être dépassés tant sur le plan défensif qu'offensif.
Cela aurait pour effet de saboter notre situation économique déjà délicate et
minerait la puissance et le prestige de notre parti communiste dirigeant.»

Andropov regarda intensément son interlocuteur, et donna l'impression
d'avoir perdu le fil de ce qu'il disait.

«Le deuxième motif, Iouri Vladimirovitch, le pressa Starik.

– Oui, le deuxième motif... qui me paraît le plus vraisemblable, c'est que le projet de guerre des étoiles de Reagan de mars dernier a été conçu pour préparer psychologiquement l'opinion américaine à la guerre nucléaire et, plus particulièrement, à ce que nos stratèges militaires appellent *Raketnoié iadernoïé napadenie* – une première frappe nucléaire américaine contre l'Union soviétique. »

Surpris, Starik leva la tête et trouva le regard angoissé du secrétaire général fixé sur lui. «Nos renseignements militaires ont percé un système de chiffre de l'OTAN et ont découvert, reprit Andropov, la voix à peine audible, qu'un exercice secret des forces de l'OTAN, désigné sous le nom de ABLE ARCHER 83, doit avoir lieu avant la fin de l'année. Son but avoué est de tester les procédures de largage nucléaire. Il me paraît clair que ce prétendu exercice de l'OTAN pourrait bien être une couverture pour permettre aux puissances impérialistes de lancer une attaque nucléaire.

– Si ce que vous dites est vrai...

– C'est évidemment envisager le pire, reconnut Andropov, mais je pense que les ambitions impérialistes de Reagan, aggravées par sa tendance à nous voir comme un empire du mal, pour reprendre sa propre expression, justifient de passer aux conclusions les plus alarmistes.» La main droite d'Andropov surgit de sous la couverture. Il se pencha au-dessus de la table de chevet et griffonna la mention «Lu et approuvé», puis, d'une écriture maladroite, apposa son nom complet au bas de l'autorisation de six lignes classée 127/S-9021 que Starik avait préparée. «J'autorise KHOLSTOMER, annonça-t-il dans un chuchotement rauque. Je vous charge de lancer l'opération avant la fin de novembre.»

Épuisé, le secrétaire général laissa retomber sa tête sur l'oreiller. Starik murmura : «Je n'y manquerai pas, Iouri Vladimirovitch.»

3

Quelque part en Afghanistan,
dimanche 23 octobre 1983

La bande d'Ibrahim, une soixantaine d'hommes en tout, voyageait de nuit, tantôt à pied, tantôt à dos d'âne, tantôt dans des camions bâchés tous feux éteints, non seulement pour raison de sécurité mais parce que les Afghans croyaient que les véhicules utilisaient moins d'essence en roulant sans phares. Où qu'ils aillent, les paysans leur offraient l'hospitalité, partageant avec eux le peu de nourriture qui leur restait après le passage des unités de commando russes. Tout le monde reconnaissait Ibrahim, et il paraissait connaître des dizaines de personnes par leur nom. Le groupe s'écartait des pistes dès que les premières lueurs du jour transformaient le sommet des montagnes, très haut au-dessus d'eux, en silhouettes ténébreuses. Serrés de près par les moudjahidin, Anthony et Maria devaient parcourir des chemins étroits marqués par des pierres blanchies à la chaux. Gravissant à pied des sentiers, ils arrivaient dans des hameaux à moitié déserts, à moitié détruits, accrochés aux flancs escarpés des montagnes. Chaque hameau avait sa mosquée, entourée par les maisons de pierre qui n'avaient pas été détruites par les raids aériens russes, et par les ruines de celles qui avaient été touchées. À l'intérieur des salles communes, des feux flambaient dans les cheminées noircies par la suie. Des calendriers avec des photos de la Kaaba, à La Mecque, ou de la mosquée du Dôme doré à Jérusalem étaient punaisés sur les murs de plâtre, à côté du mihrab – la niche qui indiquait la direction de La Mecque. On posait des pistaches et du *nabidth*, boisson légèrement alcoolisée faite de raisins ou de dattes allongés d'eau et fermentés en pots de terre, sur des tables de bois recouvertes de lino. Un matin, après une nuit de marche particulièrement éprouvante, un garçon posa devant Maria un bol en porcelaine rempli de ce qui ressemblait à des intestins cuits. Elle fit la grimace et repoussa le bol. Ibrahim lui fit la leçon, mais Maria – élevée à Beyrouth par un père libano-américain – lui répondit par un vieux proverbe arabe : « *Yom asal, yom basal* ! » (Un jour du miel, un jour des oignons).

Ibrahim, personnage ombrageux qui pouvait entrer dans de véritables fureurs quand il croyait l'Islam ridiculisé, cracha : « Que savez-vous des oignons, vous, les Occidentaux ? Ici, tout le monde a souffert, beaucoup, à un moment ou à un autre. »

Espérant soutirer à Ibrahim quelques détails biographiques, Anthony demanda : « Vous parlez par expérience ? »

Les yeux assombris, Ibrahim regarda par la fenêtre ; de toute évidence, cela réveillait en lui des souvenirs douloureux. « C'était au milieu des années soixante-dix, raconta-t-il. Alors que j'étais de passage à Téhéran, j'ai été arrêté par la SAVAK iranienne qui me prenait à tort pour un agent irakien. C'était avant le début de la guerre Iran-Irak, et la tension était forte entre les deux services de renseignements. Le plus terrible, c'est que comme je ne connaissais pas les réponses à leurs questions, je ne pouvais pas arrêter leurs tortures, qui ont duré trois jours et trois nuits. Il y a encore des moments où je sens les tenailles me serrer les nerfs du bras droit et la douleur fuser jusqu'à mon cerveau, et alors je dois serrer les lèvres pour ne pas hurler. » Des perles de transpiration se formèrent sur la lèvre supérieure d'Ibrahim pendant qu'il buvait du *nabidth* dans une tasse en fer-blanc. « Je vis avec le souvenir de cette douleur fulgurante », reprit-il avant de se renfermer un moment sur lui-même. Puis, presque comme s'il parlait tout seul, il reprit le fil de son récit : « Croyez-moi, je n'en veux pas aux Iraniens. À leur place, j'aurais fait la même chose. Je me suis retrouvé à leur place ici, en Afghanistan, et *j'ai* fait la même chose. Une fois que j'ai réussi à convaincre la SAVAK de mon innocence, nous sommes redevenus camarades dans la lutte contre l'impérialisme et l'athéisme. »

Un garçon maigre qui avait perdu une jambe sur une mine entra en boitillant sur une béquille de fortune en bois, portant adroitement de petites tasses de thé vert sur un plateau de paille tressée. Ibrahim distribua les tasses, en prit une pour lui-même et s'assit en tailleur sur une natte usée. Un sifflement de jets leur parvint de très loin, au-dessus du hameau. Un moudjahid fit irruption dans la pièce pour dire quelque chose à Ibrahim. Celui-ci marmonna un ordre et ses hommes s'empressèrent d'éteindre lampes à gaz et bougies, ainsi que le petit feu qui brûlait dans la cheminée. D'une autre vallée retentit un bruit assourdi de bombes qui explosaient. Ibrahim entama un verset du Coran dans l'obscurité. D'autres rebelles se joignirent à lui un peu partout dans la pièce.

Au soir du dixième jour de voyage, Ibrahim mena sa troupe et ses deux prisonniers au bord d'une rivière en crue qui coupait une vallée. Un char soviétique rouillé gisait sur le flanc, à demi submergé. Par deux et par trois, les moudjahidin franchirent le torrent dans une nacelle de bambou accrochée à un câble et tirée à la main. Lorsque vint leur tour de passer au-dessus des flots rugissants, Maria s'accrocha au bras d'Anthony. Une fois de l'autre côté,

Ibrahim se mit en route à la pâle lueur d'un quartier de lune, gravissant des raidillons parsemés de crottes de chèvres. Après des heures de marche ininterrompue, ils atteignirent une gorge encaissée à l'entrée d'un long canyon. Les falaises qui se dressaient de part et d'autre avaient été dynamitées, de sorte qu'il était impossible d'entrer et de sortir du canyon autrement qu'à pied. À l'intérieur de la gorge, le sentier s'élargissait et le terrain s'aplatissait. Des hameaux de maisons basses en pierre disparaissaient à demi sous l'entrelacs de plantes grimpantes qui s'accrochaient aux toits d'ardoise. Un très vieux canon antiaérien recouvert d'un grillage de camouflage apparaissait au milieu des ruines d'une mosquée, dans la cour d'une étable. Dans la pénombre qui précède l'aube, des hommes porteurs de lampes à gaz émergèrent des maisons et agitèrent des écharpes en direction d'Ibrahim. Le chef pachtoun d'un hameau enfila une vareuse militaire soviétique par-dessus sa tunique afghane, fixa sa prothèse de jambe et s'approcha en boitant pour serrer la main des moudjahidin qui passaient en file indienne. « Votre courage est une perle », psalmodia-t-il à chacun. Un peu plus haut, sur le sentier, le groupe arriva à une enceinte de terre battue avec, au milieu, un minaret qui s'élevait d'une mosquée et une rangée de maisons en briques de terre adossées à la falaise. De la fumée montait des cheminées, presque comme si Ibrahim et ses hommes étaient attendus. Une jeune femme apparut à une porte. Quand Ibrahim l'appela, elle baissa les yeux et s'inclina. Deux petits enfants se cachaient derrière sa jupe pour regarder.

« Nous sommes arrivés à Yathrib », annonça Ibrahim à ses prisonniers.

Puis il alluma une lampe à gaz et les conduisit à un grenier qui servait de prison. « Vous resterez là jusqu'à ce que les Américains acceptent de vous échanger contre des missiles. On vous apportera chaque jour de la nourriture, du thé, de l'eau à boire et pour vos ablutions. La cuvette en céramique qui se trouve dans le coin, derrière le rideau vous servira de toilettes. Vous ne manquerez de rien.

– Sauf de liberté », répliqua Maria avec mépris.

Ibrahim ignora le commentaire. « Pendant une heure le matin, et une heure l'après-midi, vous aurez le droit de sortir dans l'enceinte du camp. Des gardes vous escorteront de loin. Si vous entendez le hurlement d'une sirène manuelle, c'est qu'on aura repéré des avions ou des hélicoptères russes, et il faudra vous abriter. Je vous souhaite une bonne nuit de sommeil. » Il regarda intensément Anthony. « Demain, si Dieu le veut, nous commencerons votre interrogatoire, dit-il à mi-voix. Tenez-vous prêt. » Là-dessus, Ibrahim descendit l'échelle et referma la trappe derrière lui.

Anthony regarda sa compagne à l'autre bout du grenier. La chemise ras du cou qu'elle portait était trempée de sueur et lui collait suffisamment au corps pour qu'il puisse distinguer son torse efflanqué. Maria retira ses chaussures et tendit les pieds devant elle puis, ouvrant les deux boutons du haut de sa chemise, commença à se masser distraitement le renflement d'un sein. Frissonnant dans ses vêtements mouillés, elle délaissa pour la première fois la carapace qu'elle avait eu tant de mal à se forger – celle de la journaliste culottée qui savait très bien se débrouiller dans une profession dominée par les hommes. Tout à coup, elle déclara : « On se fourre le doigt dans l'œil si on croit qu'on va s'en sortir vivants. »

Anthony regarda la flamme de la lampe à gaz danser au bout de la mèche. La vérité, c'est que l'annonce d'un interrogatoire l'avait ébranlé. Il repensa à ce qu'Ibrahim leur avait dit à propos des tortures que lui avaient fait subir les services secrets iraniens. *À leur place, j'aurais fait la même chose. Je me suis retrouvé à leur place ici, en Afghanistan, et* j'ai *fait la même chose.* Anthony se demanda combien de temps il pourrait résister à la torture sans craquer ; sans révéler qu'il était un officier de la CIA et leur dire tout ce qu'il savait sur les opérations de la Compagnie au Pakistan et en Afghanistan.

Jetant un nouveau coup d'œil vers Maria, il vit à quel point elle était déprimée et essaya de lui remonter le moral. « L'homme est une poire, victime d'une drogue incurable : l'espoir », récita-t-il. Il eut un sourire gêné. « J'avais un prof de littérature à Cornell qui nous faisait apprendre Ogden Nash [1] – il disait que ça pouvait être utile pour impressionner les filles. »

Elle lui renvoya un faible sourire. « Essayerais-tu de m'impressionner, Anthony ? »

Il haussa les épaules.

Elle fit de même. « Si jamais on s'en sort…

– Pas *si*. Quand. Quand on s'en sera sortis.

– *Quand* on s'en sera sortis, on repartira de zéro. Tu me citeras des vers d'Ogden Nash, je serai raisonnablement impressionnée et on verra où ça nous mènera. »

Le lendemain matin, alors qu'Ibrahim traversait le camp fortifié, un jeune homme imberbe coiffé d'une calotte d'un blanc sale lui emboîta le pas. Il avait un poignard glissé dans la ceinture de son pantalon, et un AK-47 en bandoulière avec des recharges de munitions fixées à la crosse. Un canari jaune était perché sur son avant-bras, la patte attachée par un petit lien.

Anthony avait déjà remarqué le jeune homme maigre qui flanquait Ibrahim pendant la longue traversée des montagnes, et il l'avait surnommé l'Ombre. « Pourquoi avez-vous besoin d'un garde du corps dans votre propre camp ? demanda-t-il.

– Il n'est pas ici pour garder mon corps, corrigea Ibrahim. Il est ici pour

---

1. Ogden Nash (1902-1971) poète humoristique américain *(N.d.T.).*

s'assurer que mon corps ne tombe pas vivant aux mains de mes ennemis.» Il esquissa un signe de tête. «Venez avec moi.»

Anthony et Maria échangèrent un regard anxieux. Il s'efforça de sourire, puis se retourna pour suivre Ibrahim et son Ombre vers une construction basse, au bout du camp fortifié. Il franchit une porte étroite et se retrouva dans une salle blanchie à la chaux, meublée d'une longue table étroite et de deux chaises. Un calendrier Disneyland de 1979 était punaisé à un mur. Trois des jeunes rebelles d'Ibrahim, une écharpe relevée sur leur visage de sorte que seuls leurs yeux restaient visibles, se tenaient tranquillement appuyés contre un mur. L'Ombre d'Ibrahim referma la porte et se planta devant, près d'un seau rempli de neige rapporté de la montagne plus tôt dans la matinée. Ibrahim s'assit sur une chaise et fit signe à Anthony de prendre l'autre. «Avez-vous un signe distinctif sur le corps? demanda-t-il à son prisonnier.

– Vous parlez d'une question!

– Répondez. Avez-vous des tatouages, des cicatrices dues à un accident ou une opération, des marques de naissance?»

Anthony supposa qu'Ibrahim voulait être en mesure de prouver au monde que le diplomate répondant au nom de McAuliffe était bien entre ses mains. «Pas de tatouage, pas de cicatrice. J'ai une tache de naissance – une marque sombre en forme de croix sur le petit orteil du pied droit.

– Montrez-moi.»

Anthony retira Clark et chaussette et tendit le pied.

Ibrahim se pencha par-dessus la table pour l'examiner. «C'est parfait. Nous allons amputer l'orteil et le faire livrer à votre agence centrale de renseignements américaine à Kaboul.»

Le sang quitta les lèvres d'Anthony. «Vous allez commettre une grosse erreur, souffla-t-il. Je ne suis pas de la CIA. Je suis diplomate...»

L'Ombre d'Ibrahim tira son poignard aiguisé de sa ceinture et s'approcha de la table. Deux rebelles arrivèrent par-derrière le prisonnier et le prirent chacun par un bras.

Anthony sentit la panique l'envahir. «Qu'est-ce qu'il devient, le fameux code moral pachtoun dont vous nous avez parlé? s'écria-t-il.

– C'est pour répondre à ce code moral que nous vous avons descendu de la neige de la montagne. Comme nous n'avons pas d'anesthésiant, nous allons engourdir votre orteil avec le froid. C'est comme ça que nous amputons les membres de nos combattants blessés. Vous ne sentirez pas grand-chose.

– Pour l'amour de Dieu, ne faites pas ça...

– Pour l'amour de Dieu, il faut que nous le fassions», rétorqua Ibrahim.

Le rebelle restant apporta le seau et plongea le pied nu d'Anthony dans la neige. Ibrahim fit le tour de la table. «Croyez-moi, quand ce sera fait, vous en serez fier. Je vous conseille de ne pas lutter contre l'inévitable – cela rendrait simplement l'amputation plus difficile, pour nous et pour vous.»

Anthony chuchota d'une voix rauque : « Je ne veux pas qu'on me tienne. »
Ibrahim considéra son prisonnier, puis fit signe à ses hommes de lui
lâcher les bras. Très lentement, très prudemment, ils desserrèrent leur étreinte.
Anthony remplit ses poumons. Les larmes lui montèrent aux yeux et il
détourna la tête pour mordre sa manche. Quand ce fut terminé, Ibrahim pressa
un bout d'étoffe sur la blessure pour arrêter le saignement. « *El-hamdou lil-
lah*, fit-il. Vous pourriez être musulman. »

Cinq jours plus tard, alors qu'Anthony boitillait au côté de Maria en
s'appuyant sur une béquille de fortune, les deux prisonniers virent arriver un
marchand d'armes au cours de leur promenade matinale. Personnage au teint
basané doté d'une longue barbe en pointe, il portait des lunettes d'aviateur
opaques et une casquette de base-ball des Dodgers de Brooklyn, avec un mouchoir coincé en dessous pour se protéger la nuque du soleil. Assisté par deux
Bédouins noirs, il fit entrer une file de mules chargées de longues caisses en
bois par la grande porte et entreprit de décharger la marchandise sur des nattes.
Ils eurent bientôt disposé des rangées de fusils d'assaut AK-47 chinois, de
bazookas américains de la Deuxième Guerre mondiale, de MP-40 Schmeisser
allemands ainsi que des piles de mines vertes antichar portant des indications
américaines inscrites au pochoir. À mesure que la matinée s'écoulait, des
moudjahidin de tous les hameaux environnants affluèrent vers le camp pour
examiner les armes. Les plus jeunes donnaient parfois l'impression de se trouver dans une confiserie. Un gamin en treillis de camouflage appela ses copains
et introduisit un chargeur dans un AK-47 avant de le tester sur des boîtes de
conserve posées sur le mur du fond, faisant bramer les mules de terreur. Ibrahim, suivi par son garde du corps omniprésent, sortit d'une des maisons de
pierre adossées à la falaise pour parler avec le marchand d'armes. On apporta
du thé, et ils s'installèrent sur un tapis pour discuter des prix et de la monnaie
dans laquelle se ferait la transaction. Les deux hommes trouvèrent un terrain
d'entente et se serrèrent la main. Le marchand se releva et remarqua les deux
prisonniers qui les observaient de loin. Il demanda visiblement à son hôte de
qui il s'agissait. Ibrahim leva les yeux dans leur direction et dit quelque chose
qui poussa le marchand à regarder Anthony en crachant par terre.
« Je n'ai pas l'impression que le visiteur d'Ibrahim nous aime beaucoup,
commenta Anthony.
— D'après son allure, c'est un Falacha, dit Maria. Je me demande ce qu'un
juif d'Éthiopie fait aussi loin de chez lui. »

La femme fragile qui parlait anglais avec un fort accent d'Europe de
l'Est garda Eugene au téléphone aussi longtemps qu'elle l'osa. Il fallait qu'il

comprenne, dit-elle, que ses appels étaient pour elle des moments de grâce dans une existence terriblement morne. Son ami Silvester mis à part, elle était absolument seule au monde. Lorsque le téléphone sonnait et qu'elle entendait la voix d'Eugene au bout du fil, c'était comme un rayon de soleil fulgurant dans un ciel plombé, un trait de lumière qui vous obligeait à plisser les yeux pour ne pas être aveuglée. Oh, mon Dieu, non! ça ne la dérangeait pas de devoir trouver un autre meublé après chaque coup de fil. Avec les années, elle s'était plus ou moins habituée à cette routine. Et elle comprenait que, pour protéger Eugene, il était important qu'il ne l'appelle jamais deux fois au même numéro. C'était gentil de demander, mais oui, elle se portait plutôt bien, vu la situation... ce qu'elle entendait par là, c'était compte tenu de son âge, compte tenu des vertiges et des accès de nausée qui suivaient les séances de rayons, de ses problèmes digestifs et, bien sûr, de la tumeur qui lui rongeait le côlon bien que les médecins lui assurassent que les cancers progressaient très lentement chez les personnes âgées... oh, bien sûr! elle se rappelait un passé brumeux où des hommes la disaient exceptionnellement séduisante, mais elle ne se reconnaissait plus guère lorsqu'elle regardait les photos sépia qui se défraîchissaient dans son album – sa chevelure avait pris la couleur du ciment, ses yeux s'étaient enfoncés dans son crâne, elle avait carrément rapetissé. Les questions d'Eugene ne la dérangeaient pas du tout, bien au contraire – il était le seul qui semblait s'intéresser un tant soit peu à elle... elle le priait de ne pas se méprendre, elle n'attendait pas de médaille, mais il n'aurait pas semblé déplacé, étant donné ses décennies de bons et loyaux services, que quelqu'un prenne la peine de dire un petit mot de remerciement de temps en temps... hélas, oui, il fallait bien en revenir aux questions de travail... elle avait reçu pour instruction d'informer Eugene que son mentor lui demandait d'organiser une rencontre face à face avec SACHA... le plus tôt possible... il comprendrait pourquoi en récupérant le matériel laissé à VER À SOIE-un-sept... Oh! elle espérait que malgré tout, il ferait attention à lui... elle le priait de ne pas raccrocher tout de suite, il restait encore une chose. Elle savait que c'était hors du champ des possibilités, mais elle aurait tellement aimé le rencontrer une fois, juste une fois, rien qu'une fois; pour l'embrasser sur le front comme elle avait embrassé son fils avant que ces porcs de nazis ne l'emmènent dans un camp... il fallait qu'Eugene l'excuse, elle n'avait certainement pas eu l'intention de pleurer... c'est vrai, il voulait bien! Alors, ils pourraient peut-être se retrouver dans un drugstore, tard un soir, pour prendre un thé ensemble au comptoir... Oh, mon cher enfant! si une telle chose pouvait se faire, elle lui en serait éternellement reconnaissante... il lui faudrait encore une bonne semaine avant de trouver un nouveau meublé qui lui convienne, aussi, jusque-là, pouvait-il la rappeler à ce numéro... elle resterait collée au téléphone à attendre qu'il appelle... Oui, oui, au revoir très cher.

Ils arrivèrent au rendez-vous indiqué

O X X
X X O
O X O

sur la grille de morpion par des directions opposées et se retrouvèrent tout
près du Mall, entre la Neuvième et la Dixième Rue, au pied de la statue de
Robert F. Kennedy. «Il y en a à la Compagnie qui ont sablé le champagne
pour fêter ça, quand il s'est fait descendre», se rappela SACHA en regardant
Bobby, assassiné par un Palestinien dans la cuisine d'un hôtel de Los Angeles
alors qu'il venait de remporter les primaires de Californie pour l'investiture
démocrate aux élections présidentielles de 1968.

«Tu le connaissais, non?» demanda Eugene.

Les deux hommes tournèrent le dos à la statue et à la femme qui posait des
arêtes de poisson sur du papier journal à l'intention des chats errants du quartier, puis remontèrent la Dixième Avenue vers le Mall. «Je crois que personne
ne le connaissait, répondit SACHA. Il donnait l'impression d'endosser des
rôles différents à chaque période de sa vie. Il a d'abord été Robert le Sombre,
l'homme de main de Jack Kennedy. Après l'assassinat de JFK, il est devenu
le patriarche endeuillé du clan Kennedy. Quand il s'est décidé à reprendre le
flambeau dans la course à la présidence, il s'est transformé en ardent défenseur des classes défavorisées.

– De Robert le Sombre à saint Bobby», commenta Eugene.

SACHA examina son intermédiaire. «Quel est ton secret, Eugene? On
dirait que tu ne vieillis pas.

– C'est l'adrénaline qui coule dans tes veines quand tu mènes ce genre
d'existence, plaisanta Eugene. Je me demande chaque matin si je vais passer
la nuit suivante dans mon lit ou sur la paillasse d'une cellule.

– Tant que nous sommes vigilants, tant que nous respectons méticuleusement les procédures, nous n'avons rien à craindre, assura SACHA. Ce que
Starik a à me dire doit être sacrément important pour que tu prennes la peine…

– Tu veux dire, le *risque*.»

SACHA esquissa un sourire. «… pour que tu prennes le risque de me
retrouver en personne.

– Effectivement.» Eugene avait décrypté le document qu'il avait récupéré
à VER À SOIE-un-sept, puis avait passé un long moment à essayer de
déterminer comment il allait présenter la chose à SACHA. «Ça concerne
tes dernières réponses aux questions que Starik t'a posées le vingt-deux
septembre – tu as laissé des messages dans des boîtes aux lettres mortes à
la fin du mois de septembre et la première semaine d'octobre. Le camarade

président Andropov est absolument certain d'avoir correctement analysé la situation. Il était furieux quand Starik lui a transmis tes rapports – il a même été jusqu'à suggérer que tu avais été retourné par la CIA et que tu transmettais de la désinformation au Centre de Moscou. Il ne voyait pas d'autre explication au fait que tu n'aies pas pu confirmer que ABLE ARCHER 83 couvrait en fait une première frappe américaine.»

SACHA explosa : «On est vraiment dans la merde si c'est Andropov qui analyse en premier chef les renseignements qui arrivent au Centre, maintenant.

– Hé! m'engueule pas. Je ne suis que le messager. Écoute, le camarade Andropov est convaincu que les Américains préparent une première frappe préventive. Comme ils en sont à mettre la dernière main à KHOLSTOMER, il paraît normal qu'Andropov et Starik veuillent déterminer avec précision la date de l'attaque américaine...»

SACHA s'immobilisa brusquement. «Il n'y a pas de première frappe américaine préventive en préparation, insista-t-il. C'est du délire. Si je ne peux pas donner de dates, c'est qu'il n'y en a pas. S'il y avait une attaque préventive de prévu, je le saurais. Andropov est un alarmiste.

– Starik suggère seulement que tu es trop catégorique. Il te demande si tu ne pourrais pas dire simplement que tu n'as pas *connaissance* d'un projet de frappe américaine plutôt que d'affirmer qu'un tel projet n'existe pas. Après tout, le Pentagone pourrait projeter une attaque sans en informer la CIA...»

SACHA reprit sa marche. «Écoute, c'est tout bêtement impossible. Les Russes ont une capacité de riposte mobile installée sur des wagons plats de chemins de fer – douze trains, chacun équipé de quatre ICBM [1], chaque ICBM étant porteur de huit à douze ogives nucléaires, qui parcourent cinq cent mille kilomètres de voie ferrée. Sans renseignements satellites immédiats, le Pentagone n'a aucune chance de les atteindre lors d'une première frappe. Et c'est la CIA qui fournit les mecs qui savent interpréter les photographies satellites.» SACHA secoua la tête avec emportement. «Nous avons un représentant à la commission qui sélectionne les cibles et tient la liste des cibles à jour. Nous suivons de près la capacité de frappe des missiles soviétiques ; nous estimons le nombre d'ogives qu'ils pourraient lancer à tout moment. Personne n'a montré d'intérêt spécial pour ces estimations.»

Un homme obèse tenant deux chiens au bout de longues laisses les dépassa en trottinant. Eugene surveillait les rares voitures qui descendaient Pennsylvania Avenue, derrière eux. «Je ne sais pas quoi te dire, lâcha-t-il enfin. Starik n'attend visiblement pas de toi que tu inventes des histoires pour faire plaisir au secrétaire général. D'un autre côté, tu lui faciliterais la vie...

– Tu te rends compte de ce que tu dis, Eugene? Bon sang, on a fait un

---

1. ICBM : intercontinental ballistic missile *(N.d.T.).*

sacré bout de chemin ensemble. Et là, tu me demandes de trafiquer les renseignements que je fournis.

– Starik voudrait juste que tu te montres un peu moins catégorique dans tes rapports.

– Dans une autre vie, fit remarquer SACHA, j'écrirai un bouquin sur l'espionnage – j'expliquerai aux auteurs de fiction comment ça se passe vraiment. En théorie, toi, moi et la *rezidentura* avons l'énorme avantage de travailler contre le principal adversaire – les sociétés occidentales, leurs gouvernements et même leurs agences de renseignements sont plus ouverts que les nôtres et plus faciles à infiltrer. Mais, en pratique, nous sommes confrontés à d'énormes désavantages dont même James Angleton à l'apogée de sa gloire n'avait pas idée. Nos dirigeants se croient capables d'analyser eux-mêmes les renseignements collectés. Et nos agents sur le terrain ont peur de dire à leurs officiers traitants quoi que ce soit qui aille à l'encontre des idées préconçues des dirigeants en place ; et même si nous disons la vérité à nos officiers traitants, ils ne voudront pas risquer leur carrière en la transmettant à leurs supérieurs. Staline ne doutait pas que c'était l'Occident qui tentait d'encourager une guerre entre l'Union soviétique et l'Allemagne de Hitler, et toute information qui contredisait cette théorie – y compris les dizaines de rapports selon lesquels Hitler projetait d'attaquer la Russie – était tout simplement enterrée. Seules les informations qui allaient dans le sens des soupçons de Staline lui étaient transmises. À un moment, le Centre est même arrivé à la conclusion que Kim Philby avait été retourné parce qu'il n'arrivait pas à trouver de preuve pour corroborer le fait que la Grande-Bretagne essayait de monter Hitler contre Staline. Notre problème est structurel – les renseignements qui sont transmis tendent à renforcer les idées fausses au lieu de les corriger.

– Bon, qu'est-ce que je dis à Starik, alors ?

– Dis-lui la vérité. Dis-lui qu'il n'y a pas l'ombre d'une preuve pour étayer les soupçons du secrétaire général comme quoi l'Amérique projetterait une attaque nucléaire contre l'URSS.

– Si Andropov te croit, il y a de grandes chances qu'il veuille annuler KHOLSTOMER.

– Est-ce que ce serait une si mauvaise chose ? interrogea SACHA. Si KHOLSTOMER réussit, des centaines de millions de petits actionnaires vont perdre les économies de toute une vie. » Après un silence, SACHA reprit : « Il y a très longtemps, tu m'as répété ce que Starik t'avait dit le jour où il t'a recruté. Tu t'en souviens ? »

Eugene acquiesça. « Je ne pourrai jamais l'oublier. Il a dit que nous allions permettre à la générosité et au génie humains de s'épanouir. C'est ce qui me pousse à continuer. »

SACHA s'arrêta à nouveau et se retourna pour faire face à son camarade dans la lutte contre l'impérialisme et le capitalisme. « Alors dis-moi, Eugene :

en quoi KHOLSTOMER permettrait-il à la générosité et au génie humains de s'épanouir ? »

Eugene resta un moment silencieux. « Je vais transmettre ce que tu m'as dit à Starik – ABLE ARCHER 83 ne dissimule pas de première frappe américaine. »

SACHA frissonna dans son pardessus et remonta son col sur sa gorge. « Il fait drôlement froid ce soir, dit-il.

– Oui, n'est-ce pas ? dit Eugene. Qu'est-ce qu'on fait pour KHOLSTO-MER ? Tu es toujours censé surveiller les préparatifs de la Federal Reserve pour protéger le dollar. Qu'est-ce qu'on décide ?

– On y réfléchit. »

Eugene sourit à son ami. « D'accord. On y réfléchit. »

L'excitation rendait Tessa incohérente, aussi Vanessa se chargea-t-elle des explications. Le chef de bureau de Tessa, personnage sombre, vétéran du contre-espionnage, qui portait bien son nom de Moody, écouta avec une concentration appliquée. « Il s'était agi, raconta-t-elle avec impatience, de naviguer entre les numéros de loterie, divers numéros de téléphone, et le numéro de série d'un billet de dix dollars. » Tessa voyait bien que Moody semblait perplexe. « Si vous prenez l'indicatif régional 202, dit-elle, et que vous soustrayez ce nombre du numéro de loterie diffusé après la première citation de Lewis Carroll, le 5 avril 1951, vous trouvez le numéro de série d'un billet de dix dollars commençant par un trois et un zéro. Vous voyez ?

– Je n'en suis pas certain », admit Moody. Mais Vanessa, prise par son récit, ne se laissa pas démonter. « En prenant un trois et un zéro, j'ai pu retrouver l'indicatif régional 202 à partir des vingt-trois autres numéros de loterie diffusés par Radio Moscou après les citations d'*Alice* et de *L'autre côté du miroir*. Il était rigoureusement impossible que ça puisse être dû au hasard.

– Jusque-là, tout va bien », marmonna Moody – un des derniers rescapés de l'époque Angleton – mais il était évident à son regard oblique qu'il avait du mal à suivre les jumelles.

« Bon, reprit Vanessa. En 1950, le Trésor a imprimé pour 67 593 240 dollars de billets de dix portant des numéros de série qui commencent par un trois et un zéro, suivis par un huit et un neuf. »

Moody nota un trois, un zéro, un huit et un neuf sur un calepin jaune.

« En soustrayant 3089 du premier numéro de loterie, reprit Vanessa, nous avons obtenu un numéro de téléphone qui commençait par 202 601, ce qui était un indicatif courant pour un numéro de téléphone attribué au début des années cinquante. »

Tessa prit la relève : « Alors, nous avons vérifié les 9 999 numéros de téléphone possibles qui correspondaient à ce 202 601.

– Qu'est-ce que vous cherchiez ? demanda Moody, toujours perplexe.

– Ce n'est pas évident ? s'étonna Vanessa. Si Tessa a raison, si les citations d'*Alice au Pays des Merveilles* et de *L'autre côté du miroir* prévenaient bien l'agent soviétique de copier le numéro de loterie, si ce numéro de loterie cachait bien un numéro de téléphone, le fait que les numéros changeaient tout le temps signifie que le coupe-circuit déménageait sans cesse. »

Moody dut admettre que c'était logique. Quand l'agent contacté était assez important, le contre-espionnage connaissait des exemples où le KGB exigeait de ses coupe-circuits qu'ils déménagent après chaque contact.

« Donc, poursuivit Vanessa, ce que nous cherchions, c'est quelqu'un dont le numéro de téléphone commençait par 202 601, et qui a déménagé juste après le 5 avril 1951.

– Il nous a fallu des jours, ne serait-ce que pour trouver quelqu'un qui savait que ces vieux registres existaient encore, intervint Tessa. On a fini par les dénicher dans des cartons poussiéreux au fond d'un sous-sol poussiéreux. Il se trouve qu'il y avait cent vingt-sept numéros de téléphone qui commençaient par 202 601 et qui ont été coupés dans la semaine qui a suivi le 5 avril 1951.

– Après ça, le reste a été un jeu d'enfant, reprit Vanessa. Nous avons soustrait chacun de ces cent vingt-sept numéros du premier numéro de loterie, ce qui nous a donné cent vingt-sept numéros de série de huit chiffres possibles pour le billet de dix dollars de l'agent soviétique. Nous sommes alors passées à la deuxième fois que l'émission de jeu de Radio Moscou s'est servie d'une citation de Lewis Carroll, et nous avons soustrait chacun des cent vingt-sept numéros de série possibles de ce deuxième numéro de loterie, ce qui nous a donné cent vingt-sept nouveaux numéros de téléphone. Nous nous sommes reportées aux vieux registres et nous avons découvert qu'un de ces numéros correspondait à un appartement loué par une même personne que l'un des numéros de la liste précédente. »

Tessa fit le tour de la table et vint se placer près de la chaise pivotante du chef de bureau. « Le numéro de série du billet de dix dollars de l'agent soviétique est 30892006, monsieur Moody. Cinq jours après que Radio Moscou a eu diffusé le second numéro de loterie, soit cinq jours après que l'agent soviétique en Amérique a appelé ce numéro, la personne a déménagé à nouveau. Nous avons essayé le numéro du billet sur tous les autres numéros de loterie diffusés par Radio Moscou après chaque citation d'*Alice* ou de *L'autre côté du miroir* dans le jeu culturel. À chaque fois que nous avons déduit ces huit chiffres d'un numéro de loterie gagnant, nous avons obtenu un numéro de la région de Washington qui donnait dans un appartement loué par la même femme. Et à chaque fois, la femme a déménagé dans la semaine qui suivait l'émission de Radio Moscou.

– Le coupe-circuit serait donc une femme ! s'exclama Moody.

– Une Polonaise qui s'appelle – Tessa sortit une fiche de la poche de sa veste – Aïda Tannenbaum. Nous avons mis la main sur ses papiers de naturalisation. C'est une rescapée d'Auschwitz, une réfugiée juive de Pologne qui a émigré aux États-Unis après la Deuxième Guerre et a obtenu la citoyenneté américaine en 1951. Elle est née en 1914, ce qui lui fait maintenant soixante-neuf ans. Elle ne semble jamais avoir travaillé et on ne voit pas très clairement d'où elle tire son argent pour payer son loyer.

«Elle a déménagé vingt-six fois au cours des trente-deux dernières années, poursuivit Vanessa. Son adresse la plus récente – que nous avons retrouvée grâce au dernier numéro de loterie diffusé par Radio Moscou, se trouve dans la Seizième Rue, près d'Antioch College. Si elle continue comme avant, elle devrait déménager dans les deux ou trois jours qui viennent.»

Moody commençait à comprendre de quoi il retournait. «Elle déménage dans la semaine qui suit le coup de fil de l'agent en Amérique, commenta-t-il.

– C'est ça, fit Tessa.

– Quand elle déménagera, intervint Vanessa, il nous suffira de demander à la compagnie du téléphone de nous signaler quand l'abonnée Aïda Tannenbaum demandera un nouveau numéro...»

Tessa termina pour elle : «Ou d'attendre la prochaine citation d'*Alice* ou de *L'autre côté du miroir* pour soustraire le numéro de série du billet du numéro gagnant de la loterie.»

Moody secouait la tête d'un côté puis de l'autre avec émerveillement. «Et nous aurons alors un nouveau numéro de téléphone qu'appellera l'agent soviétique.

– Exactement.

– C'est bien ça.

– Il me semble, commenta Moody, que vous avez fait une découverte formidable, les filles. Je dois vous demander formellement de ne parler de ça à personne. Et par personne, j'entends *personne sans exception.*»

Dès que les jumelles furent sorties, Moody – qui, comme son vieux mentor Angleton, était réputé pour sa mémoire photographique – ouvrit un fichier d'acier à quatre tiroirs et fouilla parmi les dossiers jusqu'à ce qu'il en trouve un particulièrement épais portant l'inscription «Koukouchkine». Moody avait fait partie de l'équipe des quatre fortiches qu'Angleton avait chargés d'étudier les infos de Koukouchkine. Il épluchait à présent attentivement les pages du dossier, en quête d'un passage dont il croyait se souvenir. Il commençait à se demander s'il n'avait pas rêvé quand, soudain, ses yeux tombèrent sur le paragraphe qu'il cherchait. À un moment, Koukouchkine – qui s'était avéré être un agent infiltré mais avait tout de même donné un certain nombre d'infos exactes pour mieux convaincre de sa bonne foi – avait raconté que le coupe-circuit qui s'occupait de SACHA s'était absenté de Washington pour prendre des vacances ; son retour en Russie lui avait été annoncé par l'intermédiaire d'une femme qui travaillait en free-lance pour la *rezidentura* de Washington.

Une femme qui travaillait en free-lance pour la rezidentura !

Autrement dit, SACHA était tellement important qu'un seul intermédiaire ne suffisait pas ; le KGB avait utilisé un autre coupe-circuit entre la *rezidentura* et le coupe-circuit qui s'occupait de SACHA. Était-ce cet autre coupe-circuit que les jumelles Kritzky avaient déniché ? Il allait faire en sorte que le FBI mette la ligne d'Aïda Tannenbaum dans la Seizième Rue sur table d'écoute, pour le cas improbable où l'intermédiaire entre elle et SACHA rappellerait avant qu'elle ne déménage, après quoi on mettrait sa nouvelle ligne sur écoute.

Parvenant à peine à dissimuler son trouble, Moody prit un téléphone interne et composa un numéro du sixième étage. « Ici Moody, du contre-espionnage, annonça-t-il. Pourriez-vous me passer monsieur Ebbitt... Monsieur Ebbitt, c'est Moody, du contre-espionnage. Je sais que c'est un peu inhabituel, mais je vous appelle directement parce que j'ai là quelque chose qui réclame votre attention immédiate... »

4

Washington, DC, lundi 7 novembre 1983

Deux hommes en survêtement blanc portant l'inscription « CON EDISON » sur le dos montrèrent leur carte plastifiée au gérant de l'immeuble situé dans la Seizième Rue, derrière Columbia, tout près d'Antioch College. Quelques étudiants d'Antioch habitaient l'immeuble, trois ou quatre par appartement. D'après le gérant, la vieille dame du 3B, qui avait un fort accent d'Europe de l'Est, venait de donner son préavis. Elle devait emménager avec une sœur grabataire qui réclamait son aide ; la vieille dame, qui s'appelait Mme Tannenbaum, n'avait pas paru trop gênée en apprenant qu'elle allait perdre les deux mois de caution qu'elle avait versés à la société immobilière. Non, ajouta le gérant, elle ne vivait pas seule mais partageait le meublé avec un certain Silvester.

À l'aide de torches, les deux techniciens trouvèrent l'endroit où le câble du téléphone arrivait au sous-sol et le suivirent le long du mur jusqu'au tableau central, près d'une remise grillagée remplie de vélos et de poussettes. Le plus petit des deux hommes ouvrit une caisse à outils métallique et en sortit une prise et un câble d'induction. L'autre ouvrit le boîtier du tableau central. Chaque connexion y était soigneusement étiquetée par numéro d'appartement. Il posa le doigt sur 3B, suivit le fil correspondant et l'isola des autres. Puis il fixa la pince d'induction sur la ligne. Le dispositif permettait de mettre un téléphone sur écoute sans toucher au fil, ce qui le rendait presque indétectable. Les deux hommes coincèrent un petit émetteur à pile entre le plafond et une poutre métallique, puis firent courir le câble d'induction noir derrière un tuyau et le branchèrent à l'émetteur. Ils relièrent ensuite l'extrémité d'une antenne au terminal, la déroulèrent et la scotchèrent sur le côté de la poutre avant d'activer l'émetteur et de presser le bouton « test ».

À l'intérieur de la camionnette blanche portant la mention « Slater & Slater radiotélévision » sur ses flancs, l'aiguille du compteur de réception de signal indiqua « fort ». Les deux agents du FBI en charge de la camionnette garée devant une bouche d'incendie, un peu plus bas dans la Seizième Rue, levèrent le pouce en signe de victoire. À partir de maintenant, tous les appels reçus ou donnés à partir du 3B seraient interceptés, transmis à la camionnette blanche et enregistrés sur bandes aussitôt dépêchées à un poste de commandement mixte composé de membres du FBI et d'hommes de Moody, au contre-espionnage.

Le Président se flattait d'avoir une excellente mémoire. « Je me souviens, euh... de ce vieux sergent grisonnant qui avait toujours les nouvelles recrues à l'œil – dont moi, disait-il. Et comme il nous hurlait dessus, vous savez, de cette façon qu'ont toujours les sergents de hurler sur les nouvelles recrues. "Je ne vous le dirai qu'une fois, mais, faites-moi confiance, vous le retiendrez jusqu'à la fin de vos jours. Quand vous sortez d'un bordel, la première chose dont vous avez envie, c'est de vous laver, euh... les parties au savon le Chat. Parce qu'il n'existe pas de savon la Chatte ! " » Reagan, qui aimait à se voir comme un grand comique méconnu, sourit à pleines dents en attendant les réactions. Elles ne furent pas longues à venir. « Parce qu'il n'existe pas de savon *la Chatte* ! » répéta un membre du personnel avant d'éclater de rire, comme toute l'assistance. Reagan gloussait avec eux quand le secrétaire général de la Maison-Blanche, James Baker, passa la tête par la porte du bureau, au premier étage de la planque présidentielle, maison en brique de trois étages que Reagan avait dégotée Jackson Place pendant la période de transition, et dont il se servait encore quand il voulait s'échapper de ce fichu bocal à poissons rouges (comme il appelait le bureau Ovale). « Leur voiture arrive », annonça Baker d'un ton sec. Il adressa un regard appuyé aux conseillers. « Vous avez cinq minutes avant que je les fasse monter. » Là-dessus, il s'éclipsa.

« Rappelez-moi qui, euh... arrive », dit aimablement Reagan.

Un jeune conseiller sortit une fiche et se dépêcha de mettre le Président au courant. « C'est Bill Casey qui vient vous voir avec deux de ses principaux responsables. Il y a d'abord son directeur adjoint Elliott Ebbitt II, dit Ebby. Vous l'avez déjà rencontré plusieurs fois.

– Euh... je l'appelais Elliott ou Ebby ?

– Ebby, monsieur le Président. L'autre personne est le directeur adjoint aux opérations, Jack McAuliffe. Vous ne l'avez jamais rencontré mais vous le reconnaîtrez sans problème – un bon mètre quatre-vingt-deux, des cheveux roux et une moustache flamboyante. McAuliffe est une vraie légende au sein de la CIA – c'est lui qui a débarqué avec les exilés cubains dans la Baie des Cochons.

– Débarqué avec les exilés cubains dans la Baie des Cochons, répéta Reagan.

– Le fils de McAuliffe, Anthony, est l'officier de la CIA qui est retenu en otage en Afghanistan, avec la journaliste Shaath. »

Reagan prit un air compatissant. « Le père doit être, euh… pas mal déprimé.

– On vous a parlé de l'orteil du garçon, amputé et livré à l'antenne de la CIA à Kaboul.

– Je me souviens de cette histoire d'orteil, dit joyeusement Reagan. On a pu l'identifier grâce à une tache de naissance.

– Ils viennent vous voir, ajouta un autre conseiller, parce qu'ils ont découvert où ce commandant Ibrahim détient les otages Ils veulent un *avis* présidentiel pour monter une attaque de style commando afin de les libérer. »

Bill Clark, conseiller du Président pour la sécurité nationale, s'approcha de Reagan, qui paraissait perdu dans un gigantesque fauteuil de cuir derrière le grand bureau d'acajou. Des photographies de Nancy et de lui-même, ainsi que de plusieurs de ses chevaux préférés, étaient étalées sur le bureau. « Il y a du pour et du contre dans ce projet d'attaque commando, expliqua Clark. Celle que votre prédécesseur, le président Carter, avait montée pour libérer les otages en Iran a mal tourné. Des militaires américains y ont trouvé la mort. Et, bien sûr, les membres du commando n'ont jamais pu s'approcher des otages. Carter a eu l'air stupide – la presse s'est montrée très critique. Par contre, les Israéliens ont organisé une attaque commando pour délivrer les otages juifs retenus par des pirates de l'air à Entebbe et s'en sont bien tirés. Ils ont eu une presse formidable. Le monde entier a salué leur audace. »

Un sourire appréciateur se fraya un chemin sur le visage buriné de Reagan. « Je me souviens. Ça a fait pas mal sensation à l'époque. »

Il y eut deux petits coups frappés à la porte, puis Baker entra et s'écarta pour introduire trois hommes dans la pièce. Reagan se leva vivement et fit le tour du bureau pour aller à leur rencontre. Tout sourire, il pompa la main de Casey. « Bill, comment allez-vous ? » Sans attendre de réponse, il serra la main du directeur adjoint de Casey, Elliott Ebbitt. « Ebby, je suis très content de vous revoir. » Puis le Président se tourna vers le DD-O, Jack McAuliffe, et lui prit la main dans les siennes. « Ainsi, vous êtes le fameux Jack McAuliffe dont j'ai, euh… tant entendu parler – votre réputation vous précède. C'est vous qui avez débarqué avec les exilés cubains dans la Baie des Cochons.

– Je suis flatté de voir que vous vous souvenez de ça, monsieur le Président…

– Les Américains n'oublient pas leurs héros. En tout cas, pas cet Américain-là. » Il entraîna Jack vers le canapé et fit signe à tout le monde de s'asseoir. Les conseillers restèrent derrière le Président.

« Alors, les gars, je peux vous offrir quelque chose pour vous rafraîchir le gosier ?

– Excusez-nous, monsieur le Président, mais nous sommes un peu pressés par le temps », répondit Casey.

Reagan se tourna vers Jack. « On m'a averti, pour cet orteil avec la tache de naissance – vous devez être pas mal déprimé.

– Déprimé n'est pas le mot, monsieur le Président, répondit Jack. Cet Ibrahim menace de couper d'autres orteils si jamais les négociations... » Il ne put continuer.

Reagan plissa les yeux en signe de sincère compassion. « N'importe quel père dans votre situation serait malade d'inquiétude.

– Monsieur le Président, intervint Bill Casey. Nous sommes venus vous voir parce que l'affaire des otages connaît de nouveaux développements. »

Reagan se tourna vers Casey et l'examina avec une parfaite concentration. « Notre KH-11 est tombé sur... »

Le Président se redressa et s'inclina vers un conseiller, qui se pencha pour lui glisser à l'oreille : « Un KH-11 est un satellite de reconnaissance photo, monsieur. »

« Notre KH-11 est tombé sur quelque chose d'étonnant, reprit Casey. Vous vous souviendrez, monsieur le Président, que les Russes, comme tout le monde, se sont laissé avoir par la désinformation que nous avons fait circuler – ils pensent que le KH-11 est une plate-forme d'émission de signaux. Comme ils ne soupçonnent pas qu'il y a des appareils photographiques à bord, ils ne camouflent pas leurs installations militaires ni les entrées de leurs silos à missiles quand le satellite passe au-dessus. Le KH-11 dispose d'un système radar très développé qui permet des observations par tous les temps et de jour comme de nuit – avec l'aide d'ordinateurs, nos spécialistes sont capables de renforcer les signaux radar et de créer des photographies. C'est grâce à ce procédé que nous avons pu suivre la bande de ravisseurs d'Ibrahim à travers l'Afghanistan. Nous les avons suivis jusqu'à un village de montagne fortifié à environ trois cent cinquante kilomètres à l'intérieur de l'Afghanistan. » Casey tira alors d'un classeur une photo en noir et blanc de vingt centimètres sur vingt-cinq, et la tendit à Reagan. « Nous avons même un cliché de jour de la fille, cette Shaath, et du fils de Jack, Antony, en train de marcher à l'intérieur de l'enceinte. »

Le Président examina la photographie. « Je vois bien les deux silhouettes, mais comment pouvez-vous, euh... savoir que ce sont eux ?

– Vu sa poitrine, nous avons déterminé que celle-ci est une femme. Et comme ils ne sont ni l'un ni l'autre habillés à l'orientale, nous en avons conclu que ce sont des Occidentaux.

– Je vois, dit Reagan en rendant la photo.

– Monsieur le Président, intervint Ebby. Nous avons une confirmation indépendante qu'Anthony McAuliffe et Maria Shaath sont bien détenus dans le camp fortifié d'Ibrahim. Nous nous sommes arrangés avec nos amis israéliens pour qu'ils envoient là-bas un agent se faisant passer pour un marchand d'armes. C'était il y a quatre jours. Le rapport du Mossad nous est parvenu ce matin. Le trafiquant d'armes a vu de ses propres yeux les deux prisonniers et a ensuite reconnu le jeune McAuliffe et Maria Shaath parmi plusieurs photos que nous avions faxées aux Israéliens.

– Pendant ce temps, monsieur le Président, intervint Casey, nous avons gagné du temps en négociant avec le fameux Ibrahim par fax. Comme vous le savez, il exigeait au départ cent cinquante missiles sol-air Stinger. Nous sommes pour l'instant parvenus à le faire descendre à cinquante... »

Reagan secouait la tête pour marquer son désaccord. « Je ne vois pas pourquoi vous vous montrez si radins. Je trouve pour ma part que l'Afghanistan est la bonne guerre qui arrive au bon moment. J'ai déjà dit à Jim Baker que, euh... vous n'aviez filé que des cacahuètes aux rebelles. » Le Président répéta le mot « cacahuète ». Les personnes présentes n'osaient pas se regarder. Reagan s'assena une grande claque sur la cuisse. « Le Viêtnam a fait cinquante-huit mille morts américains, nom d'un chien. L'Afghanistan marque le temps de la revanche. »

Le conseiller pour la sécurité nationale toussa dans sa paume, et Reagan leva les yeux vers lui. « Monsieur le Président, vous aviez décidé il y a quelque temps qu'il était dangereux de donner des Stinger aux islamistes fondamentalistes dans la mesure où, une fois les Russes chassés, ils pourraient très bien retourner les missiles contre l'Occident. Peut-être voudriez-vous revoir cette politique...

– Eh bien ! c'est juste que ça me fait mal de voir ces sales cocos s'en tirer comme ça.

– Je n'ai jamais très bien compris cette politique », commenta Casey, en espérant influencer le Président. Il évita de regarder Baker, qu'il soupçonnait de dire du mal de lui derrière son dos ; les deux hommes ne s'adressaient pratiquement plus la parole. « Mettre des Stinger entre les mains des moudjahidin pourrait faire pencher la balance au détriment des Russes...

– Nous pourrions demander aux experts de la sécurité nationale de reconsidérer la question des Stinger, glissa Baker au Président, mais je ne vois pas ce qui a changé depuis que vous avez décidé que c'était trop risqué.

– Nous n'avons pas peur de prendre des risques, assura Reagan, cherchant une formule susceptible de satisfaire tout le monde. D'un autre côté, nous ne voudrions certainement pas que les islamistes retournent les Stinger contre nous une fois cette guerre, euh... terminée. »

Baker, qui organisait l'ordre du jour de Reagan et contrôlait les documents qui arrivaient sur le bureau du Président, saisit la dernière réplique au bond : « Jusqu'à ce que le Président change d'avis, indiqua-t-il aux conseillers, nous laisserons là la question des Stinger. »

Casey haussa les épaules ; encore une escarmouche perdue dans les luttes intestines qui se déroulaient hors champ autour du Président peu concerné. « Maintenant que nous savons où sont les otages, marmonna-t-il, nous aimerions voir avec vous la possibilité d'organiser un raid façon commando pour les libérer.

– Ce que nous avons à l'esprit, monsieur le Président, intervint Jack avec ferveur, c'est de déléguer l'opération aux Israéliens. Nous avons déjà sondé le directeur adjoint du Mossad, Ezra Ben Ezra, celui qu'on appelle le Rabbin...»

Reagan parut perplexe. «C'est un rabbin qui est directeur adjoint du Mossad! – elle est bien bonne!

– Les Israéliens, s'empressa d'ajouter Jack, ont une unité d'élite connue sous le nom de Sayeret Matkal – c'est cette unité qui a mené à bien le raid d'Entebbe, monsieur le Président.

– Je, euh... connais bien le raid d'Entebbe, dit Reagan.

– Le plan, exposa Ebby, serait d'accepter d'échanger les otages contre cinquante Stinger. Alors une douzaine de membres de cette unité israélienne – des juifs nés en pays arabes et qui ressemblent à des Arabes...

– Qui parlent parfaitement l'arabe, renchérit Jack.

– Cette équipe du Sayeret Matkal, reprit Ebby, irait là-bas avec une caravane de bêtes de trait chargées de caisses de Stinger qui auront été modifiés pour être inutilisables. Une fois qu'ils seront à l'intérieur du camp fortifié d'Ibrahim...»

Baker l'interrompit: «Qu'est-ce que les Israéliens auront à y gagner?»

Casey s'adressa à Baker, sans passer par Reagan. «Ils veulent bien nous donner un coup de main contre un accès aux photos KH-11 de leurs voisins au Moyen-Orient.»

Les conseillers examinèrent les dessins du tapis sous leurs pieds. Baker ne cessait de hocher la tête. Clark mâchonnait pensivement l'intérieur de ses joues. Leurs sous-fifres attendaient de voir dans quel sens le vent allait tourner. Enfin, le Président déclara, avec beaucoup de prudence: «Bon, eh bien, euh... tout ça me paraît très intéressant, les gars.»

Plus tard, alors qu'ils attendaient devant le 716, Jackson Place, que la voiture de la Compagnie vienne les chercher, Jack se tourna vers Casey. «Bon Dieu, Bill, on s'en va sans même avoir de réponse.»

Casey eut un sourire entendu. «On a une réponse.

– Si on en a eu une, elle m'est passée au-dessus, dit Ebby.

– On l'a tous entendu dire qu'il trouvait l'idée intéressante, non? C'était sa manière à lui de donner son accord.»

Ebby ne put que secouer la tête. «Putain, c'est une drôle de façon de gouverner!»

Aïda Tannenbaum décrocha le téléphone dès la première sonnerie. «Oui?»

Comme personne ne répondait, Aïda s'inquiéta. Elle savait au fond de son cœur qui respirait à l'autre bout du fil. « C'est vous, Gene ? » murmura-t-elle comme si elle voulait attirer la voix le long des kilomètres de fil pour la faire entrer dans son oreille. « Si c'est vous, dites-le, je vous en prie.

– C'est moi », dit enfin Eugene. Il avait la voix tendue, se sentait visiblement mal à l'aise. « J'avais promis de rappeler…

– Mon cher enfant, dit Aïda. J'étais sûre que vous le feriez.

– Cela va à l'encontre des pratiques du métier les plus élémentaires, mais d'accord… je vous retrouverai pour un verre, si vous voulez.

– Où ? demanda-t-elle avec impatience. Quand ?

– Que diriez-vous du bar du Barbizon, dans Wyoming au niveau de Connecticut ? À onze heures, ce soir, si ce n'est pas trop tard pour vous ?

– Le Barbizon, à onze heures, récapitula-t-elle. Ça ne vous dérange pas si j'amène Silvester ? »

La voix d'Eugene se durcit. « Si vous êtes avec qui que ce soit, je ne me montrerai pas.

– Mais, mon cher Gene, Silvester est un chat. »

Il eut un rire gêné. « Je n'avais pas compris… bien sûr, amenez Silvester si vous voulez. Ce sera un signe de reconnaissance : je chercherai une femme avec un chat. Vous chercherez un homme d'une cinquantaine d'années un peu trop enveloppé, aux cheveux blonds et qui tient un exemplaire du *Time* sous le bras gauche…

– Même sans le journal, je vous reconnaîtrai immédiatement. À ce soir, alors ?

– À ce soir. »

Eugene traversa la salle à moitié vide pour rejoindre la femme pareille à un oiseau assise à une petite table, dans le fond. Elle était vêtue comme dans les vieux films en noir et blanc : un petit chapeau carré planté sur ses cheveux argentés avec une voilette noire lui tombant sur les yeux, une veste ajustée à motif de cachemire et aux épaules rembourrées enserrant sa cage thoracique fragile, une jupe d'épais satin noir tombant jusqu'au ras de ses robustes chaussures d'hiver faites pour la marche. Elle avait les yeux larmoyants, sans qu'il pût dire si c'était dû à l'âge ou à l'émotion. Un cabas d'osier contenant un vieux chat qui avait tant perdu ses poils que la peau rose apparaissait par endroits était posé sur la chaise voisine de la sienne.

« Je ne connais même pas votre nom, dit Eugene en regardant la femme.

– Je connais le vôtre, mon cher Eugene. »

Une main squelettique prise dans un gant de dentelle blanche flotta vers lui. Eugene la saisit et, se remémorant les leçons de savoir-vivre que sa mère lui donnait quand il avait douze ans, s'inclina et l'effleura du bout des lèvres.

Il retira son pardessus, le jeta sur le dossier d'une chaise et s'assit en face de la vieille dame.

« Je prendrai un daiquiri, lui annonça-t-elle. C'est ce que j'avais pris à mon arrivée en Amérique, en 1946, dans un bar extrêmement élégant dont j'ai depuis oublié le nom. »

Eugene fit signe au garçon et lui commanda un daiquiri et un cognac double. La vieille dame parut vaciller sur son siège, puis se ressaisit en s'agrippant au bord de la table. « Mon nom, dit-elle, est Aïda Tannenbaum.

– C'est un honneur de faire votre connaissance », lui dit Eugene, et il était parfaitement sincère. Il connaissait peu de gens qui avaient autant sacrifié à la cause.

Le garçon posa les deux verres sur la table et glissa l'addition à l'envers sous un cendrier. « Alors, dit Eugene, voici donc Silvester. »

Aïda souleva la voilette d'une main gantée et prit une gorgée de daiquiri. Elle avala, cligna des yeux et frissonna. « Seigneur, je ne me souvenais pas que c'était si fort. Oui, voici Silvester. Silvester, dis bonjour à un compagnon d'armes, Eugene. » Elle se pencha vers Eugene et baissa la voix. « On m'a donné pour instruction de vivre seule et je n'ai jamais parlé de Silvester à personne. Je l'ai trouvé dans la sortie de secours d'un appartement que j'ai loué au début des années soixante-dix. Vous ne pensez pas qu'on va me le reprocher, non ?

– Non, je suis sûr que ça ne pose pas de problème. »

Elle parut soulagée. « Parlez-moi de vous, Eugene. Comment se fait-il qu'un Américain – j'entends à votre accent que vous êtes de la côte est, de New York, sans doute – comment se fait-il que vous vous soyez engagé dans la lutte…

– On m'a laissé entendre que je pourrais contribuer au combat pour défendre le génie et la générosité de l'esprit humain.

– C'est exactement ce que nous faisons, mon cher enfant. Bien entendu, je ne sais pas ce que vous faites des messages que je vous transmets ; mais vous êtes un vrai combattant socialiste.

– Tout comme vous, Aïda Tannenbaum.

– Oui. » Ses yeux se voilèrent. « Oui, mais je dois admettre que je suis fatiguée, Eugene. D'aussi loin que je me souvienne, je me suis toujours battue sur un front ou sur un autre. Avant la guerre, certains croyaient que seule la création d'un État sioniste en Palestine pourrait mettre les juifs à l'abri, mais je faisais partie de l'autre camp – je croyais que si le socialisme se répandait, cela mettrait fin à l'antisémitisme et protégerait les juifs, alors j'ai rejoint la lutte menée par l'illustre Joseph Staline. Si j'étais religieuse, ce que je ne suis pas, je le verrais sans doute comme un saint. Pendant la guerre, je me suis battue contre les fascistes. Après la guerre… » Elle but une nouvelle gorgée de daiquiri et frissonna encore lorsque l'alcool lui brûla la gorge. « Après la guerre, je n'en suis pas revenue d'être encore en vie. Afin de donner un sens à ce qui me restait à vivre, j'ai rallié les rangs de ceux qui combattaient l'aliénation et le capitalisme. J'ai dédié ce combat à la mémoire de mon fils, assassiné par les nazis. Il s'appelait Alfred. Alfred Tannenbaum, et il avait sept ans quand il a été assassiné. Bien sûr, je ne crois pas qu'il y ait un mot de vrai dans tout ce qu'on a pu dire sur Staline depuis – je suis absolument certaine que c'est de la propagande capitaliste. »

Trois jeunes gens en costume trois pièces et une jeune femme, tous quatre légèrement ivres, entrèrent dans le bar. Ils discutèrent pour savoir s'ils prenaient une table ou s'asseyaient au bar. Le bar l'emporta. Ils se hissèrent sur des tabourets, posèrent leurs attachés-cases à leurs pieds et commandèrent bruyamment à boire. À la petite table, Eugene examina les nouveaux venus, puis se retourna vers Aïda. « Vous êtes ce que les Américains appelleraient une héroïne méconnue. Les très rares personnes qui savent ce que vous faites apprécient.

– Peut-être. Peut-être pas. » Aïda essuya une larme au coin de son œil avec une serviette en papier. « Je viens de louer un meublé au 47, Corcoran Street, au niveau de New Hampshire, non loin de l'université Johns Hopkins. J'emménage demain. Je préfère vivre dans des immeubles avec des étudiants – ils sont toujours très gentils avec Silvester. Et ils me font souvent mes courses quand j'ai trop de nausées, ou de vertiges, pour sortir. » Elle parvint à produire un petit sourire contraint. « Nous pourrions peut-être nous voir de temps en temps.

– C'était probablement une mauvaise idée. Nous ne pouvons pas courir à nouveau ce risque.

– S'ils ne nous ont pas trouvés pendant toutes ces années, je doute qu'ils le fassent maintenant, protesta-t-elle.

– Pourtant...

– Une fois tous les six mois, peut-être ? Ou même une fois par an ? » Aïda soupira. « Ce que nous faisons, et la façon dont nous le faisons, nous fait vivre dans une solitude terrible. »

Eugene lui sourit. « Au moins, vous avez Silvester.

– Et vous, mon cher enfant, Qui avez-vous ? » Comme il ne répondait pas, elle tendit le bras et posa les doigts sur le dos de sa main. Elle était si frêle et avait la main si légère qu'il dut regarder pour être sûr qu'elle le touchait vraiment. Puis elle s'écarta, ouvrit avec un déclic le fermoir de son petit sac et en sortit un minuscule stylo à bille pour noter un numéro de téléphone à l'intérieur d'une pochette d'allumettes du Barbizon Terrace. « Si vous changez d'avis avant... » Elle eut un petit rire. « Si vous avez *envie* de me parler avant que nos amis ne diffusent un nouveau numéro de loterie, vous pouvez me joindre à ce numéro. »

Dehors, un vent froid soufflait en provenance du Tidal Basin. Aïda portait un manteau d'étoffe avec un col en imitation fourrure. Eugene proposa de lui appeler un taxi, mais elle répondit qu'elle préférait marcher. Elle recouvrit soigneusement Silvester avec le bout de couverture qui se trouvait dans le panier et boutonna son manteau jusqu'en haut. Eugene tendit la main. Elle n'y prêta pas attention, leva le bras et posa les doigts sur sa nuque pour l'attirer vers elle en un geste d'amoureuse perfectionné cinquante ans plus tôt. Elle l'embrassa alors sur les lèvres puis se détourna vivement et s'éloigna dans la nuit.

Dès qu'elle fut hors de vue, Eugene sortit la pochette d'allumettes et la déchira de sorte que le numéro se retrouve coupé en deux. Il laissa alors tomber la moitié de la pochette dans le caniveau, et l'autre moitié dans une poubelle qu'il trouva deux rues plus loin.

Il ne reverrait plus jamais Aïda Tannenbaum.

Casey, qui s'ennuyait à mourir, assistait à un symposium de haut niveau organisé pour réconcilier les divergences entre les prévisions de la CIA concernant l'Union soviétique et celles d'une équipe «B» d'économistes extérieurs. Les spécialistes de la CIA soutenaient que le revenu soviétique par personne était équivalent à celui de la Grande-Bretagne, alors que les évaluations de l'équipe «B» le ramenaient à peu près à celui du Mexique. Pour compliquer encore les choses, l'équipe «B» assurait que la Compagnie avait également surestimé les forces stratégiques soviétiques. La querelle faisait rage de part et d'autre de la table alors que les économistes des deux bords s'envoyaient des statistiques pour soutenir leurs conclusions. Étouffant chaque bâillement qui montait des profondeurs de son âme lasse, Casey regardait par la fenêtre d'un air apathique. L'obscurité était tombée et les lumières s'allumaient sur la barrière de sécurité qui entourait Langley. Casey savait ce qu'ignoraient tous ces bouffeurs de chiffres : que la CIA avait en fait détecté des signes de ralentissement de l'économie soviétique, mais continuait de surévaluer son importance et son taux de croissance afin de calmer les acolytes de Reagan, qui blêmissaient dès qu'on évoquait la possibilité d'une baisse de l'économie et des dépenses militaires soviétiques. Quand on faisait partie d'une même équipe, assuraient les hommes de Reagan, on ne remettait pas en question la logique qui motivait la décision du Président de faire construire le bombardier B-1 ou de réarmer deux cuirassés de la Deuxième Guerre, ou encore de budgéter une Marine de six cents bâtiments : du point de vue militaire, l'URSS nous talonnait et il fallait consacrer des sommes considérables à ce problème pour rester en tête. Point final. Fin de la discussion.

«L'Union soviétique, avançait l'un des économistes indépendants, c'est la Haute-Volta avec des fusées.» Il agita un fascicule en l'air. «Il s'agit là d'une analyse française. Le nombre de femmes qui meurent en couches en Union soviétique baissait régulièrement depuis la révolution bolchevique. Et puis soudain, au début des années soixante-dix, les statistiques ont remonté et n'ont cessé d'empirer d'année en année jusqu'à ce que les Russes prennent conscience des répercussions que ces chiffres pouvaient avoir et cessent de les publier.

– Mais qu'est-ce que des statistiques sur le taux de mortalité des femmes en couches ont à voir avec l'analyse des dépenses militaires soviétique ? grogna un analyste de la Compagnie, de l'autre côté de la table.

– Si vous saviez interpréter les statistiques, vous sauriez que tout est lié... » Elliott Ebbitt, DDCI de Casey, apparut à la porte de la salle de conférences et fit un signe de l'index au directeur. Casey, trop heureux de s'échapper, sortit rejoindre Ebby dans le couloir. « Will Rogers a dit un jour qu'il y avait des chances pour qu'un économiste en sache autant que n'importe qui, grommela Casey, mais je commence à avoir des doutes.

– J'ai pensé que vous voudriez être mis au courant tout de suite, lui dit Ebby alors qu'ils se rendaient dans les bureaux du DCI. Il y a du nouveau dans l'affaire SACHA. »

Moody, du contre-espionnage, attendait avec deux agents du FBI dans la petite salle de conférences en face du domaine du DCI. Casey leur fit signe de continuer et se laissa tomber sur un siège.

Moody reprit le fil de ce qu'il disait : « Monsieur le directeur, grâce au travail ingénieux des filles de Leo Kritzky, nous avons identifié ce que nous appelons le coupe-circuit entre la *rezidentura* soviétique et l'intermédiaire qui dirige SACHA.

– Qu'est-ce qui vous fait penser que l'intermédiaire dirige SACHA ? » voulut savoir Casey.

Moody lui parla de l'info de Koukouchkine qui impliquait une femme travaillant en free-lance pour la *rezidentura* et l'intermédiaire qui servait d'officier traitant à SACHA. « Koukouchkine était un agent infiltré, dit-il, mais il nous a donné des informations authentiques pour nous convaincre qu'il était réellement un transfuge. Il semble bien que le passage sur la femme qui travaille en free-lance et l'intermédiaire ait été authentique. »

L'agent du FBI, qui portait un badge au nom de A. Bolster, annonça : « Nous ne sommes pas certains de savoir pourquoi, mais le coupe-circuit, une vieille Polonaise qui s'appelle Aïda Tannenbaum, a rencontré l'intermédiaire tard, hier soir, au Barbizon Terrace. »

Casey acquiesça prudemment. « Comment pouvez-vous être sûrs que la personne que retrouvait Tannenbaum n'était pas juste un ami ?

– Nous avons mis son téléphone sur écoute, expliqua Bolster. La personne qui l'a appelée plus tôt dans la soirée lui a dit : "Ça va à l'encontre des pratiques du métier les plus élémentaires, mais d'accord... je vous retrouverai pour un verre, si vous voulez."

– Il a dit ça ? insista Casey. Il a dit *les pratiques du métier* ?

– Oui, monsieur.

– Ça faisait très court comme délai, reprit Moody, mais nous avons réussi à envoyer une équipe au bar alors qu'ils en étaient au milieu de leur petit tête-à-tête. Un de nos hommes avait un micro directionnel dissimulé dans son attaché-case, qu'il a posé orienté vers eux. Le son n'est pas de très bonne qualité, mais nos techniciens l'ont amélioré et on a réussi à obtenir une transcription de leur conversation.» Moody passa deux feuilles dactylographiées au directeur, puis lut à voix haute sur son propre exemplaire : «On l'entend dire, je cite : "Vous êtes ce que les Américains appelleraient une héroïne méconnue. Les très rares personnes qui savent ce que vous faites apprécient." Et elle répond, je cite encore : "Peut-être. Peut-être pas." Puis on l'entend ajouter : "Je viens de louer un meublé au 47, Corcoran Street, au niveau de New Hampshire, non loin de l'université Johns Hopkins. J'emménage demain. Je préfère vivre dans des immeubles avec des étudiants – ils sont toujours très gentils avec Silvester. Et ils me font souvent mes courses quand j'ai trop de nausées, ou de vertiges, pour sortir. Nous pourrions peut-être nous voir de temps en temps."

– Qui est Silvester ?» demanda Casey.

Le deuxième agent du FBI, F. Barton, répondit : «Nous pensons que c'est le chat de la dame, monsieur.»

Jack McAuliffe surgit à la porte, le front barré d'un pli soucieux ; il revenait du Pentagone, où l'on mettait en place toutes les batteries nécessaires au raid israélien sur le camp fortifié d'Ibrahim, et il craignait à s'en rendre malade qu'on n'ait pas prévu assez d'hélicoptères. «Monsieur le directeur, Ebby, messieurs, dit-il en prenant le siège libre à côté de Moody. Alors, il paraît qu'il y a du nouveau dans l'affaire SACHA ?»

Pendant que, en quelques mots chuchotés, Moody mettait au courant le directeur adjoint aux opérations, Ebby disait : «Monsieur le directeur, pris ensemble, le coup de fil et la conversation au Barbizon semblent suggérer qu'en violation des pratiques élémentaires du métier, la Polonaise a réussi à convaincre l'intermédiaire de le rencontrer. Si, comme nous le soupçonnons, elle lui sert de coupe-circuit depuis plusieurs dizaines d'années, elle a pu fantasmer sur lui ; elle est peut-être même tombée amoureuse de lui. Quant à l'intermédiaire...

– Il a peut-être eu pitié d'elle, suggéra Moody.

– Qu'est-ce que tu en penses, Jack ?» s'enquit Ebby.

Jack leva les yeux. «De quoi ?

– De ce que l'intermédiaire a violé les règles de précaution les plus élémentaires.»

Jack médita un instant. «Il mène une vie terriblement morne», suggéra-t-il.

Il avait les yeux cernés, le visage pâle et tiré ; Ebby et le directeur comprirent à demi-mot qu'il se décrivait sans doute lui-même. «Peut-être qu'il avait juste envie de parler à quelqu'un pour tenir une nuit de plus, poursuivit Jack.

– Quoi qu'il en soit, intervint Ebby, il a accepté de la voir.

– Sur les recommandations de Moody, indiqua Bolster, nous avons organisé un relais de surveillance. Douze véhicules – six autos privées, trois taxis, deux fourgonnettes de livraison, une dépanneuse – ont été réquisitionnés pour se succéder à la filature. L'intermédiaire a pris un taxi jusqu'à Farragut Square, puis il a pris le bus jusqu'à Lee Highway, où il est descendu pour prendre un autre bus qui remontait Broad Street jusqu'à Tysons Corner. Là, il est descendu et il a fait à pied les cinq cents mètres qui le séparaient d'un appartement au-dessus d'un garage privé...

– Quand il est sorti du Barbizon, dit Barton, il a déchiré une pochette d'allumettes et a jeté les deux moitiés dans deux endroits différents. Nos hommes les ont récupérées – le numéro de téléphone de l'appartement où la Polonaise a emménagé aujourd'hui était écrit à l'intérieur.»

Casey, toujours impatient, coupa : «Qui est l'intermédiaire ?

– Il loue l'appartement sous le nom de Gene Lutwidge, répondit Moody. C'est certainement une fausse identité.»

Bolster intervint : «Nous avons mis le téléphone de Lutwidge sur table d'écoute à partir du central. Et nous avons créé un détachement spécial de cinquante hommes – il sera filé par des équipes tournantes chaque fois qu'il quittera l'appartement. Avec un peu de chance, il finira bien par nous mener au fameux SACHA.

– Et qu'est-ce que ce type fait pour gagner sa vie ? questionna Casey.

– Il ne va pas au bureau, si c'est ce que vous voulez dire, répondit Barton. Les gens du voisinage ont l'impression que c'est une sorte d'écrivain...

– Ce Lutwidge a-t-il publié quelque chose ? demanda Casey.

– Nous avons vérifié à la bibliothèque du Congrès, dit Barton. La seule chose qui apparaisse quand on fait une recherche sur le nom de Lutwidge, c'est *Alice au Pays des Merveilles* et *De l'autre côté du miroir*...

– Mais c'est de Lewis Carroll, protesta Casey.

– Lewis Carroll était le pseudenyme de Charles Lutwidge Dodgson, expliqua Bolster.

– Vous avez bien dit *Dodgson* ?» s'exclama Moody.

Tout le monde se tourna vers lui. «Qu'est-ce que ça vous dit qui nous échappe ? demanda Bolster.

– En 1961, répondit Moody, – c'était avant votre époque, Archie – le FBI a arrêté un certain Kahn qui avait un magasin de vins et spiritueux dans la banlieue de Washington. Vous avez aussi arrêté son employée, une Bernice quelque chose. Kahn et Bernice étaient tous les deux des communistes américains qui étaient passés dans la clandestinité et fournissaient l'infrastructure pour l'agent soviétique qui servait d'intermédiaire entre Philby et son officier traitant. Nous pensons que c'est le même intermédiaire qui a travaillé avec SACHA une fois que Philby n'a plus été opérationnel. Les agents du FBI qui ont fait une descente dans le magasin d'alcool sont tombés sur des preuves de la présence du coupe-circuit : des chiffres et des microfilms, une visionneuse micropoint, beaucoup d'argent et une radio qui pouvait capter les fréquences ondes courtes, le tout dissimulé sous le plancher d'un placard, dans l'appartement au-dessus du magasin, où habitait l'intermédiaire en question. Mais celui-ci a senti l'embrouille et a pris une autre identité avant que nous puissions l'appréhender. Il opérait sous le nom d'Eugene *Dodgson*.»

Casey commençait à faire le lien. «Dodgson, Lutwidge. Les citations d'*Alice* et de *De l'autre côté du miroir* dans le jeu culturel de Radio Moscou. Il y a un obsédé d'*Alice au Pays des Merveilles* au KGB.»

Bolster s'adressa à Moody : «Vous vous souvenez comment était l'homme qui se faisait appeler Dodgson?

– Le rapport du FBI le décrivait comme un homme de race blanche, de trente et un ans en 1961 – ce qui lui en ferait cinquante-trois aujourd'hui. Il était de taille moyenne, robuste et les cheveux blond pâle. Vous devez avoir des photos de lui dans vos dossiers, prises pendant la semaine où il a été filé.»

Bolster sortit une photo de vingt centimètres sur vingt-cinq d'une enveloppe et la tendit à Moody. «Ça a été pris au téléobjectif depuis l'arrière d'un véhicule de livraison alors que Lutwidge passait sous un néon. La qualité est plutôt merdique, mais ça vous donne une idée de ce à quoi il ressemble.»

Moody examina le cliché. «Taille moyenne, des cheveux clairs, apparemment. Si c'est celui qui se faisait appeler Dodgson, il s'est un peu dégarni et il a pris du bide.»

Moody passa la photo à Ebby, qui signala : «Il y a vingt-deux ans, le FBI le qualifiait déjà de robuste. On s'est tous dégarnis et un peu empâtés.

– Le tout, plaisanta Casey, c'est que le cerveau ne s'empâte pas.»

Ebby tendit la photo à Jack, qui chaussa une paire de lunettes de lecture pour examiner la photo. Puis il ouvrit brusquement la bouche et lâcha : «Ce n'est pas possible...

– Qu'est-ce qui n'est pas possible? rétorqua Ebby.

– Vous le reconnaissez? insista Moody.

– Oui... peut-être... mais c'est impossible... je ne suis pas sûr. On dirait que c'est lui, mais il a changé...

– On a tous changé, commenta Ebby.

– Ça ressemble à qui? s'impatienta Casey.

– Vous n'allez pas le croire – ça ressemble à l'étudiant russe en échange universitaire qui partageait un appartement avec moi, en dernière année à Yale. Il s'appelait Evgueni Tsipine. Son père travaillait au secrétariat des Nations unies...»

Moody se tourna vers Casey. «Le Tsipine qui travaillait au secrétariat des

Nations unies dans les années quarante était un agent à plein temps du KGB. »
Il fixa son regard sur Jack. « Est-ce que votre colocataire russe parlait bien
anglais ? »

Jack, qui n'en revenait toujours pas, leva les yeux de la photo. « Evgueni a
passé son bac au lycée Erasmus de Brooklyn – il parlait anglais comme s'il
était né à Brooklyn. »

Moody se leva brusquement et se mit à marcher autour de la table. « Ça
expliquerait tout, fit-il avec exaltation.

– Ça expliquerait quoi ? demanda Casey.

– Le Eugene Dodgson qui travaillait à la boutique de vins et spiritueux de
Kahn parlait anglais comme un vrai Américain – il n'avait pas une trace d'accent russe. Mais Jim Angleton n'a jamais écarté la possibilité qu'il pouvait
être russe et avoir un niveau d'anglais excellent. »

Jack secouait la tête avec stupéfaction et contemplait, bouche bée, la photographie. « Ça pourrait être lui. Mais ça pourrait aussi être quelqu'un qui lui
ressemble. » Il examina encore le cliché. « Je sais qui saura », ajouta-t-il.

5

Tcheriomouski, région de Moscou,
samedi 12 novembre 1983

Les nièces de Starik s'étaient mises à marcher sur la pointe des pieds dans l'appartement, au premier étage du manoir Apatov, comme si c'était une clinique et que tonton était malade, ce qu'il avait d'ailleurs bien l'air d'être. Son apparence négligée – la barbe blanche emmêlée tombant sur la poitrine cadavérique, les yeux injectés de sang enfoncés dans le visage cireux et trahissant une agitation permanente, l'odeur des sécrétions de vieillard qui émanait de sa carcasse malpropre – effrayait tellement les petites que le câlin qui précédait le coucher, dans le grand lit où la jeune Tchétchène s'était fait sauter la cervelle, était devenu une épreuve quotidienne. Sans que l'oncle le sache, les filles tiraient maintenant au sort pour décider qui allait devoir se glisser sous le bord de la chemise de paysan maculée de sueur.

« S'il te plaît, tonton, lis-nous plus vite », implora l'Ossète blonde lorsqu'il perdit sa ligne et recommença à lire le même paragraphe. Starik caressa distraitement les cheveux soyeux de la nièce nouvellement arrivée de Mongolie-Intérieure ; aujourd'hui encore, à près de soixante-dix ans, il était encore ému par l'innocence de la beauté, par la beauté de l'innocence. Derrière son dos, l'Ossète passa la main sous la chemise de la Lettone et pinça l'un de ses seins minuscules. La gamine poussa un cri. Contrarié, l'oncle se tourna vers la Lettone. « Mais elle m'a pincé le sein, gémit la petite en désignant la coupable.

– Est-ce ainsi que l'on traite une cousine ? demanda Starik.

– C'était pour rire... »

La main de l'oncle jaillit et il gifla fortement la petite Ossète. Ses ongles longs, coupés au carré à la façon des paysans, lui griffèrent la joue. Le sang jaillit. Sanglotant de frayeur, l'Ossète retira sa chemise sans manches et l'appliqua contre les égratignures. Pendant un instant, personne n'osa prononcer un mot. Puis la voix étouffée de la petite Vietnamienne se fit entendre de sous la chemise de l'oncle. « Mais qu'est-ce qui se passe, là-haut ? »

L'oncle rajusta ses lunettes, se replongea dans le livre et commença le même paragraphe pour la troisième fois : « "Voyez ! Voyez ! s'écria Alice en tendant allégrement le doigt. C'est bien la Reine Blanche qui court à travers la campagne ! Elle vient de sortir ventre à terre de la forêt qui se trouve là-bas. Dieu ! que ces reines savent courir vite !" "Nul doute qu'elle ait un ennemi à ses trousses, dit le Roi sans prendre la peine de se retourner. Cette forêt en est pleine." »

La voix de Starik se perdit et il dut chasser le chat qu'il avait dans la gorge. Ses yeux s'embrumèrent et il fut incapable de continuer. « Assez pour ce soir », aboya-t-il en tirant par la peau du cou la Vietnamienne de sous sa chemise. Puis il sortit du lit et se dirigea, pieds nus, vers la porte, pour quitter la chambre sans même un « Bonne nuit, les petites ». Les nièces le regardèrent sortir, puis se dévisagèrent avec stupéfaction. Les sanglots de l'Ossète s'étaient mués en hoquet. Les autres filles essayèrent de l'effrayer pour le lui faire passer à grand renfort de hurlements et de grimaces horribles.

Dans son sanctuaire derrière la bibliothèque, Starik se servit un cognac bulgare bien tassé et s'assit pour le boire par terre, sur le tapis, dos au coffre-fort. De tous les passages qu'il lisait aux filles, c'était celui-ci qui le perturbait le plus. Car Starik – qui se voyait comme le cavalier aux doux yeux bleus et au bon sourire, avec le soleil couchant qui étincelait sur son armure – pouvait discerner les ombres profondes de la forêt d'où la reine blanche s'était enfuie, et elles le terrifiaient. « Nul doute qu'elle ait un ennemi à ses trousses, dit le Roi. Cette forêt en est pleine. » Starik avait depuis longtemps identifié l'ennemi qui rôdait dans les bois : ce n'était pas la mort, mais l'échec.

Lorsqu'il était plus jeune, il avait cru de tout son cœur et avec toute son énergie au succès inévitable ; si vous meniez le bon combat assez longtemps, vous étiez forcé de gagner. Le sens de sa quête et de sa croisade s'était désormais évanoui, remplacé par le pressentiment qu'il ne subsistait même plus de lointaine possibilité de triomphe ; l'économie de la Grande Russie, sans parler des structures sociales et du parti lui-même, commençait à battre de l'aile. Des vautours comme ce Gorbatchev tournoyaient au-dessus, attendant de se repaître de ce qui resterait. Le contrôle soviétique de l'Europe de l'Est tombait en déliquescence. En Pologne, le syndicat indépendant Solidarność gagnait du terrain, ridiculisant le parti communiste polonais qui prétendait représenter le prolétariat. En Allemagne de l'Est, les « têtes de béton » – surnom des vieux briscards du parti qui résistaient à toutes les réformes – ne tenaient plus qu'à un fil à la tête du pays.

De toute évidence le génie et la générosité de l'esprit humain allaient disparaître au profit de la rapacité d'un *Homo economicus* effréné. S'il devait y avoir une consolation, c'était dans la certitude qu'il mettrait à bas l'édifice du capitalisme malgré la défaite du socialisme. Les Allemands avaient une expression pour ça : le crépuscule des dieux, *Götterdämmerung!* C'était l'ultime satisfaction de ceux qui s'étaient battus et n'avaient pas réussi à vaincre.

Quand Starik s'était présenté à l'appartement situé au deuxième étage du Kremlin, plus tôt dans la journée, Andropov sommeillait, un masque à oxygène plaqué sur la partie inférieure du visage. Les stores vénitiens avaient été fermés ; seules des ampoules de faible intensité brûlaient sous les quelques abat-jour répartis dans la chambre. Le secrétaire général venait de subir une nouvelle séance épuisante d'hémodialyse sur le rein artificiel de fabrication américaine. Des infirmiers s'agitaient autour de lui pour contrôler son pouls, changer son bassin, vérifier le goutte-à-goutte fixé à son avant-bras et mettre du rouge sur ses joues exsangues afin que ses visiteurs de l'après-midi n'aient pas l'impression de se trouver en présence d'un cadavre.

« *Izvinitie,* Iouri Andropov, avait chuchoté Starik. Êtes-vous réveillé ? »

Andropov avait ouvert un œil et était parvenu à produire un hochement de tête imperceptible. « Je suis toujours réveillé, même quand je dors », avait-il marmonné sous son masque à oxygène. Sa main gauche s'était soulevée des couvertures et deux doigts s'étaient tendus en direction de la porte. Les infirmiers l'avaient vu et s'étaient éclipsés, refermant derrière eux.

Andropov comprit aussitôt pourquoi Starik était là. Ce devait être le dernier rapport au secrétaire général avant la mise à feu de KHOLSTOMER. Tous les éléments étaient en place : les comptes offshore étaient prêts à mettre 63,3 milliards de dollars sur le marché au comptant ; au premier signe de dégringolade du dollar, les agents d'influence du KGB au Japon, à Hongkong, à Taïwan et en Malaisie, ainsi que l'économiste allemand qui était proche du chancelier ouest-allemand Helmut Kohl, pousseraient leurs banques centrales à vendre leurs bons du trésor en dollars dans le but de protéger leurs arrières, ce qui entraînerait l'effondrement du marché obligataire.

Andropov avait arraché son masque à oxygène et, le souffle court, avait bombardé Starik de questions : le KGB avait-il trouvé des preuves confirmant l'intention des Américains de lancer une attaque nucléaire préventive contre l'Union soviétique ? Si oui, d'où cela venait-il ? Y avait-il une indication de calendrier ?

Il était devenu évident pour Starik que le destin de KHOLSTOMER était intimement lié à la conviction d'Andropov que l'exercice de l'OTAN, désigné sous le nom d'ABLE ARCHER 83, devait couvrir une frappe préventive. Si le secrétaire général commençait à concevoir le moindre doute sur les intentions hostiles des Américains – comme Brejnev avant lui – il reculerait au dernier moment. Les agents du monde entier qui attendaient le dernier message codé pour lancer KHOLSTOMER devraient tout abandonner. La CIA pourrait très bien apprendre par un agent mécontent ce qui avait failli se passer. Une fois le secret éventé, KHOLSTOMER serait mort et enterré. Alors

Starik fit ce qu'il n'avait jamais fait en quarante-trois ans de carrière : il trafiqua le rapport d'un de ses agents en place.

«*Tovarichtch* Andropov, j'ai les réponses de SACHA à vos dernières questions.» Il tendit une feuille dactylographiée, sachant que le secrétaire général ne serait pas en état de la lire lui-même.

Andropov ouvrit un œil où brillait un vestige de sa combativité d'antan ; Starik entrevit alors l'ambassadeur inflexible qui avait maté le soulèvement hongrois et qui, plus tard, avait dirigé le KGB d'une main de fer.

«Que dit-il ? questionna le secrétaire général.

– Le Pentagone a demandé à la CIA des renseignements satellites sur les déplacements actuels des douze trains bourrés d'ICBM que nous faisons circuler dans le pays. Leur comité des chefs d'état-major a demandé également une estimation à jour de la capacité de réaction des missiles soviétiques ; ils voulaient savoir en particulier combien de temps il nous faudrait pour lancer des ICBM depuis les silos une fois qu'une attaque américaine aurait été repérée et que l'ordre de tirer aurait été donné et authentifié.»

Andropov s'effondra sur les oreillers de son lit d'hôpital, ayant perdu tout espoir de s'être trompé sur les intentions de Reagan. «Les informations de SACHA se sont toujours avérées précises par le passé…

– Il y a plus encore, dit Starik. Nous avons décrypté un câble adressé aux détachements américains qui gardent les bases de missiles nucléaires de moyenne portée en Europe, qui leur commandait d'annuler toutes les permissions à partir du 25 novembre. L'exercice de l'OTAN désigné sous le nom d'ABLE ARCHER 83 a été avancé de deux semaines et doit maintenant intervenir le premier décembre à trois heures du matin.»

Andropov reprit son masque à oxygène et le posa sur sa bouche et son nez. Le seul fait de respirer parut lui prendre toutes ses forces. Il finit pourtant par écarter le masque de ses lèvres bleuies et maculées de salive séchée. «Le seul espoir d'éviter un holocauste nucléaire, c'est que KHOLSTOMER puisse les atteindre *psychologiquement* – si le système capitaliste s'écroule autour d'eux, cela fera peut-être reculer Reagan et les siens. Le monde entier les accuserait de lancer une guerre pour détourner l'attention de la crise économique. De telles circonstances les feront peut-être hésiter.

– Il pourrait y avoir une période de troubles, voire d'émeutes», renchérit Starik. Il commençait à croire lui-même au scénario qu'Andropov avait inventé et qu'il avait confirmé. «Il n'est pas impossible que leurs armées soient trop occupées à maintenir l'ordre à l'intérieur du pays pour se lancer dans une guerre.»

Le secrétaire général effaça d'un revers du bras la bave de ses lèvres. «Allez-y, siffla-t-il. KHOLSTOMER est notre dernier espoir.»

De sa table d'angle, près du fond du restaurant en terrasse du Dean's Hotel, Hippolyte Afanassievitch Fet, le sinistre *rezident* du KGB, surveillait les officiers de la CIA qui s'enfilaient des bouteilles de bière Murree à la première table en sortant du hall miteux. Les Américains parlaient à mi-voix mais s'esclaffaient bruyamment – si bruyamment que personne n'aurait pu deviner que la guerre faisait rage derrière la passe de Khyber, à une demi-heure de route en voiture. À dix-neuf heures trente, les Américains partagèrent l'addition, comptèrent leurs roupies et repoussèrent à grand bruit leurs chaises pour partir. Les deux compagnons de table de Fet – le responsable du chiffre à la *rezidentura* et un attaché militaire du consulat soviétique – échangèrent quelques propos critiques sur le comportement des Américains à l'étranger. On pouvait repérer un Américain dès qu'il entrait dans une pièce, disait l'un. Ils agissaient toujours comme si le pays où ils se trouvaient leur appartenait, renchérit l'autre. Ils balancent tellement de roupies autour d'eux qu'on dirait qu'ils les impriment dans l'arrière-salle de l'antenne de la CIA. C'est peut-être le cas, dit l'attaché militaire, et les trois Russes éclatèrent de rire. Fet s'excusa pour aller aux toilettes. Demandez l'addition et réglez-la, mais ne laissez pas de pourboire comme un Américain – les Pakistanais gonflent déjà assez les prix comme ça, recommanda-t-il au responsable du chiffre.

Fet traversa la terrasse et pénétra dans le hall. Il passa devant la porte des toilettes, franchit la porte d'entrée et gagna le parking, derrière l'hôtel. Les Américains montaient tranquillement dans deux Chevrolet. Fet se dirigea vers le siège passager de l'une d'elles et fit signe au chef d'antenne par intérim de baisser sa vitre.

« Eh bien ! si ce n'est pas Boris Karloff en chair et en os ! s'exclama l'Américain. Vous avez des secrets à nous vendre, Fet ?

– En fait, oui. »

Le sourire était toujours plaqué sur les lèvres de l'Américain, mais il avait les yeux brillants de curiosité. Sentant qu'il se passait quelque chose d'inhabituel, il fit un signe de la main. Ses compagnons descendirent aussitôt de voiture pour entourer le Russe. Deux d'entre eux s'écartèrent de quelques pas et, tournant le dos à Fet, scrutèrent le parking pour voir s'il ne s'y trouvait pas d'autres Russes.

« C'est bon, Fet, de quoi s'agit-il ? demanda le chef d'antenne par intérim.

– Je voudrais passer à l'Ouest. N'essayez pas de me convaincre de rester comme agent en place. Si je franchis le pas, c'est ici et maintenant, ou pas du tout. » Il tâta les poches de sa veste, qui étaient bourrées d'enveloppes brunes. « J'ai ici toute la correspondance entre le Centre et la *rezidentura* au cours du mois dernier. J'ai aussi plein de secrets dans ma tête, des secrets qui vous surprendront.

– Et votre femme ? s'enquit l'un des Américains. Ça ne va pas aller mal pour elle si vous filez ? »

Un sourire cruel passa fugitivement sur ses lèvres, accentuant encore sa ressemblance avec Boris Karloff. «Ma femme m'a annoncé la nuit dernière qu'elle était tombée amoureuse du jeune chef de notre consulat, un petit con comme on en voit rarement. Elle m'a demandé la séparation. Je vais lui donner une séparation dont elle se souviendra longtemps.

– Je crois qu'il est sérieux, commenta l'un des Américains.

– Je suis très sérieux», assura Fet.

Le chef d'antenne par intérim soupesa le pour et le contre. Dans la cuisine du restaurant, l'un des cuisiniers chinois hurla contre un autre en mandarin suraigu. L'Américain finit par se décider; si, pour une raison ou pour une autre, ils n'étaient pas satisfaits de la marchandise à Langley, merde, ils pourraient toujours rejeter Fet à l'eau. «Vite, montez dans la voiture», dit-il au Russe.

Quelques instants plus tard, les deux Chevrolet sortaient en vrombissant du parking, prenaient Saddar Road sur les chapeaux de roues et fonçaient de l'autre côté de la ville, vers la forteresse qui servait de consulat américain.

Emmitouflée dans une veste en mouton retourné, un châle sindhi imprimé enroulé autour du cou comme une écharpe, Maria Shaath se tenait courbée au-dessus d'une table en bois brut, griffonnant des questions sur un calepin à la lueur vacillante de l'unique bougie posée à côté. De temps à autre, elle levait les yeux, se caressant distraitement la lèvre supérieure avec la gomme au bout de son crayon, et contemplait intensément la flamme bleu-jaune. Puis de nouvelles questions lui venaient et elle se courbait à nouveau sur son calepin pour les noter.

Anthony et Maria arpentaient le camp, le matin même, quand Ibrahim était sorti de chez lui. L'air était vif, la neige tombait dans la montagne, réduisant la visibilité des hélicoptères russes que l'on disait marauder dans le labyrinthe des vallées. Dans le hameau juste au-dessous, deux gamins maigrichons tiraient une vache sur un sentier de terre. De retour d'une patrouille de trois jours, un groupe de rebelles fondamentalistes, leurs longues chemises, longues barbes et gilets doublés de fourrure couverts de poussière, remontaient la route, la Kalachnikov nonchalamment posée sur l'épaule. D'une carrière invisible mais à portée de tir, montait un martèlement métallique et creux, chaque coup accompagné de son écho. Juste à l'intérieur de la grande double porte de l'enceinte, un vieil homme, portant des lunettes de soleil en plastique pour se protéger des étincelles, aiguisait des couteaux sur une meule que faisait tourner une fille dissimulée sous une *burqa* sombre.

«Vous êtes un homme remarquable», avait déclaré Maria. Elle le regardait avec intensité. «Pourquoi ne me laisseriez-vous pas vous interviewer?

– M'interviewer?

– Eh bien ! c'est mon métier. Vous avez tellement de matériel, ici. Vous pourriez sûrement dégoter une caméra de télévision. »

Ibrahim parut intéressé. « Et qu'est-ce que vous me demanderiez dans une telle interview ?

– Je vous demanderais d'où vous venez et où vous allez. Je vous poserais des questions sur votre religion, vos amis, vos ennemis. Je vous demanderais pourquoi vous combattez les Russes et quel sera votre prochain djihad quand les Russes seront partis.

– Qu'est-ce qui vous fait croire qu'il y aura un autre djihad ?

– Vous êtes amoureux de la guerre sainte, commandant Ibrahim. C'est inscrit sur votre visage. Les cessez-le-feu, la paix… tout cela vous ennuie. J'en ai rencontré d'autres comme vous. Vous passerez d'une guerre à une autre jusqu'à ce que vous arriviez à ce que vous voulez…

– Puisque vous en savez tant sur moi, qu'est-ce que je veux ?

– Vous voulez devenir un martyr. »

Les réflexions de Maria avaient amusé Ibrahim. « Et que feriez-vous de l'enregistrement de cette interview, si j'acceptais ? avait-il demandé.

– Vous pourriez faire en sorte de le faire livrer à mon bureau, à Peshawar. En vingt-quatre heures, il pourrait être diffusé à New York – ce que vous y direz sera retransmis dans le monde entier.

– Laissez-moi y réfléchir », avait dit Ibrahim. Puis, flanqué de son Ombre à deux pas derrière lui, il était passé devant le rémouleur et avait quitté l'enceinte en direction de la caserne située à la lisière du hameau.

Maria s'était tournée vers Anthony. « Il n'a pas dit non, en tout cas. »

Le soir venu, Ibrahim avait fait dire qu'il consentait à l'interview, qui aurait lieu à minuit, dans la pièce située sous le grenier. Il transmettait également une liste de ce qu'il refusait d'aborder : les questions concernant sa véritable identité et son passé étaient prohibées, ainsi que tout ce qui pouvait trahir l'emplacement du sommet qu'il appelait Yathrib. Lorsque Maria et Anthony descendirent l'échelle, à minuit moins le quart, ils trouvèrent la cuisine collective transformée en studio de fortune. Deux lampes à arc branchées sur un groupe électrogène qui bourdonnait à l'extérieur éclairaient les deux chaises de cuisine disposées devant la cheminée. Un jeune homme imberbe muni d'un Leica allemand fit signe aux deux prisonniers de se mettre devant l'affiche du Dôme doré de la mosquée de Jérusalem et prit une demi-douzaine de clichés. (C'est cette photo qui, quelques jours plus tard, fit la une des journaux du monde entier.) Maria regardait l'objectif avec un sourire impatient ; elle avait hâte de commencer l'interview. Anthony parvint à produire un sourire crispé que la presse qualifia ensuite de sardonique. Une fois le photographe parti, Ibrahim, vêtu d'une tunique blanche brodée qui descendait jusqu'au bord de ses bottes Beal Brothers, apparut à la porte et prit place sur l'une des chaises. Ses cheveux longs avaient été peignés et noués sur la nuque, sa courte barbe teintée au henné avait été taillée. Un moudjahid barbu qui portait d'épaisses lunettes réglait la mise au point d'une grosse caméra chinoise montée sur un trépied maison en bois. Maria resserra le châle sindhi autour de ses épaules et s'assit sur l'autre chaise. Un voyant rouge s'alluma sur le dessus de la caméra. Maria regarda droit vers l'objectif. « Bonsoir. Ici Maria Shaath, pour une émission enregistrée quelque part en Afghanistan. Mon invité, ce soir – ou devrais-je dire mon *hôte*, dans la mesure ou c'est moi qui suis son invitée, ou, plus exactement, sa prisonnière – est le commandant Ibrahim, chef du commando qui nous a kidnappés, le diplomate américain Anthony McAuliffe et moi, dans les rues de Peshawar, au Pakistan. » Elle se tourna vers Ibrahim et le gratifia d'un sourire candide. « Commandant, il est difficile de savoir par où commencer cette interview, car vous m'avez donné une liste des sujets que vous refusez d'aborder...

– Commençons par corriger une erreur. Anthony McAuliffe se fait passer pour un diplomate américain, mais est en réalité un officier de la CIA, attaché à l'antenne de la CIA de Peshawar à l'époque de son... arrestation.

– Même si vous êtes dans le vrai, la raison de son enlèvement reste assez floue. Je croyais que l'agence centrale de renseignements américaine aidait les groupes fondamentalistes comme le vôtre dans la guerre contre l'occupation soviétique de l'Afghanistan. »

Ibrahim égrenait son chapelet. « L'agence centrale de renseignements américaine se moque totalement de l'Afghanistan. Ils donnent des armes vétustes aux fondamentalistes islamistes dans le but de saigner l'ennemi soviétique, de la même façon que les Soviétiques ont fourni des armes au Viêtnam du Nord pour saigner leur ennemi américain au Viêtnam.

– Si la situation était renversée, si vous vous battiez contre les Américains, accepteriez-vous de l'aide de l'URSS ?

– J'accepterais l'aide du diable pour continuer le djihad.

– Si vous réussissez à chasser l'occupant soviétique...

– *Quand* nous réussirons à chasser l'occupant soviétique... »

Maria hocha la tête. « Quand vous aurez chassé l'occupant soviétique, la guerre sera-t-elle terminée ? »

Ibrahim se pencha en avant. « Nous sommes engagés dans un combat contre le colonialisme et l'athéisme, qui sont les ennemis de l'islam et de l'État islamique que nous voulons fonder en Afghanistan, ainsi que dans d'autres pays du monde musulman. La guerre se poursuivra jusqu'à ce que nous ayons détruit tous les vestiges du colonialisme et de l'athéisme, afin d'instituer un commonwealth musulman fondé sur la foi pure – l'islam – du prophète que vous appelez Abraham et que nous appelons Ibrahim. Un tel État, gouverné selon les principes coraniques et suivant l'exemple du messager Mohammad, serait caractérisé par une totale soumission à Dieu. Voilà ce que je crois. »

Casey et son adjoint, Ebby, se tenaient devant l'énorme téléviseur, dans le bureau du directeur, au sixième étage de Langley, un verre à la main, et regardaient l'interview.

Sur l'écran, Maria consultait ses notes. « Permettez-moi de vous poser quelques questions personnelles. Êtes-vous marié ?

– J'ai deux épouses et trois fils. J'ai plusieurs filles aussi. »

Casey fit tinter les glaçons dans son verre. « Je suis surpris que ce fils de pute prenne la peine de mentionner les filles. »

On entendit Maria demander : « Quel est votre film préféré ?

– Je n'ai jamais vu de film. »

« Il veut postuler pour la sainteté islamique », plaisanta Casey.

« Quels personnages politiques admirez-vous le plus ?

– Morts ou vivants ?

– Les deux. Des figures historiques aussi bien que des personnes politiques actuelles.

– Dans l'Histoire, j'admire et je respecte le prophète Mohammad – ce n'était pas seulement un saint homme qui a mené une vie sainte, c'était un vaillant guerrier qui a inspiré les armées islamistes dans la conquête de l'Afrique du Nord, de l'Espagne et d'une partie de la France. Dans l'Histoire, j'admire également Moïse et Jésus, les deux prophètes qui ont apporté la parole de Dieu au peuple, mais qu'on n'a pas écoutés. Je tiens aussi en haute estime le sultan égyptien Saladin, qui a vaincu les premières armées colonialistes, les croisés, et a libéré la ville sainte de Jérusalem. »

« Dommage qu'il détienne l'un des nôtres, commenta Casey. C'est le genre de type qui pourrait vraiment mettre les Russes à genoux. »

Sur l'écran de télévision, Maria demanda : « Et aujourd'hui ? »

« C'est vraiment une belle femme, commenta Reagan, qui regardait la télévision avec son conseiller à la sécurité nationale, Bill Clark, au premier étage de la Maison-Blanche. Rappelez-moi comment, euh… elle s'appelle, déjà ?

– Maria Shaath, répondit Clark. Cet Ibrahim est celui qui pense que nous avions accepté d'échanger Shaath et le type de la CIA contre cinquante Stinger. »

« Aujourd'hui, répondait Ibrahim à Maria, c'est plus difficile.

– Pourquoi ? voulut savoir Maria.

– Parce qu'il faudrait cinquante ou cent ans avant d'avoir assez de perspective pour évaluer ce qu'un dirigeant a accompli.

– Vous considérez tout par rapport à l'Histoire ?

– Je mesure les choses en siècles.

– Prenez le risque, insista Maria. Faites de votre mieux. »

Ibrahim eut un faible sourire. « J'admire Kadhafi parce qu'il ne se laisse pas impressionner par les puissances coloniales. Je respecte l'Irakien Saddam Hussein et le Syrien Hafez al-Assad pour les mêmes raisons. En revanche, je méprise le roi Hussein de Jordanie, l'Égyptien Moubarak et toute la famille royale d'Arabie Saoudite pour n'avoir pas su se dresser contre l'Occident colonial et laïc. »

Reagan se renseigna : « Et qu'est-ce que j'ai, euh... décidé à propos de ces Stinger, Bill ?

– Vous avez pensé que ce serait une erreur d'en fournir aux islamistes fondamentalistes du genre de cet Ibrahim. C'est pour ça que qu'on a retiré le dispositif de mise à feu des Stinger que nous leur envoyons avec le commando israélien. »

« Vous parlez beaucoup de colonialisme et de laïcité, disait Maria à l'écran. Que pensez-vous du marxisme ? »

« Je déteste le marxisme », marmonna Reagan pour lui-même.

« Le marxisme est aussi négatif que le capitalisme, répondit Ibrahim. Le marxisme est un colonialisme dans un emballage laïc. »

Reagan s'anima. « En tout cas, ce n'est pas un marxiste ! conclut-il.

– Certainement pas, convint le conseiller à la sécurité nationale.

– Je ne vois pas quel mal il y aurait à lui fournir des, euh... Stinger s'il les utilise contre les marxistes, commenta Reagan.

– Beaucoup de sénateurs pensent la même chose », fit observer Clark.

Reagan dévisagea son conseiller avec une sincérité tourmentée. « Seriez-vous en train de suggérer que le Congrès verrait d'un bon œil qu'on fournisse des Stinger aux résistants afghans ?

– Je suppose que oui, concéda Clark.

– Alors, il faudrait peut-être qu'on reconsidère quand même cette affaire de, euh... Stinger, avança Reagan. Je ne dis pas que nous devrions leur donner des Stinger. Mais, d'un autre côté, s'ils s'en servent pour descendre des avions russes... Hmm... »

Leo Kritzky venait de rentrer de Baltimore, où il s'était chargé personnellement du débriefing d'Hippolyte Fet, ancien *rezident* du KGB à Peshawar, à qui l'on avait fait quitter le Pakistan aussitôt après sa défection, puis qu'on avait envoyé en Amérique et installé dans une planque. Le soir tombé, lorsqu'il tourna dans l'allée de sa maison de Georgetown, Leo eut la surprise de trouver une Plymouth grise familière déjà garée là. Jack était vautré sur son volant, la radio allumée branchée sur une station qui donnait un flash d'infos toutes les heures à l'heure pile. Les deux conducteurs sortirent en même temps de leur voiture. « Jack, fit Leo. Qu'est-ce qui t'amène à cette heure ?

– J'ai méchamment besoin d'un verre», gémit Jack alors qu'ils se dirigeaient vers la porte d'entrée. Il examina son vieux compagnon d'appartement et d'aviron à Yale. Physiquement, Leo avait bien récupéré de l'inquisition draconienne que lui avait fait subir Angleton, neuf ans plus tôt; ses cheveux avaient repoussé gris cendré, et il les portait en brosse, à la manière des officiers de l'armée. La maigreur squelettique s'était muée en une sécheresse énergique. S'il restait des vestiges de l'épreuve, il fallait les chercher dans les yeux sombres de Leo, qui avaient gardé un côté hagard, et ce soir plus encore qu'à l'accoutumée, ou c'est du moins l'impression qu'eut Jack avant d'ajouter : «Mais on dirait qu'une dose d'alcool ne te ferait pas de mal non plus, mon vieux.

– Je crois qu'on a trouvé le bon endroit», commenta Leo. Il ouvrit la porte avec sa clé et alluma la lumière. Les deux hommes jetèrent leur pardessus sur des dossiers de chaise et Leo coupa à travers le salon pour aller droit au bar. «Qu'est-ce que tu prendras, Jack?

– Un whisky, sec. Tu peux y aller.»

Leo remplit à moitié deux verres à moutarde (Adelle avait emporté le service en cristal après le divorce) de Glenfiddish. «Des nouvelles de l'expédition? demanda-t-il en tendant un verre à Jack tout en levant le sien en guise de salut.

– Aux dernières nouvelles, ils avaient franchi la passe de Nameh, au nord de Khyber, répondit Jack avec un pli soucieux. Ils s'en tiennent maintenant à des sentiers qui ne figurent pas sur les cartes et maintiennent le silence radio. Nous n'en saurons donc pas davantage tant qu'ils n'auront pas atteint le nid d'aigle d'Ibrahim.

– Le jour J est pour quand?

– Difficile de dire combien de temps il leur faudra pour passer ces montagnes avec des animaux de bât. Pour le rendez-vous avec les hélicoptères, nous avons calculé un minimum de cinq jours et un maximum de huit.

– Ce doit être dur pour Millie, devina Leo.

– Dur est en dessous de la vérité, dit Jack. Mais si ça finit bien…

– Ça finira bien, Jack.

– Oui, c'est ce que je n'arrête pas de me répéter, mais je n'ai pas réussi à m'en convaincre.» Il prit une gorgée de whisky et frissonna.

«Tu as vu l'interview de Shaath? s'enquit Leo.

– On nous en avait donné une cassette avant que ça passe. On l'a visionnée au bureau.

– J'ai entendu ça à la radio en rentrant, dit Leo. La partie où Ibrahim dit qu'il défendra l'Islam contre l'oppression coloniale dans d'autres parties du monde une fois que les Russes auront été chassés… ça m'a donné la chair de poule.

– Oui, et Shaath n'a pas vraiment pris de gants.

– Tu veux dire quand elle lui a demandé si c'était une déclaration de guerre ? » dit Leo. Il fit signe à Jack de prendre le canapé et s'assit avec lassitude sur un rocking-chair placé à angle droit de son visiteur. « Ibrahim fait allusion à l'Arabie Saoudite, bien sûr, ajouta-t-il. C'est ce qui vient ensuite sur le menu des fondamentalistes quand les Russes arrêteront les frais et quitteront l'Afghanistan. » Leo but pensivement son whisky. « Ce n'est pas une très belle perspective. À propos de ce Fet...

– Ah oui ! je voulais te demander. Qu'est-ce qu'il a rapporté d'intéressant ?

– Attends, Jack, on ne l'a pas encore passé au détecteur, alors on n'est pas encore sûrs qu'il ne nous balance pas plein de conneries. D'un autre côté...

– D'un autre côté ?

– Il prétend que les types qui dirigent le KGB sont prêts à faire une croix sur l'Afghanistan. L'info est bien gardée à l'intérieur du KGB. En ce qui les concerne, la guerre est perdue – ce n'est plus qu'une question de temps, et de pertes, avant que les militaires soviétiques ne comprennent le message et trouvent un moyen de se désengager.

– Ouah ! Si c'est vrai...

– Fet assure qu'il avait ordre de nouer des contacts avec les divers groupes fondamentalistes dissidents. Le KGB envisage déjà l'après-guerre, quand les fondamentalistes auront pris le pouvoir en Afghanistan et commenceront à regarder ailleurs.

– Cet ailleurs étant l'Arabie Saoudite ?

– Toujours d'après Fet, le KGB pense pouvoir exploiter la haine des fondamentalistes pour l'Amérique, et la retourner contre les intérêts américains au Moyen-Orient. Si la famille royale saoudienne est renversée... »

Jack remplit les blancs : « La Russie est un pays exportateur de pétrole. Si les fondamentalistes ferment le robinet, Moscou pourra acheter l'allégeance des pays européens qui comptent sur le pétrole saoudien.

– Seul le manque d'imagination pourrait limiter les possibilités de manipulations, renchérit Leo.

– Et ce n'est pas le manque d'imagination qui caractérise les types du KGB.

– Effectivement, fit Leo, le front barré d'un pli pensif. C'est le moins qu'on puisse dire. » De toute évidence, quelque chose le troublait. « Ils sont beaucoup plus cyniques que je ne pensais.

– Quand Fet dit qu'il avait ordre d'établir des contacts avec les fondamentalistes, qu'est-ce qu'il entendait par là ?

– Cela signifie que Fet et le KGB ont décidé qu'il était intéressant d'exploiter Ibrahim. Cela signifie qu'ils ont désigné Manny et mon filleul, Anthony. Cela signifie qu'ils ont incité Ibrahim à les enlever – Maria Shaath se trouvait par hasard dans la voiture, elle n'était donc pas prévue – pour les négocier contre la livraison des Stinger qui augmenteraient considérablement les chances d'Ibrahim de se retrouver à la tête de la meute fondamentaliste.

– Mais les Stinger sont censés abattre des avions russes, commenta Jack.

– D'après Fet, c'est le prix à payer à court terme, et le KGB est prêt à faire le sacrifice. Des Stinger aux mains des fondamentalistes, ou c'est du moins ce que les supérieurs de Fet lui ont dit, convaincront les hauts militaires soviétiques que la guerre ne peut pas être gagnée. Plus vite la guerre cessera, plus vite les fondamentalistes, avec le KGB qui tirera les ficelles, se tourneront vers les gisements de pétrole saoudiens. »

Jack finit son whisky et alla se resservir au bar. Il leva la bouteille, mais Leo déclina la proposition. « C'est toi le chef des opérations du DD-O, mon pote. Ça te paraît plausible ? »

Leo répondit prudemment : « Il y a un détail, dans l'interview de Shaath, qui semble aller dans le sens de ce que dit Fet. Tu te souviens quand elle a demandé à Ibrahim comment il se faisait, avec tous les avions et les hélicoptères russes qui sillonnent le pays, que sa forteresse en haut de la montagne n'ait jamais été attaquée, ou en tout cas pas depuis qu'elle s'y trouvait ?

– Oui, je me souviens. La réponse a été un peu faiblarde.

– Il a dit qu'il y avait trop de matériel antiaérien dans le coin et que les Russes le savaient, reprit Leo. Mais nous savons toi et moi que les canons antiaériens sont quasi sans effet sur les jets modernes et les hélicoptères qui rasent le sol et arrivent trop vite.

– C'est justement pour ça qu'ils veulent des Stinger, dit Jack.

– C'est justement pour ça, répéta Leo.

– Ce qui pourrait vouloir dire, reprit jack, que le KGB – qui, comme nous, joue un rôle dans l'établissement des listes de cibles – a occulté la propriété d'Ibrahim de ses cartes.

– C'est ce que dit Fet », confirma Leo.

Ils se concentrèrent un moment sur leur verre, chacun suivant le fil de ses propres pensées. Puis Leo finit par lever les yeux vers son vieil ami. « Quand vas-tu me dire ce qui t'a amené ici à cette heure de la nuit ? » demanda-t-il.

Jack secoua la tête, visiblement bouleversé. « Il y a une photo que je voulais te montrer.

– Quel genre de photo ?

– Heureusement que tu es assis », dit Jack. Il tira la photo de la poche intérieure de son veston et la lui tendit. Leo se pencha en avant pour la saisir. Puis il mit ses lunettes et porta le cliché à la lumière.

Jack vit son ami retenir son souffle. « Alors, c'est bien Evgueni, souffla Jack.

– Où as-tu eu ça ? demanda Leo.

– C'est à tes filles qu'on le doit », répondit Jack. Et il expliqua comment Tessa et Vanessa avaient fini par trouver le numéro de téléphone à Washington de la vieille Polonaise qui servait de coupe-circuit à un intermédiaire du KGB qui se faisait appeler Gene Lutwidge. «Je me suis toujours demandé ce que notre copain russe était devenu, dit Jack. Maintenant, on le sait.»

Le souffle emballé, Leo se balançait sur son fauteuil. La photo d'Evgueni l'avait visiblement secoué.

«Moi non plus, je n'arrivais pas à y croire, au début, dit Jack. Le FBI a collé un détachement spécial de cinquante types sur sa trace. Avec un peu de patience, il nous conduira à SACHA. Si on s'énerve, on n'aura qu'à lui tomber dessus et le faire parler.» Jack se pencha vers Leo. «Tu peux vraiment être fier de Tessa et de Vanessa. Hé! Leo, ça va?»

Leo parvint à hocher la tête. «Vanessa m'a dit qu'elles avaient réussi un beau coup, mais elle ne m'a pas donné de détails. J'aurais dû deviner que ça concernait Evgueni.»

Surpris, Jack demanda : «Comment aurais-tu pu le deviner?»

Leo se leva avec peine, laissa tomber la photo sur le rocking-chair et se dirigea vers le bar. Il s'accroupit à côté, chercha quelque chose dans un placard. Puis il se releva, versa du whisky dans un verre et revint vers Jack. Cette fois, il prit place sur le canapé en face de Jack.

Leo avait les yeux rivés sur son plus vieil ami. Il venait de prendre une décision : à partir de là, il ne pourrait plus revenir en arrière. «C'est ce que les toreros et les romanciers appellent le moment de vérité», dit-il. Sa voix était trop douce, tout à coup, d'une douceur lourde de menace. «Evgueni n'a pas besoin de te conduire à SACHA, dit-il. Tu l'as devant toi.»

Jack commençait à se lever quand il vit l'automatique surgir dans les mains de Leo. Pendant un instant, sa vision se brouilla et son cerveau fut incapable de traduire le tumulte de ses pensées en mots. Complètement perdu, il se laissa retomber sur les coussins. «Merde alors, tu ne voudrais quand même pas me tuer, fut tout ce qu'il parvint à articuler

— Ne te méprends pas, avertit Leo. Je me contenterais de te blesser. Je n'ai pas envie de passer le reste de mes jours dans un pénitencier fédéral.

— *Tu es SACHA!*» Jack commençait à comprendre qu'il ne s'agissait ni d'une plaisanterie ni d'un mauvais rêve. «Jim Angleton avait raison depuis le début!

— Rends-nous service à tous les deux, garde tes mains bien en évidence», ordonna Leo. Il lança une paire de menottes sur le canapé, à côté de Jack. «Attache ça à ton poignet droit. Ne fais pas de gestes brusques... et maintenant, assieds-toi par terre, le dos au radiateur. Bon, attache l'autre partie au tuyau, sur le côté du radiateur. Bien.» Leo vint s'asseoir près de l'endroit où était Jack. «Maintenant, Jack, on va parler.

— Comment as-tu fait... comment as-tu pu réussir tous ces tests au détecteur de mensonges?

— Des tranquillisants. J'étais tellement détendu que j'aurais pu leur dire que j'étais une femme sans faire bouger leur aiguille. Le seul test au détecteur que j'ai raté était celui que m'a fait passer Angleton dans sa geôle – et j'ai réussi à m'en expliquer en disant que c'était parce que j'étais enfermé depuis trop longtemps. »

Jack commençait à comprendre la trahison de Leo. « Espèce de salopard ! Fumier ! Tu as trahi tout le monde, ton pays, ta femme, tes filles, la Compagnie. Tu m'as trahi *moi*, Leo… quand je t'ai vu boire l'eau des chiottes, dans la prison d'Angleton, nom de Dieu, je me suis fait avoir. J'ai vraiment cru à ton innocence. Je suis ton vieux copain Jack qui n'ai pas laissé tomber quand Koukouchkine était censé avoir été exécuté. C'est moi qui ai tout mis en branle pour voir s'il pouvait être encore en vie.

– Je gardais les remparts de la guerre froide, Jack, mais de l'autre côté. Tu te rappelles quand je suis sorti de l'ascenseur et que vous m'attendiez tous pour m'accueillir, après mon incarcération ? J'ai dit quelque chose comme quoi je servais le pays dont le système de gouvernement paraissait offrir le meilleur espoir pour le monde. Je ne mentais pas. Ce pays, ce système de gouvernement, c'est l'Union soviétique. »

L'atmosphère de la pièce s'était soudain chargée d'émotion. On eût dit une scène de rupture entre deux vieux amants. « Alors, quand as-tu commencé à trahir ton pays, Leo ?

– Je n'ai jamais *trahi* mon pays, je me suis battu pour un monde meilleur, pour une planète plus belle. Mon allégeance vis-à-vis de l'URSS remonte à Yale. Evgueni n'était pas encore un agent du KGB quand il habitait avec nous, mais, comme tous les Russes à l'étranger, il faisait du repérage non officiel. Il a parlé de moi à son père, qui, lui, *était* un agent du KGB ; il lui a parlé de ma famille, ruinée pendant la dépression, et de mon père qui avait fini par sauter du pont de Brooklyn ; il lui a raconté que j'avais hérité de mon père l'idée tirée de l'Ancien Testament selon laquelle ce qu'on possède a été volé à ceux qui n'ont pas assez.

– Et ensuite ?

– Le père d'Evgueni a prévenu le *rezident* à New York, qui a envoyé une communiste américaine, Stella Bledsoe, me recruter.

– Ta petite amie Stella ! » Jack contempla à l'autre bout de la pièce la photo en noir et blanc encadrée accrochée au mur, celle qui avait été prise après la course d'aviron Harvard-Yale de 1950. Il n'arrivait pas à lire la légende, mais comme c'était lui qui l'avait écrite, il s'en souvenait parfaitement : *Jack, Leo et Stella après la Course, mais avant la Chute*. « Je me rappelle que Stella s'est glissée dans ma chambre, cette nuit-là… fit-il avec un sourire méprisant.

– Elle s'est glissée dans ta chambre et elle a baisé avec toi pour me donner une bonne raison de rompre avec elle. Le Centre de Moscou voulait mettre un peu de distance entre Stella et moi pour le cas où le FBI découvrirait ses liens avec le parti communiste américain, ce qui a été le cas quand Whittaker

Chambers l'a reconnue comme étant une sympathisante qu'il avait rencontrée après la guerre, à des réunions du parti. »

Jack tira avec colère sur les menottes, faisant entrer le métal dans la chair de son poignet. « Quelle andouille j'ai été de te faire confiance.

– C'est Stella qui m'a demandé de m'enrôler dans l'équipe d'aviron quand ils ont appris que Waltz, l'entraîneur, travaillait comme chasseur de têtes pour la toute nouvelle Agence centrale de renseignements. L'idée était que je me rapproche de lui. Tu connais le reste de l'histoire, Jack. Tu étais là quand il nous a fait son baratin. »

Jack redressa soudain la tête. « Et Adelle ? Elle faisait partie du *plan* elle aussi ? »

Leo se détourna. « Adelle n'est pas la partie de l'histoire dont je suis le plus fier, avoua-t-il. Le Centre voulait que je me trouve une épouse dans l'establishment de Washington, tant pour faire avancer ma carrière que pour me procurer d'autres sources de renseignements. La *rezidentura* a plus ou moins choisi Adelle parce qu'elle travaillait pour Lyndon Johnson, et aussi parce que son père était riche et puissant et avait accès à la Maison-Blanche. Ils se sont arrangés pour que nos chemins se croisent.

– Mais tu l'as rencontrée par hasard chez le vétérinaire », se rappela Jack.

L'air sombre, Leo hocha la tête. « Pendant qu'Adelle était à son travail, ils ont pénétré chez elle et ont balancé le chat par la fenêtre du troisième étage. J'ai pris un vieux chien à la fourrière et je lui ai donné assez de mort-aux-rats pour le rendre malade. Je l'ai emmené chez le vétérinaire en sachant qu'Adelle allait arriver avec son chat. Si ça n'avait pas marché, on aurait concocté un autre moyen de nous faire nous rencontrer. »

Jack secouait la tête, abasourdi. « Tu me fais presque pitié, Leo.

– La vérité, c'est que je me suis mis à l'aimer, assura Leo. J'adore mes filles… » Puis il lâcha : « Je n'ai jamais accepté un penny, Jack. J'ai risqué ma peau pour la paix, pour un monde meilleur. Je n'ai pas trahi un pays – ma loyauté est au-dessus de ça, c'est une conception internationale des choses.

– Juste par curiosité, explique-moi le coup d'AE/PINACLE, Leo. Koukouchkine était un faux transfuge – mais ne prenaient-ils pas un gros risque en t'accusant d'être SACHA ? Nous aurions pu le croire.

– Ce n'est pas très compliqué, dit Leo. Angleton réduisait lentement la liste des suspects en procédant à une analyse attentive des opérations réussies et des échecs, et aussi de qui avait un lien avec ces opérations. Mon nom apparaissait partout. Le Centre de Moscou ou, plus précisément, mon officier traitant, a décidé qu'Angleton se rapprochait dangereusement ; il a donc organisé AE/PINACLE pour contraindre Angleton à m'accuser. Koukouchkine aurait fini par être démasqué même si tu n'avais pas fait intervenir les Israéliens. Une fois Koukouchkine discrédité, toutes les accusations portées contre moi tomberaient, et Angleton aurait du mal à s'en tirer. Ça ferait d'une pierre deux coups.

– Et maintenant, Leo, qu'est-ce qui va t'arriver? Evgueni est surveillé vingt-quatre heures sur vingt-quatre. Tu ne pourras pas t'en tirer.

– Je vais m'en tirer, et Evgueni aussi. Nous avons des plans d'urgence pour des situations comme celle-ci. Tout ce dont nous avons besoin, c'est d'une longueur d'avance, et c'est ce que ces menottes vont m'apporter. J'appellerai Elizabet demain matin pour lui dire où tu es.

– Alors c'est comme ça que ça se termine, fit Jack, amer.

– Pas tout à fait. Il reste encore une chose, Jack. Je voudrais te livrer quelques secrets.» Leo ne put réprimer un sourire sans joie en voyant l'incrédulité apparaître dans les yeux de Jack. «L'Union soviétique s'écroule. Sans les exportations de pétrole et la crise énergétique mondiale, l'économie se serait sans doute effondrée depuis longtemps. La guerre froide touche à sa fin. Mais certains de mon côté voudraient qu'elle se termine sur un coup d'éclat. Ce qui m'amène à KHOLSTOMER...

– Il y a donc un KHOLSTOMER! Angleton a encore vu juste.

– Je vais te confier un autre secret, Jack. KHOLSTOMER me pose problème depuis le début, mais je ne savais pas quoi faire jusqu'à ce que je parle à Fet, aujourd'hui. Quand j'ai appris que le KGB projetait de mettre des Stinger entre les mains de gens qui tireraient sur des pilotes russes, sans même parler du rôle qu'il a eu dans l'enlèvement de mon filleul...» Le visage altéré, Leo chuchota: «Pour moi, c'est comme si c'était le KGB qui avait amputé l'orteil d'Anthony, Jack. Ça a été la goutte qui fait déborder le vase. Ça suffit. Écoute bien.»

Jack sentait revenir son sens de l'ironie. «Considère-moi comme un public captif, fit-il amèrement.

– Andropov est mourant, Jack. D'après ce que je sais – à la fois par des sources de la Compagnie et par Starik – le secrétaire général n'est pas toujours très lucide...

– Tu veux dire qu'il perd la boule.

– Il a des périodes de lucidité. Mais il a d'autres moments où il se laisse emporter par son imagination et voit tout déformé. Il est en ce moment dans une de ses phases de délire. Andropov est convaincu que Reagan et le Pentagone sont sur le point de lancer une attaque nucléaire contre l'Union soviétique...

– C'est grotesque et tu le sais, coupa Jack.

– Je leur ai assuré que ce n'était pas vrai, mais j'ai des raisons de croire que mes rapports ont été falsifiés pour mieux correspondre à la paranoïa d'Andropov.

– Comment peux-tu savoir ça de Washington?

– Je le suppose d'après les questions que me pose le Centre de Moscou

– ils sont obnubilés par ABLE ARCHER 83, ils veulent savoir si le Pentagone pourrait ne pas tenir la CIA au courant d'un projet d'attaque préventive. Je leur ai certifié que c'était absolument impossible, mais ils continuent de me poser les mêmes questions. Ils me disent que quelque chose a dû m'échapper et ils me demandent de vérifier à nouveau.

– Et qu'est-ce que KHOLSTOMER vient faire là-dedans ?

– KHOLSTOMER serait la réponse de Moscou à ABLE ARCHER 83. Comme il est persuadé que les USA vont lancer une attaque nucléaire le premier décembre, Andropov a autorisé Starik à lancer KHOLSTOMER. Ils projettent d'inonder le marché au comptant de dollars pour que la monnaie, et, au bout du compte, l'économie américaine, s'effondrent.

– Je ne suis pas économiste, dit Jack, mais il doit falloir un sacré paquet de billets verts pour ébranler le marché.

– Ils ont un sacré paquet de dollars, répliqua Leo. Il y a plusieurs dizaines d'années que Starik détourne des devises. Il dispose d'un peu plus de soixante milliards de dollars dans des banques offshore du monde entier. Et en plus de ça, il a des agents d'influence dans les quatre pays clés, prêts à inciter les banques centrales à vendre leurs bons du trésor américains dès que le dollar commencera à chuter. Le jour J, je suis censé suivre les réactions de la Federal Reserve Bank et les mouvements du marché obligataire. La situation pourrait très bien devenir incontrôlable – plus le dollar descendra, plus les gens paniqueront et vendront leurs dollars et leurs bons du trésor américains pour protéger leurs arrières. C'est du moins là-dessus que compte Starik.

– Tu sais qui sont ces agents d'influence ?

– Non. Mais je sais dans quels pays ils sont censés agir. Nos antennes... »

Un demi-sourire étira les lèvres de Jack. « *Nos* ? »

Leo sourit à son tour. « Il y a si longtemps que je mène une double vie. *Vos* antennes devraient pouvoir déterminer qui, parmi les personnes proches des banques centrales concernées pourraient être des agents d'influence soviétiques.

– En cas de doute, commenta Jack, on pourra toujours neutraliser les trois ou quatre principaux suspects. C'est la méthode du KGB, non ? »

Leo s'emporta : « Arrête de faire l'hypocrite, Jack. Ce sont *vos* antennes qui se sont chargées de former la police secrète au Viêtnam, en Argentine, en République dominicaine, au Chili, en Irak, en Iran... la liste est longue comme le bras. *Vous* regardiez de l'autre côté quand *vos* clients arrêtaient, torturaient et assassinaient leurs opposants politiques. L'opération Phénix au Viêtnam, avec ses cages à tigres sur l'île prison de Con Son, qui a tué ou estropié quelque vingt mille Vietnamiens *soupçonnés* – simplement soupçonnés, Jack, même pas reconnus coupables – d'être procommunistes.

– La Compagnie combattait le feu par le feu... protesta Jack.

– *Le feu par le feu* ! répéta Leo, méprisant. Vous avez financé, équipé et formé des agents et des armées entières pour les abandonner ensuite – les Cubains à Miami, les Khambas au Tibet, les Meos au Laos, les colonels de Sumatra en Indonésie, les Montagnards au Viêtnam, les ressortissants chinois en Birmanie, les Ukrainiens en Russie, les Kurdes en Irak. »

Jack rétorqua, très calmement : « Tu es bien le dernier à pouvoir monter sur tes grands chevaux quand il est question de moralité, mon vieux. »

Leo se releva. « Je t'ai toujours admiré, Jack. Déjà, avant ton coup d'éclat dans la Baie des Cochons, tu étais un héros pour moi – et tant pis si nous n'étions pas du même bord. J'ai toujours le registre de dernière année de Yale avec ta photo – "Jack McAuliffe, fou, mauvais et dangereux à connaître." Tu étais toujours fou, tu étais parfois mauvais, mais tu n'as jamais été dangereux à connaître. » Leo haussa les épaules avec lassitude. « Je suis désolé, Jack. » Ses lèvres se serrèrent et il eut un hochement de tête. « Je regrette que notre amitié doive se terminer ainsi. »

Jack eut la vision de Leo en train de remplir la tasse en fer-blanc dans la cuvette des toilettes d'Angleton et d'en boire l'eau avant de lui murmurer entre ses lèvres desséchées : *Va te faire foutre, Jack.* La langue le démangeait de lui dire à son tour : « Toi aussi, Leo, va te faire foutre. » Mais il se retint et dit à la place : « Tu empiètes sur ta longueur d'avance, mon pote.

– Oui, c'est vrai. » Leo prit un sac de voyage au nom d'une compagnie d'aviation dans un placard, puis alluma la radio et monta le son. « Écoute, Jack, lança-t-il depuis la porte, mes amis russes ne rendront pas ma défection publique si je peux l'éviter – je tiens à protéger mon ex-femme et mes filles. Et aussi, je n'ai pas parlé au Centre de Moscou du raid israélien. Je souhaite de tout cœur que ça marche. »

Jack ne parvint pas à remercier SACHA. Il se serait étouffé en essayant. Mais il leva sa main libre pour manifester sa reconnaissance.

Le jeune Noir maigrichon, superbe dans sa combinaison rouge ajustée avec le nom « Latrell » brodé sur la poche de poitrine, secouait la tête énergiquement. Bon sang, non, il ne pouvait pas y avoir d'erreur, insistait-il. Impossible. Il feuilleta sa liasse de commandes et trouva le bon formulaire. « R'gardez là, m'sieu, dit-il. Une napolitaine sans olives. La commande vient de – il nomma une rue de Tysons Corner, un numéro. L'appartement au-dessus du garage, au bout de l'allée, c'est bien vous, non ?

– C'est moi, reconnut Evgueni. Quel est le nom, sur la commande ? »

Le jeune Noir leva le formulaire vers la lumière qui filtrait par la porte entrouverte. « Dodgson, lut-il. Vous êtes bien Dodgson ? »

Evgueni prit la pizza. « Combien je vous dois ?

– Cinq cinquante. »

Evgueni sortit un billet de cinq et deux billets d'un dollar, et dit au gosse de garder la monnaie. Puis il referma la porte et s'y adossa jusqu'à ce que son cœur cesse de cogner aussi fort dans sa poitrine. Une pizza livrée à Dodgson, le nom qu'Evgueni avait abandonné quand il avait été démasqué, vingt-deux ans plus tôt, constituait le signal d'urgence de SACHA. Cela signifiait que c'était la fin du monde. Cela signifiait que les Américains avaient réussi à identifier l'intermédiaire qui servait d'officier traitant à SACHA. Il était certainement surveillé jour et nuit par des agents du FBI. Peu à peu, un semblant de calme reprit possession du processus de réflexion d'Evgueni. Commencer par un fait et en suivre la logique, se dit-il. Le fait : on ne l'avait pas encore arrêté, ce qui était de bon augure – cela devait signifier qu'ils attendaient qu'il les mène à SACHA. Ce qui signifiait qu'ils ne savaient pas qui était SACHA. Ce qui laissait donc entendre que le maillon faible se trouvait entre le *rezident* du KGB à Washington et Evgueni : Aïda Tannenbaum.

Heureusement pour Evgueni, SACHA avait appris la découverte de la CIA et avait pu l'avertir par le seul moyen dont il disposait. Bon. Tout ce qu'il lui restait à faire pour le moment, c'était de faire comme s'il allait se coucher – laisser les stores en partie relevés pour que quiconque l'observait à la jumelle puisse voir qu'il n'avait pas le moindre souci.

Evgueni coupa une part de pizza et se força à la manger tout en regardant la fin d'un film sur sa petite télé portable. Puis il se mit en pyjama, se brossa les dents, éteignit les lumières des autres pièces et se retira dans la petite chambre. Là, il fit mine de lire pendant un quart d'heure *L'Écrivain des ombres* de Philip Roth. La vérité était qu'il n'arrivait pas à fixer les yeux sur les mots ; que le sang qui lui battait les tempes l'empêchait de réfléchir. Il bâilla et posa le livre, remonta son réveil et vérifia la sonnerie. Alors, presque comme s'il avait failli oublier, il se releva pour aller baisser à fond les stores devant la fenêtre. Il retourna ensuite au lit et éteignit la veilleuse sur la table de nuit.

Dans l'obscurité la plus complète, les sons du voisinage paraissaient amplifiés. Environ tous les quarts d'heure, il entendait le bus descendre Broad Street, à deux rues de là. Un peu après minuit, il entendit une porte de garage s'ouvrir et une voiture descendre une allée à reculons. À minuit vingt-cinq, le voisin houspilla son chien pour qu'il se dépêche de pisser. Le cerveau bouillonnant de scénarios, Evgueni resta immobile jusqu'à ce que la petite aiguille lumineuse de son réveil indique trois heures. Alors, furtivement, il s'habilla, enfila son pardessus et, ses chaussures à la main, alla en chaussettes dans la salle de bains. Là, il tira la chasse d'eau – ils pouvaient avoir mis des micros dans l'appartement – et, pendant que l'eau coulait bruyamment dans la tuyauterie, ouvrit la petite fenêtre qui donnait sur le toit en pente de la remise jouxtant le garage. Une fois sur le toit, il se laissa glisser jusqu'au bord puis s'accrocha au treillage pour atteindre le sol. Là, il mit ses chaussures, noua les lacets et, tapi dans l'ombre, tendit l'oreille. La nuit était froide ; à chaque respiration, il exhalait un petit nuage de vapeur. De la chambre d'une maison voisine lui parvint une vilaine toux. Une lampe de chevet s'alluma, puis s'éteignit à nouveau. Au bout d'un long moment, Evgueni se redressa et traversa le jardin, restant dans l'ombre de la haute clôture en bois qui séparait le jardin du fond du terrain de basket pavé voisin. Au bout du jardin, il escalada une clôture en bois et, avançant de côté, se glissa entre deux garages. Arrivé au milieu, sous une fenêtre condamnée, il chercha à tâtons la brique ébréchée, la retira et plongea la main dans la cavité pour récupérer le petit paquet enveloppé dans plusieurs couches de plastique.

Vingt minutes plus tard, Evgueni pénétrait dans un drugstore ouvert toute la nuit, près de deux kilomètres plus loin sur Broad Street. Il commanda un café et un beignet puis gagna les cabines téléphoniques, dans le fond. Il avait jeté le nouveau numéro de téléphone d'Aïda mais se rappelait son adresse : 47, Corcoran Street. Il appela les renseignements et demanda le numéro d'une certaine Tannenbaum, abonnée enregistrée à cette adresse. Il composa le numéro et entendit le téléphone sonner. Au bout d'une douzaine de sonneries, la voix essoufflée d'Aïda répondit :

« Qui est-ce ? »

Evgueni savait que la ligne de la vieille dame était sûrement sur écoute. Tant qu'il ne restait pas assez longtemps au bout du fil pour être repéré, cela n'avait pas d'importance. Plus rien n'avait d'importance. « C'est moi, charmante dame. »

Il perçut une exclamation effrayée. « Ça doit aller très mal pour que vous m'appeliez à cette heure, chuchota Aïda.

– Oui, ça va mal.

– Oh !

– Il faut que je raccroche avant qu'ils ne retracent l'appel.

– C'est aussi terrible que ça ?

– Vous êtes une grande dame et une grande combattante, une héroïne. Je vous tiens en très haute estime. » Evgueni répugnait à raccrocher. Il lâcha : « Je voudrais pouvoir faire quelque chose pour vous.

– Vous le pouvez en raccrochant tout de suite, mon cher enfant. Sauvez-vous vite. Et souvenez-vous de moi comme je me souviendrai de vous. »

C'est Aïda qui coupa la communication. Evgueni écouta pendant quelques secondes la tonalité résonner dans le combiné. Puis il raccrocha et, d'une démarche mal assurée, retourna au comptoir où il comptait faire durer son café et son beignet. Il consulta sa montre. Il avait encore deux heures et demie à tuer avant de retrouver SACHA dans un lieu convenu à l'avance.

Aïda savait qu'elle aurait dû être terrifiée, mais la seule émotion qui lui vint fut le soulagement. Après toutes ces années, elle allait enfin être débarrassée. Elle coinça une chaise sous la poignée de la porte d'entrée, puis remonta le couloir jusqu'à la petite cuisine. Elle coinça une autre chaise sous la poignée de cette porte-là aussi, puis bourra l'interstice en dessous de papier journal avant d'ouvrir à fond les quatre boutons du gaz et le four. Elle prit Silvester dans le panier tapissé d'une vieille chemise de nuit, s'assit devant la petite table recouverte de lino et lui caressa le cou. Le chat se mit à ronronner et elle sourit. Elle crut entendre une voiture freiner dans la rue, quelque part sous sa fenêtre. Cela lui rappela la nuit où la Gestapo avait fait irruption dans l'entrepôt où le mouvement communiste clandestin dissimulait sa presse d'imprimerie, et lui avait arraché des bras son cher, cher fils, Alfred, qui poussait des hurlements déchirants. Était-ce le vrombissement de l'ascenseur qu'elle entendait, ou bien était-ce le fruit de son imagination? Elle se sentait terriblement, terriblement fatiguée. Des poings martelèrent la porte de l'appartement. Elle posa la tête sur un bras et essaya de se remémorer l'image de son fils, mais tout ce qu'elle put voir fut son amant, Evgueni, qui s'inclinait pour baiser sa main gantée.

La porte d'entrée céda avec un craquement sinistre.

Savourant l'idée qu'elle était enfin arrivée au terme de son existence, Aïda prit la boîte d'allumettes.

6

Yathrib, vendredi 18 novembre 1983

La file de chameaux – trois d'entre eux chargés de sacs de toile remplis de nourriture, d'eau potable et de munitions, les vingt-cinq autres portant chacun deux longues caisses de bois – traversa les flots bouillonnants du torrent. Les douze chameliers arabes, tous lourdement armés, tous gardant leur keffieh ramené sur le nez pour se protéger de la poussière soulevée par les bêtes, avaient tendu une grosse corde entre le char russe rouillé à demi submergé et un arbre sur l'autre rive, et s'étaient postés à intervalles réguliers le long de la corde pour aider les chameaux à se redresser au cas où l'un d'eux perdrait l'équilibre. Une fois de l'autre côté, les hommes firent halte pour déjeuner. Les musulmans pratiquants du groupe se prosternèrent vers La Mecque et commencèrent la prière. Les chameliers non pratiquants préparèrent du thé vert dans une casserole cabossée posée au-dessus d'un petit feu. On distribua des morceaux de pain rassis, cuits la veille dans des trous peu profonds creusés à même le sol, et des boîtes de houmos avec des oignons crus. Si quelqu'un remarqua les deux Pachtouns qui les surveillaient à la jumelle du haut d'un à-pic, il n'en dit rien. Une fois le repas terminé, la plupart des hommes restèrent un moment assis, le dos appuyé contre un arbre, à sommeiller ou fumer une cigarette. Cinq minutes avant l'heure, le chef de la caravane, un Égyptien mince portant un treillis kaki et des lunettes de soleil réfléchissantes se mit debout et, les appelant en arabe, entreprit de rassembler les chameaux qui s'étaient écartés pour paître. Lorsque la caravane fut reformée et chaque animal attaché à celui qui le précédait, les chameliers frappèrent le flanc des bêtes d'un coup de badine de bouleau et la file partit à l'assaut des sentiers abrupts. Après plusieurs heures de marche, la caravane atteignit la gorge encaissée. Lors d'une nouvelle pause faite pour la prière, deux Pachtouns et un Irakien pénétrèrent à cheval dans la gorge. S'exprimant en arabe, l'Irakien échangea des salutations avec les chameliers et détourna l'attention du chef pendant que les Pachtouns ouvraient au hasard des caisses attachées au bât des chameaux. Chaque caisse contenait un Stinger sol-air flambant neuf avec des références américaines tracées au pochoir sur le côté, ainsi qu'un livret d'utilisation en anglais. Le chef de l'expédition et plusieurs chameliers avaient été formés par la CIA au maniement des armes et devaient rester de une semaine à dix jours pour instruire les rebelles à la livraison des Stinger. Satisfaits, les Pachtouns prirent la tête de la caravane dans la gorge puis à travers un long canyon. Le sentier s'élargit et devint moins abrupt alors qu'ils passaient devant les ruines de hameaux ensevelis sous la végétation. Le crépuscule tombait déjà lorsqu'ils arrivèrent à l'enceinte fortifiée, tout au bout du sentier. Un minaret en briques de terre s'élevait de la mosquée construite au centre ; tout en haut, un muezzin appelait les fidèles à la prière du soir. Des Pachtouns émergèrent des maisons de pierre construites contre la falaise. Les plus dévots pénétrèrent dans la mosquée ; les autres, avec tout un essaim d'adolescents, vinrent voir le Stinger mis en exposition sur une couverture de l'armée.

Ibrahim, portant un gilet en mouton retourné et la calotte pachtoune sur laquelle était épinglée l'amulette censée le protéger des balles, traversa le village. Derrière lui, ses enfants le regardaient depuis l'embrasure d'une porte. Un sourire de jubilation aux lèvres, Ibrahim accueillit le chef de caravane égyptien et lui offrit tout le confort matériel du camp pour aussi longtemps qu'il y resterait avec ses hommes. Le chef lui répondit en un arabe fleuri qu'il appréciait l'hospitalité de son hôte et devrait se faire violence pour ne pas en abuser. Ibrahim lui rétorqua que jamais ses invités ne devaient s'inquiéter d'abuser de son hospitalité – il fallait au contraire abuser de l'hospitalité pour en estimer la profondeur et l'esprit dans lequel elle avait été offerte.

Ibrahim se détourna pour rejoindre les combattants accroupis autour du Stinger. On aurait dit des enfants qui examinaient un nouveau jouet tandis qu'ils effleuraient doucement les empennages du missile qui allait détruire les avions et hélicoptères russes de si loin qu'il suffirait de les entendre et non pas de les voir Personne ne remarqua, dans l'obscurité qui s'épaississait, le chamelier arabe qui refermait les grosses portes de l'enceinte. Les autres firent négligemment glisser leur arme automatique de leur épaule et s'écartèrent avec nonchalance de part et d'autre des hommes agglutinés autour du Stinger. Plusieurs Arabes s'avancèrent vers une auge placée juste devant la porte de la mosquée. Deux autres chameliers s'éloignèrent en flânant vers le bâtiment qui abritait les prisonniers d'Ibrahim.

Tout à coup, Ibrahim huma l'air glacé et, égrenant son chapelet des doigts de la main gauche, se releva lentement. Il remarqua soudain que la grande double porte, habituellement laissée ouverte pour permettre aux moudjahidin qui priaient à la mosquée de regagner leur hameau, avait été fermée. Scrutant l'obscurité, il constata que les chameliers arabes s'étaient répartis dans toute l'enceinte. Il glissa quelque chose à son Ombre, qui se rapprocha de lui et serra la main sur la garde du poignard à sa ceinture. Un par un, les Pachtouns, bientôt gagnés par la nervosité d'Ibrahim, se relevèrent et fouillèrent du regard l'ombre silencieuse du camp fortifié. De l'autre côté de la montagne leur parvint le bruit caractéristique des pales d'un hélicoptère. Ibrahim cria un avertissement à l'instant même où les chameliers ouvraient le feu. L'une des premières balles atteignit Ibrahim à l'épaule, le projetant dans les bras de son Ombre. D'un battement d'ailes, le canari jaune s'envola, traînant son lien derrière lui. Des projecteurs puissants braqués depuis le ventre de deux insectes géants illuminèrent le camp alors que les hélicoptères descendaient brusquement. Des armes crachèrent des balles par les portes ouvertes. L'un des hélicoptères se posa, soulevant un nuage de poussière. L'autre se maintint au-dessus de la mosquée et bombarda d'obus au phosphore le hameau situé juste sous le camp fortifié ainsi que le sentier qui reliait les deux. Des femmes hurlaient de terreur aux portes et aux fenêtres des bâtiments. Les moudjahidin qui surgissaient du nuage de poussière étaient fauchés par des rafales d'armes automatiques. Le chef de caravane égyptien s'agenouilla et tira, rechargea méthodiquement son arme et tira à nouveau sur les Pachtouns qui jaillissaient de la mosquée. Alors, lançant en hébreu des ordres à ses hommes, il se dirigea vers Ibrahim, toujours à terre. « Prenez-le vivant ! » cria quelqu'un en anglais.

L'Ombre tira son couteau, se pencha au-dessus d'Ibrahim et l'interrogea du regard. « Souviens-toi de ta promesse », supplia Ibrahim. Il y eut un nouveau crépitement d'arme automatique – qui fut, à l'oreille d'Ibrahim, comme un roulement de tambour annonçant son arrivée au paradis ; il serait bientôt assis à la droite du Prophète ; il pourrait bientôt converser avec le Dieu unique. Il voyait le prophète Ibrahim porter le couteau sacrificiel à la gorge de son fils Isma'il sur la pierre noire, au cœur de la Kaaba. La vision lui dicta ce qu'il devait faire. Tout en murmurant « *Khahesh mikonam, lofti konin*, je t'en supplie, accorde-moi cette grâce », il agrippa le poignet de son garde du corps avec sa main valide et approcha la lame tranchante comme un rasoir de sa jugulaire.

Dans le grenier qui leur servait de prison, Anthony avait attiré Maria Shaath dans un coin dès qu'ils avaient entendu les premiers coups de feu. Quelques instants plus tard, on fit irruption dans la salle au-dessous de la leur. « C'est un commando, annonça Anthony. Mais comment savoir qui arrivera ici en premier – Ibrahim ou les membres du commando ? » Quelqu'un appuya une échelle contre le mur et se mit à grimper. Anthony saisit le petit poêle à charbon de bois par les pieds et se posta dans l'ombre de la trappe qui se soulevait. Un homme qui avait le doigt posé sur la détente d'un solide Uzi israélien apparut, le visage à moitié dissimulé sous un keffieh. Maria poussa un cri. Anthony souleva le petit poêle au-dessus de sa tête et s'apprêtait à l'abattre sur l'intrus quand celui-ci demanda d'une voix enjouée et dans un anglais impeccable : «Ça intéresse quelqu'un, un petit tour au Pakistan en hélicoptère ?»

Dans la villa cernée de hauts murs de la Compagnie à Peshawar, un jeune technicien radio était assis devant un émetteur-récepteur et le bloquait sur une fréquence donnée. Ses petits copains et lui surveillaient les parasites vingt-quatre heures sur vingt-quatre depuis maintenant une semaine. Soudain, ce qui ressemblait à une voix humaine filtra à travers la friture, répétant la même phrase.

«Il m'a promis des boucles d'oreille, mais m'a simplement percé les oreilles. Je répète : Il m'a promis des boucles d'oreille, mais m'a simplement percé les oreilles.»

Le radio parcourut du pouce la liste des expressions codées de son calepin jusqu'à ce qu'il trouve la bonne. Puis il se précipita dans le couloir et passa la tête dans le bureau du chef d'antenne qui avait remplacé Manny Ebbitt après l'enlèvement. «Les hélicos ont rompu le silence radio, lança-t-il.

– Et ?

– Ils ont envoyé un message de "mission accomplie". Ils sont en vol et ils rentrent.

– Chiffrez le message et expédiez-le à Washington», ordonna le chef d'antenne. Soulagé, il s'appuya contre le dossier de son siège. Nom d'un chien, les Israéliens avaient quand même réussi leur coup. Le champagne allait couler à Langley quand ils sauraient que les hélicoptères rentraient. Dieu merci, les défaitistes s'étaient trompés – ça ne s'était pas terminé comme le raid de Carter pour libérer les otages américains à Téhéran.

Une autre surprise attendait les moudjahidin qui avaient survécu au raid israélien. Quand ils essayeraient d'utiliser les Stinger, ils découvriraient qu'il manquait le dispositif de mise à feu, ce qui rendait les armes à peu près aussi utiles que de vieux tuyaux dans une décharge.

Ils se retrouvèrent à l'aube, au dernier rang de la première église baptiste, dans la Seizième Rue, non loin de Scott Circle. Il n'y avait que trois fidèles aussi matinaux dans l'église quand Evgueni se glissa sur le banc et s'assit près de Leo. Pendant un moment, ils ne parlèrent ni l'un ni l'autre. Puis, coulant un regard vers son intermédiaire, Leo chuchota d'une voix rauque : «Nous avons toujours su que ça se terminerait un jour.

– La guerre froide a été longue», répliqua Evgueni. Il pensait à Aïda Tannenbaum. Il entendait sa voix dans son oreille : « *Je dois admettre que je suis fatiguée, Eugene. D'aussi loin que je me souvienne, je me suis toujours battue sur un front ou sur un autre.* »

Leo se baissa, ouvrit la fermeture à glissière du sac de voyage entre ses pieds et remit un petit paquet à Evgueni. «Je garde ça dans un placard depuis des années – c'est une panoplie complète fournie par la Compagnie. Nous sortirons d'ici en prêtres – il y a là chemises noires, cols blancs, un bouc pour moi, une barbe grise pour toi, des perruques, des lunettes non cerclées. Ton propre frère ne te reconnaîtrait pas.

– Mon propre frère a déjà eu du mal à me reconnaître quand je suis rentré à Moscou», fit remarquer Evgueni. Il prit une enveloppe brune dans la poche de son pardessus. «Passeports, permis de conduire et de l'argent.

– On va se changer dans la sacristie, dit Leo. Avec un peu de chance, la Compagnie va concentrer ses recherches sur ma Chevrolet. Nous allons prendre le métro jusqu'à la gare routière. Là, on prendra un car jusqu'à Baltimore, puis un train pour Buffalo, où on passera la frontière canadienne. J'ai une adresse de repli à Toronto, où on pourra rester jusqu'à ce qu'on trouve de la place sur un cargo.

– Qu'est-ce que tu as fait de ta voiture ? demanda Evgueni.

– Je l'ai laissée au parking longue durée de l'aéroport Dulles et je suis rentré par la navette. On sera loin quand ils la trouveront.

– Tu as une idée de comment ils nous ont repérés ?»

Leo ne jugea pas nécessaire de parler de ses filles, aussi eut-il une réponse évasive. «Ils sont tombés sur ta Polonaise.»

Evgueni s'assena une claque sur le front. «Elle meurt d'un cancer, Leo. Elle m'a supplié de la rencontrer...

– Ce qui est fait est fait. Ils ont pris une photo de toi. Jack a cru te reconnaître. Il est venu me voir ce soir pour me la montrer.

– Qu'est-ce que tu as fait de Jack ?

– Je l'ai laissé menotté à un radiateur.

– S'il est venu te montrer la photo, murmura Evgueni, c'est qu'il ne se doutait pas que tu étais SACHA.

– Je le lui ai dit, annonça Leo. Moi aussi, je commençais à être fatigué de ce jeu.

– Il doit y avoir autre chose que ça...

– Reagan et le Pentagone ne projettent pas d'attaque nucléaire préventive, Evgueni, expliqua Leo avec lassitude. Andropov est complètement à la masse s'il croit le contraire. Et je n'ai pas envie de voir Starik et Andropov mettre le monde à feu et à sang sous nos yeux.

– Tu n'as jamais pu digérer KHOLSTOMER. Ça se voyait dans ton regard quand on en a parlé.

– La guerre froide touche à sa fin. Nous sommes en train de perdre – l'économie soviétique est pourrie. KHOLSTOMER ne rime plus à rien – ruiner l'économie mondiale, renvoyer le tiers-monde au Moyen Âge, faire souffrir des millions de personnes. Pour quoi faire ? Je n'en vois pas l'intérêt.

– On s'est battus du bon côté, décréta simplement Evgueni. C'était nous les gentils, Leo. Je crois encore que le système communiste, malgré tous ses terribles défauts, est un meilleur modèle pour la planète Terre que tout ce que peut offrir l'Occident. Le capitalisme est intrinsèquement décadent – il fait ressortir ce que l'humanité a de pire. »

Leo, les yeux brûlants, se tourna vers Evgueni. « As-tu jamais eu l'ombre d'un doute ?

– Une fois seulement, admit le Russe. C'est quand j'ai rencontré Philby à Gettysburg, pour lui dire que Burgess avait filé avec Maclean. Starik voulait que Philby file aussi, mais il a refusé, il a dit que tant qu'il n'avouerait pas, ils ne pourraient pas lever le petit doigt contre lui. Ce sont ses mots. *Lever le petit doigt contre lui.* Je me suis souvent repassé cette conversation dans ma tête – c'était comme le saphir d'un tourne-disque coincé sur un sillon. Ça soulevait une question que j'avais peur de me poser, parce qu'une fois posée, il aurait fallu que j'y réponde.

– Réponds-y maintenant. »

Evgueni se remémora une bribe de la conversation qu'il avait eue au téléphone avec Aza Isanova, la dernière fois qu'il était allé à Moscou. « *Mais dans quel trou d'autruche as-tu fourré la tête ?* l'avait-elle tancé. *Staline a massacré les paysans au début des années trente, il a massacré ses camarades du parti au milieu et à la fin des années trente, il a interrompu les tueries pendant la guerre, mais il les a reprises aussitôt après. Alors, ça a été au tour des juifs...* »

« Le système pour lequel Philby espionnait n'aurait eu aucun problème à soutirer les aveux de quelqu'un comme lui, reconnut Evgueni.

– Le système pour lequel Philby espionnait n'aurait même pas eu besoin d'aveux pour le conduire au sous-sol de la Loubianka et lui tirer une balle dans la nuque, précisa Leo.

– La révolution socialiste est menacée depuis le premier jour, protesta Evgueni. Il s'agissait de combattre des ennemis impitoyables pour survivre... »

Leo l'interrompit. « Nous nous sommes trouvé beaucoup trop d'excuses. Nous justifions toujours nos fautes tout en condamnant celles de nos opposants. » Leo consulta sa montre. « Il va bientôt faire jour. Nous avons le reste de notre vie pour faire l'autopsie de tout ça. On devrait y aller.

– Oui », convint Evgueni. Puis il déclara amèrement : « *Za ouspiekh nachevo beznadiojnovo diela !* »

Leo secoua la tête avec fatalisme et répéta le vieux slogan d'Evgueni à Yale : « Au succès de notre tâche désespérée ! »

Au milieu de la matinée, Leo appela chez Jack d'une cabine qui se trouvait devant la gare routière de Baltimore. Ce fut la femme de Jack qui répondit :

« Millie, c'est moi, Leo.

– Oh ! Leo, tu as entendu…

– Entendu quoi ?

– Ebby m'a appelée pour me l'annoncer il y a dix minutes. Il vient de rac-crocher. Les hélicoptères viennent d'atterrir à Peshawar. Anthony est sain et sauf. » Leo entendit la voix de Millie se briser au bout du fil. « Il va bien, Leo, ajouta-t-elle, à peine audible. Il rentre à la maison.

– C'est génial. J'adore ton gamin. Tu ne peux pas savoir comme ça me fait plaisir qu'il soit tiré d'affaire. Je vais te dire quelque chose dont j'aimerais que tu te souviennes dans les jours qui viennent : je crois que c'est le plus beau moment de ma vie.

– Tu as toujours été un parrain super pour lui, Leo. »

Leo voulut dire « Je n'en suis pas si sûr », mais Millie ne lui laissa pas la parole : « Le plus curieux, c'est que personne ne semble savoir où est Jack. En ne le voyant pas rentrer hier soir, j'ai juste pensé qu'il était resté à Lang-ley pour suivre le raid, mais Ebby m'a dit qu'il n'y était pas. » Millie s'in-quiéta soudain : « Tu crois qu'il est arrivé quelque chose à Jack, Leo ?

– Non, pas du tout. En fait, c'est pour ça que j'appelais – Jack a passé la nuit chez moi. Il y est toujours.

– Eh bien, passe-le-moi.

– Je n'appelle pas de chez moi.

– Tu appelles d'où alors ? Hé ! mais qu'est-ce qui se passe ?

– Je vais te dire quelque chose. Après ça, ne me pose plus de questions parce que je n'y répondrai pas. »

Millie eut un rire embarrassé. « Tu es bien mystérieux, Leo.

– Dès que j'aurai raccroché, appelle Ebby. Ne parle à personne d'autre. Rien qu'à Ebby. Dis-lui que Jack est chez moi. Il n'est pas blessé ni rien, mais il est attaché à un radiateur avec des menottes.

– Leo, tu as bu ? Qu'est-ce que c'est que cette histoire ?

– Tu n'as pas à le savoir, Millie.

– Jack me racontera.

– Jack ne te racontera rien du tout. Il y a des chances pour que tu ne saches jamais rien. Il faut que j'y aille. Prends soin de toi. Prends soin de Jack aussi. Au revoir, Millie.

– Leo ? Leo ? Mais qu'est-ce que ça veut dire ? »

Jack examina le cachet de la poste sur l'enveloppe. Elle avait été postée à Baltimore trois jours plus tôt et venait juste d'arriver à l'appartement que les filles partageaient à Fairfax. « Mais bon sang, qu'est-ce qu'il raconte ? » ques-tionna Vanessa. Elle jeta un coup d'œil vers sa sœur puis regarda à nouveau

Jack. « Qu'est-ce qu'il peut bien aller faire en Russie ? Et pourquoi papa veut-il qu'on te montre la lettre à toi d'abord ? »

Jack s'éclaircit la gorge. « Je suis content que vous soyez assises toutes les deux, dit-il. Votre père... » Ce qu'il avait à dire paraissait tellement monstrueux qu'il dut s'y reprendre à deux fois. « Il semble que Leo soit un espion soviétique. »

Vanessa eut un hoquet. Tessa chuchota : « Ce n'est pas vrai. Tu dois avoir manqué un épisode, Jack – on a dû oublier de te mettre au courant. Il a sûrement été envoyé en Russie en mission... »

Malheureux, Jack ne put que secouer la tête. « Il n'a pas été envoyé en Russie – il a *fui* en Russie. S'il réussit à arriver là-bas – remarquez qu'on fait tout ce qu'on peut pour l'arrêter, mais ils ont des plans d'évasion tout prêts – c'est pour demander l'asile politique au pays pour lequel il travaille depuis si longtemps... le pays auquel il est resté fidèle. » Jack se laissa tomber d'un air abattu sur un siège en face des jumelles. « Je tiens mes informations de source directe. C'est Leo lui-même qui m'a tout raconté il y a quatre jours.

– Que va-t-il nous arriver, Jack ? lâcha Vanessa.

– Pourquoi veux-tu qu'il vous arrive quoi que ce soit ? Vous n'avez rien fait de mal.

– Comment papa a-t-il pu faire une chose pareille ? s'étonna Tessa. Tu étais son plus vieux et son meilleur ami, Jack. Comment tu expliques ça ?

– Ça remonte au krach de 1929, à la grande crise, au suicide de son père. N'oubliez pas que votre grand-père a émigré de Russie après la révolution bolchevique – il est possible qu'il ait été bolchevik, et peut-être même tchékiste dès le début, ou qu'il le soit devenu dans les années trente. Quoi qu'il en soit, le fils a hérité l'extrémisme du père, sa désillusion par rapport au capitalisme, sa certitude que le modèle socialiste était meilleur que le modèle capitaliste.

– Tu crois que papa croyait sincèrement au communisme ?

– Leo n'espionnait pas pour de l'argent, Tessa. Pour lui accorder le bénéfice du doute, je crois qu'on pourrait dire que c'est un idéaliste – seulement, ses idéaux s'avèrent différents de ceux qui nous paraissent aller de soi. »

Vanessa intervint : « Si ce que tu dis est vrai...

– Malheureusement, il n'y a pas de doute.

– Quand ça se saura...

– Quand ça sortira dans les journaux... ajouta Tessa.

– Ça ne sortira pas dans les journaux, pas si nous pouvons l'empêcher. C'est pour ça que Leo voulait que vous me montriez cette lettre. En ce qui concerne la Compagnie, Leo a pris sa retraite après trente et quelques années de bons et loyaux services. Après son départ, il a disparu dans la nature. Écoutez, la vérité, c'est qu'on n'a pas envie de laver notre linge sale en public. Si jamais les détracteurs de la Compagnie qui œuvrent au sein des commissions d'enquête du Congrès découvraient que l'ancien patron de la Division soviétique, l'homme chargé de l'espionnage en Russie, était en fait une taupe soviétique... nom de Dieu, ils ne nous rateraient pas, ni pour le budget ni pour le reste. Nous avons déjà assez de mal à convaincre le public que nous servons un but utile.

– Mais les Russes, eux, vont cracher le morceau, non ? demanda Tessa.

– Nous ne le pensons pas. Nous pensons que Leo va les obliger à garder sa défection pour eux afin de vous protéger, vous les filles et votre mère. C'est ce qu'il m'a dit...

– Mais comment papa pourrait-il *obliger* le KGB ?

– Tout d'abord, il va doser ce qu'il va leur révéler sur plusieurs années. Ils n'auront donc pas vraiment le choix s'ils veulent qu'il coopère. »

Tessa fut prise d'un doute soudain : « Le fait que papa parte en Russie a-t-il un rapport avec les numéros de téléphone que nous avons trouvés à partir des numéros de loterie russe ?

– Non, pas le moindre. Les deux choses n'ont rien à voir.

– Jure-le, Jack », insista Tessa.

Jack n'hésita pas une seconde. « Je le jure. » Il croyait entendre le Sorcier à la base de Berlin, au début des années cinquante, jurant sur la tombe de sa mère que le TIREUR et ARC-EN-CIEL n'avaient pas fait partie des appâts au baryum dont il s'était servi pour démasquer Philby... Comme les mensonges venaient facilement aux lèvres des espions. « Vous avez ma parole, ajoutait-il maintenant. Franchement. »

Tessa parut soulagée. « Dieu soit loué. Ça aurait été difficile de vivre avec cette idée. »

Vanessa se tourna vers sa sœur et annonça, très calmement : « Je crois que je le hais !

– Mais non, tu ne le hais pas. Tu es furieuse contre lui. Tu es furieuse contre toi-même parce que tu l'aimes encore et que tu as le sentiment que tu ne devrais pas. » Une lueur éperdue apparut dans le regard de Tessa. « C'est comme s'il était mort, Vanessa. Nous allons devoir faire le deuil. Nous déchirerons nos vêtements et pleurerons ce qui aurait pu être mais n'est pas. »

Les larmes coulèrent sur les joues de Vanessa. « Rien ne sera plus jamais pareil. »

Jack regardait par une fenêtre. « Ce ne sera plus jamais pareil pour aucun de nous », marmonna-t-il.

L'instinct professionnel de Reagan ressurgissait à chaque fois qu'il voyait une caméra de télévision. Pilotant adroitement Anthony et Maria Shaath dans le bureau Ovale, il les fit asseoir et se plaça lui-même de sorte que les réflecteurs argentés effacent les ombres qu'ils avaient sous les yeux. « Un bon éclairage peut vous retirer dix ans », fit-il remarquer à personne en particulier. Il embrassa rapidement la pièce du regard. « Quelqu'un peut-il fermer les rideaux ? lança-t-il. Nous avons trop de contre-jour. » Il se tourna vers ses visiteurs. « Pour la séance photo, recommanda-t-il, gardez les yeux fixés sur moi et, euh... souriez le plus possible pendant que nous parlons, et tout ça. » Il se tourna vers les caméras. « C'est bon, les gars, c'est parti. » Il saisit alors la main de Maria entre les siennes et s'exclama de cette voix tellement sincère et légèrement essoufflée que le pays tout entier appréciait tant : « Bon sang, c'est fou ce que nous aimons les histoires qui se terminent bien, surtout quand il y a des Américains en jeu. »

« On peut refaire une prise, monsieur le Président ? demanda l'un des producteurs de télévision, derrière une rangée de caméras.

– Bien sûr. Dites-moi quand vous serez prêts.

– Est-ce qu'on est obligés d'avoir autant de monde dans la pièce ? se plaignit le réalisateur. Ça détourne l'attention des principaux intéressés. »

Le porte-parole du Président chassa du bureau Ovale plusieurs secrétaires et l'un des deux représentants des services secrets

« D'accord, monsieur le Président. C'est reparti »

Reagan plissa les yeux et un sourire douloureux illumina ses traits merveilleusement burinés. « Bon sang, c'est fou ce que nous aimons les histoires qui se terminent bien, surtout quand il y a des Américains en jeu. »

« Super ! »

« Parfait. »

« J'ai exactement ce que je voulais », dit le producteur au porte-parole.

« Merci d'être passés », dit Reagan aux gens de la télévision tout en raccompagnant Maria et Anthony à la porte.

Bill Casey rattrapa le Président dans la petite pièce voisine du bureau Ovale où Reagan se retirait toujours après les séances de photo. « Félicitations, Bill, dit Reagan en pivotant vers le directeur de la CIA. Vos hommes ont fait du bon boulot sur cette affaire de raid. On me dit que j'ai grimpé de, euh... six points dans les sondages.

– C'est votre juste récompense, monsieur le Président, répliqua Casey. Il fallait avoir de l'estomac pour autoriser l'aventure. »

La mémoire différée de Reagan se mit en branle. « Mon père, paix à son âme, disait toujours qu'il fallait soigner son estomac. Il buvait un petit verre de Suze le matin au réveil et un autre avant d'aller se coucher. Il assurait que c'était, euh... la gentiane qu'il y avait dedans qui jouait un rôle de purgatif. » Il remarqua soudain l'expression perdue dans le regard de ses conseillers. « Oh ! mais je suppose que votre estomac se porte très bien sans, euh... ces trucs de grand-mère.

– Bill est venu vous mettre au courant de l'affaire KHOLSTOMER, rappela au Président son secrétaire général Bill Baker.

– KHOLSTOMER, le nom de code de la machination soviétique destinée à saper la monnaie américaine et déstabiliser notre économie », précisa Bill Clark.

Reagan fit de la main signe à Casey de continuer.

« Comme vous le savez, monsieur le Président, la CIA avait déjà accumulé des renseignements sur KHOLSTOMER, aussi n'avons-nous pas été surpris. Le jour J, la banque fédérale était prête à soutenir le dollar à l'instant où sont apparus les premiers signes de liquidation sur le marché au comptant. Nous savions que les Russes ne disposaient que de soixante-trois milliards de dollars, aussi la Fed n'a-t-elle eu aucun mal à éponger l'hémorragie. Le danger résidait dans les ventes paniques qui auraient pu suivre les soixante-trois milliards si les gestionnaires de fonds, les banques centrales et les entités étrangères avaient eu l'impression que le dollar était en chute libre. Nous avons donc inondé les médias de bruits de couloir comme quoi la réserve fédérale était bien résolue à soutenir le dollar, et disposait de capacités quasi illimitées pour ce faire. Le résultat, c'est que l'afflux de dollars dû à la panique escomptée par les Russes ne s'est jamais matérialisé. »

Reagan hocha la tête avec solennité. « L'afflux de dollars dû à la panique ne s'est jamais matérialisé, répéta-t-il.

– Là-dessus, nous avons exploité les renseignements que nous avions sur des agents d'influence soviétiques proches des banques centrales du Japon, de Hongkong, de Taïwan et de Malaisie, et un économiste proche du chancelier ouest-allemand Kohl, qui devaient inciter les banques centrales à liquider tous leurs avoirs en bons du trésor américains. »

Reagan, qui avait tendance à devenir désagréable quand on le submergeait de détails, s'impatienta. « On dirait le MacGuffin [1] de Hitchcock. Allez à l'essentiel, Bill.

– Nous sommes parvenus à neutraliser ces agents d'influence. L'un d'eux a été accusé d'avoir molesté un mineur et arrêté, les quatre autres ont été priés de prendre un mois ou deux de vacances. Je me dois d'ajouter qu'ils se retrouvent tous les cinq au chômage. Le jour J, nous avons fait à notre tour pression sur les banques centrales pour qu'il n'y ait pas de panique donnant lieu à des liquidations de dollars. La conclusion, monsieur le Président, c'est que le projet d'Andropov de déstabiliser notre monnaie et notre économie a tourné court. »

Les yeux de Reagan se plissèrent. « Vous pensez qu'Andropov était personnellement derrière toute cette, euh... affaire KHOLSTOMER ?

– Nous sommes d'avis que le KGB n'aurait pas pris une telle initiative sans ordres spécifiques du secrétaire général, répondit Casey.

– Hmm... » Reagan était visiblement irrité. « Quand je pense que cet Andropov a eu le culot de s'attaquer à notre monnaie, ça me fout en boule. »

---

1. Le MacGuffin est pour Hitchcock le prétexte, le plus souvent parfaitement creux mais ronflant, d'un film d'espionnage (N.d.T.).

Casey, toujours prêt à saisir l'occasion de pousser Reagan à passer à l'action, dressa l'oreille. « Ce serait un précédent dangereux, renchérit-il, que de le laisser s'en tirer comme ça.

– Je ne peux qu'aller dans le sens de Bill », déclara Reagan.

Casey prépara son coup. « Il faudrait rappeler à Andropov qu'on ne s'attaque pas impunément à l'administration Reagan. »

Reagan continuait de ruminer. « Mon père disait toujours qu'il ne faut pas se fâcher mais, euh... prendre sa revanche. »

Casey savait reconnaître une ouverture quand il en voyait une. « Prendre sa revanche... c'est exactement ça, monsieur le Président. Nous pourrions attaquer Andropov là où il est le plus vulnérable... »

James Baker se leva. « Attendez un peu, Bill !

– On ne voudrait rien faire d'irréfléchi », dit à son tour Bill Clark.

Mais Reagan avait toute son attention centrée sur Casey. « Et où Andropov est-il le plus vulnérable ? s'enquit le Président.

– En Afghanistan. Si nous équipons les résistants afghans de Stinger, Andropov souffrira.

– Cet Ibrahim n'est certainement pas un marxiste, se rappela Reagan. Alors qu'Andropov en est un.

– Ibrahim est mort, fit observer Bill Clark, mais sa remarque passa au-dessus de la tête du Président.

– Et le plus beau de tout ça, continua Casey, marquant enfin son point, c'est que nous n'avons même pas à livrer les Stinger aux partisans. *Ils les ont déjà*... cinquante, pour être précis. Il ne nous reste plus qu'à leur fournir les dispositifs de mise à feu que nous avons retirés des missiles avant de les livrer.

– Vous voudrez certainement réfléchir à tout cela très attentivement, monsieur le Président, intervint James Baker, mal à l'aise.

– Ce serait une sacrée façon de prendre notre revanche pour ce qu'ils nous ont fait au Viêtnam, insista Casey. Nous avons perdu plus de neuf cents avions là-bas, la plupart à cause de missiles sol-air russes. »

Reagan pressa les jointures de son poing droit contre sa joue, gardant l'auriculaire tendu sous son nez comme s'il s'agissait d'une moustache. « Si on prend du recul, lâcha-t-il en opinant pensivement du chef, je pense que Bill a mis le doigt sur quelque chose, là. »

Le Président regarda Baker, puis Clark. Chacun des deux détourna le regard. Casey les avait eus, et ils le savaient.

« Si c'est ce que vous voulez, monsieur le Président... », dit Clark.

Casey, qui essayait depuis des mois de mettre des Stinger entre les mains des moudjahidin, gratifia Clark et Baker d'un de ses célèbres regards pince-sans-rire. « Vous n'avez qu'à me laisser régler les détails. »

Puis, avant que quiconque ait pu prononcer un mot, il avait quitté la pièce.

Un vent frisquet balayait les feuilles devant la Maison-Blanche, dans Pennsylvania Avenue, lorsque Anthony, boitant légèrement, prit avec Maria la direction d'un restaurant français, dans la Dix-septième Rue.

« Alors, comment as-tu trouvé notre Président ? » demanda Anthony.

Maria secoua la tête. « À voir comme ça, il a plus l'air d'une doublure de président que d'un vrai président. Il en fait tous les gestes, il récite des répliques de dialogue qui ont été écrites pour lui. Mais Dieu seul sait comment les décisions sont prises, là-dedans. Et toi ? Qu'est-ce que tu en as pensé ? »

Pour toute réponse, Anthony déclama quelques vers :

> Qu'il soit élu ou nommé à son grade,
> Il se considère comme la crème et parade ;
> On l'a en effet tant couvert de pommade
> Qu'au doigt tout son être n'offre plus que glissade.

« Ça sort d'où ? questionna Maria en riant.

— Ogden Nash. »

Elle vint se placer devant lui pour lui boucher le passage. « Anthony McAuliffe, essayeriez-vous de m'impressionner ?

— Je crois qu'on peut voir les choses comme ça. Cela a-t-il l'effet escompté ? »

Le sourire s'évapora sur le visage de la jeune femme, et ses yeux prirent une expression grave. « Je pense que oui », dit-elle.

Vêtu d'un pardessus râpé au col relevé sur une écharpe en cachemire mitée enroulée autour de son cou décharné, James Jesus Angleton fit reculer son fauteuil roulant pour ne pas avoir le soleil dans les yeux. « Ça devait finir par arriver, commenta-t-il d'une voix faible. Trop de paquets de cigarettes par jour pendant trop de dizaines d'années. J'ai arrêté de fumer, et j'ai arrêté l'alcool aussi, mais c'était trop tard. Condamné à mort. Cancer des poumons, à ce qu'on me dit. On me donne des analgésiques qui sont chaque jour un peu moins efficaces. » Il rapprocha son fauteuil d'Ebby, qui avait retiré son manteau et desserré sa cravate avant de prendre un tabouret d'osier dépenaillé. « C'est drôle comme on s'habitue à la douleur. Je ne me rappelle même pas comment c'était avant. » Angleton fit pivoter son fauteuil à gauche, puis à droite. « Je passe beaucoup de temps ici, dit-il. La chaleur, l'humidité, j'ai l'impression que ça m'aide à oublier.

— Oublier quoi ? demanda Ebby.

— La souffrance. À quel point la cigarette, l'alcool et Adrian Philby me manquent. La grande chasse à la taupe aussi. Toutes les infos de AE/PINACLE qui désignaient SACHA. Toutes les erreurs que j'ai commises, et j'en ai commis ma part, comme vous le savez sans doute. »

Ebby laissa son regard errer à l'intérieur de la serre installée au fond du jardin d'Angleton, derrière sa maison d'Arlington. Pots de fleurs, bocaux, outils de jardinage, tables de travail en bambou et meubles d'osier étaient empilés en vrac dans un coin. Sur le toit, plusieurs panneaux de verre avaient été fracassés par la grêle de l'hiver précédent et n'avaient pas été remplacés. Le soleil, haut à cette heure du jour, avait grillé la demi-douzaine d'orchidées encore en pots réparties dans la serre. La terre y était complètement desséchée. De toute évidence, plus personne ne les arrosait.

« C'est gentil d'être venu, bredouilla Angleton. Je ne vois pas beaucoup d'anciens de la Compagnie. En fait, je ne vois ni anciens ni nouveaux. Je me demande si la jeune génération sait seulement qui est Maman.

– J'ai pensé qu'il fallait que quelqu'un de Langley vienne vous mettre au courant, expliqua Ebby.

– Au courant de quoi ?

– Vous aviez raison sur toute la ligne, Jim. Le KGB avait bien une taupe à l'intérieur de la Compagnie. Vous l'avez identifiée mais personne ne vous a cru. Quand AE/PINACLE s'est révélé en vie après avoir été censément exécuté, votre suspect a été libéré. »

Angleton croisa pour la première fois le regard de son hôte.

« Kritzky ! »

Ebby acquiesça.

« Vous l'avez arrêté ?

– Comme Philby, Burgess et Maclean, il a fui avant que nous puissions mettre la main sur lui

– Il est rentré en Russie soviétique, très certainement. »

Ebby haussa les épaules. « Nous ne pensons pas qu'il va réapparaître. L'époque où le KGB faisait parader ses espions devant la presse est bien terminée. Tout le monde préfère garder une chape de plomb sur ce genre de choses, maintenant. »

La lèvre inférieure d'Angleton se mit à trembler. « Je savais que c'était Kritzky – je le lui ai dit en face. Il faut lui reconnaître qu'il avait du cran pour tenir comme ça jusqu'à ce qu'on ait tous avalé sa version. À jouer l'innocent. Beaucoup de cran.

– Vous aviez raison aussi sur un autre point, Jim. Il y avait bien un grand projet soviétique destiné à miner notre monnaie et ruiner notre économie. Ils appelaient ça KHOLSTOMER.

– KHOLSTOMER », gémit Angleton. Il porta la main à son front migraineux. « Je vous avais averti pour ça aussi. Une de mes plus grosses erreurs – mettre en garde contre trop de gens. Ça a miné ma crédibilité. On ne m'a pas cru quand j'ai mis dans le mille.

– Bon, fit Ebby, j'ai pensé qu'il fallait que vous sachiez. Je me suis dit qu'on vous devait bien ça.»

Les deux hommes se retrouvèrent à court de conversation. Ebby finit par demander : «Qu'est-ce que vous allez faire, maintenant, Jim? Il n'y a vraiment rien que vous puissiez tenter pour votre…?

– Il n'y a plus rien à faire. C'est la fin, le terminus, l'Ultima Thulé. Je vais m'enfoncer seul dans les bois pour affronter la fin de ma vie, comme un Apache.» Resserrant le pardessus autour de son corps décharné, Angleton ferma les yeux et se mit à psalmodier ce qui évoquait un chant funèbre indien.

Il ne parut pas remarquer qu'Ebby reprenait son manteau et se levait pour partir.

SIXIÈME PARTIE

À l'estime

… il ne pouvait y avoir de mal, pensa-t-elle, à demander si la partie était terminée. « S'il vous plaît, se mit-elle à dire en adressant à la Reine Rouge un timide regard, voudriez-vous m'apprendre… »

*Photo : un Polaroïd couleur brillant de Jack McAuliffe et Leo Kritzky mar-
chant sur la rive inondée de soleil du Rhône, à Bâle, en Suisse. Sa moustache
de Cosaque et ses cheveux clairsemés ébouriffés par la brise en provenance
du fleuve, Jack porte des lunettes de vue, une saharienne et un pantalon de
toile kaki. Leo, le visage maigre et tiré, est vêtu d'un léger coupe-vent russe
et d'une casquette d'ouvrier. Les deux hommes sont tellement absorbés par
leur conversation qu'ils ne remarquent visiblement pas la photographe des
rues qui s'est avancée vers eux et a pris le cliché. Leo a réagi violemment.
Jack l'a calmé et s'est empressé d'acheter la photo pour vingt francs suisses,
soit deux fois le prix normal. Leo voulait la détruire, mais Jack a eu une autre
idée. Il a décapuchonné son stylo, a écrit en travers du cliché* « Jack et Leo
avant la Course mais après la Chute », *puis l'a donné à Leo en souvenir de
ce qui devait être leur dernière rencontre.*

1

Moscou, jeudi 28 février 1991

Leo Kritzky n'avait jamais pu s'habituer à l'hiver russe. Il lui avait fallu sept années et huit hivers pour comprendre pourquoi. Ce n'était pas tant les températures arctiques, les congères de neige sale accumulées contre les immeubles sales, la pellicule permanente de glace noirâtre sur les trottoirs, les énormes cheminées dénudées qui crachaient leur fumée blanche dans l'éternelle pénombre, ou les vapeurs humides piégées entre les doubles fenêtres de son appartement qui donnaient l'impression d'être coincé dans un sas complètement enfumé et pollué. Non, c'était plutôt la tristesse immuable de tous ceux qu'on pouvait croiser – l'expression morne figée sur le visage des retraités qui vendaient des lames de rasoir aux coins des rues pour s'acheter une poignée de thé, la vacuité dans le regard des prostituées qui se vendaient dans les stations de métro pour nourrir leurs enfants, la résignation dans les voix des chauffeurs de taxis illégaux qui n'étaient pas sûrs de pouvoir gagner assez en bossant quinze heures par jour pour entretenir leur voiture cabossée.

En hiver, la moindre mauvaise nouvelle, la moindre malchance ou le moindre accès de mauvaise humeur prenait des proportions tragiques. Le printemps venu, ou c'est du moins ce que voulait le dicton auquel tout Moscovite (y compris Leo) souscrivait, la vie ne pouvait qu'aller mieux puisqu'elle ne pouvait pas aller plus mal.

Plus que trente-deux jours avant le 1er avril, se dit Leo en traversant la place Taganskaïa de cette démarche traînante, les pieds bien à plat, que prenaient les vétérans des hivers russes pour ne pas déraper sur la glace. Il vit le Commercial Club un peu plus haut sur Bolchaïa Kommounistitcheskaïa – le troquet chic pour nouveaux riches (devise officieuse : mieux vaut nouveau que jamais) passait difficilement inaperçu. Garées sur le trottoir dans la plus flagrante illégalité, il y avait une vingtaine de BMW, Mercedes-Benz ou autres jeeps Cherokee dont le moteur tournait au ralenti pour garder au chaud les gardes du corps baraqués (presque tous vétérans de l'Afghanistan) qui sommeillaient à l'avant. Une fois dans le club, Leo laissa son duffle-coat doublé de laine (cadeau d'anniversaire de Tessa) au vestiaire, et traversa le hall jusqu'à la réception, où on lui demanda poliment mais fermement sa carte d'identité. On vérifia alors son nom dans une liste affichée sur un écran d'ordinateur. « *Gospodine* Tsipine vous attend dans les bains privés, porte numéro 3 », indiqua un larbin en veste blanche en conduisant Leo dans un couloir fraîchement repeint, avant de l'introduire dans la cabine de bain à l'aide d'un passe fixé à un gros anneau.

Evgueni, le bas du corps enveloppé dans un drap mouillé, était assis sur un banc de bois et se fouettait le dos avec un rameau de bouleau. « Qu'est-ce qui t'a retenu ? s'écria-t-il en apercevant Leo.

– La ligne Vykhino-Krasnopresneskaïa a été interrompue pendant une demi-heure, expliqua Leo. Les gens disaient qu'un type était tombé devant la rame. »

Evgueni ricana. « C'est la Russie de Gorbatchev, dit-il. Il y a donc de bonnes chances qu'il ait été poussé.

– Tu étais un optimiste forcené, commenta Leo. La Russie a-t-elle fait de toi un cynique incorrigible ?

– J'ai passé trente ans à me battre pour le communisme, dit Evgueni. Et puis je reviens dans une Mère Russie dirigée par le *vorovskoï mir*. Comment appellerais-tu ça en anglais, Leo ? *Le monde des voleurs.* » Le sourire plaqué sur les lèvres d'Evgueni soulignait encore son désenchantement. « Ça fait du bien de te revoir après tout ce temps, Leo.

– Moi aussi, je suis content de te revoir, Evgueni. »

La gêne commençait à s'installer. « Si j'avais su que tu prenais le métro, je t'aurais envoyé une de mes voitures.

– Voitures, au pluriel ? » s'étonna Leo. Embarrassé, il tourna le dos à Evgueni pour se déshabiller et tendit ses vêtements à l'employé, qui lui donna un drap avec lequel il s'empressa de s'enrouler la taille. « Combien de voitures as-tu donc ? »

Evgueni, qui avait grossi depuis sept ans qu'il vivait à Moscou, remplit deux petits verres de vodka glacée. « *Nazdorovie*, dit-il en vidant le sien d'un trait brusque. En fait, je ne possède personnellement que la chemise que j'ai sur le dos. Mais mon organisation a plusieurs BMW, une Volvo ou deux et une Ferrari, sans parler du manoir Apatov, près du village de Tcheriomouski. Beria y a eu un appartement jusqu'à son exécution, en 1953, et Starik s'en est servi à la fois comme foyer et comme bureau avant sa maladie ; c'est dans la bibliothèque entièrement lambrissée du premier étage qu'il m'a recruté. J'ai acheté le manoir à l'État pour un million de roubles ; l'inflation étant ce qu'elle est, ça s'est avéré du vol qualifié. » Evgueni fit la moue. « Et toi, Leo, où te cachais-tu ? J'ai entendu dire que tu t'étais installé à Gorki après notre arrivée, mais le temps que je persuade quelqu'un de me donner ton adresse, tu avais déménagé. Il y a deux ans, un ami m'a dit que tu habitais une espèce de péniche fixe, sans téléphone, au bout de la ligne de métro, à Retchnoï Vokzal. J'ai envoyé un chauffeur là-bas une bonne demi-douzaine de fois, mais le bateau était toujours désert. J'en ai déduit que tu avais quitté la ville, ou même le pays. Et puis j'ai enfin réussi à faire dire à un vieux collègue du KGB à la Loubianka où on t'envoyait ton chèque de retraite. Et c'est comme ça que j'ai trouvé l'adresse du quai Frounze – numéro cinquante, entrée neuf, appartement trois cent soixante-treize.

– J'avais beaucoup de fantômes à exorciser, répondit tranquillement Leo. Je suis plus ou moins devenu un ermite – un ermite perdu dans une ville remplie d'ermites. »

Evgueni retira son drap et attira Leo à l'intérieur du sauna. La chaleur y était telle que Leo se brûla la gorge en essayant de respirer. « Je ne suis pas habitué à ça... je ne sais pas combien de temps je vais tenir. »

Evgueni, la figure rouge betterave, jeta une louchée d'eau froide sur les charbons ardents. Un halo de vapeur s'éleva en grésillant dans l'air humide. « On s'y habitue, chuchota-t-il. Le truc, c'est d'emmagasiner assez de chaleur dans le corps pour traverser les mois d'hiver. »

Leo abandonna l'étuve dès que le sable se fut écoulé dans le sablier. Evgueni sortit juste derrière lui, et tous deux plongèrent dans une piscine carrelée. L'eau y était si glacée que Leo en eut la respiration coupée. Plus tard, enveloppés dans un drap sec, ils prirent place sur le banc, et l'employé approcha d'eux un chariot couvert de *zakouski* – harengs, caviar, saumon, ainsi qu'une bouteille de vodka glacée.

« Je ne suis pas sûr de pouvoir me payer ça avec ma retraite, commenta Leo. Le rouble n'est plus ce qu'il était.

– Mais tu es mon invité, lui rappela Evgueni.

Comment es-tu devenu si riche ? » s'enquit Leo.

Evgueni leva les yeux vers son ami. « Tu veux vraiment savoir ?

– Oui. Je vois tous ces mecs en manteau de cuir dans leurs voitures étrangères, des blondes décolorées accrochées à leur bras. Je suis curieux de savoir comment ils arrivent à ça.

– Ce n'est pas un secret d'État, dit Evgueni. Après mon retour à Moscou, le Centre m'a donné du travail au département USA de la Première Direction principale, mais j'ai bien vu que je n'irais pas bien loin en restant là. Quand Gorbatchev est entré en scène, en 1985, j'ai décidé de me mettre à mon compte. Toutes ces années que j'avais passées dans la « Mecque » de la libre entreprise avaient dû déteindre sur moi. J'ai loué une vieille piscine couverte délabrée pour des clopinettes – Ha ! ça fait du bien de retrouver ces vieilles expressions – et j'en ai fait un centre sportif pour nouveaux riches. Avec l'argent que ça m'a rapporté, j'ai monté un centre d'information financière pour les investisseurs étrangers. Avec ce que ça m'a rapporté, j'ai acheté une presse d'imprimerie du parti communiste, et j'ai lancé un journal financier. Et alors j'ai étendu mes activités. Je me suis mis à acheter des matières premières en Sibérie que j'ai revendues contre des produits finis – magnétoscopes japonais, ordinateurs de Hongkong, blue-jeans américains. Et j'ai importé tout ça. Tu me dis, si je t'ennuie.

– Au contraire.

– J'ai donc vendu les magnétoscopes, les ordinateurs et les blue-jeans en Russie avec un bénéfice considérable. Et pendant tout ce temps-là, je n'avais pour bureau que l'arrière d'une voiture et louais pour un millier de dollars américains par mois un assez petit appartement derrière le Kremlin à une chanteuse d'opéra – elle avait viré la bonne et s'était installée dans sa chambre, sous les toits. J'avais besoin d'un appartement plus grand et d'un siège social, c'est pourquoi j'ai acheté le manoir Apatov. Ça a réglé tous mes problèmes. Maintenant, les gens viennent me voir avec des idées et je finance leur projet en prenant un intérêt de cinquante pour cent dans l'affaire. Et je suis sur le point de lancer ma propre banque. Je vais l'appeler la Banque Commerciale de Grande Russie. Nous ouvrons cette semaine, avec des succursales à Leningrad, Kiev, Smolensk, ainsi qu'à Berlin et à Dresde pour affronter la scène bancaire internationale.» Evgueni se servit un peu de hareng sur un biscuit sec et but à la suite un peu de vodka. «Et toi, Leo, dis-moi ce que tu fais.»

Leo émit un petit ricanement de dérision. «Il n'y a pas grand-chose à dire. Quand je suis arrivé ici, le Centre m'a gardé au frais pendant plusieurs années. L'adresse à Gorki était un leurre – c'était pour fourvoyer la CIA s'ils avaient essayé de me retrouver – ce qu'ils n'ont, évidemment, jamais fait. J'ai subi des débriefings sans fin. Des officiers traitants me posaient des questions, des spécialistes venaient chercher mon avis sur tel ou tel sénateur ou député, ou bien on me demandait de lire entre les lignes du dernier discours présidentiel. Quand mes conclusions confirmaient les idées dominantes au plus haut niveau, on les transmettait. Quand elles allaient dans le sens contraire, on les rangeait sur des étagères.

– C'est une vieille histoire, commenta Evgueni – un organisme de renseignements opérant dans un pays qui ne tolère pas la contestation a tendance à délaisser toute information qui va à l'encontre de sa politique.»

Leo haussa mollement les épaules. « Pour les petits spécialistes du monde occidental, je disposais d'une clé magique capable de déverrouiller tous les mystères américains, et ils ne cessaient de revenir à la charge. Au cours de ces dernières années, avec l'ouverture de Gorbatchev et la circulation plus libre de l'information, ils ont commencé à moins s'intéresser à mes opinions...

– Et la CIA n'a jamais reconnu publiquement que tu avais été une taupe ?»

Leo secoua la tête. «Ils n'avaient rien à gagner et tout à perdre à révéler qu'ils avaient été infiltrés, et à un aussi haut niveau. La presse en aurait fait ses choux gras, des têtes seraient tombées, il y aurait eu des coupes sombres dans les budgets et, pour autant que je sache, la CIA aurait très bien pu ne pas y résister. À un moment, au début, le Centre a envisagé de me faire parader devant la presse internationale pour mettre la Compagnie dans l'embarras, mais j'ai réussi à les en dissuader – je leur ai fait comprendre qu'ils ne devraient pas s'attendre à une grande coopération de ma part s'ils rendaient les choses publiques. Depuis lors, la CIA a hérité une poignée de transfuges en gardant la plus grande discrétion, alors je suppose que c'est un genre de contrepartie.

– Tu as des nouvelles de ta famille ? »

Leo ne répondit pas tout de suite. « Pardon... qu'est-ce que tu disais ?

– Ta famille, les jumelles... tu as des nouvelles ?

– Les filles ont toutes les deux quitté la Compagnie peu de temps après ma... mise à la retraite. Vanessa refuse purement et simplement d'avoir quoi que ce soit à faire avec moi. Mon ex-femme a sombré dans l'alcoolisme. Une nuit d'hiver, Adelle s'est complètement saoulée et s'est couchée dans un trou, sur une colline du Maryland, pas très loin de l'endroit où on avait enterré son chat et mon chien le jour de notre rencontre. Un fermier a découvert son corps couvert de neige le lendemain matin. Vanessa me tient pour responsable, ce qui est sans doute vrai, et jure qu'elle ne m'adressera plus jamais la parole de sa vie. Elle s'est mariée et a eu un petit garçon, ce qui fait sans doute de moi un grand-père. Je lui ai écrit une lettre de félicitations, mais elle n'a pas répondu. Tessa a trouvé du travail à Washington : elle couvre tout ce qui touche aux agences de renseignements pour *Newsweek*. Elle a épousé un journaliste et en a divorcé trois ans plus tard. Elle m'écrit à peu près tous les mois pour me tenir au courant. Je l'incite à venir me voir, mais elle me dit qu'elle n'est pas encore prête. Je continue d'espérer que Tessa se présentera un jour à ma porte. » Leo retint sa respiration. « Les jumelles me manquent... »

Les deux hommes se concentrèrent sur les *zakouski*. Evgueni remplit leurs verres de vodka. « Et ta vie personnelle, elle se passe comment, ici ? demanda-t-il à Leo.

– Je lis beaucoup. Je me suis lié d'amitié avec une femme qui illustre des livres pour enfants – elle est veuve. On se tient compagnie, comme on dit. Quand le temps le permet, nous faisons de longues promenades. Je commence à bien connaître Moscou. Je lis la *Pravda* tous les jours, pour améliorer mon russe et me tenir au courant de ce qu'a mijoté Gorbatchev au cours des dernières vingt-quatre heures.

– Qu'est-ce que tu penses de lui ?

– Gorbatchev ? » Leo réfléchit un instant. « Il a changé profondément les choses – il a été le premier à défier ouvertement le système communiste et à construire des institutions démocratiques. Mais je n'arrive pas à déterminer s'il veut en fait réformer le parti communiste ou finir par s'en débarrasser.

– Les autres veulent le rafistoler pour le faire durer jusqu'à ce que leur carrière soit terminée, supposa Evgueni. Ils veulent pouvoir continuer d'aller au bureau quand ils se lèvent le matin.

– Je regrette que Gorbatchev ne soit pas meilleur juge, remarqua Leo. Il s'entoure d'hommes de droite qui ne m'inspirent pas confiance – Krioutch-kov, le président du KGB par exemple.

– Le ministre de la Défense, Iazov, le ministre de l'Intérieur, Pougo… ne m'inspirent pas vraiment non plus, commenta Evgueni. Pour moi, pour la nouvelle classe des entrepreneurs, Gorbatchev est le pilier de la réforme économique. S'il est renversé, la Russie retourne cinquante ans en arrière.

– Quelqu'un devrait l'avertir…

– Il a été averti, dit Evgueni. J'ai appris que Boris Eltsine l'avait prévenu très précisément d'un risque de coup d'État de la part de la droite. Mais Gorbatchev méprise Eltsine et ne le prend pas au sérieux.

– Gorbatchev ne sait pas reconnaître ses vrais amis, constata Leo.

– Eh bien ! tu ne pourras pas dire qu'on ne vit pas une époque fascinante, fit Evgueni avec un petit rire. J'ai entendu sur la radio de la voiture que les Américains sont en train de pulvériser l'armée de Saddam Hussein. Tu crois qu'ils se seraient lancés dans une guerre si le Koweit avait exporté des carottes à la place du pétrole ? » Il leva son verre et le choqua contre celui de Leo. « *Za ouspiekh nachevo beznadiojnovo diela !* »

Leo sourit. Pendant un instant fugitif, il parut presque heureux. « Au succès de notre tâche désespérée ! »

Plus tard, dans la rue, Evgueni fit signe à sa voiture d'approcher. Au bout du trottoir, une BMW noire rutilante recula jusqu'à la chaussée et vint se garer devant eux. Un homme portant une balafre livide de l'oreille à la mâchoire sauta du siège passager pour ouvrir la portière arrière.

« Je te dépose quelque part ? proposa Evgueni.

– Je crois que je vais marcher. Je mène une existence très sédentaire. L'exercice me fera du bien.

– J'espère que nos chemins se croiseront à nouveau », dit Evgueni.

Leo examina le visage de son ami. « Je ne t'ai jamais demandé : tu es marié ? »

Evgueni secoua la tête. « Il y a eu quelqu'un, autrefois… mais trop de temps a passé, trop d'eau a coulé sous les ponts.

– Tu pourrais essayer de reprendre les choses où tu les as laissées. Tu sais où elle est ?

– Je lis parfois des choses sur elle dans les journaux. Elle fait partie de l'équipe de réformateurs qui entoure Eltsine. Elle est assez connue dans certains milieux – parmi les réformateurs, dans les rangs du KGB aussi.

— Reprends contact avec elle. »

Evgueni shoota dans un pneu. « Elle m'enverrait promener.

— On ne sait jamais, Evgueni. »

Lorsque le Russe releva la tête, un demi-sourire triste déformait sa bouche.
« Je sais. »

« Prends la Ceinture, indiqua Evgueni au chauffeur. Il y a moins de circulation à cette heure-ci. »

Il s'enfonça dans le cuir de la banquette et regarda les voitures délabrées,
les bus délabrés et les bâtiments délabrés défiler devant les vitres. À un feu
rouge, la BMW s'arrêta près d'une Saab avec chauffeur et garde du corps à
l'avant, et deux petits garçons à l'arrière. La vision de ces enfants réveilla
un flot de souvenirs. Quand ils étaient petits, Evgueni et son jeune frère,
Grinka, allaient souvent à la datcha de Peredielkino dans la Volga flambant
neuve de leur père. Mon Dieu, pensa-t-il. Où ont filé toutes ces années ?
Maintenant, quand il se rasait le matin, il se surprenait à étudier l'image que
lui renvoyait le miroir. Son visage ne lui était plus que vaguement familier,
comme celui d'un cousin éloigné de la branche Tsipine de la famille, avec
une évocation du haut front, du léger strabisme et du menton court de son
père. Comment pouvait-il avoir soixante-deux ans ? Leo, qui avait toujours
fait plus jeune que son âge, avait vieilli. Mais Evgueni se voyait déjà comme
un vieillard.

À l'avant de la BMW, le chauffeur d'Evgueni et son garde du corps n'en
pouvaient plus de critiquer Gorbatchev. Ce n'étaient pas tant ses réformes économiques ou politiques qui les ennuyaient que la *soukhoï zakone* – la loi anti-
alcool qu'il avait mise en application pour réduire l'alcoolisme sur les lieux
de travail et relancer la productivité. Sur ordre de Gorbatchev, des distilleries
de vodka avaient été fermées, des vignes avaient été arrachées en Moldavie
et en Géorgie. « Du temps de Brejnev, se rappelait le chauffeur, le demi-litre
de vodka standard était à trois roubles soixante-deux. Le prix n'augmentait
jamais ni ne baissait jamais non plus, pas même d'un kopeck. À tel point
qu'on n'avait même pas besoin de dire le mot vodka. On demandait une trois
soixante-deux et tout le monde comprenait de quoi il était question. Aujour-
d'hui, les gens qui travaillent dans les usines ne peuvent même plus se payer
de la fausse vodka... »

Sur le ton de la plaisanterie, Evgueni demanda : « Comment fait un Russe
pour se passer de vodka une journée ? »

Le garde du corps balafré se retourna sur son siège. « Il se concocte des
alcools de remplacement, Evgueni Alexandrovitch, répondit-il.

— Donne-lui une recette, insista le chauffeur.

— En Afghanistan, on mélangeait cent grammes de bière Jigouliev, trente grammes de shampooing de la marque *Sadko le Riche Marchand*, soixante-dix grammes d'un shampooing antipelliculaire pakistanais et vingt grammes d'insecticide. Ça donne un vrai tord-boyaux mais ça nous faisait oublier la guerre. Le truc, c'était de le boire vite pour ne pas se brûler la gorge.»

Le chauffeur lança par-dessus son épaule : «J'ai un ami à la milice qui dit que les gosses se sont mis à manger des sandwiches au cirage

– Et qu'est-ce qu'on trouve dans un sandwich au cirage ? s'enquit Evgueni.

– On étale le cirage sur une grosse tranche de pain blanc...

– Quand on trouve du pain blanc, plaisanta le garde du corps.

– On laisse reposer quinze minutes pour que le pain absorbe l'alcool contenu dans le cirage. Et puis on retire autant de cirage que possible avant de manger le pain. On dit qu'avec quatre tranches, on oublie carrément tous les malheurs de la journée.»

Le garde du corps regarda à nouveau par-dessus son épaule. «Le cirage marron est censé être le meilleur, dit-il.

– Merci pour le tuyau», répliqua Evgueni.

Les deux hommes à l'avant échangèrent un grand sourire. Evgueni se pencha et toucha le bras du chauffeur. «Tourne à droite. La clinique est sur la droite, au bout de ce pâté de maisons.»

La clinique privée du KGB, située légèrement à l'écart de la rue, avec un marteau et une faucille d'un doré terni au-dessus de la porte à tambour, était un immeuble de brique miteux, sur quatre niveaux, avec un solarium sur le toit. À l'intérieur, des bruits – appels plaintifs pour réclamer une infirmière, sonneries de téléphone aiguës, annonces mystérieuses par des haut-parleurs – résonnaient dans l'énorme hall d'entrée voûté. Les deux ascenseurs étaient en panne, aussi Evgueni prit-il l'escalier de secours jusqu'au troisième étage. Deux paysannes, vêtues de plusieurs épaisseurs de pull-overs et de bottes de caoutchouc, lavaient le couloir à l'eau sale. Evgueni frappa à la porte sur laquelle on avait scotché un bout de papier indiquant «Jilov, Pavel Semionovitch», puis l'ouvrit et regarda dans la pièce. La chambre – un lit d'hôpital métallique, une table de chevet, des murs écaillés de couleur moutarde, des W.-C. sans couvercle et deux fenêtres maculées de neige fondue dépourvues de stores – était vide. Evgueni réveilla l'infirmière qui sommeillait à son bureau, au fond du couloir. Elle fit courir son ongle vernis sur une liste et indiqua le toit d'un mouvement du menton. «Il prend le soleil», indiqua-elle d'une voix peu amène.

Une trentaine d'anciens employés du KGB, tous vieux et malades, étaient éparpillés à un bout du solarium – l'autre partie étant trop pleine de courants d'air à cause des panneaux brisés par la tempête de l'hiver précédent et qui n'avaient jamais été réparés. Evgueni trouva Starik effondré dans un fauteuil roulant, sa barbe blanche éparse tombant sur la poitrine, les yeux clos. Une couverture élimée qui portait des traces de vomi séché avait glissé sur ses chevilles, et personne n'avait pris la peine de la remonter sur son cou décharné. Les tuyaux transparents d'un goutte-à-goutte suspendu à une barre de fortune fixée au dossier du fauteuil disparaissaient par une fente de son sweat-shirt dans un cathéter implanté dans sa poitrine. Le ronronnement d'une pompe électrique se faisait entendre derrière le fauteuil. Juste à côté, deux colonels du KGB, à la retraite, qui auraient autrefois rampé devant Starik, jouaient à présent au jacquet, faisant claquer les pions sur la table en bois et se moquant éperdument du vacarme qu'ils produisaient.

Evgueni examina l'homme dans le fauteuil roulant. Après avoir diagnostiqué une hypertension artérielle pulmonaire primaire qui le laissait à peine capable de respirer tant ses poumons étaient remplis de liquide, le précipitant à l'hôpital le mois précédent, ceux qui s'occupaient des patients en soins intensifs l'avaient privé de ce qui lui restait de dignité. Starik était vêtu d'un pantalon de survêtement rouge passé et d'un sweat-shirt blanc malpropre. Il y avait des taches d'urine fraîches sur le devant de son pantalon. Comme pour ridiculiser son glorieux passé au service de la patrie, il avait quatre médailles épinglées sur la poitrine. Evgueni reconnut les rosettes – il s'agissait du Héros de l'Union soviétique, de l'ordre du Drapeau rouge, de l'ordre Alexandre Nevski et de l'ordre de l'Étoile rouge. Quand son père se mourait à la clinique du Kremlin, Evgueni se rappela s'être détourné pour dissimuler son absence d'émotion. Mais, même en pleine décrépitude, la silhouette tolstoïenne de Starik parvenait à l'émouvoir.

Evgueni s'accroupit près du fauteuil et remonta la couverture sous les aisselles de son mentor. « Pavel Semionovitch », murmura-t-il.

Starik ouvrit les paupières. Il contempla son visiteur avec effarement. Sa mâchoire se mit à trembler quand il prit conscience de qui c'était. « Evgueni Alexandrovitch », parvint-il à émettre d'un côté de sa bouche à demi paralysée. Chaque aspiration s'accompagnait d'un sifflement rauque et douloureux. « Dis-moi si tu peux... les chats mangent-ils les chauves-souris... les chauves-souris mangent-elles les chats ?

– Vous sentez-vous mieux ? » s'enquit Evgueni, qui s'aperçut de la bêtise de sa question à l'instant où il la posait.

Starik fit oui de la tête en prononçant non. « La vie est une torture... depuis qu'on m'injecte ce traitement français, Flolan, vingt-quatre heures sur vingt-quatre, j'ai complètement perdu l'appétit... incapable de manger... aux heures des repas, ils poussent des chariots devant ma porte ouverte... l'odeur de la nourriture me donne la nausée.

– Je vais parler au directeur...

– Ce n'est pas le pire. » Ses phrases étaient ponctuées de bruits écœurants venus du fond de la gorge. « Je suis lavé... rasé... changé... torché... par des femmes adultes qui ne doivent prendre qu'un bain par mois et qui *ont leurs règles...* L'odeur de leur corps est insoutenable. » Une larme jaillit du coin d'un de ses yeux injectés de sang. « L'infirmière de nuit est une *youde*... elle ne cache même pas son nom... Abramovna... Oh ! où... où sont passées mes petites ?

– On les a mises à l'orphelinat quand vous êtes tombé malade. »

Un colonel du KGB fit un double six et poussa un rugissement de triomphe en se débarrassant de ses derniers pions.

Starik saisit le poignet d'Evgueni et vacilla vers son visiteur. « La guerre froide continue-t-elle ? demanda-t-il.

– Elle touche à sa fin, répondit Evgueni.

– Et qui sortira victorieux ?

– L'Histoire dira sûrement que le principal adversaire, l'Amérique, a gagné la guerre froide. »

Interloqué, Starik resserra encore son étreinte. « Comment est-ce possible ? Nous avons gagné toutes les batailles... nous les avons battus à tous les niveaux... Philby, Burgess, Maclean, Kritzky... la liste est interminable. » Starik balança sa tête squelettique d'un côté puis de l'autre pour marquer sa consternation. « Tolstoï doit se retourner dans sa tombe... le communisme trahi par les juifs. » Il chercha l'air. « La guerre froide se termine peut-être, mais il y a une fin de partie. Dans la nouvelle de Tolstoï, la mort du cheval KHOLSTOMER sert un but – la louve et ses louveteaux se nourrissent de sa carcasse. Nous aussi, nous allons nous nourrir de ce qui reste de KHOL-STOMER. Il est essentiel pour nous de... »

Il fut soudain incapable de respirer et parut chercher l'air, affolé. Evgueni s'apprêtait à appeler un médecin quand Starik se reprit. « Essentiel de regarder au-delà du communisme... vers le nationalisme et la purification... il faut se débarrasser des juifs une fois pour toutes... finir ce que Hitler a commencé. » La colère faisait briller les yeux de Starik. « J'ai eu des contacts avec... des gens sont venus me voir. Des messages ont été échangés... j'ai donné ton nom, Evgueni Alexandrovitch... quelqu'un prendra contact avec toi. » Sa faible réserve d'énergie dépensée, Starik s'effondra dans son fauteuil. « Tu te rappelles encore... les dernières paroles de Tolstoï ?

– "La vérité... elle m'importe beaucoup" », murmura Evgueni.

Starik cligna des yeux à plusieurs reprises, faisant couler les larmes sur ses joues parcheminées. « Ce sera la phrase code... celui qui la prononcera.. viendra à toi avec ma bénédiction. »

Avec l'allure d'un banquier suisse dans son costume trois pièces Armani, Evgueni parcourut la salle.

« Content que vous ayez pu venir, Arkhip », dit-il à l'un des plus grands économistes de la banque centrale en lui serrant vigoureusement la main. Il abaissa la voix : «Jusqu'à quel point Gorbatchev est-il décidé à soutenir le rouble ?

– Le plus longtemps possible, répondit l'économiste. Le grand point d'interrogation reste l'inflation.

– L'inflation a un bon côté, remarqua un conseiller au ministère des Finances qui avait entendu leur conversation. Ça élimine les usines, les entreprises et les banques qui n'ont pas les ressources, ou la volonté de s'adapter. C'est comme la Longue Marche de Mao – seuls les plus forts survivront. Ce qui signifie qu'ils sont mieux à même d'affronter la réalité capitaliste qui s'impose au modèle socialiste.

– C'est une façon de voir les choses, concéda Evgueni. D'un autre côté, il y beaucoup de nouveaux entrepreneurs qui se battent pour garder la tête hors de l'eau.»

«Félicitations, Evgueni Alexandrovitch», dit avec enthousiasme un grand type qui gardait son index posé sur son appareil auditif. Il portait les pages économiques des *Izvestia* pliées dans la poche de sa veste. «Mon père et moi vous souhaitons tout le succès possible pour votre Banque Commerciale de Grande Russie.

– Merci, Fedia Semionovitch, répliqua Evgueni. Je regrette que votre père n'ait pas pu venir aujourd'hui. J'aimerais vous parler à tous les deux des services en devises fortes que nous projetons de proposer aux sociétés d'import-export.»

Des serveuses porteuses de plateaux chargés de triangles de pain de mie tartinés de caviar noir de la mer Caspienne arpentaient la salle de bal bondée qu'Evgueni avait louée pour l'après-midi. Tout en se demandant combien de personnes présentes avaient entendu parler des sandwiches au cirage, Evgueni saisit un canapé au passage et l'engloutit. Puis il prit une nouvelle coupe de champagne français sur la longue table et regarda autour de lui. Devant une haute fenêtre barrée par un épais rideau, deux femmes très élégantes en robe du soir décolletée étaient entourées d'une petite cour masculine. Evgueni reconnut la plus âgée des deux – c'était l'épouse d'un célèbre magnat de la presse, Pavel Ouritski. Il traversa la salle, s'inclina devant elle et effleura des lèvres le dos de sa main gantée. Une image douloureuse surgit dans sa mémoire – il revit la silhouette d'oiseau d'Aïda Tannenbaum levant vers lui des yeux larmoyants dans le bar du Barbizon, quelque sept ans plus tôt. Chassant la vision, Evgueni serra la main de l'autre femme et de chacun des hommes. «Nous sommes tous d'accord, lui dit l'un d'eux. La Russie a besoin de doses massives d'investissements extérieurs pour survivre. Le problème, c'est d'attirer les capitaux malgré les incertitudes politiques et monétaires...

– Gorbatchev est responsable des deux, décréta catégoriquement la plus âgée des deux femmes. Si seulement nous avions une main de fer à la barre...

– Si on la laissait faire, Mathilde nous renverrait à l'époque de Brejnev, commenta l'un des hommes en riant.

– Tant qu'à revenir en arrière, je nous ferais plutôt revenir à l'époque stalinienne, assura la femme. On oublie trop facilement que l'économie *fonctionnait* sous Staline. Les rayons étaient pleins dans les magasins. Personne n'avait faim. Tous ceux qui voulaient travailler trouvaient du travail.

– C'est vrai qu'on ne souffrait pas de la faim à Moscou, dit un homme, mais il en allait autrement dans les campagnes. Souvenez-vous du vieil aphorisme : *Les pénuries seront partagées entre tous les paysans.*

– Il n'y avait pas de dissension sous Staline, regretta un autre. Maintenant, il faut toujours qu'il y ait vingt opinions sur la moindre question.

– Il n'y avait pas de dissension parce que tous les opposants étaient dans des goulags, fit remarquer Evgueni.

– Exactement», fit la dame plus âgée, se méprenant sur le sens de sa remarque. Elle fixa ses yeux brillants sur lui. «J'ai entendu dire, Evgueni Alexandrovitch, que vous étiez un espion du KGB en Amérique. Est-ce vrai ?

– Je ne fais pas mystère d'avoir été tchékiste durant de longues années. Mais vous me pardonnerez de ne vous révéler ni en quoi consistaient mes activités, ni où j'opérais.

– Dites-nous alors comment on s'y prend de nos jours pour ouvrir une banque privée, demanda la femme plus jeune.

– Ce n'est pas si difficile, répondit Evgueni, l'œil pétillant. Il faut d'abord convaincre les gens que vous possédez une centaine de millions de dollars américains. Cela fait, le reste est un jeu d'enfant.

– Oh, le coquin ! commenta la plus âgée. Tout le monde sait que vous avez beaucoup plus que cent millions de dollars.»

Un jeune homme d'affaires russe qui avait amassé une fortune en exportant des armes soviétiques d'occasion – on disait de lui qu'il pouvait tout vous fournir, de la Kalachnikov au sous-marin nucléaire – attira Evgueni de côté. «Que pensez-vous des rumeurs de coup d'État contre Gorbatchev ? questionna-t-il.

– J'en ai entendu parler, bien sûr, répondit Evgueni, et le bon sens voudrait que si vous et moi en avons eu vent, Gorbatchev aussi. On peut reprocher beaucoup de choses à Mikhaïl Sergueïevitch, mais sûrement pas d'être stupide. Il va certainement prendre des précautions...

– Un coup d'État serait sans doute néfaste pour les affaires, décida le jeune Russe. Quel sera votre taux d'échange à terme du dollar contre le rouble ?»

Souriant, Evgueni tira une carte de visite professionnelle gravée de la poche intérieure de sa veste. «Prenez rendez-vous, Pavel. J'ai toute raison de croire que la Banque Commerciale de Grande Russie vous sera d'une grande utilité.»

Plus tard, alors que le cocktail touchait à sa fin et que les invités rappelaient leurs voitures, l'épouse du magnat de la presse coinça Evgueni dans l'antichambre de la salle de bal. «Evgueni Alexandrovitch, mon mari est impatient de faire votre connaissance. Il semble que vous ayez un ami commun qui dit le plus grand bien de vous.

– Je serais honoré de rencontrer votre mari. »

Mathilde prit une carte de visite parfumée dans son petit sac brodé et la tendit à Evgueni. Une adresse à Perkhouchovo, village situé non loin de la grand-route Mojaïskoïe, une date à la fin du mois de février et une heure étaient inscrites à l'encre au dos du carton. « Vous êtes invité à vous joindre à une réunion très sélecte. Mon mari retrouve un groupe d'amis et d'associés pour discuter – la femme lui adressa un sourire appuyé – du comte Leon Nikolaïevitch Tolstoï. Notre ami mutuel, celui qui parle de vous en termes si élogieux, a dit que vous aviez été très influencé par Tolstoï dans votre jeunesse – que vous aviez même utilisé comme nom d'emprunt celui d'Ozoline, le chef de gare d'Astapovo, où le grand Tolstoï a trouvé la mort. »

Evgueni osait à peine respirer. Il avait cru que les propos de Starik concernant une phrase code n'étaient que les délires d'un vieillard à moitié sénile. Il parvint à murmurer : « Je n'en reviens pas que vous en sachiez autant sur moi. »

Une ombre de sourire étira fugitivement les lèvres peintes de la femme. « Mon mari a appris que vous étiez l'une des rares personnes à vous souvenir encore des dernières paroles du comte : "La vérité... elle m'importe beaucoup." La vérité, vous importe-t-elle autant qu'à Tolstoï l'immortel, Evgueni Alexandrovitch ?

– Absolument.

– Vous partagerez alors cette obsession avec mon mari et ses amis lorsque vous nous honorerez de votre présence. »

Mathilde lui offrit le revers de sa main gantée. Evgueni s'inclina et lui effleura les doigts du bout des lèvres. Lorsqu'il se redressa et rouvrit les yeux, elle avait disparu.

Les bureaux SH219 de l'immeuble Hart, qui abritait les commissions d'enquête parlementaires de la Chambre et du Sénat concernant les services de renseignements, étaient censés disposer des salles les plus sécurisées d'une ville obsédée par la sécurité. La porte anonyme ouvrait sur un vestibule gardé par des policiers armés de Capitol Hill. La salle de conférences était en fait une pièce suspendue à l'intérieur d'une autre pièce, de sorte que les murs, le sol et le plafond (tous en acier pour empêcher la pénétration des signaux magnétiques) pouvaient être intégralement ratissés pour vérifier qu'il ne s'y trouvait pas de micros. Même l'alimentation électrique était filtrée. À l'intérieur, des sièges mauves étaient disposés autour d'une table en fer à cheval. Sur un mur s'affichait une carte de la région qui intéressait les commissions d'enquête parlementaire : le monde. Elliott Winstrom Ebbitt II, directeur de la CIA depuis la mort de Bill Casey en 1987, venait à peine de prendre place dans son fauteuil quand l'assaut commença.

« Bien le bonjour, monsieur le directeur », fit d'une voix traînante le Texan qui présidait la commission d'enquête du Sénat. Il avait un sourire plaqué sur le visage, mais cela ne trompa personne ; le sénateur avait été cité dans le *New York Times* la semaine précédente disant qu'ils étaient plusieurs au Congrès à prôner le démantèlement de la Compagnie pour repartir de zéro. « Bon, commença-t-il, on ne va pas vous faire perdre votre temps et le nôtre en tergiversations. » Il consulta à travers ses lunettes à double foyer les notes qu'il avait prises sur un calepin jaune de l'administration, puis regarda le directeur d'un air endormi par-dessus ses montures. « Ebby, c'est pas un secret, ils en ont marre au Congrès. Ça fait presque deux ans que le dernier soldat russe a quitté l'Afghanistan. Et on n'arrive toujours pas à comprendre ce qui a pu passer par la tête de la CIA quand elle a livré des missiles Stinger à ces fondamentalistes islamistes. Maintenant qu'on en met plein la gueule à Saddam Hussein, il y a de bonnes chances pour qu'un de nos avions se prenne un de ces jours un Stinger sur la tronche.

— Je voudrais rappeler respectueusement au sénateur que c'est le Président qui a pris la décision de donner les Stinger aux moudjahidin, protesta Ebby.

— Sur la recommandation de Casey, intervint un député républicain du Massachusetts. Il a carrément convaincu Reagan de le faire.

— Combien de Stinger sont encore lâchés dans la nature et qu'est-ce que vous faites pour les récupérer ? demanda un autre député.

— Nous estimons qu'il y en a environ trois cent cinquante dont nous avons perdu la trace. Pour les récupérer, nous proposons une récompense de cent mille dollars par Stinger sans poser de question... »

Le président de la commission écarta d'une secousse sa crinière blanche de ses yeux. « J'imagine qu'un islamiste pourrait en tirer davantage au Bazar des Contrebandiers de Peshawar. Pour nous résumer, Ebby, on est tous à bout de patience. On est là, à dilapider dans les vingt-huit milliards de dollars par an de l'argent des contribuables pour les renseignements. Et l'événement le plus important depuis la fin de la Deuxième Guerre mondiale – je parle du déclin et de la chute de l'empire soviétique – n'a pas été prévu. Bordel de merde, la CIA ne nous a même pas avertis une semaine avant. »

Un sénateur du Maine feuilleta un classeur jusqu'à ce qu'il trouve un rapport estampillé top secret. « Il y a deux mois, vous nous avez dit en personne, dans cette même pièce, monsieur Ebbitt, que – et je vous cite – "on pouvait vraisemblablement s'attendre à une stagnation, voire une légère détérioration de l'économie soviétique pour 1991".

— Pour une légère détérioration, ça a été une légère détérioration ! se moqua le président. Le mur de Berlin s'écroule en 1989 ; Gorbatchev laisse les pays satellites d'Europe de l'Est se tirer un par un du bloc soviétique ; la Lituanie, la Lettonie, l'Estonie, l'Arménie, l'Azerbaïdjan, la Géorgie, l'Ukraine parlent d'autonomie – et nous, on reste là, allégés de vingt-huit milliards de dollars pour apprendre ces véritables cataclysmes par les journaux. »

Un député démocrate du Massachusetts se racla la gorge. « Monsieur le sénateur, pour être juste avec monsieur Ebbitt, je crois que nous sommes obligés de reconnaître qu'il a fait beaucoup pour assainir le comportement de la CIA depuis l'époque du directeur Casey. Je ne crois pas qu'il soit besoin de rappeler dans cette pièce qu'au temps de Casey, nous l'avons fait témoigner ici sous serment devant un micro, et que nous avons eu beau écouter avec des écouteurs pour essayer de déchiffrer ses marmonnements, nous n'y sommes pas parvenus. Monsieur Ebbitt, lui, s'est montré très franc et ouvert avec nous...

– Et j'apprécie cela tout autant que vous, assura le président. Mais le problème d'avoir accès à des renseignements – d'être prévenus à l'avance des événements et d'en avoir pour notre fric – subsiste. On serait quand même bien moins dans le merdier si la CIA nous avait avertis des intentions malhonnêtes de Saddam Hussein vis-à-vis du Koweit.

– Messieurs, nous ne cessons d'avancer dans la bonne direction, affirma Ebby, mais Rome ne s'est pas faite en un jour, et la CIA ne se refera pas en un ou deux ans. Nous avons affaire à une culture, un état d'esprit, et la seule façon de changer ça sur le long terme, c'est d'introduire du sang nouveau, ce qui est, comme vous le savez tous ici, ce à quoi je m'emploie. Quant à dresser un portrait précis de la direction de l'Union soviétique, je voudrais rappeler aux sénateurs et députés présents que vous faites pression sur la CIA depuis des années pour réduire les opérations clandestines – nous ne dirigeons plus qu'une douzaine de programmes d'activité clandestine par an au lieu des centaines que nous avions en œuvre dans les années cinquante et soixante. Le résultat, c'est que nous n'avons plus à Moscou les moyens de savoir ce que mijotent Gorbatchev et les personnes qui l'entourent. Nous ne savons même pas quelles sont leurs informations. Quant à la stagnation de l'économie soviétique, Gorbatchev lui-même n'a pu obtenir de statistiques économiques suffisamment précises qu'il y a deux ou trois ans, aussi est-il injuste de nous critiquer pour ne pas avoir su ce que lui-même ne savait pas non plus. Si on regarde en arrière on s'aperçoit que quand il a enfin découvert à quel point les choses allaient mal, il a décidé que la seule façon de rajeunir une économie planifiée en pleine stagnation était de passer à une économie de marché. Mais pour ce qui est de savoir à quelle vitesse et dans quelle mesure il prévoit d'avancer, Gorbatchev lui-même ne l'a probablement pas encore déterminé.

– Et comment la Compagnie estime-t-elle ses chances d'arrêter la dégringolade de l'économie soviétique ? demanda un député républicain.

– On peut parier que la situation va encore empirer avant de s'améliorer, répondit Ebby. Il y a en Russie des particuliers, des communautés, des organismes, des usines et même des villes entières qui n'ont aucune raison économique d'exister. S'en débarrasser pose un problème social autant qu'économique. Et puis il y a le défi de devoir satisfaire les attentes toujours croissantes des travailleurs – les mineurs des bassins houillers du Kouzbass et du Donbass, pour vous donner un exemple, veulent trouver davantage que des pots remplis de sangsues dans les rayonnages des pharmacies. Impossible de prévoir si Gorbatchev, avec tous ses discours de *perestroïka* et de *glasnost*, pourra contenter tout le monde. Impossible de prévoir s'il parviendra à se dresser contre les intérêts acquis – à se dresser contre le KGB et l'armée, à se dresser contre ce qui subsiste du parti communiste qui craint que Gorbatchev ne pousse ses réformes jusqu'à le faire disparaître. Impossible de prévoir si la révolution – et il ne manquera pas d'y avoir une révolution, messieurs – viendra d'en bas ou d'en haut.

– Que pensez-vous de tout ce qu'on lit dans les journaux à propos d'un putsch ? questionna le président.

– Il y a des gens aux plus hauts échelons du pouvoir soviétique qui aimeraient bien revenir en arrière, certainement, dit Ebby. Pour parler franchement, nous ne savons pas dans quelle mesure ces rumeurs de coup d'État sont sérieuses.

– Je crois que nous devrions reconnaître à monsieur Ebbitt qu'il ne profite pas de ces réunions pour se faire mousser, intervint le député du Massachusetts. J'apprécie pour ma part que quand il ne sait pas quelque chose, il dit qu'il ne sait pas.

– Je soutiens la motion, renchérit un député républicain.

– Quoi qu'il en soit, ces rumeurs auraient besoin d'être vérifiées, persista le président de la commission. Y a-t-il une coterie qui œuvre en coulisses pour saper Gorbatchev ? Sont-ils assez forts ? Sur quel soutien peuvent-ils compter de la part des militaires ? Que pouvons-nous faire pour soutenir Gorbatchev ou pour miner ses opposants ? Et comment devons-nous traiter ces rumeurs selon lesquelles le KGB aurait d'immenses quantités de devises stockées quelque part en Occident ?

– Il y a des éléments assez peu précis qui laissent à penser que des quantités considérables d'avoirs soviétiques en devises étrangères pourraient bien s'être infiltrées dans des banques allemandes, confirma Ebby. On dit que celui qui est en première ligne pour s'occuper de l'aspect pratique de l'opération n'est autre que quelqu'un du Comité central... son identité demeure un mystère. Il reste encore à déterminer qui donne les ordres, et à quel usage cet argent doit servir.

– D'après vous, quel est le rôle d'Eltsine dans tout ça ? demanda un député qui avait gardé le silence jusque-là.

– Eltsine attaque Gorbatchev sur un autre front, répliqua Ebby. Les deux hommes se détestent – en tout cas depuis que Gorbatchev a éjecté Eltsine du

Politburo en 1987 ; à cette époque, le parti était au-dessus des critiques, et Eltsine a commis l'erreur fatale d'ignorer cette règle d'or. Aujourd'hui, Elstine reproche ouvertement à Gorbatchev de ralentir le rythme des réformes. Je crois qu'on peut assurer sans trop se tromper qu'Eltsine, qui a été élu président de la Russie par le Soviet suprême de la république de Russie l'année dernière et qui a donc une bonne assise du pouvoir, se considère comme le successeur logique de Gorbatchev. Telles que nous envisageons les choses, il ne serait pas malheureux de voir Gorbatchev évincé du pouvoir à condition que ce soit lui qui l'évince.

– Ce qui renforcerait sûrement la division entre Eltsine et les politicards du KGB, de l'armée et du parti communiste qui renâclent devant les réformes, dit quelqu'un.

– Il a plus que sa part d'ennemis », confirma Ebby.

La réunion dura encore trois quarts d'heure durant lesquels la discussion porta principalement sur la capacité de Saddam Hussein de se lancer dans une guerre chimique ou biologique après sa défaite retentissante dans la guerre du Golfe. À midi, lorsque les membres des commissions se dispersèrent, les plus farouches critiques de la Compagnie eux-mêmes concédèrent qu'Ebby semblait avoir une bonne compréhension de la situation mondiale actuelle, et qu'il faisait tout son possible pour faire de la CIA une organisation capable de s'adapter au monde d'après la guerre froide.

« Comment ça c'est passé ? demanda Jack à mi-voix.

– Aussi bien que possible, répondit Ebby à son directeur adjoint, compte tenu de la situation.

– Ce qui signifie ?

– Ce qui signifie que les politiques ne comprennent toujours pas les limites du renseignement. Ils consacrent vingt-huit milliards de leur budget annuel à ça, et ils trouvent qu'ils n'en ont pas pour leur argent si on ne répond pas à leurs questions ou si on ne prévoit pas les événements.

– Ils ne nous reconnaissent même pas nos succès, ronchonna Jack.

– Si, assura Ebby. Mais ils voudraient qu'on n'ait que des succès. »

Ils se tenaient debout dans un coin de la salle à manger des cadres de Langley et regardaient Manny, directeur adjoint aux Opérations depuis l'été précédent, remettre trois montres en or aux trois anciens officiers traitants qu'on avait encouragés à prendre une retraite anticipée. (Encouragés, au sens où on leur avait proposé de nouvelles affectations, deux dans des postes d'écoute en république du Cameroun, un dans une antenne de la Compagnie réduite à un homme aux îles Canaries.) Les tables et les chaises avaient été repoussées contre un mur pour permettre à la centaine d'employés des Opérations d'assister à la cérémonie. Manny, qui était, à quarante-quatre ans, le plus jeune

DD-O jamais vu, souffla dans le micro pour s'assurer de son bon fonctionnement. « Il est toujours douloureux de voir les anciens partir, commença-t-il. John, Hank, Jerry, je parle au nom de tous les membres de la Direction des Opérations quand je vous dis que nous regretterons non seulement vos compétences, mais aussi votre compagnie. Vous comptabilisez à vous trois soixante-seize ans d'expérience – soixante-seize années passées à défendre les remparts de la guerre froide. Ces montres sont un gage de notre estime et de la reconnaissance de votre pays pour vos bons et loyaux services. »

Il y eut quelques applaudissements. Plusieurs voix dans le fond se mirent à scander : « Un discours, un discours ! »

« Quelles foutaises, marmonna Jack à Ebby. Ces mariolles n'ont jamais rien réussi. Ils ont attendu dans des antennes diverses que les occasions se présentent toutes seules. Et même là, ils n'ont jamais pris le moindre risque. »

Le plus vieux des trois retraités, un homme corpulent aux sourcils broussailleux froncés en permanence, s'avança vers le micro. Il avait l'amertume plaquée sur le visage comme un étendard. « Je vais vous en raconter une bien bonne qui s'applique peut-être à la CIA », annonça-t-il. Manny, gêné, commença à danser d'un pied sur l'autre. « Voilà : c'est un agent du recensement fédéral qui tombe sur une famille de péquenauds dans une masure au fin fond du Tennessee. Des mômes pieds nus partout. Les adultes ont une pétoire dans une main et une cruche d'alcool frelaté dans l'autre. Le père dit qu'ils sont vingt-deux en tout. Il siffle en mettant le pouce et le majeur dans sa bouche, et tout le monde rapplique. »

Certains commencèrent à ricaner – ils connaissaient déjà l'histoire.

« L'agent du recensement compte les têtes, mais n'en trouve que vingt et une. Il manque le p'tit Luc. Et puis quelqu'un appelle depuis les chiottes, dans le jardin : "Le p'tit Luc est tombé dans le trou !" Tout le monde se précipite pour regarder. Le père hausse les épaules et s'éloigne. L'agent du recensement n'en croit pas ses yeux. Il crie : "Mais vous n'allez pas le tirer de là ? – J'crois pas ! lui répond le père. Ça sera plus facile d'en faire un autre que de nettoyer celui-là." »

La moitié du personnel de la direction des Opérations éclata de rire. D'autres haussèrent les sourcils. Manny contemplait ses souliers. Le personnage qui venait de raconter la blague tourna la tête pour regarder directement le DCI.

« Nom de Dieu », grogna Jack avec fureur. Il serait volontiers allé en découdre avec le nouveau retraité si Ebby ne l'avait retenu par le bras.

« Ces types étaient des cracks quand ils ont commencé, mais ils sont usés, glissa Ebby à voix basse.

– Ça ne lui donne pas le droit de…

– Les dégraissages sont toujours douloureux pour tout le monde, Jack. Supporte-le avec le sourire. »

Plus tard, dans le saint des saints du DCI, au sixième étage, Jack se laissa tomber sur un siège, devant le bureau d'Ebby. «Ce qu'il a raconté, tout à l'heure... ce n'était peut-être pas entièrement faux, gémit-il. Il y en a au Congrès qui préféreraient repartir de zéro plutôt que de nous donner une chance de nettoyer le merdier qu'a laissé Casey derrière lui.

— J'en ai vu plusieurs pas plus tard qu'à la commission de ce matin», dit Ebby.

Jack se redressa. «J'ai beaucoup réfléchi à tout ça, Ebby. La guerre contre les seigneurs colombiens de la drogue, les terroristes islamistes ou les marchands d'armes russes fait trop figure de détail pour justifier les vingt-huit milliards de dollars investis chaque année dans les services de renseignements. Regarde ça autrement : comment veux-tu recruter les meilleurs et les plus brillants si Satan se résume à Cuba ?

— Tu as une autre idée de ce que nous devrions faire ?

— En fait, oui.» Jack se leva et alla fermer d'un coup de pied la porte restée entrouverte. Puis il passa derrière Ebby et s'assit sur un bord de fenêtre Ebby pivota pour lui faire face. «Crache le morceau, Jack.

— J'ai déjà abordé un peu le sujet avec toi quand Anthony a été enlevé par les fondamentalistes en Afghanistan. On était alors dans une situation inextricable, et nous sommes à nouveau dans une situation inextricable. Le Congrès nous lie les mains avec ses contrôles, ses restrictions budgétaires et ses limites très strictes des conclusions présidentielles. Bon Dieu, Ebby ! dire que c'est carrément illégal pour nous de viser un dirigeant étranger, même si lui nous a en ligne de mire !

— Je me souviens de cette conversation – je t'avais dit à l'époque que la CIA était une espèce menacée et ne pouvait se permettre de s'impliquer dans le genre de chose que tu avais en tête.

— À l'époque, répliqua Jack, contrarié, je t'avais dit qu'on n'aurait pas besoin d'agir nous-mêmes. Qu'on pouvait trouver des gens pour faire la sale besogne à notre place...

— Ce serait contraire à nos statuts...

— Prends cette histoire de Gorbatchev – même si on savait ce qui est en train de se préparer, on ne pourrait absolument rien y faire.

— Je ne suis pas sûr de vouloir discuter de ça...

— Mais on en discute...

— Et qu'est-ce que tu voudrais qu'on y fasse ?

— Tu sais ce que je veux dire. On pourrait convaincre Torriti de tâter le terrain. Ezra Ben Ezra est toujours à la tête du Mossad – on peut compter sur lui pour soutenir une entreprise qui maintiendrait Gorbatchev au pouvoir et permettrait de garder ouvertes les vannes de l'émigration juive de Russie.»

Ebby prit un ton sarcastique : «Soutenir une *entreprise* – tout cela a l'air de si bon ton... À t'entendre, ça paraîtrait presque légal.

— Ces dollars que les Russes ont accumulés en Allemagne... si on pouvait mettre la main sur une partie, l'entreprise pourrait devenir une entité autofinancée fonctionnant en dehors des crédits et du contrôle du Congrès.

– Casey a essayé ce genre de coup en vendant des armes aux Iraniens pour financer la rébellion contra au Nicaragua. Je n'ai pas besoin de te rappeler que ça lui a explosé à la figure.

– On est censés être une organisation de l'ombre, Ebby. Je suggère seulement qu'on se mette à agir dans l'ombre. »

Ebby poussa un soupir. « Écoute, Jack, on a combattu les mêmes ennemis, on porte les mêmes cicatrices. Mais là, tu te fourvoies complètement. Ce n'est pas parce que l'ennemi n'a pas de scrupules que la Compagnie ne doit pas en avoir. Si on se met à employer les mêmes méthodes qu'eux, on perd même si on gagne. Tu ne comprends pas ça ?

– Moi, ce que je comprends, c'est que la fin justifie les moyens…

– C'est une phrase toute faite qui n'a aucun sens à moins de décider au cas par cas. Quelle fin ? Quels moyens ? Et quelles sont les chances de tel ou tel moyen de parvenir à telle ou telle fin ?

– Si on ne fait pas un bon carton, et vite, ils vont démanteler la Compagnie, protesta Jack.

– Advienne que pourra, décréta Ebby. Et si tu veux continuer à travailler pour moi, ajouta-t-il, tu le feras à mes conditions. Il n'y aura pas d'*entreprise* tant que c'est moi qui mène la baraque. Je suis le gardien de la CIA, et je prends cette responsabilité très au sérieux. Tu me suis, Jack ?

– Je te suis, vieux. Tu as comme qui dirait raison de ton point de vue. Mais c'est ton point de vue qui serait à revoir. »

2

Perkhouchovo, vendredi 19 avril 1991

« Nous avons des preuves irréfutables, assura le président du KGB, Vladimir Krioutchkov, que la CIA américaine a réussi à infiltrer des agents dans l'entourage proche de Gorbatchev. »

Au bout de la table, le ministre de la Défense, le maréchal Dimitri Iazov, vieux militaire borné et appliqué doté d'une grosse figure épaisse, demanda : « Donnez des noms. »

Krioutchkov, trop heureux d'obtempérer, cita cinq personnalités notoirement intimes du secrétaire général. « N'importe quel imbécile peut se rendre compte que Gorbatchev est manipulé par la CIA – il s'agit d'un complot américain destiné à saboter d'abord l'administration soviétique, puis l'économie et la recherche scientifique. L'objectif final en est la destruction du parti communiste et de l'Union, l'effondrement du socialisme et l'élimination de l'Union soviétique en tant que puissance mondiale capable de mettre un frein à l'arrogance américaine. »

Les dix-huit hommes et l'unique femme installés dehors, autour de la longue table de pique-nique, écoutaient avec consternation. Evgueni, qui embrassait la scène depuis sa place en milieu de table, estima que la dernière fois qu'il avait vu autant de personnalités rassemblées, c'était quand les caméras de télévision faisaient un panoramique sur la tribune officielle au-dessus du tombeau de Lénine lors des défilés du Premier Mai sur la place Rouge. En milieu de matinée, les limousines avaient commencé à arriver à la superbe datcha de bois située à la lisière du village de Perkhouchovo, non loin de la grand-route de Mojaïskoïe. Les invités avaient siroté du punch en bavardant aimablement dans une grande salle surchauffée par un poêle en faïence pour attendre les retardataires. Un membre haut placé au secrétariat du Politburo s'était plaint de ce que la pension suisse où il envoyait sa fille lui coûtait les yeux de la tête, et les personnes qui écoutaient avaient acquiescé avec sympathie. Puis tout le monde avait fini par enfiler un manteau – les dernières neiges de l'hiver avaient fondu, mais l'air était encore froid – et s'était rassemblé dehors pour éviter les micros susceptibles d'avoir été installés dans la datcha. Les invités de Vladimir Krioutchkov cherchèrent leur nom et s'installèrent aux places qui leur étaient assignées autour de la grande table de jardin, sous un bosquet d'épicéas de Sibérie. Au-delà des arbres, la pelouse descendait jusqu'à un grand lac sur lequel plusieurs dizaines d'adolescents disputaient une régate de dériveurs. De temps à autre, des cris d'excitation remontaient la colline lorsque les barreurs faisaient virer leur embarcation aux bouées marquant le parcours. Sur la gauche, à travers les arbres, on distinguait des gardes armés qui patrouillaient le long de la clôture électrifiée entourant la propriété.

Mathilde, assise juste en face de Evgueni, lui adressa un sourire complice, puis se détourna pour glisser quelques mots à l'oreille de son mari, Pavel Ouritzki. Personnage austère qui ne faisait pas mystère de son aversion pour les juifs, il acquiesça d'un signe de tête et s'adressa à Krioutchkov, qui présidait en tête de table. « Vladimir Alexandrovitch, cette histoire d'espions de la CIA qui auraient infiltré l'entourage direct de Gorbatchev pourrait bien être la goutte qui fait déborder le vase. On peut ne pas être d'accord avec Gorbatchev, ce qui est notre cas à tous ; lui en vouloir d'avoir abandonné les États socialistes frères d'Europe de l'Est ; lui reprocher de cracher sur l'histoire socialiste et trouver à redire à la façon dont il plonge tête la première dans des réformes économiques sans avoir la moindre idée des répercussions que cela pourra avoir sur le pays. Mais ce n'est pas aussi simple de l'accuser d'être une marionnette aux mains de la CIA américaine. Avez-vous parlé directement au secrétaire général de vos accusations ?

– J'ai essayé de l'avertir au cours de nos comptes rendus réguliers, répondit Krioutchkov. Mais je peux vous dire qu'il m'interrompt à chaque fois aussitôt et change de sujet. Il ne tient visiblement pas à m'écouter ; les rares fois où j'ai réussi à lui glisser un mot, il a agité sa main en l'air comme pour dire qu'il ne croyait pas un mot de mes informations.

– Que ce soit en connaissance de cause ou pas, intervint Mathilde avec passion, Gorbatchev est en train de vendre l'URSS au diable.

– Le pays est au bord de la famine, assura le premier ministre soviétique, Valentin Pavlov, à l'autre bout de la table. L'économie a sombré dans le chaos le plus total. Personne n'obéit plus aux ordres. Les usines ont dû réduire leur production faute de matière première. Les récoltes sont désorganisées. Les tracteurs sont immobilisés parce qu'il n'y a plus de pièces détachées.

– Notre pays bien-aimé part à vau-l'eau, convint Valentin Varennikov, général responsable de toutes les troupes soviétiques au sol. Les impôts sont tellement prohibitifs que personne ne peut plus les payer et rester en même temps dans les affaires. Des ouvriers à la retraite qui ont consacré leur vie au communisme en sont réduits à faire infuser des épluchures de carottes parce qu'ils n'ont plus de quoi se payer du thé avec leur retraite misérable. »

L'époux de Mathilde frappa la table du plat de la main. « C'est la faute des juifs ! insista-t-il. Ils portent collectivement la responsabilité du génocide russe. »

Mathilde intervint : « Je suis de tout cœur avec mon mari – j'estime qu'il faudrait interdire aux juifs d'émigrer, surtout vers cette entité sioniste qu'est Israël, tant qu'un tribunal du peuple russe n'a pas statué sur leur destin. Après tout, ces juifs sont nés et ont fait leurs études ici, aux frais de l'État – il ne serait que justice que l'État soit dédommagé. »

L'un des apparatchiks du ministère des Affaires étrangères, Fiodor Lomov, arrière-petit-fils d'un célèbre bolchevik qui avait été le premier commissaire du peuple à la Justice après la révolution de 1917, prit la parole : « Tout le monde sait que la place Pouchkine a été conçue par des architectes juifs exprès pour que le grand Pouchkine tourne le dos au cinéma Rossia. Le symbole n'a échappé à personne. » Personnage bouffi dont le bouc d'un blanc neigeux présentait des taches d'alcool jaunâtres, Lomov ajouta : « Ce sont les *youdes* et les sionistes qui sont responsables de la musique rock, de la drogue, du sida, des pénuries alimentaires, de l'inflation, de la dégringolade du rouble, de la pornographie à la télévision, et même de l'explosion du réacteur nucléaire de Tchernobyl. »

À mesure que la réunion avançait, les conjurés (car c'est ainsi que Evgueni commençait à les voir) exposèrent leurs craintes et leurs ressentiments. La passion montait, les intervenants se mettaient à parler en même temps et Krioutchkov, tel un maître d'école devant une classe turbulente, devait intervenir pour donner la parole à l'un ou à l'autre.

« Gorbatchev nous a laissés croire qu'il allait simplement rénover les structures du parti. Il n'a jamais dit qu'il avait l'intention de le détruire.

– C'est devenu monnaie courante de tourner les institutions de l'État en ridicule.

– Je parle par expérience – le pouvoir a perdu à tous les niveaux la confiance de la population.

– Les coffres de l'État sont vides – le gouvernement règle en retard les pensions et salaires des militaires.

– L'Union soviétique est bel et bien devenue ingouvernable.

– Les armées soviétiques ont été humiliées par la décision qu'a prise Gorbatchev d'évacuer l'Afghanistan.

– Les coupes drastiques pratiquées dans le budget de l'armée, et l'incapacité de trouver les sommes qui ont été budgétées, nous ont mis en très mauvaise position pour traiter avec les Américains après leur triomphe des cent heures de la guerre du Golfe. »

Krioutchkov scruta les visages autour de la table et déclara sur un ton solennel : « Notre seul espoir est de déclarer l'état d'urgence.

– Gorbatchev ne consentira jamais à l'état d'urgence, fit observer Pavel Ouritzki.

– Dans ce cas, décréta Krioutchkov, nous y consentirons pour lui. Je demande à ceux qui sont pour l'état d'urgence de lever la main. »

Dix-neuf mains se levèrent autour de la table.

Du lac, tout en bas, parvinrent les cris d'un adolescent dont le voilier venait de chavirer. Les autres dériveurs arrivèrent de toutes les directions et le tirèrent de l'eau. Une des filles qui observait la régate depuis le rivage lança vers la datcha : « Ils l'ont repêché ; tout va bien. »

« Quand viendra le temps de lancer notre projet, nota Ouritzki, les gens qui tomberont par-dessus bord ne devront pas nous détourner de notre chemin. » Il arqua les sourcils d'un air entendu. Beaucoup gloussèrent autour de la table.

Plus tard, après la fin de la réunion, alors que les invités repartaient vers leur limousine, Krioutchkov prit Evgueni à part. « Nous avons un ami commun qui dit le plus grand bien de vous, assura le président du KGB. Je suis au courant du travail que vous avez accompli pour le Centre ; votre dévotion à notre cause est légendaire au sein d'un cercle très restreint. »

Evgueni répliqua : « J'ai fait mon devoir, camarade président, rien de plus. »

Krioutchkov laissa un sourire sans humour déformer son visage. « On emploie de moins en moins le terme *camarade* depuis que Gorbatchev a pris le pouvoir. » Il entraîna Evgueni dans la salle d'eau et ouvrit en grand les deux robinets. « L'un des nôtres – un haut fonctionnaire responsable des finances du Comité central – est parvenu au cours des ans à concentrer des quantités importantes de devises en Allemagne et à les convertir, avec la complicité de ce que les Allemands appellent le *Devisenbeschaffer* – l'acquéreur de devises – en dollars et en or. Si nous devons mettre Gorbatchev sur la touche et déclarer l'état d'urgence, nous aurons besoin de grosses quantités de liquidités pour financer notre mouvement. Quand nous aurons réussi notre coup, il sera d'une importance cruciale de garnir aussitôt les rayons des magasins de denrées alimentaires et d'alcool dans les plus grandes villes pour prouver notre capacité à ramener l'ordre dans le chaos de Gorbatchev – nous baisserons les prix des articles de base, en particulier de la vodka. Nous réglerons aussi les pensions des retraités qui n'ont pas été payés depuis des mois. Mais tout cela exigera un apport de capital immédiat. »

Evgueni hocha la tête. « Je commence à comprendre pourquoi vous m'avez fait venir…

– D'après ce qu'on m'a dit, votre Banque Commerciale de Grande Russie a une succursale en Allemagne.

– Deux en fait. Une à Berlin, et une à Dresde.

– Je vous le demande sans ambages : pouvons-nous compter sur vous, camarade ? »

Evgueni hocha vigoureusement la tête. « Je n'ai pas passé ma vie entière à défendre le communisme pour le voir bafoué par un réformateur manipulé par le principal adversaire. »

Krioutchkov étreignit la main de Evgueni entre les siennes et, plongeant intensément son regard dans le sien, la garda un moment. « Le haut responsable des finances au Comité central s'appelle Izvolski. Nikolaï Izvolski. Retenez ce nom. Il prendra contact avec vous au cours des prochains jours. Il servira d'intermédiaire entre le *Devisenbeschaffer* allemand et vous – vous organiserez ensemble le rapatriement des fonds *via* votre banque. Le moment venu, vous mettrez ces fonds à la disposition de notre cause.

– Je suis heureux de reprendre du service, commenta Evgueni, et fier de travailler à nouveau avec des gens de même sensibilité pour protéger l'Union soviétique de ceux qui cherchent à la déshonorer. »

Le lendemain de la réunion de Perkhouchovo, Evgueni alla prendre un verre au piano-bar du Monolithe Club, boîte privée où la nouvelle élite se retrouvait pour échanger des tuyaux sur la Bourse de Wall Street et les trésoreries offshore. Il se demandait dans quoi il avait mis les pieds et se rongeait les sangs à chercher quoi faire – il fallait absolument qu'il arrive à prévenir Gorbatchev – quand un homme veule aux paupières transparentes et à la mâchoire pareille à de la porcelaine se présenta à la porte. Il paraissait déplacé dans son costume en fibres synthétiques de l'époque soviétique, avec de gros revers et un pantalon informe qui tombait jusqu'au sol ; les habitués du club préféraient généralement la flanelle anglaise et les coupes italiennes. Evgueni se demanda comment cet *Homo sovieticus*, comme il le surnomma aussitôt, avait réussi à passer la barrière des anciens lutteurs qui gardaient l'entrée. L'homme scruta les volutes de fumée de cigare dans la salle aux lumières tamisées, comme s'il avait rendez-vous avec quelqu'un. Lorsque ses yeux se posèrent sur Evgueni, assis dans un coin, à une petite table, sa bouche s'ouvrit comme s'il le reconnaissait. Il traversa la salle et demanda : « Vous êtes bien E.A. Tsipine ?

– Ça dépend : qui le demande ?

– Je suis Izvolski, Nikolaï. »

Le jeune photographe maison du club croisa le regard de Evgueni et leva son album rempli de portraits de Sharon Stone, Robert de Niro et Luciano Pavarotti. « Une autre fois, Boris », lança Evgueni en l'écartant du geste. Il fit signe à Izvolski de s'asseoir. « Je peux vous offrir quelque chose ? proposa-t-il à l'*Homo sovieticus*.

– Je ne touche jamais à l'alcool, annonça Izvolski non sans une certaine suffisance, sa sobriété lui donnant un sentiment de supériorité morale. Un verre de thé, peut-être. »

Evgueni fit signe au serveur en articulant le mot *tchaï*, puis se retourna vers son visiteur. « On m'a dit que vous travaillez pour le Comité central.

– Nous devons nous montrer discrets – les murs sont, paraît-il, truffés de micros ici. Une personnalité importante du pouvoir m'a prié de vous contacter. »

Une tasse de thé et une coupe en porcelaine remplie de morceaux de sucre italiens furent posées devant Izvolski. Celui-ci empocha une poignée de morceaux de sucre et se pencha pour souffler sur son thé. « J'ai mission, reprit-il en baissant la voix tout en faisant tourner nerveusement sa cuiller dans sa tasse, de vous informer de l'existence d'un nationaliste allemand qui, dans les mois à venir, doit déposer des sommes appréciables de dollars américains dans la succursale de votre banque à Dresde. Comme beaucoup d'entre nous, c'est un patriote qui a consacré sa vie à lutter contre le grand Satan, la juiverie internationale.

– Comment s'appelle-t-il ?

– Vous ne le connaîtrez que sous son sobriquet germanique, *Devisenbeschaffer* – l'acquéreur de devises.

– Si vous avez assez confiance en moi pour me confier votre argent, vous devriez avoir assez confiance pour me donner l'identité de ce *Devisenbeschaffer*.

– Ce n'est pas une question de confiance, camarade Tsipine. C'est une question de sécurité. »

Evgueni accueillit la réplique d'un hochement de tête qu'il espéra très professionnel.

Izvolski prit un stylo dans la poche intérieure de sa veste et inscrivit soigneusement un numéro de téléphone moscovite sur une serviette en papier. « C'est un numéro privé qui donne sur un répondeur que j'interroge régulièrement dans la journée. Il vous suffit de laisser un message anodin – pour me suggérer de regarder une émission de télévision, par exemple... je reconnaîtrai votre voix et vous contacterai. Pour l'instant, vous devez demander à votre succursale de Dresde d'ouvrir un compte à votre nom. Communiquez-moi ensuite le numéro de ce compte. Lorsque nous voudrons rapatrier les sommes qui seront déposées régulièrement sur ce compte, je vous le ferai savoir, et alors vous n'aurez plus qu'à transférer ces fonds sur un autre compte, dans votre siège à Moscou. »

Izvolski porta la tasse à ses lèvres et testa précautionneusement la température du breuvage. Le trouvant visiblement assez tiède, il but le thé d'un long trait, comme pour étancher une soif. « Merci de votre hospitalité, camarade Tsipine », dit-il. Puis, sans même ne fût-ce qu'une poignée de main ou un salut verbal, l'*Homo sovieticus* se leva et se dirigea vers la porte.

Leo Kritzky écouta attentivement Evgueni lui décrire sa visite à Starik, dans la clinique du KGB ; lui rapporter la phrase codée qui devait le mettre en rapport avec un groupe organisant une « fin de partie », et la réunion des conjurés à Perkhouchovo. « Je n'ai pas pris Starik au sérieux, avoua Evgueni. J'ai cru qu'il délirait – tous ces propos sur les juifs, la purification et comme quoi il fallait repartir de zéro. Eh bien, je me trompais ! Il ne tient plus à la vie que par un fil – dans son cas un goutte-à-goutte planté dans un cathéter inséré sous la peau de sa poitrine – et il organise des complots. »

Leo siffla entre ses dents : « C'est une vraie bombe, cette histoire. »

Evgueni avait appelé Leo d'une cabine publique, tard, la veille au soir, pour convenir d'un rendez-vous. « Je pourrais tracer une grille de morpions à la craie sur ta porte d'ascenseur, avait-il dit avec un gloussement de conspirateur, mais ça prendrait trop de temps. Il faut que je te voie demain. Dans la matinée, si c'est possible. »

L'évocation des messages codés par grille de morpions pour désigner des lieux de rendez-vous dans la région de Washington éveilla chez Leo des émotions énigmatiques – elle le renvoyait à ce qui lui paraissait maintenant une autre vie, où la peur de faire un faux pas insufflait aux activités quotidiennes des doses d'adrénaline qui faisaient cruellement défaut à son actuelle retraite moscovite. Il avait accepté tout de suite. Evgueni avait dit qu'il partirait de la tombe du soldat inconnu, près de la muraille du Kremlin, et qu'il marcherait vers le sud, puis il avait donné une heure. Leo avait immédiatement compris ce que ce rendez-vous à l'extérieur impliquait : Evgueni voulait être certain que ce qu'il avait à dire ne serait pas enregistré.

Les deux hommes passèrent maintenant devant des plates-bandes fleuries puis, un peu plus loin, devant un groupe de touristes anglais qui écoutaient leur guide d'Intourist leur décrire comment le tsar Ivan IV, plus connu sous le nom d'Ivan le Terrible, avait assassiné son fils héritier ainsi que plusieurs de ses sept épouses. « Un vrai rigolo, celui-là, plaisanta l'un des touristes.

– Je ne suis pas sûre de bien vous comprendre », commenta la guide d'Intourist, perplexe.

« Alors, qu'est-ce que tu penses de tout ça ? questionna Leo lorsqu'ils se retrouvèrent seuls.

– La réunion à laquelle j'ai assisté n'avait rien d'un groupe de discussion, dit Evgueni. Krioutchkov projette de prendre le pouvoir. C'est un homme méticuleux, et il resserre lentement le nœud autour du cou de Gorbatchev.

– Ta liste de conspirateurs ressemble à un Who's Who de l'entourage de Gorbatchev. Le ministre de la Défense Iazov, le magnat de la presse Ouritzki, le ministre de l'Intérieur Pougo, le chef des forces terrestres soviétiques

Varennikov, Lomov, du ministère des Affaires étrangères, le président du Soviet suprême Loukianov, le Premier ministre Pavlov.

– N'oublie pas Evgueni Tsipine, dit Evgueni avec un sourire inquiet.

– Ils veulent utiliser ta banque afin de faire rentrer des sommes considérables d'Allemagne pour financer le putsch...

– Ainsi que pour financer le réapprovisionnement des magasins en denrées alimentaires et alcool ainsi que pour régler les chèques des retraites. Ces conspirateurs sont rusés, Leo. S'ils arrivent à prendre le pouvoir rapidement, sans effusion de sang ou presque, et s'ils parviennent à acheter les masses avec de la poudre aux yeux, ils peuvent sans doute le faire en toute impunité.»

Leo dévisagea son ami. «On est de quel bord?» demanda-t-il, plaisantant à demi.

Evgueni eut un sourire sans joie. «Nous n'avons pas changé de bord. Nous sommes pour les forces qui défendent le génie et la générosité de l'esprit humain, et nous sommes contre l'antisémitisme, les nationalismes d'extrême droite et ceux qui voudraient s'opposer aux réformes démocratiques en Russie. Bref, nous sommes du côté de Gorbatchev.

– Qu'est-ce que tu attends de moi?»

Evgueni glissa son coude sous le bras de Leo. «Il est possible que je sois surveillé par les hommes de main de Krioutchkov – Iouri Soukhanov, le patron de la Neuvième Direction principale du KGB, soit la division qui s'occupe de la sécurité de Gorbatchev, assistait à la réunion de Perkhouchovo. La Neuvième Direction a plein d'agents disponibles. Ma ligne est peut-être sur écoute. Mes employés peuvent très bien être achetés et rapporter tous mes faits et gestes.»

Leo voyait très bien où il voulait en venir. «Pendant toutes ces années, tu m'as servi d'intermédiaire. Maintenant, tu veux retourner la situation. Tu veux que je devienne ton intermédiaire.

– Tu seras plus libre...

– Ils sont peut-être en train de nous observer, maintenant.

– C'est moi qui ai conduit pour venir en ville, assura Evgueni. Et puis j'ai pris les précautions d'usage avant d'arriver à la tombe du soldat inconnu.

– D'accord, admettons que je sois plus libre. Plus libre de faire quoi?

– D'abord, je voudrais que tu transmettes ce que je viens de te raconter – le compte rendu de la réunion secrète de Perkhouchovo, la liste de ceux qui y assistaient, à tes anciens amis de la CIA.

– Tu pourrais arriver au même résultat en envoyant une lettre anonyme à l'antenne de la Compagnie à Moscou...

– Nous devons présupposer que le KGB a infiltré l'antenne de la Compagnie. Si les Américains discutaient de ces lettres à portée de micros, il leur suffirait de procéder par élimination pour arriver à moi. Non, il faut que quelqu'un aille remettre directement les infos aux pontes de la Compagnie à Washington. En toute logique, ce quelqu'un ne peut être que toi. Ils te croiront, Leo. Et s'ils te croient, ils seront peut-être en mesure de convaincre Gorbatchev de faire le grand nettoyage et d'arrêter les conspirateurs. La CIA a le bras long – ils pourront peut-être agir en arrière-plan pour déjouer le complot.»

Leo se gratta l'oreille, soupesant la suggestion de Evgueni.

«De toute évidence, tu ne pourras pas leur dire d'où tu tiens tes informations, ajouta Evgueni. Dis-leur simplement que tu as une taupe au sein de la conspiration.

– Bon, disons que je marche. Ça n'exclut pas que tu puisses quand même essayer d'en glisser un mot directement à Gorbatchev...

– J'ai une longueur d'avance sur toi, Leo. Je connais une personne en qui j'ai confiance – quelqu'un qui est proche d'Eltsine. Je vais voir ce que je peux faire par elle.»

Les deux hommes s'arrêtèrent de marcher et se firent face un moment.

«Je croyais que la partie était terminée, commenta Leo.

– Ça n'est jamais terminé, répliqua Evgueni.

– Pour l'amour de Dieu, fais attention.»

Evgueni acquiesça.

«Ce serait trop ridicule d'avoir survécu à l'Amérique pour se faire descendre en Russie.»

Leo hocha la tête. «Trop ridicule et trop ironique.»

L'auditorium, grande salle d'usine pleine de courants d'air où des ouvriers avaient autrefois somnolé pendant les conférences obligatoires sur les éternels avantages de la dictature du prolétariat, était bondé. Des étudiants étaient assis en tailleur dans les allées ou bien restaient debout contre les murs. Sur une estrade basse éclairée par un unique spot fixé au plafond, une grande femme mince, aux cheveux noirs et sévères coupés court et ramenés derrière les oreilles, parlait avec ferveur dans un micro. Sa voix mélodieuse la faisait paraître plus jeune que ses cinquante-neuf ans. Et elle maîtrisait parfaitement la technique de l'orateur : elle parvenait à faire passer l'émotion en jouant avec les espaces entre les mots. «Quand ils ont entendu parler de mes fiches, disait-elle, quand ils ont découvert que je collectais les noms des victimes de Staline, ils m'ont traînée dans une pièce surchauffée de la Loubianka et m'ont fait savoir que je flirtais avec une condamnation à une peine de prison... ou pis. Cela se passait en 1956. J'ai appris ensuite qu'on m'avait fichée ESD. C'est une étiquette que je porte avec fierté – je suis, du point de vue du régime communiste, un Élément Socialement Dangereux. Pourquoi ? Parce que mon projet de consigner par écrit les crimes de Staline – je sais que j'ai plus de

deux cent vingt-cinq mille fiches et que je n'ai fait qu'effleurer la surface –
menace de rendre l'histoire à ses propriétaires, c'est-à-dire de rendre l'histoire
au peuple. Lorsque les communistes auront perdu le contrôle de l'histoire, leur
parti rejoindra – pour reprendre l'expression de Trotski – les poubelles de
l'histoire. »

De vifs applaudissements crépitèrent dans la salle. La plupart de ceux qui
étaient installés sur des chaises pliantes se mirent à marteler le sol à l'unisson. Lorsque le bruit cessa, l'oratrice reprit la parole.

« Mikhaïl Gorbatchev se révèle un atout majeur dans la restitution de l'histoire au peuple – et ce n'est pas tâche facile, considérant que nous n'avons
jamais connu, en tant que nation, de Réforme, de Renaissance ou de Lumières.
Depuis l'arrivée au pouvoir de Gorbatchev, en 1985, notre télévision a diffusé des documentaires sur la collectivisation brutale de l'agriculture par Staline au début des années 1930, sur les procès impitoyables des purges au
milieu des années trente ainsi que sur les détails des millions d'autres qui ont
subi les purges sans procès, sommairement exécutés d'une balle dans la nuque
ou envoyés dans les goulags de Kolyma, Vorkouta et du Kazakhstan. »

L'oratrice s'interrompit pour prendre une gorgée d'eau. Un silence de mort
régnait dans l'auditorium. Elle posa son verre et, tout en scrutant les visages
de son auditoire, reprit son exposé d'une voix plus basse encore. Les étudiants
se penchèrent pour ne pas en perdre un mot.

« Tout cela, c'est l'aspect positif du gouvernement de Gorbatchev. Il y a un
aspect négatif aussi. Gorbatchev, comme beaucoup de réformateurs, n'a pas
le cran de faire ce que Soljenitsyne a appelé le travail du dernier centimètre :
il a peur d'aller là où la logique, le bon sens et une étude impartiale de
l'histoire pourrait mener. Gorbatchev prétend que Staline était une aberration
– une déviation de la norme fixée par Lénine. *Tchepoukha* ! Foutaise ! Quand
allons-nous reconnaître que c'est Lénine qui a été le génie de la terreur
d'État ? En 1918, lorsque les Bolcheviks ont perdu les élections, il a dissous
l'assemblée constituante démocratiquement élue. En 1921, il a commencé à
liquider systématiquement l'opposition, d'abord à l'extérieur du parti, et puis
au sein même du parti. Ce qu'il a créé, sous le sophisme de *dictature du Prolétariat*, c'est un parti voué à l'éradication de l'opposition, et à la destruction
physique des opposants. Staline a été l'héritier de ce modèle léniniste. » La
voix de la femme devenait de plus en plus faible ; le public osait à peine respirer. « C'est un système qui rouait tant les prisonniers de coups qu'il fallait
les emporter sur des civières devant les pelotons d'exécution. C'est un système qui a brisé le bras gauche de Meyerhold avant de le forcer à signer des
aveux de la main droite. C'est un système qui a envoyé Ossip Mandelstam
dans les déserts gelés de Sibérie pour le seul crime d'avoir écrit, puis lu à voix
haute, un poème sur Staline qui était loin d'être un panégyrique. C'est un système qui a assassiné mon père et ma mère, et puis qui a charrié leurs corps,

avec ceux des neuf cent quatre-vingt-dix-huit autres victimes tuées ce jour-là, jusqu'au monastère Donskoï où on les a incinérés. On m'a raconté qu'on voyait souvent, dans le voisinage, des chiens se battre pour des ossements humains qu'ils avaient déterré dans les champs qui entourent le monastère. » L'oratrice détourna le regard afin de se ressaisir. « Je n'ai moi-même jamais pu avoir accès aux *spetskhran* – ces rayonnages spéciaux des archives soviétiques où l'on garde les dossiers secrets. Mais j'ai des raisons de croire qu'il y a autour de seize millions de dossiers dans ces archives, qui traitent des arrestations et des exécutions. Soljenitsyne estime que soixante millions – oui, soixante suivi de six zéros qui lui font comme une queue de crocodile – soixante millions de personnes ont été victimes du stalinisme. »

La femme parvint à produire un sourire vaillant. « Mes chers amis, nous avons du pain sur la planche. »

Il y eut un moment de silence avant que ne se déchaîne une tempête d'applaudissements dans l'auditorium. La femme recula, comme emportée par l'ovation qui se mua bientôt en une clameur admirative scandée par des martèlements de pieds. Des admirateurs empressés entourèrent l'oratrice, et il fallut attendre bien après onze heures pour que les derniers auditeurs s'apprêtent à partir. La femme rassemblait ses notes et les glissait dans une vieille serviette plastifiée quand Evgueni quitta l'ombre du fond de la salle et remonta l'allée centrale. S'attendant à de nouvelles questions, la femme leva les yeux… et se figea.

« Excuse-moi d'arriver comme ça… » Evgueni déglutit avant de reprendre : « Si tu acceptes de me parler, tu comprendras qu'il aurait pu être dangereux pour moi, et pour toi aussi, de te téléphoner chez toi. C'est pour ça que j'ai pris la liberté…

– Cela fait combien d'années ? questionna-t-elle, la voix réduite à un chuchotement farouche.

– C'était hier, répliqua Evgueni avec émotion. Je sommeillais sous un arbre dans le jardin de la datcha de mon père, à Peredielkino. Tu m'as réveillé – ta voix était aussi musicale alors qu'aujourd'hui – avec une déclaration dans un anglais très précis : *Comme je déteste l'été*. Et puis tu m'as demandé ce que je pensais des romans de Hemingway et de Fitzgerald. »

Il monta la rejoindre sur l'estrade. Elle recula, intimidée par l'intensité de son regard. « Une fois encore, tu me coupes le souffle, Evgueni Alexandrovitch, reconnut-elle. Depuis combien de temps es-tu rentré en Russie ?

– Six ans.

– Pourquoi t'a-t-il fallu six ans pour venir me voir ?

– La dernière fois que nous nous sommes parlé – je t'appelais d'une cabine publique – tu m'as fait comprendre qu'il valait mieux, pour toi du moins, qu'on ne se voie plus jamais.

– Et qu'est-il arrivé pour que tu braves cette injonction ?

– J'ai lu des articles sur toi dans les journaux… j'ai vu une interview avec toi et l'académicien Sakharov dans l'émission de télé *Vzgliad*… Je sais que tu es proche d'Eltsine, que tu fais partie de ses conseillers. C'est ce que qui m'a fait braver ton injonction. J'ai des informations cruciales qui doivent parvenir à Eltsine et, par lui, à Gorbatchev. »

À la porte de l'auditorium, un gardien appela : « *Gospodina* Lebowitz, je dois fermer pour la nuit. »

« Je t'en prie, insista Evgueni, la voix pressante. J'ai une voiture garée dans la rue. Laisse-moi t'emmener quelque part où nous pourrons parler. Je te promets que tu ne le regretteras pas. Je n'exagère pas si je te dis que le destin de Gorbatchev et des réformes démocratiques pourraient dépendre de notre conversation. »

Azalia Isanova acquiesça prudemment : « Je t'accompagne. »

Minuit vingt, puis passa, mais la grande discussion qui animait le Moineau, un café situé en bas de l'université Lomonossov, sur les monts aux Moineaux (les habitants s'étaient mis récemment à redonner aux monts Lénine leur nom d'avant la révolution) ne montrait aucun signe de faiblesse. « On a déjà transformé des systèmes capitalistes en systèmes socialistes, mais jamais le contraire, assura un jeune homme sérieux doté de longs favoris et d'une évocation de barbe. Il n'y a pas de manuels sur le sujet, et c'est pourquoi il faut agir prudemment.

– Le manuel, on est en train de l'écrire, protesta une jeune fille assise en face de lui.

– C'est comme de se baigner dans un lac, intervint une autre fille. Bien sûr, on peut y entrer lentement, mais ça fait durer le côté pénible. Le truc, c'est de plonger d'un coup pour être débarrassé.

– À plonger dans des lacs glacés, on peut très bien faire une crise cardiaque, fit remarquer un garçon à grosses lunettes.

– Si le socialisme meurt d'une crise cardiaque, plaisanta le premier garçon, qui se proposera pour lui faire le bouche-à-bouche ?

– Pas moi ! » répondirent les filles en chœur.

« Une autre tournée de café, lança l'un des garçons au serveur, qui lisait un vieux *Newsweek* derrière sa caisse.

– Cinq Américains, ça marche ! » répondit celui-ci.

Assise à une petite table ronde, près de la vitre, Aza méditait sur ce que venait de lui confier Evgueni. Dans l'avenue, devant le café, la circulation était encore dense, et le murmure rauque des moteurs donnait l'impression que la ville gémissait.

« Tu es sûr que Iazov y était ? demanda Aza. Ce serait vraiment un coup de poignard dans le dos ; Gorbatchev l'a sorti de nulle part pour le nommer ministre de la Défense.

– J'en suis certain. Je l'ai reconnu aux photos que j'avais vues dans les journaux avant même que quelqu'un ne l'appelle *monsieur le ministre*.

– Et Oleg Baklanov, le patron du complexe militaro-industriel ? Oleg Chenine, du Politburo, aussi ?

– Baklanov est venu me voir pour se présenter dans la datcha, avant que nous sortions tous dans le jardin. C'est lui qui m'a désigné Chenine. »

Aza relut la liste qu'elle avait griffonnée au dos d'une enveloppe. « C'est épouvantable. Nous savions, cela va sans dire, qu'il y avait des problèmes. Krioutchkov et ses amis du KGB ne font pas mystère de ce qu'ils pensent de Gorbatchev. Mais nous n'avons jamais prévu qu'un complot pourrait regrouper tant de personnalités influentes. » Elle leva les yeux pour examiner Evgueni, comme si elle le voyait pour la première fois. « Ils étaient certains que tu adhérerais à leur cause...

– J'ai travaillé pour le KGB à l'étranger. Ils supposent que tous ceux qui ont des références au KGB doivent être contre les réformes et pour un retour en arrière. Et puis pratiquement tous les hommes d'affaires qui ont monté des banques privées sont des gangsters sans autre motivation politique que l'appât du gain. Les conjurés ont besoin de quelqu'un de confiance pour rapatrier l'argent déposé en Allemagne. Et j'avais été chaudement recommandé...

– Qui t'a recommandé ?

– Quelqu'un dont le nom est une légende dans les milieux du KGB mais qui, à toi, ne te dirait rien.

– Tu es très courageux d'être venu me voir. S'ils devaient découvrir que c'est toi...

– C'est pour ça que je ne veux que personne, pas même Boris Eltsine, ne sache d'où tu tiens tes informations.

– Ne pas donner de source me fera perdre de la crédibilité.

– Tu n'auras qu'à dire que tu as été prévenue par quelqu'un que tu connais depuis très longtemps et en qui tu as confiance. » Evgueni sourit. « Après la façon dont je t'ai trompée, tu as confiance en moi, Aza ? »

Elle étudia la question. Puis, presque à contrecœur, elle hocha la tête. « Depuis le début, tu as fait naître des espoirs, et puis tu as réduit ces espoirs à néant. J'ai peur d'espérer encore et pourtant...

– Pourtant ?

– Tu sais comment s'appelle le bouquin que Nadejda Mandelstam a écrit sur son mari, Ossip ? *Contre tout espoir*. Si je devais écrire un livre sur ma vie, ce serait aussi un titre approprié. Je ne sais pas résister à l'espoir. »

Evgueni retourna l'addition, en consulta le montant et se mit à compter ses roubles. « Je ne te reconduis pas chez toi ; il ne faut pas risquer qu'on nous voie ensemble. Tu te souviens de la procédure, quand j'aurai besoin de te voir ?

– Tu appelleras chez moi, ou à mon travail, et tu demanderas à parler à quelqu'un dont le nom contient la lettre z. Je te répondrai qu'il n'y a personne qui corresponde à ce numéro. Tu t'excuseras et tu raccrocheras. Une heure et quart exactement après ton coup de fil, je remonterai la partie nord de Novy Arbat en direction de l'est. Un taxi clandestin s'arrêtera, le chauffeur baissera sa vitre et me demandera si je veux aller quelque part. On discutera un moment du prix. Et puis je monterai à l'arrière. Tu seras au volant.

– À chaque fois que nous nous verrons, je te donnerai de nouvelles instructions pour la rencontre suivante. Il faut varier les signaux et les lieux de rendez-vous.

– Je vois que tu as l'expérience de ce genre de choses.

– Tu peux dire que je suis un virtuose de ces procédures.

– Il y a des parties de toi que je n'ai pas encore visitées, Evgueni Alexandrovitch », constata Aza. Puis elle sentit que la conversation avait pris un tour trop solennel et s'efforça de détendre l'atmosphère. « Je parie que tu emballais les filles, quand tu étais jeune.

– Je n'ai jamais eu de petite amie d'enfance, si c'est ce que tu veux dire.

– Je n'ai jamais eu d'enfance.

– Quand tout ça sera fini, peut-être… »

Rougissant, elle leva la main pour l'arrêter avant qu'il ne termine sa phrase. Il sourit. « Comme toi, contre tout espoir, j'espère encore. »

Boris Eltsine, massif, la mâchoire carrée et coiffé d'une tignasse de cheveux gris, se trouvait en terrain ami ; il aimait donner des interviews dans la mesure où cela lui permettait de parler de son sujet favori : lui-même. « La première chose que les journalistes me demandent toujours, disait-il à la correspondante de Londres en la fixant d'un regard d'acier, c'est comment j'ai perdu mes doigts. » Il leva la main gauche et agita les moignons de son auriculaire et de son annulaire. « C'est arrivé en 1942. J'avais onze ans, poursuivit-il. Avec des copains, je suis passé sous des barbelés pour pénétrer dans une église qui servait d'entrepôt de munitions. On a trouvé une caisse remplie de grenades et on en a emporté quelques-unes dans la forêt. Et là, comme un idiot, j'ai essayé d'en ouvrir une avec un marteau pour voir ce qu'il y avait dedans. Le truc a explosé et m'a estropié la main. Et puis la gangrène s'est mise dedans et il a fallu amputer les deux doigts. »

Eltsine parlait en avalant les mots, et la journaliste britannique ne put tout saisir. « Pourquoi a-t-il voulu ouvrir la grenade ? demanda-t-elle à Aza, dont l'anglais était excellent, et qui servait souvent d'interprète non officielle à Eltsine.

– Pour voir ce qu'il y avait à l'intérieur.

– C'est bien ce que j'avais cru comprendre, mais ça m'a paru tellement bête.» La journaliste se retourna vers Eltsine. «L'histoire de votre baptême est-elle véridique?»

Assis derrière un énorme bureau, au deuxième étage du gros édifice du Parlement russe qu'on appelle la Maison Blanche, planté au bord de la Moskova, Eltsine jeta un coup d'œil perplexe en direction d'Aza; il avait du mal à comprendre le russe parlé avec l'accent britannique. Aza traduisit la question en un russe qu'Eltsine pouvait entendre. Il s'esclaffa. «C'est vrai que j'ai été baptisé, dit-il. Le prêtre était tellement ivre, qu'il m'a laissé tomber dans l'eau bénite.» Eltsine brandit une bouteille de vodka pour en proposer un autre verre à la journaliste. Comme celle-ci déclinait d'un signe de tête, il remplit à nouveau le sien avant d'en engloutir la moitié d'un seul trait. «Mes parents m'ont sorti de là, m'ont séché, et le prêtre a dit : *S'il peut survivre à ça, il pourra survivre à n'importe quoi. Je le baptise Boris.*»

L'interview dura encore une demi-heure. Eltsine raconta à la journaliste son enfance dans la région de Sverdlovsk («on dormait tous les six dans une seule pièce, avec la chèvre»), son ascension dans la hiérarchie des apparatchiks pour devenir commissaire responsable de Sverdlovsk et, finalement, le patron du parti à Moscou. Il relata sa rupture avec Gorbatchev, trois ans plus tôt. «Je venais de visiter l'Amérique, rappela-t-il. On m'a emmené dans un hypermarché. J'étais comme hébété en parcourant les allées. J'en croyais à peine mes yeux – ce n'étaient que des rayons interminables débordant d'une variété infinie de produits. Je n'ai pas honte de dire que j'ai fondu en larmes. J'ai compris soudain que notre idéologie n'avait pas réussi à remplir nos magasins. Vous devez avoir en tête que c'était au tout début de la *Perestroïka* et que notre parti communiste était encore au-dessus de toute critique. Mais je me suis levé à une réunion du Comité central, et c'est exactement ce que j'ai fait : j'ai critiqué le parti, j'ai dit que nous avions tout faux, j'ai accusé les réformes de Gorbatchev d'être inadéquates, j'ai suggéré qu'il quitte le pouvoir en faveur d'un collectif des dirigeants républicains. Gorbatchev est devenu blême. Ça a été pour moi le commencement de la fin de mes liens avec lui. Il m'a fait exclure du Comité central et du Politburo. Tous les amis ont vu qu'il y avait péril en la demeure et m'ont abandonné. Je peux vous dire que j'ai failli faire une dépression nerveuse. Ce qui m'a sauvé, ce sont ma femme et mes deux filles, Lena et Tania, qui m'ont poussé à me battre pour ce en quoi je croyais. Ce qui m'a sauvé aussi, ça a été mon élection, l'année dernière, au Soviet suprême de la République russe, puis mon élection par le Soviet suprême à la présidence de la République russe.»

La journaliste londonienne, qui prenait des notes en une sténo rudimentaire, vérifia quelques détails auprès d'Aza. Eltsine, en manches de chemise, consulta sa montre. La Britannique saisit l'allusion et se leva pour remercier

Eltsine de lui avoir consacré une heure de son temps précieux. Aza la raccompagna à la porte puis, revenant vers le bureau, proposa : «Boris Nikolaïevitch, puis-je vous suggérer une promenade dehors?»

Eltsine comprit qu'elle voulait lui parler d'un sujet délicat. Son bureau était chaque semaine passé au peigne fin pour y détecter d'éventuels micros, mais comme l'équipe de ratissage dépendait du KGB de Krioutchkov, les membres de son entourage avaient pris l'habitude de tenir les conversations importantes dans la cour intérieure de la Maison Blanche. Eltsine posa une veste sur ses larges épaules, puis précéda Aza dans l'escalier de secours jusqu'au rez-de-chaussée, puis poussa la porte pare-feu et sortit dans la cour. Un grand thermomètre indiquait que l'hiver était enfin terminé, mais, après des heures passées dans les bureaux surchauffés de la Maison Blanche, l'air du dehors paraissait assez vif. Eltsine resserra la veste autour de son cou de taureau; Aza remonta son châle ouzbek sur sa tête.

«Que faut-il que je sache que vous ne pouviez pas me dire là-haut? questionna Eltsine.

– Il se trouve que j'ai un vieil ami qui a fait partie du KGB – je crois qu'il a travaillé à l'étranger pendant de nombreuses années. C'est, depuis, devenu un entrepreneur prospère et il a ouvert une de ces banques privées qui poussent comme des champignons partout dans Moscou. Du fait de ses antécédents au KGB et de l'existence de sa banque, il a été invité par la femme d'Ouritzki, le magnat de la presse, à une réunion secrète dans une datcha, près du village de Perkhouchovo.»

Eltsine comptait au nombre de ces hommes politiques qui engrangent des quantités d'informations apparemment inutiles – le nom des enfants de ses collaborateurs, leur anniversaire de mariage, leur date de naissance, le jour de leur fête, l'adresse de leur résidence secondaire. L'information lui revint aussitôt : «Krioutchkov a une datcha à Perkhouchovo.»

Aza lui décrivit la réunion telle que Evgueni la lui avait relatée. Elle sortit une enveloppe et lut la liste des participants. Elle cita le *Nous consentirons à l'état d'urgence pour lui* de Krioutchkov et raconta que toutes les personnes présentes appelées à voter avaient levé la main pour soutenir cette proposition.

Eltsine s'arrêta net et scruta les nuages comme s'il était possible d'y lire l'avenir. Le ciel de Moscou était bas, comme d'habitude. Il était bas depuis si longtemps que les Moscovites avaient tendance à oublier à quoi ressemblait la lumière du soleil, ou quelle sensation sa chaleur procurait sur la peau. «Et qui est ce vieil ami? demanda Eltsine à Aza, les yeux toujours levés vers les nuages.

– Il m'a catégoriquement interdit de révéler son identité. Et il vous demande de ne pas révéler que vous tenez ces informations de moi.

– Je vais, bien entendu, transmettre cette mise en garde à Gorbatchev, mais si je ne peux citer mes sources, il prendra cela pour une nouvelle tentative de ma part pour creuser l'écart qui le sépare des loyalistes du parti, et n'en tiendra pas compte.

— Mais vous, vous croyez à ce que je viens de vous dire, n'est-ce pas Boris Nikolaïevitch ? » insista Aza.

Eltsine hocha la tête. « À dire vrai, je suis assez surpris par le nombre, et le rang des personnes impliquées dans ce complot, mais je ne doute pas un instant que Krioutchkov évincerait Gorbatchev s'il le pouvait. Il ne faut pas oublier que Krioutchkov a participé à l'élaboration des assauts de Budapest en 1956 et de Prague en 1968 par l'armée Rouge. C'est certainement quelqu'un qui pense à l'ancienne, à savoir que la bonne dose de force appliquée au bon endroit et au bon moment suffit à faire rentrer le génie dans sa bouteille. » Eltsine poussa un soupir. « Les paysans du village où j'ai grandi, près de Sverdlovsk, disaient toujours qu'il y a des fruits qui pourrissent sans mûrir. En vieillissant, j'ai découvert que c'était vrai aussi des hommes. Krioutchkov en est une excellente illustration. Je ne donnerai bien évidemment pas votre nom quand je préviendrai Gorbatchev. Mais, pour votre part, restez en contact avec ce vieil ami qui a infiltré le cœur de la conspiration. Sa collaboration risque d'être cruciale dans les semaines et les mois à venir. »

Les discours s'éternisèrent ; les fonctionnaires russes, stimulés par le repas et l'alcool, avaient tendance à se laisser emporter par l'émotion. Et l'émotion qui les emportait à ce dîner officiel donné au Kremlin en l'honneur de Valentina Vladimirovna Terechkova, première femme cosmonaute russe dans l'espace, était la nostalgie. La nostalgie, si l'on savait lire entre les lignes, d'une époque où l'Union soviétique pouvait montrer aux États-Unis à qui ils avaient affaire ; où le matériel produit dans les usines soviétiques fonctionnait ; où les bureaucrates qui veillaient sur la boutique soviétique étaient encore considérés comme des aristocrates.

« Valentina Vladimirovna, déclara le chef de l'agence spatiale, épongeant avec un mouchoir la transpiration qui perlait à son front, a démontré au monde entier ce que le courage soviétique, la technologie soviétique et l'idéologie soviétique pouvaient accomplir dans la lutte permanente pour la conquête de l'espace. À notre invitée d'honneur, Valentina Vladimirovna », s'écria-t-il en levant son verre pour un nouveau toast.

Autour de la table de banquet en forme de fer à cheval, les chaises raclèrent le sol tandis qu'on se levait pour brandir son verre. « À Valentina Vladimirovna ! » s'écria-t-on en chœur avant d'engloutir le champagne bulgare qui avait perdu depuis longtemps toute trace d'effervescence.

De sa place, tout au bout d'un des pans de la table, Aza examina le visage coloré de Terechkova, enflammé par l'alcool et la chaleur étouffante de la salle de banquet du Kremlin. Aza prenait garde de toucher à peine à son champagne à la fin de chaque toast interminable, mais elle-même sentait sa tête lui tourner. Elle essaya de s'imaginer ce que cela avait dû être que de revêtir la combinaison argentée des cosmonautes, de se glisser dans une capsule Vostok et d'être envoyée, comme par la bouche d'un canon gigantesque, en orbite autour de la planète Terre. Il y avait sûrement des expériences qui, quand on en sortait vivant, changeaient complètement votre existence ; rien, après, ne pouvait plus être pareil. Vous aviez beau nier l'expérience, essayer d'en réduire la portée en la replaçant dans une sorte de perspective, rien ne pouvait en réduire les effets. Peut-être était-ce dû à l'heure tardive – la grande horloge du Kremlin venait juste de sonner minuit – au manque d'air ou à l'alcool contenu dans ses artères, mais Aza sentait bien que les rares fois où sa vie avait croisé celle d'Evgueni constituaient des expériences qui avaient changé son existence. Quand elle y repensait, elle s'apercevait qu'elle n'avait jamais donné à son premier et unique mari une chance d'être à la hauteur avant de commencer à parler de divorce. À la hauteur de quoi ? La mesure de la révélation qu'on connaît vient quand l'âme communie avec l'âme, quand le corps, toujours à la traîne, communie avec le corps et que la femme ne garde pas que le sentiment de s'être fait avoir.

Les toasts et les discours se succédaient. Aza remarqua Boris Eltsine, qui, étouffant un bâillement dans son poing, se leva puis passa derrière Terechkova, en tête de table, et lui chuchota quelque chose à l'oreille. La femme gloussa de plaisir. Eltsine lui donna une petite tape sur l'épaule puis s'avança avec désinvolture vers l'endroit où se tenait Mikhaïl Gorbatchev. Il se pencha au-dessus du secrétaire général et lui glissa à l'oreille quelques mots qui le firent se retourner brusquement sur sa chaise. Eltsine lui fit signe de sa grosse tête. Gorbatchev réfléchit, puis se leva et le suivit visiblement à contre-cœur jusqu'à l'autre bout de la salle de banquet. Aza vit Eltsine, très concentré, lui parler pendant plusieurs minutes. Le Secrétaire général l'écouta, impassible, la tête penchée de côté, les yeux presque clos. À un moment, Eltsine, pour souligner son propos, frappa plusieurs fois de l'index l'épaule de Gorbatchev. Quand il eut terminé, Gorbatchev ouvrit les yeux. De l'endroit où elle se trouvait, au bout de la table du banquet, Aza vit qu'il était furieux. La tache de naissance rougeoyait sur son crâne, plus vive que jamais. Secouant nerveusement la tête d'avant en arrière, il cracha une réponse brève puis fit brusquement demi-tour et revint porter un autre toast à Perechkova.

Eltsine le regarda s'éloigner, puis croisa le regard d'Aza de l'autre côté de la salle, ses lourdes épaules voûtées en signe de défaite.

3

Bâle, samedi 15 juin 1991

« Je n'étais pas sûr que tu viendrais.

– J'ai failli ne pas le faire. J'ai bien changé d'avis vingt fois avant d'acheter mon billet, et vingt fois encore avant de prendre l'avion.

– Bon, pour ce que ça vaut, je suis content de te voir, Jack. »

Les courants d'air humides qui montaient du Rhône ébouriffèrent ce qui subsistait de la moustache autrefois flamboyante de Jack McAuliffe et de ses mèches de cheveux roux cendré tandis qu'il jaugeait son compagnon à travers ses lunettes de vue teintées. Leo, visiblement mal à l'aise en présence de son ancien ami et collègue à la Compagnie, était pâle, maigre et paraissait épuisé ; il souffrait d'insomnie depuis que Evgueni l'avait prévenu de la menace de putsch. Il resserra le col de son coupe-vent sur sa gorge, enfonça sa casquette d'ouvrier sur ses oreilles et se mit à observer les deux huit barrés qui glissaient sur leur reflet inversé à la surface du fleuve.

« J'aimais l'aviron », commenta Jack. L'espace d'un instant, les deux hommes, qui regardaient les rameurs rouler et dérouler leurs membres à l'intérieur des fins canots, furent transportés à cette dernière course sur la Tamise, et au triomphe de Yale sur Harvard. « J'aimais les ampoules et la vive douleur qui me prenait là où ma côte s'était soudée, puis brisée et soudée à nouveau, ajouta Jack. On sentait qu'on était en vie. »

Le vent leur apporta les cris étouffés des barreurs qui comptaient les coups de rame. Leo ricana. « L'entraîneur Waltz disait toujours que l'aviron était une métaphore de la vie. » Avec un sourire mélancolique, il se tourna vers Jack. « Quelle connerie… l'aviron n'est pas une métaphore de la vie, c'est un substitut. Ça nous faisait penser à autre chose pendant qu'on ramait. Mais dès qu'on avait terminé, la réalité nous attendait, embusquée. »

Les deux hommes reprirent leur marche le long du chemin parallèle au Rhône.

« Et c'était quoi, ta réalité, Leo ?

— Stella. Et son officier traitant qui m'a donné ma première leçon en blocs de chiffres clés et boîtes aux lettres mortes, et qui m'a ordonné de coller à Waltz parce qu'il était chasseur de têtes pour la Compagnie.

— Ce salopard disait vraiment *la Compagnie* ? »

Leo eut un sourire sans joie. « Il disait *glavny protivnik*, le principal adversaire, en russe. » Il marcha encore un moment en silence, puis déclara : « Mais tout ça, c'est du passé.

— Non, pas du tout, mon vieux. Pour moi, ce n'est pas du passé. Ce n'est pas parce que tu signes ta lettre *troupier fils de famille* [1] que tu en es un. Pour moi, tu es toujours un sale traître, et rien ne pourra y changer.

— Quand voudras-tu te mettre dans la tête que je n'ai trahi personne. Je me bats pour le même bord depuis le début.

— Dire que tu te battais pour le stalinisme ! Nom d'un chien, tu parles d'un bord.

— Mais va te faire foutre ! »

Jack ne voulait pas lâcher prise. « J'imagine qu'ils t'ont donné une médaille quand tu es arrivé.

— En fait, ils m'en ont donné deux. »

Les deux hommes, prêts à en venir aux mains, se foudroyèrent du regard. Jack s'arrêta net. « Écoute, c'est toi qui as demandé à me voir. Si tu veux annuler, ça me dérange pas. »

Leo était encore fâché. « Il y a des choses que je dois te transmettre.

— Vas-y, mon pote, transmets, et puis on repartira chacun de notre côté. » Jack baissa le menton et examina Leo par-dessus ses lunettes. « Tu étais quasi certain qu'on ne te ferait pas arrêter ni extrader quand tu t'es présenté en Suisse, pas vrai ?

— De qui tu te fous, Jack ? Si jamais tu me ramenais avec toi, tu devrais expliquer pourquoi tu n'as pas informé les commissions d'enquête du Congrès il y a sept ans et demi.

— Tu as vraiment pensé à tout. »

Leo secoua la tête. « Non, pas à tout. Je n'avais vraiment pas prévu qu'Adelle se coucherait dans un fossé, dans les montagnes du Maryland, pour faire passer sa gueule de bois.

— On était quelques-uns à son enterrement, dit Jack.

— Les jumelles devaient être…

— Oui. Tristes, amères et gênées, tout ça en même temps. » La poitrine de Leo se souleva. Jack lâcha du lest. « Tout bien considéré, dit-il, tes filles se sont comportés en braves petits soldats. »

Un peu plus loin, une photographe des rues se posta sur le chemin et, por-

---

1. Référence au texte de Kipling qui était devenu l'hymne de Yale (*N.d.T.*).

tant un polaroïd à son œil, prit une photo. Leo fonça vers la femme et lui prit le bras. « Mais qu'est-ce que vous foutez ? » cria-t-il.

La photographe, mince jeune femme en jean déchiré et sweat-shirt passé, se dégagea avec colère. Leo voulut saisir l'appareil, mais la jeune femme fut trop rapide pour lui. Jack s'approcha vivement et attrapa Leo par le col de son coupe-vent. « Du calme, mon vieux », dit-il. À la photographe, qui s'éloignait d'eux à reculons, il lança : « Combien ?

— Normalement, c'est dix francs. Mais pour vous et votre taré de copain, ce sera vingt. »

Jack sortit un billet tout neuf de son portefeuille et, s'avançant tout doucement pour ne pas effrayer la jeune femme, le tendit à bout de bras. Elle lui prit la coupure des doigts, lança la photo à ses pieds et décampa sur le chemin. « Salauds d'Amerloques ! vociféra-t-elle par-dessus son épaule. Connards de Ricains. »

Jack ramassa la photo et l'examina.

« Brûle-la, dit Leo.

— J'ai une autre idée », répliqua Jack. Il sortit un stylo, écrivit en travers des visages de la photo *Jack et Leo avant la Course mais après la Chute*, puis la tendit à Leo.

Leo ne se rappelait que trop bien l'original. « Encore un souvenir de notre amitié, commenta-t-il sur un ton sarcastique.

— Notre amitié est terminée depuis longtemps, rétorqua Jack. Ce sera un souvenir de notre dernière rencontre. »

Ils pénétrèrent dans un café et gagnèrent la terrasse vitrée en surplomb au-dessus du fleuve. Jack suspendit sa saharienne au dossier d'une chaise et s'assit à une petite table, en face de Leo. Il commanda un café à l'américaine, et Leo un double expresso. Lorsque les cafés furent sur la table, Jack attendit que la serveuse soit hors de portée puis annonça : « C'est le moment tant attendu d'en venir aux faits. »

Leo se pencha par-dessus la table et commença à voix basse : « J'ai des raisons de croire... » Et il raconta à Jack le complot qui se tramait contre Gorbatchev.

Quand Leo eut terminé, Jack se laissa aller contre le dossier de sa chaise et regarda le fleuve sans le voir. « Pour savoir ce que tu sais, pour donner les noms que tu donnes, tu dois avoir une source à l'intérieur même de la conspiration », dit-il enfin.

Leo haussa les épaules sans se prononcer.

« Ce qui veut dire que tu ne veux pas le nommer.

— Ou la nommer.

— Oh, ne joue pas au plus fin avec moi, Leo ! dit Jack, irrité.

— Je ne joue pas au plus fin. J'ai une source, mais la CIA est la dernière organisation à qui je confierais son nom. Le KGB vous avait infiltré à mon époque. Pour autant que je sache, il n'a pas dû arrêter. Et c'est le chef du KGB qui est derrière la conjuration.

– Qu'est-ce que tu veux que je fasse de cette information ? Que j'aille au *New York Times* pour leur dire qu'un type que je connais connaît un type qui dit que Moscou fonce tête baissée vers la catastrophe ? Tu parles !

– Pour commencer, nous avons pensé...

– Nous ?

– J'ai pensé que vous pourriez avertir le président, et que le président pourrait avertir Gorbatchev. Venant de George Bush, il voudra peut-être croire à l'existence d'un complot.

– Tu dois bien avoir un moyen plus direct d'avertir Gorbatchev en Russie.

– Eltsine le met en garde de façon générale depuis des mois. Je sais maintenant qu'il l'a prévenu de manière beaucoup plus explicite, en lui parlant de réunions et en citant des noms. Le problème, c'est que quand Eltsine dit à Gorbatchev qu'il fait nuit, Gorbatchev en déduit systématiquement qu'il fait jour. » Leo tourna et retourna sa cuiller dans sa tasse. « Est-ce que je me trompe en pensant que les États-Unis ont tout intérêt à ce que Gorbatchev reste au pouvoir ?

– C'est quelque chose à quoi tu ne m'as pas habitué – chercher l'intérêt des États-Unis. »

Leo se maîtrisa. « Réponds à ma question.

– La réponse va de soi. Nous préférons Gorbatchev à Eltsine, et Eltsine à Krioutchkov et ses sbires du KGB.

– Alors faites quelque chose, merde !

– À part avertir Gorbatchev, je ne vois pas ce que je peux faire. Contrairement aux gens pour qui tu travailles, on ne descend pas les gêneurs.

– Qu'est-ce que tu fais de Salvador Allende au Chili ? Qu'est-ce que tu fais du général Abdoul Karim Kassem en Irak ?

– Cette époque-là est terminée, répliqua Jack.

– On peut la faire revenir. Quand la Compagnie a voulu éliminer Castro, elle a fait intervenir le Sorcier, et c'est lui qui a trouvé des sous-traitants. C'est très important, Jack – beaucoup de choses en dépendent.

– Le Sorcier se tue à l'alcool à l'Est d'Eden. » Il vit la perplexité dans les yeux plissés de Leo. « East of Eden Gardens, c'est un village de retraités à Santa Fe. »

Leo but son expresso ; il ne parut pas remarquer qu'il avait refroidi. « Et le *Devisenbeschaffer* ? Si les putschistes n'arrivent pas à avoir Gorbatchev du premier coup, ils disposeront toujours des fonds de Dresde. Ils peuvent déjà causer pas mal de dommages avec tout ce fric. »

Jack s'anima. Il avait visiblement une idée. « D'accord, je vais voir ce que je peux concocter. Donne-moi un rendez-vous à Moscou, à dix-huit heures, heure locale, dans une semaine à compter d'aujourd'hui.

– Je ne veux voir personne de votre antenne à Moscou – l'ambassade est truffée de micros.

– Je pensais plutôt à envoyer quelqu'un de l'extérieur.

– La personne en question connaît Moscou ?

– Non. »

Leo réfléchit un moment, puis nomma un endroit que tout le monde devait pouvoir trouver.

Les deux hommes se levèrent. Jack regarda l'addition glissée sous le cendrier et laissa cinq francs sur la table. Une fois devant le café, ils se tournèrent tous les deux vers le fleuve. Les embarcations avaient disparu ; seule une yole grise occupée par deux pêcheurs flottait encore à la surface grise de l'eau. Leo tendit la main. Jack la regarda et secoua lentement la tête. « Il n'est pas question que je te serre la main, vieux. Ni maintenant ni jamais. »

Jack et Leo se dévisagèrent.

« Je regrette encore, Jack, souffla Leo. Pour notre amitié. Pas pour ce que j'ai fait. » Là-dessus, il tourna les talons et s'éloigna.

Les souliers posés sur son bureau, un pouce passé sous une bretelle rayée, Ebby écouta Jack jusqu'au bout. Puis il réfléchit à ce qu'il venait d'entendre et demanda : « Tu le crois ?

– Oui, absolument. »

Le DCI attendait d'être convaincu. « Pour notre plus grand malheur, il nous a déjà montré qu'il était capable de nous tromper, rappela-t-il à son adjoint.

– Je ne vois pas ce qu'il aurait à y gagner, répliqua Jack. Il travaillait pour le KGB – peut-être même qu'il y sert encore de vague conseiller. C'est ce qui s'est passé avec Philby quand il a fui à Moscou. Il est donc difficile de voir pourquoi il nous informerait d'un complot du KGB visant à évincer Gorbatchev, à moins... »

Le téléphone vert sonna sur le bureau d'Ebby. Il leva la main pour s'excuser de l'interruption, décrocha et écouta un instant. « La réponse est non, dit-il. Si un sous-marin Oskar-II soviétique avait effectué une sortie de Mourmansk dans la mer de Barents, on aurait repéré sa trace sur nos écrans sous-marins... C'est exclu, Charlie – la mer de Barents n'est pas profonde, alors il est rigoureusement impossible de disparaître dans les grands fonds... quand vous voulez. Au revoir. » Ebby leva les yeux. « Le Pentagone a reçu un rapport comme quoi un bateau de pêche norvégien aurait vu hier un schnorchel de sous-marin dans la mer de Barents. » Il reprit le fil de leur conversation : « Tu ne vois pas pourquoi Kritzky nous parlerait d'un complot du KGB pour évincer Gorbatchev, à moins que...

– Je me suis creusé la cervelle pendant des heures dans l'avion qui me ramenait à Washington pour trouver des raisons, dit Jack. Voilà comment je

comprends Leo Kritzky : en partie à cause de ses racines, en partie à cause
de ce qui est arrivé à son père et en partie à cause de cet orgueil qu'il a toujours eu, il s'est laissé prendre, comme beaucoup d'autres, par la rhétorique
utopique du marxisme et, par une espèce d'idéalisme mal placé, il s'est engagé
dans la lutte contre le capitalisme. Ses problèmes ont commencé quand il a
débarqué dans la patrie soviétique et a découvert que ça ressemblait plus à un
bouge qu'à un paradis ouvrier. On imagine la déception – toutes ces années
passées en première ligne, toutes ces trahisons, et pour quoi ? Pour soutenir
une dictature stalinienne, même si Staline n'était plus là, une dictature où l'on
n'avait que l'égalité à la bouche mais où l'on réduisait au silence quiconque
osait suggérer que le roi paradait tout nu dans la rue.

   – Tout ça pour dire que Kritzky se sent coupable, c'est ça ?

   – Il se sent trahi, même s'il n'ose pas se le dire. Et Gorbatchev est son dernier, son meilleur espoir de voir qu'il s'est peut-être battu sa vie entière pour
quelque chose de valable quand même.

   – En d'autres termes, Kritzky dit la vérité.

   – Certainement.

   – Se peut-il que les conjurés l'aient mis dans la confidence ? Est-ce que
c'est comme ça qu'il est au courant ?

   – Non, il y a peu de chances. Tout d'abord, Leo était un agent du KGB
mais, comme Philby avant lui, il n'a vraisemblablement jamais été officier du
KGB, ce qui signifie qu'il n'a jamais vu les choses de l'intérieur.

   – Et c'est un étranger.

   – C'est un étranger, c'est vrai. Les gens du KGB doivent toujours avoir
l'arrière-pensée qu'il a pu être retourné.

   – Qui fournit à Kritzky ses informations sur la conspiration, alors ?

   – Pas la moindre idée, dit Jack. Mais on peut penser que c'est quelqu'un
qui met sa vie entre les mains de Leo.

   – D'accord. Admettons que nous soyons en présence de vraies informations. Je les porte à George Bush en lui disant : monsieur le président, il y a
un putsch qui s'organise contre Gorbatchev. Voici les noms de certains participants. Bush a été directeur de la CIA dans les années soixante-dix, et il en
sait assez pour ne pas me demander comment j'ai pu mettre la main sur ces
informations. Il sait que je ne le lui dirais pas de toute façon. S'il y croit – et
c'est un gros *si* – le mieux qu'il puisse faire, c'est d'écrire une lettre à Gorbatchev. Cher Mikhaïl, je suis tombé sur quelques infos que j'aimerais bien
vous faire partager. Bla-bla-bla. Signé : Votre ami, George B. » Ebby mit ses
pieds par terre, quitta son fauteuil pivotant et vint s'asseoir sur le bord du
bureau. « Tu vois autre chose à faire, Jack ? »

   Jack évita le regard de son ami. « Franchement, non, Ebby. Comme tu le
répètes souvent, on a plus ou moins les mains liées. »

Jack consulta le petit calepin noir qu'il avait toujours sur lui, puis approcha le téléphone sécurisé posé sur le bureau et composa un numéro. Il tomba sur un standard, qui lui passa le club. Le barman lui demanda d'attendre une minute. La minute s'éternisa, ce qui laissait penser que le Sorcier avait beaucoup bu. Quand il prit enfin le combiné, il avait la voix pâteuse. « Z'avez pas aut'chose à faire que d'interromp' quelqu'un qui communie avec les esprits, dit-il sur un ton belliqueux.

– Je parie que je peux vous donner la marque du spiritueux en question, rétorqua Jack.

– Que je sois pendu si c'est pas le grand homme en personne : McAuliffe à-terre-pour-mieux-rebondir ! Qu'est-ce qui se passe, mon gars ? L'Apprenti Sorcier serait-il une fois de plus complètement dépassé ? Il a besoin que son vieux Sorcier lui lance une bouée de sauvetage ?

– Vous avez quelque chose pour écrire, Harvey ? »

Jack entendit le Sorcier roter, puis demander un stylo au barman.

« Vas-y, gueula Torriti dans le combiné.

– Sur quoi écrivez-vous ?

– Dans ma paume, bonhomme. »

Jack donna le numéro de sa ligne sécurisée et demanda à Torriti de répéter. Miraculeusement, le Sorcier avait bien entendu du premier coup.

« Pouvez-vous aller dans une cabine à Santa Fe ?

– Est-ce que je peux aller dans une cabine à Santa Fe ?

– Pourquoi répétez-vous ma question, Harvey ?

– Pour être sûr d'avoir bien compris.

– D'accord. Buvez un Thermos de café fort, prenez une douche froide et, dès que vous serez dessaoulé, trouvez une cabine et appelez ce numéro.

– Qu'est-ce que j'ai à y gagner ?

– Une pause dans votre vie ennuyeuse de retraité. Une chance de prendre votre revanche.

– Ma revanche sur qui ?

– Sur les méchants, Harvey, pour toutes les saloperies qu'ils vous ont faites au fil des ans.

– Mon gars, je suis ton homme.

– J'en étais sûr, Harv. »

Il faisait déjà sombre quand Jack et Millie prirent la voiture de Jack dans le garage souterrain de Langley et foncèrent (grillant deux feux rouges) au Doctor's Hospital, tout près de la Vingtième Rue. Anthony, tout sourire, les attendait dans le hall ; une douzaine de roses rouges dans une main et une boîte de cigares dans l'autre. « C'est un garçon, s'exclama-t-il. Trois kilos pile.

On est en train de discuter pour savoir si on appelle la chose Emir comme son père, ou Leon, comme mon… enfin, comme mon parrain.

– C'est un bébé, pas une chose, protesta Millie. Comment va Maria ?

– Fatiguée, mais ravie, assura Anthony en les conduisant vers l'escalier. Oh bon sang, elle a été absolument fantastique. On a fait ce truc d'accouchement sans douleur jusqu'à la fin. Le toubib lui a proposé une péridurale, mais elle a refusé poliment. Le bébé est arrivé bien réveillé, il a jeté un coup d'œil sur le monde et il s'est mis à pleurer. Il essayait peut-être de nous dire quelque chose, hein, papa ?

– Le rire viendra plus tard », promit Jack.

Maria, maintenant présentatrice de chaîne, donnait le sein au bébé. Millie et sa belle-fille essayèrent de déterminer quels traits le petit avait hérité du côté de sa mère et lesquels provenaient du côté de son père. Anthony, lui, assurait que l'enfant ne ressemblait qu'à Winston Churchill. Jack, légèrement troublé de voir une femme donner aussi ouvertement le sein à son enfant, battit en retraite dans le couloir pour allumer un des cigares de son fils. Anthony le rejoignit.

« Alors, comment vont les affaires ? » demanda Jack à son fils.

Le Département d'État, impressionné par l'expérience d'Anthony en Afghanistan, l'avait détourné de la Compagnie trois ans plus tôt pour diriger une opération confidentielle de surveillance de groupes terroristes islamistes. « La Maison-Blanche se fait du mauvais sang à cause de Saddam Hussein, dit-il.

– Nous aussi, là-dessus, on est sur la corde raide, commenta Jack. Personne ne sait ce qu'on est censés faire au sujet de Saddam, et on ne reçoit aucune indication du Département d'État ni de la Maison-Blanche.

– C'est logique, dit Anthony. Ils aimeraient bien se débarrasser de lui, mais ils ont peur que, sans lui, l'Irak s'éclate et ouvre la voie aux fondamentalistes dans la région. » Anthony adressa un regard de curiosité à son père. « Est-ce que tu étais parti quelque part, au début de la semaine, papa ? J'ai essayé de t'appeler plusieurs fois pour te donner le compte à rebours, mais tu n'étais jamais là ; ta secrétaire m'a servi le *Il est absent de son bureau pour le moment* standard, et tu ne m'as jamais rappelé.

– J'ai dû faire un saut en Suisse pour voir un type.

– D'accord, d'accord.

– Ce qui veut dire ?

– Ce qui veut dire que je ne te poserai pas d'autres questions. »

Jack ne put s'empêcher de sourire. « Je veux bien répondre à l'une d'elles, mais il faut que tu gardes ça pour toi. Tu n'en parles même pas à Maria. À y réfléchir, surtout pas à Maria. Il ne faudrait pas qu'une journaliste mette son nez là-dedans en reniflant une affaire. »

Anthony se mit à rire. « Je serai une tombe. Tout ce que tu me diras sera enseveli avec moi. »

Jack baissa la voix. « Je suis allé en Suisse voir ton parrain. »

Anthony ouvrit de grands yeux. « Tu as vu Leo ? Pourquoi ? Qui a proposé la rencontre ? Comment as-tu su où le trouver ? Qu'est-ce qu'il a dit ? Comment il va ? Quel genre de vie il mène ?

— Hou ! protesta Jack, du calme. Je voulais juste te dire qu'il est vivant et qu'il va à peu près bien. Je sais combien tu lui étais attaché. »

Un employé qui poussait un chariot de blanchisserie descendit le couloir. « On est en secteur non fumeur, indiqua-t-il. En fait, c'est comme ça dans tout l'hôpital. Il faut sortir pour fumer.

— Oh, pardon ! », dit Jack, qui écrasa son cigare contre sa semelle de chaussure avant de le remettre dans son emballage pour le fumer plus tard.

« Comment Leo a-t-il fait pour sortir de Russie ? s'enquit Anthony.

— Je ne sais pas. Il a très bien pu aller à Sofia ou à Prague avec son passeport russe, et de là prendre un avion pour la Suisse avec un faux passeport occidental – ils sont à trois balles la douzaine en ce moment à Moscou.

— Ce qui signifie qu'il ne voulait pas que le KGB sache qu'il te rencontrait.

— Tu as une longueur d'avance sur moi, Anthony.

— D'après mon expérience, papa, à chaque fois que j'arrive à un truc intéressant, tu es déjà passé avant.

— La flatterie te mènera très loin, toi.

— Tu vas le revoir ?

— Non.

— Plus jamais ?

— Plus jamais.

— A-t-il…formulé des regrets ?

— Il regrette pour Adelle. Il regrette de ne pas voir les jumelles. » Jack ôta ses lunettes et se massa l'arête du nez entre son pouce et son majeur. « Je le soupçonne de regretter d'avoir passé trente ans de sa vie à se battre du mauvais côté.

— Il a dit quelque chose pour te le faire penser ? »

Jack remit ses lunettes. « Non.

— Alors, comment tu le sais ?

— On ne peut pas vivre en Union soviétique – surtout après avoir vécu aux États-Unis – sans se rendre compte que c'est le mauvais côté. »

Anthony examina son père ; il décela la souffrance dans ses yeux. « Il t'a fait beaucoup de mal, n'est-ce pas ?

— C'était mon barreur quand je faisais de l'aviron à Yale. C'était déjà mon meilleur ami et il a continué de l'être. Il a été témoin à mon mariage et le parrain de mon fils. Putain de merde, j'aimais ce type, Anthony. Et maintenant, je le déteste d'avoir trahi le lien qu'il y avait entre nous, sans même parler d'avoir trahi son pays. »

Anthony saisit le bras de son père avec force, et fit quelque chose qu'il n'avait pas fait depuis l'enfance. Il se pencha et l'embrassa sur la joue. « J'étais très attaché à Leo, dit-il tranquillement. Mais je t'aime, papa. Tu es un type génial. »

Jack fut ébranlé. « Nom de Dieu.

– Tu peux le redire, convint Anthony.

– Nom de Dieu », répéta Jack, riant dans sa barbe.

S'aidant de deux cannes pour marcher, sa hanche malade se projetant en avant puis effectuant une rotation pour repartir vers l'arrière à chaque pas douloureux, Ezra Ben Ezra, connu des divers services de renseignements sous le nom du Rabbin, s'approcha de la clôture. Harvey Torriti marchait derrière lui, et tous deux contemplèrent les ruines de la Fravenkirche, l'église de Notre-Dame bombardée. « Les tourments de l'enfer sont la malédiction de Dresde, dit le Rabbin d'un ton songeur. La ville a été ravagée par un incendie en 1400 et quelque, et puis à nouveau pendant la guerre de Sept Ans, en 1700 et quelque, et encore par l'armée napoléonienne en 1800 et des poussières. En février 1944, les Alliés ont transformé la ville en fournaise à coups de bombes incendiaires. Les Allemands étant ce qu'ils sont, ils ont tout reconstruit à Dresde après la guerre, sauf cette église. Celle-là, ils l'ont gardée en souvenir.

– Et alors, qu'est-ce que ressent un juif devant ce souvenir ? » demanda le Sorcier à son vieux compagnon d'armes.

Appuyé sur ses cannes, le Rabbin réfléchit. « De la joie, voilà ce qu'il ressent. Ha ! Tu t'attendais peut-être à du remords. Ou pis, à de la miséricorde. Ce souvenir me rappelle les six millions de personnes qui ont péri dans les camps de la mort allemands. Ce souvenir me rappelle les églises qui n'ont rien fait pour arrêter ces usines à tuer. Tu as devant toi un homme entravé par davantage que des problèmes de hanches, Harvey. Je me traîne des valises. Ça s'appelle la Torah. Et il y a là-dedans une formule qui apprend aux victimes à survivre émotionnellement. *Œil pour œil, dent pour dent, brûlure pour brûlure.* »

Ben Ezra fit opérer à son corps un tour de cent quatre-vingts degrés et repartit vers la Mercedes noire qu'entouraient des agents du Mossad occupés à scruter les toits alentour. Torriti cilla en voyant son ami se débattre avec ses cannes. « Je suis navré de voir que tu souffres autant, assura-t-il.

– La douleur physique n'est rien comparée à la souffrance morale. Combien connais-tu de gens qui vivent dans un pays qui n'existera peut-être plus dans cinquante ans ? *Genud Shoyn ! – Ça suffit comme ça !* Qu'est-ce que je fais ici ?

– Tu es ici, dit le Sorcier, parce que Israël reçoit dans les quinze cents juifs d'Union soviétique tous les mois. Tu es ici parce que tu ne veux pas que ce flot d'émigration et donc d'immigration s'assèche. Ce qui ne manquera pas de se passer si Gorbatchev est fichu dehors par une bande de nationalistes d'extrême droite dont certains sont des antisémites acharnés. »

Torriti raconta au Rabbin les détails de la conjuration contre Gorbatchev. Ben Ezra l'interrompait de temps à autre par des questions précises. Pourquoi la CIA ne s'adressait-elle pas au Mossad, de service à service ? Comment le Rabbin devait-il interpréter le fait que le Sorcier, qui se morfondait dans sa retraite alcoolisée, ait été rappelé au front ? La Compagnie, ou une fraction de la Compagnie, envisageait-elle une opération que ne prévoyaient pas les statuts de la CIA ?

« Ha ! ricana Ben Ezra. C'est bien ce que je pensais, ce n'est pas prévu ou c'est interdit ? »

Les deux hommes arrivèrent à la limousine, et le Rabbin parvint, avec une difficulté considérable, à poser ses fesses sur la banquette arrière puis à ramener ses jambes, l'une après l'autre, à l'intérieur. Le Sorcier fit le tour de la voiture et, soufflant sous l'effort, fit entrer sa carcasse à côté de Ben Ezra. Les agents du Mossad restèrent dehors, dos tourné à la voiture, examinant à travers leurs lunettes de soleil opaques les autos et les gens qui empruntaient l'avenue.

Le Rabbin (qui n'était plus qu'à quelques mois de la retraite ; son successeur au Mossad avait déjà été nommé) poussa un soupir. « Ils n'ont vraiment pas beaucoup de choix s'ils font appel à nous.

– C'est dans les vieux pots qu'on fait les bonnes soupes, rappela Torriti.

– Corrige-moi si je me trompe, dit le Rabbin Vous voulez qu'on identifie et, au bout du compte, qu'on neutralise l'Allemand que vous ne connaissez que sous le nom de *Devisenbeschaffer*.

– Pour commencer, oui.

– Vous voulez qu'on s'arrange pour établir un contact avec la succursale de la Banque Commerciale de Grande Russie à Dresde dans le but de nous emparer des fonds que le *Devisenbeschaffer* pourrait y avoir déposés.

– Il y a un bon petit paquet dans cette banque, assura Torriti.

– Qu'est-ce que tu appelles un bon petit paquet ?

– Disons entre trois cents et cinq cents millions.

– De dollars ?

– Tu crois que j'aurais quitté ma retraite pour des yens ? »

Le Rabbin n'eut pas un battement de paupières. « Si je réussis à dévaliser la banque, nous partagerons l'argent moitié-moitié. Ma part ira dans une caisse qui finance l'immigration continue des juifs soviétiques en Israël via l'Autriche, ta part sera déposée sur des comptes en banques secrets suisses dont tu auras, le moment venu, les numéros. »

L'un des agents du Mossad frappa contre la vitre, désigna sa montre et dit quelque chose en hébreu. Ben Ezra agita un doigt paternel dans sa direction. Exaspéré, l'agent se retourna et aboya quelques mots dans un micro minuscule placé sur la face interne de son poignet droit. «Cette nouvelle génération... ils sont trop impatients, dit Ben Ezra à Torriti. Ils confondent bouger et avancer. De mon temps, il m'arrivait de surveiller des maisons à Berlin pendant des semaines d'affilée dans le simple espoir d'entrevoir – *d'entrevoir*, Harvey, rien de plus – un Allemand figurant sur la liste des dix criminels les plus recherchés par Israël. Où en étions-nous?

– Nous en sommes toujours au même point, mon ami, dit Torriti avec un rire bourru. Nous essayons de trouver un moyen de sauver le monde malgré lui. Il y a encore une chose que tu peux faire pour moi, Ezra.

– Tu arrives enfin à ce dernier point qui n'est nullement le moindre, devina le Rabbin.

– J'ai entendu dire qu'il existait à Moscou une pègre – une sorte de mafia russe. Si ça ressemble un tant soit peu à la mafia que nous avons en Amérique, c'est-à-dire si ses caïds sont aussi à l'affût des bonnes affaires, il faut bien qu'il y en ait qui soient juifs. Alors je me disais que tu pourrais peut-être me mettre en contact avec l'un d'eux.

– Qu'est-ce que tu cherches exactement, Harvey?

– Je cherche un gangster russe de confession juive qui soit lié à d'autres gangsters russes qui n'ont pas peur de se salir les mains.

– Se salir au sens de saleté, ou se salir au sens de tuerie?

– Se salir au sens de tuerie.»

Le Rabbin essaya de remuer sur son siège. Avec une grimace de douleur, il murmura : «C'est Berlin 1951 revisité, Harvey.» Il frappa de sa bague contre la vitre pour attirer l'attention des gardes du corps et leur fit signe de monter. «Une fois de plus, nous sommes voisins et nous avons en commun que ton plafond se trouve être mon plancher.»

Après une vie passée à se battre contre l'empire du mal depuis sa périphérie, Harvey Torriti avait fini par franchir la frontière qui le séparait du cœur des ténèbres. À peine arrivé de l'aéroport, il était bien décidé à découvrir le macrocosme russe à partir du microcosme russe : en l'occurrence, la chambre 505 de l'hôtel Ukraine, une des monstruosités staliniennes de style gothique qui parsemaient Moscou, sur Koutouzovski Prospekt. Le service d'étage (si cela correspondait bien à l'idée que se faisait de son travail la dame stressée qui se présenta à la porte) avait fini par lui procurer la bouteille de scotch commandée une heure et quart plus tôt. (La serveuse surmenée avait oublié les glaçons, mais le Sorcier – qui se faisait passer pour un représentant de commerce passablement éméché envoyé par la société John Deere de Moline,

Illinois, répondant au nom de T. Harvey – lui demanda de ne plus y penser ; il l'imaginait déjà revenant avec un bloc de glace au beau milieu de la nuit). Il remplit donc soigneusement un gobelet ébréché à ras bord, but un coup et entama son étude du socialisme par un examen de la salle de bains.

La lunette des toilettes, en plastique mince, refusa de rester relevée, à moins de la coincer avec un genou. Le rideau de douche, autrefois transparent, était à présent recouvert d'une pellicule de crasse jaunâtre. Il y avait, sur le bord du lavabo piqueté, la plus minuscule savonnette que le Sorcier eût jamais vue. Les robinets du lavabo et de la baignoire fonctionnaient, mais ce qui en jaillissait, avec un gargouillis humain écœurant, ressemblait davantage à du liquide fécal qu'à de l'eau. Dans la chambre proprement dite, le drap de dessous n'était pas assez grand pour qu'on puisse le border ; quant au matelas, on aurait dit un parfait modèle réduit de terrain de cross-country pour voitures tout-terrains miniatures. Il y avait encore un poste de télévision qui passait de la neige quand on l'allumait, un plafonnier en forme de saladier qui servait d'urne cinéraire aux insectes grillés, et une armoire qui s'ouvrait sur... du vide. Pas de barre de penderie. Pas un cintre. Pas une patère ni même la moindre étagère. Contre un mur, près d'un petit bureau dont les tiroirs ne contenaient que de la moisissure, il y avait un petit frigo qu'occupait une sorte de cafard très gros et très mort. Torriti eut beau se mettre à quatre pattes, il ne parvint pas à trouver quoi que ce fût qui ressemblât à un cordon électrique sortant du réfrigérateur, ce qui, supposa-t-il, expliquait l'absence de froid. (Il finit par se débarrasser du cafard dans les toilettes après avoir vidé trois réservoirs de chasse, et se servit du frigo pour ranger ses chaussettes et sous-vêtements.) Il y avait sur la porte de la chambre des consignes en russe et en anglais sur ce qu'il fallait faire en cas d'incendie, avec une série de flèches indiquant quel chemin l'infortuné occupant de la 505 devait prendre à travers un labyrinthe de couloirs en flammes pour trouver une issue de secours. Il était facile de se rendre compte que sans avoir effectivement le plan à la main – ce qui était exclu vu que celui-ci était enfermé sous une plaque de plexiglas vissée à la porte – toute fuite était impensable.

« J'ai vu l'avenir, marmonna Torriti, à voix haute, et il serait à revoir ! »

Le Sorcier n'avait pas encore digéré sa première impression – était-il possible que ce soit là le prototype du socialisme qui avait menacé d'« enterrer » (pour reprendre l'expression de Khrouchtchev) les démocraties occidentales ? – lorsqu'il enfila son imperméable pour s'aventurer dans la fraîcheur du soir moscovite. Il s'appliqua à respecter certaines pratiques du métier – le KGB n'avait plus le moral et se retrouvait à court de fonds, *mais il était toujours là !* – plongeant entre deux immeubles de la rue de l'Arbat et attendant dans l'ombre des poubelles de voir s'il était suivi, puis parcourant un dédale de ruelles bordées de garages privés en tôle ondulée pour arriver sur un large boulevard. Il descendit du trottoir et leva un index. Un taxi clandestin ne manqua pas de s'arrêter avec un crissement de freins dans la seconde qui suivit. Torriti eut du mal à introduire sa carcasse par la petite portière arrière de la Fiat de fabrication soviétique; une fois installé, il sortit une carte portant une adresse en caractères cyrilliques et un billet flambant neuf de dix dollars. Le chauffeur, un jeune homme qui avait l'air de souffrir d'une acné incurable, se révéla un kamikaze version russe; il prit les deux bouts de papier des doigts de Torriti et, ricanant devant la fureur qu'il soulevait chez les autres conducteurs en slalomant entre les voitures, emporta le Sorcier dans l'équipée la plus sauvage que celui-ci eût jamais vécue. Coincé sur la banquette arrière, Torriti ferma les yeux et lutta contre les haut-le-cœur qui surgissent dès que les viscères sont agités comme de l'eau de cale au fond de la cavité abdominale. Après ce qui lui parut une éternité, il entendit un crissement de freins et sentit la voiture s'arrêter. Il poussa la portière et, respirant une odeur de caoutchouc brûlé, abandonna le navire avec une agilité due à la terreur. Il lui fallut bien deux minutes pour recouvrer l'usage de ses jambes. Il entendit les accords assourdis d'une valse viennoise déversée par des haut-parleurs, à un terrain de foot de là. Le Sorcier enroula une écharpe mitée autour de son cou et se dirigea vers les lumières vives qui illuminaient le parc de la Culture et du Repos, immense parc d'attractions situé aux abords de la ville et où, durant les mois d'hiver, on inondait des avenues entières pour que les patineurs puissent parcourir des kilomètres d'affilée.

Même après le dégel du printemps, on avait expliqué à Torriti qu'il y avait encore des feux allumés au bord des avenues. Il avait mal aux pieds lorsqu'il arriva au quatrième foyer à droite, allumé dans un énorme bidon industriel. Une poignée de joggeurs et de skateurs se réchauffaient les mains autour et se passaient une flasque en bavardant aimablement. Dans l'avenue, sous les projecteurs aveuglants, des adolescentes en minijupe et collants de laine marchaient bras dessus bras dessous avec d'autres filles, des garçons avançaient à reculons devant leurs copines, de jeunes enfants donnaient la main à leurs parents; un homme maigre, de taille moyenne, portant un coupe-vent et une casquette d'ouvrier, surgit de l'avenue et tendit les mains vers le feu, réchauffant méthodiquement un côté avant l'autre. Au bout d'un moment, il regarda fixement Torriti. Puis il se retourna et s'éloigna du bidon. Le Sorcier tira une flasque de la poche de son imperméable et se donna du courage en prenant une goulée de scotch bon marché. Réchauffé par l'alcool, il s'écarta du groupe et suivit nonchalamment la silhouette en coupe-vent. Il la rattrapa dans la pénombre entre un bosquet de sapins d'un noir d'encre et l'éclat incandescent d'un projecteur, au sommet d'un pylône.

« Alors, c'est vous, Kritzky ? » lança Torriti.

Leo fut déconcerté par le ton du Sorcier. « Vous n'avez pas changé, répliqua-t-il.

« – J'ai changé, mon gars. Plus gros. Plus sage. Plus seul. Plus nerveux. J'ai plus peur de mourir et moins peur de la mort.

– Je me souviens de vous à votre grande époque, dit Leo. Je me souviens de vous arrachant des mains de Bobby Kennedy une feuille confidentielle qui venait d'arriver sur le télex – c'était juste après la Baie des Cochons. Je me rappelle comment vous lui avez dit d'aller se faire voir. »

Le Sorcier se moucha entre ses doigts. « J'ai fait une grosse erreur, concéda-t-il.

– Comment ça ?

– Bobby était bien le salopard de service, c'est vrai, mais ce n'était pas un espion russe. Je ne devais pas avoir les yeux en face des trous pour ne pas le voir. C'est à vous que j'aurais dû dire d'aller vous faire voir.

– Ouais. Bon. En tout cas, on est là.

– Pour y être, on y est, reconnut Torriti.

– Vous passez toujours vos journées à boire ?

– Vous passez toujours vos journées à mentir ? »

Leo parvint à esquisser un sourire triste. « Vous traitez toujours vos sources de cette façon ?

– Mon apprenti m'a dit que vous aviez un contact avec une taupe à l'intérieur de ce complot contre Gorbatchev. Il m'a demandé de venir chercher des informations, pas de me mettre au lit avec vous. »

Des haut-parleurs fixés à des poteaux télégraphiques hurlaient les voix des chœurs de l'armée Rouge qui chantaient *It's a long way to Tipperary* en ce qui devait être de l'anglais. Leo se rapprocha du Sorcier et lui remit une vieille enveloppe sur laquelle figurait une liste de commissions. « J'ai sept noms de plus que ceux que j'ai déjà donnés à Jack, cria-t-il pour couvrir la musique. Ils sont écrits au jus de citron à l'intérieur de l'enveloppe. Il suffit de les repasser au fer... »

Torriti parut offensé. « Je ne suis pas né d'hier, mon gars. Je me servais du jus de citron avant même que vous ne travailliez pour les Russes.

– L'un des nouveaux conspirateurs est le commandant d'une unité d'élite de parachutistes de la division aéroportée de Riazan, reprit Leo. Un autre est le commandant de la division Dzerjinski du KGB.

– L'affaire se corse, commenta Torriti d'un air sarcastique.

– Il y a davantage. C'est écrit à l'intérieur, en face de la liste de noms. Êtes-vous assez sobre pour le retenir ? C'est important. »

Le Sorcier se pencha vers Leo et lui souffla son haleine au visage. « J'ai été assez sobre pour arriver jusqu'à ce paradis ouvrier. Assez sobre pour vous trouver ici.

– Les conspirateurs ont pris contact avec des mouvements nationalistes d'extrême droite de toute l'Europe. Il y a d'abord un certain groupe du 21 août à Madrid. Il y a le Front national de Le Pen en France. Il y a des groupes dissidents en Allemagne, en Italie, en Autriche, en Serbie, en Croatie, en Roumanie et en Pologne. Ils projettent de financer ces groupes une fois que tous les fonds auront été transférés dans la succursale de la Banque Commerciale de Grande Russie à Dresde. L'idée, c'est d'orchestrer une vague de soutien international en faveur du coup d'État contre Gorbatchev. Ils projettent de présenter le secrétaire général comme un incapable dont l'incompétence a précipité la faillite de la Russie, et le putsch comme une tentative patriote de remettre le pays sur pied. S'ils trouvent assez de voix pour répercuter cette version des faits en Europe, le grand public pourrait bien finir par croire qu'elle n'est pas entièrement fausse. »

Le Sorcier froissa l'enveloppe dans son poing et la fourra dans sa poche. «Où et quand nous revoyons-nous ? voulut-il savoir.

– Où êtes-vous descendu ? »

Torriti le lui dit.

«Quelle est votre couverture ?

– Je suis venu avec une mallette pleine de brochures John Deere. Entre deux verres, j'essaye de trouver quelqu'un qui voudrait importer des tracteurs américains. »

Leo réfléchit un instant. «D'accord. Si j'estime que nous avons besoin de nous revoir, je vous ferai porter une bouteille de scotch, chambre 505, avec un mot vous remerciant pour la documentation John Deere. Le mot sera écrit à l'encre. Entre les lignes, au jus de citron, je vous donnerai une heure et un lieu que vous pourrez trouver facilement. »

Torriti commença à s'éloigner, puis se retourna soudain. «Ne m'envoyez pas de ces scotches d'importation. Je préfère la saloperie bon marché qui vous désinfecte le gosier.

– Les microbes vous inquiètent ? s'enquit Leo.

– Je suis immunisé contre les microbes, rétorqua Torriti. Ce sont les traîtres qui me donnent mal au ventre. »

À côté de l'hôtel Droujba l'Ukraine faisait figure de palace, ou c'est du moins ce que se dit le Sorcier en poussant la porte réfléchissante qui donnait dans le hall miteux tapissé de miroirs ternis et de grands rideaux qui devaient dater d'avant la révolution et n'avaient jamais connu le nettoyage à sec. Le mot défraîchi était loin de décrire leur état. Mieux valait ne pas être allergique à la poussière ! Slalomant entre des cendriers remplis de tout sauf de cendres, Torriti se dirigea vers le seul et unique bureau de réception de l'hôtel. «Vous parlez certainement anglais », dit-il à la blonde platine au teint cireux occupée à recopier des numéros de passeport sur un registre.

La femme, vêtue d'une robe moulante en tissu de camouflage des surplus de l'armée, répondit sans même lever les yeux : «Pas. »

Le Sorcier se tourna vers la demi-douzaine d'hommes répartis dans le hall. Ils portaient tous le même manteau de cuir ceinturé leur arrivant aux chevilles, les mêmes chaussures noires à semelle épaisse et le même feutre sombre à bord étroit. On aurait dit un casting pour *L'Ennemi public* avec James Cagney, 1931, l'un des films préférés de Torriti. « Quelqu'un parle anglais ici ? » lança-t-il.

La femme répondit à leur place : « Pas.

— Comment suis-je censé demander des renseignements si personne ne parle anglais ? questionna le Sorcier, exaspéré.

— Apprenez le russe, suggéra-t-elle. Ça peut être utile, en Russie.

— Vous parlez anglais alors !

— Pas.

— Qu'est-ce qui peut bien me donner l'impression d'être passé de l'autre côté du miroir ? » remarqua Torriti, à personne en particulier.

La femme leva ses yeux outrageusement maquillés. « N'importe qui que vous voulez voir, hasarda-t-elle, n'est pas ici. »

Il vint à l'esprit du Sorcier que le mieux à faire, dans un asile de fous, était de se prêter au jeu de ses pensionnaires. « Je ne veux pas parler à n'importe qui, annonça-t-il. Je veux parler à quelqu'un qui s'appelle Rappaport. Endel Rappaport.

— *Iob tvoï mat*, lança quelqu'un.

— Ça veut dire : *nique ta mère* », traduisit la blonde platine.

Les autres rigolèrent. Torriti comprit qu'on voulait le faire sortir de ses gonds, mais que se mettre en colère ne l'aiderait pas à trouver Endel Rappaport, alors il se maîtrisa et se força à rire avec eux.

« Rappaport est un nom juif », commenta l'un des figurants assis dans le hall.

Torriti fit volte-face pour s'adresser à lui. « C'est vrai ? », dit-il innocemment.

L'homme, un géant basané aux yeux d'Asie centrale, traversa le tapis râpé. « C'est quoi qui vous envoie à Endel Rappaport ?

— Quoi qu'est-ce ? répéta la blonde platine.

— Nous avons un ami mutuel. Un Rabbin, en fait, même s'il ne pratique plus quotidiennement les rabbineries depuis longtemps.

— Son nom ? insista l'homme.

— Ezra.

— Ezra, c'est son nom de baptême ou son nom de famille ? »

Torriti garda le visage inexpressif de crainte de vexer les pensionnaires de l'asile. Quand Ezra Ben Ezra apprendrait qu'il avait un nom de *baptême* ! « Les deux.

— Quatrième étage, dit l'homme avec un petit mouvement de tête en direction de l'ascenseur vétuste qui jouxtait l'escalier vétuste.

— Quelle porte ?

– N'importe quelle porte, toutes les portes, dit la blonde. Il loue l'étage. »

Torriti se dirigea prudemment vers l'ascenseur, ouvrit la grille et appuya sur le bouton ivoire portant un quatre en chiffres romains. Quelque part dans les entrailles du bâtiment un moteur gémit avec réticence. Après plusieurs soubresauts de départs avortés, la cabine se mit à monter avec une lenteur infinie jusqu'au troisième étage, quatrième pour les Russes. Deux hommes l'attendaient. L'un d'eux ouvrit la grille. L'autre le fouilla de façon très professionnelle, vérifiant le creux du dos et les chevilles (où il portait son Detective Special calibre 38 à canon court dans sa prime jeunesse) ainsi que les plis de son entrejambe, sous les testicules. Satisfait, il fit un signe de tête à son collègue, qui sortit un passe d'une de ses poches et ouvrit une porte blindée.

Torriti avança dans une grande pièce très claire décorée de meubles d'importation finlandaise : des chaises en acier inoxydable étaient rassemblées autour d'une table en acier inoxydable. Deux hommes minces aux yeux bridés vigilants se tenaient appuyés contre un mur laqué. Un petit homme très élégant aux fins cheveux blancs se leva vivement d'une des chaises pour s'incliner devant Torriti. Ses yeux, seulement à demi ouverts, se fixèrent avec intensité sur son visiteur. « Votre légende vous précède, M. Torriti, commença-t-il. Ben Ezra m'a raconté qui vous avez été. Les gens comme moi ne rencontrent pas des gens comme vous tous les jours de la semaine. Je vous en prie, dit-il en désignant une chaise. Qu'est-ce qui vous ferait plaisir ? »

Torriti s'assit lourdement sur une chaise finlandaise et fut surpris de la trouver étonnamment confortable. « Un verre », dit-il.

Endel Rappaport, qui devait friser les quatre-vingts ans, dit quelques mots dans une langue étrange et, sortant un poing de sa manchette, montra quelque chose avec son auriculaire. (Torriti ne put s'empêcher de remarquer que c'était le seul doigt qui restait sur cette main.) L'un des hommes appuyés contre le mur s'empressa d'obtempérer et alla ouvrir les portes d'un placard rempli de bouteilles et de verres. Il apporta un verre en cristal. Le Sorcier tira une flasque d'une poche intérieure et se servit un scotch court. Sa main mutilée enfoncée dans la poche de son blazer, Rappaport reprit sa place en tête de table. « Tous les amis de Ben Ezra... », commença-t-il, puis il agita sa main valide pour indiquer qu'il n'était pas besoin de terminer la phrase. « Dans vos désirs les plus fous, qu'est-ce que vous voudriez que je fasse pour vous ? »

Torriti regarda les gardes du corps contre le mur. Rappaport retroussa les lèvres, ce qui lui donna une physionomie de gnome. « Mes anges gardiens sont tous ouïgours, informa-t-il le Sorcier. Ils ne parlent que le turc.

– Dans mes désirs les plus fous, je vous vois organiser pour moi le meurtre de huit à dix personnes. »

Rappaport ne cilla pas. « Je suis impressionné par tant de candeur. En Russie, les gens ont tendance à tergiverser. Bien : le prix habituel pour faire descendre quelqu'un varie entre quinze et vingt-cinq mille dollars américains, c'est selon.

– Selon quoi ?

– Selon l'importance de la cible ce qui, à son tour, indique le genre de protection dont elle s'entoure sûrement. »

Le Sorcier se mordilla l'intérieur de la joue. Puis, ne plaisantant qu'à moitié, demanda : « Comme vous êtes juif et que je suis un ami du Rabbin, je n'ai pas droit à une ristourne ?

– Ce que je recevrai de votre part servira à rémunérer ceux qui se fichent pas mal que je sois juif et que vous soyez envoyé par le Rabbin, répliqua tranquillement Rappaport. Quand il s'agira de calculer mes honoraires, je traiterai directement avec le Rabbin. »

Torriti n'arrivait pas à cerner Rappaport. Comment un homme visiblement aussi raffiné avait-il pu devenir un caïd de la pègre moscovite ? Il se dit que cela l'aiderait de mieux saisir le personnage. « Il y a un moment où on s'en est pris à vous, c'est ça ? » avança-t-il. Il fit un signe de ses mentons. « J'ai vu vos doigts.

– Ce que vous avez vu, c'est une absence de doigts. Vous employez une bien curieuse expression – oui, ils s'en sont *pris* à moi. Pour ne serait-ce que commencer à comprendre la Russie, il faut avoir conscience que l'antisémite russe lambda n'a pas grand-chose à voir avec les antisémites occidentaux. Ici, ils ne se contentent pas de persécuter les juifs en leur interdisant les écoles de musique, certains appartements, certaines villes ou même le pays. Ici, ils ne sont satisfaits que quand ils peuvent affûter une hache et vous l'enfoncer personnellement dans la chair. » Rappaport commença à entrer dans les détails, puis fit un geste de sa main valide ; une fois encore, il n'était pas besoin de finir la phrase. « À propos de votre requête : vous devez avoir une liste. »

Torriti sortit une carte postale. L'un des gardes du corps alla la déposer devant Rappaport, de l'autre côté de la table. Il regarda la photographie, puis retourna la carte et examina les noms écrits au dos. « Vous êtes un homme important et vous présentez un projet important, dit-il. Permettez-moi de poser quelques questions.

– Posez, posez.

– Les gens qui figurent sur cette liste doivent-ils être tués simultanément, ou bien pourrait-on étaler leur exécution sur un laps de temps allant de plusieurs jours à plusieurs semaines ?

– Il serait plus sûr de concentrer les résultats sur quelques minutes.

– Je vois.

– Qu'est-ce que vous voyez ?

– Je vois que toutes les personnes qui figurent sur cette liste sont liées les unes aux autres d'une manière que je ne peux que deviner.

– Devinez, devinez.

— Elles sont vraisemblablement associées dans un complot. Vous voulez éviter une situation où la mort des unes pourrait prévenir les autres qu'une menace d'assassinat pèse sur eux. Vous voulez que les assassinats empêchent le complot d'aboutir.

— Vous voyez beaucoup de choses dans une liste de noms.

— J'y lis plus encore.

— Lisez, lisez.

— Comme vous venez me voir moi plutôt qu'un autre, puisque vous arrivez avec la bénédiction d'Ezra Ben Ezra, cela doit signifier que le complot en question serait contraire aux intérêts de l'État d'Israël. La chose qui poserait le plus de problèmes à Israël serait la fermeture de l'émigration des juifs russes vers Israël, ce qui laisserait l'État juif en déséquilibre démographique permanent par rapport à ses voisins palestiniens. »

Le sorcier était impressionné. « Tout ça dans une petite liste.

— Je n'ai fait qu'effleurer la surface. Étant donné que c'est Mikhaïl Gorbatchev qui est à l'origine de la politique permettant l'émigration des juifs russes, le complot doit viser à l'évincer du pouvoir. Bref, ce que nous avons ici, c'est un putsch contre le gouvernement en place, et une tentative de la part de la CIA américaine et du Mossad israélien de l'étouffer dans l'œuf par une série d'assassinats chirurgicaux des principaux conjurés.

— Là, je crois que vous en savez plus que moi. »

Endel Rappaport agita à nouveau sa main valide ; la remarque du Sorcier était tellement absurde qu'il n'était même pas besoin de la relever. « Une dernière question : préférez-vous que ces morts aient l'air de suicides ou d'accidents ?

— Dans la mesure où cela découragerait quiconque de remonter le fil rouge et de relier ces morts à vous, puis, au bout du compte, à moi, suicide et accident me conviennent, l'un ou autre, l'un et l'autre.

— Je ne connais pas l'expression *remonter le fil rouge*, mais je peux en deviner le sens. Laissez-moi réfléchir à votre liste, dit-il à Torriti. Vu les noms impliqués, vu le fait que ces morts doivent apparaître comme des suicides ou des accidents, le coût par tête sera sans doute plus proche de cent mille dollars que de vingt-cinq mille. Il y a deux, voire trois noms qui risquent d'être encore plus chers. Quelque chose de l'ordre du quart de million de dollars américains. Dans tous les cas, l'argent devra être versé en liquide sur des comptes en Suisse dont je fournirai les numéros. La moitié de chaque somme sera payable dès que l'exécutant aura accepté verbalement le contrat, l'autre moitié sera réglée dès que le condamné aura été exécuté. Puis-je présumer que les sommes mentionnées sont pour vous acceptables ?

— Présumez, présumez.

— Vous séjournez à l'hôtel Ukraine, chambre 505, si je ne m'abuse.

— Je commence à vous voir sous un nouveau jour, concéda le Sorcier.

— On m'a dit que c'était un hôtel désagréable.

— Ce n'est pas si bien que ça», fit Torriti avec un sourire.

Rappaport se leva et Torriti l'imita. «Les rumeurs concernant une conspiration juive internationale sont vraies, dit Rappaport.

— Le Rabbin m'a dit la même chose à Berlin il y a très longtemps», commenta le Sorcier. Il se rappelait les mots exacts de Ben Ezra : «*Il y a bien une conspiration juive internationale, grâce à Dieu, elle existe. C'est une conspiration pour sauver les juifs.* Je l'ai cru à l'époque, je vous crois maintenant.»

Rappaport s'inclina à nouveau. «Comptez sur moi pour vous joindre dès que j'aurai quelque chose de concret à vous transmettre.»

4

Dresde, jeudi 1ᵉʳ août 1991

Le *Devisenbeschaffer*, fonctionnaire cinquantenaire doté d'une moustache en brosse et d'un postiche qui était tombé dans la bagarre lors de son enlèvement, ne perdit jamais contenance. Il était attaché à une chaise de cuisine ordinaire dans la réserve en sous-sol d'un abattoir désaffecté, en banlieue de la ville. Deux projecteurs étaient braqués sur son visage anémique, rendant diaphane la peau de ses joues striées de fines veines rouges. Il y avait si longtemps qu'il était attaché sur cette chaise qu'il avait perdu la notion du temps et ne sentait plus ses membres. Lorsqu'il demanda, avec une politesse allemande recherchée, à aller aux waters, ses ravisseurs échangèrent des commentaires moqueurs dans une langue qu'il ne comprit pas. L'acquéreur de devises contrôla ses sphincters aussi longtemps que possible. Puis, incapable de se retenir davantage, déféqua et urina dans son pantalon non sans marmonner force excuses. L'odeur ne parut pas déranger les jeunes gens qui se relayaient pour le cuisiner. De temps à autre, un médecin portait un stéthoscope à sa poitrine et écoutait avec attention, puis, satisfait, accordait d'un signe l'autorisation de continuer l'interrogatoire. «Je vous en prie, croyez-moi, je ne sais rigoureusement rien de fonds qui seraient transférés à une succursale locale de banque russe», insista le prisonnier. Il parlait allemand avec une sorte de grondement bavarois guttural qui provenait de la poitrine. «Vous vous trompez de personne – vous me confondez avec quelqu'un d'autre.»

Le Rabbin, qui suivait l'interrogatoire par l'interphone d'un bureau, à l'étage au-dessus, commençait à s'impatienter. Il y avait dix jours que son équipe avait recruté le comptable juif qui travaillait à la succursale de Dresde de la Banque Commerciale de Grande Russie ; cinq jours que le caissier l'avait alerté de dépôts quotidiens allant de cinq à dix millions de dollars sur un compte spécial ; deux jours que le Rabbin avait pu remonter la trace des dépôts jusqu'à une banque privée allemande et à son directeur, l'illustre *Devisenbeschaffer*. Et là, alors que l'interrogatoire s'éternisait, le médecin de l'équipe, prêté par une unité de commando d'élite, commença à se dérober quand Ben Ezra lui demanda s'il y avait un risque que le prisonnier leur claque entre les mains. «Dix-huit heures de stress, c'est long, même pour un cœur solide, répondit le médecin. Il a l'air parfaitement maître de lui, mais les battements de son cœur s'accélèrent, ce qui suggère qu'il n'est pas aussi calme qu'il le paraît. Si le rythme cardiaque continue d'augmenter, ça peut se terminer en accident cardio-vasculaire.

– Combien de temps avons-nous?»

Le jeune médecin haussa les épaules. «Je n'en sais pas plus que vous.»

La réponse irrita Ben Ezra. «Si. Vous en savez plus que moi. C'est pour ça que vous êtes ici.»

Le médecin refusa de se laisser intimider. «Écoutez, si vous voulez ne pas prendre trop de risques, donnez-lui une nuit de sommeil et recommencez demain matin.»

Le Rabbin pesa le pour et le contre. «*Besséda*, dit-il malgré lui. Nous allons suivre votre conseil.»

«Cet endroit est pour moi chargé de souvenirs», disait Evgueni. Il examina la campagne qui se voyait encore depuis le toit du manoir Apatov. «La première fois que je suis venu ici – c'était avant que nous fassions connaissance lors de cette fête à la datcha de mon père –, je sortais tout juste d'une université américaine et j'étais un peu perdu. Je n'avais aucune idée de ce que j'allais pouvoir faire de ma vie.

– Et maintenant, tu le sais?» lui demanda Aza avec sa franchise habituelle.

Evgueni sourit. «Oui.»

Elle lui rendit son sourire. «Ça fait mal, mon cher Evgueni, de penser à toutes ces années que nous avons gâchées.»

Il passa un bras sur ses épaules et l'attira contre lui. «Nous allons rattraper le temps perdu.

– C'est une illusion de penser qu'on peut rattraper le temps perdu, dit-elle. Le mieux qu'on puisse espérer, c'est de ne pas en perdre davantage.»

Elle avança jusqu'au coin sud-est du toit. Evgueni la suivit. «Il y avait des bosquets de bouleaux blancs et des champs labourés là où il y a maintenant ces immeubles et l'usine de retraitement, raconta-t-il. Les cultivateurs de la ferme collective de Tcheriomouski répandaient du fumier avec des charrettes à cheval. Quand le vent soufflait du mauvais côté, on n'avait plus qu'à fermer les fenêtres si on ne voulait pas mourir asphyxiés.» Il s'abrita les yeux du revers de la main. «Il y avait un aérodrome secret derrière les champs. C'est là que mon avion a atterri quand je suis rentré d'Amérique. La piste a été fermée il y a cinq ans, quand Gorbatchev a réduit le budget de l'armée. Le tarmac sert maintenant à des bandes de gamins qui font la course sur des voitures gonflées. Selon le vent, on entend parfois des rugissements de moteur jusqu'ici. » Evgueni se hissa sur la balustrade et baissa les yeux vers l'entrée du manoir de deux étages. « La première fois que j'ai remonté cette allée de gravier, il y avait deux petites filles qui faisaient de la balançoire – c'étaient les nièces de l'homme que je venais voir.

– Celui de l'hôpital ? demanda Aza. Celui dont tu ne veux pas parler ? »
Evgueni, plongé dans ses pensées, contempla l'horizon sans répondre.

« J'ai très chaud, déclara soudain Aza. Retournons dans la pièce climatisée. »

Il lui fit descendre l'escalier et la conduisit dans la bibliothèque lambrissée du premier étage, où il lui donna un verre d'eau minérale glacée. Elle sortit un mouchoir brodé d'un petit sac, en plongea la moitié dans le verre et s'en tapota la nuque. « On peut parler sans crainte ? demanda-t-elle.

– J'ai des techniciens qui ratissent régulièrement la pièce pour chercher des micros.

– *Ratisser* une pièce pour trouver des micros ! Décidément, on ne vit pas dans le même monde.

– Dieu merci, c'est faux, rétorqua Evgueni. Dieu merci, nous vivons enfin dans le même monde.

– Qu'est-ce qui est ressorti de la réunion ?

– Valentin Varennikov – c'est le général responsable de toutes les troupes terrestres soviétiques – a annoncé que la division Dzerjinski du KGB, ainsi que des unités de la division Kantemirov et la garde de Taman occuperaient des sites clés de la ville – la tour de télévision d'Ostankino, les rédactions des journaux, les ponts, les gares de chemin de fer, les principaux carrefours, l'université et les monts qui sont autour – le premier septembre. Pendant ce temps, des unités de parachutistes de la division aéroportée de Riazan entreront dans Moscou en profitant de l'obscurité et se tiendront prêtes à écraser toutes les poches de résistance. Parallèlement, le KGB a entreposé deux cent cinquante mille paires de menottes, fait imprimer au moins trois cent mille formulaires d'arrestation, fait nettoyer deux étages de la prison de Lefortovo et secrètement multiplié par deux toutes les paies du KGB. Le ministre de la Défense, Iazov, et le ministre de l'Intérieur, Pougo, poussent pour avancer la date du putsch – ils voudraient lancer l'opération dès le milieu du mois, pendant que Gorbatchev prend ses vacances en Crimée. Mais Krioutchkov et le général Varennikov assurent qu'il serait beaucoup plus risqué de tenter quoi que ce soit avant le 1er septembre dans la mesure ou tous les préparatifs tactiques et logistiques ne seront pas terminés. De plus, le *Devisenbeschaffer* a besoin de plus de temps pour finir de rassembler les fonds dispersés dans des banques allemandes et autrichiennes et les transférer dans ma banque de Dresde afin que je puisse les rapatrier à Moscou et les mettre à la disposition des putschistes.

– Le coup d'État aura donc lieu le 1er septembre, dit Aza, la mine sombre.

– Tu dois avertir Eltsine, la pressa Evgueni. Il doit prendre contact avec les commandants des unités susceptibles de rester fidèles au gouvernement.

– C'est plutôt périlleux, d'aller à la pêche aux partisans. Il pourrait y avoir de la panique. Les comploteurs pourraient en entendre parler et faire arrêter les opposants au putsch. Quoi qu'il en soit, mis à part quelques groupes de vétérans d'Afghanistan et quelques unités de blindés éparpillées, Boris Nikolaïevitch ne sait absolument pas sur qui il peut compter pour défendre la Maison-Blanche.

– Il faut qu'il rassemble le peuple, suggéra Evgueni.

– Oui, le peuple, par tous les moyens. C'est notre arme secrète, Evgueni. Il sait que Boris Nikolaïevitch prend la réforme de la Russie très au sérieux. Il prend les élections de juin très au sérieux – pour la première fois en mille ans d'histoire, les Russes sont allés aux urnes et ont *élu* leur président. Quand la crise arrivera, les Russes se souviendront du patriarche Alexeï, avec ses grandes robes et sa grande barbe, en train de bénir Eltsine. *Par la volonté de Dieu et par le choix du peuple russe, te voici investi de la plus haute fonction de Russie.* Et la réplique d'Eltsine résonnera aux oreilles de tous. *La Grande Russie se relève.*

– J'espère que tu as raison, Aza. J'espère qu'Eltsine saura se montrer à la hauteur. J'espère qu'il ne renoncera pas au premier obstacle. »

Aza fit le tour de la table, se pencha au-dessus d'Evgueni et l'embrassa passionnément sur les lèvres. Puis, rougissant, elle s'écarta. « Les obstacles paraissent bien petits à côté de ton désir et de mes attirances. »

L'émotion lui coupant la parole, Evgueni ne put que hocher la tête pour marquer son assentiment.

Le Sorcier acheta un ticket au guichet, passa en force dans le tourniquet et prit avec précaution l'escalator qui descendait vers la ligne Arbatsko-Pokrovs-kaïa, dans les entrailles de la terre. Il regarda par-dessus la tête de la femme qui se trouvait devant lui – le quai central de Smolenskaïa semblait se trouver tout au fond d'une bonde d'évier. Pour passer le temps, il regarda défiler les voyageurs qui montaient par l'escalator voisin. Certains avaient le visage plongé dans un journal replié, d'autres contemplaient le vide en silence, l'esprit (à en juger par leur expression) embrumé par la fatigue, les soucis ou la résignation, ou les trois à la fois. Une vieille femme tricotait. Une femme d'âge moyen s'adressait d'un ton coléreux à la nuque d'un adolescent planté devant elle. Deux jeunes amoureux se faisaient face, la fille sur la marche la plus haute de sorte qu'ils avaient la tête au même niveau et plongeaient sans un mot le regard dans les yeux de l'autre. Devant, dans une petite cabine au bas de l'escalier mécanique, une femme à la figure revêche et à l'uniforme mal coupé surveillait la circulation des voyageurs, les mains sur des manettes, prête à arrêter les escalators en cas d'urgence.

Le Sorcier atterrit sur le quai et se laissa emporter par le flot humain qui se dirigeait vers les rames. Au milieu du quai, il repéra Leo Kritzky à l'endroit exact indiqué par son message – écrit au jus de citron entre les lignes de son mot de remerciement pour la documentation John Deere. Il était assis sur un banc de plastique et lisait un exemplaire en langue anglaise des *Moscow News*. Il leva les yeux au moment où une rame entrait dans la station. Son regard passa sur la silhouette épaisse du Sorcier sans montrer la moindre lueur de reconnaissance. Torriti avait beau le détester, il devait lui reconnaître ça : Kritzky était un vrai professionnel. Il se leva et, laissant tomber son journal dans une poubelle ouverte, se dirigea rapidement vers le train, plongeant à l'intérieur juste avant que les portes ne se referment. Torriti, resté sur le quai, repêcha nonchalamment le journal dans la poubelle et jeta un coup d'œil sur les gros titres en attendant la rame qui allait dans l'autre sens. LA BANQUE DE COMMERCE ET DE CRÉDIT INTERNATIONAL IMPLIQUÉE DANS UNE AFFAIRE DE BLANCHIMENT. GORBATCHEV PASSE L'ÉTÉ EN CRIMÉE. Lorsque le métro finit par s'arrêter, la foule, avec Torriti au milieu, se précipita vers les portes.

Le Sorcier changea plusieurs fois de métro, s'assurant à chaque fois qu'il était le dernier à monter avant la fermeture des portes.

Il finit par prendre un nouvel escalator jusqu'à la rue, pénétra dans un magasin de jouets aux rayons quasi vides et en ressortit par une porte de service qui donnait sur une ruelle débouchant sur une autre rue. Là, il héla un taxi clandestin et rentra à sa chambre de l'hôtel Ukraine. Il s'enferma alors dans la salle de bains, déchira le quart supérieur droit de la page quatre et le chauffa au-dessus d'une ampoule nue. En quelques secondes, des lettres au jus de citron apparurent.

> Le jour J est le 1er septembre. Le général responsable des forces terrestres, Varennikov, travaillant à partir du complexe du KGB à Machkino, projette d'envoyer la division Dzerjinski du KGB, des unités de la division Kantemirov, la garde de Taman et des parachutistes de la division aéroportée de Riazan infiltrer Moscou afin d'en contrôler les points stratégiques. Gorbatchev sera immobilisé par assignation à résidence pendant que les putschistes déclareront l'état d'urgence et prendront le contrôle des organes gouvernementaux. Pour l'amour de Dieu, que quelqu'un fasse quelque chose avant qu'il ne soit trop tard.

Torriti recopia tous les détails utiles d'une écriture minuscule sur un bout de papier qu'il dissimula dans la cambrure de son soulier gauche. Il brûla le quart de page dans un cendrier et fit disparaître les cendres dans les toilettes. Quelques instants plus tard, dans une cabine publique proche de l'hôtel, il glissa une pièce dans la fente et composa le numéro que le Rabbin lui avait remis au cas où il aurait besoin de joindre rapidement les Israéliens à Dresde.

Une voix de femme répondit : « *Pojalouista* ?

— On m'a dit que vous vendiez des tapis persans rares à des prix défiant toute concurrence, dit Torriti.

— De qui tenez-vous cette information, je vous prie ?

— Un petit oiseau nommé Ezra.

— Ezra, béni soit son bon cœur ! Il nous envoie de temps en temps des clients. Vous n'avez qu'à venir et nous vous montrerons tant de tapis persans que vous en serez étourdi. Vous avez mon adresse ?

— J'ai votre adresse, madame. »

Torriti raccrocha, s'octroya une dose revigorante de tord-boyaux de sa flasque presque vide et, remontant le col d'un veston froissé, usé à force d'avoir été lavé et porté, prit la direction de l'Arbat.

Le Rabbin attrapa l'interphone à l'aide d'une canne et rapprocha le petit boîtier en bois afin de ne pas perdre un mot. Il retint sa respiration et écouta, mais n'entendit qu'un silence absolu. Puis un gémissement primitif à glacer les sangs se fit entendre. Il prenait sa source au plus profond d'un abîme de douleur physique. Ben Ezra fit la grimace : il dut se rappeler que la fin justifiait les moyens, que la fin — continuer à sortir des centaines de milliers de juifs de Russie — justifiait la torture d'un homme impliqué dans un complot qui visait à empêcher cette émigration. Peu à peu, les gémissements cessèrent et l'on entendit l'un des jeunes gens répéter la question.

Quel est le numéro secret d'identification qui donne accès au compte ?

Comme le *Devisenbeschaffer* ne répondait pas tout de suite, un bourdonnement qui faisait penser à un rasoir électrique se fit entendre dans le haut-parleur. Puis les mots retentirent comme des pétards chinois explosant en série.

Nicht-das... Schalte-es-aus... Ich-werde-es-Dir-sagen !

Ça suffit, ordonna une voix. *Éteignez ça.*

Le bourdonnement s'interrompit.

Les chiffres arrivèrent, coincés entre gémissements et sanglots. *Sept-huit-quatre-deux*, puis le mot *Wolke*, puis *neuf-un-un*.

Le Rabbin griffonna les chiffres et le mot sur un calepin. Sept-huit-quatre-deux, puis *Wolke*, ou *nuage*, puis neuf-un-un. Il remplit ses poumons d'air et leva les yeux. Il était entendu, dans le monde de l'espionnage, que tout le monde finissait par craquer à un moment ou à un autre. Ben Ezra savait qu'on avait demandé à certains juifs en mission de tenir assez longtemps pour permettre aux autres membres du réseau de s'enfuir. Quelquefois, ils avaient tenu deux jours, deux jours et demi sous la torture, d'autres fois moins. Le propre fils du Rabbin avait été pris en Syrie au milieu des années 70, et torturé pendant trente-quatre heures avant de craquer, après quoi on l'avait lavé, revêtu d'un pyjama blanc et pendu à un gibet de fortune en bois. L'Allemand avait encaissé plus de souffrances que la plupart ; sa haine des juifs avait anesthésié une partie de la douleur qui lui était infligée. Mais il avait craqué.

Il ne restait plus qu'à essayer le numéro et, en supposant – ce qu'il faisait – qu'il était exact, à prendre possession des dépôts du *Devisenbeschaffer*, à détourner les fonds vers divers comptes en Suisse et à envoyer le message prévu à Jack McAuliffe pour l'informer que le sale boulot était fait.

Après quoi c'était au Sorcier de tenir sa part du marché.

Ben Ezra avait reçu le message du Sorcier la veille au soir : le putsch était prévu pour le 1er septembre. Par une ligne téléphonique brouillée dans une planque du Mossad, s'exprimant par phrases codées pour plus de précautions, le Rabbin avait transmis le détail à Jack McAuliffe à Washington. Notre ami mutuel, avait annoncé Ben Ezra, nous rappelle que nous devons déposer notre demande avant le 1er septembre si nous voulons obtenir une bourse ; après, ce sera trop tard. Le 1er septembre, avait commenté Jack, au bout du fil, ça ne nous laisse pas beaucoup de temps pour obtenir la recommandation des huit ou dix personnages clés à Moscou ; notre ami mutuel pense-t-il pouvoir contacter ces gens avant la date limite ? Il a déjà commencé, avait répondu le Rabbin. Il compte avoir les huit ou dix recommandations en main avant la fin de la dernière semaine d'août. C'est très juste, avait commenté Jack. N'était-il pas possible d'accélérer un peu le processus ? Il est assez délicat d'obtenir huit ou dix recommandations quasi simultanées, avait averti le Rabbin, et nous sommes obligés, pour des raisons évidentes, de réussir du premier coup ; il n'y aura pas de deuxième chance. Bon, avait dit Jack à regret. C'est d'accord pour la dernière semaine d'août. Maintenant, toujours installé dans le bureau au rez-de-chaussée des abattoirs, le Rabbin retourna l'interphone pour le débrancher. À travers les verres épais de ses lunettes, les yeux ternis par la douleur qui était sa fidèle compagne, il aperçut dans l'ouverture du boîtier, une araignée rouge et noir minuscule dansant sur des filaments si fins qu'ils étaient invisibles à l'œil nu. L'araignée, comme suspendue dans l'espace, se figea quand Ben Ezra toucha l'un des fils du bout de l'ongle. Elle attendit avec une patience infinie, essayant de déterminer si la vibration qu'elle avait perçue était signe de danger. Elle risqua enfin un mouvement puis traversa prestement sa toile invisible pour disparaître dans les profondeurs de l'interphone.

Un pli renfrogné apparut sur les lèvres desséchées de Ben Ezra. Son temps était compté. Bientôt, lui aussi s'accrocherait à une toile invisible, sa hanche malade se projetant en avant puis effectuant une rotation pour repartir vers l'arrière à chaque pas douloureux, et il disparaîtrait dans les profondeurs de la terre que le Seigneur Dieu avait octroyée aux descendants du patriarche Abraham.

Dans le village de Machkino, la sirène de la tour de garde sonna midi au complexe du KGB, ensemble de bâtiments satellites de briques à un étage, en forme de L, reliés à un quartier général central par des passages piétons couverts. Dans la petite salle de conférences climatisée, au premier étage du quartier général central, le président du KGB, Vladimir Krioutchkov, qui se présentait dans le meilleur des cas comme un personnage irritable toujours enclin à voir la tasse à moitié vide plutôt qu'à moitié pleine, regardait sombrement par la fenêtre. Derrière lui, la voix de Fiodor Lomov, apparatchik du ministère des Affaires étrangères, débitait d'une voix monocorde le dossier qui accompagnait les photographies livrées le matin même par coursier.

Il semblait que le bureau israélien de la Deuxième Direction principale avait une équipe affectée à la surveillance d'un couple marié d'origine juive, qui vendait des tapis d'Orient dans une boutique écartée, au fin fond d'une ruelle donnant sur l'Arbat. Le couple était connu pour avoir par le passé fourni une planque et offert ses services d'intermédiaire au Mossad israélien. L'équipe de surveillance, qui se tenait postée dans un appartement vide situé diagonalement en face de la boutique de tapis, prenait systématiquement en photo quiconque entrait et sortait du magasin. Ces clichés étaient développés chaque soir, puis livrés dans la matinée au bureau israélien de la deuxième Direction principale. Ce matin-là, on en était encore à trier les photos – les portraits des visiteurs qu'on pouvait identifier étaient étiquetés et collés dans des albums, les autres étaient entreposés dans une corbeille métallique portant la mention *non identifié* – quand Iouri Soukhanov, le patron revêche de la Neuvième Direction principale, l'un des noyaux de la conjuration qui travaillait en étroite collaboration avec le président du KGB, Krioutchkov, était passé avec une photo troublante envoyée par le *rezident* de Dresde au Centre de Moscou. Elle montrait un vieil homme tordu qui se dirigeait en s'appuyant sur deux cannes vers une limousine entourée de gardes du corps. Dresde avait hésité à reconnaître en ce vieillard Ezra Ben Ezra, l'infâme Rabbin qui terminait son septième mandat à la tête du Mossad israélien. Il y avait à côté de lui une silhouette corpulente qu'on n'avait pas pu identifier à la *rezidentura* de Dresde mais que Soukhanov, vétéran du KGB qui avait commencé son illustre carrière à la *rezidentura* de Karlshorst, à Berlin Est, au milieu des années 1950, reconnut aussitôt : l'homme qui accompagnait Ben Ezra n'était autre que le vieil ami du Rabbin, l'ancien patron légendaire de la base de la CIA à Berlin, H. Torriti, alias le Sorcier. La question qui, bien sûr, venait aux lèvres de tous était : pourquoi le chef du Mossad avait-il rencontré Harvey Torriti à Dresde ? Se pouvait-il que leur présence dans cette ville eût quelque chose à voir avec les quantités de devises transférées par le *Devisenbeschaffer* dans la succursale de la Banque Commerciale de Grande Russie à Dresde ? Ou, pis encore, quelque chose à voir avec la disparition soudaine du *Devisenbeschaffer* lui-même ?

Ils étaient en train de se creuser la cervelle pour tenter de répondre à ces troublantes questions quand Soukhanov remarqua la pile de photos dans la corbeille marquée *non identifié*. Alors qu'il les feuilletait distraitement, il en porta soudain une à la lumière. Où avez-vous eu ça ? s'enquit-il avec excitation. L'officier de service lui répondit qu'elle avait été prise la veille par l'équipe chargée de surveiller un couple de juifs qui servait parfois d'antenne aux Israéliens. Mais c'est le même homme que celui photographié à Dresde avec le Rabbin ! C'est l'Américain Torriti, assura le chef de la Neuvième Direction. Soukhanov jugea que la présence de Torriti d'abord à Dresde, puis à Moscou, n'augurait rien de bon – cela ne pouvait signifier qu'une seule chose : la CIA, sans passer par son antenne de Moscou, avait introduit depuis l'extérieur un vieux professionnel dans la capitale soviétique. Et cela ne pouvait à son tour signifier qu'une chose : les Américains soupçonnaient la préparation d'un putsch.

C'est à ce moment que les photos de Ben Ezra et Torriti à Dresde, et de Torriti à Moscou, furent envoyées par coursier au complexe du KGB à Machkino et que Krioutchkov fut alerté. La prémonition du chef de la Neuvième Direction suscita la consternation parmi les putschistes. Un conseil de guerre rassemblant les principaux conjurés fut aussitôt convoqué. Lomov finit de lire le dossier. Le ministre de la Défense, Iazov, ainsi que le ministre de l'Intérieur, Pougo, qui avaient au départ plaidé pour que le coup d'État ait lieu à la mi-août, insistèrent pour avancer la date à la lueur de ces dernières informations. Le général Varennikov, chef des forces terrestres et responsable du rassemblement des troupes chargées de prendre Moscou, s'était auparavant prononcé contre cette idée parce qu'il était impossible de terminer les préparatifs militaires aussi tôt. Maintenant, et quoique à contrecœur, il voyait la logique de cette date avancée. Le chef de la Neuvième Direction principale, dont les agents auraient pour mission de maintenir Gorbatchev à résidence pendant les premières heures du putsch, rappela aux autres que le secrétaire général se trouvait dans sa résidence d'été, près de Foros, en Crimée, jusqu'au vingt. Ce qui ne laissait pas beaucoup de temps.

Tout le monde se tourna vers Krioutchkov, qui regardait encore par la fenêtre. Il remarqua le brouillard brunâtre qui flottait au-dessus des champs autour du village de Machkino. Il était là depuis près d'une semaine. Les paysans superstitieux croyaient que les esprits mauvais tapis dans le brouillard faisaient mourir à la naissance les enfants des femmes enceintes qui s'aventuraient dehors par un temps pareil. Bref, songea-t-il ce n'était guère un moment favorable pour lancer de nouveaux projets. Heureusement, Krioutchkov n'était pas superstitieux. Il se tourna donc vers ses collègues, et, la mine particulièrement sombre, se déclara lui aussi en faveur d'avancer la date du

putsch, même si cela impliquait de ne pas attendre la fin de tous les préparatifs – dont le transfert de quantités importantes de devises à Moscou devant
permettre de remplir les magasins juste après le coup d'État.

«Que pensez-vous du 19? demanda Krioutchkov.

– Le 19 août me convient», commenta le ministre de la Défense Iazov.
Les autres personnes présentes acquiescèrent. «C'est donc décidé, dit Krioutchkov. Nous allons déclarer l'état d'urgence, isoler Gorbatchev et prendre le
contrôle du gouvernement dans une semaine exactement.»

Pour essayer de chasser une angoisse chronique, Leo Kritzky passa l'après-
midi à explorer les petites rues parsemées d'églises orthodoxes juste derrière
le Kremlin. Avec les années, il avait pris une allure tellement russe que les
petits arnaqueurs qui ne cessaient d'arrêter les étrangers pour leur proposer
d'échanger des dollars ou d'acheter du caviar ne lui accordaient pas un regard.
Il prit un thé et un gâteau sec dans une cantine ouvrière, puis fit la queue dans
une pharmacie pour acheter un flacon de sirop antitussif polonais qu'il passa
déposer chez son amie; elle se battait contre une mauvaise toux à coups d'in-
fusions, mais n'en allait que plus mal. Il s'attarda chez elle une demi-heure,
à admirer ses illustrations d'un livre pour enfants sur les fées et les elfes de
Sibérie, puis reprit le métro pour rentrer quai Frounze. Accroché à une poignée souple fixée au plafond, oscillant au rythme de la rame qui fonçait dans
les tunnels, il remarqua ce qui lui apparut comme une relique de soixante-dix
ans de communisme: une petite plaque métallique en tête de métro, qui portait les mots «Révolution d'Octobre» gravés dessus. Il se demanda combien
de gens relevaient ce souvenir du temps passé, et combien d'entre eux
croyaient encore aux promesses de la révolution d'Octobre. Il y avait des jours
où lui-même pensait qu'il vaudrait mieux repartir de zéro; il y avait d'autres
jours où il essayait de ne pas y penser du tout.

Arrivé au quai Frounze, numéro 50, entrée 9, il gravit l'escalier jusqu'au
troisième niveau. Le concierge ne s'était toujours pas décidé à changer l'ampoule au bout du couloir, près de son appartement, numéro 373. Alors qu'il
se baissait pour introduire la clé dans la serrure, une voix agitée surgit de
l'obscurité. «Excusez-moi, excusez-moi, mais vous ne parleriez pas anglais,
par hasard?» Comme Leo ne répondait pas, la personne soupira. «C'est bien
ce que je pensais... ça aurait été trop beau pour être vrai.»

Leo scruta la pénombre. «En fait...

– Oh, merci mon Dieu!» s'exclama la femme avec soulagement. Elle surgit de l'obscurité et s'approcha de Leo. «Encore pardon, mais vous ne sauriez pas lequel de ces appartements habite Leo Kritzky?»

Le visage de Leo perdit toute expression. «Qui êtes-vous?» demanda-t-il.
Il porta les doigts à ses joues et ne toucha que de la chair insensible.

La femme s'approcha encore et dévisagea Leo. Il l'entendit retenir sa respiration. «Papa? chuchota-t-elle d'une voix angoissée d'enfant.

— Tessa? C'est bien toi?

— Oh, papa, gémit-elle. C'est moi, c'est moi. C'est bien moi.»

Leo sentit les années, l'endroit, les regrets et les souffrances s'évaporer d'un coup. Il ouvrit les bras et Tessa, secouée de sanglots, s'y précipita.

Il leur fallut du temps avant de pouvoir prononcer un mot. Ils restèrent là, dans la pénombre, accrochés l'un à l'autre jusqu'à ce que les larmes de Tessa eussent trempé le devant du coupe-vent de son père. Ni l'un ni l'autre ne put par la suite se rappeler comment ils étaient entrés dans l'appartement ni qui avait ouvert la bouteille de vin bulgare ni d'où provenaient les canapés d'œufs de saumon. Ils se regardaient par-dessus la table pliante. De temps à autre, Leo tendait la main pour toucher sa fille, et les yeux de celle-ci, rivés sur les siens, se remplissaient de larmes. Tessa était descendue dans un hôtel non loin de la place Rouge, mais il n'était pas question qu'elle retourne là-bas; ils iraient prendre sa valise et le paquet de livres qu'elle lui avait apporté le lendemain matin. Ils étendirent un drap sur le canapé, posèrent des oreillers de chaque côté, et parlèrent à voix basse, rendue rauque par l'émotion, jusqu'aux premières heures du jour. Tessa, belle et mince, frisant la quarantaine, sortait tout juste d'une nouvelle liaison; il semblait qu'elle fût toujours attirée soit par des hommes mariés, soit par des hommes qui craignaient de s'engager dans une relation durable. Et, comme sa sœur le lui rappelait sans cesse, l'horloge biologique tournait. Tessa envisageait de se faire mettre enceinte par son prochain amant, même si leur histoire ne menait nulle part; elle se retrouverait au moins avec un enfant, ce qui était ce qu'elle désirait le plus au monde.

Vanessa? Oh, elle allait bien. Oui, elle était toujours mariée avec le même professeur-assistant d'histoire à l'université George-Washington; leur fils, qui s'appelait Philip, comme son arrière-grand-père, était un solide petit garçon de quatre ans, qui savait déjà se servir d'un ordinateur. Pourquoi n'avait-elle pas prévenu Leo de son arrivée? Elle n'avait pas voulu lui donner de faux espoirs. Ni se donner de faux espoirs non plus. Elle avait eu peur de se dégonfler au dernier moment, peur de ce qu'elle allait trouver – ou ne pas trouver. Elle n'avait même pas dit à Vanessa qu'elle venait. Oh, papa, si seulement...

Si seulement?

Si seulement tu n'avais pas...

Il comprit ce qu'elle n'arrivait pas à dire. J'avais embrassé une cause, je m'étais engagé avant même d'entrer à la CIA, lui dit-il. Je me suis montré fidèle à cette cause et à ces engagements.

Tu ne regrettes rien?

Les regrets qui s'étaient envolés dans le couloir lui revinrent en masse. Ta mère, dit-il. Je regrette cruellement ce que j'ai pu faire à Adelle. Ta sœur: je regrette qu'elle ne puisse se décider à me parler. Toi : je regrette de ne pouvoir partager ta vie et que tu ne puisses partager ce qui reste de la mienne.

Quand je t'ai vu dans ce couloir, papa, j'ai eu d'abord l'impression affreuse que tu n'étais pas content de me voir.

Non, ce n'est pas vrai.

Je l'ai lu dans tes yeux.

Te revoir est ce qui m'arrive de plus merveilleux depuis sept ans et demi. C'est seulement...

Seulement quoi ?

Ce n'est pas le meilleur moment pour être à Moscou, Tessa.

Avec Gorbatchev au pouvoir, je me suis dit que c'était une époque fascinante pour être à Moscou.

Justement. Gorbatchev ne va peut-être pas rester au pouvoir très longtemps.

Il va y avoir un coup d'État ? Dis donc, ce serait rigolo – de se retrouver au milieu d'une vraie révolution. Soudain, Tessa regarda attentivement son père. Tu sais quelque chose, papa, ou c'est juste la rumeur ?

Il pourrait vraiment y avoir un soulèvement.

Pardon de te poser cette question, mais tu travailles encore pour le KGB ?

Il essaya de sourire. Je suis à la retraite. Je touche une pension. Je tire toutes mes informations des journaux.

Tessa parut soulagée. Prédire des coups d'État, c'est comme prédire la météo, dit-elle. Tout le monde sait que les journaux se trompent la plupart du temps. Alors, s'ils disent qu'il va y avoir un coup d'État, il y a de bonnes chances que tout reste bien pépère. Dommage pour moi. Quelques émotions fortes ne m'auraient pas fait de mal.

Près de Foros, sur la péninsule de Crimée,
lundi 19 août 1991

Alors que l'hélicoptère militaire pareil à un insecte géant atterrissait en plein milieu de l'hélistation marquée à la chaux, Evgueni aperçut les coupoles en oignon de l'église de Foros accrochée aux escarpements de granit, et les vagues qui se jetaient contre la côte rocheuse tout en bas. Quelques instants plus tard, apparut la propriété de Mikhaïl Gorbatchev, construite au bord de la falaise donnant sur la mer Noire, au sud de la Crimée. Il y avait une grande maison à deux étages, une petite pension pour le personnel et les gardes, une maison séparée pour les invités, une piscine couverte et une salle de cinéma, et même un long escalier mécanique conduisant à la plage, au pied de l'enceinte. Dès que l'hélicoptère eut atterri, la délégation de Moscou – Iouri Soukhanov, représentant le KGB, le général Varennikov, représentant l'armée, Oleg Baklanov, représentant l'industrie militaire, Oleg Chenine du Politburo, Valery Boldine, assistant personnel et secrétaire de Gorbatchev, et Evgueni Tsipine, représentant le puissant secteur de la banque – fut conduite au plus vite à la grande maison à bord de jeeps découvertes. La petite troupe pénétrait dans le hall de marbre et d'or quand le chef de la sécurité vint glisser à Soukhanov qu'il avait coupé les huit lignes de téléphone et de fax de la propriété à quatre heures trente, comme demandé. « Quand je l'ai informé qu'il avait des visiteurs imprévus, il a pris le téléphone pour voir de quoi il s'agissait, relata l'officier. Et c'est là qu'il s'est aperçu que les lignes étaient coupées. Il a même essayé le téléphone qui le relie directement au commandant en chef – celui qui reste enfermé dans un boîtier. Il a dû comprendre tout de suite ce qui se passait parce qu'il est devenu blême et a appelé sa famille auprès de lui – sa femme, Raïssa Maximova, sa fille et son gendre. Ils sont maintenant tous avec lui dans le salon. Raïssa est la plus ébranlée. Je l'ai entendue dire quelque chose à son mari à propos de l'assassinat des Romanov par les Bolcheviks après la révolution d'Octobre. »

La délégation franchit la double porte et trouva Gorbatchev et les siens debout, épaule contre épaule, au milieu de la pièce. Derrière eux, la vue sur les falaises et la mer par la baie vitrée était à couper le souffle. Le secrétaire général, incapable de maîtriser sa fureur, dévisagea son assistant, Boldine. «*Et tu, Brute ?* fit-il avec un sourire méprisant avant de regarder les autres. Qui vous envoie ? demanda-t-il avec un dédain glacé.

– Le Comité d'État pour l'état d'urgence, répondit Soukhanov.

– Je n'ai jamais nommé de comité de ce genre, rétorqua Gorbatchev. Qui en fait partie ?»

Evgueni s'approcha de Gorbatchev et lui tendit une feuille de papier pelure sur laquelle étaient dactylographiés tous les noms des membres du Comité d'État pour l'état d'urgence. Le secrétaire général chaussa une paire de lunettes et examina la liste. «Krioutchkov! Iazov – bon Dieu, dire que je l'ai tiré de nulle part pour le nommer ministre de la Défense! Pougo! Varennikov! Ouritzki!» Gorbatchev secouait la tête d'un côté, puis de l'autre en signe de dégoût. «Croyez-vous vraiment que les gens soient tellement las qu'ils seraient prêts à suivre n'importe quel dictateur ?»

Le général Varennikov s'avança. «Vous n'avez pas vraiment le choix, Mikhaïl Sergueïevitch. Vous êtes obligé d'obtempérer et de signer le décret d'état d'urgence. C'est soit signer, soit démissionner.»

Gorbatchev observa Raïssa et vit qu'elle tremblait de peur. Il posa la main sur son épaule puis s'adressa à la délégation : «Jamais... je refuse de légaliser ce décret par ma signature.»

D'une voix à peine audible, Raïssa demanda à son mari : «Eltsine... son nom est-il sur la liste ?»

Soukhanov précisa : «Eltsine sera arrêté.»

Gorbatchev et sa femme échangèrent un regard. Leur fille se rapprocha de Raïssa et lui prit la main. Gorbatchev leur adressa un sourire sans joie; ils comprenaient tous trois qu'ils pouvaient très bien finir devant un peloton d'exécution. Il se tourna vers la délégation. «Vous êtes des aventuriers et des traîtres, dit-il d'une voix égale. Vous allez détruire le pays. Vous refusez donc de tirer les leçons de l'histoire pour oser suggérer aujourd'hui un retour au totalitarisme. Vous allez plonger la Russie dans la guerre civile.»

Conscient d'avoir un rôle à jouer, Evgueni intervint : «C'est vous qui poussez la Russie dans la guerre civile. Nous essayons d'éviter une effusion de sang.

– Mikhaïl Sergueïevitch, reprit Soukhanov, en fin de compte, nous ne vous demanderons rien. Vous resterez à Foros en état d'arrestation. Nous nous chargerons de la sale besogne à votre place.

– Oui, de la sale besogne, c'est bien le terme, constata amèrement Gorbatchev.

– Nous n'avons plus rien à faire ici», indiqua Soukhanov aux autres membres de la délégation. Il se dirigea vers Gorbatchev et lui tendit la main;

le secrétaire général et le chef de la Neuvième Direction principale du KGB avaient été très proches pendant des années. Gorbatchev baissa les yeux vers la main, puis se détourna avec une expression de profond mépris. Écartant l'insulte d'un haussement d'épaule, Soukhanov sortit de la pièce, suivi par le reste de la délégation.

À bord de l'hélicoptère qui les ramenait à l'aéroport Belbek, où un Tupolev-154 les attendait pour les conduire à Moscou, Soukhanov donna par radio des instructions au chef de la sécurité à Foros : le secrétaire général et les membres de sa famille devaient être coupés du monde. Personne ni aucune information ne devait entrer ou sortir de la propriété. Compris ?

Les mots *À vos ordres* crépitèrent dans le haut-parleur.

Baklanov sortit une bouteille de cognac d'une sacoche de cuir, en remplit à ras bord de petits gobelets en plastique et les distribua à la ronde. Tous se mirent à boire. « Il faut quand même lui reconnaître, remarqua le général Varennikov, que n'importe qui à sa place aurait signé ce putain de décret. »

Soukhanov appuya la tête contre la cloison de l'hélicoptère et ferma les yeux. « Nous devons maintenant absolument isoler Boris Eltsine, fit-il d'une voix forte. Sans Gorbatchev, et sans Eltsine, l'opposition n'aura plus personne autour de qui se rallier. »

Evgueni était du même avis. « Eltsine, dit-il, perdu dans ses pensées, est résolument la clé. »

De retour à Moscou bien après minuit, Evgueni appela Aza d'une cabine publique, sur le parking de l'aéroport. Se servant d'un code prévu à l'avance, il lui donna rendez-vous dans un garage situé en face de l'entrée de service de l'immeuble où elle habitait. Elle l'attendait dans l'ombre quand il arriva, et ils tombèrent dans les bras l'un de l'autre. Evgueni finit par la repousser pour lui raconter, en phrases brèves et décousues, ce qui venait de se passer : les putschistes avaient subitement avancé la date du soulèvement ; lui et quelques autres avaient pris l'avion pour la Crimée afin d'essayer de forcer Gorbatchev à signer l'état d'urgence ; celui-ci avait refusé tout net et il était à présent retenu prisonnier dans l'enceinte de Foros. À l'heure où ils parlaient, le général Iazov était en train d'envoyer la dépêche chiffrée 8825 mettant toutes les unités militaires en état d'alerte rouge. Dans quelques heures à peine, des détachements de blindés et des half-tracks chargés de troupes de combat occuperaient des positions stratégiques à Moscou. Le public apprendrait alors que Gorbatchev, victime d'une crise cardiaque, avait dû démissionner, laissant tout le pouvoir gouvernemental aux mains du Comité d'État pour l'état d'urgence.

Aza reçut la nouvelle avec calme. Les événements n'avaient rien d'inattendu, souligna-t-elle, seule la date avancée avait de quoi surprendre. Elle allait, dit-elle, emprunter une voiture à un voisin et partirait tout de suite prévenir Boris Nikolaïevitch. Eltsine se barricaderait sans doute à l'intérieur de l'imposant parlement russe, la Maison Blanche, qui se dressait au bord de la Moskova, et tenterait de rassembler les forces démocratiques pour résister. Si les lignes téléphoniques de la Maison Blanche n'étaient pas coupées, Evgueni pourrait la joindre sur le numéro non répertorié qu'elle lui avait remis et qui donnait dans les bureaux d'Eltsine. Elle lui caressa la nuque dans l'obscurité. Fais attention à toi, Evgueni Alexandrovitch, dit-elle avant de lui murmurer un refrain de leur histoire fugitive, tant d'années auparavant : *À chaque fois que je te vois, c'est un peu de moi que je laisse avec toi.*

La phrase, qu'Evgueni reconnut instantanément, le laissa avec le regret douloureux de ce qui aurait pu être, et avec l'espoir douloureux de ce qui pouvait être encore.

La petite Lada se faufila dans les rues désertes de la capitale. Elle tourna dans Koutouzovski Prospekt et sortit de Moscou en prenant la direction d'Oussovo, village où Boris Eltsine avait sa datcha. Aza avait stoppé à un feu rouge – elle ne voulait surtout pas se faire arrêter par la police de la route – quand elle s'aperçut que le sol tremblait sous les roues de la voiture. On aurait dit le frémissement qui précède un tremblement de terre. Elle entendit le grondement à l'instant même où elle en découvrait la source. À sa grande stupeur, une longue colonne de chars gigantesques roulant en direction du centre de Moscou surgit dans l'avenue. Un soldat coiffé d'un casque de cuir et de lunettes de protection se tenait dans la tourelle ouverte de chacun des chars. Soudain, les vibrations de la terre répondirent aux battements de cœur d'Aza ; jusqu'à présent, le putsch n'avait été pour elle qu'un concept plus ou moins abstrait, mais la vue des chenilles mordant le pavé pour entrer dans Moscou lui donnait une réalité brutale. Les chars ne s'arrêtèrent pas au feu rouge, et Aza trouva cela scandaleux. Pour qui se prenaient-ils ? Et puis elle comprit à quel point il était ridicule de s'attendre à ce que des chars venus soutenir un putsch respectent le code de la route. Un soldat dut remarquer qu'il y avait une femme au volant de la petite Lada car il fit mine de se décoiffer galamment en passant devant elle, la saluant d'un haut-de-forme imaginaire.

Dès que le feu passa au vert, Aza démarra et fonça à toute allure vers Oussovo, à contre-courant de la file de blindés. À la sortie de Moscou, les immeubles cédaient le pas à des champs et des portails ouvragés menant à des fermes collectives ou des usines situées à l'écart de la route. Il régnait à Gorki-9, juste avant Oussovo, un calme absolu quand elle remonta l'unique rue pavée, prit le chemin de terre et s'arrêta devant le mur d'enceinte. Les deux soldats de faction, visiblement des gars de la campagne, s'étaient assoupis au poste de garde. Aza frappa à la fenêtre. L'un d'eux la reconnut et se dépêcha de sortir pour lui ouvrir.

« C'est pas un peu tôt pour vous, ma petite dame ? dit-il.

– Je voulais être sortie de Moscou avant le début des embouteillages, répondit-elle.

– Si j'avais une voiture, commenta le soldat, ça ne me gênerait pas d'être pris dans les embouteillages. J'écouterais du rock'n' roll américain à la radio. »

Aza se gara sur le côté de la datcha de bois et de brique aux proportions peu harmonieuses puis gagna la porte de service, sous le porche vitré. Dans les bois qui entouraient la maison, les oiseaux n'avaient pas encore commencé à chanter. Elle prit la clé dans sa cachette, sous un pot de géranium, et pénétra dans la cuisine. Puis elle gravit l'escalier de bois bordé d'une rampe peinte, parcourut le couloir et frappa tout doucement à la porte du fond. Comme il n'y eut pas de réponse, elle frappa plus fort. Une voix bourrue répondit :
« Qu'est-ce qui se passe ?

– Boris Nikolaïevitch, c'est moi, Azalia Isanova. Il faut absolument que je vous parle. »

Des portes s'ouvrirent dans le couloir, et les filles d'Eltsine, Lena et Tania, effrayées d'être réveillées à cette heure, sortirent la tête de leur chambre. « Qu'est-il arrivé ? » demanda Tania, la plus jeune des deux.

Eltsine, en pantalon avec ses bretelles pendantes et chemise de nuit, un pistolet de gros calibre à la main, ouvrit la porte de la chambre. « Retournez vous coucher, lança-t-il à ses filles par-dessus la tête d'Aza. Entrez », dit-il à sa visiteuse. Il se doutait bien que ce n'étaient pas de bonnes nouvelles qui l'avaient poussée à quitter Moscou à l'aube. Il posa son arme sur la table de chevet, près d'une bouteille de cognac presque vide, puis il désigna une chaise et en approcha une autre pour s'asseoir en face d'elle. « Alors, vous avez eu des nouvelles de votre informateur ? »

Aza acquiesça. « Il est venu me voir vers une heure et demie », répondit-elle, et elle lui répéta ce qu'Evgueni lui avait raconté : le putsch avait commencé, Gorbatchev avait refusé de coopérer et il était retenu prisonnier en Crimée, l'armée et des unités de parachutistes avaient reçu l'ordre de prendre position dans la capitale. Elle avait elle-même croisé une longue file de chars énormes qui se dirigeaient vers Moscou.

Eltsine passa les trois gros doigts de sa main gauche dans sa masse de cheveux gris et examina le sol, la mine sombre. Puis il secoua la tête à plusieurs reprises, comme s'il débattait avec lui-même. « Comment êtes-vous venue jusqu'ici ?

– J'ai emprunté une Lada à un voisin. »

Il détourna les yeux, une expression soucieuse sur le visage ; Aza le connaissait assez pour savoir qu'il était en train d'échafauder divers scénarios. « Il est essentiel que je puisse retourner à la Maison Blanche, déclara-t-il enfin, réfléchissant tout haut. Je suis certain d'être l'un des prochains sur la liste des arrestations du KGB. Ils doivent déjà avoir installé des barrages tout autour de Moscou. Si je prends ma limousine avec mes gardes du corps, on va me reconnaître et ce sera terminé. J'aurai une meilleure chance de passer les postes de contrôle en rentrant avec vous. Mais ce pourrait être dangereux... êtes-vous prête à courir le risque ?

– Absolument, Boris Nikolaïevitch.

– Vous ne manquez pas de cran, Azalia Izanova. »

Eltsine se leva d'un bond et alluma une petite radio réglée sur une station qui diffusait des émissions toute la nuit. Elle passait *Le Lac des cygnes*, ce qui était très mauvais signe ; les stations de radio soviétiques passaient toujours *Le Lac des cygnes* en périodes de troubles. Puis, la voix tremblante de nervosité, un présentateur interrompit le programme musical pour lire un bulletin d'information. «Mikhaïl Gorbatchev vient de se retirer pour raisons de santé. En ces heures graves et critiques, le Comité d'État pour l'état d'urgence a pris le pouvoir afin de combattre le danger mortel qui menace notre grande patrie.» En entendant la radio, Lena et Tania se précipitèrent dans la chambre de leur père. Eltsine leur fit signe de se taire. «La politique de réformes lancée par Mikhaïl Gorbatchev et conçue pour assurer le développement dynamique du pays, a abouti à une impasse, disait la voix du commentateur. Le pays s'enfonce dans un bourbier d'anarchie et de violence. Des millions de gens attendent que l'on prenne des mesures contre le crime organisé et l'immoralité manifeste.»

Eltsine coupa la radio. «Des millions de gens attendent la démocratisation, pas une nouvelle dictature du prolétariat», déclara-t-il. Il fit passer la chemise de nuit par-dessus sa tête et mit un gilet pare-balles. Puis il enfila une chemise blanche, remonta ses bretelles et revêtit une veste brune dans la poche de laquelle il glissa le pistolet. Il se tourna alors vers ses filles et leur demanda d'appeler leur mère à l'appartement familial, en ville. «La ligne est certainement sur écoute, expliqua-t-il. Dites seulement que j'ai appris les nouvelles par la radio et que je suis aussitôt parti pour Sverdlovsk en voiture. Rien de plus.»

Dehors, une étoile filante incroyablement grosse fendit la Grande Ourse. «Faites un vœu», recommanda Eltsine à ses filles. Lui-même n'était pas religieux, mais il croyait en la destinée : clairement, le moment était venu pour lui d'accomplir la sienne. Levant les yeux vers le ciel d'août sans nuage, il fit un vœu, puis s'installa à côté d'Aza, sur le siège passager de la petite Lada.

«Papa, surtout, ne t'énerve pas, lui conseilla Lena en refermant la portière. Souviens-toi que tout dépend de toi.»

Au début, la sonnerie lui parut tellement lointaine que Jack McAuliffe la mêla à son rêve ; dans une réminiscence embrumée, il se voyait menottant Leo Kritzky à un radiateur tandis qu'une sonnette de bicyclette retentissait dans la carcasse en bois d'un bâtiment délabré pour rappeler à tous qu'ils pouvaient prendre du café et des beignets dans le couloir. Revenant avec une langueur infinie des profondeurs de son rêve, Jack prit conscience de l'endroit où il se trouvait et que la sonnerie provenait en fait du téléphone. Il chercha le combiné dans l'obscurité. Millie décrocha avant lui.

« Oui ?... Qui avez-vous dit que vous étiez ? »... Par habitude, elle ajouta : « Je vais voir s'il est là. »

Elle posa le micro contre l'oreiller et chuchota à Jack : « C'est l'officier de garde à Langley, Jack. Tu es là ? »

Émergeant, Jack grommela : « Où voudrais-tu que je sois en plein milieu de la nuit, sinon dans mon lit avec ma femme ? » Il trouva l'épaule de Millie et suivit son bras jusqu'à la main qui tenait le combiné. Il le lui prit et grogna : « McAuliffe, à l'appareil. »

Soudain parfaitement réveillé, Jack s'assit dans le lit et porta le combiné à son autre oreille. « Nom de Dieu ! c'est arrivé quand ?... D'accord, envoyez un signal "Action immédiate" à l'antenne de Moscou ordonnant à tous de ne pas traîner dans la rue jusqu'à ce que la situation se stabilise. On ne voudrait pas que nos hommes se prennent une balle perdue. Mettez mon nom dessus. Ensuite, retrouvez-moi le directeur Ebbitt. Il fait de la voile sur un bateau qui s'appelle le *Troupier, fils de famille* au large de Nantucket... Alertez les gardes-côtes si vous n'arrivez pas à l'avoir par radio. Prévenez aussi le DD-O, Manny Ebbitt. Dites-lui de venir tout de suite en salle d'information. J'y serai dans trois quarts d'heure. Je déciderai sur place s'il faut réveiller le Président tout de suite ou si on attend le matin pour lui faire un rapport. »

Jack chercha le commutateur à tâtons. La soudaine clarté l'aveugla et il se couvrit les yeux avec son avant-bras pendant qu'il raccrochait. « Ça a pété en Russie, dit-il à Millie. Leo s'est trompé. Ces salauds ont lancé le putsch douze jours avant la date prévue. L'armée russe occupe les points stratégiques à Moscou. Gorbatchev est soit mort soit en état d'arrestation en Crimée.

— Je devrais peut-être t'accompagner, Jack, pour essayer de voir comment aborder ça du côté des relations publiques – le *Washington Post* va nous tomber dessus dès demain matin pour savoir pourquoi on n'avait pas averti le Président de l'imminence d'un coup d'État.

— Et comme d'habitude, on ne pourra pas leur dire qu'on l'a fait. » Il contempla Millie – elle était tout aussi appétissante que ce jour, au Cloud Club, où il avait posé pour la première fois le regard sur elle. « On ne t'a jamais dit que tu étais sacrément belle, comme nana ? demanda-t-il.

— Oui, tu me l'as dit, Jack. » Elle tendit la main pour lisser du bout des doigts la moustache ébouriffée de son mari. « Mais répète-le-moi encore une fois, et je commencerai peut-être à y croire.

— Crois-le, assura Jack. C'est la vérité vraie. » Puis, avec une grimace soucieuse, il se leva. « Putains de Russes, grogna-t-il. Si le putsch réussit, ça va les renvoyer direct à la période glaciaire bolchevique. »

Recroquevillée sur le canapé du salon, Tessa continua de dormir malgré la sonnerie du réveil de Leo, le bruit de la chasse d'eau et celui des canalisations dans les murs. Elle finit par ouvrir les yeux quand l'odeur du café montant du percolateur parvint à ses narines.

« Debout, ma beauté ! appela Leo de la petite cuisine. Il ne faudrait pas partir trop tard si on veut aller à Zagorsk.

– Je veux bien me lever, gémit Tessa. Mais pour la beauté, il ne faut pas trop m'en demander. Je suis morte. »

Ils avaient passé leurs journées à explorer Moscou comme des stakhanovistes (pour reprendre l'expression couleur locale de Tessa) visitant chaque recoin du Kremlin, la cathédrale Basile-le-Bienheureux, le dédale des allées du GOUM, le monastère et le cimetière Novodievitchi (où Manny Ebbitt s'était fait pincer il y aurait dix-sept ans ce mois-ci) et le musée Pouchkine. Dans la lumière déclinante de la fin d'après-midi, ils avaient parcouru les quais de la Moskova et certaines portions de la Ceinture des Jardins. À soixante-quatre ans, Leo semblait disposer de ressources d'énergie inépuisables ; c'était Tessa qui, à trente-sept ans, avait crié grâce et demandé s'ils ne pouvaient pas finir de visiter Moscou le lendemain.

« Nous n'avons plus que trois jours », constatait à présent Leo en beurrant un pain au lait grillé (il faisait toutes ses courses dans un magasin spécial du KGB dont les rayons regorgeaient de marchandises) qu'il tendit à sa fille.

« Je reviendrai, papa.

– C'est vrai ?

– Tu le sais bien. La prochaine fois, j'arriverai peut-être à convaincre Vanessa... » Elle laissa sa phrase en suspens.

« Ça me plairait, dit doucement Leo. Ça me plairait beaucoup. »

Le téléphone sonna dans le salon. Leo alla répondre. Tessa l'entendait parler à voix basse et pressante quand elle perçut un grondement sourd en provenance de la rue. Elle s'approcha de la fenêtre ouverte, écarta les rideaux et découvrit le spectacle le plus ahurissant qu'elle eût jamais vu de sa vie : une longue colonne de chars monstrueux descendait pesamment le quai Frounze.

Derrière elle, Leo criait presque dans le téléphone. « Mais pourquoi ce n'est plus le 1er septembre, bon Dieu ? Douze jours avant la date prévue, ça va foutre en l'air tous les plans de Torriti. »

Dans la rue, les chars se séparaient en petites formations pour repartir dans des directions différentes. Deux d'entre eux restèrent à un carrefour, leur canon paraissant chercher une cible.

Tessa entendit Leo dire : « Comment savent-ils qu'Eltsine a fui à

Sverdlovsk ? » Puis « Sans Eltsine, les forces démocratiques n'auront personne à leur tête. » Il revint alors dans la cuisine et, entendant un moteur Diesel rugir dans la rue, rejoignit Tessa à la fenêtre.

« Que se passe-t-il, papa ? » demanda-t-elle avec anxiété.

Secouant la tête avec dégoût, il embrassa la scène du regard. « Le putsch a commencé », dit-il.

Il n'échappa pas à Tessa que son père paraissait extrêmement bien renseigné. « Qui se rebelle contre qui ? questionna-t-elle.

– Le KGB, les intérêts de l'industrie militaire et l'armée veulent se débarrasser de Gorbatchev et revenir en arrière. »

Tessa récupéra le Nikon 35 mm dans son fourre-tout en toile, y fixa un téléobjectif et prit plusieurs clichés des deux chars restés au carrefour. Les gens qui partaient travailler s'étaient rassemblés autour et paraissaient en grande discussion avec les militaires postés dans les tourelles. « Hé ! Allons voir de plus près ce qui se passe, proposa Tessa en mettant son appareil et des rouleaux de pellicule dans son fourre-tout.

– Le plus sage serait de ne pas bouger.

– Papa, je travaille pour un journal américain. Je ne vais pas rester cachée dans un placard alors qu'il se passe un coup d'État en direct. » Leo regarda à nouveau par la fenêtre ; lui aussi était curieux de voir ce qui allait se produire. « Bon, tant que personne ne tire, je pense qu'on peut aller jeter un coup d'œil. »

Les Moscovites envahissaient les rues quand Leo et Tessa sortirent du 50, quai Frounze, dans la lumière éclatante du mois d'août. De petits groupes s'étaient rassemblés au coin des rues pour essayer d'échanger des informations. Un attroupement plus important entourait les deux chars. Des étudiants ployant sous le poids de leur sac à dos rempli de manuels donnaient des coups de pied dans les chenilles. « Faites demi-tour et retournez dans votre caserne, cria l'un d'eux.

– Nous avons des ordres et nous sommes obligés d'obéir, tenta d'expliquer le jeune officier dans sa tourelle, mais il fut accueilli par des cris.

– Comment pouvez-vous obéir quand on vous donne l'ordre de tirer sur les vôtres ? objecta une jeune femme qui tenait un enfant en équilibre sur sa hanche.

– Répondez, si vous le pouvez, le défia une vieille femme.

– Oui, oui, répondez ! » reprirent d'autres en chœur.

Un vieillard agita sa canne vers les chars. « Honte à vous, honte aux parents qui vous ont élevés ! lança-t-il d'une voix éraillée.

– *Pozor ! Pozor !* psalmodia la foule.

– Honte à vous ! Honte à quiconque tirera des balles russes sur des citoyens russes, hurla quelqu'un d'autre.

– Mais on ne tire sur personne », se défendit l'officier, visiblement ébranlé.

Tessa tourna autour de la foule, prenant des photos de l'officier dans sa tourelle et des étudiants qui brandissaient le poing en direction du char. Puis elle rechargea son appareil et tira son père par le coude pour l'entraîner vers le Kremlin. À un autre carrefour, des soldats avaient formé un cercle autour de deux camions et une jeep, la kalachnikov coincée sous le bras. Trois jeunes filles en jupe d'été très courte qui virevoltait sur leurs cuisses nues enfoncèrent des tiges de roses dans le canon des armes, sous les acclamations des badauds. À la tour du Kremlin, un soldat descendit le drapeau tricolore russe et hissa à sa place l'étendard rouge orné du marteau et de la faucille. Un barbu en fauteuil roulant regardait faire, des larmes coulant sur ses joues. «On croyait que c'en était terminé des communistes», gémissait-il pour quiconque voulait l'entendre. Un adolescent en rollers déposa un poste de radio sur une borne d'incendie et monta le son. Les gens se rapprochèrent. La voix reconnaissable de Boris Eltsine se fit entendre. «... les soldats et les officiers de l'armée, le KGB, et les troupes du ministère de l'Intérieur ! À cette heure difficile des choix, souvenez-vous que vous avez prêté serment devant votre peuple, et que vos armes ne doivent pas se retourner contre lui. Les jours des conspirateurs sont comptés. Le gouvernement élu est plus actif que jamais et poursuit sa mission à la Maison Blanche. Nos masses populaires verront leur patience récompensée et retrouveront une fois de plus la liberté, cette fois pour toujours. Soldats, je ne doute pas qu'en cette heure tragique, vous preniez la bonne décision. L'honneur de l'armée russe ne sera pas entaché par le sang du peuple.»

Leo tira sa fille de côté et dit, le souffle court : «Eltsine n'a pas fui à Sverdlovsk ! Il parle depuis la Maison Blanche. Il reste peut-être encore une parcelle d'espoir.

— C'est quoi, papa, la Maison Blanche ?

— Le Parlement russe, au bord de la Moskova.

— Alors, c'est là qu'il faut aller.»

D'autres autour d'eux commençaient à avoir la même idée. «À la Maison Blanche !» s'exclama, enthousiaste, une fille avec des couettes. Comme attirés par un aimant, les gens se dirigeaient par dizaines vers l'Arbat, rue qui conduisait à la Moskova et au pont Kalinine. Alors que, de partout, des filets de Russes se déversaient dans l'Arbat, le flot qui s'écoulait vers la rivière passa rapidement à des centaines de personnes. Lorsque l'imposante bâtisse blanche du Parlement apparut, au bout de l'Arbat, la foule atteignait des milliers. Leo, porté par une marée humaine, avait l'impression d'être pris dans un maelström ; ses pieds ne semblaient même plus toucher le sol. Tout à coup, protéger Eltsine et la Maison Blanche, dernier bastion de la démocratisation, apparaissait comme une mission sacrée, une mission qui pouvait justifier son allégeance de toute une vie à l'Union soviétique.

À la Maison Blanche, des vétérans d'Afghanistan, les *Afghantsy* – portant des vestiges de leur vieil uniforme et armés de tout ce qui leur tombait sous la main : couteaux de cuisine, chaussettes remplies de sable, parfois une arme à feu – montraient aux étudiants comment construire des barricades. Certains renversaient des automobiles et un bus, d'autres abattaient des arbres ou tiraient des baignoires volées sur un chantier tout proche, d'autres encore arrachaient des pavés avec des barres de fer. Assis sur leurs véhicules, les équipages des dix chars de la garde de Taman disposés en demi-cercle autour de la Maison Blanche fumaient et observaient, mais se gardaient d'intervenir. Quelques minutes après que les cloches de la ville eurent sonné midi, une clameur monta de l'asphalte brûlant et s'amplifia au point que la terre elle-même parut près de se soulever. «Regarde!» s'exclama Leo en montrant les portes monumentales du Parlement. La silhouette massive d'un homme grand, coiffé d'une tignasse de cheveux gris, se tenait sur la plus haute marche, les bras levés au-dessus de sa tête, les doigts formant le V de la victoire. «C'est Eltsine», cria Leo dans l'oreille de sa fille.

Tessa grimpa sur le capot d'une voiture et prit plusieurs photos, puis joua des coudes pour se rapprocher. Leo la suivit dans la foule. Devant la Maison Blanche, Eltsine descendit les marches puis se hissa sur un T-72 portant le numéro 110 peint au pochoir sur le flanc de la tourelle. La foule se tut. Des journalistes tendirent leur micro pour saisir ses paroles. «Citoyens de Russie, clama-t-il, sa voix résonnant par-dessus les manifestants, ils essayent de renverser le président légalement élu de ce pays. Nous avons affaire à un coup d'État anticonstitutionnel d'extrême droite. En conséquence, nous proclamons comme illégaux tous les décrets et décisions que prendra ce comité d'État.»

Le bref discours d'Eltsine fut accueilli par un tonnerre d'applaudissements. Il descendit du char et échangea quelques mots avec l'un des officiers de la garde de Taman. Curieusement, l'officier le gratifia d'un salut appuyé. Rayonnant, Eltsine monta les marches au milieu des partisans qui lui serraient la main ou lui assenaient de grandes claques dans le dos, puis disparut à l'intérieur.

Les moteurs des dix chars de la garde de Taman rugirent, et crachèrent de la fumée noire par leur pot d'échappement. Alors, à la stupéfaction de tous, les artilleurs détournèrent leurs canons du Parlement. Un hurlement de joie pure s'éleva de la foule lorsqu'elle comprit que les gardes de Taman, émus par les propos d'Eltsine, avaient décidé de défendre la Maison Blanche au lieu de l'attaquer.

À mesure que l'après-midi avançait, des milliers de personnes arrivèrent encore sur la place qui entourait le Parlement. Selon les estimations que crachaient les radios portables, la foule passa de quinze mille manifestants à vingt mille, puis vingt-cinq mille. Les officiers de Taman et les vétérans d'Afghanistan commencèrent à imposer de l'ordre dans ce que beaucoup appelaient la contre-révolution. Les barricades y gagnèrent en hauteur, en épaisseur et en solidité. Des étudiants en vélomoteur furent envoyés en reconnaissance dans la ville et revenaient pour faire le point sur les mouvements de troupes. Des filles, certaines d'entre elles étant des prostituées qui travaillaient dans le passage souterrain proche du Kremlin, apportèrent des caisses de boissons et de nourriture qu'elles distribuèrent aux manifestants qui bloquaient les accès à la Maison Blanche avec leur corps.

À un moment, Tessa remarqua des antennes sur le toit du bâtiment. « Tu crois que le téléphone marche encore ? » demanda-t-elle.

Leo leva les yeux vers les antennes. « Les lignes satellites fonctionnent probablement.

– Si je pouvais avoir accès à un téléphone, j'appellerais Washington pour faire un compte-rendu direct à mon journal de ce qui se passe ici. Ça pourrait aider à dresser l'opinion publique internationale contre le putsch. »

Leo comprit aussitôt l'avantage de ce qu'elle proposait. « Ça vaut le coup d'essayer. »

Se frayant un chemin dans la foule, ils se dirigèrent tous deux vers l'entrée 22, sur le côté de la bâtisse. Les portes étaient gardées par de gros durs, anciens d'Afghanistan armés de deux mitrailleuses et d'une poignée de pistolets. L'un des vétérans examinait l'hôtel d'en face, à la jumelle : « Faites attention, il y a des snipers qui prennent position aux fenêtres d'en haut », lança-t-il. Leo expliqua rapidement en russe que la jeune femme qui l'accompagnait était en fait une journaliste américaine. L'un des gardes jeta un coup d'œil sur la carte de presse de Tessa, fut incapable de la lire et leur fit signe d'entrer.

À l'intérieur, des messagers couraient dans les couloirs, porteurs de dépêches fixées sur des planchettes. Des secrétaires poussaient des chariots bourrés de cocktails Molotov ou de draps déchirés en bandes pour faire des pansements. De jeunes gardes de sociétés de sécurité privées montraient à des étudiants comment charger une kalachnikov et comment tirer avec. Dans une salle du deuxième étage, en face du poste de commandement fortifié d'Eltsine, ils trouvèrent une femme occupée à faxer la déclaration d'Eltsine dénonçant le putsch aux principales organisations du parti, usines et gouvernements locaux à travers le pays. Leo expliqua que la journaliste américaine qui l'accompagnait avait besoin de téléphoner pour rendre compte de la contre-révolution. La femme s'interrompit et les emmena dans un petit bureau avec un téléphone posé sur une table. « C'est une ligne satellite, indiqua-t-elle à Tessa en anglais. Si vous arrivez à avoir l'Amérique, gardez la ligne ouverte. Quand nous serons attaqués, il faudra que vous vous enfermiez pour raconter au monde ce qui se passe ici. »

La femme se retourna pour regarder par la fenêtre. « J'ai toujours détesté l'été, commenta-t-elle en russe. Celui-ci ne fait pas exception. » Elle s'adressa ensuite à Leo. « Comment vous appelez-vous ?

– Kritzky, répondit-il. Et c'est ma fille.

– Moi, c'est Azalia Isanova Lebowitz. Il pourrait y avoir un assaut à tout moment. Nous manquons de gardes devant le bureau d'Eltsine. Voulez-vous être volontaire ?

– Bien sûr. »

Leo laissa Tessa en train de composer un numéro, puis descendit le couloir jusqu'à la double porte du poste de commandement fortifié d'Eltsine. À l'intérieur, des sonneries de téléphone résonnaient avec insistance. De temps à autre, la voix d'Eltsine se faisait entendre, fracassante. « Le chef du KGB ukrainien, Golouchko, a téléphoné pour dire qu'il ne soutenait pas le putsch ! » s'écria-t-il. Dans le couloir, Leo prit une kalachnikov et plusieurs chargeurs dans un carton posé par terre, et rejoignit un homme trapu posté en sentinelle devant la porte, tenant un AK-47 entre ses mains puissantes.

« Vous savez vous servir de ce truc ? demanda l'homme en russe.

– Pas vraiment, avoua Leo.

– Tenez, je vais vous montrer. Ce n'est pas très compliqué. Vous introduisez le chargeur jusqu'à ce que entendiez un bon déclic. Si vous voulez tirer, il faut engager la première cartouche dans le canon. Après, il n'y a plus qu'à viser et presser la détente. Mieux vaut passer en position de tir continu plutôt qu'au coup par coup pour éviter le recul. Vous avez compris ?

– Engager la première cartouche dans le canon, viser, presser la détente. »

L'homme eut un sourire chaleureux. « Plaignez la contre-révolution qui s'appuie sur des gens comme nous pour la défendre », déclara-t-il. Il tendit la main. « Rostropovitch, Mstislav », se présenta-t-il avec un petit salut de la tête.

Leo serra la main du célèbre violoncelliste russe. « Kritzky, Leo, dit-il.

– Tout se résume à cet instant, et en ce lieu – le combat pour changer la Russie », fit remarquer Rostropovitch.

Leo acquiesça avec ferveur. Les deux hommes se postèrent alors dos au mur pour surveiller les mouvements dans le couloir.

Coincé dans un fauteuil pliant en aluminium sur le toit en terrasse de l'hôtel Ukraine, une bouteille de scotch vide et une pleine à portée de main, Harvey Torriti avait une vue plongeante sur les événements qui se déroulaient dans les rues autour de la Maison Blanche, juste de l'autre côté de la Moskova. Il avait échangé sa Swatch contre une paire de jumelles de l'armée Rouge, puis, tard dans l'après-midi, avait pris l'ascenseur jusqu'au vingt-huitième étage et hissé sa carcasse dans l'escalier menant au toit, exercice qui l'avait tellement épuisé qu'il s'était promis de se remettre à fumer – vu le bien que cela avait fait à ses poumons d'arrêter, ce n'était pas la peine de se priver. Moscou s'était rafraîchi dès que le soleil avait disparu derrière la brume industrielle à l'horizon, et les lumières de la ville s'étaient allumées dans un calme relatif. Ce n'était que lorsque le Sorcier prenait ses jumelles que le tableau devenait plus menaçant. Le réceptionniste de l'hôtel s'était montré très vague sur ce qui se passait dehors. L'armée devait procéder à des exercices. Il n'y avait certainement pas de quoi s'inquiéter. La Russie était tout de même un pays civilisé ou prévalait le respect des lois. Et qu'en était-il de cette foule rassemblée autour du bâtiment blanc, de l'autre côté de la rivière ? avait insisté Torriti. Des retraités, avait assuré le réceptionniste avec un mouvement méprisant de la main, qui râlaient à cause de l'inflation.

Les retraités qui râlaient à cause de l'inflation, soit quelque cinquante mille personnes selon les journalistes britanniques présents dans le hall, s'étaient installés autour du bâtiment blanc pour la nuit. Avec ses jumelles, Torriti parvenait à distinguer de petits groupes agglutinés autour de dizaines de feux de camp. La lueur des flammes éclairait des silhouettes obscures qui empilaient encore des bureaux, des bancs publics et des poêles ventrus sur des barricades déjà très hautes.

Torriti ouvrit la dernière bouteille de scotch et s'en servit un dernier pour la route bien qu'il n'eût aucunement l'intention de se mettre en route. C'était trop dommage – quelques jours de plus et son ami le lutin Rappaport entouré de ses anges gardiens ouïgours aurait pu remplir les contrats que Torriti lui avait commandés sur dix des comploteurs. Sans putschistes, plus de putsch. Le Sorcier se demanda ce qui avait pu les pousser à avancer le jour J. Il ne le saurait probablement jamais. De toute façon, qu'on perde ou qu'on gagne, au bout du compte, la partie était à peu près égale.

Il porta les jumelles à ses yeux cerclés de rouge. Près du Kremlin, sur les monts Lénine et sur plusieurs des grands boulevards visibles du toit de l'hôtel, de longues colonnes de phares masqués se faufilaient dans des directions diverses. « Des chars », marmonna le Sorcier. Il se demanda où pouvait se trouver Leo Kritzky. Sûrement enfermé dans son appartement en attendant que la tempête se calme. Le Sorcier pensa fugitivement qu'il n'était peut-être pas en sécurité sur ce toit – il se rappelait qu'Ebbitt lui avait un jour raconté que les chars soviétiques entrés en 1956 dans Budapest avaient tiré dans les niveaux inférieurs des immeubles pour faire écrouler les niveaux supérieurs. Au départ, à Berlin, Torriti ne s'était pas trop entendu avec Ebbitt – bon Dieu, c'était il y avait une éternité ! – mais celui-ci s'était révélé plutôt balaize depuis. Et pour ce qui était des chars russes, Ebbitt savait de quoi il parlait – il avait assisté aux événements de Budapest de ses propres yeux. Cependant, si les chars attaquaient, ils ne viseraient sûrement pas l'hôtel Ukraine, avec tous ses clients étrangers ; ils s'en prendraient plutôt à la grande bâtisse blanche en face. Mais avant d'en être assez près pour tirer sur les étages inférieurs, les chars devraient passer sur les corps bien vivants qui bloquaient les rues.

Les généraux et les conspirateurs du KGB se dégonfleraient-ils quand il s'agirait de répandre le sang russe ? Les manifestants s'enfuiraient-ils si la situation se gâtait ?

D'en bas, une clameur indistincte s'éleva tout autour de la bâtisse blanche.

Torriti s'extirpa de son fauteuil, se traîna jusqu'à la rambarde et tendit l'oreille vers la rumeur. Des mots semblaient imprégner le courant d'air frais en provenance de la rivière. *Ross* quelque chose. *Rossia* ! C'était ça. *Rossia ! Rossia* ! L'exclamation parcourait les rues et revenait en sens inverse, comme un écho. *Rossia ! Rossia ! Rossia* !

Torriti se gratta les fesses d'un gros doigt replié. Il avait passé les plus belles années de sa vie à combattre cette *Rossia*. Et voilà qu'il se retrouvait à se bourrer la gueule sur ce toit moscovite, en espérant sincèrement qu'elle allait survivre.

Allez savoir !

Azalia Isanova tenait par la seule force de son énergie et de ses nerfs à vif. Mis à part de petits sommes volés sur un canapé, elle passait presque tout son temps à faire tourner les fax avec les dernières déclarations vibrantes d'Eltsine proclamant que le putsch était non seulement illégal, mais résolument néfaste. Le déluge de fax expédiés aux quatre coins de l'immense Empire soviétique commençait à porter ses fruits. Des engagements de fidélité au gouvernement central élu arrivaient des organisations locales du parti. Des fermes collectives, des doumas régionales d'Asie centrale, des groupes de vétérans habitant la lointaine péninsule du Kamtchatka envoyaient des messages de soutien. Eltsine lui-même jubila quand Aza lui apprit que cent mille personnes s'étaient rassemblées sur la grand-place de Sverdlovsk pour dénoncer les putschistes. À présent, alors que commençait la deuxième nuit du coup d'État et que la guerre des nerfs se poursuivait, les rumeurs allaient bon train. Telle unité de chars avait, disait-on, reçu l'ordre de descendre des monts Lénine pour nettoyer les abords de la Maison Blanche. Des troupes d'élite du KGB avaient été repérées en train d'embarquer dans des hélicoptères sur un aéroport proche de Moscou. Le président du KGB, Krioutchkov, avait, assurait-on, rassemblé ses lieutenants dans la salle de conférences de la Loubianka pour leur donner un ultimatum : écraser la contre-révolution en moins de vingt-quatre heures.

Durant une pause, lors de la deuxième nuit du putsch, Aza abandonna sa rangée de fax pendant quelques minutes et s'approcha d'une fenêtre ouverte pour prendre un peu l'air. Deux étages plus bas, les manifestants brisaient assez de meubles pour entretenir les feux de camp une nuit de plus. Sur une estrade de fortune, des officiels du gouvernement fidèles à Eltsine se relayaient devant un micro pour soutenir du mieux qu'ils pouvaient le moral des contre-révolutionnaires. Puis Evgueni Evtouchenko marcha vers le micro. La voix perçante du poète, bien connue de chaque Russe, résonna sur toute la place grâce aux haut-parleurs fixés aux réverbères. « *Niet !* » cria-t-il.

La Russie ne tombera pas à nouveau
À genoux pour d'interminables années.
Pouchkine, Tolstoï sont avec nous.
Le peuple réveillé est avec nous.
Et le parlement russe,
Tel un cygne de marbre blessé, porteur de liberté,
Défendu par le peuple,
Nage vers l'immortalité.

Les acclamations résonnaient encore aux oreilles d'Aza lorsque le téléphone qu'elle gardait dans un tiroir se mit à bourdonner. Elle se précipita, ouvrit le tiroir et arracha le combiné. «Bien sûr que c'est moi, souffla-t-elle. Je suis la seule à répondre à ce numéro... c'est pareil pour moi. Chaque fois que tu m'appelles, mon cœur bondit d'une allégresse indescriptible. J'ai juste peur qu'on ne te surprenne en train de m'appeler... Quand tout cela sera terminé, mon amour... Oui, oui, de toute mon âme et de tout mon corps, oui... Quand cela doit-il se produire ? Tu es sûr que ce n'est qu'une reconnaissance et pas l'avant-garde d'une attaque massive ?... Et ils ne se doutent de rien ?... Je prie le ciel pour que ce soit vrai. Mais fais attention. Appelle-moi quand tu auras du neuf, mais pas avant. Sois prudent... Si seulement ça pouvait tourner comme ça. Raccroche, je t'en supplie... Alors c'est moi qui vais le faire. À plus tard. »

Aza se força à couper la ligne, puis resta un long moment à écouter la tonalité. Elle poussa ensuite un profond soupir et sortit dans le couloir pour rejoindre le poste de commandement d'Eltsine. Boris Nikolaïevitch, les cheveux en bataille, les yeux rougis par l'inquiétude et le manque de sommeil, faisait les cent pas dans un bureau tout en dictant une nouvelle déclaration à une secrétaire épuisée. Il s'interrompit en pleine phrase quand il remarqua la présence d'Aza. Elle le prit à part et lui relata en quelques mots ce qu'elle venait d'apprendre de sa source. Eltsine convoqua l'un des vétérans d'Afghanistan et lui transmit l'information. L'officier descendit aussitôt à la cantine du premier étage, qui avait été transformée en dortoir. Les gens qui gardaient les portes de la Maison Blanche ou qui assuraient la surveillance intérieure, se relayaient pour dormir sur des couvertures pliées à même le sol. L'officier intercepta l'équipe qui terminait tout juste son tour de garde, et lui expliqua la situation. Trois T-72 avaient reçu l'ordre de forcer une barricade sur la Ceinture des Jardins pour tester la résistance des défenseurs de la Maison Blanche. Il était vital que les fidèles d'Eltsine fassent une démonstration de force afin que les putschistes soient convaincus de la détermination des contre-révolutionnaires. L'ancien d'Afghanistan demanda des volontaires. Sept étudiants et six vétérans, ainsi qu'un homme plus âgé qui avait monté la garde devant le centre de commandement, levèrent la main.

Les membres de l'escouade se bourrèrent les poches de munitions et, prenant au passage plusieurs cartons de cocktails Molotov, réquisitionnèrent trois taxis au garage du sous-sol. Les véhicules se frayèrent un chemin à travers la foule rassemblée sur la place, puis se dirigèrent vers le centre-ville. Ils quittèrent l'Arbat pour prendre la Ceinture et foncèrent jusqu'à la barricade. Minuit approchait et la plupart des défenseurs de la barricade étaient allés prendre un peu de repos. Seuls restaient une poignée d'étudiants, dont la moitié étaient des filles. L'officier *afghanets* distribua les cocktails Molotov, deux chacun, et posta ses volontaires de chaque côté de la rue, devant la barricade.

À minuit, trois grands chars, tous feux masqués, apparurent et se dirigèrent vers la barricade, écrasant les pavés sous leurs chenilles. Dès qu'ils furent à portée des partisans dissimulés au coin des ruelles débouchant sur la Ceinture, l'officier donna un coup de sifflet strident. Des deux côtés de la route, des silhouettes sombres tenant des bouteilles d'où sortaient des mèches enflammées foncèrent vers les chars. Les équipages devaient être dotés de lunettes de vision nocturne, car les tourelles pivotèrent immédiatement de côté, et les mitrailleuses entrèrent en action. Les deux premiers étudiants furent fauchés avant de pouvoir lancer leurs cocktails. Les autres combattants, tirant sur les chars depuis les ruelles, détournèrent l'attention des artilleurs dans les tourelles. Dans la confusion, deux autres défenseurs se précipitèrent. Le premier s'approcha suffisamment pour pouvoir lancer son cocktail Molotov dans les chenilles du char de tête, lui faisant faire une embardée contre une borne d'incendie. L'artilleur de la tourelle fut projeté en avant, et sa mitrailleuse, soudain muette, tomba de côté. À cet instant, l'autre combattant, plié en deux, s'approcha discrètement par le côté non surveillé et se hissa sur le char pour lancer son cocktail Molotov directement dans l'ouverture. Il y eut un soudain embrasement contre lequel se découpa la silhouette du combattant. L'officier d'Afghanistan hurla : « Cours ! » Le combattant se retourna pour sauter du char en flammes... mais trop tard. L'artilleur du deuxième char fit pivoter son affût et ouvrit le feu sur la silhouette. Transpercé par les balles, qui l'atteignirent à la poitrine, l'homme fut projeté contre la tourelle en feu. Les munitions entreposées à l'intérieur du véhicule commencèrent à exploser tandis que le corps du combattant tombait sur la chaussée. Un fracas de parasites en provenance du deuxième char emplit la nuit. Les pilotes des deux chars restants firent reculer leur engin de la carcasse en flammes. Un rugissement s'éleva de la barricade et des ruelles adjacentes.

L'attaque de reconnaissance avait été repoussée.

Les volontaires récupérèrent les corps de leurs trois camarades et les ramenèrent à la Maison Blanche, où on les allongea sur l'estrade de fortune. Des femmes, les yeux baignés de larmes, nettoyèrent le sang du mieux qu'elles purent et couvrirent les cadavres de fleurs. Puis les anciens d'Afghanistan, képi à la main, défilèrent devant les victimes pour leur rendre hommage. Un prêtre orthodoxe, portant la coiffe et la robe noires des popes, déposa une petite croix en bois sur le cœur de chacun des morts.

Tessa dormait profondément, assise à un bureau, la tête enfouie dans ses bras, quand Azalia Izanova vint la réveiller.

« L'attaque a-t-elle commencé ? demanda Tessa en voyant les larmes couler sur les joues d'Azalia.

– C'est au sujet de votre père, fit Aza si doucement que Tessa ne fut pas sûre d'avoir bien entendu.

– De mon père ?

– Il y a eu une attaque sur la Ceinture... trois chars... des volontaires sont allés les arrêter... ils ont détruit le premier et mis les deux autres en fuite... le prix à payer a été lourd... trois des nôtres ont été tués. Votre père était l'un d'eux. »

Tessa était trop hébétée pour pleurer. « Il faut que je le voie », murmura-t-elle.

Aza la prit par la main, la fit passer devant les étudiants et les vétérans d'Afghanistan qui peuplaient les couloirs et les escaliers, puis sortir par la grande porte de la Maison Blanche pour monter sur l'estrade de fortune, juste devant. La foule perdue dans l'obscurité de la grande place était parfaitement silencieuse lorsque Tessa s'agenouilla devant la dépouille de son père. Elle hésita d'abord à le toucher de crainte de le blesser plus encore qu'il ne l'était déjà. La poitrine de Leo semblait avoir été défoncée à coups de marteau. L'une de ses chevilles était tellement tordue qu'il fallait que l'os ait été pulvérisé. Son visage, qui avait pris dix ans en vingt-quatre heures, était bouffi et décoloré. Il avait les yeux fermés. Du sang séché maculait une paupière. Et pourtant... pourtant, il parut au regard empreint de souffrance de Tessa que son père avait enfin trouvé un semblant de paix.

Elle retira la croix de la poitrine défoncée et la rendit au prêtre. « Il n'était pas chrétien, vous comprenez, expliqua-t-elle. Il n'était pas vraiment juif non plus. C'était... » Sa voix s'altéra. Il lui sembla soudain important de lui donner une épitaphe. « C'était un homme honorable qui faisait ce qu'il croyait juste. »

Pendant une interruption des séances tardives qui se tenaient au QG de Krioutchkov, à la Loubianka, Evgueni prit un couloir conduisant à une cantine où l'on avait disposé des sandwichs et de la bière, et se servit un en-cas. En revenant vers la salle de conférences, il passa devant la porte ouverte d'un bureau où un capitaine du KGB suivait les émissions de radio pirates émises depuis la Maison Blanche. Evgueni s'arrêta pour tendre l'oreille : une présentatrice lisait la dernière déclaration de défi de Boris Eltsine. Elle s'interrompit à mi-phrase pour passer un bulletin d'information spécial – selon certaines sources de la Maison Blanche, une bataille rangée s'était déroulée pendant la nuit entre les forces fidèles au comité d'État pour l'état d'urgence et les contre-révolutionnaires d'Eltsine. Le capitaine du KGB monta le son et griffonna quelques notes sur un calepin. Evgueni s'approcha tout en mangeant son sandwich.

« ... trois chars envoyés par les putschistes ont été arrêtés par les partisans alors qu'ils tentaient de forcer une barricade sur la Ceinture des Jardins. Le char de tête a été détruit, mais les pertes ont été lourdes. Trois combattants courageux y ont perdu la vie. Que les derniers honneurs soient rendus aux héros Dimitri Komar, Ilia Kritchevski et Leon Kritzky...

Hébété, Evgueni demanda : «Elle a bien dit Kritzky ?»

Le capitaine consulta ses notes. «Leon Kritzky, oui. Vous le connaissez ?

– Je connais un Kritzky, dit Evgueni, réfléchissant à toute allure, mais il ne s'appelle pas Leon. Et mon Kritzky est contre Eltsine.»

Evgueni trouva les toilettes et se passa de l'eau froide sur la figure. Il s'inclina en avant jusqu'à ce que son front touche le miroir. Comment cela avait-il pu arriver ? Comment Leo, qui avait risqué sa vie pendant trente ans au service de l'URSS, était-il devenu la victime du comité d'État pour l'état d'urgence ? Tout ce qu'il avait à faire, c'était de s'enfermer dans son appartement sur les quais. Qu'est-ce qui avait bien pu le pousser à sortir en un moment pareil ? Qu'est-ce qui lui avait pris, à son âge, de défendre une barricade ?

Evgueni était atterré par l'ironie de la mort de Leo. Il se redressa, examina son reflet dans le miroir et crut voir un masque mortuaire. Il sentit alors un filament de raison se dénouer quelque part dans son crâne.

Il sut ce qu'il fallait faire pour venger la mort de Leo.

Evgueni prit sa voiture dans le garage, au sous-sol, et conduisit dans les rues désertes jusqu'à la clinique privée du KGB. Alors qu'il poussait la porte à tambour surmontée du marteau et de la faucille d'un doré terni, il s'aperçut qu'il ne se rappelait déjà plus comment il était arrivé là. À cette heure matinale, il n'y avait qu'un vieux gardien à moitié aveugle en service dans le hall. Il toucha sa casquette en remarquant l'ombre d'un homme qui se dirigeait vers l'escalier.

«Votre nom, s'il vous plaît ? lança-t-il. Je suis obligé de noter tous les visiteurs dans mon registre.

– Ozoline, répondit Evgueni.

– Et comment vous écrivez Ozoline ?

– O-Z-O-L-I-N-E.»

Se déplaçant comme dans ces rêves où les événements les plus extraordinaires paraissaient tout à fait insignifiants, Evgueni monta au troisième étage et s'avança jusqu'à la porte sur laquelle était scotché un bout de papier indiquant «Jilov, Pavel Semionovitch». À l'intérieur de la chambre, la lumière jaunâtre de la rue éclaboussait le plafond. Dans la pénombre ondulante,

Evgueni détecta le ronronnement d'une pompe électrique et la respiration pénible de la silhouette spectrale allongée sur le lit d'hôpital métallique. Evgueni s'approcha, et son regard tomba sur le tableau, au pied du lit. Tracé à l'encre, en travers de la feuille, on pouvait lire : « Douleurs de poitrine compatibles avec un cœur dilaté ». Il fit le tour du matelas et examina la forme squelettique recouverte d'un drap taché d'urine. De petites bulles d'air semblaient crever dans la gorge de Starik alors que le goutte-à-goutte instillait son remède par le cathéter planté dans sa poitrine.

Voilà donc à quoi ressemblait Tolstoï, couché sur un banc de bois dans la gare d'Astapovo, sa barbe emmêlée maculée de mucosités et de crachats ensanglantés, la mâchoire crispée, Ozoline, le chef de gare pétrifié penché au-dessus de lui et priant pour que ce vieux fossile vive assez longtemps pour aller mourir ailleurs. Starik bougea, et un gémissement s'échappa de ses lèvres. Il dut sentir une présence humaine car ses doigts osseux se tendirent et s'enroulèrent autour du poignet d'Evgueni.

« Je t'en prie… siffla-t-il, forçant les mots du côté de sa bouche qui n'était pas paralysé. Dis-moi… La partie est-elle terminée ?

– Malgré tous vos efforts pour la poursuivre, Pavel Semionovitch, elle se termine. Et c'est votre camp qui va perdre. »

Starik se souleva sur un coude et fixa d'un regard affolé la peinture qui s'écaillait sur un mur. « Tu la vois ? s'écria-t-il.

– Qu'est-ce que je vois ?

– La Reine Rouge ! Elle s'enfonce dans la forêt où les choses n'ont pas de nom. *Plus vite ! Plus vite avant qu'il ne t'attrape !* » Épuisé, Starik retomba sur le matelas.

Evgueni tendit la main vers l'étagère de la table de chevet et chercha à tâtons la prise de courant qui alimentait la petite pompe. Il saisit le cordon et le débrancha. Le murmure de la pompe cessa brusquement.

Sans la pompe pour injecter le Flolan français dans le corps du malade, ses poumons se rempliraient peu à peu de liquide. À l'heure où l'infirmière ferait sa tournée d'inspection du matin, Starik serait mort depuis longtemps. Il peinait déjà davantage pour respirer. Lorsqu'il reprit son délire sur la Reine Rouge, un petit grincement métallique ponctuait déjà chaque mot, marquant ses efforts pour aspirer l'air.

Evgueni s'éloigna à reculons de l'homme qui étouffait, jusqu'à ce qu'il ne puisse plus distinguer sa voix. Puis il fit volte-face et se dépêcha de quitter la clinique. Il avait encore beaucoup à faire avant que la douce vague de la folie ne se retire.

Eltsine n'avait pas fermé l'œil depuis le début du putsch. Physiquement épuisé, mentalement vidé, il se laissa tomber sur un siège, la tête posée dans la main, cherchant désespérément à se concentrer sur la bouche d'Aza et les mots qui en sortaient. «Répétez, plus lentement», lui demanda-t-il. Elle recommença au début. Sa source à la Loubianka avait rappelé pour dire que le président du KGB, Krioutchkov, insistait pour lancer une attaque décisive cette nuit. La tactique, baptisée opération Tonnerre par les stratèges militaires, était simple ; juste avant l'aube, les manifestants autour de la Maison Blanche seraient dispersés avec des canons à eau et des gaz lacrymogènes, après quoi les troupes d'élite du KGB et les parachutistes entreraient en action et feraient sauter la grande porte au lance-grenade. Au même moment, un hélicoptère de combat déposerait des troupes sur le toit. Les unités se déploieraient alors pour ratisser le bâtiment à la recherche d'Eltsine, qui serait tué en résistant lors de son arrestation. Si l'opération se déroulait selon les plans, le tout serait terminé en quelques minutes.

Eltsine prit le temps qu'il fallut pour comprendre la portée de l'information. Il marmonna quelque chose comme quoi c'était un cadeau du ciel d'avoir un espion au cœur du putsch. Puis il convoqua tous les officiers d'Afghanistan. Et il pria Aza de répéter ce qu'elle venait de lui dire. Le groupe réfléchit quelques minutes avant qu'Eltsine ne donne ses ordres. Des seaux d'eau seraient disposés sur la place autour de la Maison Blanche afin que les manifestants puissent y tremper des bouts de tissu qui leur serviraient de masques pour se protéger des gaz lacrymogènes. Les barricades devraient être renforcées, d'autres cocktails Molotov seraient distribués pour arrêter les canons à eau. Le toit de la Maison Blanche devait être immédiatement recouvert de meubles de bureau pour rendre l'atterrissage des hélicoptères plus difficile. Eltsine lui-même et ses principaux conseillers se retireraient dans un bunker situé au deuxième sous-sol et s'enfermeraient derrière une porte d'acier de cinquante centimètres d'épaisseur. «La flamme de la résistance brûle tant que je suis en vie», dit-il d'une voix lasse.

À la Loubianka, la discussion faisait rage autour de la table ovale. Certains commandants chargés de diriger l'opération Tonnerre commençaient à se poser des questions. Au début, les réserves furent exprimées sous le couvert de termes techniques pratiques :

«Comment allons-nous faire atterrir des hélicoptères sur un toit couvert de meubles ?»

«Que se passera-t-il si, dans la confusion, Eltsine réussit à s'enfuir ?»

«Nous devons envisager le pire. Que se passera-t-il si nous tuons plusieurs milliers de manifestants sans pouvoir mettre la main sur Eltsine ?»

«Que faire si Eltsine parvient à fuir en Oural et à constituer, comme il a menacé de le faire, un contre-gouvernement ?»

« Et si nos troupes refusent de tirer sur les civils qui défendent les barricades ? Que faire ? »

« Pis encore, que faire si nos troupes lancent l'assaut et sont repoussées ? »

À mesure que la discussion avançait, les critiques se faisaient plus précises. Sentant le vent tourner, les putschistes tentèrent désespérément de sauver la mise. Ils insistèrent sur le fait que l'impasse dans laquelle la situation s'enlisait jouait en faveur des contre-révolutionnaires ; tant que la Maison Blanche résistait, il y aurait des gens pour se rallier à la cause d'Eltsine. Et si on laissait Eltsine l'emporter, la carrière, voire *la vie*, de ceux qui avaient soutenu le putsch seraient menacées.

Un général, qui s'était déclaré en faveur de l'attaque quand elle avait été proposée, hésitait : « Je ne sais pas... si tout ça se retourne contre nous, c'est la réputation de l'armée qui sera entachée. »

« Quand les choses tournent mal, les responsables du parti se tirent toujours – on l'a bien vu récemment avec l'Afghanistan », se plaignit un autre héros de guerre.

Ouritzki, le magnat de la presse, s'employa à convaincre les militaires. Si Gorbatchev et Eltsine restaient au pouvoir, ils réduiraient considérablement les budgets militaires et plongeraient la fière armée soviétique dans l'humiliation. Le conseiller militaire de Gorbatchev, le maréchal Akhromeïev, qui était rentré précipitamment de vacances pour se joindre au coup d'État, protesta qu'il était trop tard pour reculer ; une fois le putsch lancé, les participants n'avaient pas d'autre choix que de continuer, ne fût-ce que pour préserver la crédibilité de l'armée.

« Nous avons quelque chose de plus important que la crédibilité – nous avons le respect des masses populaires, fit observer un vieil officier qui n'avait pas encore ouvert la bouche. Toutes ces bonnes dispositions disparaîtront du jour au lendemain si nous tirons sur nos frères et nos sœurs dans les rues de la capitale. »

Écœuré, un commandant en chef se dirigea vers la porte. « Ils veulent couvrir l'armée du sang du peuple. Je ne lancerai pas l'assaut contre la Maison Blanche. »

Un commandant de l'aviation bardé de décorations se rallia à lui. « Je refuse catégoriquement de faire décoller mes hélicoptères. Si vous voulez cet ordre, vous devrez trouver quelqu'un d'autre. »

Sous le nez même de ses meneurs, le putsch tombait en déliquescence, attaqué par un déluge de récriminations. Observant la scène depuis le rebord d'une fenêtre, Evgueni arriva à la conclusion que le haut commandement militaire se dégonflait. À mesure que l'ambiance se détériorait, des bouteilles d'alcool apparurent sur la table de réunion, et les putschistes entreprirent très sérieusement de se saouler à mort. Evgueni suivit deux conjurés qui se rendaient aux toilettes, et se glissa dans un petit bureau doté d'un téléphone. Il alluma la lampe de bureau à abat-jour vert, composa un numéro et écouta le téléphone sonner dans un tiroir, à l'autre bout de la ligne. Lorsque Aza décrocha enfin, il put à peine réprimer le triomphe dans sa voix.

« Eltsine peut aller dormir, lui dit-il. Ils ont annulé l'assaut... Non, les meneurs voulaient prendre le risque. Ce sont les chefs militaires de terrain qui n'avaient pas du tout envie d'un carnage... je crois que c'est terminé. Sans l'armée derrière eux, les putschistes n'ont aucun moyen d'agir sur la population. Eltsine a gagné... à vrai dire, j'ai du mal à y croire, moi aussi. Dans quelques heures, le soleil se lèvera sur une nouvelle Russie. Les choses ne seront plus jamais pareilles. Retrouvons-nous à... » Evgueni se raidit en percevant un léger écho dans le combiné. « Il y a quelqu'un d'autre sur la ligne ? demanda-t-il calmement. Non, ne t'inquiète pas. Ce doit être mon imagination. On se retrouve chez toi en fin d'après-midi... Oui. Pour moi aussi. On ralentira le temps qu'il nous reste pour que chaque instant dure une éternité. »

Evgueni écouta Aza raccrocher puis garda le combiné pressé contre son oreille. Vingt secondes s'écoulèrent. Il y eut alors sur la ligne un second déclic qui lui fit retenir son souffle. Il s'inquiétait peut-être pour rien ; il ne s'agissait peut-être que d'une perturbation sur la ligne, ou d'une manœuvre au niveau du standard. Il éteignit la lampe et sortit dans le vestibule. Il resta immobile un instant, attendant que ses yeux s'habituent à l'obscurité. Puis il entendit un bruissement de tissu, scruta la pénombre et vit qu'il y avait quelqu'un dans l'entrée.

Une voix de femme chargée de fureur accumulée siffla : « Ainsi c'était vous, Evgueni Alexandrovitch, le traître qui nous a livrés à la contre-révolution. »

Il reconnut la voix – c'était celle de Mathilde, la femme du magnat de la presse Ouritzky. Un plafonnier s'alluma et elle sortit de l'ombre pour lui faire face. Elle tenait à la main un objet métallique si petit qu'il le prit pour un tube de rouge à lèvres.

« Il ne nous a pas échappé qu'à chaque étape, les contre-révolutionnaires semblaient savoir ce que nous allions faire. Mon mari a averti Krioutchkov qu'il y avait un traître parmi nous, mais il n'a pas écouté. Il était tellement certain qu'Eltsine allait battre en retraite dès qu'il verrait à quel point sa situation était désespérée.

– Il a fait une erreur de jugement, commenta Evgueni.

– Vous aussi ! »

Mathilde s'avança et leva l'objet serré dans son poing pour le pointer sur le front d'Evgueni. Il comprit enfin ce qu'elle tenait et qu'il ne lui resterait plus de temps à ralentir. « Au succès, murmura-t-il, de notre tâche déses... »

Moscou connut une véritable explosion d'allégresse. Sur l'asphalte suintant des avenues autour du Kremlin, de longs convois de chars et véhicules blindés de transport de troupes quittaient la ville sous les acclamations des femmes qui jetaient des roses et des œillets aux soldats hilares. Les badauds rassemblés sur les trottoirs applaudissaient les troupes qui, visiblement soulagées de rentrer à la caserne, les applaudissaient en retour. « Dieu merci, on rentre chez nous ! » cria un officier, de la tourelle d'un char. Devant le bâtiment du Comité central, des milliers de manifestants scandaient : « À mort le parti », et « À bas le KGB ! » Des fonctionnaires communistes fuyaient par les petites portes, emportant avec eux tout ce qui n'était pas fixe – fax, ordinateurs, téléviseurs, magnétoscopes, climatiseurs, lampes, chaises de bureau. Le bruit se répandit que les apparatchiks encore à l'intérieur passaient des monceaux de documents au destructeur ; dans leur peur panique de laisser derrière eux des traces du putsch, ils oubliaient de retirer agrafes et trombones, et les machines tombaient en panne. Lorsque, dans un kiosque, un poste de radio beugla qu'aux dernières nouvelles, Eltsine préparait un décret suspendant les activités du parti communiste de Russie, ce qui mettrait fin à soixante-quatorze ans de dictature bolchevique, les gens se prirent par le bras et entamèrent une danse euphorique. Dans les parcs, sur les places de la ville, des ouvriers du bâtiment armés de barres à mine arrachèrent de leur piédestal les statues érigées aux grands bolcheviks, et les fracassèrent contre le sol. Sur la grande place devant la Loubianka, une grue souleva l'énorme statue de Félix Dzerjinski de son socle, et, pendant quelques minutes, l'infâme Polonais créateur, en 1917, de la Tcheka – à l'origine du tant détesté KGB – se retrouva pendu par le cou au bout d'un câble, sous les acclamations rauques de la foule.

Parcourant telle une somnambule les rues grouillantes de gens qui célébraient la victoire de quelque chose qu'ils ne comprenaient guère, et la défaite de quelque chose qu'ils ne comprenaient que trop bien, Aza assista par hasard à ce que les journaux présentèrent comme « l'exécution du bourreau ». Mais cela n'apporta aucun soulagement au vide douloureux qui occuperait désormais le reste de sa vie.

Seule l'idée qu'elle pourrait un jour trouver le moyen d'accélérer le temps lui donnait un peu de réconfort.

Les Ouïgours vérifièrent la cage d'escalier donnant sur le quatrième étage de l'hôtel Ukraine, puis firent signe à Endel Rappaport que la voie était libre. Rappaport entra en premier, tenant la porte au Sorcier. « Nous pouvons parler ici, assura-t-il à Torriti alors que la lourde porte pare-feu se refermait derrière eux.

– Qui est-ce ? » demanda le Sorcier en regardant le Russe sec, pas très grand, qui se tenait appuyé contre le mur ; âgé d'une petite quarantaine d'années, portant un costume chic d'homme d'affaires, il ne faisait certainement pas partie des Ouïgours de Rappaport. Ses yeux de marbre n'exprimaient aucun humour ; Torriti pensa que même un assassin pourrait le faire mourir d'ennui.

Rappaport ricana. « Vladimir est un associé de Dresde.

– Bonjour à vous, Vladimir », hasarda Torriti.

Vladimir n'esquissa pas un sourire, ne prononça pas un mot.

Rappaport demanda à Torriti. « Quand reprenez-vous l'avion ?

– Cet après-midi. »

Rappaport, vêtu d'un blazer croisé à double rang de boutons dorés et tenant une canne à pommeau doré en forme de tête de chien, agita son petit doigt devant le visage du Sorcier. « Le pays que vous quittez n'est plus le même que celui où vous avez débarqué.

– Certainement, convint Torriti. Eltsine va envoyer Gorbatchev à la retraite et dissoudre le parti communiste. Jusque-là, tout va bien. Mais la question à vingt-quatre mille dollars est : que va-t-il y avoir à la place ?

– Rien ne pourra être pire que ce que nous avons connu, assura Rappaport.

– Hé, c'est vous qui vivez ici, mon pote, pas moi. »

Rappaport s'éclaircit la voix. « Au sujet de ces contrats. » Voyant le coup d'œil que Torriti jetait en direction du Russe austère, il ajouta : « Vous pouvez parler devant Vladimir – je n'ai pas de secret pour lui.

– Au sujet de ces contrats, répéta Torriti.

– Étant donné qui vous êtes, et qui vous représentez, mes associés sont soucieux de faire ce qui conviendra le mieux. Compte tenu du fait que ces contrats étaient censés intervenir *avant* les événements récents, ils sont prêts à annuler lesdits contrats et à restituer les sommes déposées en Suisse. »

Les bajoues du Sorcier frémirent devant l'humour de la situation. « Aux États-Unis d'Amérique, répondit-il, on entend parfois dire : *Mieux vaut tard que jamais.*

– Si je vous comprends bien, monsieur le Sorcier, malgré l'heure tardive, vous êtes toujours désireux de voir ces contrats menés à bien ?

– Écoutez, mon ami, voyez la situation de mon point de vue. Mes clients veulent être sûrs qu'Eltsine ne va pas retrouver ces mêmes guignols en travers de son chemin dans un an. »

Le Russe à l'allure de lutin leva les yeux vers le Sorcier. « Il n'y en a pas un sur mille comme vous, monsieur le Sorcier. » Il tendit la main, et le Sorcier la serra mollement.

« C'est un plaisir de faire affaire avec vous, Endel. Ça ne vous ennuie pas que je vous appelle Endel ? J'ai l'impression que nous nous connaissons depuis des semaines. Écoutez, je m'inquiète pour votre rémunération. Après tout le mal que vous vous êtes donné, je ne voudrais pas que vous vous retrouviez sans un petit quelque chose.

– Je suis ému presque, mais pas tout à fait, jusqu'aux larmes par votre sollicitude, monsieur le Sorcier. N'ayez crainte, j'ai été en contact avec le Rabbin, qui a lui-même été en contact avec quelqu'un qui se fait appeler le *Devisenbeschaffer*... »

Torriti fut extrêmement surpris. « Vous connaissez l'existence de l'acquéreur de devises ? »

Endel Rappaport retroussa ses lèvres charnues en un sourire penaud. « Le légendaire Rabbin Hillel, qui s'est quand même fait un nom au deuxième siècle, est censé avoir posé la question ultime : *Si je ne suis pas pour moi, qui le sera ?* Vladimir ici, a suivi la trace des activités financières du *Devisenbeschaffer* à Dresde pour moi. Un tiers de ce que le Rabbin touche par l'intermédiaire de l'acquéreur de devises aboutira sur des comptes en Suisse que je contrôle.

– Les gens comme moi ne rencontrent pas des gens comme *vous* tous les jours de la semaine, déclara très sérieusement Torriti. Un tiers de ce que touche le Rabbin, ça fait déjà un beau petit paquet. Qu'allez-vous faire de tout cet argent ? »

Le petit sourire se figea sur le visage de Rappaport. « Avant qu'on me coupe les doigts, je suivais des études de violon. Je n'ai plus pu écouter de musique depuis. Ce que je vais faire avec ma part de l'argent, c'est prendre ma revanche.

– Votre revanche sur qui ?

– La Russie.

– Oui, bon, je suis content qu'on ne se soit jamais croisés pendant la guerre froide. Votre mort prématurée aurait pesé sur ma conscience. »

Un pli douloureux plissa le front de Rappaport. « J'éprouve la même chose pour vous. Je vous souhaite un bon voyage, quelle que soit votre destination.

– Je rentre chez moi, dit Torriti. Le bout de la ligne s'appelle East of Eden, un paradis sur terre pour les golfeurs et/ou les alcooliques. »

Une lueur d'amusement dansa dans les yeux de Rappaport. « Je n'ai pas besoin de vous demander à quelle catégorie vous appartenez. »

Torriti dut concéder le point. « Non, j'imagine que non. »

Les décès furent tous consignés sur les registres de la police comme des suicides ou des accidents.

Nikolaï Izvolski, le génie de la finance du Comité central qui avait expédié des fonds du parti au *Devisenbeschaffer* en Allemagne, trouva la mort en tombant du toit de son immeuble où il était monté prendre l'air, tard le soir. Une vieille radoteuse habitant l'immeuble voisin assura plus tard à la police qu'elle avait vu quatre hommes sur le toit de l'immeuble juste avant d'entendre un cri et les sirènes de police. Comme la vieille était connue dans le voisinage pour inventer sans cesse des histoires de voyeurs se baladant sur les toits adjacents, le procureur récusa son témoignage et classa l'affaire comme un accident.

Le magnat de la presse Pavel Ouritzki et sa femme, Mathilde, furent retrouvés asphyxiés dans leur BMW, à l'intérieur d'un garage privé derrière leur *kotèdj* en bordure de Moscou. L'extrémité d'un tuyau d'arrosage avait été fichée dans le pot d'échappement, l'autre bout débouchant sur le système de ventilation, sous le capot. L'infirmier de l'ambulance qui avait répondu à l'appel angoissé du majordome du couple brisa la vitre avec un marteau, coupa le moteur, sortit les corps et leur administra de l'oxygène, mais il était déjà trop tard. Lors de sa déclaration ultérieure aux autorités, l'infirmier assura avoir détecté une forte odeur de chloroforme dans le garage. Les premiers policiers arrivés sur place n'en avaient pas fait mention, aussi la question du chloroforme fut-elle reléguée dans une note en bas de page du rapport de police officiel. Le procureur nota que les portières avaient été fermées de l'intérieur, au moyen de la télécommande accrochée à la clé de contact. La deuxième télécommande, normalement en possession de Mathilde, ne fut jamais retrouvée, mais on n'en tira aucune conclusion. Un examen attentif ne révéla ni hématomes ni traces sous les ongles indiquant qu'il y ait eu lutte. Aucune lettre de suicide ne fut retrouvée. Pavel Ouritzky avait été l'un des meneurs du putsch et il avait très mal pris son échec. Mathilde avait quelque chose à voir dans le meurtre du banquier Tsipine, et se disait terrifiée à l'idée d'aller en prison. La mort des Ouritzki fut classée comme un double suicide et l'affaire fut close.

Les voisins moscovites de Boris Pougo entendirent ce qui ressemblait à un coup de feu et appelèrent la police, qui enfonça la porte et découvrit le ministre de l'Intérieur effondré sur la table de la cuisine, un pistolet de gros calibre (visiblement tombé de sa main) sur le lino et de la cervelle s'écoulant d'une énorme blessure par balle au crâne. Un mot adressé à ses enfants et ses petits-enfants disait : « Pardonnez-moi. C'était une erreur sur toute la ligne. » On retrouva le vieux beau-père de Pougo tapi dans une penderie, marmottant des propos incohérents sur des escadrons de la mort. Les psychiatres de la police conclurent que le beau-père souffrait de démence, et le procureur finit par décider que Pougo s'était lui-même infligé sa blessure à la tête.

Le corps du conseiller militaire de Gorbatchev, le maréchal Akhromeïev, fut retrouvé dans son bureau, pendu à un nœud coulant fixé à un plafonnier. Les gens qui occupaient les bureaux voisins dirent qu'ils avaient entendu des bruits de meubles qu'on déplaçait et d'objets jetés à terre, mais ils ne s'étaient pas méfiés puisqu'ils savaient qu'à la suite du putsch avorté, le maréchal avait été écarté du service actif, et en avaient donc déduit qu'il emportait ses affaires personnelles. La lettre dactylographiée laissée par Akhromeïev fournit en outre une explication à autant de bruit : « Je ne suis pas très doué pour préparer mon propre suicide. La première tentative a échoué – la corde a cassé. Je vais réessayer de toutes mes forces. Mon âge et tout ce que j'ai fait me donnent le droit de quitter cette vie. »

L'apparatchik du ministère des Affaires étrangères, Fiodor Lomov, l'un des hommes clés du putsch, quitta précipitamment Moscou pour échapper à une arrestation, et on ne le revit plus jamais. Il laissa derrière lui une lettre cryptique disant que la seule chose qu'il regrettait était que le coup contre Gorbatchev ait échoué. On retrouva par la suite des vêtements censés lui appartenir soigneusement pliés au bord de la Moskova, en amont de la capitale. La rivière fut draguée, mais le corps de Lomov ne fut jamais retrouvé ; sa disparition fut portée sur les livres de police au titre de « noyade par accident ».

Les journaux firent état d'autres morts mystérieuses : deux dans la ville qu'on avait longtemps appelée Leningrad, mais qu'on appelait à nouveau Saint-Pétersbourg (les victimes, tuées lors de la chute de leur voiture du haut d'une falaise, étaient des généraux du KGB qui avaient projeté l'éviction du maire de la ville au nom du Comité d'État pour l'état d'urgence) ; une en Crimée (un officier supérieur du KGB de la Neuvième Direction principale qui avait commandé l'unité retenant Gorbatchev prisonnier à Foros mourut dans l'explosion d'une bouteille de gaz) ; une dans la région militaire de l'Oural (un général de l'armée qui, au plus fort du putsch, avait donné l'ordre au KGB local de rassembler les « cosmopolites », nom de code donné sous Staline aux juifs, fut tué d'un coup de couteau dans une bagarre banale).

Alertées par cette épidémie de morts accidentelles et de suicides, les autorités décidèrent d'entourer de précautions extraordinaires les meneurs du putsch déjà arrêtés : le président du KGB Krioutchkov et le ministre de la Défense Iazov étant les plus éminents d'entre eux. Les visiteurs furent priés de communiquer à travers des vitres ; les lacets, ceintures et objets pointus furent exclus des cellules et l'on plaça les accusés sous surveillance permanente.

Tous les regards étant focalisés sur la Russie, peu de lecteurs prêtèrent attention à la notice qui parut en dernière page de la presse de Dresde : des joggeurs matinaux avaient découvert le corps de *Devisenbeschaffer* pendu sous un pont enjambant l'Elbe. Un peu avant l'aube, il avait accroché une grosse corde à un étai et avait attaché l'autre bout à son cou avant de sauter. Il était vêtu d'un classique costume trois-pièces fraîchement nettoyé qui ne présentait aucune trace de lutte. Un mot tapé à la machine et portant sa signature fut retrouvé dans sa poche intérieure. L'enquête révéla que les caractères correspondaient à ceux de l'imprimante d'ordinateur du défunt. Le mot demandait à sa femme et à ses trois enfants de lui pardonner de choisir la voie de la facilité, mais qu'il avait décidé de se tuer parce qu'il avait fait passer de l'argent en Russie pour financer le putsch avorté, et qu'il était à présent certain d'être poursuivi et condamné. Le rapport de police signalait que le *Devisenbeschaffer* ne spécifiait pas sur quels comptes en Russie l'argent avait été déposé, et qu'on avait peu d'espoir de le découvrir un jour ; il fallait se rendre à l'évidence : les fonds s'étaient volatilisés.

Délaissant la rue principale encombrée de trams étroits et bordée de banques, le Sorcier et son Apprenti traversèrent la passerelle au bout du lac de Genève et atterrirent dans un café en plein air. De jolies jeunes femmes en tablier blanc sur un chemisier d'étoffe fine et une jupe paysanne faisaient le service. Jack appela l'une d'elles et demanda : «Qu'est-ce qu'on commande d'habitude, quand on veut fêter quelque chose ?

— Un cocktail au champagne, répondit la jeune femme sans hésiter.

— Oh, Seigneur, pas de champagne, gémit Torriti. Ces saloperies de bulles me donnent des gaz.

— Deux cocktails au champagne», commanda néanmoins Jack. Devant la grimace de Torriti il ajouta : «Vous buvez du tord-boyaux depuis si longtemps que ça vous fera l'effet d'un élixir. Et puis, il faut qu'on lance l'Entreprise en beauté.»

Torriti acquiesça à contrecœur. «Ce n'est pas tout le monde qui entre mine de rien dans une banque suisse pour découvrir qu'il a cent quarante-sept millions de dollars et des poussières déposés sur un compte secret. Quand tu t'es levé pour partir, j'ai cru que le clown en costume trois-pièces allait te cirer les pompes avec sa langue.

— Ça fait tellement d'argent que j'ai du mal à voir ça comme de l'argent, avoua Jack à son ami.

— En fait, je croyais que ce *Devisenbeschaffer* avait mis encore beaucoup plus de côté à Dresde. Tu es sûr qu'Ezra Ben Ezra ne t'a pas caché quelque chose ?

— Le Rabbin a eu beaucoup de frais. D'abord, votre copain de la mafia moscovite…

— L'inimitable Endel Rappaport, qui va faire payer le prix fort à la Sainte Russie pour les doigts qu'on lui a tranchés.

— Il a reçu une part du fric. Une autre portion a atterri dans la poche d'un individu mystérieux qui pourrait bien financer la carrière d'un obscur lieutenant colonel du KGB nommé Vladimir Poutine. L'individu en question a travaillé à Dresde avec Poutine et connaissait assez bien son affaire pour détourner une partie du butin du *Devisenbeschaffer* avant que le Rabbin ne puisse mettre la main dessus.

— C'est drôle, parce qu'il y avait un Russe qui s'appelait Vladimir avec Rappaport, la dernière fois qu'on s'est vus.

– D'après le Rabbin, ce Poutine a quitté le KGB dès le deuxième jour du putsch, puis a réapparu dans un truc qui s'appelle le Service inter-républicain de Sécurité, qui remplace le KGB.

– Un beau tour de passe-passe, commenta Torriti. Poutine. » Il secoua la tête. «Ça ne me dit rien.

– Attends un peu, assura Jack. Un type qui a pas loin de cent cinquante millions à claquer, c'est forcé qu'on le voie réapparaître un jour ou l'autre. »

La serveuse posa les cocktails au champagne sur la table et coinça l'addition sous un cendrier. «Buvons aux banques suisses, proposa Torriti qui, avec une grimace d'appréhension, goûta son cocktail.

– Et à l'Entreprise», ajouta Jack. Il but la moitié de son verre comme si c'était de l'eau gazeuse. «Vous savez quoi, Harvey? J'ai l'impression d'être Rockefeller quand il a lancé sa fondation. Mon gros problème maintenant, ça va être de trouver comment distribuer les quelque sept millions de dollars d'intérêts que le compte va rapporter par an. »

– Lis les journaux et envoie des mandats à de nobles causes.

– Comment définiriez-vous une noble cause ?

– Ce n'est pas compliqué, répondit Torriti avec le plus grand sérieux. Les nobles causes liquident les gens ignobles. »

Tout en reniflant, Torriti se mit à sourire. Jack demanda : «À quoi pensez-vous ?

– C'est curieux que Kritzky ait cassé sa pipe comme ça. Si tu veux mon avis, il l'a bien cherché. »

Jack contempla le lac sans le voir. Il croyait entendre la voix de Leo. *Je regrette encore, Jack. Pour notre amitié. Pas pour ce que j'ai fait.* «Il s'était mis en tête de réparer le monde, dit Jack. Il ne s'est pas rendu compte qu'il n'était pas cassé. »

Torriti sentit que son Apprenti avait besoin de réconfort. «Bon, faudrait pas que ça te monte à la tête, mon gars, mais je suis fier de toi. Sans blague, c'est vrai. Tu es ce qui s'est fait de mieux depuis le pain en tranches.

– J'ai eu un grand professeur. »

Torriti leva son verre. «À toi et à moi, mon gars, les derniers Mohicans de la guerre froide.

– Les derniers Mohicans de la guerre froide», concéda Jack.

La Compagnie ne ménagea pas ses efforts pour la fête officielle du départ à la retraite de Jack McAuliffe, dans la salle à manger du sixième étage de Langley. Une bannière portant la devise familiale des McAuliffe («À terre pour mieux rebondir») avait été tendue au-dessus de la double porte. La photo plus grande que nature du *Time Magazine* montrant Jack sur un canot pneumatique à moitié dégonflé, lorsqu'il avait été récupéré au large de la Baie des

Cochons, était scotchée à un mur. À la grande gêne de Jack, mais pour le plus grand plaisir de Millie, les citations secrètes qui accompagnaient ses nombreuses «décorations de slip» («... pour le courage dont il avait fait preuve bien au-dessus et au-delà des exigences de son service... dans la grande tradition des services secrets... honneur à son pays et à la Compagnie») avaient été agrandies au format poster et affichées sur les murs restants. Les discours – commençant par l'hommage de Manny et se terminant par celui d'Ebby – avaient été interminables. «Tout officier de la CIA a droit à la retraite quand il arrive à soixante-cinq ans, déclara le DCI aux quelques centaines d'hommes et femmes tassés dans la salle à manger des cadres, surtout après quarante ans de bons et loyaux services dédiés à la flamme de la liberté. Mais avec le départ de Jack, nous perdons plus qu'un simple quidam qui se trouve être le directeur adjoint des services de renseignements. Nous perdons le cœur, l'âme, le cerveau, le savoir-faire et l'instinct du guerrier qui a été de tous les combats, des toits de Berlin-Est en passant par Cuba pour aboutir à la toute récente tentative de putsch en Russie. Ce faisant, il a survécu aux massacres, a récolté la gloire et nous a enseigné qu'on tombait à terre pour mieux rebondir. Il y a quarante ans, je me trouvais avec Jack dans un cabaret de Berlin, *Die Pfeffermühle*, nous avions bu plus que notre part de bière et nous nous sommes mis à chanter les paroles de Kipling qui sont l'hymne de Yale. Il y a là-dedans un couplet qui dit – corrige-moi si je me trompe, Jack :

La m'sur' de notr' tourment, c'est cell' de notre jeunesse,
Nous avons su trop jeun's le mal originel !

«Pour ceux d'entre nous qui étaient déjà là à l'époque et qui, comme toi, Jack, ont su trop tôt le mal originel, je crois que tout est dit. Sauf, peut-être, bonne chance et bon voyage.»

Les officiers de la Compagnie, dont beaucoup n'étaient même pas nés au temps où Jack et Ebby traînaient au *Die Pfeffermühle*, applaudirent à tout rompre ; Jack était très populaire parmi les employés de la Compagnie, et ils regrettaient sincèrement de le voir partir. C'était, comme l'avait dit un intervenant, la fin d'une époque. À la grande joie de tous, Millie, sanglotant ouvertement, se précipita pour planter un baiser sur la moustache de Cosaque de son mari. Elizabet, Nellie et Manny l'entourèrent. Le fils de Jack, Anthony, et sa belle-fille, Maria, le serrèrent avec affection dans leurs bras.

Et puis l'alcool se mit à couler.

«Comment ça s'est passé, dans la Salle SH219 ? demanda Jack, quand il réussit à coincer Ebby dans un coin.

– Pour une fois, ils ont été forcés de reconnaître qu'on avait anticipé le putsch et que, grâce à nous, le Président avait pu avertir Gorbatchev, même si l'avertissement est resté lettre morte, raconta Ebby. Ils m'ont posé des questions sur toi, Jack. Je leur ai dit que tu lançais un cabinet-conseil en matière de sécurité privée, et que ça s'appelait l'Entreprise. Ils voulaient savoir qui te finance.» Ebby leva son verre de whisky à moitié vide et le choqua contre celui de Jack. «Alors, *qui* te finance, mon vieux?

– Des clients, répondit Jack.

– Le moins qu'on puisse dire, c'est que tu es discret sur cette affaire.

– Un conseil en sécurité a intérêt à se montrer discret s'il veut garder de la crédibilité, rétorqua Jack.

– Sans doute, commenta Ebby. Il s'est passé un drôle de truc à la séance d'aujourd'hui. Nos chiens de garde du Congrès ont tout fait pour me rappeler que l'assassinat politique était interdit par un décret-loi de 1976. Ils n'ont pas arrêté de revenir sur cette épidémie d'accidents et de suicides qui a suivi le putsch – ils m'ont même demandé plusieurs fois si j'étais au courant de quelque chose.

– Qu'est-ce que tu as répondu?

– Je leur ai dit la vérité, Jack. Je leur ai dit que j'avais appris ces morts par les journaux. Je leur ai dit que la Compagnie ne pouvait en aucune façon être impliquée dans ce genre de choses tant que j'étais à la barre.» Ebby pencha la tête de côté et jaugea son ancien DDCI. «Tu ne saurais rien sur ces morts que tu aurais oublié de me dire, Jack?

– Je suis innocent comme l'enfant qui vient de naître», assura-t-il.

Jack avait appris à mentir auprès d'un virtuose. Apprenti Sorcier jusqu'au bout des ongles, il parvint à sourire avec une parfaite candeur et, regardant Ebby droit dans les yeux, lui répéta ce que Harvey Torriti avait dit quand Jack l'avait interrogé sur la mort d'ARC-EN-CIEL à Berlin, une douzaine de guerres plus tôt. «Eh, je te le jure, mon vieux. Sur la tombe de ma mère.»

POSTLUDE

Anatomie d'une infiltration

« Ta, ta, ta, mon enfant ! répondit la Duchesse. À tout il y a une morale, il n'est que de la découvrir. »

Vienna, Virginie, dimanche 6 août 1995

Loin au-dessus de la ville, un cirrus dérivait si langoureusement devant la Grande Ourse qu'on eût dit un film au ralenti. Dans une rue déserte qui longeait Nottoway Park, dans le comté de Fairfax, en Virginie, à un bon kilomètre et demi à vol d'oiseau de la ville de Vienna, un homme large d'épaules, la bonne cinquantaine, connu de ses contrôleurs russes par son seul nom de code, Ramon, surveillait le voisinage à travers des jumelles qui permettaient de voir la nuit. Assis, immobile à l'arrière de son Isuzu Trooper, il scrutait les rues et les chemins depuis minuit. Il avait observé plusieurs personnes promenant leur chien avec impatience, un couple d'homosexuels qui s'arrêtait tous les dix pas pour se bécoter, un cycliste, une femme ivre, sans âge, vacillant sur des talons aiguilles, qui projetaient un écho vif dans le calme de la nuit estivale. Puis ce fut le silence absolu. Juste après deux heures du matin, il avait repéré la Ford quatre-portes sombre et ses deux passagers qui sillonnaient le coin. Elle disparut dans une rue latérale et réapparut dix minutes plus tard venant d'une autre direction. À son quatrième passage dans le voisinage, la voiture se gara le long du trottoir, près de l'entrée principale du parc dans Old Courthouse Road. Les phares s'éteignirent. Les deux hommes restèrent longtemps dans la Ford. De temps à autre, l'un d'eux allumait une cigarette à l'extrémité incandescente de la précédente. À trois heures moins le quart, les hommes finirent par sortir de la voiture et traversèrent le parc jusqu'au pont de bois. Celui qui fumait tourna le dos au pont et monta la garde. L'autre s'accroupit prestement et tira un sac-poubelle en plastique vert de sa cachette, sous l'extrémité du pont, puis coinça à la place un sac en papier dans l'interstice. En retournant vers leur voiture, les deux hommes arrachèrent l'adhésif blanc collé à la verticale sur la pancarte « passage piétons » (indiquant que Ramon était prêt à réceptionner le paquet) et le remplacèrent par des bandes horizontales (indiquant que la boîte aux lettres morte était à nouveau pleine).

Après un dernier coup d'œil alentour, ils remontèrent dans la Ford et s'éloignèrent à une allure prudente.

Ramon attendit encore vingt minutes avant de bouger. Cela faisait maintenant dix ans qu'il espionnait pour le compte des Russes, et il avait compris depuis longtemps déjà que c'était là le moment le plus périlleux de la partie. Ses officiers traitants russes ne savaient absolument pas qui il était. Ils avaient dû déduire des documents qu'il leur avait fournis qu'il était impliqué dans le contre-espionnage russe et devaient supposer qu'il travaillait pour la CIA ; il ne leur était certainement pas venu à l'idée qu'il travaillait en fait pour le FBI. Ce qui signifiait que même si les Américains mettaient la main sur une taupe ou un transfuge intéressant, ils ne pourraient apprendre l'identité de Ramon par les Russes, *parce que les Russes ne la connaissaient pas.* Il était à son niveau assez haut placé dans la hiérarchie pour avoir accès à des codes informatiques et à des dossiers qui l'avertiraient suffisamment assez tôt si quelqu'un s'avisait d'agiter le spectre d'une taupe américaine travaillant pour les Russes.

Ramon, méticuleux et expérimenté dès qu'il s'agissait de la pratique du métier, avait étudié l'opération sous tous les angles. Pour autant qu'il pouvait s'en rendre compte, il n'y avait aucune chance pour qu'il se fasse prendre – excepté au moment où il irait récupérer la livraison dans la boîte aux lettres morte. Ce qui expliquait pourquoi il surveillait le parc avec autant d'attention avant de récupérer ce que ses contrôleurs russes lui avaient laissé.

Vers le milieu des années 1980, lorsqu'il avait livré son premier sac-poubelle rempli de secrets, il l'avait fait pour de l'argent. Tout le monde autour de lui – condisciples à l'université, voisins, avocats ou courtiers sur lesquels il tombait dans des cocktails – touchait des salaires considérables, des primes de fin d'année et des stock options qui valaient des fortunes. La paye de fonctionnaire de Ramon lui permettait, à lui et sa famille, de vivre confortablement, mais il ne voyait pas comment il allait pouvoir payer les études des trois enfants qu'il avait déjà et du quatrième qui était en route. Il ne voyait pas comment il pourrait s'octroyer le minimum de confort quand l'heure viendrait de prendre sa retraite. À moins... à moins de trouver un moyen d'accroître ses revenus. Et le seul moyen qui lui avait paru accessible était de vendre des secrets d'État au principal adversaire de cet État, la Russie. Il avait soigneusement étudié les dossiers des taupes précédentes afin d'être sûr de ne pas tomber dans les mêmes pièges qui avaient précipité leur chute. Il prit donc soin de ne pas changer de style de vie – moyen le plus sûr d'attirer l'attention des petits futés de la Sécurité. Il conduisait toujours les mêmes vieilles bagnoles, habitait toujours la même maison petite-bourgeoise en Virginie, allait toujours passer ses vacances dans les mêmes stations balnéaires modestes du continent américain. Curieusement, ce ne fut qu'après avoir livré ses premiers paquets aux Russes qu'il s'était aperçu que l'argent n'était pas la seule motivation. Il prenait un plaisir incroyable à battre le système ;

l'adrénaline coulait à flots quand il bernait les équipes du contre-espionnage créées justement pour empêcher que quelqu'un fasse ce qu'il faisait. Et le fait qu'il appartînt lui-même à l'une de ces équipes ne rendait l'exploit que plus jouissif. Sa vie morne, jusqu'alors remplie de tâches répétitives, de travail d'écriture ennuyeux et d'ordres tatillons, avait pris soudain un nouvel éclat.

Ramon sentait sa tempe palpiter lorsqu'il sortit de l'Isuzu. Ses chaussures à semelles de crêpe étouffant ses pas, il se dirigea vers l'extrémité du pont, s'accroupit et récupéra le sac en papier dans la fissure. Il devina à travers le papier les liasses de billets, des coupures usagées de vingt et cinquante dollars liées par des élastiques. Ses officiers traitants russes lui avaient remis en tout cinquante mille dollars pour la cargaison qu'il avait livrée le mois précédent – qui comprenait l'identité de deux diplomates russes en poste à Washington et recrutés par la CIA. De retour dans la voiture, il fourra le sac en papier sous le tableau de bord, derrière la radio, et mit le contact. Alors qu'il traversait les rues désertes pour rentrer chez lui, il sentit la palpitation de sa tempe se ralentir peu à peu pour retrouver un rythme proche de la normale et éprouva la sérénité libératrice que connaissent bien les alpinistes redescendus d'un sommet.

Il fallait se rendre à l'horrible évidence : il était devenu accro à l'adrénaline ; le double jeu lui paraissait maintenant le seul jeu qui valût la peine.

Quelques minutes avant cinq heures du matin, une ambulance descendit la rampe de l'hôpital du ministère des Anciens Combattants dans San Pedro Drive, à Albuquerque, dans le Nouveau-Mexique. Courbé sur le volant d'une voiture de location garée sur un espace réservé aux médecins, Jack McAuliffe regarda la porte automatique se soulever et commença à compter les secondes. À trois secondes et un centième, il dévalait la rampe au pas de course alors que les feux arrière de l'ambulance disparaissaient dans le vaste garage. À neuf secondes et un centième, il plongea sous la porte qui se referma derrière lui. Il se fraya un chemin entre les voitures garées jusqu'à une porte verrouillée, glissa un mince coin métallique pour soulever le jambage jusqu'à ce que le pêne fasse entendre un déclic. Il trouva très amusant de forcer cette serrure ; c'était le genre de chose qu'il n'avait pas faite depuis que les cours de gestion S.M. Craw l'avaient initié aux joies de la pratique du métier. Prenant les marches deux par deux, il monta au troisième étage. Complètement asphyxié, il dut s'appuyer sur la rampe pour reprendre son souffle ; le corps avait vieilli plus que l'esprit ne voulait l'admettre. Jack vérifia que la voie était libre, puis courut à grandes enjambées jusqu'au vestiaire, où l'infirmière avait assuré qu'il trouverait ce qu'il lui fallait. Dans le panier à linge il prit un pantalon blanc et une blouse blanche lui arrivant aux genoux, ainsi que deux sur-chaussures en toile blanche et enfila rapidement le tout. Pour faire bonne mesure, il saisit au passage un stéthoscope accroché au mur et se le mit autour du cou. Quelques instants plus tard, il redescendait au deuxième étage et poussait les portes du service réservé aux anciens officiers et agents de la Compagnie. Il y avait, s'étalant sur le double panneau en lettres rouges impérieuses, un avertissement qui spécifiait : « Visites rigoureusement interdites. »

Du coin de l'œil, Jack remarqua une infirmière à l'autre bout de l'unité, qui regardait dans sa direction alors qu'il arrivait au troisième box. Il fit mine d'étudier une feuille de température fixée à la cloison. Puis il fit le tour du lit et se pencha pour prendre le pouls du patient. Harvey Torriti, vêtu d'une chemise d'hôpital sans manches et ressemblant à une baleine échouée, ouvrit un œil humide, puis l'autre. Il poussa un reniflement de plaisir en reconnaissant son visiteur.

« Bon Dieu, Harvey, comment avez-vous atterri ici ? chuchota Jack.

– Avec tous les calmants que je prends, ils ont eu peur que je me mette à débiter des secrets de la Compagnie, dit Torriti. Alors ils m'ont condamné à mort dans cette boîte stérile pour anciens combattants. Il n'y a que la famille immédiate qui a le droit de venir. Je n'ai pas de famille immédiate, ni éloignée, alors personne ne vient me voir. » La vue de son Apprenti avait visiblement remonté le moral du Sorcier. « Comment t'as fait pour passer la garde ? demanda-t-il d'une voix rouillée par le manque d'usage.

– Exfiltrations, infiltrations, j'ai tout appris de mon maître », répondit Jack.

Jack discerna la cicatrice laissée par la blessure de shrapnel qui avait décapité la femme nue tatouée sur le bras de Torriti. Il se rappela Mlle Sipp s'évanouissant lorsque le Sorcier avait retiré sa chemise pour la lui montrer. Il se pencha plus près, afin d'avoir le visage juste au-dessus de celui de Torriti. « Alors, comment ça va, Harvey ?

– Qu'est-ce que tu veux que je te dise, petit ? Je ne suis pas très en forme. Je me sens crevé quand je m'endors. Je suis claqué quand je me réveille. Faut pas se voiler la face, je suis au bout du rouleau. Je crois bien que c'est là que je vais casser ma pipe.

– Les toubibs font des miracles maintenant… »

Torriti écarta cette idée d'une main molle. « Pas de ces conneries avec moi, mon gars. On a fait trop de chemin ensemble pour que tu racontes des salades à un mourant. » Il tourna la tête sur l'oreiller pour s'assurer que l'infirmière était toujours à l'autre bout du service. « Tu n'aurais pas par hasard un petit remontant pour aider un pote à faire le grand saut ?

– C'est drôle que vous parliez de ça… »

Jack sortit une flasque remplie de whisky bon marché. Torriti s'anima quand son Apprenti lui souleva la tête pour porter la flasque à ses lèvres. L'alcool brûlait. Il y eut un raclement au fond de sa gorge lorsqu'il aspira l'air pour apaiser le feu. « Exactement ce que le médecin a prescrit, murmura-t-il en se laissant retomber sur l'oreiller. Je suppose que t'as vu cette histoire des deux diplomates russes qu'on a pris en train d'espionner pour la CIA et qu'on a exécutés.

– Oui, et alors, Harvey ?

– Faut être sourd et aveugle pour pas comprendre, petit. On peut toujours tomber sur une taupe, mais deux à la fois – j'en ai le nez qui me chatouille. Tu veux un avis éclairé ? Ça veut dire que les Russes eux-mêmes ont une taupe quelque part, probablement au contre-espionnage puisque c'est là qu'on était au courant qu'on avait retourné les deux diplomates.

– La guerre froide est peut-être terminée, mais la partie continue, commenta Jack.

– C'est dans la nature du jeu, grogna Torriti. Aussi longtemps que l'*Homo politicus* se shootera à l'adrénaline, les espions continueront d'espionner. » Le Sorcier, submergé par la douleur, ouvrit la bouche et respira profondément. Lorsque la crise fut passée, il reprit : « J'ai de temps en temps des nouvelles d'Endel Rappaport par les journeaux.

– Je n'ai jamais vu le nom d'Endel Rappaport...

– On ne donne pas son nom. Ils parlent juste de la mafia russe locale qui prend le contrôle de tel ou tel groupement bancaire ou cartel du pétrole. »

Jack voulut dire quelque chose, mais Torriti continua : « J'ai suivi ce Vladimir Poutine, aussi. Au cas où tu ne l'aurais pas remarqué, ce dont je doute, il est député maire de Saint-Pétersbourg. Les gens qui se tiennent au courant de ce genre de choses disent qu'il est proche d'Eltsine, qu'il n'arrête pas de grimper dans la hiérarchie et qu'il a un protecteur plein aux as. » Le Sorcier ouvrit de grands yeux moqueurs. « J'ai lu des choses sur toi aussi, Jacko.

– Sur *moi* !

– Je ne suis pas né d'hier, gamin. Il y a des fois où c'est le bon côté qui marque, et je me dis que ton Entreprise doit y être pour quelque chose. L'assassinat de cet empereur de la drogue en Colombie, la disparition de ce journaliste communiste en Égypte, la bombe qui a explosé sous la bagnole de ce néo-nazi, en Autriche. Tu as toujours tout ce fric entassé en Suisse ?

– Discrétion est mère de sûreté, Harvey. »

Le regard du Sorcier se perdit dans le passé. « Je me souviens du jour où tu es arrivé à la base de Berlin, je me rappelle la nuit où on a rencontré ce pauvre Vichnevski dans la planque au-dessus du cinéma. T'étais un vrai charlot, Jack, avec du lait qui te coulait encore du nez et le canon d'un pistolet coincé dans le creux des reins. Je peux bien te le dire, maintenant, mais j'étais pas sûr que tu survivrais.

– Grâce à vous, Harvey, j'ai survécu. Grâce à vous, on a changé les choses.

– Tu le penses, Jack ? Moi aussi, je me dis qu'on a changé les choses. Les gens ont la mémoire courte maintenant – ils oublient que ces putains de Barbares étaient à nos portes. Mais toi et moi, gamin, on s'est foutus en première ligne et on les a repoussés. Merde, il faut bien qu'on puisse trouver une morale à un truc comme la guerre froide. Sinon, ça n'aurait pas de sens.

– Le sens, c'est que les bons ont battu les méchants », souffla Jack.

Le Sorcier ricana. « Mais on a quand même pas mal merdé.

– Oui, mais on a merdé moins qu'eux. C'est pour ça qu'on a gagné.

– J'ai jamais pu comprendre comment ces foutus Soviets ont pu durer aussi longtemps.

– L'URSS n'était pas un pays, dit Jack. C'était la métaphore d'une idée qui pouvait paraître bonne sur le papier, mais qui, dans la pratique, s'est révélée terriblement défectueuse. Et les métaphores défectueuses sont plus difficiles à abattre que les pays défectueux. Enfin, on a quand même fini par les avoir. »

Les paupières enflammées de Torriti se refermèrent sur ses yeux. « Bon Dieu, Harvey, s'écria Jack. J'espère que vous n'avez pas l'intention de me clamser dans les bras. Vous pourriez au moins attendre que je sois parti. »

La remarque tira au Sorcier un faible sourire. Il fit un effort pour rouvrir les yeux. « Il y a des années que je me demande ce que veut dire le *H* qu'on met quelquefois, nous autres Américains, entre Jésus et Christ.

– Oh ! c'est comme plein d'autres initiales, ça ne veut rien dire, expliqua Jack. On les met pour faire joli. Le *H* entre Jésus et Christ. Le *J* entre Jack et McAuliffe. Le *S* entre Harry et Truman. »

Torriti émit un ricanement rauque. « Je vois ce que tu veux dire, mon gars. C'est pareil pour la CIA. Le I de la Central Intelligence Agency ne signifie pas grand-chose non plus. »

Jack eut un dernier rire ; il avait l'impression qu'il ne rirait plus jamais de sa vie. « Je crois que vous êtes là, sur une piste intéressante, Hary. »

Impression réalisée sur CAMERON par

BUSSIÈRE CAMEDAN IMPRIMERIES

GROUPE CPI

à Saint-Amand-Montrond (Cher)
en mai 2003

N° d'impression : 32029-031636/4.
Dépôt légal : juin 2003.

Imprimé en France